大唐曹妃传

刘兰朝　孙梦成　著

上册

华文出版社
SINO-CULTURE PRESS

图书在版编目（CIP）数据

大唐曹妃传 / 刘兰朝,孙梦成著. -- 北京：华文出版社,2019.9

ISBN 978-7-5075-5166-2

Ⅰ.①大… Ⅱ.①刘… ②孙… Ⅲ.①传记小说—中国—当代 Ⅳ.①I247.5

中国版本图书馆CIP数据核字（2019）第166761号

大唐曹妃传
DATANG CAOFEI ZHUAN

著　　　者：	刘兰朝　孙梦成
出版策划：	兴盛乐
责任编辑：	胡慧华
出版发行：	华文出版社
社　　　址：	北京市西城区广安门外大街305号8区2号楼
邮政编码：	100055
网　　　址：	http://www.hwcbs.com.cn
电　　　话：	总 编 室 010-58336239　　发 行 部 010-58336267　58336238
	责任编辑 010-58336197
经　　　销：	新华书店
印　　　刷：	北京柯蓝博泰印务有限公司
开　　　本：	710×960　1/16
印　　　张：	56
字　　　数：	1089千字
版　　　次：	2019年9月第1版
印　　　次：	2019年9月第1次印刷
书　　　号：	ISBN 978-7-5075-5166-2
定　　　价：	76.00元（全二册）

版权所有　侵权必究

目录

(上册)

第 一 章	救民女曹门惹命案	拯功臣宫阙起争端	001
第 二 章	衔仇怨权奸搜婴幼	念情谊志士卫孤儿	023
第 三 章	求子嗣渔夫拜神祇	弃无辜妻妾请巫师	043
第 四 章	比高下双婆斗法术	争输赢众汉搏功夫	057
第 五 章	说醉话误言隐讳事	送遗孤错抱亲生儿	076
第 六 章	救孤弱武师惩武棍	毁坟茔胞弟战胞兄	090
第 七 章	无良妇卧房谋恶事	不逞徒苇荡动干戈	113
第 八 章	扮蛇怪顽童惩悍妇	装大虫耆老退强梁	128
第 九 章	曹富贵坟前哭嫂母	姜武师村后战群凶	138
第 十 章	传假意秦王赚国丈	扮乔装众丐胜府兵	162
第 十一 章	迎风涛父女抛沙岛	赴酒宴世民中鸩毒	178
第 十二 章	施离间诬栽骠骑将	动杀伐喋血玄武门	196
第 十三 章	小宝挟私捕风捉影	曹娴重义屈己助人	216
第 十四 章	不甘受辱立志习武	有意观战诚心拜师	239
第 十五 章	避灾殃曹婉匿踪迹	行不义尹家人穷途	255
第 十六 章	揭豪富曹娴巧施计	赈灾情侍中敢用权	270
第 十七 章	攀山林慈父寻爱女	冒风雪师徒拯生灵	286
第 十八 章	伸援手同胞出水火	递书札恶霸入牢房	301
第 十九 章	凭浩气泛舟降匪众	诉衷情焚稿祭英魂	323
第 二十 章	两吟两和巾帼属意	三见三别须眉倾心	338
第二十一章	迎佳期月老牵红线	定名分新人赴长安	354
第二十二章	出冷语燕妃泄私怨	设迷局韦氏赚人情	375
第二十三章	宿山坳剑锋逼刺客	游御园佳作冠群芳	395
第二十四章	为祭祖一身幽禁室	因虐行二妾跪庭阶	410

(下册)

第二十五章	誊名册宠姬遭暗算	嫁祸端国舅受责罚	439
第二十六章	救猎者婵媛入东昱	避官军杀手投异邦	466
第二十七章	遇故知宵小挑嫌隙	抒正气贞淑笃真情	481
第二十八章	因争宠幼儿遭劫难	为尊严生母陈严词	502
第二十九章	诘众妾君王断疑案	诲宫娥臣子进诤言	521
第 三 十 章	览囚账建言施德政	查均田纵论治国方	537
第三十一章	保地亩云鹏抗村霸	督均田孙亮抑豪门	550
第三十二章	当端砚曹娴遭构陷	造冤情韦氏受褫革	578
第三十三章	韦氏诡谲又谋假案	曹娴敏慧再解谜团	604
第三十四章	嫡亲阋萧墙生乱象	夫妇合宫掖稳朝局	629
第三十五章	魏王子投机反受累	杨夫人弄巧却成拙	642
第三十六章	行刺客杀机付流水	设局人美梦成黄粱	655
第三十七章	品书法潜心出妙语	治巨蛇放胆用高招	674
第三十八章	云麾将智劫军马场	左监门勇闯承安城	687
第三十九章	定征讨君王排众议	明得失宠妾进良言	702
第 四 十 章	赋佳句河中夸美景	发疾言湖畔斩豪强	715
第四十一章	施火弩建言保黎庶	劝允降献策免屠城	726
第四十二章	凭孤胆单骑诱敌众	奉爱心一曲慰夫君	737
第四十三章	两姐妹重逢比武场	二师徒再会将军宅	748
第四十四章	义勇女捐躯演兵场	忠良男浴血黄土坡	763
第四十五章	破圈套城边斗敌寇	防火攻海上战贼船	778
第四十六章	修仪施方逐营疗创	丐众燃火为军驱寒	801
第四十七章	数劣迹游民谴豪富	说善行阮氏赞国戚	815
第四十八章	御风浪沙洲避海难	斫叛贼神庙破杀机	829
第四十九章	见难船救险归宁路	闻噩耗泣血慈父碑	846
第 五 十 章	循天意香魂归故里	顺民心圣主筑殿堂	865

引子

　　梅花引·咏曹妃

　　梦留海渚语声凝，纵含情，遣谁听。一朵芙蕖，开过尚盈盈？犹抚玉琴音袅袅，灞桥雪，郦山风，和瑟鸣。

　　龙河沛然一径行，堤柳青，月色明。山河永驻，芳菲落，天意伶仃。烟敛云收，何处觅娉婷？鸿雪萍踪堪追忆，千秋事，意阑珊，任尔评。

——代题记

　　波涛滚滚的渤海海面上，一艘海洋勘察船在破浪行进着，船头上方"海洋勘察"四个白色大字格外醒目。勘察船驾驶室内，大副头戴耳麦，一边手握舵轮掌控船的航向，一边卡算着海图。站在大副旁边的二副目不转睛地向前方瞭望着什么。

　　忽然，二副眼睛一亮，抬起手臂指向左前方说："前面隐约可见一座海岛，一定就是曹妃甸！"

　　大副顺着二副手指的方向望去，继之低下头看着海图上一处说："方位：东经118°31′，北纬38°54′，对，就是曹妃甸！"说着调整一下耳麦，"报告指挥长，我船已驶入曹妃甸海域，前面距我船约一海里处有一座小岛，就是曹妃甸。"

　　耳麦里传出指挥长的声音："知道了。调正航向，向曹妃甸靠近！"

　　大副应声操控舵轮，将航向调到曹妃甸方向。勘察船迎着风浪全速向前行进，船头不时激起几米高的浪花。时候不大，勘察船就行驶到了曹妃甸岛边。此时的勘察船工作舱内，四名勘察员都头戴耳麦，各自操控着勘测仪器，全神贯注地观察着仪表。一号勘察员率先对着耳麦话筒报告勘测数据："报告指挥长，曹妃甸西南面浅海，水深25米等深线距0米等深线400至500米。"

　　耳麦里传来指挥长的声音："明白。请继续向深海测量！"

　　勘察船开始驶向深海。

　　在勘察船指挥舱内，指挥长也在紧张地忙碌着，他一边倾听耳麦里的声音，一边观察仪表，同时双手不停地敲击着电脑键盘。

　　相比之下，站在其身旁的女记者晓雯倒显得有些悠闲，一直在尽情地欣赏着海上风光，不时举起相机拍一下海景镜头。

　　此时指挥长头戴的耳麦里传出二号勘察员的声音："报告指挥长，水深36米等深线距0米等深线800至1000米。"继之三号勘察员的声音也从耳麦里传出："报告指挥长，1080P红外自动跟踪智能高清海底探测摄像机视频显示，此处海底出现三件破损的瓷器，另有一长方形不明物体！"

　　指挥长对着耳麦话筒说："知道了。"接着调整一下耳麦，"一号潜水员、二号潜水员，请做好准备，马上潜入水底打捞破损的瓷器与长方形不明物！"

　　在两名全副武装的潜水员从勘察船甲板上潜入海中之后，工作舱内的三号勘察员和四号勘察员各自注视着电脑荧屏，用耳麦指挥潜水员进行水下作业："一号潜水员，向左前方移动五米，再移动一米，好！""二号潜水员，向右移动四米……"

　　在海底，一名潜水员依次把一只仅剩大半的青瓷双耳罐、一只青瓷灯盏和一只陶酒壶拾起，放进黑色尼龙袋里。另一名潜水员则把海底一个比16开A4型白纸略大的灰黄色长方形扁平物拾起，放进黑色尼龙袋里。

　　二十分钟后，这些海捞物都被摊放到了勘察船指挥舱内地面上。指挥长、四名勘察员、两名潜水员和记者晓雯等人都围拢到这些海捞物周围看稀罕。

　　指挥长说："这些海捞物是我们这次勘察的意外收获。可惜呀，我们这次出海只是勘察曹妃甸海域水深和水下地质情况，为拟建的北方大港选址提供水文地质数据，没有海底打捞任务，也就没配备文物鉴定方面的专家，所以不好鉴定这些海捞物的年代、名称和价值。特别是这只灰黄色长方形扁平物，好像是用油布包着的什么东西，究竟里面是什么东西、有什么价值，更是不得而知。"说到这里转向大个子二号勘察员说，"大李，在我们这群人中，就你还懂点文物知识，你说说看，这都是哪个年代的东西，叫什么名称，有多大价值？"

　　二号勘察员说："这三件瓷器，我看有两件是唐代的，一件是宋代的。"说着用手一指青瓷双耳罐，"这一件是唐代的，应该叫青瓷双耳罐。你们看，它的釉色呈米黄色，不及底，口沿外撇，短颈，圆溜肩，腹下内收，小平底，器身丰满，这大都是唐代青瓷的典型特征。"接着一指青瓷灯盏，"这一件也是唐代的，应该叫青瓷灯盏。它的釉色青中泛黄，也是釉不及底，大敞口，曲腹，小平底且内凹，里边这个小钮是系灯芯用的，也大都是唐代青瓷的特征。这两件瓷器虽然经过海水长期浸泡侵蚀，釉面已呈亚光状态，但釉色仍还算鲜艳。人们都说，瓷器经高温烧成，最能经受时间的考验，这两件海捞瓷就体现了这一点。"又一指陶酒壶，"这一件应该产自宋代，是陶酒壶……"

二号勘察员话还没说完，记者晓雯用手一指长方形灰黄色扁平物说："李大专家，还是先看看这件吧，这像是用油布包着的什么，里面说不定会有文字一类的东西呢。"

二号勘察员用手轻轻触摸着这一物件说："对！这外面的包皮是用絁和麻混纺而成的，既有一定韧性又有一定硬度，其接口处看来是用什么胶粘合后再把整个包皮用桐油密封。触摸着很有厚度，看来这密封的油布包皮有好几层呢。要想知道里面包的是什么，只能把它打开来看。"

指挥长说："那就把它打开吧。"

二号勘察员从随身带的工具包里取出一把小剪子，用剪子把油布包一角豁开一个小口，然后从小口处把油布包一边轻轻剪开。从剪开的这一层包皮中又取出一个光泽度明显更强的油布包。如此操作，先后打开五层包皮，从里面取出的仍是一个油布包。

晓雯惊叹："哎呀，包了这么多层油布，里面一定是非常非常珍贵的东西。"

二号勘察员说："只有这样才能确保里面的东西完好无损。看来里面的东西的确非常珍贵。"

二号勘察员说着话打开了第六层油布包皮，从里面取出一摞四册线装纸本，最上面的一册封面上赫然写着"大唐贞观朝曹妃记略"九个楷书大字。

在场人们异口同声惊呼起来。

晓雯说："大唐贞观朝曹妃记略！这个曹妃，毫无疑问就是一千多年前葬在曹妃甸上的曹妃呀！"

一号勘察员说："这可是无价之宝，无价之宝啊！"

二号勘察员说："重大发现！重大发现！"

三号勘察员一迭连声赞叹："不得了！不得了！"

指挥长说："掀开看看，里面写的什么？"

二号勘察员用有些颤抖的手掀开封面，只见扉页上以娟秀的毛笔字体写着"阎立本奉旨草撰于平州海域之珍珠岛"数字。

晓雯又惊呼："呀！这扉页上的字写得太清楚了：'阎立本奉旨草撰于平州海域之珍珠岛'！"抬起头看着指挥长说，"阎立本，唐朝的大画家，唐太宗做皇帝的时候任将作少监，后来还当上了宰相。这次出发前，我曾听我爷爷说，当地民间一直盛传，当年曹妃病故埋葬在曹妃甸上之后，唐太宗曾命当时的将作大匠，也就是总工程师阎立德设计修建曹妃殿，又命阎立德的弟弟，宫廷画师阎立本专程赶到平州，就是现在的冀东一带，遍访曾受到过曹妃救助的贫弱百姓，再把曹妃的功德事迹画成《曹妃救难图》，悬挂在曹妃殿墙壁上，供后人瞻仰。民国年间渤海发生特大风暴潮袭击曹妃殿，把整个大殿都冲毁了，那些珍贵的《曹妃救难图》也都被冲没了。真没想到，阎立本还撰写了这部《曹妃记略》，而且它至今还在，竟让各位从海底打捞了上来！这四册纸本，一定是密封好了以后收藏在曹妃殿里，在民国二十五年，也就是1936年那场特大风暴潮把大殿冲毁时被潮水卷到海里的。"

这时指挥长说："大李，你的手怎么了？怎么老是在颤？"

二号勘察员摇晃着脑袋说："哎呀，今天这个发现太令人震惊了！太令人震惊了！我不只是手在颤，我的心也在颤哪！这太令人激动了！"

其他人也都异口同声赞叹不止。

二号勘察员仍激动不已："价值连城，价值连城啊！"

指挥长说："大李先平静一下心情，让我们的大记者再往下掀着看看吧。"

晓雯蹲下身子，用手轻轻掀到下一页，念："大唐贞观朝曹妃讳娴，河北平州人，祖仁鸿，怀化将军，州刺史。父元成，未仕。养父曹富荣，渔人。曹妃未尝生，祖仁鸿赴京谒秦王，时秘技大师袁天罡在侧，引仁鸿入密室，观其相，问其年庚，告之曰：'将军夫妇皆寿不过六旬，然将军三代之内必有异人出世，此人贵不可言，将泽被众生——'"

"停！"指挥长一扬手打断晓雯的话，"都是文言，让人听起来似懂非懂，拜托大记者给译成现代文吧。"

晓雯说："我也是有的句子懂，有的句子不懂。指挥长，我爷爷是县文史馆资深研究馆员，专门从事古籍整理和研究工作，干脆我把它拿给我爷爷，让我爷爷译成现代文，再公诸于世，你看这样行不行？"

指挥长说："行啊，这宝物属文物史料，本来就该交给国家文史部门，正好这个交送工作由你代劳，也省了我们的事了。好！这宝物就交给你了，我们接着进行海上勘察。"

一周以后，当晓雯再次来到县文史馆与其爷爷会面时，见爷爷的写字台上放着的四册《曹妃记略》纸本旁边，整整齐齐放着封面上写有《曹妃记略译文》字样的一摞文稿。晓雯惊喜地说："没想到爷爷这么快就把这四册古文纸本译完了，爷爷辛苦了。"

爷爷说："下面的事，就是想办法把它公诸于世。"

晓雯说："这一重大发现我已在报纸上发了消息，这四册纸本原文和爷爷您的译文都太长，报纸版面容纳不下，只能在杂志上分期发表。只是，相对而言，杂志的读者面稍窄一些。"

爷爷说："这四册纸本，爷爷是边译边掉眼泪译出来的。这个曹妃真是太了不起了，在中国古代后妃当中堪称绝无仅有，可用十六个字概括她的一生：'大爱之心，大义之举，大仁之德，大侠之气。'可以说，她是我们中国古代劳动妇女的一个缩影，是我们民族母性的化身啊。"

晓雯说："您这一说，倒让我想起了，爷爷您不仅古文功底深厚，而且文学素养也蛮好，您可以把这四册纸本上所记载的曹妃史事改编成长篇历史小说，奉献给广大读者，让读者与我们共享这堪称古今一绝的文化盛宴啊。"

爷爷点点头："你这个主意不错，的确不错！好吧，这事爷爷我一定勉力为之！"

嗣后，定名为《大唐曹妃传》的长篇历史小说付梓面世了……

第一章
救民女曹门惹命案　拯功臣宫阙起争端

大唐武德五年（公元622年）初春的一天，傍午时分，蓟州渔阳郡街道西口外来了一小队人马。为首的老者姓曹名仁鸿，身着一袭酱紫色长袍，骑一匹枣红色骏马，此番出行乃自邓州刺史任上卸任后途经此地，赶往幽州大都督府迁任都督一职。紧随其后的是其子曹元成，着藏青色长袍，骑一匹乌青色骏马。再其后是一驾马车，车上坐着曹仁鸿的老妻和已身怀有孕的元成妻。最后是曹仁鸿的两名长随，都着一身黑衣黑裤，各骑一匹雪白骏马。

一行人来到街口一座牌坊下。曹仁鸿勒住马头，抬头看看牌坊上方正中写着的"蓟州渔阳郡"五个大字，对曹元成道："到渔阳地界了。走！到街面上寻一家客栈，待用过午饭，稍事歇息之后再赶路。"

曹元成答应一声，催马率先经过牌坊向街里奔驰而去。

曹氏父子一前一后正在街道上策马而行，忽从一户人家院内传出女子的哭叫呼救声。曹氏父子赶忙勒住马头循声望去，只见两名着灰色衣裤的汉子一边一个拖拽着一位披头散发年轻女子的臂膀从那户人家的院内走出。随后走出的是一名长着一双老鼠眼的汉子，此人身着浅绯色长袍，腰佩一柄玲珑宝剑。老鼠眼汉子身后又跟出三名着灰色衣裤的汉子。

年轻女子一边往后坠一边哭喊："救命啊！救命啊……"

一老者从门内奔出，连声大呼："你们不能抢人哪，不能抢人哪——"

老鼠眼汉子身后的一名汉子回身朝老者一脚踢去，把老者踢得仰倒在地，呼叫声戛然而止。

那汉子喝道："老家伙，让你喊！再喊，老子让你上西天！"

年轻女子仍在呼救。

曹元成下马迎过去大喝一声:"站住!光天化日之下,竟敢强抢民女,真乃胆大包天!赶快把人放了!"

拖拽女子的两名灰衣汉子倏然收住脚步。

老鼠眼汉子走上前来,对曹元成恶狠狠地说道:"你这厮才是胆大包天!你是哪里来的狂徒,胆敢来挡本大人的道,还敢对本大人出言不逊,我看你是活够了!赶快给本大人闪开!不然,本大人一剑刺将过去,定让你身首异处!"说着从腰间"刷"一声抽出宝剑,剑锋直指曹元成咽喉。

曹元成冷笑一声道:"你一口一个本大人,大人二字也是你这种人可以自诩的?尔等几个充其量不过是一群地痞恶棍!识相的,赶快把人放了,不然,我要动武了!"

老鼠眼汉子大咧咧地道:"好啊,那就比试比试,把你的兵刃拿出来呀。"

曹元成道:"与尔等恶棍比试,何需兵刃,我只凭拳脚,不过三拳两脚,便让尔等倒地之后再难起身!"

老鼠眼汉子冷笑一声道:"大胆狂徒,竟敢口出狂言,那便来吧。"

此时周围已围了一圈看热闹的行人。

两名灰衣汉子走上前来对老鼠眼汉子道:"大人,不用大人您动手,我等二人来与这厮较量。"

老鼠眼汉子对这两名汉子往后一扬下巴:"你等靠后,靠后,本大人今日甚是手痒,要杀人了!"说罢不等对方反应,挺剑一剑朝曹元成心窝刺去。

曹元成闪身躲过这一剑,急转身一脚踢在对方胯骨上,老鼠眼汉子被踢得一个踉跄险些倒地,一时恼怒非常,调整好身姿又挺剑朝曹元成心窝刺来,又被曹元成闪身躲过。曹元成左手顺势抓住老鼠眼汉子握剑的手臂往后一带,以右掌朝其后心一掌击去,只听"嘭"一声响,那老鼠眼汉子朝前一个踉跄扑倒在地,浑身痉挛,少顷便一动不动了。三名灰衣汉子见其主子被击倒在地,一起挥舞大刀朝曹元成砍了过来。曹元成闪转腾挪,左冲右突,只几个来回,便把三名汉子统统击倒在地。那两名扭着年轻女子臂膀的汉子见曹元成武功如此高强,也不管他们的主子了,松开扭住年轻女子的双手一溜烟朝街里跑去了。那三名被打倒的汉子用手或捂胸腹或捂腿胯"哎哟哎哟"地叫唤着。

曹仁鸿走到老鼠眼汉子身旁俯身用手背挨近其鼻孔试了一会儿,站直身子对曹元成道:"死了。儿啊,你下手太重了。"

看热闹的人们一看出了人命，纷纷四散开去。

曹元成道："儿子情急之中一时未能顾得许多，失手了。"转身对三名倒地的汉子道，"都起来！把尔等的主子抬走，莫让他脏了这地面！"

三名汉子挣扎起身，有人拽胳膊有人拽腿，把老鼠眼汉子抬起来，趔趔趄趄地向街里走去。

年轻女子过来朝曹氏父子跪下道："谢恩人相救大恩。"被踹老者一瘸一拐地过来朝曹氏父子跪下，也道："谢恩人，谢恩人救了小女。"

曹仁鸿向老者做个请起的手势，道："老人家无须多礼，你们父女快回家吧。"老者和年轻女子起身回家去了。

曹仁鸿对曹元成道："出了人命，该去刺史衙门知会一声，也好有个交代。"

曹元成道："何须如此？一名抢男霸女的恶棍，便当有如此下场！打死他，正好为这一方百姓除了一害！"

曹仁鸿叹一口气道："儿啊，你太年轻了。你看那围观者一看此人被打死，便纷纷四散开去，由此便可知那死者定是有些来历。方才他自称本大人，或许确是本地一名职官呢。为父原以为你教训彼等一番，救下被抢女子便罢了，故此未曾上前拦你，不想你一失手将其打死了。看来要了结此事需费些周折，你我父子不能即刻动身赶路了。"

曹元成道："儿子一人做事一人当，决不连累父亲，无论有什么事，由儿子一人在此顶着，父亲只管带母亲她们继续赶路，按时去幽州大都督府赴任便是。"

此时那两名曾拖拽年轻女子的灰衣汉子又折返而来，其身后是一乘由四人抬着的绿泥肩舆，肩舆后面是两队二十余名衙役，一起朝着曹氏父子这边走来。

两名灰衣汉子走到曹氏父子近前停住脚步。

一名灰衣汉子回身用手朝着肩舆扇乎："停下！停下！"

四名轿夫停住脚步。

灰衣汉子对着肩舆道："大人，杀人凶手在此！"

一名衙役趋步上前掀开轿帘，一位身着四品官服的中年男子从轿内走出，此人是蓟州刺史魏文魁。

灰衣汉子抬手一指曹元成，对魏文魁道："大人，此人便是打死尹大人的凶手！喏，还有那老者，他们是一伙的！"

魏文魁对曹氏父子厉声道："大胆狂徒，竟敢毙杀朝廷命官，真乃反了天了！来人！将这一老一少绑了！"

四名衙役两两一对朝曹氏父子奔了过来。

曹元成朝四名衙役一扬手臂道："慢！命案乃敝人一人所为，与家父毫无关涉，要绑，便绑我一人！"

魏文魁冷笑一声道："你二人既为父子至亲，焉有不相互袒护之理？尔何以为凭，尔杀人非受尔父唆使？快着些，将这老少二犯一并拿下！"

四名衙役又往前凑。

曹元成大声道："慢着！这位大人，请容敝人禀明案请。那死者生前与其同伙在此强抢民女，"说着抬手一指两名灰衣汉子，"那五名同伙当中便有此二人，正巧被敝人遇上，敝人上前阻拦，那死者非但不听，反倒手持利剑刺杀敝人，敝人于自卫当中失手一掌将其打死。此中情由，万望大人明察。"

魏文魁道："尔讲死者生前强抢民女，何以为凭？"

曹元成抬手一指年轻女子家门口道："那被抢民女就在那门内居住。还有其老父当时上前为其女儿求告那伙歹人，反被歹人一脚踹倒在地，那老人家亦可为证。"

魏文魁道："无论此案是非曲直如何，尔等命案在身，皆须押至衙门，由本大人传唤证人一一按问审理。"说罢眼睛一瞪那四名衙役，"尔等还站着做甚？听本大人令，将这老少二人一并绑了！"

曹元成大呼："大人，不成！"

此时曹仁鸿上前一步道："我儿莫再多言！"转对魏文魁道，"我看这位大人衣着与乘舆，知大人乃蓟州刺史，可是？"

魏文魁道："正是本大人。"

曹仁鸿对曹元成道："我儿听了，如此人命重案，为父乃我儿至亲，又是在场之人，如何能置之度外？故此且遵刺史大人之命，你我父子同去衙门接受按问。其中是非曲直，待到衙门再论不迟。"

曹元成急忙道："父亲！您肩负皇命，岂可在此被缚受辱，又岂可辜负了皇帝诏命？"说罢转对魏文魁道，"刺史大人，我父亲现有皇帝诏命在身，大人若定要将他老人家绑缚州衙，延误了皇命，大人可吃罪得起？"

魏文魁听了这话一愣，继之转向曹仁鸿道："你有皇帝诏命？你是何人，皇帝诏书何在？"

曹仁鸿道："刺史大人，实不相瞒，我曹某承蒙当今皇上圣眷，此前被敕命为邓州刺史，现今又迁任幽州大都督府都督，今转道渔阳，便是要赶赴幽州履新。"

魏文魁大感意外："你被皇上敕命为幽州大都督府都督？这……你空口白话，

让本大人如何能信？况就你这身装束，且从者无几，哪里会有你这样的都督？"

曹仁鸿道："曹某着便装，轻车简从，只为一路上行止方便，此乃曹某素来行事之风，望刺史大人莫以为怪。"

魏文魁道："你不是有皇上诏书在身么？且请出示。"

曹元成急忙插言："皇上诏书，岂可随意示人？"

魏文魁冷哼一声："空口无凭，本大人岂可轻信！"

曹仁鸿伸手从袍衽内取出一个锦包，递向曹元成："我儿莫再多言，这诏书让刺史大人看看也无妨。"

曹元成接过锦包，打开，其中是折叠着的一张微黄色的纸，把纸展开，送到魏文魁面前："请刺史大人过目。"

魏文魁先看诏书，然后对曹仁鸿拱手一礼："曹大人果然是皇上诏敕的幽州大都督府都督。早闻曹大人大名，却一直未得谋面，今日方得一见。下官贱姓魏，名文魁，数月之前方被皇上擢为蓟州刺史。曹大人品级在下官之上，请受下官一拜。"说罢对曹仁鸿拱手施礼。

"魏大人免礼。"曹仁鸿接过曹元成重又包好的锦包放入袍衽内，对魏文魁道，"曹某犬子元成，尚未取得功名，此番随曹某出行，是要赴幽州武考场应试武举。即如犬子适才所讲，我父子行至这渔阳地面，正遇有一伙人强抢民女，犬子便上前阻拦，那死者非但不听，反倒持剑来刺犬子，犬子赤手空拳与之周旋，不想失手一掌将其打死。既成命案，便非同小可，切望魏大人明察公断，犬子该定何罪，便定何罪。"

魏文魁道："下官深信曹大人之言句句为实。那死者姓尹名四，拜蓟州司马一职。然其并非寻常胥吏，乃当朝尹国丈之爱子。尹国丈之大名想曹大人早有耳闻，如今其遽失爱子，岂能善罢甘休？若是曹大人父子一走了之，下官实难向上交代，故此尚须曹大人委屈一时，暂至州衙羁留两日，待下官遣使赴京师请旨之后再做定夺。下官苦衷，还望大人用心体察。"

曹仁鸿道："曹某倒曾听闻，那尹国丈并无子嗣，尹德妃虽为其女，也并非其亲生，如今他怎的有了一位爱子？"

魏文魁似一时语塞："这个么——"

曹元成抢过话头道："父亲，此事儿子在京师之时已有耳闻，那尹四确非尹国丈所亲生，其姓氏原本也并不姓尹，而是姓赵，名四。尹国丈尚未发达之时人称尹阿鼠，从那时起这赵四便与尹阿鼠随在一处偷鸡摸狗。有一回，尹阿鼠与一群野狗争抢一块被人扔弃了的肉骨头，险些被野狗咬死，是赵四用打狗棍打跑了野狗，尹阿鼠方捡回一条命。从那时起，尹阿鼠便认了赵四为义子。尹阿鼠之养女尹氏受宠获封妃嫔之后，尹阿鼠也获封国丈尊号，那尹四干脆将其赵姓改为尹姓，在京师做了一名小官。他依仗尹家淫威，竟日胡作非为，此事当时在京师传得沸沸扬扬。如今他竟做上了蓟州司马，定也是靠了尹家的——"

曹仁鸿打断曹元成的话头道："唉，我儿莫再讲了——"

魏文魁抬高嗓门道："不！让他讲！"转对曹元成道，"你对尹四了如指掌，看来你既认识他！你既认识他，又将他打死，想来是故意为之了？"

曹元成道："回大人话，敝人以上所述只是耳闻，在今日与他遭遇之前并未见过他，故此并不认识他。"

魏文魁冷冷地说道："哼！你讲得头头是道，岂可否认！"说罢转对曹仁鸿道，"曹大人，当讲的话下官皆已讲了，即请曹大人到州衙走一趟！"

曹仁鸿道："曹某此番迁徙，随行之人尚有拙荆与儿媳，待曹某过去稍作安顿，再随魏大人前往州衙。"

魏文魁道："曹大人请便。"

曹仁鸿上马拨转马头，来到街道一侧其妻和儿媳所乘马车跟前道："夫人，我与元成要去州衙走一趟，恐须在此羁留几日，夫人与儿媳暂去平州沿海一名曰下庄的镇子上我师弟姜忠处歇息几日，待这边诸事处置停当，我们父子再去接你们婆媳徙居幽州。"

曹夫人颤声道："是元成他打死了人，犯下死罪了？"

元成妻惶惶然道："这可如何是好啊？"

曹仁鸿道："夫人勿忧，你只管与儿媳去师弟处暂住，这边的事我会处置停当的。"说罢转对两名长随道，"你等二人一路上要尽心护送照拂夫人母女前往，诸事小心，不可大意。"

一名长随拱手道："大人放心，我等一路上定当尽心护送照拂夫人与少夫人。"

曹仁鸿道："好了，上路吧。中途寻一处清静些的客栈，侍候夫人母女用饭。"

安顿停当之后，曹仁鸿便拨转马头走回到魏文魁跟前。

魏文魁面色一肃，对衙役高声道："将命案人犯曹元成绑了！"

两名衙役上前把曹元成摁跪在地，用绳子绑了起来。

魏文魁抬手一指被抢民女家门口，对众衙役道："将那户人家的女子与老者一并押至州衙！"又一指两名灰衣汉子，"将此两名案犯也押至州衙一并按问！"

又有四名衙役两两一对把两名灰衣汉子反剪了双臂。

两名灰衣汉子一齐叫嚷："大人！大人！我等并非杀人案犯，乃司马大人身边随从！"

魏文魁道："有人指控尔等五人跟随尹四擅闯民宅强抢民女，且尔等为命案人犯打死尹四目击之人，本大人须一并羁押按问！"

时过半月，曹氏父子被押到京师大理寺狱。后经审理认定，死者尹四率马弁强抢民女案情属实，曹元成上前阻拦，与尹四发生争斗，失手将尹四打死案情亦属实，依律，拟判曹元成杖责四十，流放幽州范阳郡，另判曹仁鸿无罪。因本案案情特殊，故将审判文书报呈皇帝御批。

这一审判结果很快就传到了当朝国丈尹阿鼠的耳中，立刻引起这位国丈爷的强烈不满。他派人到大内后宫送信，让他的养女尹德妃马上到国丈府来一趟。

时候不大，一乘步辇就抬到了国丈府大门外。一名太监上前掀起辇帘，一位年约二十五六岁，体态丰腴，容貌艳丽的女子从步辇中走出。她就是当今皇帝的宠妃尹德妃。在侍女和太监跟随下，尹德妃走进朱漆大门。

门内四名守门大汉对走进门的尹德妃一齐跪下，齐声道："参见德妃娘娘。"

尹德妃并不理会他们，绕过影壁，走进一偌大厅堂，对侍女和太监道："你们在此候着。"

侍女和太监应声停住脚步。

尹德妃折而向右走进暖阁。

暖阁内，尹阿鼠靠坐在太师椅上正在把玩一只玉如意。此人五十来岁，额上有一道长长的刀疤，下巴上生着几根稀疏的胡须，身着用上好的紫色杭绸裁制而成的长袍。一条做工精细的腰带上挂着玉佩、宝石、香囊等大大小小十几件饰物。

尹德妃上前恭敬地招呼："父亲大人近日可好？"

尹阿鼠抬起头看着尹德妃，没好气地道："你来了？好？能好得了么？人家已朝我们老尹家开刀了！"

尹德妃诧异道："父亲大人何出此言？究竟出什么事了？"

尹阿鼠道："你弟弟四儿，被人家活活打死了！"

尹德妃浑身一震："什么？四儿被人打死了？此事当真？"

尹阿鼠道："这还有假？渔阳四儿府上来报信的马弁尚未走呢。"

尹德妃问道："凶手是谁？"

尹阿鼠冷哼一声道："前邓州刺史，如今刚被皇上敕命为幽州大都督府都督的曹仁鸿的儿子曹什么……曹元成。四儿被那曹元成打死之时，那曹仁鸿也在场。"

尹德妃又问："那曹氏父子为何要打死四儿，难道他们与四儿有何仇怨？"说着话坐在另一把太师椅上。

尹阿鼠道："此前双方并无仇怨，也互不相识。"

尹德妃微微蹙起眉头："既是无冤无仇，那曹氏父子为何要置四儿于死地？"

尹阿鼠道："听来报信的马弁讲，四儿要娶一民女为小妾，许是强勉了些，被那曹氏父子撞见，便上前阻拦，双方动起手来，那曹元成便一掌把四儿打死了。"

尹德妃道："四儿也太没规矩了，原先在京师便闹得民怨沸腾，只好将他外放了，却又出了这档子事。不是女儿埋怨爹爹您，这都是您惯的。"

尹阿鼠拉下脸来："为父我把你唤来，难道是要听你埋怨？四儿再没规矩，也到不了死罪的份上吧？再说，即使到了那个份上，还有刑部，还有大理寺呢，怎也轮不到他曹氏父子来管吧？"

尹德妃道："既然出了命案，想那刑部与大理寺定会将人犯依律定罪的。"

尹阿鼠气不打一处来："哼！若那样倒也罢了。为父我今日一早遣府内长史尹何去刑部打探消息，他回来讲，他从刑部熟人刑部员外郎禹某口中得知，蓟州刺史魏文魁已遣人将曹氏父子、那民女与其老父，还有四儿手下五名马弁一并押到了刑部，刑部会同大理寺对那些人分别作了按问。按问结果如何那禹某却只字不讲。尹何向他使了银子，他方讲了，刑部与大理寺认定，四儿强抢民女为实，那曹元成赤手空拳与手持佩剑的四儿厮打亦实，四儿被打死，乃曹元成失手所致，故判其杖责四十，流放幽州。你看这……这这……这叫什么判决？幽州是流放地不假，可我朝又何止一个流放地？那幽州乃曹仁鸿赴任都督一职之地，其子曹元成也流放该地，这不明明是成全他们父子吗？还有，那曹元成打死四儿，又如何可知不是受其父曹仁鸿纵容？案子如此断法，岂不等于四儿白白送了一条性命？叫为父我如何咽得下这口气？如此奇耻大辱，为父我实难禁受！这便是我唤你过来的缘由！"

尹德妃秀眉已微微皱起："案子如此断法，确实令人匪夷所思。想那刑部与大理寺也太小看我们尹家了。爹爹放心，女儿这就去见皇上，我就不信，他刑部与大理寺便能如此一手遮天！"

尹阿鼠问道："你要皇上判那曹元成什么罪呀？"

尹德妃道："这还用说？杀人偿命，欠债还钱，自古以来天经地义，我要他为四儿以命抵命！"

尹阿鼠使劲一点头："嗯，好！就这样。那，那个曹仁鸿呢？不能就这么便宜了他。"

尹德妃咬牙道:"曹仁鸿纵容其子杀人,我要皇上罢黜其职衔,贬为庶人!"

尹阿鼠一拍大腿:"好!就这么办!为四儿报仇,就全靠女儿你了。"

此时,距尹国丈府不太远的太子李建成居住的东宫,由本案引起的另一场密谋也拉开了帷幕。密谋的主角是当今皇帝李渊的第四个儿子——齐王李元吉。

李元吉脚步匆匆地来到东宫显德殿门外,不容宫中内监进殿通禀一声,就径直走进显德殿东暖阁,大大咧咧地招呼:"忙什么哪大哥?"

暖阁内,李建成正在伏案阅览一份文牍,其身旁一名侍女在研磨。

李建成闻声抬起头来:"哟,四弟,看你这急匆匆的样子,可有急事?"

李元吉一屁股坐在旁边一只绣墩上,道:"有重大消息,邓州刺史曹仁鸿犯案,已被押解到京师了。"

李建成听了感到十分意外,问道:"哦?曹仁鸿?他犯了什么案?"

李元吉述说了案情经过,之后说道:"蓟州刺史魏文魁已将曹氏父子一同押解到了大理寺。"

李建成问:"既是曹仁鸿之子打死了人,为何将曹仁鸿也押解到大理寺了?"

李元吉道:"这个,大哥你还不明白呀?"说罢瞥旁边侍女一眼。

李建成对侍女道:"你先下去吧。"

待侍女退出,李元吉道:"那尹四是谁,大哥你忘了?此人乃尹国丈尹阿鼠之义子。那魏文魁呢?此人原本不过一小小京官,忽然一夜之间便平步青云,被擢为蓟州刺史。他靠的是什么?靠的是德妃娘娘在父皇面前吹了枕边风。如今尹家被打死了人,他魏文魁能不趁机投桃报李,还尹家一个大大的人情?"

李建成道:"那又如何?儿子打死了人,总不能让老子去抵命吧?"

李元吉道:"所以呀,小弟我才来见大哥。这可是你我兄弟封他曹仁鸿之口的一个难得的机会。"

李建成不解其意,问道:"封曹仁鸿之口?这又为何?"

李元吉道:"大哥,你是真忘了呀还是装糊涂?三年之前,曹仁鸿尚在二郎身边之时,你我兄弟为除掉二郎,利用魏征与曹仁鸿是同乡又同为瓦岗降臣这一层,让魏征去说服曹仁鸿,寻机灭掉二郎,到时候大哥你将向父皇举荐他为左武卫大将军。他却不为所动,将魏征顶了回来。虽则他当时向魏征作出承诺,他绝不会出卖魏征,也为免我们兄弟相残,他绝不会向二郎透露此事,然则此事在小弟这里总是一块心病。如今你我兄弟正可抓住这个机会,去除这块心病。"

李建成不以为然："此事已过去三年了，不是一直都没事嘛，我们从二郎那里也看不出他已得知此事的迹象，说明曹仁鸿还是信守承诺的呀。"

李元吉冷哼一声道："二郎其人，心机甚深，即便他已得知此事，你从他面上也是看不出什么的，他未曾有动作，那是他以为时机尚未成熟。"

李建成还是不明白："若曹仁鸿已向二郎透露了此事，我们封曹仁鸿之口又有何用呢？"

李元吉道："当然有用！留他活口，一旦二郎追究起此事来，他曹仁鸿便是人证！可若他尚未向二郎透露此事呢，那也不等于他日后不会透露。故此，永远封上他的口，方可杜绝后患。还有，他在邓州刺史任上待得好好的，父皇为何要将他迁往幽州呢？小弟经过一番访查，方知曹仁鸿这个幽州都督的人选是二郎举荐给父皇的。二郎为何要举荐曹仁鸿做幽州都督？此中便大有深意在。大哥你知道，父皇为防二郎拥兵自重，以命小弟我统兵平叛为名，将他手下部分兵力转交于小弟统领，从而大大削弱了他手中兵权。对此他能够甘心？更别说幽州大都督府都督品级较邓州刺史品级要高，只说那邓州刺史只是地方官，而幽州大都督府都督既是地方官，又有统兵之权。非但如此，那幽州是何等地方？是与漠北薛延陀部比邻之地。他将曹仁鸿安插到幽州，尽可以加强边防之名，行扩充兵力之实，成为他二郎可挟制你我兄弟的一支劲旅。故此，灭了曹仁鸿，便使他二郎手下少了一员得力干将。"

李建成点点头道："四弟言之有理。然则如何才能置曹仁鸿于死地呢？要知道，那曹仁鸿曾跟随二郎南征北战，为我大唐立下不小的功劳，父皇不会不念及于此。还有，曹仁鸿曾为二郎手下爱将，二郎不会不为他向父皇求情，故此要置其于死地并非易事。"

李元吉道："此事说难便难，说易便易，就看你我如何筹划。"

李建成道："四弟如此讲，想必心中已有主意，不妨讲来听听。"

李元吉道："解铃还须系铃人。此事出在他尹府，德妃娘娘又极受父皇宠爱，那便在他尹府之人身上做文章。"之后凑近李建成小声说起什么。

李建成连连点头："嗯，四弟果然精明，这个主意不错。正如四弟所言，那尹阿鼠草包一个，胸中了无谋略，德妃娘娘比他精明一些，然则毕竟是妇人，难有深谋，要让他们父女把事办好，还须有人点拨。我看只能劳四弟大驾，到尹府走一趟了。"

李元吉道："成！此事小弟责无旁贷。事不宜迟，小弟即刻便去尹府！"

在两名扈从陪侍下，李元吉骑着高头大马来到尹国丈府大门外下了马，把马缰交给一名扈从，走到门前叩响门环。

门开了一道缝，露出门子的脸。

门子道："哟，是齐王殿下？"

李元吉道："本王要见你们的老国丈。"

门子道："容小的去通禀老爷一声。"

李元吉硬声硬气道："无须通禀，把门打开！"

门子面露难色："这……"

李元吉抬高嗓门："打开！"

门子只得把门打开了。李元吉进门后径直走到厅堂内的东暖阁门外，只清咳一声，接着径直进门。

暖阁内，尹阿鼠坐在太师椅上正在赏玩八仙桌上摆放着的几砣金元宝。

李元吉大大咧咧地说道："哟，老国丈，在赏玩您的宝贝哪？"

尹阿鼠被这突如其来的声音吓得一哆嗦，接着抬起头来："哟？是齐王？怎的齐王来了，也不先打声招呼啊？"

李元吉微微一笑："唔，老国丈是责怪本王冒昧了？"

尹阿鼠忙道："哪里，哪里，齐王是贵客，哪能责怪呢？请坐，请坐。"

李元吉坐在八仙桌另一侧的太师椅上，说道："本王闻听令郎于近日遭遇不幸，想着老国丈定是哀伤不已，特来登门看望，惟望老国丈能节哀顺变，珍重贵体。"

尹阿鼠道："难得齐王对我老头子有这份心。犬子被害，确实让我甚为难过。"

李元吉道："老国丈切莫过于忧伤，想那大理寺定会秉公断案，严惩凶犯的。"

尹阿鼠一下子站了起来："严惩个屁！那大理寺只判了凶犯曹元成流放幽州！你说那幽州是什么地方？那是他老子曹仁鸿去做都督的地方！你说这叫什么惩罚？这不明明是成全他们父子吗？"

李元吉故作惊异状："有此等事？"

尹阿鼠道："这还有假？这是本国丈命人从大理寺用银子买出来的消息，你说这还有假？"

李元吉道："那大理寺若果真如此断案，真是令人匪夷所思，怎能这样对待死去的令郎呢？"

尹阿鼠道："不过他大理寺说了不算，本国丈已让女儿，喏，让德妃娘娘去见皇上了。哼！他大理寺也太小看我们尹家了。"

李元吉深表赞同："就是，就是。那么，你们父女要皇上判那曹元成什么罪呀？"

尹阿鼠道："自古以来杀人偿命，我要他曹元成以命抵命！"说着用手做了个砍头的动作。

李元吉点头："嗯，就该如此。那曹仁鸿呢？他作为凶犯之父，也难辞其咎啊。"

尹阿鼠道："他呀，纵容其子杀人害命，也要罢黜职衔，贬为庶人！"

"贬为庶人？"李元吉说着摇摇头，"他只要不死，便会有东山再起之时。杀子之仇，他焉能不报？真到那时，老国丈的日子恐怕就不好过了。"

尹阿鼠疑疑惑惑地道："他东山再起？怎会呢？"

李元吉道："老国丈还不知道吧？那曹仁鸿曾为秦王李世民麾下爱将，跟随秦王南征北战数年之久，乃秦王心腹之人，将其贬为庶人，秦王痛失爱将，能甘心么？如今秦王连皇上都惧他三分，过个一年半载，他便会寻一个什么理由，将那曹仁鸿重新启用起来。真到那时，事态演变恐就不是老国丈所能左右得了的。"

尹阿鼠道："你的意思是，让曹仁鸿也去死？可其子杀人，他只是纵容，并未亲自动手，这个罪过，也到不了死的份上啊。"

李元吉道："难道只是纵容，就不是唆使？"

尹阿鼠道："这个，说是其唆使，尚无人证。"

李元吉道："人证嘛，还不是说有便有？令郎手下在场随从，不都是人证嘛。"

尹阿鼠一拍大腿："对呀，我怎就未曾想到这一层呢？四儿手下在场之人，还不是我让他们如何讲他们就如何讲？就这么办！"

李元吉摇摇头道："只凭这些，尚不足以定他曹仁鸿死罪。"

尹阿鼠不解地问："为何？"

李元吉道："你想啊，那曹仁鸿跟随秦王征战多年，立功无数，也在开国功臣之列，皇上定其罪之时，能不顾念到这些？皇上对待臣下，素以宽仁敦厚著称，若非罪孽深重，斩杀功臣，皇上定将不忍。"

尹阿鼠一脸茫然之色："那又怎么办呢？"

李元吉道："要让皇上起杀心，便须让皇上对你想杀之人由顾念变为忌恨。"

尹阿鼠又问："让皇上由顾念变为忌恨？如何变法？"

李元吉道："本王曾听人讲起过，那曹元成跟随其父在京师居住之时，便以伶牙俐齿、出语惊人闻名于贵胄一族，那么在此案中，他就不会讲出一些过激之语？"

尹阿鼠马上接上话道："这个呀，有！有！本国丈听四儿的马弁讲，那曹元成打死四儿之后，便讲了一大堆辱没本国丈的话。"

李元吉问："他都讲了些什么？"

尹阿鼠道："他讲……他讲……哎呀，都是些难听的话，本国丈就不说了吧。"

李元吉强忍着才没笑出声来，说道："也罢，既然老国丈以为讲了有失老国丈的斯文，便莫再讲了。本王的意思是，他不只讲了辱没老国丈的话，还对皇上多有大不敬之词，这样方可激起皇上对于他的忌恨。你这样让德妃娘娘去对皇上讲，令郎马弁当场听那曹元成讲……"小声对尹阿鼠说起什么。

尹阿鼠疑疑惑惑地说道："这个……让德妃娘娘这样对皇上讲，皇上能信么？皇上会不会疑心，他曹元成真有那么大的胆量？"

李元吉道："这个，当然不能只让德妃娘娘对皇上这样讲，还须有其他凭证。据本王所知，此案起初是由蓟州刺史魏文魁经办的，魏文魁又与老国丈私交甚笃，老国丈何不给魏文魁修书一封，让他按本王方才讲的这个意思，给皇上上书弹劾曹仁鸿，如此一来，还怕皇上不信？"

尹阿鼠连连点头："嗯，你这个主意不错，不错，就这么办！本国丈马上把德妃娘娘叫过来，让她按你讲的这个意思去对皇上讲。"

"好！"李元吉说着起身，"本王告辞，回去静候佳音！"

李元吉走后，尹阿鼠马上派人把尹德妃叫到了国丈府，鹦鹉学舌一般把李元吉的话对尹德妃复述了一遍。

当晚，当大唐皇帝李渊和尹德妃在御榻上相拥而卧之时，尹德妃莺语声声，把尹四被害情形添油加醋地述说一遍，接着说道："观此案案发与审理经过，且不说杀人凶犯如何，只说那刑部与大理寺如此了断狱讼，其眼中不单是全无臣妾，亦是没有陛下。臣妾舍弟是臣妾的弟弟，可也是当朝国舅啊。难道，一位皇亲国戚，一位堂堂的朝廷命官，其性命便如此一钱不值吗？"

李渊道："此案案情刑部与大理寺已向朕奏报过了。你那弟弟尚在京师之时，便无法无天，外放之后，仍不改初衷，竟至于闹到如此地步，令朕也无法说话呀。"

尹德妃道："舍弟他不守规矩，也该由国法来匡正，何须他曹氏父子来管？舍弟即便有罪，还罪不当死吧？可那曹氏父子竟不经狱讼便将他打死，这是哪一国之国法？自古杀人偿命天经地义，为何他曹氏父子便可逍遥法外？他曹氏父子如此目无国法凭的是什么？还不是自恃赴任都督一职，手握兵权？那刑部与大理寺如此断案，若非与曹姓都督有私情，便是惧他手中权柄。此案陛下若不肯为臣妾做主，则臣妾将再无颜面现身人前了。"说着就轻轻啜泣起来。

李渊忙道："爱妃莫哭，莫哭。此案尚未最终结案，待明日朕下旨给大理寺，命其对命案人犯处以斩决，好了吧？"

尹德妃停住啜泣："陛下所言命案人犯，指的是那曹元成一人呢，还是曹氏父子二人？"

李渊道："致死人命的人犯是曹元成，朕讲的命案人犯自然指的是此人。"

尹德妃道："那曹仁鸿呢？其子曹元成案发之时，此人便在案发现场，焉知其子作案非他唆使？若非他唆使，人命关天之紧要关头，他为何只在一旁静观，而不上前阻拦？臣妾可断定，他便是其子作案现场之唆使者！故此臣妾乞陛下下旨，将那曹仁鸿一并处以斩决！"

"这……"李渊顿一顿才道，"爱妃且听朕解释。那曹仁鸿虽为曹元成之父，然一者，他并未动手上前厮打，说他是现场唆使者尚无确凿证据；二者，他跟随二郎数年征战，屡立战功，也在开国功臣之列，诛杀开国功臣，朕实是于心不忍，故此事还望爱妃宽大为怀——"

"陛下！"尹德妃抬高声音道，"自古有云，王子犯法，与民同罪，难道就因他曹仁鸿立有战功，便可逍遥法外吗？说他是现场唆使者无确凿证据，可说他不是现场唆使者，他也拿不出确凿证据呀。只听他父子之言，能令人信服吗？儿子能不袒护老子吗？"

李渊道："爱妃之言并非全无道理，朕想杀他也并非难事，只是，若无确凿证据，朕杀了他，恐众臣不服。"

"在陛下眼里，还是外臣重要，臣妾只不过后宫一小小嫔妃，在陛下眼中是无足轻重的。人言红颜命薄，真是不假呀。"尹德妃说到此处又啜泣起来。

李渊抬手拍拍对方后背："唉，爱妃莫哭，莫哭，莫哭嘛，莫哭嘛。"

尹德妃停住哭泣道："若无陛下为臣妾做主，臣妾再无颜面在这世上立足了。"说罢又哭泣起来。

李渊道："唉，莫哭，莫哭嘛，此事容朕再想想，再想想……"

尹德妃道："有一事，臣妾恐气着陛下有伤龙体，还未敢对陛下讲呢。"

李渊问道："何事？你讲！"

尹德妃道："舍弟被害之时，舍弟马弁亲耳听那曹仁鸿之子讲的，那曹仁鸿之子说陛下昏聩失德，近奸佞远贤良，方宠爱臣妾，也方宠着我尹家，故而臣妾舍弟之过实乃陛下之过。陛下听听，这不是忤逆犯上之言吗？他年纪轻轻怎能讲出此等言语，还不是听他老子如此讲过？"

李渊道："有此等事？朕想，那曹仁鸿之子胆子再大，也不敢讲出此等招致灭门之祸的言语呀。"

尹德妃道："陛下若不信，可宣蓟州刺史魏文魁来京师问一问。"

李渊略一思量:"此等事体,若张扬出去,于朕并无多少好处,反倒是替他曹氏父子扬名了,朕最好不加深究。对他曹氏父子,还是以杀人罪论处为好。"

　　次日一早,李渊就着人把大理卿朗楚之宣进宫内,对其下达了谕旨:命大理寺对曹元成和曹仁鸿分别以杀人罪、唆使其子杀人罪双双处以斩决之刑。

　　朗楚之听了这道谕旨,一时愣在了那里。

　　李渊抬高声音道:"怎么?朕的旨意你没听清楚吗?"

　　朗楚之这才回过神来,连忙跪下道:"臣遵旨。"

　　朗楚之心里明白,皇上对曹氏父子的态度变得如此之快如此之大,一定是尹德妃吹了枕边风的结果,他不禁为一代功臣曹仁鸿的遭遇深感惋惜与不平。

　　回到大理寺,朗楚之思来想去,觉得唯一能救曹仁鸿的人只有秦王李世民,但又觉得自己直接去向李世民传递讯息多有不妥。焦虑之中,忽然想到秦王府记事、考功郎中房玄龄每日一早从住所去秦王府当值都要路过大理寺门前,自己正可把皇上改变旨意之事透露给他,他必会将此事转告给李世民,于是便着意站在大理寺门内候着。等到房玄龄从门前经过之时,朗楚之立刻迎了出去。双方会面互相寒暄几句之后,朗楚之就把嘴凑近房玄龄耳边把皇上改变对曹氏父子处置旨意一事述说一遍。房玄龄听了大吃一惊,立刻别过朗楚之急步赶往秦王府。

　　当房玄龄走进秦王府邸弘义宫仁文厅时,李世民和长孙无忌正在厅内议事。

　　李世民一见房玄龄的面,马上道:"来来来,玄龄,你来得正好。"说着从书案上拿起一张单子递向房玄龄,"这份奏请皇上颁旨擢用的文学馆学士初选名单,便由你来汰选定夺。"

　　房玄龄接过单子道:"谨遵王命。玄龄匆匆赶来,是有一紧要事要禀明殿下。"

　　李世民问道:"什么紧要事?请讲!"

　　房玄龄道:"方才我从大理寺门前路过,大理卿朗楚之忽从门内出来拦住我,对我讲,他这两日在审理新任幽州大都督府都督曹仁鸿之子曹元成致死人命一案。今日一早皇上召他入宫,命大理寺判决曹氏父子双双斩决之刑。"

　　李世民大吃一惊:"有此等事?日前大理寺判那曹元成杖责四十,流放幽州,如此判决父皇是点了头的,为何一夜之间便变了,且变数如此之大?"

　　此时长孙无忌接过话头道:"这还不是明摆着的,定是那德妃娘娘向皇上吹了枕边风。死者尹四乃德妃娘娘之义弟,即便是义弟,也是弟弟,德妃娘娘能善罢甘休?"

　　李世民冷哼一声道:"那尹四,倚仗着德妃,尚在京师之时便横行不法,外放之后更是变本加厉，此番命案，便是由他强抢民女而起。那曹氏公子打死他，正是为民除害，何罪之有？判其杖责流放，责罚已属偏重，如今却遽然改为死刑，且曹仁鸿并无命案，居然也被判了斩决，如此判法，公理何在？"

长孙无忌也说道："那曹仁鸿，早在我军拿下瓦岗寨时便归顺了朝廷，从那时起他跟随殿下征战多年，立功无数，其时虽品秩稍低，也在开国功臣之列，陛下为何就不顾念这些，仅凭几句枕边风，便要将他杀掉？"

房玄龄道："那朗楚之也是此意，诛杀功臣，他实是于心不忍，何况那曹仁鸿并无死罪。他将此消息透露给我，便是想让我转告殿下，寄望于殿下入宫劝谏皇上收回成命，留曹将军一条命。"

李世民道："诛杀开国功臣，兹事体大，无论父皇听与不听，当讲的话我也要讲到。明日一早在朝会上，我便当着诸位大臣的面劝谏父皇。玄龄，走，你随我去见朗楚之，劝谏父皇须有他配合。"

次日，在两仪殿朝会上，当君臣对陇右赈灾一事计议完毕之后，高坐御座之上的李渊对下面分班站立的群臣说道："众卿如无其他奏议，便退朝吧。"

此时大理卿郎楚之出班，双手托举笏板奏道："启奏陛下，那曹氏父子致死人命案已然定谳，人犯曹仁鸿乞陛下于临刑前见陛下一面。"

李渊恼怒地说道："不见！"

李世民马上出班奏道："父皇，儿臣恳请父皇开恩，免曹将军一死。"

李渊眼睛一瞪道："什么？曹仁鸿案，既已依律定谳，焉有擅改之理？"

李世民道："儿臣求父皇顾念曹将军此前为我大唐多年征战，屡立战功，也在开国功臣之列。迁任邓州刺史之后，勤于政事且治理有方，仅三年便大见成效，使一个穷困之州一变而为仓廪充盈、百姓殷富之州——"

"你莫再讲了！"李渊打断对方的话道，"古训犹在，王子犯法，与民同罪，朕岂可因那曹仁鸿立有战功，又有了些政绩便置国家法度于不顾，对其网开一面？若是那样，国家法度岂不形同虚设？"

李世民道："儿臣闻那致死人命者乃曹将军之子曹元成，案发之时曹将军对那死者并未动一拳一脚，更未动一刀一枪，故此，定曹将军斩决之罪，恐天下人不服。"

李渊道："他确是未动一拳一脚一刀一枪，但那判词上写得清清楚楚，其子致死人命，乃受他唆使。唆使他人杀人，其罪与亲手杀人罪皆为死罪！故此，定他死罪有何不妥？"

李世民转对朗楚之道："请问朗大人，曹将军唆使其子杀人，曹将军与其子可有口供？"

朗楚之故作语塞状："这……"

李世民马上又道："好！朗大人，我再问你，曹将军唆使其子杀人，可有旁证？"

朗楚之又支吾："这……"

李世民提高声音道："哼！我看你大理寺真是昏了头了！既无曹氏父子口供，又无旁证，如何能定曹将军唆使其子杀人之罪？"

御座上的李渊斥道："世民！你休要在朝堂之上大声聒噪！那曹仁鸿与曹元成乃父子至亲，他父子之间能不相互袒护？要他口供能那么容易？再说，老子眼睁睁看着儿子杀人而不加阻止，即便不是唆使，也是纵容！他脱得了干系么？"

李世民口气斩钉截铁："既是纵容，便与唆使不同，便罪不当死！"

"哼！"李渊恼怒地说道，"二郎！你如此费尽口舌为那曹仁鸿开脱，想是别有心思！朕知道那曹仁鸿乃你之旧部下，你如此行事，难道便不怕有徇私之嫌么？"

李世民一屈身子跪下："父皇，曹将军曾是儿臣部下不假，但儿臣今日所言绝非徇一己之私，乃为我大唐社稷着想。曹将军武功高强，统兵有方，为夺取我大唐江山屡立战功，乃我大唐军中不可多得之良将之才。其迁任地方官之后，勤勉从政，绩效斐然。目下国祚甫定，边患未除，百废待兴，正是国家用人之际，若能免曹将军一死，战，则我大唐便多了一位冲关斩隘之虎将；治，则我大唐便多了一位造福于民之能臣，故此儿臣方如此向父皇苦苦相求。"

李渊道："哼！你倒是讲得头头是道。朕就不信，缺了他曹仁鸿，我大唐国祚便难以为继，我大唐边患便难以铲除，我大唐子民便只有受苦受罪！笑话！"

群臣之中，李元吉与李建成饶有意味地对视一眼。

李世民动情地说道："父皇，陛下！曹将军功德声望在我大唐军民之中有口皆碑，父皇杀了他，恐令军中众将士心寒，令邓州百姓失望！"

李渊怒道："哼！危言耸听！二郎，朕看你是不到黄河不死心。"转对中书舍人道，"将蓟州刺史魏文魁给朕的奏疏送给二郎过目！"

中书舍人应声转身走进殿堂侧门。

下面百官面面相觑，朝堂上一时鸦雀无声。

中书舍人从侧门回到殿堂，来到李世民面前，双手递上奏疏："秦王殿下请过目。"

李世民展开奏疏匆匆看过，然后抬起头道："父皇，这只是魏文魁一面之词。

曹氏父子可有口供？"

李渊道："这招致灭门之罪的事，他曹氏父子能招供么？朕正是顾念他曹仁鸿于朝廷有军功政绩，方不忍让他落得个灭门的结局，故此将这奏疏压下了。不想你却来逼宫，朕只得把它拿了出来。"

李世民叩道："父皇，这只是魏文魁一人之言，绝不可轻信！"

李渊眉眼一肃："你这也不信那也不信，横竖便是要让那曹氏父子逍遥法外，朕岂能依你！退朝！"

百官纷纷向殿外走去。

李元吉与李建成相视一笑，随后也向殿外走去。

李世民仍跪在地上苦苦相求："父皇，莫杀功臣！莫杀良吏！"

李渊不再理他，起身拂袖而去。

搭救爱将曹仁鸿未果，李世民怀着沉重的心情回到秦王府。

一直坐等在王府的尉迟敬德一下子站起身来问道："殿下回来了？曹将军可有救了？"

与尉迟敬德一同等候在王府的长孙无忌和房玄龄，都眼巴巴地等待着李世民的回答。

李世民面色幽沉地坐下，默然有顷，才把方才在朝堂上他为曹仁鸿求情和皇上严词拒绝的经过述说一遍。

尉迟敬德道："哼！皇上许是吃错药了，小题大做，滥杀功臣，这叫什么事儿！曹将军既然被判的是秋后斩决，离临刑尚有数月时日，殿下是否能再想想办法，救下曹将军一条命？"

长孙无忌道："我看敬德的话值得考虑，曹将军离临刑尚有数月时日，此间我等当尽一切努力挽救曹将军一条命。"

房玄龄也道："长孙大人所言甚是，只要人还没死，便须尽力挽救。"

李世民与长孙无忌、房玄龄、尉迟敬德就此计议良久，最后决定由李世民出面拜托黄门侍郎陈书达、内史令萧瑀向皇上进言，劝皇上赦免曹仁鸿斩决之罪。

按着李世民的请托，陈书达和萧瑀入宫向李渊游说一番，劝谏李渊宽仁为怀，赦免曹仁鸿死罪。李渊一时踌躇未决。此事很快就传到了太子李建成耳朵里，李建成即刻命人去齐王府召李元吉来东宫议事。

时候不大，李元吉就到了，一进门就大大咧咧问道："大哥，召小弟来可有要事？"

李建成向他招招手："来，四弟，你坐下听我说。我听右仆射裴寂说，昨日黄门侍郎陈书达、内史令萧瑀向父皇进言，劝父皇宽仁为怀，赦免曹仁鸿斩决之罪，改判流徙三千里。"

李元吉颇感意外："哦？有此等事？父皇可准了？"

李建成道："父皇未置可否，只说，二位爱卿莫再讲了。"

李元吉面现怒意："哼！这定是二郎在背后捣的鬼，定是他鼓动陈、萧二人去向父皇为曹仁鸿说情。否则，陈、萧二人绝不会如此多事。"

李建成道："我也如此推断。我把四弟请来，就是要一起想个法子，莫让父皇为他人之言所左右而改变初衷。"

李元吉冷哼一声："我就怕夜长梦多二郎捣鬼，还真让我料着了。为防他这一手，我命属下护军宇文宝前往曹仁鸿曾履职之邓州搜集其从政瑕玷，以期加重其罪愆，改判他个斩立决。宇文宝不辱使命，还真搜集到了曹仁鸿之新罪证。"

李建成道："大哥钦佩四弟料事如神，不知宇文宝搜集到了曹仁鸿什么新罪证？"

李元吉道："我朝租庸调法规定，丁男每年缴纳租粟二石，调则加缴调绢三两，加缴布的丁男，则加缴调麻三斤。每丁每年服役二十日。而曹仁鸿在邓州任刺史三年，竟有两年擅自将租调减半征收，且对许多民户不收租调，致使朝廷损失巨额赋税。此举无疑犯下擅改朝廷政令，危害国家利益之重罪。其与杀人罪两罪并罚，当可改判斩立决！还有，二郎身兼尚书令一职，于此当负失察之责。"

李建成点头："嗯，好！不过，此事不宜你我亲自出面参劾，以另寻一人出面参劾为宜。"

李元吉道："大哥所言甚是。大哥以为让谁出面参劾为宜呢？"

李建成略一思忖："我以为，让御史大夫皇甫无逸出面参劾最为适宜，一者，此公身为御史大夫，负有参劾检举官员之责，那曹仁鸿虽为系囚，其履职期间之从政劣迹仍可参劾；二者，此公向以爱管闲事而著称，此非闲事，他得闻之后更会出面说话；三者，他与大哥我私交尚可，此事让他去办，他定会勉力而为。"

李元吉道："好！就这么定了！"

过了两日，在两仪殿朝会上，当君臣议妥劳军一事，李渊正要宣布退朝时，忽见皇甫无逸出班奏道："陛下，臣有一事须奏明陛下。"

得到李渊允准后，皇甫无逸奏道："臣今日接邓州长史咸恩举报，前邓州刺史、今候决系囚曹仁鸿在邓州履职期间，擅改朝廷政令，减收或免收农户租调，致朝廷赋税锐减。臣为此到民部查核，证实戚恩举报无误。那曹仁鸿在邓州履职三年之内，竟有两年擅自将租调减半征收，且对许多民户不收租调，致使朝廷损失巨额赋税，犯下擅改朝廷政令，损害国家税收之重罪。如此案情当定何罪，祈陛下圣断。"说到这里把笏板放进腰间笏袋内，另取出奏章，用双手托起，"此乃臣的奏章、戚恩举报文书与民部出具之书证，请陛下御览。"

御前太监走下台阶，接过皇甫无逸手上的奏章等文书，放到李渊面前御案上。李渊开始翻看奏章等文书。此时下面百官互相交头接耳，殿堂内响起一片嗡嗡嗡的议论声。

百官班中，李元吉与李建成互相对视一眼，李元吉的眼神中充满得意之色，李建成却表情内敛。站在另一处的李世民则神色严峻，眉头紧锁。

李渊翻看完奏章等文书，抬起头对下面道："民部尚书窦琎可在？"

窦琎出班以双手托举笏板道："臣在。"

李渊问道："曹仁鸿擅自减免邓州民户租调之事，你可知道？"

窦琎回答："回陛下，臣知道。"

李渊道："既然知道，当时你为何不奏报于朕，竟自听之任之？"

窦琎一时语塞："这……"

李渊抬高声音："回答朕！"

窦琎道："此事当时臣报给了尚书令秦王殿下。"

李元吉与李建成又互相对视一眼，李元吉得意地朝李建成点了一下头。

李渊道："报给了二郎？二郎，窦琎所言可是当真？"

李世民出班奏道："回父皇，窦琎当时确将此事报给了儿臣。"

李渊问道："他既然报给了你，你为何不奏报于朕，竟自容忍此等所为？"

李世民道："回父皇，儿臣以为，曹仁鸿在邓州履职情形，非但不应治罪，反倒该当记功！"

李世民此言一出，群臣都瞪大了眼睛，紧接着互相耳语起来，殿堂内再次响起一片嗡嗡声。

李元吉与李建成又互相对视一眼，李元吉流露出的是满面讥讽之色，李建成则是满面诧异之色。

李渊问李世民："你此言何意？"

李世民道："其中情由，容儿臣奏明。三年之前，曹仁鸿刚到邓州之时，因既往连年战乱，加之田亩干旱，邓州全境人口稀少，田地荒芜。前隋最盛时该州计民户六万八千余户，人口二十五万六千余人。至三年前，民户不足二万，人口不足七万，两者皆不足前隋三分之一。民户家无积粮，食不果腹，春播更是无种可下。此情之下，曹仁鸿首倡'抚民以静，与民休息'理政之策，该策有五：其一，以役代租，按照朝廷规定，在每丁每年服役二十日基础之上，每丁每年增加服役十五日，租调减半征缴——"

"父皇！"李元吉出班打断李世民的话，"秦王所言有误！增加服役，以役代租，需由朝廷颁布政令方可施行，曹仁鸿以役代租之举并未经朝廷颁布政令，显系悖逆之举！"

李世民以愠怒的目光看着李元吉："你容我讲完，可好？"

李渊道："四郎，听二郎讲完。"

李世民接着道："这服役的三十五日用来开渠打井，汲水灌溉农田。其二，暂扣州县所有官吏五成官俸，用以购买种子，分发到农户手中。待农户秋收之后以粮折价归还。其三，所有官员理政之余，皆携家人垦荒种地，实现粮菜自给，自食其力。人人奉事稼穑，与民同甘共苦。其官俸照例计算，但暂不下发，用来赈济外来灾民。其四，招募流亡百姓来本州垦荒种地。凡来本州耕种的百姓，由官府发给三个月的口粮并配发种子，待秋收之后偿还。其五，令各县征集能工巧匠就地取材赶造水车，分往各乡用以车水灌田。如此做法，两年之后果见成效，第三年秋收之时，邓州全境大熟。百姓收获之后感谢官府之恩，加倍缴纳租调，并将赊欠之口粮和种子如数归还官府。儿臣以上所述，便是为曹仁鸿记功、将功折罪之缘由，祈父皇明察。"

听完李世民一席话，百官你看我，我看你，一时没人说话，大殿内鸦雀无声。

李渊道："窦琎！你是民部尚书，方才二郎之所言，可是实情？"

窦琎道："回陛下，实情确如秦王殿下之所言。"

李渊道："皇甫无逸！"

皇甫无逸赶忙一举笏板："臣在。"

李渊问道："方才二郎所言情形，你可知道？"

皇甫无逸道："回陛下，臣只按着邓州长史戚恩检举邓州前两年减免租调情形作了查核，未及其余，此乃臣未能尽职。"

李渊从鼻孔里哼了一声。

李元吉道："父皇，那邓州第三年秋季大熟，不过系出侥幸，若仍是歉收，前两年所欠朝廷租调何以归还？"

李世民义正辞严地说道:"古语云,将欲取之,必姑与之,若无与怎能有取?百姓疲敝之际,只知取不知与,杀鸡取卵,竭泽而渔,其国必亡!"

　　李元吉道:"危言耸听!依你所言,那曹仁鸿不尊朝廷政令,擅自减免租调是对的,若全国各州县都照此行事,岂不将乱套?"

　　李世民口气不容置辩:"邓州民情与别州不同,固不可与别州相提并论!"

　　李元吉出言咄咄逼人:"有何不同?还不是那曹仁鸿曾是你手下爱将,你便对他青眼相待?他擅改朝廷政令之举,到了你这里,你不奏报于父皇,便自作主张允准,这是何等行为?难道,你的权力已大过父皇了吗?"

　　李世民据理力争:"我身为尚书令,处置军国大事与要事须奏报于父皇,一些寻常之事无须事事烦扰父皇,可临机处置!"

　　李元吉不依不饶:"好一个寻常之事!减免一州租调这样的事难道是小事吗?"

　　李世民面向李渊跪下:"父皇!元吉今日于儿臣是存心相逼。邓州减免租调一事即如儿臣适才所奏,若儿臣在此事上犯下罪过,父皇尽管责罚儿臣,儿臣绝无怨言!"

　　李渊口气明显和缓下来:"二郎啊,你在邓州减免租调一事上确有越权之嫌,好在减免的租调于其后都加倍补上了。你可以此为鉴,下不为例!退朝!"说罢起身拂袖而去。

　　走出殿门的李元吉对走在其前面的李建成道:"大哥,小弟想到你的宫中讨杯酒喝,可肯赏脸?"

　　李建成稍稍放慢脚步回过头道:"四弟说的哪里话?大哥我东宫的大门对四弟始终是敞开的,走吧。"

第二章
衔仇怨权奸搜婴幼　念情谊志士卫孤儿

　　东宫显德殿东暖阁内，餐桌上摆着几样精致的酒菜，李建成和李元吉隔桌相对而坐，正在小酌。

　　李元吉举起酒杯道："曹仁鸿父子致死人命案，已尘埃落定，此案二郎终究未能翻过去，他即便有天大的本事，也只能坐在他的弘义宫里发无可奈何之感慨了。来，小弟与大哥共饮此杯，以为庆贺。"

　　李建成随之举起酒杯道："此事不怨你我兄弟无情，谁让他曹仁鸿执迷不悟，非要唯二郎之马首是瞻呢？来，干！"

　　李元吉一仰脖把杯中酒喝干，放下酒杯道："不过，小弟总觉得，曹氏一事尚未完全了结。"

　　李建成道："怎的？人一死，一了百了，还有什么未了结的？"

　　李元吉道："小弟安插在秦王府的耳目曾密报与小弟，当今秘技大师袁天罡一日做客秦王府，正逢曹仁鸿趁赴京述职之便入秦王府拜见二郎，那袁天罡一见曹仁鸿的面，便请二郎为他二人单开了一间密室。在密室之内，袁大师问过曹仁鸿夫妇年庚，便讲，'观曹将军面相，问将军夫妇年庚，果然两两相合。恕本师斗胆直言，曹将军夫妇皆寿不过六旬，然将军三代之内必有异人出世，此人贵不可言，将泽被众生。'之后背着曹仁鸿写下两句谶语，装入一玲珑金锁之内，将金锁锁死。对曹仁鸿讲，'此锁为将军将出世的孙辈之人戴上，其中谶言必将应验。'袁天罡百密一疏，虽则为防他人窃听而于密室密告于曹仁鸿，却仍被人窃听到了，显然那窃听者是二郎有意安排的。别的且不说，只说那'贵不可言，泽被众生'八字，有此造化者，除非皇帝，还能是谁？大哥你终归是要承继大统的，若其三代之内果真生出个龙种来，岂不就是夺取大哥皇位之人吗？此事焉可不防？"

李建成问道："此人出世与否啊？"

李元吉道："一经闻此消息，小弟便着人去邓州衙门打探过了，得知此人尚未出世。那曹仁鸿儿媳已身怀六甲，此时或许已生了。"

李建成摇摇头道："即便生了，也不过一襁褓小儿，离成人还早着呢，我看对袁天罡的话，也不必太过认真。"

李元吉道："大哥此言差矣。那袁天罡以秘技高超而闻名朝野，其推演天文，回回应验，相人测命，每测必准，连二郎都对他佩服得五体投地，你我焉可不信？"

李建成点一点头："嗯，也是。然则即便如此，我等又能怎样？既是天意如此，便非人力所能更易。"

李元吉道："难道大哥你于日后承继大统，便非天意么？既然彼此皆为天意，那便要看谁能更胜一筹了。我等总不能眼睁睁看着那黄口小儿一日一日长大，再与你争夺天下吧？"

李建成道："那么，小弟是要我等寻到并灭掉他了？"

李元吉道："这个，无须我等亲自去做，只要将曹氏父子尚有遗孤在世的消息告知于尹阿鼠，他定将命人前去斩草除根。同时还要告知于他，要拿到那小儿项上金锁，且许诺于他，我等将以十锭金元宝换取那小小金锁。尹阿鼠爱财如命，他定会欣然应允。待我等得到金锁，打开验看其中袁大师所书谶语，真相如何便一目了然了。"

李建成道："谶语一事，我看无须费这许多周折吧？他二郎可请袁大师做客亲王府，你我也可把他请来宫中一坐呀。到那时，也让他为你我测一测，不就一切都清楚了？"

李元吉摇摇头，道："大哥有所不知，一者，上至朝廷大臣，下至黎民百姓，袁大师皆能应其所请为其观相测命，唯我皇家子弟除外。听说二郎便曾请袁大师为其测命，袁大师只说了一句'吉人自有天相'，以下再不多言。二者，自那一回做客亲王府之后，袁大师便遁入江湖，杳无踪迹，无论是谁都再也见不到他了。"

李建成道："既然如此，就依小弟之言，劳小弟再往尹府走一趟。"

李元吉道："这个自然。事不宜迟，来，你我干了此杯，小弟这便动身去尹府。"

李元吉来到尹府把曹氏父子尚有遗孤在世的消息对尹阿鼠一说，尹阿鼠马上决定派人前去搜杀。

李元吉进一步煽风点火："那曹氏父子忤逆犯上，其罪理当灭门，老国丈何不让德妃娘娘去对皇上讲,这灭门斩后之事由朝廷出面命人去做,如此何不是更显老国丈尊府之威风?"

尹阿鼠听了连连点头:"嗯,还是齐王为我老头子想得周全。"

很快,尹阿鼠就把李元吉给出的阴损主意传递给了尹德妃。

当晚,御榻之上,尹德妃依偎在李渊身侧,对李渊附耳低语着,那声音莺啼燕语,话意却充满杀机:"那曹氏父子忤逆犯上,依律当灭门,臣妾闻得曹氏父子皆有妻室在,且曹元成之妻已产下一子,陛下何不下旨将其缉拿归案,依律斩决呢?"

李渊叹一口气道:"无论如何,那曹仁鸿也在开国功臣之列,朕杀他,实是因顾惜爱妃情面,再杀他父子妻室,朕实在于心不忍哪。"

尹德妃用纤纤玉手摇一摇李渊臂膀:"陛下是大唐皇帝,当以国家纲纪法度为重,怎能只心怀妇人之仁呢?"

李渊又叹一口气:"爱妃有所不知,朕让大理寺、刑部与御史台三堂会审判曹仁鸿斩决之刑,已惹得二郎当众鼓噪朝堂,朕若再杀曹氏父子家眷,二郎还不得闹翻天哪?"

尹德妃搂着李渊臂膀的玉璧松开了:"这就让臣妾不懂了,陛下是君,二郎是臣,陛下是父,二郎是子,有道是君为臣纲,父为子纲,为何陛下倒反过来要看二郎的脸色行事?"

李渊道:"爱妃有所不知,这大唐江山,有一大半是二郎统兵打下来的,在对他的爱将的处置上,朕不能不顾及到他的感受啊。"

尹德妃道:"有一事,不知陛下知晓与否?"

李渊问道:"何事?"

尹德妃就把秘技大师袁天罡为曹仁鸿夫妇相面测命和馈赠装上谶语的玲珑金锁一事述说一遍,之后说道:"别的且不说,只说那'贵不可言,泽被众生'八字,有此造化者,除非皇帝,还能是谁?臣妾闻知,那曹仁鸿儿媳已身怀六甲,此时或许已生了,若果真生出的是个龙种,即便夺不了陛下之位,将来陛下万岁之后,也会夺去当今太子之皇位,此事不可不防。"

李渊诧异道:"有此等事?"

尹德妃道:"此事千真万确。"

李渊默思一下道:"若真有此事,现下也不宜大肆声张,缉拿曹氏遗孤只可悄然行事。"

尹德妃道:"既然以朝廷名义去做此事陛下有所顾忌,那便由臣妾娘家人自行去做，可好？"

李渊道："好吧，由你娘家人悄然去做，朕只当全然不知。"

李世民几番搭救曹仁鸿均告无效，一时之间郁闷难耐却又无可奈何，不想从外面匆匆赶来的房玄龄道出的一番话，又让他多出一层担忧。

房玄龄道："皇上命大理寺、刑部与御史台三堂会审定谳，便是想把此案定成铁案，好让殿下不好翻案。房某方才路过大理寺门前，听那大理卿朗楚之讲，曹将军得知判词之后曾仰天长叹，他曹某忠良清廉一生，别无遗财，只有一子，今也要问斩，儿媳有孕在身，即便在他曹某秋决之前生产，也再不能见孙儿一面，令人何其痛心乃尔。房某由此得知，曹将军尚有骨血在，或许现下已然降生了。想那产妇母子孤儿寡母沦落异乡，度日何其艰难！"

李世民道："玄龄这一番话，倒让我想到，那尹阿鼠乃睚眦必报之卑鄙小人，若其得知曹将军尚有遗孤在世，定会命人前去斩草除根。我等须遣人前去寻找曹将军儿媳母子，予以庇护，好留住曹将军一条根脉，此事一刻也耽搁不得。"

此时长孙无忌却说出了另一番话："殿下还记得吧，那一回袁天罡来京师，应殿下之邀到王府小坐，正值曹仁鸿将军也到王府拜见殿下，那袁大师一见曹将军的面，便请殿下为他二人单开了一间屋，二人进入之后密谈了小半个时辰。出来之后有人问袁大师谈了些什么，袁大师则讳莫如深，曹将军更是守口如瓶。他二人哪里知道，他二人密谈情形早被人窥得，且传到了你我耳中。"接着长孙无忌把袁天罡为曹仁鸿看相测命的经过述说一遍，然后道，"现下看来，预言曹将军寿不过六旬，已然应验，那么后面的话也定会应验。无忌想来，'贵不可言，泽被众生'八个字，除非皇帝，又有谁能当得起？有朝一日，我大唐江山岂不会落入此人之手？"

房玄龄则不以为然："这怎么会呢？袁大师虽为大师，却也会有看走眼之时，再说，那八个字，也并非只有皇帝能当得起，凡国家栋梁之才，皆当得起此语。"

长孙无忌张口欲辩解。

李世民一扬手止住了他，说道："玄龄的话，讲对了一半。袁大师为人观相测字，每测必准，世民对此深信不疑。"又对房玄龄道，"你后面的话倒是讲对了，凡襄助皇帝匡扶社稷之朝廷重臣，皆当得起那八个字。这个话题你我就不要再议了。寻觅护卫曹将军后裔我等责无旁贷。辅机兄，你看让谁去做此事合宜呢？"

长孙无忌想了想道："做此事宜用下级军将中有勇有谋者，我看尉迟敬德手下便有几位这样的人，不妨让他选定一两位。"

李世民对厅外高声道:"来人!"

一名卫兵应声进厅。

李世民道:"命尉迟将军进来!"

待卫兵退出后,李世民道:"寻人须有大致目标,曹将军父子是于蓟州地界出事的,又是被蓟州刺史魏文魁押至京师的,想那魏文魁或许知晓曹将军儿媳下落。可命去寻觅者前往魏文魁处打探一下。"

长孙无忌忙道:"不可!我耳闻,那魏文魁做京官之时,便与尹阿鼠过从甚密。魏文魁由一小小京官平步青云拜了蓟州刺史,或许便是靠了尹德妃向皇上吹了枕边风。我等让人前去向他打探曹将军儿媳下落,他定会向尹阿鼠通风报信,若此,反倒会招致不良后果。"

李世民点点头:"原来是这样啊?既然如此,我等须另谋他策。"

房玄龄道:"我倒是想起一个人,蓟州别驾温广。此人乃齐州临淄人,与我是同乡。此人做京官之时,曾与我有过一面之交,人还算忠直可靠。我可修书一封,命选定之人带上面呈于他,请他从中襄助寻找曹将军儿媳下落。"

这时尉迟敬德进入厅内对李世民道:"殿下您找我?"

李世民道:"敬德兄,叫你来,是有一事须你办理。是这样,曹将军尚有一儿媳在,已身怀六甲,或许此时已生了,却下落不明,须遣人至蓟州一带寻觅,以保住曹将军一条根脉。我意,可遣一名军校率队去寻觅,此军校须有勇有谋,敬德兄以为遣谁去为好呢?"

尉迟敬德道:"这样的人我手下可是不少,我看让刘师立与公孙武达去便最好不过,刘师立有勇有谋,公孙武达勇武过人,他二人堪为最佳搭档。"

李世民道:"好!敬德兄去把他二人叫过来,我要亲口嘱咐几句。"

尉迟敬德出去不一会儿,就把刘师立与公孙武达领进厅内。

待刘师立和公孙武达见礼毕,李世民对他俩道:"本王为何叫你们到此,想尉迟将军已跟你们透露过了吧?"

刘师立与公孙武达一齐拱手,齐声道:"回殿下,已透露过了。"

李世民道:"那好,我就不再重复了。我要提醒你们的是,尹家那边极有可能遣人去追杀曹将军遗孤,且极有可能着人去见蓟州刺史魏文魁。你们带上几个人均扮作游人模样先去蓟州,到了该处不住州衙,也莫住驿馆,只寻一家客栈住下,由刘师立带上玄龄写给蓟州别驾温广的信函,单独去见温广。见了温广,一是请他协助你等寻觅曹将军儿媳下落,二是请他密切关注魏文魁是否有异动,尤其是否有外人与其接触。这些都记下了？"

刘师立与公孙武达齐声回答记下了。

李世民又道："启程之时，带上两只白鹘，到了蓟州若有重要消息，可以白鹘往来传递信函。"说着拿起一个封好的信封，"这是玄龄写给温广的书信，收好。"

刘师立和公孙武达率领七名卫士乘战马日夜兼程赶到了蓟州地界。一行人在蓟州城外选了一家干净些的客栈住下。按着李世民的吩咐，由刘师立独自赶往蓟州衙门会见温广。

刘师立来到蓟州衙门紧闭的朱漆大门外，抬手叩响门环。

一扇门上的小窗打开了，露出门官苍老的脸。

门官问道："你是谁，来此做甚？"

刘师立回答："在下京师秦王府幕宾、贵州别驾温大人故友刘师立，前来拜访温大人。"

门官问："有名刺吗？"

刘师立道："有。"说着从衣衩内掏出一张纸片递进小窗口。

门官接过纸片，说一声"客官请稍候"，就向里面走去。少顷，朱漆大门"吱——"一声开了一道一人可通过的缝隙。

"客官请进。"站在门里面的门官对刘师立道。

待刘师立进门后，门官把门关上，然后说道："请随我来。"

刘师立跟随门官绕过影壁，来到前院。前院正北面是一栋有着朱漆门柱、覆着灰瓦顶的大房子，两边各有数间厢房。门官把他领到一间厢房门口。

门官推门进屋，对着屋内道："大人，客官来了。"又转对刘师立说一声"请"。

刘师立进了门，见一身着官服的中年男子从内室走出，心想这就是蓟州别驾温广了，忙朝男子拱手一礼："在下秦王府幕宾刘师立参见别驾温大人。"

温广拱手还礼道："免礼。阁下远道而来，找我温某可有要事？"

刘师立道："秦王府记事、考功郎中房大人命在下给温大人送来一封书信。"说着从衣衩内取出书信双手递向对方。

温广接过书信道："哦？房大人还记着下官哪？"说罢撕开信封，从中取出信纸展开看，继之点头道，"嗯，阁下来得正巧，请随我来。"

温广说罢走进内室，刘师立随之进入内室。

温广把嘴凑近刘师立耳边，小声道："你站到窗下细听隔壁人声。"

刘师立站到窗下侧耳倾听，果然听到隔壁有两个男人在说话。他从其话意中判断，这二人一个是尹国丈府长史尹何，另一个是蓟州刺史魏文魁。

刘师立的判断没错，隔壁说话的正是这二人。那么尹何怎么也会在这里呢？这就要说到齐王李元吉的高明之处了。当时，尹阿鼠并不知道要去哪里搜杀曹氏家眷，李元吉就说："是魏文魁将曹氏父子押到京师的，他定会知道那妇人去了哪里。老国丈遣人去蓟州刺史衙门见魏文魁，自他口中定能得知曹氏家眷下落。"于是尹阿鼠就指派尹何率一干府丁来见魏文魁。

此时只听尹何道："魏大人谋事真是既尽心又周全，国丈爷果然未曾看错你。那曹氏父子家眷下落，果如魏大人之所言，是在平州沿海一个叫下庄的地方么？"

魏文魁道："正是。此乃魏某听曹仁鸿手下两名长随亲口所言。"

尹何道："魏大人行事真是令人钦佩之至。大人怎就能预知我尹家要来缉拿曹氏父子家眷，故而先期将护送曹氏家眷的两名长随扣押于州衙呢？"

魏文魁道："魏某深知，曹氏父子打死国丈爷爱子，国丈爷大半不会让那曹氏家眷逍遥法外，故此当护送曹氏家眷的两名长随返回州衙之时，魏某当即命衙役将其扣押了，如今果然便派上了用场。"

尹何道："魏大人如此尽心效命于我尹家，定然深得国丈爷与德妃娘娘嘉许，日后大人前程不可限量。"

魏文魁道："哪里，哪里，这都是魏某该做的。"

尹何道："现下，尹某想见一见那两名长随。"

魏文魁即命衙役把曹仁鸿手下两名长随押到了室内。

尹何问两名长随："你二人将曹氏父子家眷护送到了何处？"

稍年长长随回答："回大人话，我二人将曹将军夫人与少夫人护送到了平州沿海下庄镇神风武馆。"

尹何问："那曹元成之妻是否已产下一子？"

稍年长长随答："曹元成之妻有孕在身，但尚未生产。"

尹何问："你等可知其何时生产？"

稍年长长随答："这个……我等不知。"

尹何问稍年轻长随："你呢？"

稍年轻长随答："小的也不知。"

尹何问："那神风武馆都有什么人？"

稍年长长随答："有一老者，有壮年男女各一人，还有数名年轻人。"

尹何问:"有几名年轻人?"

稍年长长随答:"我等未及细数,大约有六七人。"

尹何问:"还有什么?"

稍年长长随答:"我等护送夫人与少夫人途中,因旅途劳顿,加之曹将军父子犯下人命大案,以致夫人禁受不住,一时急病突发,到神风武馆之时已气息奄奄,恐将不久于人世。"

尹何与魏文魁互相对视一眼。

尹何又问:"还有呢?"

稍年长长随答:"我等所知就是这些。"

尹何要两名长随带路,他与手下府丁即刻赶赴平州下庄镇神风武馆。

魏文魁道:"尹大人莫急,今日午间因仓促了些,故此只略置了些薄酒与大人一行小酌,晚间魏某将正式设宴为大人一行接风,大人一行待明日再赴平州沿海不迟。"

尹何想想道:"也好,今日天黑之前横竖是赶不到那下庄镇了,不如在贵处暂作歇息,待明日早些动身。只是,又要叨扰大人了。"

魏文魁道:"哪里,哪里,能与尹大人一起把酒言欢,正是魏某求之不得之事。"

次日,平州沿海下庄镇街市上人来人往,一如往日的热闹祥和。忽然,一队人马冲进街口,扬起团团土雾,街上行人纷纷朝两侧避让。来者正是尹何等一行人。

这一行人沿街道疾驰到神风武馆大门外勒住马头。

在前面带路的稍年长长随对尹何道:"大人,这便是曹将军夫人与儿媳落脚的神风武馆。"

尹何仰头向大门上方看去,只见门楣上悬挂着一块匾额,上写"神风武馆"四个大字,便道:"过去敲门!"

一名府丁上前叩响门环。

大门"吱——"一声开了一道缝,露出姜忠面目。

"来者何人,到此有何贵干?"姜忠问道。

"本大人乃国丈府长史,今奉命前来缉拿死囚曹元成之妻,此妇就在这武馆之内,赶快将其交出来!"尹何口气蛮横地说道。

此时郭霖来到姜忠身后。姜忠回头对他小声说了几句什么,郭霖回身去了。

"你们是来拿人的?"姜忠抬手一指两名长随,"是尔等二人将这伙人领来的？哼！尔等本是曹将军麾下长随，当为曹将军最为信赖之人，却公然背叛曹将军，甘愿为虎作伥，协助此等恶徒前来残害忠良眷属，尔等良知何在？"

两名长随都惭愧地低下了头。

尹何道："你这老小儿少废话，赶紧把人交出来！"

姜忠冷笑一声："老夫倒要问一句，那元成妻犯了何等罪过，要尔等来拿她？"

"她……"尹何一时语塞，但很快蛮横地道，"她与其夫共谋杀人，便须问罪！"

姜忠又冷笑一声："共谋杀人？真是天大的笑话！我再问你，尔等是奉何人之命前来拿人的？"

尹何道："你这老小儿好不啰唆，那本大人便告诉你，本大人奉国丈爷之命前来拿人！"

这时，刘师立等一行九人来到尹何等人身后不远处，下了马，静观这边事态的发展。

姜忠道："哼！好一个国丈爷！胆子也忒大了！即便人有罪过，也要由当朝刑部来拿，抑或由地方州县衙门来拿。尔国丈既非刑部，又非州县衙门，有什么职权随意拿人？这样的国丈也忒无法无天了！"

尹何用马鞭一指姜忠："你这老小儿，竟敢对国丈爷说三道四！小的们，过去把门推开，给爷冲进去拿人！"

姜忠把门开大，走出门外："有老夫在此，尔等休想迈进大门一步！"

尹何对众府丁道："小的们，给爷上去狠狠揍这老小儿！"

两名府丁奉命上前来打姜忠，均被姜忠三拳两脚打倒在地，一个捂着肚子一个捂着臀部"哎哟哎哟"地叫唤。

尹何高声道："快！给爷一起上，用兵刃杀了他！杀了他！"

另外四名府丁一齐举着腰刀朝姜忠逼了过来。

此时武馆院门大开，院内七名年轻汉子涌到大门外，其中两名汉子手持长棍护到姜忠身边。

姜忠朝汉子们喊："都回去！"

年轻汉子们又都退回大门内。

四名府丁挥舞腰刀朝姜忠砍了过来，姜忠只用拳脚与之搏杀，很快把四名府丁全都打倒在地。

姜忠肃然道："今日且饶尔等一命，若再来寻衅，定让尔等恶徒统统去见阎王！"说罢回身进门。

尹何道："你这老小儿，竟敢与国丈爷作对，爷我倒要看看你长了几颗脑袋！"转身对躺倒一地不停地叫唤着的六名府丁道，"叫什么叫，都起来！给爷去追那老小儿！"又环顾一下左右，"那两名长随呢？奶奶的，跑了？"

此时姜忠已走进武馆院内，七名年轻汉子立刻涌到他身边。

姜忠对他们道："孙儿们，这武馆已不能再开下去了，你愿回家的回家，不愿回家的快去营州柳河镇神风武馆，该武馆掌门人董绍臣乃我师弟，你们对他说是我让你们去投奔他的，他定会收留你们。"

一名年轻汉子含泪道："师爷爷，我们不愿离开您，您去哪里，我们便跟到哪里。"

其他年轻汉子齐声道："对！您去哪里，我们便跟到哪里！"

姜忠道："师爷爷我今后将四海漂泊浪迹天涯。你们都还年轻，不能这么跟着我把青春荒废了。听我的，快走！从后门走，我在前门拦着那些人。"

年轻汉子们齐声呼唤："师爷爷！"

姜忠厉声道："快走！"

年轻汉子们含泪退到厅堂内，再从厅堂后门退去。

此时尹何已逼着六名府丁进入大门。

姜忠道："尔等来了？好啊，老夫就在厅堂内候着你们，你们进来一个，老夫杀一个，进来两个，老夫杀一双！不怕死的，便来吧。"说罢迈着凛然阔步走进厅堂。

尹何催着府丁们进厅堂，府丁们战战兢兢畏葸不前。尹何一边骂骂咧咧一边用脚踹府丁们的屁股，府丁们只得一步一步往前挪。

刘师立等一行人来到武馆大门口看着这一幕，脸上都露出讥刺的笑容。

府丁们终于进了厅堂。此时厅堂内已空无一人。

尹何最后一个进入厅堂，环视一遍厅堂左右："跑了？"继之气急败坏地命令众府丁，"追！给我追！"

姜忠出了武馆后门，施展轻功向着镇街南面河口码头上飞奔而去。

码头边河港中停泊着大大小小几十只船舶。姜忠远远望见站在一艘大船甲板上的郭霖正在向他招手，便疾步奔了过去。

这是一艘名为"泰平号"的商船，船上掌舵的船老大杜朗与姜忠乃同乡，姜忠师徒一行走水路出行时常乘此船。

姜忠上船以后，"泰平号"向河口外的海面上缓缓驶去。

此时尹何等一行人追到了码头边。尹何东张西望，很快望见了已快驶出河口的

"泰平号",马上对众府丁道:"人在那边船上。快!上船去追!"说着就近来到一艘大船旁边,快步走上踏板,正要上船时,忽被船上人称左麻子的海匪匪首挡住去路。

左麻子道:"来者何人,怎的也不问问这船让不让上,便要上来?"

尹何道:"本大人乃尹国丈府长史,奉当今皇帝陛下之命,前来搜杀罪在灭门的死囚之后人,现须借用此船去追前面那艘大船,快让开路!"

左麻子道:"我可不管是谁用这船,你只要用此船,便须给钱,不给钱你就不能上船!"

"你!"尹何怒道,"你就不怕本大人告到皇上那里,治你的死罪吗?快让我等上船!"

左麻子朝岸上一扬手臂:"你去告啊,老子不怕,你告到玉皇大帝那里老子也不怕!不给钱,老子就是不让你上船!"

尹何扭头望望,见姜忠等人乘坐的大船越来越远了,知道越是这样僵持下去越是于己不利,只好说道:"好,好,本大人给你钱,给你钱。"

左麻子问:"给多少?"

尹何道:"给你十两银子。"

左麻子一翻上眼皮:"十两?你打发叫花子哪?不成!"

尹何问:"那你要多少?"

左麻子伸出手做十字状:"这个数,一百两。"

尹何一愣:"你!你这不是狮子大开口吗?"

左麻子道:"就这个数,少一两也不成!"

早已聚到左麻子身后的众海匪一起随声附和:"对!少一两也不成!"

尹何又望一眼已经远去的姜忠等乘坐的大船,说道:"好好好,一百两就一百两,给你们,可以了吧?"

左麻子一伸手:"拿来!"

尹何道:"这个……因事发突然,本大人未及携带那许多银两,待事成之后,本大人定当如数给付。"

左麻子道:"可以,不过事先讲好,你若赖账,便拿你项上人头来抵。"

尹何道:"本大人乃朝廷命官,哪里会赖账呢?"

左麻子道:"好啊,一言为定,上船吧。"

尹何对属下府丁道:"快随本大人上船!"

到了船上，尹何问左麻子："本大人要去追前面那艘大船，此船能追得上吗？"

左麻子道："这你尽管放心，爷领了这瓷器活，便有那金刚钻，包你满意。"

左麻子说的是实话，这艘船是经过改装的海匪专用的匪船，不仅有帆有橹，两侧船舷下还设有多个船桨，紧急时众海匪可同时划桨，所以航速比一般的船要快许多。

匪船启航之后，距"泰平号"果然越来越近。商船上的郭霖见此情形，忙对姜忠道："师父，尹府那伙人乘船追上来了。"

姜忠道："莫怕他们，弄死他们，即如踩死几只蚂蚁，为师只是不想把事闹大罢了。"

郭霖诧异道："那船上怎么还有不少别的乘客呢？"

姜忠道："定是尹府人等仓促之间未能找到空船，又急欲追上我等，便搭乘了已有乘客之船。"

郭霖道："那船后面还有一艘大船紧紧尾随，不知船上都是些什么人。"

姜忠道："为师也甚觉奇怪，尹府人等与为师打斗之时，为师便见不远处有八九个人聚在一处观战，看其衣着神态，不像是当地百姓，现下那船上的人或许就是那一干人。无论他们是什么人，你我师徒多加提防便是。"

姜忠与郭霖师徒所说的匪船之后大船上的一干人，正是刘师立等一行人。他们所乘的名为"永安号"的商船，也是临时雇用的。此刻，对如何搭救曹氏眷属，刘师立和公孙武达意见发生了分歧。

公孙武达道："那曹将军眷属定在最前面那艘商船上，若让尹府一干人追上，定然凶多吉少，我等弟兄该当追上去将尹府人等尽数斩杀，再将曹将军眷属护送至京师秦王府，便万事大吉了"

刘师立马上道："公孙兄不可鲁莽！如此行事，痛快倒是痛快，然则迟早会被尹家所知，那尹德妃再告到皇上那里，便会给秦王惹下大麻烦。方才在武馆门前，尹府一干人已吃够了那老者拳脚的苦头，现下彼等定然不敢到船上去抢人杀人。我想彼等此时跟在老者等人后面，是想一面盯住曹将军眷属，一面伺机去蓟州衙门搬援兵。我等弟兄须打起精神，紧紧盯住前面两艘船上的人，再相机行事。"

公孙武达大不以为然："刘兄真是好耐性！如此当果决时不果决，岂不会贻误战机！"

刘师立却不再说话，只是目不转睛地盯视着前面两艘大船。少顷，才说出一句："海上起大风了。"

果然，大海上空顷刻间乌云翻卷，海面上大浪滔滔，船在狂风巨浪中剧烈摇晃起来。

在"泰平号"上，姜忠抬手朝左前方风浪中一指，对郭霖道："看那渔船！"

在姜忠所指的方向，一只渔船在风浪中剧烈地颠簸着，一会被巨浪掀起，一会被摔入浪谷，情势岌岌可危。

姜忠对郭霖道："告诉船老大，我船快快向那渔船靠拢，前去施救！"

郭霖向船尾疾步奔过去传话。

当商船驶近渔船时，站在商船船舷边的姜忠手握竹篙伸向渔船，朝着渔船上的汉子喊道："快！把船靠过来！"

渔家汉子努力操控舵杆，靠向商船。

姜忠又对渔家汉子喊道："快！抓住竹篙，把船靠拢！"

渔家汉子迅速把渔船缆绳系在自己腰上，继之以双手抓住姜忠递过的竹篙，在两船靠拢的一瞬间，郭霖一把抓住渔家汉子伸出的胳膊，把渔家汉子拽到了商船上。渔家汉子解开腰间缆绳，在郭霖协助下用缆绳把渔船系牢在商船尾部。商船拖拽着渔船在风浪颠簸中继续艰难行进。

渔家汉子向姜忠和郭霖一拱手："谢恩公与阁下相救大恩！"

姜忠摆摆手道："遇险相救，乃人之常情，足下不必言谢！"

郭霖也对渔家汉子道："师父说的是，足下遇险，我等施以援手，理所当然，足下不必言谢。"

渔家汉子又朝姜忠和郭霖一拱手："敢问恩公与阁下尊姓大名，家住哪里？恩公与阁下乃草民的救命恩人，草民理当知晓二位恩人姓名与府第。"

姜忠道："老朽免贵姓姜，名忠。这是老朽徒弟郭霖。我等师徒乃武林中人，居无定所，唯有四方漂泊而已。"

渔家汉子点点头道："二位恩人的名讳草民记下了。日后若有机会，恩人相救大恩草民定当报答。"

姜忠摇摇头："举手之劳的事，何足挂齿？报恩一说，切莫再提。老朽倒是要问，不知足下来自哪里，尊府何在？请足下指点方位，我等好就近靠岸。"

渔家汉子抬手朝西北方一指道："晚辈寒舍就在西北面一个名叫龙王庙的小村里，距此处约有二十余里吧。只是，这，这太劳烦恩公一行了。"

姜忠道："不妨事的，海上风浪如此之大，我等正须就近靠岸暂避一时。"转对郭霖道，"告诉船老大，将船头调向西北方向，就近靠岸！"

郭霖向船尾奔了过去。

忽然，从船舱内传出一声声婴儿清脆而响亮的啼哭声。渔家汉子瞪大有些吃惊的眼睛朝着船舱处侧耳谛听。与此同时，姜忠眉峰一抖身子一震。

一位女子出现在舱门口，对姜忠道："爹爹，孩子平安降生了，是个女孩儿。"

姜忠问道："产妇可好？"

女子道："还好。"一见渔家汉子，诧异道，"这位是……"

渔家汉子张嘴正要回答，姜忠代答道："这是刚刚上到我等船上暂避风浪之险的本地渔家主人。"又对渔家汉子道，"这是老朽的女儿月华。——哦，月华，大人孩子都平安便好。你快进舱去照拂她们母女吧。"

姜月华答应一声，回舱内去了。

渔家汉子疑疑惑惑地问道："怎么，这船上……"

姜忠叹一口气道："方才足下都听到了，这船上有产妇，刚生了孩子。老朽何曾不知当地风俗，女人不得乘船出海，当然，更不能以有孕之身在船上生产，可为情势所迫，又不得不如此，此举实属无奈呀。"

渔家汉子又问："如此说来，恩公是遇上万难之事了？"

姜忠又叹一口气："唉，一言难尽哪……"接着说起曹氏父子遭遇情形，之后又道，"老朽师兄父子已被判斩决之罪，那仇家得知老朽师兄的儿媳已身怀有孕，为斩草除根，便图谋将产妇杀害，老朽与小女、徒弟不得已将产妇救到这船上，欲寻一安全去处让孕儿平安降生，好留住师兄一条根脉，不想产妇将孕儿生在了这船上。"

渔家汉子问道："不知恩公要将产妇母女送去哪里？"

姜忠略一沉吟，说道："不瞒足下，老朽正为此事犯难呢，老朽父女师徒乃闯荡江湖的外埠之人，自身尚且四海漂泊居无定所呢，又如何知晓何处方是这产妇母女的安身之处？现下只能是走一步看一步了。"

渔家汉子马上接话道："恩公对晚辈有救命之恩，晚辈理当报答。眼下恩公遇上了难事，晚辈怎能坐视不问？如恩公信得过晚辈，就让产妇母女住到晚辈寒舍去，晚辈定保她们母女平安度日，可好？"

姜忠道："足下之所言老朽本是求之不得，然则不成，你看后面那条船，船上那一干人便是来追杀产妇的，若让他们看到足下接走了产妇母女，不单产妇母女性命难保，就连足下也会受到牵连，故此举万不可为。"

匪船上，尹何站在船头甲板上边侧耳谛听，边对身旁一名府丁道："听！前面船上传来了婴孩啼哭声,是那曹元成之妻生了!去!向大当家的传本大人的话,命船老大加快摇橹,尽早追上前面那船!"

府丁怯怯地说道:"可,可我等几人打不过那老小儿啊。"

尹何听了一愣,继之点头道:"嗯,这倒是个事。"说罢转身走到左麻子等人跟前道,"本大人来问你等,你等之中可有会武功的?"

左麻子一翻眼珠道:"这话你问对人了,我等弟兄就是吃打打杀杀这碗饭的,你说我等会不会武功?"

尹何道:"那好,待此船追上前面那艘船,众好汉且助本大人一臂之力,将那船上老者等人制服,好让我等将船上刚生的褓褓小儿拿取到手,可好?"

左麻子道:"好啊,给多少钱?"

尹何道:"五十两,成吧?"

左麻子又一翻眼珠:"五十两?亏你说得出口,这可是玩命的事,钱少了谁给你干?"

尹何问道:"那你说,你要多少?"

左麻子伸出五指:"这个数。"

尹何睁大眼睛:"五百两?"

左麻子点一点头:"对呀,少一两弟兄们也不干!"

众海匪齐声道:"对!少一两弟兄们也不干!"

尹何一咬牙道:"好!五百两就五百两。那便拜托大当家的命船老大加快摇橹,尽早追上前面那条大船!"

左麻子对一名海匪道:去!让船老大把橹摇快点!

海匪应声向船尾奔去。

此时另一名海匪突然高声道:"快看前面那船!"

尹何与众海匪闻声一起向前面看去,只见前面商船上一披头散发女子已冲到船舷边,另一冲到其身后的女子伸手去抓她的衣服,却没抓着,披头散发女子往前一跃跳进了大海。

婴儿啼哭声仍从商船那边一声接一声地传过来。

尹何一时兴奋非常,对左麻子道:"产妇已跳海自尽,婴儿仍哭声未止,可知婴儿还在船上。大当家的,能否让此船再快些,尽快追上前面那船?"

左麻子道:"能啊?不过你须加钱。"

尹何道:"本大人已许诺给你等六百两银子了,你还要加钱?"

左麻子道："是啊，现下你要此船再加速，你不给钱，如何给你加速？"

尹何问道："这一回你要多少？"

左麻子又伸出五个手指："不多，这个数。"

尹何问："五两？"

左麻子道："五两，你让我等弟兄们塞牙缝啊？五十两！"

尹何望望前面那船，又一咬牙道："好吧，五十两就五十两，但丑话说在前面，要追上前面那船，这五十两银子方可兑现。"

左麻子对众海匪道："弟兄们，都去划桨，卖点力气，早些追上前面那船！"

众海匪马上按十人一组分成两拨，到两边船舷边开始划桨，船速明显加快。

在"泰平号"商船上，郭霖望着渐渐追过来的匪船，对姜忠道："后面那船船速太快，快追上我们的船了！"

姜忠却好像没有听见郭霖的话，仍在为产妇跳海自尽痛惜不已："这这……这可如何是好，如何是好？"说着看一眼姜月华，"你怎就未能防备她有此一举？"

姜月华眼含泪水，说道："都是女儿我的错。那时我只管在船舱里怀抱孩子哄着不哭，不提防她一下跃出船舱，我急忙放下孩子来追，却迟了一步——"

"唉！"姜忠一跺脚，"这让老朽如何对得起师兄在天之灵啊？"

渔家汉子劝道："事已至此，恩公切莫过于自责。后面那船已追上来了，现下最要紧的是须想个万全之策保住孩子。"

说话间，匪船已追到商船一侧。

左麻子环顾一下左右，说道："用挠钩钩住此船！"

三名海匪分别用挠钩钩住商船船头、船尾和船中部船舷，两船靠拢。

左麻子高喊一声："弟兄们上！"

匪船上众海匪纷纷跳上商船。姜忠与郭霖与海匪打斗起来，姜月华守卫舱口。姜忠师徒武功远远胜过海匪，但海匪仗着人多势众，姜忠师徒一时占不了上风。在姜忠与几名海匪打斗中，一名海匪乘机一剑朝姜忠后背刺去，姜月华急忙上前飞起一脚踢在这名海匪握剑的手腕上，海匪手中佩剑当啷落地。乘姜月华离开舱口之机，尹何进舱抱起襁褓中的婴儿钻出舱口。姜月华见状，一个箭步上前疾出手夺过婴儿，同时飞起一脚踢在尹何胯部，把尹何踢得朝船舷边连连倒退几步，撞在一名海匪身上，海匪猝不及防被撞得一歪身子落入海中。

此时"永安号"已行驶过来，从另一侧靠拢"泰平号"。

随着刘师立一声令下，众卫士纷纷跳上"泰平号"，与海匪厮杀起来。很快就有三名海匪被打落到海中，两名海匪和一名府丁被击伤。

左麻子一看情况不妙，立刻发一声喊："撤！"随即与众海匪撤到匪船上，尹何等人随之也撤到了匪船上，落水海匪被匪船上其他海匪救上船，匪船即刻驶离"泰平号"商船。

尹何用手捂着胯部，气急败坏地问刘师立等人："尔等何人，为何对我等大打出手，重创我等，阻碍我等之公干？"

刘师立道："我等弟兄乃过路之人。尔等以众欺寡，夺人幼婴，实乃欺人太甚，故此我等弟兄路见不平，拔刀相助，仅此而已。"

尹何道："尔等可知本大人乃当今皇上钦差，遵旨前来缉拿犯下灭门之罪的死囚之后人？尔等不问青红皂白，上前一阵乱打乱杀，坏我大事，实乃大逆不道之举，尔等就不怕皇上治尔等死罪吗？"

刘师立冷笑道："你说你是皇上钦差，又说遵旨云云，那么请你拿出皇上的诏书让我等看看，你拿得出吗？"

尹何道："皇上诏书岂是尔等叛逆之人能看的？"

刘师立又冷笑道："量你也拿不出来！若只凭一张嘴说皇上钦差云云圣旨云云，谁不能说？本人也可说，本人是当今皇上钦差，遵旨前来制止尔等之恶行！"

尹何一瞪眼睛："你！"

此时"泰平号"已向西驶去了。

匪船上的左麻子对尹何不耐烦地说道："哎呀，你没完没了地跟他们啰唆个甚？"说着一把把尹何拉到一边，"我等两名弟兄已被杀伤，赶快给酬金！"

尹何皱起眉头道："你们未能把那老小儿等人制伏，也未能把那婴孩拿取到手，本大人怎能付给你等酬金？"

左麻子一只手一把抓住尹何衣领，另一只手以利剑抵住尹何胸口，恶狠狠地说道："我等未制伏那老小儿等人，是因半路闯过来一群不速之客相助那老小儿等人，你事先讲过有那一群不速之客闯过来与我等弟兄厮杀吗？你若事先有这个话，我等弟兄还不做这趟活儿呢，何至于伤我两名弟兄！钱，你给还是不给？你若不给，老子一剑下去穿透你心窝，即刻让你去见阎王！"说着用剑一捅对方心窝。

尹何浑身一哆嗦，急急地道："别，别，钱我给，我给，我一定给。你莫杀我，你若杀了我，我小命没了不要紧，钱你便永远也得不到了。这样吧，看来我等若不再动那老小儿等人，那老小儿等人与后面船上那一群不速之客也不会将我等怎样。那老小儿一行人是要西去，我也要去西面之蓟州为众好汉取钱，故此我等正可跟上老小儿等人乘坐之商船前行，待到彼等商船靠岸之时，我船也跟着靠岸，我再与众好汉一起去取钱，可好？"

左麻子道："好啊，只要你说话算话！"

"泰平号"商船已驶到双龙河口外海面上。

渔家汉子对姜忠道："船已到双龙河口外了，事不宜迟，恩公就把孩子交给晚辈抚养吧。恩公请放心，晚辈定会将孩子抚养成人。"

姜忠道："不可！尹府那伙人在后面船上盯着你我举动呢。足下此时把孩子接下船，定会让那伙人看得清清楚楚。老朽方才已说过，那样一来，不单孩子不保，还会让足下受牵连。"

"正是恩公此话提醒了晚辈。既然那伙人在盯着你我举动，你我何不来个假戏真做，晚辈假装把孩子接到渔船上，由晚辈驾船把他们引开，恩公则把此船驶到双龙河口，把孩子交给晚辈邻居，之后再由晚辈把孩子接过来。"渔家汉子说着抬手一指双龙河口，"恩公请看，那渔船上身着灰色麻衣麻裤的汉子便是晚辈邻居王大海，恩公见了他，可对他讲，孩子是晚辈领养的，先由他替晚辈接下。"说罢从衣衽内取出一拇指大小的玉观音，递给姜忠，"这是晚辈出海必带的护身符，晚辈邻居认识，可交给他以为凭据。"

姜忠道："足下此计甚妙，只是如此一来，可就苦了足下了，老朽在此代好友在天之灵谢足下了，且受老朽一拜。"说着就拜下身去。

渔家汉子赶紧用双手去搀对方双臂："恩公切莫这样。恩公是晚辈的救命恩人，理当晚辈拜谢恩公，怎能反过来让恩公拜晚辈呢？"

姜忠道："那就拜托了，论年纪，足下确是老朽晚辈，老朽就称足下为贤侄吧。贤侄就将这孤儿当作老朽的亲孙女来抚养吧。"

渔家汉子道："恩公放心，晚辈与贱内定会将孩子当成自己的亲生女儿来抚养，晚辈亲生女儿有一碗粥吃，晚辈定将不会只给这孩子吃半碗。只是，这孩子毕竟是恩公好友的后人，不知恩公好友是何姓氏？孩子姓氏理当遵从其父祖姓氏。"

姜忠道："孩子父祖姓曹。"

渔家汉子道："巧了，晚辈——"

一个大浪汹涌而至，船身猛烈一晃，渔家汉子身子一个趔趄，话语戛然而止。

这渔家汉子姓曹，名富荣，他刚才被大浪打断的话正是"晚辈也姓曹"。幸亏他没把自己的姓氏说出来，不然后果将不堪设想。

待大浪过去船平稳了些，曹富荣道："恩公保重，晚辈去了。"

曹富荣说罢跳到渔船上,用双手把装满鱼的鱼篓搬到商船船舷上。郭霖接过鱼篓放到商船甲板上。姜忠从船舱里取出一卷毛毡递向曹富荣。曹富荣连连摆手作推却状。姜忠坚持朝曹富荣手上递。曹富荣只得接了,放进渔船船舱,之后摇橹向与双龙河口相反的方向驶去。姜忠等人所乘的商船则向双龙河口驶去。

这一幕被匪船上的尹何看得真真切切,他伸手一指曹富荣驾驶的渔船,对左麻子道:"那曹氏婴孩定已被转到了渔船上,大当家的,快命船家调转船头,去追那渔船!"

左麻子对一名海匪道:"去!让船老大调转船头,去追那渔船!"

海匪应声向船尾奔去。

匪船船头缓缓调向渔船方向,行驶过去。

这一切又都被"永安号"商船上的刘师立和公孙武达看在了眼里。

公孙武达疑惑地问刘师立:"刘兄,你看婴孩是否已被转到了渔船上?"

刘师立道:"婴孩若真的已被转到了渔船上,那老者眼见得尹府人等调转船头去追渔船,定然不会置之不理,现下老者等人所乘之船却反向而行,由此可知婴孩仍在老者手上。此情明眼人一看便知,那尹府人等却视而不见,真乃愚不可及。"

公孙武达道:"若是如此,我等何不追上那老者,将婴孩讨要到我等手上?"

刘师立道:"那老者尚不知我等为何方人士,若此时前去讨要婴孩,老者定然不允。不如权且跟踪彼等,再相机行事。"

这时匪船已驶近渔船。

尹何对府丁们道:"向渔夫喊话,让渔船停下!"

几名府丁七嘴八舌对着渔船喊:"停下!停下!停下……"

渔船上的曹富荣停止摇橹。两船渐渐靠近。

尹何对曹富荣大声道:"渔夫!把竹篙伸过来!"

曹富荣从渔船甲板上拾起竹篙,把竹篙一头伸向匪船。

一名府丁接住竹篙抻拉,两船靠拢了。

尹何对一胖一瘦两名府丁道:"你等二人下去,看看渔船船舱里有什么!"

这两名府丁跳到渔船上,依次猫腰进入船舱,很快,两名府丁各抱着一卷毛毡相继出舱。

胖府丁道:"大人,船舱内除了锅瓢碗筷,就是这两卷毛毡。"

尹何道:"将毛毡展开!"

两名府丁把毛毡展开,里面空无一物。

尹何道："再进去仔细搜，看有无婴孩！"

两名府丁放下毛毡，复又进舱，旋即相继出舱。

胖府丁道："报大人，舱内有锅瓢碗筷、一小袋小米、两只水葫芦、一小堆干柴——"

尹何打断胖府丁的话："本大人只命你等看舱内有无婴孩！"

两名府丁都摇头道："没有。"

尹何问曹富荣："你这两卷毛毡来自何处？"

曹富荣道："一卷是草民自己的，另一卷是那商船上的老者赠予草民的。"

尹何又问："他为何要赠予你毛毡？"

曹富荣道："大人你已看到了，半个时辰之前，海上风浪险些把草民这渔船掀翻了，是那商船上的老者等人救了草民。分别之时，草民为表谢意，便将一篓鱼送给了救命恩人，恩人便要回赠给草民这卷毛毡。草民推却不要，恩人定要草民收下，草民只得收下了。"

尹何问："方才你要将船驶去何处？"

曹富荣道："渔家人以打鱼为生，草民见现下海上风浪小了些，便想驶回去接着打鱼。"

尹何问："那商船上可有一个婴孩？"

曹富荣道："有，是在船上降生的。唉，不知产妇为何想不开，生下孩子之后便跳海自尽了，真是可惜。"

尹何问："那婴孩是男还是女？"

曹富荣道："这个，草民未曾问，故此不知。"

尹何扭头望一眼"泰平号"商船，对两名府丁道："我等上当了！快快上来，去追那大船！"

看着尹何等人乘坐的匪船渐渐远去了，曹富荣这才驾着渔船驶进双龙河渔港码头，上了岸，沿着荒滩上的羊肠小道快步朝着他家所在的龙王庙小渔村方向走去。

第三章
求子嗣渔夫拜神祇　弃无辜妻妄请巫师

　　早春的盐碱荒滩上，一片一片的碱花在夕阳晚照下泛着点点白光，间或有一丛丛的芦苇和一簇簇的蓬蒿在晚风中簌簌抖动着干枯的身子，发散着萧索落寞的气息。当夕阳收尽最后一抹余晖之后，荒滩很快变得灰暗起来，愈显空旷寂寥，荒凉肃杀。

　　看天色已晚，曹富荣越走越急，终于很快追上了怀抱婴儿往前走着的王大海。

　　"来，快把孩子给我。"曹富荣急急地说道。

　　王大海停住脚步把熟睡中的婴儿递给曹富荣，问道："我听那送孩子的人说，这孩子是你从海上商船里抱养的？"

　　曹富荣答道："是啊。"

　　王大海不解地问："我听我娘说，你家大嫂就要生了，怎么你还从外面抱养了一个？"

　　曹富荣道："走吧，待你我边走边跟你讲这孩子的来历。"

　　曹富荣一路走一路讲着，暮色朦胧中已能模模糊糊地望见他们所住的龙王庙小渔村了。此时，从那小渔村方向隐隐约约传来一声声婴儿的啼哭声。

　　王大海道："是小孩哭声，定是你家大嫂已生了！"

　　曹富荣没有说话，胸腔里已涌起一股热流。

　　王大海又道："我知道，老哥你一直盼着大嫂能给你生个大胖儿子，我说呀，天遂人愿，大嫂这回生的定是个儿子！"

　　"也许吧。"曹富荣嘴上含糊应着，心里想的却是，"龙王爷已答应了我的求子之请，可不生就是个儿子！"

这天清晨出海之前，曹富荣曾走进距小渔村一箭之遥的龙王庙[1]，向着龙王爷神像跪拜祈祷。此时他的眼前又清楚地浮现出当时的情形：

在香烟缭绕升腾中，他虔诚地跪在龙王塑像前，口中念念有词："大慈大悲的龙王爷呀，我曹家祖上世代单传，到草民这一辈上方有了我们两兄弟，可草民贱内第一胎生的是个女儿，草民二弟曹富贵虽有一妻一妾，却至今皆未见生养。如今草民贱内第二胎就要临产了，龙王爷，您恩德无量神力无边，伏祈您降恩于我曹家，保佑草民贱内第二胎能生个儿子，以使我曹家传承有后，香火永继，草民曹富荣在这里给您磕头了。"说罢他对着龙王爷塑像叩拜不止。叩拜完毕，当他抬起头虔敬地向龙王塑像看时，透过袅袅上升的烟雾，忽见塑像对他微微一笑，点了点头。

他一时大喜过望："龙王爷，您答应草民啦？"接着忙不迭地磕头，"草民谢龙王爷送子大恩！"之后起身，几步跨出庙外，向着家中一溜小跑而去。

曹家一溜土墙草顶的五间房屋，坐落于小渔村的东面。东头三间，中间的堂屋兼作灶房，东面卧房住着曹氏兄弟的高堂老母，西面卧房住着曹富荣和妻子女儿。再往西各自单开门的两间，分别住着老二曹富贵的正房妻子甄氏和小妾程氏。

他兴冲冲跨进自家卧房，对躺卧在炕的妻子张氏兴奋地说道："杏儿她娘，龙王爷显灵了！方才我去龙王庙向龙王爷神像叩拜求子，那神像竟微笑着对我点了点头，答应了我的求子之请！我们夫妻就要有儿子了！"

妻子因腹痛而皱紧的眉头稍有舒展，咧了咧嘴道："是么？"

他认真地点一下头："千真万确！那龙王爷对我微笑点头，我看得真真切切！"说到这里转对守在妻子身边八岁大的女儿道，"杏儿，爹爹要去出海打鱼，你娘身子不舒服，你莫再去拾柴草了，就在家中侍候你娘。"

…………

此刻，他恨不得一步就能跨进家门，好好看看他那刚刚出生的儿子。

当他脚步匆匆赶到家门口，急步跨进门时，竟差点与从门里往外走的二弟曹富贵的正妻甄氏撞个满怀。

甄氏收住脚步往后退一步，看着他怀里抱着的襁褓问道："哟，大哥回来了？怀里抱的是什么？"

他回答："是个孩子。"

甄氏眉眼往上一挑："孩子？从哪里抱来的孩子？"

他回答："是我从海上抱养的，一个刚刚出生的女孩儿。噢，你大嫂生了？生

---

[1] 此庙位于现在的曹妃甸湿地附近，龙王庙村因庙得名，今庙已不存，毁于何时已无可考。

的什么？"

甄氏眼中闪动着恼恨的光色，口气硬生生地道："生的什么？你自己去看吧！"说着抬腿往屋外走去，对站在屋外看着门内这一幕的程氏一撇唇角。

甄氏的神色和话语使曹富荣为之一愣，心想她这是怎么了？但此时的他已顾不得多想，赶忙急步走进西面自己的卧房门口。

他哪里知道，在他的妻子生产之前，一场针对他将生的孩子的阴谋就已经在他的两个弟媳那里开始酝酿了。早晨他从龙王庙回到家向妻子述说他的祈祷求子经过时，他的话都被甄氏隔着窗户听到了耳中。

甄氏窃听到大伯子这一席话，马上快步走到西头屋子窗前，对着窗内小声道："妹妹，到我屋里来，我有话对你说。"

曹富贵的小妾程氏应声出屋，随甄氏来到甄氏屋内，问道："姐姐又见着了什么稀罕事，话音儿神神秘秘的，都不敢出大声儿？"

"嘘——"甄氏把右手食指竖到嘴上呼一口气，"小点声。你猜，方才我听东屋大哥对大嫂说了什么？"

程氏秀睫一挑，眼睛疑惑的光色中不无兴奋与好奇："说了什么？你快说！"

甄氏压低声音道："方才我听大哥说，他刚刚去了龙王庙进香求子，那龙王爷竟微笑着对他点了头，答应了他的求子之请！"

程氏眉头微微蹙起："此事当真？"

甄氏道："这还有假？我可是听得真真切切！"

程氏马上露出一脸的不平之色："那龙王爷也真是的，怎就如此偏向他们夫妻，对你我却毫不开恩呢？"

甄氏撇撇嘴道："也许是他求子心切，便看走了眼呢，若是如此，不过是他一厢情愿罢了。"

程氏冷哼一声："无论生男生女，总归是要生了。你我姐妹皆尚未开怀，他们夫妻却是一个接一个生起来无尽无休了。他一个打鱼人，打来的鱼虾能卖几个钱？他几口人吃喝穿戴一应用度还不是靠我们先生所挣的银钱来开销？"

甄氏接上话头道："这倒罢了，还远不止于此呢，你我姐妹若是总不见生养，我们先生创下的这份家业将来皆要由他那一支子孙来承继，先生一生的辛苦才叫为人作嫁呢。"

程氏眉眼一挑，似乎有了主意："明晚先生便要回来过夜，你我何不向他挑明此中情由，好让他早作打算？"

甄氏又一撇嘴道:"他呀,你又不是不知,一来心软,二来呢,他与东屋的终究是血脉相连,拉不下脸面,此事还须由你我来斡旋。"

程氏面现茫然之色:"你我又能如何斡旋呢?"

甄氏看向对方的目光中不乏轻蔑意味:"你呀,心思都用在不当用的事上了,就不能在这事上多用些心?对你说,早先我看过一些命相之书,在这上头也算略知一二,我算着,东屋即将出生的娃与你是相克的。"

程氏眉睫一跳,眼中已蓄满惊疑光色:"是么?你可莫吓唬我呀。"

甄氏白她一眼:"我吓唬你做甚?信不信由你。"

程氏眼中惊疑光色瞬间化为忧虑:"若果真如此,又能如何?娃一旦生了,总不能掐死吧?"

甄氏面上一阴:"不能掐死,便没有别的办法了?"

程氏一脸的疑问:"有甚办法?"

甄氏抬手拍拍胸口:"用这里想啊。"

至此,一场阴谋开始拉开了序幕……

急步跨进西屋的曹富荣,一眼就看见躺在炕上的妻子身侧躺着一个裹在襁褓中熟睡的婴儿,忙问道:"杏儿娘,生了?是男还是女?"

张氏欣慰地回答:"是女孩儿。"

曹富荣马上皱起眉头:"又是女孩儿?"

张氏问道:"你怀里抱的是什么?"

曹富荣道:"是我从海上商船上抱养的一个刚出生的女孩儿。"

杏儿惊喜地看着曹富荣怀里的婴儿道:"呀,爹爹又抱来一个小妹妹?"

此时东面卧房传来曹母的呻吟声。

曹富荣把怀中的婴儿朝杏儿怀里一送,说道:"杏儿,接着你这个小妹妹,爹爹去东屋看看你奶奶。"

东屋一片漆黑。黑暗中只听曹母在炕上一声接一声地呻吟着。

"娘,您头疼又厉害了?"曹富荣嘴上问着,把炕梢放着的油灯点上了。

在炕上闭目而卧的曹母并不答话,仍旧不停地呻吟着。曹富荣上前用双手食指和中指给她揉太阳穴。

揉了片刻后,曹富荣低下头把嘴凑近曹母耳边问:"娘,头疼好些了么?"

曹母皱起眉头:"哎呀,你揉得不对劲儿,轻一点儿。"

曹富荣忙道:"好,好。"揉了几下后又把嘴凑近曹母耳边,"这样成么?"

曹母道："不对！不对！去喊她二娘三娘过来！"

曹富荣对着门口抬高声音道："杏儿！去！喊你二娘三娘过你奶奶屋里来！"

此刻，甄氏和程氏正聚在甄氏卧房内嘀嘀咕咕说着孩子的事。

程氏道："大嫂刚生了一个，大哥又抱来一个，这个家一下便多了两张嘴，吃的穿的要增加多少开销，还不都得靠我们先生来负担？"

甄氏道："何止如此？我说过的，我算着，大嫂生的孩儿是克你的，大哥抱来的孩儿与大嫂生的孩儿是同年同月同日所生，自然也是克你的，两个孩儿都克你，若不想个法子破解，你定有不虞之灾！"

程氏惶急地说道："哎呀，这可如何是好啊？"

甄氏道："你光着急又有何用？须动心思想个万全之策。"

程氏急切地问："想个什么万全之策呢？"

"你呀，到正经事上，还须靠姐姐我。"甄氏双眼一眯又睁开，"不妨如此……"说着把嘴凑在对方耳边小声嘀咕起来。

"这个主意不错。"听完对方的话，程氏点头赞许，"他兄弟二人于老太太都是极孝顺的，为着不碍老太太的福寿，不由他二人不答应。"说到这里忽又想起什么，"若要请大仙来为老太太作法禳灾，西邻的王婆婆就是位大仙——"

"亏你能想到她！"甄氏打断对方的话，"你又不是不知，她与东屋大嫂亲近得如同一家人似的，她又极不待见你我，会依着你我之意去做？或许会适得其反，弄得你我下不来台呢。"

程氏急忙辩白："我不是那个意思，我的意思是，老太太若是愿请王婆婆来作法禳灾，又当如何？"

甄氏斜了对方一眼："这有何难？到时你只看我如何应对便是。"

话说到这里，程氏起身要往外走，刚一抬脚却又站住："先生明晚回来只住一宿，你我早有约定的，于先生身上你我平分秋色，明晚你我那就各占一半，前半宿先生归你，后半宿他须过我屋里去。"

甄氏白她一眼："方才在东屋的事上你毫无主见，到了这上头你倒蛮会算计，明晚的事今日你便算计好了，何必那么小家子气！"

程氏抬腿莲步款款往屋外走，边走边道："在这上头，也从未见你大方过呀。"

此时忽听杏儿在窗外招呼："二娘，三娘，我奶奶头疼病又犯了，让你们过去呢。"

已走到门边的程氏停住脚步，回头看甄氏。

甄氏对着窗外道："知道了，就去。"转对程氏道，"这个机会等还恐等不来呢，这就来了，正好，你我这就过去与老太太把事说定。"

甄氏和程氏来到曹母卧房，见大伯子正在给曹母按摩。走在前面的甄氏眼睫一挑："哟，大哥给娘揉哪？"

曹富荣道："嗯，娘说我揉得不好，让你们来揉一揉。"

甄氏走上前道："我来吧。"说罢伸出纤纤柔指按揉起来，边揉边把嘴凑近曹母耳边大声道："娘，您老这病请了郎中来医过，却总不见好，依我看不像是寻常病症，多半是有邪物在作祟，须请大仙来镇邪，病方会好。"

曹母睁开眼睛："成啊。"

曹富荣接上话道："若要请大仙来医，西邻王家老婶子便是大仙，现下便可去请。"

甄氏摇摇头："她呀？若是道行高深，两家隔壁住着，这边有邪物她早当看出了，却至今未能看出，便是道行不深。"说到这里又把嘴凑近曹母耳边道，"北边甘家堡有位大仙，道行极深，为人医邪症一医便好，前去请她的人都快挤破门槛了，您老的病不妨请她来医。"

曹母道："去请！"

曹富荣道："那好吧，明日一早，我借王家的驴车去甘家堡接大仙。唉，王家老婶子也是大仙，若让她知道我们去外面请大仙，便好像我们不相信人家，故此我们切莫对王家老婶子说是去请大仙，只说是去请郎中。"

甄氏一抹搭上眼皮："这个不消大哥你说，我们姐妹都知道。"

翌日午前，曹富荣赶着一辆驴车把一名巫婆接到龙王庙小渔村。早已在门前候着的甄氏和程氏赶忙迎了上去。

甄氏对曹富荣道："大哥，有我与杏儿三娘陪着大师给娘医病便可，你去忙你的事吧。"

曹富荣道："好吧，我在前面场子上补渔网，待大师给娘看完病，你们喊我，我再用驴车把大师送回去。"

甄氏和程氏把巫婆迎进甄氏的卧房内。

待巫婆落座之后，甄氏对程氏道："妹妹去灶上烧些开水来，为大师沏一盏香茶。"

程氏白了甄氏一眼，但还是极不情愿地去了。

甄氏对巫婆道："早闻大师大名，妾身仰慕已久，今日得见，果然气度不凡。妾身虽也读过几页命相之书，所知不过皮毛，岂可望大师项背？如今我家东屋大嫂已生了一个女孩儿，东屋大哥又从海上商船上抱养了一个女孩儿，两个女孩儿乃同年同月同日同一个时辰所生。我算着，那两个孩儿与妾身都是相克的，却又不敢确认，特请大师为妾身占一卦，那两个孩儿可是克我？"

巫婆抬眼定定地看着甄氏："那位先生请本师来此，是要为其高堂老母医病的，怎的，你是……"

甄氏赶忙解释："妾身是其弟弟的结发正室，方才出去的那位是其弟弟的偏房。稍后确是要请大师去为妾身婆母医病的，只是请大师先为妾身占一占，妾身另有谢意。"

巫婆点头："好吧，请问生辰八字？"

甄氏道："妾身生于隋开皇十一年八月初四亥时。"

巫婆道："娘子请稍候。"说罢闭上眼睛，口中念念有词，还不时出一怪声，双手十指不停地震颤，过后就纹丝不动毫无声息了，如睡着一般。又过了些时候，才慢慢睁开眼睛，"是的，两个孩儿确是克娘子。娘子生于辛亥年，生肖属猪，是金命，那两个孩儿生于壬午年，生肖属马，是火命，且为熊熊烈火，烈火熔金，金必形销骨熔，娘子将有不虞之灾了。本师方才又念动咒语，魂灵飞升至天庭玉帝阶下叩问玉帝，玉帝明示于本师：那两个孩儿是克娘子的。"

甄氏脸上微露惊悸之色："可有破解之法？"

"这破解之法么……"巫婆说了半句话，就把话头打住不说了。

甄氏已有所悟，赶忙过去从柜子里取出一个锦包，恭恭敬敬递到巫婆面前："这些个散碎银两，略表妾身点点敬意，请大师笑纳。"

"那，本师便代玉帝权且收下了。"巫婆抬手接过锦包，揣到衣袄内，"这破解之法么，将孩儿溺亡，贵府自是不忍，那就将其抛到荒野上去，是被人捡走，还是被野狗吃掉，就凭两个孩儿的命运了。若还是不忍，也可送人，只是须送得远一些。"

甄氏低身一礼："谢大师指点。妾身还有一请，方才出去沏茶的那位稍后进来，请大师将大师为妾身作法禳灾之事瞒过她，且也为她作法禳灾，无论那两个孩儿克她与否，大师皆只说克她，可好？"

巫婆眉眼一肃："这个么，恕本师不能从命。本师作法，一向只说真话，从不说谎，这亦是本师备受世人推崇之故。"

甄氏道："大师且容妾身细说原委。妾身的这位妹妹程氏，极受我家先生宠爱，我家先生又是全家上下的主心骨，只有程氏让先生说了话，那克人的孩儿方可送人，故此万望大师成全。还有，为她作法禳灾，亦是另有酬谢的。"

巫婆听到这里才道:"既如此,本师应你之请也属成人之美了,便依你。"

甄氏又道:"还有,请大师对她说,克她的破解之法,是将两个孩儿抛到荒野上去,只此一法,别无他法,可好?"

巫婆道:"好吧,这也依你。"

此时程氏端着一盏茶水进了屋。

甄氏下巴朝程氏一扬:"我家这位妹妹想请大师为她命相占一占,日后可有多舛之事?"

巫婆抬眼看程氏一眼:"好吧,请问生辰八字?"

程氏毕恭毕敬地说道:"妾身生于隋开皇十四年四月初三辰时。"

巫婆又如法炮制一番,然后说道:"娘子生于甲寅年,生肖属虎,五行之中为水,因时辰占得偏,故而水仅为池中之水,你家两个孩儿,生于壬午年,生肖属马,五行之中为火,因时辰占得正,故此火乃燎原烈火,水本是克火的,却因火大水小,小水必被大火烧得一干二净,故此两个孩儿专克娘子。本师方才念动咒语,魂灵飞升至天庭玉帝阶下,就娘子命相之事叩问玉帝,玉帝明示于本师:贵府两个孩儿专克娘子,故此娘子将有不虞之灾了。"

此时只听"啪"一声脆响,程氏手中玉瓷茶盏摔落在地,已成一地碎片,茶水在地上泼溅开来,不仅程氏自己裙角和缎面绣花鞋上溅满了茶渍,就连巫婆的鞋上也溅上了点点茶渍。

茶盏落地发出脆响时,巫婆也被吓得浑身一哆嗦,随即看着那一地碎片皱起了眉头。

甄氏白了程氏一眼:"何必如此惊慌?大师还有破解之法呢。"

程氏面色由白变红,朝着巫婆低身一礼道:"妾身失礼了。"顿一顿又道,"请大师指点破解之法。"

巫婆又闭上了眼睛,也不说话。

甄氏对程氏递个眼色:"大师是替玉帝传授破解之法的,妹妹须先向玉帝呈上程仪,以示恭敬,大师方可面授机宜。快去取银钱吧。"

程氏如梦初醒,急急地去自己卧房取来一块银角子,用双手捧着恭恭敬敬递向巫婆:"一点心意,不成敬意,请大师笑纳。"

甄氏朝程氏撇撇嘴,转对巫婆道:"我家妹妹手头正拮据着呢,程仪无论多少,皆请大师切莫见怪。"

程氏一时面飞红云,白了甄氏一眼。

巫婆却似并不在意，抬手接过银角子："不妨，心意到了便可，为师权且替玉帝收着。这破解之法便是将那两个孩儿抛到荒野上去。如此，便克不着娘子了。"

程氏朝巫婆低身一礼："谢大师指点。"

甄氏接着也向巫婆低身一礼："大师在上，妾身还有一请，万望大师成全。"

巫婆道："娘子有话请讲。"

甄氏看程氏一眼，转对巫婆道："稍后大师去为妾身婆母医病之时，请莫将大师为妾身妹妹作法禳灾之事透露出去，且只说那两个孩儿是来世上专克妾身婆母的。"

巫婆沉下脸道："本师为人作法禳灾，一向只说真话，从不说谎，故此恕本师不能从命。"

甄氏又与程氏对视一眼，然后道："请大师听妾身细说原委。妾身婆母乃我曹家至尊长辈，她老人家福寿如何，乃阖家上下第一等大事，只有说那两个孩儿克她老人家，方能将孩儿抛到荒野上去，故此万望大师成全。"

巫婆听了这话，缓缓地点一点头："嗯，如此说来，应了娘子之请，便是本师又一行善之举了，好吧，便依你之言。"

程氏盈盈水目看向甄氏，感激之情尽在其中。

甄氏却似并不在意，以淡然口气道："妹妹还不快去取些银两来，谢大师美意。"

程氏又去自己卧房取来比上一块大一些的银角子呈给了巫婆。甄氏这才把巫婆领到曹母卧房内。巫婆问了曹母生辰八字，又装模作样地折腾一气，然后睁开眼睛道出占卜结果。

甄氏上前两步走到曹母头前，把嘴凑近曹母耳朵："娘，大师已为您老算完了。大师说，我大嫂生的孩儿与我大哥抱来的孩儿都是您老的克星，有这两个孩儿在这个家中，您老的病便越来越重，将生不如死，直到把您克死！这叫福寿双折！"

曹母恨恨地说道："孽障，孽障啊！"

甄氏扭头看一眼巫婆，才对曹母道："不过您老莫太难过，大师说，尚有破解之法。"

曹母问："什么破解之法？"

甄氏又看一眼巫婆，才道："须把两个孩儿都抛到荒野上去。"

曹母道："那便去抛！即便是亲生的，横竖是个女儿身，算不得我曹门之后，抛了，我老婆子心里倒干净！"

甄氏与程氏互看一眼，眼神中都流露出惬意之色。

程氏道："那便赶紧把大师算出的结果告诉大哥！"

甄氏白她一眼："你急什么！还不到那个时候呢。"转对曹母大声道，"娘，该向大师奉上程仪了。"

曹母问："奉什么？"

甄氏道："就是酬金，银钱！"

曹母道："送！送！一定要送！送多少？"

甄氏道："大师算得准，能为您老免灾，须多送一些，送两个银角子吧，要大一些的。"

曹母道："成！银角子就在北边柜子底下呢，去拿吧。"

甄氏到北墙边柜子里取出两块大银角子，用双手捧到巫婆面前："请大师笑纳。"

巫婆接过银角子塞到怀里。

两个女人针对两个婴儿酝酿的一场阴谋至此走出了第一步，而老实厚道的曹富荣对此竟还毫无察觉，此刻正在曹、王两家房屋前面的场子上专心致志地补渔网。

"老大在补渔网啊？"邻居王婆婆手拿补渔网的梭子来到曹富荣近前。

"啊，是啊，老婶子也来补渔网？"

场子上，两根竖立的木桩间拉起一条绳子，上面分别搭着两家的几张渔网。

王婆婆嘴上应着，开始补自家的渔网。少顷，问道："老大，你为你娘接来的婆子是个郎中？"

曹富荣口气含混地答应一声。

王婆婆道："不对吧？那婆子我一看便知与我一样，是个仙儿，对吧？"

曹富荣一愣神儿："这……不瞒老婶子说，是个仙儿，是我娘让我接来给他老人家医病的。"

王婆婆冷笑一声："是你娘让你接的？要我看，定是你家老二那两个女人的主意。你看那婆子一下车，那两个女人便把她领到自己屋里去了，然后才又把她领到了你娘屋里，定是那两个女人又在耍什么把戏呢。"

曹富荣疑惑道："她们能耍什么把戏呢？"

王婆婆道："老大呀，凡事你须多个心眼，那婆子为你娘作法禳灾，你该去看看，不能由着那两个女人任意折腾啊。"

曹富荣道："杏儿二娘三娘不让我去作陪。我想也好，我正好趁这个时候补补渔网。"

王婆婆叹一口气："你呀，心地太善，也太实了。"说着话眼睛一直瞄着曹家堂屋门口,"呃,出来了。"

只见程氏走出了曹家堂屋门口,巫婆和甄氏随后跟了出来。

程氏对曹富荣这边道:"大哥,大师给娘医完了,你赶上驴车去送大师吧。"

曹富荣走过去问:"大师给娘医完了?娘的病可好些?"

程氏没有回答,只是回头看甄氏。

甄氏道:"好些了。大师说了,娘的病要到明日以后方可真正好起来。"

曹富荣把车赶过来,待巫婆上车,赶着车去了。

甄氏给程氏使个眼色,二人一同走进甄氏的卧房。

一进门,程氏就按捺不住地问:"既然此事今日就要办成,我们何时动手?"

甄氏站在门边瞄着门外道:"须候着王家婆子回屋了再动手。好,她回屋去了。走!"

二人出屋,快步向曹家堂屋门口走去。

曹富荣夫妇卧房内,两个并排躺在炕上襁褓中的婴儿一个在沉睡,一个醒着。杏儿伸着手指在逗弄醒着的婴儿。躺在另一侧的张氏看着被逗弄的婴儿,脸上挂满幸福的微笑。

甄氏和程氏突然闯进屋。甄氏极快地说道:"方才大仙来给娘作法禳灾,算着这两个孩儿都克娘,须抱走,娘让我们来抱了。"

甄氏说着朝炕上一探身子抱起醒着的婴儿就往外走。程氏同时抱起另一个婴儿紧随其后出门。醒着的婴儿立刻哇哇啼哭起来。

一时之间猝不及防的张氏稍一愣怔,随即一出溜下了炕,边跟跟跄跄往屋外跑边呼喊:"我的儿!我的儿……"

杏儿随之下炕跑出屋外,边跑边哭喊:"小妹妹!小妹妹……"

甄氏和程氏抱着襁褓中的婴儿跑到房子东面折而向北,沿着荒野小路一路跑去。在其后面,张氏跌跌撞撞地追赶着,哭喊着:"还我的儿!还我的儿……"

杏儿跟在张氏后面边跑边哭喊:"我要小妹妹!我要小妹妹……"

终于,张氏走动的脚步趔趔趄趄,就要走不动了。气喘吁吁的她几乎喊不出声:"我的……儿,我……的……儿"

杏儿扶着张氏的胳膊连声哭唤:"娘!呜呜……娘……"

此时,把张氏母女远远地甩到后面的甄氏和程氏也都跑不动了,但仍在气喘吁吁地一路往前走着。忽然,从她们侧旁传来一声断喝:

"站住!"

甄氏和程氏一下子停住脚步，同时扭头向侧旁看去，见竟是她们的丈夫曹富贵站在侧旁的岔路上。

甄氏气喘吁吁地说道："先生……回来了？"

程氏也气喘吁吁地说道："先生回……回来了？"

曹富贵皱着眉头问："你们这是去哪里？怀里抱的什么？"

甄氏顿了顿，才道："娘的头疼病犯厉害了，大哥接来的大仙给娘作法禳灾，大仙算着这两个孩儿都克娘，会把娘克死，须把她们送走，娘的病才会好。"

曹富贵诧异道："两个孩儿？"

程氏道："一个是大嫂昨日刚生的，一个是大哥昨日从海上抱养的。"

曹富贵问："你们要把这两个孩儿送到何处去？"

甄氏道："大仙说，须送到荒野上，让人捡去，娘的病才会好。"

程氏努力地一点头："是，大仙就是这么说的。"

曹富贵厉声道："胡闹！不许你们做这种缺德事！赶紧把孩儿抱回家！"

"这……是娘让我们抱出来的。"甄氏显然不甘心再把婴儿抱回去。

"是娘让我们抱到野外扔了的。"程氏赶忙补上一句。

曹富贵口气不容置疑："抱回去！回家我去对娘说！"

甄氏仍迟疑着。程氏拿眼瞟着甄氏，甄氏不动，她也不动。

曹富贵厉声道："我的话你们没听见吗？赶紧抱回去！"

甄氏和程氏这才各自怀抱婴儿往回走。走在她们后面的曹富贵忽然听见前面传来女孩的哭唤声，忙举目向前望去，只见前面稍远处有人蜷卧在地，其身边坐着一个女孩。他认出了那个女孩是自己的侄女杏儿，同时他已推断出那蜷卧在地的人是谁，忙加快了脚步。待走近了，见倒地的人果然是自己的大嫂，且见此时的她面色蜡黄，双目紧闭，已处于昏迷状态，忙急走几步来到张氏身边蹲下，连声呼唤："大嫂，大嫂，你怎么了？"

张氏微微睁开失神的眼睛看着曹富贵，却说不出话。半响，两颗大大的泪珠从她双眼中涌出，沿着双颊滚落而下。

杏儿哭道："叔叔，呜呜，我娘来追小妹妹，呜呜……跌倒了，起不来了。"

曹富贵抬起头对甄氏和程氏怒斥道："你们，你们真是作孽！"低下头对张氏道，"大嫂，你要挺住，我来背你回家。"

曹富贵用双手架住张氏双臂把她拽起，然后转身想把她背起，却因张氏瘫软如泥，怎么也背不起来。正在此时王婆婆赶到了，在王婆婆帮助下，曹富贵才把张氏背了起来。

曹富贵把张氏背到家,稍作安顿以后,就来到自己母亲的卧房,恳请母亲把两个孩儿留下。曹母却不答应。无奈之下,曹富贵当着王婆婆和自己两个女人的面跪在母亲头前,苦苦哀求:"娘啊,那孩儿是我哥嫂的亲骨肉,也是我们曹家的血脉呀,不能扔到荒野上去呀。另一个孩儿既是我大哥抱养的,便有抱养的缘故,也不能说扔便扔啊。"

曹母斥道:"你懂什么?既然大仙算着那两个孽障都是你娘我的克星,有那两个孽障在,我的病便会越来越重,将生不如死,直到把我克死!老二我问你,你是要你娘呢,还是要那两个孽障?"

曹富贵道:"娘,两个好生生的孩儿,怎会是您的克星呢?定是那大仙法术不高,算得不准。"

曹母道:"那大仙法术高哇,高得远近闻名,怎会算不准呢?我就觉得算得忒准!从你大嫂怀上那孩儿,我的头疼病便重了,昨日你大哥又抱来一个,我头疼越便发厉害了,不把她们扔出去,你要让你娘疼死啊?"

"娘,这……"曹富贵一时觉得话没法往下说了。

甄氏和程氏都以得意的眼神互看一眼。

曹母又道:"我就知道,你们兄弟两个,明面上都孝顺我,其实啊,没一个正经孝顺的!你把那两个孽障截回来,就是存心要把我克死!我死了,就合你们的心了,也省你们的事了。好啊,横竖我也是生不如死,就让那两个孽障早早地把我这把老骨头克到土里去吧。"

曹富贵赶忙解释:"娘,儿子不是那个意思,不是那个意思。"

甄氏和程氏又互看一眼。甄氏眼神中流露出的是带有讥刺意味的冷笑,程氏眼神中流露出的是可心的微笑。

此时王婆婆走上前,把嘴凑近曹母耳朵道:"老嫂子,你老妹子我也是个仙儿,我掐算着,那两个孩儿非但不是你的克星,反倒是与你相生相宜的吉星呢。"

曹母道:"你掐算得不准,甘家堡的大仙法术高,她掐算的才准。"

王婆婆道:"那这样,把那个大仙再请回来,老妹子我与她论法,看看究竟谁的法术高,若是她胜了我败了,便是她的法术高,算得准,便把两个孩儿都抛到荒野上去;若是我胜了她败了,便是我的法术高,算得准,便把两个孩儿留在家里,可成?"

曹母道:"成啊,那你们便论吧,谁胜了我便信谁。"

王婆婆回过头扫甄氏和程氏一眼,说道:"这你们可都听到了。"又对曹富贵道,"老二,快抄近路去追老大赶的驴车,还能追得上。追上了,再把那婆子接回来,快去!"

曹富贵答应一声,忙起身朝屋外奔去。

王婆婆紧走几步追到屋外道:"老二,追上以后,你就说这边还有人请她作法禳灾,给双倍的酬金!"

曹富贵头也不回地说一声"好",一路跑去了。

王婆婆在心里说:"哼!那婆子阴气邪气都太重,得想个法子,既不让她伤筋动骨,又能破一破她的阴气与邪气!"这么想着,就在自家门前道路上铺晒上厚厚一层半干的蓬蒿。

第四章
比高下双婆斗法术　争输赢众汉搏功夫

　　过了约一炷香的功夫，载着巫婆的驴车就在小渔村西露了头。当驴车行进到铺晒着的蓬蒿上面，快到王家门前时，王婆婆出现在自家门内，双手抻着一块红绸的两个布角往门外一抖，紧接着只见那驴扬脖怪叫一声，两条前腿已高高腾空而起，随即车辕也被高高带起。当驴的两条前腿刚一落地时，那驴便拉着车向侧前方猛冲过去，幸亏赶车的曹富荣死死拽着缰绳，驴车才慢慢停了下来。曹富荣担心地往后看时，见那巫婆早已被抛落在地，正蜷卧在蓬蒿上一迭连声"哎哟，哎哟"地叫唤呢。走在车后的曹富贵最先上前去搀扶她，她却并不配合，只管"哎哟，哎哟"地叫唤。随后王婆婆、王大海夫妇与早已在屋内候着的甄氏和程氏相继从各自屋内走出，围拢过来。

　　甄氏快步走到曹富贵跟前，小声问道："先生，大仙这是怎么了？"

　　曹富贵摇摇头："唉，驴惊了。"

　　王婆婆暗自一笑，嘴上却道："杏儿二娘三娘，快把她搀起来，搀到你们屋里去歇着。"

　　处在懵懵懂懂之中的甄氏和程氏听了王婆婆吩咐，尽管心中极不情愿，但还是走上前来搀扶她们心目中的大师，却仍是搀不起来，最后由王大海媳妇相帮，才勉强把她搀了起来。这时人们才发现，巫婆的脖子是向一边歪着的。

　　甄氏和程氏一边一个架着歪着脖子两腿一瘸一拐的巫婆走进了甄氏的卧房，王婆婆和王大海媳妇随后跟了进去。曹富贵、王大海站到卧房窗外，谛听着屋内的动静，卸了驴车赶来的曹富荣也在卧房窗外停住脚步。

　　卧房内，王婆婆前倾着身子眯着眼睛端详着歪坐在一把靠背椅上的巫婆："请问，你是从何处来的客人哪？"

巫婆歪着脑袋抬眼看王婆婆一眼，又把眼帘垂下，并不答话，只顾着哼唧。

程氏代答："这便是甘家堡那位为我婆母作法禳灾的大师。"

王婆婆眉眼带笑地瞥程氏一眼："是啊，可不真是大师，一来便弄出个惊险动作，可把我吓坏了，到这时心还嘣嘣嘣跳个不停呢。"

甄氏白了程氏一眼："听我家先生讲，那驴惊了。那驴以往都好好的，今日怎就惊了呢？"

"要不怎说人家是大师呢？"王婆婆说着换上一副一本正经的面孔，前倾着身子用眼觑着巫婆道，"请问这位大师，你是用了什么法力，把那驴弄得猛地来了那大精气神儿，一蹦老高呢？"

巫婆停止哼唧，沉默有顷，突然冒出一句："那驴有毛病！"

王婆婆直起身子，煞有介事地说道："不会呀，方才杏儿二娘不是还在说，那驴以往都好好的嘛，为何今日便突然有毛病了呢？大师切莫过于自谦，今日惊险之举终究是缘自大师法术高深，不然为何那惊险一幕早不发生晚不发生，刚好到了驴车驶到软草之上时才发生呢？那一幕若是发生在光地之上，即便道行高深如大师，也早摔得个筋断骨折了。看看，大师身子骨这不还好好的嘛。哎？为何大师脖子老是歪着？以往就是这样的么？"说罢住口，等待巫婆的回答。

半响，巫婆不予作答，到后来竟自闭上了眼睛。

"大师为何不说话呀？"王婆婆问罢，扭头看看甄氏又看看程氏。

甄氏目光一遇上王婆婆的目光，就迅速移向他处。

程氏眼睛却迎住王婆婆的目光，说道："上一回过来时还好好的，现下许是跌伤了。"

王婆婆转向巫婆点点头："嗯，那便是跌伤了。有道是智者千虑，终有一失，纵是大师道行再高深，终还是有疏漏之时。这样吧，老身略施小技，便可给大师正过来，不知大师首肯与否？"说罢用眼觑着巫婆，看她作何反应。

在场的另外三人也都不错眼珠地看着巫婆。

片刻沉默之后，只见巫婆似是而非地点一下头，就这，显然也动了脖颈伤处，疼得她一咧嘴。

"看来你是首肯了，那么，老身便开始了。"王婆婆说着走到巫婆身后，用一只手在其后脖颈处上下捏一捏，然后一手按住其前额，一手掐住其后脖颈，猝然发力，只听巫婆脖颈咯嘣一声脆响，待放开手后众人看时，果见巫婆脖颈已正了过来。

王婆婆边做示范边道:"你这样摇摇头,看活动可自如了?"

巫婆小心翼翼摇一摇头,然后微微点头。

王婆婆回身坐到炕沿上,话中有话地说道:"看来大师此行确是有些出师不利了,不知大师此来所为何事?"

巫婆正一正身子,清一清嗓子,恢复了大师的威仪:"这个么,在山言山,在水言水,本师此番出行,自是来为人作法禳灾的。"

"哦?"王婆婆不动声色地又问,"那么,是为谁来作法禳灾呀?"

"这个么,"巫婆顿一顿,"自是由东家来定夺。"

程氏对王婆婆道:"老婶子您不是要与大师论——"

王婆婆一扬手止住程氏的话:"大师为人作法禳灾,能有准头么?"

巫婆抬起头翻了王婆婆一眼:"本师为人作法禳灾,向来准确无误。"

王婆婆道:"是吗?可上一回你过来,为何算着东屋两个刚生的孩儿都是东屋老太太的克星呢?"

巫婆硬生生道:"那便是克星!"

王婆婆道:"可我老婆子算着,那两个孩儿命相皆主善,与其祖母命相皆相生相宜,非但不是其祖母的克星,反倒是吉星!"

巫婆又抬起头,以有些惊异的眼神看着王婆婆:"你,你是谁?"

王婆婆道:"你先莫问我是谁,你只说,你是如何算出那两个孩儿是其祖母的克星的?"

巫婆道:"你不说你是谁,本师便无可奉告!"

王婆婆道:"你无可奉告?我看你是无从作答!"

程氏急插言道:"大师不是无从作答,大师算着,那两个孩儿生于壬午年,生肖属马,是火命,我婆母生于壬申年,属猴,是金命,烈火熔金,金必形销骨熔,故此那两个孩儿便克我婆母,有她们在身边,我婆母便福寿双折!"

王婆婆眉眼一肃:"算得可真是怪吓人的!不过么,老身也有一算,今年是壬午年,马年,故此两个孩儿皆属马,皆为火命这不假,可你婆母生于辛未年,生肖却并非属猴,而是属羊,故此并非金命,而是土命,五行之中火生土,两个孩儿怎会克你婆母呢?恰恰相反,她们与你婆母生肖是相生相宜的!"

程氏被这一席话说愣了,再也无言以对,只得把求救的目光投向巫婆:"大师,您看这……这……"

巫婆正一正身姿,清一清嗓子,以示威严:"那老人家生于壬申年,并非辛未年，生肖属猴，并非属羊，壬申猴年在五行之中为金，火定克金！"

　　王婆婆不动声色："那好，那便算一算老人家究竟属什么。老身记得清楚，老人家生于西魏文帝大统十七年腊月二十。"说到这里转对窗外道，"富贵贤侄，你在外面么？"

　　曹富贵在窗外回答："老婶子，我在。"

　　"你娘的生辰，我讲得没有错吧？"

　　曹富贵道："没有错，准确无误！"

　　王婆婆转向巫婆："那一年正是辛未年，羊年！大师对此可有异议？"

　　巫婆额上已沁出一层细密汗珠，尽管已经心虚，却仍强撑着："那一年是辛未年不假，但来年打春却早，老人家出生之日已然打春，故此干支纪年当为壬申年，老人家属相自当属猴，壬申猴年，五行之中自当为金！"

　　王婆婆眼角弯出一丝讥刺的冷笑："你这是哪一家的皇历？那来年打春究竟早与不早，待老身去取皇历来，一看便知！"说罢抬脚就往外走。

　　巫婆抬高声音道："你无须去取，本师不看那劳什子！"

　　王婆婆停住脚步问："你为何不看？"

　　巫婆已别过脸去："你那皇历不准，故此本师不看。"

　　"如此说来，皇历不准，倒是大师的嘴头准了？"王婆婆说到这里转对窗外道，"富贵贤侄，老身与大师的对话，你可听见了？"

　　曹富贵在窗外回答："听见了。"

　　王婆婆道："既是听见了，便用心记下！"

　　巫婆狠狠剜了王婆婆一眼，气恼地说道："你究竟是谁？这一家请本师来作法禳灾，何须你来多嘴多舌？"

　　王婆婆道："我么？是这家的邻居。法力虽不及大师高深，却也厚着脸皮做了几年仙儿，不过我是不拿黑心钱作黑心法的，只凭良心作法！"

　　巫婆勃然变色，抬起头来回看着甄氏和程氏道："既然她也是个仙儿，既然让她来多嘴多舌，你们为何还要请本师来此？快快送我回去！"

　　甄氏急急地说道："大师请息怒，都是我们的不是。"接着转向王婆婆，"老婶子，这是我们自家的事，不劳您老来费心，您请回吧。"说罢抬手做个往门外让的手势。

　　王婆婆对甄氏道："你这话差了，大师方才的话也有失偏颇。"说着转向巫婆，"那会子你脖子老歪着，不是老身给你正过来的？若无老身为你矫正，你恐怕便那么歪着了,又怎能再去为人作法禳灾?"说到这里又转向甄氏,"还有,你曹家与我王家世代为邻,又世代交好,我家老头子与你公公在世之时早有约定,你曹家的大事便是我王家的大事,我王家的大事便是你曹家的大事。这把孩儿送人禳灾的事无疑是大事,我老婆子来帮着拿拿主意当在情理之中。"

此时甄氏以身体挡着王婆婆的视线,背着右手把一张纸条塞到程氏手中。程氏转过身去看纸条。

巫婆欠身欲起:"她不走,我走!送我回去!"

"大师您不能走!"程氏急惶惶道。她想着,就当下这情势,大师一走,把孩子扔到外面去的事定将落空,自己将继续被孩子克下去,直至克死,于是情急之中她顾不得细想,话语冲口而出,"大师还算着,那抱来的孩儿命局在亡神星位,是灾星,要克隔代血亲!"

"哇!"窗外的曹富贵和王大海都禁不住惊呼一声。

"是么?"王婆婆利剑般的目光直逼程氏的眼睛,"这话大师还未曾讲呢,为何便从你嘴里讲了出来?"

程氏一举手中纸条:"我凭的是这!"

王婆婆道:"那是什么?不就是一张纸么?"

程氏道:"此非寻常之纸,乃大师所得之天书!"

王婆婆冷笑一声:"天书?这可真是奇闻!老身倒要问了,这天书大师是如何得到的?"

巫婆阴沉了脸面,以外表的怫然之态掩饰着内心的不安:"自然凭的是本师的法力。"只说了这一句,下面就打住不说了。

程氏见大师说得过于简略,不能充分显示大师的神力,于是补充道:"大师入定之后念动咒语,魂灵便飞升至天庭玉帝阶前,叩问过玉帝,玉帝便赠予大师这天书,明示于大师,该女乃亡神命局,主凶,有此女在,其隔代血亲便不得安康,还有口诀呢,"说到这里看着纸条念道,"亡神七煞祸非轻,用尽机关一不成,克祖刑夫坏祖业,一生一世留恶名。"

"哼!"王婆婆从鼻孔里哼出一声,"真是耸人听闻!老身倒要请教大师,大师魂灵飞上天庭云云,何以为凭?"

巫婆已闭上了眼睛:"自然凭的是本师之神力。"

王婆婆道:"讲来讲去,大师凭的只是一张嘴,想如何讲便如何讲。老身也给抱来的孩儿测了命局,当在天德贵人星位,是吉星。如此命局,非但不会殃及他人，反倒会福泽众生。"

巫婆斜视王婆婆一眼："你如此说法，凭的又是什么？"

王婆婆从衣衩内取出一本书："凭的是这个，经书。书中歌曰：'正丁二坤中，三壬四辛同，五乾六甲上，七癸八艮逢，九丙十居乙，子巽丑庚中。'歌中之'二坤'，二即二月，坤即申，就是说，二月出生，日支或时支为申者，即天德贵人的命局。孩儿生于二月甲申日，正合'二坤'二字，故此孩儿毫无疑问是天德贵人的命局。书云：'天德者，五星福德之辰，若人遇之，则贵不可言。'"说罢把书递向巫婆，"请大师过目。"

"本师不看那劳什子！"巫婆说着把脸扭向一边，"本师只相信本师神力，不相信你的什么书。"

王婆婆瞪大眼睛："你说什么？此书乃古今不易之圣典，连皇帝老子都不敢不信的，你居然不信？你是不是太过狂妄了？"

巫婆道："你那书，谁知是真是假？依本师看来是假的！"

王婆婆双眼眯成一条缝，觑着巫婆："你说它是假的？"忽然睁大眼睛，对窗外道，"富贵贤侄，你进来！"

曹富贵应声进屋。

王婆婆把书递给他："你来看，这经书可是假的？"

曹富贵接过书，看看封面又看看封底，再翻看书中文字，之后说道："是真的，千真万确是经书！"

王婆婆冷笑一声："可你们请来的这位大师连看都不看一眼，便说它是假的！"

曹富贵故作为难状："这个……这个么，大师，这便是您的不是了，您当先看过此书，再下定论。"

巫婆终于恼羞成怒了："这位先生，你既然信她不信我，为何还要请我来？"

"这个么……"曹富贵顿了一下道，"敝人并非不信大师，鄙人是想，两位大师道行各有千秋，互相切磋一下也并非坏事嘛。"

"本师要与她斗法。"巫婆对王婆婆怒目而视，"你敢么？"

王婆婆迎住对方目光："有何不敢？我老婆子定然奉陪！"

巫婆道："那好，本师的家什原本都在驴车上，现在何处？"

曹富荣在窗外道："在这里，在我手上呢。"

巫婆环顾一下屋内："这屋内太逼仄，你我去外面比试。"

"好！依你！"王婆婆说着抬腿就往外走。

众人跟着王婆婆和巫婆来到屋前空地上。

巫婆从曹富荣手上接过柳条箱："拿一顶斗笠来。"

曹富荣从自己卧房拿来一顶斗笠，并遵从巫婆吩咐把斗笠放在地上。

巫婆打开柳条箱，从中取出一只酒葫芦，打开盖子道："这葫芦里装的是寻常烧酒，且看本师念动咒语，口喷神火！"说罢闭上眼睛口中念念有词，念罢睁开眼睛，从酒葫芦里喝一大口酒，朝斗笠上猛力一喷，一条火蛇便从口中直蹿到斗笠上，那斗笠马上着起火来。

甄氏和程氏站在一旁呆愣片刻，继之都惊呼："呀！真是了不得！了不得！真是神火！真是神火！"

巫婆傲然地瞥王婆婆一眼："你能么？"

王婆婆冷笑一声："这有何难？看我老婆子的！虎子娘，去把我的家什与斗笠一并拿来！"

王大海媳妇应声从家中取来一只木箱和一顶斗笠。

王婆婆打开木箱，也从中取出一只酒葫芦，打开盖子道："我这葫芦里装的也是烧酒，我无须念你那劳什子咒语，便可口喷神火！"说罢喝一大口酒，朝斗笠上猛然一喷，一条火蛇顿时从口中蹿出，也立刻把斗笠点燃了。

这一次，甄氏和程氏只瞪大了惊异的眼睛，却并未出声。

王婆婆以挑战的目光看着巫婆："大师你看，老身比你差么？"

巫婆道："今日本师为那女孩儿所算之命局，本师可念动咒语招来玉帝所写之天书以为印证！"

巫婆说罢，从柳条箱内一叠毛边纸中抽出一张，又从柳条箱中拿出一只瓷瓶，之后闭上眼睛口中念念有词，睁开眼睛后打开瓷瓶瓶盖喝一口瓶里的水，"噗"地一口喷在毛边纸上。

众人围拢过来一看，只见那毛边纸上现出"亡神"两个蓝色大字。

巫婆以得意的眼神扫视众人一眼："这便是玉帝亲笔所书那女孩儿的'亡神'命局！"

甄氏和程氏都瞪大惊恐的眼睛看着那两个字倒抽一口凉气。

巫婆以挑衅的目光看向王婆婆："现下，你有何话可讲？"

王婆婆又冷笑一声："我老婆子为那孩儿所算的命局，亦可招来天书为证！"

王婆婆说罢，也从木箱中取出一张毛边纸和一只瓷瓶，打开瓶盖喝一口瓶里的水，"噗"地一口喷在毛边纸上。

众人围过来一看,那毛边纸上立刻现出"天德贵人"四个蓝色大字。

王婆婆用手指着这四个大字对巫婆道:"这,你又有何话可讲?"

巫婆一时无言以对。

王婆婆道:"此中奥秘,你我心知肚明,你就莫再枉费心机了。"

巫婆不肯善罢甘休,又表演了利刀斩鬼、神点蜡烛、油锅捉鬼、火炼金丹、手握红铁等项目,王婆婆也针锋相对一一做出,每一项都做得比巫婆毫不逊色。

巫婆仍不甘心,最后又使出看家本事——神力推人。命人搬来一把椅子,让王婆婆坐在椅子上,她在五步之外面朝王婆婆站定,先念动咒语,然后伸出手掌往前一推,同时说一声:"去!"王婆婆的座椅随之就往后颠一下。她往前跨出一小步后重复同样的动作,如此连续做了八次,王婆婆的座椅也连续往后颠了八次。正在一旁众人无比惊愕、巫婆更是洋洋得意的时候,只见王婆婆忽地站起一伸手掌往前猛力一推,同时发一声喊:"去!"那距她五步之外的巫婆随之仰身向后倒去,且倒地之后接着来了个后滚翻,最后坐在了地上。此时的巫婆,脑袋又歪向了一边,且皱眉咧嘴一声接一声"哎哟,哎哟"地叫唤起来。

王婆婆走到她跟前道:"大师作法道行高深,看来武功也不错嘛,一个后滚翻动作蛮漂亮嘛,哟,怎么脖子又歪了?由此看来大师的武功火候还不到家哟。不过莫急,待我老婆子再为你正过来。"

说罢,又是一手捏住巫婆的后脖颈另一手托住其前额猛一发力,只听巫婆的脖颈处"咯嘣"一声响,其脑袋已经正了过来。巫婆随之停止了呻吟。

王婆婆笑道:"看来大师的脖子已经滑了,稍不留神还会歪的,可得多加小心呢。"

巫婆轻轻摇晃摇晃脑袋似觉没事了,忽然瞪大愤怒的眼睛道:"妖婆!你个妖婆!"

王婆婆道:"我是妖婆?我可不会为了几个臭钱,便拆散人家家人,戕害人家骨肉,行人间之大恶!"

巫婆自知理亏,犹自强辩:"那,那,那是人家自家人要本师如此,本师又能如何?"

王婆婆马上听出其话中之意:"人家自家人要你如此?"说着目光凌厉地朝甄氏和程氏一扫。

甄氏和程氏赶紧都把目光移向别处。

王婆婆追问巫婆:"你所言自家人,所指为谁?"

巫婆却道:"我不想与你再纠缠!"随即转向一旁众人,"送我回去!"

王婆婆对站在一旁的王大海道:"你把驴车套上,送这位大师回去!"

曹富荣赶忙道:"不用劳驾大海兄弟,我去送。"

王婆婆道:"就让他去。"

巫婆起身要走,可能是腿伤尚未完全恢复的缘故,左腿一软打个趔趄,停下正一正身子才稳住。

目送着驴车载着巫婆走出小村,王婆婆对曹富荣道:"老大,走,去看看你那两位多灾多难的小千金。"说罢,看都不看站在身边的甄氏和程氏一眼,径自向东面屋子走去。

"呸!"等王婆婆和曹氏兄弟都走进东面屋子,甄氏才敢朝着王婆婆进门处恨恨啐出一口。

程氏也跟着恨恨地啐了一口。

曹富荣夫妇屋内,正在给两个婴儿喂奶的张氏一见王婆婆进门,就急切地问道:"老婶子,您与那婆子是如何理论的?孩儿还要扔了么?"

王婆婆冲她粲然一笑:"放心吧,不扔了,你们就好生养着吧。"说着脱鞋上了炕,"让我看看两个孩儿。哟,你看,两个孩儿生得一模一样,真真是一对双生姐妹,难怪这孩儿能进你家呢,这不是天意么?"

张氏脸上绽开笑纹:"方才杏儿还说呢,两个小妹妹长得一模一样,都分不出谁是谁了。我便说,娘生的孩儿脖颈下面有一颗米粒大的胎记,抱来的孩儿浑身上下都白白的无丁点瑕疵。老婶子,您看。"用手轻轻往下揭一揭怀中左边婴儿脖颈下的襁褓。

王婆婆看了道:"嗯,真是。"

张氏又道:"还有,抱来的孩儿脖颈上戴着一只小金锁。老婶子您看。"说着揭一揭怀中右边婴儿脖颈下的襁褓。

王婆婆看了点点头:"嗯,这小金锁可是贵重的稀罕物件。"

曹富荣接上话:"恩公把孩儿交给我之时,特意叮嘱我,这小金锁是孩儿的爷爷留给孩儿的护身符,定要孩儿锁不离身。"

王婆婆又点头:"嗯,这可是宝贝,定要让孩儿戴好。"

曹富荣道:"老婶子,您老是两个孩儿的大恩人,您老便给两个孩儿都取个名吧。您老肚里有墨水,又通经书,给孩儿取的名定是既好听又吉祥。"

王婆婆道:"嗯,是该给孩儿取个好名字,冲一冲晦气。来,让我看看,嗯,这家生的孩儿将会出落得既温婉又柔丽，便叫婉儿吧。这抱来的孩儿么，看她相貌，将会出落得既娴雅又美貌，便叫娴儿吧。老大你看可好？"

这王婆婆出生于一走向破落的书香门第，小时曾过了几年锦衣玉食的生活，也就耳濡目染地粗通了些文墨。

曹富荣连连点头："嗯，好，好，往后就这么叫。"

这时曹富贵一掀门帘进了屋："老婶子，我跟我娘讲好了，两个孩儿都不送走了。大哥大嫂，你们就放宽心吧。"

王婆婆满意地点点头："我便知道会是这样。你们家，老二是个明白人，又仁义，若阖家上下皆如老二这样，也便没有那么多是是非非了。"

曹富贵听了这话先是一愣，继之道："老婶子，我知道是我屋里那两个贱人横生是非，都怪我对她们管教不严。"

曹富荣道："没事，没事，你切莫多想，你只管安心去店里当好你的差便是。"

曹富贵道："大哥，往后那两个贱人若再对你们妄行非礼，你定要告知于我，绝不可再这么忍让下去，她们那种人是万万忍让不得的！"说罢竟自出屋，来到甄氏卧房内。

一见丈夫进门，甄氏马上起身相迎："先生可是累了？"

曹富贵铁青着脸色坐在椅子上："去，让她也过来，我有话对你们讲。"

甄氏一怔，看一眼对方的脸色，转身出门，很快又进来了，后面跟着程氏。

程氏进门就埋怨："有什么要紧话不可以过那边去以后再讲呀，非要招到一起来讲？"

曹富贵声色俱厉："今日之事，原来是你们二人做的好事！"

甄氏佯作不知："先生此言何意？"

曹富贵厉声道："你莫要装糊涂！你以为，方才那婆子的话我未曾听到？那婆子说，拆散家人，戕害骨肉，行人间之大恶，是我们自家人要她如此！这所谓自家人，不是你们二人又能是谁？"

程氏道："自家人，这一大家子人又不止我们姐妹二人，先生为何便认定是我们呢？"

曹富贵朝程氏一瞪眼睛："你还想朝他人身上栽赃？你以为我能信吗？"

程氏低下头不再吭声。

甄氏兀自强辩："那大仙的话，先生也信？"

曹富贵口气不容置疑："我当然信！你若说她所言有假，明日我便带你们去与她当面对质！你们敢去吗？"

甄氏也低下头，不再说话。

曹富贵情绪激愤地在屋地上来回走动着："我早对你讲过，大哥大嫂于我有大恩，当年若无大哥大嫂供养我，我绝无今日！当年爹爹刚把我送进私塾读书，便身染重疾不治而亡，是大哥早出晚归出海打鱼，与大嫂一起节衣缩食省出银钱供我读完四年私塾的。其后我方能进入绸布店当上一名伙计，继而走到了今日这步田地！"

程氏道："你不也曾讲过么？你能当上绸布店掌柜，全靠你的精明与勤快！"

曹富贵又朝程氏一瞪眼睛："若无四年私塾苦读粗通文墨垫底，我能当上今日这掌柜吗？纵是精明与勤快又能如何？不过是与大哥一样终日出海打鱼苦熬日月！故此大哥大嫂的养育之恩我至死不忘！禽鸟尚知反哺呢，我曹富贵岂能做那忘恩负义之人！"说着冷眼朝她们一扫，"你们二人都给我听好！大哥大嫂既是我的至亲骨肉，更是我的恩人，我因不能报答他们的大恩大德已深感内疚与不安，再不能因为我与我的女人让他们受半点委屈受半点伤害！今后，你们二人对大哥大嫂与他们的孩子皆不得有任何非礼之举，更不能无事生非搅得他们不得安生！现下我把话说在前面，往后我每隔几日便回家一趟，亲口问过大哥大嫂，你们二人对大哥他们是否有非礼之处，大哥大嫂若对你们有半句微词，我决不轻饶你们！轻则断了对你们的供养，重则把你们都休掉！"

甄氏眨眨眼睛："如此说来，是大哥大嫂说什么便是什么了？"

曹富贵朝她一瞪眼睛："正是！大哥大嫂的人品我这个做弟弟的最清楚不过！自我记事起直到如今，我就未曾听大哥大嫂说过半句假话！故此他们的话句句是真，说一句我听一句，说两句我听两句，说一百句我便听一百句！我今日的话你们二人都听清楚了么？"说罢，严厉的目光如两把利剑直直地刺向二人。

程氏低眉俯首："听清楚了，先生请放心，先生如何说，妾身便如何做。"

曹富贵把目光转向甄氏："你呢？听清楚没有？"

甄氏扭动一下身子："妾身依着先生的话去做便是。"

曹富贵站起身来："好！这可都是你们自己说的，希望你们说到做到！"

黄昏时分，"泰平号"商船行驶到了老河口外海面上。

站在船头甲板上的姜忠对站在其身边的郭霖道："快到老河口码头了，我等一行就在该处下船。今后，我们父女师徒已不能再开武馆，也不宜再聚在一起了。与那伙人周旋，为师我倒觉得独往独来更方便些。"转对舱门口道，"月华，你出来吧。"

姜月华应声从船舱里走了出来。

姜忠道："你不是有意要出家为尼么？"

姜月华点点头："是。这些年来，女儿已经见了太多的打打杀杀与恩怨情仇，对这俗世红尘实在是厌倦了，只想寻一清静处，做那方外之人。只是，女儿着实放心不下爹爹您。"说到这里眼中已有泪光闪动。

郭霖道："师姊切莫担心师父，有小弟我与师父在一起，我定会照拂好师父的。"

姜忠道："你们都无须挂念我，我身子骨还硬朗着呢。"又对郭霖道，"徒儿，你也莫再跟着为师了。你武功甚佳，可去平州卢龙城做镖师，那个行当挣钱糊口是不算事的。真到我老迈不能动之时，你再来照拂为师不迟。"

郭霖问："师父要去哪里？"

姜忠道："为师尚须到蓟州地界逗留些时日，好拖住尹府那伙人，免得其再打平州沿海的主意。"

郭霖又问："那么，师父要在该地逗留多久呢？"

姜忠道："逗留多久，目下尚不可知，只能走着看，总归不能让你师伯之遗孤出任何差错。为师我会相机行事的。"

说话的功夫"泰平号"商船已靠拢码头。

姜忠道："船已到岸，下船之后，我们父女师徒要分开走。"

姜忠说罢进舱，旋即怀抱一酷似包裹着婴儿的毡包出舱，通过跳板跨上码头，走上河坝，沿着河坝一路向北疾行而去。郭霖和姜月华随后也跨上码头，分别向东北和西北两个方向走去。

这时候匪船也靠拢码头。

尹何对众府丁道："快！快下船去追那老小儿！"

众府丁纷纷下船奔上河坝。当尹何要下船时，左麻子一把拽住其衣领，另一只手里的利剑剑锋已抵住了其心口窝。

左麻子咬牙道："想跑？钱还没给呢，你跑得了么？"

尹何急忙道："哎呀好汉听我说，我等先去追上那老小儿，再去取钱，可好？"

左麻子道："不成！现下就去取钱！老子早便等得不耐烦了！"

尹何道："好，好，这便去取钱。"转对尚未下船的一名府丁道，"快去追上他们，让他们去一半人跟踪那老小儿，另一半人跟我去蓟州衙门给众好汉取钱！"

府丁答应一声，下船追了过去。

左麻子一翻眼珠子："去蓟州衙门取钱？你是不是想把我等弟兄骗到衙门里，

让衙门把我等弟兄抓起来？"

尹何道："哎呀，怎会呢？真要那样，怕是众好汉尚未被衙门抓起来，我先就被众好汉杀死了，我还不想死呢。是这样，那蓟州刺史是我们国丈爷的人，到了他那里，我定能为众好汉取到钱。"

左麻子放开抓着对方衣领的手："这还差不多，想算计老子，谅你也不敢。"朝船下一挥手，"走！去取钱！"

左麻子率众海匪跟着尹何走到蓟州衙门附近就不往前走了。为防尹何有诈，生性多疑的左麻子只派两名海匪跟着尹何去州衙取钱，自己则率其他海匪在外等候，到派去的两名海匪如数携着银子返回了，才率众海匪沿来路去了。

打发走了海匪，尹何就留在刺史廨署与魏文魁密谋搜捕曹氏孤儿一事。

尹何道："尹某未曾想到，这一回前往平州沿海缉拿曹氏孤儿，竟是如此不顺。因那武馆老小儿身手不凡，尹某便以重金雇用了一群海匪相助我等，眼看便大功告成了，不料上来一群爱管闲事的汉子相助那老小儿等人，以致我等功败垂成。不过我等也并非一无所获。我等跟踪携着曹氏孤儿的老小儿，一直跟到这蓟州地面，且已确知其已在此地落脚。此时正是缉拿曹氏孤儿之最佳时机。今尹某再度造访贵衙，一是来借银两，二是来搬援兵，即请魏大人助尹某一臂之力，调军中人马前去制伏那老小儿，将曹氏孤儿缉拿到手。"

魏文魁道："为国丈大人效犬马之劳，魏某自是义不容辞，只是尹大人有所不知，这蓟州非关防重镇，并无多少驻军，且魏某所履刺史一职，并无调兵之权，故此调遣军中人马一事实难办——"

尹何面现不悦之色，截住对方话头道："听魏大人之意，大人对国丈爷托付之事是爱莫能助了？"

魏文魁一拱手道："魏某绝无此意。魏某尚未讲完呢，敝州有一团团练兵，归魏某统掌，但因时值春耕，大部皆已归农，只有团总与团副统带十余名团兵尚在值守，魏某可命其听凭尹大人差遣。"

尹何道："好啊，就这么办。"

魏文魁问："不知尹大人是要那老者死，还是要其活？"

尹何道："当然要其活，要是灭了口，那曹氏孤儿藏匿之处便无从得知了。"

此时门外响起一男声："报大人，小的们打探回来了。"

尹何对门外道："进来！"

两名府丁进门后报称："今日一早，小的们见那老小儿仍与昨日一样，于盘山脚下露了面,小的们便于其后远远跟踪,见他仍是到山坡上酸枣林中采了一些酸枣,其后便从沟壑间一路向北去了。"

尹何问道:"你等可曾跟踪他到了那曹氏孤儿藏匿处?"

一名府丁回答:"回大人话,那老小儿又与昨日一般行走如飞,于山中沟壑间三转两转便不见了踪影,小的们再也寻不见了。"

"哼!"尹何斥道,"都是些不中用的废物,下去!"

待两名府丁退出后,尹何对魏文魁道:"那老小儿每日去酸枣林中采酸枣做甚?难道他是靠食酸枣充饥?"

魏文魁道:"或许是饮食无着,只得靠酸枣充饥。"

尹何道:"既然他每日皆去酸枣林中,我等便于明日一早预先于酸枣林中设伏,待其一露面即刻上前擒拿。"

魏文魁点头赞许:"如此甚好。"

次日一早,姜忠果然出现在盘山南坡上的一片酸枣林间。他此举的用意就是要让尹何一伙能见着他的踪迹,好拖住他们。当姜忠走到一丛酸枣树旁采摘酸枣时,忽然间从其周围涌出十余名身着灰色衣裤的汉子,把他团团围住,一起拉开架势一步一步向他逼近,他却旁若无人般自顾采摘酸枣。

"给我打!"随着一名汉子一声高喊,汉子们一起上前来打,姜忠这才施展拳脚与其打斗起来,立刻就有一名汉子当胸挨了一拳,向后仰倒在酸枣丛上。这汉子的上衣后背被酸枣刺挂住,致其难以起身。他用力一挺,上衣"嗤"一声被扯破。顷刻之间另一名汉子被姜忠一脚踢中后腰,一下子趴在酸枣丛上,待这汉子惨叫着从酸枣丛上抬起头时,已经是满脸挂花。眨眼间又有一名汉子被姜忠踹中肚子,整个人被踹进酸枣丛中,再也难以出来。其余几名汉子见自己不是姜忠对手,急忙四散开去。

姜忠并不去追赶他们,只是从从容容走出酸枣林。当他走到一片稍平缓的开阔地上时,一高一矮两名壮汉拦住他的去路。这两名壮汉一个是团总,一个是团副。双方都是一言不发就动起手来。打斗数个回合之后,高个壮汉右手一抡将一条绳子甩向姜忠,在姜忠腰部缠绕数圈。高个壮汉握住绳子另一头猛然后拽,姜忠整个身子便像陀螺一般旋转起来。姜忠干脆一跃而起,在空中朝着高个壮汉旋转过去,紧接着借力打力,于旋转中起脚朝高个壮汉一脚踢去,把高个壮汉踢得倒退几步后仰面跌倒在地。

在姜忠双脚落地的一瞬间,矮个壮汉双手一抡,一副用麻绳织成的网兜不偏不倚从姜忠头顶罩下，一下子把姜忠罩在了网兜里。姜忠在网兜里施展拳脚继续与两名壮汉打斗。矮个壮汉猛拽系住网兜口部的绳头，网兜不断被收紧，眼看姜忠已无法再施展拳脚了，此时姜忠用双手抓住网兜朝左右两侧猛然一扯，只听嗤嗤嗤数声撕裂声响，网兜已从他胸腹部被扯开，他手脚并用一折腾，身子便从被撕破的网兜里脱出。他以手攥住网兜猛抡猛甩起来，只听呜呜呜一阵风声响起，网兜就被舞得如无数颗流星划过。两个壮汉或被甩中面部或被甩中臂膀，疼得呜哇乱叫着落荒而逃。

姜忠从容地整理一下身上的短袍，然后迈着沉稳的脚步向山坡下走去。

走到山坡下面之后，姜忠拐上了山间小路，刚刚转过一个山角，忽见两条野狗一前一后奔跑过来。前面奔跑着的黑狗嘴上叼着一团肉色的物件，后面的灰狗紧紧追赶。见了姜忠，那黑狗急忙转身往回跑。姜忠猛然发力如离弦之箭一般追了过去，转眼之间追到黑狗身后，飞起一脚照黑狗臀部踢去，黑狗嗷地惨叫一声，被踢出四五步远跌倒在地，紧接着爬起来与灰狗一起逃走了。那肉色的物件已被黑狗丢弃在地。

姜忠上前蹲下身子看那肉色物件，见竟是一个死婴，且是个男婴，尸身已经僵硬，可见已死去多时了。看着这死婴，姜忠心中灵机一动，心想这死婴自己正可一用，于是把死婴拾起，带到山坳里的一座山神庙里藏好。

次日，姜忠到市面上买了一只能盛下那死婴的木箱，然后沿着山间小路向山神庙方向走去。走了一程，刚刚拐过一个山角，忽从路旁闪出一胖一瘦两个汉子，挡住姜忠去路。那胖子生的五大三粗，浑圆头颅，黑红面庞，眼如铜铃，鼻如葫芦，大嘴巴，厚嘴唇，穿一身皂色衣裤，手执一条钢鞭。瘦子黄白面皮，三角脸上长着一双三角眼，下巴上留着几根稀疏的胡须，也穿一身皂色衣裤，手握一根双截棍。

姜忠问道："尔等何人，为何挡住老夫去路？"

胖子道："我等乃江湖中人。明人不做暗事，本寨主明告于你，有人出重金要我等拿下你。我等看你已老迈体衰，不忍让你吃皮肉之苦，只要你老老实实束手就擒，我等绝不伤你一根毫毛，如何？"

胖子的话已经明明白白告诉了姜忠，他们是尹何一伙雇来的打手。

原来，蓟州刺史魏文魁得知团兵败给了姜忠，一见尹何的面，先就自责："魏某此番未能协助尹大人将那老者制伏，深感有负国丈大人厚望。"

尹何道："魏大人无须自责，不是魏大人未能尽力，是那老小儿拳脚着实厉害。现下要紧的是须想个好法子，尽快将那老小儿制伏。尹某想了这半日，以为还是要寻到拳脚功夫胜过那老小儿者，方可既将那老小儿擒住，又不伤他性命。这个，仍须魏大人设法周全。"

魏文魁沉吟有顷，说道："看来，须走一步险棋了。"

尹何问道："什么险棋？"

魏文魁道："那盘山上有一伙强人，专劫过往客商，却向来与左近州县衙门井水不犯河水。其中的大头领二头领武功甚是高强，过往客商中的押镖镖师多败于此二人手下。魏某可修书一封，请彼等来助尹大人一臂之力。只是，须破费些银子。"

尹何道："这个无妨，尹某这一回来得匆促，未能携带更多银两，仍须魏大人先垫上，日后尹某定当如数偿还。"

魏文魁道："尹大人见外了，国丈大人于魏某恩重如山，魏某还愁无以为报呢，花这点银子算得了什么？魏某这便草拟书札。"

这一胖一瘦两名汉子，正是强人的大头领和二头领。

大头领刚说完，二头领马上催促道："我家寨主说话算话，讲！你从，还是不从？"

"哼！"姜忠冷哼一声道，"老夫刚打跑一拨，这又来了一拨。只为几个臭钱，尔等便甘为权奸鹰犬，连老夫这老迈之人也不放过，真是可恶！老夫正告尔等，赶快让路，不然老夫只能用拳脚与尔等说话了！"

"哦嗬？"大头领眯缝起眼睛觑着姜忠，"看来你这老小儿不识好歹，硬要跟本寨主来横的。那好，本寨主便成全你，莫怨爷爷我手下无情！"说罢拉开架势就要动手。

二头领一扬手臂："大当家的且慢！拿下这老小儿如吃小菜一碟，还用得着你动手？看兄弟我来拿下他！"说罢走前一步，对姜忠道，"小爷我擅使双截棍，把你的家什也拿出来呀。"

姜忠冷笑一声："对付尔等小贼，何须用什么家什，老夫用这木箱与尔等对决足矣。"

二头领道："好啊，这可是你说的，莫怪小爷我欺你，来吧！"

二人马上打斗起来。二头领把双截棍舞得令人眼花缭乱，姜忠也把木箱舞得呜呜生风。双截棍打得木箱乒乓作响，木箱几次险些砸到二头领臂膀上。姜忠故意卖个破绽，二头领舞棍照姜忠肋部打来，姜忠闪身躲过，二头领前冲之间就把头部挨近了姜忠，姜忠以闪电般的动作抡起木箱朝对方头上一扣，就把二头领的头颅扣到了木箱内。乘二头领急于挣脱木箱之机，姜忠一把就把对方手中的双截棍夺了过来。

站立一旁观战的大头领急忙过来增援二头领。姜忠手持双截棍与手持钢鞭的大头领过起招来。只听钢鞭与双截棍的磕碰声噼啪作响。双方交手时候不大，钢鞭就与双截棍缠绕在了一起。姜忠狠力一拽，把钢鞭从大头领手中挣脱，继之手臂用力一抡，就把双截棍连同钢鞭甩到了远处。

双方各以拳脚打斗起来，二头领也加入到了打斗中。二人在与姜忠打斗中边打边退，渐渐退到了一道峡谷中。倏忽间姜忠脚下被绳索一绊，紧接着那绳索套住姜忠一条腿的腿脖子快速向上提起，即刻把姜忠脚朝上头朝下吊到了半空。他勾身往上一蹿，身子就正了过来，同时用双手抓住了绳子。他抬头看去，见悬崖顶上长着一棵松树，把他吊起的绳子就挂在松树伸向峡谷上空的侧枝上。

原来，树枝上挂着一只滑轮，滑轮上挂着吊起姜忠的绳子，绳子的另一头由山崖上的四名汉子把握着。

姜忠用双手交替抓绳迅速引体上攀。当他快要攀上崖顶时，站在山谷谷底的大头领高喊一声："放！"

吊着姜忠的绳子随即迅速下滑，姜忠随之急速下落，落到距谷底一人多高时忽然停住。姜忠又用双手交替抓绳上攀，当他再次快攀上崖顶时，站在谷底的大头领又高喊一声："放！"

吊着姜忠的绳子又迅速下滑，姜忠随之急速下落，落到距谷底一人多高时又停住。姜忠再度双手交替抓绳上攀，当他又一次快攀上崖顶时，下面的大头领又高喊："放！"

这一次，绳子的另一头脱出滑轮，姜忠连同绳子当空而降，落到谷底的姜忠一蹲身子来了个前滚翻。在他正要起身之际，忽从一旁蹿过来三个强人，其中两个一边一个摁住姜忠左右臂膀，一个用绳子捆绑姜忠。此时一声高喊当空而至：

"哇呀呀！你公孙爷爷来也！"

话音未落，公孙武达双手舞着流星锤旋风般冲到捆绑姜忠的三名汉子跟前，把三名汉子打得鬼哭狼嚎。强人大头领和二头领各持兵刃赶忙来战公孙武达，被公孙武达挥舞流星锤打得连连后退。大头领把手指伸进嘴里打出一声尖厉的呼哨，立刻有三十余名强人从山谷北面冲过来，把公孙武达团团围住一起来战。公孙武达左冲右突，打得强人们连连后退，但后退之后又涌了过来。

此时站在山谷南面一道坎上的刘师立高喊一声："上！"其身侧七名卫士立刻如下山猛虎一般从崖壁上冲进山谷，个个手持腰刀冲入强人群中与强人混战起来。公孙武达和众卫士以少胜多，越战越勇，强人渐渐支持不住。大头领打出两声呼哨，强人纷纷向北撤去，被砍伤的强人也在其同伙护持下退去。

此时，仍站在山坡上的刘师立并未急于往山谷下走，却倏然回头朝身后扫了一眼。在其身后不远处的一块巨石后面，正探头望着山下的尹何赶忙往下一缩头。刘师立微微一笑，这才朝谷底走去。

下到谷底的刘师立来到姜忠身边，众卫士也纷纷围拢过来。

刘师立关切地问姜忠："老人家受苦了，可摔着了？"

姜忠以疑惑的眼神注视着刘师立："老朽无碍，多谢诸位拔刀相助。敢问各位何方人氏？"

刘师立道："我等一行乃秦王麾下将士。秦王得知曹仁鸿将军父子罹难之后，又有人前来此地追杀曹氏遗孤，便命我等前来解救，今我等已知曹氏遗孤被老人家所救。敢请老人家将曹氏遗孤交与我等，由我等护送至京师好生抚养，好留住曹将军一条根脉。"

姜忠眼中疑惑的烟云仍未散去，心想："哼！空口无凭，老夫岂能轻信！若彼等是尹府那伙人之同伙，一同到老夫面前来施苦肉计，老夫一旦轻信，说了实话，曹氏遗孤必将有杀身之祸。"

刘师立见对方对自己心存疑虑，便又恳切地说道："老人家，请相信晚生之言。"

姜忠却冷冷地说道："莫再提曹氏遗孤，他人已死了！"

刘师立心中一惊："死了？"

公孙武达道："尔老者不可骗人！我等一行奉秦王之命前来解救曹将军遗孤，尔岂可以假言相瞒！"

姜忠道："老朽未曾骗人，老朽说的是实话。"

刘师立问："老人家说曹氏遗孤已死，是如何死的？"

姜忠道："是老朽外出之时，被野狗咬死的。"

刘师立又问："可有尸身在？"

姜忠道："有啊。"

刘师立再问："尸身现在何处？"

姜忠道："在距此处不甚远的山神庙里。老朽方才扛的那只木箱，便是用来装殓孩子尸身的。"

刘师立道："老人家可愿带我等去看看孩子尸身？"

姜忠道："好啊，走吧。"

姜忠引领刘师立等一行来到山坳里的山神庙前。姜忠率先进入庙内，刘师立和公孙武达随后进庙。

姜忠把死婴取出放在香案前，说道："二位且请过目。"

刘师立看着死婴道："嗯，真是，还是个男婴，真是太可惜了。"

公孙武达道："确实死了么？"

刘师立边朝庙门外走边道："尸身硬挺，已死去多时了。"

公孙武达随后走出庙门："我等千里迢迢来到此地解救曹将军遗孤，却落得如此结果，回去如何向秦王殿下交代？"

最后走出庙门的姜忠流露着痛心的神情，说道："全怪老朽粗心大意，方招来此祸，老朽真是对不住师兄在天之灵啊。"

刘师立诧异道："师兄？谁是你师兄啊？"

姜忠道："就是曹仁鸿将军哪，他是早年间老朽拜师习武之时的师兄。"

刘师立道："老人家既是曹将军师弟，就应精心呵护曹将军遗孤，怎可如此粗心大意，竟把孩子放在这荒野神庙内，让野狗咬死呢？"

姜忠道："老朽未曾想到在这荒山之上还会有野狗。"

公孙武达没好气地说道："你这老者真是糊涂，将婴孩放在这杳无人迹的大山深处，即便不被野狗咬死，也会被豺狼吃掉！"

姜忠道："老朽曾问过当地住户，这山里没有豺狼。"

刘师立道："如今说什么都晚了，我等与老人家一起将婴孩掩埋了吧，也算是为曹将军在天之灵尽了一点心意。"

一行人一起来到山坡上，选了一小块平地，刘师立吩咐卫士们用腰刀掘出一个坑穴。姜忠把内装死婴的木箱放入坑内。卫士们再用腰刀掘土把坑埋上，堆起一个小土丘。

刘师立对众卫士一挥手道："走！去城内客栈牵马，速回京师！"

姜忠望着刘师立等一行人的背影自忖："难道，他们真是秦王麾下之人？"

当姜忠最后一个离开山坡之后，尹何来到小土丘旁，命随行的两名府丁用腰刀扒开土堆，再把坑穴中的木箱撬开。

尹何猫腰探头往木箱里看着说道："嗯，真是死婴，是个男婴。"看罢直起腰身，"走！明日一早起程回京师，去向国丈大人复命！"

这一幕，被隐身暗处的姜忠看得清清楚楚。他以为，从此以后曹氏遗孤便可安然无事了，却没料到，以后事态的发展完全不像他想的那样。

第五章
说醉话误言隐讳事　　送遗孤错抱亲生儿

在龙王庙小渔村北面不太远处，有一个龙河湾镇，镇上开着数家店铺。每逢海上大风大浪的天气，体面些的船家就会把船泊于渔港内，人则赶往镇上小住。这天夜晚，龙河湾镇馨悦客栈一间客房内就入住了这样两位船客，一位是"泰平号"商船船老大杜朗，另一位是"泰平号"镖师秦瞎子。这秦瞎子刀条脸，黝黑面皮，右腮上有一条月牙形伤疤。此人乃当地一游手好闲鼠窃狗偷之辈，为维持其吃喝玩乐的奢靡用度，惯于做那坑蒙拐骗的勾当。他仗着会一些拳脚功夫，近日做了商船"泰平号"的镖师，从东面下庄码头启程押运一批货物驶往沧州地界。这天船到双龙河河口外海域时突遇特大风浪，只得就近驶进河口渔港暂避一时，秦瞎子就与船老大杜朗一同来到这龙河湾镇上客栈借宿。

客房内炕桌上摆了四样小菜，一壶烧酒。二人在炕桌两边相对而坐，正在对酌。

杜朗夹一筷菜放进嘴里，嚼一嚼咽下，说道："近日以来，这平州沿海至沧州地界海路上海匪出没频繁，要想让我家船东这一船货物平安运抵沧州，还望贤弟多加小心。"说着举起酒杯，"来，愚兄代船东敬贤弟一杯。"

秦瞎子也举起酒杯："好，好。"说罢一口气喝干杯中酒，"仁兄无须多虑，海上有几个海匪算得了什么？秦某三拳两脚下去，管叫他哭爹喊娘。"

杜朗道："我知道贤弟身手不凡，若不然，东家也不会许给贤弟如此丰厚的酬金。"

秦瞎子一抹上眼皮："这点子酬金算什么？秦某以往生意上的进项，多过其数倍不止。这一回秦某做这个船上镖师，不过是一时心血来潮，想逛逛海上风景而已。"

杜朗道："听贤弟话意，贤弟以往甚少做镖师？"

秦瞎子道:"这个当然。人活着靠什么?钱!光靠做镖师挣的这点钱过活,能成?不成!所以呀,秦某我是做甚能赚大钱便做甚。不瞒你说,凡是能赚大钱之事,秦某我没有没做过的。"

杜朗举起酒杯:"贤弟你能,你能,来,干!"

秦瞎子又一口气把酒喝干:"你也能,就看你做不做!不过,有两条,一曰艺高,二曰胆大。"

杜朗应和道:"那是,那是,有道是艺高人胆大嘛。"

秦瞎子道:"其实啊,还是胆最为紧要,艺嘛,倒在其次。"

"艺在其次?"杜朗微微摇一摇头,"贤弟此话倒让愚兄不懂了。依愚兄之见,倒是艺在先而胆在后。就拿愚兄这船老大的行当来讲,只有驾船技艺高超,方敢闯大风大浪,否则,面对大风大浪会望而却步的。若驾船技艺不高而硬着头皮去闯,是会出大乱子的。"

秦瞎子道:"仁兄啊,你只知其一,不知其二。有些事,便是胆量在先技艺在后。"

杜朗问:"何事?"

秦瞎子道:"比如那请阴财……"

杜朗不解:"请阴财?什么叫请阴财?"

秦瞎子一笑道:"这你便不懂了。不怪你不懂,是你没做过。请阴财,便是盗墓。行话不能叫盗墓,那多难听啊,叫请阴财,便好听多了。请阴财,便须胆量第一,技艺第二。首先你要敢做,若不敢做,再高的技艺也无用。再说,那技艺都是在做当中习得的,一回生,二回熟嘛。"

杜朗甚觉意外:"你……你做过那种事?"

秦瞎子道:"何止做过?早些年经常做。有一回,做一个县太爷姨太太的阴宅,我用板斧锯子把棺木弄出个可进人的窟窿,进去了,打着火一看,那妇人竟瞪大了眼睛坐着呢,猛然间我也被吓了一跳,可你猜接下来我做了什么?"说罢端起酒杯喝了一大口酒,把酒杯往桌上一蹾。

杜朗瞪大了眼睛:"你做了什么?"

秦瞎子道:"我运足气,喊一声:'你给爷躺下!'照那妇人胸脯一掌击去,那妇人即刻一声不响地躺下了。接下来我把她双腕上的玉镯、双耳上的金耳环、头上的金银发饰尽数撸下,然后不慌不忙地从那墓穴里钻了出来。你看看,要没有胆量,能干成这事?"

杜朗已听呆了，眼睛直瞪瞪地看着对方，半晌无语。

秦瞎子道："你看你看，这还未曾让你去做呢，只对你讲一讲，你便被吓成这副模样，若让你去做，还不把你吓死？"

杜朗问："那妇人是活的，还是死的？"

秦瞎子道："我一撸她手腕上的玉镯，把她手上的皮都撸下来了，你说是活的还是死的？当然是死的！"

杜朗又问："那她为何坐起来了呢？"

秦瞎子道："这你就少见多怪了。干我们这行的经常遇上这种事，坟墓里的死人，有不少都是坐着的。"

杜朗连连摇头。

秦瞎子一蹾酒杯："你摇什么头？"

杜朗道："愚兄没有想到，贤弟会干这一行。"

秦瞎子问："此言何意？"

杜朗仍摇头。

"你以为，干这一行不光彩？"秦瞎子追问一句。

"这……"杜朗怕直言会伤了双方和气。

秦瞎子又一蹾酒杯："你这么以为便错了！我不光彩，那县太爷便光彩么？他姨太太那许多金银珠宝都从何而来？是用他的俸禄买来的么？他一个小小六七品县令能有那么多俸禄么？那都是他贪来的占来的！既然他能贪来占来享用，我为什么不能取来享用？你讲！"

"贤弟讲得有道理，有道理。"杜朗只想息事宁人。

"你看我胆量够不够大？"秦瞎子颇为自豪地问。

"够大，够大，真是够大的。"杜朗说着连连点头。

"男人嘛，便当如此。仁兄啊，不是愚弟我小觑你，你的胆量便不够大，看看方才我讲请阴财之时，你被吓成那副模样，跟一个女人有何两样？"秦瞎子以不屑的口气道。

杜朗把一杯酒猛地一气喝干，把酒杯往桌上一蹾，涨红了脸："你这么看我我便不爱听！我怎的胆小了？我怎的像女人了？我要是胆小，能长年累月在海上驾船勇闯大风大浪？我还未曾对你讲呢，我凭着自身胆量，曾经救过一个被皇亲国戚追杀的英雄遗孤！"

秦瞎子眉峰一抖："哦？你再讲一讲，你救过什么人？"

杜朗道:"我救过一个被皇亲国戚追杀的英雄遗孤!"

秦瞎子问:"确有此事?"

杜朗的口气斩钉截铁:"千真万确!"

秦瞎子道:"你讲一讲,是怎么回事?"

杜朗道:"当年的怀化将军曹仁鸿,贤弟可曾有过耳闻?"

秦瞎子道:"当然有耳闻,那曹仁鸿乃秦王麾下一员骁将,当年跟随秦王南征北战,屡立战功,后来便当上了大唐国的邓州刺史。四年之前其子失手打死了尹国丈之子、蓟州司马尹四,为此曹仁鸿父子被朝廷双双判了斩决之罪,此案当时朝野上下轰动一时,愚弟我虽孤陋寡闻,却也是江湖中人,对此当然不会不知。"

"可后面的事你就不得而知了。"杜朗有意卖个关子。

"嗯?你讲!"秦瞎子似乎从中闻到了某种味道。

"尹国丈闻得曹将军有孕在身的儿媳落脚于平州沿海下庄镇,便遣国丈府人马赶往该地追杀。有人将曹将军儿媳救到愚兄我做着船老大的'泰平号'商船上。当时啊,我驾着'泰平号'行驶在前,尹府人马乘坐的快船追击在后,那快船很快追上了我们的'泰平号',双方便交起手来。尹府人马人多势众,眼看我们这边招架不住了,就连刚生在船上的婴孩也险些被抢了去,此时却不知从何处闯来一群汉子,把尹府人马打了个人仰马翻。那个情势啊,凶险非常,可愚兄我并无半点惧色,只管于海上风浪中稳稳地掌舵前行。你看,愚兄我胆量如何?"这一回轮到杜朗自豪了。

"嗯,确是有些胆量,那后来呢?"秦瞎子神情愈发专注起来。

杜朗把渔夫骗过尹府人马,将曹氏孤儿携到平州沿海双龙河岸边家中藏匿经过述说一遍。说到最后,杜朗醉得说话时舌头已有些短了:"就……就是嗯……这样。"

秦瞎子虽然也喝得有些高了,但头脑还是清醒的,听了对方一番述说,惯于捞取不义之财的他马上从中嗅出了另一种味道,心想,我秦某若能将那女童赚取到手,再将其献于尹府,尹府焉有不重赏我秦某之理,保不准还会赏我个官做呢。于是紧紧追问:"那渔夫姓甚名谁,家住哪里?"

"嗯?你……你问这个……这个做甚?"杜朗虽然已经喝高了,但听对方一再往下追问,于醉意朦胧中还是发觉对方有些不对劲。

秦瞎子赶忙遮掩:"不,不做甚,愚弟我只是随意问问,随意问问。"

"唔,这个……这个么,愚兄我倒……倒不记得了。"

"你再想想,再想想。"

"不……不记得了，不……记得……"杜朗说到这里，身子朝后一仰就鼾声大作了。

秦瞎子虽然没问出村名，但他心想附近沿海村落十分稀少，与那女婴同年同姓的女婴不会太多，单凭那女婴年已四岁，姓曹这两点，要寻到此女并非万难之事。于是决计不再去跟船押镖，就留住此地寻访该女。

次日一早，杜朗还在呼呼睡着，秦瞎子就起来来到镇子北侧的卧佛寺内，在正殿佛祖神像前的香炉里点燃三炷香，接着在跪垫上跪下，开始祈祷起来。

只听他低声念叨："大慈大悲功德无量的佛祖啊，我秦某给您上香磕头了。承蒙佛祖恩泽于我秦某，方能使那船老大杜某酒后吐真言，让我秦某从其口中得知皇亲国戚尹老国丈正在寻访捉拿仇家曹仁鸿父子遗孤，且得知那曹姓女童就隐匿在这附近沿海一带。求佛祖保佑秦某能尽快寻访到那女童，秦某在这里给您磕头了。"说罢连磕三个响头，这才起身向殿外走去。

此时，一身尼姑装束的姜月华从殿角走出，望着秦瞎子的背影皱紧了双眉。

秦瞎子刚走出山门，忽听侧旁有人招呼他，他扭头一看，见是杜朗来到了他跟前。

杜朗道："贤弟，我正在到处寻你呢，原来你在这里。请你赶紧与我去码头上上船，若再拖延，渔港潮水一退，船便不能出海了。"

秦瞎子道："我正要对仁兄讲呢，十分抱歉，愚弟我在这镇子上有事一时走不开，就不去你们的船上了。"

杜朗一愣："你与我家船东事先约定的，做我们货船的镖师押运货物去那沧州地界，为何突然变卦不去了？你我滞留于此，只因昨日海上突起特大风浪，货船只得驶入龙河口渔港暂避一时，你我方来这镇子上借宿，为何在此只住了一夜便突然有事了？有何要紧事，能告知愚兄一二么？"

秦瞎子支支吾吾："这个……这个……甚是抱歉，这纯属秦某一己之私，不便告人。"

杜朗忽然悟到什么："莫不是……哎呀，昨晚我与你一起喝酒喝多了，不知酒后我都讲了些什么？"

秦瞎子道："你没讲什么，没讲什么。"

杜朗道："我若是讲了什么，那皆为醉话，万万不可当真的。"

秦瞎子连连摇头："你当真未曾讲什么，我当真什么都未曾听见。"

杜朗道："你中途突然变卦毁约，不再做我们商船的镖师了，理当去面告我家船东，怎能只与我这个掌舵的船老大讲呢？你该当知道，我并非船东，是做不了主的。"

秦瞎子拱手道："十分抱歉，愚弟我没那个时间了，有劳仁兄去告知船东一声。"

杜朗道："你中途毁约，这镖金可就……"

秦瞎子连连摆手："镖金，兄弟我不要了，不要了。"

杜朗道："那，你好自为之吧，告辞。"

秦瞎子恨不得对方马上消失："仁兄慢走，慢走。"

此时，一直站在山门内谛听这二人对话的姜月华微微闭上双目，双手合十念道："阿弥陀佛，善哉善哉。"待睁开眼睛时她已拿定主意，要去海边走一趟。

这一年，娴儿和婉儿已经长到了四岁。虽然甄氏和程氏把这两个孩子抛弃的阴谋没能得逞，但她们并没有就此善罢甘休，仍在利用一切机会折磨两个孩子。这一日，杏儿去野外拾柴了，张氏也要去镇子上给曹母抓药，娴儿和婉儿就要跟着娘一起去。因为路远，张氏没有答应她们，她们就转而哀求爹爹带她们去出海打鱼。曹富荣也以海上风浪太大为由没答应她们，还有一个重要缘由他没说出口，那就是依当地风俗女人不得出海。

娴儿立刻小嘴一撇哭了起来，边哭边道："我不在家待着。你们都不在家，二娘三娘都太凶。"

婉儿也边哭边重复着同样的话语。

曹富荣哄着她们道："你们去奶奶屋里，让奶奶护着你们。"

娴儿和婉儿一听都一个劲摇头，哭得更凶了。

张氏把曹富荣叫到一边，小声道："娘嫌两个孩儿都是女孩儿，便不待见她们，从不给她们好脸色看，她们都怵着娘呢，从不敢往娘跟前走。我恐你知道了心中不好受，便从未跟你说起过。"

曹富荣叹一口气道："无论老人家如何，我们晚辈皆须顺从啊。罢了，娴儿，婉儿，今日爹爹便破个例，带你们去出海。"

娴儿和婉儿一听，马上都破涕为笑，欢呼雀跃起来。

时候不大，曹富荣就带着她们来到双龙河口渔港码头上。

码头边停靠着几十条渔船。渔民们有的在船上做着出海前的准备，有的已经驾着船往河口外海上驶去了。

曹富荣带着两个孩子走到自家的渔船边，先把她们抱上船，然后开始做出海的准备。他刚刚解开缆绳,突然一阵狂风汹汹而来,且愈刮愈猛,狂风卷起的盐碱粉末眨眼之间就把整个天空搅得一片混沌。

"娴儿,婉儿,快趴下!快趴下!"曹富荣一边摸索着往木桩上系缆绳一边呼喊,等把缆绳系好了,在黑暗中摸索着一把抓住了婉儿,又用另一只手去抓娴儿,却抓空了,再伸手急急地到处抓挠,同时大声呼喊,"娴儿,你在哪里,你在哪里……"

娴儿却毫无回应。

曹富荣一只手紧紧抱着婉儿,另一只手急急地摸来摸去,摸遍了船的边边角角,也没摸着娴儿的身影。他声嘶力竭地一声声呼喊着,可呼喊声都被暴风的狂吼吞没了……

说来奇怪,这风暴来得急去得也快,刚刚还狮吼虎啸,转眼之间便敛声屏息,又是晴空万里了。

艳阳之下,曹富荣看看船上,再望望河岸周围,全无娴儿身影,就以为一定是被狂风刮到河里了。只听他撕心裂肺般大叫一声:"我的儿!"紧接着放下婉儿,纵身跳入水中,拼命扎猛子打捞起来。

婉儿坐在船上哭唤着:"娴儿姐姐,娴儿姐姐……"

附近正要出海的王大海和另外几个渔家汉子纷纷跑来跳入水中协助搜救。几个汉子来回扎着猛子搜寻大半晌,都一无所获,最后都把头露出水面。

王大海抬手撸一把满头满脸的河水:"这水里没有孩子啊。"

另外几个汉子也都说没有。

王大海对从水里露出头来的曹富荣道:"老哥,摸不着啊,孩子是不是被大风刮到别处去了?"

曹富荣以哭腔相对:"啊……啊……也许吧。"

王大海等人只得回到各自的船上,驾船出海了。

曹富荣仍在拼命扎猛子搜寻着。

趴在渔船上的婉儿一直在哭唤:"爹爹,爹爹……"

曹富荣从水里露出头:"好女儿,好生在船上候着,爹爹要打捞你娴儿姐姐。"说罢猛吸一口气,又一头扎入水中……

在从码头边到河口的数百步长的河段里,他已记不清搜寻过多少个来回,几乎每一寸河床他都搜寻到了,却没有搜寻到娴儿的一点点踪迹。无奈,他强撑着疲惫不堪的身子,驾船驶出河口,在河口外的浅海中来来回回搜寻着。海面上回荡着他一声声声嘶力竭的呼喊声和婉儿的哭唤声……

将近午夜时分,曹富荣背负已睡着的婉儿迈着蹒跚的脚步一步一挨地走到家门口,身子一歪险些跌倒,最后以肩膀靠在了门框上。

正在里屋北墙边双膝跪地焚香祷告,等待丈夫和婉儿平安归来的张氏,听到屋外有响动,就站起身擎着油灯走到屋外探看究竟,一见失魂落魄地背负婉儿靠在门框上的丈夫,立刻瞪大了眼睛:"你们可回来了?这是怎么了?"

曹富荣张开嘴,嘶哑的嗓子几乎发不出声:"娴儿,娴儿没了……"

张氏听了这话一愣:"啊?没……没有……"

曹富荣以哭腔相告:"我们父女上了船刚要出海,一阵狂风猛然刮来,便把娴儿刮没了,怎么寻也寻不到了,呜……"一个素来硬挺挺的汉子说到此处,竟张大嘴巴恸哭起来。

张氏赶忙道:"你哭什么呀?娴儿早已到家了,她人好好的呀。"

曹富荣一听这话,眼睛立刻瞪得如铜铃般大:"什么?你说什么?娴儿她回来了?怎会呢?"

"这还有假?你进里屋去看吧,孩子早睡了,睡得正香呢。"张氏把油灯放在灶台上,"来,把婉儿给我。"

曹富荣转过身去让张氏接过婉儿,然后从灶台上端起油灯,急步走进里屋,把灯擎到炕沿上方,往前探着头看炕上,只见炕上半边齐齐地睡着两个孩子——杏儿和娴儿。

曹富荣把灯举到娴儿面前再仔细看,只见娴儿睡得安安稳稳,竟是毫发无损。

曹富荣一时又惊又喜,喑哑的嗓音里又多了几分颤抖:"快说说,孩子是怎么回来的?"

"是一个尼姑送回来的。"

"尼姑?哪来的尼姑,到底怎么回事?"

"我也是听那尼姑说了,又问了娴儿,方知道了个大概。"张氏接着把尼姑和娴儿的话复述一遍。

曹富荣听了,这才知道了事情的原委。

原来,早晨双龙河码头上那场突如其来的风暴,并没有把娴儿刮到河里,而是旋到了空中,又一路向北旋出二里多地。此时走在双龙河河岸上的那位尼姑听到空中有异响,急忙抬眼向空中看去,只见一股柱状龙卷风裹挟着一个小小身影已刮到她近前上空,此时柱体形龙卷风突然弯曲摇摆起来,被裹挟着的小小身影快速降落下来。尼姑一个箭步往前冲去，在小小人儿落地前的一瞬间用双手把她托住了。

尼姑仔细端详着怀里昏迷不醒的小小人儿，知道这孩子是被旋风旋晕了。尼姑给她点了穴，在她醒过来之后，问她家住哪里，她说出"龙王庙"这个村名，尼姑便把她送到了家中。

曹富荣听罢，口中连连称奇："娴儿被大风刮出了那么远，却连一点皮肉都未曾伤着，偏巧又被那尼姑所救，这可真是奇事。"

张氏道："还有比这更奇的呢，许是听娴儿说她还有个婉儿妹妹，那尼姑竟问我，娴儿与婉儿是否都是我亲生的，我本不想说出实情，可她是娴儿的救命恩人，我怎能对她说假话呢？便说娴儿是你自海上抱养的，似乎她本就知晓娴儿与婉儿中有一个是抱养的。"

曹富荣微微蹙眉："嗯，这尼姑确是有些怪，为何要问这些？"

张氏又道："她还有话呢，说娴儿品貌不凡，将来定有造化，叮嘱我们日后定要让她读书识字。"

曹富荣摇摇头："一个女孩子，能有多大造化？读书识字又能怎样？她二娘三娘倒是读过书，可你看她们，有一个像样的？"

张氏一听就不乐意了："我们的娃怎能与她们相比？人与人是不一样的！我倒觉得，那尼姑的话甚有道理。"

曹富荣嘴上应着："嗯，好，好，再说吧。"说罢就鼾声大作了。

忽然，窗格上响起极轻微的"笃笃笃"的敲击声。

张氏心中打个激灵：这么晚了，是谁在敲窗，且敲得如此轻微？不像是家里人。她赶紧伸手去摇丈夫的肩膀："他爹，快醒醒！快醒醒！"

沉沉入梦的曹富荣被摇醒了，勉强睁开睡眼："嗯？什么事？"

张氏轻声道："外面有人敲窗。"

曹富荣一听马上大睁开眼睛，完全清醒了过来。

此时窗格上又响起"笃笃笃"三声轻微的敲击声。

曹富荣一挺身子坐了起来："谁？"

窗外传进一苍老的男声："我，姜忠。"

曹富荣浑身一震："姜忠？恩公？"

窗外苍老的声音："是我。"

曹富荣一骨碌下了炕，几步跨到堂屋开了门，见姜忠已经站在了门外，忙道："恩公，有要紧事？快进屋坐！"

姜忠摆摆手，轻声道："不了，走，随我去僻静处说话，莫惊动他人。"

二人来到离房屋稍远的地方。此时虽是夜晚，但正值望日之夜，明亮的月光下，可以看出此时的姜忠完全是一副乞丐模样。只见他鸠形鹄面，古铜色瘦削的脸上皱纹密布，头上挽着的发髻上，垂下一缕缕花白蓬乱的头发，身上一件长不过膝的短袍又脏又破，足蹬一双破草鞋。

曹富荣上下打量着对方："恩公这些年来可好？您这身打扮……"

姜忠自嘲地一笑："哦，老朽落魄了。"

曹富荣问道："恩公夜晚赶来这里，可有急事？"

姜忠道："我就直说吧，老朽是来接四年前托贤侄抚养的那个孤儿的。"

曹富荣眉目一扬："哦？是恩公找到孩子的亲人了？"

"唉！"姜忠摇摇头，"她哪里还有亲人哪，要说亲人，只有你们一家人才是她的亲人。"

曹富荣一脸不解之色："既是如此，恩公为何还要把她接走呢？可是恩公想由自己抚养？"

姜忠道："事已至此，老朽就直言相告吧。"接着说起了事情原委。

原来，他因四年前救护娴儿被人报到官府，又兼曾因抑强扶弱而惹下命案，为避官府缉拿，就乔装一番当上了乞丐。不久前流落到龙河湾西南沿海荒滩上的产盐区，与人合伙搭灶熬盐。此前其女儿姜月华已遁入佛门，法号静慈。昨天忽有卧佛寺一小尼来到他的盐灶上，传递静慈大师口信："杜某酒后失言，有人欲行不轨，世伯之遗孤将有不虞之灾。"他由此得知，自己已故师兄之遗孤又一次面临灭顶之灾了，女儿因身在佛门，不便出面相救，故而向他传此口信，意在让他出面搭救，于是他才有此一行。

说到这里，姜忠又道："你我在海上邂逅之时，老朽对你讲起的被仇家所杀的老朽师兄，曾与老朽一同在一起拜师习武，姓曹名仁鸿。隋大业末年，炀帝荒淫无道，以致民不聊生，各地百姓纷纷举事，老朽与曹仁鸿，还有同乡魏征一同加入了瓦岗军。后瓦岗兵败，老朽辗转到山东开了一家武馆，曹仁鸿则与魏征、秦叔宝、程咬金等人一同归顺了唐军。自此，曹仁鸿跟随秦王南征北战，屡立战功，后转任邓州刺史，四年之前又迁任幽州大都督府都督。赴任途中经过蓟州地面之时，为救一被抢民女，其子曹元成失手打死了强抢民女的恶少。那恶少原是当朝国丈尹阿鼠之义子，尹阿鼠便让其养女尹德妃在皇帝面前告御状，判了曹氏父子斩决之罪。尹阿鼠犹不解恨，得闻元成之妻身怀有孕，便遣人到这平州沿海来斩草除根，老朽父女师徒方将曹氏遗孤携至海上，当时情境贤侄皆已亲历了。本想孩子托付给贤侄抚养该是平安无事了，岂料有歹人得知曹氏遗孤下落，便欲赚得孩子去向尹府邀功请赏，老朽方不得已来接这苦命的孩子至他处，只为孩子能避过这一场劫难。"

曹富荣道："原来如此。"

姜忠道："老朽深知，孩子由贤侄一家抚养已届四载，这突然一走，贤侄一家定是难以割舍。"

曹富荣略一沉吟："说心里话，孩子在寒舍度过四年，与晚辈一家人已情同手足，孩子这一走，晚辈一家确是难舍难分，可为孩子能够平安免灾，即便难以割舍也得走啊。恩公就把她带走吧。"

姜忠道："贤侄一家四年来对孩子的养育照拂之恩，孩子定然会牢记于心，老朽也定然不会忘记，日后若有机会，老朽定将代孩子报答于万一。"

曹富荣忙道："恩公此话说重了。恩公对晚辈有救命之恩，晚辈为恩公分这点忧又算得了什么！报答的话恩公就莫再讲了。——那，恩公这就把孩子带走？"

姜忠道："孩子不认识老朽，老朽怕在她清醒之时，老朽一个陌生人带她走她定然不从，莫如待她熟睡之时再把她带走，此时她可睡着了？"

曹富荣道："已经睡沉了，即请恩公进屋去抱吧。"

姜忠道："我就不进屋了，烦请贤侄把她抱出来吧。"

曹富荣回到屋内，把姜忠的来意对张氏说了。张氏一听，眼中马上涌出了泪水。当曹富荣探身伸手到炕上抱孩子时，张氏背过身去，以手掩面极力克制着，但还是哭出了声。

朦朦胧胧的月光下，曹富荣怀抱熟睡中的孩子走出家门。姜忠迎上前，从曹富荣怀中接过孩子背到背上。二人互相道别之后，姜忠背负孩子走向远处。曹富荣低垂着头迈着沉重的脚步往回走，快到门口时一抬头间，蓦见妻子张氏正站在门口撩起衣襟擦眼泪，就往门内挥一挥手，声音低沉地说道："进屋吧。"

张氏回身进门的同时，用衣襟捂住嘴，又发出几声压抑着的哭声。

进屋之后，曹富荣对站回到北墙边以衣襟拭泪的张氏道："唉，这都是为孩子好，你莫太难过嘛，快上炕睡觉吧。"

张氏回身上炕，双腿跪到炕沿上时突然停住："你，你把婉儿抱走了？"

"啊？"曹富荣一听心里一惊，"你说什么？"

张氏朝曹富荣瞪大惊惧的眼睛："你，你把婉儿抱走了！"

曹富荣急忙侧身去看杏儿等躺卧处："哟，娴儿还在，我真是把婉儿抱走了！

这，这，原来不是娴儿挨着你睡的么？怎换成婉儿了？"

张氏颤声道："婉儿前几宿睡觉一直不老实，总把被子蹬开，今晚我便把她和娴儿调换了位置，让婉儿挨着我，好在夜里随时给她掖被子。我给她们调换位置之时，你在一旁啊。"

曹富荣道："这事你没对我说，我没在意呀。"

张氏急道："快快去追，把孩子换回来呀。"

曹富荣道："哪里还能追得上啊，恩公身上有轻功，走夜路行走如飞，我根本就追不上。再说，我也不知他朝哪个方向去了，往哪里去追呀？"

张氏话音已是哭腔："这可如何是好啊？"

曹富荣道："要换，也得往后遇机会，现下只能这样了。恩公将娴儿托付给我之时，我已向恩公承诺，把这孩子当作我们的亲生女儿来抚养，今后，这孩子就是我们亲生的！为防娴儿被那尹府权奸加害，今后你我对谁都要说娴儿是我们亲生的，明日一早杏儿睡醒之后，你要把我这话转告于她。杏儿那两个婶娘，原本就未曾亲眼看见两个孩子哪个是亲生的哪个是抱养的，就对她们讲，婉儿原本是抱养的，因为当时王家老婶子算着，只有把那孩子说成是亲生的才能养得活，所以才把她说成是亲生的了，其实娴儿才是亲生的。老婶子那边，明早我去嘱咐。"

"可婉儿是我身上掉下来的肉，连着我的心哪。婉儿，我的儿，你好可怜啊。"张氏说着用被子捂上嘴，但还是发出沉闷的哭声。

少顷，张氏忽然发出一声呕，她抬起头一看被子，见被子上已沾上一团鲜血。接着又呕出一声，赶忙以手捂嘴跑出门，把一口鲜血吐在堂屋柴草堆里。

曹富荣跟出屋门："你怎么了？"

张氏以手捂嘴道："没事，睡吧。"说着低垂着头走回屋内。

…………

姜忠沿旷野小路走出距龙王庙村约两箭之地时，忽听路边有人招呼：

"师父！"

随着声音，人已来到姜忠身边，是郭霖。

姜忠停住脚步："你来了？"

郭霖喘着粗气道："师父托人捎信给徒儿，让徒儿速来此处等候，徒儿一接到口信便急急赶来了，没有耽误师父的事吧？"

姜忠道："没有，你来得正是时候。"

郭霖发现了姜忠背着的孩子："这孩子是……"

"这便是你师弟元成的女儿啊。为救这孩子,为师方让你赶来这里的。"姜忠把接出孩子的缘由说了,又道,"为师让你去送走孩子,是因为这里有些事还离不开为师。"

郭霖接过孩子,问道:"师父要徒儿把孩子送到何处去?"

姜忠道:"为万全计,送远一些吧,送去营州你师叔那里。向他转告为师的话,一定要把这孩子抚养成人,待孩子长大些时,可教授她一些防身武功。"

郭霖点头:"好,徒儿记下了。"

姜忠又嘱咐:"此行路途遥远,你莫靠两条腿走路了,乘船走水路吧,从南面双龙河口乘船前往。"

郭霖道:"那杜朗不是尚在此地沿海一带使船么?若是被他遇见,恐还会生出酒后失言之事。"

姜忠道:"为师的用意就是要让他遇见你把这元成之女接走了。"

郭霖诧异道:"这是为何?难道……"

姜忠道:"你听为师解释,你尚不知,这孩子养父母夫妻有一亲生女儿,与这孩子同年同月同日所生。只有让杜朗知道这孩子被送走了,方可避免他以为这元成之女尚在平州沿海而再向人说起,如此,方可使这孩子养父母的亲生女儿免被歹人误认而遭不测。"

郭霖仍心存疑虑:"可是,若让杜朗得知这孩子的去处,这孩子也难免遭遇不测呀?"

"为师打问过了,杜朗仍受雇于往来于本地与沧州之间的商船'泰平号'上,你去乘驶往营州地界的'怡和号',不妨事的。"

"好吧,徒儿谨遵师父之命。"

黎明时分,郭霖背着婉儿来到双龙河河口码头上。

码头边的河面上停泊着数十条渔船和小型货船。一些早来的渔民已在做着出海前的准备。郭霖老远就望见船舱前上方分别写有"泰平号"和"怡和号"红漆字样的两艘较大型商船紧挨着停泊在一起。他有意背着婉儿走到停靠"泰平号"商船的码头边缘,只见杜朗从商船舱口走了出来。

杜朗微笑着打招呼:"哟,这不是郭贤弟么?你背的是谁家的孩子啊?"

郭霖道:"杜兄你好啊,这便是愚弟师弟的遗孤啊。"

杜朗问:"贤弟要把孩子送去哪里?"

郭霖道:"送往亲戚处住一些时日。怎的,仁兄还在'泰平号'上高就么?"

"是啊,贤弟是要乘'泰平号'么?那便快请上船吧。"杜朗说着抬手朝船上一让。

"不!愚弟去乘'怡和号',告辞了。"郭霖说着转身走向"怡和号",通过跳板上了船。他走到船后部一个舱门口往里一看,见舱内装满麻包和木箱之类的货物,就又往前走,到了另一舱门口往里一看,见是客舱,就走了进去。

客舱内两排长条形座位上已坐了十几位乘客。郭霖寻了一个空位刚刚坐下,婉儿就醒了。婉儿睁开惺忪睡眼环顾一下左右,马上"哇"一声哭了起来。

郭霖忙用双手掂着她哄起来:"孩子莫哭,莫哭……"

商船起航,缓缓向前移动。

杜朗走进船舱,来到郭霖身边:"怎的,孩子哪里不适?"

郭霖抬头一看,马上愣住了:"你……你不是在'泰平号'上使舵么?怎会在这'怡和号'上?"

杜朗微笑着道:"'泰平号'与'怡和号'船东本是一家,船东知愚兄比'怡和号'船老大更熟悉去往营州的海上航道,便临时将愚兄与'怡和号'船老大对调了。"

郭霖抱着婉儿呼地站了起来:"让船停下!我要下去!"说着奔到舱外。

杜朗随后出舱:"怎的,贤弟一见愚兄我便要下船,怕我竟怕到这个地步了?"

郭霖奔向船尾,对掌舵的年轻舵手道:"停船!我要下去!"

年轻舵手以诧异的眼神看看郭霖又看看随后跟过来的杜朗。

杜朗道:"贤弟呀,这船都开起来了,哪里能说停便停啊。贤弟呀,我就知道你是不信任愚兄了。且听愚兄解释,昨日姜忠世叔已狠狠训责了愚兄,责怪愚兄不该酒后失言惹出大乱子,故此愚兄已将酒戒掉了。请贤弟放心,愚兄我再也不会乱讲半个字的,如再乱讲,贤弟尽管将愚兄的舌头割掉。来,快进舱吧。"

郭霖见事已至此,再要下船已不可能,只得又返回舱内。

第六章
救孤弱武师惩武棍　毁坟茔胞弟战胞兄

同一个早晨，曹家灶间屋内，张氏面带忧色，正坐在灶前蒲墩上烧火做饭。在其身侧，娴儿泪眼汪汪，双手拉着杏儿双臂哭诉着："姐姐，我要婉儿妹妹，我要婉儿妹妹……"

杏儿眼中满含泪水，只不作声。

娴儿走到张氏身边："娘，我要婉儿妹妹，我要婉儿妹妹……"

张氏抬手拍拍娴儿后背："好孩子，莫哭，莫哭，娘跟你们讲过了，你们的婉儿妹妹昨晚让亲戚接走了，到亲戚家去住几日，过几日便会回来的。"说着眼中也涌出泪水。

娴儿不再说话，从屋子一角搬出一只小板凳，走到屋门外，把小板凳放到地上，背对门口在小板凳上坐下。

杏儿随后走出屋门："娴儿，你坐在这里做甚？"

娴儿以哭腔相告："我在这里坐着等婉儿妹妹回来。"

杏儿听了一愣，眼中泪水立刻扑簌簌而下，忙用手擦抹。

这时门口上方冒出阵阵烟雾，只听屋内母亲连咳数声，继之听她道："杏儿，快来帮娘烧火，娘上下一齐忙忙不过来。"

杏儿应声走进屋子。

这一幕，刚好被走出自己卧房门口的甄氏看在了眼里。她转身往西走到程氏卧房门口，朝着门里轻声道："妹妹，你出来。"

"何事？"刚刚起床尚未梳洗的程氏鬓发蓬乱慵慵懒懒地从屋内走了出来。

甄氏仍压低声音道："昨夜婉儿被人接走了。"

程氏秀睫一挑:"接走了?被谁接走了?"
甄氏赶紧把右手食指竖到嘴边:"嘘——小点声,听说被她的一个亲戚接走了。"
程氏压低声音:"亲戚?什么亲戚?"
甄氏道:"这个,姐姐我也不得而知。"
程氏又问:"为何不把抱养的接走,反倒把亲生的接走了?"
甄氏道:"听大嫂讲,婉儿原本是抱养的,只因当时王家婆子算着,只有把那孩子说成是亲生的才能养得活,故此才把她说成是亲生的了,其实娴儿才是亲生的。"
程氏道:"是这样?"
"不管哪个是亲生的哪个是抱养的,总归是接走一个少一个。"甄氏说到这里抬手朝东面一指,"你看,娴儿坐在那里想她的小妹妹了。"
程氏从鼻孔里哼一声:"想?想便能想得回来么?"
"哎,你这样……"甄氏把嘴凑近程氏耳边小声嘀咕起来。
"这话,你为何不去对她讲?"程氏以充满疑惑的眼神注视着对方。
"你攀着我?"甄氏白她一眼,"你是知道的,大仙只讲过她克你,可未曾讲过她克我,去不去由你!"说罢转身走进自己的卧房,却止步在门边不往里走,侧耳谛听着外边的动静。
程氏站在原地呆立片刻之后,朝着娴儿轻声呼唤:"娴儿,娴儿。"
娴儿闻声朝她这边扭过头来。
程氏忙向娴儿招招手:"你过这边来,三娘有话对你讲。"
娴儿摇头,又把头扭了过去。
程氏脚步轻轻地走到娴儿身旁,猫下腰把嘴凑近娴儿耳边轻声问道:"娴儿,你坐在这里做甚?"
娴儿回答:"我等婉儿妹妹回来。"
程氏抬手往东北方向一指,轻声道:"婉儿妹妹在北边地里呢,你去寻啊。"
娴儿以含有戒备之色的目光看着对方,并不说话。
程氏道:"怎的,三娘的话你不信?三娘方才在地里看见她了,你从房子一旁绕过去,一直朝北走,便能见到她了。三娘的话,信不信由你。"
此时屋门上方冒出大团大团的烟气,屋内传出张氏的咳嗽声。
程氏赶忙直起身子,迈开莲步朝自己的卧房那边去了。

片刻之后，娴儿站起身，一步一步向着程氏所指的方向走去，边走边口中喃喃："婉儿妹妹，婉儿妹妹……"

娴儿面前的盐碱荒滩平平展展，一望无际，有些地方光秃秃的寸草不生，有些地方长着一片一片的黄蓿、蓬蒿，低洼有水的地方长着一丛一丛的芦苇。在那些地方有一群一群的鸟儿飞起又落下，落下又飞起。娴儿慢慢走近它们，它们见着她，有的腾地一下飞走了，有的仍旧旁若无人地啁啁啾啾叽叽喳喳叫个不停。它们的羽毛有的鲜红，有的碧绿，有的黧黑，有的洁白，有的红绿相间，有的黑白错落，有的体硕腿长亭亭玉立，有的娇小玲珑灵动活泼。她听不够它们清脆婉转的叫声，也看不够它们千姿百态的模样。

忽然，一只小白兔蓦然出现在她前面不远处，瞪着两只圆圆的小眼睛观望起她来。片刻之后，小白兔竟扬起两只前爪一上一下地洗起脸来，样子十分可爱。以往娴儿也时常能看到野兔从近处或远处跑过，但那都是灰色的，而眼前这只小野兔却是白色的，白得如一片雪花，似一朵白云，而且，它似乎一点也不怕她。

娴儿眼睛一眨不眨地看着它洗脸。

小白兔终于洗完了脸，把两只前爪放下，又往前蹦了两下，然后蹲下身子，重又瞪着两只圆圆的小眼睛直直地看着她。

娴儿很想抚摸抚摸它，就迈步朝它走去。刚刚走出两步，它就突然调转身子跑了。娴儿只得停住脚步。

小白兔跑不多远，就停了下来，又转过身子瞪着两只圆圆的小眼睛朝娴儿观望起来。

娴儿心想，它也许是在等自己过去呢，就又试探着往前走。

小白兔没有动，瞪着一双圆圆的小眼睛看着她往前走，待娴儿越走越近了，它却又突然调转身子朝远处跑去。

娴儿只得再次停了下来。

奇怪，小白兔又是刚跑出不远就不跑了，接着转过身来望着她。

娴儿以为它又是在等自己了，就又朝它走去……

如此走走停停，停停走走，也不知反复了多少次，最后一次，小白兔跑到离娴儿不远处又停了下来。这一次没容娴儿再往前迈步，它就突然朝一侧跑开，一瞬间就跑得无影无踪了。

忽然，从另一侧的一丛芦苇后面闪出一个人，直朝娴儿这边走来。娴儿心中惴惴地看着他，只见此人中等身材，刀条脸，面色黝黑，眯着双眼，身着皂色裤褂，尤其此人右腮上有一条月牙形疤痕，看上去很是瘆人。此人正是在沿海一带寻访尹府仇家之后曹姓女童的秦瞎子。

秦瞎子几步跨到娴儿面前："小姑娘，你在这里做甚呀？"

娴儿只以满含恐惧之色的眼睛看着他，把小嘴抿得紧紧的不说话。

秦瞎子极力做出和蔼可亲的样子再问："告诉叔叔，你在这里做甚？"

娴儿心中的恐惧感似乎减轻了些，回答了一个字："玩。"

秦瞎子又问："你家在何处啊？"

娴儿不说话，只扑闪着一双充满疑惑的大眼睛看着对方。她想起了，娘说过不能把什么都告诉陌生人。

秦瞎子从袍衽里掏出两颗用彩纸包裹的糖球让娴儿吃。

娴儿不接。她吃过爹爹给她买的也是用彩纸包裹的糖球，甜甜的，极好吃，但她知道不能吃陌生人给的东西。

秦瞎子强要把糖球塞给她。

娴儿把双手背到身后，头摇得像拨浪鼓："我不要，我不要。"

秦瞎子只得作罢，挤挤眯缝着的眼睛："乖乖，看来你不相信我。怎么，你不认识我了？我是你爹爹的朋友，你该称我为叔叔啊。"

娴儿摇摇头："我没见过你，我不认识你。"

秦瞎子又挤挤眯缝着的眼睛："怎么没见过我呢？我前几日还去过你家呀，你不记得了？"

娴儿仍旧摇头，她怎么也想不起见过这个人。

秦瞎子作恍然大悟状："噢，对了，我去你家时，你爹爹说你出去玩了，是没见着。"

娴儿不想听他说话了，她要回家，就转身朝回家的方向走。

秦瞎子追上两步挡住娴儿的去路："你去哪里？"

娴儿发急道："你莫挡我，我要回家。"

"你走错了，你家不在那边。"秦瞎子抬手指指另一个方向，"在那边。"

"你指的不对。"娴儿抬手指指自己家所在的方向，"我家在那边。"

秦瞎子指指东南方："看那边。"

娴儿转转身子朝他指的方向看。

秦瞎子又指指正东方："看那边。"

娴儿又转转身子朝他指的方向看。

秦瞎子再指指东北方:"看那边。"

娴儿又转转身子朝他指的东北方向看。

秦瞎子如此依次指下去:正北、西北、正西、西南……

娴儿不知是计,秦瞎子指一个方向,她就转转身子看一个方向,如此转了一周多了对方还在接着往下指,她就不再看下去了:"你让我看什么呀?"

"我让你看你家在哪边啊。"秦瞎子说着又依次往下指,"你看,你看,你看……"引逗着娴儿又转了一周,"你说说看,你家在哪一边?"

此时娴儿脸上满是茫然之色,经了对方这么一折腾,她真的不知道自己的家在哪一边。她从未独自走出过这么远,眼下四周的景色都一模一样,再加上这么一转圈,她已分辨不出东西南北了。

秦瞎子趁热打铁:"你看你看,你不知道你家在哪边吧?你迷路了,若不让叔叔我带着你走,你便回不了家了。"

娴儿不知道该怎么办才好了,一时急得要哭。

秦瞎子见状,心中一阵狂喜,眯缝成一条线的眼睛放出异样的光来:"莫急乖乖,叔叔方才说了,叔叔能带你回家。你告诉叔叔,你家住哪个村,村名叫什么?"

娴儿扑闪几下眼睛:"你不是去过我家吗?怎不知我家在哪个村子?"

秦瞎子听了这话一愣,心想你小小人儿,还蛮会动脑子啊,略一琢磨,说道:"嗯,是这样,叔叔去的那个村子的那户人家,也有你这么大一个女孩,但我只是听说,并没有见着,故此,我还不知道那女孩是不是你,也就不知道我去的那个村子是不是你们的村子。你把你们村子的村名告诉我,我就知道我去的村子是不是你们的村子,我去的人家是不是你家了。你看我说的对吧?现下你把你们村子的村名告诉叔叔,好吧?"

娴儿不语,显然在犹豫是否应该告诉对方。

秦瞎子催促道:"你快把你们村子的村名告诉叔叔,叔叔好带你回家呀。你看,天马上就要黑了,天一黑,你可就回不了家了。"

听他这一说,娴儿心中就一急,只好说了实话:"我们的村子叫龙王庙。"

"好,你姓曹,对吧?"秦瞎子说完这话,微微睁大眯成一条线的眼睛紧紧盯视着对方。

娴儿点点头。

秦瞎子又问:"你今年四岁,对吧?"

娴儿又点点头。

秦瞎子面现狂喜之色："这便对了！叔叔去的就是你们村，进的就是你的家！你爹爹，叔叔的好朋友说的他的小女儿就是你！现下你相信叔叔了吧？叔叔这便送你回家，来，叔叔背你走。"说着背对着娴儿蹲下，同时把双手伸到背后。

娴儿赶忙往一边躲闪："不，我自己走。"

"那好，你跟着我走。"秦瞎子起身迈开大步走了起来。

娴儿跟在后面一溜小跑，累得气喘吁吁，还是跟不上。

秦瞎子在前面催促："来呀，快点，快点，慢了天黑前便回不了家了。"

娴儿使劲跑着，累得小脸涨红，喘不过气来，渐渐地跑不动了。

秦瞎子从前面返回来："看看，走不动了吧？来，叔叔背你走。"说着话又蹲下身子。

娴儿只得依从了他。

秦瞎子背起娴儿甩开大步疾走起来。

累得疲惫已极的娴儿伏在秦瞎子的背上很快沉沉睡去了。

秦瞎子背着娴儿经过龙河湾镇，走进双龙河左岸的卧佛寺，来到大雄宝殿佛祖神像前，从衣衽内取出三炷香插入香炉内点燃，然后虔诚地跪在跪垫上，默然念道："谢佛祖保佑我秦某顺利寻到了国丈仇家之女。"之后连磕三个响头，又祷告，"祈佛祖护佑我秦某一路顺风，将此女送至国丈府邸。"又连磕三个响头，这才起身走出大殿。

此时静慈大师从神像宝座一旁闪出，望一望已走到殿前院中的秦瞎子的背影，合上眼睛双手合十念道："阿弥陀佛，善哉善哉。"然后睁开眼睛，快步走到后院，对正在洒扫的弟子念儿道："念儿，你速去见为师家父，传为师的话：歹人赚得龙王庙渔村曹家小女，往渔阳方向去了。你施展轻功，速去速回！"

念儿低首一礼："徒儿遵命。"

当秦瞎子背着娴儿走到另一个镇子上时，娴儿醒了，用手揉揉惺忪睡眼，发现自己被人背在背上，一时不知是怎么回事，急得要哭，忽然忆起睡前发生的一切，忆起这陌生汉子是要把她送回家的。她再用手揉揉惺忪睡眼，来回扭头四下张望，见路两边全是一间连着一间的房子，她从未见过这么多这么漂亮的房子。路上人来人往，她也从未见过这么多的人。她不知陌生汉子为什么要把她背到这个陌生的地方，她是要回家的呀。她想爹爹，想娘，想姐姐。她忽然小嘴一撇，以哭腔道："我要回家，我找爹爹，我找娘……"

秦瞎子闻声往后扭头："乖乖，你醒了？叔叔这便是背你回家，去找你的爹娘啊。"

娴儿越想越觉得不对劲。她想起从她家到她追小白兔的地方一路都是空地，哪里有这么多的房子和人啊，这是她从未见过的完全陌生的地方，陌生汉子为何要把她背到这个地方来呢？她害怕了，嘤嘤哭泣起来，边哭边念叨："我要回家，我找娘，我找爹爹……"

秦瞎子扭过头来压低声音恶狠狠地说道："不许哭！再哭我便不背你回家见你爹娘了。"

娴儿立刻止住哭泣，眼中充满惊悸之色。她惊呆了，这陌生汉子刚刚还那么和蔼可亲的面孔，怎么眨眼之间就变成了一副凶神恶煞的嘴脸？此人定然不是好人，好人是绝不会如此凶巴巴地对待自己的。她虽不敢再哭出声，但并没立刻止住无声的抽泣。

忽然，娴儿无声的抽泣戛然而止。她看到了右前方数步之外正看着她的一双眼睛，那是一双老者的眼睛。这老者正是姜忠。他是在得到小尼念儿传递的静慈大师的口信之后匆匆赶来的。

娴儿提高了声音道："我要回家，我要找娘——"

"你喊什么！"秦瞎子马上扭过头低声呵斥，"不许喊！"

娴儿却没有马上停止呼唤："我要回家，我要找娘……"

秦瞎子不由得来回扭头看看，猝然间看到了正在盯视着他的姜忠，眉峰不禁一抖，随之便加快了脚步，很快把姜忠甩到了后面。

娴儿使劲往后扭着头，重复念叨那两句话。

姜忠本想尽快救下娴儿，却迟迟没有动手。他发现在他身后不远处还有一个人一直在尾随着他，并且他已认出，此人是四年前在海上和盘山脚下两度帮他挫败强人的数名汉子的头目。姜忠虽听此人说过其乃秦王麾下之人，但却不知这话是真是假。此人与前面那劫持幼童的歹人同时出现于一地，这令他疑心，他们或许便是同伙，所以，他一时不敢贸然出手救人。

此人是谁？其乃李世民麾下得力干将刘师立。他在此时此地突然出现且与姜忠再次相遇，实属事出有因。

他此番再赴平州，仍是衔命而来。还是在十数日之前，身在皇城弘义宫的李世民一早醒来，心中甚觉诧异，因为他在夜里做了一个怪梦，于是把长孙无忌和房玄龄召到宫中，说道："今日夜间，曹将军仁鸿忽然来我卧榻之侧，对我备述其遇难冤情，其情其状甚是凄惨，我心大恸，猝然醒来，方知是梦。"说到这里眼中已有泪光闪动。

长孙无忌和房玄龄一时也都黯然神伤。

李世民道："你们看，此梦怪也不怪？"

房玄龄道："殿下此梦说怪实则不怪，今日九月三十，乃曹将军四周年忌日。"

李世民恍然道："原来如此。"继之又道，"还有呢，曹将军言说其隔代遗孤继前番横遭搜杀之后，今又遭奸人谋害，祈我遣人前往救护。若此乃曹将军托梦于我，从中可知曹将军遗孤今仍在世。四年之前刘师立等自蓟州回来之后，报说曹氏遗孤已被野狗咬死，当时我听了便将信将疑。想那历经险恶将曹氏遗孤救下之老者，必是智勇兼全心思缜密之人，怎会粗心大意到让野狗把婴孩咬死呢？可刘师立等人言说曹氏遗孤尸骸皆彼等亲眼所见，此情当时便令我甚感费解。"

房玄龄道："若曹氏遗孤仍在世上，刘师立等人所见情形也不难解释。想那解救曹氏遗孤之老者为骗过尹府人等之耳目，使其追杀曹氏遗孤之念头自此打消，便寻了一具婴儿遗骸以做曹氏遗孤之替身。对初次见到的刘师立等人，老者也不认识，故此便将他们一起骗过了。"

长孙无忌道："殿下与房大人所言甚是，我也以为曹将军遗孤仍活在世上。"

李世民道："既然你我皆相信曹将军遗孤仍在世上，即须着人前往寻觅与救护。你们以为遣谁去为宜呢？"

长孙无忌道："还是让刘师立去吧。一者他已到该地去过了，对该地情形已较熟稔；二者在下面将校之中，唯此人以胆大心细而著称，此番前往当会不虚此行。"

李世民即把刘师立召进宫中，把曹氏遗孤还活在世上的推断说了，继之说道："你细细回忆一下，四年之前你等亲见的那老者人等救护曹氏遗孤之情形，若该遗孤当时已被成功救下，可能是于何时何地被救下的，又被藏匿寄养到了何处？"

"这……"对李世民这一问，刘师立显然甚感突然，一时竟不知该如何作答。

李世民宽慰他道："莫急，你可慢慢回忆。"

刘师立认真回忆片刻，之后说道："属下记起了，当时在平州海上有一渔夫把尹何等一干人引向深海，那老者一行乘坐的商船则驶到河口码头边作短暂停留，之后便又沿海上航路向西驶去。由此属下推测，那老者极有可能把商船上的曹氏遗孤托付给了码头上的什么人。"说到这里朝着李世民单腿跪地一拱手，"其时是属下将此情疏忽了，祈殿下降罪。"

李世民道："你起来吧，本王不怪罪于你。我问你，你当还认得那救护曹氏遗孤之老者吧？"

刘师立回答："时隔仅只四年，属下定还认得。"

李世民道："好！今本王仍命你率前番赴平州所率七名侍卫再赴平州沿海，寻觅救护曹氏遗孤。你等可先行寻到那老者，向其讲明本王寻觅救护曹氏遗孤之一片苦心，请其相助寻到曹氏遗孤，之后由你等护送至本王宫中。"

刘师立等一行人快马加鞭一路风尘赶到平州沿海，立即分头展开寻找。已寻找了五日仍一无所获，不想今日刘师立在这个镇子上撞见了匆匆赶路的老者姜忠，而且是在姜忠跟踪背负幼女的汉子的途中。刘师立推测，那幼女或许便是曹氏遗孤，那背负幼女的汉子或许便是秦王所说的谋害曹氏遗孤的奸人。见姜忠迟迟不予动手，刘师立正想上前与姜忠搭话，却见姜忠转身蹓进了一条小巷，他急忙跟了过去，却再也不见姜忠身影。

那边路上的秦瞎子背负着娴儿一路疾行。走了一程，秦瞎子停住脚步回头望望，见那老者并没有跟过来，才稍稍放慢了脚步。

走到又一个镇子上，看看天色已晚，秦瞎子走进一家旅店，要了一间客房住下。

店小二送上饭食，有小米粥、糕饼和两样小菜，又问道："客官，可是要酒？本店有上等好酒。"

秦瞎子摆摆手："免了。"显然他怕酒后误事。

他拿一双筷子递向娴儿："来，吃饭。"

娴儿不接。

秦瞎子哄她："明日便可回到你家，便能见到你爹娘了，快吃吧，不然你饿坏了，便见不到你爹娘了。"

娴儿还是不接，两眼水雾蒙蒙，只一个劲儿落泪。

秦瞎子再哄，仍是无用，只得叹一口气："想不到你小小人儿，心却如此之重。这都一天水米未沾牙了，你还能硬挺着不吃不喝。罢了，等明日你饿极了，看你吃还是不吃。"说罢自顾草草吃过，就吹灯睡了。

此时正是解救娴儿的最佳时机，然而姜忠自从在上一个镇子的小巷中消失之后就再也没有露面。刘师立倒是一直在暗暗跟踪背负娴儿的秦瞎子，一直跟踪到秦瞎子走进这家旅店，但他却不能贸然出手，因为他尚无法确知这女孩是不是曹氏遗孤，他只能等待老者的再度出现。他在一个角落里隐蔽起来等待，可一直等到夜半之后，仍未见老者露面。他忽然意识到或许此时那老者正躲在某个幽暗之处盯视着自己，盯视着那汉子和女孩所住的房间呢，正因自己的突然出现而扰了老者的解救之举，为此他决计离开这里，不再让老者见到自己。他相信，只要那女孩真的是曹氏遗孤，老者便不会放弃解救之举。于是，他走出角落，大摇大摆地沿街向远处走去……

次日天刚破晓，秦瞎子就起来背负尚在昏睡中的娴儿上路了。快步走出镇子老远，才敢放慢脚步回头望望，见那老者仍未露面，路上也无其他行人，这才稍稍放下心来。不料就在此时，路旁一丛灌木丛后突然蹿出一个人来，一跃跨到路当中挡住秦瞎子的去路。秦瞎子浑身一震，猛然停住脚步，睁大眯着的眼睛一看，见此人正是他担心再度出现的老者。

姜忠朝秦瞎子伸出一只手："把孩子给我！"

秦瞎子一时愕然："你在说甚？"

姜忠提高了嗓门："把孩子给我！"

秦瞎子道："这是我的孩子，凭什么给你？"

姜忠厉声道："少啰唆，快点！不然莫怪老夫对你不客气！"

秦瞎子双眼急眨几下，脑子飞速转动起来：跑，看来是跑不脱了，何况背负着一个孩子根本就跑不快，那么，只能以攻为守了。他自恃练过几招把式，估计来个先下手为强，出其不意攻其不备，尚有取胜的可能。于是他暗暗运足气，以迅雷不及掩耳之势突然发力朝着姜忠面门一拳打去，却是拳还未到，便被姜忠一把抓住手腕顺势往后一带，其身体顿失重心不由自主向前扑去，竟扑出两丈开外，跟着来了个母猪拱地，重重地摔趴在地，背上的孩子早被姜忠稳稳地抱在了怀里。

秦瞎子哪里会甘心失败，从地上爬起来，又气急败坏地朝姜忠扑了过来。这一回他吸取了上一回贸然出击以致失手的教训，先是一个恶虎掏心照姜忠心窝一拳揢来，却是虚晃一招，紧跟着身子往下一蹲，使个扫堂腿向姜忠一腿扫来。姜忠并不躲闪，只用一只脚朝那扫来的腿脚一搪一勾，秦瞎子便惨叫一声又一次扑倒在地。

姜忠声音不高却不失威严地说道："歹人且听着，你的一条腿已然废了，养好了还能走动，再靠它打斗作恶却不能了。看你拳脚，你该也是武林中人，只是你这等武林败类，只会败坏武林名声，今日也算是老夫为武林清理门户了。遇上老夫，算你走运，若换上别的同道，早将你的另一条腿也废了。从今而后你当洗心革面，好自为之，否则定无好下场！"言毕，抱着娴儿疾步而去。

姜忠怀抱娴儿一路疾行。当快走到龙王庙小渔村时，已是夜幕降临时分，忽从路边闪出一个人影，挡住姜忠去路，与此同时来者向姜忠一拱手道："前辈且请止步！"

来者正是刘师立。

姜忠急收住脚步："你是何人，要来做甚？"

刘师立拱手一礼："前辈不认得晚生了？四年之前在海上与盘山脚下，晚生曾有幸两度与前辈相遇。当时晚生便曾奉告于前辈，晚生乃秦王麾下之人。今奉秦王之命，前来寻觅并救护已故曹仁鸿将军隔代遗孤。曹将军生前跟随秦王百战沙场，屡建不世之勋，乃秦王麾下少有之爱将。曹将军不幸罹难，秦王扼腕痛惋。得闻曹将军尚有隔代遗孤在世且屡遭奸人谋害，秦王每每为之担忧，今又命晚生前来寻觅救护。晚生知前辈乃曹氏遗孤之救命恩人，故特来拜访，切望前辈能体察秦王救护曹氏遗孤之苦心，襄助晚生成就秦王此愿。"

姜忠道："四年之前足下便于盘山坡上亲见了，那曹氏遗孤已被野狗咬死，还是足下一行相助老朽掩埋的呢，怎的今日又来向老朽寻索？"

刘师立又一拱手道："晚生乃诚心诚意来向前辈求助，惟望前辈亦能以诚相待。"

姜忠道："足下此言何意？"

刘师立道："晚生已知那曹氏遗孤并未死去，仍活在世上。"

姜忠道："足下既出此言，可有凭据？"

刘师立抬手一指对方怀中熟睡着的娴儿："若晚生未曾看错，前辈怀中所抱女孩便是曹氏遗孤。"

姜忠冷笑一声："足下是在说梦话吧？这女孩乃前面渔村内一寻常渔家之家生女，何来曹氏遗孤一说？"

刘师立道："前辈言此女乃寻常渔家之家生女，又何以为凭？"

姜忠道："老朽这便要将此女送归其家，足下可至那渔家窗外，听一听那渔家夫妇与此女相见之情状，便可知老朽所言是真是假。"

"也好，那便请吧。"刘师立说罢朝路边一让。

姜忠立刻迈开大步向着小渔村走去，刘师立随后紧紧跟进。

此时的曹氏一家正处于极大的悲痛和恐慌之中。连日来曹富荣不再出海，与张氏母女分头奔走呼号于荒滩之上，梳篦子一般找遍了荒滩上的每一片芦苇每一丛蓬蒿，却一直不见娴儿的身影。他们的双腿已累得几乎挪不动步，却仍在一刻不停地走着；嗓子已喊哑了，却仍在声嘶力竭地呼喊着……

直到这一日的晚上，在海滩上奔走寻找了一天的张氏拖着已经麻木了的双腿刚一回到家，便陡感心口剧烈疼痛，竟一头栽倒在炕上。此时的她，双目紧闭，脸色蜡黄，豆大的汗珠一颗接一颗从额上滚滚而下。

杏儿以哭腔呼唤起来："娘，娘，你怎么了？"

张氏断断续续回答："娘……心口……有些……疼……"

此时甄氏和程氏从对面的曹母卧房内走了出来。甄氏走到堂屋当央停住脚步，眼睛看着身边的程氏，下巴朝西面卧房一扬。

程氏会意，走上前一掀门帘，对屋内躺卧在炕的张氏道："怎么还不烧饭哪？连老太太都喊饿了。"

一脸愁苦之相低头坐在炕沿上的曹富荣稍稍侧过头看程氏一眼："你大嫂病了，再说，娴儿找不到了，你大嫂心中正难过呢，哪里还有心思……唉，饭你们自己烧吧。"

程氏无话可说了。甄氏把嘴附在程氏耳边嘀咕一句什么，程氏马上道："那些个粗活，我们可向来未曾做过。"

曹富荣一听这话，不由扭头抬起充满惊异之色的眼睛看了程氏一眼，翕动一下嘴唇想要说什么，却什么都没说，又把头扭了过去。

这时站在程氏身后的甄氏说话了："杏儿呢？杏儿可以烧饭哪。"

张氏强忍疼痛以微弱的声音道："杏儿，你……去烧饭。"

杏儿看看站在门口的程氏和甄氏，又看看母亲："娘，我只会烧火，不会烧饭。"

甄氏轻蔑地一撇嘴角："都十多岁的人了，连饭都不会烧，只会吃啊。"

曹富荣眼中已蓄满痛苦与愤怒之色，猛然扬起拳头"嘭"一声擂在炕沿上。

甄氏往后一闪身："哟，这是怎的了？不做饭，让人饿着，难道还有理了？还动起了拳头，想把人吓死啊？"

程氏马上跟上一句："就是啊，想把人吓死啊？"

曹富荣道："你们为何就不能烧饭？难道便该当别人伺候你们？"

甄氏一撇嘴："哟，大哥怎可如此说话？我们先生在外挣钱养活你们一家，难道你们做做饭洗洗衣不该当？"

程氏又鹦鹉学舌般跟上一句："就是，难道你们做做饭洗洗衣不该当？"

曹富荣忽地起身："岂有此理！那便分家！分开过！"

甄氏眉睫一挑，高声道："哟！看你凶的，倒像要吃人呢。"

此时从东屋传来曹母的声音："杏儿二娘，你们在嚷嚷什么？"

甄氏转身走进东屋，对躺在炕上的曹母挤出几滴眼泪："娘啊，我大哥逼着我们姐妹二人做饭，对我们好凶啊。"

紧紧跟进东屋的程氏随声附和："是啊，大哥那样子怪吓人的。"

曹母道："去，把老大叫过来！"

甄氏扭头看着程氏往门口一努嘴。

程氏出门来到堂屋，对着西屋门口道："大哥，娘叫你过东屋来呢。"说罢转身回到东屋。

曹富荣来到东屋："娘，您有事？"

曹母道："老大，你个大伯子，对弟媳凶什么？难道不怕失了身份？"

曹富荣道："杏儿二娘三娘让杏儿娘做饭，可娴儿丢了，杏儿娘正难过——"

"你莫说了！"曹母打断他的话道，"孩子丢了，大人就不吃饭了？就得饿着？"

曹富荣顿一顿，说道："儿子是想，杏儿二娘三娘身体都好好的，也可做饭哪。"

甄氏一听这话，马上把脸扭向一边。程氏见状，也把脸扭向一边。

曹母道："杏儿二娘三娘是从大户人家出来的，在娘家有下人伺候惯了，哪里会做饭？再说，她们进了我们这小户人家的门，已够委屈的了，你还让她们做饭伺候人？"

曹富荣皱紧眉头："可杏儿娘犯了心口疼，疼得不能动了。"

曹母道："犯了心口疼，就做不成饭了？小户人家出来的人，哪里有那么娇气？"

甄氏一撇嘴，程氏马上跟着撇嘴。

曹富荣眉头皱得更紧了："娘！您……"

此时西屋传来张氏的声音："杏儿她爹，你莫说了，我这便烧饭。"

张氏话音刚落，就传来作呕声。紧接着传来杏儿的声音："娘！您呕血了！"

曹富荣急转身奔出屋门，来到堂屋，只见张氏以手扶墙，低着头正在喘息。

杏儿伸手指着张氏脚前地上，对曹富荣道："爹爹您看，我娘呕血了！"

曹富荣低头看去，只见张氏脚前地上有一摊血浆，忙问："杏儿娘，你怎呕血了？"

这时候甄氏和程氏从东屋出来了，一见地上的血，马上都以手捂嘴走出堂屋。

到了堂屋门外，甄氏对程氏道："看那一摊血，真是晦气。"

程氏马上应和："可不是么，真是晦气。"

曹家堂屋内，以手扶墙的张氏身子一阵抽搐，又呕到地上一团血浆。

杏儿急急地道："爹爹，快去请郎中啊！"

曹富荣却有些为难："天太晚了，去哪里请郎中啊？"

张氏又呕出一口血。

曹富荣用双手扶着张氏，说道："杏儿，快扶你娘进屋，爹爹这便去请郎中。"说罢急急地走出堂屋门口，却不料与从外面过来的一个人差点撞个满怀。黑暗中，他勉强能分辨出对面的人是姜忠，"恩公，是您？"

姜忠道："外面天黑，走，进屋说话。"

进屋后，姜忠把后背转向曹富荣："贤侄你看，老朽背的这是谁？"

伏在姜忠背上的娴儿哭唤一声："爹爹！"

曹富荣睁大惊喜的眼睛："娴儿？"伸出双手把娴儿接到怀里，"娴儿，我的儿……"眼中涌出大滴大滴的泪水，再也说不出话。

杏儿从炕上一下跳到地下，一迭连声道："娴儿妹妹，娴儿妹妹……"拉住娴儿的小手欢呼雀跃。

张氏强挣着欠起身子，声音嘶哑地说道："娴儿回来了？快过来让娘看看。"

曹富荣把娴儿送到张氏面前。

张氏一把搂住娴儿："娴儿，我的儿……"一时间泣不成声。

杏儿上了炕，与张氏一同搂住娴儿，母女三人哭成一团。

曹富荣怔怔地看着这一幕，忽然意识到恩人还在身旁，赶忙道："恩公是从何处找到孩子的？"

姜忠道："孩子被歹人劫持了，正巧被老朽撞上，便救了下来。"

曹富荣"扑通"一声面向姜忠跪下："恩公，您救了我们父女二人，可让我如何感谢您呢？"

姜忠以双手托住曹富荣双臂："贤侄快快请起，快快请起。"待曹富荣站起身来，又道，"你说那歹人为何要劫这孩子？是把这孩子当成你家抱养的了。"说罢即给对方递个眼色。

曹富荣从姜忠的眼色里意识到或许隔窗有耳，遂道："这孩子明明是晚辈夫妻亲生的，那歹人怎便当成了抱养的呢？"

此时张氏扭过头来对姜忠道："恩公啊，您从我家抱走的婉儿才是——"

"嗳！你莫说了！"曹富荣急忙打断张氏话语，"恩公把娴儿救了回来，我们只说感谢的话才是。"

姜忠并不知当年曹富荣给自己送孩子时把孩子抱错了，也就不知张氏只说了半截的话的真实含义，此时只恐言多有失，遂道："好了，人已送到，老朽该走了，告辞。"说罢转身就往外走。

曹富荣赶忙追上去："恩公且慢！天这么晚了，恩公怎能走呢？晚辈这家虽寒酸了些，但尚可歇一歇脚，恩公便将就住上一宿，待天明以后再走不迟。"

"不妨事，老朽已走惯了夜路，你我后会有期。"

离开曹家后姜忠约走出半里地时，忽听身后传来脚步声，他知道来者是谁，所以并未停住脚步。

"前辈且请止步！"刘师立说着话，人已从姜忠身后疾步赶到姜忠前面，挡住姜忠去路。

姜忠停住脚步道："足下已听了女孩生父话语，当已知晓那女孩确为那渔家所生。既然如此，你还想怎样？"

刘师立道："晚生确是已知那女孩系那渔家所生，但晚生还听那渔家妇人说，前辈曾把另一名曰婉儿的孩儿送走了。敢问前辈，那被送走的孩儿又是谁？"

姜忠道："那便是四年之前足下一行相助老朽于盘山坡上埋掉的死婴。"

刘师立呵呵一笑："前辈呀，你以为晚生如三岁孩童那般好瞒哄么？晚生记得十分清楚，四年之前前辈走海路去盘山，途中只于南面渔港码头稍作停留，并未到过这小渔村，又何来前辈自这小渔村携带婴孩至盘山一说？且此一说如若为真，那于海上降生的曹氏遗孤又去了哪里？如此看来，前辈之所言真是破绽百出啊。"

姜忠自知自己于仓促之中说出的搪塞之辞弄巧成拙了，于是只得说道："真又如何，假又如何，你究竟想说什么？"

刘师立道："晚辈想说的是，前辈于盘山坡上埋掉的死婴乃曹氏遗孤之替身，而真正的曹氏遗孤早已由前辈设法交于这小渔村中的渔家寄养，其后为避权奸搜杀，前辈又将该遗孤转送至了他处。"

姜忠见事已至此，自己若再强辩也是枉然，遂道："即便确如足下所言，又如何？"

刘师立道："请前辈将该遗孤去处如实告知于晚生。"

姜忠道："抱歉，老朽于此无可奉告。请足下让开路，老朽要走了。"

刘师立心想机不可失，时不再来，今晚若让老者走掉，以后再想见到他可就难了，看来软的不行，那就只能来硬的了，于是两腿一岔两臂一横，说道："今晚前辈若不肯如实相告，便莫想从晚辈这里走过去！"

姜忠道："喵？想跟老夫来硬的？那便莫怪老夫不客气了。"

二人马上拳脚并用互相打斗起来。这二人的打斗很有些特别：刘师立凭着自己年富力强武功高强，打斗中只是防守而不进攻，因为他不想伤害老者性命；姜忠本可使出神风拳一拳致对方于死命，却并不用此绝招，因他虽尚不能完全确定对方是李世民麾下之人，但也料着十有八九就是，所以也不想伤其性命，不过须将其击倒于地，不然他便不得脱身。

二人打斗多时后，姜忠瞅准对方空当一掌击去，刘师立倒退几步后仰面倒地。

刘师立强挣着欠起身来，说道："神风掌？"

姜忠冷哼一声道："难得你识得此技。"

刘师立以手抚胸，吐字艰难地说道："当年……曹仁鸿……将军接敌……肉搏之时……惯用此掌。"

姜忠道："放心吧，老夫手下给你留了情面，你不会死，只是让你莫再挡住老夫去路便是了。"说罢从刘师立身旁大步走了过去。

姜忠走出约半里地时，忽然从其前面路旁闪出一个人影，挡住其去路。来者竟还是刘师立。

刘师立又是双腿一岔双臂一横，说道："前辈请止步，晚生有话要说！"

姜忠停住脚步："方才老夫手下已给你留了情面，你还想怎样，难道真想找死吗？"

刘师立道："前辈说对了，前辈若不肯把曹氏遗孤去处如实告之于晚生，便请前辈以神风掌击我。我死于前辈掌下，也算对秦王殿下有了交代，我也便死而无憾了。"

姜忠道："你既如此冥顽固执，老夫便不得不问了，你为何非要把曹氏遗孤携去那皇家？"

刘师立道："前辈既有此问，晚生便须反问，前辈是想要曹氏遗孤安然无恙，还是想要其性命不保？"

姜忠道："此问当属多余，老夫当然想要前者。"

刘师立道："既然如此，晚生便更不明白了，前辈笃意将曹氏遗孤羁留在这海隅之地，然其屡遭搜杀谋害之险，今晚生要将其寻到并护送至秦王府邸，以保其万安无虞，前辈却一意拒之，这是为何？"

姜忠冷哼一声道："足下既出此言，老夫倒要问了，那曹仁鸿将军究竟犯了何等罪过，以至于被朝廷施予斩决之刑？"

刘师立道："曹将军并未犯有任何罪过。只因朝中奸佞作祟，于曹将军之子误伤人命一事上大做文章，皇上又听信谗佞之言，方致曹将军含冤被杀。"

姜忠问道："那秦王呢？他也赞同皇上斩杀曹将军之举么？"

刘师立连连摇头："不，不，秦王非但不赞同皇上此举，反倒曾犯颜力谏，要免曹将军一死。"

姜忠冷冷而言："可结果如何？曹将军还是死了！那秦王连为大唐国立下卓著战功的曹将军都保不住，难道便能保住正遭权奸搜杀的一名小小孩童吗？"

"这……"刘师立一时竟被问住了，俄而才道，"请前辈放心，对于曹氏遗孤之安危，秦王已是无时不牵挂于心，若孩子被护送至秦王府中，秦王定会妥为安顿，保其安然无虞。"

姜忠又冷笑一声："你算了吧，有道是'最是无情帝王家'。你以为老夫不知么，如今皇家父子不睦，兄弟阋墙，此情之下，秦王自身日后如何尚无定数呢，又何言能保孩子无虞？能保孩子无虞的只有老夫！"

说罢这话，姜忠迈开大步从刘师立身边凛然走了过去。

刘师立呆立在原地，眼睁睁看着对方从自己身边擦身而过，消失在夜幕中。

连日来，满朝上下都在热议太子李建成统军征讨河北叛军刘黑闼部大获全胜一事。这一日，李世民、长孙无忌、房玄龄聚在秦王府弘义宫内，也在议论此事。

长孙无忌对太子建此殊勋深表怀疑："我就奇怪，太子此番出征居然这么快便得胜还朝了。当年殿下耗时三月有余方击败刘黑闼部，最后还让他本人逃脱了，可太子只用两个月便击败了刘黑闼，且拿到了刘黑闼项上人头。更令人生疑的是，当年殿下征讨刘黑闼，当地人皆助刘黑闼战我讨贼军，此番居然是当地人砍下刘黑闼人头送给了太子。太子虽自视甚高，其实天资甚为平庸，不可能有如此大手笔，若不然，数年之前殿下征讨王世充、窦建德之际，他早该抢着露一手了，何至于老缩在东宫里头作壁上观呢？"

李世民道："我已让人探出秘密所在，太子身边有了高人。"

长孙无忌问："此人是谁？"

李世民道："此人姓魏名征。"

"魏征？"长孙无忌和房玄龄齐声重复这两个字，显然他们对这个名字感到十分陌生。

"对。魏征，河北巨鹿人，后移居相州内黄，少时孤贫，但敏而好学，贯通书术。隋大业末年投李密瓦岗军，瓦岗兵败后降我大唐，后被窦建德所掳。窦建德败后，入我朝东宫，做了从五品太子洗马。此番太子征讨刘黑闼，正是采纳了他的攻心之术，利用河北人心思定之情势，释放俘虏，以抚促剿，很快瓦解了刘黑闼的军心,就连刘黑闼也被部众所杀。"李世民侃侃而言。

房玄龄赞道:"这是个人才呀。"

李世民甚为感慨:"是啊,可惜呀,窦建德是我统兵剿灭的,我却无缘在其营中得到这个人才,这是一块荆山美玉呀。"

此时一名卫士进入厅内禀报:"禀殿下,刘将军回来了,求见殿下。"

李世民道:"刘师立回来了?快让他进来。"

刘师立进厅见礼毕,即把赴平州寻觅曹氏遗孤的经过情形报说一遍,其中说到老者拒绝透露曹氏遗孤所居之处时,自然提到了老者所言皇家"父子不睦,兄弟阋墙"之语。

李世民听后沉吟半晌,左右看看长孙无忌和房玄龄,说道:"一乡间野老竟然熟知我皇家父子兄弟不睦之内情,岂非咄咄怪事。"

房玄龄看看刘师立,然后对李世民道:"刘将军上一回自蓟州回来便曾说过,那野老自称曹仁鸿将军师弟,而曹将军与方才我等提到的魏征又属同乡兼瓦岗降臣,由此可知那野老与魏征情谊也非同寻常,故此那野老所知皇家内情或许便是自魏征口中闻得的。"

此时长孙无忌道:"刘将军啊,你既已知那乡间野老熟知曹将军遗孤下落,却终未寻到其人便仓促返回,且你竟听任那野老妄议皇家之短长,岂非有负秦王殿下厚望?"

刘师立闻听此言,扑通一声面朝李世民跪下:"禀殿下,属下未将曹将军遗孤寻到并带回,有负殿下之命,且听任那老者妄议宫闱是非,犯下对皇上与殿下大不敬之罪,属下愿领罪受罚。"

李世民扭头看看长孙无忌和房玄龄,说道:"我倒是以为,刘师立等一行此番出行并无过错。想那乡间野老乃曹将军遗孤之救命恩人,理当受到我等敬重。他既执意不肯透露曹将军遗孤居处,便非刘将军所能强索。至于其所言我皇家父子兄弟之间龃龉之语,意在述说其不愿将曹氏遗孤交与我等之缘由,并非有意毁谤我皇家。就目下宫中情势看来,曹将军遗孤留在乡间,确是较携来京师还要安全些。"说到这里对刘师立道,"好了刘师立,本王不怪罪你们,你起来下去歇息吧。"

刘师立退出后,李世民道:"那乡间老者之言你我听来虽有些刺耳,然并非全无道理。想来曹仁鸿将军本无罪过,却横遭杀身之祸,我这个做亲王的竟连他性命都保不住,令人何其痛心乃尔。辅机兄,值此曹将军罹难四周年之际,你可命人前往曹将军墓地填坟,再将曹将军坟墓加高二尺,另至终南山中移数十株松柏,植于曹氏父子茔地，以慰曹将军在天之灵。"

长孙无忌有些疑虑地说道："此举是否合宜？曹氏父子死刑最终是皇上定的，我等此时去装点曹氏父子茔地，别让东宫与齐王府闻知了，再告到皇上那里，说我们是为曹氏父子鸣不平，而且是对着皇上来的。"

房玄龄点头道："长孙大人说的是，此事不得不审慎一些。"

李世民也点头："嗯，也是。那便着人去邓州招一些百姓来做此事，所需资费由我们出，却不透露我们的真实身份。届时太子四郎若是发难，我们便说是邓州百姓自发所为，看他太子四郎又能如何！"

长孙无忌按李世民的吩咐招来邓州百姓，将曹氏父子茔地装点了一番。尽管此事预先做了防范，却仍惹出了麻烦。

事毕仅仅过了两天，在两仪殿朝会上，又是皇甫无逸率先出来发难。只听他托举笏板向高坐在御座上的李渊奏道："陛下，臣闻那已决死囚曹仁鸿父子茔地内不仅坟丘填土加高了许多，且广植青松桧柏，气象蔚为壮观。又闻那数十株松柏乃自终南山移栽而来。臣闻此讯之后，又赶赴该地实地踏勘，见实情果真如此。臣以为，为装点一个死囚亡灵之茔地，如此不惜民力，着意营构，实属乖谬之举，祈陛下明察。"

李渊诧异道："有此等事？"

李元吉出班奏道："父皇，儿臣以为，此举不单有不惜民力，肆意铺张之过，更有为那曹氏父子张目之嫌！曹氏父子斩决一案是父皇钦定的，故此举定然意在发泄对父皇之不满！"

李元吉此语一出，朝堂内立时静默下来，继之群臣纷纷交头接耳小声议论起来。

李渊问道："那么，此事是谁人所为，你们可知道？"

皇甫无逸道："回陛下，此事是谁人所为，臣尚且不知。"

李元吉接着道："儿臣尚不知此事是谁人所为，但自终南山移来数十株松柏，此举绝非市井百姓所能为，其肇事之首定非寻常之人。儿臣料定，此人就在这百官之内。儿臣请父皇发话，命此人自己站出来坦言其所做所为！"

李渊道："好啊，就依四郎之言，众卿之中是谁做了此事，现下站出来予以坦承，朕可免予责罚。"

百官你看我，我看你，都没人说话。

李元吉稍稍侧头，目光利剑般射向李世民，大臣们也纷纷把目光集中到李世民身上。

此时的李世民眉头紧锁，目不斜视，表情异常凝重。

李建成则不动声色，静观事态的发展。

片刻之后，李渊道："嗯，既然无人站出来，那就说明此人不在众卿之列。那好吧，今日之事就议到这里。皇甫卿！"

皇甫无逸双手托举笏板："臣在。"

李渊道："朕命你们御史台尽快查清此事，奏报于朕。"

皇甫无逸又一举笏板："臣遵旨。"

回到武德殿，李渊就把李世民召到跟前，口气平和地说道："二郎啊，朕把你召来这里，你可知所为何事？"

李世民欠身道："儿臣不知，祈父皇不吝点拨。"

李渊道："彼时在朝会上，当朕问起那曹仁鸿父子茔地之松柏究竟是谁所植之时，朕未曾当着百官的面指名道姓地问你，你可知朕之用心所在？"

李世民忽地起身跪下："儿臣知道父皇对儿臣的良苦用心，父皇在百官面前顾惜儿臣脸面，儿臣为此对父皇感激不尽。"

李渊道："那么，你对朕讲实话，那些松柏是不是你命人移植到曹氏茔地上的？"

李世民道："儿臣不敢对父皇讲假话。此前清明之日，邓州数名百姓来到曹氏父子茔地，挖土填坟，栽植树木，儿臣属下将此讯报给了儿臣，儿臣深为邓州百姓此举所感动，便命属下着人前去相助。因人多力大，所植松柏便多了一些。实情就是如此。"

李渊道："如此实情，你在朝会上为何不讲呢？"

李世民道："当时四郎言语夹枪带棒，句句直指儿臣，儿臣若讲出实情，四郎定会抓在手上，对儿臣不依不饶恶语相加，儿臣难免与他争吵起来，如此一来便将在百官面前丢尽我皇家脸面，故此儿臣只能隐忍不发。"

李渊点点头："你此话倒是有些道理。不过，当时移植树木，你为何不告知于朕呢？"

李世民以头触地："当时儿臣想的是，若将此事告知于父皇，父皇定会予以阻止，故此便瞒过了父皇，此乃欺君罔上之罪，儿臣甘愿领罪受罚。"

李渊道："你就不怕朕下旨将那坟头铲平，将松柏伐掉吗？"

"父皇，"李世民动情地说道，"那曹仁鸿生前在邓州履职之时，广施德政，爱民如子，因之深受百姓拥戴。百姓来曹氏茔地填几锨土，植几株树，只为表达对其一片感念之情。官民之间水乳交融至此，实为我大唐社稷之福。父皇乃仁善之君,向以宽仁敦厚而享誉海内,定然不会不顾及百姓心愿,更不会反其道而行之。儿臣深知,父皇胸襟阔大无疆,度量囊括寰宇,定然不会为此区区冗事耿耿于心,切切于怀。"

李渊略一沉吟:"朕当年杀曹仁鸿,也是出于不得已。唉,此事就这样吧,朕不再追究,也不责罚于你,你起来吧。"

李世民叩首:"儿臣谢父皇免责之恩。"

走出武德殿的李世民心情丝毫没有放松,一路想着心事回到弘义宫仁文厅。刚一踏进厅门,一直坐等在厅内的长孙无忌、房玄龄就都站了起来。

长孙无忌急切地问道:"殿下,曹将军茔地之事,皇上如何说?没为难你吧?"

李世民走到书案后坐下,说道:"我对父皇动之以情晓之以理,父皇已认可了我们的做法。我现下想的是,那四郎存心抓住此事向我发难,已拉开架势要与我较量,故此尽管父皇被我说服了,他也不会就此善罢甘休。"

房玄龄道:"既然皇上已认可了我们的做法,他齐王又能如何?"

长孙无忌道:"以我对齐王的观察,此人心狠手辣,他见皇上那里没戏了,便极有可能图穷匕见,径直着人去捣毁曹氏父子坟墓,砍伐茔地树木。"

李世民马上道:"辅机兄说对了,这种事他绝对干得出来!我等须想个应对之策。"

长孙无忌道:"如今只能以硬碰硬了,他去毁,我等便去保。"

李世民道:"此事难便难在,他随时会去毁,而我等却不知他何时去,如此我等是防不胜防啊。"

长孙无忌想想道:"可以这样,我等军中尚有大量弩箭,可稍加改造,加上能击发弩箭机关的引线,之后将弩箭固定于松柏枝干之上,将引线拉到人之腿脚能触碰之处,彼等进入茔地,碰到引线便触发弩箭机关,箭即射出,则彼等不死即伤,必不敢再进入茔地一步。"

房玄龄一点头:"此法甚妙,不妨一试。只是如此一来,齐王必不肯罢休,须防他来兴师问罪。"

李世民道:"不怕他!既然父皇都不再追究了,谁让他去擅闯茔地呢?他若硬往刀口上撞,只能怪他自触霉头!"

事态发展真让李世民等人预料对了,李元吉见李渊不再追究有人装点曹氏父子茔地一事,就亲率百骑人马直奔白马坡,前去捣毁曹氏父子茔地。

疾驰到茔地边之后,李元吉一勒马缰停住脚步,对紧随其后的众骑手高声道:

"都下马！进去伐树的伐树，捣坟的捣坟！"

众骑手纷纷下马，有的手拿利斧，有的手拿锯子，有的手拿铁锨进入茔地树林中。进入树林中的他们还没往前走上几步，突然里边就响起"嗖嗖嗖"的箭镞穿空而过声，有无数箭簇从天而降，纷纷射中骑手们的前胸后背或臂膀，一时间惨叫之声此起彼伏，接着这些受伤的骑手纷纷没命地逃出茔地树林。

李元吉大声问他们："何人在林间放箭？"

一名受伤的骑手手捂臀部回答："林间无人放箭，我等刚刚进入林间，便有无数支箭从天而降射向我等。"

另一名受伤的骑手手捂大腿回答："小的看清了，是松树枝干上置有弩弓，下设引线，我等一当触到引线，那弩箭便放箭射杀我等。"

宇文宝手捂肩膀从林间跑出，其指缝间往外淌着鲜血，跑到李元吉跟前道："殿下，这林间树上遍置弩弓，我等弟兄一当触到其引线，弩弓便放箭射杀我等，这树林不能再进了。"

李元吉咬牙切齿地对宇文宝吼道："去！回去命庞校尉率人马携带火把从速赶来此处，点燃林中松柏，烧！本王要将这茔地烧成一片焦土！"

宇文宝应声率两名骑手策马飞奔而去。过了不到两炷香的功夫，就有一队人马手擎火把飞驰而来。跑在前面的庞校尉手擎火把来到李元吉身侧滚鞍下马，对李元吉道："殿下，卑职率人马奉命赶到！"

李元吉高声道："好！听本王令，都站到树林边上去，向林间抛掷火把！"

手擎火把的众骑手应声纷纷奔向树林边。

"住手！"随着一声高喊，李世民乘马来到李元吉近前，"我看哪个敢向林间抛掷火把！"回头用眼一扫身后，"弓箭手，将弓箭瞄准手持火把之人！"

李世民话音一落，其身后就呼啦啦涌上来数十名手持弓箭的卫士，纷纷张弓搭箭瞄准了手持火把的骑手们。

李世民又厉声道："哪个敢向林间抛掷火把，本王即刻让他箭穿心窝！"

一时间，树林边手擎火把的骑手们都立在原地愣住了。

李元吉气急败坏地说道："李世民，你终于跳出来了！你想杀人？你杀呀，杀呀，你若有种，便先把我杀了！"说罢见对方没动，于是策马走到弓弩手跟前，用手一拍胸脯，"尔等射呀，照本王这里射！射！怎的？尔等不敢？那本王便不客气了！"说着"刷"一声抽出宝剑向面前一名弓弩手刺去。

该弓弩手一闪身，被刺中臂膀。其他弓弩手纷纷后撤。李元吉又策马挥剑向另一名弓弩手刺去，却被另一把利剑格开。他扭头一看，见持剑人是李世民。

李世民道："四郎！你要杀人，就朝我来！"

二人即刻挥剑厮杀起来。厮杀数个回合之后，李世民挥剑照对方佩剑一挑，只听当啷一声，李元吉手中佩剑脱手，飞出老远落于地下。

李元吉气急败坏地说道："李世民，你能！你若有种，便把我杀了！"说着驱马上前一拍胸脯，"你照这里刺！刺啊！"

李世民道："四弟，我问你，曹仁鸿将军生前可曾得罪过你？你与他有何仇怨，以至于在他死后还要毁他长眠茔地，扰他在天之灵？"

李元吉道："我此举着眼之处并非死者，而是生者！"

李世民问："你此言何意？"

李元吉道："话我在朝堂之上便已讲过了，是父皇命大理寺判曹仁鸿死罪的，如今有人在这茔地高筑坟头，遍植松柏，意在发泄对父皇的不满，意在翻曹氏死罪之铁案！因之我此举全是为了父皇！怎的，你对我此举持有异议吗？"

李世民道："你口口声声为了父皇，可父皇对这茔地栽植树木之事已然认可，此情之下你仍要火烧这茔地树木，难道你这是在遵父皇旨意行事吗？"

李元吉一翻眼珠道："谁说父皇对这茔地栽植树木之事已然认可了？我为何不知道？这不过是你的谎言而已！"

李世民道："你若不信，你我这就去见父皇，向父皇当面问个明白！"

李元吉道："你在这林间暗置弩弓，射死射伤我手下多人，这笔账该如何算？"

李世民道："是你自己硬往刀口上撞，我有什么办法？"

李元吉冷哼一声："这笔账，迟早要算清！"

李世民道："好啊，那便走着瞧！"

李元吉转对手下骑手们吼道："都愣着做甚？回府！"

第七章
无良妇卧房谋恶事　不逞徒苄荡动干戈

　　自从娴儿被劫那时起，张氏心口疼的病症就一直时好时坏，每当发病时都会呕血。终于在四年后的一天，她外出拾柴刚刚回到家，便骤感心口剧烈疼痛，一股热流从胸腔猛然涌上喉头，竟大口大口地呕起鲜血来，继之昏倒在地。杏儿和娴儿看着满地的血浆，看着倒卧在地不省人事的母亲，一时都被吓呆了，接着围住母亲号啕大哭起来。到邻居王婆婆闻声赶来时，张氏已气绝身亡。

　　为报答大嫂的养育之恩，曹富贵决定出资厚葬大嫂。送葬这日，以重金聘请的由二十四人组成的鼓乐班全部到位。曹富贵命甄氏和程氏与自己一样披麻戴孝为大嫂送行。起灵之后，送葬队伍跟在棺椁之后，在鼓乐班吹吹打打中向茔地缓缓行进。一路上，曹富贵与杏儿、娴儿都哭得肝肠寸断悲痛欲绝。甄氏和程氏都是有一声没一声地咧嘴干嚎。到了茔地，哀乐声中，棺椁缓缓下葬，曹富贵与杏儿、娴儿皆跪伏在地，哭得死去活来。甄氏和程氏却仍是假哭干嚎。

　　甄氏边干嚎边不时斜眼觑那正在起劲吹吹打打的鼓乐班一眼。忽然，她停住干嚎，悄悄伸手捅一捅跪在身边的程氏，低声道："你瞧鼓乐班中吹笙的那人，不是你娘家哥哥么？"

　　程氏闻言，不禁抬起头向鼓乐班看去，果见其中那吹笙的人正是自己的胞兄程铭孝。

　　甄氏见程氏看见了自己的哥哥却不言语，便知她面上已经挂不住了，于是进而激她："按说你娘家以往也是大户人家，即便如今落魄了，你哥哥也不至于入这下九流的行当啊。"

　　程氏面上一红，白了对方一眼，也低声道："我倒是觉得，这于他而言并非坏事。"

甄氏听了这话一怔，旋即醒悟："这倒也是，总比去坑蒙拐骗要体面些。"

程氏一下子恼了，说话声音不由得高了起来："说什么哪你？"

此时跪在她俩前面的曹富贵回过头来以含怒的泪眼扫视她俩一眼，她俩身子一禁，马上住了口，又跟着有一声没一声地干嚎起来……

葬仪举行完毕，鼓乐班的其他人都走了，程铭孝却没有马上走，他要趁这机会看看妹妹，顺便打打秋风。

这程铭孝原本出身于大户人家，所以取名不俗，后来家道败落，又兼他行事不端，因他在家族叔伯兄弟中排行老二，人们便都称他为程二，也有人尊称他为程二爷。程二把程氏卧房门敲开，对站在门内的程氏道："知道我来了，送葬完了你也不打个照面便躲进屋内，怎的，是有意避着我呀？"

程氏埋怨道："哥哥，你怎么入了这一行？"

程二却满不在乎："我这只是临时做做。"转而又道，"哥哥我也得吃饭哪，你又不肯多接济我。"

程氏道："哪一回我少给你了？再多我也给不起呀。"

程二大不以为然："你朝你先生要啊，富贵他做着大掌柜，进项能少么？"

程氏却叹一口气："你是不当家不知柴米贵，先生挣钱也不容易呀。"

程二假装生气："哼！又心疼起你先生了。你呀，富贵才是你的亲人，哥哥我是外人了。"

"哥哥如此说，对妹妹我可就不公平了，我何时拿你当过外人？"

程二一咧嘴乐了："哥哥我逗你呢，你便当真了。"

这程氏兄妹，别看是同父同母所生，长相却迥然有别：妹妹程氏生得水葱般鲜嫩，属于那种男人们人见人爱的窈窕女子，程二却其貌不扬，甚至看上去有些猥琐。有道是人带三分相，此人自小就好吃懒做游手好闲，长大后更是吃喝嫖赌无所不能，把祖宗传下来的偌大家业败了个精光，从此以后就更是坑蒙拐骗无所不为了。一次曹富贵在路上被三个歹人绑票，恰被程二遇上，程二仗着自己练过一些拳脚功夫，上前对歹人猛然挥拳使腿，不大工夫就把歹人打得狼狈而逃。曹富贵对他自是感激不尽。程二知道曹富贵是一块肥肉，以后定有油水可捞，就把他请到家中，把妹妹程氏叫到跟前，有意从中撮合。曹富贵一来想着对方乃自己的救命恩人，二来见其妹妹程氏确是俏丽可人，也就顺水推舟地应下了这门婚事，把程氏纳为了偏房。其后程二每当困窘得走投无路时，就来程氏这里或直接去找曹富贵请求资助，都能如愿以偿。果然今天也不例外，程氏从北墙边柜子里取出一锭二两银子递给程二，道："给！这可是我半年的花销呢。"

"好，好。"程二接过银子揣入衣衽内，"还是我妹妹知道疼我。"

程氏道："哥，你在花销上也要紧着些，莫太过靡费了。"

这时窗外传来甄氏的声音："妹妹，你到我屋里来一下，我有几句话对你说。"

程二站起身来对程氏道："你去吧，我也该走了。"

只听窗外甄氏道："程家哥哥先莫走，稍后还有话对你说呢。"

程二听了稍一愣神，旋即对程氏道："既是这样，你先去，我在这里候着。"

程氏来到甄氏卧房内："什么事啊，姐姐？"

甄氏压低声音道："我方才从你窗前经过，无意中听到了你们兄妹几句话，我听着你哥哥又是囊中羞涩了，便想，总靠你这么接济也不是个事啊，这到何时方是个头啊？"

程氏面上愁云笼罩："有甚办法呀，他是我亲哥哥，我总不能不管哪。"

甄氏眼睛看着窗户，似不经意地说道："现放着有一宗能赚大钱的生意，不知他愿不愿做？"

程氏不无疑惑地看着对方："什么生意？"

"这一宗生意，既可让你哥哥赚大钱，又可为你免除灾殃，可谓一箭双雕，一举两得，只看你哥哥愿不愿做！"

程氏有些发急地问："究竟是什么生意？你快讲啊。"

甄氏把嘴附在对方耳边小声嘀咕起来。

程氏听罢，面上微现担忧之色："那……那么做，是否有些下手太狠了？"

甄氏白她一眼："狠什么？在她刚刚出生之时，大仙不就算着，为免克你，须把她抛到野外去？只因那王婆婆从中搅和，才未能做成。这一回做了，不就等于抛掉了？再说，你让你哥哥给她找个上等人家，进去便吃山珍海味，穿绫罗绸缎，住高门大院，不知比在这海角一隅住草泥小屋吃粗茶淡饭要强过多少，这非但不是害她，反倒是成全她呢。"

程氏点点头，但显然仍有顾虑："理是这么个理，不过——"

"不过什么？"甄氏斜着眼睛看她一眼，"我这可都是为你好，你要想清楚，老太太虽则有头痛之疾，却并无大碍，还且活着呢，这个家暂且是散不了的，娴儿已把她亲娘克死了，接下来便是克你了。"

程氏眉睫一抖，眼中尽是讶异之色："大嫂是被娴儿克死的？这……这……"

甄氏眼朝她一瞥："这还用我给你点明？你属猪，是水命，大嫂比你大两轮，也属猪，自然也是水命，但你们的命中之水皆为池中之水，而娴儿那命中之火却是燎原烈火，必然将你们的池中之水烧得一干二净！你想啊，大嫂已被她克得命归黄泉了，那么你呢？离那黄泉路还能有多远？"

这一席话，把程氏说得心惊胆战，面色早已由光鲜红润变得苍白无华："这……是该把娴儿送人，可是——"

"可是什么？你呀，莫要优柔寡断，当果决时必须果决！"

程氏仍心有所虑："可先生是不信的呀，此等事倘若被他察觉了，他必将雷霆震怒，决不会轻饶我们。"

甄氏道："所以，此事不能在家中做。且不说家中有杏儿一双眼睛，只说西邻那王婆婆鬼精鬼精，若让她看出一点点蛛丝马迹，便可能坏事。故此只能由你我设法把娴儿支到野外，由你哥哥在野外做。你去与你哥哥择定日期吧。"

程氏回自己卧房去了。

甄氏站到程氏卧房窗外谛听里面的动静。只听程氏兄妹小声嘀咕一阵之后，那程二突然高声道："那孩儿克你？那可不成！""嘘——小点声。"是程氏的声音。二人又小声嘀咕一阵，程二又突然高声道："放心吧小妹，此事包在哥哥我身上，你就瞧好吧。"甄氏听到这里阴冷地一笑，迈动莲步回自己卧房去了。

一大早，曹富荣起来草草吃了些前一天的剩饭，然后唤醒熟睡中的杏儿，就赶去出海了。张氏过世之后，每天做饭的差事自然就落到了杏儿的身上。曹富荣不忍心过早地把正在长身体的女儿唤醒，所以就凑合着吃了些前一天吃剩的冷饭，可他在出门之前又不得不把女儿唤醒，她怕自己一走，女儿睡过了头，做饭晚了误了饭时，从而遭到两个弟媳的斥责。

杏儿起来后，又唤醒了娴儿。母亲在世时，每天早起熬粥，都是由母亲管着往锅里添水下米，并且不停地用饭瓢搅锅，杏儿只管烧火。在整个熬粥的过程中，搅锅是一道重要工序，一旦搅得不及时，粥就会巴锅煳锅。母亲不在了，由杏儿自己又烧火又搅锅，就颇觉顾不过来，稍有不慎，就会煳锅，进而遭到婶娘的斥责，所以她不得不把娴儿也唤醒，好帮她烧火。

姐妹二人一个在灶下烧火，一个在灶上搅锅，正忙得不可开交呢，甄氏出现在门口："杏儿，今日天气晴好，来帮二娘晒晒被褥。"

杏儿看看甄氏又看看粥锅，有些犹豫，她怕一旦停止搅锅，时间一长，粥会煳锅。

甄氏见状，马上沉下脸道："怎么，二娘使不动你？快来！"

杏儿只得放下饭瓢，心想快去快回，也许不会煳锅。她急急地来到甄氏的卧房内，把被褥一样一样抱到房前搭在绳子上。她本想快点把这事做完然后赶快回到灶上搅锅，谁知甄氏竟是没完没了，晒完了被褥，又要晒衣裳，而且嫌这晒得不对那晒得不好，以致杏儿迟迟回不到灶上去。

"大清早的嚷嚷个甚呀，还让人睡觉不？"程氏散乱着头发打着哈欠走出门来埋怨道。

甄氏边用手拍打着被子边道："睡了一夜，尚未睡醒啊？不怕把头睡扁啊？"

程氏嗔道："说甚哪？"一见满绳子的被褥衣裳，"哟，被褥衣裳都晒出来了？"

甄氏随口应着："是啊，没见今日天气少有的晴好么？"

程氏仰头看看天空："嗯，天气确是不错，杏儿，把三娘的被褥衣裳也都抱出来晒晒！"

此时杏儿抬起下巴抽几下鼻子："呀，莫不是粥煳——"

她话还没说完，只听娴儿从堂屋门口跑出来喊："姐姐，粥煳了！粥煳了！"

杏儿急忙扭头向堂屋门口看去，只见团团烟雾正从堂屋门口上方涌出，她急忙把手中衣物往绳子上一搭就拔腿向堂屋门口跑去。程氏也迈动细碎莲步跟了过去。

甄氏一边不紧不慢地抻一抻杏儿未及晒好的衣物，一边扭头望着杏儿跑去的背影，唇角撇出一抹得意的冷笑。

急匆匆跑进堂屋的杏儿被吸进的一口烟雾呛得连咳数声，眼睛也被熏得泪流不止。她退后一步用衣袖擦擦眼睛朝屋内看去，只见满屋烟雾弥漫，透过烟雾看灶上，见灶上锅盖周围不断往上冒着青烟。

手捂口鼻站在堂屋门外的程氏高声道："还愣着做甚？快！往灶坑里泼水，把火浇灭！"

杏儿如梦初醒，急忙冒着烟雾从屋内拿过脸盆从门边水缸里舀出大半盆清水往灶眼里泼去，只听"轰"一声炸响，大量混合着柴灰的烟雾从灶口喷射而出，顿时布满整个房间。紧接着从东屋传出曹母一阵咳嗽声，待咳嗽声停了，只听曹母道：

"不中用的东西，怎么做饭哪？想把我老婆子呛死么？"

程氏在门外躲闪着烟雾道："听听，把老太太都呛着了。杏儿，我问你，怎的把饭烧成了这样？这还能吃么？"

杏儿怯怯地说道："我正搅锅呢，二娘让我去为她晒被褥衣裳，没人搅锅了，

117

粥便煳了。"

此时甄氏迈着优哉游哉的步子走过来了："哟，这是怎的了？怎冒出这大烟雾？"

程氏不满地看她一眼："你还问呢，杏儿正在烧饭，你怎能喊她去为你晒被褥？没人搅锅了，粥才煳成这个样！人家这里早饿了，正等着吃饭呢，这倒好，粥煳成这个样，还能吃么？"

甄氏朝程氏凤眼一瞪："得了！你啰唆个甚？我这都是为了你，你傻呀？"

程氏听了这话一愣，眼睛疑惑地看看甄氏又看看杏儿，想了想，仍是不明就里。

甄氏不再理她，转向呆立在堂屋的杏儿："好哇，杏儿！向你三娘告二娘我的刁状是吗？你去晒被褥了，便没人搅锅了？那娴儿呢？"抬手一指怯怯地站在墙边的娴儿，"娴儿你不能搅锅？为何不搅？你讲！"

此时的娴儿满目惶恐之色，一时不知如何作答。

"此事不怪娴儿！"杏儿涨红了脸道，"娴儿是初次帮我烧火，她尚不知若停下搅锅粥便会烧煳。再说，她还小，还不会搅锅呢，即便会，也只够得着半边锅，够不着另外半边锅。"

甄氏眉眼一肃："你敢顶嘴？你好大胆子！你说她还小？已八岁了，还小？还不会搅锅？即便只够得着半边锅，不是也未曾搅么？"

程氏随声附和："就是，即便只够得着半边锅，若是搅了，也不至于一锅粥都不能吃了。"

甄氏对程氏道："去尝尝，粥还能吃么？"

此时堂屋的烟雾已渐渐散去。程氏走进堂屋。杏儿赶紧把锅盖揭开。程氏用筷子夹些粥放进嘴里，马上皱起眉头："煳味儿太浓，不能吃了，须重做。"

甄氏走进堂屋也用筷子挑一些粥放进嘴里尝一尝，说道："煳味儿是浓了些，若在以往是须重做，今日来不及了，吃过饭还有事要做呢，是耽搁不得的，只可将就吃了。"说到这里朝杏儿一瞪眼睛，"还愣着做甚？先给你奶奶盛上一碗送过去！"

杏儿从锅里盛上满满一碗粥，再拿上一双筷子走进东屋，返回后，又分别给甄氏和程氏各盛了满满一碗，然后朝门外招呼："娴儿，进来吃饭。"

娴儿怯怯地从外面走了进来。

杏儿正要给娴儿盛粥时，只听甄氏道："你们两个，一个把粥烧煳了，一个顶嘴，皆当受罚，今日早饭每人只吃小半碗！"

程氏马上响应："对，只吃小半碗！"

甄氏瞪她一眼："那么大嗓门，还怕人听不见么？"说罢瞥瞥东屋门口。

程氏不服气地往下一抹搭上眼皮。

杏儿给娴儿和自己各盛了小半碗粥，姐妹俩眼含泪水把粥吃了。

这时甄氏走进东屋，对躺卧在炕的曹母道："娘，您的两个孙女把粥烧煳了，您可吃得下？——哟，您都吃了？"

曹母道："吃了。我是苦出身，什么难以下咽的饭菜没有吃过？不像你们，都是大户人家出身，讲究。这粥要是扔了便可惜了。只是，孩子们做事太不用心，须得好生管教！"

"您老说得对，是得好生管教！"甄氏说罢这话回到堂屋，对程氏道："可听见了？老太太发话了，对她们两个须得好生管教！下面，该当你说话了。"说罢向程氏递个眼色。

程氏会意："是啊，是得好生管教，便是要学会做事，不可白吃饭。杏儿，你去补渔网，补完渔网再做午饭。娴儿，你挎上篮子，去野外捡野鸭蛋！"

甄氏瞥一眼东屋门口，高声道："捡来野鸭蛋给你奶奶补身子！"

娴儿眉睫微微蹙起，眼中盈满疑悸光色——她还清楚地记得四年前自己在野外被歹人劫持的情形。

杏儿道："让小妹在家，我去野地捡野鸭蛋。"

"你？"甄氏眉眼朝杏儿一横，"你去捡野鸭蛋，那渔网谁补？"抬手一指娴儿，"她会么？"

杏儿蹙了眉不言声。

程氏问娴儿："补渔网，你会么？"

娴儿慌慌地摇摇头。

甄氏道："你看看，你不会吧？那便去捡野鸭蛋！"

杏儿一时急得眉睫颤抖嘴唇哆嗦："那……那野地有坏人，专劫小孩，四年之前，娴儿便被劫持过。"

甄氏冷笑一声："四年之前的事你也拿到如今来说？四年之前野外有坏人，如今便还会有？你见着了？"下巴朝娴儿一扬，"你，去捡野鸭蛋，此时便去！捡不来野鸭蛋，便莫想吃饭！"

程氏跟上一句："对！捡不来野鸭蛋，便莫想吃饭！"

甄氏白了程氏一眼，程氏尴尬地咧一咧嘴。

娴儿心中惴惴地从屋内挎上篮子，走出屋门。

杏儿跟出门外，呼唤一声："小妹！"

娴儿停住脚步，回身望去，见姐姐站在门外眼睛泪光闪闪地望着自己，顿时莹莹泪水夺眶而出。又见甄氏和程氏从门内走出，就赶紧回身，用衣袖沾一沾眼中泪水，接着往前走去。走出十几步远了，忽听侧旁有人一声呼唤：

"娴儿，你去哪里？"

娴儿一听这熟悉的声音，急忙侧头循声看去，只见王婆婆正从王家门内走出，向着自己招手呢。

"王奶奶，您回来了？"娴儿心中一阵惊喜。

王婆婆几天前去了龙河湾女儿家，到昨晚才回来。

"你过来，奶奶问你话。"王婆婆又向娴儿招招手。

娴儿回头向自家门口望望，见二娘三娘都已进了屋，这才走到王婆婆身边。

王婆婆见娴儿胳膊上挎着篮子，微微蹙起眉头问道："娴儿，你这是要去做甚？"

娴儿如实作答："去捡野鸭蛋。"

王婆婆眉眼一跳："去捡野鸭蛋？只你一个人去？"

娴儿点点头。

"谁让你去的？"

娴儿不言声，回过头望望自家门口。

王婆婆已从娴儿的举止神态上看出了答案，遂又问："你爹爹呢？他可知道？"

"我爹爹出海了，他不知道。"

"来，你到奶奶家来，奶奶与你说几句话。"王婆婆说着回身向自家门内走去，边走边自言自语，"有那两个女人在，老曹家便安生不了。"

娴儿又回头望望自家门口，见那里空无一人，这才跟在王婆婆后面走去。

王婆婆走进外屋，向着里屋招呼，"亮儿，虎子，你们看谁来了？"

王婆婆话音未落，一个男孩出现在里屋门口。紧接着，王大海夫妇的独子虎子也来到男孩身后。娴儿见男孩身量比自己高出一大截，比虎子也高出半头，人长得不像虎子那样虎头虎脑，而是白白皙皙文文静静，此时一双清秀明亮的丹凤眼正奕奕有神地看着自己。

王婆婆摩挲着男孩的头，对娴儿道："这是奶奶的小外孙，叫小亮，奶奶刚从龙河湾接来，要在我们这里住些日子。亮儿啊，这便是姥姥曾对你说起过的姥姥的小邻居娴儿。"

"娴儿，你挎个篮子做甚？"虎子性急，一见娴儿胳膊上挎着个篮子，马上插话问。

娴儿回答："我去捡野鸭蛋。"

虎子一听眼睛就一亮："捡野鸭蛋？我也去！"

娴儿问："你不跟王叔叔出海了？"

虎子点点头："我爹爹说这几日海上总有风浪，不让我去了。"

王婆婆朝娴儿招招手："来，娴儿，你来里屋坐下，奶奶问你几句话。"

娴儿随王婆婆来到里屋，坐在炕沿上。

王婆婆扭头慈爱地看着娴儿："自你娘走后，你二娘三娘待你们姐妹如何？"

娴儿低下头，无语。

王婆婆又问："早饭，你吃的什么？"

"小米粥。"

"可吃饱了？"王婆婆眼神十分专注地看着娴儿问。

娴儿又不说话了。她想，说没有吃饱，王奶奶心中一定难过；说吃饱了，又是骗了王奶奶，因此一时不知该如何作答。

见娴儿不说话，王婆婆心中已明白了八九分，又问："对奶奶说实话，拢共吃了多少？"

娴儿只得如实作答："小半碗。"

王婆婆眉头顿然皱起："只吃小半碗，哪里能吃饱？她们为何不让你吃饱？"

娴儿眼中已浮上莹莹泪光："二娘三娘说我把粥熬煳了，该当受罚，便只给我吃小半碗。"

"我早知道，你娘一过世，那两个女人便无所顾忌了，果真如此。"王婆婆说着从柜橱上拿过一只小筐，从小筐中拿起一张杂面炊饼，递向娴儿，"来，孩子，吃炊饼，定要吃饱。"

娴儿摇头。

"怎的，跟奶奶还要见外？再不接着，奶奶可要生气了。"

娴儿这才接了，一小口一小口地吃起来。

王婆婆看着娴儿的吃相，知道孩子是饿极了。心想，依生辰八字推算，这孩子该是贵人的命，可怎就这般命苦呢？莫非应了那句话：苦尽方能甜来？这么想着，心里一阵难过，眼中就有泪水簌簌淌出，忙扭过头去用衣袖擦抹，擦完后说道："亮儿，虎子，待娴儿吃饱了，你们与她一同去捡野鸭蛋。"

小亮来自距海边较远的镇子上，对捡野鸭蛋这件事自然甚觉新奇；虎子多日来一直跟着父亲出海打鱼，对捡野鸭蛋一事也觉得新鲜，二人都挎上小筐，兴高采烈地与娴儿一同向野外走去。

在他们走出约有半里地的时候，忽有两个鬼魅般的身影以芦苇蓬蒿作掩护，从他们侧后方远远地尾随而来，其中一个是秦瞎子，一个是其帮凶，姓陆名野。

这秦瞎子四年前已被姜忠一脚踢成了废人，此时怎么又会出现在这里？

原来，当年他的腿被姜忠踢残后，他即花大价钱遍访名医良方医治腿伤，如今腿伤业已痊愈。鉴于以前为赚取曹姓女童付出了沉重的代价，他就如赌输了的赌徒一般，急于把输掉的巨额赌资再捞回来，于是又起了赚取曹姓女童的贼心。他怕在行事时又会遇上以前那被老者搅了的情形，为万全计，就找到了曾与他一起做坑蒙拐骗勾当的同伙陆野做帮手。二人在酒馆里喝到酒至半酣时，秦瞎子对陆野提出了欲请他一同去赚取曹姓女童的动议。

起初，陆野对秦瞎子的话将信将疑，说道："若将那女童赚取到手，你我真能得到尹府一大笔赏金？"

秦瞎子道："这还有假？你想想看，那尹府是何等人家？那尹府姑娘现做着皇帝极宠爱的妃子，那是多大的排场啊。这且不说，单说那尹府的家产，便有良田万顷，金银财宝堆满了百余间屋子。尹府上下又急欲除掉其仇家后嗣，只愁久久遍寻不着。此时你我若将其仇家后嗣赚取到手，送至其府上，你说，那尹家能不重重酬谢你我？即便是自那财宝堆下随意扫一点渣屑，也足够你我享用一辈子。"

陆野仍有疑问："既是如此，四年之前你也曾赚取到那女童，只是被一老丐夺了去，你为何不将此事告知那尹府，尹府不也会重重酬谢于你么？"

秦瞎子摇摇头道："那便当另讲了。说不定我将女童下落泄露出去，不只自己得不到多少酬报，反倒便宜了他人，故此四年来愚兄我守口如瓶，未曾将女童下落告知于任何人，只花大本钱遍访名医良方，医治愚兄我的腿伤。如今腿伤业已痊愈，这才请贤弟相助，一同去赚取那女童。"

陆野又问："秦兄腿伤既已痊愈，为何不独自一人去发这笔横财，却叫愚弟我来分一杯羹呢？"

秦瞎子咽下一大口酒，把酒杯往桌上一蹾："这还用问吗？你我兄弟之间是什么情分？上一回亏得有贤弟你相助，愚兄我才做成了那笔买卖，这情分愚兄我能忘吗？这一回又有了发大财的机会，愚兄我能落下贤弟你吗？再说，愚兄我怕再去赚取那女童之时，又会遇上以往被那老丐搅局的情形，愚兄我知你有拳脚功夫，若再遇有麻烦，你可助愚兄我一臂之力。"

陆野满不在乎地说道："不就是一民间女童么？你我要赚取她又有何难。待你我兄弟吃饱喝足了，再美美地睡上一觉，明日一早便赶去那小渔村，还不是手到擒来？"

秦瞎子道："你我行事尚须小心一些，此事不宜大张旗鼓地去做，若弄得动静太大，恐会横生枝节，最好是悄然行事，神不知鬼不觉地把事做成。上一回愚兄我便是于野外将那女童赚取到手的，这一回若等她出门在外之时，你我迅即将其赚取到手，当是最好不过。"

二人计议妥当，就一路向着沿海小渔村龙王庙赶来。当路经卧佛寺侧旁时，二人进入寺内，在大雄宝殿佛祖神像前烧香跪拜祷告一番，这才走出山门继续起路。

这一幕，自然又被隐身在殿角神像侧后的静慈大师看在了眼里……

娴儿等三人已来到水淀边。

水淀边缘生长着一丛丛的芦苇，稍高点的地方生长着一簇簇的黄蓿和水蓬。忽然，一只野鸭从近处一片苇丛中扑棱棱腾空而起，扑扇着翅膀飞向远方。

虎子心想，野鸭飞起的地方一定有野鸭蛋，于是一扬手道："我们分开捡，比一比，看谁捡得多！"

娴儿以征询的目光看着小亮："分开捡，小亮哥你可情愿？"

小亮道："分开捡便分开捡，我不怕！"

三个人刚分开不久，秦瞎子和陆野就以苇丛作掩护，慢慢向着娴儿所在的方位靠近。正当此时，忽听小亮一声惊叫：

"娘啊！"

紧接着小亮就从芦苇丛中跑出，一直跑到光秃秃的盐碱地上才停住脚步。

娴儿和虎子都急急地奔出苇丛，朝小亮那边跑过去。

娴儿问小亮："小亮哥你怎么了？"

小亮脸色已变得煞白，声音颤颤地说道："蛇，那边一条大蛇，从我脚边爬过去了。那蛇身子绿绿的，脖子红得像血，吓死人了。"

虎子撇撇嘴："真是兔子胆儿，一条'红脖绿'有甚可怕的？"

小亮脸色由白变红："我就怕蛇，别的甚我都不怕！你们这里蛇真多。"

娴儿安慰他："小亮哥你莫怕，我娘我爹都说过，蛇一点都不可怕，只要人不踩着它，它便不会咬人。我们这里有毒的蛇极少见，你看见的'红脖绿'便没有毒。"

三个人复又进入芦苇地。

小亮在芦苇地里边走边紧张地朝地下东张西望。忽然，他身子又猛地一震，倏然停住脚步——在他右前方不远处，又有一条蛇快速地爬行着。他转身沿原路走出苇丛。

娴儿在芦苇丛中边走边专心致志地寻觅着。
　　离娴儿不远处的另一片芦苇丛中，握着瓷瓶的秦瞎子和陆野向娴儿慢慢逼近。
　　秦瞎子对陆野压低声音道："看我的！"
　　秦瞎子说罢拉开架势正要向前扑去，突然一团土雾从天而降，落在二人头上身上，砸得苇叶"哗"地一阵响。二人都被吓得猛一哆嗦，急回头看去，却并没有发现什么。
　　秦瞎子压低声音道："有人！"
　　陆野也压低声音道："是有人。"
　　秦瞎子朝身后一挥手："走！去看看。"
　　二人转过身，一边弓着腰缓缓地往前走，一边左右扭头搜寻，直到走出几十步远了仍没见到一个人影，就又走回原地，再一步一步慢慢接近正在苇丛中寻找野鸭蛋的娴儿。就在秦瞎子攥着药瓶拉开架势正要扑向娴儿时，又一团土雾从天而降，落在二人头上身上，砸得苇叶"哗"地一阵响。二人又被吓得猛然一缩身子，急回头看去，只见距他们背后十几步远处苇丛中一个人影一闪。
　　陆野抬手朝该处一指，压低声音道："人在那里！"
　　秦瞎子一咬牙："追！"
　　二人急速回身向人影闪过处追去。追到该处左寻右找却又不见有人。二人正在茫然四顾间，秦瞎子蓦见左前方二三十步外苇丛密集处又有人影一闪，就抬手朝该处一指，发一声喊："在那里！"
　　二人迅即向该处猛扑过去。扑到该处之后，前后左右巡视一番，却又不见有人。
　　秦瞎子对陆野小声道："你我不能再这样追了，再追也追不上他，不如回头各自寻一芦苇密集处隐蔽起来，料他多时不见你我身影，必以为你我追不上他便又返回原地了，他必也随之折返过来，到那时你我便可将其一举抓获。"
　　陆野点头道："仁兄所言极是，就这么办。"
　　二人往回走出数步，各找了一处苇丛密集处蹲伏起来。
　　阵阵和风吹过，芦苇荡如大海波浪般起伏涌动。时有各种鸟儿飞起又落下，落下又飞起。芦苇波涛中，忽有一个人的脑袋时隐时现，由远及近地移动过来。渐渐地，来人那一副贼眉鼠眼的猥琐相愈见清晰了，那是程二的嘴脸。
　　程二在苇丛中缓缓向前移动着。当他走到一苇丛密集处的侧旁时，陆野忽地从苇丛中蹿出，"嗨"地发一声喊的同时，挥拳照程二面门一拳打来。程二于仓促中急用手去搪，却仍被击中腮帮子。疼得龇牙咧嘴的他急朝一旁跑去，却不料正撞上从对面扑过来的秦瞎子，只见秦瞎子使个扫堂腿一腿扫在程二小腿上，程二猝不及防，被一下扫倒在地。秦瞎子和陆野一起上前把程二反剪了双臂摁住了。

秦瞎子一咬牙道："说！你是何人，为何要扬土袭扰我们？"

程二回答："我，我是那女童亲戚，过来看护她的。"

秦瞎子问："是她什么亲戚？"

程二顿一顿："我，我是她亲舅舅。"

秦瞎子又问："那你说说，她家住何处，姓甚名谁？"

程二道："她家住龙王庙村，她姓王。"

秦瞎子与陆野互看一眼，转对程二道："姓王？"

程二又连连点头："啊，对，姓王。"

秦瞎子使劲一拧程二反剪着的胳膊："她不姓王！"

"哎哟哎哟！"程二疼得龇牙咧嘴，"她是不姓王。"

秦瞎子咬牙道："你说实话，她姓甚？"

程二转转眼珠："她姓，姓李。"

陆野照程二的脸连掴三巴掌："我让你胡说八道！我让你胡说八道！我让你胡说八道！"

程二被打一巴掌就叫唤一声，之后说道："大爷饶命，我说实话，我说实话。"他忽然想到那女孩是曹富贵的侄女，曹富贵姓曹，女孩当然也姓曹，怪自己惶急之间竟把这茬给忘了，于是说道，"她姓曹。"

秦瞎子又问："那她叫甚名？"

程二不知道女孩叫什么名字，本想胡乱编一个，又怕说错了再挨打，只得实话实说："我，我不知道她叫甚名。"

"你既是她亲舅舅，却不知她叫甚名？"秦瞎子说到这里又拧一下程二的胳膊，"你是她亲舅舅么？"

程二疼得一龇牙："哎哟！我，我是。"

"他不说实话，狠狠揍他！"陆野说完照程二的脸连掴数个巴掌。

程二一阵嚎叫："哎哟，哎哟，大爷饶命，我说实话，我说实话，我不是她亲舅舅。"

"那你是谁？来这里做甚？"秦瞎子说着又拧一下程二的胳膊，"说实话！"

程二又连连叫唤："哎哟，哎哟，我说实话，说实话，我姓程名铭孝，来这里是……是游玩。"

秦瞎子咬牙切齿地说道:"这家伙是不打不招,打!"

陆野也高声应和:"打!"

二人一起拳脚相加把程二暴打一顿。程二疼得鬼哭狼嚎般嚎叫。

秦瞎子住手,以手势止住陆野,对程二道:"你还敢说假话么?"

程二连连点头:"不敢了,不敢了。"

秦瞎子道:"说!来这里做甚?"

程二道:"我,我是来劫那女童,想把她劫到外地卖几个银钱。"

秦瞎子与陆野对视一眼:"你早这么说实话,不就免了这一顿皮肉之苦么?爷我正告于你,我等二人才是那女童的亲戚,在此护着她呢。你赶紧死了劫她的心,若是不然,再让我等抓住,定然要你性命!你可听好了?"

程二又连连点头:"听好了听好了,小人再也不敢来了。"

秦瞎子松开手站起身来:"滚!"

程二从地上爬起来,连连拱手作揖:"谢,谢二位爷。"说罢转身一瘸一拐地向芦苇荡外走去。

秦瞎子和陆野急匆匆返回到娴儿捡野鸭蛋的地方。

此时娴儿正在用双手扒着苇丛寻找野鸭蛋,小亮在其身后紧紧跟随。因小亮怕蛇,不想再进苇丛了,娴儿就让他和自己在一起捡,她在前,他在后,说要是有蛇也是让她先遇上。于是小亮紧跟在后,一步也不敢落后。

秦瞎子和陆野迟迟不得下手机会,都有些发急。

秦瞎子道:"干脆,把那男童与女童一起迷倒,再把女童背走!"

陆野应道:"我看成!干脆把那男童一起弄到外地去,或许也可卖个好价钱。"

两个强人小心翼翼拨开苇丛,轻手轻脚一步一步向着娴儿和小亮逼近。

娴儿和小亮在专心致志地寻找着苇丛下的野鸭蛋,对于身后一步一步逼近的危险浑然不觉。

到距娴儿和小亮只有八九步远了,秦瞎子一挺身子正要扑过去,忽听身后传来一声冷笑,他浑身一哆嗦,急回头看去,只见后面距他和陆野仅三丈远处出现一位老者,更可怕的是老者那一双鹰隼般的眼睛正向他俩射来两道凛凛寒光,且其向前弓步倾身做出随时冲刺之状。

秦瞎子双腿一屈,双脚像被钉在地上一般动弹不得。

陆野对秦瞎子低声道:"一个糟老头子,我去看住他,你只管去做你的事。"

秦瞎子微微皱眉摇头:"不好!那便是四年之前一脚剪伤我脚踝抢走女童的老

丐，其武功着实了得，你我加在一起恐都非其对手。"

陆野听了这话一愣："那你我又当怎样？"

秦瞎子呼出一口浊气："该当你我倒霉，今日之事做不成了，撤！"

二人身影很快隐入苇丛中。过了些时候，又都从芦苇荡的另一边急步走出，回头望望，见身后并没人跟过来，这才喘着粗气放慢了脚步。

陆野叹一口气道："这刚刚打跑一个少的，怎的又来了一个老的？且那老小儿定已看出了你我要赚取那女童，便着意盯上你我了。眼见昼间你我绝难动手，何不于夜深之时破门而入将那女童掠入我手？"

秦瞎子摇头道："不可。想那老小儿昼间护着那女童，夜间必定护得更紧，或许他便是女童的什么亲人。若果真如此，加之有女童其他家人与邻居在，你我夜间入其家门，岂不如同自投罗网！"

陆野道："如此说来，你我已是别无他法了，只得尽早罢手。"

秦瞎子冷哼一声："就要到嘴的肥肉，岂可轻易放弃！老小儿虽然武功高强，但我看他并未携带任何兵刃，你我再度行事之时何不带上兵刃来对付他。你我都是有拳脚功夫的，贤弟你脚上轻功令愚兄甚是佩服，愚兄我的飞刀绝技想贤弟也略知一二，何愁对付不了他！看来你我要做成此事，须得见见血了。"

第八章

扮蛇怪顽童惩悍妇　装大虫耆老退强梁

回家的路上，三个孩子快走到龙王庙小村时，娴儿忽然停住了脚步。

小亮随之停住脚步问道："娴儿，你怎不走了？"

娴儿低头无语。

小亮见状，心中已明白了八九分："是怕你二娘三娘吧？"

娴儿仍是无语，眼中已泛出点点泪光。

小亮又问："你爹爹不在家么？"

娴儿道："我爹爹这几日总是早出晚归，出海回来，还要去给人家送海货。"

小亮想想道："你爹爹不在家，晚饭你二娘三娘又不会让你吃饱，你去我姥姥家吃吧。"

娴儿摇头。

虎子本已走到前面了，又踅了回来："娴儿，你去我家吃！"

娴儿仍摇头，眼中已有泪水涌出。

小亮有些急了："这可如何是好呢？你不能总挨饿呀。"

虎子眨眨眼睛："我们想办法治一治那两个女人，让她们对娴儿好一些。"

小亮摇摇头："她们是大人，我们都是小孩子家，哪里能治得了她们呢？"

虎子抬手搔着头皮："是啊，怎样才能治一治她们呢？哎？想起来了，我听她们对我娘抱怨过，嫌这里蛇太多。"

娴儿点点头："是的，她们总嫌这里蛇太多，太瘆人。"

虎子一挥拳头："有办法了。"

小亮眉目一扬："什么办法？"

虎子以不屑的口气道："告诉你也没用,我们先都回家,等我的好消息吧。"

虎子说罢转身就往村里走。小亮和娴儿随后跟上。

此时,有两双眼睛正在暗暗地盯视着他们。

在他们露面之前,甄氏和程氏已经聚在甄氏卧房内朝早晨他们走去的方向张望了一些时候了。她们巴望着再也见不到娴儿回来,那就说明程二已经得手了,可她们还是望见了娴儿由远及近走回来的小小身影。

程氏望着娴儿的身影道："定是她与那两个男孩始终在一起,使我哥哥无法动手。"

甄氏也望着娴儿的身影,恨恨地说道："待她进门之后好好问问她,若她一直是与那两个男孩在一起,明日定要让她与他们分开!"

娴儿惴惴不安地跨进家门,见杏儿正在灶上埋头烧火做饭,就招呼一声:"姐姐。"

杏儿闻声抬起头来："小妹回来了?野外可有坏人?"

娴儿正要回答,忽听身后响起程氏的声音:"娴儿回来了?可捡来了野鸭蛋?"

娴儿身子往一旁让一让,神色惶惶地点点头。

程氏又问："捡了多少?"

娴儿惴惴而答："三枚。"

此时甄氏进来了,问道："三枚?为何只捡了三枚?你是不是与两个男孩一直在一起捡,未曾分开捡?"

娴儿低声作答："是与他们分开捡的。"

甄氏高声道："杏儿,把野鸭蛋煮熟,给你奶奶补身子!"继之压低声音,"既是分开捡的,便该多捡几枚来,为何只捡了三枚?"

娴儿无语。她本来捡了六枚,见小亮一枚也没捡着,便分给了他三枚,起初小亮不肯接,她便说是送给王奶奶的,小亮这才接了。她不敢把这事说出来,她怕一旦说出来,会遭到面前这两个女人更为严厉的斥责。

甄氏见娴儿不说话,一转眼珠,又问："在野外,除了你们三人,可还遇见了别人?"

娴儿摇摇头："没有。"

甄氏转向杏儿道："杏儿你听听,你硬说野外有坏人,是有坏人么?"接着把嘴附在程氏耳边低语,"保不准是你哥爽约未曾过来。他那种人,我看靠不住。"

"说甚哪?"程氏发急道,"定是她与那两个男孩未曾分开捡。"

甄氏又对程氏附耳低语:"既然你已认定她未曾与两个男孩分开捡,那便给她一点颜色看,让她长点记性,明日好分开捡。"

程氏点点头,用手一指娴儿:"你今日定是未曾与两个男孩分开捡,该当受罚,那便只吃小半碗饭,明日定要与他们分开捡,捡多了再吃饱!"

娴儿端起小半碗稀粥,眼中已有泪水涌出。为不让姐姐看见,悄悄走到北墙边,面墙而立。腹中已是饥肠辘辘,却一口也吃不下。她想念母亲,若是母亲还在,万万不会是这个样子。

杏儿悄悄走到娴儿身边,要从自己碗里的粥中扒给娴儿一些。娴儿赶忙躲闪,她哪里肯要?姐姐一小碗稀粥,还不够她自己吃呢。姐妹俩正在互相推让间,忽见甄氏正拿眼盯着她俩呢,便不敢再争,都和着眼泪把饭吃了。

此时天色已晚,夜幕下的曹家房前闪出一条黑影。黑影相继溜进又溜出甄氏和程氏的卧房,然后跑到不远处一垛柴草后面蹲下。少顷,甄氏和程氏从曹家堂屋走了出来,走进各自卧房,继之两个卧房窗户上都亮起灯光,紧接着同时从两个卧房内传出甄氏和程氏的尖叫声,其后二人发疯一般从各自卧房跑了出来。

草垛边的黑影一张嘴龇着小白牙刚笑出一声"嘻——",赶忙用手把嘴捂上了。这黑影原来是虎子。

满面惊恐之色的甄氏一见程氏的面,就声音颤抖地说道:"我被窝里有一条大蛇!"

程氏紧接着以变了腔调的声音道:"我被窝里也有一条大蛇!直朝我吐芯子呢,可吓死我了。"

甄氏抬手朝堂屋门口一指:"快!快去喊杏儿!"

二人来到杏儿姐妹二人的房间,程氏抢先道:"我与你二娘的被窝里都钻了一条大蛇,你们姐妹是在这里土生土长的,该不怕蛇,你们快去把那两条蛇从我们的被窝里弄出去。"

姐妹俩你看看我,我看看你,都不动身。

甄氏见状,脸色立刻一变:"怎的,二娘三娘使不动你们么?你们去,还是不去?"

杏儿和娴儿互看一眼。

杏儿摇摇头:"我怕蛇。"

娴儿也摇摇头:"我也怕蛇。"

甄氏道:"好啊,你们都怕蛇,老娘也不强求你们,今晚我们二人便在这里过夜,挤不下也得挤!"

程氏把甄氏的话又重复一遍。

这时娴儿起身往门外走。

甄氏朝娴儿一瞪眼睛："你去做甚？"

娴儿头也不抬："我去叫虎子哥，他不怕蛇。"

程氏道："好好好，你快去把虎子叫来。"

娴儿出了门，径直往王家走去。

虎子悄悄从后面跟上来，压低声音道："娴儿，你去我家做甚？"

娴儿停住脚步，也压低声音道："虎子哥，我二娘三娘被窝里都钻了一条蛇，你去帮忙弄走吧。"

虎子朝她连连摆手："弄走做甚？把你那狠心的二娘三娘都吓死才好呢。"

娴儿道："可不把蛇弄走，她们便要挤在我们的房间里睡。你还是帮忙把蛇弄走吧。"

虎子听了这话，无奈地说道："那好吧。"

虎子相继从甄氏的卧房和程氏的卧房把两条蛇倒拎出来，从屋子西面绕到屋后去了。少顷，又从屋后返回。

程氏迎上去问："虎子，你不怕蛇？"

虎子边走边声音硬邦邦地回答："不怕！"

程氏道："还是男孩子好，不怕蛇。"

虎子从甄氏和程氏身边走过，小声自语道："你说我好么？那好，我便再好好帮帮你们！"

这时只听甄氏道："妹妹，那蛇保不准又会来，要么，你到我屋里来睡？你我在一起睡，也好互相壮壮胆。"又听程氏道："好啊，容我把我屋里的被褥抱过来。"等响过一阵开锁开门声、关门上锁声之后，虎子来到程氏卧房门前一看，见房门果然上了锁，又走到甄氏卧房门前，见门已从里面关严了，用手轻轻推一推，却推不动，就知道门已从里面闩上了。这时屋里传出程氏的声音："那蛇莫不是有灵性，得知你我未给她们姐妹吃饱，便来惩罚你我？"接着传出甄氏的声音："你瞎想个甚！蛇便是蛇，哪里会有什么灵性？只要我们把门关得严严的，谅它再想进也进不来了。"又听屋里"噗"一声把灯吹灭了。虎子一时急得抓耳挠腮，心想门紧紧关着，两个女人又不出屋，自己怎么把蛇弄进屋呢？最后一狠心：干脆，把蛇甩到屋里去算了，黑暗中甩蛇没有准头，那便甩到哪里是哪里，管它呢。主意一定，他就走到甄氏卧房窗前，刚往窗前一站，月光下的窗户上就映出了他的身影，他赶忙退到一边，摇摇头。正束手无策呢，忽然一阵风刮来，刮得窗纸呼啦啦响起

131

来。他灵机一动,想起屋子北墙上有小窗。对!开后面的小窗不会映上人影;前面窗纸哗哗作响,正可盖过开小窗的声响,不会被两个女人发觉。于是,他悄悄绕到屋后,在屋后小窗下停住脚步,轻轻动作,将小窗窗扇向上慢慢抬起,再用一根木棍支好,然后捏住一条被他弄得半死不活的蛇的尾巴对准窗口铆足劲往屋内猛然一甩,就听屋内"吧嗒"一声响,紧接着把已准备好的另一条蛇也甩进了屋内,又是"吧嗒"一声响,继之就听里面甄氏和程氏几乎同时"啊"一声尖叫,又听甄氏惊呼:"什么东西,凉啊,是蛇!蛇!"程氏也惊呼:"是蛇!是蛇!"接着就听屋内"咕咚咣当"一阵乱响,其后是二人"哎哟!你踩我脚了","哎哟!你抓我的脸做甚"一阵乱喊声和杂沓的脚步声……

虎子龇着小白牙暗笑一阵,然后把小窗重新关好,就又溜回到了前面草垛边。

甄氏和程氏边"咚咚咚"地敲着曹家东屋的门边呼喊:"娴儿,快去喊虎子,二娘屋里又进蛇了!"

门开了,娴儿出门向虎子家走去。

虎子悄悄来到娴儿身后,小声道:"娴儿,我在这里。"

娴儿也小声道:"虎子哥,你再去把我二娘屋里的蛇弄走吧。"

虎子走到曹家西屋门外,对甄氏硬声硬气说道:"跟我进屋把灯点上!"

甄氏听了稍稍一愣,继之才道:"杏儿,你跟虎子进屋把灯点上。"

虎子和杏儿一前一后进屋。屋里灯亮了。虎子用双手一手拎着一条蛇出门绕到屋后去了。这时甄氏和程氏才敢进屋。惊魂未定的她们却再也不敢躺下,也不敢熄灯,就枯坐在灯下你看着我、我看着你干坐着。二人心中正自惶惶间,忽听窗外响起怪声怪气的声音:

"屋内的两个女人听好,我本蛇精,我会飞,刚刚便飞到了你们的被子上,往后你们再不让娴儿吃饱,我便天天飞到你们的身上脸上,咬死你们,吓死你们!"

两个女人正听得心惊胆战浑身战栗不止呢,忽听窗外传来嘻嘻嘻的笑声。

甄氏浑身猛一激灵——这笑声好耳熟!话语脱口而出:"是他?"

"虎子!"程氏紧接着说。

"是他!快去追!"甄氏一出溜下了炕,向屋外跑去。

程氏紧随其后向外跑。

跑到屋外的甄氏一眼看见屋外不远处一个矮矮的身影一闪,便发一声喊:"好你个兔崽子!"疾步朝那身影追去。

那身影跑进了王家,甄氏和程氏随后也跑了进去。

王家西屋，正坐在炕上油灯下纳鞋底的虎子娘蓦见虎子从外面一头撞了进来，紧接着披头散发的甄氏和程氏也跑了进来，不禁瞪大吃惊的眼睛："你们，你们这是……这是怎么了？出什么事了？"

甄氏喘着粗气气急败坏地朝站到墙角的虎子伸手一指："出什么事了？你问他，问你的宝贝儿子！"

程氏也呼哧带喘地跟上一句："对！问你的宝贝儿子！"

虎子娘一脸惶惑地看向虎子："虎子，你不是出去屙屎了么？去了这大半日，你到底去做甚了？"

虎子把脸扭向一边，一声不吭。

虎子娘又问："你怎不吭声？你说，你去做甚了，怎惹着你两个婶婶了？"

虎子仍不说话。

"他不说，我说！"甄氏伸手朝虎子一指，眼睛看向虎子娘，"他今晚把两条大蛇塞进了我们二人的被窝，娴儿让他拎出去了，我们刚刚吹了灯，他又把两条蛇甩到了我们二人正盖着的被子上，还尖着嗓子装神弄鬼吓唬我们。"

程氏接着道："哎呀，先头那大蛇瞪着黑幽幽的小眼睛看着我，还一个劲儿朝我吐血红的芯子，可把我吓个半死——"

"嫂子你说，我们怎么惹着他了，"甄氏打断程氏的话道，"他一个小孩子家竟如此作践我们？"

虎子娘一出溜下了炕，伸手揪住虎子的耳朵："你说，你两个婶婶说的事你做没做？"

虎子耳朵疼得龇牙咧嘴："哎呀哎呀，娘你莫揪了莫揪了。"

虎子娘揪着虎子耳朵的手又一紧："你说呀，做没做？"

虎子疼得倒吸一口凉气："哎哟，疼，疼啊，做了，做——"

"说！为何用蛇吓唬她们？你说，你说呀。"

"她，她们不给娴儿与杏儿吃饱，总让她们挨饿。"

甄氏和程氏互看一眼，甄氏道："哟，你此话从何而来？你怎知我们未曾给她们吃饱？"

程氏马上应和："就是啊，你怎知我们未曾给她们吃饱？"

虎子娘又揪一下虎子的耳朵："你为何不回答？你说，你说呀。"

"哎哟！哎哟！"虎子瞥一眼两个女人，"是有人告知我的。"

虎子娘催问："谁告知你的？"

虎子梗着脖子:"我不说!"

甄氏有些得意地看向虎子娘:"你看,你看,他说不出,他这不是没来由乱说么?"

程氏又马上应和:"可不就是没来由乱说。"

"就是啊,你为什么不说?是不是说不出?"虎子娘说着又揪一下虎子的耳朵。

虎子疼得龇牙皱眉:"哎哟!哎哟!"

这时小亮一掀门帘进了屋,瞪大一双惊异的眼睛看看这个又看看那个。王婆婆随后进屋,用手把小亮往一边拨一拨,说道:"虎子娘,你老揪孩子耳朵做甚?不怕揪坏了呀?"

虎子娘看一眼王婆婆,揪着虎子耳朵的手这才松开了。

王婆婆又道:"事情有便是有,没有便是没有,何必定要追问是谁告知的?"见甄氏和程氏听了这话都有些愣神,又道,"今日一早,娴儿来我屋里,我问她可吃过饭了?她说吃过了。我看她似是未曾吃饱,便拿炊饼给她吃,她竟吃了整整一张炊饼。你们说,孩子若是在家吃饱了,还能吃得下整整一张炊饼么?"

见甄氏一时语塞,程氏道:"今日一早杏儿与娴儿把粥烧煳了,不够吃了,方给她姐妹二人各吃了小半碗。"

王婆婆冷眼看着程氏:"既是饭不够吃了,你们是不是也都只吃了小半碗?"

程氏红了脸道:"我们是大人,自然比她们多吃了一些。"

王婆婆眯起眼睛看着程氏点点头:"嗯,你倒是肯说实话,那么我再问你,今晚你给娴儿吃饱没有?"

程氏道:"今日我让她去捡野鸭蛋,她却偷懒,只捡回三枚,该当受罚——"

王婆婆冷笑一声,打断程氏的话:"孩子把饭烧煳了,你们便不给她们吃饱;孩子捡的野鸭蛋少了,你们又不给她们吃饱。那么你们呢?你们都是三十大几的人了,你们又做了什么?你们为何不烧饭?你们为何不去捡野鸭蛋?孩子们做了事,尽管做得不好,便不得吃饱,你们什么都不做,反倒吃得饱饱的,养得白白胖胖的,这是哪一国哪一家的道理?"

程氏一下子被噎住了,俏脸一时涨得通红。

甄氏也涨红了脸,强自辩解:"我家先生在外做事挣钱供养她们,若不让她们做事,难道要白养着她们?"

王婆婆冷笑一声:"且莫说你曹家老大整日早出晚归出海打鱼供养着一家老小,只说你家老二,即便他挣了钱来供养家人,那也是该当的!我老婆子是你家邻居,亲眼目睹你们的公公过世之时,你家老二还小,是老大夫妻苦熬岁月把老二抚养成人，又省吃俭用攒了钱供老二人私塾读书，方有老二的今日的。难道，他不当报答他的兄嫂么？你们二人既是你们先生的女人，便当与你们先生一道来报答兄嫂，而你们却反其道而行之，这说得过去么？"

这一席话，说得程氏瞠目结舌，一时无言以对。

可甄氏却恼羞成怒："是也好非也罢，这横竖是我曹家的事，与你王家有何相干？你们岂不是管得太宽了？"

王婆婆再也不看她们一眼，只道："善有善报，恶有恶报，迟早有那一日的！虎子，过来！走！跟奶奶去东屋！亮儿你也过去。"说罢转身出屋。

虎子和小亮随即跟了过去。

这边虎子娘劝解道："他二婶婶三婶婶，这都忒晚了，你们先回去歇息吧，你们尽管放心，回头我定会狠狠教训那个浑小子，让他再也不敢做那种浑事。"

甄氏和程氏悻悻地走了。

此时一直靠坐在炕梢墙边假寐的王大海起身来到东屋门口，朝站在王婆婆身边的虎子道："你个浑小子，都是你惹的事！若再去给我惹事，看我不打断你的腿！"

"你敢！"王婆婆眼睛朝他一瞪，"你对孩子恁凶做甚？你去！有我老婆子在，没你说话的地方！"

"娘，你就惯着他吧。"王大海说罢这话，回身摇着头回西屋去了。

王婆婆坐在炕沿上，把虎子揽到怀里："虎子啊，你帮娴儿是对的，只是你把蛇弄到那两个女人的被窝里，做的确是有些过了，往后，莫再做那种事了。"

虎子点点头。

王婆婆又道："亮儿，虎子，你们拿上灶台上的三张炊饼给杏儿与娴儿送过去，让她们吃饱。"

次日一早，曹富荣又早早起来吃了一些冷饭，之后唤醒杏儿，就赶去出海了。杏儿再把娴儿唤醒，姐妹俩在堂屋灶上开始做早饭。

甄氏也起来了，把程氏唤醒叫到自己卧房内，二人开始密谋起来。

甄氏道："娴儿这已去过野外了，尚未见你哥哥有任何动静，定是他早已把你托付给他的事忘了。"

程氏略想一想，说道："也许是娴儿与那两个男孩始终在一起，我哥哥无法下手呢。"

甄氏摇摇头："即便他们始终在一起，你哥哥一个大男人对付三个小孩子还对付不了？何至于如此拖延？"

程氏道:"我想着,王家的虎子曾见过我哥哥,若让他看见我哥哥抢走了娴儿,他回到家一传扬,此事便全败露了。若真那样,你我还能再在这个家里待下去么?"

甄氏冷笑道:"这有何难?你哥哥只以黑布蒙面便是了,那些个剪径打劫的强人不都是惯用这一手么?"

"你……说什么哪?"程氏有些不高兴了,转而又道,"或许是我哥哥确有难处。不过他也说过,若是日间做不成,便于夜间来做。"

"夜间有大人在,能成么?"

"我也曾这样问过他,他说他有办法。"

这时窗外传来杏儿的声音:"二娘,三娘,饭熟了。"

"知道了。"程氏向窗外答应一声,转对甄氏小声道,"今早仍给娴儿吃小半碗么?"

甄氏想一想道:"给她吃一碗吧,若不给她吃饱,让王家老太婆知道了,又要兴风作浪了。——噢,去吃饭时,你对娴儿说,不许她再去王家,也不许去邀那两个男孩一同去捡野鸭蛋,让她独自去捡。"

二人到堂屋吃饭时,程氏把甄氏教给她的话对娴儿述说了一遍。

娴儿一听,顿时一阵惶然,以求救般的目光向杏儿看去。杏儿也面呈惊悸之色,却不敢言语。

吃罢早饭,娴儿挎上篮子出了门,再也不敢去王家邀小亮和虎子,独自怀着惴惴的心情径直向南走去。正自走着,忽听西面王家门口传来一声呼唤:

"娴儿!"

娴儿循声望过去,见王婆婆正站在自家门口向她招手呢。原来,王婆婆早料到了甄氏和程氏会有今天这一手,所以早早吃过早饭便站在自家门口瞄着曹家这边的动静。

娴儿刚向王婆婆那边走出两步,却又停住,下意识地回头望望自家门口,见甄氏和程氏正站在门口盯视着她呢,只得接着往南走。此时又听王婆婆道:

"娴儿,早饭你可吃饱了?"

娴儿扭头冲王婆婆点点头,之后又回头朝自家门口望去,见甄氏和程氏仍站在门口在盯视着她,只得惶惶地回过头去继续往前走。

那边王婆婆朝自家门内道:"亮儿,虎子,吃完了么?吃完快挎上篮子,与娴儿一同去捡野鸭蛋!"

小亮和虎子挎着篮子出了门,朝着娴儿追了过去。

这边甄氏恨恨地对程氏道:"那王家老太婆横竖是要与你我对着干了。"

程氏也无奈地说道:"可不是么,真是倒霉。"

娴儿等三人刚走到芦苇荡边缘,忽听离他们不远处的苇丛中扑棱棱一阵响,同时见一只野鸭扑扇着翅膀腾空而起,飞向远处。

虎子抬手朝野鸭飞起处一指:"我就在那里捡,你们二人去别处捡吧。"

娴儿抬手朝西面一指:"小亮哥,我们去那边捡。"

虎子朝野鸭飞起处走去,小亮却转身向北走。娴儿忙问小亮去北边干什么,听小亮说他要去北边土丘后面方便一下,于是独自向西面走去。

西面一片苇丛后面,后腰上插着两把飞刀的秦瞎子和陆野半蹲着身子,透过苇丛缝隙盯视着朝他们这边走来的娴儿。

秦瞎子手攥一只瓷瓶,低声道:"此真乃天助我也。"

陆野也低声道:"莫急,待她走近些再动手不迟。"

秦瞎子又道:"我来赚取那女童,你只管看着四周,以防那老丐再次出现。"

正在此时,一声尖叫突然当空响起:

"啊——"

尖叫之声未落,虎子已从苇丛中跑出,拼命向北面盐碱地上跑去。在他身后,一只斑斓猛虎已蹿出苇丛。跑到盐碱地上的虎子忽然一头栽倒在地,再也起不来了。那猛虎却没有去追虎子,而是擦着芦苇荡边缘向藏匿着两个强人的苇丛方向猛蹿过来。

处于猛虎蹿来方向的娴儿被这突如其来的一幕吓得稍一愣怔,紧接着急抬腿向北跑去。

猛虎却也没有去追娴儿,而是径直朝强人隐匿处旋风般飞扑而来。

两个强人早已向西跑出了四五十丈远,此时正在拼命向西逃窜。

猛虎向着强人穷追不舍,直到追出一里多地,才不再追赶,迅速隐入旁边一片苇丛中。

苇丛中,猛虎突然抬起两只前腿直立起来,一抖身子,虎皮从胸腹中间竖向裂开来,露出里面人的黑色麻布衣裳,继之虎头向上一顶再往后一褪,就露出了人的面目,原来是姜忠。姜忠把虎皮从身上迅速脱下,一折一卷,再从衣襟里取出一块宝蓝色麻布把虎皮包好,用袋子捆上,往背上一背,很快隐入苇丛深处。

第九章
曹富贵坟前哭嫂母　姜武师村后战群凶

娴儿刚刚走进自家堂屋门口，甄氏和程氏后脚就过来了。娴儿过早回家，让她们感到十分意外。程氏一眼瞥见娴儿挎回的柳条小篮内空无一物，更觉诧异："哟，你这一枚野鸭蛋也未捡着，怎便早早回来了？"

娴儿话音颤颤地回答："我们在水淀边捡野鸭蛋，突遭老虎追咬，方跑回来了。"

程氏瞪大充满惊诧之色的眼睛："突遭老虎追咬？野地里有老虎？"说罢扭头看向甄氏，"这……"见甄氏白了她一眼，又转向娴儿道："果真么？莫不是你在骗我们？"

娴儿仍话音颤颤地说道："真有老虎追咬，当时那老虎就自我旁边跑了过去，虎子哥都被老虎吓得跌倒了。"

程氏又扭头看甄氏。

甄氏又白她一眼："你总看我做甚？"然后转向娴儿道，"那老虎是山中方有的野物，怎会跑到这海滩上来？再说若真有老虎，你们三个小孩子能跑得脱？"

娴儿道："老虎去追两个大人，我们方跑脱了。"

甄氏道："老虎不追你们小孩子，反倒去追大人？你以为老娘能信么？定是你不捡野鸭蛋，只顾玩耍，便编出这么个理由来蒙骗老娘，你以为老娘是那么容易被骗的？这天色尚早呢，去，再去捡野鸭蛋，何时捡来便何时吃饭，捡不来便莫想吃饭！"

娴儿只得挎着篮子，双眼含泪走出家门。

杏儿追到门外："小妹，我与你同去。"

甄氏朝程氏一扬下巴，使个眼色。

程氏马上对杏儿道："你回来！你须在家烧饭！"

杏儿只得收住脚步,眼巴巴望着小妹,悲情的泪水扑簌簌顺颊流淌。

娴儿也是目含泪光,回过头道:"姐姐,你莫为我担心,我去邀小亮哥、虎子哥与我同去。"

甄氏又朝程氏递眼色。

这时程氏不满地瞥甄氏一眼:"你不说,光让我说呀?"

甄氏狠狠地剜她一眼,接着走到门口冲着娴儿道:"不许你去邀他们,你独自去捡!"

杏儿进门"咕咚"一声给甄氏和程氏跪下了,一时声泪俱下:"二娘三娘,娴儿还小,求你们莫要如此对待她,求求你们,求求你们……"说罢痛哭失声。

程氏见状一愣:"哎呀,你怎跪下了?"转对甄氏道,"要么——"

"要么什么?"甄氏斜她一眼,"这可都是为了你!"

屋外,娴儿正战战兢兢地往南走着,忽听王婆婆招呼她:

"娴儿,你过来!"

娴儿扭头望去,见王婆婆站在自家门外正在一个劲向自己招手呢,再向自家门口望去,见甄氏和程氏都站在那里盯视着自己,正犹豫间,又听王婆婆高声道:

"娴儿,听奶奶的,快过来!"

娴儿转身正要往王婆婆那边走,忽听程氏高声道:

"娴儿,你莫过去!"

娴儿只得收住脚步。

那边王婆婆道:"娴儿,你不听奶奶的话了么?"

这边程氏道:"娴儿,你敢不听二娘三娘的话?"

那边王婆婆道:"娴儿,你莫听她们的,听奶奶的,快过来!"

这边程氏有些无奈地扭头看身边的甄氏。

甄氏斜她一眼,转对娴儿高声道:"娴儿,你是曹家的人,就该听我们的,不能听外姓人的!"

那边王婆婆冷笑一声道:"曹家的人也要看是谁,那些心术不正的人的话,便不该听!"

甄氏朝王婆婆瞪大恼怒的眼睛:"娴儿是我曹家的人,就该当由我曹家的人来管,你一个外姓人,有何资格来管她?"

王婆婆口气斩钉截铁:"娴儿他爹出海之前把娴儿托付给了我,要我好生照管她,我便该管!"

这话王婆婆是急中生智脱口而出的，其实并无其事。

这边的甄氏和程氏听了王婆婆的话，一时有些愣神。

这时王婆婆已走过来拉住了娴儿的手："走！去奶奶家。有奶奶护着你，看谁敢欺负你！"

进了屋，王婆婆一迭连声道："作孽呀，作孽呀，难道她们如此行事，便不怕遭报应么？现下娃你哪里都不要去，就在奶奶家待着。她们不是不让你吃饭么？奶奶让你吃，奶奶这便去摊炊饼，定要多摊几张，让你吃得饱饱的！"

娴儿眼里又涌出了泪水："奶奶，我不能总吃你家的饭，你家的饭若都让我吃光了，便没有你们吃的了。"

已走到外屋的王婆婆一听这话，立刻停住脚步，回过身道："傻孩子，你说的哪里话，奶奶家是你能吃穷的么？放心吧孩子，奶奶家的粮米多着呢，吃不光的。"

整个下午，王婆婆都让娴儿在她王家待着，直到吃过晚饭该睡觉了，才让娴儿回到了自家卧房。

当晚，甄氏把程氏叫到自己的卧房，说道："我思量着，娴儿所言野外有老虎出来追咬人，或许真有其事呢。"

程氏眼中闪动着不解的光色："真有其事？你不是说，娴儿说的老虎撇下小孩子不追，却去追大人，这话不可信么？"

甄氏道："此事蹊跷，便蹊跷在这里！"

程氏一脸的茫然之相："蹊跷？你是说……"

甄氏道："老虎撇下娴儿不追，而去追大人，定是娴儿身上有护身之物，令老虎不敢上前。"

"护身之物？什么护身之物？"

"金锁！娴儿项上金锁，便是令老虎不敢上前的护身之物。"

程氏先是一愣，继之连连点头："是啊是啊，就是那金锁护着她，老虎方不敢上前追咬她。"说到这里眼中浮上愁云，"既是如此，你我又能怎样？总不能把她项上金锁抢过来吧？"

甄氏道："何须明抢？现下趁她睡着，便可悄悄取来。"

程氏道："趁她睡着取来，她也会疑心到你我头上。"

甄氏白她一眼："何必有那许多顾忌？你去取时，只要她未能亲眼看见，便是她自己丢的！"

"那，我这就去？"

"去与不去，由你自己掂量！"

程氏仍犹豫着："要么，姐姐与我一起去？"

甄氏撇一撇嘴："我就知道，离开我，你便做不成事。好吧，走吧。"

二人蹑手蹑脚走进杏儿姐妹正睡着的卧房。借着窗户上透进的微弱月光，程氏凑到娴儿头前，伸出双手摸索着摘戴在娴儿脖颈下的金锁。娴儿的头一动，程氏马上把手缩回，如此反复三次。甄氏在一旁等得不耐烦了，抬手一推程氏臂膀，把程氏推到一边，紧接着伸出双手三下两下就把娴儿项上金锁锁链解开，把金锁拿到手中，旋即急步出门，向自己卧房门口走去。还没走出几步，忽听身后传来娴儿的声音：

"二娘，还我金锁，还我金锁……"

甄氏急步跨进自己卧房门口，正待关门，却见娴儿已于其身侧进了门。甄氏忙把金锁递给随后跟过来的程氏，接着对娴儿道："什么金锁？二娘这里哪里有什么金锁？"

娴儿只是一句接一句说着："还我金锁，还我金锁……"

甄氏两手一摊："你看，二娘手里哪里有什么金锁？要么你便搜，把二娘身上全搜遍好了，只要能搜到，你便拿走。"

娴儿并不动手，仍在反复说着四个字："还我金锁，还我金锁……"话语中，已明显含了哭腔。

甄氏突然变了脸色："跟你讲了，这里没有什么金锁！你走！你快走！老娘要睡了！"

娴儿不走，仍不停地在说着："还我金锁，还我金锁……"

甄氏恼怒地用双手抓住娴儿双肩朝门口一抡，娴儿即被抡到门口摔趴在地。

娴儿嘤嘤哭泣着，边哭边道："还我金锁，还我金锁……"

甄氏退后几步，一下子跌坐在炕沿上。她没料到，这孩子竟然如此倔强，如此不屈不挠。

娴儿慢慢从地上爬起，走到甄氏身前，此间一直不停地说着："还我金锁，还我金锁……"

甄氏被彻底激怒了，忽地起身，猫下腰去抓娴儿双臂。娴儿朝前一扑用双手抱住了甄氏一条腿。甄氏用双手抓住娴儿双臂想把她拽开，可无论怎么用力却都拽不开。

娴儿死死抱着对方小腿，口中仍在说着："还我金锁，还我金锁……"

甄氏见拽不脱其双臂，心中一发狠，便用手掐住其一只耳朵使劲揪扯。娴儿被揪得疼痛难忍，"哇"一声哭了起来，双手却仍紧紧抱着对方小腿不放。

此时杏儿奔进屋内"扑通"一声给甄氏跪下了,哭道:"二娘,你莫揪她耳朵,莫揪她耳朵。求求二娘,求求二娘……"说着连连给甄氏磕头。

甄氏这才松了手,对杏儿道:"你不让老娘揪了,好,你把她弄走,老娘便不揪了。"

杏儿膝行上前双手握住娴儿一条胳膊,说道:"娴儿,好妹妹,跟我回那边屋里去吧,走吧,走吧。"

娴儿并不松手,仍在说着那四个字:"还我金锁,还我金锁……"

杏儿把手伸进娴儿脖颈下摸摸,果真摸不到金锁,便问娴儿:"娴儿,你真看见二娘把你的金锁摘走了?"

娴儿点一下头,口中仍不停地说着那四个字。

杏儿仰起头哀求甄氏:"二娘,你把金锁还给娴儿吧,那是她的命根子啊。"

甄氏朝杏儿一瞪眼睛:"什么金锁?什么命根子?老娘从未拿过她那劳什子!若是没了,也是她自己丢了,你让老娘如何还?"又对娴儿道,"娴儿,你不是不松手么?好啊,老娘奉陪到底,看你能抱到何时!"

双方就这么僵持着。过了约半个时辰,娴儿仍无松手的迹象,而且口中一直不停地说着:"还我金锁,还我金锁……"

这时一直站在门外看着这一幕的程氏进了屋,对甄氏道:"姐姐,罢了吧,一直这么下去,不成啊。"

甄氏狠狠白她一眼:"罢罢罢,你要我罢什么?横竖这可皆是为了你!"

程氏连忙点头:"是是是,我知道,我知道。可今晚先生要回来,稍后先生回来了,见了这个场面,恐……恐……"

听了程氏这话,甄氏就一愣,心想我怎么把这事给忘了?可不是么,今晚是先生回家的日子,真要让先生看到这个场面,他定然轻饶不了自己,于是对程氏道:"那金锁定是娴儿自己丢的,莫不是你捡着了?若真是你捡着了,你还给她便是了,跟我说什么?"说罢给程氏使个眼色。

程氏马上把金锁送到娴儿面前,说道:"娴儿,这金锁许是你自己丢的,是三娘从你门前捡到的,你拿着吧。"

娴儿这才把抱着甄氏小腿的手臂松开,旋即从程氏手上拿过金锁,站起身来,再也不说一句话,默默地走出了屋子……

这一天,与前几天一样,曹富荣出海回港后,又去给人送了一趟海货,到赶回村里时,已是掌灯时分。

月色朦胧中，曹富荣经过王家门前时，忽见王婆婆从门内走出，压低声音道："老大你怎才回来呀，你呀，切莫只顾在外奔忙，也得顾一顾家中的孩子们哪。"

曹富荣急忙收住脚步："老婶子，孩子们怎的了？"

王婆婆往曹家那边望一眼："孩子们正在长身体，可不能忍饥挨饿呀。"

曹富荣一怔："您是说，她二娘三娘不让两个孩子吃饱？"

王婆婆朝曹家那边努一努嘴："你去问孩子吧。"说罢不等对方回应，径自进门去了。

曹富荣在原地呆立片刻，这才疾步向自己家中走去。他摸黑走进自家屋内，借着窗户上透进的微弱光亮，见杏儿和娴儿都已沉沉睡去，就俯身在杏儿头前轻声呼唤："杏儿，你醒醒，你醒醒。"

杏儿被唤醒了，欠起身子道："爹爹，您回来了？"随之坐了起来。

曹富荣坐在炕沿上："爹爹问你，晚饭你们姐妹可都吃饱了？"

半晌，听不到杏儿的回应。

"你说话呀，实话告诉爹爹，你们是不是未能吃饱？"

杏儿哭唤一声："爹爹……"抽抽咽咽再也说不出话来。

曹富荣的心一下子揪紧了，稳一稳心神，说道："孩子，莫哭，莫哭，你慢慢说，究竟怎么回事？"

听了杏儿的述说，曹富荣整个身子立刻僵住了，久久说不出一句话来。他惊呆了，心碎了。两个女儿个个都是他的心头肉——娴儿虽然是抱养的，对他来说却比亲生的还要亲。自她们出生那天起，到长这么大，他从未骂过她们一句，从未打过她们一下。家中再穷再难，也从未让她们挨过一天饿，从未让她们受过一点委屈。可如今妻子故去了，尽管她们未曾犯一点点过错，却要蒙受如此冤屈，遭遇如此折磨。尤其是娴儿，小小人儿的她是多么善良，多么懂事啊，竟横遭如此酷虐，怎不令他心痛欲裂！他料着，那两个女人偷摘娴儿项上金锁一事，若他就此与她们理论起来，她们一定不会承认。好在她们已把金锁还给了娴儿，这事也就罢了。可她们让两个孩子挨饿，这事说什么也不能再延续下去了。

默然思量许久，他才站起身来，迈着异常沉重的脚步来到母亲所住的东屋。听母亲在轻微呻吟着，知道老人家还没睡着。他点亮油灯，俯身到母亲头前，稍稍抬高声音呼唤："娘！娘！"

曹母微微睁开眼看他一眼："老大，有事？"

曹富荣略一沉吟，才道："娘，我与老二分开过吧。"

"什么？"曹母大睁开眼睛，"分开过？我早说过的，只要我还有一口气，这个家便不能散！我还未曾死呢，你便想分家？是盼着我早死么？"

　　曹富荣赶忙道："不！我不是那个意思。您听我说，是杏儿二娘三娘对两个孩子不好，总让两个孩子挨饿，不得不分开呀。"

　　"她二娘三娘总让孩子挨饿？有这回事？你是听谁说的？"

　　曹富荣如实作答："是杏儿亲口对我说的。"

　　"去，把她二娘三娘叫过来，我问问她们。"

　　曹富荣把甄氏和程氏叫到了曹母的房间。

　　曹母问道："她二娘三娘，我问你们，你们可曾让老大的两个孩子挨饿了？"

　　甄氏和程氏听了这话互相看看，继之都把目光转向曹富荣。

　　曹富荣沉着脸，眼睛看着别处。

　　甄氏把嘴凑近曹母耳边，高声道："娘，您老此话从何问起呀？我们何曾让两个孩子挨饿了？您老是听谁说的呀？"

　　曹母扭过头对曹富荣道："老大，你说！"

　　曹富荣道："是杏儿亲口对我说的。"

　　甄氏故作惊讶状："哎呀，孩子嘴里冒出的话，大哥你也信哪？"

　　曹富荣把脸扭向一边："杏儿从小到大，就未曾说过一句假话，她不会说假话！"

　　甄氏马上甩过一句："如此说来，是我们说假话了？"

　　曹富荣道："昨日早饭，你们是不是未让两个孩子吃饱？"

　　程氏抢先道："昨日做早饭，她二人毫不用心，把粥烧糊了，便不够吃了，这才让她二人各吃了小半碗，这是没有办法的事啊。"

　　曹富荣只稍稍把头转向甄氏和程氏，眼睛却不看她们："那你们呢，也少吃了么？"

　　甄氏与程氏互看一眼，甄氏说道："当然也少吃了。"

　　曹富荣又跟上一句："你们也都只吃了小半碗？"

　　甄氏与程氏又互看一眼，这回是程氏抢先道："我们是大人，自然比两个孩子多吃了一些。"

　　甄氏摆出一副理直气壮的样子："这有什么？粥熬糊了，便不够吃了，只能都少吃一些，都半晌午了，总不能再重做一回吧？"

　　曹富荣似被噎住了，想想又道："那么今日呢？你们为何不让娴儿吃饭？"

　　甄氏给程氏递个眼色，程氏道："让她去捡野鸭蛋，为老太太补养身子，她去了非但只想着玩耍,一枚野鸭蛋也未捡回来,反倒编出一个被老虎追咬的假话来骗我们,有谁不知,那老虎是山中才有的野物,怎会跑到一马平川的海滩上来呢?"

甄氏接上话道:"小小人儿懒于做事倒也罢了,却学会说谎骗人,稍作惩戒有何不可?"

曹富荣愤然道:"我正要说呢,那野外时有歹人出没,你们不是不知道,四年之前娴儿便被歹人劫走过,你们为何还让她去野外捡野鸭蛋?难道你们便不怕她被歹人劫走?"

程氏道:"哪里会有歹人?娴儿这都连去了两日了,每一日不都好好地回来了?"

曹富荣道:"去了两日都回来了,不等于野外并无歹人出没,万一遇上歹人,祸事便大了,所以绝不能再让娴儿去野外捡野鸭蛋!还有,即便孩子说错了话做错了事,你们可打可骂,只是不能让她们挨饿!人是靠吃饭活着的,你们不让她们吃饭,她们还能活得下去么?"

甄氏又故作惊讶状:"哎哟,看你说的,人饿个一顿两顿的便会死啊?哪里会有那么娇气呢?"

"你!"曹富荣气得嘴唇微微颤抖,"你怎能如此说话!孩子们每日煮饭烧菜洗洗涮涮伺候你们,你们不记她们的好也便罢了,怎能下狠心折磨她们呢?这说得过去么?"

甄氏一撇唇角:"这怎么是折磨呢?我们先生在外做生意挣了钱来供养她们,她们在家煮煮饭烧烧菜难道不该当?难道她们就该什么都不做,由我们先生白白供养着?"

曹富荣道:"既然你们总拿此事当话说,今日我也把话讲到明处,杏儿她叔总往家里放钱不假,可那些钱都让谁花了?有哪一回杏儿她叔把钱放在我屋里,你们二人未曾变着法地全都要过去?这一大家子人,包括你们二人在内,吃穿用度,哪样不是我辛辛苦苦出海打鱼挣来的?"

甄氏道:"哟,瞧大哥这话说的,靠你打鱼能挣来几个钱?那几个钱能养一大家子人?"

"你!"曹富荣一时气得说不出话来。

甄氏瞥程氏一眼:"走啊,你还不困么?我可是困了,要过去睡了。"说罢昂着头,莲步款款走出了屋子。

程氏随后跟了出去。

曹富荣心中有如万千蛊虫在噬咬。半晌,俯身在母亲头前道:"娘,这个家无法再在一起过下去了！"

耳聋的曹母显然听清了这句话，略一沉吟，说道："方才你们都说了些什么，我一句也未能听清。无论你们说什么，我还是那句话：只要我还有一口气，这个家便不能散！"

曹富荣默然回到自己的房间，愤懑、屈辱与不平一时间占据了他的整个心胸，他的精神几近崩溃了……

刚才，就在曹富荣见过王婆婆之后走进自家屋门时，曹富贵正脚步匆匆地从镇子上赶回到了龙王庙小村，恰巧与外出方便的王婆婆碰了面。

王婆婆问他："老二，你怎回来得这么晚？"

曹富贵回答："明日是我大嫂三七之日，我是赶回来为我大嫂过三七的，因店里诸事繁多迟迟不得脱身，故此出来得迟了。"

王婆婆向他招招手："你来，先来我家，我有话对你说。"

曹富贵跟随王婆婆来到王婆婆的卧房内。

王婆婆口气有些沉重地说道："老二啊，你们家有些事，我一直未曾对你说起过，为的是不致引起你家人不和，如今看来，不说不成了，再不说便要出大事了。"

曹富贵一听，眼睛顿时瞪大了："老婶子，有什么事您快说！快说！"

王婆婆把曹家近来发生的事说了一遍。

曹富贵听了，一时有如五雷轰顶，怔怔地呆立在地上，老半天说不出一句话。半响，才道："亏得老婶子把这些事告诉了我，不然我还一直被蒙在鼓里呢。"说罢急步出屋，径直来到甄氏卧房内，对甄氏铁青着脸道："去！把她也叫过来，我有要紧话对你们说！"

甄氏一看丈夫脸色不对，再不敢多问什么，乖乖地去把程氏叫了过来。

曹富贵暴怒地背着手在屋地上来回走着，突然停住脚步，对他的两个女人劈面便吼："你们两个贱人，竟做出了如此令人发指之事！我对你们反复说过，我的兄嫂既是我的骨肉至亲，又是我的恩人！我反复叮嘱你们好生对待他们与两个侄女，谁知你们竟是置若罔闻，非但不知感恩，反倒丧心病狂地作践戕害他们！看你二人面目皆像个人样，谁知心肠却是毒如蛇蝎狠似虎狼！我如今不休掉你们，怎能对得起待我如慈父的兄长，又怎能对得起那含恨于九泉之下的嫂娘！不休掉你们，人伦蒙垢，天理难容！明日一早，你们便都滚回你们的娘家去！自今往后，你我形同路人，我再也不想见到你们！"说罢看都不看两个女人一眼，大步流星走出屋子，折而向东，刚刚走出两步，忽然止步，略一思忖，转而向西，从程氏卧房西山墙边折而向北一路走去。

站在自家门外听着看着这一切的王婆婆，借着皎洁的月光朝北望望曹富贵模糊的身影，然后走到曹富荣父女房间窗前压低声音招呼道："老大，你出来一下。"

曹富荣应声从堂屋门口走出来："老婶子，有事？"

王婆婆小声道："你家老二回来了。"

"是么？他人在哪里？"

"我知道他在哪里，走，你随我去见他。"

曹富荣跟随王婆婆绕过曹家房山，一路向北走去。走出半里多地时，就听到了从北面传来的阵阵恸哭之声。曹富荣已听出那是二弟的声音，且听出哭声来自于他曹家的祖坟，那里埋着他曹家三代先祖和他的发妻张氏的尸骨。待走到坟地近前了，只见曹富贵跪伏在张氏坟前，正在哭诉着：

"嫂娘啊，你不仁不义的二弟向你请罪来了，我对不住嫂娘，对不住大哥呀。嫂娘啊，你与大哥对我的恩情高比青天，深如江海呀。我至今记忆犹新，为着省下银钱供我入学读书，你与大哥从未吃过一顿像样的饭菜，从未穿过一件不打补丁的衣裳……那一年除夕夜，你端上热气腾腾的肉馅饺子让母亲与我吃了个够，你却一直未动碗筷。我问你为何不吃，是不是饺子不够吃？你说饺子还多着呢，只是你忙过一阵，想歇一口气再吃。谁知，吃饱喝足的我夜晚出门方便之时，蓦见你蹲在灶边在默默地吃年前吃剩的糠菜团子……"说到这里，曹富贵已泣不成声……

曹富荣欲上前劝解，却被王婆婆一把拉住了。

曹富贵哭过一阵，又哀声说道："年后我入学临行前，嫂娘你自柜子里取出一包银钱，打开让我过目，你说：'二弟你看，这是你一年读书的花销，可是够用？若不够用，过些日子家里攒下了，再让你哥给你送过去。'我看着那些散碎银子与铜钱，猛然想起你除夕夜吃糠菜团子的情景，不禁泪如泉涌……"说到这里又失声痛哭起来。

哭过一阵之后又道："我知道，那些散碎银子与铜钱，是你与大哥用汗水换来的，是你与大哥从牙缝里攒出来的，我当即给你跪下了，磕了三个响头聊作报答。嫂娘啊，你与大哥对我恩重如山，却从未为为难之事向我张过一回口。我本想用攒下的银钱将家中泥墙草顶的房屋翻建成青砖瓦房，你与大哥却坚决不肯，让我把银钱攒起来，待母亲百年之后在镇子上置一处宅子，把那两个女人接过去一同居住……时至今日，我对你们的报答，只有那一年入学临行前给你跪下磕的三个响头啊。这倒罢了，我却有眼无珠，娶了两个歹毒心肠的女人，整日作践祸害两个侄女。而我，却只顾在外忙生意，对家事一向不闻不问，对那两个贱人的恶劣行径竟然毫无察觉，以致她们毫无顾忌为所欲为……我真糊涂啊，我真糊涂啊……"说到这里又痛哭起来，哭得悲痛欲绝……

这时曹富荣再也忍不住了，上前用双手拉住弟弟的臂膀，眼含热泪道："二弟，莫再哭了，莫再哭了，快起来！快起来！"

曹富贵站起身来一转身，又给曹富荣跪下了："大哥呀，你不该如此，不该如此啊。对两个侄女所受的委屈所遭的磨难，你哪怕向我提起一句半句，我也不会让那两个贱人如此肆无忌惮，如此胡作非为呀，可大哥你却从未向我提起只言片语，只有自己忍辱含垢逆来顺受，这令我情何以堪，情何以堪呐……"

曹富荣含泪规劝："二弟，莫再说了，快起来回家，快起来回家。"

王婆婆也从旁劝道："老二啊，快起来，有话回家再说。"

曹富贵这才起身，跟随王婆婆和曹富荣回到家中。

曹富贵径直走进母亲的房间，附在母亲头前道："娘，今晚我陪您睡。"

曹母撩起眼皮用昏花的老眼看看他："怎么，与她二娘三娘生气了？"

曹富贵摇摇头："没有，儿子就是想陪陪娘。"

曹母睁眼看着屋顶："唔，这个家，要不得安生了。"

曹富贵道："怎么会呢？娘，您切莫多想，没事的，睡吧，我也睡了。"说罢上炕和衣躺下了。

曹富荣走进自己房间，一见屋内情形，立刻呆住了：只见杏儿和娴儿面朝门口站在西墙边，这边甄氏和程氏背对门口面朝两个孩子双双在地上跪着呢。

见他进门，杏儿两眼惶惑地看着他道："爹爹，二娘三娘给我们跪下了。"

娴儿接着道："爹爹，二娘三娘向我们认错了。"

没容曹富荣回应，那甄氏和程氏就以膝盖触地转向他，如捣蒜般磕起头来，边磕头边声泪俱下："大哥，我们错了，我们不该那样对待杏儿与娴儿，今后我们定会痛改前非，大哥你大人大量，便原谅我们吧。"

曹富荣从未遇见过这种场面，一时有些着慌，稳一稳心神，说道："你们快起来，快起来。"

二人却并不起身，仍连声求告："大哥，求你原谅我们，求求你了，求求你了……"

甄氏又回过头去对杏儿和娴儿凄然相求："杏儿，娴儿，我的好侄女，你们就为二娘三娘说句好话吧。"

杏儿和娴儿一时间都有些惶惑了，二娘变得几乎让她们不认识了，她们尤其禁受不住二娘那凄然目光的一瞥，于是，双双对父亲道："爹爹，我们就原谅二娘三娘吧。"

　　曹富荣看着甄氏和程氏的可怜相，听了两个女儿的话语，已经心软了："只要你们日后不再虐待两个孩子，可以原谅你们。"

　　两个女人听了这话又连连磕头："谢大哥，谢侄女们。"

　　曹富荣道："快起来吧，快起来吧。"

　　两个女人仍不起身。

　　甄氏抬起泪眼，以乞怜的目光看着曹富荣："大哥，求你去向她叔叔讲个情，莫休我们。"

　　程氏也可怜巴巴地求告："求大哥向她叔叔多说几句好话，莫休我们。"

　　曹富荣答应了："好吧，你们起来先回你们屋里去，我去对二弟说。"

　　甄氏和程氏这才起身，回各自卧房去了。

　　曹富荣推开东屋门，见屋内已经熄了灯，他朝炕上道："二弟，已睡了么？"

　　黑暗中曹富贵道："大哥来了？家里出了这种事，我怎能睡得着啊。"说着起身，点亮了油灯，"哥，你坐。"

　　曹富荣坐在炕沿上："杏儿二娘三娘到西屋来过了，都给我们父女下跪认错了，说她日后定会对孩子们好，我看就原谅了她们吧，你莫再休她们了。"

　　曹富贵叹一口气道："哥，你太老实太厚道了。我是看透了，她们那种人原本便心地不善，良善之人是做不出那种阴损之事的。今日她们是怕我休了她们，才不得不向你们父女认错道歉，若这一回让过她们，她们日后还会旧病复发的。"

　　曹富荣略想一想，说道："唉，人都有犯糊涂之时，再说，人都不是一成不变的，她们日后若能变好，那不是大好事么？有道是一日夫妻百日恩，她们毕竟跟了你这么些年，怎能一时之间说休便休了呢？就连杏儿与娴儿也都为她们求情，要你我原谅她们呢。当然了，你对她们不放心是有道理的，不过这也不打紧，她们日后若真的老毛病再犯，到那时你再休她们也不为迟。"

　　曹富贵又慨叹一声："罢了，总归你们父女都太过厚道太过仁义。看在你们父女都为她们求情的分上，便饶过她们这一回，日后她们一旦故态复萌，定要把她们一起休掉！"

　　这时忽听曹母在一旁道："老大，明日你们父女与她三娘换换屋子，以便她三娘在跟前随时为我揉太阳穴，一家子就只她三娘揉得好，她为我揉一揉，我头疼便

149

好些。"

兄弟二人听了这话一时都有些纳闷：母亲怎么在此时说起这事？莫非她老人家听到了他们兄弟二人的对话，就有意说出这话，暗示他们休妻之举不可为么？

龙河湾镇一家客店内，秦瞎子和陆野在一铺炕上隔着炕桌相对而坐。炕桌上摆了四样小菜，一个大酒壶，二人正在饮酒压惊。

陆野咽下一大口酒："今日遭遇，真可谓险而又险哪，你我是于虎口之中各捡了一条命啊。仁兄你既然身怀飞刀绝技，在那猛虎蹿来之时，为何不以飞刀斩杀之？"

秦瞎子正夹了一筷子菜杵到嘴里，嚼一嚼囫囵吞枣咽下去："那虎扑来得恁凶猛，哪里容得我动手啊。要拔刀飞掷，须得稍稍放慢脚步，只怕是我放慢脚步拔刀，刀尚未拔出呢，那猛虎便已扑到我身上了。"

陆野又咽下一口酒，把酒杯往桌上一蹾："真是怪了，你我赚那女童，且不说有那老丐出来搅扰，怎的今日又蹿出来一只斑斓猛虎穷追你我？那猛虎本是山中之物，怎的就出现在了海边滩地之上？而且那猛虎不去追那童男童女，偏偏对你我穷追不舍，这是为何？那猛虎，莫不是神灵幻化而成的？若是如此，便是有神灵护佑那女童，看来那女童造化不小啊。"

"贤弟何必长他人志气！愚兄我早有耳闻，此去西北面之大城山[1]，时有老虎出没，此地距大城山不过百里，老虎偶尔蹿来此地不足为奇。"秦瞎子说到这里把酒杯往桌上一蹾，"你我为赚那女童已奔波数日，心血决不能这么白费了。不达目的，我秦某誓不为人！"

"仁兄真是不到黄河不死心哪。"陆野说着举起大拇指，"愚弟我十分佩服。只是，不知仁兄下一步打算如何？"

秦瞎子把筷子往桌上一拍："既然你我于日间不能得手，便于夜间行事，乘夜色掩护破门而入，将那曹姓女童强抢到手！"

"仁兄不是说过么？那老小儿白日里总是护着那女童，夜间必然护得更紧，你我若夜闯其家，无异于自投罗网啊。"

"可再增加些人手。你我再叫上几位会拳脚的闲汉朋友一起去，若再遇上那老小儿，便让闲汉们缠住那老小儿，你我趁机赶去曹家，你在室外准备接应，由我入室将那女童强抢到手。若闲汉们抵挡不住那老小儿，你可在室外抵挡住他。"

---

[1] 位于现在的唐山市区。

陆野以审视的目光看着对方："再加进几位闲汉，岂不是又多了几个分享尹府赏金的人？"

秦瞎子一摆手："这个好办，你我不将此行底细告知于他们，只说受友人之托，前去摆平友人不平之事。那些个闲汉，最耐不得寂寞，说不定此时正闲得手痒呢。事成之后，一顿好酒好菜招呼，再扔给他们些许散碎银两，便将他们打发了。此一行不求他们把那老小儿战败，只求他们将其缠住半个时辰，事便做成了。"

陆野道："愚弟尚有一虑，听你说过，那老小儿武功非同一般，只几位会些拳脚的闲汉能对付得了他么？倘若那些闲汉全然不是他的对手，我等岂不是非但做不成事，反倒会吃大苦头？"

"这倒是个事。"秦瞎子顿一顿，"不妨如此……"把嘴凑近对方耳边，压低声音说起什么。

客店窗外，姜忠站在窗户一侧正在侧耳谛听窗内人说话。这时努力把耳朵凑近窗户，还是听不清屋内二人在说些什么。少顷，窗内忽又传出二人的声音，只听陆野道：

"好吧，就依仁兄之言。今夜何时动身？"

秦瞎子的声音："三更过后，正当人们熟睡之时。"

姜忠听到这里一闪身，消失在夜幕中。

当天夜半时分，龙王庙村北小路上，朦胧的月光下，皆着黑衣黑裤黑布蒙面的秦瞎子、陆野和五位闲汉由北向南一路疾行而来。忽然一个人影从路边闪出，站到了这一行人的前面，此人正是姜忠。

秦瞎子等人急收住脚步。

秦瞎子眯着双眼觑着月光下姜忠巍然而立的身影，对陆野道："果然不出我之所料，是他。"

陆野眼睛紧紧盯着姜忠："上吧？"

秦瞎子对众闲汉道："弟兄们，上！给我狠狠揍这老小儿！"

秦瞎子话音一落，五位闲汉一起上前，围住姜忠与之打斗起来。这些闲汉果然都练过一些拳脚功夫，又仗着人多，打斗中，武功高强的姜忠一时竟难以把他们制服。

秦瞎子向陆野一招手，二人从一侧悄悄绕过打斗的双方，向龙王庙小村直扑过去。

二人来到曹家屋后，又犯了踌躇：这里有五间房子，那曹姓女童会睡在哪一间呢？

陆野道："近两日你我远远望着，那女童经常自东面三间屋的堂屋门口出入，东屋有老太婆哼唧声，那女童十有八九睡在西屋。"

秦瞎子点头认同，却又道："迷药只够用一个房间的，须确知那女童所在房间后方可使用。这样，你在外面准备接应，愚兄我进入屋内探看究竟。"

"自前面进入容易为屋内人察觉。"陆野说着一指西屋后窗，"最好自这后窗进入。"

"这个自然。"秦瞎子说着走到西屋后窗下，以双手将窗扇轻轻抬起，用气声对陆野道，"你来支着窗扇。"

陆野站到窗下一侧，用手支着窗扇。

秦瞎子以双手杵着窗台，运足气，纵身一跃，头朝前脚在后蹿入屋内，落地后一个前滚翻站了起来。

睡在炕上的程氏被响声惊醒，支棱起身子喊道："谁？"

秦瞎子并不答话，"嚓"一声打着了火儿，点着蜡烛，擎着蜡烛往炕上看。

炕上的程氏已经起来，缩到了炕里墙角处，瞪着惊恐的眼睛看着秦瞎子。烛光下的秦瞎子一身黑衣黑裤黑布蒙面，只露着一双眯成一条线的眼睛。程氏忽地想到许是哥哥来赚取娴儿了，于是眼中的惊恐之色稍稍褪去了些："是日间做不成，便于夜间来做么？"

秦瞎子听了这话一愣，继之用气声问道："嗯？你认识我？"

程氏道："瞧这话说的，怎么只是认识呢？不就是披上了一层黑皮，便看不到你脸面了么？"

秦瞎子逼近一步："你说我是谁？"

"你是谁，还非要我说出口么？"程氏说着嘴一撇，"告诉你，你走错门了，那女孩儿不在这屋里，在西屋呢。不过，你莫再抓她了。"

秦瞎子恶狠狠地说道："看来你是真认识我，那便莫怪我不客气了！"说着伸出双手，十指勾曲要掐对方脖子，"我要封口了！"

程氏吓得一个劲往墙角里缩："你……你……你要做甚？我，我可是你的亲妹妹呀，哪里有亲哥哥杀亲妹妹的呀？"

秦瞎子一下子愣住了，换成原声道："什么？什么亲哥哥亲妹妹？谁是你的亲哥哥？"

程氏一听不是自己哥哥的声音，心中一阵惶恐，说话声音也颤抖起来："你，你不是哥哥呀？你，你是谁呀？"

"什么乱七八糟的，我可没功夫与你闲磨牙！看来你还是不认识我，我可免你一死，不过可不能让你坏了我的好事。"秦瞎子说着从腰间抽出一条绳子，"委屈一下吧你。"用绳子把程氏手脚都绑上了,又顺手从炕上抓起两只臭袜子把她的嘴塞上,然后又从后窗蹿出窗外。

在屋后支着小窗的陆野问他:"怎么,没在这屋里呀?"

秦瞎子也不答言,来到甄氏卧房后墙外,才小声说道:"在这里面。"

其后又是由陆野支着后窗,秦瞎子一纵身蹿入屋内。虽然声响不是很大,甄氏还是被惊醒了,黑暗中见屋内蹿入一个人影,被吓得一声惊叫:"谁?"

秦瞎子并不答话,"嚓"一声打着火,点亮蜡烛,照一照炕上,见仍是只有一位半老徐娘瞪着惊恐的眼睛蜷缩在炕里一角,并无他要找的女童,就低声问道:"那八岁女童在何处?"

甄氏声音颤颤地问道:"你,你是程家哥哥?你,你才来?"

秦瞎子不耐烦地说道:"什么哥哥妹妹的!讲,那女童现在何处?"

"在,在西屋呢。"

秦瞎子不再说话,又从腰间抻出一团绳子,一跃上炕去绑甄氏。

甄氏惊叫道:"莫,莫绑我!莫绑我!"

"不许喊!再喊便掐死你!"秦瞎子咬牙切齿地说着,已把甄氏手脚绑住,又从被褥旁边拿过甄氏睡前脱下的一双袜子把她的嘴堵上了。甄氏以为是程二故意来害她,心中不服,从鼻腔里"呜呜呜"地一个劲叫唤。秦瞎子看她不老实,又从一旁拿过甄氏换下的一条裤头,下狠劲往她嘴里塞,终于塞得她再也出不了声了,然后走到后窗下正想从窗口蹿出去,忽听后窗外陆野道:

"哎呀,莫不是今晚那酒菜不对劲……这肚腹……憋不住了,我去屙了。"

秦瞎子摇摇头,转身从南面开门出去了。

程氏屋内,被绑住手脚塞住嘴巴的程氏正在"嗯嗯嗯"地哼唧着,又一个人影从后窗口跳进屋内,接着"嚓"一声打着火点燃一支蜡烛,擎着蜡烛照向炕上。

缩在炕里墙角处的程氏一见进来的竟是程二,就"呜呜呜"地叫唤起来。

程二一见被捆住手脚又被塞住嘴巴的程氏,顿时瞪大吃惊的眼睛,压低声音道:"这,这这,这是谁干的?"

程氏使劲往前伸着嘴巴摇晃脑袋:"呜呜呜,呜呜呜……"

程二忽然意识到对方被塞住嘴巴不能说话,赶忙上炕伸手把程氏嘴里塞着的臭袜子拽了出来,接着解绳子:"这是谁干的?"

程氏一脸茫然:"我何曾知道啊。"

程二把手伸向嘴边:"嘘——小点声。"

程氏道："那人用黑布蒙着脸面，起初我还以为是你呢。哎哟，把我这胳膊腿勒得疼啊。那人还差一点把我掐死呢。"

程二问道："那人呢？"

程氏嘴往后窗口一努："自后窗口出去了。"

程二自顾点头："我明白了，是与我抢生意来了。"又问道，"这不是那女孩儿住的屋子么？怎么是你睡在里面？"

程氏道："昨晚老太太让我与女孩儿父女调换了。"

程二道："如此说来，那女孩儿睡在你原来住的屋子里？"

程氏点头："是。不过，你莫再弄走她了。"

程二一愣："为什么？那女孩儿不是克你么？"

程氏道："你把她弄走，若让先生知道了，定会把我休了。"

程二道："此事能让他知道么？放心吧，他不会知道的，我这远道而来，岂能白来？你在这里老实待着，我去收拾那绑你的人。"

"你要小心，那人凶着呢。"

"放心吧，我有办法。"程二说罢，穿过堂屋轻轻开门走出屋子。

走到屋前的程二扭头往西看去，朦胧的月光下，只见秦瞎子手拿一只瓷瓶站在西头屋子窗前，将瓶口对着窗纸上的一个洞眼，正在全神贯注地用嘴向洞眼里一口一口地吹气呢。程二悄悄走到其身后，突然一扬双手，一只黑色布袋就从秦瞎子头上直套到其脚脖子处，袋口又立刻被程二扎紧了。

猝不及防的秦瞎子在袋子里面一边挣扎一边喊："谁？"他欲挪脚步却挪不开，一下子摔倒在地。

程二朝袋子踢了一脚："想抢老子的生意？做梦吧。你就在这袋子里老老实实待着吧，若无外人相助，这袋口你休想自里面打开！"

程二说罢一步跨到门口就要进门，此时陆野从墙角处蹿了过来："哪里来的野种，胆敢来老子面前找死！"话未说完一个前冲拳照程二胸部打来。

程二急闪身躲过了这一拳。二人各自施展拳脚打斗起来。程二虽也会一些拳脚功夫，但明显不是陆野的对手，打斗中被陆野一掌击中胸部，踉跄倒退数步后险些跌倒，勉强站稳身子拉个架势又朝对方冲了过来。二人打斗几下后，陆野瞅准空当朝对方腹部一脚踹去，把程二踹出两丈开外向后倒在地上。

陆野站在原地向对方招招手："来呀，再来！"

程二支支歪歪站起身来，却没再上前来打，而是急速转身一溜烟跑了。

旁边秦瞎子一边在袋子里挣扎一边咕哝:"贤弟快帮我解开,快帮我解开。"

"莫急,莫急,你稍等。"

陆野说着绕过秦瞎子,开门进屋,屋内亮光一闪又灭了,他很快出屋,背负着被迷药迷昏的娴儿绕到了屋后。借着月光,他见前面不远处姜忠与闲汉们还在打斗,就换个方向向前跑去。跑着跑着,忽见前面一个人影挡住了去路,就换个方向再跑,忽听背后秦瞎子一声断喝:

"站住!"

陆野一下子站住了。

秦瞎子走到陆野背后:"怎的,想吃独食?"

陆野回身:"不,不,你莫误会,我,我是恐耽搁久了,那老小儿一旦赶到,你我之事便做不成了。"

秦瞎子冷哼一声:"你倒还蛮有说辞!这便是你让我憋在那布袋里出不来,以便你将这女童送去渔阳独自领赏的理由么?"

陆野急忙辩白:"不!不!并非如此,仁兄且听我说一句,此处不宜久留,一旦耽搁过久,到那老小儿打败众闲汉再赶过来之时,你我之事便做不成了,故此你我赶快一起走,待日后愚弟我再慢慢对你解释。"

秦瞎子冷笑一声:"一起走?谁跟你一起走?赶快把女童给我!"

"仁兄——"

"谁是你仁兄?你不仁,便莫怪我不义,速将女童给我!"

陆野脖子一梗:"我若是不给呢?"

秦瞎子一挥拳头:"那我便只好用拳脚与你说话了!"

"好啊,奉陪!且容我将女童放下。"陆野说着把娴儿放到一边地上,"来吧。"

二人都拉开架式,各自移动着脚步,寻找出手的机会。

此时,龙王庙村后路上的另一场打斗已接近尾声。起初,有两名闲汉相继被姜忠打倒在地,又强挣着爬了起来。忽有一名闲汉跳出场子向来路跑出几步,从地上抓起一团什么东西用力一抡,向着姜忠甩去,同时打出一声尖厉的唿哨,正在与姜忠打斗的其他四名闲汉纷纷四散开去,那一团东西甩到姜忠头顶上空张开又落下,一下子把姜忠罩在了里面,原来是一副渔网。众闲汉见状,一齐扑上前要对姜忠施以拳脚。只见姜忠身子猛然一顿,继之整个身子就如旋转的陀螺似的把个渔网如同转轮一般飞速旋转起来,只听呜呜呜风声陡起,众闲汉猝不及防,被渔网网兜上的金属网坠打得呜哇乱叫东倒西歪,跟跟跄跄四散开去。姜忠把飞速旋转着的渔网往上一托，那渔网就旋转着飞了出去，落下时正好把跑出数步远的一名闲汉扣在了网下。姜忠一个箭步上去照渔网下的闲汉一脚踢去，正踢在闲汉的胯骨上。闲汉疼得"啊呀"一声怪叫，再也不能起身。

另外四名闲汉见这老者功夫非同寻常，都已怯了他几分，再打时，都只围住他举着双手移动着脚步作欲进攻状，却无一人敢真的上前来打。这就给姜忠各个击破提供了机会。只见他脚一掂一个箭步朝前面两名闲汉冲去，两名闲汉赶忙躲闪，他却脚步一顿，身子往下一蹲又往上一纵，整个身子便向后弹射而起跃向了后面两名闲汉。方才，这两名闲汉见姜忠冲向了前面两名闲汉，正跟着一步一步往前凑呢，没料到姜忠突然来了这一手，一时猝不及防，被姜忠一脚一个踹到胸部和肩膀上。那被踹到胸部的闲汉倒地后"哇"地喷出一口鲜血；被踹到肩膀的闲汉倒地后用另一只手捂着受伤的肩膀龇牙咧嘴地叫唤，估计骨头已被踹折了。另两名闲汉见状，哪里还敢再打，一起转身便跑。姜忠发一声喊："哪里跑！"接着施展轻功箭一般追了上去，很快就追上了跑在后面的闲汉，却从这闲汉身边越过，去追跑在前面的闲汉，眨眼之间已追上了那闲汉，抓住其臂膀往后猛然一抢，那闲汉顿时双脚离地整个身子向后掼去，正掼在后面来不及躲闪的闲汉身上，先是两颗脑袋"嘭"一声撞在一起，继之二人双双倒地，都用双手捂着脑袋在地上打着滚一个劲地叫唤。

姜忠声音威严地对躺倒在地的五名闲汉道："尔等恶棍都给老夫听好，老夫曾发誓不再伤人性命，故此今日只让尔等吃些伤痛之苦，并未要了尔等性命，若非如此，老夫杀了尔等几个，即如踩死几只蚂蚁，何须用这许多拳脚功夫！老夫正告尔等恶棍，赶快洗心革面，改邪归正，莫再为虎作伥，做那伤天害理之事！如若不然，便绝无好下场！都听见了么？"

闲汉中伤势较轻的三位都给姜忠跪下作揖，声音参差不齐地回答："听见了，听见了，谢大爷饶命。"

姜忠喝一声："滚！"再不看他们一眼，抬腿径直向前走去。

此时，另一处的秦瞎子与陆野正打斗得难解难分。看来二人武功不相上下，一会儿秦瞎子一掌击中陆野胸部，把陆野击得连退数步几乎跌倒；一会儿陆野一脚踹中秦瞎子肚腹，把秦瞎子踹倒地上。陆野上前欲向倒地的秦瞎子再踹出致命的一脚，却被秦瞎子就地一滚躲过，紧接着一个鲤鱼打挺又站了起来。陆野乘秦瞎子立脚未稳又一拳打来，秦瞎子闪身躲过，同时抓住陆野手腕往后一带，在陆野身子前扑的同时，一记倒钩脚踢在陆野后腰上，陆野被踢得向前抢上两步勉强站住未倒，秦瞎子一旋身子照陆野后背一脚蹬去，被蹬得扑倒在地的陆野"哇"地喷出一口鲜血,再难起身。

秦瞎子上前一脚踩在趴卧在地的陆野后背上:"哼!想存心算计我?你打错了算盘!我本可就此要了你的命,只是念在你我曾有过一段交情的分上,姑且饶你一命,只是莫让你搅了我的好事便是了。"

陆野有气无力地说道:"谢,谢仁兄不杀之恩。"

秦瞎子在对方后背上不轻不重地一跺脚:"哼!都到这个份上了,还称什么仁兄!你我兄弟情分自此断绝,日后你我各走各路!"

秦瞎子说罢离开陆野,几步跨到娴儿身边把她抱起向前走去。刚刚走出几步,不提防一个身影从他前面几步远的地方一下闪出,挡住他的去路。

秦瞎子急忙收住脚步,一看竟是姜忠,话语脱口而出:"是你?"

姜忠威严地说道:"把孩子放下!"

秦瞎子以双手把娴儿举过头顶:"你走开!你再敢上前,我立刻把她摔死!"

"你把孩子放下,老夫留你一条生路,孩子若有闪失,老夫定让你以命抵命!"姜忠说到这里又厉声道,"把孩子放下!"

秦瞎子并不退让:"你让开!再不让开,我便摔了!"

姜忠伸手往地下一指:"把孩子放下,我保你毫发无损地离开这里!"

"我向前走出三步,三步之后你再不让开,我立马便摔!"秦瞎子边迈步边数数,"一,二——"

姜忠一扬手:"等等!"

秦瞎子停住脚步。

"你可要想好,你若摔了孩子,你便休想再活着离开这里一步!"

"哼!到时候谁死谁活还不一定呢,我可要接着走——"

就在秦瞎子"了"字尚未出口,第三步还没迈出之际,姜忠已箭一般纵身向前跃出,从猝不及防的秦瞎子手中把娴儿抢夺在手,同时以膝盖朝对方肚腹一顶,秦瞎子被顶得踉跄倒退三四步,几乎仰面跌倒。气急败坏的秦瞎子稍稍调整一下姿势,像一只恶狼一般扑向姜忠。姜忠怀抱昏睡中的娴儿,左躲右闪着对方的攻击,只以腿脚与对方过招。秦瞎子见对方怀抱孩子,只以腿脚与自己过招,自己却仍占不到便宜,就愈益狂躁起来,如同一只暴怒的狮子一般向对方频频出拳出腿。姜忠见对方拳脚章法已乱,瞅准时机,在对方又一腿扫过来时,暗自发力出脚向对方脚脖子处一搂,只听秦瞎子"啊"一声惨叫,人已颓然倒地,再也不能起身。

姜忠凛然道:"歹人听了,四年之前尔劫持幼童,被老夫踢伤尔一条腿,却未夺尔性命，本望尔能以此为戒，弃恶从善，却不料尔不知悔改，依然我行我素。近日在尔等欲作恶之时，老夫或现身尔等身侧，或扮作猛虎追逐尔等，意在昭示尔等，尔等恶念有违天理人心，绝不会如愿得逞，怎奈尔等竟是置若罔闻，仍一意孤行，终有今日下场！而今老夫再度将尔腿脚踢残，仍留尔一条狗命。那边助凶恶棍也听好，尔等若能自此改恶从善，仍可平安度日；若依旧恶性不改，继续为非作歹，便是自蹈绝路，自取覆灭！我倒要自尔等败类身上看看，人坏，会坏到何等地步！"说罢抱着娴儿昂然阔步走进朦胧夜色中。

陆野从那边迈着蹒跚脚步来到秦瞎子身旁："仁兄你看，你我落到如此地步，被我不幸而言中了吧？当初你若能听我的话，又何至于此？这才叫偷鸡不成反蚀一把米呢。"

秦瞎子斜了对方一眼："我有过，你更有过，当初你若不是想独吞赏金，眼看着我被套在袋中却弃之不顾，只管挟持女童走人，又何至于你我之间陡起内讧？你也不想想，你独自将那曹姓女童送至尹府，并无证人作证，人家能相信那女童就是其仇家之女么？或许认定你是弄个假的去骗取赏金呢。即便你听我说起过那证人的名字叫杜朗，你与他又不相识，你去何处寻他？即便寻到了，人家不知你为何方人士，能为你去作证么？故此我说，要做成此事，你我绝不能各揣心思，须同心协力方可。"

陆野叹一口气："事已至此，说什么都迟了。"

秦瞎子摇摇头："尚不为迟。我的腿走不成路了，你把我背到北面镇子上住上一宿，明日一早你我雇一驾马车赶去渔阳，将曹姓女童下落告知于尹府，事成之后，尹府仍将会重谢你我。"

陆野凑近对方道："方才那老小儿一席话，于你我而言虽不甚中听，却是有些道理，你我不如就此罢手吧。"

秦瞎子冷笑一声："亏你还是江湖中人，他几句淡话便搅得你没了主见。他不是讲天理人心么？什么是天理人心？你身无分文，穷困潦倒，人家便不拿你当人看，甚或看你猪狗不如；你身揣万贯，人家便会将你奉为上宾，你便成了人上人，便享不尽的荣华富贵，这便是天理人心！你是想让自己猪狗不如呢，还是想让自己成为人上人？你当然想做人上人，那便得有钱！人无外财不富，马无夜草不肥，你若想有钱，便得心狠手黑！古来那些帝王将相，富商大贾，哪个不是靠心狠手黑起家的？这便是天理人心！做与不做，你自己掂量掂量吧。"

"仁兄所言不无道理。谁不想做人上人？谁不想尽享荣华富贵？好吧，便依你。"陆野说到这里打量一下对方,"可把你背到北面镇子上,就你这身量,可是苦了我了。"说罢蹲下身子,把秦瞎子背起来,一步一挨地向前走去。

因夜里被搅得没有睡好,程氏到次日早上还在沉沉睡着,却被堂屋的响动搅醒了,继之听到了杏儿和娴儿的说话声。她心中一激灵,欠起身子支起耳朵仔细听听,确是杏儿和娴儿的声音,心中不免诧异起来:怎么娴儿还在?是哥哥未能得手么?那么那先来的蒙面人呢?也未能得手?她起身来到堂屋,见杏儿和娴儿一个在灶上搅锅,一个在灶下烧火,就问她们:"今夜可有人进入你们屋内了?"

杏儿和娴儿闻声都抬起头,以充满疑惑的眼神看看她,继之都摇头。

程氏似乎不相信,又追问一句:"真的未曾有人进入你们屋内?"

杏儿和娴儿又都摇头。

程氏心中愈加感到诧异,急忙快步走出堂屋,往甄氏卧房走去。她要把这一怪事尽快告诉甄氏,看甄氏会怎么说。甄氏卧房的门是开着的,她一脚踏进门,抬眼朝屋里一看,马上呆住了:只见甄氏手脚都被捆着,蜷缩在炕里一角,嘴里塞着一大团破布。她赶忙上炕呼唤:"姐姐,姐姐。"

甄氏却毫无反应。

程氏这才发现甄氏面色灰白,双目紧闭,似已昏迷过去。赶忙伸手从她嘴里往外抻那团破布,首先抻出一条裤头,继之又抻出一双袜子。接着又招呼:"姐姐,姐姐。"

甄氏仍无回应,只是呼吸渐渐急促起来,面色也稍稍好转了些。

程氏又招呼:"姐姐,姐姐,你醒醒,你醒醒……"

甄氏微微睁开眼睛,翻了一下白眼,又把眼睛闭上了。

程氏抓住甄氏的臂膀边摇晃边招呼:"姐姐,姐姐,你醒醒,你醒醒……"她摇晃对方的臂膀,发现对方整个身子都在晃动,这才意识到对方的手脚还都被绳子牢牢地捆着呢,于是赶忙解绳子,费了好大的力气才把绳子解开。

甄氏喘息一阵,面上渐渐显出了红晕,眼睛也睁开了。

程氏关切地问道:"姐姐,你可好些?"

甄氏抬眼看着程氏,眼神由茫然渐渐变成了仇恨,从牙缝里挤出一个字:"你……"

她挣扎着欲起身,却骤感胳膊腿脚一阵麻木的疼痛,一时龇牙咧嘴倒吸一口凉气,又停住不动了。

程氏对对方神情的变化浑然不觉,自顾说道:"真是未曾想到,你也被捆住了,可是娴儿她,她却安然无恙,正与杏儿在灶上烧饭呢,你说怪不——"

"呸!"甄氏朝程氏脸上猛然啐了一口,把一口混合着臭袜子味儿的唾沫全啐在了程氏脸上。

"你!"程氏一边用手擦抹脸上的唾沫一边气急败坏地说道,"你,你这是做甚?"

甄氏显然已从半昏迷状态缓了过来,此时咬牙切齿地说道:"未曾想到么?确是未曾想到!平日里看你似是毫无城府,甚至装得无心无肺的样子,却原来内里包藏着险恶祸心,且包藏得竟是如此之深!现下我方明白,你与你哥哥早便密谋好了,明着是要你哥哥来赚取娴儿,暗中却是要他来把我弄死,好由你一个人独霸先生,你好阴险好恶毒啊——"

"不是的,不是的……"程氏急急地分辩。

甄氏哪里肯听?此时她被绑得麻木了的胳膊腿脚已渐渐恢复了过来,只见她挣扎起身,发一声喊:"我与你拼了!"就如一头暴怒的母狮一般扑向对方。程氏猝不及防,被甄氏双手抓住头发猛揪猛扯,急忙用双手去掰对方的手,口中连连叫唤:"哎呀,你放手!你放手……"二人正互相撕扯得难解难分之间,猛听得旁边一声断喝:

"住手!"

二人都被这突如其来的一声吆喝吓得浑身一哆嗦,撕扯着的双手随之松开了,继之都循声扭头看去,见她们的丈夫已经站在了屋门口。

曹富贵看着自己这两个刚刚还扭打在一起,此时披头散发的女人,一时又惊又怒:"你们……你们这个样子,哪里还有一点点大家闺秀的样子,哪里还有一点点读过圣贤之书的人的样子,简直都是疯子!疯子!讲!为何要互相厮打?"

甄氏抬起颤抖不止的手一指程氏,气喘吁吁地说道:"她……她……"

程氏也喘息着,连连摆手:"不!不!姐姐,这是误会,这是误会——"

"啊……呸!"甄氏又朝程氏啐出一口。甄氏终究不敢把她以为的程二捆绑作践她的事说出来,她怕拔出萝卜带出泥,程氏再把她们二人密谋让程二劫走娴儿的事说出来。

"得了!看看你们这个样子,成何体统!成何体统!"曹富贵又气又急,"现下什么都莫说了,赶快收拾行李上车,跟我去镇子上住!"

甄氏和程氏听了这话都一愣,一时都以疑惑不解的眼神看着曹富贵发呆。

曹富贵提高声音道："我的话未曾听见么？赶快收拾行李，跟我去镇子上，车在外面候着呢。"

程氏边用手梳理散乱的鬓发边问："去镇子上住？住哪里？"

"我恐你们两个贱人本性难改，再对大哥与两个侄女有非理之举，便在镇子上置了一处旧宅子，让你们都搬过去住。快点，收拾好行李马上上车！"

曹富贵说罢快步走出屋子，见王婆婆从自家那边走了过来，忙上前打招呼："老婶子，您早啊。"

王婆婆看看门前停着的马车和马夫，又转向曹富贵："老二这么早便过来了？还赶来一驾马车？"

曹富贵道："我叫来一驾马车，把那两个贱人拉到镇子上去住。我本想自那边早一些动身，赶在我大哥出海之前过来的，不承想还是迟了一步，我大哥已经出海了。那便托老婶子对我大哥说一声，我把两个贱人带到镇子上去住了，把我娘也带过去住上些时日。"

王婆婆有些意外地问："把你娘也带过去住？"

曹富贵点点头："我娘头痛总不见好，据说针灸医治此病疗效甚佳，便在镇子上为老人家请好了郎中，每日为老人家针灸治疗。待把病医好了，老人家若想回来，我再把她送回来。"

王婆婆连连点头："好，好。待老大出海回来，我告诉他。"

第十章
传假意秦王赚国丈　扮乔装众丐胜府兵

尹府厅堂东暖阁内，勾腰驼背的尹阿鼠烦躁地在青砖地上来回走动着，正在对呆立一旁的尹何发脾气。

只听他扯着公鸭嗓嚷道："你，你不是说那曹氏孤儿已然死了吗？"

尹何眨巴眨巴眼睛："是啊，此乃侄儿亲眼所见。"

尹阿鼠把一封信往八仙桌上一拍："屁话！你看看，这上头写的什么？"说罢坐回到椅子上喘粗气。

尹何走前两步，拿起信纸，先看后摇头："大叔，哦大人，您老知道，侄儿我识不得几个字，这上头，有一多半的字我不认识，还是您老给念念吧。"说着把信纸递向对方。

尹阿鼠不接信纸："呸！你这是哪壶不开提哪壶！你明明知道我也不识字，还偏让我念！方才我让这府内识字的人念了，他也念不全，不过也知道了个大概意思，那曹氏孤儿并未死！"

尹何瞪大眼睛："并未死？这这，侄儿我明明看见了，那婴孩被那老者装殓在木箱之内，埋在了山坡上，是不知哪里来的一群汉子相帮着掩埋的。待那一群汉子离开之后，我去让手下人扒开坟堆又撬开木箱，见那婴孩尸身就在木箱里呀。我看得真真切切，是个男婴。"

尹阿鼠道："你们被那老东西骗了！这封信是魏文魁着人送来的，信上讲，有两名知情者到蓟州衙门向他告密，尚在海上之时，那渔夫用调虎离山之计，驾渔船把你们引开，那老者便乘机乘商船到渔码头上把曹氏孤儿交给了那渔夫的邻居，其后那老者又乘商船把你们引到了西去的老河口码头，直到把你们引到蓟州地面。到那时,曹氏孤儿早已被那渔夫带到了平州沿海一个叫龙王庙的小渔村,那渔夫的家就在那小渔村。还有,曹氏孤儿并非男童,是女童!"

尹何大张开嘴巴:"是……是这样?"

尹阿鼠道:"现下,魏文魁已把两名告密者留在州衙之内,专等我们这边去人,好为我们的人带路去平州沿海小渔村抓人呢。"

尹何道:"大人放心,侄儿这便带人前往蓟州衙门去会那两名知情者。这一回,定要将那曹氏孤儿缉拿到手。"

尹阿鼠道:"上一回,因你等武功不高,方吃了大亏;这一回,你须带上几名武功高手,以免再失手。"

尹何又眨巴眨巴眼睛:"大人,这府内并无武功高手啊。"

尹阿鼠瞥他一眼:"你去寻哪,这偌大京师,还愁寻不到武功高手?"

尹何一哈腰:"是,侄儿这便去寻。"

在尹阿鼠收到蓟州刺史魏文魁的密信的同时,房玄龄也收到了蓟州别驾温广差人送来的密信。信尚未开封,房玄龄就知道此信一定事关曹氏遗孤生命安危,于是急匆匆赶往秦王府面见李世民。正在王府厅堂内与长孙无忌一同阅览关防文书的李世民,一见房玄龄来得匆忙,即问:"玄龄,这么急匆匆赶来,可有要事?"

房玄龄从衣衽内掏出书信,递向李世民:"蓟州别驾温广遣使给属下送来一封书信,请殿下过目。"

李世民接过书信,取出信纸展开稍作浏览,及抬起头道:"信上讲,有两名知情者到蓟州衙门向刺史魏文魁告密,曹仁鸿将军父子遗孤尚在人世,藏匿于平州沿海小渔村。"之后又低头念信,"曹氏遗孤并非男童,而是女童。"念到这里抬起头来,神色诧异地看看房玄龄,又看看长孙无忌。

长孙无忌道:"是女童?记得袁大师曾讲,曹将军三代之内将有异人出世,此人贵不可言,那么,此女日后便将有后妃之尊了。是谁的后妃呢?就当下而言,太子建成为国之储君,日后若是他做了皇帝,那么此女便将是他的后妃,这……"

房玄龄却道:"断言此女归属为时尚早,日后究竟鹿死谁手尚在两可之间呢。"

李世民摆摆手止住二人的话:"此女日后归宿如何,今日尚不能妄论短长。今魏文魁已就此女之事修书一封,遣使送至尹府。那尹阿鼠见信之后定然再度差遣人马前去搜杀该女。该女虽有平州那老者护卫在侧,然其势单力孤,恐难以抵挡尹府人马之杀伐,为此我们须命人前往援救。"

房玄龄道:"我倒是有个想法,不知当讲不当讲。"

李世民："有想法直言便是。"

房玄龄道："有道是攻城不如攻心。他尹阿鼠差遣人马前去追杀曹氏遗孤，想必既无皇上旨意，更无刑部与大理寺授权，属徇私之举，只能背着朝廷上下，尤其是背着殿下私自行事。殿下正可攻他这一点，命人到他国丈府门前放出风声：'殿下已然得知他将要差遣人马至平州沿海搜杀曹氏遗孤。'之后看他作何回应。他如无皇上密旨，必不敢再轻举妄动；他如有皇上密旨，哪怕是有皇上的默许，他也会想方设法向殿下这边透露一二，好打着皇上的旗号来威吓殿下，以免殿下对他派出去的人动用武力。若他真有皇上密旨在手，殿下也可采取应对之策。"

李世民点头："好，就照此办理。"

当日，秦王府一名王保就前往尹国丈府大门外叩响门环。

里面门子打开门上小窗问："你是谁，到此有何贵干？"

王保道："卑职乃秦王府属下，奉秦王之命前来问询国丈大人，遣往平州沿海缉拿曹氏遗孤之人马何时启程？启程之日，秦王将遣属下人马随行，以助国丈大人一臂之力。"

门子道："你且在外稍候，待我进去报与国丈大人。"

王保道："你只把秦王的话报与国丈大人便是，卑职告辞。"说罢就返身离开了。

门子不敢怠慢，即刻把秦王府王保的话报给了尹阿鼠。

尹阿鼠听了先是呆愣片刻，接着就怒气满腔了，马上让人把尹何叫到跟前，气冲冲地问道："差你们去缉拿曹氏之后一事，是你透露给外人的？"

尹何眨巴眨巴眼睛："我，我没有透露给外人哪，此事我对谁都未曾讲起过。"

尹阿鼠："你所言当真？"

尹何使劲点头："当真。"

尹阿鼠道："可李世民已然得知我要差人去平州沿海缉拿曹氏之后一事。"

尹何诧异道："这，这怎会呢？"

尹阿鼠道："方才门子来报，李世民手下人奉命过来问询于我，遣往平州沿海缉拿曹氏遗孤之人何时启程，说是他李世民要命人随行，以助一臂之力，你看看，这不就是公然来告诉我，他李世民得知此事了吗？"

尹何想一想道："此事是不是那魏文魁透露给李世民的？"

尹阿鼠道："你的意思是，他魏文魁脚踩两只船，既把曹氏之后还活着的消息告诉了我，又把他告诉我这件事告诉了李世民？若是那样，这个魏文魁真是太可恨了！"

尹何道："也许是蓟州衙门另有他人得知了内情，便报给了李世民。"

尹阿鼠点点头:"嗯,也许是这样。要让魏文魁查一查,此人是谁。"

尹何问:"既然李世民已得知我们要去平州沿海缉拿曹氏之后,我们是不是就不能再去了?"

尹阿鼠道:"去!为何不去?那曹氏父子忤逆犯上,罪当灭门,你妹妹已向皇上提出由我尹家前去缉拿曹氏家眷,皇上业已允准,只是未曾下旨罢了。既然皇上已然允准,我们还怕个甚?我们不单要去,还要着人去透露给李世民,是皇上让我们去的!我们是奉旨行事!看他李世民又能如何?现下最要紧的是须寻到武功高手,这事你办得怎样了?"

尹何道:"侄儿去各家武馆寻了,有的只会耍一些花拳绣腿,没有真功夫,有的有真功夫,却嫌我们给的钱少,不愿去。"

尹阿鼠老鼠眼一瞪:"什么?嫌钱少?那,他们要多少?"

尹何道:"去这一趟,每人至少一千两。"

尹阿鼠一下子站了起来:"什么?一千两?这不是狮子大开口吗?"

尹何道:"大人请放心,侄儿再去寻,我想总能遇上愿去的。"

尹阿鼠琢磨片刻:"算了,我倒是想起来了,上一回便是齐王专程过来告知于我,那曹氏父子尚有遗孤在世,由此可知他乐于让我们做此事。他是带兵的统帅,还愁手下缺武功高手?你去见他,就说国丈爷我说的,请他从他手下择几个武功高手让你带上,一同前去搜杀曹氏孤儿。正好,雇人的钱也省了。"

尹何道:"侄儿遵命,这便去齐王府。"

尹何到齐王府见了李元吉,把国丈爷要借几个武功高手前去搜杀曹氏孤儿的事一说,李元吉立刻一口应承下来。待尹何前脚离开,李元吉后脚就出了府门,直奔东宫显德殿,一走进东暖阁侧门,就对正在伏案写着什么的李建成大大咧咧地招呼:"大哥,到你宫中来讨杯水喝。"说着一屁股坐在侧旁一把椅子上。

李建成停住笔,抬起头看李元吉一眼,转对身边侍女道:"给齐王看茶!"

侍女应声出门去了。

李建成道:"我说四弟呀,你总是这么风风火火的,又有什么急事啊?"

李元吉道:"方才,尹国丈府长史尹何去了小弟府中,听他讲,蓟州刺史魏文魁命信使给尹阿鼠送来书信一封。书信上讲,那曹氏父子遗孤并未亡故,仍匿居于平州沿海一带。"

李建成皱起眉头:"是吗?这个尹何真不中用,既然人还活着,几年之前他去蓟州等地搜杀该婴孩返回后怎么说已然死了,还言之凿凿地说他亲眼见到了那婴孩

165

尸体，这岂非太过荒唐？"

李元吉道："他是被人以他人死婴做替身蒙骗了，这且不再说它。那尹何讲，尹阿鼠得知曹氏之后人仍在世，又命他率人前去搜杀，且此举已得到父皇允准。因尹何上一回带去的人武功不高，为此吃了大亏，这一回尹阿鼠便命他来向小弟求援，求小弟择几名武功高手前去襄助于他。"

李建成道："既然父皇都允准了，还怕什么？四弟你择定几个武功高些的人给他便是了。"

李元吉道："还有呢，据尹何讲，那曹氏之后人并非男童，而是女童。"

李建成眉毛一挑道："女童？既然是女童，能成什么大气候？你我弟兄又何惧之有？"

李元吉道："不单如此，其中大有文章在。既然是女童，又贵不可言，这昭示着什么？昭示着此女日后当有后妃之尊。是谁的后妃呢？大哥你是太子，终将南面称孤的，那么自然便是大哥你的后妃了。喏，大嫂当为皇后，那么此女便是大哥你的妃子了。"

李建成苦笑道："四弟不是在取笑大哥吧？那女童禀赋怎样，相貌如何，你我皆毫无所知，为何便成我的妃子了？此等话语切莫再讲了！"

李元吉道："你急什么？小弟我的话还未曾讲完呢。现下该讲讲二郎了。据尹何讲，二郎已得知尹家要差遣人马前往搜杀曹氏后人，便差人至尹府门前放出风声，他二郎要差遣人马前去助尹家一臂之力。此乃二郎反题正做，意在给尹家施压，好让尹家放弃搜杀之举。令人不得不陡然生疑的是，他二郎定已知晓曹氏后人是女童，当然更知晓袁大师为该女测命之语，此情之下，他仍要设法阻止尹家前往搜杀之举，这意味着什么？意味着他已把此女视为他日后的后妃了！那么，这不就是说，我大唐皇帝宝座，他李世民已是志在必得了么？"

李建成道："说来说去，那曹氏之女你我是杀，还是不杀？"

李元吉道："杀与不杀，目下尚不可定。"

李建成问："此话怎讲？"

李元吉道："若以他二郎之如意算盘，我李家天下必将归属于他，那么该女也便是他的女人，如此该女我们是杀定了。然则对于他的狼子野心，你我能无动于衷么？当然不能！日后究竟鹿死谁手，那要看谁能抢占先机。目下父皇于你日渐倚重，朝政诸事多委你总理，而于他二郎则日渐疏远与忌惮，已削夺了他部分兵权，这就为你我扳倒他提供了极好的机会。看着吧，此大唐之天下终归是大哥你的，那么该女当然属于你，如此该女我们便不能杀。目下最为紧要之事，便是须尽快寻到该女，取得该女所佩之金锁，从中得知袁大师为该女所书之谶语。如谶语于二郎有利，便将该女杀掉，如谶语于大哥你有利，该女便不能杀。非但不能杀，还要设法阻止尹何一干人等的杀戮之举。"

李建成频频点头："想不到，四弟又大有长进了。对于一小小女童，便有如此识见与算计。"

李元吉摆摆手："是小小女童不假，却绝非寻常女童，不然哪里会连父皇都牵涉进去？小弟倒是在想，有父皇撑腰，尹阿鼠定将差遣人马前去搜杀该女，那么，他二郎又会如何动作？他果真敢于违拗圣意，动用武力去与尹家人相抗吗？"

李建成略一思忖道："若果真那样，他二郎在父皇那里便又输了一招，这于你我倒是甚为有利呀。"

李元吉点头道："大哥所言极是，尹阿鼠那边我定然差人鼎力相助，且看他二郎如何动作！"

此刻，在秦王府人文厅内，李世民正满面肃穆地来回踱着脚步。长孙无忌、房玄龄应召来见他，正要施礼，他一摆手道："无须多礼。玄龄，用你的法子，果然迫使尹阿鼠透露出实情，他差人前去搜杀曹氏遗孤，竟然经过了父皇允准！父皇纵容他尹阿鼠对开国功臣之后斩尽杀绝，如此做法真是令人大感不解。"

房玄龄似乎早有所料："这还不是那位德妃娘娘在皇上身边吹枕边风吹出的结果！"

李世民道："我这便入宫劝谏父皇收回成命，为功臣之后留一条生路。"

房玄龄道："不可！想皇上允准尹阿鼠之所为，并未下旨，便是皇上于宫闱之内对德妃娘娘口头密谕的。现下殿下将此私密之事向皇上挑明，必将惹恼皇上。若皇上对此不予认可，那尹阿鼠再矢口否认，便是殿下无端生事了，故此望殿下免了此行。"

李世民忿然道："他尹阿鼠如此为所欲为，我着实忍无可忍。"

房玄龄道："当然不能忍。他尹阿鼠不是要打着皇上的旗号差人去搜杀功臣之后吗？我们便差人前去解救英雄遗孤。只要我们去的人不暴露真实身份，他尹阿鼠对殿下便无可奈何。"

此时一名王保进入厅内，用双手托举着一封书信对李世民道："殿下，有人送来一封书信。"

李世民接过书信，看过之后说道："此信是我们的耳目、东宫率更丞王晊着人送来的，你们看吧。"说着递给长孙无忌。

长孙无忌看信，看过之后又递给房玄龄。

李世民道："四郎元吉为尹何向他求借武功高手前往搜杀曹氏遗孤一事，入东宫与太子密谋。四郎从曹氏遗孤是女童且该女'贵不可言'这两点上，推断该女将有后妃之尊，然后一会儿说该女将是太子日后之后妃，一会儿又从我将差人前往护卫该女一事上，推断我李世民将其视为我未来之后妃，进而推断大唐皇帝宝座我已是志在必得。他这些话，倒是提醒了我，他们兄弟二人横竖容不得我，迟早将要对我下手。"

长孙无忌道："如此也好，脓疮总得破了头，方可痊愈。早来倒比晚来要好，我们尽早做好准备便是。"

房玄龄把信放到书案上，说道："现下看来，太子、齐王与尹家是合成一路要对曹氏之女下手了，我们这边前往解救该女之人须增添人手方可。"

李世民道："是啊，要从该团伙手上救下该女，再将该女救至安全处，确须有足够的人手。"

随后，李世民把刘师立和公孙武达召进厅内，精心布置了一番。

这一天，龙王庙村来了一队人马，为首的是尹府长史尹何，其后是五名府丁。府丁后面是陆野赶着的一辆马车，车上坐着秦瞎子。再其后是李元吉派出的庞校尉、敬副尉所率领的二十名士卒。庞校尉腰挂佩刀，敬副尉腰挂佩剑，众府丁和众士卒也都腰挂腰刀。

尹何来到曹家门前勒住马头，见房门紧锁，又来到王家门前，对着房门高声道："屋内有人么？"

"谁呀？"屋内传出王婆婆的声音，人随即出现在门口。

尹何劈头便问："请问这村中有一八岁女童，是哪一家？"

王婆婆以疑惑的目光看看这个又看看那个："你们是谁？寻那女娃做甚？"

一名府丁用马鞭朝王婆婆一指："我们爷问你话呢，你只管回答便是，何须多问！"

王婆婆瞥他一眼："你们不告诉我你们是谁，我怎能回答你们？"

府丁眼睛一瞪："你！"

尹何以手势制止住府丁，下了马，口气缓和了些："老人家，是这样，那女童不是这村里一户人家抱养的么？我等是受女童亲属之托来认领女童了。"

"什么？"王婆婆皱起眉头，"你说女娃是抱养的？你说差了，女娃是这里渔家土生土长的家生女，怎成了抱养的了？"

尹何听了这话一愣，扭头向坐在马车上的秦瞎子看去。

秦瞎子马上道："那女童就是于海上商船上抱养的，老媪你莫要唬人！"

王婆婆一扬眉毛向秦瞎子看去："这位客官，怎能如此说话？"说着抬手一指曹家，"娃是老婆子我在这屋里亲手接生的，怎便成了抱养的了？"

秦瞎子道："若不是抱养的，那女童为何不随抱养她人家的姓氏，却要姓曹？"

王婆婆剜他一眼："客官说的这是什么话！她怎么不随养她的人家的姓氏了？生她养她的人家祖祖辈辈都姓曹，她不姓曹你让她姓什么？"

秦瞎子一怔，抬手一指曹家："你是说这户人家姓曹？"

王婆婆道："这还有假？那便是曹家！"

秦瞎子眼珠一转："女童父亲现在何处？"

王婆婆道："去海上打鱼了。"

秦瞎子紧追一句："她母亲呢？"

王婆婆冷冷地说道："死了！"

秦瞎子冷笑一声："可不是死了，投海自尽了！"

王婆婆又剜他一眼："这位客官说话好没来由！怎么是投海自尽了呢？明明是病死的，尸骨还在北面一里之外的荒丘上埋着呢，你不是想去扒开看看吧？"

"这……"秦瞎子一时语塞，但马上高声道，"不！那女童就是于海上的商船上抱养的，老太婆你莫要巧言遮掩！"

王婆婆冷笑一声："你口口声声说娃是抱养的，我倒要看看，你有何凭证？"

尹何有些恼怒地看向秦瞎子："秦瞎子！你可要认准了那女童，若拿个假的回去，惹恼了老国丈，你将百死不得一恕！"

秦瞎子额上已沁出一层冷汗："在下哪里敢呢？在下认准那女童便是老国丈府上仇家之后，有人证在！"

尹何问道："人证姓甚名谁，现在何处？"

秦瞎子道："人证姓杜名朗，就在这沿海'怡和号'商船上做着船老大，或许现下就在南面双龙河河口码头上。是他亲口对在下所言，那女童姓氏随其祖母与母亲之曹姓，抱养女童的渔夫就住在这龙王庙村。"

尹何问道："你所讲的船老大，就是当年下庄镇神风武馆那老小儿所乘商船的船老大么？"

秦瞎子道:"正是。"

尹何一扬马鞭:"走!由你带路,去寻那杜朗!"说罢上马,拨转马头要走。

"大人且慢!"秦瞎子眯着眼睛觑王婆婆一眼,"若我等去寻那杜朗之时,让那女童闻讯逃匿了呢?不如我等这就将那女童拿到手中,再去寻杜朗,待杜朗辨明女童真实身份之后再做定夺。"

尹何略一思忖:"也好。老太婆,那女童现在何处,你可知晓?"

王婆婆摇头。

她当然知道娴儿去了哪里。自从甄氏和程氏被曹富贵带走以后,娴儿就获得了自由,每天跟着小亮去南面的镜湖学游泳,今天也是如此。

秦瞎子一抬眼间望见从南面跑过来的虎子,马上抬手朝虎子一指:"那男童每日与女童在一起玩耍,他定知女童现在何处。"

几天来,虎子因受老虎惊吓发起高烧,这两天虽然退烧了,他娘也不让他去游泳,只让他在家养着。他在家里哪里待得住?今天趁他娘去野外拾柴了,他奶奶也出去方便了,就偷偷溜出去跟小亮和娴儿一起游泳,又怕他娘回来发现他往外偷跑而挨打,游了一会儿就先跑了回来,碰巧就遇上了尹何一伙。

尹何对虎子道:"来,小孩,你讲,每日与你在一起玩耍的曹家女童现在何处?"

"虎子,"王婆婆朝虎子递个眼色,"不当讲的可莫要乱讲啊。"

秦瞎子对王婆婆咬牙切齿地说道:"你个臭老婆子,若再多嘴多舌,便把你的嘴撕烂!"

虎子瞪着一双惊异的眼睛看看这个看看那个,又看王婆婆。

王婆婆又对他使眼色。

尹何对虎子道:"你讲啊,曹家女童现在何处?"

虎子摇摇头:"我未曾与她在一起,我不知道!"

"哼!他每日都与那女童在一起,今日必定也是在一起的,他来自何处那女童便会在何处。"秦瞎子抬手一指虎子跑来的方向,"他是自那边跑来的,我等沿他来路去寻,定可寻到!"

尹何一挥马鞭:"走!"

尹何等一队人马沿着虎子的来路一路向前飞驰,渐渐地,已能望见对面远处两个小小的身影。到双方距离更近时,已能清晰地辨别出对面的两个身影的面目和身形了。

秦瞎子微微睁大眯缝着的双眼,对尹何道:"大人,对面那女童正是我等要寻找的女童！"

当双方只有十余步之遥时，尹何一勒马缰停住脚步，对手下一名府丁道："下去！将女童拽上马来！"

那府丁下马奔向娴儿。

此时忽从斜刺里冲出一人，一个箭步冲到府丁和娴儿之间，大喝一声："住手！你等何人，竟敢于光天化日之下强抢民女？"

来人正是姜忠。他是在龙河湾镇街上与从该处路过的尹何一行人马不期而遇的。一当见到这一行人马中的秦瞎子和陆野，他马上明白了这伙人的来意，于是施展轻功跟踪来到这里。

尹何乍见姜忠就一愣："你是何人，胆敢阻挠本大人之公干？"

姜忠鹰隼般的眼光直射尹何："公干？此女小小年纪犯了什么罪，要你等来拿她？"

"那本大人便告知于你，"尹何用马鞭一指娴儿，"此女乃命案罪人之女。其父祖犯下灭族之罪，本大人奉命前来缉拿！"

姜忠双眼一眯："这可怪了，此女本是贫苦渔家女儿，何来命案罪人之女一说？"

秦瞎子赶紧接过话头："此女乃八年之前其养父于海上商船中抱养的，其亲生父亲即八年之前杀害国舅爷的命案罪人，早已被官府斩决。"

姜忠利剑般的目光直直刺向秦瞎子，冷笑一声："你说此女是其养父于海上商船中抱养的，可有凭证？"

秦瞎子道："你究竟是何人，胆敢阻挠尹大人之公干，还敢索要抱养凭证？"

"你问老夫是何人么？若由老夫回答你等，恐你等不信，老夫便让孩子来说。"姜忠说到这里转对娴儿道，"孩子，我是何人，你可认识？"

娴儿看看尹何再看看秦瞎子，最后向着姜忠呼唤一声："爷爷！"人已扑向姜忠，一头扎到姜忠怀里。

尹何对秦瞎子道："这……这，你当怎讲？"

秦瞎子高声道："大人，此中有诈！四年之前，在下曾为尹府缉拿此女，中途被这老丐抢了去，这老丐还一脚剪伤在下一条腿。日前夜晚在下与陆贤弟至女童家中将女童拿取到手，又是这老丐于途中将这女童抢了去，且将在下痊愈腿脚再度踢伤。这老丐与女童之间已是勾连密结，叫一声爷爷，又有何怪？大人且听在下一言，务必先将此女拿下，再让证人指证，方属稳妥。若此时放走了她，待其逃逸隐匿起来，那时再拿她，可就迟了。"

尹何道："此言有理，小的们，速将老丐轰走，将女童拿下！"

七名府丁一起下马，奔向姜忠和娴儿。

姜忠大喝一声："慢着！"

七名府丁均被姜忠凛凛气势镇住，一下子都停住脚步。

姜忠威严地说道："无凭无据拿人，便是强抢民女，依律，当斩！"

尹何一愣："你这叫花子，还知道什么'律'？"忽然回过神来，对众府丁道，"莫要听他胡言乱语，快快上去拿人！"

五名府丁向姜忠和娴儿扑去。姜忠略施拳脚，便把其中两名府丁打倒在地。

尹何高喊："杀了他！杀了他！"

另外三名府丁一起抽出腰刀杀向姜忠。姜忠赤手空拳与其厮杀起来，很快把三名持刀府丁打倒在地。

尹何气急败坏地对庞校尉、敬副尉喊道："庞校尉、敬副尉，还等什么？给我杀！"

庞校尉拔出佩刀朝着姜忠一挥，对众士卒喊道："上！"

众士卒一起拔出腰刀涌向姜忠。

此时，忽有三十余名手拄枣木棍的乞丐蜂拥而至，为首的正是刘师立，其后是公孙武达，这三十人走马灯般往来穿梭于姜忠、娴儿与众士卒之间，口中念念有词："凭据，凭据，凭据，凭据……"

众士卒一时都愣住了。

尹何大喝一声："呔！哪里来的一群叫花子，胆敢来搅扰本大人之公干。再不滚开，本大人要大开杀戒了！"

众乞丐似乎没有听见他的叫喊，仍不停地来回走动，齐声反复念叨："凭据，凭据，凭据，凭据……"

尹何对众士卒怒喝："还不给我快动手，杀！"

众士卒对众乞丐举刀欲砍，此时一声尖利的唿哨响起，众乞丐一起双手举棍飞舞起来，只听那枣木棍舞出的嗡嗡声响成一片，三十人的棍舞得只见棍不见人，令人眼花缭乱目不暇接。众士卒一时看得目瞪口呆。

尹何对在一边站立的庞校尉、敬副尉高声道："庞校尉、敬副尉！怎不命众卫士动手啊？齐王殿下遣你等至此，是要你等来吃干饭的？你们二人给我一起上！"

庞校尉举刀高喊："弟兄们，杀！"

庞校尉、敬副尉与众士卒一起挥舞刀剑杀向众乞丐。

此时又一声呼哨响起。众乞丐纷纷举棍与众士卒厮杀起来。刘师立紧紧咬住庞校尉，公孙武达紧紧咬住敬副尉，捉对厮杀。乞丐一方本来人数就较对方为多，武功更是胜过对方一筹，直杀得对方连连后退，其中有数人被乞丐枣木棍击中，疼得呜哇乱叫，最后纷纷四散奔逃，就连庞校尉和敬副尉也被刘师立和公孙武达打得夺路而逃。这时候刘师立停止追击，把右手拇指和食指杵进嘴里打一声呼哨，公孙武达和众乞丐即停止追击，返身回到尹何与姜忠、娴儿中间。接着，刘师立又打一声唿哨。众乞丐复又穿梭般来回走动，口中齐声念叨：

"凭据，凭据，凭据，凭据……"

尹何气急败坏地对呆立一旁的五名府丁道："走！去寻人证杜朗！"

说罢收集被打散的众士卒，一行人马向着西南面打马而去。

刘师立来到姜忠面前，摘下头上戴着的花白蓬乱的假发，问道："老人家，可还认得晚生？"

姜忠摇头。

刘师立道："八年之前，晚生一行于蓟州盘山曾与老人家见过一面。如今老人家面目虽已迥异于当年，但凭老人家一身英武之气，晚生还是认出了老人家。怎的，当年见面情形，老人家不记得了？"

姜忠缓缓地点了点头。

刘师立道："近日，那国丈尹阿鼠得到密报，已故曹仁鸿将军父子遗孤还活着，就在这平州沿海小渔村，便遣方才那一干人前来追杀。秦王殿下闻得此讯，速遣我等一行前来施救。切望老人家助我等一臂之力，协助我等寻到曹将军父子遗孤，好留住曹将军一条根脉。"说着一看娴儿，"不知面前这女童是否便是我等要寻觅施救之人？"

姜忠道："方才老朽已对离去的那一干人讲了，此女乃本地渔家女儿，老朽说的是实话。"

刘师立问："那么，曹将军父子遗孤现在何处？晚生知道，老人家乃当年解救曹将军父子遗孤之人，定然知道该孤儿下落，切望实言相告。"

姜忠道："该女早在四年之前便已被人接走了。"

刘师立又问："敢问老人家，被何人接走了，接到何处去了？"

姜忠道："被曹将军生前好友接走了。至于接到何处去了，方才那一干人不是去寻人证了吗？老朽只能告诉你们，有那人证引路，那一干人定能寻到该女去处，你等只要跟踪他们，也定能寻到。"

荒滩上，尹何等一行人在策马往南飞奔一程之后，尹何回头看看离姜忠等人远一些了，才敢勒马放慢了脚步。其他人随之勒马放慢脚步。

尹何对走在其左右的庞校尉和敬副尉怒气冲冲道："你二人真真气煞本大人了！本大人请齐王殿下遣你等至此，本指望你等能一战告捷，却为何如此不堪一击，被一群乞丐打得溃不成军，这这这，这成何体统？"

庞校尉扭身朝尹何一拱手："大人请息怒。我等并非不肯力战，只因一者对方人数多于我方，二者对方虽貌似乞丐，却个个身手不凡，故此我等虽力战却难以取胜。依卑职看来彼等并非乞丐，尤其是那两名领头的，武功甚是高强，卑职看其有些面熟，似在哪里见过。卑职方才与敬副尉一起议论，敬副尉也觉有些面熟，或许是秦王李世民麾下猛士。"

尹何道："李世民麾下猛士？哼！我等此行是皇上允准的，他李世民怎敢前来搅扰，莫不是你等畏死惧战，却编出个理由来为自己开脱？"

走在另一侧的敬副尉道："那一干人非只武功高强，且个个骁勇强悍，确非真乞丐，定是有些来历，望大人明察。"

尹何一瞪眼睛："明察？你让我如何查？待寻到人证杜郎，本大人再作打算。"说罢一扬马鞭，打马加速前行。

其余人马紧紧跟随向南驰去。

夜幕降临时分，出海回港的曹富荣和王大海各自背着鱼篓走回到龙王庙小渔村。当走到王家门前时，等候在门口的王婆婆招呼曹富荣："老大，快进我屋里来，我有要紧事对你讲。"

曹富荣和王大海放下鱼篓，随王婆婆进了屋。

各自落座以后，王婆婆把一天来家里发生的事述说一遍。

曹富荣听了，略一沉吟道："真想不到，一日之间家里竟发生了此等大事。不知恩公姜忠去了哪里？"

王婆婆道："先生把娴儿送回家，便急着赶去营州安顿婉儿了。先生讲，那伙人寻到杜朗，必对杜朗严刑拷打。杜朗是与郭霖贤侄一同去送婉儿至营州的，他一旦经不住拷打，必将把婉儿被送往营州一事和盘供出，接下来那伙人必将赶往营州追杀婉儿。先生须赶在那伙人之前至营州将婉儿安顿好。"

曹富荣皱紧了眉头："这么说，婉儿又要遭难了？"

王婆婆道："有先生去照应，料那孩子不会有事。"

曹富荣眼中闪动着泪光:"都是我的错,我对不住孩子啊。"

王婆婆眼睛也湿润了:"莫说孩子是老大你亲生的,就是老婆子我也心疼那孩子啊。要么,便对先生把实情挑明,把孩子接回来?"

曹富荣道:"我早想过,把婉儿接回来,便须把娴儿送走。如今娴儿已离不开我,我也离不开娴儿了呀。"

王婆婆以袖拭泪:"可不是么,送走哪一个,都揪心扯肺呀。"

王大海一跺脚:"唉,好人遭难,这是什么世道!"

王婆婆恍然道:"噢,还有呢,先生讲,杜朗必会向那伙人供出老大你曾抱养过尹氏仇家之女,那伙人必将对你一家施加报复。故而先生嘱我一定转告于你,要你带上孩子们出去躲一躲。"

曹富荣为难道:"这……我这拖儿带女的,仓促之间往何处去躲呀?再说,我一个海上打鱼人,若离开出海打鱼,一家人靠什么过活呀?"

王婆婆叹一口气:"你家老二那里原本可以去的,可他那两个了无人味的女人已然去了,你们便无法再去了。"

王大海道:"我倒想起了,老哥,你我在东面蚕沙口渔港皆有渔家好友,你可带上孩子们去那里暂住,你仍可出海打鱼,你看这样成不成?"

曹富荣道:"成是成,只是,他们也都是贫苦渔家,住房都不宽绰,我一家三口贸然去了那里,也住不下呀。"

王婆婆想想道:"我看这样吧,给杏儿找个合适的人家嫁过去。"

曹富荣摇摇头:"不成,杏儿还小呢。"

王婆婆道:"杏儿现下年满十五,已然不小,可以嫁人了。朝廷不是已颁下诏令,男年满二十、女年满十五即须婚配么?女孩子,迟早要嫁人,只不过早几时晚几时罢了。找个好人家,孩子将来便有了依靠。老大你放心,此事包在婶子我身上。我给人看相算命,在各村都有不少熟人,许多人家我都知根知底,定能给杏儿找个好人家,嫁过去绝不会受气。"

曹富荣眼中愁云密布:"也只好如此了,只是,杏儿这一走,娴儿便无人照管了。娴儿倒是一直在央求我,要随我去出海打鱼,可依本地风俗,女人不得出海呀。"

王婆婆道:"随你出海打鱼这事,娴儿也对我提起过,还问我呢,女人为何不能出海?我说,女人一旦出海,便会惹怒海龙王,掀起大风大浪来,出海之人便凶多吉少了。你猜娴儿说什么?她说:'我穿上男孩衣裳,扮成我爹爹的儿子,海龙王不就不会发怒了么?'我一听,成!凡事讲的便是个礼仪,着上男装,便是敬了海龙王，海龙王便不会生气了。再说，我们娴儿命大，出海会有神灵护佑的。"

曹富荣仍不放心："这样成么？"

王婆婆口气十分坚决："成！就这么办！"转对王大海道，"虎子爹，你姐夫托人捎来了话，他已与镇上塾屋的先生商定，送亮儿去村塾读书，明日便用马车来接亮儿。我与虎子娘、虎子都跟车过去住几日。你去不去？"

王大海道："我不能去，这几日正是鱼汛期，出海打鱼之事一日都不能耽搁。"

王婆婆道："那好，就这么定了。"

翌日凌晨，一驾马车载着王婆婆、杏儿和小亮直奔龙河湾而去。曹富荣则带着女扮男装的娴儿从双龙河码头乘渔船走水路，驶往蚕沙口渔港投奔渔家好友。他们走后时候不大，尹何等一行人马就来到了龙王庙小村。这一行人马后面的马车上，不仅载着秦瞎子，还多了一个杜朗。此时的杜朗，头上脸上已是伤痕累累，衣履破烂不堪。前一天，尹何一伙在双龙河口码头上找到杜朗之后，要他供出尹府仇家之后曹姓女童的下落。杜朗起初不肯招供，尹何便命手下府丁扒下他的上衣并把他捆绑在一根柱子上，用皮鞭对他猛抽猛打，不大工夫就把他的头面部和身上打得皮开肉绽血肉模糊。他再也承受不住，就如实招供了。

今天一早，尹何命他为这伙人带路，赶往营州捉拿隐匿在该处的曹姓女童。为赶行程，尹何决定此番出行不走水路，均乘快马走陆路，并决定顺路将那抱养隐匿曹姓女童的曹氏一家一并斩杀。赶到龙王庙小村一看，才知他们扑了个空。

见曹家屋门紧锁，尹何抬手一指门锁对府丁和庞校尉等人说了句什么。众府丁和士卒纷纷下马，其中一名府丁挥刀一刀劈开门锁，众人一拥而入将屋内家什用具一通乱砸。然后来到王家门前，见王家也是屋门紧锁，尹何抬手对着屋门一挥，一名府丁上前一脚踹开房门，众人又是一拥而入一通乱砸。

尹何一扬马鞭："上马！"一扭头间，于无意中看到了马车上的秦瞎子和陆野，马上说道："这里已没有你们的事了，你们可以走了。"

秦瞎子一愣，与陆野互相对看一眼，见陆野也是一副愕然之态，于是说道："大人，多日里，为寻找与缉拿那曹姓女童，在下与陆贤弟整日奔忙，这……"

"嗯？"尹何瞥了秦瞎子一眼，然后作恍然大悟状，"噢，我明白，你是想要赏金。"

秦瞎子一挺身子："为国丈大人效犬马之劳，我等在所不辞。只是……我等二人都快饿肚子了。"

尹何道："放心，赏金会有你们的。只是此时人犯之女尚未拿到，提及此事为时尚早。——饿肚子？今早你们二人不是已与我等众弟兄一起饱餐了一顿么？怎的，吃了那么多酒肉，如此之快便都下去了？"

秦瞎子与陆野互看一眼，嘴角都现出一丝苦笑。秦瞎子心想，本人所说的饿肚子可不是你尹大人说的那个意思啊，你尹大人是真不明白还是装糊涂？

这时一名府丁对尹何道："大人，此去营州，那杜朗须为我等带路。马车若不去，他可是无马可乘啊。"

尹何一点头："嗯，这倒是个事。"说着扭头看马车上的杜朗，再看马车，"有了，将马车上的稍马卸下，供杜朗乘坐！"

一听这话，赶车的陆野和坐在车上的秦瞎子都一愣。

那府丁朝赶车的陆野一瞪眼睛："大人的话你没听见吗？赶快将稍马卸下！"

陆野以不知所措的眼神看看秦瞎子。

秦瞎子对尹何小心说道："大人，这马车是小人与陆贤弟自那客栈租来的，押给店家二十两银子呢。"

"不就是二十两银子么？待本大人办完差自营州返回之时再还给你等便是。"尹何说到这里提高嗓门，"莫再耽搁工夫，快快将马卸下！"

府丁也高声吆喝："快点！若误了大人办差，你等定将吃罪不起！"

陆野只好照办，把稍马卸了套，把缰绳交给杜朗。

尹何等一行人打马去了。秦瞎子和陆野先是望着那一行人的背影发呆，继之你看看我，我看看你，一时之间哭也不是，笑也不是……

第十一章
迎风涛父女抛沙岛　赴酒宴世民中鸩毒

这一天，大海海面上风平浪静。

曹富荣在船上撒网、收网。娴儿帮父亲从网里择鱼捡虾。过了些时候，曹富荣摇橹把船驶向另一处海面。娴儿独坐船头眺望着海天尽处，唱起渔歌：

鱼儿乐，虾儿欢，风吹海面浪花儿翻。

撒下丝网一片片，收获的喜悦载满船，载满船。

月儿弯，月儿圆，潮涨潮落一年年。

渔家的日子红如火，甜甜的歌儿唱不完，唱不完。

…………

曹富荣停止摇橹，出神地看着娴儿唱歌。娴儿的歌声停了，曹富荣仍在出神地看着她。

娴儿见爹爹的神情有些异样，就招呼："爹爹！"

曹富荣这才回过神来，说道："婉儿，你唱得真好听，真好听。"

娴儿微微蹙起眉睫："婉儿？爹爹，您叫我婉儿？"

曹富荣一怔，忽然醒悟："噢，爹爹叫错了，叫错了。"

娴儿问："爹爹，您是不是想婉儿妹妹了？"

曹富荣赶忙遮掩："啊，没有，没有，是爹爹叫错了。爹爹问你，这歌你是跟谁学的？"

娴儿回答："跟王奶奶学的。"

曹富荣连连点头："嗯，好，好，你唱得好，唱得好，再唱吧，唱吧。"

娴儿抬手往西方一指："爹爹，您看那是什么？"

曹富荣往娴儿手指的方向看去，只见西方天际涌上大团大团的乌云，乌云翻卷着铺天盖地向他们父女这边压过来。继之，乌云脚下似腾起一片火焰，眨眼之间便把半边天际燃成了暗红色。

曹富荣一边急速调转船身让船头对向西面，一边喊："起风暴了，娴儿你赶紧进船舱，不然会被风暴掀到海里的。"

娴儿十分坚决地摇摇头："不，我不进船舱，我要与爹爹在一起！"

娴儿话音未落，那风暴掀起的滔天巨浪已大山崩塌般向他们扑来，双手紧握舵杆的曹富荣急忙伸出一条腿去揽娴儿，与此同时，渔船船头已被涌浪高高托起，那浪峰兜头盖顶向他们泼溅下来，渔船即刻被掩埋进了浪涛里。待浪峰过去，露了头的渔船又被掀进深深的浪谷里。在渔船重见天日的一刹那，曹富荣急看娴儿时，只见她用双臂紧紧抱着他的一条腿，扬起小脸正对他笑呢。

曹富荣担心地问："好女儿，呛水了没有？"

娴儿摇摇头："没有，爹爹放心，我不会呛水的。"

娴儿话音刚落，又一个大浪汹涌而至……

当渔船又一次从浪峰里钻出时，船舱里已快灌满了水。而当渔船船头又一次被涌浪高高托起时，船舱里的海水有一多半又被倾倒出去了。

曹富荣拼着全身力气操纵船舵。

又一个大浪兜头盖顶般扑向渔船。很快，大浪退去，渔船又从浪峰里钻了出来。

曹富荣赶紧问道："好女儿，万一我们父女落水，你能跟着爹爹游到岸上吗？"

娴儿口气坚决地回答："能！"

曹富荣道："好！出海之前爹爹特意在船舷处绑了两块厚木板，万一我们父女落水了，我把它们解下来，我们父女各用一块，靠着它游到岸上去。"

曹富荣话音刚落，又一个大浪汹汹而至。

在这滔天大浪中，他们的小渔船犹如被狂风卷起的一片树叶，在强大的气旋中上下飞旋翻卷着……

又一个山头般的巨浪冲过来了，那浪头如一只巨掌抛掷东西一般把渔船抛向半空，又速速后退，渔船却未像以前一样被摔入浪谷，而是停在半空中不动了。父女二人急看时，只见船已停在了一片沙滩上。这一波大浪退去以后，再无第二波大浪涌上来，而且很快风便停了，云也散了，大海又恢复了先前的平静。

此时夜幕降临了，天空一钩弯月洒下一片清晖。

曹富荣这才松了一口气，说道："好险哪，今日我们父女可真是九死一生啊，感谢龙王爷保佑,让我们父女逃过了这一劫。"

娴儿向四周望望:"这是哪里,我们怎么会在这里呀?"

曹富荣从船舱里取出一只小木桶往外淘积水:"这是一座沙岛,海浪把我们的船抛到这座沙岛上,船搁浅了,下不了水了。"

娴儿担心起来:"那我们还能回家么?"

曹富荣直起腰望望沙岛又望望大海:"今日回不去了,天色已晚,再说船被抛到这样的高处,海水涨潮时也涨不到这里,船无法下水了。"

娴儿有些着急了:"那该如何,我们再也不能回家了?"

"能回去,只是早一日回去晚一日回去,便须凭运气了。这岛上有一口淡水井,过往商船与一些渔船时常在这岛边停靠,到岛上汲取淡水。明日要是有船在这里停靠取水,我们可求他们相助,把我们的船推下水,我们便可驾船回家了。"

娴儿顿觉奇怪:"这岛上还有水井?"

曹富荣道:"有啊,井里的水甜甜的,极好喝呢。"

娴儿再朝岛上望望:"这是什么岛,离家有多远?"

曹富荣道:"这岛名叫珍珠岛,离家约有五十里远。"

"珍珠岛,这名字多好听啊。"

"是啊,说起这岛的名字,还有一个美丽的传说呢。"

娴儿眼睛立刻一亮:"还有美丽的传说?爹爹快讲给我听。"

曹富荣已把船舱里的水淘净,直起腰来道:"这外面太凉,快进舱里去,到舱里听爹爹慢慢给你讲。"

此时,乌云早已散去,一轮新月升上天空,给小岛洒满了银辉。月光通过舱门照进舱内,给他们父女浑身上下镀上了一层银白。四周万籁俱寂,只有海上薰风拥起的微澜一次次抚摸沙岸,发出舒缓而有节律的哗哗水声,更给这海岛的夜晚增添了几分静谧几分深邃……

这时父女二人都已饥肠辘辘,疲惫不堪,而且此时虽已近盛夏,海上小岛的夜晚却仍冷风砭骨,浑身水湿的他们更觉寒气袭人。一阵冷风从舱口吹进舱内,父女俩都不禁打了一个寒战。

曹富荣从舱顶一侧取下一个油布包裹,展开,里面是两块羊毛毡子。毡子大半还是干的。他把油布铺到舱底,把一块毡子裹在娴儿身上,把另一块披在自己身上。又从舱顶取下用油纸包好的三张炊饼,拿起一张炊饼,又拿过一只盛淡水的葫芦递给娴儿:"渴了吧?先喝几口水,再吃炊饼。"

娴儿喝两口水，再咬一口炊饼，见父亲不吃也不喝，问道："爹爹，您怎不吃呢？"

"哦，你先吃，你不是着急听珍珠岛的传说吗？爹爹这就给你讲，讲完了爹爹再吃。"曹富荣不想吃那炊饼，又怕娴儿见他不吃也跟着不吃，就找了这么个理由瞒过女儿。他心里清楚，过路的航船哪一天来岛上补水是没有定数的，或一日或两日，甚或数日，在此期间他们父女只能在岛上等待，因此仅剩的这点吃食必须尽着女儿吃。他自己若实在饿极了，可以靠吃生鱼充饥。

娴儿哪里会知道父亲的用意，已完全听信了父亲的话，于是一边吃着炊饼，一边饶有兴致地听父亲讲起珍珠岛的传说：

很久以前，这里还没有这座沙岛，只是一片大海。海北岸有一个小渔村，村中有一陈姓人家，陈家有位已届弱冠之年的独生儿子，名叫陈大田。这陈大田自幼父母双亡，一直与已年逾古稀的奶奶相依为命。大田为人爽直，心地善良，且勤勉能干，全村人提起他来都赞不绝口。

一日，住在昆仑山瑶池神宫里的西王母的七个女儿闲来无事突发奇想，趁王母不在宫里，偷偷下到人间，一路游游逛逛，不知不觉间来到陈大田所在的小渔村。为尝尝人间烟火的滋味，顺便看看尘世凡人的品性，七仙女稍一商量，便摇身一变，变成了衣衫褴褛的乞丐，从村头开始挨家乞讨。滨海渔村民风淳朴以诚待人，虽然各家日子皆不宽裕，但对乞讨之人仍是慨然相济，尽其所能给些吃食。到日落西山之时，七位女乞丐乞讨到了陈大田家。陈奶奶不仅热情相迎，而且倾囊相助，把仅有的一点粮食尽数拿出给她们煮饭，并挽留她们住了下来。

晚上，陈大田从海上打鱼归来，忽见家中齐刷刷来了七位姑娘，穿戴虽显破旧，模样却个个俊俏，年龄也相差无几，心中好生奇怪，于是问道："各位姑娘，你等何方人士，如何落到了这般田地？"

一位年纪稍长的女乞丐说道："我们家住甚远的地方，只因家乡遭遇洪灾，庄稼颗粒无收，没奈何只得外出乞讨，以求活命。今日讨到贵府，蒙贵府好心的大娘热情相待，真是感激不尽。"

陈大田忙道："该当的该当的，一人有难众人相助，此乃我们祖传的家风。各位能屈尊光临寒舍，乃寒舍之荣幸。若有关照不周之处，还望各位姐姐多多见谅。敢问各位姐姐尊姓大名？"

七位女乞丐依次报上各自的名字，分别是红儿、橙儿、黄儿、绿儿、青儿、蓝儿、紫儿。

当天夜间，四仙女绿儿道："我看这家的年轻后生淳朴厚道，那老奶奶也古道热肠，我们当留下一个姐妹照拂他祖孙二人。"

二仙女橙儿笑道："既是四妹你提议，你便留下吧。我们六姐妹不恋凡尘，到凡间走一回不过是来看个新鲜，尚须尽快回我们的瑶池呢。姐妹们，你们说呢？"

另五位仙女齐声道："好啊。"说罢都咯咯咯地笑了起来。

于是，四仙女绿儿便留下了，与陈大田洞房花烛喜结连理。

曹富荣讲到这里，娴儿忍不住插言道："爹爹，您讲的这传说与王奶奶讲的牛郎织女的传说有些地方很相像呢。"

曹富荣点头道："是啊，前面与牛郎织女的传说是有相像之处，后面便不甚相同了，听爹爹接着往下讲。天上方一日，人间已百年。待到绿儿生了儿子，那瑶池神宫才到一日的傍午时分。六仙女回到瑶池，那西王母见她们中少了一个绿儿，便责问六仙女绿儿去何处了？六仙女不敢隐瞒，便把实情讲了。西王母一听顿时怒不可遏，这一回她没有像召回织女那样派天兵天将雷公电母来捉拿，而是亲自出马，拉开架式念动咒语。咒语一念，绿儿便被召到半天云中，她不忍抛下凡间亲人而去，死活不肯跟王母回宫。王母一怒之下伸手猛拽绿儿颈项上的项链，项链一下被拽断，其中一颗珍珠掉落到海中，即刻变成了一座沙岛。这海边的渔民们知道了这座沙岛的来历，便都称它为珍珠岛。岛上那口淡水井，是那颗珍珠的孔眼变成的，因有仙气，井水方甘甜无比。"

娴儿一时充满遐想："爹爹，明日天一明，您便带我去看那口水井，可好？"

"好啊，我们不只去看，还要从井里打水喝呢。好了，天色已晚，该睡了，把毡子铺半边盖半边。"曹富荣说罢，安顿女儿睡下。要铺他自己的毡子了，想了想，又把毡子放下，从舱门一侧取过一卷草帘，挂到舱门口，就把带着寒意的海风挡在舱外了。待女儿睡着了，又把自己那块毡子盖在女儿身上……

次日早晨，曹氏父女走出船舱，向岛上走去。

小岛的早晨清新而美丽。太阳尚未露头，朝霞已锦缎一般铺满了东方天际，那霞云氤氤氲氲，红胜火焰，灿若织锦；放眼望去，小岛上花草满地葱翠欲滴。娴儿从未见到过这么多这么漂亮的花草，一路上不时停下来问爹爹，这是什么花，那是什么花，曹富荣尽其所知一一告知女儿：金黄色的是蒲公英花，靛蓝色的是喇叭花，乳白色的是羊犄角花……

父女俩走到了水井边。

娴儿虔诚地站定，定睛向井口看去，只见井口呈规规整整的六角形，井壁以石块砌成，高出地面半尺有余，井水盈满到井口，水质清澈见底。

曹富荣拿过水葫芦浸到井水中灌满水递给娴儿："你尝尝，味道如何？"

娴儿接过水葫芦喝一口："甜，甜，真甜。"

曹富荣再把提着的小木桶浸入井水中灌了多半桶水，提着小木桶同娴儿一起往回走。

走着走着，娴儿忽然停住脚步，抬手指着右前方："爹爹，你看，那是什么？"

曹富荣顺着娴儿手指的方向望过去，见离他们百多步远处矗立着一座石碑，遂道："噢，那是一座石碑。"

"石碑？"娴儿脱口而出，像是在提问，又像是在自语，脚步不由自主地向着石碑的方向一步一步迈过去。

曹富荣并未察觉女儿神情的变化，边走边道："是石碑，凡是到过这小岛上的人见了那石碑无不称奇，离海边如此远的一个小海岛上怎么会有石碑呢？那石碑高过八尺，足有上万斤重，是谁运过来的，又是如何运过来的？对了，爹爹还听人说过，那石碑在这小岛上现形之日，正是你与婉儿出生那一日呢。"

娴儿细语呢喃，似问非问："是么？"

曹富荣接着往下说："人们都说，那么重的石碑从海上运来，又蹬高运到岛上，且是一夜之间的事，绝非人力所能为，只有神仙才能办到。为此，人们都管那碑叫神碑呢。"

父女俩已走到了石碑近前。娴儿肃立碑前，身子像泥塑般一动不动，一双清亮的眼睛已是水雾迷蒙。

曹富荣道："可看完了？看完该走了。"

娴儿竟痴痴地一言不发，也不动步。

曹富荣此时才察觉女儿神情有些异样："娴儿，娴儿，你怎么了？"

娴儿如梦初醒："我头有些晕……"

曹富荣赶忙伸手摸摸她的额头："是不是病了？"

娴儿恢复了常态："没有，方才只觉得头有些晕，此时好了。这碑，我仿佛在哪里见过，或许是在梦里？"说着走到碑下，注目而视，只见石碑上半阴刻碑文两行，下半空无一言。

娴儿道："爹爹，抱抱我，我要看上面的碑文。"

曹富荣把她抱起，凑近到碑文前。

娴儿用双手抚摸着碑上阴刻的碑文："爹爹，这碑文如何念？"

曹富荣苦笑一下："爹爹粗人一个，斗大的字不识半升，哪里会念碑文呢。"

"那别人呢，可有会念的？"

"有倒是有，那些过往商船上的人们中有通文墨的，能认识这碑上的字，却不懂这些字当如何讲。"

娴儿又抚摸着碑文痴痴地看了半晌，忽然说道："爹爹，我要去读书，我要看懂这碑文！"

曹富荣听了这话心中忽地一震：小小人儿，为何有此一想呢？于是问道："你为何想要看懂这碑文？"

娴儿摇摇头："我也说不清，我就是想看懂它。"

曹富荣无奈地说道："女儿啊，我们龙王庙是个只有两户人家的小渔村，并无村塾啊。"

娴儿道："龙河湾有村塾，小亮哥便去那村塾读书了。我去住到杏儿姐姐家，与小亮哥一同入村塾读书。"

"这……"曹富荣略一思忖，"爹爹想起来了，四年以前，你随爹爹出海打鱼，被旋风刮到空中，碰巧被一位尼姑救下。那尼姑便曾叮嘱你娘，待你长大些时让你去读书。想不到这读书一事今日由你自己提了出来。看来此事该当如此。好吧，回到家爹爹便与你一同去你姐姐家。"

说来是他们父女运气好，当天傍午时分就有一条过路商船停泊在岛边，从船上下来数人到岛上汲取淡水，其中有的人与曹富荣竟是老相识。他们对曹氏父女鼎力相助，有人在船前用绳子拉，有人在船后用木棒翘，还有人在船两侧推，共同努力把渔船移到了海中。曹氏父女上了船，渔船一路顺风向着双龙河河口渔港方向驶去……

营州东部有一个名叫柳河镇的镇子。这一日，该镇不太宽敞的街道上闯入了一群不速之客——尹何等一行人马自西向东沿街飞驰而来。街上来往行人纷纷避让。

进街后没走多远，尹何一勒马头放慢脚步，向后稍稍扭头道："杜朗，你在前面带路，速速赶往女童隐匿处！"

脸面上还带着伤痕的杜朗一直是夹在人马中间的，其身边的一名府丁听了尹何的话，用刀背猛然一拍杜朗坐骑的马屁股，那马就往前一蹿冲了过去。杜朗猝不及防，身子朝后一仰险些栽下马来。

一行人马冲到一座宅院紧闭着的大门外停住。

杜朗抬手一指大门口："大人，就是这里。"

只见大门门楣上方悬挂着一块匾额，上写"神风武馆"四个大字。

尹何下马，其他人紧跟着纷纷下马。

尹何用马鞭一指大门："过去敲门！"

一名府丁走上前去以手叩响门环。

门内传出一苍老的声音："谁呀？"继之门开了一道缝，露出一老者的面孔。

尹何高声道："把门打开！本大人要进去寻人！"

门内老者道："客官稍候，容老奴去通禀我家主子一声。"

尹何蛮横地说道："通什么禀！"对府丁一扬下巴，"去把门推开！"

两名府丁上前各推一扇门，把门推开了。

尹何朝门里一挥马鞭："进去！"

一行人一拥上前，冲进院内。

院内场子上，正在接受武师董文义教练武功的八名年轻习武者一下子停住动作，眼睛齐刷刷转向呼啦啦闯进门来的这一群不速之客。

董文义站直身子，对涌进院内的这一群人厉声道："来者何人，不经允许竟敢擅闯我武馆？"

尹何把握着马鞭的手背到身后："本大人乃当朝国丈府长史，奉尹老国丈之命前来缉拿杀害国丈爷贵公子的命案凶犯之女曹姓女童。该女童就在此武馆之内，本大人命尔等速将该女交出，倘若不然，定将尔等人众一并拿下严加惩处！"

此时，董文义之父，武馆掌门人董绍臣老汉从北面正堂屋走出，冷眼看着面前的一切。

武馆大门口已经聚集了一群来看热闹的街坊。扮作乞丐的刘师立、公孙武达等一行人也混在人群中，看着武馆内这一幕。

董文义声音冷峻地说道："你们走错门了！我武馆之内并无此人。"

尹何眼睛一瞪："嗯？并无此人？想抵赖么？本大人有人证在！"扭头对后面的杜朗道，"杜朗，你来指证！"

杜朗走前两步，低着头，眼睛不敢看董文义："四年之前，平州卢龙县镖师郭霖将一曹姓女童送进这家武馆，此乃小人亲眼所见。"

尹何对董文义道："可听见了？有人证在此，还敢抵赖么？赶快交人！"

董文义冷笑一声："我不知他在说些什么！此人若不是记忆有误，便是在胡言乱语。我武馆只收男弟子，从未收过一名女弟子，又自何处来的什么女童？"

尹何手握马鞭一指杜朗："杜朗，你能确认，那曹姓女童是被人送进了这家武馆么？"

杜朗点头："此确为小人亲眼所见。"

尹何对众府丁和士卒道："你们去各个房间给我搜！"

众府丁和士卒齐声说"是"，纷纷奔向各个房间。

董文义大喝一声："慢！"

众府丁和士卒一起停住脚步。

董文义锐利目光向他们一扫，威严地说道："未经本人允准，我看哪个敢进屋！"

"不！"站在正堂屋门前的董绍臣一扬手臂，"让他们搜！"

董文义不解地说道："父亲！"

董绍臣如炬目光瞥儿子一眼："听我的，让他们搜。"

尹何对众府丁和士卒一挥手："搜！"

众府丁和士卒纷纷奔进各个房间，一通翻箱倒柜胡乱折腾，又纷纷出屋，向尹何报称"未见女童"。

"哼！定是有人事先向这武馆通风报信，将女童藏匿到了他处。"尹何说到这里看看董文义又看向董绍臣，"既然尔等不肯交人，便由尔等中人来抵！本大人看那老叟是这武馆主事之人，小的们，速将那老叟拿了押往营州衙门，不交出女童决不放人！"

董文义高声道："你们敢！"

尹何冷笑一声："你看本大人敢不敢？"对众府丁喝道，"还愣着做甚？过去拿人！"

众府丁向董绍臣逼了过去。

董文义对众府丁厉声道："站住！"

众府丁稍稍放慢脚步，扭头向董文义看去。

"你们要抓人么？先得看看我这手掌允与不允！"董文义说罢，一步跨至院场西侧两排成人大腿粗细的松木梅花桩边，伸出右手手掌稍一运气，"嗨"地发一声喊的同时向一根木桩一掌击去，只听那木桩"嘎巴"一声爆响，其上半截已经折断落于地下。

众府丁瞪大眼睛看着那断掉半截的木桩茬口，一个个呆若木鸡。

董文义凛然道："哪个再敢上前抓人，其下场就如这根木桩！"

尹何呆立有顷，忽然醒悟，对庞校尉和敬副尉道："你们二位，上！"

庞校尉对敬副尉使个让其上的眼色。敬副尉点点头，走到董文义对面拉开架势，两人随即拳脚相对较量起来。敬副尉虎背熊腰，与之相比，董文义显得文弱一些，单看身量，董文义明显居于下风。打斗中，敬副尉求胜心切，频频出拳出腿且招式凶猛。董文义则处于守势，边打边退。在防不胜防间，董文义胸部挨了一拳，被击得连退两步。在他立脚未稳之际，敬副尉纵身跃起，以右腿朝董文义胸部猛然蹬去，董文义被蹬得跟跄倒退两步向后仰倒在地，紧接着一个鲤鱼打挺又站了起来。双方继续较量。对打中董文义又挨了对方一拳，被击得连退三四步。在董文义立脚未稳之际，敬副尉又纵身一跃，以右腿向他蹬去。此时董文义向左侧一闪躲过对方这一蹬，在对方一脚蹬空越过他的身体时，他突然发力左转身旋起左腿照对方后背一脚踢去，把敬副尉踢得扑倒在地又往前蹭了一下。

敬副尉挣扎着欲起身，却没能起来。

尹何对身边府丁道："快！过去把敬副尉扶起来！"

两名府丁走过去一边一个抓住敬副尉的臂膀把他扶了起来。只见敬副尉的半边脸被地面蹭掉一大块皮，脸上一片血污，被两名府丁搀着一瘸一拐地走向尹何等一行人站立处。

此时庞校尉没等尹何吩咐就主动上场拉开架势与董文义较量起来。他不像敬副尉那样急于取胜招式凶猛，而是稳扎稳打，一招一式都有板有眼，与董文义的打法很是匹配。打斗中，两人都有击中对方的时候，但都没使出一招制胜的招数。在持续较量中，董文义渐渐占了上风，击中对方的拳脚明显多了起来。

忽然，庞校尉一拳击中了董文义左胸上部。

董文义往后一跳低头一看，见自己左胸上部已有鲜血渗出，遂对庞校尉怒目而视道："暗器？你以暗器伤人，败坏武德！"

庞校尉并不答言，又一个箭步冲了过来，双方又较量起来。打斗中，庞校尉瞅个空子又朝董文义一拳打来。董文义侧身躲闪的同时一只手抓住对方手腕另一只手，猛然发力向对方胸部一掌击去，击得庞校尉连退数步后猫下腰以手抚胸，只听"噗"一声，一股鲜血从其口中喷射而出。

董文义义正词严地说道："尔等官军本当驰骋疆场为国效忠，却来杀伐我等无辜百姓，与虎狼又有何异！尔败坏武德，以暗器伤人，敝人不得不使出我神风一门之绝技神风掌来对尔略施惩戒。敝人手下留情，给尔留了一条生路，望尔能迷途知返，改弦易辙，不然敝人一掌下去，尔立刻便会倒地毙命！"

庞校尉强撑着欲直起身子，却未能如愿。

尹何对身边府丁道:"去!把他扶过来。"

两名府丁走到庞校尉身边一边一个搀扶着他走到尹何等人身边。

庞校尉面部痛苦地扭曲着,对敬副尉咬牙切齿地低声道:"快!率弟兄们冲上去,将这武馆人等统统杀光!"

敬副尉对身后士卒大喊:"弟兄们,拔出兵刃,跟我上!"说着拔出佩剑高喊一声,"杀!"举着佩剑向董文义等人站立处冲过去。

二十名士卒纷纷拔刀在手,跟着冲了上去。武馆的人对其突袭猝不及防,有两名武馆弟子当即被砍伤。董氏父子与另四名弟子一起拼力搏杀,但因人数与对方相比太过悬殊,明显处于劣势。

站在武馆大门内侧的刘师立与公孙武达互相交换了一下眼色。

刘师立回头对身后众乞丐高喊一声:"上!"说着率先向院内冲去。

公孙武达和众乞丐随后冲过去,挥舞枣木棍与敬副尉等人厮杀起来。

这时尹何在一边大叫:"好一群叫花子,那都是齐王殿下卫士,你们也敢杀?"

公孙武达边杀边道:"什么鸟卫士,谁敢杀人爷便杀谁!"

刘师立等人接连打倒敬副尉手下士卒数人,其余士卒纷纷向武馆院门外夺路而逃,敬副尉也只能且战且退。

尹何也被败逃的士卒裹挟其中退到武馆大门外,对五名府丁道:"快!上马,走!"

跟在其身后的庞校尉道:"大人且慢,院内还有受伤的弟兄们呢。"

尹何道:"本大人要去营州都督行辕搬援兵,这里由你等收拾残局!"上马后回头对跟在其后的杜朗道,"杜朗,你对这营州地面当是十分熟悉,由你带路,我等速去营州都督行辕,本大人要见营州都督,命其速遣兵马来这柳河镇将神风武馆一干人等尽行捉拿归案!"说罢不等庞校尉回应,即一扬马鞭打马向前驰去。

众府丁和杜朗紧随其后策马而去。

尹何本以为依仗国丈爷的威风,又打着奉旨行事的旗号,此番到营州都督处搬兵会非常顺利,没想到却碰了一鼻子灰。当他走进营州都督府议事厅时,正在书案后阅览关防文书的营州都督田承禄连头都没抬一下,他压根就瞧不起这种狗仗人势的草包。

尹何只得拱手施礼:"京师尹国丈府长史尹何参见都督大人。"

田承禄这才从关防文书上抬起头来:"嗯,尹大人免礼。"嘴朝面前右侧一把椅子一努,"请坐。"

尹何走过去坐在椅子上。

田承禄连看都不看对方一眼:"尹大人自京师远道而来,光临敝行辕,不知有何贵干哪?"

尹何恭敬道:"回都督大人,尹某前来贵行辕,确有要事相求。数年之前,幽州都督曹仁鸿父子打死国丈尹大人之爱子、蓟州司马尹四,又对当今皇上多有忤逆犯上之词,犯下灭门之罪,那曹氏父子已被斩决,想来此案都督大人早有耳闻吧?"

田承禄不动声色地点点头:"嗯,尹大人旧事重提,意欲何为呀?"

尹何道:"曹氏父子罪当灭门,可那曹元成尚有一女数年来隐匿在这营州地面,至今未能明正典刑,今尹某奉皇上密旨前来缉拿,却遭那藏匿该女的柳河镇神风武馆一干人以武力相抗,竟打伤尹某手下多人。今尹某来拜见大人,即是请都督大人速遣兵马,协助尹某前去弹压武馆一干人,将曹氏之女缉拿归案。万望都督大人能够鼎力相助。"

田承禄道:"嗯,如尹大人所讲,尹大人奉皇上密旨前来缉拿曹氏之女,可否将皇上密旨取出让田某观瞻一下呀。"

尹何听了这话一愣:"这个……这个……皇上是口谕密旨,故此尹某手中尚无皇上诏书。"

田承禄又道:"调遣兵马,须有皇上御赐兵符为证,尹大人要调遣本部兵马,即请出示皇上御赐兵符。"

"这个……"尹何只得实话实说,"实不相瞒,请都督大人调遣兵马协助尹某前去弹压武馆人等,尚未向皇上请旨,是尹某的意思,故此尹某手中尚无兵符。"

田承禄面色一沉:"尹大人讲缉拿曹氏女之是皇上旨意,却又拿不出皇上颁旨诏书,尹大人可知道,矫诏之罪是要杀头的?"

"这个……"尹何先是语塞,继之分辩道,"尹某并未矫诏,缉拿曹氏之女的密旨,皇上是口授给德妃娘娘,德妃娘娘又口授给尹某的,此事德妃娘娘可以为证。"

田承禄瞥对方一眼:"依尹大人所言,密旨是皇上口授给德妃娘娘,德妃娘娘又口授给尹大人的?这便令田某不解了。就田某所知,后宫不得干政,此乃历朝规矩,本朝自然也不例外。皇上下旨缉拿人犯,当属朝廷政事,怎能由后宫嫔妃来传谕呢?难道,是皇上授予了德妃娘娘干政特权吗?"

"这个……"尹何被对方强硬的话语逼得有些恼了,"听田大人话意,大人是要责皇上之过了?"

田承禄正色道:"田某不是要责皇上之过,而是根本就不相信皇上会让德妃娘娘传谕如此旨意!还有,尹大人若无皇上御赐兵符,恕田某不予调遣一兵一卒!来人!"

一卫士进入厅内:"卑职在。"

田承禄冷冷地说道:"送客!"

尹何气恼地说道:"好啊,尹某这便回京师,奏请皇上御赐兵符!"

田承禄一挥手:"请便!"

受刘师立差遣一直尾随监视尹何行踪的两名卫士回报刘师立和公孙武达:"卑职跟踪尹国丈府长史尹何等一行三人至营州都督行辕外,见尹何独自一人进了行辕,时候不大便又返身出来,与两名随行府丁一同返回这柳河镇,继之与其他府丁军士合在一处出了镇子向西去了。"

刘师立对公孙武达道:"那尹何去营州都督行辕搬援兵定是未能如愿。我就知道,他手上没有皇上御赐兵符,那营州都督田承禄定会拒绝于他。田承禄不会不知,若无皇上特旨,私自调动兵马该是何等罪过。"

公孙武达道:"即便他调动成功又能如何?我公孙武达一对流星锤舞将过去,照样冲他个七零八落!"

此时另一名肩上架着一只白鹘的卫士进门来报:"报将军,白鹘携来秦王殿下一封书信。"说着把一封书信递给刘师立。

刘师立从信封中取出信纸展开看过,说道:"秦王殿下有令,命我等速回京师!"

公孙武达道:"殿下在信上讲了有什么事吗?"

刘师立道:"没有讲。我料着,朝中定有大事要发生,殿下定有重任要交与我等。"转对先进门的卫士道,"速去告知各位做好准备,即刻启程折返京师!"

东宫显德殿东暖阁内,李建成正在伏案批阅奏章。

李元吉一脚踏进门内:"大哥还在忙啊?"

李建成抬起头来:"嗯,就好了。四弟可是又有急事?"

"哼!"李元吉从鼻孔里哼出一声道,"二郎又坏我等大事。"

"何事?"

"小弟遣两名校尉率二十名卫士前去助尹何搜寻曹氏之女,竟被一群乞丐打死打伤多人!"

李建成诧异道:"乞丐?你麾下校尉卫士怎会败在一群乞丐手下?这与二郎又有何干系?"

李元吉道:"据两名校尉描述的领头的两名乞丐之形貌身手,小弟便知,那是二郎的两名王保头目,一曰刘师立,一曰公孙武达。定是二郎知尹何等一行前去缉拿曹氏之女,乃遵父皇密旨行事,故此他不敢公然相抗,便授意刘师立等一干人扮作乞丐前去护卫该女。"

李建成道:"看来二郎甚为看重该女,不过这也在情理之中,那曹仁鸿本为二郎手下爱将,二郎爱屋及乌,倍加爱护曹氏后人也便不足为怪了。"

李元吉摇头道:"不然,若只缘于此,他二郎也不会挖空心思,让他手下之人扮作乞丐前去护卫该女。小弟认准了,他定已得知该女所佩金锁内之谶语于他有利。试想,若金锁内谶语于他不利,他会如此兴师动众去护卫该女吗?"

李建成道:"既是谶语如此,便是天意,并非人力所能更易呀。"

李元吉不满地瞥对方一眼:"大哥你怎又说这种话?那袁天罡本与二郎交厚,他就不会为二郎作虚美之辞?再说,此前二郎设圈套伪造你的手书,诱使曾为你东宫护军的庆州都督杨文干谋逆,造成你与杨文干合谋夺宫之假象,他二郎以为此举足可扳倒你,可结果又如何?父皇最终还是看穿了二郎的鬼把戏!只因二郎设计杀人灭口又烧毁了他伪造的书信,以致此案死无对证,他方侥幸逃过一劫。这,难道就不是天意?若天意灭你,便不会让父皇看透他二郎制造的假象,你也早就不是今日的太子了。退一步说,即便那谶语于你我不利,他二郎已对你我举起了屠刀,你能甘心坐以待毙?"

李建成略一沉吟道:"要除掉他,不可弄得动静太大,又要一劳永逸,须想个万全之策。"

李元吉道:"这个,方才小弟已与魏洗马计议过了,不妨如此……"说到这里压低声音嘀咕起来。

李建成听着频频点头。

次日早朝毕,文武百官纷纷从太极殿殿门内走出,走在其中的李建成下了台阶后停住脚步向后回头,等候李世民过来。

等李世民来到跟前了,李建成道:"二弟,今晚我备下家宴,你与四郎过去,我们兄弟三人聚聚如何?"

李世民略一迟疑:"大哥日理万机,小弟就莫去打扰了吧。"

李建成微微一笑:"二弟,这些年来你我兄弟之间多有误会,概缘于相互沟通不够，凡事若能及时说开，也便化解了。我为兄长，该当为兄弟之间提供一个沟通的机会，今晚设家宴正是为此。"

李世民道："大哥胸襟宽阔，以和为贵，是小弟的福气。好吧，小弟晚间定然遵嘱前去赴宴。"

李建成道："那好，今晚酉时，我与四弟在东宫专候二弟。"

说到这里二人拱手作别。

当晚，李世民在刘师立、公孙武达陪侍下如约到东宫赴宴。当他们走到东宫显德殿门外时，李建成和李元吉从门内迎出。

李建成抬手往门里一让："二弟请！"

李元吉撇两眼刘师立和公孙武达："呃？二哥赴大哥家宴，还带保镖？莫不是把大哥的家宴当成鸿门宴了？"

李世民扫李元吉一眼："什么鸿门宴，这是哪里话？我只是觉得一个人走路太过沉闷，带两个人一路说说话而已，四弟你紧张什么？"

李元吉分辨："谁紧张了？心中有鬼的人才紧张呢。"

李建成赶忙打圆场："二弟，请！请！"

李世民回头对刘师立和公孙武达道："你们在殿外候着。"说罢大踏步进殿。

李元吉进门后向侧旁一招手，庞校尉就来到他身边。李元吉抬手一指殿外的刘师立和公孙武达，对庞校尉说了句什么，庞校尉点头，也说了句什么。李元吉这才接着往殿里走。

显德殿酒宴桌上已备好丰盛的酒菜。

李建成抬手一指上席："来，二弟，你坐这里。"

李世民道："大哥你是兄长，我怎能坐上席呢，你坐上席。"

李建成道："你我虽为兄弟，今日是我做东，你便是客，还是你坐。"

李世民连连摇头。

李元吉不耐烦地往餐椅上一坐："大哥你让什么让！说家宴便是家宴，还有个长幼没有？那上席就该当你坐！"

李建成这才在上席坐下，李世民也坐下。

李建成频频劝酒，弟兄三人频频举杯喝了起来。

李建成一副诚恳之相："二弟呀，就如今日下朝之时为兄讲的，我们弟兄之间以往就是欠沟通，一些事各自闷在心里，互相之间难免犯猜忌与误会，说开了，误会也便消除了。"

李元吉把筷子朝桌上一放："是该说开！可事态已演变到如此地步，能说开么？二哥，你敢说开么？"

李世民问道："你要我说开什么？"

李元吉道："远的且不说，单讲近日之事。那尹国丈府长史尹何奉父皇旨意前往营州缉拿获灭门之罪的曹仁鸿父子之遗孤，因其人力不足，来向我求援，我遣手下二十余人前往襄助于他，却被你派遣去的宿卫人等打死打伤多人，对此，你作何解？"

李世民口气不容置辩："绝无此事，我并未遣手下宿卫去营州，你所言之事纯属子虚乌有。"

李元吉冷笑道："哼！人证就在眼前，你还硬着头皮抵赖！今晚陪侍你来的二人，一名刘师立，一名公孙武达，方才我府中前往营州襄助尹何的校尉庞耀卿已然指认，此二人正是于营州打死打伤我手下数人之凶手！"

李世民道："刘师立与公孙武达此前并未离开过我秦王府。你手下校尉硬要指鹿为马，我又有什么办法？"

李元吉又冷哼一声："哼！你心中是如何想的，以为别人不知道？那曹氏之后若是一寻常小女子，值得你如此大动干戈前去护卫？"

李世民反问："你说我心中是如何想的？"

李元吉道："当年秘技大师袁天罡在你府中为曹仁鸿测命之语，想你比别人更清楚吧？"

李世民冷笑一声："袁天罡在我府中为人测命之事你也能听到，你的耳朵真是够长的！即便如此，袁天罡为他人测命之语，又关我何事？"

李元吉道："你连遣手下人至营州护卫该女一事都不敢承认，我说了又有何用？好，这事且不说它了，说以前的。你为何要伪造大哥给庆州都督杨文干的书信，诱使杨文干谋反？"

李世民问道："你说我伪造大哥的书信，证据呢？"

李元吉道："哼！是你去庆州平叛的，杨文干也是你抓到的，证据该当在你手里，你倒反过来朝我要证据？证据当然有，可惜早已被你毁了！"

李世民转对李建成道："大哥，你把我叫来这里，就是要对我兴师问罪吗？"

李建成叹一口气："唉，二弟，我们兄弟走到今日这一步，确非我之所愿。我不想兴师问罪，然则你扪心自问，你我兄弟所以走到今日这个地步，难道你能脱得了干系？"

李世民道："大哥既然如此说，小弟便也冒昧直言几句。你们尽讲我的不是，

193

可你们呢？先是携带金银珠宝收买我府中尉迟敬德，一旦收买不成，便诬陷其杀人，进而将其系狱。入狱之后，对其用尽酷刑。四弟方才所言，皆无证据，我却有大哥写给尉迟敬德的书信在手，这又如何评说？"

李元吉道："尉迟敬德被捉，那是大理寺之所为，与大哥与我何干？至于你说你手中有大哥写给尉迟敬德的书信，二哥呀，当初既然有人能伪造大哥的手迹挑起杨文干兵变，所谓大哥的书信难道就不能伪造吗？二哥呀，大哥的太子之位，是父皇钦定的。我奉劝你，自今日起你莫如收起锋芒，老老实实做你的藩王，切莫再有非分之想。如此对你我对他人都有好处。"

李世民问："你说我有非分之想，证据何在？"

李元吉一撩上眼皮："证据？那可太多了，都是你做下的，还用我一一列举吗？"

李建成抬起双手往下扇乎："好了，好了，二弟、四弟，有道是化干戈为玉帛，我们兄弟今后当各安其位，兄弟情分更要加深，这才是为兄我请你们至此一聚的初衷。方才你们二人所讲的是是非非，都已过去，自今日始，你我兄弟亲近如初，可好？"

李世民道："我相信大哥所言出自真心，小弟记住了。时候已然不早，小弟告辞。"说罢起身向李建成一拱手，转身大步走去。

出了东宫，来到皇宫后横街上，李世民在前，刘师立、公孙武达跟随在后策马徐徐前行，三个人都不说话，只有马蹄踏在青石板路上发出的踢踏声。

稍过一会儿，李世民忽然哼出几声，之后他一勒马缰放慢了脚步，头也耷拉下来，低声道："哎呀，这肚腹为何如此疼痛？"

此时的李世民眉头紧锁，额上冒出豆大的汗珠。

刘师立和公孙武达急忙驱马紧走两步，赶到李世民两侧。

刘师立呼唤一声："殿下！"

公孙武达急问："殿下怎的了？"

李世民的身子往左侧一歪，刘师立赶忙伸手去扶，却没有扶住，只听"扑通"一声，李世民高大的身躯已倒撞于马下。刘师立和公孙武达滚鞍下马来搀扶李世民。

刘师立、公孙武达同时连声："殿下怎的了？怎的了？"

李世民声音微弱地说道："我……肚腹如翻搅般疼痛，莫非中了什么毒？"说罢"哇"一声吐出一口东西。

刘师立借着月光猫腰低头看去，叫道："不好，是血！"

公孙武达也猫腰低头一看："真是血！"

李世民微闭双眼，断断续续地说道："那酒……许是……有毒，快……背我……回府，赶紧……请郎中……来……"

刘师立急忙蹲到李世民身前："快！武达兄，把殿下扶到我的背上。"

公孙武达忙把李世民扶到刘师立的后背上，刘师立一挺身子站起来往前一溜小跑而去。

公孙武达对着刘师立的背影道："刘兄，你背殿下回府，我回去找太子与齐王算账！"

刘师立停下脚步，稍稍侧过头："不可！他们既要毒杀殿下，便已做好一切准备，你去了非但奈何他们不得，反倒会生出更大的乱子。现下救治殿下要紧，快与我一起护送殿下回府！"

公孙武达一跺脚，抬腿朝刘师立跑去。

回到弘义宫，刘师立安顿李世民躺卧在寝殿卧榻上，又指派属下去召太医，同时差人去给长孙无忌和房玄龄送信。

第十二章
施离间诬栽骠骑[1]将　动杀伐喋血玄武门

经太医紧急救治，李世民中毒症状逐渐得到缓解。

一直与长孙无忌日夜守护在病榻之侧的房玄龄，看着虽已脱离危险，却仍病容满面的李世民，不无忧虑地说道："殿下这回中毒，幸有良医及时救治与王妃细心照拂，方得转危为安。以属下观之，那太子与齐王绝不会就此罢手，他们还会施展各种手段加害于殿下，情势已到紧要关头了。"

长孙无忌也道："二郎啊，你如此坐以待毙不是办法呀。为今之计，须采取断然措施，主动出击，或许方可扭转颓势。"

李世民道："此事我也想过了，谈何容易呀。我现下身在京师，如无父皇教令，便不得离开此宫半步。帐下府属多被遣散，正处于势单力薄之际，此情之下如何主动出击呀？"

房玄龄道："殿下不可妄自菲薄，昔勾践卧薪尝胆数载，一朝一击而中，终成一时霸主。当此殿下处于危难之际，太子与齐王均已放松警惕，此正是天赐殿下之良机。当其无备之时，我等暗自准备，而后突然发动，则大事必成。"

李世民问道："如何成大事，愿闻其详。"

房玄龄道："属下与辅机兄、如晦兄议了多次，为今之计，须采取雷霆手段。"

李世民又问："何谓雷霆手段？"

房玄龄道："八个字：'逼皇易储，斩草除根。'"

李世民勃然变色道："胡说！如此逼父皇杀兄弟之举，岂是世民所能为？即使将我流放于蛮荒之地，也强过此举百倍。"

---

[1] 李世民为秦王时，公孙武达为秦王府右三军骠骑。

房玄龄道:"方才在宫门口,属下听刘师立讲,殿下赴太子家宴之时,齐王为殿下遣人去护卫曹仁鸿父子遗孤一事,竟向殿下声色俱厉地发难,殿下想想,他们连曹氏之后这一小小女孩都不放过,必欲除之而后快,又能放过功高盖世、打下大唐大半个江山的殿下你么?日后若太子坐上皇位,你能独善其身?不惟你尸骨无存,怕是秦王府所有人等皆不得全尸。儿女之情皆为小事,大丈夫当以宗庙社稷为重,以天下苍生为念,绝不可效妇人之仁。"

李世民微微摇头:"你们的说辞到此为止吧,今后想都不能再想。让我逼父杀兄,即使打死我,我也不会去做的。"

长孙无忌道:"二郎仅存仁慈之心,不愿行果断之举,终有一日太子兵刃会加到你脖项之上,到那时,你是否还能泰然受之?"

李世民道:"今后时势如何,目下无法预料,徒思无益,暂且听之任之吧。"

这时尉迟敬德进来了:"殿下身体可好些?"

李世民道:"已无大碍。敬德,你被大理寺用刑,摧残得体无完肤,这刚被放出不久,不在府中好生将养,为何急着跑过来了?"

尉迟敬德道:"黑子一听殿下险些被太子与齐王毒死,把我急得浑身欲裂,在府中哪里还坐得住啊。"

李世民叹一口气:"敬德为了我,吃尽了酷刑的苦头,硬是不向他们低一下头,这让我说什么好啊。"

尉迟敬德道:"殿下于黑子有知遇之恩,黑子为殿下效命虽粉身碎骨亦在所不辞,受这点刑算什么?黑子今日至此,一者为看望殿下,二者是来提醒殿下,太子与齐王必欲置殿下于死地而后快,故此望殿下切莫再犹豫不决,须痛下决心反戈一击,除掉太子与齐王,只有如此方可根除后患。"

李世民环顾一下长孙无忌和房玄龄:"想不到,敬德也是来当说客的。方才我已对辅机与玄龄讲了,逼父杀兄,与暴君炀帝何异?这个话题以后不可再提。"

"殿下,"尉迟敬德拱手一礼,以示郑重,"黑子知道,殿下是顾念兄弟情分,然在社稷大事上,若一味儿女情长,便将失却大势。故此,望殿下早定大计。"

李世民道:"早定大计?那边乃我手足兄弟,让我动杀伐之念,我于心何忍?"

尉迟敬德道:"不错,太子与齐王是你的亲兄弟,你这里顾念手足之情,可他们那里呢?一杯毒酒,足可见其对殿下已毫无兄弟之情。太子于你薄情寡义,齐王更是心如蛇蝎。我耳闻,他在太子家宴上,为你遣人去护卫曹将军之遗孤一事,对你大兴问罪之师。由此可以想见,他们连一个无辜小儿都不肯放过,能放过功高盖世的你么?如今你不灭他他灭你,已毫无转圜余地了。殿下呀,存仁爱之小节,忘社稷之大计,此非大丈夫之所为呀。"

"哈哈哈……"李世民大笑起来,"想不到敬德还能讲出这样一番文绉绉的话来,你是跟谁学的?难得你背诵得一字不差。"

尉迟敬德却不笑:"圣贤之道存乎心,岂能死记硬背?殿下,你今处事犹豫,是为不智;临难不决,是为不勇。这并非你一贯的秉性啊。一句话,须早定诛灭太子齐王之策。"

李世民道:"你讲来讲去,不就是这一条路么?"

尉迟敬德努力点点头:"不错!只有这一条路,舍此别无他途。殿下若再不决断,黑子便须想想自己这条小命了。"

李世民问道:"你想怎样?"

尉迟敬德道:"我受了这一回罪,可不敢再受第二回。若殿下再犹豫彷徨,黑子只得奔逃亡命。"说着看一眼长孙无忌,"黑子若逃亡,辅机兄亦愿同往。"

李世民问长孙无忌:"辅机兄,是这样么?"

长孙无忌点点头。

李世民转向房玄龄:"玄龄,你呢?"

房玄龄一拱手:"属下不敢相瞒,若敬德兄与辅机兄出走,我也要自谋生路。"

李世民朝他们摆摆手:"好啊,你们都走吧,都走了才干净。"说罢闭上了眼睛。

长孙无忌、尉迟敬德和房玄龄你看看我,我看看你,都无奈地摇起头来……

在这同一个夜晚,与李世民的秦王府一样,李建成的东宫也不平静。

在东宫显德殿东暖阁内,李建成和李元吉相对而坐,正在密谋着下一步的行动。

李元吉对事态发展看得很清:"一杯毒酒竟未能将二郎毒死,看来他真是命大。经此一事,他已确知你我兄弟要置他于死地,他必将以眼还眼以牙还牙,你我兄弟与他已毫无转圜余地,现下已是有他无我、有我无他了。"

李建成遇事好像总是慢半拍:"那么,下一步你我弟兄当如何措置呢?"

李元吉成竹在胸:"先让父皇自内心嫌憎于他,待他彻底失势之际,你我兄弟再收拾他便好办多了。"

李建成道:"看来四弟已有筹划,大哥愿闻其详。"

李元吉道:"就尹何率人马前去营州等地搜杀曹氏遗孤一事,事前德妃娘娘曾向父皇请旨,父皇虽未就此传下明旨,却也口头允准了,且尹阿鼠曾命其属下将此讯明明白白传递给秦王府。此情之下,二郎仍一意孤行,差遣人马前去护卫那曹氏遗孤，打死打伤尹府与小弟手下多人。此乃忤逆犯上之举，你我正可趁此机会将事态扩大，让父皇对他二郎心生嫌憎之念，削夺他所有统兵之权！"

李建成又问："如何将事态扩大？"

李元吉以蔑视的眼神瞥李建成一眼，心说就你这么个愚钝坯子，还想承继皇位？嘴上却道："在他二郎忤逆犯上之举之上，再火上浇一桶油。二郎所遣人马当中领头之人一为刘师立，二为公孙武达。那刘师立文武兼备，颇有算计，而那公孙武达则有勇无谋，粗人一个，我等正可在此人身上做些文章。小弟曾听尹何说起，当双方交手之时，尹何曾大喊：'好一群叫花子，那都是齐王殿下卫士，你等也敢杀？'那公孙武达竟说：'什么鸟卫士，谁敢杀人爷便杀谁！'此话即可改为，尹何大喊：'好一群叫花子，那都是皇帝陛下遣来的卫士，你等也敢杀？'公孙武达便说：'什么鸟皇帝，只听尹氏妖妃的枕边风，与那妲己之于商纣王、褒姒之于周幽王有何两样！'只此一句，他恶毒谩骂与诋毁父皇的罪名便可坐实。公孙武达乃二郎手下爱将，他既出此言，二郎能脱得了干系？"

李建成道："如此诋毁父皇，其罪足可灭族。那公孙武达竟然如此胆大包天，父皇能信么？"

李元吉道："此事当然还须德妃娘娘先对父皇吹足枕边风，而后小弟再向父皇告发，有尹府前往营州缉拿曹氏遗孤的一干人与小弟手下同去人马一同作证，所谓众口铄金，由不得父皇不信。再说，二郎手握重兵，已成尾大不掉之势，料着父皇正想寻个理由来削夺他手中兵权呢，我等将此事告到父皇那里，说不定对父皇而言正是雪中送炭呢。今日小弟先去见尹阿鼠一面，明日早朝过后此事便可初见端倪。"

李建成点头道："好，就这么办。"

次日一早在两仪殿朝会上，当君臣议定疏浚大运河与减免受灾的陇右、黔中两道赋税的奏议之后，李渊对下面文武百官道："好，这两件事就这么定了。众爱卿如无新的奏议，便退朝！太子、二郎、四郎留下！"

李渊话音一落，文武百官就纷纷转身向殿外走去。殿内只剩下了李渊、御前太监、李世民、李元吉和李建成等人。李元吉和李建成互看一眼，同时互相轻轻点头。

李渊对李元吉道："四郎，朕问你，那尹国丈府长史尹何率人马前往营州等地缉拿曹仁鸿父子之后人，你是否也曾遣你手下人马前去相助于他了？"

李元吉跪下道："是，那尹何到儿臣府上对儿臣说，他奉父皇口谕，要前往营州等地缉拿犯下灭门之罪的曹仁鸿父子之后人，求儿臣拨些人马相助于他，儿臣便照办了。若儿臣此举乖谬，儿臣愿领罪受罚。"

李渊转对李世民道："二郎，朕问你，你得知尹何等一干人前往营州等地缉拿曹氏后人以后，便差遣你手下人马前去护卫曹氏后人，将尹何手下人马打死打伤多人，可有此事？"

李世民跪下道："回父皇，绝无此事，儿臣并未差遣人马前去护卫曹氏后人。"

李元吉扭头看李世民一眼："二哥说得不对！二哥不但差遣人马去了，而且派出的还是精兵强将！其中率队的二人，一人为刘师立，另一人为公孙武达！此二人不仅武功高强，且皆为二哥心腹之人！"

李渊道："二郎，对于四郎之指证，你有何说法？朕希望你能讲真话！"

李世民道："回父皇，对于四郎此一番言语，儿臣甚为不解。刘师立、公孙武达是儿臣属下不假，但此二人始终未曾离开过儿臣身边，他们怎会去营州等地呢？此中情形，祈父皇明察。"

李元吉道："父皇，既然二哥他死不认账，何不将那刘师立、公孙武达传来殿中，再让儿臣手下与尹府曾去营州等地的众人前来指认，看那去营州等地大开杀戒的领头之人是否就是此二人。"

李渊道："好啊，朕准了。"转对御前太监道，"着内侍分头去传旨，命二郎府中刘师立、公孙武达，四郎府中与尹国丈府中曾去营州等地缉拿曹氏后人之所有人等，皆速至殿外候旨！"

御前太监领旨出殿，命几个小内监分头把刘师立、公孙武达和尹国丈府、齐王府曾去营州等地的众人召到两仪殿殿门外，然后报给了李渊。

李渊命御前太监把刘师立、公孙武达宣进殿内。

待刘师立、公孙武达跪拜完毕，李渊不动声色地问道："刘师立、公孙武达，朕问你等二人，前些日子，你等可曾率人马前去营州等地了？"

刘师立、公孙武达互看一眼，之后齐声道："回陛下，我等未曾率人马前去营州等地。"

李元吉急切地呼唤一声："父皇！"

李渊一扬手止住他，仍问刘师立和公孙武达："朕命人与你等二人当面对质，你等二人可情愿？"

刘师立、公孙武达又互看一眼，之后齐声道："微臣谨遵陛下圣意。"

李渊道："好！都起来！"朝下面右侧一摆手，"站到那边去！"

刘师立、公孙武达起身站到殿内右侧。此前，李世民、李建成和李元吉已站到殿内左侧。

李渊命御前太监把尹何宣进殿内。

李渊问道:"尹何,朕问你,你可见过此二人?"说着抬手朝刘师立和公孙武达一指。

尹何扭头向二人看去,然后说道:"回陛下,微臣见过此二人。"

李渊问:"于何时何地见过?"

尹何道:"微臣奉陛下旨意率国丈府差役与齐王殿下所遣人马,前往营州等地缉拿死囚曹氏父子后人之时,遭逢一群乞丐模样壮汉突袭,彼等打死打伤我等下面多人,那壮汉中领头的便是此二人。"

公孙武达大声道:"胡说!"

"放肆!"李元吉对公孙武达厉声喝道,"你竟敢在陛下面前胡乱喊叫,本王问你,你长了几个脑袋?"

公孙武达一梗脖子,不吭声了。

李世民双目微眯,面色严峻地看着眼前这一幕。

李建成则以一种坐山观虎斗的神态看着这一幕。

李渊接着问尹何:"还有什么?"

尹何扭头一瞥公孙武达:"就是此人,不仅打死打伤我等下面多人,还口出恶言谩骂诋毁陛下。"

公孙武达扭头朝尹何瞪圆了眼睛。

李渊问:"他都说什么了?"

尹何低下头:"这……微臣不敢讲。"

李渊道:"讲!无论何种言语,你讲了,朕皆赦你无罪!"

尹何道:"当双方混战之时,微臣喊:'好一群叫花子,那都是皇帝陛下遣来的卫士,你等叫花子也敢杀?'此人便喊:'什么鸟皇帝,只听尹氏妖妃的枕边风,与那妲己之于商纣王、褒姒之于周幽王有何两样!'"

公孙武达双眼瞪得如铜铃般大,大喊:"你!你满口胡言!"

"住口!"李元吉厉声喝道,"你竟敢在陛下面前咆哮朝堂……"

李渊一摆手止住李元吉,然后道:"公孙武达,朕在按问当事人,你若非心虚,缘何急成这样?朕按问此事,并不以他尹何一人之言为凭,还要按问其他人呢,你需耐心等候,若再咆哮朝堂,朕定将严惩不贷!"说罢转对尹何道,"尹何,你站那边去!"说着用手一指李世民等人站立处的南面。

尹何应声站到李世民等人的南面。

此时的李世民，面色阴沉，双眼微露怒意。李建成嘴角则撇出幸灾乐祸的笑意。

李渊问李元吉："四郎，你遣往营州人马的领军之人是谁呀？"

李元吉道："回父皇，领军之人一为昭武校尉庞耀卿，一为昭武副尉敬世维。"

李渊道："宣庞耀卿！"

御前太监急步出殿，把庞校尉宣进殿内。

李渊问道："庞耀卿，朕问你，"说着用手一指刘师立和公孙武达，"此二人你可见过？"

庞校尉道："回奏陛下，卑职见过此二人。"

李渊又问："于何时何地见过？"

庞校尉道："回奏陛下，卑职与敬副尉奉齐王殿下之命，率人马随国丈府尹大人前往营州缉拿人犯，遭逢一群乞丐突袭，彼等乞丐打死打伤我等多人，那乞丐中领头的便是此二人。"

李渊问："还有什么？"

庞校尉道："此二人不仅打死打伤我等多人，其中一人，喏，"抬手一指公孙武达，"就是他，还口出恶言谩骂诋毁陛下。"

李渊："他都说什么了？"

庞校尉把头低下："这……卑职不敢讲。"

李渊道："讲！他说了什么？"

庞校尉道："当双方混战之时，尹大人喊：'好一群叫花子，那都是皇帝陛下遣来的卫士，你等叫花子也敢杀？'此人便喊：'什么鸟皇帝，只听尹氏妖妃的枕边风，与那妲己之于商纣王、褒姒之于周幽王有何两样！'"

李渊一指尹何站立处："你站那边去！"

庞校尉应声站到尹何身侧。

此时，公孙武达满脸已憋成猪肝色，把头扭向一边。

刘师立则双眉紧锁，面色严峻。

李世民面容阴沉得吓人，双颊在不停地微微颤动。

李建成嘴角撇出更深的幸灾乐祸的笑意。

李渊道："宣敬世维！"

御前太监出殿把敬副尉宣进殿内。

李渊道："敬世维，朕问你，"抬手一指刘师立和公孙武达，"你可见过此二人？"

敬副尉扭头看二人："回奏陛下，卑职见过此二人。"

李渊问："于何时何地见过？"

敬副尉道："回奏陛下，卑职与庞校尉奉齐王殿下之命，率人马随国丈府尹大人前往营州缉拿人犯，遭逢一群乞丐突袭，彼等乞丐打死打伤我等多人，那乞丐中领头的便是此二人。"

李渊问："还有什么？"

敬副尉一时语塞："这……"

李渊道："讲！还有什么？"

敬副尉道："当双方混战之时，尹大人喊：'好一群叫花子，那都是皇帝陛下遣来的卫士，你等叫花子也敢杀？'"说罢用手一指公孙武达，"此人便喊：'什么鸟皇帝，只听尹氏妖妃的枕边风，与那妲己之于商纣王、褒姒之于周幽王有何两样！'"

李渊一指尹何站立处："你站那边去！"

敬副尉站到尹何身侧。

李世民十分恼怒地说道："简直是在演戏！"

李元吉咄咄逼人地看向李世民："演戏？这公孙武达如此口出恶言，谩骂诋毁父皇，你说是在演戏？"

李世民道："三个人说话，如出一人之口，甚至一个字都不差，这不是事先经过串通统一了口径，又是什么？"

李元吉："你的意思是，那公孙武达一张嘴同时能说出两样甚至三样的话来？三人口径一致，不正可证明那公孙武达原话便是如此么？"

李渊道："二郎！你以为四郎的话没有道理吗？朕就觉得甚有道理！今日朕按问当事人，是朕提出来的，事先并未告知于四郎等人，四郎等人怎会知道？又怎会预先去串通？"

李世民道："哼！处心积虑之人，当然会预先想得到！"

李元吉咬牙切齿地说道："你说谁处心积虑？"

李世民目喷烈焰："你！"

李元吉一屈身子面朝李渊跪下："父皇！他二郎属下之人犯下如此大逆不道之罪，二郎非但不引咎自责，反倒倒打一耙，归罪儿臣，儿臣求父皇明察圣断，将犯上作乱之狂徒绳之以法！"

李渊摇摇头道："唉，朕都让你们气糊涂了，按问到此为止。来人！"

四名侍卫快步进殿。

李渊道:"将忤逆犯卜制造血案与谩骂诋毁朕之疑犯刘师立、公孙武达押至大理寺,命大理寺、刑部与御史台共同审理此案,一当坐实,前者依律系狱,后者灭族!"

四名侍卫两人一组押着刘师立和公孙武达出殿。

李渊对李世民道:"二郎!你属下之人如此不堪,与你有莫大之干系!你暂且回你的弘义宫去,闭门思过,如无朕的特许,不得出宫门一步!"说罢起身,拂袖而去。

李建成、李元吉看他们使其父皇李渊嫌憎李世民的阴谋已经实现,接着进一步向李渊进言削夺李世民的统兵之权。李渊按照他们的进言,将李世民手下干将秦叔宝、程咬金、段志玄遣往外地或任都督或任刺史,又将李世民府中谋士房玄龄、杜如晦遣至国子学任助教,顿然使李世民陷入势单力孤的境地。

这日,李元吉又就如何扳倒李世民入东宫与李建成密谋。

李建成认为,驱散了李世民身边谋臣良将,如今的秦王府已是门可罗雀,成为空壳了,且看李世民近来并无异动,已成闲人一个,说明他已做不成什么事了。

李元吉却不以为然,连连摇头道:"非也,非也。此前小弟也以为,趁着父皇对二郎心生戒意,你我兄弟向父皇进言,将秦王府文武僚属尽行遣散,使他二郎成为孤家寡人,他便无所作为了。现下想来,此一想是大错特错了。此举或许适得其反。"

李建成诧异道:"此言何意?怎会适得其反?"

李元吉道:"大哥,我问你,你东宫洗马魏征在此事上持何见解,你可知晓?"

李建成道:"魏洗马曾数言于我,若要坐稳太子之位,日后能顺利践嗣唐祚,便须除掉二郎。"

李元吉又问:"你是如何回应的?"

李建成道:"我说,兄弟相残,行此不义之事,实非我愿,要他以后莫再多言,他即拂袖而去。算来已有十多日未曾见到他了。"

李元吉道:"方才在进你这显德殿之前,小弟见到他了。他对小弟讲,这些日子你连连出拳,利用父皇权柄,将秦王府大部府属逐出府外,你自以为击中了李世民的要害。他魏洗马一见你得意之状,一颗心便沉了下去,涌上无尽的忧虑。他讲,正因你去除秦王府属,方埋下了巨变的祸根。那秦王能谋善断,意志顽强,绝不甘于被人摆布。殿下如今散其府属,必将益发坚其反击之心,不日之内,他定然有所动作。对魏洗马此一席言语,小弟亦深有同感。今日他遣兵马至营州杀小弟人马,明日便会向我开刀,后日便将轮到大哥你挨刀了。大哥,你不能再迟疑了!

当断不断，必为其乱，大丈夫行事当果决时必须果决。只有将二郎除掉，方可去除无穷祸患！"

李建成终于被李元吉说服了，接下来二人就如何除掉李世民计议了一番，互相提出了几套方案，但觉得都不是十分稳妥。

此时恰逢东突厥可汗郁射设率数万骑渡河入塞，攻打大唐西北边塞乌城，乌城守军接连送来三道告急关防，李渊便召集文武百官至太极殿，计议退敌之策。

端坐御座之上的李渊对下面百官道："各位爱卿都说说，可有何退敌之策？"

李建成率先出班奏道："父皇，儿臣以为，北境已有李靖、李世勣、李艺三员能将镇之，可令他三人发兵，以解乌城之围。不过他三人分屯各处，朝中须遣一人前往统御，以协调他们用兵。"

李渊点头："嗯，朕命李靖等三人镇守北境，正是为防突厥南侵，如今果然用上了。太子，你以为遣谁为主帅前往呢？"

李建成瞥一眼李世民，又看李元吉，目光正与李元吉的目光相遇，二人心照不宣地互相点头，于是李建成道："儿臣以为，以往每临战事，多由秦王为主帅，然秦王现下正主持中书省事务，不宜分身，儿臣愿保齐王为此番出征主帅。"

李渊微笑着点头："好啊，四郎以往多随二郎出征，该当单独上阵历练一番了。四郎，你以为如何？"

李元吉出班，朗声答道："儿臣愿领命出征，定然不负父皇厚望。"

李渊道："拟旨，授四郎为北征元帅，克日启程。太子、二郎，待四郎启程之日，你们二人代朕于昆明池设宴，为四郎饯行。"

李建成、李世民齐声道："儿臣遵旨。"

李元吉又一拱手："父皇，为保此战一战告捷，儿臣尚有一求。"

李渊问："是何请求，且讲！"

李元吉道："儿臣以为，秦王这些年来与突厥接战最多，其帐下将士能征善战，拨秦王帐下将士以资北征之军，当可保万无一失。"

李渊道："好啊，只要能打胜仗，将士皆可由你调遣。二郎，你看呢？"

李世民跨前一步："只要于我大唐有益，儿臣定当全力配合。只是如秦叔宝、程咬金、段志玄等人如今散于各地，若猝然召之，恐一时之间不及赶到。"

李渊道："不妨，可命其自任所直奔乌城，与四郎会合。待此战告捷之后，彼等依旧各归本职。"

李元吉先看一眼李世民，之后转对李渊道："尉迟敬德以戴罪之身闲在京师，然其为一员猛将，尚可一用，儿臣想将其一并带走，命其于战阵之中戴罪立功。"

李渊道："朕方才讲了，将士皆可由你自行调遣，无须奏闻于朕。"

李元吉拱手施礼："谢父皇。"

朝会一结束，李建成与李元吉一前一后走下太极殿外台阶。李建成稍稍回头，与李元吉互相对视一眼，面上都露出微笑。李建成回过头去接着往前走。

李元吉看着他的背影，心里说："哼！你倒是得意了。你身为太子，竟是这般无能。你不想让二郎重掌兵权挂帅出征，又畏敌如虎，不敢自行挂帅前去接敌，只得搬出我来与二郎相抗，可惜，这只是你自己的如意算盘。待你我联手灭掉二郎，你的太子之位恐也坐到头了，我灭掉你绝不会像灭二郎这般难！"想到这里紧走几步追上李建成，"大哥，晚间去你宫中讨杯酒喝，可肯赏脸？"

李建成："四弟怎又说这种话，大哥说过，大哥的宫门对你永远是敞开的，到时大哥恭候便是。"

第二天晚上，李世民把长孙无忌、房玄龄、尉迟敬德秘密召到秦王府，神色严峻地说道："四郎要统兵去解乌城之围，想你们几位都知道了。"

其他三人都点头。

李世民道："四郎这一回既领敬德等我帐下爱将，又拨我精锐之士以益其军，其理由看似冠冕堂皇，实则暗藏甚大奸谋。东宫率更丞王晊密告与我，昨日散朝之后，四郎进入东宫，又召魏征入内，三人密议了半个时辰。四郎与魏征提出，四郎出征之日，我与大郎将在昆明池为其饯行，可预先埋伏下刀斧手，届时一拥而上将我斩杀。大郎初时尚犹豫，最后也从了两人之意，且对四郎说：'将二郎斩杀于幕下之后，可奏闻父皇，就说二郎暴病而亡，父皇定然深信不疑。尉迟敬德等人皆入你手，要杀要剐皆随你意。'"

房玄龄道："是啊，然后他们率大军折返城内，逼皇上授予太子国事，则大事成矣。"

李世民点头："不错，大郎正是这样讲的。"

长孙无忌道："如此看来，我们须抢先一步动手。"

李世民道："骨肉相残，为古今大恶。他们既有此想，莫如俟其先发，然后我等以义讨之。如此我等师出有名，天下人只会耻笑他们。"

尉迟敬德急道："殿下，如今祸机垂发，而殿下犹晏然不以为忧，纵使殿下能自轻其身，然将社稷宗庙置于何处？殿下若不先发制人，则必为人所制，交手受戮在所难免。"

长孙无忌紧接着道:"敬德的话切中要害,若不用敬德之语,我等必败无疑。"

房玄龄也道:"殿下,敬德与辅机所讲,确为至诚之言。现下情势已是危在旦夕,容不得一丝一毫犹豫了。当然,也不可操之过急,须慎之又慎。好在此前我们已经议出了眉目,现下只须敲定细节,再择定时日,即可举事了。"

长孙无忌道:"请殿下择定举事之日。"

没等李世民说话,尉迟敬德抢先道:"齐王已择定出征之日:六月初六。我等举事须赶在此日之前。"

李世民道:"好吧,六月初四非上朝之日,便初定此日吧。"

房玄龄道:"因太子怂恿皇上剥夺殿下兵权,以致殿下手中兵力与太子齐王所掌兵力相差悬殊,鉴于此,若想一举事成,便须以小搏大,不可专事于太子齐王,尚须控制皇上手中兵权,二者缺一不可。"

长孙无忌不无忧虑地说道:"宫城守卫众多,东宫与齐王府宿卫亦甚众,以我们府内这点人马,实难与之相抗,又如何以小搏大呢?"

李世民道:"若要以小搏大,举事地点至关紧要。"

长孙无忌问:"什么地点?"

李世民道:"玄武门!"

长孙无忌一扬双眉:"玄武门?"

李世民点头:"对!玄武门是大郎与四郎进宫的必经之地,我们预先埋伏于门内,即可将其一举擒拿,然后挥兵入宫,控制父皇兵权,则大事成矣。"

房玄龄不无忧虑:"玄武门守将为常何,此人倒向何方,乃此举成败关键。此人本是殿下自军中简拔出来的,然则其后又成为东宫护军,太子曾着意笼络其心,当此危急关头,他将倒向何方,尚不可知啊。"

李世民一笑:"放心吧,玄龄兄,常何其人,必为我用!"

原来,当年李世民率领唐军与宋金刚部决战时,常何还是一名只有十七岁的小兵,李世民看他人小志大,遂着意简拔,使他成了一名下级军官。以后他虽当上了太子李建成的东宫护军,又经李建成擢拔为玄武门守门将军,但他一直没忘李世民对他的知遇之恩。李世民深知他的性格耿直粗豪,几日前和长孙无忌把他邀到京师郊外的一栋房子里置酒款待,与之推心置腹彻夜长谈,并赠予其两箱金银珠宝,使他坚定了为李世民所用的决心。因此,李世民对他满怀信心。

长孙无忌又提出一个难点:"当日如何让太子与齐王进宫,是个难事。"

李世民道:"这个,我也已筹划好了,各位只管各司其职便是。"说到这里眼睛直直地盯着尉迟敬德，"敬德，此次举事以你所司之职最为紧要，那日我让你寻几名得力之人为你助手，可办好了？"

"已办了大半，只是……"尉迟敬德欲言又止。

"只是什么？"李世民催问。

"这些人是刘师立、公孙武达、独孤彦方、杜君绰、郑仁泰、李孟尝、吴广，共七人。此七人，皆为勇悍之士。"尉迟敬德说到这里，顿一顿才道，"只是刘师立、公孙武达尚在大理狱押着呢。"

李世民加重语气道："以重金买通牢头狱卒，制造越狱假象，将此二人放出来！"

六月初三晚上，李世民单骑来到玄武门前。大门已经紧闭，仅留有一个角门供人出入。

常何从角门迎出，对李世民道："皇上有旨，准秦王入宫。"

李世民点点头，进入角门。

常何陪同李世民往里走着说道："奉殿下教令，小人已将诸事办妥，望殿下放心。"

李世民并不说话，仅拿眼睛定定注视着常何，四目相对之时，李世民伸手重重地捏了一下常何臂膀，然后大步流星向宫内武德殿方向走去。

武德殿内，李渊正独自坐在烛火之下默默沉思着什么。

李世民进殿即伏地叩拜："儿臣求见父皇，惊扰了父皇安静，委实罪该万死。"

李渊一摆手道："罢了，起来吧，有什么话坐下来讲。"

李世民起身，随即道："儿臣紧急求见父皇，确因事关重大，不得不来。"

李渊哼了一声："你能有什么重要事儿？是否又与四郎闹别扭了？"

李世民道："父皇圣明。儿臣今日来，正是想告大哥和四弟淫乱后宫、图谋加害于我之事。"

李渊听了大为震惊："淫乱后宫？图谋害你？如此严重？二郎，朕知你一直对大郎与四郎耿耿于怀，你可不能妄讲啊！"

李世民道："儿臣现有真凭实据，不敢欺瞒父皇半分。"

李渊一眨眼睛："既然如此，你且讲来。"

李世民道："大哥与四弟淫乱后宫，已非复一日。两名贱妇即尹德妃与张婕妤，此二人私下抱怨父皇又有新宠，便与大哥四弟做了同一路。尹、张二人每每出宫，与大哥四弟厮混在一处。彼等买通了其身旁宫女、太监，独独瞒过了父皇一人。"

李渊勃然大怒:"该死!"

李世民接着道:"儿臣现有物证。父皇给诸妃的月例,皆有定数,请父皇到尹、张两人房中搜上一搜,其中的金银器物,何止万金,这皆是大哥与四弟所奉。至于她们为家人广置田宅,儿臣这里有一份单子,请父皇核查。"说着从身上掏出一张单子,起身递给李渊。

李渊一时面如死灰,眼眶中忽然涌出泪花,哽咽道:"李门不幸,竟然出了此等龌龊兽行之事。二郎,你说他们要图谋害你,究竟是怎样的?"

李世民道:"此次四弟将兵,将儿臣手下骁将精兵皆纳入其手下。大哥与四弟又悄悄商议,俟儿臣去昆明池为四弟饯行之时,暗伏猛士刺杀儿臣,而后返兵入城逼父皇退位。"

李渊有点不相信,冷冷地说道:"大郎为人忠厚宽仁,不是这样的性情。二郎啊,大郎与四郎密语之言,是如何传入你的耳中的?"

李世民道:"儿臣不敢说半句假话。东宫率更丞王晊秉性正直,正是此人将大哥与四弟密语传递给了儿臣。"

李渊拍案而起,大怒道:"反了,反了。我生了你们这帮孽畜若不把我气死,就难称了你们的心意。"

李世民道:"王晊不忍看儿臣因此丧命,故将此语密告于我。父皇,大哥与四弟密语之时,还有东宫洗马魏征在场。父皇倘若不信,可将此二人召来询问,即知个中详情。"

李渊沉思片刻,而后高声道:"来人!"

马上有御前太监进入:"奴才在。"

李渊道:"命通事舍人传太子、齐王、裴寂、萧瑀、陈书达明晨到两仪殿来见朕。"说罢转向李世民柔声道,"二郎,你先回去,明晨也同时来见朕。大郎与四郎若果真有此劣行,定当鞫问,绝不宽宥!"

当日夜间,秦王府八百将士陆续赶往玄武门。他们不穿盔甲,皆身穿便衣、足蹬草鞋,三五人一组悄悄潜入玄武门内。

同日凌晨,李建成正在东宫显德殿掌灯阅读奏章。李元吉匆匆进门。

李建成一见他就诧异道:"四弟,你好晏睡晚起,缘何今日起得这么早?父皇今日召见你我,也是天亮以后的事儿啊。"

李元吉摇摇头道:"怪了,夜晚横竖睡不着,就想来你这里用些饭,再一同入宫去见父皇。"

李建成推开面前奏章，皱起眉头："你来了正好问你，知道父皇为何召见你我吗？"

李元吉摇头。

李建成道："张婕妤让人传来口信，昨晚二郎去宫里密见了父皇，在父皇跟前哭诉了好一阵，父皇甚为震怒。由此看来，父皇让你我入宫定与此事有干，且今日并非上朝之日，别是二郎又玩什么花样！"

李元吉不屑地说道："他能玩什么花样？再大的事到了父皇面前不都做烟云散么？你我兄弟且忍耐这两日，后日依计而行便是。"

说着话天就亮了，二人骑马赶往大内后宫。到了玄武门外，见常何笑容满面谦然有礼地迎候在门楼上。双方互相点头。二人骑马入了玄武门，按辔徐行。走到临湖殿前时，李元吉无意中一扭头间猛然发现左手的神龙阁内有人影闪动，立即拉紧马缰，坐骑前蹄顿时悬空，不待乘马站稳，急急地对李建成道："大哥，你看，那边有人。"

李建成定睛看去，见那里人影幢幢，人数显然不少，立刻道："不好！常何背叛了我！"说着一勒缰绳使坐骑停下脚步，然后一拨马头，向后折回，同时大喊，"四弟，你我赶快冲出玄武门。"

李建成话音未落，就听后面传来一声巨响，二人赶紧扭头向后看去，只见临湖殿和神龙阁门窗皆倒，从里面冲出一拨人马，冲在最前面的正是李世民。李建成赶紧打马向着玄武门狂奔。后面的李世民张开大弓，搭上大羽箭，觑准李建成的后身，"嗖"一声放出第一箭。那箭势如流星，直奔李建成的后脑勺，恰好李建成又前行了一步，箭羽"噗"一声穿透了李建成的喉咙，他未发一声，"扑通"一声倒撞马下。

李元吉拔出佩剑，拨开了飞来的箭羽，拨转马头，抢入左首的一条林间甬道。

同一个时间，玄武门处也正在展开激战。东宫两千多将士已冲到玄武门前，东宫副护军薛万彻指挥部分东宫将士抬着檩木向中门撞击。城楼上的常何、刘师立见对方来势凶猛，指挥兵士点起火把抛下，试图用火阵阻住对方撞门的步伐，见此举并不奏效，又指挥兵士向下张弓射箭，抛下灰瓶。薛万彻见状，一声令下，下面顿时也射上密密麻麻的箭羽。这样一来，城楼上的人可凭借居高临下的优势，又可以城垛作掩护，而城下毕竟人多势众，双方似乎战成平手，一时僵持不下。

此时的宫内林苑中，李元吉拨马进入了林间甬道，其间树枝低垂、花木茂盛，战马行了一段，被花刺刺得鲜血直流，行进速度渐渐就慢了下来。李元吉见后面追兵迫近，心中大急，遂弃马落地，没命地奔跑起来。

忽然，尉迟敬德黑铁塔一般挡在其面前。

李元吉将手中宝剑一横，说道："尉迟将军，我与你往日无仇近日无冤，缘何拦我？请放行，必有所报。"

尉迟敬德手持双鞭，慢慢向李元吉逼近，边走边道："今日若不杀你，就会给秦王留下无穷祸患，此为公仇。若说私怨，前时我在狱中被'披麻拷'用刑，也是拜你所赐。废话少说，来，出手吧！"

李元吉一咬牙关，挺剑中宫直进，大吼："尉迟黑贼，本王定与你拼个鱼死网破！"

两人一剑双鞭厮杀起来。数招过后，李元吉忽然脚下一软，"噗"地歪倒在地。尉迟敬德奋力举起双鞭，使出泰山压顶之势直击下去。只听一声闷响，李元吉惨叫一声，身子斜躺到地上，肩上皮开肉绽，鲜血涌流。尉迟敬德击飞对方手中宝剑，一脚踏在对方胸膛上，照定其脖颈又是一鞭，李元吉身子弹动数下之后就不动了。尉迟敬德拔出佩剑一下斩落李元吉的头颅，提头在手，然后飞快地向临湖殿方向奔去。

站在临湖殿门前的李世民见尉迟敬德飞奔过来，即高喊："敬德兄，按事先定好的，你速去见皇上！"

尉迟敬德高应一声，见李建成的坐骑站立在侧，遂一把抓过缰绳飞身上马。到了李建成卧尸的地方，又飞身下马，一剑斩下李建成的首级，复又上马，一手紧控马缰绳，一手提着李建成和李元吉的首级，向武德殿方向飞奔而去。

此时，李渊刚刚从武德殿暖阁卧榻上起身，懒洋洋地斜靠在座椅上，等待太子等人的到来。

突然，内侍来报："裴大人到。"

与此同时，裴寂跌跌撞撞地跑来，上气不接下气地禀道："陛下，大事不好！秦王兴兵作乱，正在玄武门与东宫、齐王府兵交战呢。"

"啊？秦王作乱？"李渊惊得大张开嘴巴。

正在李渊惊魂未定之际，尉迟敬德手执长槊匆匆赶来，在其身后还跟着几名士卒。内史令萧瑀也随后赶到。

尉迟敬德见了李渊并不下跪，只微微一拜，说道："陛下，太子、齐王作乱，欲谋害陛下，秦王起兵诛逆，恐惊着陛下，特遣臣前来护驾。"

裴寂道："太子、齐王作乱？明明是秦王作乱！"

尉迟敬德眼睛一瞪裴寂，大吼道："裴寂老儿，你再满口胡言，惹得黑子火起，也把你的脑袋一把拧下来！"

裴寂顿时不敢再吭声了。

李渊道："太子、齐王现在何处？"

尉迟敬德回答："皆已归天了。"

"啊？"李渊大惊失色，身子摇摇晃晃，半晌才稳住，"这如何是好啊？"

萧瑀道："陛下，太子、齐王屡次谋害秦王不成，终于酿成今日之变。秦王功盖宇宙，率土归心，为陛下元良之后，若陛下委以国事，则乃大唐之福。"

尉迟敬德乘机催促道："请陛下速降手诏、兵符，使诸军皆受秦王处分，以平息外面战事。"

李渊权衡利弊，知道此情之下不答应也得答应了，于是由他口授，萧瑀执笔拟定了一纸手敕。李渊用颤抖的手在上面盖上了皇帝之玺。

尉迟敬德接过手敕，飞一般跑出武德殿。

此时，玄武门在猛烈的撞击之下，第一道门终于"轰隆"一声倒了下来，薛万彻指挥众人开始撞第二道门。

尉迟敬德站到城楼上朝下高喊："喂！薛万彻，你仔细看看，这是谁的脑袋？"说着用竹竿把两颗人头举到城门外上方。

城门外下面的薛万彻抬头一看，见那两颗人头虽已血肉模糊，但仍能辨认出是李建成和李元吉的头颅，随即失声大叫："啊！太子，齐王！"

尉迟敬德朝前探身大吼："薛万彻，你等听好，李建成与李元吉谋反，秦王奉皇上之命，已令我等将此二贼立斩宫中。你等速速放下兵器，返回驻地，可免一死；若执迷不悟，依旧在此鼓噪不已，此二贼便是你等榜样。"

薛万彻大叫："什么皇上之命，尔等这是叛逆，谋反！"

尉迟敬德道："好啊，那黑子便宣读皇上圣旨！"说着展开圣旨，高声念道，"皇帝敕曰：'太子、齐王作乱，秦王举兵诛逆，甚合朕意。今令诸军并受秦王统领，东宫、齐王府将士一律罢归。有违抗者，斩无赦。'"

城门外众将士顿时鸦雀无声，一些人抛下手中兵器，慢慢走出人群。

这时魏征从人群里冲出，大叫："将士们，莫听他胡言，此乃秦王犯上作乱，我等当冲进去诛杀叛逆！"说罢手持佩剑就往门里冲。

公孙武达从城楼上一跃跳下，同时高喊："哇呀呀！好你个乡巴佬，竟敢胡言乱语，爷来收拾你！"说着把流星锤掖在腰带上，"战你何须兵器，爷只用空手收拾你！"

魏征挺剑便刺，公孙武达一闪身躲过。魏征一剑刺空，身子往前一冲，公孙武达一只手抓住对方臂膀，另一只手抓住对方握剑的手腕一拧，魏征手中佩剑当啷一声落于地下。公孙武达用力一搡，魏征就被搡出老远摔在地上。

薛万彻面对李建成、李元吉的首级，泪流满面，跪地而拜："二位殿下死得好惨啊！末将来迟，罪不容赦！"说罢用剑从头上割下一缕头发，放在地上，之后翻身上马，带领数十骑杀出重围，向城外逃去。

魏征被押进秦王府弘义宫。此时的魏征，仍身着太子洗马五品官服，衣冠整齐，举止泰然，并无狼狈之相，只是脸色有些难看，但目光坚定，双唇紧闭，显露出一股凛然之气和必死之心。

押解他的一名卫士高声呵斥："跪下！"

魏征不跪，把脸扭向一边，目光投视到对面一根金龙殿柱上。

坐在书案后的李世民温和地说道："久闻魏公忠直，今日得见，果然名不虚传，令本王钦佩之至。"

魏征扭过头，见李世民正用期待的目光望着他，只轻轻地哼了一声，嘴角露出一丝冷笑。

李世民道："本王绝非嫉贤害能之辈，已奏请父皇，赦免魏公罪过——"

"罪过？"魏征愤怒地说道，"谁之罪，是洗马魏征？人各为其主，何罪之有？当年，管仲还曾射公子小白呢！"

李世民道："管仲一心为主，忠节可敬，魏公自比管仲，也足见高风，可魏公想必不会不知，齐国君位终为公子小白所得，是为齐桓公。齐桓公未记管仲一箭之仇，管仲也并未食古不化。他接受了齐桓公的拜相之请，辅佐齐桓公成就了霸业。本王不敢妄比齐桓公，魏公却当效管仲！"

魏征反唇相讥："魏征敬慕管仲，是因他力助先公子纠，并非赞同齐桓公杀害公子纠！"

李世民脸上掠过一丝微红，仍强作镇定地说道："几年来，太子、齐王视我为大敌，必欲除之而后快。玄武门之事，实为忍无可忍，更是为了我大唐长治久安，绝非为一己之私利。"

魏征撇了撇嘴："绝非为一己之私利？那么请问，太子、齐王的子嗣为何全被你斩尽，还不是为了保住你夺得的储位？还有，齐王妃杨氏也被你收入府中，此种杀弟夺妻之丑事，难道也可堂而皇之地宣称为了大唐长治久安吗？"

李世民恼羞成怒，呵斥道："放肆！"

两个卫士大步上前，反剪了魏征的双臂。

长孙无忌拔刀出鞘，斥道："魏征老儿莫要妄自猜测，太子、齐王子嗣乃为乱军所杀，其时秦王殿下并不知情！"

魏征从鼻腔里哼出一声："鬼才相信！"

李世民厉声道："你为何离间我兄弟骨肉？"

魏征道："东宫与秦王府乃多年政敌，势不两立，有先太子必无秦王，何谈兄弟骨肉？"

李世民问："你助纣为虐，为虎作伥，该当何罪？"

魏征凛然道："先太子若早听我言，绝无今日之祸。太子既遭不幸，魏征也不愿苟活。要杀便杀，不必多问！"

李世民断喝："立斩！"

两名卫士迅速把魏征绑了，正要押出殿外，忽听一声传呼：

"圣旨到！"

随着声音，一名太监走进殿内，展开圣旨："秦王接旨！"

李世民离座，跪地接旨。

太监宣旨："太子、齐王作乱，罪当伏诛。诏立秦王李世民为太子，军国庶事，悉由新太子裁处！"

李世民举双手接旨："谢皇恩，臣世民领旨。"

太监退出后，长孙无忌走到魏征面前道："魏征，你还想顽抗到何时？"

魏征道："魏征绝非趋炎附势之辈！"说罢挺着瘦小的身躯向殿外走去。

李世民看着魏征的背影，露出钦佩之色，问道："魏征，你还有遗言吗？"

魏征停住脚步，回过头道："日后如嗣大位，但愿能铭记创业维艰，体谅百姓寒暖，守业安邦，励精图治，莫蹈亡隋旧辙！"说到这里摇头冷笑，"多余之言，不说也罢。"说罢回过头去。

李世民走上前去，诚恳地说道："魏公忠节可敬。世民虽无奇才，却早已以身许国！"

房玄龄也上前道："玄成，新太子殿下素知你的才学与为人，对你垂慕已久。当初你方自窦建德军中归唐，太子殿下便欲召入府中，不期你却先入东宫，殿下为此曾嗟悔多日！"

魏征怒气稍有缓解，回头看李世民，心说："这秦王仪表威严，神采照人，确实有天日之表，定是经国之才！"

房玄龄又道："新太子殿下功盖天下，因被兄弟所嫉，屡加谋害，方有玄武门之变。而今，万岁见众心所归，已有内禅之意。你素有为国为民之大志，何不辅佐有为之主做一番事业呢？"

李世民十分诚恳地说道："为了我大唐盛业，魏公还是留下来吧。如蒙不弃，就请留任东宫，拜詹事府主簿。"说着亲自上前，为魏征松绑。

魏征双腿一屈，跪在地上。

李世民道："魏公有何冀求，尽管直言。"

魏征道："罪臣委身东宫以来，出入龙楼，备受先太子恩宠。今日不能随死，于心难安。望能容臣在先太子、齐王下葬之日，送至墓所，以报前宫深恩，并尽旧臣之忠。只此一求，望予体谅。"说到此，十分伤感，一时泪水纵横。

李世民叹道："难得魏公一片忠心，本王即去向父皇请旨，追封故太子为息王，齐王元吉为刺王，以礼重葬。待二王葬日，魏公及二王旧僚可送至墓所。"

"谢殿下。"魏征双手伏地，郑重地给李世民叩首。

第十三章
小宝挟私捕风捉影　曹娴重义屈己助人

曹娴[1]入学苦读已届四载。所谓严师出高徒，这里的村塾先生便以教学谨严而著称。先生是十数里外邻村一位年逾六旬的老秀才[2]，姓郑名芝隆。作为孔门后学，老先生秉承至圣先师有教无类、因材施教之圭臬，对每个学生都分别单独施教，且一丝不苟不厌其烦。先生授课有一套一成不变的固定模式：学生先依次把书置于先生桌上，然后侍立在侧。先生则始终正襟危坐，对学生所学课文一一圈点口诵，诵毕，命学生复诵一遍，之后学生回到各自座位上朗读。凡先生指定朗读的课文，学生必须能够熟练背诵。

曹娴是先生所收的十二名学生中入学最晚的一个，先生便从《论语·学而》教起。然而，天资过人的曹娴，凡所学字句，只要先生讲过一遍，便能牢牢记住；所有课文，最多诵读两遍，便可烂熟于心。尽管比其他同窗晚入学一年，却早已成为了学中翘楚。为此，她深得老先生赏识。

这日，授课之余，先生道："为师曾屡次告诫汝等，凡为师指定汝等诵读之文章，汝等皆须熟练背诵，然则汝等所为如何？却是高下参差，皆能熟练背诵者不过十之二三，余者只能背到文章少半，深负为师厚望！是为师冀求过高么？非也！非不能也，是不为也。为师今日要特别褒扬汝等一位同窗，便是曹闲[3]。曹闲入学较汝等中多数人晚了将近一年，其学业却丝毫无逊于汝等同窗中之佼佼者，所以能够如

---

[1] 娴儿学名曹娴。

[2] 唐初科举设有秀才科，不久即废，但是唐人后来仍通称应进士科考试的人为秀才，与后世所称秀才在概念上并不相同，本书此处所称秀才属前者。

[3] 曹娴是以女扮男装的身份入学的，因此塾师和同窗学童称其为"曹闲"。

此,若非天资敏慧,便是用心苦学。望汝等今后皆能与之比肩并进,所读所学务求卓有长进。"

这时有人给先生送来口信,先生夫人在家中突然晕厥过去,请先生快快回家照拂。

先生离开塾屋前嘱咐众学童:"汝等听好,为师有急事须离开塾馆半日,汝等须在此用心诵读,不得偷懒,不到散馆之时,不得擅离塾屋。曾小宝,为师仍委汝照管诸同窗诵读之事。来取钥匙吧,待散馆时锁好门。"说罢从衣衽内掏出钥匙交给走过来的曾小宝,然后出门去了。

曾小宝对众学童道:"各位,请用心诵读。"

课堂上随之响起一片"之乎者也"的诵读声。

曾小宝回头瞥一眼曹娴,对其同桌学童道:"曹闲自入村塾之后已出尽了风头,哼!不给他一点颜色看,怕是越发张狂了。"

同桌学童回头瞥一眼曹娴,又回过头对曾小宝点点头。

片刻之后,曾小宝"哗啦哗啦"乱翻一阵书本,最后翻到一页,朗声诵读:"'点,尔何如?'鼓瑟稀,铿尔,舍瑟而作,对曰:'异乎三子者之撰。'子曰:'何伤乎?亦各言其志也!'曰:'莫春者,春服既成,冠者五六人,童子六七人,浴乎沂,风乎舞雩,咏而归。'夫子喟然叹曰:'吾与点也。'"[1]读到这里放下书本,对众学童道,"方才本人之诵读你们可都听到了?连圣人都赞成去河中游泳,至祭坛上乘凉,我等何不尊圣人之言,权且放下书本,去那外面优游一番呢?此际双龙河水流淙淙,河岸上绿柳成荫,乃游玩的极好去处,是以各位同窗都去双龙河岸上一游,可好?"

大多数学童一起鼓掌叫好。

曾小宝向众学童一招手:"走!"

除了曹娴和孙亮,其他学童都跟着曾小宝走出塾屋。

孙亮对曹娴道:"要么,你我也一起去?"

曹娴心有疑虑:"先生方才叮嘱我等不得擅离塾屋,这曾小宝怎敢鼓动同窗们一起外出呢?"

---

[1] 语出《论语·先进》。点,即曾皙,孔子的弟子。这一段大意是:孔子问:"曾皙,你打算做些什么呢?"曾皙弹瑟已近尾声,放下瑟站起来回答:"我的打算与三位同学不同。"孔子说:"没有关系,不过各言其志罢了。"曾皙说:"暮春三月,春装已经做成了,成年人五六人,少年六七人,在沂水中沐浴,再在求雨的坛舞雩上迎风乘凉,然后唱着歌回家。"孔子长叹一声说:"我赞成曾皙的主张。"

孙亮道："你尚且不知，这曾小宝非他人所能比。他爷爷曾泰乃龙河湾曾姓一族的族长，在镇子上极有威望，且他家与先生是远亲，交给先生的束脩又最多，因之曾小宝便是先生最为倚重之人。方才你也看见了，先生一旦离开塾馆，连塾馆钥匙都交由他保管，因之先生不在，他便敢自作主张。"

　　此时曾小宝出现在门口："你们二人怎么还不出来？快出来，我要锁门了！"

　　孙亮对曹娴道："走吧，在这室内坐得久了，颇觉闷热，出去散散心也好。"

　　曹娴只得跟着孙亮出了门。

　　众学童来到双龙河河坝上。此时的河坝上，清风徐来，一排排杨树的叶子在风中哗哗作响。远近树上知了的叫声此起彼伏，一浪高过一浪。双龙河水面波光粼粼，烟霭蒸腾。极目远眺，河面似一条玉带伸向远方。此时虽已入秋，但暑热尚未退尽，乍从尚嫌溽热的塾屋来到凉风习习的河坝树荫下，学童们顿觉周身清爽，心旷神怡。

　　曾小宝舒展一下双臂："我说过了，连圣人都赞成到河里游泳沐浴，《诗经·邶风·古风》也讲，就其浅矣，泳之游之，我等这便遵圣贤之言，下到河里游泳。"

　　曹娴心中一时惊慌起来。因村塾先生招收弟子只收男童，所以她是以女扮男装的身份入学的。她知道男童在一起游泳都是脱光衣裳裸身而游，那必将使她陷入极其难堪的境地。正在惶急间，只听孙亮对曾小宝道：

　　"先生曾告诫我等，如无成人在侧，皆不得下河游泳。小宝，今日你是背着先生私下招众人而来，万一有人游泳被淹，你可脱得了干系？"原来，孙亮早将曹娴惊慌神色看在了眼里，这才有这一番言语。

　　曾小宝张开嘴要说话，却没马上说出来。他心虚了，少顷，对众学童道："游泳无甚趣味，我不过随意说说。"

　　孙亮与曹娴互看一眼，曹娴的目光中充满感激之情。

　　曾小宝转转眼珠："捉迷藏极好玩，我们玩捉迷藏。"

　　有学童道："这河坝上无遮无拦，无处隐身，怎么玩捉迷藏啊？"

　　曾小宝又转转眼珠："有一去处，玩捉迷藏最好不过，便是南面的麻坨岗子。那地方你们去过么？"

　　众学童中的大部分人都摇头，只有一两个人点头。

　　曾小宝瞟一眼孙亮和曹娴："那地方我去过，极是瘆人。不过，我是不怕的！不知你们怕不怕？"

　　众学童中有几个人说不怕，其中有人声音还虚虚的，显然，他们心也是虚的，只是不愿在众人面前显得自己胆小，才不得不随声附和。

曾小宝抬高嗓门："再说一遍，大声点，怕不怕？"

这一次，众学童一起高喊："不怕！"

只有孙亮和曹娴没出声。

孙亮对那麻坨岗子也心存畏惧。那麻坨岗子位于龙河湾村西南二里之外，面积有百余亩，岗上古木参天，枝丫交错，坟丘遍地，荒草萋萋，村中无人不晓常有鬼魂出没其间，其中不少闹鬼的故事被人们说得绘声绘色。孙亮对那岗子一直心存神秘感和畏惧感。除了村里死了人的人家雇了鼓乐班吹吹打打去下葬死者时，他随众多看客去过那岗子上两次之外，他从未独自迈上过岗子一步。除此而外，他更担心曹娴去了那个地方会被吓着，因此面对曾小宝的发问，他一时不知该如何作答。

曹娴则从未去过那个地方，只是方才听曾小宝说那地方极是瘆人，但究竟怎么瘆人，她却毫无所知，又见孙亮没有回答，她也就没有贸然作答。

曾小宝扫视众人的目光最后定在孙亮面上："孙亮，你不说话，是怕去那岗子上吧？"

孙亮涨红了脸道："谁说我怕了？我不怕！"

"那好。"曾小宝将目光转向曹娴，"曹闲，你呢？怕不怕？"

曹娴将目光转向孙亮，见孙亮朝她点头，于是说道："我也不怕！"

曾小宝朝众人一挥手："走！"

众学童来到麻坨岗子下停住脚步。

曾小宝宣布："捉迷藏，仍依照老规矩，先由二人自愿结合作捉家，其余的人皆作藏家。捉家先在这里候着，藏家都去岗子上分散藏匿，待藏家藏好后打一声唿哨，捉家便可去捉。最先被捉住的藏家换下捉家，作新的捉家，凡未被捉住的藏家跑到这个圈子内便算得胜。"说着用树枝在地上画出一个大圈，"哪两个人愿自愿结合先作捉家呀？"说完，一双滴溜溜的大眼睛只在孙亮和曹娴面上扫来扫去。

孙亮看一眼曹娴，对曹娴点一下头，然后转向曾小宝："我与曹闲愿作捉家。"他想到，曹娴初次来这岗子上，对岗子上的情形尚不熟悉，有自己与她在一起为她壮胆才好。

"好！"曾小宝要的正是这个结果，"我们这便开始！"

藏家们进入岗上树林里不多时，就从树林深处传来一声唿哨。

孙亮和曹娴闻声迈开脚步双双走上岗子，进入林子。刚刚走进林子的他俩，突觉一股阴凉之气扑面而来，不禁都打了一个寒战。

正往前走着,突然头顶上方"扑棱棱"一阵响。曹娴眉头一跳,下意识地伸手抓住了孙亮的袍襟。急抬头望去,只见一只灰白色的大鸟穿过树枝空隙飞向了远处。

孙亮安慰她:"莫怕,只是一只大鸟。这林子里的鸟可多了,这鸟连我都叫不上名字。"

曹娴抓着孙亮袍襟的手又松开了。

走进林子不多远,眼前出现一大片坟地。此时已近黄昏,又兼树木枝叶遮天蔽日,整个坟地弥漫着一片阴森可怖的气息,令人不寒而栗。一只灰色野兔从他俩脚前草丛里倏地蹿出,箭一般跑到前面一座坟丘下不见了。他俩定睛向那坟丘看去,只见坟丘坡脚下有一碗口大小的洞眼,便知那灰兔定是钻进了那洞里。再看其他坟丘,间或也有着或大或小的孔洞,都是黑魆魆阴森森的,有的坟丘还裸露出了里面的棺木,令人心中发毛。好在他俩想着其他学童或许就藏在这些坟丘间,心中才觉安稳些。

他俩一边朝前走,一边四下张望。走过几个坟丘,一座新坟蓦然出现在他俩眼前。只见坟前插着高高的引魂幡,一阵风吹过,幡子上的纸条纷纷簌簌抖动,发出呜呜的声响,有如怨妇在饮恨而泣,令人听了不禁毛骨悚然。

他俩加快脚步,从那新坟旁绕了过去。

突然,从他俩左前方传来一声声"吱吱吱"的怪叫声。他俩身子都一颤,循声看去,只见不远处一座坟头上蓦地冒出了一张白脸,那脸惨白惨白,又是花花的,刚刚冒出坟头又倏然隐去了。孙亮惊呼一声:"鬼!"伸手拉住曹娴的手转身就跑。刚跑出几步,前面一座坟头上又蓦地冒出一张白脸来,那脸又是惨白惨白,花花的。孙亮又"啊"地惊叫一声,换个方向又跑,却不料前面坟头上又冒出四五张白脸来,那脸仍是惨白惨白,花花的。孙亮急转身再跑,却腿脚一软一下子跌倒在地,把曹娴也险些拽倒。这时忽听身后不远处传来他俩熟悉的说话声:

"小宝,你们不能这样做,这样会把他二人吓坏的。"是赵云鹏的声音。

惊恐万状的孙亮和曹娴闻声回头望去,见不远处一座坟丘边果然出现了赵云鹏的身影。继之,那坟丘后露出了四张惨白惨白的脸,又都抬手往脸上一抹,那白色即被抹掉,露出了人的本来面目——曾小宝和另外三个学童的面孔。再向其他方向望望,见另外五个学童也都从坟丘后露了面。

曾小宝嬉笑着向那些学童一招手,便都向着孙亮和曹娴聚拢过来。

曾小宝嘿嘿笑着对孙亮和曹娴道:"我还以为你们二人说了不怕便真不怕呢,未曾想到你们只是说在嘴上,实则不然。我们几个只是将那幡子上的白纸撕下来用唾沫粘在了脸上,便将你们吓成了这副模样,原来如此,原来如此啊,嘿嘿嘿……"

几个学童也都跟着笑了起来。

曹娴红云覆面,清丽眼池中不无愠意:"若换成你们,你们不怕么?"

曾小宝一拍胸脯:"我们当然不怕!"又左右看看其他学童,"你们说是不是?"

有三四个学童随声附和说是。

此时站在曾小宝身后的赵云鹏对曾小宝道:"你该说实话,方才在他们二人到来之前,你还说如此做法定能将他们吓着,若换成你,你也会被吓着呢。"

曾小宝回过头朝赵云鹏一瞪眼睛:"你竟敢与我作对?我给过你多少好处,你都忘了么?"

赵云鹏张开嘴,似要说什么,却没有出声,继之低下头,躲开了曾小宝逼人的目光。

孙亮铁青着脸道:"曹娴,莫再理他!我们走,回家!"

孙亮和曹娴一起沿来路往回走。曾小宝与其他学童随后也往回走。

走出林子后,孙亮停住脚步,转身对曾小宝道:"曾小宝,你欺人太甚!回去我便让我姥姥再也不去给你娘医病了!"

曾小宝顿然止步,咧了咧嘴,却无言以对,样子十分狼狈。

此时有学童问:"小宝,你娘得了什么病?"

曾小宝气急败坏地说道:"我娘未曾得病!你们莫要听他胡言乱语!"

孙亮冷笑一声:"是我胡言乱语?还是你恐面上不光彩,不敢承认?那我来告诉诸位,小宝娘让黄鼠狼迷上了,得了邪症,非哭即笑,喜怒无常,任何郎中医治均告无效,只有我姥姥一医便好。"

曾小宝恼羞成怒:"你,你满口喷粪!"

"你敢骂人?"孙亮攥紧拳头几步冲到曾小宝面前,"你再骂一句!"

曾小宝后退一步:"你,你想怎样?"左右看看自己的追随者,"他要打人,你们可不能袖手旁观哪。"

曹娴赶紧上前抓住孙亮的袍袖:"孙亮哥,你可切莫动手啊。"

"我动手?"孙亮朝地下吐一口唾沫,"呸!他还不值呢。走!"说罢转身大步向前走去。

众人这才又跟在他后面往前走。

一路上,一向十分活跃的曾小宝情绪一落千丈,一直缄口不语,众人也都无话，只顾闷头走路。

忽然，一阵冷风吹来，随之便有团团黑云从西北地平线上蒸腾而起，万马奔腾般朝他们头顶上空滚滚而来。乌云很快布满整个天空，天地间倏然变得晦暗起来。声声沉雷由远及近不断响起，倾盆大雨也随之从天而降。忽然，在那雷雨声中分明有另一种异样的声音骤然响起，很快便盖过了雷声。那声音令人惊心动魄，让人不寒而栗，那是搅在一起的喊杀声、刀枪撞击声、战马嘶鸣声、哭爹叫娘的惨叫声。那声音一浪高过一浪，震撼大地，响彻环宇……

一时间，学童们都被惊得呆若木鸡，过了一会才一个个回过神来。

一名学童道："你们听，那声音是自我们方才玩过捉迷藏的麻坨岗子传来的！"

另一名学童大喊："打仗了，快跑啊！"说着撒腿就跑。

其他学童都跟着往回家的方向猛跑起来。直到跑到村头了，学童们才敢停下来，一个个上气不接下气呼哧呼哧喘息一阵。此时雷雨骤停，云开见日，喊杀声随之了无声息。学童们这才散开各回各家。

曹娴对与她同行的孙亮道："真是太奇怪了，方才我们在那麻坨岗子上，并未见有一兵一卒，怎么刚一离开，便在那里发生了两军大战的事，天一放晴，便又悄无声息了呢？"

孙亮道："我以为，那不是真人真马真刀真枪的两军对阵。听老人们讲，十多年前，也是在今日这样一个黑云压境的天气里，大唐军队与另一支义军刘黑闼的军队曾在麻坨岗子那里发生激战，双方都战死了许多将士。自那以后，有时遇上今日这样的阴雨天，人们便能听到那里人喊马嘶的打杀声。我姥姥说，那是那些战死的冤魂们在显灵呢。"

次日一早，塾屋内，学童们坐在各自座位上正在互相交头接耳唧唧喳喳说着话，先生一脸肃穆地走进来，众学童话语声戛然而止。

先生面如玄铁："汝等昨日午后做甚去了？"

学童们面面相觑，无一人敢答言。

先生扫视学童们的目光最后落到曾小宝的脸上："曾小宝，本师委汝关照诸同窗诵读，汝是如何关照的，汝之诸同窗又是如何诵读的？汝且言之，定要如实道来！"

曾小宝咽了一口唾沫，张了张嘴，却没说出话来。

先生威严地说道："讲！"

曾小宝见被逼不过，只得实话实说："昨日午后这屋内甚是闷热，我等便往南面麻坨岗子上去了一回。"

先生问:"去做甚了?"

曾小宝回答:"玩捉迷藏。"

先生眉眼一挑:"嗯?"

为转移先生的注意力,曾小宝绘声绘色地说起麻坨岗子上两军交战的打杀声:"还有,还有,我等刚一离开麻坨岗子,天空突然雷电交加,风雨骤至,那麻坨岗子上骤然响起两军交战的打杀声。只听刀枪叮当磕碰声、啊啊的惨叫声,还有战马嘶鸣声——"

先生啪地一拍桌子:"住口!圣人不语怪力乱神,难道汝等忘了么?所谓打杀之声,那不过是汝等听信了谣传蛊惑而生出的幻听罢了。汝等无视塾规,擅离塾屋,荒弃学业,定当接受责罚。当然,本师并非各打十大板,仍当赏优罚劣。前几日本师曾教授汝等工对楹联之法,今日本师便要小试汝等长进与否,视工对优劣情形酌定赏罚。每人对一联,本师出上联,汝等对下联,能对出下联且对仗精工者,即可免于责罚。能对出下联却对仗不工者,打一板子。全然对不出者打两板子!曾小宝,汝听好,为师上联为——"

梅兰树树丛丛翠

"汝来对下联!"

曾小宝想了想道:

桃李枝枝朵朵红

先生道:"对是对出了,却不工。为师上联之'树树'二字专对梅而言,'丛丛'二字专对兰而言。汝之下联'枝枝'二字并非专对桃而言,既可对桃,又可对李,'朵朵'二字亦非专对李而言,亦是既可对李,又可对桃,且有拼凑字数之嫌,因之不工,若改为'风雨声声点点寒',对仗便属工稳了。汝之联对尽管不工,却对出了,本当减一板子的,然则汝深负为师重托,带头坏我塾规,该当重责,板子不减了,打两板子!伸出手来!"

曾小宝只得伸出左手,先生扬起戒尺在其手掌上"啪!啪!"击打两下。曾小宝疼得龇牙咧嘴。

先生道:"曾旺且听好,为师上联是——"

春归花不落

曾旺想一想道:

风静月长明

先生道:"也对出了,却仍不工。为师上联'春归花不落',意谓春已归,花当落却未落,汝之下联并无此意,风静也好风动也罢,均与月长明无涉,不如对'秋去叶还生',意谓秋已去,叶不当生了却还生,便与上联联意两两相对了。伸出手来,打一板子!"

曾旺伸出左手,挨了先生一板子。

先生道:"赵云鹏且听好,为师上联是——"

江南春色含风暖

赵云鹏琢磨一下:

石上泉声带雨秋

先生摇摇头:"仍不甚工。看啊,'江南'对'石上','暖'对'秋',皆不工,若改为'塞北秋声带雨寒',便与上联'江南春色含风暖'对仗工稳了。打一板子,伸出手来!"

赵云鹏伸出左手,挨了先生一板子。

先生道:"孙亮听好,为师上联是——"

秋风止处涛声起

孙亮略一琢磨:

云雾开方雁叫凝

先生点头:"嗯,为师上联由静到动,汝之下联由动到静,对仗尚属工巧,好,两板子全免了。"

先生接着与一个一个学童依次联对,被轮到的学童有的挨一板子,有的挨两板子……终于轮到了曹娴。

先生道:"曹娴,为师知汝擅对,联对可要难一些了,便是要即景即兴而对。"说罢抬手一指塾屋窗台上的一盆刺梅,"看那刺梅——"

花香岂在枝丫密

曹娴道:"看这塾屋——"

室雅何须藻井宽

先生道:"好!汝之联对既然如此精工,为师索性与汝多对几联,看又如何?"说罢向众学童一招手,走出塾屋。

众学童随后出屋。

先生手指庭院中一丛竹子:"看那竹子——"

竹贵虚心,飒飒迎风持劲节

曹娴一指庭院另一侧的一棵梅树:"看那梅树——"

梅佳傲骨，莹莹映雪有暗香

先生道："为师喜于晚间月下竹旁吟咏，因有上联——"

竹里书声摇月影

曹娴道："恩师又常于暇时与友人对坐梅下对弈，故有下联——"

梅间棋韵落云霓

先生赞道："嗯，妙！妙！"

先生本来颇为自己出句之曼妙超凡而自赏，不料曹娴对句更胜一筹，妙思结句，奇妙绝伦，那两声"妙"便情不自禁脱口而出了。先生乘兴踱至院外，往东望去是一条纵贯南北的街道，街道两边参差开着几家店铺，先生略一沉吟："看那镇街大道——"

一道通衢贯通南北

曹娴道："瞧那街道两旁店铺——"

两厢卖主常卖东西

先生连连点头："嗯，好，好。"折而向西走出十数步，眼前便展现出另一番景象：数十步外，双龙河宛若一条玉带由北向南延伸开去，河左岸北部堤坝上之卧佛寺古朴庄严，寺外数株古柏蓊郁苍翠，其东南侧有一偌大池塘，塘中遍植荷花，池塘周围白杨垂柳迎风摇曳；再往南，宽阔的河堤上植有一片桃林。先生出句，便从荷塘破题：

芙蓉映映波光暗

曹娴对道：

杨柳依依日影疏

先生再吟上联：

双龙河内双龙戏水

曹娴对出下联：

卧佛寺中一佛读经

先生道："你我还以卧佛寺双龙河为题，为师上联是——"

卧佛寺旁古柏株株雕玉碧

曹娴说："弟子下联为——"

双龙河内渔帆点点染秋霜

先生又吟上联：

双龙河河水长流千载

曹娴再对下联：
　　　　　　　卧佛寺寺宇高矗万年
先生一指南面河堤上桃林：
　　　　　　　双龙河畔红霞万点风吹不散
曹娴一指北面的荷塘：
　　　　　　　卧佛寺旁玉女千颜雨打弥鲜
先生道："桃花，为师又有一比——"
　　　　　　　一堤红雨滴滴依造化
曹娴道："白莲，弟子另有一喻——"
　　　　　　　半淀白云朵朵赖天成
　　先生拊掌而赞："妙，妙，着实妙甚！为师出句本已不俗，曹娴对句更是出神入化，意蕴超拔，对仗精工，曹娴真神童也！"
　　曹娴面上飞红流霞："恩师过誉之词，弟子愧怍难当。"
　　学童们都以或钦佩或艳羡的目光看着曹娴。
　　却听曾小宝拿着不冷不热的腔调说道："可惜呀，造化也好，天成也罢，全都禁不住人为之折杀！"
　　在场众人听了这话都一愣。
　　先生皱起眉头："曾小宝，尔此言何意？"
　　曾小宝道："弟子是看恩师于塾馆中所植白菊转瞬之间便为人所摧折，心中甚是惋惜。"
　　先生瞪大了眼睛："什么？你说什么？你说塾馆院中之白菊为人摧折了？"
　　曾小宝抬手往塾馆院中一指："恩师若不信，请至塾馆院中一看究竟，便知弟子所言不虚了。"
　　先生朝塾馆院中一挥手："走！回塾馆！"
　　众学童都随先生走回塾馆院中。
　　曾小宝走到一丛菊旁，手指菊丛中的三只花托："恩师请看，前日这里刚开的三朵白菊，今日一早便杳如黄鹤，只剩三只光秃秃的花托了。"
　　先生走前一步，向那三只花托看去，眉峰就一抖。稳一稳神，定睛再看，只见那三株花梗上的花朵已片瓣皆无，只剩下三只花托孤零零地竖在那里，先生一时目瞪口呆。
　　这白菊，在先生心目中的位置可是非同一般。

先生惯常行事虽略显古板，却有一大雅好，便是利用授课余暇侍弄花草。侍弄花草，又专属意于花中四君子：梅、兰、竹、菊。在村塾庭院内，先生植有一株梅、两丛竹和兰、菊各数丛，每日早晚诵读之余，便以侍弄花草自娱。或松土施肥，或灌溉捉虫，或摘头掐叶，称得上百般关照千般呵护。那四君子也不辜负他，全长得郁郁葱葱枝繁叶茂。刚一入秋，那菊花中便有一丛白菊率先展颜，绽放出三朵冰清玉洁的花朵来。先生闲下来便以赏花为快。兴之所至，文思潮涌，口中便念念有词：

"菊花真花中一君子也，丽而不媚，傲而不骄，凛然临霜，怒放于群芳凋零之际，不染纤尘，不畏肃杀，端秀庄妍，仪态万方，真乃风雅之至哉。余植菊，三分天工，七分人力，以天工辅人力，以人力助天工，菊之美，实臻天人合一之境也……"

在先生心目中，菊花傲岸高洁的品格便是人应有的品格，因之人应惜花护花且善于赏花。如今先生自己教授的弟子中竟然有人不知惜花护花，反倒掐花毁花，这让他着实懊丧气恼。

先生铁青了脸问曾小宝："你可曾见到，此三朵花为何人所毁？"

"这……"曾小宝欲言又止，目光在众学童脸上搜寻，寻到曹娴脸上时目光一定。

曹娴目光与他的目光一碰，眉睫就一抖。

曾小宝收回目光，对先生道："弟子以为，此花为何人所毁，还是由毁花人自己讲出来为好。"

"嗯。"先生目光向在场众学童脸上一扫，"此花为何人所毁，站出来！"

众学童都在原地站着互相看来看去，却无人站出。

先生朝塾屋一挥手："都回塾屋去！"

众学童回到塾屋。

先生最后一个走进塾屋，面色铁青，声如钟磬："白菊为何人所毁，若此时出面坦承，本师可从轻责罚，只打一板子，不然，一经本师查出，或为他人道出，定然从重责罚，打五板子！"说罢目光在众人脸上扫来扫去，片刻之后，又道，"曾小宝，谁是那毁花者，汝既已亲眼目睹，便据实讲来！"

曾小宝站起身来："是……"回头瞥一眼曹娴，"是曹闲！"

众学童纷纷把目光投向曹娴。

曹娴面上神情始而惊愕，继而惶恐……

先生眉头紧皱："曹闲，汝是毁花者么？"

曹娴慌乱地站起来:"不……我不是。"

先生转对曾小宝道:"曾小宝,曹娴毁花,确为汝亲眼所见么?"

曾小宝点头道:"是我亲眼所见。"

早上,曾小宝来塾馆就读,一进院子,就见曹娴正面朝菊圃站在菊圃旁边,且她一回头间见他正站在附近盯视着她,就赶紧从菊圃旁快步离开了。曾小宝心中不免有些疑惑:曹闲站在那里做甚呢?于是悄悄走近菊圃一看,见那开得正盛的三朵白菊不见了,只剩下三只光秃秃的花托,马上就断定那三朵白菊是曹闲摘走了。

先生不动声色地问道:"曹闲,对于曾小宝之指证,汝作何解?"

曹娴摇头:"那白菊不是我摘的。"

先生微微点了点头:"那么,汝可曾见到,那白菊为何人所毁?"

曹娴眉睫微蹙,瞥一眼同桌的赵云鹏。赵云鹏本已低着的头又往下一低。曹娴莹润眼池中已蓄满不解之色。

早上,曹娴来塾馆就读,一进院子,就望见赵云鹏正站在菊圃旁,伸手摘下一朵白菊塞进嘴里大嚼,一伸脖颈咽了下去,然后抬起衣袖抹两下嘴唇。她赶紧背过身子。片刻之后,当她回过身时,见赵云鹏已走进塾屋门内。她走近菊圃,以痛惜的眼神向菊丛看去,只见那三朵白菊均已不见,只剩下了三只光秃秃的花托。偶一回头,见站在自己不远处的曾小宝正注视着自己,于是赶紧快步走进了塾屋……

此刻,她是多么希望赵云鹏能够自己站出来坦承这一切呀,可他却没有。

先生稍稍抬高声音问道:"本师问汝,汝可曾见到白菊为何人所毁,汝为何不予作答?汝究竟见到那毁花之人没有?"

曹娴点点头。

先生道:"那么,此人是谁?汝据实讲来!"

曹娴又瞥一眼赵云鹏。

赵云鹏仍低着头。

先生面色一沉:"讲!此人是谁?"

曹娴脸憋得通红,却不答话。

曾小宝回头看看曹娴又转向先生:"看,他答不上来吧?其实就是他自己!"

先生严厉地说道:"住口!本师可曾允汝多言么?"转向曹娴换上较温和的口气道,"曹闲,以汝平素学养人品,本师本不相信汝能做出此等事体,然则目下有汝之同窗指证毁花之举系汝所为,本师问汝可曾见到他人毁花,汝却始而点头,继而三缄其口。汝如此无语拖延,本师便别无他计了,只能于汝以毁花者视之。本师方才讲过，毁花之人若为他人道出，当重责，本师岂能食言？"说到这里走到曹娴身边，"伸出手来！"

曹娴伸出左手，先生将戒尺高高举起，落下却并不用力，在曹娴手掌上连击五下。

此时的曹娴，眼中已是泪光闪闪，屈辱、难堪之色难掩其中。

先生回到讲桌后，说道："本师曾告诫汝等，汝等走进塾屋诵经史、读诗书，即为知礼明义，做人中君子。做人中君子即须爱护花中四君子，花中四君子之品格便是人中君子应有之品格。下面，本师再将花中四君子之品格一一诵出，汝等须认真聆听，牢记于心。"接下来先生以舒缓抑扬的语调将梅、兰、竹、菊的品格一一诵出，并要求学童们用笔记下。诵毕，问学童们记下没有，待得到学童们肯定的回答，才开始授课。

散馆后回家的路上，曹娴一路低头往前走着。

孙亮从其后面追上来，说道："曹闲，我知道，那毁花之人绝非是你，而且，你定知那毁花之人是谁！"

曹娴无语，眼中已有泪水涌出。

"你说，我的话对不对？"孙亮扭头以审视的目光看着对方，等待对方回答。

曹娴微微点头。

"既如此，你为何不将那毁花之人指认出来，而要自己蒙受如此不白之冤，承受如此屈辱？"

曹娴眼中泪水顺颊而下，只不言语。

孙亮直视着对方的眼睛催问："你说话呀，为何？"

曹娴跑到路边，双手捂脸失声痛哭。

孙亮走到她身边："你哭吧，哭吧，把心中的委屈都哭出来，或许好受些。"

曹娴痛哭一阵，渐渐止住哭泣。

孙亮递过一方手帕："我再问你一句，你既知那毁花之人是谁，却为何不当着先生和诸同窗的面将其姓名讲出来？"

曹娴用手帕擦着眼泪道："我只希望他自己能站出来坦承一切，可他却并无此意。既然如此，我若将他指认出来，恐他将矢口否认，而我却是有他人指证的，那样一来，我将百口莫辩，生生是为开脱自己而嫁祸于人了。若果真那样，情形岂不会更糟？"

孙亮略一思忖，然后点点头："也是。——你告诉我，那毁花之人究竟是谁？"

"你莫再问了。"曹娴说着又回到路上往前走。

孙亮紧紧跟上追问："为何，为何不告诉我？"

曹娴道："告诉你，又能如何？"

孙亮一挥拳头："我去找他理论！"

曹娴道："你无凭无据，如何与他理论？只恐非但于事无补，反将生出更大是非。"

孙亮顿一顿："那毁花之人并非是你，曾小宝却一口咬定是你，如此凭空诬陷好人，着实可恨！"

曹娴道："他并非毫无根据。当时，那毁花之人掐毁白菊，我看在眼里痛惜于心，待其离开花丛之后，我便过去看那白菊被毁情形，不料此举碰巧为曾小宝所见，他方误以为那白菊毁于我手。"

孙亮冷哼一声："我早便看出了，因你学业优异，他便心生嫉妒，方如此捕风捉影加害于你。还有，先生竟也轻信于他，以至良莠不分，珉玉不辨，滥施罚则，殃及无辜，如此行事，怎能让人心怀敬重？明日是先生六十寿辰，依例我等弟子当向他敬呈寿礼，以为祝贺，他既如此昏聩不明，寿礼你我不送了！"

曹娴连连摇头："这么做，甚为不妥。你可曾留意，先生打我板子，板子举起甚高，落下却极轻，我并未觉出有多疼痛，因而我知先生并未完全相信我是那毁花之人，只因有曾小宝当面指证，我又无从证明自己清白，先生方不得不责罚于我，故而我对先生并无衔怨之意。古人云，一日为师，终身为父，先生于我等弟子有教诲深恩，我等弟子理当衔环以报，故此先生寿辰之寿礼，仍当敬呈。"

孙亮叹一口气道："你总是宽容别人，还说得头头是道。罢了，便依你。"

孙亮挂念着曹娴，怕她经受不住这场意外打击，草草吃罢午饭，就赶往杏儿家。半路上，又从同窗口中听到了一个令人震惊的消息，就更想尽早见到曹娴。来到杏儿家门外，听屋内有人正在说话，忙收住脚步。只听杏儿道："听姐姐一句话，去对先生把事情真相讲清楚。"曹娴道："事情已然过去，姐姐你就莫要管了。"听得出，曹娴情绪已经稳定了。他上前敲门。

门开了，杏儿出现在门内："哟，是小亮啊，快进屋坐。"

孙亮进屋后，有些急切地对曹娴道："方才我在路上听同窗曾旺讲，他听曾小宝说的，赵云鹏偷拿文具店的一方砚台，被掌柜抓个正着，已被关进店后小屋。"

曹娴眉睫一抖，眼中盈满惊疑之色："有此等事？"

孙亮点头道："曾旺说，赵云鹏被关，乃曾小宝亲眼所见。"

此时杏儿插言道："赵云鹏？又是他？他怎又做出了此等丑事？"

孙亮道："是这样，明日是村塾先生六十寿辰，我等诸位弟子已商定，每人向恩师奉上一份小小贺礼以表心意。赵云鹏自然也要为恩师备办贺礼，可他家境贫寒，囊中羞涩，无奈之下便失足走了这一步。"

杏儿撇撇嘴道："他才偷吃了村塾里的菊花，这又偷拿店家砚台，我看他是入了行窃这一门了。"

孙亮听了这话眉峰一挑，对曹娴道："怎么，村塾中的毁花之人原来是赵云鹏啊？"说完又看向杏儿。

杏儿道："可不是么，午饭小妹吃的极少，也不爱说话，我便问她是怎么了？她只不肯讲，经我再三追问，她方道出村塾院内菊花被人偷摘，小妹被错认成摘花人遭受责罚之事。我问她可知摘花人是谁？她又不肯讲，又是经我再三追问，她方道出了赵云鹏这个名字。"

曹娴皱眉道："姐姐，你答应过我的，这名字我若对你讲了，你不再对他人提起，你怎还是提起了？"

杏儿抬手亲昵地拍拍曹娴肩膀："小亮又不是外人，对他讲了又有何妨？"

曹娴转对孙亮道："此时赵云鹏仍被关在小屋里么？"

孙亮点点头："我听曾旺讲，文具店掌柜让曾小宝去转告先生，让先生到店里领人呢。"

曹娴听了这话目光一抖："如此一来，此事必会传得沸沸扬扬，赵云鹏必将颜面尽失，斯文扫地，不只再也不能在村塾就读，且日后将再难做人，说不定便会因此毁了他一生呢。"

杏儿接过话头道："事情是他自己做下的，他是自作自受，怨不得他人。"

曹娴略想一想道："话虽这么说，可我们毕竟是他同窗，他落了难，我们怎能不闻不问呢？"

杏儿以不解的目光看着曹娴："他偷摘村塾菊花，又不肯招认，致你无端受罚，难道你却还要帮他么？"

曹娴道："他偷摘村塾菊花又不肯坦承是他的过错，但我无端受罚是因被他人妄猜误证，并非赵云鹏存心如此，因而非他之过。再说他也并非一无是处。昨日我等同窗去麻坨岗子上游玩，有人扮成鬼魂吓唬我与孙亮哥，亏得赵云鹏出面阻止，不然我们不知会被吓成何等样子。此足可证明他心地还是善良的。"

孙亮马上接过话头："嗯，我自曾旺口中得知，赵云鹏所以走了这一步，还与你我有关呢。"

曹娴眉心微蹙："是么？此话怎讲？"

孙亮道："我听曾旺讲，赵云鹏家乃曾小宝家佃户，赵云鹏送与先生的束脩，都是曾小宝的爷爷为之出资备办的。昨日曾小宝等人在麻坨岗子上装神弄鬼吓唬你我之时，赵云鹏出来为你我鸣不平，惹恼了曾小宝，曾小宝便有意将弟子们向恩师送贺礼之事瞒过了他爷爷，为的便是不让他爷爷再为赵云鹏出资置办贺礼。因无人为之出资，赵云鹏出于无奈才做出偷拿店家砚台之事。"

曹娴接言道："他此事做得虽有失体面，可他家境贫寒，却仍要为恩师备办贺礼祝寿，此乃尊师之举，其心可嘉，偶一失足，也是情有可原。无论如何，我们也须帮他一帮。"

孙亮两手一摊："可怎么帮他呢？你我又能做些什么呢？"

曹娴略一思忖，对杏儿道："姐姐，我姐夫不是去那文具店做伙计了么？"

杏儿摇头道："他刚刚去那店里，在掌柜面前指不定说得上说不上话呢？"

曹娴口气十分坚决："无论如何，此事只能靠他了。我这便去找他，请他从中斡旋。我们先将砚台钱替赵云鹏还上，再由姐夫向掌柜求情放人。"说罢抬脚就往门外走。

杏儿几步追上她："等等！小妹，你当快去塾馆读书，我去找你姐夫。"

"且慢！"曹娴伸手拉住杏儿的衣袖，"我还有话呢。此时赵云鹏的事定已在塾馆传扬开了，为此你去后不只让我姐夫求掌柜放人，还要让我姐夫亲自将赵云鹏送往塾馆，且要代人受过！"

杏儿一怔："代人受过？"

曹娴点点头，凑近杏儿耳旁轻声耳语起来……

赶到村塾院内的曹娴和孙亮经过先生屋前时，只听屋内先生一声喟叹：

"弟子品行如此窳劣，乃为师教导无方，是为师之奇耻大辱啊，为师有何面目去见那店中掌柜呢？"

"可恩师您若不去，那店中掌柜便会找来塾馆，到那时，反倒更为不美呀。"是曾小宝的声音。

"罢罢罢，如此说来，为师只能豁上这张老脸走一趟了。"先生话音一落，人也走出了屋门，在门外停住脚步，抬手捋一捋袍袖，抻一抻袍衽，然后才迈开方步向院门口走去。

此时忽从门外走进一个人，一见先生，急忙躬身施礼："弟子孙云拜见恩师，弟子向恩师请罪来了。"

先生止步一怔："你这是……请罪？这，这从何说起呀？"

此时赵云鹏也出现在了门口。

孙云回头向赵云鹏招一招手，待赵云鹏走进院门，一把将他拉到自己身边："这位小师弟去敝店购买砚台，资费本已付给弟子，弟子因接洽别的顾客一时忙晕了头，竟将他所付之资错记到了他人头上，以至闹出一场误会，让小师弟无端蒙受冤屈，过后弟子方忆起小师弟付资之事，为弟子失误致使小师弟蒙冤而愧悔不已。为此，特来向恩师请罪。"说罢又向先生深施一礼，接着转向赵云鹏道，"向小弟子赔礼道歉。"又向赵云鹏拱手施礼。

此刻的赵云鹏低着个头，涨红了脸，一副手足无措的样子。

这时候塾屋内众学童都已聚到屋外，看着这一幕，纷纷交头接耳窃窃私语。

曾小宝看看赵云鹏，又看看孙云，一双大眼中流露的尽是疑惑与不解。

先生好大一会儿才从愣怔中回过神来，对赵云鹏点点头："嗯，原来如此，原来如此，如此便好，如此便好，你去塾屋读书吧。"又转对孙云道，"你也莫要过于自责，有过即改，甚好甚好。"

孙云向先生拱手一礼："恩师保重，弟子告辞了。"

先生抬手向院门口一让："慢走，不送。"

曹娴与孙亮互相对视一眼，会心地点点头。

塾屋内，众学童朗读声中，赵云鹏扭头对曹娴小声道："谢谢你，谢谢你姐夫。"

曹娴也小声道："你莫谢我，也莫谢我姐夫，其实，是我姐夫太粗心，方——"

赵云鹏一摆手止住对方的话语："你莫再说了，我要对你说的是，今日之事，我赵云鹏将铭记终生；今日所为，自今往后我赵云鹏决不会再有第二回！"

此时先生走进塾屋，见众学童都在用心读书，满意地点点头。

赵云鹏目视着先生举起右手。

先生眼睛扫视着众学童道："都静一静！静一静！"

学童们都停止朗读，屋内立刻寂静下来。

先生目光停留在赵云鹏脸上："赵云鹏，汝有何事？"

赵云鹏站起身来："昨日毁花一事，系我所为。"

先生眉峰一抖："是你？你，你为何要毁花？"

赵云鹏涨红了脸："那花，我……我吃了。"

先生瞪大了眼睛："什么？那三朵白菊，你，你吃了？"

赵云鹏低声应道："是。"

先生眉头已然皱起:"那白菊是人能吃的么?"

赵云鹏喁喁低语:"我……我饿,方以花充饥。"

众学童纷纷交头接耳窃窃私语。

先生肃然目光又朝众学童一扫:"肃静!肃静!"

众学童立刻止住议论和嬉笑。

先生问赵云鹏:"你为何饥饿,是在家中未能吃饱么?"

赵云鹏回答:"是。"

先生又问:"为何未能吃饱?"

赵云鹏回答:"我家田地遭了蝗灾,秋粮颗粒无收,家中已无米下锅。"

"原来如此。"先生略一沉吟道,"既然如此,你当时为何不讲?"

赵云鹏一脸窘相:"我……我讲了,恐同窗们嘲笑于我。这几日,我看有人无端替我受过,蒙受不白之冤,我内心备受谴责与煎熬,便顾不得他人嘲笑了。"

先生沉吟有顷:"嗯,汝尽管讲得为时过晚,终归还是讲了,可知汝人性尚在,良知未泯。当如何责罚,倒让本师为难了。"

赵云鹏伸出左手:"恩师,您重责我吧。"

"唉,你吃花之举虽有失读书人体面,却事出有因,责罚便免了。"先生说着走到曾小宝身边,厉声道,"曾小宝!"

曾小宝噌地一下站了起来。

先生肃然目光紧紧盯视着曾小宝:"毁花一事,明明是赵云鹏所为,汝为何要赖到曹闲头上,且言之凿凿为汝亲眼所见?"

曾小宝尴尬地咧咧嘴:"这……我见曹闲站立菊丛一侧,其面前那三朵白菊已然不见,便以为白菊为他所毁了。"

先生冷哼一声:"汝竟然如此捕风捉影,妄加推断,不只中伤无辜,且又欺骗本师,汝可知错?"

曾小宝低下了头:"我……"

"汝如此行事,当重责。"先生说到这里抬高声音,"伸出手来!"

曾小宝伸出左手,先生举起戒尺在其手掌上连击五下。曾小宝疼得龇牙咧嘴。

先生迈着缓缓的步子走回到讲桌后。

曾小宝回头以恼恨的目光看看赵云鹏又看看曹娴,然后回过头高声喊道:"先生,曹闲是一位女扮男装的女子!"

塾屋内倏然寂静下来,众学童纷纷把目光投向曾小宝,又纷纷转向曹娴。

曾小宝这一声喊，犹如晴天霹雳，把曹娴一下子炸懵了。

原来，曹娴入学前，听其姐夫孙云说，村塾先生招收弟子有个规矩：只收男童，不收女娃。曹娴入学心切，就想出了个主意，还与女扮男装出海打鱼一样，女扮男装入学读书。刚入学的时候还发生了一件趣事。先生问："姓名？"曹富荣代答："姓曹名娴。"因为曹娴是女扮男装，先生就把"娴"字听成了"闲"字，于是操着抑扬顿挫的腔调诵道："闲，文雅、雅静也，宋玉《登徒子好色赋》曰：'体貌闲丽'，又曹植《洛神赋》曰：'瑰姿艳逸，仪静体闲'。又静、安静也，嵇康《赠秀才入军·其五》曰：'闲夜肃静，朗月照轩'。又熟习也，《诗·秦风·驷驖》曰：'四马既闲'，又《战国策·燕策》曰：'闲于兵甲，习于战攻'。此三义足矣。下面，行拜师礼吧。"曹娴行了拜师礼，就算入学了。从那时起，曹娴一直都是以男童的身份入学就读的。如今曾小宝突然把这个秘密当众揭开了，怎不令曹娴猝不及防？

听了曾小宝这一声喊，先生看一眼曹娴，转对曾小宝道："曾小宝，汝何出此言，可有凭据？"

众学童又纷纷把目光转向曾小宝。

曾小宝道："孙亮的姥姥与曹闲乃一村同乡，我亲耳听其称曹闲为'女娃'。"

先生把目光转向曹娴："曹闲，汝当真是女扮男装么？"

众人又一起把目光转向曹娴。

此时的曹娴，真是如坐针毡，难堪、惶恐、羞辱一时间占据了她整个的心田。对于先生的问话，她万难作答——说"是"，众目睽睽之下，她实在难以出口；说"不是"，她又不愿当众撒谎。一向机敏伶俐的她，此时小脸憋得红云满布，秀目中蓄满了惊悸游移的光色，一时竟不知如何是好。

先生见此情形，就不再多问，只是说道："汝不必讲了。"

说罢在屋内背着手来回踱起步来。走到曾小宝身边时，忽然停住脚步："小宝啊，鉴于汝今日之言行，为师当赠汝两句话，汝当切记：一曰，行事不可太过，过犹不及；二曰，为人须有容人之量，方能与人共处。"说到这里转身对曹娴道，"曹闲，汝之当学俱已学毕，即日起可以离馆了。好，散馆时辰已到，都回家吧。"

众学童纷纷散去。却有一双眼睛，回眸一瞥……

曹娴的目光，似不期然与那目光一对，心中便一抖。

那是孙亮的目光。那目光中，充满了惊疑、忧虑以至哀怜……

曹娴回到杏儿姐姐家，杏儿见她神色黯然，饭也吃得甚少，就问她是怎么了，她只是沉默，经杏儿再三追问，她才把事情经过说了。

杏儿劝慰道："小妹莫再难过，我这便让你姐夫去求先生，让你接着去村塾读书。你姐夫说过，他曾是先生的得意门生，与先生有极深的师生之谊，你姐夫去求他，他会答应的。"

此时忽听屋外传来王婆婆的声音："娴儿在家么？"

杏儿起身迎出门去："王奶奶，小妹在家，您快请屋里坐。"

曹娴也起身，对走进屋内的王婆婆道："王奶奶，您坐。"

王婆婆却道："不坐了，我是来叫娴儿的，快到我女儿家去劝劝亮儿吧。"

杏儿忙问："小亮他怎么了？"

王婆婆叹道："唉，今日晌午他自村塾一回到家，便对我大哭大闹，怨我去曾家时多言多语，说了娴儿是女娃，传到了村塾先生耳中，先生便不让娴儿继续在村塾读书了。唉，我哪里知道娴儿是女扮男装去村塾读书的呀，亮儿他从未向我提起过此事，我怎能知道？昨日我去曾家给小宝娘医病之时，曾家老爷子曾泰说起他听村塾先生讲，村塾里有一位名叫曹娴的弟子，人品文才皆出类拔萃，我便顺口说了一句'那女娃，自小我便看她与别的娃不一样'。谁知他孙儿小宝在一旁听了，便到村塾中去传扬，先生听了便让娴儿离馆回家。此事都怨奶奶我多话，让娴儿受了委屈。奶奶向娴儿赔不是了。"

曹娴急道："王奶奶您切莫这样。"

杏儿也道："是啊，奶奶您赔什么不是呢？怨就怨那小宝不该到村塾中去传扬。"

"亮儿不让我再去曾家给小宝娘医病了。"王婆婆说到这里又叹一口气，"不去便不去吧，可亮儿他仍是哭哭啼啼，不吃也不喝。奶奶想啊，他所以如此，都是为着娴儿，让娴儿去劝劝他，或许管用。"

娴儿马上道："奶奶，我去。"

杏儿也道："对，小妹快去。"

曹娴跟随王婆婆来到孙家，进门一看，孙亮正坐在炕沿上用衣袖抹眼泪呢。见曹娴来了，孙亮扭过头去把眼泪擦干，这才回过头来对曹娴道："你怎来了？"

曹娴劝道："你莫再埋怨王奶奶了，王奶奶并不知我是女扮男装去村塾读书的，与人说话时怎会着意避讳此事呢？"

王婆婆马上接上话："嗯，嗯，娴儿说的是。"

曹娴又道："你不让王奶奶去给小宝娘医病，这么做也甚为不妥。"

这时，曾泰和曾小宝爷孙二人正从外面来到孙家门外，听到屋里的说话声，曾泰对曾小宝一抬手做个止步的手势，爷孙俩都停住脚步，谛听起来。

只听孙亮道："曾小宝他人太坏，我就是不让我姥姥去给他娘医病。方才他还来我家请我姥姥去给他娘医病，被我一口回绝了，他便哭着回家去了，活该如此！"

接着听曹娴道："孙亮哥，你不该这样。曾小宝确是对我多有失礼之处，可他娘却是无辜的呀，我们切不可把曾小宝的过错记到她娘身上。想想吧，他娘犯了病却无人为其医治，只能眼睁睁地一直承受着病痛的折磨煎熬，该是多么痛苦，多么可怜哪。你还记得吧？先生今日曾赠给曾小宝两句话，其中一句便是'要有容人之量'，话虽是说给曾小宝听的，你我也当谨记在心。孙亮哥，你说是不是？"

又听王婆婆道："就是。亮儿你听听，娴儿这话说得多好，句句在理呀。"

又听孙亮道："可曾小宝这一使坏，曹娴便不能去村塾读书了，这如何能成？"

接着听王婆婆道："姥姥我这便去见曾家老爷子，让他去与先生讲，莫让娴儿离开村塾，让她接着在村塾读书。曾老爷子在先生那里说话最有分量，老爷子如何说，先生定会如何做。"话音未落，人已来到门口。

曾泰微笑道："老姐姐别来无恙啊。"

王婆婆一见曾氏爷孙俩就一愣："哟，你们爷孙二人来了？请屋里坐。"

曾氏爷孙俩进了屋，王婆婆赶忙让座。

"不坐了，老朽只说几句话便走。"曾泰说着看向曹娴，"这便是小宝的同窗曹娴吧？"

曹娴点头致意："是，老爷爷您好。"

"好，好，方才你们祖孙三人说的话我们爷孙二人都听到了，今日村塾中发生之事老朽也都听说了。老朽要说的是，曹娴小小年纪便能捐弃前嫌，以德报怨，如此度量宽宏，与人为善，且怀有一颗仁慈悲悯之心，着实令老朽不胜感佩。相形之下，老朽这个孙儿真是愈显不争气，令老朽颜面尽失啊。来贵府之前，老朽已将他狠狠训导了一顿。"曾泰说到这里对曾小宝道，"小宝，还不快快向曹娴同窗赔礼致歉！"

曾小宝趋前一步，弯下腰："曹娴同窗，我曾小宝对你多有非礼之举，我在此向你赔罪了。你对我不计前嫌，以德报怨，如此恩德，我曾小宝将铭记在心，永志不忘！"

曹娴赶忙道："小宝你言重了。你我本是同窗，哪里有那许多说辞。以前的事已经过去了，莫再提了。你娘还病着呢，快请王奶奶去医治吧。"

孙亮对曹娴道："可是，先生已不让你去村塾读书了，这又怎么办？"

曾泰接过话头道："此事是这样的,为曹闲至村塾读书一事,老朽特意去见了先生。听先生讲,他早已看出曹闲乃一女子,只因其品学兼优,非常人可比,便有意不予点破,好让她继续在村塾中就读。因而先生让曹闲离馆回家,并非因其是一女子,而是因其天资颖慧,又肯用功,先生所能教授之经史诗书她皆已烂熟于心且能融会贯通,已无须再在村塾读下去了。曹闲啊,如今你只须去一趟村塾拜别先生,便可回家了。"

曹娴忙向曾泰深施一礼:"谢老爷爷费心关照。"

第十四章
不甘受辱立志习武　有意观战诚心拜师

　　拜别了恩师，曹娴准备回家与父亲团聚。孙亮听说曹娴要回家，也向先生告了假，要送曹娴回家。在他来杏儿家时，杏儿正在自家里屋照顾曹娴换新衣。杏儿想着，小妹自入村塾读书以来，一直是着男装的，如今已经离开村塾，该着女儿装了，就赶着为小妹做了一身衣裙。

　　孙亮站在外屋等得有些急了，隔着门帘对里屋道："曹娴，衣裳可换好了？"

　　只听杏儿在里屋答言："好了好了。小妹，出去让小亮看看衣裳做得如何？"

　　杏儿一掀门帘从里屋走出，把换好女装跟来的曹娴拉到孙亮面前："小亮你看，我给小妹做的衣裳如何？"

　　孙亮见曹娴着一件月白缠枝菊纹上衣，一袭浅绿色挑丝云燕百褶绉纱裙，如漆乌发梳成一个反绾髻，斜簪一朵新摘的玉芙蓉，配着她那娇美的容颜，愈显亭亭玉立，清丽脱俗。

　　杏儿见孙亮只是目光痴痴地看，催问道："衣裳做得如何，小亮你说话呀？"

　　这一声催促使孙亮如梦初醒，一下子涨红了脸："好，好，真好看！"

　　曹娴面上已然飞红若霞："谢谢姐姐姐夫，又让姐姐姐夫破费了。"

　　杏儿嗔道："小妹说的哪里话，破费什么？就这，你姐夫还嫌我买的衣料质地欠佳呢。我们小户人家女子，穿不起大家闺秀那样的绫罗绸缎，可我家小妹人好，无论穿上什么，都能把那些大家闺秀比下去！小亮你说，姐姐我说得对不对？"

　　孙亮脸又一红："嗯，姐姐说得对。"

　　"小妹急着要回龙王庙家中与爹爹团聚，姐姐我也不便留你了。想想爹爹在那边家中想念自己的小女儿不定想成什么样了呢，只是路上要当心些。"

孙亮道："我去送曹娴回家。"

曹娴原以为孙亮是来送别的，却没想到是要送自己回家，于是道："我无须你送，你不能耽搁去村塾读书。"

孙亮道："村塾已停课了。"

曹娴甚觉意外："为何要停课？"

孙亮道："现下北方大部地区遭遇蝗灾，我们平州一地尤为严重，田里庄稼绝收，许多人家皆闹起饥荒。我们村塾内先是赵云鹏辍学，与其妹妹外出乞讨去了，继之又有七八位同窗因饥荒而辍学，村塾便办不下去了。"

杏儿接上话道："可不是么，我家那二十几亩地里的庄稼也被蝗虫吃光了叶子，粮食一粒也收不来了，好在你姐夫在文具店当值，一家人还不至于挨饿。"

曹娴道："此事姐姐你为何不早些对我说呢？看看，家中如此困窘，你还给我买如此贵重的衣料。姐姐，这衣裳我不穿了，拿到集市上去卖了吧。"说着就要脱衣。

杏儿急忙阻止："小妹莫脱！莫脱！我说了你姐夫在文具店当值，家中不缺钱。"

孙亮也劝道："曹娴，既然姐姐给你买了，便是姐姐的一片心意，你便收下吧。"

曹娴这才作罢。

辞别了姐姐，曹娴和孙亮出门来到街道上。二人正沿街往前走着，忽从对面走过来十余名汉子，为首的是一名黄脸胖子。只见此人臃肿肥胖的身子上罩一件茶褐色长袍，发髻上别一根如意银簪，手拿一把象牙扇骨绿绸扇面的团扇，略显浮肿的胖脸上肉眼泡下一双不大的眼睛，正以不怀好意的目光盯视着曹娴。此人乃龙河湾镇上一霸，姓崔名世虎，因其在崔氏家族中排行第三，人称崔老三。这崔老三与其兄崔老二依仗祖上留下的偌大一份家业，在家中养了十余名家丁，一贯欺男霸女，无恶不作。

曹娴和孙亮忙往街道一侧避让。

崔老三脚步却也拐向同一侧，直朝他俩面前走来，一双闪着淫邪光色的眼睛一直盯视着曹娴："哟，这小妮子长得蛮标致哟，真像是一朵刚出水的白莲花哟，大爷正闷得慌呢，来，跟大爷耍耍，大爷不会亏待你的。"

其身后的汉子们也都淫邪地笑闹着起哄。

崔老三用扇子去拨弄曹娴的面颊，被曹娴躲开，又抢上一步用手去摸曹娴的面颊："莫要躲嘛，让大爷摸摸你的小脸儿。"

孙亮伸手抓住崔老三的手腕一拽："住手！不许你欺负人！"

崔老三一甩手把孙亮的手甩脱："小兔崽子，胆敢跟大爷我作对？"对手下汉子们道,"给我打!狠狠教训教训这没长眼睛的小兔崽子!"

立刻过来五六个汉子把孙亮围住,对其拳脚相加。

曹娴大喊:"不许打人!不许打人!"

崔老三上前扯住曹娴的胳膊:"小宝贝儿,你好好跟大爷我耍耍,大爷我便不让他们打了。"

此时侧旁一男声当空响起:"住手!都住手!"

众汉子停止对孙亮的殴打,都把眼睛转向喝止者。崔老三也撒了手,向喝止者看去,见曾泰正站在他们几步之外怒视着他们。

曾泰肃然问道:"崔家三少爷,我问你,这光天化日之下,你们这是在做甚?为何要打人?"

崔老三冷笑一声:"你叫喊什么?我们做甚关你何事?你只是你们曾氏一族的族长,管得着我们崔家的事么?"

曾泰道:"老夫是管不着你们崔家的事,但这两个孩子的事我管得着,他们不能平白无故遭人毒打受人欺负!"

崔老三转转眼珠,问道:"他们是你的什么人,要你来管此等闲事?"

曾泰道:"这两个孩子是老夫孙儿的村塾同窗,与老夫孙儿的同窗之谊胜过手足之情,老夫一向视其为老夫亲生孙儿孙女,他们的事,老夫当然要管!孙亮,你被打伤没有,还能走路么?"

孙亮已被打得鼻青脸肿,趔趔趄趄走出两步,伤处疼得他咬牙皱眉,但还是对曾泰点点头。

曾泰对跟在自己身后的曾小宝道:"小宝,去,把你这两位同窗送回家去。"

曾小宝走到曹娴和孙亮身边道:"走吧。"

崔老三朝地上狠劲吐一口唾沫:"呸!大爷今日没做好梦,倒霉!我们走!"说罢带领手下人沿来路走去了。

经了这一场遭遇,孙亮腿脚受伤暂时走不了远路了,曹娴与之一同出行的事只好暂时搁置下来。

说起这一场遭遇,杏儿对曹娴道:"那崔老三,乃镇上一霸,一向欺男霸女,却无人敢惹。今日之事,亏得有曾家老爷子为你与小亮解围,不然不定出什么事呢。往后可得多留意躲着他。"

曹娴思量有顷,说道:"姐姐,我不想回家了。"

杏儿听了这话一愣:"什么?小妹你不想回家了?为什么?"

曹娴道:"我要去拜师习武。"

杏儿一时瞪大眼睛:"什么?你说什么?你要去拜师习武?我的傻小妹,你是在说梦话吧?"

曹娴摇摇头:"不是梦话,是真心话。"

杏儿蹙起眉头:"你怎么突然起了这个念头呢?"

曹娴道:"是被逼出来的。想想今日遭遇,那崔老三一伙如狼似虎,我与小亮哥直如任其作践踩躏的羔羊。再回想我八岁那年,我被人误认作其仇家之女而横遭追杀,幸亏有那好心的老爷爷出面相救,方得脱险。后来为免被那些人加害,姐姐你早早嫁了人,我与爹爹只能东躲西藏。这一桩桩一件件,都是因为什么?为何我们父女总是被人欺凌,而又只能东躲西藏忍气吞声?长此以往,要到何年何月才是个头?"

杏儿叹一口气:"不如此又有何法?像我们这样无权无势的弱小草民,哪里惹得起那些有权有势的豪强恶霸?不躲避忍让又能如何?"

曹娴口气变得坚决起来:"似此人为刀俎我为鱼肉的日子不能再延续下去了!今日遭遇,若是我与小亮哥有武功在身,便断不会束手无策挨打受辱,故此我要出去拜师习武!"

杏儿眼中满是疑惑不解之色:"那习武打仗是男人们的事,你一个女孩儿家,如何做得了那种事?"

曹娴道:"姐姐可听说过花木兰代父从军的故事?花木兰便是个女儿身,她能练就一身武艺驰骋疆场杀敌报国,小妹为何不能练好武艺防备恶人欺凌?"

杏儿一个劲摇头:"自古至今,天下无数的女人中不就出了一个花木兰么?咱怎能与人家相比?再说,如今你才多大呀?"

曹娴道:"今年我已年满十三,还小么?那习武非一年一月之事,自今日起拜师习练几年,到练成之日早已长大成人了。"

杏儿眼睛直直地盯视着对方:"如此说来你真的打定主意了?"

曹娴认真地点头:"嗯,我意已决,再无更改!"

杏儿无奈地摇摇头:"唉,你这固执的小妹呀,真拿你没办法。"

曹娴问道:"姐姐可曾听说何处有习武之所?"

杏儿又摇头:"未曾听说过。"

此时从外面传来一阵锣鼓声。

曹娴侧耳听听:"这是何人在敲锣打鼓?"

杏儿道:"近日总有自沧州那边过来的艺人耍猴变戏法,这便是他们的开场锣鼓声。"

曹娴站起身来:"我换上男装出去看看。"

来到街上,曹娴远远望见街道开阔处围了一大圈人,圈内锣鼓声不断,她加快脚步走了过去。到了近前,只见围观人群中间的场子上站着一壮一少,壮年正在打鼓,少年在敲锣。那壮年五尺多高,黄白脸膛,剑眉星目,鹰钩鼻子,黑白相间的头发盘成疙瘩鬏儿,别着木簪,穿一身土黄裤褂,系着腿带,蹬一双家做的洒鞋。

此时壮年一抱腕,向围观的人群做个罗圈揖,说道:"老少爷们,我父子二人自家学了两下,经师不到,学艺不高,要在众位面前献丑了。有道是,马有露蹄,人有失手,各位千万莫当真功夫看。俗话说,'没有君子,不养艺人',诸位有钱的帮个财缘,没钱的帮个人缘。承蒙各位捧场,我父子这便走一趟。"

壮年说罢,就与少年对打起来。只见壮年长枪频刺疾挑如银蛇吐芯,少年双刀上下左右翻飞若流星雨下,再加上身形闪转腾挪前翻后跌,真是令人眼花缭乱。其后又一人使棒一人使三节棍,直杀得难解难分而又章法不乱,令人目不暇接。围观的人群中喝彩声此起彼伏。一场表演结束,少年手捧一背面朝上的铜锣开始绕场收取铜钱。此时,除少数几人等着投钱外,绝大多数人都一哄而散走开了。

曹娴身上没有带钱,就急急沿来路跑去姐姐家,少顷,又跑回到摆场子的地方,却见那卖艺人已是人去场空。

曹娴向尚在场的一位老者问道:"老爷爷,您可知那两位卖艺人去何处了?"

老者伸手往西一指:"往西走了。"

曹娴谢过老者,朝老者指点的方向一溜小跑追了过去。追到镇子外面,曹娴远远望去,见那卖艺的壮年挑着胆子,少年背负行囊正往前走着。待追到卖艺人身后,曹娴道:"二位且留步。"

两位卖艺人闻声停住脚步,回过头来。

曹娴递上铜钱:"晚生乃方才二位师傅献艺之时的围观者,因当时忘了带钱,特意自家中取了钱来奉予二位师傅,请笑纳。"

两位卖艺人齐声道谢。

曹娴朝壮年拱手一礼:"晚生姓曹名娴,家住南面龙王庙,此来拜见二位师傅,一者为向二位师傅奉送银钱,二者欲拜前辈为师习武学艺,万望前辈应允,收下晚生这个徒儿。——哦,前辈若能收下晚生为徒,晚生可帮前辈父子做饭洗衣挑行李。"

壮年微蹙眉头打量着曹娴："看你秀秀气气一表人才，在家有吃有穿有书读，为何突然想起干我们这行来了？你以为摆场子卖艺这碗饭是好吃的么？一旦干了这一行，居无定所行无定踪，背井离乡四处漂泊，跟逃荒要饭的叫花子没什么两样，你能做得来么？"

曹娴口气十分坚决地回答："我做得来！无论多苦多累，也无论走到哪里，我都不怕，只要能学到武艺便可。前辈您若肯收下我这个徒弟，将来我定当报答前辈的教授之恩。"

壮年道："那倒不必。我看你是真心实意想学艺，便不得不对你实话实说，你是个翩翩少年，而我们这位，她虽是着了男装，却是我的小女，你看这……"

曹娴莞尔一笑："晚生明白前辈的意思，前辈的意思是少男少女长期厮守在一起多有不便，不过么，这位姐姐是个女扮男装的女儿身，这我早已看出来了，我与姐姐一样，也是个着了男装的小女子。"

壮年一听就瞪大了眼睛，上下打量了曹娴一遍："你……你是个女孩？看你生得这般出众，又正当花季年华，为何要来学这下九流的行当？"

曹娴道："我家贫弱，我常受人欺辱，不得已出来拜师学艺，一来混口饭吃，二来武艺在身也可防身自卫，万望前辈体察小女子苦衷，收下小女子这名徒儿。"

壮年把头摇得像拨浪鼓："不成，不成。一者，你要谋饭碗，不可入这一行，我们这是祖传的技艺，除此之外别无谋生之法，实属不得已而为之；二者，你想习武防身，更不能拜我为师，我们耍的只是花拳绣腿，是要给外行人看的，若要凭真功夫实打实拼，肯定不成。你快回吧。我儿，快走快走，听人说由此向北不远便是一个镇子，正逢集日，到那里生意或许会好得多。"说罢，挑起行李家什快步向前走去。

其女儿也背负行囊紧随其后而去。

曹娴望着渐行渐远的父女二人，一抹失望的情绪不知不觉间已涌上心头。她迈着迟缓的脚步开始往回走，走到离村头不太远了，忽然心里一动：要拜师学艺哪里会有那么容易？尤其是自己与人家父女素昧平生，这次见面纯属萍水相逢，人家尚不知你是何许人也，怎会贸然收你为徒呢？精诚所至，金石为开，自己何不跟上他们，相机帮他们做些事，以表自己的诚意？这么想着，正要再返身而去时，又想到应该告诉姐姐一声，否则自己不辞而别，不知要把姐姐以至爹爹急成什么样。于是继续往前走。快走到街口了，忽见前面路旁土坡上斜靠着一个人。走近些一看，见是一位汉子，只见此人四十多岁，身高八尺开外，五官端正，剑眉飞扬，此刻面如土色,双目紧闭。曹娴倏然间被吓了一大跳,定睛再看,发现汉子的身子在微微动弹,便走至近前招呼:"先生,先生,您怎么了?"

汉子似十分费力地眨动一下眼皮,喃喃道:"我……中暑了,劳驾……给我……弄点水来……"

"您稍等。"曹娴说罢急急跑向村头,从村头一家人家舀了一瓢水来给汉子喝了,然后十分关切地问,"您好些了吗?可以起来走路了吗?靠在此处太阳太晒呀。"

汉子仍闭着眼睛,吃力地说道:"还不成……我头晕尚且甚剧。"

此时骄阳似火,大地灼热,汉子尽管选了一道阴面土坡面北而靠,却仍置身于烈日的暴晒之下。

曹娴略一思忖,说道:"您稍候,我去找个能遮阳的物什来。"说罢向村头跑去。少顷,手提一片破席子跑了回来,把席子遮挡在汉子的头顶上,自己则暴晒于骄阳之下。

过了约少半个时辰,汉子才慢慢睁开眼睛,缓缓站起身来,拱手道:"多谢!多谢!"

曹娴道:"先生不必客气,我姐姐就在这村中居住,先生若不嫌弃,即请到其家中好生歇一歇,嗣后再赶路。"

汉子又一拱手:"多谢关照,不必了,我已无大碍,须马上继续赶路。"

曹娴担心地说道:"先生中暑刚好,便急于赶路,若再度中暑可如何得了?"

汉子道:"不会了,方才是强忍干渴,只顾赶路,方中暑了。前面不远即有集市,到了该处,我买个盛水的家什备上水,有了水喝,便不会再中暑了。恩人请记住,我姓郭名霖,现住卢龙城内,今后恩人如有缘能到该地,定要光临寒舍,告辞了。"说罢转身而去。

曹娴这才继续往村里走。她已改变主意:只托熟人给姐姐带个话儿,不再去当面向姐姐辞行,一者姐姐家在村子那头,来回要多跑不少路,时间一长,她怕那卖艺的父女一旦走远,就再也找不到他们了;二者如当面对姐姐说,姐姐一定会阻拦她,那样她拜师学艺的意图便难以实现了。

进了街口,碰巧遇上了一位村塾同窗,便托同窗带话给姐姐:自己有事要出去些时日,过几日便会有信来,请姐姐切勿挂念。接着便往北面镇子上匆匆赶去。

到了镇子上,她一路打听,很快就找到了集市上那父女二人摆场子卖艺的地方。只见场子周围里三层外三层地围了很多观众,场子内那一壮一少正对打得热火朝天,观众的喝彩之声一浪高过一浪。

忽然，有两位身着黑衣的汉子从曹娴近旁围观的人群中闯入场子中央，为首的是一个满脸络腮胡子而又秃顶的胖子，此人冲那对打的二人一边伸出双手往下呼扇一边嚷道："嘿嘿嘿！停下停下！停下停下！"

场内二人即刻停止了对打。

秃顶胖子双臂交叉抱在胸前，口气骄横地说道："哪里来的你们？弄两把破刀烂枪在这里瞎比划个甚？"

壮年忙朝两位汉子一拱手，谦卑地说道："奉告二位，在下与犬子乃沧州人氏，到贵地摆场子卖艺，只为挣口饭吃，如有得罪处，还望多多海涵。"

秃顶胖子双手一叉腰："你说什么？摆场子卖艺？你也不睁开狗眼看看这是谁家的地盘？不经我家少爷恩准，竟敢在这里舞枪弄棒，你好大的胆子！"

壮年使劲咽下一口唾沫，仍不失谦卑地说道："请二位高抬贵手，在下初来乍到，实在不知这里的规矩，多有冒犯了，在下这便走，这便走。"壮年说着就去拾刚才丢在脚边的长枪。

却见秃顶胖子抢先一步将长枪踩在脚下："慢着！想走？没那么容易。就这么走了，周围的老少爷们还以为我们欺负外乡人呢。我要让老少爷们看看，你们是有真本事，还是弄些花架子来糊弄人。现在爷们就与你们一对一地比一比，你们要是胜了，算你们能，要是败了，家伙什儿便别想带走了，爷不想让你们再去别处糊弄人，赶紧空手给爷们滚得远远的！"

与他同来的长着一张刀瘦脸的瘦子随声附和："对，败了，就空手给爷们滚得远远的！"

此时场边有人说道："总与他们啰唆个甚？快动手啊！"

曹娴循声望去，见说话的是一年轻男子，此人一身少爷打扮，身着紫色圆领纱袍，足蹬马皮六合靴，头上的幞头上别着一根玉簪，其颜面最惹人眼处是生着一张阔嘴。此刻此人正一边说话一边手拿一把绢扇朝场子内指指点点。看样子，此人是场子中间那一胖一瘦的主子。

主子一发话，那秃顶胖子便对瘦子道："你去收拾那小的，我来收拾这老的。"说着话拉开架势向壮年招招手，"来呀，动手啊！"

围观的人群中有那好事的便七嘴八舌喊了起来：

"动手啊！"

"打呀！"

"比一比，看谁能打过谁？"

……………

　　壮年似在犹豫。看得出来，他不想动手，但眼下这阵势，他已经没有退路了。就在他犹豫不决的工夫，秃顶胖子照他脸部猛然一拳打来，被他一偏头躲过。秃顶胖子一拳打空，已然露出破绽，他本应趁势动手还击，但却没有。秃顶胖子见他不敢还手，更加无所顾忌，迅速调整好姿势又一脚踢来，仍被他一闪身躲过。那边瘦子见秃顶胖子动了手，便也拳脚并用动作起来。少年一边东躲西闪一边朝其父亲喊道："爹爹，我们不能光是挺着挨打呀！"

　　围观的人群中也有人喊起来：

　　"卖艺的还手啊！"

　　"对，还手啊！你们不能光挺着挨打呀。"

　　"再不还手，你们就要吃亏了。"

……………

　　曹娴看着这一幕，心中更是为那父女二人万分担心。

　　由于壮年只躲闪不还手，秃顶胖子更加肆无忌惮，频频出拳出腿。壮年一个躲闪不及，被秃顶胖子一脚踢在胯上，一个踉跄连退两三步，才得以站稳。看看对方又冲了过来，他大喊一声："二位住手！我有话要说！"

　　秃顶胖子收住脚步，对瘦子道："猴子，先停一停，看他要说什么。"

　　待那边瘦子也住了手，壮年道："我儿尚小，你们不能与一个孩子比试，要比由我一个人来与你们比。"

　　秃顶胖子想了想，点一下头："好啊，依你！跟一个孩子比，胜了也算不得什么英雄。你还有何话要说？"

　　壮年道："我们不比枪械，只比拳脚。"

　　秃顶胖子听了这话哈哈哈一阵狂笑："你是怕爷一枪把你捅死吧？好啊，这个也依你。"

　　壮年又道："那，如何才算胜，如何才算败呢？"

　　秃顶胖子想想道："只要你能把爷打倒，便算爷我败给你了。"

　　壮年道："那好，我也一样，你我一言为定！"

　　此时瘦子抢过来道："我先与他比。"

　　秃顶胖子把他往旁边一推："还用得着你吗？我一个人便把他收拾了。"

　　秃顶胖子说完这话，不等壮年拉开架势准备，就冷不防朝壮年一腿猛扫过来。哪知壮年急闪身躲了过去。秃顶胖子一脚扫空，便侧过了身子，壮年顺势一脚踢去，秃顶胖子的臀部便结结实实地挨了一脚，只见他被踢出一丈有余，身子如一截木头般往前一倒，趴在了地上。

围观的人群中爆发出一片喝彩声。

秃顶胖子从地上爬起来，左右晃几下脑袋，又拉开架势一步一步向壮年逼了过来。

壮年道："你已败了。"

秃顶胖子一嘬嘴吐出一口土沫子："奶奶的，那便三打两胜。"

刚才秃顶胖子乘壮年不备实施偷袭反倒吃了亏，此时便不敢贸然出手。壮年见对方只是绕着自己兜圈子，不再主动出击，便抬腿一脚扫过去，被对方一闪身子躲过。秃顶胖子见壮年一脚扫空，已侧身露出空当，便猛然起脚朝壮年腰部踢去。哪知这是壮年故意卖出的破绽，当对方腿脚一到时，他迅即转身一伸手抓住对方脚脖子用力一送，秃顶胖子便被送出老远，仰面朝天摔倒在地。

人群中又响起一片叫好声。

秃顶胖子这一回摔得不轻，挣扎几下才爬了起来，一拉架势又要来打。

壮年道："三打两胜，你已败了两回了。"

秃顶胖子脸一红一赤，口中骂骂咧咧："奶奶的……"

此时一直站立一旁的瘦子冲了过来，喊一声："看我的。"上来便扫出几个连环腿。看来这一手是他的看家本事，每一腿都扫得又急又猛，壮年急忙左躲右闪还差点被他扫着。不成想他急于求成发力过猛，以致收腿以后立足不稳，被壮年抓住时机一手抓住他一条胳膊往怀中一拉，一手握拳照他腮部一拳击去。瘦子被重重着了一拳，顿时眼冒金星疼痛难忍，手捂腮帮子如陀螺般连转数圈才停下。此时壮年本可乘机进击，但却没有，他只希望对方能够就此罢手。不想瘦子挨了这一拳，一怒之下竟失去理智，咬牙切齿疯了似地朝壮年冲过来。壮年见对方来势虽猛，却已完全乱了章法，因此并不着急，等对方冲到面前挥拳打来，他只一蹲身子，在对方一拳打空往前一倾身子之际，他双手抄起对方双腿猛然往上一掀，那瘦子便来了个前空翻，落下时却是仰面朝天重重地躺倒在地。

此时壮年仍蹲在地上没有起身。显然他是有意如此动作，若他在抓住对方双腿往上一掀的同时挺身而起，那对方被掀翻之后可能就再难起身了。

曹娴亲眼目睹了这一幕，心中暗自佩服壮年的武功，更加坚定了拜其为师的决心。

这时忽听近旁那阔嘴少爷说道："黑头，该你了。"

被称作黑头的汉子回头向身后的几个汉子看一眼道："你们都不上了吗？"

阔嘴少爷道："胡子和猴子都不行，他们还敢上么？只有你去了断此事了。"

黑头点头说一声："好吧，看我的。"就迈开虎步走进场子。

　　曹娴见他生得虎背熊腰，头大如斗，面目黧黑，与之相比，那壮年身坯显然单薄了许多，便对壮年暗暗有些担心。

　　那边壮年见瘦子起身困难，便上前搀扶，哪知那瘦子恩将仇报，冷不丁照壮年肚腹就是一脚，壮年猝不及防被踹得一个趔趄。

　　瘦子随即勉强站了起来。

　　观众中有人喊了句："耍赖了。"众人随之发出一阵哄笑。

　　壮年对瘦子的无礼并未在意，转身去拾掇枪械。

　　黑头几步跨至弯腰拾掇枪械的壮年面前："怎的，想走？你当事情就这么完了？"

　　壮年直起腰来十分疑惑地看向对方："你……"

　　"我是方才那二位的弟兄，他们无能，败在了你的手下，现下我来向你讨教。"

　　"这……"壮年一时不知该说什么才好。

　　"怎的，不肯赏脸？"黑头说着就拉开了架势，"接招吧。"

　　壮年只得应战。

　　几个回合下来，曹娴已看出，那黑头不仅身量在壮年之上，功夫亦不在壮年之下，使出的每一拳每一腿都凶猛劲道。对打中，黑头虽也中了壮年一记重拳，被击得连退数步险些跌倒，但壮年已被黑头拳脚击得两次委于地下。眼看着黑头又一劲掌击中了壮年胸部，壮年被击得连退数步尚未站稳，那黑头一个前冲凌空而起照壮年胸部一脚踹去，把壮年踹出两丈多远后颓然倒地。壮年强撑着站起身来，一股鲜血"噗"一声自口中喷出。

　　站在场边的少年高喊一声："爹爹！"向着壮年奔跑过去。

　　忽听那黑头怪叫一声，又是一个前冲凌空而起。就在他一脚踹向壮年之际，另一个身影腾空而至，一脚将他的脚搪住，一时两脚相对而击，两个身影同时被对方弹回，又同时落地。那另一个身影落地后一个后滚翻即挺身而起，黑头却因毫无防备而猝然倒地，但他不愧武林强手，只稍作停顿便一个鹞子翻身站了起来。

　　曹娴一眼就认出，那从天而降的汉子竟然是一个时辰以前中暑晕倒路旁被她救了的郭霖。

　　起身后的黑头已气得太阳穴上青筋暴起，口中骂道："奶奶的，哪里来的野种，胆敢来算计爷爷，我看你是活腻了！"

　　郭霖走前两步道："请阁下嘴上放尊重些！敝人乃过路之人，方才所为，并非要算计阁下，实乃为救人一命不得已而为之。"说到这里用手一指手捂胸口的壮年,"方才这位好汉已被你打得口吐鲜血,毫无还手之力了,你还要对他踢出致命的一脚,你不觉得你做得太过残忍了么?"

黑头眼睛一瞪:"少废话!你算什么东西,敢来教训爷爷。既然你与爷我过不去,便别怪爷对你不客气。来吧,爷这便让拳头与你说话!"

郭霖道:"既然你如此说话,敝人只好奉陪了。"

二人就此交手。这一场打斗,真可谓一场苦斗、恶斗。从一开始交手,黑头便攻势凌厉,每一拳每一掌都击打得异常凶狠霸道。郭霖只是左搪右挡,似乎只有招架之功,并无还手之力。

曹娴不禁为郭霖担心起来。

果然,郭霖一个抵挡不及,胸部便挨了对方重重的一掌,这一掌击得他跟跟跄跄连退数步。那黑头又是如法炮制,一个前冲之后凌空而起,一脚向郭霖踹来,不想在那一脚即将踹着之际,郭霖倏然往后仰身便倒,待那黑头一脚踹空,从其上方飞身而过之后,郭霖一个鲤鱼打挺又站了起来。

人群中发出一片如释重负的嘘声。

曹娴早已跳到嗓子眼的心也往下一落。

此后如是两次,都是郭霖被黑头一掌击中之后,又仰身倒地躲过了黑头那凶狠的一脚。

黑头见连续三次凌空起脚均未奏效,便愈加狂躁暴怒起来,出手也更加凶狠。郭霖至此一直是格挡防守,未能主动进击。眼见郭霖又挨了黑头一记重掌,被击得趔趔趄趄几乎站立不住。黑头见状,怪吼一声一跃而起一脚踹去。这一次黑头吸取了前三次失手的教训,下脚的高度比前三次低了许多,料着对方即便仰倒躲闪也难以躲过。哪知这一回郭霖偏偏向斜侧仰倒躲避,在黑头又一次一脚踹空越过郭霖之际,郭霖猛然飞起一记倒钩脚,踢在了黑头的后腰部,把本来就前冲的黑头踢出三丈开外,犹如被甩出的一捆柴草般重重地摔倒在地。

这一脚踢得着实太重,以至黑头倒地之后老半天才以双手撑地艰难起身,站起后又趔趄倒退几步才得以站稳。

场外那阔嘴少爷见黑头难以取胜,便向后一招手:"还他娘的都愣着做甚?都给我上啊!"

阔嘴少爷话音一落,其身后七八个打手便蜂拥而上,将郭霖团团围住,一起来攻。面对敌众我寡的态势,郭霖毫无惧色,左挡右打当中两个打手已被他击倒在地。此时已恢复到格斗状态的黑头抓住郭霖与众打手对打中出现的一个空当,突然发力起脚，一脚踢中了郭霖的后背，郭霖一个踉跄扑倒在地。众打手见状，一起拥上前来踢踹。此时郭霖已来不及起身，只见他急侧身以左手支地，右腿猛一蹬地迅速起脚横扫一圈，众打手躲闪不及，其中四人当即被扫倒在地。黑头躲过了郭霖这一扫，又一脚踢了过来，郭霖双腿并出去迎，将黑头的脚脖子夹住滚身一剪，那黑头"啊——"一声大叫后"咕咚"一声倒地，半响不得起身。

郭霖站起身来，神态从容地拍一拍手上的灰土。

曹娴看得真切，刚才郭霖以手支地之处已被他按出一个三四寸深的凹坑。

郭霖见对方再也无力上前打斗，便走向那壮年身边，从行囊中取出一只瓷瓶道："兄弟，你已受了内伤，把此药吃了，很快便会好起来的。"

壮年眼含热泪接过瓷瓶，拉着少年一起给郭霖跪下磕头。

郭霖赶忙将他们搀起，又帮他们拾掇好行装，护送他们上路。

此时场外观众已尽数散去，那阔嘴少爷和一帮打手也已悄然离开。

待郭霖与壮年父女分了手，曹娴快步走到郭霖身后不远处呼唤："前辈请留步。"

郭霖闻声转身，见是曹娴，一时甚觉意外："是你？你怎的在这里？"

曹娴回答："晚生来这里，原想拜那卖艺的壮年师傅习武，不想碰巧亲眼目睹了方才的一幕，方知前辈您的武功远在卖艺的壮年师傅之上，故此晚生斗胆欲拜前辈为师习练武功，不知前辈肯收下晚生这名徒儿否？"

郭霖听了这话一愣，继之道："请问小恩人，以你这样的年纪，正是在家受着父母爱抚欢乐无忧之时，却为何要拜师习武，经受常人难以承受之苦辛？"

曹娴道："晚生家境贫弱，经常受人欺辱，因之欲习武防身，除此别无他图。"

郭霖问道："你欲习武，是否得到了家人首肯？"

曹娴略微一顿，才道："不瞒前辈，此事晚生尚未与家父相商。"

郭霖道："此事不可孟浪，习武非一朝一夕一月两月之事，务须征得令尊首肯。若令尊首肯了，你方可来随我习武。有道是'滴水之恩，当涌泉相报'，你于我有救命之恩，我理当报答，于我而言，能为你做些事实属求之不得，你只管放心回去与令尊大人好生相商便是！"

曹娴一时之间觉得面上有些发烫，自己这么做，确是有施恩图报之嫌，但拜对方为师习武又确是自己的强烈愿望，于是只得红着脸点了点头。

郭霖又道："我现正做着镖师，这便要北去幽州接一趟镖，往来需十日时光，十日后的此时，你我在彼时我中暑晕倒，被你救起之处会面，可好？"

曹娴点头："师父在上，徒儿这里行拜师之礼了。"

郭霖摆手道:"不忙不忙,此事下次会面时再办不迟。"

十天之后,曹娴如约来与郭霖会面。出了镇子西口,远远望见郭霖已等候在路边了。

待走近郭霖之后,曹娴深施一礼:"师父,对不起,徒儿来迟了。"

郭霖道:"不迟,我也是刚到。你习武之事,与令尊相商了么?令尊可是首肯?"

曹娴点头道:"家父已然首肯。"她却没说,为征得父亲同意,她曾费了好大一番口舌。

郭霖点了点头。

曹娴拉个架势:"师父在上,徒儿这便给师父行拜师大礼。"

郭霖一扬手:"且慢!你莫要拜我为师了,我已为你选定了一位好师父,乃我之师兄,武功较我要高出甚多,你随其习武,定可学到非常精湛之武功。你现下即随我去见他。"

曹娴陡感意外:"这……"

郭霖挥手往前一指:"走吧。"

曹娴跟随郭霖来到位于龙河湾镇西北面双龙河左岸的卧佛寺山门外。

郭霖停住脚步道:"这卧佛寺,你可曾进去过么?"

曹娴回答:"这河坝上晚生来过几回,这寺内却是一回也未曾进入过。怎的……"

郭霖道:"我为你请的师父,就住在此寺之内。师父法名静慈,乃名闻遐迩之佛门大师,其武功亦已臻化境,你随其习武,定能习得真功夫。你随我来吧。"

卧佛寺分为三重,规模不是很大,却也显得古朴庄严。进了山门,便是第一重殿——天王殿;再往里走,便是第二重大殿——大雄宝殿,两旁各有伽蓝、护法、观音等配殿;再往里走,便是法堂,是僧侣诵经演说佛法之所。曹娴一眼瞧见,法堂内有一老尼端坐于蒲团之上,双目微闭手捻佛珠双唇翕动,正在默诵经文。

走进法堂门口,离那老尼远远的,郭霖便停下脚步,静默无声地肃然而立。曹娴也于其身后依样立定,心想,眼前这诵经之人便是郭前辈为自己请的师父么?前辈曾讲他为自己请的师父乃其师兄,该当是个男人,可这诵经之人分明是个尼姑啊。

老尼诵完一篇经文,仍闭目说道:"是师弟么,你为何而来?过来说话吧。"

郭霖引着曹娴走到老尼近前:"小弟今日贸然而来,为有一事相求。这少年是十日前救了我一命的小恩人,想要拜师习武,小弟斗胆将其领至贵寺,恭请师姊收下这位俗家弟子。因俗务缠身,事先未及通禀,恕小弟孟浪。"

老尼微微皱起眉头:"怎的,你要我收留一位男弟子么?"

郭霖忙道:"师姊法眼洞明,请看看,她是一个男孩么?"

曹娴以诧异的目光看郭霖一眼,又把目光转向老尼。

原来,郭霖早就看出了曹娴是一位女扮男装的少女,所以才做出了这样的安排。

老尼微微睁开双目,那眼神在触到曹娴的面目时倏然一亮,犹如流星划空而过,旋又闭上眼睛:"既是师弟相托,贫尼本当应承。只是,在这佛门清静之所,有的只是青灯黄卷,暮鼓晨钟,正所谓'对坐读书终卷后,自披衣被扫僧房','采薇食蕨茹辛苦,彻夜读书向灯烛',平日里除了练功,便是做一些杂活,绝少出山门一步,你小小年纪,耐得住这清冷寂寞么?"

曹娴连连点头:"徒儿只想习武,其余全不在意。"

老尼又道:"习武之事非比寻常,不脱几层皮,不掉几斤肉,是练不出真功夫的,你不怕么?"

曹娴又连连点头:"徒儿不怕吃苦受累,只怕学不到武艺。"

老尼点一下头:"看你眉宇间似有恩怨之气,贫尼不由不嘱你一戒:习武只为防身,不得恃强逞性,更不得杀生,你可做得到?"

曹娴赶忙回答:"师父教诲,徒儿谨记在心,绝不违背。"

老尼又道:"你虽是为师收的俗家弟子,但既已进入佛门,便须遵守佛门规矩,除有时遵为师之命去那镇街上买些粮米油盐,平日不得擅出山门,亦不得与家人亲友往来,如此也有益于你早日学成武功,你能遵行么?"

曹娴口气坚决地说道:"徒儿定能遵行!"

老尼这才说道:"看你秀外慧中,堪当造就,贫尼便破例收下你这个俗家弟子吧。"

郭霖马上接过话头:"小恩人,这便是我为你请的师父静慈大师,现下可行拜师之礼了。"

曹娴面朝静慈跪下。

郭霖肃然道:"拜师礼仪开始,弟子曹娴向师父一叩首。"

曹娴向静慈一叩首。

郭霖道:"弟子盟誓——"

曹娴一字一板地说道:"习武修文,韬略内蕴;勤学苦练,不骛虚名!"

郭霖道:"再叩首。"

曹娴再叩首。

郭霖道:"弟子盟誓——"

曹娴仍一字一板地说道:"恃强凌弱,师门不齿;抑恶扬善,天道正义!"

郭霖道:"三叩首。"

曹娴三叩首。

郭霖道:"弟子盟誓——"

曹娴道:"礼义廉耻,谨守四维;敬天法地,浩气长存!"

静慈赞许地点点头:"嗯,起来吧。"

郭霖对曹娴谆谆告诫:"小恩人,你现下已是大师门下正式的俗家弟子了,凡事要谨遵师父教诲,不可擅自行事。"然后与静慈道了别就离去了。

静慈仍闭目端坐于蒲团之上,说道:"徒儿,你还记得为师与你曾有过一面之缘么?"

曹娴闻言,这才敢正眼去看自己新拜的师父,见师父慈眉善目,气度不凡,十年前的记忆渐渐浮上脑际,于是道:"徒儿记得,十年前徒儿被大风刮走,是师父把徒儿救下送回了家。"

静慈颔首:"徒儿天资聪颖,过了这些年,幼年所经之事居然尚且记得,看来为师未曾看错你,你好自为之吧。"

第十五章
避灾殃曹婉匿踪迹　行不义尹家入穷途

玄武门之变后不久，李渊禅位于新太子，李世民登基当上了皇帝，李渊做了太上皇。

这日夜晚，卧于御榻上的尹德妃拥着李渊，娇吟吟道："陛下，臣妾跟你说了多日了，臣妾族兄奉命前往营州缉拿曹氏之后，竟被隐匿曹氏之后的武馆一干人以武力相抗，以致族兄手下多人被打死打伤，如此大逆不道之举，亟当严惩。臣妾曾求陛下下旨，自营州就近调遣兵马前往弹压武馆人等，再将曹氏之后缉拿归案，可陛下一直未予允准。这些日子，臣妾连陛下的面都难得一见。陛下究竟答不答应臣妾呀？"

李渊道："爱妃呀，你不是不知啊，这些日子朝中发生了天大的事，玄武门之变有如晴天霹雳，太子被杀，四郎也被杀，朕哪里还顾得上你说的那些事啊。当时虽然他们没有动朕，朕也只是个名义上的皇帝了。现如今朕已做了太上皇，更是寸权皆无了。现下调兵的兵符已在二郎，喏，已在新皇帝手中，朕哪里还有调兵之权哪。你所言之事便免了吧。"

尹德妃道："陛下不是说过，那营州都督田承禄是陛下一手擢拔起来的么？他能不顾念陛下对他的恩典？陛下何不修书一封给他，命他差遣少许兵马，前去助臣妾族兄一臂之力，这样总可以吧？"

李渊道："纵是田承禄顾念旧情，遵从朕意，如无皇帝特许，下面将军擅自调动兵马，那也是犯大忌的，此事还是不办为好。"

尹德妃道："他一位堂堂统军都督，难道调动一兵一卒都要有皇帝的特许吗？再说，只在本州内调动少许兵马，皇帝又怎能知晓？自今往后，臣妾只此一求，万望陛下成全。"

李渊叹一口气道："你呀，真让朕没办法。好吧，朕答应你。不过，只此一回，下不为例。"

尹德妃搂着李渊腰身的玉臂一紧："谢陛下，今夜臣妾定当尽心侍奉陛下。"

仿若有某种感应，权贵那里要搬兵斩草除根，身在海边的草民曹富荣近日便愈发心神不宁起来，夜间也常常被噩梦惊醒。坐下来细想一想，方知是心中一直在惦念着婉儿。婉儿自被送走至今音信皆无，着实让他牵肠挂肚。这日他不再出海，拿上米袋驾船到渔港，上了岸，来到镇子上，一来要买些米回去，二来顺便到恩公姜忠处打听一下婉儿近况。

他走到菊花粥店门前时，正碰上姜忠拎着泔水桶从门里出来，忙打招呼："恩公近来可好？"

姜忠道："好，好，贤侄这是……"

曹富荣一扬手中的空米袋："晚辈是来镇上买些米回去。"

"贤侄可至粥店小坐，喝一口淡茶么？"姜忠抬手向粥店门口一让。

"可有清静之处？晚辈正有一事想问询恩公。"曹富荣说着左右看看。

"店内人多耳杂，走，"姜忠抬手一指店旁一墙角处，"去那里叙话。"

二人一前一后走到墙角处。

姜忠道："贤侄有话请讲。"

曹富荣问："婉儿自被恩公接走之后，至今音信皆无，不知她现在何处？"

姜忠道："她现在营州地面。"

曹富荣道："恩公可知她住在营州什么地方？晚辈想趁如今腿脚尚能走动之时，去看看她。"

姜忠摇摇头："贤侄此时尚不能去看她。"

曹富荣目光一颤："怎的，她……"

姜忠道："老朽实言相告，那国丈尹阿鼠为报私仇，已遣其族侄尹何率一帮府丁赶往营州，四处搜捕婉儿，婉儿仍在隐匿避难之中，故此贤侄此时尚不能前去与她会面。"

曹富荣眼中已有泪光："唉，这孩子，命真苦啊，可莫让仇家觅到踪迹抓了去呀。"

姜忠道："贤侄不必过于担忧，婉儿有老朽师弟等人护卫照拂，想来不会有事的。"

曹富荣辞别了姜忠，迈着缓慢的脚步往米店方向走去。正自走着，忽听侧旁有人招呼：

"老大！"

曹富荣循声扭头看去，见王婆婆正站在街道一侧向他招手，遂回应道："老婶子还在女儿家呀？"边说边走到王婆婆身边。

王婆婆端详着他道："看你满面愁容的样子，可是遇上难事了？"

曹富荣叹一口气。

王婆婆又道："听杏儿讲你要去寻婉儿，何时动身哪？"

曹富荣又叹一口气："不能去了。"

王婆婆问："为何？"

"方才我见了恩公姜忠，听他讲，婉儿现在营州地面。那尹国丈已遣人赶往营州四处搜捕她，她仍在东躲西藏。"曹富荣说着眼中涌出了泪水。

王婆婆也流下眼泪："唉，孩子命怎恁苦呢？要我说呀，你当把婉儿是你亲生女儿的实情告诉先生，设法把孩子接回来。此事总窝在你自己心里，不单孩子遭难，你自己也会窝出病来的。"

曹富荣道："告诉先生，把婉儿接回来，便须把娴儿送走，我舍不得娴儿啊。"

王婆婆道："你把实情告诉先生，或许他有办法把两个孩子都保住呢。此事由两人担待，总比由你一人担待要强啊。听婶子的，去把实情告诉先生！"

曹富荣犹豫道："让我再想想吧。"

王婆婆道："你莫再犹豫，听婶子的，快去！"

曹富荣说一声："好吧。"就转身迈着迟缓的脚步往回走。走到菊花粥店近前了，却停住脚步，扭头望着粥店门口呆立片刻，接着不由自主地转回身，又迈着缓缓的脚步往回走。正自走着，又听侧旁传来王婆婆的声音：

"老大，你过来！"

曹富荣走到王婆婆身边。

王婆婆问："怎样，可对先生讲了？"

曹富荣摇头："没讲。"

王婆婆问："为何没讲？"

"我反复想了，即便对先生讲了，接回一个，便须送走一个，让娴儿离开我，我实是于心不忍，实是于心不忍哪。"曹富荣说着眼中又涌出泪水。

王婆婆撩起衣襟抹眼泪："唉，老大呀，你心太善，心太软哪。罢，便莫再对先生讲了吧。但愿婉儿在那边能够平安躲过这一劫。"顿了顿，又道，"说心里话，让娴儿走，不光老大你舍不得，就连老婆子我也舍不得呀，那孩子，忒招人疼啊。"

柳河镇街道上，尹何等一行人在前，一队百余人的兵丁在后，沿街一路疾行，来到神风武馆大门外。

持着李渊给写的密信，尹何果然从营州都督田承禄处搬来了援兵。

尹何等人在武馆门外停住脚步，其后面的兵丁呼啦啦向两边散开，将武馆团团围住。

尹何对府丁道："去叫门！"

一名府丁走到门前用手叩响门环，门内毫无回应。

尹何高喊一声："拿木头来，把门撞开！"

两名府丁从旁边抬来一根檩条粗的木头，众府丁一起抱着木头一下一下地撞门，门被撞开，一行人冲进院内。

院内空无一人。

尹何抬手朝各个房间一挥："给我进去搜！"

众府丁和兵丁有的用刀劈，有的用脚踹，把各个房间的门弄开，纷纷进入室内搜寻，各房间都空无一人。

尹何对身边两名府丁道："去喊左右邻居来，本大人要问话！"

两名府丁应声去了。不多时，一老一少两名男子被府丁带进院内。其中的老者白发苍髯，面相不俗，衣着整洁，举止稳重，令人一看就知是当地饶有名望地位者。少者则长得有些尖嘴猴腮，举止也嫌猥琐，一进门，脸上就带着谄媚的笑。

一名府丁对这一老一少道："我们大人问你等话，你等须据实回答！"

老者不卑不亢，微微点头。少者则一个劲点头哈腰："遵命，遵命。"

尹何问道："这武馆内一干人等皆去何处了？"

老者从容作答："他们皆是三日之前夜间离开的，次日早起老朽方知他们已然走了，故此他们去何处了，老朽无从知晓。"

老者话音刚落，少者忙不迭地点头哈腰道："是是是，小人也是次日早起方知他们已经走了，也不知他们去何处了。"

尹何又问："那八岁女童，你等可曾见着了？"

老者缓缓地摇了摇头。

尹何以尖利眼光朝少者一扫："你呢？可曾见着了？"

少者又点头哈腰:"那女童一直在这武馆居住,跟随董氏父子习武,只是数日前便不见了。"

老者似不经意间瞥了少者一眼。

尹何冷哼一声:"那女童果然曾经藏匿于这武馆之内!本大人倒是疏忽了,上一回便该当召你等来指证的。那董氏父子藏匿并转移罪囚之女,着实可恨!彼等不是逃逸了么?好!本大人便将这武馆付之一炬!小的们,取火种来,给我烧!"

两名府丁正要去取火种,只见老者一扬手臂:"慢!"然后朝尹何抱拳一礼,"这位大人,您烧这武馆倒不要紧,只是武馆与左右房舍毗连相邻,此际风尚微弱,据以往经验,不过半个时辰,劲风将起,且此季风向往往飘忽不定,一旦火起,整条街道,甚而整个镇子必成一片火海,必致生灵涂炭,百姓遭殃,故此万望大人收回成命。"

尹何听了先是一愣,继之眼睛一瞪:"你怎知半个时辰之后会起劲风?莫不是危言耸听,哄骗本大人?"

老者又一拱手:"大人乃朝廷命官,老朽不过一乡间寒素,老朽怎敢哄骗大人呢?这个季节,本地天气确是如此。"说罢一手遮口朝少者清咳两声,同时向他递个眼色。

少者马上弯下腰手捂肚腹皱起眉头:"哎呀,哎呀,大人,小人骤感腹痛,须马上去屙屎,小人去了。"说罢弯着腰手捂肚腹一溜小跑出了武馆。

尹何对着老者一声冷笑:"本大人奉命缉拿重要人犯,岂能听你胡言乱语!"转对那两名府丁一瞪眼睛,"本大人的话你二人未曾听到么?还愣着做甚?快去寻火种来!"

两名府丁应声去了。

老者一撩袍襟,就给尹何跪下了:"老朽代阖镇百姓给大人跪下了,望大人顾惜阖镇百姓性命家业,莫要火烧此镇。"

尹何冷哼一声:"你等武馆左邻右舍,明知朝廷明令缉拿的死囚之后曹姓女童就隐匿在这武馆之内,却知情不举,本大人不治你等罪过已是网开一面了,若再聒噪不休,妨碍本大人公干,莫怪本大人翻脸无情!"

老者道:"老朽不知武馆内收留的女童乃朝廷明令缉拿的死囚之后,故此方未能向官府举报,此中情由还望大人明鉴。"

老者此言一出,尹何一下子被噎住了。想想也是,自己并未将那女童是死囚之后一事告知于武馆左邻右舍,他们又怎能知晓呢?但在老者这样的草民面前,他不想失了威风，于是从鼻孔里冷哼一声，强横地说道："莫再多言，该当如何，本大人自有主张！"

此时从大门外传来一片喧嚷声，同时那被指令去取火种的两名府丁各举一支火把回到武馆院内。其身后跟进来一名军官，乃营州都督行辕折冲都尉傅文才。傅文才走到尹何面前抱拳一礼："禀大人，外面来了众多百姓，本要进入这武馆院内，被卑职属下士卒拦在了大门外，现已跪了满满一街——"

尹何截住傅文才话头道："他们要来做甚？"

傅文才又抱拳一礼："禀大人，他们请求大人顾念镇上百姓，莫要火烧这武馆，以免殃及全镇生灵。"

尹何冷笑道："他们来得倒蛮快。"

傅文才凑近尹何耳边低声道："众怒难犯，大人您看……"

尹何一摆手道："好吧，看在阖镇百姓面上，这把火便不烧了。"

正如尹何所说，众多百姓来得的确很快。原来，刚才老者给少者递眼色，少者马上喊肚腹疼痛并跑出武馆，是给镇上各家各户传递尹何等一行要火烧武馆的消息去了，一传十，十传百，消息很快传遍全镇，紧接着纷纷聚集到武馆门前来跪地请愿。这是老者与少者事先约定好了的。而这一切，又是武馆掌门人董绍臣在临行前安排好了的。他预料尹何一行率兵丁来武馆抓人扑空之后，必然会寻衅报复，极有可能火烧武馆，进而殃及周边人家，于是就与老者相商，定下了这样的应对之策。

尹何却不解恨，说道："不烧了，便给我砸！将各房间一应什物尽皆砸烂！"

众府丁和兵丁即刻进入各个房间一通乱砸。

尹何对众府丁道："自即日起，都给我至各处去搜寻，定要将这武馆内一干人等寻到，何时寻到何时回来见我！"

没等众府丁寻到武馆内一干人，早有营州都督行辕内的人把田承禄私下借兵给尹何前往弹压武馆人等一事密报给了李世民。李世民得报以后十分震怒，即刻召长孙无忌和房玄龄进宫计议此事。

这个时候李世民仍住在他当太子时居住的东宫。长孙无忌和房玄龄应召来到东宫。二人在东宫显德殿门外碰了面，长孙无忌见房玄龄满面倦容，遂问道："房大人眼睛熬得通红，又是一夜未眠吧？"

房玄龄道："吏部草拟的各州刺史擢黜之奏章，皇上命房某再仔细斟酌一遍，皇上又要得急，房某不得不勉力为之啊。"

二人说着话走进殿内。

行礼毕，房玄龄道："陛下，此乃吏部草拟的各州刺史擢黜之奏章，臣已斟酌并改过，呈请陛下御览。"说罢把厚厚一册奏章呈到御案上。

李世民道："朕先对你们讲一件令朕十分气愤之事。昨晚营州都督行辕有人密报于朕，那营州都督田承禄竟擅自将百余将士调拨给尹国丈府长史尹何，前往曾藏匿曹仁鸿将军之后的柳河镇武馆，弹压武馆人等，扑空之后，那尹何竟要火烧武馆。经阖镇百姓下跪苦求，方使尹何息了纵火之念，免了阖镇一场过火之灾。好一个田承禄！没有朕之特旨，不见朕御赐兵符，竟敢擅自调遣兵马为虎作伥，前去戕害无辜百姓，是可忍，孰不可忍！"

长孙无忌道："陛下且息怒。此事或许另有缘故，莫不是那德妃娘娘又向太上皇吹了枕边风，求得太上皇给田承禄写了密信，要田承禄调遣兵马给尹府人等？那田承禄是太上皇在位之时一手擢拔起来的，为报太上皇知遇之恩，有如此举动不足为怪。"

李世民点头："朕也有如此推测。若此情属实，太上皇如此行事便太没道理了。他一封书信便可调遣兵马，那朕的统兵之权何在？朕手中的兵符又有何用？还有那田承禄，为报私恩，仅凭太上皇一封密信，便可调遣兵马，他眼里还有没有朕这个皇帝？如敌军突然来袭，他不及请旨，果断出兵迎敌是对的，然则他出兵却是助那尹家去戕害无辜百姓！如此行径，令朕着实气愤！"

房玄龄道："陛下可命人前去按查此事，若按查属实，陛下可下诏褫去其都督一职，再交大理寺议处，同时另行择定都督人选，召回已调出之兵马。"

李世民道："好吧，朕仍命刘师立、公孙武达率队前去按查此事。"

于是，李世民把刘师立、公孙武达召到殿内交代了一番。刘师立和公孙武达即刻率队赶赴营州，并且很快在柳河镇一带觅到了尹何等人的行踪。

这日，在柳河镇东部一个小山村里，董绍臣父子一行正在摆场子卖艺，正当几位年轻汉子舞刀弄枪互相厮杀得难解难分，周围围观的人群发出一阵阵喝彩声之时，忽然场外由远及近响起一阵杂沓的马蹄声，一队人马朝着卖艺场子这边直冲过来。围观的人群纷纷四散开去。

转眼之间，尹何率众府丁和百余名军卒已将董氏父子一行团团围住。

尹何对场内的董绍臣等人冷笑一声："想跑？你们跑得了么？"转对众府丁和军卒一声吆喝，"上去！都给我拿了！一个也不许跑掉！"

众府丁和军卒一起向场子中央逼过去。正当此时，场外忽然传来一声高喊：

"住手！"

众府丁和军卒纷纷停住脚步，一起循声看去，只见在尹何身后几丈之外，一年轻女子倒背双手，巍然挺立在地。

年轻女子对尹何高声道："你们不就是要拿我么？这便来拿好了。场内那一行人与我无干，放他们走！"

此时刘师立、公孙武达等一行十人悄悄来到众军卒身后，看着场子上的一幕。

尹何眼睛瞪着年轻女子使劲眨眨眼皮："你便是那曹姓女子？"

年轻女子道："正是本姑奶奶！"

原来她就是曹婉。

尹何急忙把手伸进衣衽内掏出折叠着的一方宣纸，展开，现出纸上画着的曹婉头像，反复看头像再看曹婉，之后高声道："正是此女！小的们，速将此女与场内一干人等一并拿下！"

尹何话音未落，只见曹婉倒背着的双手"刷"一声向前一摆，手中一副弓箭已张弓搭箭对准了尹何。

曹婉厉声道："你若不放场内一行人走，我一箭射出，立时让你剑穿心窝，倒地毙命！放他们走！"

尹何以惊恐的目光盯视着曹婉手中弓箭连退两步，连头都不敢回，对身边一府丁道："传我命令，放场内一干人走。"

这名府丁对场内其他府丁和众军卒大声道："大人有令，放场内一干人走！"

对面包围场子的军卒闪出一条路。

呆立在场子中央的董氏父子一行人眼看着这边的曹婉和尹何，却并不动身。

曹婉对场内董绍臣等人道："我的事与你等无干，你等快走！走得远远的！不然，我可要杀人了，定要与他们同归于尽！"

董绍臣对手下人往场外一摆手，一行人开始缓缓地往场外退去。

尹何对曹婉道："他们已走了，本大人命你放下弓箭！"

曹婉将弓箭往前一送："不许动！你若乱动，我可要放箭了。到弓箭该当放下之时，本姑奶奶自会放下！"

董绍臣等一行人一步一回头地走出军卒包围圈，渐渐远去了。

曹婉把弓箭往一边一扔，对尹何道："来吧，要杀要剐，随你！"

尹何高声道："把她绑了，带走！"

三名府丁上前，两名府丁一边一个扭住曹婉胳膊，一名府丁用绳子捆绑曹婉。

站在场子外围的公孙武达对刘师立小声道："我等冲上去，杀退彼等一伙，救下那女子！"

刘师立朝公孙武达一摆手："莫动。这百余兵马如确为我大唐卫士，不过是受人驱使而来，若与其厮杀，无异于自相残杀，自毁长城。待查实其身份后，我等再做定夺。"

公孙武达急道："那我等便眼睁睁看着彼等将那女子拿走吗？"

刘师立道："公孙兄莫急，我等跟踪彼等，相机将女子救出便是。"

尹何等一队人马押解着曹婉行进到一个镇子上，看看天色已晚，尹何一声令下，人马在一家车马客栈驻扎下来。

夜色中，一名士卒走到客栈最后一排房子背后，刚脱下裤子解大便，便有两个人影蹿过来一边一个扭住了这士卒。

士卒急问："哎，哎，哎，你们做甚？做甚？"

刘师立过来用佩剑剑锋直指士卒咽喉："莫喊，喊便杀了你！讲！你们来自于何处？"

士卒道："我讲，我讲，小的们在营州都督田将军麾下效命。"

刘师立问："你们共来了多少人？"

士卒答："一，一百多人。"

刘师立问："你们的长官是谁？"

士卒答："是……是折冲都尉傅，傅文才。"

刘师立问："被缚女子被押在哪一间屋？"

士卒答："在，在东数第三间屋。"

刘师立对身边卫士道："把他捆到那边树干上，塞上他的嘴！"

刘师立和公孙武达迅速上到东数第三间屋的屋顶上，从屋顶天窗窗口朝下面屋内看去，只见曹婉被用绳子绑在一把椅子上，站在其面前的除了尹何，还有一名军官和一名府丁。刘师立和公孙武达已知那军官就是方才士卒所说的折冲都尉傅文才。

只听尹何对府丁道："搜她项下与胸前，看有无金锁！"

府丁上前把手伸向曹婉脖子下。

曹婉厉声道："住手！不许你的脏手玷污本姑奶奶身体！本姑奶奶身上没有你等要的什么金锁！"

府丁把手缩回，扭头看尹何。

尹何大声道："看我做甚？难道还要本大人亲自动手吗？搜！"

府丁又把手伸向曹婉脖子下，曹婉一低头照府丁手背狠狠咬了一口。

"哎哟！"府丁尖叫一声，把手抬起一看，手背已鲜血淋淋，于是"嗖"一声抽出腰刀。

屋顶天窗处的公孙武达往前一探身就要往下面跳，刘师立急出手抓住他的胳膊制止住了他，用手势示意他接着往下看。

下面房间内，尹何对府丁喝道："住手！把刀收起来！"

府丁只得把刀插入刀鞘。

尹何道："现下还不是杀她之时，要到把她押到尹公子墓前之时再动手。国丈大人有令，要以她鲜血祭奠尹公子在天之灵。接着搜！"

府丁迟疑道："她……她咬人。"

尹何道："寻破布来，把她的嘴塞上！"

傅文才对尹何道："大人，莫再让大人属下搜她了，如此做法确是有些不雅。"

尹何一瞪眼睛："那又如何？国丈大人有令，定要我等将她所佩金锁拿取到手，交到国丈大人手上。"

傅文才道："大人可寻一老妪来，命老妪搜她身上，看有无金锁。"

尹何略一琢磨："好吧。"对府丁道，"去寻一老妪来！"

府丁应声出屋，很快领进来一名老妇。

尹何对老妇道："老妪，这女子项下胸前有一金锁，本大人命你将其搜出。你须认真搜寻，不许敷衍，倘若不然，本大人定将重责！你可听好了？"

老妇点点头。

尹何道："搜！"

老妇对曹婉道："姑娘，老身对不住了。"

曹婉把头扭向一边。

老妇把手伸进曹婉脖子下的衣衽内来回摸了几遍之后抽出手，对尹何道："这位大人，老身摸遍这位姑娘胸前，并无金锁。"

尹何道："什么？没有金锁？这怎可能呢？再搜！"

老妇只得又把手伸进曹婉脖子下衣衽内，来回摸了几遍，之后把手抽出，摇摇头："没有。"

尹何道："再搜他处！"

老妇又用战战兢兢的双手隔着衣服摸遍曹婉身体各处，然后摇摇头："没有。"

尹何对府丁道："将老妪带走。"

府丁应声把老妇领出了屋子。

尹何对傅文才说一声"走"，相继走出了屋子。

尹何走到门外，对站在门外两侧的两名值守士卒道："好生看管人犯，不许出任何差池！"

屋顶上的公孙武达对刘师立小声道："怎样，开始救人吧？"

刘师立也小声道："再略候片刻，候到值守士卒稍稍懈怠之时再动手。走，到下面去！"

刘师立、公孙武达从房后下了房，来到房前一角。门外两名值守士卒这个打完哈欠，那个又打。

公孙武达把嘴凑到刘师立耳边用气声道："动手吧？"

刘师立把一只手举到公孙武达眼前晃了晃，意思是再等等。

屋内被绑在木椅上的曹婉仰起头看看屋顶上的天窗，又低头看看牢牢绑着自己的绳子，再侧耳听听门外的动静，她在等待逃跑的时机。当听到门外值守士卒的又一轮哈欠声时，她深吸一口气，运足气，身子猛然一顿，绑着她的绳子就被崩断了。她稍稍活动一下手脚，运足气，纵身一跃，就从天窗处跃到了房顶上。

屋外值守的士卒听到屋内有响动，其中一名士卒扒着门缝往屋内看，见屋内只剩下一把椅子，不见了被绑在椅子上的人："咦？人呢？人不见了！"

另一名士卒跨到窗下，用手捅破窗纸往屋内一看："哎呀，跑了！"紧接着一边朝旁边一排房子跑去一边大喊，"跑了！人跑了！人跑了！"

此时的屋脊上，微弱的月光中一个人影健步如飞，飘然而去……

蹲守在房前一角的刘师立对公孙武达轻声道："走！"

二人迅速消失在夜幕中。

刘师立以白鹘传书的方式，把查实的尹何动用营州兵马搜杀曹氏之后一事从速报给了李世民。李世民览报之后即拟就两道诏书，命通事舍人来济赶往营州传诏。

这日，田承禄正在营州都督行辕厅堂内和几名将校议事。忽听厅外有人高呼：

"圣旨到，营州都督田承禄接旨！"

田承禄听了一愣，继之对几名将校道："你们都下去！"

几名将校刚从侧门退出，来济、刘师立和公孙武达就从正门进到了厅内。

待田承禄面朝来济跪下，来济展开诏书高声宣读："贬田承禄诏。皇帝敕曰：'崇党近朋，实为害政之本；黜私去佞，方启至公之路。尔营州都督田承禄，昔见称义勇，擢居将帅。朕永怀仄席，冀有成功。而今率性自任，怙气擅权，擅遣师旅，以资小人，为虎作伥，戕害无辜，宜从贬秩，可褫去营州都督，克日赴京谢罪。钦此。'田承禄，你接旨吧。"

田承禄跪叩道："罪臣谢陛下隆恩。"双手举过头顶，接过来济递给的诏书，起身站到一侧。

来济对站在侧旁的刘师立道："刘大人，陛下于你也有旨意。"

刘师立走到来济对面跪下。

来济展开诏书念道："擢刘师立诏。皇帝敕曰：'朕惟治世以文，戡乱以武。而军帅戎将实朝廷之柱石，国家之干城也。尔左卫率刘师立智勇兼全，早负名节，出力报效，是所嘉叹，讵可泯其绩而不嘉之以宠命乎。兹特授尔为营州都督，锡之敕命。於戏，营州系关防之地，实惟股肱之郡，自昔重寄，无非勋臣，是用命恪守，复兹雄镇。钦此。'"

刘师立一当上营州都督，即着手履行李世民交付的敕命：斩杀尹何，召回田承禄借出的兵马。

这日，当董绍臣等一行人正在营州北部一个山村摆场子卖艺之时，尹何率六名府丁和百余军卒乘马疾驰而至。眨眼之间，围观村民四散而去，尹何等百余人已把董绍臣等人团团围住。

尹何用马鞭一指董绍臣等人："速将这武馆一干人拿下！"

正当众军卒和府丁一拥上前之时，一声雷鸣般的喊声当空响起：

"吠——住手！"

众府丁和军卒闻声一下子都收住脚步。

站在众军卒圈外的公孙武达走前两步，高声道："兹有大唐皇帝陛下钦命营州都督刘大人宣布都督令，众卫士听宣！"

众军卒你看看我，我看看你，都有些发愣。

刘师立道："哪位是折冲都尉傅文才？站到本都督跟前来！"

众军卒都把目光投向傅文才。傅文才以疑惑的眼神看着刘师立，一时没动。

公孙武达抬手一指傅文才："你！你是傅文才吗？都督有令，命你到都督跟前来！快着些！"

傅文才迈着有些犹豫的脚步走到刘师立面前："我是折冲都尉傅文才。"

刘师立肃然道："本都督命你速率众卫士返回驻守营地！"

傅文才道："我等众弟兄皆为营州都督田大人麾下卫士，只听命于田大人……你们……"

公孙武达道:"当今皇帝陛下已然下诏,田承禄擅自调遣兵马前来戕害无辜百姓,着罢黜其营州都督一职,钦命刘大人接任营州都督职衔,自今日起尔等皆须听命于刘大人!"

刘师立从袍衽内取出虎形兵符,朝傅文才眼前一亮:"此为皇帝陛下御赐兵符,你可看清楚了?"

傅文才看兵符,点头。

刘师立道:"好!傅文才!听本都督令,率众卫士从速返回驻守营地!"

傅文才回身对众军卒高声道:"弟兄们,收起兵刃,站好队伍,速回驻守营地!"

傅文才话一落音,众军卒开始站队。

那边骑在马上的尹何对傅文才喊道:"你们……你们不能走。他们……他们是骗人的!"

刘师立对手下卫士:"来人!将这目无国法纲纪、恣意戕害无辜百姓的尹国丈府爪牙尹何拿下,斩!"

四名卫士扑到尹何身边把他拉下马反剪了双臂拖向一边。

尹何一边挣扎一边叫嚷:"我是奉太上皇之命前来公干的,你们不能杀我!你们不能杀我!饶命啊,饶……"

眨眼之间尹何已被斩杀,其手下六名府丁都吓呆了。

刘师立抬手一指六名府丁:"尔等跟着这个尹何胡作非为,可是知罪?"

六名府丁一起给刘师立跪下磕头,七嘴八舌道:"小人知罪,大人饶命,大人饶命……"

刘师立道:"本大人本当将尔等一并斩首,姑念尔等只是胁从,且饶尔等一命,速速滚回京师尹府去!"

六名府丁七嘴八舌:"谢大人不杀之恩。"之后起身狼狈退去。

刘师立走到看着眼前这一幕的董绍臣跟前:"请问老人家,你等父子师徒确曾藏匿护卫过已故曹将军父子遗孤么?"

董绍臣点头说是。

刘师立道:"我等一行是遵当今皇帝陛下之命前来寻觅解救曹将军遗孤的,请老人家不吝指点,告知我等该女现在何处。"

董绍臣喟叹一声:"自上一回她被尹何一伙抓住又逃脱之后,便不见了她踪影。老朽一行边走村串寨卖艺边寻觅她,却始终未能见到她的行踪。老朽料着,她为躲避仇家追杀,或许已藏到深山老林中去了。"说着眼中已涌出泪水。

刘师立劝道："老人家切莫感伤，想来人总会寻得到的。晚生今后就在这营州都督府当值，老人家若有了该女讯息，切望能到都督行辕告知于晚生。"

董绍臣点头道："好，老朽一旦有了她的讯息，定当前往尊府登门相告。"

尹府的六名府丁一路乘马赶回到尹国丈府，向尹阿鼠报告了尹何被皇上派去的人斩杀，尹何借出的兵马也被召回的消息。尹阿鼠即刻把尹德妃叫到府内，让她去向太上皇告御状，把斩杀尹何的人绳之以法。

当日晚间，在李渊新居所弘义宫卧榻上，尹德妃伏在李渊身侧边哭边诉："陛下，新皇帝欺人太甚，欺人太甚哪，呜呜，他杀了臣妾族弟，他是杀给父亲大人看的，更是杀给臣妾看的呀，呜呜，陛下要为臣妾做主啊……呜呜……"

李渊道："莫哭，莫哭了。当初那封密信，朕就不该写，禁不住爱妃苦苦相求，朕方写了，最终，还是让二郎知道了。知子莫如父，二郎的脾性朕这个做父亲的最清楚不过。他将田承禄革职查办，是做给朕看的。他没在这事上追究朕，已是给朕留了好大的情面了。他杀了你族兄，那还是轻的，他没有动老国丈，没有动爱妃你，只是还碍着朕的脸面罢了。你要叮嘱老国丈几句，今非昔比，日后，要夹着尾巴做人，再不可太过张扬，能保住你们父女平安无事便是最好的结果了。"

尹德妃抬起泪眼道："陛下，难道陛下已落到这步田地，连陛下的宠妃都护不住了么？"

李渊叹一口气道："朕已不是皇帝了。大处且不说，就拿这换住处来讲，不错，是朕自己提出与二郎换住处的，二郎由这弘义宫搬到太极宫，朕由太极宫搬到这弘义宫，可朕若不提出，便可不搬么？事情明摆着的，若到人家等不及了，让人家提出来，你说朕这张老脸该往哪儿搁？如今朕与乡间老农还有何两样？朕还不如老农呢，老农尚可随意走动，朕住在此宫能随意走动么？老农可享天伦之乐，朕哪里还有天伦之乐可享？能与爱妃平平安安永相厮守，便是朕的最大福分了。故此朕让爱妃多叮嘱老国丈几句，老老实实在府内待着，切莫多作他想，以求平平安安终老余年。爱妃可听好了？"

尹德妃点点头，把脸贴在李渊胸脯上又哭泣起来。

尹何手下六名府丁前脚赶到京师尹国丈府，通事舍人来济等人后脚也赶到了京师大内。来济径直入武德殿觐见皇上，时值李世民与长孙无忌、房玄龄、褚遂良、杨师道、岑文本等大臣正在议事。

来济刚行毕叩见之礼，李世民即问道："来爱卿，此番出行事情办得如何？"

来济回奏："微臣在刘师立、公孙武达二位将军协助下，已查实营州都督田承禄擅自调遣兵马给尹国丈府长史尹何，前往弹压该州神风武馆人等一案，其后宣诏革去田承禄营州都督一职，褫去其怀化将军衔，宣诏擢刘师立为营州都督，授怀化将军衔。今已将田承禄解至大内，在殿外候着呢。"

　　李世民道："把田承禄押进来！"

　　田承禄被两名侍卫押进殿内。

　　田承禄跪伏在地，以头触地叩首："罪臣田承禄叩见陛下。"

　　李世民冷哼一声："你还知你有罪呀？讲！你所犯何罪？"

　　田承禄回奏："罪臣擅自调遣兵马给尹国丈府长史尹何，前去弹压无辜百姓，臣罪当死。"

　　李世民道："朕知道，你不会甘冒这么大风险白白送给他尹家偌大人情，你如此行事必是另有他因，讲！是谁让你这么做的？"

　　田承禄道："是……是太上皇送给罪臣一封书信，命罪臣调集若干兵马给尹国丈府长史尹何，协助尹何一行前去弹压抗命犯上的武馆人等，及那在逃的获灭门之罪的人犯之后。"

　　李世民道："哼！好一个抗命犯上，好一个获灭门之罪的人犯之后！真是欲加之罪，何患无辞！"说着环视一遍殿内诸位大臣，"田承禄！不经朕的特许，不见朕御赐兵符，背着朕擅自调遣兵马，前去弹压无辜百姓，缉拿功臣后人，犯下欺君罔上，擅调兵马、戕害百姓之罪，朕已下诏革去其营州都督一职，褫去其怀化将军衔。朕决定，将其交由大理寺依律议处。押下去！"

第十六章
揭豪富曹娴巧施计　赈灾情侍中[1]敢用权

这日晚间，李世民正在承庆殿批阅奏章，钱福进殿禀道："陛下，户部尚书杨大人求见。"

李世民剑眉一扬："哦？杨纂此时来见朕，定有紧要事，快让他进来。"

杨纂进殿后正要行叩拜之礼，李世民一摆手："免了。杨爱卿这么晚了来见朕，有何要事？"

杨纂奏道："陛下，户部接关内、山东、河南、河北四道行台急报，该四道因自夏初起干旱少雨，继之又爆发蝗灾，大部农田严重歉收，其中尤以河北平州、蓟州一带为甚，大片农田颗粒无收。为求活命，千家万户拖儿带女外出逃荒，以致流民遍地，饿殍盈野，为此朝廷急需调拨大批粮食赈灾。"

李世民一听就急了："那就赶紧自国库调拨存粮赈灾呀，爱卿你来上奏章，朕马上批。"

杨纂道："因去岁京畿陇右一带大旱，已自国库调粮十之六七用以赈灾，如今国库空虚，存粮除保军队所需，其余部分已远远不能满足河南河北赈灾之需了。"

李世民道："赈灾之事刻不容缓，若库粮不足，可用库银自民间购粮用以赈灾呀。"

杨纂道："一者，库银有限，二者，目下因粮米奇缺而致粮价畸高，如现下购粮，则库银靡费过甚，且仍不能满足赈灾之需。"

李世民马上把长孙无忌、房玄龄、魏征、岑文本等重臣宣到殿中，先让杨纂说了河北等四道灾情，之后他说道："目下情势是，关内、山东、河南、河北四道灾

---

[1] 魏征时为朝廷侍中。

民亟须赈济,还有,去岁草原大旱,出现赤地千里之惨状,为度荒,大批草原之民南迁,其口粮一直靠朝廷负担,另有几十万军队也要吃饭,凡此种种,所需粮食加起来是一个偌大数字,可眼下国库空虚,拿不出多少粮食以供急需。目下最为紧迫之事便是赈济遭受蝗灾之灾民。须知救灾如救火呀。如今流民遍地,前隋之亡,便是起自遍地流民。这些流民离开家园到异地,先是乞讨,乞讨不成便只能偷窃,偷窃不成便要抢劫,其小股为贼,大股便成寇了。如此局面若不能及时扭转,后果不堪设想。朕急召各位爱卿过来,便是要一起议一议,如此情势当如何应对?"

几位重臣一时都不说话。

李世民急道:"为何都不说话呀?朕召你们几位过来,可不是要你们与朕哑然相对呀。"

房玄龄先说话了:"如今北方先是天旱,继之数州爆发蝗灾,即便灾害稍轻一些的州也是自顾不暇,根本没有余粮救济其他各州。相较之下,南方各州情形要好得多。可否自南方各州加征赋税,用以赈济北方之灾?"

房玄龄话音未落,岑文本就摇起头来:"此法恐甚难落到实处,自南方加征赋税,一是不可加征过多,二是即便征了,运粮速度本就只能勉强应付军粮与北狄南迁部众所需,哪里还有余粮赈济北方百姓呢?"

魏征马上接话:"那就自北方征粮赈灾!"

魏征话一出口,其他各臣就都一愣,继之你看看我,我看看你,接着都摇头。

长孙无忌道:"魏大人莫不是哪壶不开提哪壶?北方本就遭遇旱灾蝗灾,自身尚需赈济呢,又何来余粮可征呢?"

魏征道:"北方受灾,无米下锅的是寻常百姓,可那些世家大户便绝非如此!就臣所知,北方不少世家大户经年存粮不止千石万石,彼等囤积居奇,就是要待灾荒之年高价粜出,大发国难之财。更有甚者,武德年间颁布的《均田令》,在许多地方根本就未能落实,一些世家大户与官府相互勾结,乘灾年农户外出逃荒之机将外出农户田地以无主田之名并归己有,且隐匿不报,规避朝廷赋税,不仅使失田农户成为无地游民,且大量减损朝廷税收。此种情形现下一时难以解决,但加征他们一些粮食总可以吧?"

李世民道:"玄成此言切中要害!即如玄成所言,世家大户兼并土地情形现下尚顾不上解决,但加征其粮食是当下就能办到的。各位爱卿看,朝臣之中谁专责此事为宜?无论谁专责此事,朕都给他便宜行事之权!"

几位大臣又是你看看我,我看看你,一时无人说话。

李世民面呈不悦之色:"各位为何皆迟迟不发一言?朕知道你们心中是如何想的,此乃一项得罪人的差使,荐了谁便无异于害了谁,也便得罪了被荐之人,是不是啊?各位皆为参议政事之忠臣,首要职责不就是荐人么?况素来皆高居庙堂之上,吃着朝廷俸禄,满口忠孝仁义,到了如此紧要关头却怕这怕那,此等做派可谓之良臣么?"

李世民话一落音,魏征就开口了:"臣愿自荐前往!"

魏征此言一出,其他各位重臣都把目光集中到他身上。

李世民道:"好!朕常讲,疾风知劲草,板荡识诚臣,值此国家危难之际,魏爱卿挺身而出担此重任,其情其志忠勇可嘉。朕任你为钦命宣慰使,克日赴该四州征调粮食,赈济灾民!"

魏征拱手道:"臣遵旨。"

李世民道:"魏卿此去需多少扈从,只管说话,朕从大内侍卫中为你差遣。"

魏征道:"谢陛下关照,臣此去征粮赈灾,需与地方官吏协力为之,故无须众多扈从,只带臣幕宾卞思去与一书童前往便可。"

李世民道:"好吧,尚简约戒铺张是你魏征一贯的行事之风,朕尊重你的意愿。天不早了,各位爱卿都下去歇息吧。"

几位重臣出殿之后,李世民伸展一下双臂,长出一口气,然后把钱福叫到殿内,说道:"朕听说,关内闹蝗灾波及京畿之地,连禁苑里也发现了蝗虫?"

钱福道:"是,奴才也听说,几位娘娘外出举行采桑亲蚕仪式之时,于禁苑草丛中发现了数只蝗虫。"

李世民道:"着人备马,去禁苑!"

钱福一愣,继之道:"陛下,这天色已晚……"

李世民道:"无妨,你去命人向卫尉卿刘师立传朕口谕,命他率侍卫随驾而行,主管掌灯及护卫事。"

此时刘师立已被调回京师任卫尉寺卫尉卿一职。

钱福出去传谕过后,即和另一名年轻太监陪侍李世民乘马出了宫城,来到玄武门内。此时刘师立与一百名手持火把的侍卫已经骑着战马等候在门内两侧。

李世民肃然道:"刘师立!朕命你率数人随行即可,缘何来了上百人?此行并非出征作战,如此大肆招摇,岂不会惊动他人?只留下十人随行,其余人等皆退回!"

刘师立先是一愣,继之盼咐侍卫们:"留下十人为前导,其余人等立即熄灭火把,返回营地!"

众侍卫立刻齐刷刷下马，把火把插入随带的木质套子里，火把即刻熄灭，之后就地勒马低头恭送李世民出门。

李世民露出微笑，边走边对刘师立道："嗯，刘卿，兵带得蛮好。将士上阵之后能否力战，关键要看平素训练如何。朕方才看了彼等一招一式，便知你平素训练有方。"

刘师立一挺腰身："谢陛下谬奖。"

一行人策马进入禁苑南门，见禁苑内有偌大一片池沼，池边建有长廊、凉亭，周边植满奇花异草，水边岸柳成行，许多柳枝斜斜地垂入水中。

李世民情不自禁地脱口道："清风徐来，花香袭人。真想不到，月夜游园，竟别有一番风味。"接着对刘师立道，"卿可命前面士卒走慢一些。"

刘师立对前面侍卫们高声道："各位稍走慢一些！"

在火把照耀下，周边被绿色和夜色所掩映，只有近旁可见被夜露润湿的花叶。镶满鹅卵石的花径在火把和月光照映下宛若一条白色缎带，隐隐地延伸向远方。

此时一行人走到一片尚未开垦的长满野草的荒地边缘。

刘师立道："陛下，前面野草丛生，恐有虫兽出没，似可返回了。"

李世民勒马停住脚步，却不返身："卿可命人去草丛中扑打，看这禁苑之内有无蝗虫。"

刘师立对前面侍卫道："范全、贾成，你二人下马用马鞭扑打前面草丛，看有无蝗虫！"

范全和贾成下马，挥动马鞭扑打草丛，另有四名侍卫手持火把为其照明。

很快，范全就高声道："陛下，此处真有蝗虫！"

李世民道："呈上来！"

范全和贾成丢下马鞭，一人手抓一只蝗虫来到李世民跟前，双腿下跪，把手中蝗虫举起来。

刘师立看着他们道："愚蠢！你二人跪得如此之低，皇上怎能接得到？"说着急忙下马，接过侍卫手中蝗虫呈给李世民。

李世民接过蝗虫，拿到眼前认真端详，只见蝗虫通体绿色，长着一双大大的黑色复眼，弹跳有力的后腿在竭力挣扎着。他渐渐皱起眉头，默然良久，双眼流下两行清泪，把蝗虫举起道："民以谷为命，而汝食之。自今往后，请汝勿食谷苗，可食我肺肠。"说罢把蝗虫放到嘴边就要塞到嘴里。

刘师立一时大惊，"扑通"一声跪在李世民马前，眼含泪水道："陛下万万不可，蝗虫系恶物，食之恐生疾病。若陛下决意如此，便由臣代陛下食之。"

李世民道："朕乃一国之君，当为民受灾，岂可由他人代之？"接着仰头目视夜空，"苍天哪，望你体会朕之心意，祛除蝗灾。朕身体染疾无妨，切不可让蝗虫成灾伤民哪。"言毕，一把把两只蝗虫塞到嘴里，咽了下去。

此时，随行太监和众侍卫随刘师立一起跪倒，全都泣不成声。

刘师立哽咽道："陛下……陛下怎可如此？臣……臣不胜惶恐……"

李世民泰然道："刘卿，朕一向以为，凡事须靠众人之力。天下之大，以朕一人之力是感化不了的。但愿各州县官吏能体恤百姓之苦，尽心竭力战胜这一场灾难。都起来上马，随朕回宫吧。"

平州沿海一带的土路上，外出讨饭的赵云鹏背着个破旧的麻布袋，与其妹妹翠儿迎着大风步履艰难地往前走着，大风不时掀动着他们的鬓发和衣角。

翠儿边吃着杂面炊饼边道："哥哥，我们讨来的炊饼你只让我吃，你为何一点也不吃呢？你也吃啊。"

赵云鹏道："我不饿，你只管吃你的。"

翠儿道："可你都几日没吃东西了，怎会不饿呢？"

赵云鹏道："方才我太渴，喝水喝得太多了，便不饿了。"

翠儿道："哥哥你是在骗我。我知道，你不吃，是想背回家去给娘吃。"

赵云鹏道："昨日我们没讨到多少吃食，拿回家只让娘垫了垫心，到今日娘定已饿得快撑不住了。"

"那我也不吃了，留给娘吃。"翠儿说罢一只手拿着吃剩的炊饼，另一只手扬起去够赵云鹏背着的麻布袋。

赵云鹏一扭身子道："不成！你还小，正在长身体，怎能总饿着呢？听哥哥的话，把炊饼吃完。"

翠儿小嘴一噘道："我不，我不，我要留给——"

翠儿话还没说完，忽然赵云鹏手捂额头，身子晃了一晃，一下子跌倒在地。

翠儿惊呆了，继之蹲下身子呼叫："哥哥！哥哥！你怎么了？你怎么了？"

倒卧在地的赵云鹏双目紧闭，脸色蜡黄，对翠儿的呼唤毫无反应。

翠儿一边用双手摇晃赵云鹏的臂膀一边哭唤："哥哥！哥哥！你醒醒！你醒醒……"

这时，随着由远及近传来的一阵马蹄声，魏征策马来到兄妹俩跟前。

看着昏倒在地的赵云鹏，魏征问道："这后生怎么了？"说着下了马。

随后赶到的卞思去和书童也一起下马。

翠儿哭诉道："我哥哥饿死了。老爷爷，您快救救我哥哥吧。"

魏征蹲下身子把手背伸向赵云鹏的鼻孔处："尚有微弱的鼻息。小姑娘莫慌，莫慌，你哥哥是饿晕了，掐掐他的人中穴，或许便能醒过来。"

"大人，我来。"卞思去说着蹲下身子用手掐赵云鹏的人中穴。

魏征无意间看见了翠儿手里攥着的杂面炊饼，遂问道："小姑娘，我问你，你说你哥哥是饿成这样的，为何你手上还拿着杂面炊饼啊？"

翠儿道："这炊饼是我哥哥与我刚刚从好心人家讨来的，我哥哥只让我吃，他自己却不吃。麻布口袋里还有两张呢，他也不吃，要拿回家给我娘吃，我哥哥几日都未曾吃东西了。"

卞思去道："这都掐了半日了，人怎还不醒呢？"

卞思去话音刚落，忽然一个女声响起在他们身旁："阿弥陀佛，善哉善哉。"

魏征等人抬起头循声看去，见是一位中年尼姑双手合十站到了他们面前。

尼姑道："让贫尼来试试吧。"说罢在赵云鹏另一侧蹲下身子，用一只手掐赵云鹏的人中穴，同时用另一只手按压其劳宫、百会、少商、少泽等穴。

赵云鹏慢慢睁开了眼睛。

翠儿惊喜地说道："哥哥，你醒了？"

尼姑从衣袄内取出一只蒸饼[1]，塞到赵云鹏的手里："你方才是饿晕了，快把这只蒸饼吃了。"

赵云鹏转动着有些失神的眼睛看看这个看看那个，继之眼中涌出大颗大颗的泪珠。

这尼姑正是静慈，她温和地说道："吃吧，吃了蒸饼你便会好起来的。好起来，好接着赶路回家呀。"

赵云鹏缓缓地点头，把蒸饼送到嘴边吃了起来，很快就把一只蒸饼吃完了。

静慈问他："感觉好些吗？"

赵云鹏又点头，接着深吸一口气，一欠身子坐了起来，继之一转身就朝静慈跪下，磕头不止："谢恩人相救大恩。"

翠儿道："哥哥，还有这位老爷爷、这位叔叔方才都在救你呢。"

赵云鹏转身给魏征磕头："谢恩人。"又给卞思去磕头，"谢恩人。"

魏征道："思去，牵过马来，把这位后生扶上马，送回家去！"

---

[1] 蒸饼即现在的馒头，唐代的蒸饼在广义上包括上笼蒸熟的各种样式的面食。

赵云鹏赶忙站起来道："不，不用，我能自己回家。"接着对静慈、魏征、卞思去一一施礼道谢，然后道，"翠儿，我们走吧。"

兄妹二人沿土路向前走去。

魏征与尼姑静慈驻足凝望着赵云鹏兄妹的背影。片刻之后，都把目光转向对方。四目相对的一瞬间，尼姑迅即闭上双眼，双手合十置于胸前。

魏征道："月华，你，你不认识我了？"

尼姑道："阿弥陀佛。"

原来，魏征与已故的曹仁鸿原籍河北邢州巨鹿，后移居河南相州内黄，便与祖籍相州内黄的姜忠成为了同乡。隋大业末年，炀帝荒淫无道，官府横征暴敛，各地百姓纷纷举事，他们三人一起加入了瓦岗军。在戎马生涯中，他们三人结成了生死患难之交。后瓦岗兵败，魏征与曹仁鸿归降唐廷，姜忠则携其女儿姜月华辗转流落于山东蓬莱和河北平州沿海等地开办武馆。所以，魏征与静慈大师乃旧相识。

魏征忽然醒悟，"噢，我倒忘了，你既已出家，我便不宜再称呼你之俗名。想来你当还认识我。"

静慈眼中已浸出泪水："别后只数年而已，怎能不认识？只是贫尼既已出家，便不好再追忆既往俗世之人事了。大人近来诸事可好？"

魏征道："好，好。自瓦岗兵败，我与你们父女一别至今，想来已有十数年了。这些年来只于数年前见过令尊与你一面，其后便未再得闻你们父女音信，今日碰巧又见到了你，方知你在此地。不知令尊现在何处，诸况可好？"

静慈道："老人家现在此去南面一个名叫龙河湾的镇子上与人合伙开设粥店，诸况尚可。贫尼得闻大人如今已是朝廷重臣，今日缘何来到这远离京师的海隅之地？"

魏征道："今岁河南河北之地先是干旱少雨，继之爆发蝗灾，其中尤以这平州、蓟州一带为甚。魏某受当今皇上重托，前来此地赈济灾民。今日此行，便是到下面村庄访察百姓受灾实情，不想碰巧与你邂逅，又从你口中得知了令尊居所。魏某正可去拜见他，一来可与故知畅叙别后情形，二来可向他详询此地受灾情形，可谓一举两得。"

静慈双手合十道："阿弥陀佛，善哉善哉。大人多多保重。"

魏征道："你也多保重。"

魏征赶到龙河湾菊花粥店时，正逢姜忠在招待顾客用粥，只见一间不太宽敞的店堂内摆着八张长方形的饭桌，每张饭桌两边都设有四只方凳，其中六张饭桌都坐满了正在呼噜呼噜喝粥的顾客。二人久别重逢，就在店内择一空桌相对而坐叙谈起来。

姜忠道:"你看,你我故友重逢,本该有个僻静之所好生叙谈,却偏巧我的另一合伙人沈甲外出了,愚兄我一边与贤弟说话一边还要关照顾客,如此慢待贤弟,真让愚兄过意不去。莫如待眼前这些顾客吃完粥走了,愚兄把店门关上,你我兄弟慢慢叙谈。"

魏征道:"无须关门,如此便甚好,既不妨碍仁兄生意,又把话都说了。经过一番叙谈,方知仁兄与愚弟一样,也是一路坎坷走到今日的。"

此时一名顾客进店说道:"店家,买粥!"

"好嘞,来了!"姜忠说着起身,又对魏征道,"贤弟稍候。"

魏征一摆手:"去吧。"

姜忠过去给顾客盛完粥又返回到魏征身边。

魏征接着道:"听了仁兄方才一番话,愚兄已知此镇上崔家乃这平州地面屈指可数的大户人家,其与地方官相互勾结,乘灾年大肆兼并弱小农户田产,已到令人忍无可忍之时。怎奈愚弟此番前来平州乃奉皇命专责征粮赈灾,这是火上房的紧要之事,其兼并土地情形一时尚无暇过问,只能留待日后再计议了。然其大发国难之财,囤积居奇一事现下即须着手解决,就先自那崔家开始,征粮赈灾!"

姜忠道:"有一事愚兄亟须告知于贤弟,那崔家不单与州县衙门有瓜葛,且与皇家沾亲。崔家两兄弟崔老二崔老三,乃平州城里渤海敬王王妃之从兄。"

魏征一愣:"渤海敬王?就是本朝高祖的侄子、当今皇帝的从弟李奉慈么?"

姜忠道:"正是此人。"

魏征道:"那李奉慈与其兄陇西王李博义,向以骄奢无比而闻名朝野。当今皇上看在其父李湛生前军功卓著的份上,方一直对其有所宽忍,他们便益发骄纵起来。"

姜忠道:"那崔氏两兄弟凭着与其沾了点姻亲,便狐假虎威,横行乡里而无人敢惹。此番贤弟去征他们的粮,免不了要多费些周折。"

"听仁兄这一讲,那崔家的粮还非征不可。不啃下这块硬骨头,后面之事恐将更难办理。"魏征说罢起身,告辞而去。

辞别魏征之后,静慈大师去一施主家中做过法事即回到卧佛寺。此时已到傍晚时分,静慈走进厨房,见灶上热气腾腾,曹娴正蹲在地上烧火熬粥,便上前拿起锅铲俯身搅锅,嘴上说道:"镇上崔家老娘过世,崔家来人请为师去做法事,明日一早为师便过去,徒儿愿与为师同去么?"

曹娴诧异道:"那崔家两兄弟一向为富不仁,横行乡里,师父为何还要去为其老娘做法事呢?"

静慈道："崔家两兄弟作恶，其老娘或许并非如此。再说，众生皆未脱离善恶六道之轮回，若非修成正果，凡现世之善皆非终极之善，现世之恶也非终极之恶。即便那亡者生前不善，为其超度，亦可转其恶业之力而为善业之基，来世便可兴善业的。"

曹娴道："徒儿明白师父之意，为那崔家老娘做法事，是要使其来世向善，如此，徒儿愿陪伴师父同去。"

静慈又道："为师愿徒儿与师父同去，不单为此，也是想着去了或许有一场好戏看，让你开开眼界。"

曹娴问："什么好戏？"

静慈微微一笑："去了你便知道了。去之前你须着上佛衣佛帽。"

曹娴道："可徒儿未曾学过佛经，不会诵经啊。"

静慈道："无妨，你只须闭目反复默诵'阿弥陀佛，善哉善哉'八字便可。"

次日一早，龙河湾崔家朱漆大门外临时搭就的席棚里，一班二十四名鼓乐手正在起劲地吹打着。大门内偌大庭院中已搭起灵棚，灵棚内置一口硕大的朱漆棺木。棺木前设有香案，香炉内香烟缭绕，案上摆着做好的用八只大海碗盛着的鸡鸭鱼肉和用盘碟盛着的各色果品。香案前面，静慈和曹娴各自盘腿坐在蒲团上，闭合双目，手敲木鱼，口中念念有词，正在为亡者祷告。在她们两侧，崔家披麻戴孝的男男女女十几口人分两排站立，在为亡者守灵，人称崔老二的崔世龙与其弟崔老三分别站在两排人之首。长着一副三角脸的崔家管家里里外外地张罗着各种杂事。

法事尚未过半，崔家俗称"四秃子"的家丁从院门外匆匆来到崔老二身后，对崔老二小声说道："二爷，二爷，县令大人又来征粮了。"

崔老二一瞪眼睛："这个葛舜章，没长耳朵是怎的！没听见外面吹吹打打在发丧老人吗？去转告他，这里在发丧老人，让他赶快滚！滚得远远的！"

四秃子没有动步："二爷，同来的不只有葛县令，还有朝中的魏大人？"

崔老二一愣："魏大人？哪个魏大人？"

四秃子道："就是魏征。"

崔老二瞪大眼睛："魏征？"对对面的崔老三道，"老三，快！快让人把香案上的鸡鸭鱼肉与果品撤下，换上糠菜团子！"

四秃子道："怕是来不及了，人就要到了。"

崔老三对管家"三角脸"道："快让人去那边搬一张桌子来！"

"三角脸"马上吩咐两名家丁抬来一张方桌。

静慈和曹娴互相传递一下眼色，都起身退到一边。

崔老三道："把鸡鸭鱼肉端到桌子上去，快！"

家丁和几名家眷手忙脚乱地把鸡鸭鱼肉端到方桌上。

崔老三又道："把桌子抬到灵棚后面去！"

两名家丁抬起方桌从灵棚一侧绕到灵棚后面去了，另有两名家眷端来四只盛有糠菜团子的粗瓷碗放在香案上。

此时魏征在县令葛舜章陪同下走进院子。

崔老二迎上去，对葛舜章拱手施礼："葛大人光临寒舍，崔某有失远迎，还望海涵。"一瞥魏征，"这位是……"

葛舜章道："这是当朝郑国公、侍中魏大人。"

崔老二对魏征深施一礼："见过魏大人。"

葛舜章道："魏大人遵皇帝陛下圣旨，不远千里前来平州征粮赈灾，你崔家是这里的大户，望你能带头交粮。"

崔老二道："哎呀，按说魏大人不远千里辛苦劳顿前来征粮，崔某理当带头交粮，只是崔某老母刚刚过世，眼下正在发丧，是否待发丧过后再议交粮之事？"

魏征道："贵府正在举办丧事，按理本官不该前来打扰，只是这平州一带灾情甚是严重，百姓断粮日久，每日饿毙者不计其数，故此征粮赈灾一事刻不容缓，本官只能不避打扰之嫌前来征粮了，望你能于举丧之同时，腾出人手来交粮。"

崔老二现出一副为难的样子："哎呀，实不相瞒，草民这里也闹粮荒呢，每日只能靠糠菜代粮度日，实在是无粮可交。"

魏征道："此言可是当真？"

"在魏大人面前，草民如何敢讲假话呀。请魏大人走前几步，来看看这是什么？"崔老二说着抬手往前一让。

魏征往前走了几步，来到香案近前："哦？糠菜团子？"

崔老二道："可不是么，去年我家收成便不好，家中吃饭人口又多，前些日草民勒紧腰带将仓中仅剩的八石谷子全捐了军粮，我全家所有人等每日便只能靠这糠菜团子充饥了。草民高堂老母就是因咽不下这糠菜团子，被活活饿死的。人死了，也只能用这糠菜团子聊作祭品。"

葛舜章马上接上话道："是啊，崔家今年也遭了灾，这二当家的又急公好义，每年捐的军粮数额在全县皆名列前茅，其家中确是家徒四壁，已无存粮可交了。按征粮令之规定，崔家须征粮一万石，下官以为他无论如何也交不出啊。"

此时，在灵棚后面，一桌鸡鸭鱼肉各类果品已被一大块麻布苫盖住。

曹娴走到桌边，乘人不备，一只手迅速掀开麻布一角，另一只手从海碗里抓出一条鱼扔到桌下趴卧着的一只白猫嘴边，白猫立刻张嘴把鱼叼起。曹娴再用脚一踢白猫后腿，白猫即刻叼着鱼从灵棚一侧向院门口跑去。

魏征在灵棚前面看到白猫叼着鱼朝院外跑，马上对崔老二一瞪眼睛道："你崔家日子过得果然窘迫，人吃糠菜，猫却吃着鱼肉！"

崔老二一时张口结舌："这……这……这鱼许是猫从别人家叼来的。"

曹娴在灵棚后面听到了崔老二这句谎话，嘴角微微一撇。此时一条黑狗摇着尾巴来到方桌边。曹娴乘人不备，从地上捡起一小块砖头，朝北面墙根下的一只公鸡一甩手掷过去，砖头正掷在公鸡头上，只听那公鸡嘎嘎嘎尖叫着倒地胡乱扇乎起翅膀来。一时之间在场人们的注意力全都集中到了公鸡身上。曹娴趁此机会从桌上碗里迅速拧下一只鸡腿扔到黑狗嘴边地上。那黑狗一伸嘴就叼住了鸡腿。曹娴上前一踢黑狗后腰，黑狗便叼着鸡腿从灵棚一侧向院门外跑去。

魏征在灵棚前面看见黑狗叼着鸡腿跑向院门口，又对崔老二一瞪眼睛："嗯？方才你说那猫叼的鱼是从别人家叼来的，这狗叼的鸡腿也是从别人家叼来的么？"

崔老二一时面色灰白，瞪目结舌。

魏征对葛舜章道："走！去灵棚后面看看。"

魏征走到灵棚后面伸手一掀方桌上苫盖的麻布，一桌鸡鸭鱼肉各类果品一下子展现在他的眼前，他指着满桌鸡鸭鱼肉对跟过来的葛舜章道："葛大人，这就是你所说的崔家家徒四壁，已无存粮可交？你就是如此为皇上办差的？"

葛舜章一屈身子在魏征脚前跪下："魏大人，容下官禀明，您让下官下来征粮，可这崔家本就是世家大户，又与皇亲渤海敬王是亲戚，下官哪里敢惹呀。"

魏征道："你不敢惹他们，那你这个县令也当到头了，自今日起你已不是县令了！"

葛舜章先是一怔，继之道："魏大人，您乃朝中侍中，并无任免地方官吏之权呀。"

魏征道："哼！你还心存侥幸？那本官便正告于你，本官临行之前，圣上已赋予本官便宜行事之权！"抬手一指方桌上的鸡鸭鱼肉，对随后跟过来的崔老二道，"崔世龙！看看这满桌的鸡鸭鱼肉，你还有何话可讲？本官命你今日申末时刻之前交粮一万石，若迟交一日少交一升，均以抗旨罪论处！"

崔老二道："我家是有些存粮不假，可不全是我家的，有一大半是为我内弟渤海敬王代储的,渤海敬王的存粮也要交么?"

魏征道:"渤海敬王的存粮也在你崔家?好啊,依征粮令之规定,渤海敬王须交粮两万石,加上你崔家应交的一万石,共三万石,本官限你们今日申末时刻之前全部交齐!"

崔老二脸上挤出一丝讥讽的冷笑:"王爷的粮魏大人也敢征?你这胆子大得都把我弄糊涂了!我倒要问问,魏大人长了几个脑袋?"

魏征道:"本官与他人一样,只长了一个脑袋!"

崔老二道:"你敢征王爷的粮,你就不怕王爷要了你的脑袋?"

魏征肃然道:"我料他不敢!"

崔老二问:"那么,是你官大,还是王爷官大?"

魏征道:"本官官不大,但本官是奉圣上旨意办差!亲王莫说不是官职,即便是官职,也大不过圣上!"

崔老二摇摇头:"我就不信,王爷是皇上的弟弟,皇上会不听弟弟的,而听你的!"

魏征瞥他一眼:"那你就走着瞧!葛舜章!本官命你速率外面衙役去村里招五十名青壮男丁至崔家粮仓运粮!"

葛舜章道:"大人已免去我的县令之职,这……"

魏征道:"本官免去了你的县令之职,你不还是县衙的公差么?难道你想让本官将你逐出县衙吗?"

葛舜章略一迟疑:"这……是,我这便遵命去办。"

很快,五十名男丁全部到位,分成两组分别从崔家粮仓两处仓房内往外装运麦子和谷子。

粮仓门外一侧,魏征在一块上马石上一直正襟危坐,目不斜视。

在粮仓对面一栋房内,崔老二、崔老三和"三角脸"站在窗前通过窗口眼睁睁地望着运粮的队伍。

崔老二一时之间捶胸顿足:"完了!完了!全完了!三万石粮食,三万石粮食啊。一日之间全没了,全没了!"又望一眼魏征,"这个姓魏的好狠哪,我恨不得扒了他的皮,吃了他的肉!"

站在他身边的崔老三道:"哥,得赶快去向妹夫求救,这里边也有他的粮食,他是王爷,还愁治不住那姓魏的?"

崔老二一拍大腿:"对呀!对呀!"对"三角脸"道,"快命下人备马,去卢龙县城！"

到当天黄昏时分，三万石粮食全部运到了龙河湾镇街中央一棵大槐树下一侧，堆起的粮袋有如小山一般。从各个乡村召集来的数十名各乡耆老、各里里正和各村村正、保长齐聚大槐树下另一侧。

魏征对这些人说道："赈灾的粮食已征上来了，共三万石。除留下部分粮食以供在镇子上架锅煮粥，用作向流浪乞讨之人舍粥之外，其余粮食全部发放给各乡村灾民。现下天色已晚，但赈灾之事刻不容缓，那就打起火把把粮食发放到各乡各村各受灾户。各位都是乡村耆老、里正、村正、保长，分粮之时，定要确保公平、均等，真正把粮食发放到灾民手中。若有人借放粮之机徇私舞弊、放粮不均甚至中饱私囊，一经查实，本官定将严惩不贷！现下就打起火把，开始放粮！"

很快，人群四周亮起几十支火把。

与此同时，一阵马蹄声由远及近传了过来。很快，一队手持兵刃骑着高头大马的五十余名骑手疾驰到魏征等人近前。

其中的崔老二驱马上前，对骑在马上的李奉慈道："王爷，人，粮，都在这里！"

李奉慈对骑手们高声道："把人、粮都给本王围了！"

众骑手纷纷催马把粮堆和魏征等人围了起来。

李奉慈用马鞭向人群中一指："哪位是魏征啊？"

魏征从人群中走出："魏征在此！"

李奉慈用马鞭指着魏征道："魏征，你还认得我吗？"

魏征道："魏征眼睛尚可，当然认得，是渤海敬王。"接着拱手施礼，"魏征见过王爷。"

李奉慈道："既然你还认得本王，为何还要征本王的粮？"

魏征道："魏某此番来平州征粮，凡在皇帝诏书规定征粮范围之内者，无论是藩王，还是民间存粮大户，皆一视同仁，依律征粮，王爷自然不能例外。"

李奉慈道："你说你有皇帝诏书，诏书在哪里？拿来本王看看！"

魏征道："各州发布的皇帝诏书抄本，难道王爷未曾看见吗？"

李奉慈一抹搭上眼皮："那抄本是真是假谁能知道，本王便不信！"

魏征道："诏书原件在平州刺史衙门主簿处存着呢，王爷可亲往查阅。"

李奉慈冷哼一声道："你这不过是调虎离山之计罢了。待本王一走，你好把粮食放个精光，本王岂能中你圈套！"

魏征道："王爷请听魏征一劝，目下国家有难，生民涂炭，王爷自当率先为国分忧，解民倒悬，献出陈年余粮，赈济饥馑灾民，故此，魏征相信王爷不会不想交粮。"

李奉慈道："你不用给本王戴高帽，本王不吃你这一套！"

魏征道："如此看来，这粮食王爷横竖是不想交了？"

李奉慈眼睛一瞪："本王就是不交，你能把本王怎样？"

魏征话语掷地有声："那魏征只能奉旨行事，强行征缴！"

李奉慈厉声道："好一个强行征缴！我就不信，本王堂堂一位王爷，会败在一个乡巴佬的手下。来人！将这不知天高地厚的魏征给本王拿下！"

立刻有两名骑手滚鞍下马奔过去反剪了魏征的双臂。

李奉慈用马鞭一指魏征："魏征！本王命你带这些人把本王的粮食如数运回仓内！"

魏征凛然道："你休想！这粮食一经征缴便是皇粮，若无本官指令，我看哪个敢动！"

李奉慈咬牙切齿地说道："我看你个乡巴佬是活够了，本王这便杀了你！我数五个数，数完之后你若不答应把粮食运回去，我即刻下令一刀杀了你！"

魏征道："你杀呀，你杀了我，你也活不成，皇上不会饶过你！"

李奉慈道："本王就不信，皇兄会让他的弟弟去为一个乡巴佬偿命！本王开始数了，一、二、三、四——"

"住口！"

随着一声大喊当空响起，姜忠一个箭步冲到李奉慈身边，疾出手一把把李奉慈拽下马来。李奉慈猝不及防，差点一头栽倒在地。姜忠往上一拽把他拽起，接着用另一只手掐住他的咽喉。

姜忠厉声道："命你那两名马弁放开魏大人，不然老夫便掐死你！"

李奉慈不说话，用手悄悄往外抽腰间佩剑。

姜忠卡着对方咽喉的手猛然一紧，另一只手抓住李奉慈抽剑的手用力一拧，李奉慈的手就松开了，姜忠一把握住剑柄"刷"一声把佩剑抽出，剑锋迅疾抵住李奉慈腰部，接着狠狠地说道："你再不下令放开魏大人，老夫便下手了！"说罢把掐着对方的手松开，同时把佩剑一扬架在对方脖颈上。

李奉慈被吓得嘴唇打战："别，别，别动手，我下令，我下令。"对扭住魏征的两名手下，"把魏大人放开！"

两名手下放开了魏征。

姜忠道:"命你手下这些马弁退后五十步!"

李奉慈对骑手们道:"都退后五十步!"

骑手们纷纷调转马头退了回去。

姜忠转对魏征道:"魏大人,开始放粮吧。"

魏征高声道:"好!各位耆老、里正、村正,把你们的马车、牛车依次赶过来,开始放粮!"

李奉慈用眼斜觑着魏征:"魏征,本王跟你没完!"

姜忠把架在李奉慈脖颈边的佩剑往脖颈上一拨,李奉慈马上浑身一哆嗦。

魏征道:"好啊,待明日回到州衙,本官当面向你宣读皇上诏书!"

次日一早,就有数名汉子在街中央老槐树一侧架起两口大锅,开始生火熬粥。旁边不远处很快聚了一群等待舍粥的乞丐,其中就有赵云鹏兄妹。

粥熬好后,一名汉子指挥众乞丐分两队排好队伍,开始分粥。

赵云鹏领到粥后就呼噜呼噜喝了起来,很快把一碗粥喝完了,接着端着碗又去领粥。

盛粥的汉子道:"你已盛了一碗了,怎又来盛?每人只盛一碗,不能多盛!"

赵云鹏道:"我给我娘盛,我娘在家中病着,不能过来吃粥。"

盛粥的汉子眼一瞪:"不成!谁知道你家里还有没有娘!"

此时魏征来到盛粥的汉子和赵云鹏旁边,对盛粥的汉子道:"给他盛上吧,他家中确有病着的老娘。"

盛粥的汉子马上点头哈腰,给赵云鹏盛了满满一碗粥。

赵云鹏给魏征鞠一躬:"谢恩人。"接着转身要走。

魏征忙道:"后生且留步。"

赵云鹏停住脚步,转过身来。

魏征问他:"昨日各乡村耆老、里正都给各受灾户放了赈灾粮,怎的,你家未曾领到?"

赵云鹏道:"回大人话,村里放粮之时,晚生兄妹正在外地乞讨,未能赶上放粮。"

魏征又问:"你们兄妹不在家,你娘可在家?"

赵云鹏道:"我娘在家病着,不能出门领粮,故此未能领到。"

魏征道:"那里正、村正真是失职!有患病的老人在家,怎能不放粮呢?此前本官已征了一次粮,不能重征第二次,如此真是苦了你家了。这样吧,你可先在这

284

里为你们兄妹与你娘领粥,日后可去这镇上菊花粥店领粥,你只须向店家提起本官的名字,店家便会给你们兄妹与你娘舍粥的。"

赵云鹏又深鞠一躬:"谢恩人。"说罢转身离去。

魏征望着赵云鹏兄妹渐渐远去背影,眼中蓄满了忧虑之色……

第十七章
攀山林慈父寻爱女　　冒风雪师徒拯生灵

曹富荣掐指算来，自从姜忠口中得知小女婉儿为避尹府兵马搜杀而匿迹营州的消息至今，已过去半年有余。在这半年多的时日里，他无时无刻不在牵挂着婉儿的安危。这日，他心中实在煎熬不过，便不再出海，专程赶到镇上的菊花粥店，向姜忠问询婉儿的下落。

他进了粥店，见姜忠正在为顾客盛粥，便站在门内一侧默然等候。

姜忠一抬头间看见了他，忙道："哟，贤侄来了？你稍候，我这里就好，就好。"待给顾客盛完粥，对曹富荣抬手往里面一让道，"贤侄里面请"。

曹富荣道："去外面说话吧，晚辈还是向恩公问那一桩事。"

姜忠略一顿，才道："好，走吧。"

二人一同来到粥店外僻静处。

曹富荣道："自上一回晚辈见恩公，半年多过去了，恩公可有婉儿的消息？"

姜忠道："为着孩子的事，近日老朽去了一趟营州，见到老朽师弟了。听他讲，新皇帝登基之后，已遣身边宿卫赶往营州将官军调回军营，将那搜杀婉儿的尹国丈府长史就地斩杀，将其手下府丁赶回京师尹府了，自此婉儿再无横遭搜杀之忧了。"

曹富荣连连点头："这就好，这就好。不知孩子现在哪里，近日能回来么？"

姜忠道："老朽正要说呢。据老朽师弟讲，自上一回婉儿被捉又逃脱之后，便不见了她的踪影。老朽师弟一行边走村串寨卖艺边寻觅她，却始终未能见着她的踪迹。故此她还不知道，搜杀她的国丈府人等已被斩杀与遣散了。"

曹富荣焦急地说道："哎呀，这可如何是好啊。这孩子，究竟去了哪里呀？"

姜忠道："贤侄莫急，再等一等吧，再等一等，或许便会有她消息。"

曹富荣连连摇头："孩子命怎恁苦啊。都怪我，都怪我呀。"

姜忠劝道："贤侄切莫自责，这都是那尹国丈作的孽。"

曹富荣边撩起衣襟擦着眼泪，边回身迈着蹒跚的脚步往回走。

姜忠望着曹富荣的背影，无奈又有些沉重地摇了摇头。

回家之后的曹富荣忧心如焚，一时之间坐也不是站也不是，尽管夜幕已经降临，他还是不由自主地迈着沉重的脚步向村北走去。到了亡妻张氏墓前，他一下子跪下哭诉起来："杏儿娘啊，我对不住你，对不住婉儿啊。我不该把婉儿抱走，不该把婉儿抱走啊。呜呜……婉儿遭难，都怪我，都怪我呀，呜呜……婉儿自出生之日起，便未得过一天好，都是我的错，都是我的错呀。杏儿娘，你放心，我这就动身去寻婉儿，何时寻到婉儿我何时回来。"

就这样他一直哭诉到后半夜，才起身往回走……

次日天刚放亮，他就背负行囊上路了。白天，他脚不停步地赶路；夜晚，或睡在村头破庙里，或蜷卧在草垛旁过夜。每到一个村庄，他逢人便问，是否见过一位操平州口音的年轻女子？对方或是摇头，或是摆手，所答都是三个字："没见过。"

这日一早，他经过一个镇子上的一家客栈门前时，见从门内走出一位老者，便上前朝对方一拱手道："请问这位先生，可曾见到一位操平州口音的年轻女子？"

老者问道："你是……"

曹富荣道："我是她父亲。"

老者又问："请问你家住哪里？"

曹富荣道："我家在平州沿海一个名叫龙王庙的小渔村。"

老者双眉向上一挑："你寻的年轻女子名叫曹婉？"

曹富荣急急地说道："是啊是啊。"

"你是曹婉的养父？"

"啊……啊，是啊，先生是……"

老者道："老朽是曹婉的师祖。"抬手一指正从门内走出的一位中年男子，"这是老朽犬子，曹婉的师父。"

这老者，正是曹婉的师祖董绍臣，中年男子是曹婉的师父董文义。

曹富荣一时大喜过望："哎呀，我可是找对人了。你们在这里住啊？"

董绍臣道："我等一行外出卖艺，昨晚赶巧走到这客栈门前，便在此借宿一夜。"

曹富荣边向门里张望边问："那，曹婉呢？可是与先生一行在一起？"

董绍臣道："不瞒足下，自上一回她从被关押处逃脱之后，我等便不见了她踪影。我等边走村串寨卖艺边寻她,已走遍这营州的村村寨寨,却一直未能寻到她。"

曹富荣眉头紧锁:"她去哪里了呢?会不会已去了辽东呢?"

董绍臣摇头:"不会吧,那辽东是东昱领地,人家那边不会让她过去的。老朽想来,她为躲避父祖仇家与官兵搜杀,或许已躲进了深山老林。"

曹富荣眼中已涌出泪水:"唉,孩子活得怎怎难哪。"

董绍臣道:"足下这么寻她,就如大海捞针哪,莫如在这客栈歇一歇脚,喝几口热茶,然后回家。曹婉的事,由我等一行在此地边走村串巷卖艺边寻她。倘若再寻不到,我等便去山林里寻她。足下请吧。"说着抬手往客栈门里一让。

董文义往旁边一让:"老哥哥请!"

曹富荣道:"谢二位好意。我就不进去了,须赶时间去寻她,若寻不到她,就这么两手空空回去,我没法向她娘交代呀。"说罢转身往前走去。

董绍臣望着曹富荣渐渐走远的背影,摇了摇头,叹一口气道:"一位养父,对养女情义如此之深,真是难得呀。"

董文义点头:"是啊,这老哥哥确是一位重情重义之人。"

当曹富荣背负行囊沿着崎岖的山路赶到山林里的时候,天上飘起了纷纷扬扬的雪花。他在林间不停地穿行着,一声接一声地呼喊着:"婉儿,你在哪里?婉儿,你在哪里……"

当寻觅到夕阳西下之时,他双腿累得几乎迈不动步了,但他还是拼着全身力气一步一步地往前挪着;嗓子喑哑得几乎发不出声,但他还是一遍接一遍地呼喊着……

他全然不知,此时林间一棵大树树干后有一双眼睛正目不转睛地注视着他,那正是曹婉的眼睛。此时的曹婉蓬头垢面,衣裳破旧褴褛。她只知道,眼前这个呼唤着自己乳名的人是自己的养父,虽然与之一别就是十几载,但小时候养父对自己百般呵护千般慈爱的温暖记忆仍深藏于心。此刻,她是多么想上前与养父相见啊,可她想着,自己正在被父祖仇家搜杀之中,即便与之相见也须尽快分开,不然岂不会牵累于他。相见容易别离难啊,若让养父亲眼看着自己还要在山林里躲藏下去,养父如何能承受得住?她只能泪眼汪汪地看着养父一步步走远,直到养父那佝偻的身影消失在山林间。

雪越下越大,整个山林都覆盖上了厚厚的一层白雪。她从树枝上取下弓箭佩带在身上,又取下挂在树枝上的一只死山鸡,朝山坡上面攀登上去。走到一处爬满藤蔓的坡面前,她停住脚步把手伸进藤蔓往外一拉,那些藤蔓便被拉开了,原来这是一扇经过伪装的木栅栏门。木栅栏门被拉开,现出一个山洞洞口。她猫腰走进山洞。

山洞内一片昏暗。她把死山鸡往一边一扔,把弓箭解下放在山洞一边,又从衣兜内掏出一堆大大小小的冰块,放在一块石头上,之后坐在一堆干草上,抻过一床处处露出旧棉絮的破棉被围在身上,然后从一边拿过剥了皮除内脏吃得只剩下前半的山兔,撕咬着吃了起来。继之又抓起几块冰放到嘴里,咯嘣咯嘣嚼起来……

入夜以后,狂风暴雪搅得天地间一片混沌。山路上,董绍臣等一行人迎着风雪艰难地往前走着。本来,外出卖艺的他们可以在天黑之前赶回客栈,只因风雪中迷了路,当走到一个村子问清了路径再往回赶时已经晚了。一行人正自走着,走在前面的董文义忽然一脚踩在一个软乎乎的雪堆上,他猫下腰用手一扒那雪堆,随即脱口道:"是个人?"

董绍臣跟上来俯身一看:"是行路人冻僵了,看看还有气息么?"

董文义蹲下把手背凑近倒卧者的鼻孔处:"尚有微弱的气息,人还活着呢。"

董绍臣道:"快把人背起来,回到客栈让他暖一暖。"

此时后面跟上来四五个年轻徒弟齐声道:"我来背。"

董文义道:"我先背吧,以后各位轮换着背。来,你们帮我把他搀起来背到我背上。"

众徒弟一起上手,把倒卧者架起来背到董文义后背上。一行人又顶风踏雪往前走去。

回到客栈以后,众人一起动手把倒卧者抬到炕上。董绍臣一看倒卧者面目,即道:"是曹婉养父!"

董文义紧接着说道:"真是的,是曹婉养父!"

原来,在风雪中行走了一天的曹富荣精疲力倦之际又遭风雪侵袭,终于支持不住,一头栽到路上晕厥了过去。

在董绍臣吩咐下,一名徒弟用手托起曹富荣的头部,另一名徒弟端着冒着热气的水碗一口一口地给曹富荣喂水。在众人关照下,曹富荣渐渐苏醒了过来。

董绍臣朝曹富荣俯身关切地问:"贤侄可好些?"

曹富荣看看面前的两人,又侧头看看董绍臣:"是……是您老人家?我们又见面了?这是哪里呀,我怎躺在这里呀?"说着要起身,却没能起来。

董绍臣一伸手摁住曹富荣臂膀:"莫动,莫动,你还未曾恢复过来呢。两个时辰之前,你在山路上冻晕过去了,老朽徒儿们把你背到这屋子里暖着,你方醒了过来。"

曹富荣眼中浸出泪花:"哎呀,恩人哪,您老人家把婉儿养育成人,这又救了晚辈我一命,我们父女可该如何报答您的大恩哪。"

董绍臣道:"贤侄切莫这样说。是老朽未能把曹婉保护好,以致她为避仇家追杀而东躲西藏,到如今竟连人都寻不到了。若非如此,贤侄也不至于为寻她而遭此磨难。"

曹富荣道:"这哪里是恩人的错呀,都是那尹国丈作的孽。"

董绍臣道:"好了,贤侄无大恙,老朽也便放心了。贤侄且听老朽一声劝,你这么单枪匹马地在这荒山野岭深山老林里寻觅曹婉,终究不是办法,还是尽早回家去吧。曹婉这边,我等父子师徒会接着寻觅下去的,直到寻到她为止。"

曹富荣叹道:"唉,寻不到她,就这么回去,我真是于心不甘哪。"

董绍臣道:"可你这么单枪匹马地在这人迹罕至的山林里转,甚是危险哪,若万一遭遇不测,往后还怎与曹婉相见哪。"

曹富荣道:"恩公说得有道理,晚辈听您的。"

董绍臣道:"这就对了。你身体尚未复原,尚不能自己走路。"转对董文义道,"我儿听了,明日雇一辆马车,把你这老哥哥送回家去。"

曹富荣挣扎着坐了起来:"不用雇马车,我自己能走。"

董绍臣道:"贤侄莫再推辞,就这么定了!"

曹娴自入寺之后,每天黎明即起苦练功夫。练功之余,尽力多帮师父干些杂活,诸如洒扫、炊爨、种菜养花等,不等师父吩咐她都做得妥妥帖帖。晚间则跟师父习练琴棋书画。每隔一两个月,便到镇子上走一趟,买些米面油盐回来。

这一日,曹娴又来到镇子上买米。刚进街口,便远远望见一店铺前人头攒动,煞是热闹。走到近前,见这家店面外一旁植几株桃树,一旁植几丛竹子,一张新牌匾已经挂起,上书"桃竹酒家"四字。

店铺掌柜站在一张书案后对着人群朗声说道:"各位老少爷们,桃竹酒家今日开张,这门口还空着一副联,敬请各位来题,被选中者,小店奉钱两千钱。"

众人纷纷挤上前,有几人抢过纸笔,摇头晃脑地写了起来。

掌柜一一过目,连连摇头道:"甚是抱歉,你们几位的联或者语意欠雅,或者对仗不工,都不能入选。还有哪位想来试一试?"

人群中有人议论:"这几位都算是本地才子中的佼佼者了,他们的对联都选不上,你我就莫再上去现眼了。"

一旁的人马上点头认同。

曹娴看着匾上那"桃竹酒家"四字,文思已涌上心头,只是还犹豫着,是否在众目睽睽之下出头露面上前书写。正踌躇间，无意中一眼瞥见酒店隔壁开着一家粥店，店门上贴着一副对联：

有币当餐 文煨菊花千朵艳
无银仍飨 武煎嘉粟一锅香

曹娴一看便知，这家粥店既做着出售菊花粥的生意，又做着为过往乞丐舍粥的善事。她略一转念便拿定了主意。此时又听那掌柜高声问道："怎么，没人来写了吗？"

曹娴便走到书案前拿起笔来，笔走龙蛇写出了上下联：

桃李不言 下自成蹊 众客纷来皆图一醉
竹林呼唤 中堪就座 群贤毕至各饮八觥

众人一齐喝彩，都说："好联！好联！"

掌柜看着这副对联道："上联以太史公名言起，下联以竹林七贤掌故收，上下联对仗精妙，珠联璧合，联首嵌进了本店店名，真是上佳好联啊。快拿赏金来！"

从店内出来一个伙计，把一只钱袋放在书案上。

掌柜说道："这位才子，请把赏金收起。"

曹娴摇摇头道："多谢掌柜褒奖，不过这钱我不要，请将其赠给隔壁粥店，用来给行乞之人煮几碗粥吃吧。"

掌柜听了这话一愣："这……"

曹娴十分肯定地点头："就这么办！"

曹娴说罢正要离开，突然一只手伸过来一把抓过钱袋，一个声音同时痞里痞气地响起："既然你不要，那便是我捡的了。"

众人一看，抓钱者是一个地痞。

曹娴心想这人怎么如此不知羞耻呢？便道："这钱是我送给乞讨之人的，又未曾给你，你为什么说拿便拿呢？"

那地痞道："你给花子是给，给大爷我也是给，不都一样么？"

曹娴生气地说道："可我并没有给你！"

地痞露出一脸无赖相："是吗？那好哇，大爷还给你，拿去呀。"说着便把钱袋托在手掌上往前一伸。他以为凭对方那文弱的样子是不敢伸手来拿的，没想到曹娴一个迅捷的出手动作便把钱袋拿到了手上。地痞急伸手来抢。曹娴一闪躲过，紧接着急转身向隔壁粥店走去。

旁边众人看着那地痞，发出一阵哄笑声。

地痞一时恼羞成怒，追过去对着曹娴挥拳便打，被曹娴闪身躲过，地痞又一脚踢去，又被曹娴急闪身躲过。曹娴只顾躲闪并不还手，一是因她习武尚未入门，还不敢贸然与人交手，二是她不想招惹是非把事态扩大。怎奈那地痞见她只躲闪不还手，气焰愈发嚣张，一个前冲又一脚踢来，却被从旁倏然伸来的一只手架住往前一送，那地痞便被送出数步之外仰面朝天摔倒于地，同时响起一个苍老的声音：

"泼皮休得无礼！"

地痞龇牙咧嘴地挺起被摔疼了的身子朝那推他的人看看，咬牙说道："娘的，一个粥店烧火的糟老头子还有这么大力气。"回过头道，"你们几个笨蛋，还愣着做甚，快给爷上去狠狠揍那一老一少！"

地痞话音一落，马上有几个闲汉冲过来将曹娴和老者团团围住。

老者正色警告那些人："识相的请走开，不然莫怪老夫手下不留情面。"

闲汉们哪里会把一位年迈的老人放在眼里，一起上前拳脚相加。老者既不拉架式，也不主动出击，只在闲汉们拳脚到了时随便抵挡几下，已有三个闲汉被击倒于地。其余几个闲汉见这老者功夫着实了得，哪里还敢上前再打，只一会工夫就都跑得不见了踪影。

曹娴向老者施礼道："多谢老前辈搭救之恩。"

老者一看她面目，星目便精光一闪，如电光石火一般，旋即复归如初，说道："哪里，小施主慈悲为怀，把赏金赠予粥店周济乞讨之人，老朽作为粥店伙计，当代粥店感谢施主才是。"

回到寺院禅房，曹娴即对师父说起在镇子上的遭遇，最后说道："今日遭遇，多亏有那老前辈鼎力相助，不然徒儿真不知当如何对付那帮地痞无赖。"

静慈双手合十默默祷告起来，半晌才睁开眼睛："徒儿，你不记得你曾与那老人家见过面么？"

曹娴道："数日之前魏征大人前来征粮，险些被那渤海敬王杀害，是那老前辈救了魏大人，此乃徒儿与师父亲眼所见。"

静慈又道："再早些呢，譬如说，数年之前？"

曹娴一听这话，心中立刻恍然，说道："徒儿四岁时遭歹人劫持，被一位行乞的老爷爷救了下来。徒儿八岁那年，被人误认作其仇家之女而险遭劫杀，又是被那老爷爷救下。那老爷爷与粥店的老前辈十分相像，只是，那老爷爷是一名乞丐，一副蓬头垢面十分落魄的模样，粥店的老前辈是店内的一名伙计，衣着边幅齐整洁净，气度神貌非同寻常，徒儿因之未敢将二者视为一人。"

静慈道："世事沧桑，此一时彼一时，轮回往复不是正途么？"

曹娴闻言睁大了眼睛："难道粥店的老前辈便是过去两度救了徒儿的乞丐爷爷？师父您认识那老爷爷？"

静慈顿了顿，说道："有些事是该让你知晓了，听为师慢慢与你道来。"接着把既往魏征、姜忠、曹仁鸿三位同乡一同加入举义反隋的瓦岗军，事败后魏征和曹仁鸿归降唐廷，姜忠则携带女儿月华和徒弟郭霖辗转流落山东莱州、平州沿海等地开设武馆，曹氏父子北上途中因失手打死强抢民女的尹国舅被判斩刑，以及曹氏遗孤横遭尹府搜杀经过述说一遍。然后说道："搜杀曹氏之女的尹国丈府长史尹何被当今皇上差遣的御前宿卫斩杀，可该女其时已杳无踪迹。徒儿，你可知晓，该女是谁么？"

曹娴眼中闪动着泪光："徒儿知道，该女是徒儿的妹妹婉儿。"

静慈道："为师现下告知于你，那避难营州的，该当是你呀。"

曹娴一时如闻惊雷："该当是我？这……这……可是真当？"

静慈点点头道："当年元成之女于海上商船内降生之后，为师看得真切，该女通体洁白如玉，无丁点瑕疵，可你师叔郭霖告知为师，被他送往营州的元成之女颈项下却有一颗米粒大小的胎记，为师由此便知，那送往营州的女孩并非元成之女，而是你现下渔家爹爹的亲生女儿，徒儿你才是元成的亲生女儿、已故曹大人的亲孙女。"

曹娴听了这话惊异不已："这……这，爹爹怎未把徒儿我送走，却把他老人家的亲生女儿婉儿送走了呢？"

静慈道："这个，为师只能告知于你，或许是当时事发突然，你爹爹于匆促之中抱错了孩子，抑或是他有意所为，为保你平安无事，以其亲生女儿顶替你送往营州避难。为师将此真相告知于你，是要你知道，你的养父于你不单有养育之情，且有再生之恩，你当知恩图报。"

曹娴此时已泪流满面："徒儿爹爹于徒儿的养育之恩、再生之恩，徒儿今生今世恐是报答不完了。"

静慈道："还有，徒儿日后与你的婉儿妹妹或许有相见之日，你要记住，她颈项下有一米粒大小的胎记，可作相认之依凭。"

曹娴点头哽咽道："徒儿记下了。"

静慈道："经了这一场变故，为师即有了出世之意，遂出家入了佛门。你姜爷爷则以流浪为生。其后你姜爷爷与到河南河北等地为朝廷抚慰百姓赈济灾民的魏征大人不期邂逅。魏大人对你姜爷爷讲，当今皇上乃千古圣君，从谏如流，广施德政，今已四海承平，群夷尽服。叮嘱你姜爷爷，当竭尽绵薄，为朝廷分忧，为社稷做些有益之事。于是,你姜爷爷回到老家变卖了全部家产,以所得之资在这镇子上与人合开了一家粥店。与合伙人议定,由合伙人做店东,他本人只做一名寻常伙计,他所注之资与工钱他分文不取,悉数用来向过往乞丐舍粥。"

曹娴颤声道:"如今徒儿方知,不只徒儿爹爹对徒儿有养育再造之恩,且师爷爷亦曾三度救了徒儿,如此大恩,徒儿何以为报?今后徒儿又能为他们做些什么?"

静慈道:"徒儿不必想得太多。如今你只须好生练功,再把琴棋书画学得精深一些便可,至于日后之事,自有造化来安排。"

师徒二人叙完话,曹娴出了禅房,来到天王殿前院洒扫庭院,忽听山门外响起敲门声。曹娴过去开了门,见山门外齐刷刷站着三位身着一色玄色长袍的中年男子,不禁问道:"三位施主是……"

三位男子依次作自我介绍,分别是绸布店掌柜、瓷器店掌柜和茶叶店掌柜。

曹娴问道:"不知三位施主光临本寺有何贵干?"

绸布店掌柜对曹娴拱手一礼:"我等三人是来向足下求字的。"

"三位施主过于抬举晚生了。"曹娴抬手往门里一让,"请至后院偏房内叙话。"

三人随曹娴来到后院偏房内,落座之后,又是绸布店掌柜先道:"近日坊间皆在盛传,足下为桃竹酒家所书楹联,辞藻书法俱是绝佳,且足下古道热肠,乐善好施,令我等钦佩之至,是以我等三人不揣冒昧,来请足下为我等店面书写楹联,切望足下不吝笔墨,应我等之所求。润笔么,均按一幅两千钱恭奉足下,可好?"

曹娴道:"各位施主如此抬举晚生,令晚生不胜惶恐。各位施主纡尊降贵来向晚生索字,晚生安有不从命之理!各位请稍候,容晚生去取笔墨纸砚来。"

继三位掌柜之后,又有书画店掌柜来寺内向曹娴求字,为此,曹娴来到法堂与师父相商,说道:"昨日徒儿为镇子上绸布店、瓷器店、茶叶店书写楹联所得润笔六千钱,徒儿已悉数捐给镇子上菊花粥屋,用作向乞丐舍粥之资。今又有书画店掌柜邀徒儿为该店书写条幅,先写十帧,每帧润格一百钱,若售卖得好,拟长期邀徒儿为其书写。徒儿将把所得润笔悉数捐给粥店,以作向众乞丐舍粥之资。徒儿此举,不知师父首肯与否?"

静慈道:"徒儿所为,实乃为师求之不得之善举,为师岂有不答应之理?你只管去做便是。"

这龙河湾镇,是官道必经之地,镇子上还设有驿站,每天过往的官差和客商络绎不绝,曹娴所书十帧条幅很快售卖一空。从此,每隔数天,曹娴便为这书画店书写若干帧条幅和联语。所得润笔自然是悉数捐给粥店。

一天，曹娴又来到镇子上送条幅，路过粥店门前时，忽从粥店一旁的席棚内涌出二三十位衣衫褴褛的乞丐。这些乞丐出了门，纷纷七嘴八舌向随后出来送他们的姜忠作揖道谢。

姜忠道："各位不要谢我，要谢便谢那位名叫曹闲的年轻才子。"

姜忠一抬眼间，正巧看见了从此路过的曹娴，便抬手向曹娴一指："你们看，他便是我方才对你们说起的那位才子。你们吃的粥，全是用他所捐之资买了粮米之后做成的。"

众乞丐纷纷循着姜忠老汉的手势回头向曹娴看去。虽然他们已听姜忠老汉说过真正的舍粥之人是住在卧佛寺的一位年轻才子，但一当他们亲眼见到了这位才子，还是一下子都愣住了。显然他们都未曾料到，做这大慈大悲善事的人，竟是如此的年轻，又是如此的文雅俊逸。

姜忠老汉又道："老朽知道，今年大旱，不少人家庄稼颗粒无收，只得外出乞讨为生，以致乞讨之人骤增。老朽也曾是一名乞丐，深知乞讨之人活得有多艰辛，惺惺相惜呀，老朽怎能不想尽力帮你们呢？可本店本小利薄，若不是这位有大爱之心的才子的捐助，本店是无从熬出那么多粥来供各位充饥的，所以他才是各位的救命恩人——"

姜忠老汉话未说完，乞丐群中一个只有六七岁的男孩趔趔趄趄几步奔至曹娴跟前，"扑通"一声跪倒地上，也不言语，只一个劲地磕头。

众乞丐见状，也纷纷跪倒在地，七嘴八舌说道："谢救命恩人！"

曹娴急道："各位请起，快快请起。"

曹娴连说数遍，众乞丐才纷纷站起身来。

曹娴身边的男孩却依然没有起身。

曹娴俯身伸出双手将他扶起，见这男孩又黑又瘦，满面脏污，一双长着长长睫毛的大眼睛却澄明纯净，便十分怜爱地问他："小弟弟，你叫什么名字？"

男孩扑闪着大眼睛看着她回答："叫铁蛋。"

曹娴又问："你如此年幼，便外出乞讨，真是难为你了，可是与你家大人在一起？"

铁蛋没有回答，一双大眼中已有泪光在闪动。

近处一位长着高颧骨的老丐说道："他呀，父母前不久都饿死了，他刚刚也饿晕了，给他喂了这粥店的粥，方醒了过来。"

铁蛋抬起胳膊，用破旧脏污的衣袖擦抹眼泪。

曹娴心内顿如潮涌，强忍住就要夺眶而出的泪水，从衣襟内掏出仅有的五文钱，塞到铁蛋手里，说道："我就住在北面河坝上的卧佛寺内，你以后若遇有急难之事，可去寺中找我。"

曹娴说罢又把目光转向众乞丐。忽然，众乞丐身后的一个身影一下映入她的眼帘。那人躲在众乞丐身后，把头俯的很低，以致曹娴根本看不完整他的面目，但是，她还是一眼就认出了此人是谁，不由得在心里说："赵云鹏？他也在这乞丐群中？看他把头俯得甚低的样子，可知他定是羞于见我，我若此时与他会面，定然使他十分难堪。罢了，且装作未曾见到他吧。"于是向众乞丐道，"各位尊长，你们眼下有难，除了能有一口粥聊供各位糊口，恕在下再也无力多帮各位了，请各位善自保重吧。"说罢，含泪移步，向着书画店的方向走去。

在她身后，众乞丐纷纷说道："恩人，我们会永远记住你的大恩大德的。"

数月之后的一个夜晚，卧佛寺外狂风怒吼，大雪纷飞。

寺内禅房中，一灯如豆，凛冽清寒。

曹娴跟师父练完了琴，正要就寝，忽听山门那边似有敲门声，再细听，却没有了动静。

曹娴与师父对望一眼，说道："这风狂雪骤的夜晚，会不会有那被风雪阻住的赶路人，来这寺内暂避风雪？"

静慈道："走，去看一看。"

师徒二人来至山门边，开门一看，只见门外地上倒卧着一大一小两个人，两人身上都落了一层雪花。虽然天阴得很沉，但借着雪光，曹娴还是辨认出了，那小的竟是铁蛋，老的则是高颧骨老丐！把手急伸到他二人的鼻口处，感觉尚有微弱的鼻息，朝他二人连喊数声，竟都毫无反应。师徒俩忙将他们拖到殿堂内，给他们喂了一些热水，渐渐地铁蛋先醒了过来。

曹娴忙问："铁蛋，这风雪天，你们是如何来到这里的？"

铁蛋瞪着失神的眼睛看看曹娴，又看看静慈，再把眼睛转向曹娴，嚅动几下嘴唇，才说出话来："曹……恩人，我与邱爷爷是向你求救来了，我们的人……遭了大难了……"

"快讲，怎么回事？"

铁蛋断断续续说起了事情的原委。

这天傍晚，突然而至的狂风骤雪，使镇子周围饿了一天的乞丐们来不及寻找暂避风雪之所，就都不约而同地想到了镇子上的粥棚，到那里可以喝上一口热粥充饥，还可以避一避风雪，于是陆陆续续汇集到粥棚外，时候不大就聚集了百来号人。姜忠老汉想让他们进粥棚吃粥避风雪，可粥店另一合伙人沈甲却坚决不让，说让这么多人进粥棚吃粥，一是容纳不下，二是会把粥店粮米尽数吃光。且此例一开，以后便会有千万个乞丐蜂拥而至，那样一来，粥店非垮掉不可。

聚在粥棚外的众乞丐见粥店东家迟迟不肯让他们进粥棚，一时间人怨沸腾，一些人开始骂骂咧咧。一名乞丐高声道："店家对我等如此冷酷无情见死不救，我等索性把粥店捣毁！"

众乞丐齐声响应："对！捣毁它！"

一名乞丐拿一根木棍开始"咚咚咚"地捅门，另一名乞丐干脆用脚踹门。

正在此时，姜忠从一旁走了过来，喊道："各位稍候！各位稍候！"说着目光在人群中来回扫视，"马帮主在哪里？"

丐帮帮主马大年走到姜忠近前："我在这里。"

姜忠道："马帮主，拜托你，对老少爷们说，容老朽再去与东家相商，让各位进粥棚暂避风雪。"

"好！"马大年转对众乞丐大声道，"肃静！肃静！各位都知道，这老人家是我等叫花子的大恩人，恩人有话，容他再去与东家相商，让我等进棚暂避风雪，请各位看在恩人面上，再稍候一时，可好？"

众乞丐齐声应道："好！"

姜忠从粥棚一侧绕到粥店后面，从后门进入店内，对正在店内烦躁不安地来回踱步的沈甲道："外面风狂雪骤，天气甚寒，众乞丐在外面冻得久了，难免会有一些人被冻毙，如若那样，我粥屋不仁不义见死不救之恶名将不胫而走。还有，有道是众怒难犯，众乞丐方才要将本店捣毁，是老朽硬给拦住了，若再拖延下去，恐生大变，这店面将再难保全。"

一直低着头听对方说话的沈甲此时抬起头来："那好吧，就让他们进入粥棚暂避风雪，但不得吃粥。"

粥棚只能容下六十多人，另外的三十多人只能与棚内的人轮换进棚避寒，已有十余位老弱者被冻得不能动了。铁蛋还记着曹娴对他说过的"遇有急难之事可到寺中找我"这句话，就要到这寺中来找曹娴，高颧骨老丐不放心小小年纪的他一个人过来，就与他一道来到寺外。二人刚敲了几下山门，便被冻得再难站立，一下子都瘫倒在地，再也起不来了。

此时那高颧骨老丐也醒了过来。静慈和曹娴先热了些饭食安顿他二人吃着，然后师徒二人走出山门顶风冒雪急速赶往镇子上。

进了镇子，走到粥棚近处时，果见棚门外聚集着一群人，这些人或蹲或站，身上都落满了雪花，一个个都在瑟瑟颤抖。二人快步走到粥棚南侧的粥店门外。曹娴上前敲门，门内毫无回应。曹娴高声道："姜爷爷，是我，曹闲。"

门内仍毫无声息，却听身后有人道："我在这里。"

曹娴和静慈都回头看去，见姜忠已来到她们身后。显然，他是宁可挨冻，也一直在外面陪伴着乞丐们的。

曹娴问他："姜爷爷，您说，晚辈捐给贵店的银钱，还够不够给这些乞讨之人吃一顿粥？"

"够啊。"说完这话，姜忠把嘴凑到曹娴耳边小声道，"你捐的银钱，除去已花出去的，剩下的若都买了小米熬成粥，还足够这些乞丐们吃上三四日呢。可那沈甲，就是怕这怕那，不愿都熬了粥给这些乞丐吃。"

曹娴回身与师父耳语几句，转对姜忠道："姜爷爷，烦您去与那沈东家讲，就用晚辈所捐的银钱，熬粥给这些乞讨之人充饥，以后如有事，皆由晚辈来担待！"

姜忠答应一声，绕道奔粥店后门去了。

很快，粥店两个大灶都生起火来，不到两刻功夫，粥已熬好。

马大年对众乞丐道："老少爷们，粥店碗筷不够用，我等分拨轮流吃粥，每人一大碗。"

众乞丐吃粥过程中，静慈和曹娴在一旁小声商量着什么。

待众乞丐都吃完粥，静慈说道："各位听好，请各位皆至北面寺内暂避风雪！"

众乞丐在静慈师徒引领下一起向卧佛寺走去。其中十余个被冻坏身子腿脚不能行走的，都由强壮些的或背或扶一同走去。

众人到了寺内，静慈师徒安顿大家在大殿内歇息。

马大年目光炯炯地扫视着众乞丐："各位弟兄，蒙这寺内住持师徒对我等行乞者之垂爱，让我等进入寺内暂避风雪，我等无不感恩戴德。这佛门之内本是清静之所，所以各位在寺内须谨守规矩，不得乱喊乱动，不得随地便溺，如有违者，出去之后将受帮规严厉处罚！"

此后，百十号乞丐在大殿内或坐或卧，无一人乱喊乱动，全都安安静静规规矩矩。

静慈由曹娴协助，在厨房内按祖传秘方配药熬药，然后端到大殿中给每一位被冻伤的乞丐疗伤。到给最后一位冻伤乞丐敷完药，师徒二人走出大殿时，东方一轮红日已经升起。

大殿内，马大年对众乞丐道："各位父老兄弟，我等在这寺内住了一宿，寺内两位恩人也为我等忙了一宿，凡被冻伤者皆由恩人悉心作了救治。现下已是辰时，天已放晴，风也停了，为让两位恩人好生歇息，我等该走了。凡因冻伤不能行走者，皆由身强力壮的弟兄背着走。离开寺院之后，任何人皆不准再进寺内打扰。各位，都听好了么？"

众乞丐齐声响应："听好了！"

此时静慈和曹娴又返回殿内，马大年迎上去道："恩人，天已亮了，风雪也停了，我等该走了。两位大恩人救了我等百十号叫花子的命，我等无以为报，只能给恩人磕几个头聊表谢意，叫花子马大年在这里给恩人磕头了。"说着一撩破旧的袍襟跪下，"谢大恩人大救星之救命大恩！"说罢连磕三个响头。

众乞丐纷纷朝着静慈和曹娴呼啦啦跪下，声音参差不齐地说道："谢大恩人大救星之救命大恩！"

静慈和曹娴都急急劝阻："各位快快请起！快快请起！"

众乞丐一个个痛哭流涕磕头不止。

静慈对马大年道："这位施主，贫尼知你是众施主的首领，贫尼求你，请各位施主快快起来。"

马大年站起身来："各位父老兄弟，都起来吧，我们该走了，再也不能搅扰恩人了。"

众乞丐这才纷纷起身，与静慈师徒挥泪告别。

师徒二人把众乞丐送走之后，静慈对曹娴道："徒儿啊，自你踏进这山门跟为师习武，寒来暑往，至今已整整四年了。四年来，你每天闻鸡起舞，夜半方休，日复一日勤学苦练，已将长拳短打、刀枪剑戟等十八般武艺练得十有八九了，琴棋书画也都有了十分长进。今日其他兵刃你莫练了，单练一套拳给为师看看吧。"

曹娴抱拳一礼："徒儿遵命！"一蹲马步就练了起来。

只见她，兔滚鹰翻，猫蹿獒闪，蟒翻身，龙探爪，猴上树，虎蹬山，拳似流星腿如梭，腰犹蛇形眼若电；旋起一片云，疾步一条线；往上一纵似弹丸脱弓，离地足有丈余，往下一落如飞絮着地，毫无丁点声息；走行门，过阔步，像雨点落地；收拳拢步站定，犹如钢钉钉地般纹丝不动。

静慈说一声"好"，把曹娴招到近前，说道："徒儿啊，为师教你习武四年，到今日你已学有所成，你该离寺回家了。"

曹娴一听，双目中就已泪光闪闪。

静慈见此情形，便道："徒儿切莫如此伤感，你我师徒以后或许还有再见面之时。三个月之后，为师将从此去南面海湾西岸红石滩之弥陀寺主持佛事，日后你若有机缘到那里，有了难处可到寺内去见为师。"

曹娴眼含热泪："徒儿记下了。"

第十八章
伸援手同胞出水火　递书札恶霸入牢房

　　拜别了师父，曹娴来到龙河湾街道上。她要顺路先去看望杏儿姐姐和姐夫。街上时有来来往往的行人从她身边走过。正自往前走着，忽见有一似曾相识的身影从她对面走来，她不禁朝那身影定睛看去，只见那是一位中年妇人，其满头白发散乱不堪，面容憔悴枯槁，衣履破旧脏污，完全是一副乞丐抑或呆傻人的模样。然而，从她那蛋型面庞上，从她那似有若无的韵致上，仍可看出自己三娘程氏的影子。曹娴看着面前这妇人，心中不禁问自己：这是三娘么？她如今怎么变成了这副模样？正自边看边想着，那妇人显然于无意中也看见了她，其由呆滞变得有些专注的目光在她面目上一顿。她马上以探问的目光迎住妇人的目光，想以此来试探那目光有何进一步的反应。然而，那目光却即刻转向了他处，且又变得呆滞迷离起来。

　　曹娴以试探的口气问道："您是……三娘？"

　　曹娴话音一落，那妇人缓缓往前走着的脚步似乎一顿，要停下来，却终究没有停，仍继续往前走去，边走边口中喃喃："报应啊，报应啊……"

　　曹娴想追过去问个究竟，又怕自己认错了人，贸然相问未免显得唐突，就打消了这个念头，径直来到杏儿姐姐家。推开虚掩着的屋门，见姐夫孙云躺卧在床，却不见姐姐身影。

　　孙云一见曹娴，勉强欠起身子："是娴儿？你来了？"

　　曹娴一见如此情形，眉头顿然皱起："姐夫，你这是怎的了？我姐姐呢？"

　　孙云喟叹一声："我与你姐姐遭了大难了。"

　　曹娴一听这话顿感震惊，忙问："遭什么难了？姐夫你快讲！"

　　孙云讲起了事情的经过。孙云家的田地因遭灾暂且撂荒，那崔家老二老三便以无主田为名抢占了去。孙云去找他们论理,他们非但不讲理,反倒把孙云痛打一顿。杏儿去崔家领孙云回家,崔老三见杏儿芳龄貌美,便生了邪念,趁杏儿去河边洗衣的时候,对她动手动脚肆意调戏,杏儿不从,崔老三便欲强行非礼,幸遇他人从旁路过,杏儿方得脱身。

回家后的杏儿神情恍惚茶饭不思,孙云问她是怎么了,她只是不说,经孙云再三追问,她才道出原委。孙云虽然生性随和厚道,却也正值血气方刚年纪,一听爱妻平白无故受此凌辱,顿时血往上涌,不顾杏儿的劝阻,怒气冲冲去找崔老三论理。那崔老三哪里会把孙云这样的一介平民放在眼里,当即招呼几名家丁一拥而上对孙云一顿拳打脚踢,直打得孙云血肉模糊昏死过去才作罢。

等崔老三及恶奴们撇下孙云走进家院关上了大门,镇子里的穷苦弟兄们才敢把躺倒在街上昏迷不醒的孙云抬回他的家中……

曹娴听到这里,急问:"我姐姐现在何处?"

孙云道:"到河边去洗衣裳了。已去了大半响,早该回来了,我正担心会出什么事呢。"

曹娴一听,马上起身出门,向镇子西面河边赶去。走出镇子,上了河堤,令人发指的一幕蓦然呈现在她的眼前:

河堤内,杏儿正被那崔老三乱摸乱拽着,崔老三边动手动脚边口出污言秽语。杏儿煞白了脸左躲右闪,却不得脱身。旁边不远处还有两名汉子看着这一幕,正在嘿嘿嘿地淫笑。

曹娴见此情形顿时怒火中烧,急急跨前几步高声道:"住手!大胆恶徒,竟敢在光天化日之下凌辱民女,真是色胆包天了!"

崔老三乍听这一声喊,吓得浑身一哆嗦,扭头看时却见是位文弱少年,便恶声道:"你个小白脸活腻歪了怎的,胆敢来坏爷的好事,还不赶紧给爷滚开!"

曹娴一个箭步冲到崔老三跟前:"你松手不松手?"

崔老三撇下杏儿,照曹娴面门一拳搗来。曹娴用左手格开这一拳,右手急速出拳向对方胸部一击,崔老三顿时被击得连退数步向后倒地。

站在不远处的另两名汉子见崔老三吃了亏,便一起向着曹娴扑来。其中一名汉子绕到了曹娴身后,前面那汉子冲到曹娴跟前一拳打来,曹娴一闪身的同时疾出手抓住对方手腕顺势向后一带,那汉子立脚不稳一个前冲,与从曹娴身后冲过来的汉子撞个正着,只听"嘭"一声闷响,两个脑袋猛然撞在了一起。这一撞,把两名汉子痛得双手捂着脑袋龇牙咧嘴满地乱转。

崔老三大喊："转什么转，还不给爷快打！"

那两名汉子听到崔老三这一喊，才停住转悠，一起拉开架势又要进攻。未等这二人动作，曹娴便先行出击，一个箭步向前挥拳向左边那汉子打去，却是虚晃一招，紧跟着身子一旋往上一纵，向右边那汉子一脚蹬去，正蹬在其肚腹上，那汉子被蹬出一丈多远后一屁股跌坐在地上。左边那汉子见此情形哪里还敢上前再打，只见他转身便跑，跑到河堤那边之后再也没有露面。

曹娴对虽已起身却再也不敢上前来打的崔老三等二人厉声道："滚！往后若再敢动我姐姐一根毫毛，我让你们倒地之后再难起身！"

两名恶汉狼狈而逃。

杏儿对曹娴强展笑颜："小妹，你可来了，是武艺学完了么？"

曹娴点点头，抬手拉住姐姐的手，看着姐姐已见憔悴的容颜，眼池中已盈满点点泪光："姐姐，小妹来得太迟，让姐姐遭难了。"

杏儿凄然道："哪里能怨小妹你呢，都怨我与你姐夫无能。"

姐妹二人上了河堤，快走到街上了，杏儿停住脚步道："我们自南面绕道走吧，我去河边时便是自南面绕道过去的，直接自街上走，要经过崔老三家门前，此时他们定在那里候着截我们呢。"

曹娴抬手一指街面："我们就直接走街道，看他们又能如何！方才他们三人不都被我三拳两脚打倒了么？"

杏儿却不无担忧："崔老三家的打手不只那二人，有七八个呢。"

曹娴口气十分坚决："那也不怕！我就是要让他们吃点苦头，煞一煞他们的嚣张气焰，好让他们不敢再欺凌姐姐。"

姐妹俩一路说着话，快走到街道中央了，忽见从崔老三家大门内闪出一张瘦脸，脸上一双贼溜溜的眼睛朝她二人转了转又把瘦脸缩了回去，紧接着就从大门内涌出七八个着一色黑衣黑裤的打手。这些人显然已知道了曹娴拳脚的厉害，手中便都拿了兵刃，有人拿大刀，有人拿钢叉，有人拿长棍，还有人手握利剑。

曹娴一见这阵势，对着杏儿往远处一挥手："姐姐你到那边去，看我来收拾他们！"

站在众打手身后的崔老三发一声喊："都给我上！谁能拿下这小白脸，爷我有重赏！"

前面一手握长棍的打手双眼一瞪举棍向曹娴斜劈过来，被曹娴闪身躲过，那打手复又一个回摆向曹娴腰间一棍扫来，曹娴一个旱地拔葱纵身跃起又躲过这一扫，打手一棍扫空身子一侧，被跃至空中的曹娴一个翻转猛起一脚踹在了后背上，竟一个前扑重重地撞在另一个打手身上，两个打手同时猝然倒地，那打手手中的长棍也被甩出老远落在地上。另一长着一副驴脸的打手手握钢叉向曹娴一叉刺来，曹娴早有防备，一个侧身躲过叉尖，疾出手抓住叉柄往后一带，那"驴脸"一个踉跄被带至曹娴身侧。与此同时，一长着蒜头鼻的打手挥舞大刀向曹娴一刀砍来。因有"驴脸"在侧，曹娴不便转身，情急中一把抓住"驴脸"的臂膀往回一抡，那大刀就砍在了"驴脸"的肩膀上，只听"驴脸"啊呀一声惨叫颓然倒地，肩膀处顿时鲜血喷涌。"蒜头鼻"见其一刀砍在了自己人身上，一时恼怒非常，又挥刀向曹娴兜头砍来，曹娴急闪身的同时，一个转身飞起一脚，正踢在"蒜头鼻"握刀的手腕上，那大刀立时当啷一声落于地下。"蒜头鼻"以另一只手攥住被踢伤的手腕，疼得噘起腮帮子"嗞……嗞……"地倒抽凉气。其他打手见这翩翩少年武功非同寻常，再也无人胆敢上前来打。

众打手中忽有人喊："放狗啊，放狗咬他！"

顿时，如牛犊般大小的一灰一黄两条大狗嗷嗷狂吠着从大门内蹿出，向曹娴猛扑过来。曹娴一个箭步跃至被打手丢落的长棍旁，将长棍一脚踮起握在手中，向那跑在前面的灰狗一棍扫去，被灰狗一跃躲过，曹娴一翻手腕又一棍回扫过去，刚刚落地的灰狗不及躲闪，被一棍扫在一条前腿上，只听咯嘣一声响，那前腿已被打断。灰狗嗷嗷惨叫着夹了尾巴耷拉着那条断腿，靠另外三条腿一瘸一拐地跑进了大门。另一条黄狗见此情形，也迅即回身夹了尾巴跑回大门内。

众打手见状，便都争相回身往门里钻，随着最后一名打手跑进大门，大门"哐当"一声被紧紧地关上了。

曹娴走到杏儿身边，拉住杏儿的手："走，我们回家！"

杏儿一时悲喜交集："小妹，未曾想到你的武艺学得这么好，那么多人都被你打败了。方才那些人手握刀叉朝你又杀又砍，吓得我魂都飞了。"说到这里又忧虑起来，"他们败是败了，可那崔老三是不会就此善罢甘休的，我们还是去别处躲一躲吧。"

曹娴道："放心吧姐姐，天塌不下来，我们兵来将挡，水来土掩便是。这几日我哪里都不去，只在你家候着，看他又能如何！"

姐妹二人回到杏儿家，少不得互叙别后情形。

曹娴眼含热泪道："四年来，小妹与姐姐虽近在咫尺，却不能相聚，小妹真是对不住姐姐呀。"

杏儿也是热泪盈眶："小妹切莫如此说，你我有时碰巧都到街上买东西，不也能见上一面么？姐姐我知道，小妹既已进入佛门习武，便当谨守佛门规矩，不得与外面亲友多有来往，小妹你做得对。"说着拿过一方手帕递给曹娴，"小妹莫哭，莫哭。"

曹娴道："姐姐姐夫横遭那恶少如此欺凌，为何就不告知小妹我一声呢？"

杏儿道："一来，我与你姐夫不想去打扰你，以免坏了佛门规矩；二来我们不知你武艺练得如何，怕一旦告诉了你，你定会来与崔老三等人较量，那样非但斗不过他们，反倒会吃亏，哪里能想得到你会把他们一伙人全打败呀。"

曹娴用手帕擦擦眼中流下的泪水："爹爹也与你一样恐打扰我，这四年里，前两年爹爹有时来镇街上买米，碰巧与我见过两面，这后两年，我再也未曾见过爹爹一面，我真真是个不孝的女儿啊。"说罢把手帕捂在嘴上，竭力忍着哭泣。

杏儿用双手拉住曹娴的双手："爹爹亦知佛门规矩，为让你能够专心习武，免得为家人分心，便有意与你避而不见。其实爹爹每时每刻无不在想念你这个小女儿，只是嘴上从来不讲。"

曹娴道："姐姐莫再说了，我知道爹爹经年累月见不着我这个小女儿，心里会有多么苦，我，我对不住爹爹呀。"说罢又抽泣不止。

杏儿把曹娴揽入怀里："小妹莫哭，莫哭。现下终归是好了，你已学完武艺，马上便可回家与爹爹团聚了。爹爹见到你，定会大喜过望的。"

曹娴问道："爹爹近来可好？"

杏儿道："爹爹现下已没事了。"

曹娴一听这话，顿觉诧异："爹爹出什么事了？"

杏儿道："噢，你还不知道呢，前些日子，爹爹可是遭遇大难了，亏得有贵人相助，方捡回一条命。"

曹娴用双手抓紧杏儿的手："姐姐你快讲，是怎么回事？"

杏儿道："爹爹是去营州寻觅婉儿妹妹时遇险的。婉儿自被送到营州之后，一直跟着她的师祖与师父董氏父子习武。近几年来，她生父的仇家尹国丈府的人又到营州搜杀她。数日前，她被尹府的人抓住又逃脱了，自此便不见了她的踪影。爹爹得知此讯之后便赶往营州去寻她，寻到山路上时遭遇暴风雪，被冻得晕倒在路上，幸得被外出卖艺的婉儿师祖与师父遇上倾力相救，方活了过来。其后婉儿师父雇了一驾马车把爹爹送到了我这里。"

曹娴眼中泪水涟涟："爹爹现在何处，身体如何？"

杏儿道："爹爹在我这里将养了十多日，身体已无大碍了，便执意要回珍珠岛接着出海打鱼，我苦留不住，只得让他去了。"

曹娴眼中又涌出泪水："婉儿妹妹遭遇大难，爹爹也跟着遭难，这都是因我而起呀。"

杏儿诧异道："因你而起？"

曹娴道："姐姐你尚不知，被送往营州避难的不该是婉儿妹妹，而该当是我呀。"

杏儿更为惊异了："该当是你？这……你这话从何说起呀？"

"婉儿妹妹是爹爹的亲生女儿，我才是爹爹的养女，是那尹府仇家曹氏父子的遗孤啊。"曹娴说着已哭泣起来。

杏儿瞪大了吃惊的眼睛："婉儿妹妹是爹爹的亲生女儿？你才是尹府仇家曹氏父子的遗孤？这，这这这，这怎会呢？"

曹娴抬起泪眼看着杏儿："此情千真万确，千真万确呀。"

杏儿眉头微微皱起："此事你是听谁讲的？"

曹娴道："是我于寺内习武的师父静慈大师讲的，当年是她在海上商船内为我接的生。师父讲，我降生之后，通体洁白，无丁点瑕疵，而婉儿妹妹脖颈下有一颗米粒大小的胎记。（用双手撩开袍襟领口处）姐姐你看，我这脖颈下哪里有胎记呀？"

杏儿点头"嗯"一声，又马上诧异起来："可这，这，爹爹又怎会将她的亲生女儿当成养女送走呢？"

曹娴哭诉道："这都是为了我，都是为了我呀。想想这些年来自己的亲生女儿在营州遭遇凶险备受苦难，爹爹该是怎样的牵肠挂肚，该是怎样的忧心如焚哪。爹爹的心中该有多苦，该有多苦啊。婉儿妹妹，本该有欢乐的童年，本该像我一样入村塾读书识字，本该过平平安安的日子，就因为我，便背井离乡远离亲人去蒙受苦难，遭人追杀，日复一日年复一年东躲西藏担惊受怕，如今竟杳无踪迹不知去向，这让我情何以堪，情何以堪哪。"说罢失声痛哭起来。

杏儿也跟着哭了起来，边哭边劝："小妹莫哭了，莫哭了。若哭坏了身子，更让爹爹心疼。如今只盼着婉儿妹妹能够平安无事。"

曹娴抬起泪眼道："我回到家中把爹爹安顿好，便去营州寻婉儿妹妹，定要寻到她！"

此时躺在炕上的孙云道："待姐夫我把伤养好，与小妹你一起去寻！"

杏儿把脸扭向他:"你去?还莫如我们姐妹一起去呢。"转对曹娴道,"小妹与那伙人打杀了一阵,定已累了,快上炕歇一歇吧。"

曹娴道:"我不累。有一件事,小妹我觉得甚是蹊跷。我自寺内出来走在街上之时,遇见了一位中年妇人,其神貌似有当年三娘韵致,却比三娘老了许多,又面容枯槁,衣履破旧,形同一位乞丐抑或痴傻人,因之未敢相认。"

杏儿道:"那便是三娘。"

曹娴听了这话一时吃惊不小:"果真是三娘?三娘怎变成了那副模样?莫非是被叔叔休了么?"

杏儿摇摇头道:"有些事,你尚不知,你入寺习武之后不久,奶奶便故去了,一年之后,叔叔也病故了。"

曹娴听了这话更是感到无比震惊:"什么?奶奶与叔叔都故去了?当时为何不告诉我?"

杏儿道:"是爹爹不让告诉你的。恐告诉了你,你来奔丧,便破了佛门规矩,也耽搁你习武,故此便不让我们告诉你。"

曹娴已然珠泪盈睫:"奶奶是高寿故去的,算是喜丧;可叔叔正当盛年,怎就故去了呢?叔叔是多好的一个人哪,为何好人不长寿呢?"

杏儿眼睛也湿润了:"叔叔是得痨病故去的,可街坊们都说,叔叔是让二娘三娘那两个女人生生气死的。"

"叔叔娶了那两个女人实属不幸。"曹娴说到这里又问,"三娘成了那个样子,二娘呢?她现在何处?"

"死了。"杏儿冷冷地说道。

"死了?"这一消息又让曹娴吃惊不小,"如何死的?"

杏儿道:"叔叔得病之后,辞去了绸布店掌柜一职,家中的进项便断了,叔叔为医病又花光了所有积蓄,还欠了一大笔债。叔叔故去之后,债主便将二娘三娘扫地出门,将叔叔家的宅子抵了债。过惯了养尊处优光景的二娘三娘一下子便变成了衣食无着无家可归之人,这无异于自天上掉到了地下,心性高傲的二娘禁受不住如此变故,不久便得病死了,三娘也成了如今这个样子。"

曹娴问道:"她们无家可归了,还有她们的娘家呀,为何不回娘家去住呢?"

杏儿道:"二娘的娘家父母早死了,有一位过继给她娘家的哥哥不让她回娘家去住。三娘只有一个哥哥,不仅败光了所有家产,且在叔叔故去之前便在一场斗殴中被人打死了,三娘哪里还有娘家可去呢?"

"我见三娘那副模样实在可怜。"曹娴说着从衣衽内掏出一个布包道,"这是我为文具店书写条幅挣得的十两银子,本想带回家给爹爹补贴家用的,便由姐姐转给三娘,让她置一间房子居住吧。"

杏儿摇头道:"那个三娘,从前一直是虐待你我的,又把叔叔生生气死了,你还接济她么?"

曹娴道:"无论如何,她也是我们的三娘啊,过去的事已经过去,我无意再计较了。如今她落魄到如此地步,我看了实是于心不忍。"

杏儿道:"你把银子给了她,你与爹爹要用钱了怎么办?"

曹娴道:"不要紧,待回家之后,我可与爹爹一同出海打鱼再挣啊。"

杏儿伸出手指点点曹娴的脑门儿:"你呀,凡事我都拗不过你,好吧,我便照你说的去做,把这些银子转交给三娘。"

翌日早晨,曹娴与姐姐姐夫正在一起吃早饭,忽听屋外传来叫门声。

杏儿担心地说道:"是不是崔老三把官府的人招来了?"

曹娴摇头道:"我听着还像是崔老三那伙人,待我出去看个究竟。"说罢把碗筷一放,走到门外一看,见外面站着的果然是崔老三那伙人,遂秀睫一挑,"你们想怎样?难道是不服输,还要再来比试么?"

崔老三冷笑道:"上回那一场较量,碰巧我师父不在,让你占了便宜,现下让我师父来教训你。我师父武功高强,拿下你易如反掌,你若识相,赶紧给我师父下跪求饶,不然动起手来,轻则让你折臂断腿,重则让你性命难保,若是不信,便请一试!"

曹娴心想,怪不得呢,原来是请了高手来了。正好,师父教了我一身武功,过去除了与师父对练,还从未与高手较量过呢,今日正好一试,于是说道:"你师父现在何处,他人呢?"

崔老三对身旁的打手们道:"闪开点儿,给师父让个道儿。"

打手们往两边一闪,中间让出一条路来,秦瞎子从后面大模大样地走了过来。

曹娴抬眼朝秦瞎子上下一扫,见其年约四十五六岁,身高六尺以上,长条脸,黑面皮,一双细细的眼睛,似睁非睁,身着皂色短袍,黑裤腿上裹着黑腿带,足蹬黑色麻布虎头鞋,整个人上下一般黑。忽然,其右腮上一条月牙形的伤疤一跃进入她的眼帘,令她心头一颤,一段久远的记忆蓦然闪现在她的脑际:真是冤家路窄,多年前的仇家如今又狭路相逢了。为证实自己的记忆,遂问道:"那边来人,你还记得十三年之前,你劫持一幼童至渔阳地界,那幼童被一老丐救下之事么?"

秦瞎子被问得一愣，心说此人是谁，怎么问起这档子事来了？这些年来他劫持贩卖的幼童为数不少，要说每一回劫持的详情，他已记不太清楚了，但这少年提起的那一回，他却记忆犹新，正是那一回，他的一条腿被那解救幼童的老丐一脚剪成了伤残。后来他以重金遍访名医医治腿伤，待腿伤好转之后又与陆野一同赶赴龙王庙小渔村再去赚取那幼童，竟又被那老丐踢残一条腿，不得已又请名医医治，用了五年时间才把腿伤治愈。为在以后与人打斗中不再吃亏，他又花了一年时间拜师习武，自觉功夫练得不在一般武师之下了，就辞别了师父，又开始到处游荡，坑蒙拐骗无所不为。有一回在烟花柳巷为争一青楼女子，他与另一男子打斗起来，那男子也会一些拳脚，两人从楼上一直打到外面巷子里，最后他把那男子打得趴在地下向他作揖求饶才算作罢。这一幕被同来此地寻花问柳的崔老三看在了眼里，崔老三就把秦瞎子请到酒楼好酒好菜招待一番，把他说动请至家中做起了家丁们的武术教师。一年之后，秦瞎子觉得当这武术教师既费力气又来钱不多，远远不够他挥霍，就辞了这差使，又重操旧业干起了老本行。这一回，是崔老三连夜赶到他落脚的卢龙县城，用五十两银子作见面礼把他请来的。他名为秦瞎子，其实并不瞎，只是从娘胎里带来一双永远眯缝着睁不大的眼睛，看上去如瞎子一般，才得了这么一个绰号。此时他微微睁大两条线一般的眼睛朝对方瞄了瞄，心说我那一回劫的是一女童，面前这人若是那女童，应该是个女子，可从衣着打扮上看明明是个少年，只是说话声音极似女声，莫非是女扮男装么？于是问道："你是谁？是男还是女？"

曹娴眉睫一挑："果然是你！你做了那么多伤天害理之事，如今又来与这帮地痞恶棍麇集一处狼狈为奸，真乃物以类聚，人以群分。你多行不义，难道不怕遭报应么？"

秦瞎子一听这话顿时怒火中烧："你少废话！你打伤我弟子多人，我岂能容你！我本擅兵刃，但若以兵刃对你，便是欺你无能，今我只以拳脚与你相搏，让你输得心服口服，看招儿！"

秦瞎子说罢不等对方回应，便来个先发制人，一个箭步冲到曹娴近前，疾出左拳照曹娴胸部击来。曹娴以右手去格挡，哪知秦瞎子这是虚晃一着，紧跟着右手使个"迎面贴金"，张开五指照曹娴鼻梁一掌击来。这一招十分阴毒，对方若被这一掌击中，鼻孔立刻会血流不止，而紧跟而来的是五指钩屈贴面抓下，轻则抓破对方眼睑泪流不止，重则抓伤对方眼珠。曹娴看他出招凶险，急忙使个"仙人指路"，以左手食、中二指照那掌心一杵，这一招就被破了。只见被挡出去的秦瞎子嘴一咧，使劲甩了甩右手，可知他被杵得疼痛难忍。

刚一交手即受挫，秦瞎子方知对方绝非等闲之辈。他心中合计，对方看上去年纪未及弱冠，自己若输给他，在这群弟子面前岂不会丢尽脸面，也白收了人家的银子，所以这场较量只能赢不能输。于是频频出招，一招比一招凶狠。曹娴则稳扎稳打，步法灵活拳脚敏捷，当疾则疾，该缓则缓，防中有攻，攻中有防，虚实兼备，滴水不漏。秦瞎子见一时难以取胜，就有些急躁起来，慌急之中肩背连遭对方两掌，被击得一个趔趄险些扑倒。他一发狠，趁着对方未加防备，使出一个"隐士投湖"，飞身一跃向对方一头撞去。这一招异常凶狠，对方一旦防卫不当被撞上，不死即伤。不过他这一撞被曹娴一个疾闪躲了过去。秦瞎子一头撞空，不及快速转身，便把后背暴露给了对方，只见曹娴使个"鳄鱼摆尾"，身子一旋一脚向后蹬去，正蹬在秦瞎子的后腰上。这一蹬借了对方的前冲力，把秦瞎子蹬出两丈多远后扑倒在崔老三一伙的脚前。

秦瞎子强挣几下不得起身，扭头对曹娴道："小子，你能，你赢了，我认输。"曹娴见对方已经认输，就弯腰拍打身上的灰土。

此时秦瞎子疾出手从其身后一打手手中抓过一把钢刀猛然一抡，向曹娴飞掷过去。那边杏儿一声惊呼，曹娴急抬头看时，见一个身影从旁边墙角飞弹般弹射而出，只听"当"一声响，那就要飞至曹娴面前的钢刀被踢出去老远。

"师叔，是您？"曹娴见把那钢刀踢飞之人竟是她的师叔郭霖。

郭霖先不理会曹娴，而是走到秦瞎子近前道："你这恶徒，乘人不备使阴招伤人，且要置人于死地，也太卑鄙太歹毒了。幸亏有我在，才使你的歹意未能得逞。"

突然，只听秦瞎子怪吼一声，疾速起身向郭霖猛扑而来。原来，他被曹娴蹬倒以后不得起身，一半是真，一半是假，他就是要以此来麻痹对方，以便施展他投掷飞刀暗算对方的手段。没想到这一手被人给破了，一时恼怒非常，已稍稍缓过劲来的他像一条疯狗一般挺身扑来，要以命相搏了。郭霖一见这种阵势，也就毫不手软，运足力气狠狠出招，只几下便把对方击倒在地。

郭霖义正辞严地说道："你以为我不认识你么？十三年前你劫持拐卖幼童被我师父撞上，将你的一条腿废了，但给你留了后路，让你的伤腿经几年医治能够好起来，为的是让你经这一变之后能够洗心革面改恶从善，岂料你非但不知改悔，反而变本加厉，又做起拐卖幼童的罪恶勾当。今日又为虎作伥，暗使阴招欲置人于死地，你坏事做绝天良丧尽，已是不可救药了。我今将你彻底废掉，但留你一条狗命，好让你老老实实度过残生，不再加害于人。"说罢向崔老三等人一挥手，"把他弄走！"

崔老三等人哪里还敢说话，七手八脚抬起秦瞎子狼狈而逃。

曹娴向郭霖施礼："谢师叔相救之恩。敢问师叔，您怎会在此地？"

郭霖道："我北去押镖回来路经此处，碰巧见了方才的一幕。日后若再遇上此等恶徒，你须多加防备，万万不可疏忽大意。"

郭霖怎么会这么巧地在此时此刻出现呢？原来，在曹娴别师出寺的前一天，他来到了卧佛寺。他记着曹娴拜师习武已四年期满，便特地来到寺内探看曹娴习武情形，看能否如期别师下山。他来到寺内时，曹娴正在后院练功。在法堂内，他与静慈大师会了面。静慈对他说，曹娴武功已经练成，明日便可出寺。只是看她眉宇间一直聚着恩怨之气，出寺之后要做的第一件事必定是了断这桩恩怨纠葛。她武功刚刚练成，涉世尚且不深，要有人助她一程。为此嘱托郭霖，于暗中助她了断这桩恩怨之事，此后便可由她独步尘寰了。于是，在曹娴出寺之后，他一直于暗中监护着她，这才有了刚才的一幕。

曹娴道："多谢师叔提醒。"说着抬手一指杏儿，"这是晚辈的姐姐，师叔若不嫌弃，请至晚辈姐姐家稍事歇息，喝一杯淡茶。"

郭霖道："免了，我尚须赶往定州接一趟镖，告辞。"说罢大步走去了。

当天夜间，崔老三宅院中两条恶狗嗷嗷叫了几声之后又惨叫两声，其后便再无声息。

一名家丁打着灯笼从厢房内走出，到院中一看，见那两条狗均已倒地毙命。急忙去敲正房门："少爷！少爷！"

崔老三在屋内道："喊什么？"

屋外家丁道："少爷，您的两条狗都死了。"

崔老三从正房门内走了出来，几个家丁随后也从厢房内走出。在灯笼光照下，众人见那两条狗的各一只眼上都插着一只飞镖，其中一只飞镖上绑着一张纸条。一名家丁弯腰取下纸条递给崔老三，崔老三展开一看，见上面写着一段文字：

今后，若再欺男霸女横行乡里，若让孙云夫妇有毫发之损，这两只狗眼便是你崔老三的双目！

崔老三看了这段文字，不由倒抽一口冷气，老半天说不出一句话来……

傍晚，曹娴赶到了龙王庙村。她来到自家门外，轻轻推开门。

门内，曹富荣背对着门口正在拾掇什么，听到声响，缓缓扭过头来。

曹娴柔声呼唤："爹爹。"

曹富荣眨眨眼睛："是……娴儿？"

曹娴颤声道:"是我,爹爹。"

曹富荣道:"你……习武,习完了?"

曹娴努力点头:"嗯,习完了,我回家来了。"

说着话,曹娴泪眼蒙眬看着父亲容颜,心中无比辛酸:爹爹面上皱纹密布,须发皆白,背也更驼了,爹爹老了。于是声音颤颤地问道:"爹爹,您身体可好?"

"好,好。"曹富荣连连点头,以慈爱的目光端详着女儿,"几年不见,我的小女儿长成大姑娘了。"说着忽然转过身去,"爹爹这便去抱柴烧饭。"

"爹爹莫急。"曹娴急忙劝止,"爹爹您歇着,稍后我来烧,我想与爹爹说说话。"

曹富荣却并不回身:"好,你说吧,爹爹听着呢。"

曹娴心头一颤,知道爹爹一定是流泪了,怕她见着,才想借故离开。

果然,曹富荣边抬起衣袖擦眼睛边道:"爹爹方才扫房顶,不小心迷了眼……好了,好了。"这才转过身来。

曹娴双腿一屈"扑通"一声跪在地上,撕心裂肺地哭唤一声:"爹爹!"接着伏下身子痛哭起来。

曹富荣一下子慌了神,忙上前搀扶她:"哎呀,孩子,你这是怎么了?起来,起来,快起来。"

曹娴仍俯伏在地哭诉道:"爹爹,您不该如此,不该如此啊。"说罢痛哭失声。

曹富荣一时手足无措:"哎呀,孩子,爹爹怎么了?爹爹做错什么了?"

曹娴哭诉:"爹爹,您不该把我这个养女留下,把您的亲生女儿送去营州啊。"

曹富荣听了一愣:"孩子,你在说什么呀?你就是爹爹的亲生女儿啊。"

曹娴哭诉:"爹爹,您莫再瞒着女儿了,女儿全知道了,全知道了呀。"

曹富荣急急地说道:"哎呀,你听谁说什么了?"

曹娴道:"女儿在寺内习武的师父静慈大师,便是当年您在海上遇险之时,把您救上商船的老爷爷的女儿姜月华,是她亲手为我接生的。女儿于离寺之前,她将女儿身世与婉儿妹妹顶替我被送往营州之事尽皆告知了女儿,自此女儿方如梦初醒,如梦初醒啊。"说着又哭泣起来。

曹富荣眼中也涌出泪水:"孩子,莫哭,莫哭,你起来,起来吧。"

曹娴道:"婉儿妹妹在营州遭人追杀,历尽苦难,承受如此不幸的该当是我,该当是我呀。爹爹呀,婉儿在营州遭难,爹爹您定是日夜牵挂,忧心如焚,可您从未向人吐露半句,只一个人默默承受,女儿知道您心里有多么苦,有多么痛啊。爹爹呀，您的大恩，女儿今生今世都报答不完哪。"

曹富荣叹道："唉，孩子啊，你起来吧，起来吧。爹爹做的都是该做的。爹爹不图报答，爹爹只盼着你婉儿妹妹能够平安回来。只要你们姐妹都好好的，爹爹便知足了。"

曹娴站起身，说道："爹爹，明日女儿便与爹爹一起去出海打鱼，待挣够了补贴家用的钱，女儿便去营州寻婉儿妹妹。爹爹您先歇着，我去看望王奶奶。"

这里除了爹爹，曹娴最挂念的就是王奶奶。

曹富荣道："你莫去了。"

曹娴闻言一愣："怎么？"

曹富荣略一沉吟："你王奶奶已然过世了。"

"啊？"曹娴顿时怔住，继之泪水夺眶而出，"何时过世的？"

曹富荣道："一个月之前。"

曹娴含泪又问："王奶奶葬在何处了？"

曹富荣道："葬在了东面下庄镇，与你王叔叔父亲的遗骨并穴而葬了。"

曹娴擦擦眼中流下的泪水："王叔叔与婶婶还好么？"

曹富荣点头道："嗯，好，好。"

曹娴又问："虎子哥也好吧？"

曹富荣道："大虎么，他被人打伤了，一直在家养伤呢。"

曹娴一听，知道虎子有大名了，叫大虎，就又问："大虎哥被什么人打伤了？"

曹富荣道："还能是什么人，坏人。"

曹娴略一思忖，问道："爹爹，家中有香么？"

曹富荣回答："有，在里屋柜子上呢。"

曹娴走进里屋拿上香火复又出来："爹爹，您先歇着，稍后我来烧饭。我去去便回。"

曹娴走出屋门，来到东面一片空地上，燃上三炷香，然后面东跪下，口中喃喃："王奶奶，娴儿想念您哪。您对娴儿的齐天大恩娴儿今生今世已无从报答，只望来世再报了。"说罢，拜下身去，拜过三拜抬起头时，已是泪下如雨……

祭拜过王奶奶，曹娴来到王家。一进门，便见王大虎头上包着厚厚的布条，正躺在炕上闭目静养。

曹娴轻唤一声："大虎哥。"

王大虎闻声睁眼一看，身子就一震："是……是娴儿？"急欲起身，刚一抬头，一皱眉头复又躺下。

曹娴急忙上前劝阻："大虎哥，你莫动，莫动，你伤得如何，养好些了没有？"

王大虎回答："头伤得重些，养了些时日，已经好多了，只是尚不能起身，一起身便头晕。"说着浓眉下一双虎虎有神的眼睛注视着曹娴，"几年不见，你都长这么高了。"

"你也一样，都长成大人了。"从对方的言谈举止中，曹娴已见不到原来那个顽皮捣蛋爱捉弄人的虎子的一点点影子了。

王大虎又上下打量一下对方："你一直是这身装束么？"

曹娴点点头："往后，我要与你们男人一样，跟我爹爹出海打鱼。"

"怎么，不走了？"

"哪里也不去了，就守在我爹爹身边，过渔家人的日子。"

王大虎叹一口气："过渔家人的日子，难哪，你看我，这不被打成了这个样子。"

曹娴秀睫轻扇，一双丽目关切地注视着王大虎头上厚厚的布条："我正想问呢，如你这样身强力壮的男子汉，为何会被人打了呢？那人是谁，为何下手如此之狠，把人打成这样？"

王大虎说起了事情的原委。

这些年来，王大虎一直跟随其父王大海出海打鱼。每天午后，出海打鱼人陆续收渔回港之际，是双龙河口码头上最热闹的时候，远近鱼贩们都汇集到这里看货讲价，买鱼购虾。一个月之前，情势忽然发生了变化。每当午后收渔之时，以往热热闹闹的码头变得冷冷清清，再也见不到几个鱼贩的身影了，只有一个名叫崔世龙的黑胖子带领十来个人早早地来到码头边守候。若有其他鱼贩来，崔老二等人不许这些鱼贩直接从打鱼人手中购买鱼虾，只能由他们从打鱼人手中低价买进之后再高价卖给这些鱼贩们。他们从打鱼人手中购买鱼虾，根本就不准卖方要价，只能他们说多少便是多少，不仅出价低得可怜，而且不许卖方不卖。如此欺行霸市强买强卖，令性格倔强的王大虎不能忍受，他打的鱼虾坚决不卖给崔老二等人。那崔老二二话不说，抡起巴掌就给了王大虎一个大嘴巴，王大虎一气之下回敬了崔老二一拳。这下可捅了马蜂窝，崔老二一声令下，他手下那群人一拥而上围住王大虎便打。王大虎虽然长得如牛犊般强壮，但寡不敌众，被那群人按在地下拳打脚踢暴打一顿，直到被打得昏死过去，其父王大海向崔老二跪下连连磕头求饶，崔老二等人才住了手……

曹娴听到这里，心中十分震惊，愤然说道："这与明火执仗地抢劫有什么两样？

真是太猖狂了！一个月来，这附近的渔家都受着那渔霸崔老二等人的强取豪夺么？"

王大虎道："可不是么，我被打成了这副模样，谁还敢与他们相抗啊。对了，我曾听你家大伯讲，这几年你到外边习武去了，怎样，学了不少本事吧？"

曹娴摇摇头："有道是学无止境，中华武术门派众多，博大精深，我只不过学了一点点皮毛而已，还差得远呢。"

王大虎充满期待地说道："你要学到了真本事，能治住崔老二那些人，也算是为我们这一方的渔家除了一害，谋了福祉了。"

回到自己家，曹娴对父亲说起了这档子事，父亲叹一口气道："就是啊，人家这等于是白拿你的，你还不敢不给，像崔老二那样的恶霸，我们穷苦渔家惹不起呀。"

曹娴蹙了眉道："可我们若一直如此忍下去，要忍到何年何月方是个头啊？"

曹富荣又叹道："不忍又能如何？我听说，那崔老二在龙河湾一带无人敢惹，他手下那些人尽是些地痞无赖，像我们这等无权无势的穷苦渔家，哪里能斗得过他们？大虎便是先例，他不依顺他们，不就被他们暴打一顿么？"

曹娴眉头皱得更紧了："长此以往，我们每日风里来雨里去出海打鱼不等于白付辛苦么？往后我们吃什么穿什么，日子靠什么过下去？"

曹富荣听了这话，不由得又叹一口气，半响方道："是啊，这日子真是没法过下去了。"

次日天还未亮，曹娴便起来做好早饭，父女俩草草吃过便一同出海了。这一日风和日丽，晴空万里。天气好，渔汛也好，父女俩打鱼收获颇丰，光是大个头的鲆鱼就打上来十余条。鱼打得多，本是打鱼人高兴的事，可曹富荣却一点也高兴不起来，他知道，这些鱼到了崔老二等人手里，是换不回几个钱的。

回到渔港码头上，曹娴发现其他收渔回港的打鱼人一个个也都是愁眉苦脸。往河岸上看去，见早有十余个人站在那里，一个个黑布缠头，穿青挂皂，为首的一个黑胖子，着一袭酱色袍褂，显得与众不同。曹娴问过父亲，得知那黑胖子便是崔老二崔世龙。

船一靠岸，曹氏父女刚把鱼篓抬到岸上，崔老二一伙人便围了过来。崔老二一见那十数条鲆鱼，眼睛立刻放出光来："好，好，今日的货不错，来呀，把货抬到爷的车子上去。"

崔老二话音刚落，便过来两个汉子要抬鱼篓，曹娴伸手一挡："慢着！这还未曾讲价呢，你们怎便要把鱼抬走？"

"嗯？"崔老二水泡眼皮往上一挑，瞪了曹娴一眼，对身后手下人道，"扔给他仁大子儿，把鱼抬走！"

"慢！这鱼我们不卖了！"曹娴伸手去抬鱼篓，"爹爹，我们把鱼抬走。"

"等等！"崔老二眼睛已经瞪圆了，"有鱼不卖，你们要它做甚？"

"孩子，"曹富荣有些惴惴不安地看看崔老二又看看女儿，"要不我们……"

"爹爹，我们不卖了，抬回家自己吃。"

"不成！你这是托辞，这么些鱼你们自己吃能吃得完么？"崔老二两腮上的横肉都在抖动了。

"要不，我们卖一些，自家留一些？"曹富荣仍惴惴地说道。

"不成，爷我全要了！今日这鱼，你卖也得卖，不卖也得卖！"崔老二两边太阳穴上的青筋都暴突出来了，眼光朝那两个手下人一扫，"你们怎还不动手？"

"住手！我看哪个敢动手！"曹娴柳眉倒竖秀目圆睁，"光天化日之下，你们想打劫么？"

崔老二不再答言，抢前一步抡圆巴掌照着曹娴面部一掌掴来，却被曹娴疾出手扼住其手腕一拧，只听崔老二"啊——"一声嚎叫，人已扑倒在地。倒地后的崔老二气急败坏地大喊："都给我上！打死他！打死他！"他手下那十余个人便一齐向曹娴扑了过来。这一群乌合之众哪里是曹娴的对手，只见她一个箭步跃至一开阔地带，上来一个打一个，上来一双打一双，只一会儿工夫便把这伙人打得东倒西歪，再也无人敢上前来打斗。

忽然，那崔老二手拿一把大刀冲过来照曹娴面门一刀砍来，被曹娴闪身躲过。崔老二又一翻腕子抡起大刀横劈过来，曹娴使个旱地拔葱纵身跃起躲过这一劈，又于空中一个转体飞起一脚，正踢在崔老二后肩上，崔老二被踢得一个猪拱地一头杵在地上，手中的大刀甩出去老远。崔老二忍着疼痛挣起身子踉跄着脚步去捡大刀，却被曹娴一个箭步冲过去将那大刀一脚踮起接在手中，一摆手腕用刀尖逼住崔老二的脖子，正色说道："我杀死你这恶人易如反掌，只是怕脏了我的手，今且留你一条狗命。你与你手下那几个狐朋狗党马上给我滚出这块地界，日后再也不许到这里来胡作非为，若再让我在这地界上见着你们，我决不会再像今日这般留情。滚！"

崔老二拿眼斜睨着逼在他脖子边的刀尖一步一步慢慢后退，待退出四五步远时说一句："好，好，今日我崔某人栽了，算你能。"接着转过身去向他那帮手下一挥手，"弟兄们，爷今日遇上克星了，爷认倒霉。此处不养爷，自有养爷处，我们走！"

这边收渔回港的王大海等十数个渔民望着崔老二一伙一瘸一拐东歪西倒狼狈而逃的背影，无不拍手称快。

王大海兴奋地说:"真没想到,几年不见,侄女练就了这么一身好武艺,又有一副侠肝义胆,一下子便把那伙人治住了。这一来我们渔家可是又有活路了。"

　　曹娴来到他们身边,先向王大海等渔民问了好,之后对曹富荣道:"爹爹,女儿事先未与您相商,情急之下做出此举,是女儿孟浪了,或打或骂女儿都由您。"

　　王大海立刻接上话头:"哎呀,老曹家出了巾帼英雄了,老哥哥乐都来不及呢,哪里还能打你骂你呀。"

　　一位中年渔民马上表示赞同:"就是啊,你把那伙坏人赶跑了,把我们渔民兄弟都救了,你这是做了一件天大的好事啊,老哥哥哪里还能怪你呢?"

　　其他打鱼人也纷纷围拢过来对曹娴赞不绝口。

　　曹富荣对众人道:"我知道我女儿做得对,我不怪她。"又转对曹娴道,"我只是想,崔老二一伙心黑手狠,一向霸道惯了,这一回吃了亏,他们是不会善罢甘休的,我们须多加提防。"

　　曹娴点点头:"爹爹说的是,女儿往后倍加小心便是。"

　　王大海对曹富荣道:"老哥哥不用太过担忧,我们侄女有一身好武艺,即便崔老二一伙想要使坏,他们也占不到便宜。日后你们父女若有了难处,我等渔家弟兄决不会袖手旁观,只要我们齐心协力互相帮扶,便没有迈不过去的沟坎儿。"

　　众人都点头称是。

　　从此,渔港码头又恢复了往日的繁华。

　　这天收渔回到家,曹富荣看看天色道:"天色还早,爹爹去一趟龙河湾你姐姐家,顺便买些米面回来。"往外走出两步又回过头,"明日一早我赶回来出海。"

　　曹娴赶忙道:"爹爹您莫急于回来,就在姐姐家多住两日,好好歇一歇,这边有我呢,我一个人出海便可。"

　　当天夜半时分,正在熟睡中的曹娴忽然被烟气呛醒了,一睁眼,见窗外上方火光闪闪,情知有异,急忙起身奔向屋外,此时屋内已是热浪灼人浓烟滚滚。她冲到门边,一脚踹开屋门跑到门外,见屋顶上方已是烈焰熊熊。她知道这火一定是崔老二一伙放的,料想此时那纵火之人早已跑远了,便速速喊醒邻居王大海夫妇过来一同救火。此时正刮着东南风,火借风势风助火威,整个草屋顶上已是噼啪作响烈焰冲天,哪里还能扑得灭,不多时整个屋顶便被烧成了灰烬。

　　待灭尽残火,就快到出海的时候了。王大海急急赶到码头上,把曹家失火的事对即将出海的渔民弟兄们一说,大家都决定当天不出海了,要帮曹家建起新家。他们中有人从自家扛来木料,有人从自家背来苇草,有人从自家背来米面,都来帮助曹家修房子解急难。由于人手众多，用了不到一天时间就把房子修好，把房中物什备齐归置好了。又有人送来一条大黄狗，说有狗看家，夜间坏人来了也近不得房子。却不料三天之后夜半时分，曹娴被狗叫声惊醒，起身出屋，茫茫夜色中已见不到一个人影。那黄狗佝偻着身子倒卧在地，猎猎哀嚎着，身子不住地抽搐，少顷便四腿一蹬一动不动了。曹娴料想它是吃了歹人投过来的毒饵被毒死了。

邻居王大海见此情形，说道："崔老二一伙老这么使阴着算计人，令人防不胜防，老哥与侄女暂且搬至他处避一避吧。"

曹富荣一时愁眉不展："搬到哪里，崔老二一伙才到不了呢？"

曹娴想想道："就搬到珍珠岛上去，那里与这边陆地一海相隔，崔老二一伙夜间过不去，即便能过去，做了坏事，他想逃一时也难以逃脱。"

事情一经决定，渔民弟兄们又都赶来相助，很快在珍珠岛上建起两间茅屋，曹氏父女便在岛上定居下来。

每天白天，曹娴随父出海打鱼，每至风浪涌起时，那滚滚波涛顿使她豪情陡增，一当风浪止息，那波平如镜的海面，又让她心静如水。一到夜晚，卧听大海涛声阵阵，静聆屋旁草虫唧唧，她总觉得，那天籁之音，声声皆是生命的律动，声声皆是心灵的乐章。而每当此时，她便觉得自己已置身于人间仙境，世上天堂，这里，才是自己真正的家园……

忽有一天，王大海到龙河湾姐姐家送鱼时带回一个消息：那崔老二被曹娴断了发横财的路子，报复曹娴不成，就访得杏儿是曹家的大女儿，马上将仇恨往杏儿一家发泄：今天夜晚往杏儿家窗户上掷几块石头，明天夜晚又把她家的草垛点着，搅得一家人日夜不得安生。曹娴听了这消息，一时心急如焚，马上要动身赶往龙河湾姐姐家。

曹富荣对她此行却十分担忧："儿啊，不是爹爹有意拦你，你这一去，与那伙儿人定有一场恶斗，若人家伤了你，你让爹爹如何是好？若你伤了人家，那便坐下了深仇大恨，我们或许还会吃官司，爹爹不赞成你去。"

曹娴道："我若不去，大姐一家怎么办？爹爹放心吧，女儿我会把事情办妥，而后平平安安回来的。"

一路上，她一直在思谋，如何既能制止崔老二一伙的恶行，又能避免爹爹担心的事情发生？正自边走边想着，忽从路两侧芦苇荡中蹿出七个人来，都是黑衣黑裤黑布蒙面，个个手拿木棍，将曹娴团团围住。

曹娴眉眼一肃，问道："你等何人，想要做甚？"

前面一高个子蒙面人道:"你不问,我等也要告知于你,好让你死个明白。你断了我等财路,我等今日便要你以命相抵!"

从对方的话中,曹娴听出这几个蒙面人又是崔老二那伙人,看来他们用的是围点打援之计,先袭扰杏儿姐姐一家,引得自己来救,他们再于途中设伏,以图报复。既然他们是有备而来,且手中都握有凶器,自己却是孤身一人,又两手空空,故此番定有一场恶斗,自己既要敢打敢拼,又要谨慎行事。于是道:"你们这伙恶徒,欺行霸市不成,便去袭扰我姐姐一家,真乃可恶至极。本人正要去找你等了断此事,你等倒主动迎上来了,难道你等尚未吃够本人拳脚的苦头?识相的,赶紧滚开,不然莫怪本人手下无情!"

对方不再搭话,只挥舞木棍做跃跃欲试状。

曹娴也拉开架式,准备迎敌。

可是奇怪,这伙人却只是围而不打。她趋前进击,他们就后退,她停住脚步,他们又逼了过来。反复数次,都是如此。曹娴眉心微蹙,心想:哼!你们要引我向前,又总是绕过一处,料那一处必有蹊跷。

一个汉子又趋了过来,曹娴一个箭步冲过去,躲过汉子抡过来的一棍,紧跟着转身发力一脚朝那汉子肚腹蹬去,那汉子"啊"地大叫一声,被蹬出五六步远,整个身子瞬间陷落到一个陷阱中。

其他汉子一见,都顾不得落入陷阱的同伙,纷纷蹿入路边的芦苇荡中。

曹娴走到陷阱边朝陷阱里看去,只见站在陷阱里的汉子头部离陷阱口足有五六尺深。陷阱里的汉子灰头土脸惊恐万状地仰头看着曹娴:"爷爷饶命,爷爷饶命。"

曹娴啐道:"呸!谁是你爷爷!你放心,我知你不过是被人使唤的一条狗,我不会伤你性命的,只是,你须在里面多待些时候,等你的同伙来拽你。"说罢这话,曹娴接着向龙河湾走去。

走进龙河湾街口不久,忽见对面不远处出现了一个她既熟悉却又与以往不甚相同的身影。

对方显然也发现了她,加快脚步朝她走来。

曹娴惊喜地说道:"孙亮哥,是你?"

孙亮眼中亦漾出惊喜的光色:"曹娴妹妹,你来了?"

待双方走得近了,曹娴见孙亮已长成一位英俊伟岸、仪表堂堂的年轻后生,心中甚觉欣喜,只是,看他眉宇间似有一丝不易为人察觉的忧郁之色。

二人边说边走,走到一僻静处后互道别后情形。曹娴问孙亮在做什么,孙亮只淡然回答:"遵家父之命,每日苦读圣贤之书,甚是烦闷,甚是无趣,如此而已。"接着就问起曹娴此来所为何事。

曹娴说明了来意,末了说道:"我虽两度挫败了崔老二一伙的挑衅,但却尚未想出防止他们对杏儿姐姐一家继续骚扰的万全之策,我总不能为此在姐姐家长住下去呀。"

孙亮略一思忖:"现有一策,可以智取,不费一唇一舌,不动一刀一枪,便可将崔老二一伙人制服。"

曹娴眼睛一亮:"什么计策?快讲!"

孙亮道:"那崔老二本是个不通文墨的粗鄙之人,却硬要附庸风雅,不知请谁在豪宅大门内修建得十分气派的影壁上题写了两行八个大字:'济民有道 处世惟真'。你看,这不正是足以致他一命的死穴所在么?"

曹娴点头道:"嗯,这题字触犯了当今陛下的圣讳了,按朝廷律条是要治罪的。不过,他虽不仁,其家人或许是无辜的,我也不想让他家破人亡,只要能镇住他,让他莫再逞凶行恶便是了。我想如此……"

听罢曹娴的想法,孙亮点头道:"嗯,如此甚好。"

辞别了孙亮,曹娴来到杏儿姐姐家,让姐姐找来纸笔,稍一凝神,便挥毫草成致县令大人的一封书信:

县令大人钧鉴:

  大人治下之龙河湾村人崔世龙,原系罪囚,既已获赦,本应洗心革面,改恶从善,然其依旧怙恶不悛,横行乡里,斑斑劣迹,罄竹难书。近日豪宅题字,竟悍违圣讳,无乃利令智昏乎,抑或丧心病狂乎?

  大人乃朝廷命官,一方父母,除治下之害,保一方百姓,乃大人孜孜之所求,于崔世龙之流何宽纵至此也?若待大人治下之地,百姓不堪其苦忍无可忍而具名上表以达天听之际,大人失察之责可辞其咎欤?故吾等以为,崔世龙之恶行亟须严加惩戒;其悍违圣讳之逆举,亦当依律定谳。若是,吾等敢不感激涕零。

  专此布达

  恭候卓裁

龙河湾百姓谨上

把书信封好之后,曹娴道:"我这便动身,把信送到县衙去。"

杏儿道:"你姐夫今日要去卢龙县城为文具店购进文具,正好可让他把信送到县衙去。"

曹娴点头道:"好,你叮嘱我姐夫,定要小心谨慎,把信送到。"

次日午后,受杏儿夫妇之托留意观察崔世龙家动静的一个亲戚来到杏儿家说,他亲眼所见,有四个骑快马而来的官差装束的人进了他邻居崔世龙家庭院,很快便从崔家庭院里传出咚咚咣咣声。他有意从崔家门前走过,见那四个官差正督着崔家的家丁在拆大门内的影壁呢。影壁拆完了,崔世龙被那四个官差押出门带走了。

曹娴听了这消息,知道姐姐一家从此可以安然无忧了,就辞别了姐姐姐夫,动身赶回自己家。走出龙河湾村口不久,远远望见前面路上徘徊着一个身影,似是孙亮。再走近一些,她看清了,果然是他,她的心中顿时涌起一股热流。走近了,她情不自禁地唤道:"孙亮哥!"

孙亮回过身来,神情略显慌乱:"啊……是你?"

曹娴问道:"孙亮哥,你在此做甚?"

孙亮听她这一问,脸刷地红了,眼中闪动着慌乱的光色:"哦,我到村外随意走走,赶巧在这里遇见了你。你这是……"

见此情形,曹娴便觉脸上一热。稳一稳心神,说道:"我这就回家去。"

孙亮道:"我……送送你。"

二人一起向前走去。

曹娴道:"孙亮哥,你教给我的那一计果然灵验,县衙遣来四名衙役督着崔老二的家丁把大门内的影壁拆了,其后便把崔老二押走了。"

此时孙亮已恢复了常态:"那县令是恐事态扩大,火烧到他身上。无论如何,你姐姐姐夫日后可安然无忧了。"

曹娴道:"听我姐夫讲,你已考取秀才,如今正在寒窗苦读,准备入闱乡贡[1],可是?"

孙亮心情却似乎并不轻松:"嗯,家父催得甚紧,我是身不由己。"

曹娴道:"也好,好男儿便当有所作为,不虚度此生。"

孙亮问道:"你呢?就这么过打鱼人的日子么?"

曹娴道:"我别无他想,只想与家父在一起过寻常日子,为家父养老送终。"

孙亮眉头微微蹙起:"可是,你有满腹诗书啊。"

曹娴道:"那又如何?我生就女儿身,纵是心气再高,也终究跳不出命运的安排。"

---

[1] 唐代乡贡指由地方举送举人到中央进行取士考试,考中者称"进士及第"。

"你……我……"孙亮吞吞吐吐,欲言又止。

曹娴发觉对方有些异样,眼睫一挑向他看去。

孙亮慌乱地把目光移向别处,脸已涨得通红:"哦,没……没什么。"

曹娴心中顿然涌起一股热流。一位正值妙龄花季的女子,对于感情上本就亲近的异性的异常举动怎么会不敏感呢?方才,对方特意赶来路上等待与她相见的非常之举,已在她心中激起层层涟漪,现在对方这欲说还休的话语,这异样的神情,更让她心中涌起一阵莫名的慌乱。她十分清楚对方这神情里面包含的意思是什么。抚躬自问,她自己又何尝不是如此呢?这些年来,她的心里不是一直装着一个人么?只是幼时装的是友谊,长大了,这友谊已渐渐变成了思念。不过,在寺内时,她整日忙于习武,余暇还要跟师父习练琴棋书画,从早到晚时间排得满满的,自然无暇去想其他的事。离开寺院以后,大事一桩接着一桩,仍无暇他顾。然而,那似明似暗、若隐若现的一份情思却始终未曾中断过。这次来姐姐家与对方不期邂逅,这份情思便愈益浓重起来。现在对方这非常之举动非常之情状,更在她心中掀起了巨波大澜。然而,一阵激动慌乱过后,她渐渐稳住了自己的心神:此时还不能公开吐露自己的心迹,还未到谈婚论嫁之时。她还不能离开父亲,父亲也离不开她。虽然自她回到家中之后,父亲曾几次跟她提起她的婚嫁之事,也曾几次要托人给她提亲,都被她拒绝了,但是她心中清楚,父亲从内心说是舍不得离开她的。那么,孙亮能离开他的家跟她到岛上去住么?显然不能,入赘女家,他家中尊长肯定不会首肯。更何况,他正在寒窗苦读,切盼科场得中金榜题名呢,怎能因儿女私情耽搁了他的锦绣前程?那么,便只能狠一狠心,了断这份情思了。

想到这里曹娴停住脚步:"孙亮哥,送君千里,终有一别,你留步吧。"

孙亮也站住,双眼直直地看着她,眼神中交织着急切、企望、赧然的复杂光色,张开嘴似要说什么,却一个字也说不出来,一时脸憋得通红。

"孙亮哥,多保重,我走了。"曹娴说罢转身快步走去。

曹娴一路走着,不敢回头。等走出很远了,她才回头望去,见他仍孤零零地站在那里眺望着自己呢。一瞬间,她的眼里盈满了泪水……

自此,这缕剪不断、理还乱的情思便时时萦绕于她的心怀。这情思是甜蜜的,又是苦涩的,有时会搅得她痛苦不堪。可一当来到海上,她的整个心胸便会豁然开朗,那份甜蜜,那份苦涩,似乎全都融入了万顷波涛之中……

第十九章
凭浩气泛舟降匪众　诉衷情焚稿祭英魂

这日申正时分,曹氏父女驾驶满载而归的渔船进入双龙河口渔港。

码头上一派繁忙景象。一些早回的渔船已泊在码头边,船上的渔民们忙着把鱼篓抬上码头,鱼贩们纷纷围拢过来看货,与渔民讨价还价。

曹氏父女刚把船上的满满一篓鱼抬上岸,忽见孙云奔到他们近前,神色惶急地说道:"爹爹,娴儿,你们可回来了。"

曹富荣道:"嗯,回来了,你怎来了?"

孙云道:"我找娴儿有点事。"

曹娴问:"姐夫,什么事?"

孙云看看曹富荣又左右看看周围的人们:"娴儿,跟我去那边说吧。"

二人走到一僻静处,孙云道:"昨日夜间,你姐姐被几个蒙面人掳走了。"

曹娴大吃一惊:"他们为何要掳走我姐姐,是要欺辱她么?"

孙云道:"蒙面人讲,他们把你姐姐带走,不会损伤她一根毫发,只有一条,限你三日之内去替换你姐姐,三日之内你若不去,他们便要了你姐姐性命。"

曹娴问:"他们是否讲了,他们是什么人?"

孙云道:"他们讲,他们乃绿林中人。"

曹娴眉目一扬道:"强人?我们与他们无冤无仇,他们为何要这么做?如是绑匪绑票索取赎金,我们并无钱财。他们究竟要怎样?"

孙云道:"我料着,定是崔老二以重金收买了他们,要除掉你。"

曹娴诧异道:"崔老二?此人不是已被县衙押走了么?"

孙云道:"崔老二已被县衙放回来了,乡亲们风传,是崔家以重金赎回的。"

曹娴问："绑匪要我去何处替换我姐姐？"

孙云道："龙河湾镇子以西五里处，一棵大槐树下。他们特意讲，只许你一个人去，不许带别的任何人。我料着，你若去了，定是凶多吉少，绝不能去，可你姐姐怎么办呢？"

曹娴道："救我姐姐要紧，走！"

此时曹富荣走了过来："娴儿，你要去哪里？"

曹娴道："爹爹，我有点事，跟我姐夫去镇子上一趟，您自己驾船回岛上去吧。明日此时我再来这里与您会面。"

曹娴一路疾行，到黄昏时分，赶到龙河湾以西五里处那棵大槐树下停住脚步，高声道："有人吗？"

一名汉子从旁边一条壕沟里蹿出："来者何人？"

曹娴道："姓曹名娴，你是何人？"

汉子道："你莫多问，若想救你姐姐性命，便随我走。"

曹娴道："那就走吧。"

曹娴跟随汉子拐向路旁，走到一片树林里，又在林中穿行数十步远，就到了一片开阔处。汉子把手杵到嘴里打一声呼哨，二十几条汉子即刻从周围蹿出，个个手握尖刀，把曹娴围在垓心。

一浓眉汉子道："来了？报上名来！"

曹娴道："姓曹名娴。你等何人，为何要绑我姐姐？"

浓眉汉子道："闲话少说！你不是用你来换你姐姐的么？那便依此行事，"转对其他汉子道，"把他绑了！"

曹娴一扬手："慢！你等自称绿林中人，那就该当明人不做暗事，明明白白告知于我，为何要绑我姐姐，又要以我来换我姐姐？"

浓眉汉子道："好啊，那便直言相告，让你死个明白。有人以重金买你性命，又告知于我等，你武功高强，我等凭真功夫与你相搏恐难以取胜，便要我等先绑了你姐姐，再逼迫你以你性命换得你姐姐活命。可听明白了？"

曹娴冷笑一声："果然如此。为了几个臭钱，你等行此丧尽天良之事，便不怕遭报应么？"

浓眉汉子道："少讲废话！你只说，你从，还是不从？从了，我等即刻放你姐姐回去，若是不从，我等即刻让你姐姐命丧黄泉！"

曹娴道："我从，放我姐姐走！"

浓眉汉子道:"好!把他绑了!"

曹娴一扬手臂:"慢!我要见我姐姐,且要亲眼看着你等把我姐姐放了。"

浓眉汉子道:"好!把他姐姐带过来!"

立刻有两名汉子押着杏儿过来了。

曹娴含泪呼唤:"姐姐!"

杏儿道:"小妹,你不该来,他们都是杀人魔鬼。"

曹娴对浓眉汉子道:"放我姐姐走!"

浓眉汉子一愣:"小妹?她叫你小妹?你是个女的?怪不得,听你说话极像女声呢。"

曹娴肃然道:"是女如何,是男又怎样?放我姐姐走!"

浓眉汉子对押着杏儿的两名汉子道:"把人送出树林,放她走!"

两名汉子对杏儿道:"走吧。"

杏儿不动步:"小妹,你走吧。"

曹娴道:"姐姐,你快走!快走!"

浓眉汉子对两名汉子高声道:"把她拽出树林,让她走!"

两名汉子一边一个拽着杏儿胳膊往树林外走去。

杏儿往后扭着头哭唤:"小妹!小妹!"

曹娴别过脸去,不再看杏儿。

浓眉汉子对旁边其他汉子道:"把她绑了!她要敢反抗,马上把她姐姐弄死!"

立刻过来两个汉子用绳子把曹娴绑了个结结实实。

浓眉汉子道:"把磨刀石搬过来!"

很快有一名汉子搬来了磨刀石。

浓眉汉子边磨刀边对曹娴道:"我等与你近日无冤往日无仇,把刀磨快一点,咔!一刀下去,你便到那边去了,能让你少受些罪。"

曹娴面向远处说道:"师父啊,您费尽心血教了徒儿一身功夫,本指望徒儿能为社稷出力的,如今看来,徒儿辜负了您的期望,徒儿对不住您了。"

浓眉汉子停住磨刀的动作:"所谓名师出高徒,能教会你如此高强武功,你师父定是非常之人,他是谁呀?"

曹娴道:"静慈大师,你可曾有耳闻?"

浓眉汉子浓眉一抖:"静慈大师?你师父是静慈大师?"

曹娴道:"看来你知道她老人家。"

浓眉汉子手中尖刀当啷一声落在磨刀石上,刀刃划过他的脚踝,鲜血立刻涌出,他也毫无所顾,喊道:"老三!"

排在第三的一名土匪头目跑过来:"大哥,有事?"

浓眉汉子道:"把主家给的金锭原封不动送回去!"

老三不解地问:"送回去?为什么?"

浓眉汉子道:"让你送你便送,哪里有那么多为什么!"

老三道:"大哥,那可是百两黄金哪。"

浓眉汉子一瞪眼睛:"怎的,我的话你不听?"

老三连连点头:"啊,听,听,我这就去。"

浓眉汉子对另两名汉子道:"快给这女子松绑!"

两名汉子上前给曹娴解开了绳子。

曹娴道:"怎的,不要我性命了?"

浓眉汉子道:"静慈大师乃我老娘的救命恩人,你乃大师的俗家弟子,我若杀了你,那我成什么人了?恩将仇报,那不是连猪狗都不如么?"

曹娴陡感意外:"我师父是你高堂老母的救命恩人?"

浓眉汉子努力点头:"千真万确!"接着说起一桩往事。

那是七年前,他的家乡蓟州遭遇大旱,庄稼颗粒无收,他只好携着他老娘外出乞讨。走到这沿海一带时,正值隆冬时节,他老娘因饱受冻馁之苦而昏倒在路上。其时天气奇寒,他老娘衣履单薄,霎时人已冻僵。值此危难之时,适逢静慈大师从旁路过,大师便为老妇按摩几个救命穴位。片刻之后,以手背试试老妇鼻孔气息,知道老人家尚且有救,便让他背上老人家来到卧佛寺内。大师为老妇扎针、煎药……

终于把老妇抢救了过来。

说到这里浓眉汉子道:"就这样,我老娘又活了七年,于前年无疾而终,享年七十六岁,这在当今是少有的高寿。大师对我恩深似海,我怎能恩将仇报,残害大师的弟子呢?敝人有眼无珠,竟不知你是大师手下高徒,以致生出一场误会,险些铸成大错。敝人对贵客多有得罪,在此赔罪了。"说着对曹娴拱手施礼。

曹娴忙道:"这使不得,好汉快免礼。"

浓眉汉子对一名汉子道:"去!把贵客领去与贵客姐姐相会,告诉老七老八,好生把贵客姐妹护送到她姐妹家中,不得有任何闪失!"

曹娴道:"且慢!我对好汉尚有一言,不知好汉愿听否?"

浓眉汉子道:"请讲。"

曹娴道:"我知好汉是个大孝子,看你也并非那种作恶之人,却为何走上了现下这条路呢?"

浓眉汉子叹道:"唉,这也是被逼的。数年之前,我家乡遭遇大旱,租种的田地颗粒无收,那出租田地的东家却硬是逼租,见逼租不成,便把敝人五花大绑送至官府。官府收了东家银子,便把敝人投入大牢。敝人设法自大牢逃出,一气之下杀了那为富不仁的东家,为此受到官府通缉。敝人不得已便拉上几个弟兄走上了这条路,这实属被逼无奈之举。"

曹娴道:"可这毕竟不是长久之计呀。好汉且听我一言,你自今往后还是金盆洗手,走正路为好。"

浓眉汉子道:"事已至此,敝人已是身不由己了,走一步说一步吧。"

曹娴见劝也无用,就不再勉强。

回到岛上,她就像什么事也没发生一样,每日仍与父亲一起出海打鱼,似乎打鱼人的日子又开始平静地过下去了,实则不然。

这日,曹氏父女正在海上驾船打鱼,只见一艘中型木船径直朝着他们的渔船驶了过来。那船上一名长着一副三角脸的中年男子边用手对他们父女指指点点,边对其身旁一名麻脸汉子说着什么。待驶到渔船近前了,那船上的七八条汉子手执长枪钢叉等兵器一齐对准了曹娴。

曹娴朝他们厉声怒喝:"你等何人,要来做甚?"

那船上的麻脸汉子道:"明人不做暗事,本大爷明告于你,我等乃海上绿林好汉,有人出重金买你性命,你若识相,便乖乖地投海自尽,若不识相,硬要反抗,便莫怪我等手下无情,定让你体无完尸!你那老父也将命丧于我等兵刃之下!"

其身旁的"三角脸"催促道:"大当家的无须对他多言,快动手吧。"

曹娴已认出那"三角脸"是崔老二家的管家,由此知道这伙海上强人又是崔老二雇用的杀手。

事情正是这样,那崔老二见送出去的金锭被强人退了回来,就知道自己借刀杀人的阴谋破产了。一时之间对管家"三角脸"大发脾气:"都是你出的好主意,花重金请那帮强人灭那小白脸不成,让爷我空忙一场!"

"三角脸"道:"老爷莫急,那陆上强人宁可退回重金也不灭那小白脸,定是与小白脸有某种瓜葛。我等请陆上强人灭他不成,可请海上强人灭他。他每日出海打鱼,老爷可联络海上强人并许以重金,于海上将他灭掉。在陆上他可施展功夫回旋自如,在海上他只有一条小船可以立足,无甚回旋之地,不只他不得施展功夫,且他想跑也跑不脱,灭他定是十拿九稳。只是,我等皆不认识海上强人,要找到他们需费些周折。"

崔老二道:"你这一说,倒让我想起来了,我入狱之时,曾与一海匪头目左麻子同在一室。我被家人以重金赎出,那左麻子也被其手下人以重金赎出了。我正可以狱友之谊去联络他,再许以重金,他断无拒绝之理。"

因左麻子等海匪并不认识曹娴,于是就由"三角脸"与众海匪一同乘船到海上来认人。

曹娴冷笑一声:"大胆蟊贼,为了几个臭钱,便甘为恶霸鹰犬,害人性命。今日我倒要看看,尔等蟊贼能把我们父女怎样!"

左麻子道:"看来你不识相,那就莫怪我等不留情面了。弟兄们,给爷用枪戳死他!"

海匪们一起把长枪和钢叉朝曹娴戳来。曹娴往后一闪身的同时一脚踹起渔船上的一根竹篙,用双手握住竹篙把那些长枪和钢叉架过头顶,同时借力往后一蹬渔船,渔船向后一摆,紧接着把竹篙一顺,朝对方一名海匪一搠,那海匪啊呀大叫一声仰倒在船上,手捂肚腹在船上打滚。曹娴疾出手又把另一名海匪搠倒在船上。其他海匪见状急忙往两边躲闪。此时曹娴抬起一条腿把竹篙用力在腿上一磕,长长的竹篙就断成两截。她只拿一截竹篙,往下一蹲身子的同时嗨地发一声喊,人已跃上匪船,用竹篙与海匪们打斗起来。不多时,就把那些海匪全都打倒在地。

曹娴对躺倒一地的海匪们厉声道:"尔等海上蟊贼,做尽绑架打劫的恶事,我今杀了尔等,直如踩死几只蚂蚁。今留尔等狗命,是要尔等自今往后能够改恶从善。尔等今后还敢做绑架打劫图财害命的恶么?"

海匪们挣扎起来朝曹娴连连磕头:"小人们不敢了,不敢了……"

曹娴道:"但愿尔等说的是实话。今后若让我遇上尔等再度作恶,定要尔等狗命!"说罢一跃跃到自家渔船上,对曹富荣道,"爹爹,我们走!"

左麻子站起身来,眼看着渔船驶离了匪船,沮丧地说道:"奶奶的,揽的这叫什么鸟差事!"说罢转身要进船舱,见舱内的"三角脸"正从舱门口伸着脑袋往外张望,马上没好气地说道,"好狗不挡道,没见老子要进舱?"

"三角脸"赶紧把头缩回去躲到一边。左麻子进舱后一屁股坐在座位上,对"三角脸"道:"奶奶的,你家主子给的这叫什么鸟活儿,那小白脸功夫恁厉害,你等为何不讲在前面?弄得我等弟兄吃了这大苦头!"

"三角脸"道："大当家的且息怒。方才众好汉与那小白脸较量情形在下都亲眼看见了，众好汉一时失利，缘于那小白脸的竹篙较众好汉的长枪与钢叉长过许多，他方能用竹篙搠倒两名好汉。在下想来，若众好汉将枪杆与钢叉加长，且长过他的竹篙，他便将无计可施了。只要他搠不到众好汉，又跃不到众好汉的大船上，众好汉只须用大船将他的小渔船撞翻，他们父女定将葬身海底。一旦事成，我家主子定将另有重谢。"

此时其他海匪已陆陆续续进到舱内，其中有几个海匪嚷嚷着问："能再给多少？""是啊，你说个数。"

"三角脸"伸出两个手指："这个数，二百两！"

一名海匪问："你说话算数？"

"三角脸"道："算数。"

左麻子朝"三角脸"一瞪眼睛："不成！你也看见了，这是玩儿命的事，二百两便把弟兄们的命买下了？没那么便宜！"

"三角脸"道："那，大当家的你说个数。"

左麻子伸出五个手指："这个数，五百两，少一两也不成！"

"三角脸"道："好吧，在下去跟我家主子说。"

左麻子道："你快去说，这个数你家主子要是认，便干；不认，便算。"

"三角脸"回到崔家把这个数一说，崔老二一咬牙道："成！若花这点银钱便能把那小白脸灭了，日后我崔家从那鱼市上赚到的银子何止它的百倍千倍！"

次日早晨，曹娴服侍父亲用过早饭，道一声"爹爹，您在家好好歇一歇，我去了"，就去拾掇渔具。

曹富荣跟上去拾掇补好的渔网："我还是跟你一起去吧。"

曹娴劝阻："爹爹您听我的，莫去了。我料着，那些海匪大半不会吃一回亏便肯罢手，若崔老二再许以重金，他们还会故伎重演。您若再与我一起出海，到时候遇上他们，我恐您被伤着，会放不开手脚对付他们，故此您就莫再去了。"

曹富荣道："你这一说我就更不放心了。只你一个人去，若遇上海匪，万一你斗不过他们，可如何是好啊。听爹爹的话，你也莫再去了。"

曹娴道："我不出海，那些海匪在重金利诱下也不会善罢甘休，他们会寻到岛上来，且多半会于夜间来袭，那样更令人不好防范。倒不如去海上会他们，让他们多吃些苦头，迫使其收起害人之心。爹爹请放宽心，我知道下一步该如何对付他们，到晚上，我会完好无损地回来见您的。"

曹娴将爹爹劝留在岛上，就来到岛边驾船出海了。到傍午，她正在深海处撒网打鱼时，那匪船又由远及近驶向她的渔船，只见船上密密麻麻站了十余个汉子，每个汉子都手握长杆长枪，一起对准了她。她从从容容把网收起，然后抓起渔船上的铁锚一跃跳进海里，很快淹没在海水中。就在众海匪望着海面愣神的功夫，曹娴突然在匪船边的海面上露出头来，同时右手一扬，那铁锚就飞上匪船，锚钩一下子钩住一名海匪的大腿。曹娴用力一拽锚绳，那海匪就尖叫着被拽入海中。就这样，曹娴接连把三名海匪拽入海中。其余海匪急忙躲开匪船船舷处。被拽入海中的海匪游到匪船船舷下大喊救命。

此时曹娴已上了自己的渔船，不再理会他们，任由匪船上的海匪把落水的海匪拽上匪船。

左麻子气急败坏地："快！快！快把船开走！"

匪船开始掉转船头往回驶去。曹娴则接着撒网打鱼……

"三角脸"回到崔家把这次雇凶杀人的情形一说，崔老二当即瞪起眼睛道："你不是号称小诸葛吗？怎的几回设计灭那小白脸都被他破了，还白白让爷我搭进去几百两银子？你这是在为我崔家管家，还是在败家？"

"三角脸"一哈腰道："老爷息怒。这几回失手，实在是因那小白脸武功甚高，且其相当狡猾。不过，属下又想出一法，照此行事，定会将那小白脸灭掉。"

崔老二问道："何法？快讲！"

"三角脸"道："那小白脸不是善使铁锚往海里钩人吗？若让海上强人们把长枪密集排列捆绑于船舷之上，使那小白脸的铁锚再也难以钩到人，强人们再以大船将他那小渔船撞沉于海中，他便在劫难逃了。只是……"

崔老二又把眼一瞪："只是个甚？说话莫要吞吞吐吐！"

"三角脸"道："只是让强人们再去做的话，还须给他们增加银两，不然他们定不肯去。"

崔老二问："你以为须增加多少？"

"三角脸"道："至少须增加二百两，当然还得看那左麻子是否答应。"

崔老二道："你去见他们吧，只要他们肯做，花多少银子都值得。"

"三角脸"到了匪窝，没容他张口，左麻子即一摆手道："你莫再来了，我等弟兄已吃够了那小白脸的苦头，这一回你就是说破了天，我等也不听你的了，再也不去招惹他了。你走吧。"

"三角脸"道："大当家的且容在下把话说完。那小白脸确实擅用铁锚勾人之法，但也不是没有破解之法。"接着就把他想出的招法说了一遍。

左麻子却道："即便你所讲的招法确属可行，然则那小白脸把我等三名弟兄钩到海里，却并不加害其性命，任由船上众弟兄将其搭救上船，此举已给我等弟兄留了好大的情面，我等不能不知好歹，再去加害于他。"

"三角脸"道："大当家的此言差了，他未曾加害落水好汉的性命，并非他对众好汉有什么情面，而是他恐怕害了好汉的性命，便与众好汉结下了仇怨，众好汉终将饶不过他，他方不敢把事做绝。我家主子说了，若众好汉这一回能灭了他，我家主子再给众好汉加奉二百两纹银。"

左麻子连连摇头："再加二百两？不成不成。"

"三角脸"道："那便再加五百两！加在一起，共是一千两！可以了吧？"

旁边一名海匪道："大当家的，干吧！"

其他海匪一齐随声附和。

左麻子道："一千两，说定了？"

"三角脸"道："我家主子一言九鼎，绝无虚言！"

左麻子抬手一拍椅背："好吧，白花花的银子，若是不要岂不可惜，干！"

这些日子，曹娴在海上打鱼有大体固定的海域，所以众海匪在海上乘着匪船很快又找到了她的渔船。她见匪船船舷处排满了枪尖朝外的长枪，便冷冷一笑。匪船在舵手操纵下连连撞向渔船，曹娴努力操控渔船躲避匪船，还是有几次险些被匪船撞翻。匪船上的海匪们爆发出一阵阵得意的狂笑。

"三角脸"对左麻子道："大当家的，我说的没错吧，这一回，那小白脸定当葬身海底，众好汉就等着回去分银子吧。"

左麻子得意地回应："嗯，不错，不错，你这个主意真不——"

左麻子话没说完，只见已把渔船驶到匪船船尾处的曹娴从渔船上拾起绳头上拴了一只铁钩的一卷绳子，一扬手把绳头甩向匪船上的舵手，那绳头甩到舵手腰部绕了两圈又被铁钩钩住，这边曹娴用力一拉，舵手就被拽入海中，又被拽到渔船上。

匪船舵手给曹娴跪下连连磕头："好汉饶命，饶命。"

曹娴道："若想活命便给我好好摇橹！"

匪船舵手连连点头："好，好，我摇橹，我摇橹。"

匪船没有了舵手，一会儿摇晃着在原地打转，一会儿随浪漂流，在剧烈晃动中几乎翻船。船上的海匪们一时间乱作一团。此时海上风浪突起，匪船在风浪中摇晃得更加厉害。刚好一艘大型商船行驶过来，匪船上的众海匪七嘴八舌冲着商船大喊大叫："救命啊，救命啊……"

商船渐渐驶近匪船。此时海上风浪更大了。在两船将要靠近时，一个巨浪打来，两船被巨浪托起又落下时猛烈撞击在一起，匪船顿时被撞散，海匪纷纷落水，有的当即被海浪卷走，有的抱着船板在海上漂流。曹娴命舵手摇橹把渔船驶向在海面上漂流的落水者，接着她用竹篙把一个个落水者拽上渔船，凡被救上渔船的落水者都给曹娴跪下连连磕头。

在接连救起五名落水的海匪之后，曹娴对舵手道："快！把渔船驶向商船！"

渔船驶到商船旁边。

曹娴对商船上的人高喊："快！把缆绳放下来，把人拽上去！"

商船上的人应声把绳子放了下来。

曹娴对一名海匪道："把绳子系到腰上！"

海匪把绳子系到腰上，又用手抓着绳子，商船上的人把海匪拽到了商船上。就这样，依次把五名海匪都拽到了商船上。

曹娴又让舵手把渔船驶到落水的左麻子旁边，把他拽上了渔船。

"左麻子""扑通"一声给曹娴跪下，连连磕头："谢恩人救命大恩！左某誓死报答恩人的救命大恩！"

曹娴道："看你是你等强人的头目，若是你今后率你手下众强人改恶从善，便是对我最好的报答！"

左麻子道："我左某对天发誓，今后定然改恶从善，倘若食言，定将不得好死！"

其后曹娴又救上三名落水者。

曹娴环顾海面，见海上已见不到落水者了，这才对舵手道，"把渔船驶回渔港！"

回到岸上的当天，左麻子就带着两名手下赶到了崔家。到了门口不进门，也不容崔老二多寒暄，左麻子劈头便道："姓崔的，你要灭的人乃我左某的救命恩人，今后不只我不能恩将仇报加害于他，你也不能再动他一根毫毛，倘若不然，便莫怪我左某对你翻脸无情！"

在崔老二懵里懵懂张口结舌之间，左麻子又道："还有，听说你崔家强占了左某恩人姐姐家的田产，你须如数归还人家！不然，左某还会来找你的。我可不管你崔家与皇亲沾不沾亲，即便是天王老子，我想杀便杀，杀完走人便是！"说罢不等对方说话，回头便走。

崔老二怔怔地望着左麻子的背影，张开的嘴巴老半天也没合上……

离开崔家，左麻子就让一名手下专程到渔港候见曹娴，把他到崔家警告崔老二一事告诉了曹娴，让曹娴以后尽管放宽心。

从此，曹氏父女又过上了平静如水的日子。

这一天，在微风吹拂、细浪逶迤的海面上，曹娴驾船，父亲撒网，近看鸥鹭翻飞，远眺水天一色，此情此景，犹如圣手画师描绘出的一幅绝美的海上风俗画。在等待收网之时，曹娴以清亮甜美的歌喉唱起渔歌：

　　天如海，云如舟，呜喂云如舟，

　　云呀云里住，天呀天上走，

　　云呀云里住，天呀天上走。

　　渔家儿郎赛神仙，

　　渔家的日月醇如酒，醇如酒。

　　渔歌是香饵呀，鱼儿追着游，

　　渔歌是香饵呀，鱼儿追着游。

　　风儿呀风儿呀你莫停留，

　　载着渔歌四方走，四呀四方走。

　　浪花儿呀浪花儿呀你抬起头，

　　迎着朝霞你笑个够，笑呀笑个够。

曹富荣听得如醉如痴。待曹娴一曲唱罢，曹富荣道："唱吧，唱吧，鱼儿也爱听。鱼儿都聚拢来听你唱歌，我们打的鱼便多呀。"

此时，王大海驾船驶到曹氏父女船边。

曹娴打招呼："大海叔，近日可好？"

王大海却心不在焉地支应："唔，唔。"

曹富荣问："大海兄弟，为何几天没见你来海上打鱼呀？"

王大海道："我去龙河湾我姐姐家了。"

曹娴问："孙亮哥近来可好？"

王大海眉头紧锁："他……唉。"

曹娴心里一咯噔："他怎么了？"

王大海道："我来，便是要告诉你们，亮儿他因病不治而亡了！"

曹娴猛然怔住，握着舵杆的双手一松，船身随之一晃。

曹富荣赶忙过来握住舵杆："来，我来。"接着对王大海道，"怎的，小亮他……果真如此？年纪轻轻的，怎就死了呢？"

王大海叹一口气："他呀，是生生让一门婚事害死的。"

曹富荣道:"让婚事害死的?究竟怎么回事?"

王大海说起了事情经过。

半年前,孙亮的父亲给他定了一门婚事,女方是一大户人家的姑娘。孙亮对这门婚事甚为不满,可父母之命他哪里拗得过?他终日郁郁寡欢,茶饭不思,人也渐渐消瘦憔悴下去。其父亲见他一副萎靡不振、病病恹恹的样子,便于近日张罗着为他完婚,想用喜事来冲一冲他身上的晦气。哪知如此一来,他反倒一病不起,到后来竟气绝而亡。王大海将姐夫狠狠数落一顿,丧事也不参加,就气冲冲拂袖而归。

说到这里,王大海从衣衽内掏出一封书信,对曹娴道:"这封书信是孙亮临死前交给他娘,让他娘托我带给你的,你看看罢。唉,人已死了,说什么都不管用了。"说完把书信递给曹娴,就驾船凄然离去了。

手捧书信,曹娴的心在滴血。她知道,她手上捧的不是一封寻常的书信,而是一颗破碎的心,一个绝望的灵魂。此刻,她还不能展读它,展读它,那该是一个十分庄重肃穆的仪式。

整个下午,她的心都如被千斤巨石沉沉地压住了,压得心已全然麻木,什么都不想,只机械地撒网、收网、返航……

回到岛上家中,她服侍父亲用过晚餐,待父亲睡下,就出门来到海岛北沿。

小岛之夜,风轻雾细,安谧祥和,只是月光原本是皎洁的,繁星也是晴朗的,只一会儿,便都被流云遮住了光华,一缕缕压沉的气息,弥漫了整个夜空。举目北望,只见微弱惨淡的月光下,远近一片朦胧,有如为逝者垂下了悲情的挽纱;岸边水声呜咽,有如在为逝者饮恨啜泣……不知不觉间,她的眼中已流下两行悲悔交加的泪水。现在她才知道,上一次她去龙河湾与孙亮哥见面时,他的心中已承受着巨大的折磨和苦痛。他去路上候着与她相见,是在情势逼迫之下鼓了很大勇气才做出的举动。为了摆脱那无爱的婚姻枷锁,为了得到真爱,他在做最后的努力,虽然那努力是苍白无力的,而且是不会有任何结果的。从他当时那急迫的神情上可以看出,他急于要向她表白自己的心迹,也渴望能得到她的回应。然而,她给了他什么呢?她什么都没有给他,她给予他的只有逃避。设想当时,她若能容他向自己表白他的心声,并且她向他作出他渴望得到的回应,即使那表白和回应最终没有结果,那对他的心灵也会是一种极大的安慰。但是,她却连这一点点可怜的机会也没有给予他。万万没有料到,那一次的相见,竟成了最后的诀别,给她留下了再也无法挽回的悔恨……

夜的气息浸透了心扉,却是无尽的悲凉;冻月的光华凝结在眼中,竟是那般的哀伤。不知过了多久,她迈着蹒跚的脚步回到家中,靠北墙摆好案台,点燃三炷香,平静一下心境,颤抖着双手取出那封书信,打开信封,取出信纸慢慢展开,只见上面写着两首小诗:

> 两小无猜共种梅,此情岂料覆尘埃。
> 于今恨有孤寒月,邀我樽前浊酒杯。

> 凄风吹絮恨难栖,苦雨折枝泣血啼。
> 一纸情思皆是泪,断肠惟在此间题。

看罢,她把信纸贴在胸口,已是五内俱焚。泪水,模糊了双眼,打湿了纸页……

半响,研墨铺纸,纤指握管,摇曳的烛光下,笔端生情,为逝者赋诗两首:

> 北望龙河夜若烟,思君哪堪两重天。
> 情痴何事一如此,忍看衷肠续断笺?

> 月冷灯残泪湿襟,幽明两两杳无音。
> 东方借得怀梦草[1],相见唯凭宵夜深。

书成,她将两帧诗稿在灯上点燃,焚化……

不知过了多久,门口传来父亲的一声轻咳,接着听父亲说道:"孩子,太晚了,睡吧。"

从沉思中清醒过来的曹娴回过头去,对站在门口的父亲道:"爹爹,这么晚了,您还没睡着么?"

曹富荣走进门来道:"爹爹与你一样,睡不着哇。爹爹知道,你孙亮哥过世了,你心里难过。都怨爹爹心粗,对你们的事未曾在心里过一过呀。直到你大海叔把孙亮写给你的书信交给你的那一刻起,爹爹才知道了你们共同的心思,可是,已经太晚了呀……"

看着爹爹那痛惜不已的神情,曹娴赶忙接上话道:"爹爹,这事不能怨您,我大海叔已说了,孙亮哥的长辈为他定了亲,事情早已无可更改了。"

"是啊,这是命啊。"

"爹爹,您莫再多想了,我谁也不嫁,只守着您过。"

---

[1] 《洞冥记》载,汉武帝宠爱的李夫人死去,他思念很深,恨不得重见。东方朔献给他一株仙草,于夜间佩戴,果然在梦中见到了李夫人,于是名之为"怀梦草"。

"孩子，可不能说傻话呀。爹爹说过，男大当婚，女大当嫁，这是天经地义的事，怎能老守着爹爹过呢？往后切莫再说这样的傻话。孩子，记住，往后有人提亲，只要你中意，爹爹便满意。你要遇上中意的人，尽可自己做主，爹爹决不会屈了你的心。"

"爹爹……"曹娴瞬间已珠泪涟涟……

"好了，天已很晚了，睡吧。今日不是有两条船未能赶上涨潮回港，泊在这岛的南边么，我已与他们讲好，明日一早在他们趁涨潮回港之时，我搭他们的船去码头上，到龙河湾街上买些米面，回来时我在那边码头上等你，你午后收渔到码头上送货之时，顺便把我带回岛上。明日须得你自己出海了，你要多当心。"

次日午后，双龙河口渔港码头上，强劲的北风吹拂着岸上的枯草，扬起一阵阵土雾。出海打鱼的渔民们纷纷驾着渔船驶向渔港码头边。上了岸的渔民们把鱼筐放到空场上，与蜂拥而至的鱼贩们讨价还价做着交易。

曹富荣伫立于码头上，向着渔港外的海面上翘首张望。劲风频频掀动着他的衣襟和鬓发。

一名上岸的渔民与曹富荣打招呼："老哥，今日未曾出海呀？"

曹富荣点头道："是啊，我去龙河湾大女儿家了，顺便买了些米回来。今日小女娴儿自己出海了，你返航时可曾见到她了？"

渔民摇头道："没有啊。"

曹富荣一一询问上岸渔民，渔民们个个都摇头。

海上再无渔船返航，曹富荣仍伫立在码头上朝河口外海面上翘首张望着。

此时王大虎走了过来："大伯，娴儿妹妹尚未回来呀？"

曹富荣焦急地说道："没有啊。这风越刮越大，海上的风比这陆上的风还要大得多，娴儿到此时未见回港，这可如何是好？"

王大虎安慰他："大伯莫担心，娴儿妹妹驾船的本领在这一带打鱼人中是数一数二的，风刮得再大，她也定能安然回来。我与大伯您一同在这里等她。"

曹富荣道："你还是回去吧，免得你爹娘为你担心。"

王大虎道："我爹娘今日都去龙河湾我姑姑家了，晚上不回来，我正好在这里与大伯您一同等娴儿妹妹回来。"

天已黑了下来，曹富荣更加焦急地朝海面上引颈张望着。

王大虎道："也许，娴儿妹妹返航晚了一步，见风浪太大，便先回岛上了，她知道即便自己不来码头上接您，您也会住到杏儿姐姐家去的。要不，我们去岛上看看？"

曹富荣点点头："好吧，但愿如你所说。"

二人一同来到王大虎的渔船上，张满风帆向海面上驶去。

渔船驶到珍珠岛边，曹富荣和王大虎在岛边泊好渔船，一同登上小岛。此际月挂中天，给小岛洒满一层朦朦胧胧的银辉。岛上两间泥屋草舍里黑着灯，曹富荣和王大虎一前一后走进屋门，屋内漆黑一片。

曹富荣招呼："娴儿，娴儿，你可回来了？"

屋内无人回应。曹富荣摸索着点上膏油灯，擎着灯在屋内四下照照，见屋内并无曹娴踪影，只好放下油灯，走出屋子，向海边走去。

王大虎随后跟上："大伯，您去海边啊？"

曹富荣道："你回屋里睡吧，我去海边等娴儿回来。"

王大虎不再说话，跟在曹富荣身后往前走。来到海边沙地上，两人并肩而立，向海面上眺望。

海面上，惨淡的月光照射下来，尽都被汹涌的浪涛吞没了。一个接一个的浪头拍打着沙岸，发出哗哗哗的水声。

曹富荣眺望着朦朦胧胧的海面，语声凄切："娴儿啊，你在哪里呀，你可不能撇下爹爹不管哪……"

第二十章
两吟两和巾帼属意　三见三别须眉倾心

大海海面上，北风劲吹，大浪翻卷。微弱迷蒙的月光下，可见一只小船在风浪裹挟下时隐时现，犹如被狂风卷起的一片树叶，在强大的气旋中上下飞旋翻卷着。

昨天午前，曹娴本来是在近海海面上打鱼的，为了能多打些鱼，尽快给父亲攒够日常用度的银钱，以便自己能尽早去营州寻找婉儿妹妹，便一心追着渔汛跑，渐渐地就把渔船驶向了深海。到了强风裹挟着海浪由北向南汹汹而来时，她忙掉转船头返航，但已经晚了。在强大的风浪冲击下，她已完全不能掌握小船的航向，只能倾尽全力控制船身的平衡，以使小船不致被风浪掀翻。小船一会儿被抛上浪尖，一会儿又被摔进浪谷。有多少回，小船几乎被浪头掀翻，她人也几乎被掀入海里，却又奇迹般地挺过来了。此时的小船，犹如被狂风旋起的一片纸片，在大风大浪的冲击裹挟下一路向西南方向漂流而去。天完全黑下来之后，月亮升上了天空，风浪也稍稍小了些，但她已迷失了方向，在茫茫大海上已辨不清哪里是东西哪里是南北了。她只知道，如果风向一直未变的话，逆风行船有可能驶回家中，可已经极度疲惫的她，哪里还有力气逆风行船，这个时候，借着朦胧的月光，能够掌控船身平衡不致被风浪打翻，于她而言已属奢望了。到了后半夜，她已疲惫困倦得几乎不能自持了，仍极力克制着睡意，她心中十分清楚，一旦睡着，危险马上会继之而来。

到天色大亮时，海面上风浪又骤然大了起来，她赶忙打起精神握紧了舵杆。忽然，她望见前面远处烟霭迷蒙中，似出现了一片若隐若现的陆地，在陆地这边的海面上出现了几团灰色的影子。凭经验，她判断出那是几条船的影子。她的神情为之一振。见着了陆地，尤其是见着了那几条船，她断定自己有救了。她即刻将船帆升起一半，然后掌舵向着那边快速漂流过去。离得近些了，她已能看清对面的船，中间是一艘大船,其两侧和后面的三艘船比它略小些。那些船上的人显然也发现了她的船,中间那艘大船率先向她这边驶来。到与那艘大船离得只有五六十步远时,她发现那船真是太大了,估计船身前后有五六十步长,她有生以来从未见过那么大的船。很快,她的船离那艘大船只有十余步远了,只听大船上有人朝她喊:

"喂,小船上那人,你的船太小太危险,你赶快上到大船上来吧。"

随着喊声,大船上已放下来一条粗绳。

曹娴并未让自己的小船靠近那绳子,而是把船靠近大船甲板上无人的位置,然后运足力气"嗨——"地发一声喊,纵身跃至离海面有七八尺高的大船甲板上。

大船上众人见此情形齐声喝彩。

众人喝彩之声尚未落音,只见一个冲天巨浪轰然而至,小船一下子被抛至半空,眨眼之间那大浪又骤然退去,小船从半空猛然摔砸下来,只听"嘎巴"一声巨响,小船已被摔砸得七零八落,大船也随之猛一震颤。

众人又是一声惊呼。

曹娴站在大船甲板上正望着自己那被摔散了的小船发愣,忽听身后有人说话:"好险哪,足下受惊了。"

曹娴忙转身看去,一眼便看出对面之人一派儒雅,却又器宇不凡英气逼人。此时的她顾不得多想,便道:"多谢诸位搭救之恩。敢问阁下,这是什么地方?"

对面那人侧身抬手一指远处烟霭朦胧中的一片陆地:"那里便是'仙境'红石滩。"

曹娴惊叹一声:"呀,那便是红石滩呀。想不到不足一昼夜的工夫,竟在海上漂出了三四百里。"说罢突然身子一晃,没容对面那人来扶,就身子一软瘫倒在地,双目紧闭人事不省了……

待醒来时,曹娴发现自己正躺在一间屋内的床上,身上盖着暖暖的红花锦被。侧头看时,只见对面墙边椅子上坐着一年轻女子。

那女子见她醒了,有些惊喜地起身过来道:"你醒了?"

曹娴想坐起来,一欠身子,觉得浑身软软的没有丁点力气。

年轻女子忙把她按住道:"莫动,你刚醒过来,不能马上起来。"

曹娴往屋内四下瞅瞅,问道:"这是何处,我怎么会在这里?"

年轻女子道:"昨日早上在海上,你刚从小船上跳到我家主子的船上,便昏迷过去人事不省了。我家主子让人把你抬进船舱,船到岸边后,又让人把你抬到这客店里,盼咐郎中给你开了散风驱寒的汤药,让我把你唤得似醒非醒时给你喝了。从那时起你便一直沉沉睡着,整整睡了一天一宿,这不,刚刚醒来。"

曹娴点点头道:"你家主子是我的救命恩人,他是谁,现在何处?"

年轻女子道:"我家主子姓黄,他不让人称他……哦,不让人称他老爷,要人称他先生,你便称他为黄先生吧。方才你还睡着时他来看过你,见你尚未醒来,便又出去了。"

"你是……"

"我是主子家的丫鬟,贱姓靳,名红,你就叫我红儿吧。"

"你们可是本地人?"

"不,我们都是跟随主子自京师过来的。"

曹娴听到这里,想想又道:"请恕我多问,恩人为何不远千里自京师来至此地?"

红儿答道:"主子至此是要做一宗生意。我只知道这些,别的便全然不知了。——哟,你看,只顾说话了,主子让我给你熬了银耳莲子羹,等你醒来给你喝,还在灶上热着呢,我这便去端来。"

说罢走出屋门,很快端来一海碗羹汤。曹娴这才觉出自己已饿得前心贴后心了。红儿要喂她,被她谢绝了。她支撑着坐起身来,接过海碗,用汤匙一匙一匙地把一海碗羹汤都喝了,这才觉得身上有了精神气儿。此时正是大地回春时节,一碗热汤喝下,她顿觉身上一阵温热,就把棉被撩开了,却见自己身上着了一袭绛紫色的男式绸布袍子。她原本穿的是青色麻布袍子。这就是说,在她昏睡时,有人给她换上了这件绸布袍子。趁红儿不注意,她撩开袍角看看,见身上还穿着原来的内衣裤,才稍稍心安了些。她记起在海上时她浑身上下都被海水打湿了,此时水湿的内衣裤已被体温烘干了。尽管如此,她还是想到了那为她换袍褂之人,大半已经知道她女扮男装的秘密。想到这一层,她的脸腾一下热了起来,禁不住问道:"这袍子从何而来,是何人给我换上的?"

红儿道:"是我们从京师带来的。当时你身上的袍子全被海水打湿了,先生便命我为你换上了这件袍子。"说完又补上一句,"换袍子时,屋内只我一人在。"

红儿这样说,等于明白告诉了曹娴,她已经知道了她的秘密。既然红儿如此,在其他人那里也就无秘密可言了,一时之间她的脸烧得滚烫,身上也一阵燥热,于是说道:"可到屋外走走么?"

红儿说一声"随我来",就向门外走去,曹娴随后跟上。出了门,就跨进了一间厅堂。厅堂很大,靠北墙放着一张八仙桌,桌两旁各摆着一把太师椅。红儿进入厅堂后折而向南,朝厅堂门口走去。快到门口了,却突然收住脚步,回过身把嘴凑近曹娴耳边低声道:"你看,我家主子就在门外庭院中站着说话呢,东面那位年轻的便是。"

曹娴听她一说,脚步稍往厅堂中间挪了挪,就能通过门口看到庭院中的人了。只见偌大庭院中,正有两个人在站着说话。曹娴注意看东面那位,见那人正是昨日清晨在海上她从小船跃上大船时与她说话的男子。在当时那急迫的情势下,她一瞥那人只觉其英气逼人,却并未顾得细瞧其面貌。眼下再看时,只见那人正当盛年,伟岸的身躯上着一袭金丝凿玉锦绣长袍,腰佩玲珑玉,脚蹬镂金靴,刚毅的长方面庞棱角分明,一双剑眉呈虎跃之态,眸子幽远而深邃,挺直的鼻梁,倔强的唇角,从上至下,给人一种英姿洒落、气宇轩昂之感,真正是:"巫峡襄王,未必有此仪表;洛川魏青,几曾得此丰神。"从小至大,曹娴还从未如此着意端详过一个男人,但此人是她的救命恩人,她不得不用心看仔细些,也就不觉得有多么难为情。再看其西侧那人,是一年逾花甲的老者,细高身材,白净面庞,着一袭藏青色长袍,从那一双炯炯有神的眼睛上,便可看出此人为人处世必然精明过人。

她问红儿:"恩人旁边那位老者是谁?"

红儿答道:"那是我家主子的大掌柜,姓方。"

尽管她二人都压低了声音说话,可能庭院中的二人还是觉察出了这边的动静,只见他们停止说话,先生迈开凌云阔步,向着屋内走来,方掌柜于其后紧紧相随。

连曹娴自己都感到莫名其妙的是,她的心竟怦怦怦地跳了起来。

见庭院中的二人快走进屋内了,红儿赶快退避到厅堂一角,曹娴也忙向一边退让。此时走在前面的先生已一步跨进厅堂,一眼瞥见肃立于厅堂一侧的曹娴,便朗声道:"喵,终于醒来了,起得忒急,成么?感觉可好?"

曹娴忙深施一礼:"谢先生救命大恩,在下已安好如初了。"

先生心头不禁一颤:这语声娇脆清润,空灵如风;那微微低垂的眼睫,似墨蝶抖翅;一袭绛紫男袍,却遮不住若有似无的娇柔;凝肤胜雪,犹如那盛开的纯白木槿一般;那眼神,恰似那惊鸿水起,又若那夜萤流光,一抹羞赧暗含于清玉的眸心中……果真是个女扮男装的奇美女子!听方掌柜一声清咳,方将狂浪般的思绪收回,恢复了常态,说道:"足下言重了,举手之劳,何言大恩?——喔,足下大病初愈,不宜久站,请坐。"

曹娴忙道:"先生请坐。"

先生坐在了八仙桌旁的太师椅上。红儿已搬来一只腰圆凳放在曹娴身旁。

先生朝那腰圆凳一摆手:"请!"

曹娴向先生一揖："谢先生。"便规规矩矩坐在了腰圆凳上。

先生又朝站在另一侧的方掌柜道："老方，你也坐嘛。"

方掌柜说一声"谢先生"，也在另一只腰圆凳上坐下。

先生转对曹娴道："昨日清晨在海上，足下上到我们的船上之时，说了一句'想不到不足一昼夜的工夫，竟在海上漂出了三四百里'，不知足下来自何方，敢问台甫？"

此时曹娴想着，对方一定知道了她的真实身份，如果他问起此事，她定会如实相告，在恩人面前她是不会说谎的，然而对方并不提起此事，反倒称她为"足下"，她只好继续装扮下去。如此一来，她就少了些往日的爽朗大方，显得有些拘谨了。此时见问，她便欠身答道："在下乃平州卢龙县沿海一渔家子弟，姓曹名闲，前日出海打鱼，于午后突遇险风恶浪，不得返航，被风浪推着一路向南漂移，直到昨日清晨幸遇先生一行，方才得救。故此先生之救命大恩，在下没齿不忘。"

"欸，"先生大不以为然，"我方才说了，足下此言过重了。当其时足下在急难之中，无论何人遇上也会一伸援手的。何况，那不过是举手之劳而已，何足挂齿？足下切莫看得过重了。我倒是想，前日海上风急浪高，即便大船巨舰在那海上行驶，也难保无虞，而足下只驾一叶扁舟，在海上漂流一昼夜，竟能安然无恙，这不是人间奇迹么。创此奇迹，若非天助，便是足下自身有非凡之功力。再看足下举止谈吐，皆是不同凡俗，可见足下绝非寻常之人。是以与足下相遇，倒令我等开了眼界呢。"

这一席赞美之辞，说得曹娴面红耳热，赶忙说道："先生过誉之辞，在下实不敢当。在下不过一乡间草芥而已，如何当得起先生如此垂青？在下所以能够大难不死转危为安，一者出自侥幸，二者全赖先生一行慷慨相救。若无先生一行施救，在下早已葬身海底了。"

此时方掌柜欠一欠身子，轻咳一声："足下如此说便是了。能遇上我家先生，实为足下之福。不言前事，只说自海上登岸之后，足下一直昏睡不醒，为等足下醒来，先生生意也不去做了，就羁留在这客馆候着，又吩咐红儿日夜陪侍于足下卧榻之侧，直到当下足下醒来，你看我家先生这不是救人救到底——"

"老方休要啰唆！"先生打断方掌柜的话头，转对曹娴道，"有道是树老根多，人老话多，我家方掌柜年岁大了，嘴上便没了遮拦，他的话，足下大可不必过耳。"

曹娴起身向方掌柜深施一礼："方老前辈所言极是。先生与老前辈错爱，已让晚生不胜惶恐，又因了晚生的缘故，致使先生与老前辈滞留于此，耽搁了先生和老前辈许多宝贵时光，晚生能不感激涕零？现下晚生已归心似箭，这便要动身返乡。先生救命之恩，只能来日图报了。"说完这话就站起身来。

"且慢！"先生摆手说道："足下病体初愈，尚不宜出行劳顿，至少须将养两三日方可动身。"

曹娴回道："先生厚意，在下心领了。只是在下贱躯已然无恙，今去意已决，乞先生勿再相留。"

先生对方掌柜道："老方，这便是你的不是了，你那一番言语，不是等于赶人家走么？"又转对曹娴道，"我家老方方才那几句话有失偏颇，我等在此逗留，不单专为等足下醒来，实在是尚有一些琐事需要料理。若足下再住下去恐耽搁我等时光，此事并不难办，我等该去做甚便去做甚便是，只留下红儿陪伴足下，可好？"

方掌柜赶忙欠身说道："我家先生所言极是，老朽方才所言，实有偏颇，这两日我等确是有些琐事须得料理，方逗留于此。足下切莫急于离去，若足下执意离去了，我家先生非责罚老朽不可。"

曹娴道："在下此去并不关方老前辈的事，乞先生切莫责罚于他。在下即刻动身返乡，实是出于惦念家中老父。在下自海上遇险至今，已是三日未归，家父尚不知在下是死是活，定已焦急万分，若在下仍迟迟不归，致老父过忧伤身，岂不是儿女之大不孝么？故此在下须即刻动身返乡。"说到这里略一顿，又道："在下已听红儿说过，先生一行乃自京师而来，今日一别，不知日后在下如何再得拜见恩人？"

先生应道："'恩人'二字免了吧。我与方掌柜寒舍皆在京师。方掌柜的宅第好寻些。方掌柜大名讳个'乔'字，足下若到了京师，去一个叫永兴坊的地方寻他方乔便可，寻到了他，便等于寻到敝人了。"

曹娴一听先生道出一个"乔"字，心中便咯噔一响。此前她心中已然犯疑：先生的真实身份究竟如何，真是商人么？看他相貌魁奇，一身贵气，绝非一般商人可比。此时又听先生说方掌柜名乔，这个"乔"字，正是当朝重臣房玄龄的字啊，他们又都来自于京师，莫非……再一想，又觉得这太离奇，是不可能的事。想到这里，她那股子直爽劲又上来了，就直言问道："方老前辈尊姓大名，莫不是当朝重臣房玄龄房大人的名讳么？"

方掌柜听了这话一怔，忙摆手道："不不不，房大人姓房，老朽姓方，不同字的，至于名字么，倒是犯了房大人的字讳了，重名而已，重名而已，老朽哪里有房大人那样的造化呢。"说到这里眼珠一转，"你一位渔家子弟，竟然知道朝廷上有个房玄龄房大人，还知道他的表字，所知真是不少啊。"

先生忙岔开话头道："足下决意要走，我等也不便强留。只是足下此去平州沿海须走陆路，路途遥远，须带足一路盘费方可。老方，你带红儿去取些银钱来给客人带上。"

方掌柜应声起身要走，曹娴忙道："老前辈且留步，此事免了，晚生身上备有银钱，足够一路花销的。"

方掌柜道："俗话说，穷家富路，一分钱难倒英雄汉，盘费还是带足为好，请足下不要见外。"

曹娴向先生和方掌柜分别一揖道："谢先生与方老前辈的好意。只是，晚生所备的银钱真是够花了。"

见她一再婉拒，先生和方掌柜只得作罢。

曹娴身上确实带有一点钱，但她知道，这点钱只够她一两天的吃住花销。她已做好打算，上路以后用几文钱买好笔墨纸砚，一路上作些字画来卖，旅途盘费也就有了。

辞别了先生一行，曹娴就动身走上了返乡之路。此际正值早春时节，天气乍暖还寒。一路上，除了路边柳树已冒出嫩绿的叶芽之外，其他树木花草均未复苏，很少能见到绿色，四周一派萧瑟落寞的景象。转过一道山谷，忽然眼前一亮，只见前面山坡上生长着一大片梅林，树树白梅竞相怒放。那朵朵花儿，洁白如雪，晶莹似冰，真是冰肌雪肤，千娇百媚。曹娴自幼受村塾先生熏陶，素喜梅兰竹菊，而又尤爱梅花。以往所见的梅花，只是庭侧院旁的一树两树而已，像眼前这样成百上千株梅树齐集一处竞相开放的景象，她还是破天荒第一回见到。徜徉其间，她初而心旷神怡，继而如醉如痴了。

既而，她诗心萌动，不禁脱口吟道：

　　　　山旁白玉林，风雪最知音。

　　　　不慕桃梨艳，清寒濯素心。

正自陶醉于诗情画意之中，忽听身后有人说道："好诗！好诗！"她心中一惊，急回头看去，见身后不远处站着一人，竟是刚辞别不久的恩人，不禁惊喜地问道："先生，是您？您怎么在这里？"

先生笑吟吟地看着她道："我等要前往北面镇子上，路经此地，碰巧遇见了足下。"说着往身后一指，"你看，他们都来了。"

曹娴朝其身后看去，只见那方掌柜已跟了过来，其身后跟着三个长随模样的汉子。

先生接着道："足下吟的好诗，只四句，白梅的品格风神便跃然而出了。"

曹娴脸上流红若霞："在下从未见过如此众多如此好看的梅花，一时兴之所至，随意诌了几句，算不得诗的，让先生见笑了。"

先生摇头道："足下过谦了，真正是形神兼备的好诗嘛。我来献丑和上几句，如何？"

曹娴忙道："愿洗耳敬聆。"

先生眼观白梅略一思忖，遂吟道：

　　　　冰霜铸此身，无意混芳尘。

　　　　一旦清香至，普天皆是春。

先生刚一落音，曹娴便由衷赞道："先生作的才是好诗，意蕴情志究竟别有洞天。"

先生自谦道："哪里，哪里，足下过奖了。"

二人边说边往前走，曹娴忽见一树老梅花期将过，树上的花朵已稀稀疏疏，凋谢的花瓣零落一地，如霜似雪，即抬手一指那老梅道："先生请看那一树老梅。"随即吟道：

　　　　不逐群芳粲，心清品自坚。

　　　　应时当谢去，不乞世人怜。

先生拊掌赞道："好！好！此老梅真个是品性高蹈胸襟旷达了。"随之抬手一指那满地的花瓣，"看那落花。"即吟道：

　　　　落英疑是霜，闻却有馨香。

　　　　纵是绝尘去，流风逸韵长。

曹娴听了不胜感慨："先生此四句真大境界也，相比之下，在下拙作的器量还是小了。"

此时方掌柜凑上前来，笑嘻嘻地说道："二位都不要自谦了，依我看二位的大作皆为上品，真正是旗鼓相当难分伯仲哩，噢，应该说是珠联璧合相映成趣才对。老朽人老了，眼迟心慢，似这样即景赋诗是不能了，不过老朽也想凑个热闹，不妨换换口味，来点别的。老朽便与曹大才子来个改一字令，如何？"

曹娴一拱手道："才子称谓晚生不敢当，改一字令么，晚生当请老前辈不吝赐教。"

方掌柜道："是这样，这一字，既须象形，又须押韵。老朽这便说了：口，好似没梁斗。"

曹娴不假思索便道："川，好似三条椽。"

方掌柜煞有介事地摇摇头："曹大才子这三条椽里头，可有一条是弯曲的哟。"

曹娴一笑道："老前辈乃先生生意上的大掌柜，不说富甲一方，也是衣食无忧了，尚且使着一只没梁斗，晚生不过一乡间寒素，三条椽中有一条弯曲，又何足见怪呢？"

方掌柜一听，脸上就现出些许尴尬之色，不由说道："曹大才子才思敏捷出口成章，令老朽钦佩之至。"

曹娴笑意盈盈，口气中不无揶揄意味："老前辈端来别人蒸熟的冷馒头，让晚生吃现成饭，晚生哪里有不敏捷的道理呢？"

曹娴的意思是，方掌柜出的一字令，是照拾他人牙慧，她也照葫芦画瓢，当然就对答如流了。话里话外充满讥刺意味，令方掌柜听了一时脸上红不是红白不是白，不过他毕竟阅历颇深老于世故，只一句话就为自己解了围："曹大才子真是博学多才的饱学之士啊，老朽信手捡来个自以为冷僻些的掌故，来与大才子凑个趣，不想在大才子面前竟是班门弄斧了，惭愧惭愧。"说到这里他话锋一转，"不过，曹大才子乃一渔郎，竟是如此博学多才，恕老朽孤陋寡闻，似此等渔郎，老朽以往是见所未见闻所未闻哪。"

这话明是在夸赞对方，暗却是在质疑对方的身份。

曹娴摇摇头道："什么大才子，什么博学多才，什么饱学之士，这一顶顶桂冠晚生一顶都不敢戴。似晚生这样的渔郎，老前辈见所未见闻所未闻，不在于老前辈孤陋寡闻，而在于老前辈眼光太高。老前辈乃一走南闯北的大掌柜，所见所闻的不是富商大贾，便是达官显贵，像我们这样的穷苦渔家子弟，是入不得老前辈的眼界的，自然便对我等渔家子弟知之甚少了，便以为，凡渔家子弟皆是些蒙昧无知的粗鄙之人。殊不知，我们渔家子弟个个皆冰雪聪慧，只是家境贫寒少读诗书罢了。但凡似晚生这样读了几日村塾的渔家子弟，才学见识均不在晚生之下，只是老前辈不屑于眼睛向下，故此便先入为主了。"

方掌柜心里说好硬的嘴头，嘴上却道："如此说来，是老朽少见多怪了，见谅见谅。"

这一切都被先生看在了眼里。先生瞥一眼方掌柜，又转对曹娴微笑道："我家老方话虽絮叨，也是好意，如有言语不周之处，还望海涵。"说到这里话头一转，

"我等与足下能再次巧遇,便是你我有缘,敢问足下,你我此去可否一路同行?"

曹娴顿一顿,问道:"不知先生一行要前往何地?"

先生抬手向西南方向一指:"此去二十里处有一镇子,名桃花镇,我等要去那镇子上验一批货,不知足下是否要经过那里?"

曹娴拱手道:"真是不巧,在下已向一樵夫打问清楚,前面不远处有一东西向山间小路,走那小路可就近走上通往碛口的大路,再由碛口转道而行,方可到达在下家乡,是以在下即须在此与先生分手。在下再次拜谢先生救命大恩。"说着向先生深施一礼,"在下这便去了,先生多保重。"又转向方掌柜深施一礼,"方老前辈保重。"说罢,为不让对方看到双眼中忍不住要涌出的泪水,便速速转身,快步离去了。

先生久久伫立原地,凝望着曹娴渐渐远去的背影,直到那背影隐入远处的树丛之中。方掌柜见先生如此忘情凝望,也就不忍打扰他,只在一旁默默地等待。

他们究竟是什么人,是他们自称的商人么?当然不是。正像曹娴曾经猜疑过的那样,先生,是大唐第二代皇帝唐太宗李世民;方掌柜,是当朝身居宰辅之位的尚书左仆射、梁国公房玄龄。那么,他们为什么要隐瞒自己的真实身份,而装扮成商人呢?原来,这一年河北河南一带大旱,朝廷调拨了大批库粮赈济灾民。为防止以往赈灾时屡次发生的一些地方官吏克扣赈灾粮食中饱私囊的流弊,朝廷采取了严格的督察防范措施。即使如此,李世民还是不放心,由房玄龄等臣子伴驾亲赴河北河南巡视灾情督查赈灾情形。几天前,由东都洛阳辗转来到了红石滩地界。为访查到真实情况,他们有时扮成商人,有时扮作游客,到一些村镇暗中查查。连日奔波劳顿,使他们身心俱疲,前天,便停下访查略作休整,调了四条大船到海上巡游散心,不期遇上了被风浪裹挟至此的曹娴,从而成就了一段英雄救美的佳话。

见君王停止了凝望,房玄龄打趣道:"陛下莫不是堕入情网了么?"

李世民一嗔道:"房爱卿说的哪里话,朕是觉得此女太超凡脱俗了,竟是如此的清纯,如此的高洁,就如这梅花般冰清玉洁,一尘不染哪。"

房玄龄也许在刚才的斗智中领教了曹娴性格中的那股子辣味儿,此时便又打趣道:"又像一株带刺的玫瑰,别有韵味儿,可是?"

李世民道:"何为清纯?便是去雕饰,不造作,出自天然嘛。想那大内后宫之中佳丽成群,如她这样的又有几人?一个个不是钩心斗角尔虞我诈,便是搔首弄姿献媚邀宠,令朕心烦哪。与那令人烦闷的气氛相比,她便像那一泓春水,一缕清风啊。"

房玄龄道："既然陛下如此钟情于她，红儿也早已看出她是个女扮男装的女儿身，陛下为何未曾挑明她的真实身份，再示爱于她呀？"

"唉，"李世民摆摆手道："爱卿又说糊涂话了。她女扮男装，必有隐情，她在你我面前不愿透露她的真实身份，也必有缘故，朕要挑明了，不是要让她难堪么？示爱于她更是使不得，朕刚救了她，便对她心生非分之想，说重了是乘人之危，说轻了也是施恩图报，皆为君子所不齿，朕贵为天子，便更不能为之了，故此爱卿之言不可取。"

房玄龄还不死心，又道："那若是她亦有意于陛下呢？臣看她未必不是如此呢。若果真如此，就这样各奔东西，岂不是错过了一桩美好姻缘么？乞陛下恩准，臣设法追上她去问个究竟，再作理论。"

李世民道："不可，如此行事是有逼婚之嫌的，此事就此打住，爱卿勿复多言。"

午后时分，曹娴来到一个镇子上，向一过路老者深施一礼："请问老前辈，这是什么镇子？"

老者回答："此镇名上河镇。"

曹娴又问："老前辈可知何处能购得文房四宝？"

老者朝不远处一家店铺一指："那里有一家店铺，名'煜文轩'，专卖文房四宝。"

曹娴谢过老者，到店内购得文房四宝，写了几幅条幅，在镇街一侧摊开售卖。

此时街面上行人稀少，十分萧条。

一过路人来看那条幅，连连赞道："好字！好字！"

曹娴问道："先生可是想买？"

那人马上摇摇头走开了。

此后又有两个过路人相继看过条幅，也是口称好字却不买，然后走开了。

天色渐晚，有一穿戴阔绰的老者来看字："好字，真乃好字也！"

曹娴道："老前辈过奖了。"

老者问："请问润格如何？"

曹娴回答："五十钱一帧。"

老者摇头："如此好字，若在以往，五十钱一帧是太过低廉了，可如今，老朽只能付你二十钱，可卖？"

曹娴略一思忖："好吧。敢问老前辈，这镇上凡来看字者，皆口称好字，却无人购买，是何缘故？"

老者道:"这个么,恕老朽直言,此地正逢大旱,人们一日三餐尚且不保,哪里会有余钱买这中看不中用的物什呢?"

曹娴望着老者离去的背影,心中合计,如此看来,靠卖字挣得盘费这条路是走不通了,而且把许多时光用在卖字画上,要到哪一天才能回到家乡呢?思来想去,她打定主意,今晚权且在这镇子上住一宿,明日一早即原路返回,去红石滩找师父借钱。半年前她出寺时,听师父说三个月之后她要转到红石滩弥陀寺主持佛事,想此时师父正在那里。她本不想去打扰师父的,但出于无奈,只好前往了。说心里话,她是没有哪一天不在想念师父的。她在街上找了一家雅致干净些的客店,到里面一问,前面临街的客房都是给散客住的,房价低廉,后面的独院须整体包住,房价要昂贵得多。她包了临街的一间住了下来,用过晚饭,洗漱完毕,就睡下了。一觉醒来,忽听门外有人低声说话。

一人道:"我看后面院中住的那几位吃住讲究,出手阔绰,尤其是那壮年穿戴华贵,言谈举止气度不小,是条大鱼,定有大油水,我等这一回可不能坐失良机。"

另一人道:"我去将弟兄们招来,今夜便动手。"

"不可,这店里住的客人太多,一旦动起手来惊动太大,说不定便有那爱管闲事的出来找我等的麻烦,我在后窗外听那壮年说,明日卯时他们要动身西去,正好路过那黑风口,我等可先他一步到那里设伏,待他们路过之时,便将他们团团围住,他要肯留下买路钱,便让他走人,他要不肯,我等便……"

这二人的对话,等于明白无误地告诉了曹娴,这是一伙强人,要对后面独院所住的客人施以拦路抢劫。那么,后院的客人是谁?会不会是先生一行呢?又一想不会的,哪里会有这么巧?她与他们接连两次相遇已经够巧了,哪里还会有第三次呢?再想想,即使后院的客人不是先生一行,自己已然知晓了那伙强人的罪恶图谋,也不能见死不救啊,该当去给后院的客人提个醒。正要起身,忽觉如此做法殊为不妥,一个不速之客深更半夜去敲门,人家会怎么看,能相信自己么?要让那强人察觉了,还会惹来大麻烦……就这么想着,不知什么时候又迷迷糊糊睡着了。

凌晨,她一觉醒来,赶忙起身出门去观望后院,见整个院落静悄悄的毫无动静。去问早起的店小二,店小二说人已经走了。再问那客人都是何人,店小二只说是几个生意人,别的就一概不知了。她也顾不得再多问,只又问了去黑风口怎么走,就马上上路了。急急走了约一个时辰,过了一道土岗,远远望见前面路上有几个人的身影。数一数,共是五个——先生一行也是五人,她的心不由得突突突跳了起来。又离得近些了,她认出了五个人中两个熟悉的身影:一个是先生,一个是方掌柜，果然是先生一行！此时，他们五人已走到一座土山下。那土山上参差长着一些杂树，山间有一道深深的豁口，脚下的路就通向那里。想来那豁口便是黑风口了。

先生一行已走进了豁口。

忽然，豁口两边山上的树丛中一下子蹿出十几个人来，均是黑衣黑裤黑布蒙面，有的持刀，有的持枪，有的持棍。只见他们呼啦啦跳进豁口，把先生一行团团围住。先生已抽出佩剑，那三个长随也都抽出了腰刀，把徒手的方掌柜护在中间。双方有短暂的静立相持，曹娴想那定是在谈判。谈判显然没有成功，双方很快挥舞兵刃对打起来。看得出先生剑法娴熟招势凌厉，那三个长随也个个武功高强，却因以寡敌众，又须时时护着方掌柜，与人多势众的强人一方相比显然居于下风。

曹娴箭一般冲到双方近前，猛然起脚照一手持钢刀的强人后腰踢去，那强人被踢得"啊"一声惨叫，一头扑倒在地。另一手持长棍的强人见状，抡起长棍向曹娴兜头劈了下来，被曹娴一闪身子躲过。那强人又一摆棍头对着曹娴胸腹间一棍搠来，曹娴向左一闪身躲过棍头的同时，疾出右手一把抓住棍身随势向后一带，那强人立脚不稳往前便扑，曹娴猛起左脚照强人肚腹踢去。强人定是被这一脚踢得疼痛难忍，只见他五官扭曲变形双手捂腹低低地弯下腰去，这边曹娴已是长棍在手。那些强人见半路上杀出一匹黑马且功夫超群，不得不分出人手来对付她。两个强人一人持枪一人持刀从她左右两侧杀了过来。此时此刻，师父悉心教给她的棍法便有了用武之地。只见她使个"野马分鬃"，步踩梅花叠腰折臂，一根棍子左右抡晃上下翻飞，似蛟龙出水，翻江倒海；如流星雨下，遮天蔽日。那两个强人只顾得左躲右闪，手握刀枪却无从出手，忽一强人一个闪躲不及被一棍击中肩部踉跄欲倒。那边强人见这边两个同伙不能取胜，只得又分出两个人来助战，四个强人前后左右把曹娴团团围住一起来攻。曹娴见他四人稍稍近了身，便使出师父着意教授的棍法绝技——"风扫梅花"，只见她猛吸一口气纵身跃起，在空中飞旋一周，棍随身旋猛扫一圈，棍头过处已有三个强人被扫倒在地，另一强人勉强躲过棍头后转身拔腿便跑。

曹娴对手捂肩背倒卧在地的三名强人道："敝人棍下给你们留情了，否则你等早都脑浆迸裂了，你等腿脚都还无恙，可站起来的，快快起来滚开，不然敝人真的不客气了。"

三个强人一听这话，马上停止呻吟，跌跌撞撞地爬起来跑掉了。

由于曹娴牵制了强人的力量，李世民等人那边的情势很快发生了逆转，李世民和三个长随愈战愈勇，已有三个强人被他们击伤了。众强人见已不能取胜，便一声唿哨四散而逃。李世民等人也不追赶，由着他们去了。

曹娴趋前几步向李世民和房玄龄一揖道："先生与方老前辈受惊了。"

李世民精锐龙目溢出掩饰不住的惊喜之光："足下真是从天而降啊。今日的遭遇若无足下相助，我等必有不虞之灾。足下是如何来到此处的？我等正当危急关头，足下及时来救，怎会如此之巧呢？"

房玄龄也是连连称奇："奇遇，奇遇，真乃奇遇也。三日之内，接连三次巧遇，足下与先生这不是有天大的缘分么？"

曹娴秀眉一扬，眼池盈波："方老前辈所言甚是，晚生与先生一行确是缘分不浅。不过今日晚生与先生一行相遇，也是事出有因。昨夜晚生于客店听到强人密语，今早要来这黑风口对客店后院所住客人施以拦路抢劫，晚生一早便来这里一看究竟，不想被强人所劫的正是先生一行。"

房玄龄听了这番述说，拊掌道："这岂非天意？先生与我等遭遇强人，结局却是足下与先生再次相见，这不是因祸得福么？前日先生救了足下，今日足下又救了先生，如此轮回，这不是上苍有意的安排么？要我说——"

"老方又饶舌了！"李世民打断他的话，转对曹娴道，"方才足下勇斗强人的一幕，真是精彩极了，足下武功如此炉火纯青，真令我等不胜钦佩。"

曹娴忙道："先生过奖了。在下以往确曾习过几日武，不过初学而已，当不起'炉火纯青'四字的，倒是先生与三位勇士的武功令在下开了眼呢。"

房玄龄接言道："足下何必过谦呢？方才足下一人力战四凶，不费吹灰之力便把他们打得倒的倒逃的逃，功夫真是了得。足下不过弱冠年纪，文则才华横溢，武则炉火纯青，真乃一奇人也。在老朽眼里，足下诸多方面都是个谜啊！"

曹娴知他话中有话，仍在转着弯试探她的底细，就干脆来个以攻为守问道："老前辈送给晚生的一顶桂冠晚生实在不敢领受，不知老前辈所言'诸多方面'，所指为何，老前辈究竟想知道什么？"

"这……"房玄龄一听对方把话挑明了，一时反倒不知说什么好了。

曹娴莹润水亮的眼眸直视着对方眼睛："先生方才言之有理，老前辈说话何不开门见山呢？这可不像一位大掌柜的行事风格啊。在晚生眼里，老前辈更是个谜呀。"

"这……是么？呵呵呵……"房玄龄本想用话引逗对方迫其入彀的，不想反倒被对方将了一军，只得以呵呵一笑来掩饰自己的窘相。

此时李世民岔开话头道："我家老方就这毛病，言谈总爱画蛇添足，不过他也并无恶意，请足下不要介意。我看我等不要久留于此了，就此上路罢。"

房玄龄对曹娴道："这一路向西，正是足下返乡的方向，足下与我等何不同道而行呢？"

曹娴一拱手道："谢老前辈相邀，十分抱歉，晚生须原路返回呢。"

房玄龄诧异道："为何原路返回？足下不是急于返乡么？"

曹娴道："回老前辈，晚生于卧佛寺习武时的恩师数月之前来到此地弥勒寺主持佛事，晚生本不想去搅扰她的，可反复一想，这一回不去看望她，日后或许再也无缘相见了，故此决意返回看望。"

房玄龄一怔："哦？敢问足下恩师之法名？"

曹娴道："恩师法名静慈。"

房玄龄若有所悟："唔，静慈大师。"

曹娴问道："老前辈认识晚生的恩师？"

房玄龄忽然醒悟："哦，不，老朽是想，方才老朽还说足下与先生有天大的缘分呢，却未想到此番会面又是如此短暂，难道足下与先生连一路走一走的缘分都没有么？"

李世民马上给房玄龄递个眼色："老方话又絮叨了。"转对曹娴道，"有道是一日为师，终身为父，足下前去看望恩师，乃情理中事，如此良机岂能错过，请足下即刻动身返回吧。"

双方互道了珍重，就又一次分了手。

望着曹娴渐渐远去的背影，房玄龄十分痛惜地说道："陛下方才劝人家良机不可错过，可陛下自己偏就让良机一次次地跑掉了。想陛下在沙场上是一位叱咤风云的大英雄，在情爱之事上怎就如此畏葸不前呢？"

李世民龙目盈满笑意："两回事嘛，怎能硬扯到一起呢？沙场对阵是杀伐无情，两情相悦是柔情似水；沙场对阵是你死我活，两情相悦是心心相印。若用沙场杀敌的手段来对待心爱的女人，那朕成什么人了？岂不是连虎狼都不如？你说呢，老爱卿？"

房玄龄也笑了："陛下，臣可不是那个意思，臣是说——"

"爱卿不要再说了，方才朕已说了，男女婚配须得两情相悦，人家姑娘与朕只有报恩之情，并无相悦之意，有道是强扭的瓜不甜，此事万万强求不得。"

"臣看她对陛下并非没有相悦之意呢，只是，总隔着她女扮男装这一层窗纸，这一层窗纸捅不破，话便上不了正题。再说，双方总是这么聚少离多，相互见了面未曾说上几句话便又分开了，哪里有机会表露相悦之情呢？"

李世民道："是以说，还是没有那个缘分嘛。罢，此事不要再提了，你我还是议一议我等此行之事吧。"

　　房玄龄忽然停下脚步道："陛下，我们不能往前再走了。"

　　李世民闻言诧异道："怎么？"

第二十一章
迎佳期月老牵红线　　定名分新人赴长安

"为师早知你该来的，竟是姗姗来迟了。"

曹娴没有想到，她与师父再次相见，还没容她行进见之礼，师父就说出了这样一句话。

曹娴一时面红如霞，赶忙拜下身去："徒儿失礼了。"

静慈道："为师知道，你有你的难处，为师不怪罪于你，起来吧。"待曹娴起身之后，又道，"这两三日里，为师偶或心有所动，便知你该来了。"

曹娴再拜："师父料事如神，令徒儿钦佩之至。"

静慈淡然道："不过是你我师徒之间有某种感应罢了。若为师没说错的话，徒儿前日已到此地了。"

曹娴面上又微微一红："正是。徒儿本不想来搅扰师父的，只是——"

静慈微微一笑打断她的话："为师知道，徒儿是遇上难事了。看看，你的内衣内裤都让海水浸湿过，还有盐渍呢。"说到这里向旁边一扇侧门提高声音道，"慧儿，把那套干净衣饰拿来。"

侧门那边有女声一应，随即门开了，一小尼双手捧着一摞衣裳走来放在桌案上，又悄然退了回去。

静慈抬手一指那摞衣裳："徒儿看看，衣裳还合体么？"

"师父，这……"曹娴翻一翻那摞衣裳，发现全是女装：有女式内衣裤、素色纱绸长裙、藕丝缦衫、嫩绿色绉纱披肩。另有一巾裹，内中包着簪钗钿花等发饰。

"怎么，徒儿嫌它是女儿装么？为师知道，徒儿一直是着男装的，读书着男装为的是塾师能收留，出海打鱼着男装为的是合于当地风俗，外出着男装为的是少些麻烦。可是，如此一来，便把徒儿的天生丽质生生掩住了。有道是爱美之心人皆有之，爱美，更是女人的天性啊。难道徒儿便心甘情愿总是如此遮蔽自己、压抑自己么？且听为师一言，先去沐浴，再把这女儿装着上，还我徒儿的天然美丽。"又对着侧门那边提高声音道，"慧儿，把热水备好，让曹娴徒儿沐浴更衣！"

曹娴沐浴之后，身着那一身簇新的女装，莲步款款，翩然来到静慈面前。但见她目含秋水，面若朝霞，发髻如云，桃花满腮，又兼她多少年来第一次着了女儿装，在师父那着意端详的目光下不免微露羞赧之态，更在那庄妍靓雅之中平添了一抹娇羞之美。静慈不由得在心中赞道："好一位袅袅风仪、亭亭玉立的绝色女子！真真是濯濯如春月杨柳，滟滟若出水芙蓉啊。"嘴上却道，"这才是我徒儿的本来面貌哟。"

曹娴含羞道："刚着上这衣裳，真还有些不自在呢。"

此时已近傍晚，听曹娴说她早已在路上吃过了午饭，静慈便道："为师要去下面镇子上一施主家做法事。你先歇息一下，等为师回来我们师徒再共进晚餐吧。"

"徒儿与师父一同前往，可好？"

"你已走了甚远的路，不累么？"

曹娴摇摇头："不累。"

静慈站起身来："好啊，我们这便走，为师倒甚愿有你相伴呢。"

黄昏斜阳，脉脉余晖，天际熏染一抹流红绯云，渐渐晕开；薄薄几缕细云，在微弱的残阳夕照里，光影斑驳陆离。

师徒二人沿山间林荫小路逶迤走下山来，走到一碧水潭边，早有一设着镂花座舱的小舟在岸边等候了。上了船，小舟便在老艄公的操纵下向水面中央荡开去。

曹娴站立船头，眺望着四面景色，不禁脱口赞道："这地方真美呀。"

静慈点点头："名扬四海的人间仙境，可不是美么。徒儿在外面尽可纵目赏阅，为师要进舱里滤一滤心念，为道场之事做一些准备了。"

静慈走进船舱，曹娴仍伫立船头，极目眺望着。

此时，在岸边，也有两双眼睛透过缕缕柳丝，在着意欣赏着眼前的美景：青山、碧水、绿树、美人……

这二人，一个是李世民，一个是房玄龄。他们二人不是到外地村镇去巡查赈灾情形了么？此时，怎么又会出现在这里？

原来，早晨他们在黑风口与曹娴分别后，往前走了不一会儿，房玄龄便停住脚步说不能再往前走了，李世民惊问其故。房玄龄道："在这大灾之年，匪盗蜂起,强人蚁动,方才遭遇强人,幸有巾帼相助方得脱险,再往前走,若再遇上大股强人,难保不出意外,眼下当原路返回红石滩驻地,再作打算。"李世民不同意返回,说道:"方才所遇不过小股强人,若我等因此畏葸不前,要到何时方能查到赈灾实情?故此我等君臣当继续前行。"房玄龄便一屁股坐在地上道:"老臣人老了,且两脚起泡,再也走不动了,要走你们走吧,老臣须原路返回了。"李世民摇摇头道:"倚老卖老,朕真拿你没办法。好吧,便依你。"于是,一行五人步曹娴后尘,也后脚跟前脚返回了红石滩驻地。

自几天前来到红石滩之后,每天出巡回来,只要时间尚早,他们君臣二人都要出来走一走,边欣赏这一路的山光水色,边议一议访得的赈灾情势。今天君臣二人又信步踱至此处,不想就遇上了眼前这令人怡情悦性目醉神迷的奇美之景。

此时此刻,君臣二人骋目望去,但见远山含黛,近水生烟,清风徐来,岸柳轻拂。夕阳把最后一抹余晖撒向水面,幻出万点碎金,在那浩渺的烟波中明灭闪烁。那渐渐远去的一叶扁舟之上,丝幔随风而舞,珠帘垂花摇荡,令人心驰神往。女子伫立于船头,微风轻拂着她那嫩绿的披肩,宛若一片青翠的荷叶在风中摇曳;那洁白的裙裾迎风飘逸,犹如一只玉蝶在翩飞曼舞,衬得她那婀娜灵动的身影,就仿佛凌波仙子来到了人间。

望着那亭亭玉立的倩影,房玄龄由衷赞道:"想那古之四大美女[1],哪堪与之相比,便是那藐姑仙女,洛水神妃也不过如此了。"

李世民久久地凝望着她的身影,默然无语。

见君王如此忘情,房玄龄又道:"'窈窕淑女,君子好逑',这个大媒老臣做定了!"俄顷,又道:"老臣已找到成就此事的门径了。"

李世民这才醒悟过来,问道:"爱卿此言何意?"

房玄龄道:"陛下,彼时曹娴姑娘不是说她于卧佛寺习武之时的恩师法名静慈么?老臣记起,老臣曾见过她呢。老尼静慈乃郑国公魏征大人的一位同乡。数年之前老臣与魏大人一同到河北一带赈灾,魏大人与外出云游的她不期邂逅,老臣也因此与她有了一面之缘。想来与她见了面,她还会认识老臣。若老臣尽快去弥陀寺拜会这老尼,便可从她口中得知曹娴姑娘的出身履历,再请老尼从旁襄助玉成,这桩金玉良缘便算大功告成了。这岂不是天意该当如此么?"

李世民沉吟片刻:"朕还是那句话,此事只可听凭缘分,万万不可强求。为

---

[1] 中国古代四大美女,一说为西施、王嫱、貂蝉、杨玉环,一说为西施、虞姬、王嫱、貂蝉,此处采用后一说。

此,尚不可暴露你我君臣真实身份,爱卿可记住了?"

房玄龄连连点头:"陛下金口玉言,老臣敢不谨记在心。"

小舟驶到碧水潭另一方岸边,静慈让曹娴在舟中坐等,她独自一人去施主家做法事,半个时辰后做完法事又回到小舟上。师徒二人舟行步趋返回寺中,用过晚膳,便相对而坐互叙别后情形。

此时小尼慧儿进来道:"殿外来了一位施主,自称师父故知,请见师父。"

静慈道:"是故知么?请他进来吧。"

慧儿道:"他说法堂圣地,俗人不便践履,请师父移步叙话。"

静慈吩咐慧儿道:"去将施主请至前院耳房内稍候,为师这便过去。"

在弥陀寺一耳房内,静慈与房玄龄会了面。在房玄龄问询下,静慈讲述了曹娴的出身履历。

房玄龄道:"承蒙大师相告,房某方知曹娴姑娘虽出身低微,性情与经历却非同凡俗,乃一巾帼奇女子。房某心中已然有数了。这便告辞,回到寓所定当向圣上俱告所以。"

房玄龄说罢正要起身,忽然外面传来嘈杂的人声。

慧儿急步奔入耳房,对静慈道:"师父,寺外来了一大群人,皆手持兵刃,已将寺院团团围住,叫喊着要进寺拿人。"

静慈皱眉道:"哦?他们要拿何人?"

慧儿看一眼房玄龄:"他们说,要拿方才进入寺内的老者,还有一个时辰之前进入寺内的白面后生。"

房玄龄道:"那伙人定是今日午前与我等遭遇的强人。"

静慈起身道:"房大人少安毋躁,待贫尼前去看个究竟。"

房玄龄急道:"哎呀,圣上若见老朽迟迟不归,说不定会前来寻找,那时若撞上寺外强人,可如何是好?"

静慈稍一思忖:"慧儿,你引领房大人自后面侧门出去,若遇上强人,可相机行事,定要确保房大人安然离去。"

慧儿道:"徒儿遵命。"

静慈来到寺院山门外。朗朗月光下,可见聚着众多汉子,都手持刀叉剑斧等兵刃,正在嘈杂喧嚷。见静慈从山门内出来,喧嚷声渐渐平息下来。

静慈闭上眼睛,双手合十:"阿弥陀佛。"之后睁开眼睛,"众位施主聚于这佛门清净之地,不知有何贵干?"

半边脸上有一条形刀疤的一位汉子走前一步，嗓音粗哑地说道："不多时之前，我等弟兄见有一白面后生与一老者一前一后进了这寺院，我等便是来寻那老少二人的，请住持大师将他二人唤出交与我等，我等即刻便回。"

静慈闭目，双手合十："阿弥陀佛。"然后睁开眼睛，"请问这位施主，那一老一少与你等有何瓜葛，你等为何要向本寺索要他二人？"

"刀疤脸"道："那老者乃一奸商，那白面后生是其帮凶，今日午前与我等弟兄不期邂逅，竟打伤我弟兄多人，我等岂能饶过他们？所以请大师速将他二人交与我等。"

静慈道："阿弥陀佛，善哉善哉。施主此言从何而来？请施主讲明白些。"

"刀疤脸"对身边一黄瘦脸汉子道："二当家的，你讲给她听。"

"黄瘦脸"咳嗽一声，操着尖细嗓音说道："今年本地大旱，百姓无粮充饥，而那官府却与奸商相互勾结，囤积居奇，哄抬粮价，逼得我等百姓了无生路，为活命只得铤而走险。今日午前，我等与那老者等奸商一行五人不期遭遇，我等要他们布施些许钱财，以作活命之资，他们非但不给，反倒出言不逊。我等忍无可忍，便与他们较量起来，不想那从旁路过的白面后生不问青红皂白，便与那奸商人等合为一路，与我等对打起来，竟打伤我弟兄多人。我等岂能饶他？我等弟兄中有人跟踪那白面后生，见他进了这寺院，又见那老者随后也进了这寺院，便邀集众人围拢过来。我等早闻大师慈悲为怀、德行高洁之大名，所以看在大师面上，未敢擅闯寺院，若大师肯将那一老一少交出，我等绝不进寺相扰，倘若不然，我等便要进寺拿人了。"

静慈不动声色地说道："原来如此。贫尼倒要问一声，你们说那一行五人是奸商，可有凭据？"

"黄瘦脸"打了个沉道："这……这凭据么？我等看那壮年与老者皆系商人打扮，且其吃住讲究，出手阔绰，便料定他们是奸商。"

静慈冷笑一声："这倒奇了，商人打扮，吃住讲究，出手阔绰，便一定是奸商么？这是哪一家的道理？"

"黄瘦脸"一时语塞。

"刀疤脸"蛮横地说道："少啰唆！反正他们是富人有钱人，富人有钱人没几个好东西！那白面后生甘当富人帮凶，定也不是好人！"

静慈道："阿弥陀佛，施主此言差矣。那老者乃贫尼故知，贫尼知他是一位地道的儒商，绝未做过任何坑害穷苦百姓之事。那白面后生么，乃贫尼在卧佛寺主持佛事时所收的俗家弟子。这弟子非但不是什么坏人，反倒是一位扶危济困、惩恶扬善的大好人，其美名在平州沿海一带尽人皆知。"

"黄瘦脸"道："大师此话怎让我等相信？"

"刀疤脸"紧接着说道："我便不信！"

"刀疤脸"身后的几个汉子立刻随声附和："我们都不信！"

这时"刀疤脸"身后一黑瘦青年凑到"刀疤脸"身侧，对"刀疤脸"道："大哥，她说的也许确有其事呢。"

"刀疤脸"喝道："胡说！你怎便知道确有其事？"

黑瘦青年迟疑地说道："我……这……我听说——"

"说什么说！""刀疤脸"蛮横地打断黑瘦青年的话，"老子没工夫听你闲磨牙！"

"黄瘦脸"看看黑瘦青年，对"刀疤脸"道："大哥，我等不放过为富不仁的富人，可也不想冤枉了好人。既然黑子有话，想必事出有因，我等不妨让他把话说完。"

"刀疤脸"对黑瘦青年道："有屁快放！"

黑瘦青年看着"刀疤脸"欲张嘴说话，又转向静慈："大师，请您说说，您那俗家弟子是如何扶危济困，如何惩恶扬善的？"

静慈道："好啊，你等少安毋躁，听贫尼一一道来……"

静慈如数家珍般说起曹娴的种种善行。

此时，慧儿引领房玄龄来到寺院后身侧门内。

慧儿低声道："房大人请止步，容我先出去探看一下。"说罢走到侧门一旁十步之外的墙根下，身轻如燕地纵身一跃，跃到院墙上，蹲下身子朝墙外扫视一遍。见院门外蹲着两个汉子，就一下跳到墙外地上，然后大摇大摆朝那两个汉子走去。

两个汉子见有人过来，一起起身吆喝："站住！来者何人？"

慧儿并不答话，仍朝前走。

两个汉子一起迎上来。

其中的矮个汉子手握钢刀朝慧儿一指："站住！你是何人？"

慧儿停住脚步："我是这里的庵主，请你们让开路！"

矮个汉子一听，马上嬉皮笑脸地说道："我当是谁呢，原来是个小尼姑啊，长得蛮俊俏啊，怎么，这黑灯瞎火的出来，想汉子了呀？爷们正巧在这里呢。"

高个汉子也嬉笑道："是啊，跟爷们玩玩？"

两个人说着一起往慧儿跟前凑。待他俩凑到面前了，慧儿迅速出手向着他俩身上某处一点,这二人就定定地站在原地丝毫不能动弹了。

慧儿几步跨到院墙下纵身跃上院墙,再跳到墙内地上,开了侧门,对房玄龄道:"房大人随我来。"

慧儿引领房玄龄走出侧门,消失在夜幕中……

弥陀寺山门外,静慈已将曹娴捐资舍粥济丐众、雪夜奔波拯生灵以及惩治豪强救助百姓等事讲述一遍,最后说道:"说起贫尼那弟子惩恶扬善、救助贫弱的话题,贫尼即便说上一宿也是说不完的。"

黑瘦青年兴奋地说道:"对呀,大师之言句句是实,丝毫不差呀。"

"刀疤脸"厉声道:"胡说!你又不是神仙,怎知数百里之外的事?"

黑瘦青年看看"刀疤脸",又把目光转向静慈:"请问大师,您那俗家弟子可是姓曹名娴?"

静慈点头道:"正是。"

黑瘦青年对"刀疤脸"道:"大哥,我有一个亲戚,在平州沿海以打鱼为生,近日他来我家走亲,对我说起他那里因有渔霸在鱼市上欺行霸市,强买强卖,害得众渔家了无生路,幸得一位名叫曹娴的英雄,凭一身武功将那渔霸一伙打得大败而逃,众渔家方有了生路。这与大师方才所说竟是丝毫不差。还有更奇的呢,那曹娴竟然是一位——"

"你放屁!""刀疤脸"暴怒地喝道,"你胆敢在老子面前胡言乱语,替那打伤你我弟兄的白面后生面上贴金,我问你,你长了几个脑袋?"说着一步一步逼近黑瘦青年。

黑瘦青年被逼得连连后退:"大哥……这……这……"

静慈对众人道:"众位施主,这位年轻施主方才的话你等皆听清楚了吧?贫尼知道,你等中的许多人同这年轻施主一样,本是正直本分的乡民。请诸位再听贫尼一言:今岁大旱,百姓饥馑,此为实情。贫尼亦知,为赈济灾民,朝廷已自国库拨下大批粮食,这一两日便可发到灾民手中,所以各位施主即当各回各家,安守本分,切莫听信谣言蛊惑,做出那追悔莫及之事。"

人群中的大部分人开始散去。

"刀疤脸"对静慈气急败坏地说道:"你这妖尼,好不晓事,竟然巧言惑众,坏我大事。你那弟子将我多名弟兄打伤,我等岂能容他。妖尼还不快快闪开,若再挡我去路,莫怪我手下无情!"

静慈斩钉截铁地说道:"有贫尼在此,你休想迈进山门一步!"

此时在山门内谛听着门外动静的曹娴伸手去开门，胳膊忽然被人拉住，同时身后响起压低的女声：

"且慢！"

曹娴急回头看去，见拉住自己胳膊的是小尼慧儿："你？"

慧儿镇定自若地点点头："师姊且莫露面，看师父如何对付他们。"

山门外，"刀疤脸"举起大刀："弟兄们，跟我来！"说罢举刀向静慈冲了过来。

只见静慈不慌不忙，疾出右掌往前一推，那离静慈尚有四五步远的"刀疤脸"竟如被强大气流冲击一般被击出丈余仰面朝天倒卧于地。倒地后的"刀疤脸"挣扎起身，又举刀向静慈冲来。静慈又出掌往前一推，那"刀疤脸"又被击出丈余后颓然倒地，半晌不得起身。旁边剩下的六七个汉子见这老尼功力之深实属罕见，一个个都被吓得屈下身子连连后退。

静慈肃然道："尔等听好，贫尼慈悲为怀，并未想将尔等怎样。只是善有善报，恶有恶报，尔等即当摒弃恶念，迷途知返，方为正途。不然，必若飞蛾扑火，自取其咎！"说罢，再也不看那伙人一眼，凛然转身走进山门。

回到禅房内，静慈和曹娴说起这场遭遇，曹娴道："那伙人中挑头的几个，是徒儿于今日午前遇上的拦路抢劫的强人。"

静慈点头道："为师知道，那些人中只有少数几个不法之徒，其余大半皆为良善守法的乡民，只是受了那不法之徒的谣传蛊惑贸然而来，经为师一番规劝，已然回头。那几个不法之徒，已被为师镇住，定然不敢再来生事。好了，不说他们了，为师要说的是，徒儿此次海上遇险，于风浪之中漂流数百里而能转危为安，乃上苍护佑之功，最终搭救徒儿之人，亦是上苍对徒儿的恩赐。他是徒儿的恩人，也是徒儿可以托付终身之人，徒儿可知晓么？"

曹娴目光顿然凝住，一时不知该如何作答，少顷，才不无疑虑地说道："先生对徒儿有救命之恩，此恩徒儿将永志不忘。只是除此而外，徒儿对先生尚且一无所知。先生一行自称是生意人，可徒儿看来又不像，他们究竟是做甚的呢？"

静慈略一沉吟："这个么，为师只能告知于你，择婿大事，旁的均无足轻重，须看重者有二：首为人品，次为才具。徒儿与那位先生几度邂逅，想来于此二者已略有所知了吧？"

曹娴心中不得不承认，虽然她与先生接触时间短暂，但她还是能感受到，师父所推重的这两个方面，先生都是无可挑剔的。想到这里脸微微一红："择偶之事，须得男女双方互相属意方可。"

静慈微微一笑："请徒儿相信为师的话，那先生已然钟情于你了。"

曹娴闻言一阵心跳，潮潮热流，顿时漫透双颊，嘴上却道："师父并未得见先生，怎会知晓先生心意？"

静慈道："为师修行多年，不说已参透细缊玄黄，也是得了些悟力的，故此为师不仅知晓先生对徒儿的倾慕之意，且知徒儿亦已心仪于先生了，可是么？"

曹娴闻言，面呈羞赧之色，微微低下头去，定一定心神，才道："终身大事，须遵父母之命，媒妁之言，徒儿论字之事，须由家父做主，徒儿不敢擅自为之。"

静慈道："徒儿已满二九芳龄，尚待字闺中，所以如此，皆因机缘未临，如此情形定已成令尊大人心中一大沉疴，今机缘已至，若令尊在，对这桩婚事定会满心欢喜；令尊不在，徒儿自行应承下来，便祛除了令尊心中沉疴，此正是徒儿恪尽孝道之举，因之徒儿切勿多虑。徒儿且听为师最后一言，徒儿与先生的吉日良辰已为期不远了，愿徒儿好自为之。"说到这里叹一口气，"为师乃佛门之人，本不该沾染红尘俗事的，只是你是为师的得意弟子，令尊又不在你身边，为师只得破这一回例了。此事到此为止，下不为例。"

曹娴谢过师父，又想，自己与先生已经各奔东西了，日后怎会那么巧，再有一次邂逅时机呢？无从相会，婚约之事又何从谈起？由此想到明日一早就要动身返乡了，一路盘费尚无着落，脸上一热道："徒儿想明日早起便动身返乡，只是路上盘费不足……"

"噢，此话当由为师来说的，倒让徒儿先说了。"静慈打断对方的话道，"为师早知你盘费无着，却一直未与你提起此事，是想让你在为师这里多住一日两日，不想徒儿返乡已是急不可待了。"说到这里又提高声音向侧门那边道，"慧儿，取两千钱过来！"

曹娴忙道："师父，两千钱太多了，徒儿只借一千钱已足够了。"

静慈道："有道是穷家富路，一千钱哪里够用？两千钱，已属寒碜，徒儿不见笑，便是为师的体面了。"

次日一早，曹娴仍着男装，辞别了师父走上返乡之路。刚走出山门不远，忽听身后有人呼唤：

"曹娴姑娘，且请留步。"

曹娴眉睫一跳：这声音好耳熟！是他，方掌柜！他竟称自己为姑娘！这位精明过人的老头儿，终于按捺不住，竟将自己的隐情挑明了。此时此刻，她已无从退避，只得回过头去。

"你……"她一时不知如何回应。

房玄龄干咳两声："怎么，姑娘如此之快便将老朽忘记了？"

曹娴拱手道："晚辈怎敢忘记老前辈，晚生是在想，老前辈为何如此称呼晚生呢？"

房玄龄微微一笑："恕老朽孟浪。姑娘你原本便是一位姑娘嘛。"

"老前辈此话从何而来？"曹娴心想：看你会不会把红儿卖出来！

不想房玄龄却道："这个么，是姑娘自己告知于老朽的呀。"

曹娴双眉一蹙："此话怎讲？"

"昨日傍晚，姑娘着一袭靓装，与静慈大师一同泛舟碧水潭上，当时老朽正巧行至岸边，无意中将姑娘靓装倩影泛舟潭上的一幕看在了眼里，这不就是姑娘自己将自己的真实身份告知于老朽了么？"

曹娴惊诧道："昨日老前辈不是随先生赴外地看货了么，当晚怎会又到了碧水潭边？"

房玄龄就把昨天当天又回到红石滩驻地的缘由简略说了。

曹娴问道："老前辈呼唤晚辈有何贵干？"

房玄龄左右看看："这里并非说话处，你我可否借一步叙谈？"

曹娴道："晚辈这便要返乡了，老前辈有话便在此处讲吧。"

"这……"房玄龄心想自己的话可不是一句两句就能说完的，这哪里是说话的地方？四下望望，抬手一指对面一座茶楼，"姑娘，你我只到对面那茶楼小坐片刻，不妨你赶路的，万望屈尊成全。"

曹娴心想，面前这老者已是自己爷爷辈的人了，提出这么点要求，自己若不答应实在说不过去。而且，她已预感到对方将要说什么，心想师父的话果然应验了，自己断无拒绝之理，于是说道："在老前辈面前，晚辈岂敢称尊，老前辈请。"

这一老一少来到茶楼内，寻一雅间相对而坐。

房玄龄心想，今日叙话，须有和谐的气氛，方能有好的结果，于是想好了开场白，笑道："姑娘定是以为，老朽偏要挑明人家的隐情，真乃讨厌至极，可是？"

曹娴一听这话也笑了："老前辈何出此言？晚辈绝无此意。晚辈倒是想说，晚辈若有言语唐突处，还请老前辈多多海涵呢。"

这么一说一笑，屋内的气氛果然宽松了许多。

房玄龄呷一口茶，之后郑重其事地说道："是这样，老朽此番来见姑娘，为有一事要与姑娘相商。老朽说了，你若愿意，老朽自当颜面增光；不愿意呢，便权当老朽什么都未曾说。"

曹娴听了这话，心就突突突一阵狂跳，稳了稳神，才道："老前辈有话但讲无妨，晚辈洗耳恭听便是。"

房玄龄清一清嗓子，郑重其事地说道："昨日老朽与先生在黑风口遭遇强人，姑娘鼎力救援，老朽才逃过一劫，姑娘于老朽有救命之恩哪。知恩图报乃古来之理，怎奈老朽却无以为报。想来老朽膝下有儿无女，意欲收姑娘为义女，也算了却了老朽的一桩心愿，不知姑娘意下如何？"

听了这话，曹娴心中松了一口气：原来他是为这事来的呀，又隐隐地有些失望。见对方正眼巴巴地等待自己的回答，略一思忖便道："不可，论年庚，晚辈乃老前辈孙辈之人，岂敢妄自充大？再说，晚辈不过一贫苦渔家女子，老前辈乃既富且贵的大掌柜，晚辈认老前辈为义父，岂不有攀尊附贵之嫌么？"

"欸，"房玄龄大不以为然，"姑娘此言差矣。老朽虽已年逾花甲，但还不甚老嘛，再说，老来得子，乃人生一大幸事哟。攀尊附贵之说也无由成立，看人岂可只看门第不看人品才学？老朽以为，如能收姑娘这么一位知情明义文武兼备的女子做义女，乃老朽前世修来之福呢。当然喽，此事还须遵从姑娘意愿。"

见老前辈说得情真意切，曹娴也动了感情："蒙老前辈如此垂爱，晚辈不胜感激，晚辈愿认老前辈为义父，义父在上，且受女儿一拜。"说罢便离座面向房玄龄跪了下去。

房玄龄喜不自禁，赶忙起身来扶："我儿快快请起，快快请起。"

二人重新落座后，房玄龄道："你我既已义结父女，义父对我儿便可无话不说了。义父此番来见我儿，一是来认你为义女，二是来议定我儿终身大事。"见对方微微低下头静听，又接着说道，"儿啊，你觉得先生此人如何呀？"

曹娴闻言心头一颤，顿一顿，稍稍抬起头回答："先生是女儿的救命恩人，是个好人。"

房玄龄起身踱步道："光用'好人'二字来评价先生，恐远远不够吧？先生品貌才学文韬武略，无论哪一方面，都堪为人中之杰呀。我儿如选择这样的人偕老百年，当保终生无虞了。我儿啊，你可知晓？今先生于我儿已是情有独钟了。若我儿亦有意于先生，便可永结秦晋之好，我儿以为如何？"

师父至嘱言犹在耳，因此曹娴对义父的话并不感到多么突兀，但仍低首含羞道："义父为女儿筹划终身大事，女儿本当惟惟从命，只是，对于先生贵庚几何，家室怎样，女儿尚且一无所知呢。"

房玄龄道："先生刚刚年逾不惑，正当年富力强之时。正室已经过世，侧室么，倒有几位。像先生这样的人中俊杰，有几个偏房乃情理中事。以我儿这样的绝代佳丽，婚后成为侧室之尊指日可待，即使扶为正室亦非奢望。"

曹娴道："女儿无意争尊夺长，只要夫妻恩爱互相体贴，女儿便知足了。"

房玄龄没想到姑娘如此大度，由衷赞道："我儿贤淑至此，义父甚感欣慰。既然如此，义父已请命相先生掐算了我儿与先生的年庚八字，皆是相谐相合，又看好了吉日，就在三日之后的第四日，届时我儿与先生即可举行成婚仪典。义父我既是先生的掌柜，又是我儿的义父，便要一手托两家，一应程仪庶务皆由义父筹划备办，我儿只须安心等待便是。"

一听这话，曹娴大吃一惊："三日之后即成婚？恕女儿万难从命。女儿自海上遇险至今已有五日，家中父亲尚不知女儿是死是活，定已忧心如焚，女儿不能为着儿女私情而置家父安危于不顾，所以亟须早日返乡，以慰家父之心。"说到这里站起身来。

"我儿且慢！"房玄龄伸出双手做个让对方坐下的手势，"容义父把话说完。女儿你掐指算算，你此次靠两条腿走陆路返乡，需走多少时日方能到得家中？自此处走陆路至平州南部沿海，少说也有六七百里，即便以你日行百里计，也须走六七日方可到达，可要乘千里骏马日夜趱行呢？往返所需不过两日。"

曹娴眉睫一挑："义父的意思是……"

房玄龄微微一笑："实言相告，为父于昨日晚间前往弥陀寺拜会了你的师父静慈大师，从大师处得知你家住址与亲属情形，回去之后义父便代你修书一封，指派信使乘坐快马星夜兼程送往你的家中。书函主旨有二：一为告知令尊与令姊，你已泛海抵达红石滩，目下诸况皆好；二为备述你海上遇救之恩人已是你意中之人，此人堪为贤婿佳偶，我儿欲与之永结鸳俦，不知令尊意下如何，祈回函以告。沿途有先生所设货栈，每至一站，便换人换马，持函续行，不出二日，信使便可返回，彼时阅过令尊回函，若令尊大人允准这门婚事，我等便依本地风俗援例而行，若令尊未允，我等再从长计议，如何？此事义父我事先未征得我儿允准，便捉刀代笔简办了，实有越俎代庖之嫌，我儿如心存怨艾，为父这里先行赔罪了。"

原来如此！

曹娴想想，义父所作所为，全是为自己着想，就连每一个细节，都周到细致无可挑剔，自己还能怨艾什么呢？只能泣涕拜谢义父的深恩厚泽……

两天之后，信使果然携带曹娴家中回函如期而归。回函为曹娴的姐夫孙云代笔所书，其中说到曹娴家父身体尚可，得知小女在外安然无恙，已全然放心了。对于小女择婿而嫁之事，老人家喜出望外满口答应。又知小女已拜方掌柜为义父，且知方掌柜已承诺代生父备办嫁妆婚仪等一应事宜，老人家感激万分，嘱小女代家父向方掌柜谨致谢忱，并嘱小女切莫急于返乡看望他，要多陪陪新婚夫婿。

原来，房玄龄先已料定认义父义女之事曹娴定会答应，所以在写给曹娴生父的书信中也提前说了，从而使这门亲事备办得既合情又合理，足见他不愧为李世民十分倚重的干练谋臣，办起事来竟是滴水不漏。

吉日将至，房玄龄对李世民说道："陛下与曹娴姑娘既然不在宫中成婚，在曹娴姑娘面前陛下又无官无爵，仅为一庶人，那么成婚仪典便当依本地乡间婚俗举行，不知陛下圣意如何？"

李世民点头："如此甚好，朕也甚想享一享乡间婚俗的乐趣哩。"随后又道，"仪典不可太过奢华，只须体面些，不要委屈了人家姑娘。"

房玄龄一揖道："谨遵圣命。姑娘虽是老臣义女，老臣却视为己出，定以亲生女儿之礼相待。"

为把婚典办得红火热闹些，房玄龄亮明身份动用了当地署衙的力量，所以也就要人有人要物有物，一应程仪庶务都备办得紧锣密鼓又井然有序。

先是"下催妆"。新郎一方将糕点、南果、鲜果、海味、干菜、鸡鸭等等以十六台食盒分装，与催妆帖、请安帖一并送至新娘家中。此前，房玄龄早已以新娘父亲的身份置了一处宅子，让曹娴和侍女红儿住了进去。

其后"下奁房"。新娘一方将"一堂一房"嫁妆[1]送到新郎家中。奁目有：银、铜、锡、瓷、象牙、竹、木等各式器具。送奁队伍浩浩荡荡，蔚为壮观。

最后新娘开脸[2]换装。只见那进盥的、绞脸的、梳头的、献衣的、奉履的婢媪挤满一室，都来侍候新娘。曹娴哪见过如此阵势？一时受宠若惊手足无措。那些婢媪知她是富商爱女，人又生得俊俏，却无一点富家女的架子，便都很喜欢她，伺候得越发周到细致。只见她开了脸，施了粉黛，又卸去荆钗布裙，换上珠冠玉簪，身着粉红色绣凤穿花缎面裙，胸抹淡淡绯红锦绸衣，足蹬"玉堂富贵"绣鞋，越发显得庄雅靓丽，楚楚动人。

新郎这边则把喜堂洞房布置一新。大门、厅门、洞房门、窗、镜等都贴上了大红喜字。各门两边都贴上了婚联。大门曰乾坤门，门两边贴的是短联：

---

[1] "一堂一房"嫁妆即夫家堂屋和洞房全套家具。
[2] 开脸即新娘娘家人用线绞去新娘脸、项上的汗毛。

青龙

白虎

厅门两边贴的是：

今朝仙境红石鸳鸯比翼偕佳偶

明日天都京苑鸾凤和鸣结同心

洞房门两边贴的是：

明烛摇胭红 锦帐低垂花睡去

穆风送轻暖 珠帘半卷燕飞来

照壁上贴"天作之合"四个大字。

喜堂陈设富丽堂皇，正面墙正中悬巨大的双喜字，双喜字两边贴婚联：

盛典选良辰花开并蒂

于归迎淑女叶展连枝

四面墙上悬挂贺幛礼品。正面墙壁前置天地桌，桌两边各放一把太师椅。桌面正中摆大瓶，瓶中插三戟，寓"平上三级"之意，瓶上贴喜字，瓶前摆王供，燃巨烛。桌前地上放着新人磕头的跪垫。

洞房火炕重新盘过，炕上铺紫红色炕席，炕稍置炕几，几上放着叠成条形的绣花被褥。炕周三面挂绘有祥云图案的炕围子。顶棚上贴着红金纸剪出的喜庆图饰剪纸。靠北墙摆放着橱柜桌椅。

迎亲仪式开始了。新郎李世民身着迎亲服，容光焕发，一身喜气。一男儐将红绸两匹披裹在新郎肩上，红绸两端扎成葫芦结左右下垂，再将金丝红绒喜花分插于新郎冠冕两旁。迎亲队伍前有仪从，中有中军[1]，后赘八抬官轿和八抬花轿各一乘。有执旗两面，裙子灯八杆，金瓜、金棍、行伞一套，星宿旗二十八杆，提灯十六杆，又有铜銮仪、锡銮仪各一，文武顶马各一匹。迎亲队伍行至女家门前，新娘曹娴拜别义父，以红巾盖头蒙头，由伴娘搀着上了花轿，新郎也上了官轿，在鼓乐班吹吹打打的鼓乐声中向着男家方向逶迤前行。

行至男家大门外，在鞭炮鼓乐声中举行"燎轿入门"仪式：两位年方及笄的接轿女，一位手端盛着麸子的簸箕，一位捧一册书，书中夹两根葱，迎至轿前分立两旁。此时有一男儐手持点燃的火把在轿前烘一烘，再把新娘上轿后缝上的轿门撕开。两位接轿女上前，一位把书交给新娘，一位往新娘身上撒麸子，再搀扶新娘下轿。此时有人向一对新人头上空中抛撒铜钱，来看热闹的众孩童一拥而上哄抢铜

---

[1] 此处说的中军即鼓乐班。

钱。有四女傧上前各扯新娘盖头一角排穗,其中两位女傧扶着新娘随新郎迈过马鞍,脚踩红地毯进入喜堂。在傧相主持下,一对新人一拜天地,二拜神仙,夫妇对拜,只见那红地毯上,一对新人起呀跪呀忙个不停。

有诗赞道:

夫君岂是未尘流,荆布竹笄信好逑。
且喜神龙辞魏阙,又迎鸾凤下妆楼。
乾坤门内繁花簇,天地桌前仪礼周。
玉屠朱颜氍毹上,情真意切拜鸾俦。

拜堂礼毕,由傧相拿过用红绸带结成同心花球的牵巾,新郎新娘各执一端,新郎面对新娘倒行牵引新娘,脚踩红毡进入洞房,新郎揭下新娘头上的盖头,举行婚典的最后一项仪式——合卺。

合卺,即后世所说的新人共饮交杯酒。卺是匏瓜的一种,俗称苦葫芦,味苦不可食。合卺是一卺破而为二,象征夫妇原为二体,而又以线连柄,象征婚典把两人连为一体。以卺盛酒,因卺味苦而酒味亦苦,新人饮了卺中苦酒意味着婚后夫妇同甘共苦休戚与共。又因匏是古代八音乐器中的一种,含音韵调和之意,故合卺又提示新郎新娘婚后应和谐相处,永为琴瑟之好。

合卺既毕,已是日落黄昏,厅内院中俱点起西瓜纱灯,顿时灯火辉煌如同白昼。有儿女双全的长辈妇女进入洞房铺炕,边铺边诵吉语:"被角挨被角,当年便抱小","被边压被边,养儿好做官";把栗子、桂圆、红枣撒在炕上:"一把栗子一把枣,小的紧跟大的跑";又撒花生:"花生花生,插着花儿生",祝一对新人生男又生女。

红枣、花生、桂圆、栗子,寓意"早生贵子",可经老妪这一说,吉祥之中又平添了许多诙谐、喜庆的意味,听得新郎有点忍俊不禁。新娘呢,刚喝了交杯喜酒,又经老妪这一逗,便目含羞波,面飞红霞,愈显得青春靓丽,娇艳如花,把个新郎官看得如醉如痴几不自持了。

待老妪铺完炕退出洞房,带上房门,新郎又过去把门闩上,便是"闭门推出窗前月,吩咐梅花自主张"了……

次日一早,房玄龄身着正一品束金玉带十三銙紫色常服官袍前来觐见。此时新郎新娘刚刚用过早膳,双双坐在厅内桌案后用茶。房玄龄进入厅内便一撩袍角跪下叩拜:"老臣叩见陛下,叩见修仪娘娘。"

新郎李世民用眼角觑了一眼坐在侧旁的新娘,笑容可掬地对房玄龄道:"房爱卿平身，起来吧。"

"谢陛下。"房玄龄缓缓站起身来。

李世民稍稍抬高声音道："来人，赐座！"

一位二十多岁白胖娃娃脸太监钱福搬来一只绣墩，房玄龄在绣墩上坐下。

李世民道："爱卿这么早来见朕，可有奏议？"

房玄龄欠身道："回陛下，新娘曹娴册封修仪，老臣向修仪娘娘贺喜来了。"

"欸，"李世民大不以为然，"朕尚未下诏，爱卿不要着急嘛。"

房玄龄急忙离座跪下："老臣不知陛下尚未下诏，老臣孟浪了，祈陛下降罪。"

李世民向房玄龄抬抬手："起来吧，朕不怪罪于你。朕知道老爱卿是想念你的女儿了。嗯，朕要出去片刻，你们有体己话尽管在此处说。"

房玄龄谢过君王，待君王走出门去，才对曹娴道："为父看望我儿来了，皇上方才说了，我儿有话尽可对为父道来。"

此时的曹娴，秀眉微蹙，丽眸凝烟，已如堕五里雾中。新婚的甜蜜幸福来得如此迅捷，已使她如在梦中，刚才义父一进门便陛下呀娘娘啊叫了一通，犹如一声声炸雷炸响在她的耳畔，几乎把她炸晕了。婚前，她确曾怀疑过先生和义父的生意人身份，听先生说义父姓方名乔，也曾猜测过方乔是否就是当朝宰辅房玄龄，若方乔是房玄龄，那么先生便该当是当今的皇上了。但这样的猜测她当即否定了。她觉得那是不可能的，至尊至贵的皇上和朝廷大臣怎么可能带着三四个仆从远离京师到这偏远海隅如此随便游荡呢？所以当义父叫出"陛下""修仪"这些称谓时，她觉得这真是太突兀太不可思议了。

此时见义父还在用慈爱的目光望着她，她定了定神才道："义父，您方才又是陛下又是修仪娘娘的在称呼谁呀？这到底是怎么回事啊？"

房玄龄微微一笑："女儿啊，为父这便告知于你，你的新婚夫婿，便是我大唐天子、当今的皇上啊，义父我么，便是当朝尚书左仆射、梁国公房玄龄啊。"

"这……果真如此？"一旦猜测变为现实，曹娴更感震惊。

房玄龄点头道："嗯，千真万确！"

曹娴甚感困惑不解："皇上乃一国至尊，却为何要扮作客商不远千里来到这海角一隅吃苦受累呢？"

"是这样，今岁河北河南一带大旱，朝廷自国库拨下大批粮食赈济灾民，皇上携义父远来此地，便是来巡视赈灾情形，以防地方官从中克扣赈灾粮食中饱私囊。扮作客商，只为防止地方官作伪，以访得实情而已，却不意在此与我儿你邂逅相遇,遂成就了我儿与皇上这桩美满姻缘,为父我也得了你这么个好女儿。"房玄龄说罢呵呵一笑。

曹娴心中疑虑仍然未减:"婚嫁大事,男女双方理当相互以诚相待,皇上与义父却为何一直对女儿隐瞒你们君臣的真实身份,直到如今才将实情告知于女儿呢?"

房玄龄清一清嗓子:"这个,我儿且听为父解释。我儿你可听说过这句话么:'溥天之下,莫非王土;率土之滨,莫非王臣'。皇上乃一国之君,若看中了哪位女子,欲征其为嫔妃,这女子是不从也得从的,否则便是犯了抗旨不遵之罪。那么,皇上若在你们婚前对你亮明他的真实身份,又要聘你为嫔,即使非你所愿,你也必须依从,否则便要治你的抗旨之罪。可是皇上却不想这样对待你。他即使深深爱上了你,也仍要全然遵从你的意愿,你若心甘情愿嫁给他,他便聘你娶你,你若不愿嫁给他,他便依你所愿,丝毫不想强加于你。若此,他便须对你隐瞒自己的真实身份,而以一位庶人的身份向你求婚。这,便是皇上与义父对你隐瞒我君臣真实身份的真正原因。为父今日向你俱道所以,你能谅解么?"

曹娴点点头道:"女儿听了义父一席话,已全然理解了皇上与义父对女儿的一片苦心,女儿感谢皇上与义父对女儿的尊重与厚爱。只是,此事来得过于突然,女儿心内一时还无所适从。还有,义父所言皇上要册封女儿为修仪,这修仪是个什么称呼呢?"

房玄龄答道:"这修仪是大内后宫中陛下妃嫔的一种名号。如今朝廷后宫定制沿袭前朝规制又稍有变化,皇后以下有四夫人:贵妃、淑妃、德妃、贤妃;夫人以下有九嫔:昭仪、昭容、昭媛、修仪、修容、修媛、充仪、充容、充媛;嫔以下有二十七世妇:婕妤、美人、才人各九人,世妇以下有八十一御妻:宝林、御女、采女各二十七人。这是有名号的,再往下那些宫官女职便更多了。可见,皇上要册封你的修仪名号,位居九嫔中的第四位,这是越了数个品级破格册封呢,我儿当珍惜才是。"

曹娴眼中却无半点喜色,那迷惘的目光中还浮上了一丝不安:"女儿生在渔家,出身微贱,逢到谈婚论嫁,也只想嫁个寻常人家,过寻常人的日子,全无荣华富贵之想,更无功名利禄之念,不想阴差阳错,竟于浑然不觉中嫁到了帝王家,此真让女儿惶恐至极。只是木已成舟,覆水难收,已无退路了。圣人云,'无为其所不为,无欲其所不欲'[1],女儿出身低微,于朝廷社稷又无尺寸之功,却要超越数阶被册为修仪,这如何使得,让女儿怎能心安?故恳请义父,劝谏皇上打消封嫔念

[1] 语出《孟子·尽心上》,意为不做我不该做的事,不追求我不该追求的东西。

头,女儿只做陛下身边的普通使女便可。"

房玄龄道:"我儿淡泊名利,不慕富贵,如此性情疏淡心怀旷达,令为父不胜钦佩。只是到了宫中,名分还须要的。圣人云:'必也正名乎……名不正,则言不顺;言不顺,则事不成……'到了宫中,你便知道名分有多么重要了。至于破格册封之举,亦是顺理成章。为父已收你为义女,虽是义女,为父我视同己出,你便不再是出身低微,而是胄出冠族,门袭钟鼎了。黑风口遭遇,若非你鼎力破贼,皇上难保无虞,此乃救驾殊勋。建此奇功,是为破格册封修仪之资格足矣。望我儿切莫推辞。"

父女俩正说话间,就听门外有人扯着公鸭嗓唱道:"圣旨到,新娘曹娴听宣。"

房玄龄赶紧起身踱至曹娴身边俯耳小声说了句什么。

太监钱福已进至厅内,面对曹娴展开了诏书。

曹娴在犹豫。

房玄龄赶紧对她使眼色。

曹娴无奈,起身跪下。

只听钱福念道:

　　惟贞观十五年三月二日,皇帝遣史御前内侍钱福持节册命曰:於戏!
惟尔本朝尚书左仆射、梁国公房玄龄之义女曹娴,门袭轩冕,家传义方,
柔顺表质,习礼流誉,镜图有则,护驾有功。宜升后庭,宴惟通典,是用
命尔为修仪。往,钦哉!其光膺徽命,可不慎欤!

念完后把诏书捧向曹娴:"修仪娘娘,你领旨谢恩吧。"

曹娴叩首道:"臣妾领旨,谢陛下隆恩。"

待钱福退出之后,房玄龄走过来一撩袍襟面朝曹娴跪下:"老臣房玄龄叩拜修仪娘娘。"

曹娴慌忙离座过来搀扶:"这如何使得,义父乃孩儿尊长,怎能向孩儿下跪呢?"

房玄龄再叩道:"容老臣禀明,论家法,你我为父女,当以家礼相待,然而如今皇上已册你为修仪,这里又是皇上行在,你我便当以国礼相待,臣子觐见娘娘,行叩拜之礼,方合国家法度,望娘娘莫以为怪。"

"这……"曹娴一时不知说什么才好了,想想才道:"义父起来说话总可以吧?"

"谢娘娘。老臣还有话要向娘娘禀明。皇上与娘娘明日便要起驾回銮了,望娘娘早做准备。"

"义父您说什么?"曹娴虽然明白他话里的意思,但却毫无思想准备。

"老臣是说,皇上与娘娘明日便要起驾返回京师大内了。"

曹娴一下子跌坐在椅子上,已是珠泪盈睫,半晌,见义父仍跪在地上,便颤声道:"义父的话女儿已知道了,义父起来坐下说话吧。"

房玄龄这才起身坐在厅内一旁的绣墩上,顿一顿说道:"老臣知道,娘娘是想念远在数百里之外的生身老父了,望娘娘慎勿过念,多多保重凤体才是。"

曹娴垂泪道:"依我们家乡习俗,新婚夫妇婚后第三日须归宁[1],若此,女儿便可见到家父了。"

房玄龄道:"如今娘娘已嫁与皇上且被册为修仪,已是皇家的人了,便不宜再讲究乡间习俗,而须遵从皇家礼制。如今皇上巡幸在外,娘娘便是伴驾妃嫔,须时时陪侍君侧。将来进入后宫,如无皇上恩准特许,亦不得擅离宫苑。不过么,皇恩浩荡,皇上对娘娘又极宠爱,日后定会恩准娘娘省亲,届时娘娘便可见到令尊大人了。这个,娘娘心中记下便是了。至于令尊那边,老臣昨日已遣快骑送去贺函一封,为娘娘与皇上燕尔之喜向令尊道贺,且言明令尊小女所字郎君乃当今圣上,令尊小女婚后亦将受封。若令尊情愿迁居,朝廷将遣车驾迎令尊至京师,赐宅安居,彼时娘娘想见令尊便方便多了。若令尊无意远徙,朝廷将按定制给付俸银,以资老人家颐养天年。料想明后两日内,快骑便可返回,届时阅过令尊回函,再作筹划。老臣如此行事,娘娘以为可好?"

曹娴道:"女儿尚有一事一直悬挂于心。女儿有一小妹,因故沦落营州,至今音信皆无,女儿正想于数日后赶赴营州去寻她呢。"

房玄龄诧异道:"有此等事?"

曹娴点点头。

房玄龄道:"此事不难,你可说明你小妹体貌特征、姓名年龄,义父可奏请皇上下旨,命营州衙门着人至营州各处寻觅,这样比你一人单枪匹马去寻觅要强过许多。如此你看可好?"

曹娴眼中尽是迷惘无奈的光色,只略略点一点头。

房玄龄抱拳一礼,退出厅堂。

此时的曹娴,心中已如抹不清的一团乱麻。莫说从此自己与家中亲人关山阻隔,天各一方,只说那皇家宫苑是何等人待的地方!有道是侯门深似海,那皇宫大内却不知比侯门还要深出几许,那当中深藏着多少心机与算计,又浸淫了多少幽怨与哀愁?况那后宫妃嫔,尽皆出身于王公贵胄,豪门望族,自己不过一乡间民女,

---

[1] 归宁即现在的"回门"。

纵是认了房大人作义父，终是改变不了自己的低微出身，又如何入得了那些名门之女的眼界？眼下皇上对自己虽是一往情深，但后宫佳丽万千，岂会专宠于自己一身？即便专宠于一身，不知又会招来多少妒忌与怨恨！想着这些，一时真有置身云中，脚下落空之感。想那往后的日月，大抵不会是融融春暖，鲜花遍地，那么，便会是瑟瑟秋凉，荆棘丛生么？

次日凌晨，夜幕尚未退尽，凉星仍在闪烁，皇帝车驾便启程了。李世民和曹娴乘的是皇帝出行专用的象路銮舆，另有指南车、记里鼓车、白鹭车、鸾旌车、辟恶车、皮轩车等属舆伴驾，前后卤簿仪仗浩浩荡荡，尽显皇家气派。

象路銮舆内，李世民身着玄色绣龙披袍，深朱色下裳，纹绣精致十二章纹图，云腾波卷，威仪赫赫。曹娴着一袭碧丝绸锦芙蓉裙，青藤环绕纹绣隐花披帛，荷塘望月图精致抹衣，坠着简洁通透的珍珠流苏，摇曳流光；一绢薄透海棠丝纱拢流云乌丝，面施薄粉，黛青唇红。她本爱素衣简装的，此时却由不得她了。不过这装束，倒真衬得她庄妍华贵，光彩照人。只是，却总有那微微忧色，凝于眉心。

皇帝车驾在缓缓行进中。

一乘快骑从后面疾驰而来，乘坐其上的信使对象路銮舆内拱手道："陛下，修仪娘娘家书在此！"

銮舆驭手一勒缰绳停住銮舆。

信使滚鞍下马跪在地上，双手捧着一封书信托过头顶。

骑马跟在銮舆后的太监钱福下马，接过书信，呈给銮舆内的李世民。

李世民把书信递给曹娴："爱姬展读吧。"

曹娴接过书信，展开，姐夫孙云一笔清隽挺拔的小楷手迹便展现在眼前，书信是孙云为父亲代笔而写的：

吾儿娴儿：

　　来函收悉，知吾儿与当今陛下喜结连理，心中甚慰。吾儿邀为父迁往京师一事就免了，如今为父年事已高，且久居乡下，已过惯乡下日子，故此无意远徙他乡。家中有你姐姐姐夫侍候相伴在侧，吾儿无须多加挂念，唯愿吾儿入宫之后好生侍奉陛下，以便陛下能悉心理政治国，为万民造福……

看过父亲书信，曹娴已是眼池萍碎，心乱如雨……

李世民十分关切地问道："老人家如何说？"

曹娴把书信递给李世民："请陛下御览。"

李世民接过信，边看边点头："嗯，嗯，老人家真是心胸豁达，通情达理呀。"

车轮滚滚，马蹄声声。銮舆内，装饰豪华宜人，亦有至尊君王在侧，曹娴心中却是莫名空寂，万般惆怅。声声马蹄，都践踏着她的心怀；滚滚车轮，总碾过她的心头。那滚滚车轮，将把她带入另一片天地，另一种人生，以往那虽寒素却明快的天地、那属于自己的敢爱敢恨的人生都被滚滚车轮甩得越来越远，已一去不复返了。未来的天地究竟是怎样的？虽有忧虑，却也不无期冀……

第二十二章
出冷语燕妃泄私怨　设迷局韦氏赚人情

　　大唐京师，后宫含风殿，雕梁画栋，翠羽朱桓，平整如镜的青砖地面，映着繁忙来往的人影。曹娴居于殿堂当央，坐也不是站也不是，与这里红火忙碌的气氛显得格格不入。时至今日，她仍觉是在梦中，一切都不那么真实。

　　红儿仍跟着她，又配了侍女五人。一名整日忙忙碌碌的渔家女，一夜之间就变成了事事有人侍奉的贵妇人，她实在难以适应。她总想帮人们做点什么，却又无从下手。她刚去伸手搬一把椅子，红儿赶忙奔过来道："娘娘，娘娘不消动手的，有奴婢们呢。"

　　她只得把椅子让给了红儿，又束手而立。

　　一高挑身材蛋形脸的侍女朝她瞥过一眼，那秀目中似含着冰水般的冷漠。她一开始就感觉到了，那蛋形脸上总是敷着一层霜，就连笑也是冷的，是一个十足的冷美人罢？禁不住多看了她两眼。只见她着一袭轻盈流沙长裙，腰间玉色锦带束出纤细腰身，流云乌发上簪一支玉珠流穗钗，简淡雅致，人虽说不上十分美丽，那贵婉气质却与别的侍女判然有别。

　　站得腿有些酸了，曹娴倚坐在一把镂花靠背椅上。一名侍女端着一盆大叶君子兰走过来了，翠绿的叶，托衬着淡红的花，馨香悠远，没有桃李那般浓烈，却是极怡人的。侍女走过她面前时，脚步微显惶急，她不由柔声道："慢一些。"只轻柔的一句提醒，侍女却一惊，侧身之间手一抖，一盆花枝倏然落地，一声脆响过后，那花枝已散落一地，玉瓷花盆亦四分五裂。

　　侍女大惊，面色张皇地拜下身去，颤声道："奴婢该死。"

　　一声之后，殿内俱寂，其他侍女们皆停下身手向这边望过来。曹娴起身，望着失手侍女惶恐的神色和旁边的侍女们惊慌的眼神，不禁眉头微蹙：不过碎了一只花盆，换了便是了，何故如此张皇？

曹娴亦注意到了，侍女中仅有一人毫无惊慌之色，只是冷眼看着这一切。此人便是那高挑身材蛋形脸儿。

曹娴对失手侍女轻声道："莫要惊慌，换个花盆便是了。"

侍女深深低着头，窃窃而应："是。"

曹娴将她扶起，问道："你叫何名？"

侍女仍低着头，神色依旧惶然："奴…奴婢贱名墨菊。"

"墨菊？极好听的名字么。"曹娴浅浅一笑，"我只叫你慢一些，何故如此慌张？"

墨菊垂首，身子仍抖动着，却是无语。

曹娴轻轻一叹："罢了，你去忙吧。"

墨菊应一声，忙俯身捡拾满地碎片，曹娴望着她那稍显瘦弱的身子，心内顿生感慨：这便是皇家，尊贵与卑贱，竟是如此的分明，如此的无处不在……

正自遐思，忽听身后红儿轻声道："娘娘，夫人来见。"

杨夫人？曹娴正迷惑间，一神态雍容体貌丰腴的女子已翩然而至。只见她身着青莲色薄软络纱衣，隐约现出白皙玉臂，纯白色抹衣织裙，针黹繁密，然而华衣艳服，却被妇人绝色容颜衬得黯淡无光，该是半老徐娘的年纪，那清丽容颜却不见一点点岁月留下的痕迹。对于后宫妃嫔，曹娴已听义父简略说起过。面前这杨夫人，曹娴也曾于民间听到过一些传闻，知她乃身份尴尬之人[1]，却深得陛下宠爱。早听说乃人间绝色，如今一见，果然名不虚传。

曹娴恭敬道："见过夫人。"

杨夫人微笑道："曹修仪无须多礼。"

曹娴怎么觉得，那可人的微笑里面似隐含着一股肃杀之气，令人见了陡生寒意？

那杨夫人呢，一见曹娴面目眉睫便一抖，心说这容颜真是冠绝天下呀，想那后宫佳丽争奇斗艳，到了这样的女子面前，也断无人不自惭形秽呢，难怪自有了她，陛下对自己的热情便陡减了许多，面上笑着，心中便隐隐生出了恨意……

"夫人请坐。"曹娴一声轻语。

杨夫人这才回过神来："噢，陛下早早地要我来见见妹妹，妹妹这里可有什么

---

[1] 此杨夫人原为李世民胞弟齐王李元吉的王妃，在玄武门之变中李元吉被杀之后，李世民将其纳入后宫，成了李世民没有正式名分的妃嫔。

需要姐姐我相帮的？"

"已都安顿妥当了，谢夫人关照。"

杨夫人又是一笑："妹妹初来乍到，衣饰等物定是尚未备齐，姐姐宫里有多余的一套，搁着也是搁着，便拿来了，望妹妹莫要嫌弃。卉儿，给曹娘娘奉上。"

杨夫人身后一侍女应声走上前来，手捧一个锦包恭恭敬敬放在曹娴身旁桌上。

曹娴看一眼那锦包，忙道："这如何使得？夫人美意小妹多谢了，只是，无功不受禄，恕小妹不能接受。"

杨夫人秀睫轻挑："妹妹说的哪里话？姐姐我早听陛下说了，妹妹乃文武全才。陛下出巡之时，妹妹凭一身武艺立下了救驾殊勋，只此一举，便该宠冠六宫。想宫中万千嫔妃，谁堪与比？妹妹何须过谦？当然了，姐姐想尽这份心意，妹妹若不肯赏脸，姐姐只掩面而归便是了。"

这一番言语，句句是赞，又句句带刺，且已把话说到了绝处，曹娴是万难再推辞了，只好说道："夫人把话说到了这个份上，看来小妹是不收也得收了。"

杨夫人唇角轻轻一翘："这便是了。好了，忙了这些时，妹妹该是劳乏了，也该安歇了。"说着，飘然转身，刚走出两步，又回头道，"姐姐我就住那边芙蓉苑，妹妹闲时过去说话啊。"说罢不等对方回应，便裙角随风一径去了。那微微勾起的唇角，七分笑意，三分寒意，仍留在曹娴眼睛里。

曹娴回身之间，蓦见那高挑身材蛋形脸儿侍女站在那边目光冷冷地看着这边，这才忆起，在杨夫人刚来之时，侍女们都向杨夫人施礼唱喏，唯独此女一动未动，望向杨夫人的目光中，似又多覆了一层淡淡薄冰。是无礼，还是另有缘故？看来这宫中，表面上平平静静，实则暗流涌动，人心难测呀。想到这里，曹娴顿觉心中磐石重压般沉重。

正彷徨间，见红儿从殿外奔进来："娘娘，徐婕妤求见。"

曹娴向红儿身后看看，并不见有人来，红儿会意，说道："徐婕妤在殿外等娘娘话呢。"

曹娴这才明白过来，这徐婕妤不像杨夫人那般直直地进来，于礼数上更多了一些讲究，遂道："快请！"

曹娴已听义父说起过，这徐婕妤名惠，自幼聪慧绝伦，出生五月能言，四岁能诵《论语》《毛诗》，八岁已善属文。因才名大振，被陛下一道诏书召为才人。既是才思绝伦，可不知其芳容怎样，丰仪如何？正自想着，那徐惠已来到殿内，低身一拜："婕妤徐惠，参见修仪娘娘。"

柔柔的一声，有如天际飘来一片轻云，韵致婉转悠长。

曹娴赶忙回礼。着意看去，但见女子眉黛千般柔媚，目含万种风华，一袭白玉长裙，裙袂翩然；乌发鬟间只斜簪一支淡色芙蓉，清隽而不妖媚，贵雅而不流俗。

"娘娘初次进宫，可还习惯？"

一声莺语，唤回曹娴幽幽思绪："哦，妹妹进了这宫中，真有一步登天之感呢。姐姐请坐。"

徐惠嫣然一笑："一听娘娘说话，便知娘娘是个实心之人。"

曹娴道："姐姐莫要称妹妹为娘娘了，妹妹我听了还真是不习惯呢，便叫妹妹罢，如此岂不是更亲切些？"

徐惠又是一笑："这个，便依你。姐姐我听陛下说，只怕妹妹甫入宫中，诸事皆不习惯，特意叮嘱姐姐我多来看看妹妹。今日妹妹定已乏了，须好生安歇。宫中规矩，今日妹妹安顿停当之后，明日须至永仪殿拜见贵妃娘娘。待见过贵妃娘娘之后，姐姐我想陪妹妹去后面御花园里走走，一来熟悉一下宫中情形，二来散散心，妹妹可有兴致么？"

曹娴点头道："甚好，只是妹妹我这一来，可便要叨扰姐姐了。"

徐惠道："姐妹之间，无须客气。姐姐住隔壁含露殿，暇时常过去走走啊，告辞了。"说罢起身走出殿外。

曹娴望着徐惠翩然而去的背影，心想在这沉闷宫中，却也有这春日阳光一般的女子，自己烦闷时，也有可以说说话的人了。转身对众侍女道："好了，一应物什皆归置妥当了，都歇一歇吧。除了红儿与墨菊，都还不知怎么称呼你们呢，"对一肤色白皙体型清瘦的侍女道，"你叫何名？"

该侍女一礼："奴婢贱名冬雪。"

曹娴又依次问过另外两位，分别叫如婳、香雁。最后问到那冷面蛋形脸儿侍女。

该侍女冷冷一揖："贱婢紫霞。"

次日一早，曹娴在红儿和墨菊陪侍下来到永仪殿门前。

一中年内监手持拂尘迎出门外，对曹娴道："敢问这位可是曹修仪？"

红儿走前一步道："正是修仪娘娘，前来拜见贵妃娘娘。"

内监往一侧退让一步，躬身抬手往里一让："修仪娘娘请。"

曹娴在红儿和墨菊陪侍下往殿内走。只见这永仪殿富丽堂皇，梁柱皆以泥金贴面，绘着青鸾翔天的吉庆图案，那青鸾绘得栩栩如生，彩绣辉煌，气势姿容全不在凤凰之下。一重重通天落地雪白鲛纱帷帐均以流苏金钩挽起，直至殿内深处。

曹娴走到外殿里面,并不见贵妃身影。

内监趋前一步:"修仪娘娘稍候。"转对垂着金丝纹绣鸾鸟图案的绫绡流苏帘幕的内殿门口,稍稍抬高声音道:"娘娘,曹修仪来见。"

内监话音一落,两名侍女从内殿出来,将帘幕往两边撩起,这时韦贵妃才从内殿款款走出。只见她着一袭金丝纹绣宝蓝色曳地长裙,裙裾摇摆生姿,月沙色锦丝披帛衬着低胸水青色针绣蝶舞桃花抹衣,愈显得肌肤白若凝脂。娇美容颜,虽少了些青春的明媚,却仍是艳色夺人。

曹娴上前深施一礼:"拜见贵妃娘娘,娘娘万福金安。"

韦贵妃眨动明秀水目着意打量曹娴:"妹妹无须多礼。妹妹甫入宫中,诸事可好?"

曹娴被她目光盯得一时有些窘迫,就又一礼:"还好,谢贵妃娘娘挂心。"

韦贵妃秀睫轻扇:"本宫配给你的几位奴婢与公公,侍奉你左右还算尽心么?"

曹娴答道:"奴婢与公公皆甚为尽心,谢贵妃娘娘照拂。"

韦贵妃冷峻目光盯视着曹娴:"你甫入后宫,便承陛下着意恩宠,你当珍重!本宫看你色貌艳冶,便不得不多嘱你两句,陛下龙体最是紧要,你要多加照拂,切不可起居失节,缠绵无度,你可记下了?"

曹娴脸上已布满红云:"奴婢记下了。"

韦贵妃道:"宫中规矩,新入宫之嫔妃,皆须至寺中进香礼佛。明日本宫与你一同至慈恩寺进香祈福,你预备着罢。"

曹娴低身一礼:"是。"

韦贵妃眼睛已转向别处:"下去吧。"

拜辞了贵妃,曹娴在红儿和墨菊陪侍下往含露殿方向走去,她要依照约定去邀徐婕妤至御花园游园。刚走出不远,便见徐婕妤从对面迎了过来。二人互相见过礼,便一同来到御花园内。

此时的御花园,满园花香蝶舞,正在盛开着的木槿花洁白似雪,圣柳、珠兰、广玉兰争妍竞秀,还有那各色半枝莲,在明绿翠叶的衬托下更显艳丽夺目。

徜徉于花树间,徐惠随意问道:"百花之中,不知妹妹最喜什么花?"

这让曹娴一时很难作答,她最喜欢的是花中四君子,可这里显然没有,略一斟酌,说道:"妹妹愚意,这百花竞放最是好看,要单挑一两种么,那木槿花最是洁白无瑕。"

说着话二人走到一片盛开着的月季花旁。

曹娴道:"还有这各色月季,艳而不娇,任是风吹雨打,春去秋来,皆常开不败,虽算不得十分名贵,却是极好看的。"

徐惠微微笑了:"由此可知妹妹性情,不慕富贵荣华,但求洁身自好。"

曹娴道:"姐姐过誉了。"

二人走到一片菊花旁了,徐惠道:"看,这菊花,有黄白紫三种,还有这黄白相间的金盏银台,不知妹妹最喜哪一种?"

曹娴道:"我看都好。不知姐姐最喜哪一种?"

徐惠抬手一指金盏银台:"我看还是这金盏银台最好看。菊花虽是极寻常的一种花,不骄不媚,好种好养,却又非同凡俗。"

曹娴道:"姐姐说的极是。妹妹在家乡村塾读书之时,村塾恩师便极喜菊花。恩师常讲,当秋末天气转寒之时,群芳尽谢,唯此花独开。它高洁如志士,虽枯不改其香。"

徐惠点头:"嗯,菊花不仅好看,还可入药,汉朝便曾盛传,饮菊花汁液可长寿。可在以前,菊花还是野地小花之时,人们皆看它不起,把它与野草相提并论。有诗曰:'酒出野田稻,菊生高岗草。'你看,这岂不是冤枉了菊花么?"

正说话间,忽听身后红儿与徐惠的侍女菱儿齐声道:"参见贤妃娘娘。"

曹娴和徐惠同时转身,只见那来者一身茜红色丝绣密纹长裙,金线菱纹清菊落风抹衣,发上衔珠彩凤若云翔霞飞,耳坠丝雨铛子盈盈颤动,虽经岁月磨蚀,面目却依旧艳色粲然。

曹娴和徐惠同时施礼:"参见贤妃娘娘。"

燕贤妃幽亮眼光在徐惠面上扫过,落在了曹娴身上:"想这位便是曹修仪了?"

曹娴轻轻点头:"是。"

燕贤妃樱唇微微一翘,细润的嗓音流出一丝凉意:"是忒娇艳了些,难怪呢……陛下真真好眼力!"似觉有些失态,又看看徐惠,"是来赏花么?二位好雅兴。瞧你们二位倒是蛮亲密呢。"那看着徐惠的眼神别有意味。

徐惠语声淡淡:"徐惠只遵陛下圣意,偕曹修仪到园子里走走。"

燕贤妃道:"是么?难得陛下如此细心。"说着又着意打量徐惠两眼,"几日不见,怎么徐婕妤看似较前些时清减了许多?莫不是因了连日来陛下只宠着曹修仪,未免疏远了你,你便心中过虑之故?"

徐惠腾地红了脸,眉宇间已现出一丝恼意:"贤妃娘娘说的哪里话?徐惠自己倒是未曾觉得自己瘦了,怕是娘娘你眼力有些不济了吧?"

燕贤妃冷笑道："是本宫眼力不济么？我还没老呢！你倒是蛮大度，被人夺了宠，反倒与人家亲姐妹似的！别是面上亲密着，心里头却不知作何感想呢。"

徐惠把头别了过去。

燕贤妃又把目光转向曹娴："曹修仪花容月貌，得陛下恩宠自是情理中事。只是，徐婕妤既然与你亲如姐妹，怎就不知于圣恩专宠之余也分一杯羹给你的姐妹，莫不生生冷了姐妹的心！徐婕妤，你将先皇后所作《女则》送与曹修仪，让她好生拜读！"

徐惠不动声色道："徐惠代曹修仪谢贤妃娘娘教诲。娘娘让曹修仪拜读先皇后《女则》，实在是高明识见。徐惠知道，娘娘在宫中待得久了，对先皇后《女则》已然烂熟于心，深知《女则》是为训示后宫女眷，嫉妒怨恨乃女子德行之大亏，后宫争宠乃宫眷之恶疾劣迹，必予力戒之力除。娘娘于《女则》诵习已久，深得其中三昧，更是身体力行，堪为我等之楷模。"

徐惠这一番话，口气虽然淡淡舒缓，但却句句带刺，句句饱含讥讽之意。

燕贤妃尴尬中不无恼意："你口齿倒是蛮伶俐，你们且好自为之吧。"说罢迈开莲步款款去了。

曹娴眉睫微蹙，与徐惠互看一眼。

徐惠望着燕贤妃远去的背影："这燕贤妃，出身名门，十三岁时入陛下当年的秦王府，早先是极受陛下宠爱的，只是岁月无情啊，也难为她了。——这便是皇家。"

皇家！这个曾经离自己十分遥远的字眼，怎么突然就变成了眼前的现实呢？想到此，曹娴不由得叹道："早知一旦入宫便躲不开争斗是非的，却未曾想到会来得如此之快。"

徐惠道："她这不过是逞一时口舌之快，像她这样的直性子人，实则并不可怕，倒是那种不露声色以暗箭伤人者最难提防。不过，妹妹无须多虑，有陛下做主，她们不敢对妹妹太过无理的。"

曹娴趁此机会道："有些事，妹妹我是身不由己，如有对不住姐姐处，还望姐姐多多海涵。"

徐惠却不以为意："妹妹请放心，姐姐我不会怨妹妹的，即便受宠的不是妹妹，也会是别人，我宁愿是妹妹。"

此时听二人身后的红儿道："娘娘，太子他们来了。"

曹娴顺红儿眼光看去，见东面不远处走过来两男两女。

徐惠也向那边看去："今日可是巧了，怎么竟都朝这园子里来了？看，那走在前面身形高大挺拔的一位便是太子承乾，跟在太子身后略显瘦弱的那位便是九殿下，名治，乳名雉奴，太子领着的俊俏女孩是晋阳公主，名明达，乳名兕子。"

互相走得近些了，只见太子身材颀伟，眉目深邃，颇有乃父风仪；九殿下身子虽显单薄，亦是修眉英目，饶有君子风致；最夺人眼目的是那晋阳公主，身着月莹色绉纱隐花裙，及肩乌发系嫩绿色绸锦丝带，粉面鲜嫩欲滴，明眸粲若明珠，让人看了心中顿生怜爱。

李承乾一行已行至近前。

李承乾趋前一步，恭敬道："见过徐婕妤，这位是……"幽深目光落在曹娴面上。

徐惠道："太子无须多礼，这位便是曹修仪。"

李承乾稍一点头："见过曹修仪。"

曹娴脸上微微一红："太子免礼。"

徐惠对正凝视着曹娴的兕子道："兕子，可想我了？"

兕子回眸一看徐惠："兕子好想徐婕妤呀！"说着便朝徐惠扑了过来。

曹娴忙闪身避让，忽听身后"哧——"一声响，急俯身抻过裙摆看时，只见裙角处被月季针刺挂开了一个一指长的小口子。

李承乾忙道："兕子休要孟浪，看把曹修仪的裙角挂破了。"

曹娴一时红了脸："不关公主的事，怨我不小心，不妨事的，回去换一件便是了。"

兕子向着曹娴垂首道："是兕子不好，兕子方才孟浪了。"复又抬起头看看曹娴又转向李承乾，"大哥，你怎么知道曹修仪在园子里呢？"

李承乾听了这话面上一怔，忙拉过小妹，俯身向小妹丢个眼色："兕子在说什么呢？是你九哥想来花园赏花，大哥便带你们来了，不是么？"

兕子扬起小脸，一双晶亮的眼睛善解人意地看着李承乾，点点头："嗯。"

九殿下李治双睫低垂，目光似有些微迷离。见此情形，徐惠和曹娴互相对视一眼，曹娴眼中飘过一缕疑云。

"嗬！好热闹啊。"一朗朗男声忽从背后传来。

曹娴回过头望去，见一体形肥硕目光凌傲的年轻男子迈着悠然方步从一丛圣柳后走了过来。

徐惠对曹娴小声说道："是四殿下。"

四殿下魏王李泰眼风朝曹娴一扫，走到徐惠近前，恭敬道："参见徐婕妤。"

徐惠道："四殿下无须多礼。这位是曹修仪。"

李泰又向曹娴深看一眼："参见曹修仪。"

曹娴忙道："四殿下免礼。"

李泰转向一直漠然看着这边的李承乾说道："大哥是来赏花么？这园子里的花儿开得倒是正盛，难怪大哥好兴致。"说着话，又随意般扫了曹娴一眼。

李承乾仍是漠然神情："四弟你不也来了么？"

李泰则不动声色道："四弟不是来赏花的，是去宫里接受父皇召见，路过这里。"

兕子看看李泰又看看李承乾："父皇近日总褒赞四哥呢，褒赞四哥努力研书读史，与学士们编撰的《括地志》也快成书了，父皇可欢喜呢！"

李承乾听了目光一寒，随即掩去："四弟笃志好学，著作有成，令父皇龙心大悦，大哥恭喜四弟了，大哥我自愧弗如。"

"哪里，哪里。"李泰尽力掩饰着自得心态，"大哥不必过谦，愚弟一得之功，何足挂齿。各位且请赏花，李泰失陪了。"说着迈着方步走过去了。

回到宫里，曹娴坐下刚想静一静心，就听红儿过来道："娘娘，太子侍女巧玲求见。"

曹娴在心中叹一口气："让她进来吧。"

那巧玲进殿低首一拜："参见娘娘，太子殿下差奴婢送衣裙给娘娘。"

曹娴并不去接巧玲双手托举到面前的衣裙："你代我向太子殿下致谢，就说太子殿下盛意我心领了，我裙子挂破了，还有得换的，这衣裙你拿回去吧。"

巧玲仍托举着衣裙："太子殿下说，务要娘娘收下，拿回去，奴婢万难复命的。"

曹娴叹一口气："红儿，接了暂且放着吧。"

巧玲走后，红儿抚摸衣裙赞道："呀，浅绿色挑丝双窠云燕襦衣，鹅黄纹绣白玉兰如意长裙，纱质悬地轻软，锦丝悬地薄滑，触之微凉，旋却温暖，真真上佳的织料呢。"

曹娴无语。因了兕子的孟浪，自己裙角被挂破，太子送来衣裙以表关切，也在情理之中，可那杨夫人此前亦已送来衣饰，他们都是对自己真心实意地关切，还是别有他意呢？看起来，太子虽然面有忧色，城府却并不很深。她是不想卷入皇子妃嫔的是是非非之中的，可既已入了后宫，又受着陛下宠幸，即便你不找他他却找你,是非之争恐怕想躲也躲不开了。

当晚,含风殿寝殿。距御榻三尺处,青铜麒麟大鼎兽口中徐徐散出淡淡轻烟。榻前一双鹤顶灵芝蟠化烛台,冰绡刺绣如意团花图案灯罩中,燃着幼女手臂粗细的红烛,烛泪滴滴流淌。御榻紫檀木雕花床罩上雕刻着象征子孙昌盛的子孙万代葫芦与莲藕图案,黄绫腾龙帷帐低垂曳地。

御榻上,身上盖着赤色弹花五福万寿锦被的李世民和曹娴皆着睡衣而卧。李世民已经睡着了,曹娴却仍大睁着眼睛。轻轻一翻身,绣着祥云图案的锦枕窸窣作响,李世民醒了,扭头一看曹娴:

"唔?怎么,爱姬尚未睡着么?"

曹娴轻语道:"臣妾听殿外起风了。"

李世民侧耳听听:"嗯,是起风了。想必爱姬心中有事,方被外头风声所扰吧?"

曹娴一时无语。

李世民扭头看向曹娴:"告诉朕,你在想什么?"

曹娴掩饰道:"臣妾未想什么,陛下快睡吧,明日还要早起上朝呢。"

她越是掩饰,李世民越是觉得她有心事:"那你就赶快告诉朕,你在想什么?不然朕也睡不着。"

曹娴只得说实话:"陛下,臣妾确是心中有事,臣妾心有所惧。"

李世民神情专注起来:"哦?有朕在,爱姬何惧之有?"

曹娴道:"陛下对臣妾一往情深,荣宠有加,令臣妾不胜感激,可也十分忧虑。"

李世民眉头顿然皱起:"你忧虑什么?"

曹娴道:"古有名言,'质的张而弓矢至','林木茂而斧斤至',[1]臣妾是怕,陛下独宠臣妾一人,臣妾难免会成为宫中众怨所指。"

李世民眼风一闪:"嗯?爱姬何出此言,莫非有人为难你了?"

曹娴摇摇头:"倒还没有。陛下知道的,雨露均沾,圣恩广被,方能人心遂顺,六宫祥和,故而臣妾不敢独自承宠。"

李世民道:"难道朕贵为天子,富有四海,却不能独爱一女子么?"

曹娴轻声细语娓娓而言:"陛下且听臣妾肺腑之言。陛下独宠臣妾日久,其他妃嫔难免积怨于心,若后宫成为积怨之所,则难免滋起事端。陛下整日为前朝政务

---

[1] 语出荀子《劝学》。

宵衣旰食操劳不已，若再为后宫怨怼纷争而烦扰难安，臣妾着实于心不忍。若因臣妾一人承宠而致怨声鼎沸六宫不睦，将是臣妾莫大之罪过，臣妾实在担当不起。"

李世民听了这一席话，沉吟半晌方道："朕知道了。唉，偌大后宫之内，有多少宫嫔为争宠而费尽心机不择手段，爱姬你却为着后宫祥和而着意却宠，爱姬真乃心怀豁达深明大义之人啊。"

曹娴又道："臣妾听说，陛下一直对徐婕妤恩宠有加的，自臣妾入宫以来，陛下便甚少去她那里了。陛下陡然有变，她会心生失落之感的，故而陛下该当多去她宫里走动走动才是。"

李世民眉目一扬："怎么，听到她有甚说辞了？"

曹娴摇头道："没有。在臣妾所能接触到的后宫嫔妃当中，徐婕妤当是最为重情重义，最为通晓事理之人。"

李世民点头道："爱姬说得不错。徐婕妤比你早入宫几年，对宫中人情世故皆已熟稔，她人又悯恤和善，你日后若遇有为难之事，可多与她相商。"

"臣妾记下了。"

"好了，莫再多想了，朕听贵妃说，明日一早你不是要与她同去寺中进香么？快睡吧。"

次日一早，一乘步辇向着永仪殿门前缓缓而来，步辇后跟着红儿、墨菊和稍年长的范公公、年轻的辛公公。步辇在殿门前停下，红儿和墨菊上前往两边撩起锦帘，曹娴从步辇中走出。

红儿向殿门口走近两步，对在殿门外两侧垂手而立的两名内监道："请公公去向贵妃娘娘通禀一声，修仪娘娘前来拜会贵妃娘娘，与贵妃娘娘一同去那慈恩寺进香祈福。"

殿门前站立的一名年纪稍长的内监走前一步，向曹娴一弯腰："修仪娘娘请稍候，待奴才进去向贵妃娘娘通禀。"说罢转身走进殿内，少顷，又从殿内走出，对曹娴道，"贵妃娘娘有话，娘娘凤体欠安，今日就不出行了，请曹修仪自行去寺中进香。"说到这里用双手捧着一支令牌往前一送，"这是贵妃娘娘命奴才交给修仪娘娘出入宫禁的令牌，请修仪娘娘收好。"

这边范公公走上前去接过令牌。

曹娴已经蹙起眉头，顿一顿，说道："劳公公转告贵妃娘娘，奴婢这便去寺中进香。"说罢走到步辇旁边，对手下人说道，"走，去慈恩寺！"

范公公走前一步对曹娴小声说道："娘娘，据奴才以往经验，凡后宫妃嫔出宫

385

礼佛，皆须有大内侍卫若干名护卫在侧。今日娘娘出宫礼佛，贵妃娘娘理当指派大内侍卫护卫在侧呀，可——"

曹娴打断对方的话："没有侍卫也好，我们轻车简从前往，岂不甚好？"

范公公则轻轻摇了摇头。

在慈恩寺大雄宝殿内进香祈祷完毕，曹娴在红儿、墨菊和两名内监陪侍下走出山门，往一旁停着的步辇旁走去。

正在此时，一群十余名汉子忽然从一旁涌了过来。为首的汉子长着一脸络腮胡子，穿一件浅青色袍子，腰间扎着褡包，其余汉子都穿灰布裤褂。

"络腮胡子"用手一指曹娴，对左右汉子道："瞧，那小娘子生得怎恁俊俏啊，把本王的魂儿都勾去了，啊？哈哈哈！"

其他汉子也都跟着起哄。

"络腮胡子"身侧一名汉子道："大王何不把她挟至山寨，做大王您的压寨夫人呢？"

另一侧的一名汉子马上随声附和："对呀，大王您正缺一位压寨夫人呢。"

其他汉子又跟着起哄。

"络腮胡子"对其左右两名汉子使个眼色，朝曹娴那边一扬下巴。

两名汉子即刻朝曹娴奔了过去。

此时红儿和墨菊已把步辇锦帘撩起，曹娴就要上辇，一名汉子奔到曹娴近前道："小娘子且慢！我家大王已相中你了，要你至我等山寨做大王压寨夫人，跟我们走！"

另一名汉子接着说道："是啊，做了我家大王的压寨夫人，包你有享不完的荣华富贵，快跟我们走吧。"

这两名汉子说着就伸手去扯曹娴胳膊，被曹娴双手猛然一推，两名汉子都被推出四五步远跌倒在地。

曹娴厉声道："大胆蟊贼，光天化日之下竟敢抢人，真是反了天了！"

其他汉子一起往曹娴这边涌了过来。

两名内监赶忙上去拦挡。范公公道："此乃朝廷大内嫔妃娘娘，看你等谁敢造次？"

"络腮胡子"冷笑两声："什么大内嫔妃娘娘！嫔妃娘娘在宫里待得好好的，跑到这里来做甚？是嫔妃娘娘又如何，岂不是更好？本大王娶个嫔妃娘娘做压寨夫人，岂不更美？小的们，这两个老小儿没长眼睛，认不得本大王是谁，你们用拳脚教他们认识认识！"

"络腮胡子"话音一落，几名汉子一起上前对两名内监拳脚相加。

曹娴怒喝："不许打人！"一脚踢倒一名对内监施以拳脚的汉子。

"络腮胡子"伸手一撩袍角，从腰间拔出一把短剑逼向曹娴："小的们，把家伙都亮出来！"

众汉子都从各自绑腿里拔出短剑，逼向曹娴。

"络腮胡子"道："看来小娘子不只美貌绝伦，还有武功在身。好啊，本大王就喜欢带刺的玫瑰。小的们，拿剑逼住她，迫她就范！"

众汉子围成一圈，把曹娴围在垓心，一个个挺剑对准了曹娴。曹娴拉开架势，在垓心转动着身子，等待着反击的时机。此时忽听圈外有人一声高喊：

"住手！"

众汉子闻声扭头一愣神的工夫，一长袍男子所率二十余名府丁装束的男子都手持刀剑等兵刃，已将众汉子包围起来。

长袍男子厉声道："大胆贼寇，竟敢在这京师重地、天子脚下欺凌抢劫民女，真乃胆大包天！若此时缴械投降，本官尚可饶尔等不死，若负隅顽抗，本官定叫尔等死无葬身之地！"

"络腮胡子"发一声喊："小的们，给我杀，杀呀！"

双方立刻兵刃相对，叮叮当当互相厮杀起来。

曹娴双眉紧蹙，看着这场突如其来的厮杀。

很快，"络腮胡子"一方招架不住了，已有两名汉子被对方刺伤，发出"啊""啊"的惨叫声。

"络腮胡子"高喊一声："撤！"与其手下汉子们沿街向西撤去。

长袍男子一声令下："给我追！"与其手下府丁一起追了过去。

这边范公公对曹娴道："娘娘受惊了。娘娘快上辇回大内吧。"

曹娴道："不可。本宫既蒙恩人相救，在恩人去追歹人之时，我等若不辞而别，岂不是有违礼法？我等须在此稍候，想那恩人过不多久便会返回的，到那时我等谢过恩人相救之恩，再回大内不迟。"

范公公一哈腰："娘娘说的是。奴才是想，在此处待得久了，恐将再遭不测。"

曹娴道："公公放心，不会再有事了。"

时候不大，长袍男子就带领手下府丁返回到曹娴等人近前。

长袍男子对曹娴拱手一礼："娘子受惊了。"

曹娴赶忙还礼："谢恩人相救之恩。"

长袍男子连连摆手："区区小事，不足言谢，娘子客气了。"

曹娴扫视着众府丁："方才厮杀，恩人一行可是伤着了？"

长袍男子也用眼一扫手下府丁："无一受伤，请娘子放心便是。方才那一伙欲对娘子非礼之徒，皆为聚在终南山深处的草寇，被我等追至皇城西门附近时，皆混入出入城门的百姓之中，以致我等不得对其施展手脚，他们便乘机斩杀守城军士，之后逃出城门，向终南山方向逃窜而去。现下守城军将已尾追而去，结果如何尚不得而知。——噢，不知娘子尊府在何处？我等须护送娘子至尊府才是。"

曹娴道："无须再劳恩人大驾。实不相瞒，我乃朝廷后宫嫔妃，今日至此是到这寺中进香礼佛，不想遭遇歹人欲行非礼，幸遇恩人一行舍身相救，方得脱险。敢问恩人台甫，福居何方？"

长袍男子似是一愣，接着一屈身子跪到地上："韦恒有眼无珠，不识面前之人贵为六宫娘娘，在下死罪死罪！"

"恩人使不得，快快请起，快快请起！"曹娴说着转对两位内监道，"快将恩人扶起来！"

两位内监赶忙上前把韦恒扶了起来。

曹娴道："恩人台甫本宫已谨记在心，只是恩人福居之所还望告知，日后若有机会，本宫定当登门拜谢。"

韦恒又抱拳一礼："让娘娘屈尊光临寒舍，不才如何担当得起？今日之事，不过是不才与手下人路经此处偶然遇上，顺便一伸援手罢了，何足挂齿！能为娘娘效犬马之劳，乃不才莫大之荣幸，故此'谢'字娘娘就莫再提起了。不才贱名，乃不才闻得娘娘尊贵身份之后一时心中惶恐，不慎脱口而出的，已有施恩图报之嫌了，是以不才不想再说出不才蜗居之所，请娘娘恕不才问而不答大不敬之罪。"

"恩人如此说，真令本宫过意不去。知恩图报，乃古今不易之理，这样吧，"曹娴说着从手腕上退下一对玉镯，双手捧向对方，"这一对玉镯，乃宫中稀罕之物，恩人若不嫌弃，便请收下，聊表本宫一点心意而已。"

韦恒连连摆手："娘娘是要不才做那施恩图报的小人么？"

曹娴听了这话一怔："这……请恩人莫做他想。本宫不过是想，恩人相救之恩，若本宫未能报答于万一，则本宫实难心安。"

"娘娘心意，不才心领了。只是娘娘所赠之物，不才绝难接纳。"韦恒说着抬手朝步辇处一让，"即请娘娘上辇，不才等恭送娘娘至宫门口便回。"

"娘娘，宫中禁卫营的人来了。"辛公公说着抬手朝街道东面一指。

众人一起顺着他手指的方向看去，只见一队将士沿街快步走了过来。

一年轻小将来到曹娴近前深施一礼："末将参见修仪娘娘，陛下见娘娘久不回宫，特遣末将来接娘娘回宫。"

曹娴对韦恒道："恩人相救之恩，本宫无以为报，只能谨记在心。恩人保重，本宫告辞了。"

韦恒抬手一让："娘娘请！"

次日一早，曹娴正在殿内让红儿给自己梳妆，墨菊匆匆进殿："娘娘，贵妃娘娘来见。"

墨菊话音刚落，韦贵妃已袅袅婷婷走了进来。

曹娴赶忙起身上前施礼："奴婢拜见贵妃娘娘。"

韦贵妃道："免礼。"

曹娴抬手往镂花靠背椅处一让："贵妃娘娘请坐。"

"免了。"韦贵妃一昂首，目光飘然移向别处，俨然高贵神态登时毕现，"姐姐此番来，一为看望妹妹，昨日妹妹前往慈恩寺进香，突遭山寇施暴，虽经他人解围，也被惊吓一场，今日可心安些了么？"

曹娴又一礼："谢贵妃娘娘挂心，奴婢一切皆好。"

韦贵妃又道："这二么，是来邀妹妹一同去那感业寺进香祈福。"

"这……"曹娴陡感突兀，顿一顿，说道，"多谢贵妃娘娘关照。只是，昨日奴婢已经去慈恩寺进香了，今日便无须再去了吧？"

韦贵妃道："昨日你去慈恩寺进香，不是被那山寇扰了么？"

曹娴道："被山寇所扰，是奴婢进香完毕之后发生之事，进香礼佛自始至终皆顺顺当当。"

韦贵妃话音中透着强硬之意："那又如何？再去一回又有何妨？再说，昨日姐姐我本要与你同去的，只因偶感不适，便未能成行，改到了今日方去，妹妹权当陪姐姐我去一回又如何？更何况，近日尽人皆知，那感业寺菩萨显灵，但凡有人前往进香祈福，无不应验，姐姐我此番偕妹妹前往进香礼佛，禳灾祈福，定可全然应验。"

曹娴不得不提醒："恕奴婢再多一言，此时出宫，是否须奏请皇上恩准？"

韦贵妃面上已有不悦之色："这个么，本宫已奏请皇上，皇上已然恩准，妹妹尽可放心。"

曹娴一听这话，心知再也不好推辞："既然如此，奴婢这便随贵妃娘娘同去。"

韦贵妃口气温和亲切起来，边迈动莲步向外走，边道："妹妹莫再称姐姐我为贵妃娘娘，也莫谦称自己奴婢，你我只以姊妹互称，岂不亲切些？"

出了殿门，早有两抬步辇在外候着。二人上了各自步辇，过了几道宫门，来到承天门外横街上，又沿横街一路东行，时候不大，步辇就停了下来。侍者掀开锦帘，曹娴走下步辇，见展现在面前的是偌大一座宅院，气派的朱红大门外铺着三级汉白玉台阶，两边各有一座半人多高的石狮子、上马石、下马石、双斗旗杆俱全，门楣左右挂两盏气死风灯笼，门内影壁高约丈余，其上彩绘福、寿、禄三星。门内把门的四条大汉，个个头戴大叶方巾，穿五分底黑缎马靴，四扇征裙，大红中衣，肋下佩绿库腰刀，一个个腆胸叠肚，在门内肃目而立。曹娴心中十分纳闷：贵妃娘娘说要带自己去那感业寺进香的，可此处并非寺庙，明明是偌大一座宅院啊。

正疑惑间，韦贵妃已走下步辇，抬手朝那大门口一指："妹妹请吧。"

曹娴投向贵妃的目光中盈满诧异之色："请问贵妃姐姐，这里是……"

韦贵妃有些神秘地微微一笑："妹妹切莫见怪，姐姐今日只不过是带妹妹去见一个人，你与此人该当相识。"

曹娴有些迟疑地迈动脚步跟在韦贵妃后面往前走，心中已是疑虑重重：自己在这京师无亲无故，有谁会与自己相识呢？如这相见属正常举动，贵妃此前为何隐而不宣，却对陛下和自己谎称要去感业寺进香呢？

韦贵妃已经迈进了大门，只见门内那四条大汉齐刷刷跪伏在地，齐声道："拜见贵妃娘娘！"

韦贵妃看都不看他们一眼，边往里走边漠然道："都起来吧。"

一大汉站起来："容小的进去通禀主子一声？"

"免了。"韦贵妃说着，人已走了进去。

曹娴怀着疑惑不解而又隐隐不安的复杂心情跟在韦贵妃身后，穿过两进庭院，走进后面一个厅堂，见厅堂内一男子背对门口，手握毛笔，正俯身在桌案上书写大字。两边各有一妙龄女子，一个在裁纸，一个在研墨。三个人许是都全神贯注的缘故，对外面来客竟都浑然不觉。

韦贵妃轻唤一声："小弟呀，姐姐给你领来一个人，你看是谁？"

男子闻声转过身来。

曹娴一见男子面目，浑身一震，倏地惊怔在当地：怎么是他？

这男子，竟是曹娴在慈恩寺外突遭山寇袭扰时挺身施救勇斗山寇的韦恒。

韦恒也面呈意外之色："是你……是娘娘？"再看一眼韦贵妃，像是如梦初醒，赶忙拜下身去，"参见贵妃娘娘，参见……娘娘。"

旁边两位妙龄女子也一齐跪下参拜。

韦贵妃道："都起来吧，小弟起来说话。"

曹娴从懵懵懂懂中醒悟过来，忙道："恩人，是你？怎会如此之巧，在这里遇见了恩人？"

韦恒站起身来："是啊，不才也深有同感，怎会在寒舍遇见娘娘？"

韦贵妃道："看来，你二人虽已见过面，相互之间却尚不甚知情，姐姐来给你们引见一下，这位是深受陛下恩宠的曹修仪，这位是姐姐我的同胞弟弟韦恒。"

曹娴大感意外："原来贵妃娘娘与恩人是同胞姐弟呀？"

韦恒也似同样感到十分意外："姐姐怎么突然携修仪娘娘来小弟这里了？"

韦贵妃道："小弟，看你，只顾问话，也不让修仪妹妹与姐姐我坐下说话。"

韦恒突然醒悟："哟，看我，失礼，失礼，修仪娘娘与姐姐都请坐，请坐。"

韦贵妃和曹娴在镂花黄花梨木椅上坐下。

韦贵妃对曹娴道："昨日姐姐我得知修仪妹妹去那慈恩寺进香，突遭山寇袭扰，便前往妹妹宫中看望，那时皇上已在妹妹宫中了，听妹妹说，那救了妹妹的恩人为不图回报，决意不肯道出其所居之地，却于无意中道出了韦恒这个名字，妹妹为今后再难见到恩人而抱憾不已。姐姐我便想，妹妹说起的这韦恒，若非重名，便是姐姐我的胞弟无疑，姐姐我何不携妹妹来与小弟见上一面呢？若真是妹妹想见的人，也便弥补了妹妹之所憾。"

曹娴道："姐姐既有此意，何不奏明皇上，皇上定当恩准姐姐携妹妹我来拜见恩人的，那样岂不是名正言顺？为何要托言外出礼佛呢？"

对这一问，韦贵妃心中早有准备："这个，请听姐姐我言明。如按妹妹所言行事，你我此行当然是名正言顺，可却于陛下与诸嫔妃眼里落下了你我有私交的印象，日后，无论姐姐替妹妹说话，还是妹妹替姐姐说话，即便全是公道话，也都有了徇私之嫌。因此姐姐我便只说携妹妹外出进香来让妹妹与小弟见上一面，个中情由，还望妹妹用心体察。"

韦恒埋怨道："姐姐既知小弟心思，便不该携修仪娘娘来见小弟的，何况，又是假借外出礼佛之名！"

韦贵妃眉眼一肃："你急什么？我还有话呢。"说着转向曹娴，"妹妹不必为此多虑，此去感业寺并不甚远，待见过小弟之后，你我便一同去那感业寺进香礼佛，并无违背君命之虞。"

曹娴道："即使来见恩人，姐姐事先当告知妹妹我一声，妹妹我也好为恩人略备程仪以表谢意，现下两手空空，实是失礼。"

韦恒赶忙道："修仪娘娘切莫如此说，且不说我姐姐此番举动当与不当，只说修仪娘娘以尊贵身份光临寒舍，便让寒舍蓬荜生辉，令不才受宠若惊了，何须备办程仪！"

"小弟说的也是，妹妹无须多礼。"韦贵妃说着似突然想起另一件事，"噢，小弟，姐姐的小外甥现在何处，我可甚是想念他了。"

韦恒道："在后面寝室呢，小弟这便命人抱过来。"

韦贵妃一摆手："不用了，我去后面看他。妹妹，你在此稍候片刻，姐姐去去便回。"说罢走了出去。

韦恒抬手一让："娘娘请用茶。"

曹娴端起茶盏抿茶，用以掩饰慌乱不安的心绪。她深知自己作为大内后宫嫔妃，在宫外与一个男子单独会面是不合宫中规矩的，但这会面是贵妃安排的，会面的对方又是自己的救命恩人，也就不好再退避。这时只听韦恒道：

"不才听我姐姐说起过娘娘传奇经历，知皇上出巡河北期间于沿海红石滩与娘娘邂逅相爱，且知娘娘入宫以来备受皇上隆宠，不才尚未与娘娘谋面便已对娘娘钦崇不已。今日方知，不才于慈恩寺门外偶遇之娘娘便是修仪娘娘，不才为与娘娘有此缘分而倍感荣幸。"

曹娴道："恩人过誉之辞，本宫愧不敢当。倒是恩人对本宫相救之恩，令本宫感念不尽。"

韦恒连连摇头："哎，娘娘言重了。举手之劳的事，何劳娘娘记挂于心？更何况，如今娘娘已宠冠六宫，日后更是前途无量，不才以后或许还有仰仗娘娘之处呢。"

曹娴心想，你姐姐身为贵妃，位份比我要高出许多，有你姐姐这棵大树荫庇于你，能用得着我什么呢？嘴上却道："今后恩人如有用得着本宫之处，本宫当竭尽绵薄。"

韦恒连连点头："不才深知娘娘是一位重情重义之人。今日娘娘既已光临寒舍，且娘娘已知贵妃与不才乃同胞姐弟，不才亦知娘娘正受着陛下隆宠，便索性多说两句。现下有一事，如能蒙娘娘从中斡旋，当是最好不过，只是，劳娘娘费心，又觉过意不去。"说到这里打住话头,静观对方反应。

"恩人如有为难之事,但说无妨。"曹娴不知对方究竟要自己做甚,但已恍然悟出,他姐弟二人设法把自己引来这里,原来用意在此。

韦恒道:"是这样的,如今后宫皇后虚位已久,我姐姐身为贵妃,递补后位该当顺理成章,怎奈皇上身边有那不逞之人向皇上屡进逸言,以致我姐姐一直不得迁封。今娘娘已成皇上新宠,娘娘的话,皇上定能听取,若娘娘能在皇上面前为我姐姐多多美言几句,则大事可成。当然,娘娘若有难处,便全当不才什么都未曾说。"

"这……"曹娴万万没有想到,恩人让自己做的竟是这样一桩事,而且话说得竟是如此露骨,这着实让自己作难。一者,自己甫入后宫,对贵妃与其他诸位妃嫔内情尚所知甚少,怎能在皇上面前妄加褒贬?二者,册封皇后之事,不只是后宫头等大事,且属朝廷大事,自己不过一小小嫔妃,怎能对此巧言置喙?还有,如插手宫中事务以报私恩,岂不是假公济私?此事万万做不得。可若拒绝恩人之所求,又有忘恩负义之嫌。这让她一时左右为难进退维谷。

"若娘娘有为难之处,便免了吧。"韦恒说这话时面上仍微笑着,但那微笑里面似已含了一丝不悦之色。

曹娴下意识瞥一眼对方,便觉那面上的笑容里似含着一股肃杀之气,令她莫名压抑,努力稳一稳心神,说道:"兹事体大,恩人容本宫再想想,在皇上面前,当说的话本宫会说的。"

"好,好,此事不可强勉,娘娘定要想得周全,一切皆由娘娘自主便是。"韦恒嘴上说着,心中却想,本国舅倒要看看,你是不是那忘恩负义之人!

此时,贵妃又回到了厅堂内,明秀水目先瞥一眼曹娴,再瞟向韦恒,见韦恒轻轻摇了摇头,那美艳眉眼立刻一寒……

回宫路上。

坐在步辇内的曹娴思量起自己与韦恒相遇的前前后后,顿觉疑窦丛生:"这前前后后,究竟是怎么回事?昨日去那慈恩寺进香,事前贵妃说好与自己一同前往,临行时却突然变卦,托言凤体欠安不去了,自己独自去了以后竟突遭山寇袭扰,又恰巧被贵妃胞弟所救。那韦恒,口口声声不欲施恩图报,却又像是无意之中说出自己姓名。紧接着,今日贵妃便谎称至寺中进香而携自己来与韦恒相见,刚一见面,贵妃又借故离开,继之韦恒便提出要自己为贵妃晋封后位向皇上进言之事。前前后后,一环紧扣一环,就如预先精心设计好了的一般。若果真如此,那贵妃为登上后位真是迫不及待了。惟其迫不及待，方利令智昏，使出如此蠢笨拙劣之手段。自己甫一进宫，便遇上此等不堪之事，想那日后，不知还会遇上怎样的龌龊险恶之事呢，岂是小心谨慎便能躲得过去的？

第二十三章
宿山坳剑锋逼刺客　游御园佳作冠群芳

承庆殿内，李世民正在伏案批阅奏章。

曹娴双手捧一盏香茶来到李世民身边："陛下已批阅甚久了，歇一歇吧。"

"这便批完了。"李世民放下朱笔，接过茶盏呷一口茶，放下茶盏，活动两下双臂，"朕欲于明日去那终南山中游猎，爱姬可愿随朕同往么？"

曹娴一礼道："谢陛下厚爱，侍驾游猎乃陛下赐予臣妾莫大之荣幸。只是，臣妾亦知后宫嫔妃当有却辇之德，因之臣妾不敢去。"

李世民听了这话一愣，略一思忖道："欸，朕此番游猎不同于汉成帝携班婕妤乘辇之游。那成帝罔顾皇家规制，特造帝妃共乘之御辇，欲与宠妾班婕妤一同乘坐招摇游玩，方为班婕妤婉拒之。朕此番行猎，乃因朕连日阅处出巡期间所积压之奏章政事，颇觉疲惫闷倦，想出去透透气，放松一下紧致心神，此其一。其二，本朝已多年无战事，鞍马弓刀已日渐生疏，可借此番行猎，磨炼心智，加强武备。且此番行猎，为不扰民，朕要一改以往行猎昭告文武百官，着万余御林军护卫的浩大场面，只秘而不宣，暗中精选善骑射者百骑，作为左右，由卫尉卿刘师立率领悄悄出城，这亦是与以往秋狝迥然不同之处。朕想着，这偌大后宫之内，只你一人娴熟武功，与朕同往，正可令朕倍增奔驰豪气。当然了，朕尚须尊重爱姬意愿，若爱姬实在不愿去，朕绝不强勉。"

曹娴被君王这一席恳切之言打动了："陛下所言句句发自肺腑，且句句在理，臣妾焉有不从之理，臣妾去便是了。"

李世民点头道："如此甚好。"

深秋的天空蔚蓝高远，一碧如洗，初升暖阳又给天际涂一层淡淡紫色。极目嵯峨终南山中，万木葱茏，绿茵匝地，山村旷野，撒一片火焰般金黄，阵阵携着花草清香的秋风，拂得人心中飒爽，陡增奔驰豪气。百骑猎手皆身着五色袍褂，乘虎皮鞍鞯骏马，簇拥着李世民和曹娴在山野间纵情驰骋。李世民跃马挽弓，见兔射兔见雉射雉，仿佛回到了当年扫荡群雄的战阵沙场。曹娴身着绛红战袍，足蹬鹿皮战靴，更显飒爽英姿，亦是不时张弓搭箭，百发皆中，斩获颇丰。

"陛下，前面林子里有狗熊老虎出没，且马行不便，还是往旷野上去撵鹿兔吧。"见前面林密沟深，山势崎岖，陪猎的卫尉卿刘师立不得不向君王进言。

"围猎意在加强武备。"李世民边说边打马向前，"若临战阵，哪里还管得了道路好坏，危险与否，只拼力冲杀便是。"仍是加鞭猛冲。

突然，一群野猪自林间蹿出，龇牙咧嘴吼叫着向李世民马前冲来。

李世民毫不惊慌，带一下缰绳，让战马向左面平地上一拐，然后张弓连射四箭，每箭皆中，射倒四头野猪。

领头的大牙猪见状怪吼一声，发疯一般向李世民扑来。野猪发怒，连虎豹狼熊都要怕它三分，李世民的御马吓得连连后退。此时前冲野猪的獠牙就要刺到李世民的左腿，只见曹娴滚鞍下马，一个箭步冲上来挺剑便刺，一剑刺中野猪臀部，被刺伤的野猪一跃转身，张开血盆大口，直扑曹娴，曹娴挺剑照野猪口中刺去，却被野猪獠牙咬住剑刃一抖，只听"嘭"一声脆响，剑已被折成两截。慌忙赶到的刘师立顾不得拔剑，翻身下马赤手空拳朝野猪扑去，把野猪扑倒在地，野猪翻身而起又扑向刘师立，却被已下了马的李世民仗剑一个突刺，野猪立刻倒地毙命。

刘师立已吓得脸色煞白，手指半尺有余的野猪獠牙道："好险啊，若陛下与娘娘万一被伤，微臣回去如何向百官交代？"

李世民拽一把茅草擦擦剑上的猪血，哈哈一笑："爱卿啊，朕当年为天策上将，爱卿为天策府左亲卫，不记得天策上将驰骋疆场仗剑击贼模样了？为何今日竟惧怕成这样！"

刘师立擦擦头上的汗："昔汉高祖以马上得天下，不以马上治天下。陛下以神武定四方，怎可逞雄心于一兽呢？"

李世民又大笑，纵马飞驰，率众人登上一个高坡。登高远望，长天澄明，秋阳绚烂，远近壮阔绮丽河山尽收眼底，不禁勾起帝王如潮诗情。李世民敞开衣襟，一任凉爽秋风拂入胸怀，朗声而诵：

出猎

山间晓雾色空濛，岭上秋枫烈火红。

> 骁骑金戈穿云壑，雕弓羽箭贯长风。
> 惶惶走兽潜幽谷，悚悚飞禽散翠空。
> 执锐皆因强武备，披坚非为悦林丛。

刘师立赞道："好诗，好诗，真乃好诗也！陛下武能安邦定国，文可经天纬地，这诗人情怀亦是气贯长虹，吞吐宇宙啊。'执锐皆因强武备，披坚非为悦林丛。'陛下行猎为的是加强武备，保境安民，如此深仁大爱，古来帝王能有几人？陛下真千古圣君也。"

李世民手指刘师立笑道："爱卿所言过了，过了。"说着笑意吟吟看身旁曹娴一眼，"爱卿可知，曹修仪诗才远在朕之上么？"

刘师立忙点头："娘娘甫一进宫，微臣便耳闻娘娘才思绝伦，当此之时，唯愿亲聆为快。"

曹娴玉颜微微一红："陛下谬赞，令臣妾愧怍难当。陛下大作既出，臣妾岂敢狗尾续貂！"

李世民大不以为然："欸！爱姬莫要过谦嘛！你只管放胆吟来，也让刘爱卿开开眼界。"

刘师立也是目光殷切地看着曹娴，连连点头。

曹娴见推辞不过，只得说道："圣命难违，臣妾只好勉为其难了。"随即吟出：

> 伴君秋狝至蓝关，火树苍岩映远山。
> 小可拙思羞作赋，风光道尽是天颜。

李世民笑对刘师立道："看看，看看，曹修仪终还是过谦。恰恰相反啊，曹修仪是恐绣口一开，朕之拙作便黯然失色呢。"

刘师立道："即便如此，娘娘文思敏捷若此，也让微臣大开眼界了。"

李世民看一看天色，说道："天色已晚，朕要重温当年风餐露宿的戎马生活。刘爱卿，速命卫士架设军帐，朕要与你等就地过夜。"

落日余晖下，军士们依山傍坡，于树林旁搭起一个小行宫，一共围成四层帷幕，把皇上和娘娘的寝帐围在正中……

同一个傍晚，一名名叫邢焯的男子和一名道士正在一间密室内密谋着一场杀戮之举。这邢焯本名李承焯，乃已故太子李建成之子，三十一二岁年纪，生得方面大耳，豹眼猩唇。当年玄武门之变时，正值李承焯游猎并夜宿终南山中，遂逃过一劫，此后他隐姓埋名，豢养死士，图报杀父之仇。道士法名雁门真人，五十多岁年纪，矮瘦身材，窄长脸膛，面似淡金，八字眉，三角眼，头戴黑缎子平顶道冠，身穿八卦道袍，腰系丝绦，脚穿水袜云履。早年曾为幽州大都督、卢江王李瑗的幕僚，玄武门之变后李瑗谋反被诛，他遂隐居江湖，后遇邢焯，便协助后者做起了谋弑之事。

这次密谋，缘于邢焯得到的一条重要消息：李世民今日一早出宫前往终南山行猎去了。邢焯以为这是上天赐予他的报杀父之仇的绝佳时机。

道士问他："此讯公子是自何处得到的，确属可信么？"

邢焯道："此讯乃韦贵妃胞弟韦恒亲口对我所言，定然可信。那韦恒说，李世民出宫之后，其姐姐贵妃娘娘便到他府上撒怨气，说，皇上只带百骑侍卫出宫至终南山行猎，还带上了近日新纳入后宫的一位曹姓乡野女子，抱怨皇上此举甚是有违皇家规矩。你看，此话说得不是甚有来由么？"

道士点头："嗯，听来倒是如此。"但他还是心存疑虑，"请问公子，你是如何与那韦恒结识的，他为何肯将皇家如此机密之事告知于你？"

邢焯道："此事说来话长。我与韦恒之舅父、永泰粮行主汤巩早有过往，曾助他做成了几宗大生意，让他赚了个盆满钵满。自然我也从中获益匪浅。由汤巩引荐，我进而结识了韦恒，其后我以非常之手段为韦恒灭掉了其宦途上的政敌，由此我与他便成了莫逆之交，他与我自是无话不谈。"

道士又问："你可向他透露过你乃已故太子之子这个真实身份？"

邢焯摇头："这个，我从未敢向他透露过。我深知，我一旦向他透露我的真实身份，他为避与我这样的人交往招致杀身之祸，定将与我断绝交往，甚或将我擒住献于李世民也未可知。我当然不会自招其祸。故此，时至今日，他只知我姓邢名焯，对我的真实身份与姓名仍一无所知。"

道士道："如此甚好。看来，李世民此番出宫行猎，确为公子复仇之良机。只是，他虽只带了百骑护驾侍卫，然那些侍卫必定是由御林军中精选而来，个个身强力壮武功高强，尽管公子手下猛士个个身手不凡，与之较量起来孰胜孰负恐也难以预料，故此番复仇之举当慎之又慎。贫道以为，强攻莫如巧取，选择最佳出手时机最是紧要。"

邢焯道："道长所言甚是。道长的话倒是提醒了我，我闻言李世民等人此番出猎，还携带了数顶军帐，料其是要在山野中过夜。我又曾得闻，李世民在既往多年戎马生涯中养成了早起外出遛马的习惯，想必明日一早他也会有此一举。我等即可乘他外出遛马之际将其射杀。"

道士点头:"嗯,如此甚妙。"

秋日之夜,繁星满天,凉风轻拂,草虫唧唧,篝火微红。奔驰了一天的李世民已酣然睡去。曹娴却久久难以成眠,泛海离家后的一切,仿佛都在梦中,都那么飘飘浮浮的不真实,只有遥远的家乡的一切才是真实的。她的思绪飞过数千里,飞到了家乡,飞到了父亲、姐姐和乡亲们的身边,与亲人与乡亲在一起时的一幕又一幕相继重现在脑海中……不知不觉间,泪水已润湿了鬓发,打湿了睡枕……

一阵细微的响动,惊醒了刚刚迷迷糊糊睡着的她,睁开睡眼一看,见君王已经起来,便也即刻起身。

李世民见她起身,忙十分疼爱地劝阻:"爱姬莫要起来,刚刚四更,再睡会儿吧,朕睡得早,便醒得早,这就去野外蹓马。"

曹娴已经起来:"臣妾也睡醒了,与陛下一同出去蹓马。"

二人穿戴整齐,一同走出军帐。深秋的后半夜罡风正劲,曹娴被这扑面而来的劲风一吹,忽觉五脏六腑倒海翻江,强忍不住,"哇"一声呕吐起来。

李世民赶忙回身,一边轻轻为她捶背,一边关切地问:"爱姬是怎么了?哪里不舒服?"

曹娴已是汗水淋漓,强忍住呕吐道:"臣妾没什么,只一时被风灌着了,祈陛下恕臣妾失仪之罪。"

从一旁过来的刘师立道:"既是娘娘凤体违和,就莫再外出了,且回帐内歇息罢。"

曹娴喘一口气道:"这就好了,臣妾须与陛下同去。"

李世民道:"罢了,爱姬玉体失和,就不要出去了,朕也不去了,等风小些了再去不迟。"

回到帐内,李世民亲自安顿曹娴躺下歇息,曹娴起初不肯,经不住李世民一再坚持,只得躺下了。李世民正问着爱姬究竟哪里不舒服,是不是病了,要不要传太医来诊治,忽听行宫门口人声大噪,喊杀声和刀枪撞击声大起,李世民一跃而起,披甲掣剑往帐外冲去。曹娴也振作起来,掣剑在手紧随李世民冲出帐外。

帐外十分微弱的晨曦中,隐约可见卫士们正在与贼寇拼力厮杀。贼寇个个黑衣黑裤黑布蒙面,手执钢刀死力冲杀,卫士们更是愈战愈勇,一时间兵刃撞击声、喊杀声和惨叫声响成一片。很快,贼寇渐渐抵挡不住,开始往后退却。

李世民仗剑大喊:"要抓活口!抓活口!"

曹娴仗剑站在李世民身后,左顾右盼中忽见侧后方一蒙面人蹲在地上正在张弓搭箭向着李世民瞄准，她一个箭步飞跃至那蒙面人近前，"嗨"地发一声喊，手起剑落将贼寇箭杆连同弓弦一起砍断，继之剑身一摆，以剑尖逼住蒙面人的咽喉，声音低沉而严厉地说道："叛贼听了，你等谋弑是受何人指使？说实话，本宫饶你不死！"

蒙面人也声音低沉地回答："你动手吧，至死，你也休想得到我半句实话！"

那边李世民大喊："爱姬，逼住活口，莫让他跑了！"

曹娴见蒙面人不肯招供，便将剑尖向上一挑，将他蒙面黑布一下挑开，就露出了他的本来面目。借着军帐门口射出的灯光，只见此人方面大耳，豹眼猩唇，左半边脸已被曹娴剑尖划出一道竖向伤口，正在滴淌着殷红的鲜血。此时一阵风来，曹娴忽觉胸中一阵翻腾，强忍不住，哇地呕出一声，拼力忍住，定睛再看时，已不见了叛贼身影，只听不远处黑暗中有人恨恨地哼了一声。

李世民奔到曹娴跟前："爱姬怎么了？怎么，活口呢？"

曹娴急切地说道："臣妾死罪！一时作呕，让那叛贼逃脱了，臣妾这便去追。"

曹娴说罢拔腿欲向前跑，李世民一把把她拉住："算了，天尚未明，已不好寻见他了。叛贼脱逃，乃爱姬凤体失和所致，朕不怪罪于你。何止不怪罪于你，你一剑将叛贼弓箭砍断，救了朕一命，朕还要赏你救驾殊勋呢。爱姬凤体不适，快快回帐歇息！"

李世民扶曹娴回到帐中。

此时外面喊杀之声已渐平息。刘师立喘着粗气进帐奏道："叛贼已被折冲，除丢下二十余具尸体，余皆逃窜而去。"

李世民急问："我卫士伤亡如何？"

刘师立道："回陛下，卫士死伤数十人。"

李世民又问："可知叛贼是何许人等？"

刘师立回奏："叛贼共约六七十人，皆为亡命之徒，只要不死便死命拼杀不止，故未能逃走的，皆被我卫士杀死，只有一人重伤未死，经问，此人回答，他们半夜之时已在宫外设伏，只等陛下早起外出时射杀之。所幸苍天有眼，让娘娘凤体违和绊住了陛下，不然后果不堪设想。"

李世民道："娘娘何止因凤体违和绊住了朕！方才朕在帐外，一叛贼于朕侧后欲放暗箭射杀朕，幸得娘娘及时发现，一跃过去将叛贼弓箭砍断，朕方幸免于难。"

刘师立以十分敬佩的目光看向曹娴："娘娘如此救驾殊勋，在历朝历代后宫之中皆绝无仅有,此乃朝廷之福社稷之福啊。"

曹娴此时面色微红:"刘大人过奖了。大人有所不知,妾身还有过于后呢——"

李世民打断曹娴的话:"爱姬莫再说了,爱姬只有救驾殊勋,并无丝毫过失。"说到这里转向刘师立,"那活口可曾招供,叛贼谋弑,是受何人指使?"

此时的李世民龙颜覆冰,如夜瞳仁射出令人胆寒的异光。

刘师立回奏:"问他自何处来,受何人所遣,他只不肯讲,再追问时,此人已气绝身亡。"

因了震怒,李世民紧握床栏的手在微微颤抖。他们君臣此行乃秘密出宫,外臣不得而知,只有宫内极少数人知道,且谋弑者熟知他李世民早起外出的习惯,那么,这谋弑者大抵出自于宫内……

他不敢再往下想了,无论是哪位皇子谋逆,他都不愿它是事实。

刘师立自然更不敢蹚这浑水,君臣一时无语。

曹娴却不寒而栗,皇宫大内,表面看来戒备森严,实则人心叵测,险象环生啊,即便是赫赫天威的皇帝,也会遭人暗算,倒是草野民间,虽则清苦,却活得踏实些。

日上三竿时分,邢焯、道士与邢焯手下五十余人跋涉到一面山坡上的山神庙前。这些人个个狼狈不堪,其中有十余人走路一瘸一拐,有的在别人搀扶下才能艰难行进。

道士指着山神庙前一片平地,对邢焯道:"公子,命猛士们在此处稍事歇息吧。"

邢焯在庙前平地上停住脚步:"弟兄们,在此处稍事歇息,受伤的弟兄由其他弟兄再将伤处好生绑扎一下。"

说罢走进庙门,一屁股坐在庙内地上,对随后进门的道士悲愤地说道:"真乃天不助我,天不助我呀。此番出击,我本已张弓搭箭瞄准了李世民,就在要将其一箭封喉之际,竟被那一跃而至的曹姓女子一剑砍断我手中弓箭,致我复仇之举功亏一篑!那女子实属可恶至极,我恨不能抽了她的筋,剥了她的皮!"

道士道:"公子且息怒。公子此番复仇不成,还有下一回呢,此事宜从长计议。"

邢焯道:"此番交锋,我手下弟兄阵亡十有三四,那可都是我多年以来苦心孤诣训养出来的呀。你说还有下一回,可下一回又在哪里?像此番李世民只带百余骑侍卫出猎之事日后还会有么?再说,我总是如此隐姓埋名浪迹江湖,要到何时方有出头之日?"

道士抬手捋一捋下巴上稀疏的胡须："公子切勿悲观。贫道倒是有一想法，讲出来，不知公子属意与否。"

　　邢焯道："道长有话尽管讲来。"

　　道士道："此去东北方边关之外，有一东昱之国，乃前代义军所建，数代以来一直与中原朝廷分庭抗礼。近年其国力愈见强盛起来，屡屡向大唐国攻城略地，已大有一举吞并中原之势。我等一行可前去投奔该国，一者可得立足之地，以便养精蓄锐，再图大计；二者可借其进攻中原之机，了却公子复仇夙愿。公子以为这一路径是否可行？"

　　邢焯沉吟半晌方道："你让我好生想一想吧。"

　　…………

　　一时间，君王外出行猎遇刺的消息在宫廷内外不胫而走，朝野上下议论纷纷，猜疑重重……

　　京师延康坊，清冷月光透过窗棂泻落在青砖地面上，斑驳朦胧，愈显厅内幽幽暧昧。魏王李泰与一皂衣男子相对而坐，正在密谈。

　　李泰眉心微聚，叹一口气道："谋弑之事，已成悬案，只怕父皇对我们也不放心了呢。"

　　皂衣男子冷冷一笑："我看皇上最疑的是太子。一者，太子见皇上近来愈益宠着殿下，恐易储于殿下，便图穷匕见，密遣刺客来刺杀殿下，幸被殿下挫败。殿下虽未抓住刺客，皇上也能断出此举是太子所为。二者，近日以来太子愈发不问政事，只沉迷骑射，纵情声乐，以招致皇上嫌恶斥责，他便愈发荒唐颓废起来，此情之下皇上更会疑心他恐有易储之变而抢先发难！"

　　李泰眉心有所舒展，眼中忧色却未全然退去："据说，此次谋弑未果，只因曹修仪出帐后呕吐，本欲外出蹓马的父皇携曹修仪又折返帐中，才使杀手们未能得手。其后父皇出帐，有那杀手欲于暗中向父皇施放冷箭，又是曹修仪一剑砍断杀手弓箭，方使父皇幸免于难。旁的且莫多说，只说那曹修仪的呕吐，亦是耐人寻味呀，莫不是身怀有孕了？自她跟了父皇，可是备受隆宠啊。"

　　皂衣男子目光幽幽，说道："殿下言下之意，莫不是那曹修仪若生下个儿子，这宫中便又多了一位皇储的竞争者？这倒也是，谁又能担保那腹中之子不会是又一个刘弗陵呢？当今皇上虽不是汉武帝，那曹修仪亦不会有钩弋夫人下场，但却……"说到这里未再说下去。

　　李泰目光一寒："是啊，钩弋夫人乃武帝晚年宠幸之妃，生子刘弗陵，这刘弗陵年纪虽然幼小，却被册为太子。武帝为免他百年之后母壮挟子，将钩弋夫人赐死，刘弗陵便成了后来的汉昭帝。父皇绝非武帝那样冷酷无情的皇帝，可曹修仪一旦得子，谁又敢担保不是又一个刘弗陵呢？"转念想想又道，"此事计议为时尚早，也许她会生个小公主呢！"

皂衣男子阴阴一笑："也是。"

同一个夜晚，承庆殿内，李世民正在伏案批阅奏章。

钱福悄悄进入殿内，在殿中一角站定。

李世民批完一道奏章，放下朱笔，抬起头。

钱福赶忙上前道："陛下。"

李世民随口问道："钱福，有事么？"

钱福赶忙一低身子："陛下命奴才探听宫中对陛下出猎遇刺一事有何议论，奴才去探听了个大概，这便来向陛下回奏。"

李世民端起茶盏呷一口茶："嗯，你讲。"

钱福道："宫中人等皆说，叛贼谋弑败北，乃陛下有上天护佑之故。"

李世民点头："嗯，还有呢？叛贼系受何人指使，可有议论？"

钱福道："对叛贼系受何人指使，宫中说法不一，有说恐系宫中内贼，有说许是内外勾结，又有说系外贼所为，是外贼与在山野行猎的陛下碰巧遭遇而已。"

李世民皱起眉头："那说有内贼的，可说了内贼是何人？"

钱福略一顿："这个……尚未有人说起，奴才追问，都是讳莫如深。"

李世民又问："还有什么议论？"

"宫中众多人等对于曹修仪勇搏野猪与一剑砍断杀手弓箭之事说得绘声绘色，也还有另一种说法……"钱福说到这里忽然打住，抬头看一眼对方。

李世民稍稍抬高声音："什么说法？你讲！"

钱福道："说曹修仪尽管认了房大人作义父，原本出身却是寒微，说她练过几招武艺倒是确实，说她才情卓异便是虚美之辞，才情卓异谁又亲眼见来？"

李世民道："朕知道了，你下去吧。"

钱福说一声"是"，向殿外退去。忽听身后君王道：

"回来！"

钱福应声返身回来。

李世民道："日前那碛北薛延陀真珠可汗夷男统兵二十万入侵我大唐，朕命营州都督张俭，兵部尚书李世勣，右卫大将军李大亮等率兵迎敌，今已大获全胜。朕心甚慰，明日朕要与诸妃嫔众皇子公主一同游园，以为庆贺。你去传朕旨意，命他们早做准备！"

御花园内。满园繁花似锦，一簇一簇粉白金黄、绛紫胭红的菊花，竞相怒放，鲜艳欲滴。午后暖阳，缕缕轻柔。微风拂来花香阵阵，沁人心脾。

明丝华盖下，大唐天子李世民风仪巍巍，缓缓漫步于花树之间。身边簇拥着韦贵妃、阴德妃、杨夫人和燕贤妃，徐惠和曹娴跟在后面。众妃嫔皆穿锦簪花，浓妆艳抹。众皇子公主随在左右，着装华贵，神情各异。

李世民见众人只默然无声地相跟着前行，说道："今秋的菊花开得煞是好看，你们为何不说话呢？莫要拘束嘛。"说着话似无意般向后扫了一眼，正与曹娴目光对上。

众目睽睽之下，曹娴眼中掠过一丝慌乱，忙微微低下头。只见她着了一袭乳白色纱绸长裙，嫩绿色抹衣针绣鹅黄淡菊，雪肤玉貌娇柔香艳，高挽发髻流云雅秀，在那浓脂艳粉的一群中，愈显得一枝独秀，已夺尽了满园秋色。

杨夫人把这一切全看在眼里，眼中先是一冷，却马上换上吟吟笑意，向曹娴招手："修仪妹妹，过前边儿来呀！早听陛下说，妹妹即景赋诗出口成章，这秋菊开得正艳，妹妹尽可一展才思，也好令我等一饱耳福啊。"

曹娴面上微微一红，向杨夫人一礼："夫人谬赞了，让妹妹如何敢当。"

旁边韦贵妃似不经意间白了杨夫人一眼，杨夫人只装作没看见。

走在另一侧的燕贤妃没有注意到韦贵妃的脸色，只看君王眼中似有微微笑意，便停下脚步等曹娴走到身边，一把拉住曹娴的手："妹妹切莫过谦，夫人说得对，妹妹且跟姐姐到前边儿去，我们都想好好赏一赏妹妹绝妙诗才呢。"

曹娴被燕贤妃拉着手，只好跟到了前面。

燕贤妃一直对曹娴微微笑着，可那微笑里面总似有几根尖刺。众人眼中，也都如含了利刃般向着曹娴身上刺来。

燕贤妃以虔敬的目光看向李世民："陛下，让曹修仪即景赋诗，可好？"

李世民回眸一扫，众人眼色尽收眼底，不禁微微皱眉，说道："莫急嘛。"

此时众人已走到西海池边。

此季的西海池，湖光潋滟，烟波浩渺，远近楼台亭榭，尽皆融入了那袅袅烟霭之中。

李世民率众人来到临湖殿旁的水亭上，说道："朕有些乏了，便在此处坐坐吧。来呀，摆宴！朕要与你们小酌几杯聊以解乏。"

侍者搬来桌椅，菜也接着上来了，精美的牙盘里，豹胎、鲤尾、鹗炙、猩唇、熊掌、酥酪蝉等八珍一应俱全。

李世民指指满桌酒菜道："今我大唐大克薛廷陀部，乃喜庆之日，方设此等酒宴以为庆贺，若在平素，断不可如此靡费。今日，爱妃皇儿们可尽情宴饮，不必拘束！"

开宴之后，各位妃嫔，各位皇子公主纷纷向李世民敬酒。有美酒做媒，场上气氛渐渐活跃起来。

忽从外面进来一年轻男子，走到李世民近前拜道："儿臣拜见父皇，拜见各位娘娘！"

声音温文而清越。

曹娴向男子看去，见其修长身材上着素色长袍，广袖飘展；面若冠玉，修眉朗目，行止大方，气度从容，俨然一翩翩公子。

曹娴把目光转向坐在身旁的徐惠，徐惠会意，轻语道："三殿下。"

曹娴便知此人是三皇子吴王李恪。

李世民对李恪淡然道："你回来了？入席吧。"

李恪在侍者引领下在一空位上坐下。

看着李恪身影，太子李承乾一直忧悒的眉宇间就打了一个结；魏王李泰则耸一耸眉峰，之后目光微凝，若有所思。

酒过三巡，菜过五味，李世民已然微醺，朗声道："拿笔墨来，朕要乘兴赋诗一首！"

侍者即刻将笔墨纸砚奉上。李世民挽袖挥毫，笔走龙蛇在宣纸上赋诗一首：

赋尚书

崇文时驻步，东观还停辇。

辍膳玩三坟，燃灯披五典。[1]

寒心睹肉林，飞魄看沉湎。

纵情昏主多，克己明君鲜。

灭身资累恶，成名由积善。

既承百王末，战兢随岁转。

---

[1] 三坟：相传为古书名，指三皇之书。今存《三坟书》分山坟、气坟、形坟，以《连山》为伏羲作，《归藏》为神农作，《乾坤》为黄帝作。五典：传说中我国最古的书籍。载五常之教，即父义、母慈、兄友、弟恭、子孝。

书毕,向李泰一招手道:"青雀,过来,将朕的诗作诵读一遍。"

李泰大踏步过来,捧起诗作朗声诵读了一遍。

李世民目光炯炯向在座的人们扫视一遍:"诸位爱妃、皇儿们,说说朕的诗作得如何?"

说罢还特意盯了那边座上神情漠然的李承乾一眼。

众人自然齐声说好,只有李承乾默然无语。

诗的意思再明白不过,作为君主,应勤奋学习古代典籍,吸取前代昏君荒淫误国的教训,戒奢靡无度,戒沉迷声色,要自始至终居安思危,如临深渊,如履薄冰。诗意的指向也很明显,就是用来教谕太子的。太子对此,当然心知肚明。

李世民似无意中看了那边曹娴一眼,只见曹娴一双美目也正看着他呢,许是沾了点酒的缘故吧?那真是盈盈玉靥含春意,脉脉双眸笼秋波。李世民龙心大悦,心说你们不是不服气么?朕今日便让你们见识见识,朕的曹爱姬不仅貌美无双,而且才学也是无人能及,于是说道:"方才两位爱妃不是要曹修仪即景咏物赋诗么?好啊,朕不仅让她当场赋诗,而且是由他人来命题。命题之人,便由青雀来担当。"

李泰闻言一愣:"儿臣?"

"对呀,题目亦是由你选定。"李世民想到了,若由自己来命题,即使曹爱姬所赋之诗再好,也会有人疑心自己早已把题目定好并告知了她,让她事先打好了腹稿,那么干脆让青雀来定题,便任谁都无话可说了。

李泰说一声"儿臣遵命",就在心中转开了弯弯肠子。他决计要难一难曹修仪。他想到,若从周围景物中选题,只怕她早已打好了腹稿,必须选她毫无准备的冷僻些的物事为题。看着父皇诗作手迹,他有了主意。父皇书法研习晋代书圣王羲之,功力甚深,且演化而成"飞白"书体,枯墨用笔,字体苍劲老练,于笔画中丝丝透白,自成一家。她曹修仪甫入后宫,对父皇书体特点印象一定还不甚深,即应以此为题命她赋诗,于是对李世民道:"父皇书体,乃当世一绝,儿臣愚意,即以品评父皇书体为题,请修仪娘娘赋诗一首,可好?"

李世民点头:"好啊,开始吧。"

李泰朗声道:"遵陛下圣命,请曹修仪当场赋诗的题目是:奉述陛下书体。来人!将陛下手迹送与曹修仪过目,笔墨伺候!"

钱福捧着李世民诗作手迹送到曹娴手上,又在她面前桌上放好笔墨宣纸。

众目睽睽之下,曹娴将诗作手迹观瞻两遍,稍一凝思,然后拿起笔来,只见她行笔疾健,落墨有声,立成诗作一首:

　　　　　奉述陛下书体
　　　　铺笺生气象，落墨展新书。
　　　　凤蟠冲云汉，龙翔涌海流。
　　　　凝霜古藤劲，冻雪老梅遒。
　　　　别有疏狂草，一瞻万冀酬。

已在一旁候着的钱福，将诗稿捧送到李世民面前桌上。李世民略一浏览，便朗声赞道："好诗，亦是好字！清丽而不寒蹇，放逸而不恣肆。"

说罢把诗稿往李泰面前一推："念！"

李泰接过诗稿，向众人诵读一遍。

李世民神态自若地微笑着对众人道："诸位爱妃、皇儿以为如何？"

君王已经有了定论，诗又确是好诗，众人尽管各揣心思，也便齐声说好。

李世民吟道："'别有疏狂草，一瞻万冀酬'，曹爱姬是在向朕索赠草书墨迹呢，好啊，明日朕便赠你一轴狂草手迹。"

曹娴起身向李世民一揖："谢陛下错爱。"

众人都把目光集中到了曹娴身上。那众多目光中流露出的神色各有不同：公主们目光中流露的大多是赞赏；韦贵妃则不动声色，只唇角似撇出一丝冷笑；燕贤妃和杨夫人眼中似又多了几分寒意。更值得玩味的是三殿下李恪的目光，那当中有惊讶，有轻慢，还有几缕飘忽不定的邪魅……

李泰则在暗忖：她曹修仪文思怎会如此敏捷呢？莫不是她早已打好了腹稿，碰巧与自己的命题相吻合了？此时，六七只修腿长颈的丹顶白鹤向着临湖殿水亭上的红花绿叶旁翩翩飞来。李世民以筷挑一些饭菜扔到鹤群旁边，众人以为仙鹤们定会来抢食这世间无双的美味，却见高傲的仙鹤见了，竟都背过身子游到别处去了。

李世民不禁叹道："《诗·小雅·鹤鸣》曰：'鹤鸣于九皋，声闻于野。'竦轻躯以鹤立，若将飞而未翔，鹤的清奇独立向为世人所称道啊。"

李泰眼珠一转，来了主意，便望着曹娴道："修仪娘娘才思敏捷，令小王钦佩之至，娘娘何不以那白鹤为题赋诗一首呢？"

曹娴未立即答应，剪水双瞳只望向李世民。

李世民朝她点点头："曹爱姬莫犹豫，尽管赋来。"

曹娴起身向李世民深施一礼："臣妾谨遵圣命。"望一望那鹤影，未假思索，便坐下挥毫赋成小诗一首：

海池鹤影

朵朵白云入海波，翩飞曼舞影婆娑。

时鸣汀渚声激越，素性清高浑不阿。

钱福接了，正要往李世民这边送，只听李世民道："钱福，莫往朕这里送了，你就在那里诵给各位听听！"

钱福即扯开公鸭嗓诵读一遍。

大多数皇子公主齐声叫好。

李世民道："好！曹爱姬寥寥四句，便将鹤清逸脱俗之格调勾画无遗了。"

在李世民近处桌边坐着的杨夫人凑在燕贤妃耳边悄声说了几句什么。

燕贤妃马上道："陛下所言甚是，曹修仪才思敏捷如此，令我等妃嫔自愧弗如。臣妾以为，似这样以此时此地之景命题赋诗，诗赋得好已是颇见功力，若以彼时彼地之景命题赋诗，如赋得切近物象且文质俱佳，则更见功力。妾闻这海池西岸之望月山南坡植着数株早梅，每岁冬寒尚未退尽之时，便有梅花早早开放了，曹修仪何不以此早梅为题，再赋佳句，让我等一饱耳福呢？"

李世民点头："嗯，贤妃此言有些道理，曹爱姬，就以早梅为题赋诗一首，如何？"

曹娴起身向李世民一礼："臣妾遵命。"略一思索，又提笔书成小诗一首：

山前早梅

万木萧疏处，夜来发几枝。

不争众芳粲，惟恐唤春迟。

钱福接过诗稿，转对李世民问道："陛下，还是由奴才诵读么？"

李世民道："念！"

钱福又扯开公鸭嗓诵读一遍。

李世民环顾一下众人："各位爱妃，各位皇儿，曹修仪此诗，你们以为如何呀？"

大多数皇子公主又一齐说好。

杨夫人又对燕贤妃附耳小声说了几句什么。

燕贤妃马上又道："陛下，曹修仪此诗辞义俱佳，不过，依臣妾愚见，尚有美中不足，既然诗题为早梅，诗中说夜来发几枝，便未能尽显其早，不若说'发一枝'，便是极言其早了。"

李世民点头道："嗯，好！今日之酒宴乃朕之家宴，各位皆当无拘无束，畅所欲言，贤妃如此便甚好。至于见解如何，尽可互相切磋。曹爱姬，方才贤妃所言，你以为如何？可直抒己见，不必隐讳！"

曹娴起身一礼："是！"复又坐下，"贤妃娘娘见解甚是高妙，令臣妾有茅塞顿开之感。臣妾拙作中谓梅开之早，用'发几枝'而未用'发一枝'，是想，一树早梅于一夜之间开放，是极少只开一枝的，若为尽显其早而说'发一枝'，恐有刻意之嫌，故此便用了'发几枝'，此乃臣妾孤陋之见，祈陛下恕臣妾妄言之罪。"

李世民道："欸，曹爱姬所言有理有据，怎是妄言呢？又何罪之有？"

燕贤妃急道："陛下，曹修仪方才说早梅开放极少只开一枝，既是极少，便是还有，不是没有吧？既然有，为何不可以说'发一枝'呢？"

李世民没有说话，已面露不悦之色。

此时一脆嫩的童声骤然响起："父皇！"

众人都循声看去，见兕子已从李承乾身边站了起来。

兕子清亮明眸注视着李世民："兕子有话想说，可以么？"

李世民点头道："嗯，当然可以，童言无忌，朕倒是甚想听听小公主说些什么。"

兕子道："兕子极是喜爱望月山南坡那数株早梅的，自去岁以来，为能第一眼赏到早梅初开之美景，在冬寒将去之时，兕子每日清晨都去那些梅树旁观看，两岁冬寒将尽之时皆是忽于一早那同一株梅树开出了五六朵或七八朵花儿，未见单单只开一朵的，故而兕子以为，曹修仪所赋诗中'夜来发几枝'一句，甚为妥帖。"

李世民高声道："好！童言无忌，童言率真。曹爱姬所赋之诗，贴切自然，文质俱佳，尤其是'不争众芳粲，惟恐唤春迟'之句，道出了早梅独具之品格风神，只其中一个'唤'字，便将早梅写活了，不啻神来之笔。朕以为，诗言志，诗品即人品，首先心中有之，然后笔下方能书之。望诸位爱妃诸位皇儿皆如曹爱姬诗中所言，只唤春，不争粲！"

那边燕贤妃扭头狠狠剜了杨夫人一眼，杨夫人只装作没有看见。

此时钱福走到李世民身边道："陛下，御前侍卫来报，尚书右仆射长孙无忌、左仆射房玄龄求见陛下，已在前殿候着呢。"

李世民道："让他们到承庆殿见朕！"

第二十四章
为祭祖一身幽禁室　因虐行二妾跪庭阶

君臣在承庆殿会面后,房玄龄奏道:"河南、河北两道行台发来急报,今岁自春起至今河南、河北一带滴雨未下,旱情甚重。周围各州县亦有旱情发生,不少百姓已逃往山东,多时每日即达数百人。此况如何应对,陛下宜早作筹划。"

李世民道:"朝廷已悬了赏钱让百姓打井,此事朕是交与长孙卿办理的。"看着长孙无忌道,"朕问你,河南河北两道每县打井约为多少?"

长孙无忌有点支支吾吾:"这个……多者七十余口,少者……三四十口。"

"什么?"李世民面露怒意,"多者才七十余口?朕下达河南河北各州县打井备旱的诏令已逾月余,打井进度居然如此迟缓,百姓不跑光才怪呢。这些州县的刺史县令是如何当的?"

长孙无忌道:"这不能怪这些州县的刺史县令。各州县旱情日甚一日,粮价暴涨,百姓已闹起粮荒,哪里还肯下苦力打井?"

李世民道:"此事你们为何不早一些报给朕?"

长孙无忌道:"臣也是昨日方自户部得到这一消息的。"

李世民忽地从龙椅上站起:"情势已急如水火,上上下下却仍如此慢慢吞吞,迟早要出大乱子!朕意,后日一早,朕即微服赶至河南各州县巡视旱情,筹划缓解旱情事宜。长孙卿与褚遂良、魏征、岑文本与朕同往。房爱卿为京师留守,可便宜行事!你们明日从速把紧要公务处理完毕,后日一早卯正之时在前朝待漏院值房候着朕。"

长孙无忌、房玄龄一齐朝李世民拱手:"臣遵旨。"

李世民:"下去吧。"

长孙无忌应声退出。房玄龄在原地稍一迟疑,抬头看了李世民一眼,之后也开始退步。

李世民抬头看房玄龄一眼:"房爱卿,你还有事?"

房玄龄停住脚步:"无甚大事,陛下正为旱情一事焦心,不说也罢。"

李世民道:"有事就说嘛,何必吞吐,讲!"

房玄龄道:"陛下,修仪娘娘自入宫以来,诸事可好?"

李世民点头:"嗯,好,好。"似乎悟出什么,"噢,朕知道,房爱卿是想念自己的义女了,可是?"

房玄龄道:"昨日尚书省收到营州刺史衙门报来的关防文书,内中说该州遵陛下旨意遣多路人马寻遍辖境内所有村寨与山林,均未寻到修仪娘娘胞妹曹婉,此一情形是否告知于修仪娘娘,请陛下斟酌。"

李世民略一沉吟:"还是告知于她吧,终归要有个回音才是。明日一早,朕还要召见大理卿等几位大臣议事,你也参与一下吧。你可早来一步,与曹修仪见上一面。"

第二天一早,父女俩在两仪殿西偏殿一见面,房玄龄就把营州刺史衙门差遣人马寻觅曹婉无果的消息告诉了曹娴。

曹娴一听眼睛就湿润了,颤声说道:"曹婉小妹是代我遭受追杀之苦的呀。"

房玄龄诧异道:"此话怎讲?"

曹娴就把自己的真实身世说了。

房玄龄听了大为惊诧:"原来,女儿你便是已故曹仁鸿将军的亲孙女呀。如此说来,当年尹阿鼠与李元吉联手差遣兵马前往平州与营州追杀的曹氏遗孤便是你?"

曹娴含泪道:"他们前去追杀的人是我,可代我遭受追杀之苦的却是我养父的亲生女儿曹婉。"

房玄龄问道:"这是为何?"

曹娴:"当年我亲祖父的师弟姜忠前去平州沿海小渔村接我至营州避难,其时正值夜晚,我的养父于我等姐妹睡梦中抱出并交给姜忠的并非是我,而是他的亲生女儿曹婉,故此曹婉便被送到了营州。其后曹婉为避权奸追杀而东躲西藏,终于不知去向。"

房玄龄缓缓地点头:"原来如此。想来你的养父是为保全你方如此行事,老人家可是有大恩于你呀。"

曹娴含泪而语:"女儿终此一生,都报答不完他老人家的再生之恩。女儿对义父说起这些,是想着明日是清明节,女儿欲去女儿祖父与生父墓前稍事祭奠。女儿想来，女儿祖父与生父墓地当离京师不甚远，可是？"

房玄龄道："不远。当年曹将军父子罹难之后，当时还是秦王的当今陛下命人将曹将军父子遗骸妥为收殓，葬在了京城西北郊一个叫白马坡的地方。其后陛下又命人于该处广植松柏，远远望去但见荟荟郁郁，气象万千。"

曹娴道："陛下如此厚待女儿先祖在天之灵，真令女儿不胜感念。"

房玄龄感慨言之："当年曹将军蒙冤罹难，陛下为之扼腕叹惋。想曹将军当年跟随陛下东征西讨，血染战袍，为大唐开国立下不世之勋，后转任邓州刺史，首倡'抚民以静，与民休息'理政之策，将战后百孔千疮的邓州治理得万民殷富，路不拾遗。当今陛下登基之后广为推行的'轻徭薄赋，抚民以静'之治国方略，便是滥觞于此。正因如此，陛下于曹将军方缅怀至深。——哦，女儿于清明之日想去祭奠先祖，可已奏明了陛下？"

曹娴道："尚未奏明陛下。"

房玄龄道："你可奏明陛下，陛下定会安顿你去祭奠之一应事宜。"

曹娴道："陛下整日忙于前朝政事，回到后宫批阅奏章一坐便是大半夜，女儿不便上前打扰。再者，女儿也恐隔窗有耳，听到女儿提起女儿真实身世。"

房玄龄问："这是为何？"

曹娴道："义父可曾耳闻当年秘技大师袁天罡向女儿祖父密授玲珑金锁之事？"

房玄龄点头道："有此耳闻。当时袁大师与曹将军在秦王府密室密谈，义父就在隔壁弘义厅内小坐。他二人密谈情形义父不得而知，只是过后听人讲起，袁大师谓曹将军夫妻皆寿不过六旬，然其三代之内必有异人出世，此人贵不可言，将泽被众生。又闻袁大师赠予曹将军内藏谶语之玲珑金锁一只，以作其即将出世的孙辈之人护身之宝。"

曹娴道："其实，那不过是传闻而已。女儿乃寻常人家一寻常女子，只因在红石滩海域与陛下巧遇，蒙陛下错爱，方入了这后宫。女儿不愿对陛下提起女儿真实身世，一者不想在陛下面前抬高自己出身，二者便是恐隔窗有耳。此事倘被他人闻知，于后宫传扬开去，女儿必将成为偌大后宫物议所指，众矢之的，若此，女儿日后将无一日可得安生。故此女儿只将此情告知于义父，望义父为女儿谨守此密。"

房玄龄点头："嗯，义父知道了。"

曹娴道："陛下明日便要出巡，义父为京师留守，惟望女儿出宫祭奠父祖一事，义父能从中斡旋。"

房玄龄忽然离座，跪倒在曹娴面前："娘娘之所求，恕老臣无力为之。"

412

曹娴急忙起身："哎呀，义父这是为何？义父快快请起。"

房玄龄并不起身："容老臣禀明其中缘由。娘娘乃后宫嫔妃，老臣则一朝廷外臣。外臣不得插手后宫诸事，乃历朝规矩，本朝亦不例外，故此娘娘起居行止非老臣所能仰视，遑论从中斡旋。此情还望娘娘多多见谅。"

曹娴忙道："女儿已知此事非义父所能为，是女儿出语孟浪了。义父快快请起。"说着上前把对方搀起。

他们父女俩的话，全都被提着茶壶站在两仪殿西偏殿门外的武媚娘听到了耳中。

武媚娘很快就把这些话转述给了杨夫人。

杨夫人听了先是惊异，继而愤然，说道："她若果真是曹仁鸿的孙女，其中便大有说辞。当年，袁天罡大师预言，曹仁鸿三代之内必有异人出世，此人贵不可言，今日看来，此人便是她曹修仪了？"

武媚娘道："可不就是她。"

杨夫人冷笑道："异人、贵不可言，还有什么泽被众生，这么说，日后她便是后宫之主了？"

"真是未曾想到，过去一直是那魏征老儿阻碍着姐姐册后之路，如今又来了个挡路的曹修仪，姐姐真是不顺。"

"哼！那便走着瞧！"

杨夫人又在甬道上迎住燕贤妃，把曹娴的真实身世告诉了对方。

燕贤妃始而吃惊，继而不屑："那又如何？那死去的曹仁鸿，生前不过是一名四品将军，其祖上或许是白丁呢，与你我先考与先祖勋爵相较，真如灯烛对日月！"

杨夫人提醒她："妹妹可曾听说过，当年袁天罡大师为曹仁鸿观相测命之事？"

燕贤妃一愣："你是说……噢，妹妹我当然曾听到过传言，当年袁大师于密室内为曹仁鸿观相测命之时，曾说曹仁鸿三代之内必有异人出世，此人贵不可言，将泽被众生……"说到这里恍然大悟，"如此说来，此人便是曹修仪了？这贵不可言之语，莫不是说，她曹修仪日后将荣登后位？"

杨夫人道："还是妹妹聪明。"

燕贤妃一撇嘴："她做皇后？她也配？"

杨夫人道："配与不配，只凭陛下一句话。"

燕贤妃听了有些发愣，继之道："哼！也真是的，自那曹修仪一入宫，陛下便专宠于她，倒像是把别的嫔妃都忘了。"

杨夫人唇角朝她撇出一丝冷笑，接着一扭身子走了。

这二人的对话，都被站在甬路旁一丛竹后的韦贵妃的侍婢秋荷听到了耳中。

秋荷回到永仪殿，把这二人的对话一字不差地学说给了韦贵妃。

韦贵妃冷哼一声道："本来便僧多粥少，这又来了一个争食的。本宫倒要看看，这后位宝座她曹修仪可坐得上去！"

…………

出巡这天，天尚未亮李世民就起来了，曹娴忙为他更衣。

李世民道："朕这一回出巡，要多看几个州县的旱情，需在外盘桓数日，爱姬进入后宫时日尚短，对宫中诸事尚未完全熟稔，遇有难事，可禀明贵妃帮你办理。朕已嘱她于你多加关照。"

曹娴目含热泪道："谢陛下关照。"

李世民道："你还有何事需朕关照，尽管讲来。"

曹娴道："谢陛下，臣妾确有一念，却不知当讲与否。"

李世民眉目一扬："哦？是何念想，你只管讲来。"

曹娴道："昨日臣妾义父房大人告知于臣妾，营州衙门呈给尚书省之关防文书上说，该州衙门遵陛下旨意，遣多路人马至各村寨与山林搜寻臣妾小妹，却均未寻见。臣妾想着小妹去向不明，生死未卜，心中甚为牵挂，便想前往寺中为小妹进香祈祷，禳解灾殃，却不知是否合于皇家规矩。若此念悖谬，则臣妾当即打消。"

此时曹娴已为李世民更好衣饰。

李世民略一沉吟："嗯，无论如何，此举也是爱姬为小妹尽了一份心意，且后宫嫔妃入寺进香多有先例，故此并无违拗皇家规矩一说，朕准了。"

曹娴赶忙跪下："谢陛下。"

李世民道："起来吧。只是有上一回爱姬入寺进香之时，遭遇山寇袭扰前车之鉴，此番前去寺中，须命大内若干侍卫与爱姬同往，以为护卫，来人！"

钱福进殿："奴才在。"

李世民道："命卫尉卿刘师立至两仪门前候着朕。"

钱福应声向殿外退去。

李世民道："等等！"

钱福停住脚步，回过身来一拱手："陛下。"

李世民道："着人去知会贵妃一声，就说曹修仪今日去净影寺进香，朕已安顿妥当，她知道此事便是了。"

钱福应声去安排，李世民也往前殿去了。

轿夫抬来一乘设有围幛的四人抬步辇，停在殿门外一侧。

曹娴在红儿和墨菊陪侍下刚走出殿门，便见徐惠从含露殿那边走了过来。

徐惠见殿门口停着步辇，遂问曹娴："妹妹这是要去哪里？"

曹娴道："回姐姐话，去宫外净影寺为我小妹进香祈祷。"

徐惠又问："妹妹此行可是皇上恩准的？"

曹娴点头。

徐惠一转念，说道："昨日我听妹妹说起想去城郊祭奠先祖，妹妹何不于今日出宫之际趁便了此心愿？"

曹娴略一迟疑："这……成么？"

徐惠道："你我姐妹可到殿内说话。"

曹娴道："姐姐请。"

二人进殿之后，徐惠就对曹娴低声述说起来……

嗣后，一乘设有围幛的四人抬步辇从承天门内走出，侍女红儿、墨菊跟在其后，再其后是成两列纵队的大内侍卫，出了承天门向右一拐，沿街向前走去。

一行人走到净影寺东侧与毗邻房舍之间的巷道口处时，曹娴掀开步辇小窗锦帘，说道："停！"

步辇停住。跟在步辇后面的红儿和墨菊赶忙上前掀起辇帘，曹娴从步辇内下来。

侍卫队伍中的领队小将从后面急步走上前来，朝曹娴拱手一礼："请娘娘稍候，容末将前去净寺，再恭送娘娘入寺进香。"

曹娴道："无需净寺，切莫扰了众香客礼佛善举。"转对四名轿夫道，"把步辇停到寺旁巷道里，以免阻碍街上来往车马与行人。"说罢举步往寺院山门口走去。

红儿和墨菊及众侍卫随后跟进。

寺院前面，前来进香的善男信女从山门口进进出出。山门外西侧稍远处，十余名身着各色衣裤的汉子三五成群或蹲或站，似在等待着什么。先前在慈恩寺扮作山寇袭扰曹娴的"络腮胡子"也在其中，其脸上的胡子已然不见。

一长颈汉子对"络腮胡子"道："大哥，我等弟兄要候的人为何还不来呀？"

"络腮胡子"道："你急什么！主子既然说了会来，那就迟早会来。"说着朝山门外东侧一努下巴，"喏，来了。"

汉子们一起举目向东看去，只见曹娴等一行人在街上来来往往的香客中穿行而来，已快走到山门口了。

长颈汉子指着曹娴道："那穿白色裙子的女子定是我等弟兄要灭的宫嫔！"

415

今天的曹娴，身着月白色纱绸长裙，藕丝缦衫，嫩绿色绉纱披肩，看上去格外清雅脱俗。

"络腮胡子"点头道："不错，就是此人。"

长颈汉子道："大哥你看，那宫嫔后面跟了二十余名侍卫，人数较我等弟兄多了近一倍，这让我等不好动手啊。"

"络腮胡子"道："是啊，跟了这么多侍卫，主子可未曾说。不过主子有话，让我等相机行事。现下寺内香客众多，那宫嫔又有侍卫护着，我等不便动手，好在主子还说了，那宫嫔进过香，必往京城西北郊去祭祖，我等可于途中以弓箭将她射杀，如此也便于我等事毕脱身。各位听好，那宫嫔身着月白色纱绸长裙，嫩绿色披肩，一旦她自寺内出来，都给我盯紧了！"

曹娴等一行人来到山门口时，曹娴与红儿、墨菊进入山门，众侍卫中一半人随曹娴进门，另一半人则分成两组站到山门外两边。

走到山门内大雄宝殿门外时，曹娴对领队小将道："将军与众侍卫就在这门外候着，红儿、墨菊随我来。"说罢上了殿前台阶，走进大殿。

红儿和墨菊紧随其后进殿。

大雄宝殿内，佛乐低回，香烟缭绕。善男信女们正在虔诚地上香、跪拜祈祷。

范公公从殿内一侧穿过进进出出的香客走到曹娴跟前，说道："娘娘请随老奴过去。"

曹娴跟着范公公来到大雄宝殿旁一座耳房门前时，辛公公手上挽着一个小包袱，早已等候在门口。

"娘娘，请进入室内更衣。"辛公公说着把耳房门打开。

曹娴接过小包袱进入耳房，辛公公随即把门带上。少顷，门开了，曹娴从里面走出。此时的曹娴已换上了一身黑色纱裙，紫色襦衣，头饰上垂下一薄如蝉翼般的纱巾遮住脸部。接着曹娴在前，范公公与辛公公跟随在后回到大雄宝殿。曹娴面对佛祖塑像跪下，开始闭目祈祷。祈祷完毕，曹娴仍身着黑裙紫衣、面覆薄纱巾随其他香客走出大雄宝殿，向山门外走去。稍后，范公公和辛公公也出了殿门，走向山门外。

此时红儿从大雄宝殿门内走出，对侍立在门外一侧的侍卫领队小将道："将军，娘娘有话，娘娘要在殿内为家乡诸位亲人祈祷些时候，请将军与众侍卫耐心等候。"

领队小将一拱手："末将遵命。"

曹娴走到寺院一侧巷内步辇停放处，对候在步辇旁的轿夫道："走寺院后街，去京城西北郊，快！"说着上了步辇。

四名轿夫抬起步辇，快步沿巷道走去。范公公和辛公公随后进入巷内，跟在步辇后面向前走去。

出了京城，先走上驿路，再拐上荒野小路，半个多时辰之后，就来到西北郊白马坡。此处松林蓊蓊郁郁，一派生机。步辇行进到林边停下。

曹娴下了步辇，说道："我要到这林子里走一走，两位公公跟着我过去。"转对四名轿夫道，"你们四位就不必进去了，现下你们即可动身回返。我与两位公公在林子里只稍停片刻便步行返回，稍后便会追上你们。"

一名轿夫为难道："这……娘娘该当乘辇返回。"

另一名轿夫也道："是啊，我等可在此处恭候娘娘，请娘娘乘辇返回。"

曹娴道："各位不必多言，就照我说的办，途中无须停留！"

四名轿夫齐声回应，接着抬起步辇沿来路走去。

曹娴在两位公公陪侍下进入松林，来到墓地前面。

在松柏环绕的墓地上，矗立着一大一小两座坟墓，墓前各立有一块墓碑，墓碑上分别刻着"大唐怀化将军曹讳仁鸿之墓"和"曹讳元成之墓"。

曹娴在曹仁鸿的墓碑前跪下，点燃三炷香，然后含泪叩拜祷告："爷爷，您蒙冤罹难已逾一十九载，今圣上已将杀害您的仇家俱皆正法，此足可告慰您与孙儿父亲在天之灵了。孙儿亦知爷爷生前战功卓著，转任邓州刺史之后首倡'抚民以静，与民休息'理政之策，使一方殷富，百姓安乐，今圣上已将此策推行各州。孙儿蒙圣上错爱，夙夜陪侍圣上身侧，唯愿竭尽绵薄之力，辅佐圣上完成爷爷未竟之遗愿，使四方殷富，海内晏安，祈爷爷在天之灵助孙儿成就此愿！"

接着，又跪在其父曹元成墓前焚香祷告一番。

此时，在净影寺山门外，"络腮胡子"等人已等候得有些焦急难耐了。

长颈汉子朝山门内伸长脖子张望着说道："大哥，那宫嫔已进入寺内大半日了，纵有十六炷香也该烧完了，为何还不见出来呀？"

"络腮胡子"道："是啊，我也觉得有点儿怪，为何会这么久呢？走，进去看看！"又对其他汉子道，"你们就在这里候着，谁也别走远。"

"络腮胡子"和长颈汉子走进大雄宝殿内，朝祈祷的香客们来回扫视几遍，均不见曹娴身影。"络腮胡子"看着长颈汉子朝殿内西侧一摆手，长颈汉子点头，向殿内西侧走去，"络腮胡子"则向殿内东侧走去。少顷，二人又走回到佛祖宝座前面，会面后互相摇头。"络腮胡子"朝殿门口一努下巴，二人一前一后走出大殿。

"络腮胡子"对长颈汉子道："人不在了，快去寺院东面巷道里看看，那步辇还在不在。"

长颈汉子点一下头，一溜小跑跑出山门。

"络腮胡子"随后走出山门，折而向山门外西侧走去。正自走着，长颈汉子从其背后追了过来，急急地呼唤："大哥，大哥，那边巷道里没有步辇！"

"络腮胡子"停住脚步："哦？跑了？"说着快步走到其他汉子跟前道，"弟兄们，快！去京城西北郊！"

"络腮胡子"率领十余名汉子沿街一路向西跑去。

候在山门外的红儿望着这些汉子的背影对墨菊道："墨菊，方才自这寺内走出的两个人，我看着极像娘娘先前到慈恩寺进香之时曾袭扰过娘娘的山寇，尽管其中一人脸上的胡须不见了，我看着也是那被其他山寇称呼的大王，你看可是？"

墨菊点头道："我看那二人也像是那一回袭扰娘娘的山寇，只是一时不敢确认，经你这一说，那便是了。"

红儿赶忙走到侍卫领队小将跟前一拱手道："禀将军，方才沿街往西跑去的那十余名汉子，是修仪娘娘先前至慈恩寺进香之时袭扰娘娘的山寇。"

领队小将惊问："当真？娘娘现下尚在寺内么？可尚安好？"

红儿道："禀将军，娘娘此时已去了京城西北郊。"

领队小将大吃一惊："啊？娘娘去了京城西北郊？可是当真？"

红儿点头："当真，请将军率众侍卫速去西北郊救护娘娘。"

领队小将对众侍卫高声道："快！跑步去西北郊！"

"络腮胡子"等人出了京城，沿驿路跑出一段路，便隐隐约约望见前面远处正朝这边移动着的人和步辇。

"络腮胡子"一扬手臂道："停！"

十余名汉子一齐停住脚步。

"络腮胡子"又道："分成两拨，埋伏到驿路两边的壕沟里！"

汉子们立刻分成两拨跑到驿路两边的壕沟里趴下。

四名轿夫抬着步辇由远及近朝汉子们埋伏的地方走过来。当他们走到距汉子们埋伏处二十几步远时，一声尖厉的唿哨忽然响起，紧接着"络腮胡子"等十余名汉子从驿路两旁蹿出，个个张弓搭箭瞄准了步辇。

"络腮胡子"高喊："放！"

十余支羽箭一齐射向步辇，有的羽箭射进辇上围帐，有的嵌在了围帐上。四名轿夫抛下步辇，纷纷四散奔逃。"络腮胡子"等人又张弓搭箭开始了第二轮射杀，已把步辇围帐射出数十个孔洞。

"络腮胡子"一扬手："停！过去看看，那死者身上可有金锁？"

一行人向步辇跑过去。

此时忽然有人高喊："不好了！大内侍卫追过来了！"

众人一下子停住脚步，纷纷向后看去，只见后面不远处众侍卫在领队小将率领下正朝这边冲杀过来。

"络腮胡子"大喊一声："撤！"

众汉子立刻向驿路一侧的一片树林里拼命跑去，与此同时众侍卫已冲到步辇旁边。

领队小将高声道："快！掀开辇帘看看，娘娘伤势如何？"

两名侍卫上前掀开辇帘朝步辇内探看，齐声道："娘娘不在里边！"

领队小将道："不在里边？"上前朝步辇内探看，"真是不在里边。那，娘娘现在何处呢？"

一名侍卫向前面驿路上张望着道："将军，娘娘从那边走来了。"

领队小将和众侍卫都抬头向前面驿路上望去，只见身着月白色纱绸长裙、藕丝缦衫、嫩绿色绉纱披肩的曹娴，正朝着众侍卫这边款款走来，其身后跟着范公公和辛公公。

领队小将迎上去，拱手施礼："娘娘。"

曹娴问道："你们为何都来这里了？"

领队小将抬手朝步辇一指："禀娘娘，方才娘娘的步辇突遭叛贼弓箭射杀，所幸娘娘未在步辇之内，不然后果不堪设想。"

曹娴上前查看步辇被射损状况，之后问道："你等可看清了，那放箭之人都是些什么人？"

领队小将道："是十余名青壮汉子，我等侍卫并不认识他们。末将听娘娘身边侍婢说，那些人与娘娘先前去慈恩寺进香之时袭扰娘娘的山寇乃同一伙人。"

曹娴秀目一扬："又是他们？"

此时那跑走的四名轿夫又踅了回来。

领队小将对四名轿夫道："快把此步辇抬回宫城大内，再抬一乘完好的步辇过来给娘娘乘坐！"

四名轿夫齐声答应，抬起步辇朝京城方向快步走去。

419

次日一早，杨夫人、阴德妃、燕贤妃、徐惠和其他宫嫔齐聚永仪殿。在正座上正襟危坐的韦贵妃用手中念珠磕一磕面前桌案，众妃嫔嘤嘤嗡嗡的说话声便戛然而止。

韦贵妃道："今日把姐妹们召来这里，是这后宫之内出了一桩大事，要与各位议一议如何处置。在陛下出巡之前，曹修仪向陛下请求去宫外净影寺进香，为她老家失踪的妹妹禳灾祈福。各位皆知，陛下是一贯宠着她的，焉有不准之理？可那曹修仪，竟假借出宫礼佛之名，乔装出城，去那郊外林间悠游玩乐，途中险遭劫匪射杀。看来，这森严宫闱，是关不住她那村姑野女的性子的。似此欺君罔上，渎犯宫规，大逆不道之举，在我朝后宫之内是闻所未闻，绝无仅有，倘若不加惩戒，今后不知她会野到哪里去，这后宫不知会被她搅成何等样子！各位都说说，对这个曹修仪当如何处置？"

燕贤妃抢先道："她不是凭面庞儿漂亮赢得了陛下专宠吗？那就掌嘴，把她的面庞儿打肿打歪，看她还凭什么向陛下邀宠！"

杨夫人道："贤妃妹妹这个主意狠是狠了些，可就是狠得不是地方。曹修仪那面庞儿是陛下看上的，你若把它打肿打歪，那不单是惩罚了曹修仪，也是跟陛下过不去。再说了，你把她的面庞儿打肿打歪，那可是明摆着的，陛下回来一眼便能看出。若果真那样，陛下不怪罪我等才怪呢。"

燕贤妃面露不悦之色："既然我的主意不好，那么你说该当如何处置？"

杨夫人道："这个么，我倒是想，她曹修仪精气神儿在宫里用不完，还要去外面折腾，定是吃饱了撑的！饿她几餐饭食，看她还有多少精气神儿来折腾！"

韦贵妃点头："嗯，夫人这个主意倒是不错。饿她几餐饭食，她便没那大精气神儿折腾了。各位都说说，这么处置好不好啊？"

徐惠道："妾身以为，曹修仪出宫礼佛之时去了郊外林间，其中必有隐情。当先问明其中情由，再作处置。其中情由不难查实，除了询问曹修仪本人，还可询问与之同去的两位公公，此其一。其二，此事似当暂且搁置，待陛下回京之后由陛下亲自处置。"

韦贵妃面上浮上一抹冷笑："嗯，徐婕妤不愧是与曹修仪要好的姐妹，说法就是与众不同。"转对阴德妃道，"德妃妹妹，你也该说句话呀？"

阴德妃欠一欠身子："妹妹以为，徐婕妤的主意似较稳妥，此事可暂且搁置，待陛下回京之后由陛下亲自处置。"

韦贵妃面色一沉："哼！你也会做顺水人情！待陛下回京待陛下回京，难道陛下不回京,这后宫之内便没有王法了么?便任谁都可恣意妄为了么?笑话!本宫以为,还是夫人的主意可行。"环视一下其他宫嫔,"你们都说说,哪个主意可行?"

其他宫嫔齐声道:"贵妃娘娘所言极是,还是夫人的主意可行。"

韦贵妃道:"那就这么定了!将曹修仪关入另室,禁食!"扭头对侍婢秋荷道,"去!命曹修仪过这边儿来!"

秋荷应声去了。

时候不大,曹娴就被召来了。进殿之后,曹娴先对韦贵妃行觐见之礼:"拜见贵妃娘娘。"

韦贵妃对她怒目而视:"哼!"

曹娴又拜阴德妃。

阴德妃张口要说话,却下意识地瞥一眼韦贵妃,又把嘴合上了。

曹娴再拜杨夫人。

杨夫人本来以讥刺的眼神看着曹娴的,此时上眼皮往下一抹搭,把眼瞥向了别处。

曹娴最后拜见贤妃娘娘。

燕贤妃以讥讽的口吻道:"曹修仪此刻倒是蛮有礼法呀。"

拜见完毕,曹娴站到一边。

韦贵妃断喝一声:"跪下!"

曹娴略一迟疑,抬头看了韦贵妃一眼,跪下了。

韦贵妃道:"知道为何让你下跪么?"

曹娴道:"臣妾犯了大错,臣妾知错。"

韦贵妃冷笑一声:"你犯了大错,你知错?仅仅如此么?你犯下了不可饶恕的罪过!你假意对陛下说去寺内进香,却是乔装出城,去城外郊野做那不可告人之事。你这是欺君罔上,荼毒宫规!依律当剜你双目,断你手足!讲!你去那荒郊野外做甚?"

曹娴在斟酌字句。

韦贵妃道:"哼!纵是你不讲,又有何妨,随你前去的两位公公会讲出实话的,到那时,看你还有何话可说。你讲,还是不讲?"

曹娴道:"臣妾去京城西北郊,去祭奠已故的曹将军父子。"

韦贵妃问:"哪个曹将军?讲明白些!"

曹娴道:"曹将军,讳字仁鸿。"

韦贵妃道:"你与那死去的曹仁鸿父子无亲无故,去祭奠他二人做甚?难道,你与他们有什么瓜葛?你且如实道来!"

曹娴道:"臣妾是替臣妾小妹去祭奠曹氏父子的,曹将军乃臣妾小妹的亲祖父,曹将军的公子乃臣妾小妹的生身之父。"

在场众人你看看我,我看看你,都是一副十分意外的样子。

韦贵妃瞪大眼睛:"什么?曹将军是你小妹的亲祖父,他的儿子是你小妹的生身之父?你此言从何而来?讲!"

曹娴道:"当年,曹将军父子罹难之后,曹将军儿媳为避权奸尹国丈府属人等追杀而沦落民间,后产下一女婴,该女婴被臣妾生父收养,即为臣妾之小妹。"

韦贵妃问:"你那小妹现在何处,为何让你来祭奠她之父祖?"

曹娴道:"臣妾小妹为避权奸追杀,辗转沦落营州,其后失踪,已不知去向。"

韦贵妃怒道:"一派胡言!想用假话来蒙骗本宫?你休想!"

曹娴道:"臣妾说的是真话。"

韦贵妃逼问:"真话?何以为凭?"

曹娴道:"这是装在臣妾心里的事,臣妾只能自口中讲出,臣妾拿不出其他凭据。"

韦贵妃怒喝:"强词夺理!本宫正告于你,你若讲真话,本宫可对你从轻责罚,若仍以假话欺瞒本宫,定将重责!"

曹娴把脸扭向一边,不语。

韦贵妃道:"你讲,还是不讲?"

曹娴道:"臣妾当讲的皆已讲了,别无他言。"

燕贤妃插话道:"她既然不讲真话,那就该如何责罚便如何责罚,贵妃娘娘不必与她多费口舌!"

韦贵妃声色俱厉地说道:"曹修仪,欺君罔上,渎犯宫规,擅离宫苑,去那荒郊野外祭奠孤魂野鬼,嗣后又不如实供述,欺瞒本宫与后宫诸妃嫔,当重责!来人!将这贱人打入别室,禁食禁饮!"

马上有两名内监押着曹娴走出殿外……

从这时起,每天清晨,徐惠都要站在含露殿门前看着旭日从东面宫殿屋脊上露头;傍晚,又看着夕阳从西面宫殿屋脊上消失。如此三个轮回之后,一直在焦灼不安中度日的她终于再也忍耐不住,出了殿门迈着匆匆的脚步来到永仪殿门前。

门口值守的内监趋前一步问道:"徐婕妤到此可有事?"

徐惠道："有劳公公进去通禀一声,徐惠有事要见贵妃娘娘。"

内监道："请稍候。"进入殿内,少顷复又出来,对徐惠抬手做个往门里让的手势,"徐婕妤请。"

徐惠进入殿内,见韦贵妃坐在镂花靠背椅上,侍婢正在为其梳头,忙低身施礼："妾身拜见贵妃娘娘。"

韦贵妃并不抬眼看她："徐婕妤这么早过来,可有要事?"

徐惠道："禀贵妃娘娘,曹修仪被打入禁室,禁食禁饮已过三日,今日已是第四日,奴婢恳请贵妃娘娘对其法外开恩,解禁饮食,给她送些吃食与茶饮。"

韦贵妃冷冷地说道："不刚禁了她三日么?三日算什么?她离饿着渴着还早着呢,你急什么?"

徐惠道："奴婢是怕——"

"我这里还未曾怕呢,你怕什么?"韦贵妃打断对方的话,"我要用早膳了,你若无他事,便下去!"

"这……"徐惠欲言又止,知道再说也是无用,只得说一声"是",退了出来。

又熬过一个漫漫长夜,徐惠早早起来,只勉强吃了两口早膳,就脚步匆匆走到永仪殿门前,对殿门口值守的内监道："劳烦公公进去向贵妃娘娘通禀一声,婕妤徐惠来见。"

内监道："贵妃娘娘有话,婕妤徐惠若还是为曹修仪之事来见,便免了。"

徐惠提高声音道："请公公进去通禀,今日徐惠一定要见贵妃娘娘!"

"这……好吧。"内监进殿,少顷复出,"徐婕妤,请吧。"

徐惠进入殿内,见韦贵妃闭目坐在镂花靠背椅上,秋荷正在为其按摩肩背,遂低身施礼："妾身徐惠拜见贵妃娘娘。"

韦贵妃仍闭着眼睛道："你来何事?"

徐惠道："禀贵妃娘娘,今日是曹修仪被幽禁与禁食禁饮第五日了,奴婢替曹修仪求贵妃娘娘开恩,解除对她的幽禁,准她进些饮食。"

韦贵妃忽然睁开眼睛,厉声道："你又来聒噪!那曹修仪给了你什么好处,让你这般惦念她?"

徐惠道："回禀贵妃娘娘,曹修仪未曾给过妾身任何好处,妾身只是恐曹修仪多日以来禁食禁饮,将有性命之忧——"

"危言耸听!"韦贵妃道,"人是那么好死的?何况她曹修仪身上有武功,有武功之人更不易死!你若再来搅扰本宫,便连你也打入另室!下去!"

徐惠紧皱双眉,以微怒的眼神看贵妃一眼,之后无声地退出……

在长孙无忌等四位重臣的陪侍下,李世民巡视到山南道地界时,已是出行的第五天了。当晚在驿馆下榻之后,李世民把长孙无忌、褚遂良、魏征、岑文本召集到一起,指一指书案上的两道表章道:"这两道表章,一为蒲州刺史张恩相所上,一为虞州刺史皇甫冉所上。两道表章异曲同工,皆重笔推许邓州刺史陈君宾。去岁以来该地持续大旱,该是旱灾最甚的邓州却并未发生旱灾,农田连年大熟,不仅本州仓廪充盈,百姓殷富,还出粮周济与之相邻的蒲、虞两州,使该两州发生天翻地覆之变化,又放粮赈济多地灾民,若其言属实,这陈君宾功莫大焉。这两道表章,你们传阅一下。"

长孙无忌拿过表章看完后边递向身边的魏征边说道:"邓州去岁的确收成不错,吏部考功员外郎曾亲赴实地考察,此事吏部留有存照。另邓州赈济各地灾民,山南道巡访史也查证属实。至于其资助蒲、虞两州之事,臣此前尚未得闻。"

魏征看完表章后递给在另一侧站立的褚遂良,然后说道:"陛下所言极是。臣观这蒲、虞两州表章,其中所言兴农措施,颇为独到。即如官吏自耕自足,与陛下亲耕籍田情形甚是吻合。官吏如此,则百姓何乐而不为呢。想来,此举还属已故邓州刺史曹仁鸿所首创呢。还有,其对蒲、虞两州变赈为赊,促使该两州百姓不一味待赈,而是自食其力着力耕作,以倍其获,此举甚有新意。"

褚遂良看完表章后递给岑文本,接着说道:"陛下诏令农为邦本,并令各地刺史以农事为要,臣看这陈君宾即为重农事农方面出类拔萃之良吏。"

岑文本看完表章后送回到书案上,说道:"陈君宾不仅重农事农政绩卓著,且致富之后不忘天下,慷慨赈济灾民,确为一不可多得之良吏。"

李世民感慨言之:"朕观这三位刺史之作为,感触颇深,此三人心想百姓、勤于农事,恪守为官之道,实在难能可贵。明日一早,朕即与各位爱卿赶赴蒲州与邓州,亲为巡幸!"

次日一大早,君臣一行即上路了。李世民一马当先,长孙无忌、褚遂良、魏征、岑文本和二十余名侍卫紧随其后,在驿路上一路疾驰。到傍午十分,一行人即赶到了邓州衙门外。

大门是敞开的。一名侍卫下马进门。

门官迎上来问:"来者何人?"

侍卫道:"皇帝陛下驾到!"

门官赶忙下跪:"小人叩见皇帝陛下。"

此时从大门内传来吵嚷声。

李世民道:"问一问,谁在里面吵闹?"

侍卫问门官:"陛下问你,谁在里面吵闹?"

门官回答:"是襄州刺史尉迟敬德大人在吵闹。"

李世民眉目一扬:"嗯?是尉迟敬德?嗓门恁大,火气不小啊!"回头对身后四位大臣道,"都下马,悄悄进去,听听这黑子在吵些什么。"说罢下马。

四位大臣和众侍卫也纷纷下马。

李世民在四位随驾大臣陪侍下进了大门,走到议事厅门外停住脚步,谛听起来。只听尉迟敬德操着大嗓门道:

"陈君宾你混账!老夫费了这大半日唾沫,竟得不到你一句回应,你聋了,哑了?你在老夫面前就只能当缩头乌龟?我再跟你说一遍,你邓州没遭灾,你能!你可不把我尉迟恭放在眼里,这我无话可说,可你哪里只是不把我尉迟恭放在眼里?你邓州没遭灾,你富了,这倒也罢了,你不资助我襄州倒也罢了,可你为什么去资助蒲州?蒲州与你邓州是近邻,难道我襄州与你邓州就不是近邻?你以为老夫傻,你以为老夫看不出来?老夫看得清清楚楚!你为什么只去资助蒲州?还不是因为蒲州离京师不远,你把蒲州喂饱了,朝中君臣看得见,你好向朝廷邀功请赏?老夫是粗人一个不假,可就因为老夫是粗人一个,便最看不惯你这种文人酸文假醋的模样!"

接着听陈君宾道:"哎呀,老将军,你消消气,消消气,陈某对老将军失礼之处,还望老将军多多担待,多多担待。"

又听尉迟敬德道:"你别跟老夫来这一套,老夫不吃你这一套!拿唾沫星子甜乎人,谁不会?唾沫星子能当饭吃?能当衣穿?"

李世民听到这里,迈步进门。一当进了门,议事厅内一副奇特的情景便呈现在李世民眼前:尉迟敬德坐在书案上,朝陈君宾伸着手指指点点正在数落,陈君宾则毕恭毕敬地站在其面前地上一个劲地点头哈腰。

李世民道:"看来尉迟卿火气不小啊。"

尉迟敬德一见李世民的面,马上从书案上一出溜下来跪到地上:"老臣参见陛下。"

陈君宾也赶忙跪拜:"微臣参见陛下。微臣不知陛下驾临,未能远迎接驾,微臣有罪。"

李世民对陈君宾一招手道:"陈爱卿免礼,起来吧。"

陈君宾说一声"谢陛下",之后起身。

此时长孙无忌等大臣依次进入厅内。

李世民走到书案后坐在椅子上,以平静的语调说道:"尉迟卿,你不在你襄州刺史任上好好值守,跑到这邓州来做甚呀?"

尉迟敬德低着头道:"回陛下,老臣耳闻这邓州农事做得好,特来观瞻。"

"是啊,朕这一路走来,所见尽是干旱情形,土地龟裂,庄稼枯萎,只是进入蒲州地界之后,旱情方大有好转。再到这邓州地界,眼前更是一亮,一眼望去,一片绿意盎然,已是丰收在望。"李世民说到这里对尉迟敬德明知故问,"不知你襄州庄稼长势如何,也如这邓州一般吗?"

尉迟敬德把头低得更低:"回陛下,襄州庄稼长势远不如邓州。"

李世民又问:"是吗?襄州与邓州地缘相接,又同在一片蓝天之下,为何庄稼长势就不如邓州呢?"

"这个……"尉迟敬德先是语塞,其后只得硬着头皮回答,"是老臣无能,老臣这个襄州刺史没有当好。"

李世民话语不无揶揄:"哦?不对吧,方才朕一进门,便见你指着他陈君宾的鼻子在吵闹,是不是陈君宾把你襄州的庄稼弄坏了呀?"

尉迟敬德道:"这个……倒不是。"

李世民道:"既然不是,你跟他吵什么呀?"

尉迟敬德不得不说心里话:"老臣……老臣以为,那蒲州挨着邓州,我襄州也挨着邓州,如今邓州富了,他陈大人不资助我襄州,却偏偏去资助蒲州,是陈大人看蒲州离京师不远,易于让朝廷看到他陈大人的功德,故此有邀功请赏之嫌。"

李世民转向陈君宾:"陈君宾,朕问你,是这样吗?"

陈君宾复又跪下道:"回陛下,那蒲州刺史张恩相见邓州去岁抗旱甚有成效,庄稼收成好,今春便专程赶来邓州向微臣请教抗旱之法,又对微臣说起该州诸多困难,微臣便余给了该州一些种子与百姓度荒的口粮。至于襄州那边,此前尉迟大人并未来向微臣求援,微臣便也未能想到要资助襄州一事。此事微臣确有疏漏之过。"

李世民环顾一下众人:"你看看,你看看,一个是来向对方请教抗旱之法,一个是来指斥对方不帮自己,两者孰高孰低,孰优孰劣,不是甚为明了么?尉迟卿,你看呢?"

尉迟敬德羞得满面通红："这个……是老臣不对，老臣知错。"

李世民道："还有，同在一方水土之上，同在一方蓝天之下，邓州能够把农事做好，襄州为什么就不能做好呢？"

尉迟敬德道："这个……陛下，容老臣说句心里话，这邓州治理得好，功劳不全在他陈大人一个人身上，已故邓州刺史曹仁鸿将军早就把邓州治理好了，是曹将军为邓州打下了良好基础。"

李世民道："你倒是饶有说辞啊。"

陈君宾道："陛下，尉迟大人没有说错，已故曹大人生前在邓州首倡与力行'抚民以静，与民休息'理政之策，并兴修水利工程，开沟挖渠建造水车，引水灌溉农田，方使农田旱涝保收，为邓州农事打下了良好基础。微臣只是承接了曹将军遗风而已。"

李世民道："你不单是承接了曹将军遗风，像本州富了慷慨解囊襄助他州，赈济外来灾民，便是你陈君民的神来之笔。魏爱卿，由你草拟朕之诏书，将邓州抗旱重农情形诏告天下，敕命各州均效此法力行之！"又对尉迟敬德道："尉迟卿，你起来，引领朕与各位爱卿前往你的襄州去看看。"

在尉迟敬德引领下，君臣一行策马来到襄州地面。在经过一个村子时，忽然从一户人家门内传出一声声凄惨的哭声。

李世民勒住马头，对一名侍卫道："进去问一问，这家人家缘何哭泣？"

侍卫进门后很快出来回报："陛下，这户人家饿死了老人，其儿女因此哀哭。"

李世民扭头看了尉迟敬德一眼。尉迟敬德羞愧得低下头去。李世民皱紧眉头，催马缓缓向前走去。众大臣和侍卫于其后缓缓跟进。

刚走不多远，又从一户人家门内传出哭声，还夹杂着倾诉声。李世民勒马驻足，认真谛听。

只听一个男人哭诉道："娘啊，您是活活饿死的呀，呜呜，早知如此，说什么儿子也要带您去邓州那边了呀……呜呜，去了邓州就能吃上饭，您老怎也不至于饿死啊……呜呜呜……"

李世民对尉迟敬德怒目而视，说道："这便是你治下的襄州？"

尉迟敬德一骨碌下马跪伏在地，说道："臣无能，臣有罪，臣愿陛下免去臣襄州刺史一职。"

李世民道："朕看你这个刺史也是当到头了！"回头对其他大臣道，"不往前走了，回京师！"说罢一勒缰绳调转马头往回返。

其他大臣和侍卫也纷纷调转马头紧紧跟上，把尉迟敬德晾在了原地。

回京路上，李世民一勒马缰放缓行进速度，对走在身边的长孙无忌道："像襄州这样的情形并非绝无仅有。如同尉迟恭一样，不少担任地方官的老臣，倚老卖老，躺在功劳簿上睡大觉。还有不少做着京官与地方官的皇亲国戚，自恃身份高贵，吃着朝廷厚俸却不做事。这些人占着官位无所事事靡费朝廷俸禄事小，失职渎职废弛政事可是误国害民的大事啊。长孙卿，回朝以后你与玄龄先议一议这裁撤庸官懒官之事，拿出个初步设想来，此事已不能再拖下去了。"

长孙无忌道："是，臣定当尽力去办。"

皇宫后宫鹅卵石铺就的甬道上，徐惠在前、侍婢菱儿手提一只食盒在后一路往前走着。徐惠去求韦贵妃给曹修仪解禁而横遭拒绝，遂觉得再这么下去曹修仪定然性命不保，就决定去给曹修仪送些吃食和茶饮，她知道她这么做定会遭到韦贵妃的严厉责罚，但她已顾不得那许多了。

主仆二人走到幽禁曹娴的立政殿旁边的一间耳房门前。

徐惠对门外值守的两名内监道："有劳公公打开门，让我们进去给曹修仪送一点吃食。"

门右边的稍年长内监道："不可！贵妃娘娘有话，任何人都不得进去给幽禁之人送吃食。"

徐惠道："到今日曹修仪已是五日滴水粒米未进了，再如此下去会出人命的。二位公公若一定不让我们进去送些吃食，里面的人出了事，你二人便是杀人犯，你们愿担这个罪名么？"

稍年长内监道："我们也不愿死人，可贵妃娘娘下了死命令，若无贵妃娘娘的话，任谁都不准走进这耳房一步，不然便将我等二人乱棍打死，故此我们不敢违命行事。"

徐惠顿时皱起眉头，稍微驻足之后默然转身往回走，菱儿随后跟上。

走到一个岔路口，徐惠停住脚步对菱儿道："你先回去，我要去见贵妃娘娘。"

菱儿担心地看徐惠一眼，然后应声去了。

徐惠向左侧的一条路上走去。

徐惠走到永仪殿门前，对门外值守的内监道："烦请公公进去通禀一声，婕妤徐惠有紧要事要见贵妃娘娘。"

内监道："贵妃娘娘有话，徐婕妤不得入内，请回吧。"

徐惠高声道："我今日定要见贵妃娘娘！你们若不进去通禀，我便一直站在此处等候贵妃娘娘出来！"

"这……这……"内监一时不知如何应对了。

"大胆！"随着一声呵斥，韦贵妃出现在殿门口，"好你个徐婕妤，竟敢来本宫殿门外吵闹，真是反了天了！"

徐惠急忙一屈身子跪下："妾身有要紧事禀告贵妃娘娘。"

韦贵妃冷笑一声："要紧事？你不就是想让本宫把那曹修仪放出来吗？你休想！"

徐惠抬头直视着对方："曹修仪出宫祭奠先祖，是妾身让她去的，妾身是幕后主使，故此事的错全在妾身身上，请贵妃娘娘将妾身打入别室，放曹修仪出来。"

韦贵妃冷哼一声："你对曹修仪真是舍身相救啊。你以为本宫能相信你的谎言吗？你是幕后主使？既然如此，你为何早不坦承，到此时才来承认？"

徐惠道："是妾身怀有私心，恐一旦坦承便将遭受重责，故此瞒过了贵妃娘娘。此事原本就错在妾身的身上，妾身又迟迟不敢坦承，乃错上加错，故此请贵妃娘娘重责妾身，放曹修仪出来。"

韦贵妃道："你倒蛮会打算！你以为本宫会听你的吗？即便你是幕后主使，那又如何？终归是她曹修仪去的郊外。你主使，她犯案，那便一并责罚！来人！"

立刻过来两名内监。

韦贵妃道："将这徐婕妤打入别室，若无本宫允准，任何人都不准放她出来！"

两天后的傍午时分，韦贵妃一如往日坐在镂花靠背椅上微闭双目，由侍婢秋荷为其捶着肩背。

少顷，韦贵妃睁开眼睛："今日是曹修仪被幽禁第七日了吧？"

秋荷回答："是。"

韦贵妃道："好了，你莫捶了。去，叫上春月，去看看曹修仪，她若是正晕着，便搜她身上，看有无金锁，若有，便解下带过来。"

秋荷遵照主子吩咐叫上春月来到立政殿旁的耳房门外。

门外两侧各站着一名值守的内监，门上上着锁。

秋荷对门右边稍年长内监道："贵妃娘娘命我们来看看曹修仪，请公公把门锁打开。"

稍年长内监答应一声，取出钥匙打开门锁，又开了门。

秋荷第一个进入屋内，立刻被屋内的景象吓得用手一捂嘴，同时倒吸一口凉气，只见曹娴蜷卧在半边空着的青砖地面上，整个身子竟然一动不动。再看其面目，竟是面色蜡黄，双目紧闭，犹如死去一般。

秋荷回头对春月小声道："人死了？"

春月惊悸地一瞪眼睛："啊？"

秋荷稳一稳心神，上前蹲下身子把一只手伸到曹娴鼻孔近处，说道："还活着，还有微弱的气息。摸吧，看她身上有无金锁。"

二人伸手在曹娴身上乱摸一通，之后都摇着头我看看你，你看看我。

秋荷道："没有。"

春月也道："嗯，没有。"

秋荷和春月回到永仪殿，向韦贵妃禀报："娘娘，曹修仪身上并无金锁。"

韦贵妃瞪大眼睛道："什么？她身上并无金锁？你们可把她身上各处都搜遍了？"

秋荷道："奴婢们把她身上各处都搜遍了，确是没有。"

韦贵妃道："那便是在她宫内藏着呢。去！向萧公公传本宫的话，让他带上几名内侍去含风殿，命那里的侍婢把金锁交出来，若交不出，便于殿内各处给我搜，直到把金锁搜出送过来！你们也一起去！"

萧公公奉命带着三名小内监和秋荷、春月来到含风殿殿门外。

萧公公对秋荷道："你先进去，把人都召到一起。"

秋荷进殿，把红儿、墨菊、冬雪、如婳、香雁和紫霞等六名侍女召到一起并站成一排。

萧公公走到他们对面，说道："都听好喽，贵妃娘娘口谕，"见红儿等六名侍女没有反应，遂高声道，"都跪下！"

萧公公话音一落，六名侍女一起面朝他跪下。

萧公公道："贵妃娘娘口谕，着曹修仪宫中侍婢将曹修仪往日所佩金锁交出来！"

红儿等六名侍女都不作声。

萧公公抬高声音："都没听见吗？贵妃娘娘命你们把曹修仪往日所佩金锁交出来！"抬手一指红儿，"你！你说，金锁现在何处？"

红儿道："奴婢从未见过那金锁，亦不知金锁在何处。"

萧公公分别指点墨菊等其他五名侍女："你！你！你！你！还有你！你们一个一个地说，金锁在何处？"

墨菊："奴婢也从未见过那金锁，亦不知金锁在何处。"

此后冬雪、如婳、香雁、紫霞依次把墨菊的话重复一遍。

萧公公道："好啊！看来，你们是不想把金锁交出了？那便搜！"回头对三名小内监和秋荷、春月道,"都给我去搜,先搜外殿,再搜内殿,定要把金锁搜出来!"

三名小内监和秋荷、春月马上在外殿各处翻箱倒柜搜寻起来。搜寻一遍之后,都回报未见金锁。萧公公一声令下,他们又到内殿各处搜寻一遍,仍是没有搜到。

萧公公只好带着三名小内监和秋荷、春月回到永仪殿,向韦贵妃回报:"奴才们把含风殿全搜遍了,未见有金锁。"

韦贵妃忽地起身:"什么?未见有金锁?内殿、外殿你们可都搜遍了?"

萧公公道:"回娘娘,奴才们把内殿、外殿各处全搜遍了,就是未见有金锁。"

韦贵妃若有所思地说道:"这么说,她曹修仪获赠金锁一事纯属虚传?哦,好了,都下去吧。"

此时,出巡回来的李世民在两名侍卫陪侍下经过前殿,向承庆殿大步走来。

钱福从殿门内急步走出,迎上去拱手施礼:"陛下,您回来啦?"

李世民"嗯"一声,径直走进殿内。

钱福紧随其后进殿,忙着为李世民更衣。更完衣后,李世民走向殿内一侧的茶几,扫一眼茶几上摊开的一本书。

李世民微微皱眉:"嗯?还在这一页上?"之后走到御座上坐下,对钱福道,"去!让曹修仪过来。"

钱福抬头看李世民一眼,又把头低下:"这……"

李世民目光朝钱福一扫:"怎么?"

钱福道:"修仪娘娘已被幽禁在立政殿旁耳房里了。"

"什么?"李世民大感惊诧,"曹修仪被幽禁了?谁让幽禁的,为何要幽禁?"

钱福道:"是贵妃娘娘命人幽禁的,说是修仪娘娘那日去寺内进香之时,私自去京城西北郊祖茔祭祖,渎犯了宫规,方如此责罚。"

李世民眉目一扬:"什么?京城西北郊有曹修仪的祖茔?"

钱福道:"据说,京城西北郊白马坡墓地的墓主曹仁鸿将军,乃修仪娘娘之亲祖父。"

李世民身子朝后一仰:"啊?有此等事?"

钱福点点头。

李世民问:"曹修仪被幽禁几日了?"

钱福道:"到今日已七日了。七日之内,修仪娘娘水米未进,恐已,恐已……"

李世民忽地站起："什么？七日水米未进？是她自己绝食，还是被禁食？"

钱福道："是贵妃娘娘下令，不让人给修仪娘娘送一餐饭一滴水。"

李世民一扬手："走！快去看看曹修仪！"说着旋风般走出殿门，对门外站立的两名侍卫，"你们也跟上！"

两名侍卫一齐应声，跟在李世民和钱福后面向外走去。

李世民走到立正殿旁耳房门外时，门前值守的两名内监急忙跪伏于地叩拜："奴才拜见陛下。"

李世民厉声道："把门打开！"

两名内监急急地起身，其中一名内监掏出钥匙开门，手却哆哆嗦嗦地开不开门锁。

钱福在后面催促："快着点！"

另一名内监上前拿过钥匙把门锁打开了。

李世民急步走进耳房，一见室内情形浑身就一震，只见曹娴蜷曲着身子倒卧在地，双目紧闭，面黄如蜡，已毫无活着的迹象。他蹲下身子用双手扶着曹娴臂膀轻声呼唤："爱姬，爱姬……"

曹娴微微睁开眼睛看着李世民，声若游丝般吐出两个字："陛下……"旋又闭上眼睛晕了过去。

李世民回头对门口高声道："快去传步辇！命太医速至含风殿门外候着！"

候在耳房门外的钱福朝门口迈出一步，对着室内道："陛下，步辇已在门外候着。奴才已让侍卫去传蔺太医了。"

耳房内，李世民俯身抱起昏迷中的曹娴，走出门口。此时红儿、墨菊、紫霞、香雁、如婳、冬雪和内监范公公、辛公公都已赶到了耳房外。李世民在红儿和墨菊相助下把曹娴送进步辇。

李世民道："快！抬往含风殿！"

四名轿夫抬起步辇快步前行，李世民等人跟在后面，一起来到含风殿。经蔺太医用针灸疗法紧急施治，曹娴渐渐苏醒过来，但十分虚弱，微微睁开的双目毫无神采。红儿跪在卧榻边一手端着水碗，一手拿着汤匙在一匙一匙地给她喂水。

蔺太医跪在李世民身侧，正在向李世民奏报曹娴的病情："修仪娘娘因多日水米未进，凤体已甚是衰弱。观修仪娘娘脉象，已是十分微弱薄滑，不过尚无性命之虞，若陛下再晚回宫一两日，娘娘恐就……恐就……"

李世民道："唉，朕知道了。蔺爱卿，你就悉心为娘娘诊治吧，尽力让娘娘病体早日康复。"

蔺太医道："是，臣定当尽力而为。现下先给娘娘喂些温开水，之后可进食一些流质饮食，明日以后可逐渐恢复正常膳食，再辅之以补阴温阳之药，好生将养几日，娘娘病体会慢慢恢复的。微臣这便去开方子。"

李世民对站在一旁的众侍婢："你们几个要好生看护娘娘，不得有任何差池！"

众侍婢一起向李世民低身施礼，齐声说是。

曹娴声音微弱地说道："陛下，臣妾有几句话，想单独说与陛下听。"

李世民道："好。"转对众侍婢道，"你们且先下去。"

待众侍婢退出殿外，曹娴道："臣妾被关在禁室，数日不得进食进饮，预知终有一日将晕厥过去，恐贵妃娘娘趁臣妾晕厥之时着人去禁室搜取臣妾身上所佩金锁，故将金锁藏在了禁室西侧堆放的旧桌椅下一堆杂物间，祈陛下着可靠之人尽快替臣妾取来。"

李世民道："好吧，朕即命钱福速去取来。"顿一顿，又道，"朕听人讲，贵妃将你幽禁于别室，是因你于去寺内进香之时，私自至郊外茔地祭奠亡者，可是？"

曹娴道："是。臣妾此举犯下——"

李世民一摆手："先不说这个。朕听人讲，你所祭奠之墓主、已故曹仁鸿将军是你的亲祖父。另一墓主、曹将军之子曹元成是你的生父，此情可是当真？"

曹娴点头。

李世民道："如此说来，当年国丈尹阿鼠伙同齐王李元吉、隐太子李建成差遣人马前往平州、营州等地追杀的曹氏父子遗孤就是你？"

曹娴道："是臣妾，可又非臣妾一人。"

李世民问："此言何意？"

曹娴道："那一干人曾两度赶赴平州等地追杀臣妾。第一次追杀之时，臣妾生母、即曹将军儿媳被曹将军的师弟姜忠救到海上商船上。臣妾生母于商船上生下臣妾之后跳海自尽。臣妾由姜忠托付给一位渔家汉子，抱到其小渔村家中抚养。四年之后，那一干人得知臣妾下落，再度赶赴平州等地追杀臣妾。姜忠闻讯后连夜赶到小渔村接臣妾至他处避难。臣妾养父抱给姜忠的却并非臣妾，而是他的亲生女儿。如此一来，其亲生女儿便辗转被送到了营州。那一干人闻讯后又赶赴营州追杀。故此于营州备受追杀之苦的人并非臣妾，而是臣妾养父的亲生女儿。"

李世民："此前你的义父房玄龄曾向朕请旨，命营州刺史衙门至该州各地寻觅你的小妹，该小妹就是此女么？"

曹娴道:"正是此女。"

李世民:"如此实情,爱姬为何不早一些告知于朕呢?你可知道,当年曹仁鸿将军随朕驰骋沙场,历经百战,与朕结下的是何等情谊?那何止是袍泽之谊!如今其嫡亲孙女竟成了与朕共枕而眠的爱姬,岂非亲上加亲?爱姬前去祭奠祖父与生父在天之灵,尽在情理之中,爱姬尽可告知于朕哪。若此,朕定会为你妥为安顿,却为何要背着朕去做这桩事呢?"说到这里口气严厉起来,"你可知道,以去寺内进香之名,行去郊外祭奠之实,犯下的是何等罪过?"

曹娴道:"臣妾知道,臣妾犯下的是欺君罔上之罪,臣妾愿领罪受罚。"

此时徐惠忽然进入殿内,跪拜道:"妾身参见陛下。"

李世民有些意外:"哦?你来了?"

徐惠道:"妾身来见陛下,是要告知于陛下,修仪娘娘私自去郊外祭奠先祖,罪责不在修仪娘娘身上,全在妾的身上。"

李世民皱起眉头:"嗯?"

曹娴忙道:"姐姐切莫这么说,事是妹妹我做下的,怎能归罪于姐姐呢?"

徐惠道:"陛下可还记得,当年曾盛传秘技大师袁天罡在陛下的秦王府弘义宫密室为曹将军观相测命之事?"

李世民点头:"嗯,此事朕还没忘。不过,此事与曹修仪外出祭祖又有何干?"

徐惠道:"正是因了此事,修仪娘娘才未敢向陛下提出外出祭祖之请。"

李世民问:"此话怎讲?"

徐惠道:"日间在殿中,若修仪娘娘向陛下提出外出祭祖之请,倘被隔窗之耳听到,再于后宫之内传扬开去,后宫人等得知修仪娘娘乃曹将军之后,必将当年袁大师为曹将军测命之语与修仪娘娘勾连起来。就妾身所知,后宫之内觊觎后位之人大有人在,这些人必会把修仪娘娘看成其争夺后位之劲敌。如此一来,修仪娘娘在后宫之内将一日也不得安生。这,便是修仪娘娘未敢向陛下提出祭祖之请的缘由。"

李世民问曹娴:"是这样么?"

曹娴点头。

李世民道:"朕还是不明白,你日间恐隔窗有耳,可于晚间就寝之时对朕提起呀。到那时,难道还恐隔窗有耳吗?"

徐惠道:"陛下有所不知,修仪娘娘看着陛下每日于前朝忙完政事,回到后宫批阅奏章一坐便到夜深时分,到就寝之时已是十分疲惫,此情之下修仪娘娘不忍扰了陛下安寝,故此一直未能向陛下提起祭祖之事。"

李世民点头道:"原来如此。"

徐惠道:"那日妾身看见修仪娘娘要去寺内进香,心中灵机一动,便给她出主意,可借此机会出城祭祖,并告知于她如何去做。修仪娘娘甫入后宫,尚不知宫中规矩,对妾身向来言听计从,便照妾身的话去做了。故此,修仪娘娘私自外出祭祖,罪责全在妾的身上。还有,当贵妃娘娘等人向修仪娘娘大兴问罪之师之时,妾身为求自保,未敢向贵妃娘娘坦承妾身对修仪娘娘误导与怂恿之过,致修仪娘娘遭受幽禁之苦,故祈陛下治妾身之罪。"

曹娴道:"此事哪里能怪姐姐呢,姐姐切莫硬朝自己身上揽过。"

李世民道:"好了,此事经过朕都知道了。在此事上你们二人都有过失,姑念你们行事皆出于善意,又事出有因,且贵妃又滥施淫威过度责罚了你们,朕就不再责罚你们了。"

曹娴和徐惠齐声道:"谢陛下免责之恩。"

李世民对徐惠道:"你起来吧。"待徐惠起来,又道,"朕正想呢,你们二位素来亲如姐妹,今日曹修仪被朕救出禁室,若在往日,徐婕妤早就来看望了,为何今日徐婕妤竟姗姗来迟呢?"

徐惠道:"回陛下,前日妾身去向贵妃娘娘为修仪娘娘求情,又承认了修仪娘娘之过乃妾身误导与怂恿所致,贵妃娘娘便将妾身也幽禁了起来。方才妾身才被放了出来。妾身正自纳闷,贵妃怎么肯把妾身放出来呢?一当听说陛下回宫了,妾身方恍然大悟。"

原来,曹娴刚被君王解救并送回含风殿,闻到消息的春月便气喘吁吁地跑回永仪殿,一进殿便高呼:"娘娘!"

此时韦贵妃正双目微闭,靠坐在靠背椅上让秋荷为其捶腿,听到春月呼叫,立刻睁开眼睛:"何事如此惊慌?"

春月急道:"陛下回宫了!已命人用步辇把曹修仪抬到含风殿去了。"

韦贵妃猛然起身,睁大眼睛道:"是吗?为何提前回来了?"愣怔片刻之后道,"快!快去传本宫的话,把徐婕妤放出来!"

徐惠这才得以走出禁室……

李世民忽地起身:"朕未曾想到,朕几日不在宫里,贵妃便反了天!来人!"

钱福进殿:"奴才在。"

李世民道:"着贵妃速至承庆殿见朕!"

李世民来到承庆殿,韦贵妃也急急慌慌地到了,一进殿就跪在殿中央地上叩拜。

李世民厉声道:"你好大的胆!曹修仪私自外出祭祖,渎犯了宫规,尽可待朕回宫之后由朕处置!你为何如此急不可耐,不等朕回来便擅自大兴问罪之师?"

韦贵妃道:"臣妾是恐在陛下回宫之前这几日,曹修仪故态复萌,故此便先行处置了。"

李世民厉声道:"强词夺理!难道她外出祭祖,几日之内还会有第二回吗?她渎犯宫规,你对她略施惩戒倒也罢了,可你呢?你擅设禁室,让她在那冷寂的禁室之内无床榻无被褥,卧于裸地之上!更有甚者,你竟然对她禁食禁饮达七日之久!你是存心想把她饿死渴死,用心何其毒也!"说到这里抬手向殿外一指,"你去那天牢看看,牢中对那些抢劫杀人的重刑囚犯还要每日三餐送水送饭呢,即便对死刑犯,临刑之前还要酒肉管待呢。曹修仪究竟犯了何等重罪,以至于你用如此惨无人道之刑罚来责罚于她?嗯?你讲!"

韦贵妃浑身都在战栗:"回……回陛下,是夫人提议对曹修仪禁食禁饮的,宫中众妃嫔皆附此议,臣妾便允准了。"

李世民问:"你此言当真?"

韦贵妃道:"臣妾不敢对陛下讲半句假话。"

李世民对殿外高声道:"来人!"

钱福急步进殿:"奴才在。"

李世民道:"传夫人进殿!"

少顷,杨夫人来了,一见殿内情形面色便一噤,继之跪拜:"妾身拜见陛下。"

李世民道:"夫人,朕问你,曹修仪被幽禁达七日之久,这七日之内对她禁食禁饮,可都是你的主意?"

杨夫人浑身一颤:"不,不,这不是妾身的主意。"

"嗯?"李世民冒火的目光从杨夫人身上扫到韦贵妃身上。

韦贵妃目光碰到李世民的目光,浑身一颤,赶忙低下头去,稍稍朝杨夫人侧过头去:"夫人,你明明当着众妃嫔的面提议说,她曹修仪精气神儿在宫里用不完,还要到外面去折腾,定是吃饱了撑的,饿她几日饭食,看她还有多少精气神儿再折腾!这话,是你亲口说的吧?"

杨夫人急急地分辩:"不对!妾身只说饿她两餐,未曾说饿她几日。"

韦贵妃道:"你亲口说过的话,到了陛下面前便想抵赖?"

杨夫人道:"我没想抵赖,我就是说饿她两餐,未曾说饿她几日。我的话是当着众妃嫔的面说的,你我可于众妃嫔面前当面对质。"

韦贵妃道："好啊，那就在众妃嫔面前当面对质！"

"够了！"李世民厉声道，"你们还嫌张扬得不够吗？即便把阖宫上下全召到你们面前，就能证明你们的清白吗？朕就不明白，若论相貌，你们二人可称人中之杰，可你们的心地却是如此不堪，上天竟将你们的外貌与内心安排到了美丑之两极。若早知你们的心地如此歹毒与肮脏，朕绝不会让你们走进这后宫半步！出去！到殿前阶上长跪，未经朕允准，绝不得起身！"

大唐曹妃传

刘兰朝 孙梦成 著

下册

华文出版社
SINO-CULTURE PRESS

第二十五章
眷名册宠姬遭暗算　嫁祸端国舅受责罚

遵照李世民的旨意，长孙无忌安排吏部对在京正五品以上官员从政功绩进行了考查，并据此拟出并省官员名单。这天，长孙无忌和房玄龄一起来向皇上奏报考功结果和并省名单。

长孙无忌奏道："遵陛下旨意，吏部已对在京正五品以上官员考功完毕，并拟就了并省官员名单，凡考绩为中下等者均列入名单之内。名单臣与房大人均已阅过，臣以为尚属允当，只是房大人尚有异议。"从衣衽内取出名册以双手托起，起身，"兹谨呈陛下圣裁。"

钱福走到长孙无忌跟前接过名册呈到御案上。

李世民翻看名册，边看边点头："嗯……嗯。"看完抬起头来道，"房爱卿，对这份名单你有何异议，不妨讲来。"

房玄龄道："臣观这名单之内，有些人乃功勋老臣，这些老臣当年跟随太上皇与陛下南征北战，为开创我大唐基业立下汗马功劳，如今江山已定刀枪入库了，朝廷便要褫去其官职，恐令世人陡生鸟尽弓藏、兔死狗烹之感，如此将有损陛下圣德。名单中还有些人乃皇亲国戚，其中也有人曾立有战功，若褫去其官职，亦有上述之虞。再者这些皇亲国戚乃陛下之至亲，免去其官职恐不利于皇家之和睦。须知，皇家非陛下一人之家，皇家连着国家这个大家呀。缘于此，此番并省官员当慎之又慎。"

李世民点头："嗯，房爱卿是恐朕免了功勋老臣之官职，给世人留下朕卸磨杀驴、负义寡恩之恶名；裁撤了皇亲国戚中慵懒官员之官职，会使朕在皇家众叛亲离，成为孤家寡人。长孙卿，你对房爱卿此言如何看哪？"

长孙无忌道:"回陛下,臣以为房大人此言听起来甚是在理,实则有失偏颇。陛下褫免那些不称职老臣之官职,是要一扫官场人浮于事、有令不行之颓风,使政令得以畅行,并非要对那些有功老臣赶尽杀绝,非但不是如此,而是原样保留其官俸,使其能够衣食无忧,安享晚年,这怎说得上鸟尽弓藏、兔死狗烹呢?又怎会有损陛下圣德呢?再说褫免某些皇亲国戚之官职,并非褫免所有从政的皇亲国亲之官职,只是褫免其中尸位素餐、慵懒怠政者之官职,让位给那些能做事、能做成事之人,这怎会让陛下众叛亲离呢?臣以为陛下如此做法,正是不以陛下一己之偏私而废天下之至公!"

李世民激动地站起身来:"讲得好!朕想讲的话,长孙卿都替朕讲了。此前打井抗旱的教训何其深刻呀,一位慵懒无能的刺史,便可令一州的百姓遭难。故此裁撤庸官懒官,此事非做不可!对那些裁撤下来的功勋老臣,其官俸可保持原样不变,至于那些从官位上裁撤下来的皇亲国戚,凡既往并无战功者,其俸禄即须削减一些,不如此,对仍在位做事的官员便不公平。纵是其对朕心生怨恚,那也无妨,朕总不能为了拢住他们,便舍弃宗庙社稷,舍弃天下百姓!"

考功结果一公布,立刻在京官当中激起了轩然大波。

这一天,几十名在京官员聚在吏部衙门门前,其中有人怒容满面,有人一脸愁苦之相,嘤嘤嗡嗡的议论声响成一片。其中就有燕贤妃之兄燕仕彦、徐惠之兄徐全和武媚娘之兄武三思。他们三人聚在一处,正在愤然而议。

只听燕仕彦道:"本大人倒要问一问他吏部,此番官员考功,为何把本大人列为下等?下一步,彼等要想把本大人怎样?难道要把本大人列入并省官员名单不成?"

徐全摇头道:"怎会呢?燕大人您乃贤妃娘娘之胞兄,堂堂的国舅爷,吏部怎会把您列入并省名单呢?您哪,户部郎中的位子就稳坐着吧。倒是下官我,此番考功虽被列为中等,可下官并无您这尊贵的身份,下一步被列入并省名单已在下官意料之中,看来下官这个员外郎是当到头了。"

燕仕彦道:"徐全兄切莫妄自菲薄,你妹妹徐婕妤在后宫位份虽不甚高,却是极受皇上宠爱的,皇上看在自己心爱女人的面上,对你岂能不格外关照!即便吏部想把你列入并省名单,到皇上那里也会被一笔勾销的。"

徐全道:"借您吉言,但愿如此。"

武三思接上道:"你们都成,就下官不成。下官的妹妹媚娘也在后宫,本被皇上册为才人的,却不知又为何遭贬,成了寻常侍婢,下官是借不上她的光了,被列入并省名单已是必然了。"

燕仕彦问:"怎的,三思啊,此番考功你也被列为下等了么?"

武三思道:"是啊。真是未曾想到,吏部尚书杨大人乃你我之舅父,在此番官员考功之中却丝毫不念及这份亲情,硬是将你我皆列为下等,这岂非六亲不认!"

燕仕彦一撇嘴:"他呀,就是六亲不认!"

此时,一个声音当空响起:"各位大人都静一静,静一静!"

众人立刻停止喧哗,循声看过去,只见吏部考功司员外郎徐金来到人群边上。

徐金道:"各位大人切勿在此高声喧哗,还是各回本部吧。"

燕仕彦道:"哟,那不是吏部员外郎徐金么?我说徐大人哪,眼前这么多大人皆来你吏部拜谒,你们为何用铁将军把门,连茶都不肯赏一口哇?"

徐金道:"列位大人有所不知,数日以来我吏部诸同僚皆夜以继日忙于官员考功,至昨日方告完结,皇上特准假一日,稍作歇息,故此吏部衙门方上了锁,望各位大人多多见谅。"

燕仕彦道:"我说徐大人,你吏部这一忙,可让我们这些人都遭了殃。我问你,此番考功,你吏部凭什么将本大人列为下等?"

徐金道:"奉告国舅大人,此番考功,我吏部谨遵皇上旨意行事,依据朝廷颁布之《考功令》严格评定各级官员考绩等级,对所有官员皆一视同仁,绝无半点偏私。"

燕仕彦一抹搭上眼皮道:"你算了吧。据本大人所知,此番考功,你吏部大部官员皆被列为上等,你徐金也位列其中,这是为何?还不是你吏部手握考功之权,自己给自己戴了高帽?"

其他官员七嘴八舌随声附和:"就是啊","就是啊"……

徐金涨红了脸道:"各位大人切莫乱加猜疑,我吏部诸同僚之考绩,并非由我吏部自行来评定,乃由右仆射长孙大人、左仆射房大人亲为审定。诸位大人当中之徐全徐大人,也是我吏部官员,他的考绩也是由长孙大人与房大人审定的。诸位若不信,可问询于他。"

众人都把目光转向徐全,徐全把头低了下去。

燕仕彦问:"徐金,此番朝廷并省官员,你乃执事者之一,我问你,你们是否已把本大人列入了并省名单?"

徐金道:"国舅大人该当知道,并省官员名单须由皇上钦定,故此下官在此无可奉告。"

燕仕彦又问:"如此说来,并省名单你吏部已然拟出,且已呈给皇上了?"

徐金拱手道:"抱歉抱歉,下官确是无可奉告。"

对燕仕彦的问话，徐金避而不答，使燕仕彦更加确信自己已被列入了并省官员名单。被免去官职，他倒不在乎那点俸禄，他不缺银子，他在乎的是他国舅爷的面子。为此，他去见了胞妹燕贤妃，让燕贤妃在皇上面前说几句话，把他从并省名单中抹掉。

夜晚，燕贤妃到承庆殿来见皇上的时候，李世民正在灯下伏案握笔批阅并省官员名单。

燕贤妃进殿后跪拜："臣妾参见陛下。"

李世民眼睛仍看着御案上的名单，并不抬头："你来见朕，可有事？"

燕贤妃道："臣妾有一事，欲求陛下关照。"

李世民仍不抬头："何事？"

燕贤妃道："臣妾听说，此番朝廷并省官员，臣妾兄长燕仕彦也被吏部列入了并省之列，可是？"

李世民眉峰一挑，看了对方一眼："嗯？你耳朵蛮长嘛。事情即如你之所言，你要如何？"

燕贤妃道："臣妾求陛下于他网开一面……"

"嗯？为何？"

"臣妾就这一位兄长。臣妾幼时父母早亡，是臣妾这一位兄长将臣妾抚养成人的，故此臣妾求陛下看在他对臣妾有养育之恩的份上，莫要免去其官职。"

"你糊涂！"李世民呵斥道。呵斥的同时握在手中的笔一抖，把一团墨濡在了名单上，"后宫不得干政，朕对你们说过多少回？此番并省官员，乃朝廷大事，你虽是为你兄长求情，却也有干政之嫌！你可知道，你这位兄长仗恃自己是国戚，怠政到了何等地步？他任着户部郎中，却极少到户部衙门当值，有时去了，也是点个卯便走，竟日只顾悠游玩乐。对此等官员，朕若因其是朕的亲戚便从并省官员名单中勾掉，朕岂不是因私废公？其他被并省官员怎能服气？对此等懒散怠政之风若姑息迁就任其蔓延，各省部衙门岂不是形同虚设？朝廷政令何以能够推行？我大唐江山何以能够永固？你讲！"

"这……"燕贤妃一时语塞，继之道，"陛下圣明，臣妾已然知错，祈陛下恕臣妾妄言之罪。"

李世民："你下去！"

燕贤妃退出之后，曹娴提着茶壶来为李世民续茶水。

李世民道："此等事只有她贤妃做得出来。唉，这个女人哪，真是个直肠子，遇事就不知过一过心。她也不想一想，像并省官员这等大事，她来求朕为她那尸位素餐的兄长徇私情，朕能允诺么？"说着低头看名单，"呃？朕都让她气糊涂了，把这名册弄污了尚且不知。看看，上面的名字都看不甚清了。"

曹娴道："要么，臣妾把这一页誊抄一下？"

李世民点头："嗯，还真须誊抄一下。待爱姬誊好之后，朕在此页上写几个字，注明是朕让誊抄的便可。"

曹娴要把名册和笔墨纸砚移到御案一侧的茶几上去。

李世民道："你就在这御案上誊抄吧。"

曹娴道："谢陛下错爱，臣妾不敢造次。"说着把名册和笔墨纸砚移到了茶几上，开始誊抄。

他们不知道，此时隔门有耳，站在承庆殿前殿西便门外一侧的武媚娘正在谛听着他们的话语。

曹娴边誊抄边说道："陛下，这被墨汁濡黑的名字可是叫徐全？"

李世民道："是啊，此人此前任着吏部员外郎，乃徐婕妤之胞兄，也算是国戚呀。此番朝廷并省官员，与既往有所不同，便是对担任官职的功勋老臣、皇亲国戚与庶民出身的官员皆一视同仁，凡其中考绩为中下者均列入并省之列。除了这个徐全与贤妃之胞兄燕仕彦，被列入并省名单的还有十几个任着京官与地方刺史的亲王、郡王与驸马，所以此番并省官员之难度非同寻常。"

李世民呷一口茶，又道："虽则如此，朕还是下决心要啃下这块硬骨头。"放下茶杯，"朕倒要看一看，撤了这些人的官职，他们会掀起多大的浪头来！"

曹娴从誊抄的纸页上抬起头来："陛下，臣妾已将这一页名单誊好，又复核了两遍，未见有错漏之处，请陛下过目。"

李世民道："既无错漏之处，朕就不用看了。明日一早朕命人将其与朕已批过的几份表章一并送尚书省办理。"

当晚，在后宫茶库当值的侍婢丁香怀抱着一个纸包从西面向承庆殿这边走来。当经过西偏殿月台下时，忽然停住脚步，朝月台上看去。月光下，可见月台上放着一个锦包。她四下望望，然后弯腰把怀抱的纸包放在锦包旁边，用双手迅速解开锦包，里面即现出闪着光亮的珠玉首饰。她又迅速把锦包包上系好，直起腰四下瞅瞅，然后弯下腰急速地把锦包拾起揣进怀中，再抓起纸包直起身往回走。刚走出两步，身后突然传来一声压低的断喝：

"站住！"

丁香浑身一颤，停住了脚步。

此时武媚娘出现在她身边，说道："好你个丁香，让你给皇上来送茶叶，你在此处鬼鬼祟祟地在做甚？"

丁香声音颤颤地回答："我……奴婢把茶叶取来了。"

武媚娘问："你老实说，还做了什么？"

丁香道："奴婢，奴婢没做什么。"

武媚娘冷笑一声："这月光下，你以为我没看见吗？这月台上放着的锦包哪里去了？"

丁香无语。

武媚娘低声喝道："拿出来！"

"不，我没……没……"

"东西就在你怀里，你还敢抵赖？拿出来！"

"是。"丁香只得从怀里取出锦包，放在月台上，"奴婢错了，求姐姐宽恕。"

"宽恕你？知道这是谁的东西吗？"

"奴婢不知。"

"那我便告知于你，这是我尊贤妃娘娘之命，让人到外面坊市上购置的珠玉首饰。方才我要去送给娘娘，只是走到此处忽然记起忘带了另一样东西，便暂把这锦包放在此处回身去取，不想此间被你偷窃了。你可知道，依照宫规，你偷窃娘娘如此贵重宝物，该受何等责罚？"

丁香颤声道："奴，奴婢不知。"

武媚娘咬牙说道："那我便告知于你，该受杖毙之刑，就是说，要乱棍打死！"

丁香"扑通"一声朝对方跪下："奴婢知道奴婢犯下了死罪，求姐姐饶过奴婢，奴婢日后再也不敢了。"

武媚娘道："要我饶过你，也并不难，只是你须按我说的去做一件事。"

丁香道："姐姐有事尽管盼咐，奴婢一定照办。"

武媚娘道："我知道你是通文墨的，这件事你做起来也并不甚难。走，去屋内听我对你说。"说罢向偏殿一侧走去。

丁香跟在后面去了。

次日一早，钱福双手端着一摞用黄绢包裹着的表章从承庆殿门内走出，下了台阶后停住脚步，朝殿前左侧招呼："小顺子，你过来！"

年轻内监禹顺一路跑过来，问道："公公有何吩咐？"

钱福道："这是皇上御批的表章，你拿上快去尚书省，要当面交给右仆射长孙大人，不得有误。"

"小的遵命。"

禹顺上前接过表章，转身向前殿方向走去。当他走过一段甬道，上了一个台阶后过角门时，忽然与从角门那边过来的一个女子撞了个满怀。禹顺急忙后退，竟一脚踩空，一下子跌倒在地，抱在怀中的黄绢包裹被摔在地上散开，内中表章散落一地。

"哎哟！哎哟！"禹顺用手摸着屁股叫唤，"你谁呀？"说着歪头一看，见来者是丁香，"是，是丁香啊，你怎走得恁急呀？"

丁香对他一礼道："对不起禹公公，奴婢奉命去给皇上取桂花香茶，走急了些，不想冲撞了公公。公公可摔伤了？"

"还好，还好。"禹顺说着起身，跪在地上捡拾散落的表章。

"奴婢帮公公捡拾。"丁香猫下腰帮对方捡拾表章，把一册封面书有"恭奉皇帝陛下御览并省官员名册"的册子拾起，背对着禹顺把册子塞进怀里。

禹顺边捡拾表章边道："这都是皇上御批的表章，要是摔坏了，你我可就犯下了死罪呀。"

丁香把拾起的几份表章叠好递给禹顺："给。都怪奴婢不好。可有摔坏了的？"

禹顺看一看表章："还好，表章没有损坏。"

禹顺把表章用黄绢重新包好，用丝带系上，站起身经过角门去了。丁香则向另一个方向急急地走去。

禹顺怀抱表章过了角门，再走过一段甬道，就走到一道月亮门前。刚要迈过门槛，不提防燕贤妃从门那边走了过来，双方差一点相撞。

禹顺赶紧倒退几步，站到一边行礼："见过贤妃娘娘。"

燕贤妃过到了门这边，其身后一名侍女随后过门。

侍女喝道："大胆奴才，竟敢冲撞娘娘，你可知罪？"

禹顺躬下身子："奴才不小心冲撞了娘娘，奴才知罪。"

侍女道："既然知罪，为何不下跪？"

禹顺急忙跪下："奴才给娘娘赔罪。"

燕贤妃问道："你是哪个宫里的？"

禹顺道："回娘娘话，奴才在承庆殿旁耳房当值。"

燕贤妃道："你在承庆殿旁耳房当值？本宫为何从未见到过你？"

禹顺道："奴才刚由殿中省配到承庆殿不久。"

燕贤妃肃然道："你既然被配过来侍奉皇上，便更须懂得宫中规矩，免得给皇上丢脸，你可记下了？"

禹顺赶忙点头："娘娘教诲得是，奴才记下了。"

燕贤妃问："你怀里抱的是何物？"

禹顺道："是皇上御批的表章，奴才奉命送往尚书省面呈右仆射长孙大人。"

此时丁香拿着那册并省官员名册沿甬道匆匆赶了过来。

丁香朝燕贤妃低身一礼："参见贤妃娘娘。"

燕贤妃问她："你来做甚？"

丁香道："回娘娘话。奴婢来给禹公公送表章。"转向仍在跪着的禹顺，"禹公公，你方才捡拾散落在地的表章，还落下了这一册，奴婢一见着便赶紧给你送来了。"说罢把名册递向禹顺。

禹顺抬起一只手接过名册："谢过丁香姑娘。"

燕贤妃蹙起双眉道："怎的皇上御批的表章这么贵重的物品，竟然被你们丢落了？"

禹顺道："回娘娘话，方才奴才路过那边角门台阶，不小心一脚踩空，跌了一跤，把怀中表章摔落在地，匆忙捡拾之时又丢下一册，是奴才失职。"

燕贤妃道："哼！好你个奴才，给皇上办差竟然如此粗心大意！还跪着做甚？还不快快起来把表章送过去！"

禹顺哈腰说一声"是"，起身去了。

尚书省宣布并省官员名单的会场设在该省大院内。大院北侧摆放着三张书案，长孙无忌端坐在正中书案后椅子上，房玄龄坐在其右侧。杨师道站在长孙无忌左侧，此刻正在讲话。在他们对面的院中央站满二百余位官员。所有官员的表情都十分肃穆而凝重。

杨师道讲道："朝廷此番依据《考功令》对正五品以上京官与地方官之考功情形就是这样。遵皇帝陛下旨意，凡考绩为中下等者均列入并省官员名单，该名单已经皇帝陛下核准并批复。现下开始宣读我尚书省六部并省官员名单。他们是：尚书省左司郎中寇武、尚书省主事闵中、尚书省令史司由乙、尚书省书令史管成一、尚书省书令史王佥、吏部郎中贾子云、吏部员外郎郭胜、吏部员外郎徐……徐金……"

长孙无忌与房玄龄互相对视，眼中都流露出意外和不解的神色。

下面的人群互相交头接耳，响起一片嗡嗡嗡的议论声。

人群中的徐金面色惨白，眼中满是惊疑之色，豆大的汗珠从额上渗出。

杨师道向对面众官员大声道："肃静！肃静！"

人群中议论声渐渐停息下来。

杨师道说道："下面接着宣读，吏部令史戚从义……"

从这以后，直到会议结束，会场上的议论声就没有完全停止过。会议一结束，长孙无忌就匆匆来到宫中，递牌子求见皇上。

在承庆殿前殿，君臣会了面。

见礼毕，长孙无忌奏道："臣有要事启奏陛下。"

李世民道："爱卿有事请讲。"

长孙无忌道："此番朝廷并省官员，臣等草拟的并省官员名单中有一位吏部员外郎，姓徐名全，名单经陛下审核并批复之后，徐全却变成了徐金。那徐全，在此番官员考功中考绩被定为中等，依照并省官员规定当列入并省名单。而那徐金，在考功中考绩为上等，当在继续留任之列。陛下将本当列入并省之列的徐全更换为该当留任的徐金，令臣等甚为不解，其中缘由，祈陛下略作点拨。"

李世民皱起眉头："有此等事？"

"现有陛下批复的并省名册在此，请陛下过目。"长孙无忌从袍袖内取出名册，以双手托起。

钱福走过去接过名册，呈到御案上。

李世民翻看名册："嗯，果如爱卿所言，徐全被写成了徐金。这一页名单，乃曹修仪依照被朕不慎以墨汁濡污了的名单誊抄的，朕当时曾清清楚楚对她说被濡污了的名字是徐全，她誊毕又查核了两遍，说并无错漏，朕便信了，不想却出了如此大错。朕要问一问她，何以做出此等舛误之事！"转对钱福道，"宣曹修仪！"

钱福出殿后时候不大，就把曹娴宣到了承庆殿。

曹娴进殿跪拜："臣妾参见陛下。"

李世民道："你可知道，朕宣你过来所为何事？"

曹娴道："臣妾不知，祈陛下明示。"

李世民一指御案上的名册："你誊抄的这一页并省官员名单，将徐全二字写成了徐金！此事你可知晓？"

曹娴先是一怔，继之摇头："不！臣妾记得甚为清楚，当时臣妾问陛下，被墨汁濡黑了的名字是谁，陛下说是徐全，臣妾便在誊抄之时工工整整地写上了徐全二

447

字。誊毕之后臣妾又将名单查核了两遍，确认并无错漏之处，方将名单搁在了御案之上。故此陛下说臣妾将徐全二字写成了徐金，臣妾对此甚感诧异。"

"那好吧，朕让你亲眼看一看，这名单上写的究竟是什么！"李世民说罢对站在一侧的钱福侧一下头，手从名单上向曹娴那边一挥。

钱福赶忙上前从御案上用双手托起名册，送到曹娴面前："娘娘请过目。"

曹娴看名册："陛下，这名单上写的确实是徐金，可金字下面的两点，墨色与用笔与臣妾所写文字均有细微差别，由此可知是有人后添上去的，请陛下明察。"

钱福把名册送回到御案上。

李世民俯首看名册，点头："嗯，你说的不错，这金字下面的两点与整页文字相较，墨色与笔法确有不同。长孙卿，你再看一看名单上这个金字，情形是否确如曹修仪之所言？"

钱福把名单拿到长孙无忌面前："大人请过目。"

长孙无忌看名单："嗯，是啊，这金字下面的两点，墨色稍浓，用笔也稍显呆板，与整页文字端秀而灵动之笔法确有不同。看来，此乃当局者迷，臣等把这一点疏忽了。"

钱福把名册送回到御案上。

李世民道："何止是你们做臣子的疏忽了，就连朕不也疏忽了么？"说到这里脸上露出怒意，"哼！竟然有人做出此等龌龊卑劣之事！长孙卿，这名册，是朕差人送到你尚书省的，你细想一想，这涂改名册之事是否你尚书省之人所为，此人又会是谁？"

长孙无忌略一思忖，说道："这名册，是陛下身边的内监直接送到臣手上的，臣又将其直接转给了吏部尚书杨师道，其后臣便命人把尚书省所有正五品以上官员召集一处，由杨师道当众宣读了，其间并未有他人接触到这名册呀。难道……难道会是杨师道涂改的么？"

李世民道："那倒不会。杨师道乃忠良之臣，绝不会做出此等卑污下作之事，朕对此深信不疑。如此看来，这改字之事就出在传递名册之人身上了。钱福！"

钱福赶忙朝李世民躬身拱手："奴才在。"

李世民问道："你是遣谁去尚书省递送名册的？"

钱福道："回陛下，奴才是遣在此殿侧当值的禹顺去递送名册的。"

李世民道："速传禹顺！"

钱福应声急步出殿。

李世民对曹娴温和地说道:"爱姬起来退下吧。"

曹娴应声起身,正要离去,一抬头间见李世民端起茶盏喝茶,发现茶盏内茶水已空,遂握着茶盏摇了摇,又把茶盏放下了。

曹娴赶忙轻声道:"臣妾为陛下续茶。"

李世民点头。

曹娴提着茶壶脚步轻轻地走到西便门门口,正迈步出门时,与在西便门外一侧站立的武媚娘打了个照面。

武媚娘略显惊慌:"啊……娘娘,我来吧。"上前欲接曹娴手中的茶壶。

"不用,我自己来。"曹娴说罢,以审视的目光看着对方,"你这是……"

武媚娘略一顿:"啊,我想去为陛下续茶,又恐不方便。"

曹娴脚步不停地向茶坊走去。此时的她眉头微微蹙起,眼中已浮上一层疑云。

茶坊新添的茶水尚未烧开,曹娴便在茶坊门外候着,待水烧开了,这才打上开水返回殿内。此时正逢一名侍卫进殿向李世民奏报:"陛下,那禹顺受刑尚未过半便招了,涂改并省官员名册之事,系他所为。"

曹娴一听,眉睫顿然皱起。

李世民道:"把他押上来!"

禹顺被两名侍卫拖着臂膀进入殿内。两名侍卫一松手,禹顺即跪伏在地。

李世民问道:"禹顺!涂改并省官员名册一事,确系出自你手么?"

禹顺面现痛苦之相:"是……是出自奴才之手。"

李世民又问:"你为何要这么做?"

禹顺语塞:"这……"

李世民道:"朕知道,此举并非出自于你之本意,讲!你是受何人指使?"

禹顺支支吾吾:"是……是……奴才……奴才不知是受何人指使。"

李世民怒喝:"什么?你还想抵赖?"

禹顺:"陛下,奴才……冤枉,奴才……奴才并未做那涂改名册之事。"

"大胆奴才!"李世民厉声道,"竟敢在朕的面前翻供。来人!"

方才退出殿外的两名侍卫又进入殿内。

李世民道:"把这胆敢翻供的奴才拖下去,再打!"

两名侍卫把禹顺拖出殿外。继之殿外传来一声声惨叫声。

这时曹娴走到御案一侧为李世民续茶。

一名侍卫进殿向李世民奏报:"陛下,禹顺供出了涂改名册的幕后指使者。"

449

李世民道:"把他押上来!"

两名侍卫分别拽着禹顺左右臂膀进殿,然后松开手退出殿外,禹顺即刻瘫伏在地。

李世民道:"讲!你涂改并省官员名册,是受何人指使?"

禹顺有气无力地说道:"是……是受钱,钱公公指使。"

李世民眉目忽地一抖,目光朝站在其身侧的钱福一扫。

钱福急步走下台阶,面朝李世民跪下,声音颤抖地说道:"陛下,禹顺他是胡乱攀咬,奴才并无指使他涂改并省官员名册之事,乞陛下明察。"

李世民侧头与长孙无忌对视一眼。长孙无忌摇头。

李世民温和地说道:"钱福,你莫急嘛。朕不会忘记,当年朕即位之初,天下饥馑,朕赴河南巡视灾情之时,自死人堆里把尚有一口气的你捡起,方保住了你一条命。你为报朕的救命之恩,竟自净了身,自那时起你便一直跟在朕的身边。你既与朕有如此情义,朕怎会疑你坏朕的政事呢?"

钱福以哭腔说道:"奴才谢陛下不疑之恩。"

李世民道:"你起来吧。"

钱福应声起身,复又站到李世民身侧。

李世民对禹顺厉声道:"大胆奴才禹顺,竟敢胡乱攀咬无辜,诬陷好人,实属可恨!来人!把他拖下去,再打,看他如实招也不招!"

侍卫进殿把禹顺拖出殿外。

禹顺声音嘶哑地哀告:"陛下……饶命,我……奴才……招,招。"

李世民道:"停下,让他讲!"

侍卫停住脚步,拖着禹顺转向李世民。

李世民道:"讲!你涂改名册是受何人指使?"

"是……是……"

"是谁?快讲!"

"是……是……陛下,奴才……冤枉,奴才……真的未曾……未曾涂改……名册呀……"

李世民怒喝:"大胆奴才,又来翻供,把他拖下去,打!"

侍卫把禹顺拖出殿外。

殿外隐隐地传来几声惨叫,之后就没有了声息。

一名侍卫进殿奏报:"陛下,那禹顺禁刑不住昏死过去,我等用凉水把他泼醒过来，他却仍讲不出他受何人指使，卑职特来奏明陛下。"

李世民："再打！"

侍卫道："遵旨。只是……只是……"

李世民道："只是什么？"

侍卫道："现下他已气息奄奄，神志不清，再打恐他……恐他……"

曹娴从旁过来忽地跪到这名侍卫身侧："陛下，臣妾有几句话欲奏明陛下，斗胆祈陛下恩准。"

李世民一愣："哦？你想说什么？讲！"转对侍卫道，"你先下去。"

侍卫应声退出。

曹娴道："那被人涂改之名册，原是由臣妾誊抄的，是以此案便也与臣妾有了某种瓜葛。为此，臣妾甘冒后宫干政之大不韪，斗胆对陛下说几句话。臣妾看那禹顺面对陛下严责，竟然反复翻供，忽又胡乱攀咬无辜，由此推测，那涂改名册之事或许别有他因，陛下似可不再急于对其用刑。"

李世民道："不再对其用刑又当如何？此案终归是要破的。"

曹娴道："臣妾愚见，可暂将其羁押起来，留他活口，待其神志有所恢复之时，再细细按问他递送表章经过情形，或可另有所获。"

李世民转向长孙无忌道："长孙卿，你看呢？"

长孙无忌欠身道："臣以为，修仪娘娘说的是，那涂改名册之事或许另有缘故，可将禹顺暂行羁押，待其神志清醒之时再予按问。"

李世民点点头："好吧。爱姬起来退下吧。"

站在前殿西便门外谛听殿内人说话的武媚娘马上紧走几步消失在墙角那边……

燕仕彦没有去参加户部宣布并省官员名单的聚会。既然已经知道名单里定然有他，他又何必去出那个丑呢？他在府内对下人横挑鼻子竖挑眼地发了一通脾气，火气稍稍消了些，便坐在厅堂太师椅上有一搭没一搭地把玩起一串大颗珍珠。忽听门外有人招呼：

"表舅！表舅！外甥来看望您哪。"

他听出来者是礼部典乐司从六品掌固邝伍，便应声道："是邝伍啊，进来吧。"

邝伍走进厅堂。

燕仕彦把那串大颗珍珠放在身侧八仙桌上，说道："坐吧。"

邝伍坐在燕仕彦面前右侧一只腰圆凳上。

燕仕彦道:"我说小伍子,你今日来我这里,不单是来看我,一定还有别的事吧?"

邝伍道:"表舅您说对了,外甥我此来是真有事啊,我的一万钱眼看着便肉包子打狗——去不回了,求您老给出个主意,看能不能挽回呀。"

燕仕彦瞥他一眼:"什么一万钱,什么一去不回,你倒是讲明白呀。"

邝伍道:"是这样,您知道的,外甥我在礼部典乐司从六品掌固的位子上一坐便是几年,也想往上提一提,我求过您老在上头为我说说好话。我想啊,这要想升官,除了有您老给上头递话,还需有好的考绩垫底呀。那吏部考功司员外郎徐金主管着官员考功一事,为让他在考功之时关照于我,我便在孝敬您老的同时,也给他送去了一万钱。"

燕仕彦眉目一扬:"他收了?"

邝伍点头:"收了,他也允诺在下一步从五品以下官员考功之时关照于我。可此番并省正五品以上官员,他也被列入了并省之列,您看我那一万钱不是白送了么?"

燕仕彦转动几下眼珠,然后一摆手:"没有白送。非但没有白送,反倒是你的财运来了。"

邝伍一愣:"我的财运来了?这……外甥我听不明白。"

燕仕彦道:"他不是已被并省,不能再关照于你了么?你可去向他讨还那钱。你不是送给他一万钱么?你就说送给了他十万钱,不,送给了他二十万钱!你就向他讨还二十万钱!"

邝伍一时有些疑虑:"这……这……讨还恁多,他肯给么?"

燕仕彦用手一拍桌子:"他不敢不给!以往他手握官员考功大权,是一只虎,如今他虎落平阳,连狗都不如了。你对他讲,他若不肯给你那个数,你便去御史台告发他收受贿赂,如此一来他定将去坐大牢,甚或被杀头!他能不怕么?"

邝伍道:"我去告发他收受贿赂,我是行贿者呀,我不也要坐牢么?"

燕仕彦道:"你只是吓唬吓唬他罢了,还真去告发呀?喔,他若是以为你也会坐牢便不敢告发于他,你就说你有告发他人之功,又有你表姨贤妃娘娘与我这个国舅爷做靠山,定然不会坐牢,他焉有不信之理!"

邝伍略顿一顿:"虽则如此,恐他一时也拿不出恁多钱来。"

燕仕彦道:"他怎能拿不出?他敢收你的钱,便也敢收他人之钱!他手中握有考功之权,给他送钱的官员还会少么?你就照我说的去办!"

"好!我听表舅您的!我去了。"邝伍说着起身往外走。

"等等！"

邝伍停住脚步，回过身来。

燕仕彦道："今日晚间，你以请他饮酒为名将他邀到酒肆，在酒桌上与他谈。"

邝伍一时不解："我请他饮酒？在酒桌上与他谈？表舅，这……"

燕仕彦抬高声音道："你就听我的，没错！"

邝伍连连点头："好，好，我听表舅的。"回身向厅外走去。

燕仕彦自语道："哼！好你个徐金，谁让你在拟定并省官员名单一事上那么卖力呢？此乃你自作自受！"

当晚，邝伍就把徐金邀到徐金府邸附近的一家酒楼上，向店家要了四盘菜肴和一壶酒，二人就吃喝起来。邝伍一边就徐金被列入并省名册说着同情的话，一边劝酒。徐金正为自己被并省而苦恼难耐呢，对对方的劝酒也就来者不拒，很快就喝到了微醺状态。此时邝伍适时地提起他给对方送钱的事。

徐金端起酒杯又喝下一口酒，把酒杯朝桌上一放，说道："好吧，我徐某从不做亏待朋友之事，既然未能给你办成事，便不白要你的钱，那一万钱我徐某如数奉还。"

邝伍道："徐大人说差了，不是一万钱，是二十万钱。"

徐金瞪大眼睛："什么？二十万钱？你这，这不是在说梦话吗？"

邝伍道："怎是梦话呢？我眼睛睁得大大的，这不在醒着嘛。"

徐金道："不是梦话，便是醉话，你喝多了！"

邝伍道："我离醉还早着呢，怎会说醉话呢？"

徐金道："你明明送的是一万钱，我徐某收的当然也是一万钱，哪里来的二十万钱？"

邝伍道："徐大人，我邝某送的就是二十万钱，你收的也是二十万钱，你可不能赖账！"

徐金用手指着对方气愤地说道："你，你，是我赖账，还是你耍赖？"

邝伍朝桌上"啪"地一蹾酒杯："徐大人你听清楚了，二十万钱，你少了我一文也不成！你如数给了我，你我皆相安无事，你若是不给，明日我便去御史衙门告你向我索贿二十万钱！到那时，你只能乖乖地去坐牢，甚或被杀头！"

徐金气得涨红了脸："你，你，你这个无赖，你这是明目张胆的敲诈勒索！"

此时忽听门外有人说话："是谁在吵嚷啊？火气不小嘛。"话音未落，燕仕彦就出现在门口，随之进门，"哟，是徐大人哪，还有小伍子？有道是酒越喝越近，你们怎的反倒吵起来了？"

453

徐金起身向燕仕彦一抱拳："见过国舅爷。"

邝伍也站起来："表舅您怎来了？"

燕仕彦对徐金道："徐大人免礼。"又转向邝伍，"怎的，小伍子，这酒肆许你们来，就不许我来呀？说说，二位遇上了什么说不开的事，竟至于吵了起来？"

徐金一脸窘相，一时说不出话来。

邝伍道："表舅，不怕您见笑，我就实话实说吧。在徐大人未被并省之前，我为让他在官员考功一事上关照于我，便送给了他二十万钱——"

"绝无此事！"徐金涨红着脸，气愤地截住对方话头道。

燕仕彦朝徐金摆一摆手："徐大人让他把话说完。"

邝伍道："如今他被并省了，便无从再关照于我了，那么大一笔钱我不能白花了呀，谁知他竟不认账了。"

徐金道："我徐某从未收过他二十万钱。"

燕仕彦对徐金道："你从未收过他二十万钱，那你收过他多少？"

徐金涨红着脸，一时语塞。

邝伍道："他只认可收过我一万钱。"

燕仕彦作恍然大悟状："噢，本国舅听明白了。徐大人收过小伍子的钱。徐大人哪，你既敢收他一万钱，那便也敢收二十万钱哪。男人嘛，要敢作敢当啊。"

徐金道："国舅爷，我徐某真的未曾收过他二十万钱！我坦承，我是收过他一万钱，我也应承了如数奉还于他。"

燕仕彦讥讽地说道："徐大人哪，想你大权在握之时，是何等风光，何等得意呀，怎的竟也能做出纳贿这等极不光彩之事？"

徐金把头低得很低，一副羞愧难当的样子。

燕仕彦又道："做了，也便做了，人无完人嘛，可不能不敢承担哪。"

徐金以哭腔说道："国舅爷，我，我真的未曾收过他那许多钱哪。"

邝伍瞪着眼睛道："你收了，你就是收了那许多！"

燕仕彦说话口气不紧不慢："徐大人哪，你还看不出么？你于今若是不肯如了小伍子之愿，他一纸状子递到御史衙门里，等待你的是什么结果，你该当清楚啊。"

邝伍道："哼！坐牢，杀头！"

徐金跌坐在椅子上，以哭腔相告："我就是认了收了他二十万钱，我也拿不出这许多钱归还于他呀。"

燕仕彦冷笑道："我说徐大人哪，这不是你的真话吧？你能收小伍子的钱，就不能收其他官员的钱？你此前可是手握官员考功大权哪，给你送钱的人能少么？二十万钱，于你而言恐怕只是九牛一毛吧？"

徐金把脸趴在餐桌上，用手拍着桌子，悲愤地说道："敲诈，这是敲诈！"

燕仕彦咬牙切齿地说道："随你怎么想，今日你不拿出真金白银来，怕是过不了这个坎了！"

邝伍拿眼瞪着徐金："明日一早，二十万钱你必须如数送到我手上！"

次日一早，邝伍一路小跑着来到燕仕彦府邸大门外，连声呼叫："表舅！表舅！"

燕仕彦出现在门内："何事如此惶急？"

邝伍咽了口唾沫道："徐金，徐金死了。"

燕仕彦瞪大眼睛："什么？他死了？当真？"

邝伍使劲点头："当真。方才我去他家向他讨要那……那二十万钱，尚未进他家门呢，便听到屋内一片哭声。问他家邻居，邻居说他于夜间悬梁自尽了。唉，他定是经不住你我舅甥那一吓，方自寻短见了。"

燕仕彦眼珠一转："不！你不能这么说！他是因官职被朝廷撤销而自杀的！"

邝伍张大嘴巴道："是……是，可无论怎么说，他这一死，我不但讨不来二十万钱，就连我送给他的一万钱也讨不来了。"

燕仕彦道："你不必担心你那一万钱，我给你补上。现下我要你去做一件事。"

邝伍问："什么事？"

燕仕彦道："你速去告知那些被并省的京官，徐金自尽了，是被朝廷并省官职逼死的！同病相怜啊，让他们都去徐家谒灵！"

邝伍犹豫地说道："我去做此事？这……合适吗？"

燕仕彦道："你做了此事，便可让那一万钱失而复得，你以为不值吗？"

邝伍连连点头："好，我去，我去。"说罢回身往外就走。

"等等！"燕仕彦又把他叫住，说道，"只你一个人一家一户地去告知太过缓慢，你可有间隔地告知数家，再让他们互相转告！"

邝伍应声去了。

燕仕彦自语道："哼！本国舅就是让满朝文武看看，这并省官员之举万不可为！"

很快，这次被并省的京官们陆陆续续聚集到徐金府邸，而且越聚越多。

吏部尚书杨师道得到这个消息后一刻也不敢耽搁，立刻赶到宫中向李世民奏报："徐金死后，在京官员陆陆续续去死者家中谒灵，现下徐家已聚集了上百人，且仍呈增多之势。如此下去，恐引起朝野震动。"

李世民听了眉峰一抖："哦？去的都是哪些京官哪？"

杨师道回答："全是此番被并省的京官。"

李世民忽地起身："哼！这些人是乘徐金死亡之机，来向朝廷示威，向朕示威呢，妄图以此迫使朕放弃并省官员之举，真乃痴心妄想！难道只因死了一个徐金，朕就要放弃整饬吏治、求治天下的决心吗？彼等不是要借机闹事吗？那就让他们闹去！朕倒要看看，他们会闹到什么时候，会闹到何等地步！杨爱卿，你不必担心，就凭他们这几个人，还翻不了天！你回去以后着人随时关注那些人的动静，如有异动，即刻来奏报于朕。"

杨师道走后，李世民起身在殿内踱起步来，心说："哼！人一死，竟有这么多人跳到了前台，看来是有人在背后捣鬼！如此举动倒是提醒了朕，那徐金死得事有蹊跷，他考绩本为上等却落入了并省之列，遭遇如此不公正之事，他本当向上讨个说法的，却未置一词便猝然自尽，如此做法着实令人费解。看来，此人之死该是别有他因。"向殿外高声道，"来人！"

钱福进殿："奴才在。"

李世民："宣刑部尚书刘德威！"

…………

徐金府邸院中央搭着灵棚，灵棚棚口上方悬挂着挽幛，灵棚内棺木前置供桌，供桌上供着供品，香炉里香烟缭绕。徐金之妻和两儿两女披麻戴孝跪在供桌前，都在嘤嘤哭泣。灵棚周围聚着一群身穿各色官袍的官员。人群中议论声和骂骂咧咧的声音响成一片。

一名官员高声道："吏部那群王八蛋怎还不露面哪？"

另一名官员道："他们再不露面，我等众人便把灵柩抬到他吏部大堂上去！"

人群边上有人道："刑部尚书刘大人来了。"

人群顿时寂静下来。

刘德威在刑部郎中闫崇的陪同下走进院子。人群闪开一条路，刘德威和闫崇满面肃穆地穿过人群，来到灵棚前。

司祭高声道："刑部尚书刘德威大人、郎中闫崇大人谒灵！"

刘德威和闫崇朝着棺木连鞠三个躬。刘德威扭头朝闫崇递个眼色。闫崇走前两步向跪在地上的徐金之妻说了几句什么。徐金之妻起身，引领刘德威和闫崇来到府邸正堂内。

分宾主落座之后，闫崇对徐金之妻道："徐公离世事发突然，死因尚不明了。

为查明徐公死因，妥善处置徐公身后善后事宜，尚书刘大人问夫人话，望夫人如实作答。"

徐金之妻点头说是。

刘德威道："夫人请把徐公昨日自朝中回府后之起居情形讲一讲。他都说了些什么，做了些什么？"

徐金之妻道："他自朝中回来之后，神情甚是沮丧，说他此番考绩是上等，却被列入了并省官员名册，朝廷如此做法太不公道。妾身问他是否向上头讨说法了，他说没有。又忧心忡忡地说或许上头抓住了他的什么把柄。妾身问他是不是做了犯法之事，他说没有，又说定是有人从背后捅了他刀子。其后便一言不发了。"

刘德威问："他与外人可有过接触？"

徐金之妻道："到晚间掌灯时分，外面忽然有人喊他，他出去半个多时辰之后方带着满口酒气回来了。妾身问他在何处饮酒了，他只说了鸿门宴三个字。"

刘德威问："夫人是否问过他，他是与谁在一起饮酒？"

徐金之妻道："妾身问了，他说是礼部一名掌固，名叫邝伍，后来国舅燕仕彦也去了。又说了一句：'那都不是人。'妾身问他既知他们不是好人，为何还要与他们在一起饮酒？他便再也不发一言。夜晚躺在床上他一直翻来覆去翻身，直到夜半时分方入睡。"

刘德威问："夫人是何时发现他出事的？"

"到天将亮之时，妾身一觉醒来见床上已无他身影，喊他又不见有回音，妾身心中便陡生不祥之感，忙起身去寻他，其后在厢房里见他已悬在房梁之上……"徐金之妻说到这里撩起衣襟掩面而泣。

刘德威与闫崇互相对视一眼。

"夫人节哀顺变吧。"闫崇说着，从衣衽内取出一个包裹，"此乃刘大人与闫某的一点心意，请夫人收起来吧。"

徐金之妻起身施礼："谢二位大人。"

从徐金府邸出来后，刘德威立刻命人把邝伍押到了刑部。

刑部大堂上，刘德威在主审席上正襟危坐，闫崇和一名录事分坐在刘德威两侧。堂下两边各站着一排身着黑色衣裤手杵水火棍的衙役。

刘德威高声道："将疑犯邝伍押上来！"

两名衙役一边一个扭着邝伍的臂膀从大堂门口进入大堂，走到堂中央后两名衙役一下把邝伍摁跪在地，衙役随后退下。

刘德威道:"邝伍,本官问你话,你须如实作答。昨日晚间,你是否邀吏部考功司员外郎徐金去酒肆饮酒了?"

邝伍转转眼珠:"是,下官邀他去酒肆饮酒了。"

刘德威问:"你为何邀他饮酒?"

邝伍答:"此番朝廷并省官员他被列入了并省名册,下官与他是朋友,便邀他饮酒以示慰藉。"

刘德威问:"在酒席上,你都对他说了什么,做了什么?"

邝伍又转转眼珠:"下官只是对他说了一些安慰的话。"

刘德威问:"还说了什么?"

邝伍答:"别的没说什么呀。"

刘德威高声道:"不对!你没讲实话!"

邝伍道:"下官讲的都是实话。"

刘德威厉声道:"把他拉下去,大刑伺候!"

两名衙役立刻奔到邝伍左右两侧架起他就往堂外拖去。

邝伍使劲朝后扭着头喊:"哎——刘大人,我讲的皆为实话,皆为实话,你莫动刑,莫动刑啊……"

邝伍被押出大堂,随后就从堂外传来一声声惨叫声,少顷,又被押回到大堂上。

刘德威道:"人犯邝伍,你讲,还是不讲?"

邝伍:"我讲,我讲。昨日晚间,下官依照下官表舅燕仕彦给出的主意,以相邀饮酒为名把徐大人邀到了他家附近的一家酒肆,进了一间雅座,要了几样小菜和一壶酒,便喝了起来。席间,下官有意提起此番他官职被并省一事,先假装为他受此不公正处置而愤愤不平,继之便向他提出讨还贿金之事……"接着,邝伍把他曾向徐金行贿一万钱,昨日晚间在酒桌上他和燕仕彦一唱一和威逼徐金归还二十万钱的经过述说了一遍。继之说道:"次日一早,下官去徐大人府上取钱,尚未进门呢,便被其邻居告知,徐大人已于当日夜间悬梁自尽了。"

刘德威问:"你得知徐金死讯之后,又做了什么?讲!"

邝伍道:"我讲,我讲……"

后宫永仪殿内,韦贵妃坐在靠背椅上双目微闭,用手捻着一串佛珠。侍女秋荷坐在一旁绣墩上,正以手掩面在低低地啜泣。

韦贵妃睁开眼睛道:"秋荷呀,你也莫要太过悲伤。本宫知道你哥哥死得冤。

本宫已听说了,此番朝廷并省官员,那并省名册上写的本是徐婕妤的哥哥徐全,可曹修仪在誊抄名册之时,竟有意将徐全改成了你哥哥徐金,以致你哥哥被逼而死。曹修仪本是这一起命案之罪魁祸首,可皇上却为她开脱罪责,硬要把涂改名册之举加到小内监禹顺头上。禹顺不承认,皇上便将他屈打成招。如此做法,怎能让你哥哥在天之灵心安,又怎能令满朝文武服气?"

秋荷哭诉道:"奴婢就是觉得奴婢的哥哥命太苦……"

韦贵妃略一思忖,说道:"不行,不能就这么便宜了她曹修仪。本宫这便去见皇上。"

韦贵妃来到承庆殿殿门外,对站在门侧的钱福说道:"烦请钱公公进去向皇上通禀一声,就说臣妾有要事求见皇上。"

"娘娘请稍候。"钱福说罢进殿。

此时李世民正在殿内伏案写着什么。曹娴过来奉茶,李世民并不抬头,只说一声"放下吧",仍旧伏案写着。

钱福进来道:"陛下,贵妃娘娘求见。"

李世民抬起头来:"她此时来做甚?"稍顿之后说道,"让她进来。"又转对曹娴道,"你去内殿歇息吧。"

曹娴答应一声,进入后殿。

韦贵妃进殿后行觐见之礼。

李世民并不抬头,仍在御案上写着问道:"你来有何要事?"

韦贵妃道:"回陛下,臣妾宫中侍女秋荷,乃刚刚死去的吏部员外郎徐金之胞妹。徐金死后,秋荷整日啼哭不止,言说其兄乃含冤而死,致其兄冤死的真凶却仍逍遥法外,令其兄在天之灵不得心安。她为此哭得甚是悲戚,臣妾在一旁听了心有不忍,特来奏请陛下尽速查明案情,将致徐金冤死的真凶绳之以法。"

李世民此时才抬起头来:"你以为那真凶会是谁呢?"

韦贵妃道:"这个……臣妾听说,那徐金在此番官员考功中考绩为上等,本不在并省之列,是有人在誊抄并省官员名册之时将名册中的徐全改成了徐金,方致徐金含冤而死,是以那擅改名册者当为致死人命之真凶。"

李世民道:"并省官员名册是朕让曹修仪誊抄的,依你之言,致死人命之真凶便是曹修仪了?朕倒是想知道,曹修仪如此行事,于她自身究竟有何好处?"

韦贵妃道:"徐全的名字被曹修仪改成徐金之后,本该并省的徐全便可得继续留任原职。徐全乃后宫徐婕妤之胞兄,徐婕妤又与曹修仪甚为交好,曹修仪此举显然是送予了徐婕妤一个大大的人情。"

李世民微微点头："嗯，你讲的倒是头头是道，听来似乎也甚合情理。不过朕倒要告知你其中一个细节，曹修仪所誊抄的名单中，徐金之金字下面的两点，其墨色、笔法与整篇文字皆不甚相同，由此可知，那两点显系他人所加。于此，你有何看法？"

韦贵妃道："臣妾以为，此正是曹修仪的高明之处。她让那两点之墨色、笔法与其他文字不同，正是要制造为他人所加的假象，以便保全自身，嫁祸于人！"

李世民道："嗯，你此言听起来倒是蛮有道理，不过却仍只是猜测而已。此案朕会查个水落石出的，你下去吧。"

韦贵妃张开嘴似乎还要说什么，却没说出来，只好退出殿外。

李世民对后殿抬高声音道："爱姬，你过来！"

曹娴从内殿走出，来到李世民面前低身一礼道："陛下。"

李世民道："方才贵妃的话，你可都听到了？"

曹娴又低身一礼："是。"

李世民问道："你以为朕相信她的话吗？"

曹娴朝地下一跪："陛下，臣妾是否如贵妃娘娘讲的那样，惟望陛下能够明察圣断。"

李世民道："嗯，你起来吧。"说罢端起茶盏吹一吹，呷了一口。

曹娴并不起身："陛下，臣妾有话，不知当讲与否。"

李世民道："你讲吧。"

曹娴道："臣妾总觉得，那涂改并省官员名册之人，并非是禹顺，而是另有其人。"

李世民问："你这么讲，所凭为何？"

曹娴道："臣妾尚无凭据，只凭感悟。"

李世民呷一口茶后放下茶盏："感悟？那么，你以为此人会是谁？"

曹娴道："臣妾并不知此人是谁，不过，那禹顺该当知道。"

李世民道："禹顺？你是知道的，朕已反复按问过他，他并未供出有他人涂改之事啊。"

曹娴道："在陛下按问禹顺之时，或许他因一时惊骇过甚，竟将曾有他人接触名册之事忘到了脑后。再者，那涂改名册之人不会当着禹顺的面行涂改之事，必会采用其他隐蔽手段行事。此事，让禹顺慢慢回忆，该当忆起的。"

李世民道："禹顺现被羁押于大理狱内，朕已命大理寺对其详加审问，若情形果如爱姬所言，已该有结果了。来人！"
　　钱福进殿："奴才在。"
　　李世民道："命人宣大理寺少卿胡演速来见朕！"
　　时候不大，胡演就气喘吁吁地一路小跑着来了，一进殿就跪下行觐见之礼。
　　李世民道："朕让你详加审问疑犯禹顺，可有了结果？"
　　胡演道："回陛下。微臣在奉召来觐见陛下之前，在押疑犯禹顺刚刚招供，前日他在前往尚书省递送表章途中，另有他人接触过其中的并省官员名册。"
　　李世民问："此人是谁？"
　　胡演道："是宫中茶库专责配送茶叶的侍婢，姓丁名香。"
　　李世民眉峰一挑："哦？是她？速将禹顺押过来！"
　　胡演道："臣已将禹顺押到前殿，以备陛下按问，臣这便将其押来殿中。"
　　胡演出去时候不大，就让两名皂隶把禹顺押到殿内。
　　李世民问道："禹顺，朕问你，既然前日你在递送表章途中因故将并省官员名册失落，被侍婢丁香捡拾后送还于你，昨日朕问你之时你为何不如实作答，直到此时方讲了出来？"
　　禹顺叩首："回陛下，昨日陛下按问奴才之时，奴才一时之间万分惊恐，只恐涂改名册一事落到奴才头上奴才将被处死，便把名册曾经失落，被丁香捡拾并送还奴才一事遗忘了，其后在牢中方慢慢忆起，是奴才该死。"
　　李世民又问："你可知道，那丁香现在何处？"
　　禹顺道："奴才不知。"
　　李世民道："那朕便告知于你，她死了！"
　　禹顺猛然抬头，眼中充满惊异之色："她，她死了？"又赶紧把头低下，"奴，奴才不知。"
　　李世民心说："哼！内侍省奏报那丁香暴病而亡，现下看来是有人提前下手，将其灭口了。那涂改并省官员名册一事定然出自于此女之手。此女一死，那幕后之人便可逍遥法外了。"想到这里，对禹顺道，"禹顺，因你渎职，以致并省官员名册落入他人之手并被涂改，已造成严重后果，你可知罪？"
　　禹顺连连磕头："奴才……知罪。"
　　此时钱福进殿奏报："陛下，刑部尚书刘德威求见。"
　　李世民对胡演道："把他押下去，该定何罪，由你大理寺议决。"

待胡演和两名皂隶把禹顺押走之后,李世民对钱福道:"宣刘德威!"

徐金府邸院中聚集的被并省官员越来越多,已站满整个院子,喧哗之声嘈嘈杂杂响成一片。

其中一名官员高声道:"列位,我等在此候了这么久朝中也无人来理会,真不把我等放在眼里呀。"

另一名官员也高声道:"此番并省官员,乃吏部那些官员开列的并省名单,徐大人是被他们活活逼死的,他们该当来向死者谢罪!"

第三名官员道:"指望他们来谢罪?你看到此时他们连面都不肯露一下!"

燕仕彦站到一把椅子上,也高声道:"他们不肯露面,这致死人命的罪过便能躲得过去么?他们不露面,我等众人便去会他们!"

一名官员马上附和:"国舅大人说得对,他们不露面,我等众人便去会他们!走,走啊!"

人群开始向外涌动。

燕仕彦一扬手臂:"各位大人且慢!只是我们这些人去,太便宜了吏部那些官僚,也不足以让朝廷用正眼瞧瞧我们,要将徐大人的灵柩也抬过去,让吏部面对徐大人灵柩给个说法!"

人群中一些人七嘴八舌叫嚷:"对!将徐大人的灵柩也抬过去!"

一名官员举起双臂高声道:"各位!各位!听我讲!听我讲!"

人群稍稍安静下来。

这名官员道:"各位大人如此行事是否妥当?可莫将事体闹大发了,落得个聚众闹事、对抗朝廷的罪名啊。"

燕仕彦高声道:"蒋大人此言差矣!朝廷此番并省官员,他吏部胡乱列出个并省官员名单,把人都逼死了,他吏部却没一个人来过问一下,这不是草菅人命吗?长此以往,我等被并省官员还有活路吗?"

人群中立刻有不少人随声附和。

燕仕彦道:"胆小的,没种的留下,有种的跟我走!"

人群中许多人都跟着喊:"走!走!走……"

燕仕彦高声道:"喊脚夫来,抬上徐大人灵柩,走!"

很快,一班鼓乐班吹吹打打在前,十六名脚夫抬着一副棺椁居中,燕仕彦等百余名官员在后,出了徐金府邸门口,走上皇城横街,一路向前缓缓行进。

当队伍走到吏部衙门大门外时，从大门内出来几名官员，个个都张开双臂挡住行进着的棺椁和人群。

其中一名身着从三品官服的吏部侍郎上前劝阻道："诸位大人，这吏部衙门乃朝廷机要重地，棺椁绝不能抬进衙门之内，诸位大人也不得擅自闯入。诸位且听下官一劝，即请把棺椁尽速抬回去。"

人群中的燕仕彦走上前道："我说侍郎大人，你们吏部在此番官员考功之中徇私舞弊，胡乱开列并省官员名单，以致出了人命，你们不给个说法，就让我等众人乖乖地把这灵柩抬回去？休想！"

其他被并省官员七嘴八舌嚷道："对！休想！"

燕仕彦道："识相的，赶紧让开，让这灵柩抬进院内！"

其他被并省官员又一齐叫嚷："对！赶紧让开！"

此时一个声音忽从人群后面响起："都让开路！让开路！"

人群中有人道："吏部尚书杨大人来了。"

人群闪开一条路。

杨师道从人群后走到棺椁前面停住脚步，吏部侍郎赶紧走到其跟前对其小声说了几句什么。

杨师道对众人道："诸位大人，你们抬着棺椁强闯朝廷机要重地，是在犯罪呀。且听本官一声劝，赶紧将棺椁抬走，诸位大人各回各府，如此尚可争得朝廷从轻责罚。若再执迷不悟，继续与朝廷对抗，后果定将不堪设想！"

燕仕彦扫视一下人群，见无人出面说话，于是把腰一叉："我说杨大人，明明是你吏部在此番考功之中办事不公，乱开并省官员名单，犯下致死人命之罪，为何反诬我等众人犯罪？难道我等众人为死者来向你吏部讨个说法不该当吗？"

杨师道皱起眉头道："燕仕彦，难道你不认识我是谁了么？我是你舅舅！在尊长面前，你怎可如此放肆无礼，如此不守孝道？"

燕仕彦冷笑一声："你是我舅舅？我不守孝道？我倒想问你呢，你把我当外甥看了么？你若认我这个外甥，怎会在此番考功之中把我定为下等，又怎会把我列入并省官员名单？你如此行事，将骨肉亲情抛到九霄云外，无非是想给自己落个大义灭亲的美名，好向朝廷，向皇上邀功请赏！"

杨师道气得满脸涨红，用手指着对方道："你！你太放肆、太张狂了！"

一个声音忽从人群后面高声响起："刑部尚书刘大人到！"

人群立刻闪开一条路。

刘德威通过人群闪开的通道大步走到棺椁前面，与杨师道相互对视，相互点一下头，之后肃然道："来人！将唆使并伙同他人敲诈勒索致死人命之人犯燕仕彦拿下！"

立刻有两名衙役奔到燕仕彦身边，就要动手。

燕仕彦一扬手臂道："慢着！刘大人，你说我唆使并伙同他人敲诈勒索？你说我致死人命？你这是无凭无据诬陷好人！"

刘德威对两名衙役一瞪眼睛："都愣着做甚？速将人犯燕仕彦拿下！"

两名衙役上前扭住燕仕彦臂膀。

燕仕彦道："姓刘的！我乃皇亲国戚、堂堂国舅，岂是你说拿便拿的？你好大的胆子！"

"好哇，那你看看，朕可不可拿你呀？"随着声音响起，李世民已然出现在刘德威身边。

燕仕彦一见李世民的面，立刻跪伏在地："陛下……"

紧接着其他官员一起呼啦啦跪下："陛下……"

李世民厉声道："燕仕彦！"

燕仕彦颤声道："臣在。"

李世民道："你不是说徐金是吏部害死的吗？那朕便在这里宣布：现已查明，死者徐金在生前依仗职权收受他人贿赂，已构成受贿罪，依律当重处，鉴于其已然亡故，朕决定不再予以追究。那徐金之死，便与眼前这位口口声声说吏部致死人命的燕仕彦有着莫大之干系！就是这个燕仕彦，为发泄对朝廷并省官员之私愤，竟然唆使并伙同行贿人数十倍夸大徐金受贿数额，以索还贿金为名对徐金实施敲诈勒索，以致徐金被迫自缢身亡。其后燕仕彦又利用徐金亡故事件，鼓动尔等被并省官员以谒灵之名齐聚死者家中向朝廷示威。如此仍觉闹得不够，又将死者棺椁抬到这吏部，向朝廷施压，向朕施压，妄图搅乱朝局，迫使朕放弃并省官员之举，其用心何其毒也！此案始作俑者与领头者，便是这个燕仕彦！"说到这里抬高声音，"燕仕彦！你可知你犯下了何等罪过？"

燕仕彦颤声道："臣一时糊涂，犯下死罪，乞陛下宽恕。"

李世民道："你一时糊涂？你是居心叵毒，蓄意作恶！把他押下去，从重议处！"

两名衙役扭住燕仕彦双臂，押出人群。

李世民对众人高声道："尔等都是此番朝廷并省官员榜上有名之人吧？尔等听好，那徐金生前考绩并不算差，尚且有纳贿之举，朕倒是该命人查一查，尔等之中是否也有人有行贿纳贿之劣迹，有贪墨图财之丑行？即便查不出什么，只凭今日尔等受人挑唆，利用死人要挟朝廷之举，朕便可治尔等挟私抗旨、搅乱朝局之重罪！尔等可知罪么？"

众官员参差不齐地说道："臣等知罪，乞陛下宽恕。"

李世民道："尔等今日之罪，待后议处。现下朕命尔等，这棺椁自何处抬过来的，便还抬到何处去！"

众官员齐声道："臣等遵旨。"

一稍年长官员起身对人群外喊："脚夫！脚夫！都过来抬棺椁！"

李世民一扬手道："不！这棺椁不能让脚夫抬，就由你们这些官员抬！"

众官员你看看我，我看看你，一时无人出声。

李世民厉声道："怎么，尔等想抗旨么？"

众官员参差不齐、有气无力地回应："臣等遵旨。"接着纷纷起身，其中一些官员先后走向棺椁抓起杠木，棺椁渐渐被抬了起来。

李世民道："尔等可轮流抬杠，中途不得停放，到达死者家中之前谁都不得偷偷跑开，违者严惩不贷！棺椁抬到死者家中之后，须尽快发丧掩埋！"转对刘德威道，"刘卿，命人跟上他们，如有抗旨不遵者，从速奏报于朕！"

刘德威拱手道："臣遵旨。"

第二十六章
救猎者婵媛入东昱　避官军杀手投异邦

营州与辽东交界处的一个山谷中，生长着一片一片杂草，间或生长着一些杂树。一只斑斓猛虎正在杂草和杂树丛中踽踽独行。忽从山口那边冲过来一队人马，其中一老者远远冲在前面。这边的猛虎一见人来，立刻向山坡上跑去。老者于策马狂奔中，张弓搭箭向猛虎一箭射去，却未能射中，箭头嵌在猛虎身旁一棵树的树干上。猛虎猝然转身，张开大口狂吼一声，向老者人马猛扑过去。老者坐骑受惊，扬起前蹄嘶鸣，老者被摔下马来。就在猛虎已扑到老者跟前之际，一支羽箭飞来射中猛虎肚腹。猛虎哀吼一声，躬身倒地，转瞬间却又一跃而起扑向已经坐起来的老者。与此同时，一披头散发，衣衫褴褛的年轻女子冲到猛虎跟前，挥剑一剑刺中猛虎咽喉，猛虎立刻颓然倒地而死。

此时其他十余位猎者才赶到老者近前，纷纷下马。其中两名猎者一边一个上前将老者搀起。

被摔得头面部流着鲜血的老者对年轻女子拱手一礼道："多谢姑娘救命大恩！"

年轻女子道："猛虎伤人，晚辈岂可坐视不问？老前辈无须多礼。"

老者道："知恩图报乃人之常情，老朽安能不谢。"说着上下打量年轻女子，"敢问恩人尊姓大名？"

年轻女子道："小女子贱姓曹，名婉。"

这年轻女子，正是其父曹富荣在山林里遍寻不着、一直躲藏在山林中的曹婉。

老者道："恕老朽直言，看恩人边幅不整，衣衫褴褛，老朽料恩人定是身处不如意之境。此去老朽寒舍路不甚远，恩人若不嫌弃，即请屈尊前往，到了寒舍，恩人即便能饮一口淡茶，用一筷粝食，亦是老朽尽了一点心意，不知恩人肯赏脸否？"

曹婉道："老前辈如此相邀，晚辈若再推辞，便是不识抬举了，老前辈请！"

老者点头道："嗯，如此甚好。"转对一中年猎者道，"着二人合乘一骑，腾出一匹马来请恩人乘坐。再着人将死虎负于马上带回。"

中年猎者指定两名猎者合乘一马，将腾出的一匹马牵给曹婉。另有几名猎者把死虎捆负到一匹马的马背上。

一行人策马奔出山谷，又走了约四五十里的路程，就到了一座城下。曹婉抬头看去，见城门上方刻有"承安城"三个大字。

城上守城军士放下吊桥，老者一行策马进城。

进城之后，一行人进入一偌大府邸。老者命那中年猎人安排女佣伺候曹婉梳洗沐浴一番，再换上一身簇新的女装，然后把曹婉领到一偌大厅堂门前，女佣说一声"请进"，就停住了脚步。曹婉进入厅堂，见老者端坐在厅堂内书案后太师椅上，忙上前见礼。

老者欠身连连说道："恩人免礼，免礼。请坐。"

待曹婉落座后，老者道："看恩人仪表不俗，又有武功在身，却为何沦落到了今日地步？"

曹婉道："小女子祖父与父亲因故开罪于当朝国丈尹阿鼠，被朝廷判了斩决之刑。那尹阿鼠为斩草除根，差遣兵马搜杀沦落营州的小女子。小女子为求活命，只得躲进深山之中。今幸遇老前辈热心相邀，方走出深山老林，又受到此般盛情款待，真令小女子感恩不尽。"

老者道："欸，恩人言过了，是恩人于老朽临危之际，一剑击毙猛虎，方使老朽转危为安，故此恩人于老朽有救命大恩。恩人既已无家可归，何不在老朽这里定居下来，若恩人能够首肯，也算老朽对恩人涌泉大恩的点滴之报。不知恩人意下如何？"

曹婉欠身道："老前辈对小女子如此厚爱，令小女子不胜感激。老前辈对小女子慷慨相留，于小女子而言实为雪中送炭之举，小女子在此谢过老前辈。"说着起身对老者深施一礼。

老者道："恩人免礼。适才听了恩人一番话，老朽方知恩人与老朽同病相怜。实不相瞒，老朽也是为人所迫，方流落到这承安城的。"

曹婉听了这话甚感意外："老前辈也有与小女子同等样遭遇？这……"

老者道："是啊。老朽姓梁名兴，原为隋朝人士，为隋朝柱国杨玄感之旧部。杨玄感谋反被杀，老朽虽未参与谋反，却也受到株连，被炀帝下旨缉拿灭族。老朽当时正领兵镇守营州边境，得报之后不得不率家眷与属下将士连夜投奔到这承安城内。——噢，恩人尚且不知，这承安城乃东昱国领地。"

曹婉对此大感意外："啊？这是东昱国领地？"

梁兴缓缓地点点头："是啊。"

曹婉一时怔住："这……"

梁兴审视着曹婉的表情，说道："嗯，这样吧，恩人既已知此城乃东昱国领地，若恩人仍不嫌弃，便可于老朽府内安居下来，若恩人有所顾忌，老朽绝不强留，任凭恩人自便。"

曹婉略一思忖，即道："回老前辈的话，小女子于故国之内已无立锥之地，哪里还能有那许多讲究，小女子不嫌这里是异国他邦。"

梁兴大喜："如此甚好，那就这么定了。老朽还要告知于恩人，老朽受国王错爱，被授承安、新安两城城主，拜大将军衔，这里便是大将军府。老朽率军投奔东昱国之后，隋炀帝曾四度兴师讨伐，皆被我东昱铁军所败。既然恩人与老朽同与那个国度结下不解之仇怨，你我便当同心协力，誓死与之抗争到底。不知恩人可有此愿？"

曹婉欠身拱手道："小女子一切听凭老前辈吩咐。"

梁兴道："好！恩人初来此地，定有诸多不随意之处。恩人凡有所需，尽管提出便是。"

曹婉道："小女子乃沦落无所依之人，能在这尊贵府邸留居，已是不胜惶恐，能有一箪食一瓢饮足矣，小女子并无他求。"

梁兴命人把那中年猎人叫到厅内，对曹婉道："这是老朽长子，名万年，蒙国王陛下错爱，被授四品宣威将军。"转对梁万年道，"恩人已肯屈尊在这大将军府内住下来，我儿要为恩人择定最好的房屋居住，室内一应用具陈设也要以上佳为要，可记住了？"

梁万年对梁兴拱手道："是，儿子记住了，儿子谨遵父亲之命。"

两天之后的早晨，曹婉前去梁兴居处问安时，梁兴向她提出，自己膝下只有二子，并无女儿，若曹婉同意，愿认曹婉为义女。曹婉对此虽觉突然，但想到自己身在异国他邦，举目无亲，认了义父，也就有了家的归属感，于是当即给梁兴磕了三个头，以作认亲之礼。

又过了两天，梁兴把梁万年和曹婉召到议事厅，说道："我探马回报，距我承安城不足百里之唐朝白虎城，屯聚了大量军需粮草，明日我梁家军即出兵前去攻打该城，城破之后将该城粮草尽数运至我承安城，以备不时之需。我儿须随我出兵。"转对曹婉道，"女儿初来乍到，就不必去了，在府内好生歇息几日。"

曹婉道："女儿无须歇息，愿与义父同去！"

梁兴略一沉吟道："也好，你去了可亲眼看一看我梁家军的军威。"又对梁万年道，"我儿明日卯时以前集合好兵马，准时出发！"

次日午前，梁家军即赶到了白虎城下。梁兴、梁万年和曹婉都全副披挂乘战马率东昱军攻城。将士架设云梯登城。城上唐军向城下万箭齐发。东昱登城将士纷纷中箭坠下云梯。

梁兴对身边传令兵道："传令，快快鸣金停止攻城！"

东昱军阵中立刻响起鸣金声。攻城将士纷纷退下。

梁兴对梁万年和曹婉道："我儿过来，你我父子一起议一议我军当如何攻克这唐军城池。"

梁万年和曹婉一起来到梁兴身边。

梁万年道："父亲，我军如此强行攻城，不仅难以攻克，且会造成我军重大伤亡，须另寻克城之策。儿以为，现下正刮着东南风，我军可凭借风势，采用火攻之法攻城。我将士自城东南方向将万千火弩射进城去，火借风势，城内必成一片火海，唐军上下必被烧得片甲不留，如此此城何愁不克？"

梁兴点头："嗯，此法确是可行，我军不损一兵一卒，此城便可不攻自破。"

曹婉心里却想：采用此法，城内万千军民必将葬身火海，其中唐军将士姑且不论，城中数万百姓将横遭灭顶之灾。他们与她的养父、师爷爷与师父一样，皆为华夏子孙，她怎能眼睁睁看着他们遭此横祸而无动于衷？

梁氏父子计议完实施火攻的具体办法，梁兴即对梁万年道："我儿速命属下去准备火弩！"

梁万年应声转身，向一侧疾步走去。

曹婉对着其背影道："义兄且请留步！"

梁万年停住脚步转过身来："嗯？义妹有事？"

曹婉对梁兴一拱手："义父，女儿有话想说。"

梁兴道："女儿有话尽管讲来。"

曹婉道："我军此番攻城，并非为占领此城，只为缴获城内粮草财物，嗣后仍将退守承安城。若以火攻之法攻城，固然可轻取此城，然一场大火烧过，阖城必成一片焦土，我军入城之后将一无所获，岂非徒劳无益？故此女儿以为，此法似不可取。"

梁万年道："不用此法，又用何法？义妹方才也看到了，我军以常法架设云梯强攻此城，众多登城将士皆被城上敌军乱箭射中，坠地而亡，若再以此法攻城，又不知会有多少将士死于敌军乱箭之下！"

曹婉道："小妹以为，我军可分出擅射将士一部，集于城下一处，一起向城上放箭，使城上守军不得在垛口处存身，也就不得向城下放箭，此时我攻城将士架设云梯奋力登城，可一举攻入城内。小妹愿身先士卒，率军攻城。"转向梁兴一拱手，"唯愿义父允准女儿此求！"

梁兴与梁万年对视一眼，转向曹婉道："嗯，女儿言之有理，所荐攻城之法亦属可行，只是，你不必亲率将士攻城，以防不测。"

曹婉又一拱手道："我大军将士皆冒死效命军前，女儿岂可只说在嘴上？女儿身先士卒率军攻城，必将鼓舞军心，如此我军将士士气大增，上下一心戮力攻城，此城焉能不破？万望义父准女儿此请！"

"这……好吧，"梁兴略一沉吟，说道，"为父准你所请，只是你要万分当心，切莫为乱箭所伤。"

曹婉道："义父请放心，女儿会当心的。"

"好！"梁兴对梁万年道，"就照你义妹所言攻城之法，从速做好准备，开始攻城！"

东昱军将士在曹婉率领下架设云梯开始登城。城上唐军将士在垛口处纷纷往下放箭。城下东昱上百名弓箭手集中在一处向城上放箭，城上唐军将士中不断有人中箭倒下。曹婉乘此机会率先登上城头，东昱军将士紧随其后纷纷登上城头，入城后又一路掩杀过去，守城唐军大败，纷纷从城西门逃出城外，其身后城内一片狼藉，战死的唐军将士、破损的旗帜、各种兵器横七竖八躺满一地。

梁兴对众将士道："众将士听令，打扫战场，将唐军丢弃之兵器甲杖尽行捡拾，另将城内粮草牛马尽数运回我承安城。"

众将士齐声响应："谨遵大将军令！"

回师后隔了一日，梁兴把曹婉召到大将军府议事厅，说道："此番出战我军大败唐军，缴获唐军兵器粮草无数，此多赖女儿之功，义父我已向国王陛下为我军将士请功，国王陛下已下旨重赏我全军将士，其中授女儿为四品云麾将军，明日义父要在城内演兵场隆重举行授衔大典。今后女儿肩上的担子便更重了，望女儿不负国王陛下与义父之厚望，勤于职守，再立新功。"

曹婉离座施礼："谢国王与义父错爱谬赏之恩。义父教诲勖勉之言，女儿谨记在心。"

包括梁家军在内的东昱国军队屡犯大唐边境，引起大唐朝野震动。李世民亲笔拟诏，敕命营州都督出兵讨伐东昱军，以为震慑。

这日晨曦微现之时，营州都督张俭把公孙武达等四名将军召集到都督行辕议事厅内，部署作战任务。

张俭道："近来伪东昱国军屡屡犯我边境，或攻我城池，或掠我村寨，其猖獗情状有增无减。本都督已遣使将此情奏闻于皇上，今皇上发来谕旨，敕命我等将士以眼还眼，以牙还牙，给东昱犯边敌军以迎头痛击。敌军之中，以前隋叛将梁兴所部最为强悍，故本都督决计先挥师攻打梁兴部。公孙武达听令！"

公孙武达跨前一步，向张俭一拱手道："末将在。"

张俭道："兹命你部即刻出发，前去攻打梁兴部！"

公孙武达又一拱手："末将遵命！"说罢转身就走。

张俭道："慢！"

公孙武达停住脚步，转回身。

张俭道："公孙将军，你且说说，你将如何去攻打梁兴部？"

公孙武达道："回都督大人话，末将率部下即刻直驱梁兴老巢承安城，确保一举攻下此城！"

张俭摇摇头："承安城经梁兴营构多年，城高壕深，易守难攻，故此梁兴部只可智取，不可强攻。"

公孙武达茫然道："那，如何方可智取呀？请都督不吝赐教。"

张俭道："此一战可用围点打援之策。承安城西南面之白岩城，乃承安城之门户。据我探马探知，那白岩城虽也是城高壕深，但城内将士以老弱者居多，战力不强，且城主孙代音生性胆小懦弱，本都督遣一部兵力前去攻打此城，则孙代音必遣使至承安城求援。梁兴知白岩城失守将危及承安城，必会出兵驰援白岩城。你部可于承安城通往白岩城必经之路上设伏，待梁兴人马路过之时，一举将其围歼之，此战必然大获全胜。"

公孙武达拱手道："末将明白，末将遵令！"

张俭派出的一部人马于巳正时分赶到了白岩城下，随即开始攻城。将士们在城墙上架起数十架云梯，踩着云梯往上攀登。城上垛口处敌军官兵纷纷朝城下放箭，登城将士中不断有人中箭坠落。城下唐军弓箭手也纷纷朝城上放箭。城上各垛口处朝城下放箭的敌军中也不断有人中箭倒地。

白岩城城主孙代音亲自在城上督战。他刚从垛口处探头往城下观望，城下射上来的一支箭"嗖"一声从其耳边飞过，他赶忙把头缩回，在垛口内焦躁地来回走动起来。刚走动几步,就忽地停住脚步,朝一个垛口处喊:"李将军!李将军!你过来!"

李将军来到孙代音跟前,问道:"主公有何吩咐?"

孙代音道:"唐军人多势众,攻势甚猛,我城内守军兵力不足,恐难以固守此城。本官已拟就求援信函一封,你从速遣两名军校持函坠城而下,前往承安城向大将军梁兴求援,就说攻城唐军有数万之众,我城内守军仅只数千,难以抵挡唐军强攻,请大将军速命麾下将士前来救援。"

原来,他自知此城难以固守,就忙里偷闲写好了求援信函。

李将军拱手接过信函道:"末将遵命。"说罢向一侧快步走去。

承安城内,梁兴接到孙代音求援信函,就把梁万年、曹婉和四名副将召集到大将军府议事厅,商议是否出兵驰援。

梁兴把孙代音的求援信转述一遍,然后说道:"你们说,这个援兵我们该不该出啊?"

梁万年道:"父亲,那白岩城墙高壕深,易守难攻,本来固若金汤,怎奈城主孙代音懦弱无能,畏敌如虎,唐军尚未来攻,他便已吓破了胆,方来向父亲求援。儿以为,即便此番父亲遣援兵去救了他,日后他也难以独当一面守住该城。况那白岩城,本当由我梁家军驻守,父亲几番向王室奏请驻守此城,只因王室有权奸作梗,方未获准。此番唐军攻打该城,我梁家军若不去救援,则该城必破,孙代音必为乱军所杀,嗣后父亲再遣兵马夺回该城,则该城便属于我梁家军了。故儿以为,援兵我们不该出。"

其他副将七嘴八舌随声附和:"少将军说的是,援兵我们不该出!"

梁兴一扬手道:"不!此援兵我们必须出!那白岩城乃我承安、新安两城之门户,若白岩城被唐军攻破,承安城便洞门大开了,接下来唐军必将兵临城下,此所谓唇亡齿寒哪。再说白岩城若为唐军所占,我们再去夺取该城,绝非易事。故我们定要出兵前往救援!"

曹婉趋前一步对梁兴道:"启禀义父,小女愿领兵前往救援该城!"

梁兴道:"好!为父准你所请。不过,不单你去,为父也要去!"

梁万年道:"父亲乃我承安、新安两城城主,全军统帅,当坐镇大将军府,统领全局,不宜亲自领兵去战。儿愿与义妹一道前往驰援。"

梁兴一摆手:"不!你去,为父也要去。此一仗定要打好,我梁家军须以排山倒海之势,将攻城唐军全歼于白岩城下,让我东昱王室那些人看看,只有我梁家军方能确保我边防关城万无一失！"接着提高声音道，"各位听令，速去召集队伍，准备出发！"

梁家军大队人马出了承安城，疾速行进了三十余里，便进入了两山夹峙的一个山口。当队伍行进到峡谷中间时，忽然山上号角声起，紧接着漫山遍野响起一片喊杀声，千万个唐军将士从山上各处一起飞身冲向峡谷，双方即刻展开白刃血战。只见公孙武达手舞流星锤，所向披靡，对方士卒被打得头破血流鬼哭狼嚎。梁万年急催战马过来迎住公孙武达，双方展开拼死厮杀。

在另一处厮杀现场，曹婉在马上挥舞佩剑接连刺倒数名唐军士卒。在其侧旁，梁兴也在马上挥剑与唐军拼力厮杀。忽然，一支箭直朝梁兴面门飞来，梁兴躲闪不及，箭头射进其前额一侧，梁兴当即跌落马下。

曹婉见状大喊："义父！"接着挥剑砍倒几名唐军士卒后飞身下马，用手臂托起梁兴头部，连声呼唤，"义父！义父……"

梁兴双目紧闭，对曹婉的呼唤毫无回应。

此时有四名东昱士卒围拢过来。

曹婉对他们喊道："速将大将军抬起后撤！"

四名士卒抬起梁兴正在后撤时，有数名唐军士卒手持兵刃向这里杀了过来。曹婉挥剑接连刺倒三名唐军士卒，其余唐军士卒赶忙后退。

曹婉乘机飞身上马，冲向公孙武达与梁万年厮杀处，对梁万年道："义兄！你快率众将士护住义父后撤，我来对付这黑贼！"随即冲向公孙武达，与之厮杀起来。

曹婉边与公孙武达厮杀边向后撤，公孙武达紧追不舍。曹婉在边杀边撤当中，用空着的左手从腰间取出一支飞镖向对方一掷。

公孙武达左腕中镖，大叫一声："哇呀！"向腕上看去，见飞镖已嵌进腕内。他抬腕用嘴咬住飞镖将其拔出，鲜血随即从伤处涌流而出。抬头再看曹婉时，见其已向后跑出去老远。

这一仗，梁家军死伤惨重，不仅统帅梁兴中箭身亡，而且其他将士也死伤十有三四。四日之后，承安城演兵场上，一口硕大的红漆罩面的棺木停放在演兵场北侧正中位置。棺木前摆放着香案，香案上放置梁兴灵位、香炉和祭品。棺木对面，梁万年、其胞弟梁万春和曹婉都面朝棺木凄容肃立，其后肃穆而立的是梁家军众将士和众百姓。

一名东昱王宫特使展开国王诏书，高声道："国王陛下有诏！"

梁万年、梁万春、曹婉一起下跪，后面众将士众百姓随之纷纷下跪。

王宫特使道:"国王陛下追赠梁兴诏。国王陛下诏曰:我东昱王国承安、新安两城城主、三品镇军大将军梁兴,执志忠孝,深谋宏谟,运筹帷幄,决胜千里,斩将破军,元功懋德,为国捐躯,堪为师表,追赠二品辅国大将军。"

梁万年叩拜:"臣替臣父亲谢国王陛下追赠隆恩。"

国王特使对梁万年道:"你接诏吧。"

梁万年以双手接过诏书。

国王特使又展开另一道诏书,高声道:"国王陛下擢梁万年诏。国王陛下诏曰:我东昱王国四品宣威将军梁万年,大义填膺,英武睿智,护我疆域,战功昭彰,可授承安、新安两城城主、三品镇军大将军。"

梁万年叩拜:"臣谢国王陛下擢授隆恩。"

国王使者走后,曹婉对跪在身侧的梁万年小声道:"义兄,小妹以为,唐军极有可能趁我军统帅罹难,众将士锐气受挫之际,出兵突袭我方,须有所提防才是。"

梁万年道:"那我军便紧闭城门,严防死守,看他又能如何?"

曹婉道:"那样倒并非不可,只是如此一来,敌军将会愈加嚣张,我军士气恐愈发不振。"

梁万年问:"义妹以为该当如何?"

曹婉道:"小妹以为,我军除加强戒备、固守城池之外,须出其不意予以迎头痛击。"

梁万年又问:"如何迎头痛击?"

曹婉道:"可于我方毗邻唐朝防地要路处,布下伏兵,并设置陷阱等屏障,若有小股敌军来袭,必落入陷阱,我伏兵可上前一举将其歼灭,若来犯者为大队人马,也可打他个措手不及,挫其锐气,嗣后我军可迅即撤入山林,令其难觅踪迹。"

梁万年微微点头:"如此甚佳,此事便由义妹去筹办,可好?"

曹婉点头应承。

营州边境山路上,由西向东驰过来一队人马。

跑在前面的邢焯回过头往后望一望,扭头对与之并辔而行的道士道:"绕过了几道山梁,追击我等一行的官军已被我等远远甩在后面不见了。"

道士用马鞭一指前面不远处的一个山口道:"过了前面那山口,便是东昱之地了。"

"好!"邢焯对后面的杀手们道,"弟兄们,马上就到东昱地界了,快些跟上！"说罢策马加速。

道士与众杀手随之策马加速，很快冲进山口。

这一队人马进入峡谷后正往前跑着，忽然邢焯、道士连人带马一齐落入陷阱，其后十余名杀手不及勒马止步，也纷纷落入陷阱。再后面二十余名杀手纷纷勒马停住脚步。此时两面山坡上响起一片喊杀声。二十余名杀手赶忙调转马头回撤，战马却被路上崩起的数根绊马索绊倒，杀手们纷纷落马坠地。

从山坡上冲下来的东昱将士眨眼之间就冲到了陷阱旁，纷纷叫喊："杀死他们！杀死他们……"

邢焯在陷阱里举着双手大喊："莫杀莫杀！我等弟兄是来投奔贵国的！是来投奔贵国的！"

后面被绊马索绊倒落地的二十余名杀手也已被东昱将士包围住，纷纷跪在地上举起双手。其中一名杀手高喊："贵军饶命！贵军饶命！我等弟兄是来投奔贵国的！"

其他杀手跟着喊："我等弟兄是来投奔贵国的！是来投奔贵国的！"

站在陷阱旁的一名东昱军官高声道："弟兄们，莫听他们的假话，杀死他们！"

东昱众士卒七嘴八舌跟着喊："杀死他们！杀死他们！"接着纷纷举起刀剑。

正在此时，一声高喊当空响起：

"且慢！"

随着喊声响起，曹婉出现在东昱军官身边，高声说道："先莫杀他们，把他们拽上来，统统绑了！"

几名东昱士卒拿来绳子，把绳子一头系到陷阱里。邢焯、道士等人抓住绳头，被拽上陷阱，接着被绑了起来。被绊马索绊倒在地的杀手们也被绑着押了过来。

曹婉问邢焯："尔说尔等是来投奔我东昱之国的？"

邢焯连连点头："是啊是啊，我等一行就是来投奔贵国的。"

曹婉问："尔等何人，来自何方？"

邢焯答："我等一行乃大唐国庶民，就来自于大唐国呀。"

曹婉问："尔等既然是大唐国庶民，为何要来投奔我东昱之国？莫不是前来诈降，以作攻我东昱之内应？"

邢焯连连摇头："非也，非也，我等绝非来诈降，确是真心实意来投奔贵国的。"

曹婉道："那么我来问尔，尔等在大唐国待得好好的，为何要来投我东昱之国？"

邢焯道："如今的大唐国，朝廷主昏臣佞，奸人当道，恣意横行，欺压百姓，我等弟兄不堪其苦，只得奋起抗争，竟遭朝廷重兵追剿，我等力孤不敌，只得亡命天涯。走投无路之际，便来投奔贵国，若蒙不弃，我等万分感激，愿为贵国效犬马之劳。"

曹婉冷笑一声："尔倒是巧舌如簧说得好听。然只凭尔一张嘴，让本将军如何能信？尔所谓遭朝廷重兵追剿，何以为凭？"

邢焯歪起头让对方看自己左半边脸上伤疤："请看，此乃敝人与唐军打斗之时被唐皇李世民手下人所伤，此为凭证。还有，敝人手下弟兄中还有多人被唐军所伤，请贵将军允准他们将身上伤疤露出让贵军过目。"

曹婉道："免了！即便尔等身上有伤，又如何能证明是被唐军所伤？或许正是尔等在唐军与我东昱将士交战之时被我军将士所伤呢。"

此时一个声音划空而至：

"报——"声音未落，东昱探马已策马奔到曹婉近前，飞身下马，单腿跪地说道，"报将军，西面唐军一彪人马正朝这边飞驰而来，距此地已不远了！"

曹婉勃然变色，"刷"一下抽出腰间佩剑，剑锋直逼邢焯面目："尔这厮好大胆！原来尔等是来突袭我东昱领地之唐军先头人马，被我擒住之后便谎称来投我东昱之国，以做内应，与后续唐军部众里应外合夹击我军。各位将士听令，将这些诈降之敌就地斩杀！"

东昱众将士齐声道："是！"

东昱众将士话音刚落，邢焯即举起双手高声道："各位且慢！听我讲听我讲！"

曹婉朝东昱将士一扬手："慢！"转对邢焯道，"尔死到临头了，还有何话要讲？"

邢焯道："我等一行并非那一彪唐军先头人马，那一彪人马正是来追剿我等一行的！"

曹婉冷笑一声："尔以为本将军还能信尔的话吗？"

"这……"邢焯把求救的目光投向道士，"道长你说——"

"都还愣着做甚？"曹婉打断邢焯的话，对东昱将士高声道，"把他们全部杀掉！"

东昱众将士高喊一声"是"，纷纷举起刀剑。

"且慢！且慢！"道士高声道，"将军且听贫道一言！"

曹婉一扬手止住东昱众将士，对道士道："尔这妖道也有话说？讲！"

道士道："贫道现有一法，可让贵军验明我等一行来投贵军是真是假。"

曹婉道："尔有何法？快讲！"

道士道:"唐军已然来袭,贵军必定上前接战,可让我家主子与手下弟兄作前队,上前与唐军厮杀。贵军弓箭手可张弓搭箭在后,若我家主子与手下弟兄与唐军拼死血战,则可证明我等一行是真心来投贵军的,若我等不予唐军死战,贵军弓箭手可一起放箭将我等悉数射杀之。贵将军以为此法可好?"

曹婉点头:"嗯,好!老道此法倒可一试。弓箭手!"

东昱众弓箭手齐声响应:"小的在!"

曹婉道:"张弓搭箭,瞄准这些不速之客!"

众弓箭手齐声响应,纷纷张弓搭箭,瞄准邢焯等人。

曹婉道:"把他们都放开,把兵刃还给他们!"

扭着邢焯等人的东昱士卒把手放开,退到一边,另有东昱士卒把邢焯等人的兵器取来交给了后者。

曹婉用手一指邢焯:"你!带上你的人前去迎战唐军!"

邢焯一哈腰:"敝人遵命!那,我等的战马……"

曹婉道:"不许乘马,就靠步行前去接战!"

邢焯无可奈何地说道:"好吧。"

曹婉肃然道:"弓箭手听令!若这些不速之客确能与来犯之唐军人马死战,你等便将箭射向唐军,若这些不速之客系假意迎战唐军,你等即可将其系数射杀之!"

众弓箭手齐声响应。

邢焯对众杀手道:"弟兄们,走!前去迎战唐军官兵。"

邢焯率众杀手沿来路走去。东昱弓箭手张弓搭箭在后紧紧跟随。

曹婉朝东昱军中呼唤:"金将军、李将军!"

两名将军一起上前:"末将在!"

曹婉道:"你等二人各率本部人马从左右两侧迂回过去,全力围歼来犯之敌!"

两名将军应声而去。

当邢焯等人冲到丘陵间一开阔地带边缘时,对面冲过来的三百余唐军人马离他们已不足一箭之地了。

邢焯举剑朝前一挥,高喊一声:"弟兄们,杀!"随即带头向前冲去。

众杀手一起高喊着"杀"字,紧跟邢焯向前冲去。

顷刻间双方就冲到了一起,相互厮杀起来,双方各有死伤。跟在邢焯等人后面的东昱弓箭手纷纷把箭射向唐军。东昱金将军、李将军所率两部千余人马分别赶到唐军两侧,把唐军人马包围起来,双方展开激战。唐军寡不敌众,死伤惨重,只有少数人马突围而去。

此一战，足以证明邢焯等一行人确实是来诚心投奔东昱国的。曹婉便把邢焯和道士领到架设在山坳里的军帐内，问询大唐国有关情形。

曹婉道："各位义士前来投我东昱之国，实乃弃暗投明之举。请问二位尊姓大名，是何方人氏，此前在哪里高就？"

邢焯道："不才贱姓邢，名焯，祖籍陇西成纪，生于长安，后为朝廷所不容，终年浪迹江湖。"

道士道："贫道法名雁门真人，乃代州雁门人，曾于雾灵山修道多年。亦为官家所不容，隐居江湖。"说到这里看一眼邢焯，"后幸遇我家公子，便与公子一道来投贵国。"

"二位前来投我东昱之国，这条路着实是走对了。"曹婉此时略一思忖，然后说道，"道长既然曾于雾灵山修道，该地距平州沿海该不甚远，道长可曾到过该地？"

道士与邢焯互看一眼，二人眼中都流露出讶异之色，继之又互相微微点一下头。

道士道："回贵将军话，雾灵山距平州沿海确不甚远。贫道多年四处游方，足迹遍及五湖四海，更是曾多次到过平州沿海一带。"

曹婉目光变得十分专注，紧紧盯着道士："那么，道长可曾听说过沿海双龙河口左岸有一仅有两户人家的小渔村？"

道士连连点头："有啊，有，有，确是有一仅有两户人家的小渔村。贫道外出游方之时曾数次路过该村。"

曹婉道："那么，道长可知那两户人家之中有一曹姓渔家？"

道士与邢焯又互看一眼，二人眼中流露出更为讶异的神色。

道士道："有，有，那两户人家中确有一曹姓渔家。贵将军远在东昱之国，怎对异国他乡平州沿海一小小渔村，甚而小渔村中一曹姓渔家如此熟知？莫非——"

"道长无须多问！"曹婉神色一肃，"本将军问你话，你只管如实作答便是。"

道士又与邢焯看一眼："好好好，将军有话尽管问，贫道定然据实相告。"

曹婉问："道长可曾见过那曹姓渔家之人？"

道士又连连点头："见过，见过。贫道每当从那里路过之时，都要到那户人家讨水喝。那渔家夫妻二人膝下有三个女儿，只可惜女主人过早离世了。"

曹婉马上流露出十分意外的神色："女主人离世了？"

道士道："是啊，十几年前便已离世了。"

"那男主人呢？"曹婉紧紧追问。

"两年之前贫道出游路过那小渔村之时，还曾向那男主人讨水喝，看上去老人家身无大恙，精神尚可。"

"那么，老人家的女儿呢？"

"说起他的女儿，话可就长了。其大女儿早已出嫁，倒无甚出奇之处，出奇的是两个小女儿。"

曹婉眼睛直直地盯视着道士："两个小女儿有何出奇之处？"

道士话语不急不缓："两个小女儿，一名曹娴，一名曹婉，各自皆有非常之境遇。先说曹婉吧。此女实则曹家之养女，乃已故邓州刺史曹仁鸿曹将军之孙女。该女尚在孕儿之时，便遭朝廷所遣兵马搜杀。起因是，曹将军之子、该女生父曹元成失手打死了强抢民女的蓟州司马尹四。那尹四，乃国丈爷之养子，朝廷由此便判了曹氏父子斩决之罪，又得知元成之妻身怀有孕，为斩草除根，遂遣兵马至平州沿海元成妻落脚之处搜寻追杀。元成妻于海上船中产下一女，该女被一渔人设计骗过朝廷兵马之后救至其小渔村家中抚养，其后又被送至营州神风武馆藏匿。朝廷闻讯又遣兵马至营州搜杀。此时该女已近成年，为求活命，只得四处躲藏，后竟不知去向。此女便是那曹婉。"

曹婉道："那曹娴呢？"

道士抬手捋一捋稀疏的胡须："该女际遇较之曹婉便判若云泥了。先是在寺中随一老尼习武，其后于海上与当今皇帝不期邂逅，被纳入后宫做了宫嫔，已是尽享尊容与奢华。"

"哼！"邢焯冷哼一声，接过话头，"该女还有一大奇闻呢，便是为一己之尊荣，竟做出卖身投靠、骨肉相残之恶事。"

曹婉眉头顿时皱起："义士此话怎讲？"

邢焯道："自她跟了李世民，便怂恿李世民下旨大肆搜杀远在营州避难的曹婉！"

曹婉瞪大眼睛："确有此事？此事义士是如何得知的？"

邢焯口气不容置辩："此事千真万确！不才虽为唐廷所不容，却在国戚之中有一挚友，便是后宫韦氏贵妃之胞弟，此事便是韦贵妃告知其胞弟，不才又从其胞弟口中得知的。"

道士看一眼邢焯，之后对曹婉道："公子此言倒是让贫道记起了，三年之前营州刺史遣人马搜捕那曹婉，有如梳篦子一般搜遍营州各地山林与村寨，最后以无果而告终。原来此举始作俑者，就是那曹氏宫嫔！"

邢焯道:"正是此人。"

曹婉眼中已蓄满疑云:"曹氏姐妹虽非一娘所生,却也是吃一个娘的乳汁长大的,乃一奶同胞之姐妹,两人之间又无丝毫嫌隙与仇怨,那曹娴为何要无端加害其妹妹呢?"

邢焯道:"那曹婉,乃唐廷仇人曹氏父子之后人,曹氏宫嫔怂恿李世民下旨搜杀曹婉,便是要以其大义灭亲之举,向唐廷,向李世民表自己不贰之忠心!"

曹婉道:"义士适才所讲的可都是真话?"

邢焯一挺身子,以示郑重:"回将军话,不才与那曹氏宫嫔从未谋面,素无嫌隙,更无仇怨,倘若将军未问起此人,不才无论如何也想不起这个人来,只是将军问了,不才方记起此人,且据实相告,实无半点毁谤之心。"

曹婉恨恨地说道:"我与她本是同胞姐妹,她不顾念此情倒还罢了,却要无端加害于我,如此行径是可忍,孰不可忍!"

邢焯故作惊讶状:"那,将军原来是……"

曹婉道:"本将军便是曹婉,为避朝廷兵马搜杀,不得已方投了东昱之国。"

邢焯又故作恍然大悟状:"原来如此。"

道士道:"如此看来,我等一行与贵将军一样,同是天涯沦落人,真可谓同病相怜哪。"

邢焯连连点头:"确属同病相怜,同病相怜。"

曹婉切齿道:"以眼还眼,以牙还牙,我要到那京师长安走一遭,亲手杀了那贱人!"

邢焯马上接话:"好啊,不才愿率手下弟兄随将军一起去,以助将军一臂之力!"

曹婉起身道:"走!随我去见我家大将军!"

第二十七章
遇故知宵小挑嫌隙　抒正气贞淑笃真情

　　太极殿内，李世民身着十二章纹衮冕，坐在御座上，正在与百官计议朝政，只听他道："人欲自见其形貌，必资明镜；君临天下欲自知其过，必赖忠臣。若君主刚愎自任，自以为贤，臣下又阿谀顺旨，君主失国，臣亦不能自全。是故政有得失，朕有过错，诸位爱卿务请尽言！朕前日命中书舍人拟旨，诏命五品以上官员三日内都上奏章，议论朝政得失，众卿今日可都将奏章带来了？"

　　下面群臣齐声回答："回奏陛下，带来了。"

　　李世民对侍立在一侧的钱福道："把众卿奏章收齐送到后殿去，退朝之后朕要一一阅过！"

　　钱福应声到下面去敛奏章。

　　李世民又对百官道："朕虽以武功定天下，终当以文德绥海内。文武之道，各随其时，前秦王府文学馆的十八学士大都迁任要职，朕欲重整文学馆，众卿以为如何？"

　　群臣一听纷纷表示赞同。

　　房玄龄拱手道："文学馆以往属秦王府学府，今为朝廷机构，当变更名称才是。"

　　"朕亦有此意。"李世民想一想道，"叫弘文馆吧，馆址设于弘文殿旁，如此朕可随时与学子们讲文论道。"

　　房玄龄又道："弘文馆皆精选天下文学之士，除校理典籍、撰著文史、教授生徒而外，亦可商榷政事，参与制定礼仪、律令与朝廷制度。"

　　宋国公、太子太保萧瑀望一眼房玄龄，摇摇头小声道："只那文学之士难寻哪。"

　　李世民见萧瑀咕咕哝哝，点名问道："萧爱卿，朕曾命你举荐贤才，你却久无所举，是何缘故？"

萧瑀端一端袍袖:"此事臣一直在留意,并非未能尽心,但至今也未见有奇才,臣不能举荐些平庸之辈塞责陛下。"

"如此说来,朕于今治世,只可借才于异朝异代了?"李世民有些不满了。

萧瑀动一动嘴唇,没再吭声。

李世民训诫道:"当今之世,必有奇才,怎可将一世之人皆说成百无一用!"

"陛下所言甚是,"房玄龄接上话道,"君子用人如用器,当各取所长,怎能说天下未有奇才呢?"

李世民压一压心中火气,对百官道:"众卿当放开眼界,不拘一格,为弘文馆广为选荐贤才!"

回到后殿,李世民就一头扎进奏章堆里,一刻不停地翻阅起来。

殿外,夜色如浓墨泼洒,新月若弯弯冷玉,片片淡云飘然隐去点点星光。一缕一缕的广玉兰香,新馨如流,轻轻拂入殿内。

殿内,灯火辉煌,亮如白昼,映着端坐于书案后的李世民高大巍峨的身影。

曹娴端一盏新沏的香茶悄悄来到李世民身旁,将茶盏轻轻放到书案一角,轻语道:"陛下已看得甚久了,该歇一歇了。"

李世民抬起头来,端起茶盏呷一口茶,抬手一指那一堆奏章:"尽是些废话!朕日间在朝堂上命百官上奏章议论朝政得失,可这些奏章上写的尽是些歌功颂德的废话,朕都看烦了。"说罢又呷一口茶,随意展开一道奏章,"你看看——"说到这里忽然停住,眉峰一抖,赶紧坐正了身子认真看下去,只见那奏章上写道:

"……臣历观夏、商、周、汉之有天,传祚相继……自古明王圣主,虽因人设教,而大要节俭于身,思加于人,故其下爱之如父母,仰之如日月,畏之如雷霆,卜祚遐长,而祸乱不作也……臣窃寻自古黎庶怨叛,聚为盗贼,其国无不即灭,人主虽悔,未有重能安全者。凡修政教,当修于可修之时,若事变一起而后悔之,无益也。夫俭以息人……"

李世民看到这里回过头看那奏章作者,乃吏部尚书杨师道,即向殿外大声道:"着即传杨师道进殿!"

殿外有人应声去了。

曹娴关切地看着李世民:"陛下……"

李世民目光炯炯地指着那份奏章道:"朕终于看到了一道见解不凡的好奏章,评说朝政得失,句句中肯,纵论古今兴亡之理,字字珠玑,真乃黄钟大吕之言也。"

杨师道气喘吁吁地赶来了,一进殿就跪倒在地:"微臣参见陛下。"

李世民面带微笑道:"杨爱卿请起,赐座。朕这么晚了召你来,你可知所为何事?"

杨师道欠身答道:"恕微臣愚钝,还请陛下点拨。"

李世民仍笑意吟吟道:"你上的这道奏章写得蛮漂亮啊。"

杨师道又欠身道:"谢陛下谬奖。"

李世民拿起那道奏章,在手上掂一掂:"朕看这奏章上的字非爱卿所书吧?就朕所知,爱卿笔法如压雪老梅,赋形古拙,而这奏章上的字,却是春云出岫,舒卷自如啊。"

杨师道忙回答:"回陛下,奏章确非微臣手迹,乃微臣属下一书办所书。"

李世民目光一抖:"如此说来,是爱卿授意,由书办执笔了?"

杨师道额上已冒出一层细汗:"回奏陛下,吏部近日诸事繁多,微臣无暇他顾,便命属下书办代为草拟了,书成后微臣阅过两遍,以为文字虽略有过激之处,但尚无大碍,便斗胆呈给了陛下,如有失当之处,恳请陛下降罪。"

"欸,何言降罪?朕已说了,奏章写得蛮好嘛。朕问你,那书办姓甚名谁,何方人士?"

"回陛下,那书办姓孙名亮,乃平州人氏。"

正提着茶壶过来续水的曹娴听了这句话,浑身一抖,手中茶壶险些掉落在地。

孙亮!平州人氏!怎么会这么巧呢?姓名与籍贯都与自己那已然故去的同窗完全一样!

她站在原地稳一稳神,才缓缓走过来为李世民面前茶盏续上茶水。

李世民接着问道:"那孙亮是如何来到杨爱卿属下当了书办的?"

"回陛下,孙亮今春以举子身份进京应试,进士及第之后便留在了臣的属下。"

李世民仍和颜悦色道:"爱卿身为吏部尚书,是近水楼台先得月了。"接着朝殿外提高声音道,"钱福,你随杨爱卿速去将孙亮传来殿中见朕!"

外面太监钱福答应一声,与杨师道一同去了。

曹娴一时有些神情恍惚地提着茶壶向一侧偏殿走去。走到门口时,与从偏殿里面出来的另一女子差一点撞个满怀。那女子往一边让一让身子,却并不惊慌,只大大方方一福,说道:"奴婢莽撞了,祈娘娘恕罪。"

曹娴已从恍惚中惊醒过来,见对方是才进陛下宫中不久的武媚娘[1],便问道:"姐姐这是……"

---

[1] 此武媚娘即武则天。

483

武媚娘莞尔一笑："奴婢是去殿中续蜡烛啊。"

这一笑，让曹娴心中一动，便着意打量她一眼。只见她今晚着一袭柳青色薄衣织衫，淡胭色绉纱束腰长裙，乌发上斜簪一朵含苞欲绽牡丹，朱唇微微轻启，笑靥时隐时现，站立似海棠带露，行走如杨柳随风，轻语口生香，含颦眉锁黛，虽为侍女身份，却别有一番风情⋯⋯曹娴已从他人口中得知，这武媚娘乃兵部尚书武士彠之女，因"美容止"[1]而被召入宫，本被册为才人，在一次驯马时，为在陛下面前表现自己而口出狂言，惹恼陛下被贬为侍女。曹娴入宫虽比她晚了几年，但因名分比她高了许多，所以她在曹娴面前表现得还算彬彬有礼。然而，在那一向柔顺的目光中，曹娴总能觉察出有针刺一样的东西深藏着⋯⋯

曹娴从偏殿茶坊返回殿中时，见一身着八銙瑜石带浅青色九品官袍的男子正俯伏于御案前青砖地上叩首而拜。

李世民问道："孙亮，朕来问你，杨大人呈上的议政奏章可是出自你手？"

男子仍俯首回答："回奏陛下，奏章是微臣奉杨大人之命代为草拟。"

曹娴闻声心头便一颤：多么熟悉的声音啊，难道⋯⋯心已狂跳起来。

李世民又道："讲讲你对朝野政情是如何熟知于心的。"

男子回答："微臣本来自民间，故对地方官吏从政情形略有所知，进入吏部供职以后，又为公事到过一些州县，对地方政情又多了一些印象，帮办吏部公务，对朝中官吏情形也便略有所闻，虽则如此，识见亦难掩浅薄谬误之弊，祈陛下降罪。"

李世民道："欸，你于奏章中所陈识见很不错嘛，朕倒是想听听你在政事上的一些具体见解呢，你起来吧，坐下说话。"

男子说一声"谢陛下"，起来了。

能看清他的面目了：一模一样的英眉俊目！一模一样的四方面庞！一模一样的伟岸身材⋯⋯

此时的曹娴，目光凝滞，面色惨白，只觉天旋地转，五内轰然⋯⋯

难道，人能死而复生么？要么，是鬼魂作祟？

站在另一侧已续好蜡烛的武媚娘把这一幕全看在了眼里。

男子在按着李世民的提问，侃侃而论当今理政之要：

"微臣以为，首先重在守法。我大唐开国以降，颁布了诸多律令，须切实恪守，然而实情却不尽人意。即如赋税征缴，去岁以来，朝廷连续两度提前征收租税，已失法度威严。一些无良官吏更是乘机横征暴敛，朝廷多征一丝，他便胆敢豪

---

[1] 即容貌与举止俱佳。

夺一匹，如此一来，百姓如何承受得了，又怎能不心生怨怼？"

李世民频频点头："卿言之有理。朝廷律令本为理政治国之堤坝，掘一小隙便有可能引发大坝崩溃。朕乃筑坝之人，却又自毁堤坝，以致一些地方陡生民变，教训何其深刻呀！"

男子又道："其次重在用人。陛下登基以来，极重内官任用，所以朝中贤臣良将云集，然而对地方官之刺史、县令颇轻其选。即如刺史，十之五六是武夫勋臣，抑或由不称职京官中裁汰而来，真正德才兼备之能臣寥若晨星。此类庸臣要么无理政之能，能臣花一千钱即可办妥之事，他们花一万钱也办不成；要么无为官操守，花五十钱即可办妥之事，他们变换花样向朝廷索要一百钱，由此造成的靡费无以数计，最终尽皆转嫁于百姓头上。"

李世民脸色变得十分严峻："此项尤为紧要。代天子在各地行政的是刺史、县令，再好的诏令实施不善也无异于乌有。此事朕将与几位宰辅妥为计议。"

男子走了，自始至终都没敢看皇帝身旁的女人一眼，也就没有发现曹娴其人。

李世民感慨而言："朕常讲，何代无才，但患遗而不知也。你看这孙亮，仅一九品小吏，却腹藏经国之策。朕看，比那些峨冠博带高居庙堂之上饱食朝廷俸禄却庸庸碌碌之人要强过百倍！朕意已决，孙亮入值弘文馆，破格晋为正五品学士，朕要经常与之计议朝政，纵论得失。——曹爱姬，你怎么了，身体不适么？"

曹娴心中一惊，走了神的思绪马上拉回到现实："回陛下，臣妾无恙，臣妾在想，陛下慧眼识珠，真乃国之大幸。"

那边殿角处站着的武媚娘冷眼看着这边，唇角弯出一丝讥讽的笑。

时候不大，武媚娘就出现在了后宫杨夫人的寝殿芙蓉苑内。杨夫人一见她的面，便从她那微含诡秘之色的神情上看出她定有秘事相告，于是把她让进内殿，二人很快便窃窃密语起来。

武媚娘先说了皇上召见孙亮的经过，之后说道："妹妹我看得真切，曹修仪乍一见那白面书生孙亮的面，登时变得面白如纸，神色恍惚。妹妹由此可知，曹修仪与那孙亮绝非初次见面，二人之间定有那非同寻常之过往！"

杨夫人点头："嗯，曹修仪来自于平州，那孙亮也来自于平州，当为同乡。曹修仪一见孙亮便神色大变，可知他二人非止是同乡，定有一段不为人知的旧情缘。"

武媚娘诡谲地一笑："既然如此，我们何不在这上头动动心思呢？"

杨夫人也一笑："你是说，让他二人琴瑟和鸣，再续旧情？"

武媚娘道："就是啊。回想起来，妹妹我甫进后宫之时，也是深受陛下恩宠的，只是有一回陪侍陛下去御马监驯马之时，我言语唐突了些，便惹恼了陛下，自那时起陛下便疏远了我。于此我怨不得别人，只怨自己不谨慎。可姐姐你就不同了。记得陛下是极隆宠于你的，后来徐婕妤入宫了，陛下分出了一份心思在徐婕妤身上，对姐姐的宠爱自然便淡了些。然自徐婕妤中毒早产且再不能生育之后，陛下于姐姐便又隆宠如初了。可自曹修仪一入宫，陛下便专宠于她，倒像是把姐姐遗忘了。"

杨夫人道："这还是眼前的，日后之事才堪忧呢。"

武媚娘道："姐姐是说……噢，可不是么，前几年陛下几次欲册姐姐为后，都被魏征那个糟老头子谏止了。如今魏征重病在身，已然无力来多管闲事，陛下该是能册姐姐为后了，这又来了个曹修仪，陛下一门心思全放在她身上，哪里还会想到姐姐的事？待她有朝一日生出个小皇子，那皇后之位恐就非她莫属了。"

杨夫人恨恨地说道："这个曹修仪，着实是姐姐我的一个克星！"

武媚娘道："如今你我姐妹已知曹修仪与那外臣孙亮有旧情，如能在这上头做一篇好文章，便可在陛下与她曹修仪之间插上一个大楔子！"

杨夫人眉头微蹙："可如何做好这篇文章呢？"

武媚娘道："设法让他二人单独在一处会面，再让陛下知晓此事，便成了。"

杨夫人略想一想："让曹修仪去前朝与孙亮会面是不成的，曹修仪不会听从你我调遣，只能设法让孙亮进入后宫与曹修仪会面。"

武媚娘道："姐姐可以某个由头把曹修仪引到一僻静处，再让人去弘文馆传曹修仪口谕给孙亮，就说修仪娘娘命孙亮至后宫某处觐见，将孙亮领至后宫曹修仪站立处，此事便成了。"

杨夫人道："你这一说倒让我想起了，近日西域林邑国贡来数千种金鱼，养在了御苑水榭鱼池之内，我可以邀曹修仪同去观鱼为由把她引至该处，且要当着陛下的面邀她，以此表明我此举是光明正大的。再让人去弘文馆传曹修仪口谕，把孙亮引到该处，他便可与曹修仪单独会面了。只是这个传谕之人甚是难寻。一者，此人须持有出入宫禁的令牌；二者，为免留后患，此人须不为那孙亮所熟识，更不可为禁门值守之人所熟识。"

武媚娘道："如此说来，这个人须到宫外去物色。只是后宫掌管出入宫禁令牌之人，除东宫太子而外，便是贵妃。可否请贵妃帮这个忙呢？扳倒曹修仪，她贵妃也是欲求而不得的。"

杨夫人摇头道："绝不能让贵妃知晓此事，以免此事成为她日后要挟我的一个把柄。妹妹你记住，要做此事，这后宫之内除了你我，绝不可再让第三个人知道！"

武媚娘点头："嗯，姐姐言之有理。"说到这里灵机一动，"有了，有一个人可做此事。"

　　杨夫人问："谁？"

　　武媚娘道："陛下承庆殿旁茶坊烧茶炉的小内监。"

　　杨夫人听了一愣："他？尽管孙亮不认识他，可后宫门禁值守之人会认识他呀。"说到这里连连摇头，"此人不可。"

　　武媚娘道："姐姐听我讲啊，不是让此人直接去传谕孙亮，是让他去宫外坊市上寻人来做此事。一者，妹妹我每日数次去茶坊为陛下取茶水，与那小内监说说笑笑，已十分相熟；二者，那小内监时而便出宫去坊市上采买木炭，身上常备着出入宫禁的令牌；三者，他常去坊市上买木炭，到坊市上物色做此事的人极是容易。可让小内监以采买木炭为由出宫，寻到相宜的人之后，将令牌与所着外衣交与那人，让其扮作内监进入后宫，事毕出宫之后再与小内监交接令牌与外衣，小内监再买上木炭回宫。"

　　杨夫人心有疑虑："让陛下身边之人去做此事，是否太过冒险？"

　　武媚娘道："姐姐未听说过么？有些时候，越是危险处便越是安全处，此谓灯下黑。越是陛下身边之人去做此事，他人便越是想不到会是此人！"

　　杨夫人疑虑仍未消除："那小内监肯做此等冒险之事吗？可莫要办不成事，又多了一人知晓此事。"

　　武媚娘道："我料着他肯做。前日我去取茶水之时，见他满面愁苦之相，便问他，可是遇上了难事？他讲，他老家老娘常年患病，为给老娘医病，他已用尽了所有积蓄。近日他老家有人捎信给他，他老娘病得愈发沉重，若再不医治便挨不过几日了。当时我把身上带的四十钱给了他，他竟感动得痛哭流涕，接连给我磕了数个响头。此时我们许以重金让他去做此事，由不得他不肯做。"

　　杨夫人点头，顿一顿又道："还有，让他去外面寻一个生人来做此事，那人到宫中不辨路径，难以将孙亮引到该到之处啊。"

　　武媚娘道："这个也不难。先让那人以到后宫送木炭为名，让小内监把他领到后宫，小内监将那弘文馆与御苑水榭一一指点给他，待过几日门禁值守之人将其面目淡忘了，再让他来做此事，他便不会不辨后宫路径了。"

　　杨夫人点头："嗯，妹妹此法甚妙，就依此行事。"

　　五天之后的一个午后，李世民正在承庆殿内批阅奏章，武媚娘端着一盏茶莲步款款来到李世民身边，把茶盏放到御案上，轻语道："陛下，请用下面新贡来的凤凰水仙新茶。"然后悄悄退下。

李世民放下御笔坐正身子,端起茶盏揭开盖子,将茶盏凑近鼻下先闻一闻,再呷一口,对在一边整理案牍的曹娴道:"爱姬尝尝这新贡来的凤凰水仙味道如何。嗯,你先闻一闻,这气味香啊,有如空谷幽兰,灵妙鲜爽。"

曹娴端起茶盏闻一闻:"嗯,陛下所言甚是。"

李世民道:"你再品一品,这味道真如蜜底甜香,浓郁甘醇哪。"

这时钱福进殿:"陛下,夫人求见。"

李世民道:"让她进来吧。"

杨夫人进殿,向李世民和曹娴各施一礼:"参见陛下,参见曹修仪。"

曹娴赶忙起身还礼:"夫人免礼。"

李世民微微笑着:"夫人此来可是有事?"

杨夫人又低身一礼:"回陛下,妾来,是邀曹修仪去那水榭边赏鱼。近日西域林邑国贡来数千种新品种金鱼,极好看的。妾想邀了曹修仪一同前去观赏。"

李世民点点头,见曹娴迟疑着,说道,"去吧,难得夫人一片心意。"

曹娴低身一礼:"谢陛下。"又向杨夫人一礼,"谢夫人相邀。"

秋日午后暖阳,撒下柔柔一片温情。阳光下的偌大鱼池,清可见底。各色鱼儿在池水中自由自在地游动着。站在水榭雕栏边的杨夫人伸着纤纤玉指朝池水中指指点点,饶有兴致地对身旁的曹娴品评着各种金鱼:"看那朱砂水泡,通体洁白如玉,头两边的两个大水泡却是红艳似火;再看那鹤顶红,亦是全身雪白,头顶上一点红艳,与那白鹤的红冠竟是毫无二致……"一个个道来如数家珍,似完全沉浸在了观鱼的愉悦之中。曹娴嘴上应着,心中却别有一番滋味。孙亮的突然出现,已在她的心海中掀起滔天巨浪,无论怎样努力,她都无法将自己的心境平静下来。杨夫人至殿中邀她来水榭观鱼,她本无心前来,怎奈杨夫人是当着陛下的面相邀的,陛下也颔首赞同,她就不好再拂对方的好意了。

杨夫人仍在一个一个地品评着:虎头水泡、红水泡、墨水泡、朝天龙、四绒球、十二红、红白花龙睛……嘴上不停,却又不时抬眼瞥那不远处的殿角一眼。蓦地,她停住述说,一笑道:"哟,姐姐有些内急,妹妹稍等,姐姐去去便回。"说罢径自朝那水榭尽头去了。

曹娴心绪不宁,只朝那池水中凝目而思。

忽听身后有轻微脚步声,紧跟着一声轻呼:"微臣参见修仪娘娘。"

曹娴心内一惊,急回头看时,见一身着十銙金带浅绯色五品官袍的男子已俯伏在地，尽管低着头，也能认出，此人竟是此前在殿中骤然所见且在她心中掀起轩然大波的男子！

她顿觉一阵眩晕、窒息，嘴唇颤抖得几乎语不成声："你……你究竟是何人？"

男子仍俯首回答："回奏娘娘，微臣孙亮，原在吏部杨大人属下做书办，承陛下错爱，昨日刚入弘文馆当值。"

曹娴仍颤声问道："你是何方人士？"

男子答道："微臣乃平州卢龙县人。"

曹娴声音愈加颤抖："你家住龙河湾？"

男子闻言，蓦然抬头，眼中顿然充满惊愕之色："你，你是曹娴妹妹？"

曹娴面色已惨白如纸："你是孙亮哥？你，你不是已然故去了么？怎么……"

"我——"孙亮正要回答，看到对方那一身华贵衣饰，忽然醒悟过来，赶忙又低下头道，"回奏娘娘，臣在家时，因尊长逼婚，一时气厥昏死过去，待要发丧时，又渐渐苏醒过来。因舅父王大海为家父逼婚致臣昏死之事将家父痛斥一顿，家父幡然悔悟，故臣复活之后便将臣与女家婚约解除了。后臣赴京赶考，中了进士，便留在杨大人属下供职。臣赴京之前，亦已从令姊口中得知，娘娘泛海至红石滩与陛下喜结鸾俦——"

"你到此处所为何事？"曹娴忽然意识到什么，打断对方的话，急急地问。

孙亮闻言眉头微微一皱，却不敢再抬头看对方一眼："微臣是遵修仪娘娘口谕来参见娘娘的。"

曹娴秀睫一跳："什么？是谁传给你的口谕？"

孙亮回答："是一内监到弘文馆传谕，说修仪娘娘召见微臣，又引导微臣到这里来的。"

曹娴一听这话，心便猛然往下一沉！自己根本无此口谕，再说，如无陛下特许，后宫哪里有权召见外臣呢？此事当中定有蹊跷，那肇事之人，定然包藏着险恶祸心！想到这里，她额上已冒出一层冷汗，身子僵直，仿佛被冻结在地上，一动不能再动。少顷，极力控制着心中巨大的恐惧，问道："那内监他人呢？"

孙亮回过头看时，哪里还有那人的影子！

曹娴又问："那内监你可认识？"

孙亮摇摇头："臣不认识。"

曹娴语速极快地说道："我并未传见于你，定是有人从中作祟。"

孙亮猛然抬头，一脸惊慌之色："什么？"复又低下头去，"微臣死罪。"

曹娴已别过脸去:"你快走吧,快快离开这里。"

孙亮赶紧起身惶惶而去。

杨夫人款款回至曹娴身边,眼中尽是关切的光色:"哟!妹妹面色怎地苍白,莫不是身体哪里不适?"

曹娴赶忙掩饰:"妹妹身体无碍,让姐姐挂心了。"

杨夫人仰首看看天色:"你我姐妹出来的时候不小了,这便回吧?"

曹娴点头:"妹妹听姐姐的,便回吧。"

一路上,杨夫人都说了些什么,曹娴似都听到了,又似一句也没有听到。

回到殿中,曹娴强压住心中万般恐惧,极力想从乱云纷飞的思绪中理出一点头绪来。

那个躲在暗处设置陷阱的人究竟是谁?谁能知晓自己与孙亮的过去呢?思量有顷,她断定没有人能知道他们的过去。那么,这一切究竟是怎么回事呢?

蓦地,她双眸一抖,曾经的一幕跃然浮上脑际:那晚,陛下召见孙亮,自己乍一见到孙亮时因心中惊骇而失态了,当时,殿中除了陛下、孙亮与自己,还有一个人——武媚娘!自己似曾于无意间觉察了武媚娘那目光中的尖刺,那嘴角撇出的冷笑!

进而,她记起了不久前徐婕妤似乎于不经意间对自己说过,武媚娘与燕贤妃是姨表姐妹,燕贤妃又与杨夫人是姑舅表姐妹[1],那么,武媚娘与杨夫人自然也是表亲……

事情做得真是天衣无缝啊,杨夫人是当着陛下的面邀自己去水榭上观鱼的,观鱼时又借故避开了,如此一来,自己与孙亮相见之事便谁都说不清了。一切都是经过精心策划的!

既然如此,那么此事君王定然已经知晓了。

她定一定心神,等待着那雷霆震怒的一刻。

他从前殿回来了,高大巍峨的身躯出现在殿门口,面色坚冷如冰,并不看殿中女子一眼,径直走到御案后坐下。

她面朝他跪下:"臣妾参见陛下。"

他声音如磐石般冷硬:"这一晌,你去何处了?"

她尽管已心有所料,听这一问,心中仍是一颤,面上却平静如水,声音亦是不疾不徐:"回陛下,臣妾应夫人之邀,去水榭上观鱼了。"

[1] 吏部尚书杨师道是燕贤妃的舅父,又是杨夫人的从叔父。

他不动声色:"只这些么?"

她的目光如轻风淡云自然舒卷:"观鱼中途,夫人暂且离去出恭了,忽有那弘文馆学士孙亮至水榭上来见臣妾。"

"你倒甚是坦然啊,"他侧首看她一眼,那目光中已有火苗在燃烧,声音中透着逼人寒意,"你可知晓,后宫妃嫔背着朕私自约见外臣,该当何罪?"

她心内一禁,面上却仍旧持重:"臣妾并未私自约见外臣。"

他面如玄铁,声如钟磬:"什么?你说什么?既是你未约见,那孙亮是如何进入宫苑,来到你身边的?你讲!"

她从容作答:"臣妾问过孙亮,他是如何进入后苑的。他说是一内监传臣妾口谕,要他来见臣妾,亦是那内监将他引领至水榭边的,可臣妾从未见过那内监,更无传谕孙亮觐见之事!"

他目光如炬,盯视着她的眼睛:"你此言可是当真?"

她迎着他的目光,面如止水:"臣妾所言,句句是实。"

他问:"何以为证?"

她答:"以心为证!"

"好一个以心为证!朕尚未问你呢,你是平州人,孙亮亦是平州人,你们二人可是旧相知?"

"臣妾与孙亮确是同乡,他外祖母家与臣妾家是邻居,幼时臣妾与他常在一起玩耍,后又入同一村塾读书。"

他忽地站起身来,摇曳的烛光中,巍峨身躯微微颤抖,幽深目光倏然晦暗,似被乌云遮住晴日一般:"如此说来,你与他是青梅竹马,两小无猜了?既有旧情人,你在红石滩与朕会面之时,为何不对朕言明?你若对朕言明,朕决不夺他人之所爱!君子成人之美,难道朕连这点道理都不懂么?你可知道,欺君之罪该当如何责罚?"

她的回答,铮铮如珠玉落地:"臣妾并无欺君之罪!"

他的口气变得异常严厉:"明明犯下欺君之罪,竟然还要强辩,来人!"

钱福进殿:"奴才在。"

李世民道:"将曹修仪带下去,着即打入冷宫!"

钱福一愣,用眼风朝李世民和曹娴一扫,继之才道:"是。"对曹娴道,"修仪娘娘,走吧。"

曹娴起身,转身边往外走边道:"不容分说,妄下断言,何言明君!"

李世民浑身一颤，厉声道："站住！"

曹娴停住脚步。

李世民因震怒，眼中射出逼人的锋芒，声色俱厉地说道："你在说什么？"

曹娴回过身复又跪下，口气镇定自如地说道："臣妾在说，陛下该当听完臣妾的话，再下定论不迟！"

李世民道："好啊，你讲！"

曹娴道："自读完村塾，臣妾与孙亮便各奔东西了，后来只偶然见过两面。臣妾与他互有好感是实，谈情说爱之事却从未有过。在臣妾泛海至红石滩之前，臣妾听孙亮的舅父讲，因尊长逼婚，孙亮抑郁成疾，已气绝而亡。就是在此情之下，臣妾与陛下在红石滩几度邂逅，互生爱意且结为伉俪。那日夜晚陛下召见孙亮，臣妾乍一见他面目，陡然无比惊骇。今日问他，方知他当时是一时气厥昏死，待要发丧之时，却又苏醒过来，之后他赴京应试，得中进士，自此便留在了京师。前事经过，即如妾言，故此臣妾说，臣妾并无欺君之罪！"

李世民严厉峻刻的神情有所缓和："是这样么？"

"臣妾之言，句句是真，绝无一字为虚！"

李世民一时无语，片刻之后才道："你且去含风殿歇息吧，朕也乏了，须静一静。"

她悄无声息地去了。

他斜靠在卧榻上，闭目静息片刻，忽然睁开眼睛："来人！"

钱福急步进殿："奴才在。"

"传孙亮速来见朕！"

不多时，孙亮就急急惶惶一路跑来了，一进殿就俯伏在地："微臣孙亮叩见陛下。"

"孙亮！"李世民声如洪钟。

孙亮浑身一颤，声音也是颤抖的："微臣在。"

"今日午后，可有内监去那弘文馆，向你传曹修仪口谕，召你觐见于她？"

孙亮颤颤地回答一声"是"。

"那内监是何人，你可认识？"

孙亮始终不敢抬头，额头几乎触到地面："回奏陛下，微臣从未见过那内监，故此他姓甚名谁，微臣毫无所知。"

李世民眉心已聚出道道沟壑："彼时除你二人，还有何人在侧？"

"回奏陛下，那时弘文馆众学士尽皆在侧。"

"他们可认识那内监？"

孙亮稍稍抬起头来，却仍不敢看君王一眼："微臣听曹修仪说她并未有召见微臣的口谕，微臣一时万分惶恐，回到弘文馆问过几位同僚，他们都说从未见过那内监，亦不认识他是何人。"

李世民对站在一旁的钱福道："你速去弘文馆，问询所有学士，他们中可有人认识那内监？"

钱福答应一声，赶紧一溜小跑着去了。

李世民冷峻目光盯视着俯伏在地的孙亮："孙亮，朕问你，你与曹修仪可是旧相识？"

孙亮身子又是一颤："回奏陛下，微臣与曹修仪乃同乡，幼时曾在一起玩耍，后入同一村塾读书——"

"你与她可是两情相悦？"李世民打断对方的话，猝然问道。

"回，回陛下，"孙亮牙齿打战，浑身已是冷汗淋漓，"微臣与曹修仪以往确有同窗之谊，这，这两情，两情相悦……"

"好了！你不要说了！今日之事，非你之过，朕不怪罪于你，你下去吧。"

孙亮说一声"谢陛下"，从地上爬起来退出去了。

过不多时，钱福回到了殿内："回奏陛下，奴才问过弘文馆所有学士，他们都说以往从未见过那内监，故此都不认识他。"

李世民靠在卧榻上，微微闭上眼睛："朕知道了，你下去吧。"一时闭目凝思，眉心渐渐收紧，又渐渐舒展开来，霍然起身，"来人，摆驾含风殿！"

殿外，天空淡云如梦，月影斑驳，湛蓝色天际凉星闪烁，星的尽头如鬼魅般深黑，愈是远处，愈是可怖的浓暗。

李世民仰视苍穹，心中不由喟叹，这偌大后宫，真如浓黑天际一般，深不见底，深不可测呀，曹爱姬乃一民间清纯女子，此般情形如何承受得了？

含风殿内，灯火阑珊，冷寂无声，殿角处两名侍女红儿和墨菊默然枯坐，无精打采。

"陛下驾到！"钱福尖涩嗓音骤然响起。

红儿和墨菊慌慌俯伏于地。

内殿翠羽流苏帘幕轻轻掀起，曹娴自内殿款款走出，向已来到近前的帝王跪下："臣妾拜见陛下。"

那玉颜神色淡然，看上去与面前帝王已然疏远了许多！

李世民急忙上前将她扶起："爱姬莫要多礼，今日之事，是朕错怪了你，你定已记恨于朕了。"

观这情势，听这话语，曹娴淡漠目光中微露讶异之色，却道："臣妾对陛下并无恨意。"

"哦？"李世民目光柔和似绵，"为何？"

曹娴语声舒缓如涓涓流水："陛下闻臣妾私自约见外臣，龙颜怫然，是因陛下心中装着臣妾，甚为在意臣妾，此乃臣妾之福，臣妾何恨之有？"

听了这话，李世民龙颜大悦："爱姬所言甚是，朕一时愠怒，确如爱姬所言。"

李世民在镂花靠背椅上坐下，端过红儿奉上的茶盏呷一口热茶，待红儿退下，柔声道："这宫中有人居心叵测，真委屈你了。"

曹娴略显苍白的面庞浮上一丝笑意，却含了些微凄然："只陛下能够明察，臣妾便可心安了。"

李世民又呷一口茶，似在慢慢品味，终于开口，声音低缓而坚沉："经此一事，朕亦已知道，你与孙亮原是两情相悦，既如此，朕愿成全你们，这便拟旨，准你出宫——"

"陛下！"曹娴一声呼唤，似疾风骤至，继而舒缓下来，却难掩锥心痛楚，"陛下何出此言？"

李世民声音仍旧低缓，已然透出莫名的沉重："两情相悦，难道不是么？"

"两情相悦？"曹娴痛楚的目光中又陡增几多哀怨，"即便有过，不也已成既往了么？难道，臣妾与陛下于红石滩几度邂逅，到终成眷属，不是两情相悦么？"

"这……"李世民一怔，对方眼中哀怨的泪光，已然泻入自己心中，"这个，当然。"

"难道，陛下以为臣妾是那水性杨花、可随意移情别恋的女子么？"曹娴哀怨的语声中，分明又多了几许委屈、失望……

李世民一时心内惶然："不，朕……绝无此意，朕只是不想夺他人之所爱……"

"好一个'不夺他人之所爱'！"曹娴哀怨的眼池已凝为两泓冰水，"陛下真是一位豁达、大度、无私、仁爱的君王啊。可是臣妾呢，不过是陛下'召之即来，挥之即去'的陪衬而已，臣妾的心、臣妾的情、臣妾的爱皆是可有可无——"

"爱姬莫再说了！"李世民一把将女子拥入怀中，胸中情感波澜一如大海潮涌,"是朕错了。爱姬说得对,朕只想到了为君王者当宽厚仁爱,却未顾及爱姬的感受与心愿。"

偌大殿内,烛光摇曳,香烟缭绕,一派静寂,唯有女子轻泣,细若涓流……

许久,李世民修指轻轻抚起女子娇美容颜,柔声道:"爱姬,你道朕准你出宫是出自朕的真心么?朕可舍得么?"

女子羞赧一笑,无语,又把面颊埋人对方宽阔强健的胸怀中。

过了好一会儿,女子才喃喃莺语:"人家,已经有了……"

李世民闻言一怔,旋即明白过来,却又托起女子娇颜,故意问道:"有什么了?"

"陛下……"女子梅旋微现,粉涡轻盈,玉颜一时娇羞得梨花带雨,花隐月晕……

李世民一时惊喜万分,俯下头去,把耳朵贴在女子小腹上认真谛听起来。

女子轻语道:"还早,听不到的。"

李世民抬起头来道:"那爱姬是如何知道的?"

女子又是赧然一笑:"那日,臣妾呕得厉害,陛下遣人去召太医后,便匆匆去上朝了。太医为臣妾诊过脉说,是喜脉……"

"你怎不与朕早说呢?"

"陛下这几日一直忙于政事,每日都忙到大半夜——"

没容她再说下去,李世民已俯首含住了她的柔唇,劲健的双臂将她的温香玉体拥得更紧……

夜幕沉沉,锦帐低垂,一帘情浓正是艳艳如火!

次日一早,上过早朝,李世民回到后殿,就批阅起朝臣奏章来,一直忙到傍晚时分,才放下手中朱笔。起来活动一下身子,蓦地想起了昨日发生的怪事。有内监假托妃嫔口谕召外臣进入后宫,这令他甚感不安。他又打发钱福去问昨日当值的宫禁守卫,那内监究竟是谁?钱福回来奏报,昨日当值的两名守卫都说,他们都不认识那内监,因其持有出入宫禁的令牌,所以放行了。

李世民神情倏然变得严峻而又沉重:那幕后指使者究竟是谁?谁有权发放出入宫禁的令牌,又包藏有如此祸心呢?对于宫中人等,他一个一个地思量考究起来,最后,他的思绪定在了太子李承乾身上。

太子近来愈益耽于声色,不思进取,作为父皇,他多次对其严加训斥,太子便对他愈生怨怼之心,这从太子对他冷漠的态度上一眼便能看得出来。种种迹象表明,昨日怪事,太子嫌疑最大!想到这里,他对殿外高声道:"传太子师傅张玄素进殿!"

过了好一阵子,张玄素才颤颤巍巍地来了,行动迟缓地跪下:"老臣参见陛下。"

李世民从奏章上抬起头来看他一眼,立刻皱起了眉头,只见对面跪在地上的张玄素,额上缠着厚厚的一道白绢,还遮住了一只眼睛,样子十分狼狈,便问道:"老爱卿,你这是怎么了?"

张玄素咧了咧嘴角:"回奏陛下,臣被人刺伤了。"

李世民眉峰一抖:"什么?何人如此大胆,敢于行刺朝廷重臣?"

张玄素翕动两下嘴唇才说道:"老臣不知。"

其实,他心里明明知道是谁干的,只是不敢说。这一天上过早朝,他出殿回府,路过东宫墙外时,突有一着短衣便帽之人从一株柳树后蹿出,抡起一只大马箠"呜"一声向他脑门砸来,急切间他本能一闪,却仍被马箠从头上擦过,顿时头破血流。

他手捂额头高声大呼:"来人哪!有刺客!"

后面过来的太子右庶子孔颖达听到呼喊,赶忙来救。行刺之人三蹿两跳,已然不见。

孔颖达扶着张玄素看看伤情,虽不甚严重,却也不轻,便道:"这宫城内竟有如此刺客,恐非外部人所为。"

张玄素摆摆手:"孔大人再莫多言,你我快快回府便是。"

二人走过宫墙,来到横街上。

孔颖达扭头目视着张玄素:"看张大人言语神情,大人定然知道刺客是谁。"

张玄素叹一口气道:"你我这太子师傅的差事,是做也不是,不做也不是啊。"

孔颖达诧异道:"大人此话怎讲?"

张玄素说起事情原委。

前一天傍晚,张玄素路过东宫门外时,听到宫苑内鼓鞞之声轰响不绝,想到自己太子左庶子职责所在,就进入宫中探看究竟,只见二十余名男子皆身着胡服,手执刀槊在跳胡舞。太子李承乾坐在大殿北侧书案后端着酒杯大声叫好。

张玄素走到李承乾身边:"太子殿下,老臣有几句话想说与殿下听。"

李承乾看对方一眼,不太在意地说道:"公有话请讲。"

张玄素道:"昔日周武帝平定山东,隋文帝统一江南,勤俭爱民,皆为一代令主,可有那不肖子孙,终于招致亡国之祸。今圣上念殿下与圣上父子之亲,又念殿下乃国之储君,所以对殿下一应用物,从厚给付,不加限制,宫中府中,无人能及，骄奢至此，如何得了？况殿下身边，未见有忠臣正士，而那奸邪淫巧之人，每日围在殿下左右，这如何能成？苦药利病，苦言利行，老臣今日且进一言，惟望殿下居安思危，谨言慎行，去靡费之行以成俭约之德，则不胜幸甚！"

李承乾支应道："好好好，知道了知道了，公且回府歇着吧。"说罢起身要往外送对方。

张玄素却不马上走，抬手指着不远处打扮得不男不女的几个人："那些人一贯旁门左道，只能引诱殿下走上邪路，望殿下斥退他们！"

李承乾频频点头，不停地施礼："好，好，好。"

张玄素也只得不停地还礼。

李承乾挽着张玄素的胳膊，边往殿外送边道："我只是闲来无事与他们开开心，公既是不待见他们，我将他们撵走便是。"

张玄素见太子答应得痛快，就满心欢喜地回府了，哪承想第二天就挨了一大马箠。

"那，爱卿是于何处被刺的？"李世民见张玄素神态似有疑虑，思忖一下，又问。

"于散朝后回家的路上。"张玄素不敢说是于东宫墙外被刺的。

李世民见问不出个究竟，转而问道："你教的学生太子近日怎样，学业如何？"

张玄素略一踌躇，才开口："太子素性贤明，礼贤下士——"

李世民一摆手："朕不听这些虚泛的大话，你只说，太子近来学业如何？"

张玄素道："太子是位颇识大体的皇储，只是他身边有一些谄媚小人，每每引诱他沉浸于声色漫游之中，学业便有些松弛。"

李世民怒形于色："那些小人都姓甚名谁？"

张玄素小心作答："一个歌童叫称心，道士秦英、韦灵符，还有——"

"走！"李世民霍地起身，"你随朕去东宫！"

李世民在张玄素、钱福跟随下走出承庆殿，沿永巷走到东宫后院。

东宫后院草地上燃着几堆篝火，众人聚集其中，舞乐声声，琴音靡靡，舞姬翩然起舞，前面桌案杯盘错落、瓜果如山。太子李承乾身居其中，脸上再也没有了往日的冷漠，笑得十分畅快。

李世民阔步向那欢歌阵阵的一边走去。

钱福尖利的嗓音骤然响起："陛下驾到！"

鼓乐歌声、舞者舞步戛然而止。众人跪作一地，山呼万岁。

李世民并不理会他们，直直地向太子走去，坚毅的脸上充满杀气。

李承乾略微一怔，缓缓起身，拖着残腿跪拜："儿臣参见父皇。"

李世民又扫一眼跪了一地的乐师和舞者："唱啊跳啊，吃啊喝呀，怎么不唱不跳了，怎么不吃不喝了？嗯？"

李承乾嗫嚅地说道："儿臣该死。长夜漫漫，儿臣百无聊赖，才命他们歌舞聊以解闷，失礼之处，求父皇宽宥。"

李世民道："哼！放着圣贤之书不读，整日里这么敲敲打打唱唱跳跳，你就这么做太子吗？这个太子你若不想做了，朕不拦你，你即刻从这东宫给朕搬出去！"

李承乾额头几乎触地："儿臣一时糊涂，恕儿臣死罪。"

李世民道："一时糊涂？如此说来，朕平时少训导于你了？"说到这里如刀剑般的目光扫向众人，最后落定在坐于太子身边的一个人身上——那人长着一副娃娃脸，着一身女人衣裙，面施朱粉，眉目清秀，有如女人一般的阴柔。

李世民伸手指向那"娃娃脸"："就是这些个妖人教坏你的吗？"

"娃娃脸"身子早已颤抖起来，惶然地望望太子。

李承乾道："父皇莫要迁怒他人，他们……皆是我东宫之人，自要听命于我，父皇要打要罚，尽管由儿臣来承受。"

李世民走到"娃娃脸"近前，努力静一静气，问道："你叫何名？"

"娃娃脸"声音有若潺潺流动的溪水："回……陛下，我……我叫称心。"

钱福大声道："大胆！与陛下讲话，竟自称为我，该当何罪？"

称心被吓坏了，忙叩首道："陛下恕罪，只因与承乾——"说到这里突然醒悟称呼不当，忙改口道，"只因平日太子恩厚，一时倒忘了。"

李世民冷笑一声："哼！称心！好一个称心！你倒是极称太子之心！"

称心垂首："蒙太子垂爱了。"

李世民话语从牙缝中挤出："垂爱？朕倒要看看，太子是如何垂爱你的。来人！将此人给朕拖出去，乱棍打死！"

称心脸上顿时血色全无，一双惊恐万状的眼睛望着李承乾："太子救我，太子救我……"

两个卫士冲上来，一边一个扭住称心往外就拖。

李承乾一声哀嚎，跌跌撞撞奔到称心和两名卫士面前拦住去路，一双混杂着恨意和惊惧之色的眼睛望着李世民哀求："父皇，求父皇莫要杀称——"

"混账！"李世民怒不可遏，几步奔到李承乾身边，一脚将其踢到一边，"一个不男不女的妖童，竟让你迷恋到如此地步，看看你还有一点太子的样子么？"

两名卫士把称心拖到外面，继之从外面传来几声惨叫，之后就毫无声息了。

李世民又目光冒火地扫向众人，最后目光定在两个人身上——此二人外穿道袍，却露着里面的绫罗衣衫。

李世民抬手指着那二人问张玄素："那边二人是那妖道秦英、韦灵符么？"

张玄素朝李世民一拱手："正是他们。"

李世民断喝一声："来人！把那两名妖道也拉出去乱棍打死！"

几名卫士跑过去将那两名道士拉到宫门外，又是传来几声惨叫后就无声无息了。

跪在地上的李承乾稍稍抬起头，以一双充满恨意的眼睛看向张玄素。张玄素浑身一颤，赶忙低下头去。

李世民转身走了。

李承乾望着李世民渐渐远去的背影，眼中充满了混杂着悲哀、恨意和绝望的神情。他心里清楚，他这个太子就要当到头了。

回到承庆殿的李世民，仍是余怒未消，接过曹娴递上茶盏的手在微微颤抖。

曹娴见君王面色严峻，目光愀然，便轻声问道："陛下……心中可有不快之事？"

李世民颓然靠在椅背上："太子真真太荒唐，太不成体统了，前日扮作胡人酋长与一帮妖人打打杀杀，今日又与一班妖童妖道歌舞饮宴，竟日耽于声色，哪里还有我大唐国储的一点点风仪！为将他培养成一位有作为的贤明天子，这些年来朕不但频频苦心教诲于他，还先后命萧瑀、李百药、孔颖达、于志宁、张玄素这些名家大儒为东宫僚属，辅佐教授于他，可今日看来，这些都是枉然。朕在他身上付出的心血，做出的努力尽皆白费了，他太令朕失望了！日前青雀遭刺客行刺，那幕后指使者，朕最疑的便是他。朕于终南山行猎之时遭遇叛贼谋弑，朕也怀疑与他有极大干系。近日张玄素被人行刺，说不定也是受他指使，他已走得太远了。"

这时钱福进殿奏报："陛下，太子求见。"

李世民眉目一扬："他来做甚？不打打杀杀唱唱跳跳了？不见！"

曹娴劝道："陛下，太子来见，许是有事呢，还是让他进来吧。"

李世民道："让他进来！"

李承乾拖着残腿踉跄入殿，之后就直直地站立在地，眼中流露着沉痛无比又万念俱灰的光色，盯视着李世民，周身不停地颤抖着，却始终不发一言。

李世民端起茶盏啜一口茶，说道："承乾，你有何事？"

李承乾双膝一软颓然跌倒在地，泪如雨倾，悲愤地说道："莫要叫我！莫要叫我！"李世民端起的茶盏停留在唇边。

李承乾抬手指向李世民，几乎疯狂地哀叫："你……你是杀人凶手，是杀人凶手！"

　　曹娴本已不安的神色此时变得甚是惊异。

　　李世民神色却依旧淡然，话语却字字坚沉："朕是为你着想！自那妖童妖道入了东宫，你便再无心政事，日日笙歌打杀，这是一国储君该有的样子吗？"

　　李承乾先是冷笑，继而仰天狂笑："储君？我算什么储君？你何时把我放在了眼中？为我着想？哼，难道剥夺我所有的快乐，杀了所有与我亲近之人就是为我着想吗？那么儿臣可真要多谢陛下了！"

　　李世民把茶盏"砰"一声往御案上一放："与你亲近的那些人都是些什么人？是教你骄奢淫逸之人！难道，朕杀他们不该当吗？"

　　李承乾牙关紧咬："凶手，你便是凶手！你杀自己的兄弟、杀死称心、杀死……母后！""啪"一声，李世民手中茶盏掉落在地。他霍然起身，身形晃动，直直地站在李承乾身前，声音变了腔调："你说……什么？"

　　李承乾怒视着李世民，话语似从牙缝里一个字一个字挤出："我说，你——杀——死——了——母后！"之后缓缓站起身来，以充满恨意的目光看着对方，"母后身子不好，却为了你常年劳累，忧心忡忡。你病倒，她日夜守在你床前；你出征，她日夜为你忧心牵挂。可你每每回来，都会带回不同的女人，你可曾想过母后是何心情？你可曾想过，你每夜在别的女人那里过夜，她只有独处一室提笔而书，直至夜深方可睡去，是怎样的孤独与煎熬？你想过吗？你杀死自己的兄弟，日夜难眠，母后却睡得比你还少。你结下仇怨，却让母后耗尽心血去化解，以至病情加重。她故去了，你才知道珍惜，才知道什么是悲痛欲绝，难道不嫌太晚了吗？哼！你想过没有，上天，就是为惩罚你的风流、你的杀戮，才夺走了母后的性命！"

　　"住口！"李世民断喝一声，一掌把李承乾打倒在地，自身也身形晃动，几乎仰倒。

　　曹娴连忙奔上前来，扶住李世民的身体。

　　李承乾唇角弯出胜利者的笑纹，张口正要说话，曹娴赫然挡在他的身前，以不卑不亢却落地有声的口吻道：

　　"太子！"

　　李承乾看着她，身子微微一震。默然片刻，继之转身，拖着残腿一步步艰难地向殿外走去。

　　"哼！"李世民冷哼一声，"他竟抬出他的母后来对朕发难，他也不想想，他堕落到今日这步田地，对得起他母后的在天之灵么？真是不可救药！朕看他这个太子是当到头了。"说到这里目光疑惑地看曹娴一眼，"昨日有人假传爱姬口谕之事——"

"陛下！"曹娴打断对方的话，"陛下是说昨日之事与太子有涉么？"

李世民若有所思："朕怀疑……"

曹娴道："陛下切莫这样想，昨日之事定与太子无涉。"

李世民眉峰一抖："哦？你此言可有凭据？"

曹娴道："臣妾尚无凭据，但凭感悟。"

李世民皱眉道："感悟？"

第二十八章

因争宠幼儿遭劫难　为尊严生母陈严词

这日，曹娴正在殿内案台上缝制一件婴儿衣服，红儿进殿禀道："娘娘，徐婕妤来了。"

"快请！"曹娴把婴儿衣服和针线放到一边杌凳上的小笸箩里，起身迎向殿门口。

徐惠走进门来："听说妹妹想我了，我便赶着来了。"

徐惠此行，乃应曹娴之请而来，故有此说。

曹娴忙道："姐姐请坐。"

红儿和墨菊各端一只茶盏进来，放在徐惠和曹娴面前案上。

红儿对徐惠道："婕妤娘娘请用茶。"

曹娴对红儿和墨菊道："你们去外殿歇着吧，我与婕妤姐姐说几句话。"

红儿和墨菊应声退到外殿。

曹娴道："本当妹妹我去看望姐姐的，只是想着我这里说话方便些，便劳姐姐跑这一趟。"

徐惠笑道："你我姐妹间客气什么？倒是妹妹不邀我来，我也在想着要来向妹妹致谢呢。"

曹娴忙道："我于姐姐并无尺寸之功，如何当得了一个'谢'字？"

徐惠道："听陛下讲，妹妹对陛下有却宠之意且言辞恳切，又劝陛下多去我宫里走动，近日陛下去我宫里便频密了许多，我能不感谢妹妹么？只是，我是枉费了妹妹一番心意。"说到这里，面上已浮上一抹凄然之色。

曹娴诧异道："姐姐此话怎讲？"

徐惠道："我有孕期间曾受过药毒，已不能生养了。"

曹娴大感意外："是么？这……"

"不说这个了。"徐惠看见了笸箩里的婴儿衣服，"哟，是给小宝宝做的衣裳吧？姐姐我也正想着要做一件呢，只是不知妹妹喜欢哪一种颜色？"

曹娴忙道："这点子事，无需叨扰姐姐，本来宫里尚功局制衣坊已预备着了，我是闲来没事了，便顺手缝上几针。"

徐惠关切地看着对方："怎样，近来感觉还好么？"

曹娴道："我正想对姐姐说呢，自昨日起小腹总有些隐隐作痛，不知是何缘故。"

徐惠眉心微蹙："是么？可用过药了？"

曹娴道："一直吃着太医给开的保胎汤药呢，自昨日起小腹总是隐痛，便想起姐姐曾说过，姐姐前年怀了龙胎，被人在保胎药里做了手脚而致流产，怕也是药里有蹊跷，便未敢再吃。"

徐惠又问："妹妹腹痛，可对太医讲过了？"

曹娴摇头："未曾讲，此事尚未敢对外声张。"

徐惠点点头，又问："陛下可知晓了？"

曹娴又摇头："陛下每日自早至晚忙于前朝政事，为免他分心，此事尚未告知于他。"

徐惠再问："太医可给妹妹留了药方？"

"留了一张底方。"曹娴说着从书案上一册书中取出一张药方，递给对方。

徐惠仔细看药方："这方子上的十几味药，皆为平和之药，事情不是出在方子上。那汤药既未曾吃，现下还在么？"

曹娴道："还在厨房里用冰镇着呢。"

徐惠道："拿来我看看。"

曹娴对外殿抬高声音道："红儿，去把厨房里用冰镇着的汤药拿来。"

红儿在外殿答应一声，少顷，提着药罐走了进来，放在案台上。

徐惠起身走到案台前揭开药罐盖子，把鼻子凑到药罐口上嗅了嗅，稍顿，又凑近罐口嗅了嗅，对红儿道："拿汤匙来。"

红儿拿来一只汤匙递给徐惠。

徐惠用汤匙从药罐里舀出小半匙汤药认真看了看，再喝到嘴里一点点品咂，然后吐到痰盂里："妹妹腹痛，十有八九便出在这汤药上。"

曹娴瞪大吃惊的眼睛："是么？"

徐惠道："若是我品尝得不差，此药里有一味药，与我前年吃的药里一味药是一样的，便是合欢皮，这一味药闻着有微微香气，含于口中有微微涩感，且有稍稍刺舌之感。孕妇用了它，会刺激子房收缩而致流产。以我方才品尝，这汤药中此药用量并不甚大，且你已停药，若再用些解药，该当不会招致不良后果。现下最要紧的是，须找出那下毒之人，方可杜绝后患。是哪位太医给你诊的脉下的方子？"

曹娴道："是专看妇科与儿科的张太医。"

徐惠略一思忖："据我所知，张太医他人并不坏，下毒之事大半不会出自他手。若我说的没错，事情便是出在煎药或送药的环节。每日太医院煎好药以后，是太医院的人送过来呢，还是你让人去取？"

曹娴道："是我宫里的辛公公去取。"

徐惠问："就是那年轻些的公公么？"

曹娴点头："是他。"

徐惠又问："你可知他根底？"

曹娴摇摇头："是陛下命殿中省配过来的，该当不会有差池，不过我确是不甚知他根底。"

徐惠想想又问："你宫里下人中，可有与你贴心之人？"

曹娴回答："红儿当是与我最贴心的，还有墨菊。"

徐惠问："药都是几时去取？"

曹娴回答："每日申正时刻。"

徐惠道："你今日打发红儿与墨菊赶在申正时刻之前去太医院取药，且将药汤与药渣一并取来。"

"这便快到申正时刻了。"曹娴朝外殿招呼，"红儿，墨菊，你们进来！"

红儿和墨菊应声进入内殿。

曹娴对她俩道："你二人现下就去太医院候着，一当汤药煎好，马上将药汤与药渣一并取来。"

红儿和墨菊答应一声，去了。

时候不大，红儿提着一只药罐、墨菊端着一只药钵回到殿内，把药罐和药钵放在案台上。

徐惠先把鼻子凑近药罐口嗅一嗅，然后用汤匙从药罐里舀出小半匙汤药放进嘴里品咂："今日这汤药里并无昨日药里那种微香气味，含在口中亦无那种滞涩刺舌之感。"说罢再看药渣,用汤匙反复翻搅药钵里的药渣,"这十余味药我都认识,并无合欢皮。现下可将张太医宣来一问。"

曹娴道:"红儿,去宣张太医。"

徐惠加上一句:"让他将配药的方子也拿来。"

红儿答应一声,去了。

少顷,张太医步履匆匆走来了,一进殿,就朝曹娴和徐惠跪下:"微臣叩见娘娘。"

曹娴道:"张太医请起,赐座!"

"谢娘娘。"张太医说罢在红儿搬过来的腰圆凳上坐下。

曹娴问道:"给本宫煎药的方子,太医可带来了?"

"回娘娘,带来了。"张太医说着从袍衽里取出药方,交给红儿,红儿把药方交给曹娴。

曹娴又把药方交给徐惠:"请姐姐过目。"

徐惠看过药方,问道:"请问太医,给修仪娘娘煎药,全是按此方配的药么?"

张太医回答:"是,全是按此方配的。"

徐惠又问:"煎药人是谁?"

张太医回答:"是太医院的两名药工,一名姓万名培良,一名姓童名申。"

徐惠再问:"药工煎药,你可在侧?"

张太医回答:"药工煎药自始至终,微臣一直在一旁看着,为娘娘煎药,微臣丝毫未敢疏忽。"

徐惠与曹娴互相对视一眼,又问:"直至药工将药煎好交给这边宫里去取药的人,你都在场?"

张太医回答:"是。"

徐惠对曹娴点头。

曹娴对张太医道:"你先下去吧,方才我们与你说的话,你回去以后切莫对任何人说起。"

"是,微臣谨遵娘娘之命。"张太医说罢退了出去。

徐惠想想道:"目下看来,下毒之事,大半不会出在配药煎药的环节,那么,便极有可能出在取药人的身上。"

曹娴目光一颤:"是辛公公?"

徐惠问:"他现在何处?"

曹娴对外殿高声道："红儿，宣辛公公来见。"

红儿在外面答应一声，少顷，进入内殿："回娘娘，奴婢去了辛公公与范公公值房，范公公说那会子辛公公说去为娘娘取药，去了便一直未见回来。奴婢又去他住室找他，却见他住室的门是锁着的。"

徐惠问曹娴："他是与范公公同住一室呢，还是他自己单住一室？"

曹娴道："他二人原先是同住一室的，前日辛公公对我说，范公公睡着时鼾声如雷，吵得他无法入眠，求我给他一间屋单住，因有空屋，我便指了一间让他单住了。"

徐惠道："事不宜迟，妹妹快命人去将他住室门锁打开，看室内有无可疑之物！"

曹娴道："红儿，你叫上墨菊，还有范公公，去将辛公公住室门锁打开，仔细搜寻室内，看有无可疑之物？如有，从速拿来这里！"

红儿答应一声，叫上墨菊和范公公来到辛公公所住的含凤殿一侧一间房外，范公公用一把小锤子把门锁砸开，而后三人进入房间，在各处翻找查看起来。

"你们看，这是什么？"墨菊把一个草纸包递到凑过来的范公公和红儿面前。

范公公道："打开看看。"

墨菊用手托着纸包，红儿把纸包打开，现出里面包着的米黄色粉末。

红儿道："像是什么药。"

范公公道："包好，速去拿给娘娘过目。"

纸包被送到殿内案台上，徐惠仔细审视着纸包里的米黄色粉末，把鼻子凑近粉末闻一闻，用拇指和食指捏起一点粉末放到嘴边用舌尖舔一点品咂，然后吐到痰盂里："是合欢皮粉！妹妹小腹疼痛的罪魁祸首便是它！那辛公公现在何处？须即刻找到他！"

曹娴对红儿道："快！快去寻辛公公，叫上如婳她们同去！"

红儿答应一声，出去了。

曹娴对徐惠道："兹事体大，须从速奏报陛下！"

"奏报何事啊，朕来了。"随着声音，李世民已来到殿内。

曹娴和徐惠一同低身见礼。

李世民看看曹娴又看看徐惠："免礼。何事如此急慌？"

徐惠道："回陛下，修仪娘娘自昨日起腹部开始隐痛，臣妾查验了修仪娘娘所服汤药，感觉其中有合欢皮的气味，因之推断修仪娘娘之腹痛当为此药所致。"

李世民龙目圆睁："有此等事？药方是哪位太医开的？是专治妇科儿科疾患的张太医么？"

曹娴道："药方是张太医开的，但经徐婕妤与臣妾初步查证，事情不是出在药方上，而是出在取药人辛公公身上，现已自辛公公住室查获合欢皮粉一包。"说着抬手一指案上纸包，"就是它。"

李世民面目凝霜："那辛公公他人呢？"

曹娴道："他已多时不见，臣妾已遣人去寻了。"

李世民对殿外高声道："来人！"

钱福进殿："奴才在。"

李世民道："传朕旨意，速命卫尉寺至后宫各处寻找辛公公，活要见人，死要见尸！"

钱福答应一声，刚往后推出两步，忽听殿外有人高呼：

"娘娘！娘娘！"

范公公从外面跌跌撞撞奔进殿内，一见李世民，猛然一愣，旋即醒悟，赶忙跪伏于地："启奏陛下，小辛子他，他——"

李世民断喝一声："他怎么了？讲！"

范公公道："他在西海池溺水而亡，刚刚被打捞上来。"

李世民问道："可知他是自杀，还是他杀？"

范公公略一顿："这个……尚且不知。"

李世民对钱福道："摆驾承庆殿！宣刑部尚书刘德威至承庆殿见朕！"

钱福答应一声，退了出去。

李世民起身往外走出两步，又回过身道："徐婕妤，曹修仪中毒腹痛之疾，由你照拂着，速宣张太医、陈太医过来诊治！"

徐惠低身一礼："臣妾遵命。"

两个月后，含风殿里一片恐慌忙乱的气氛，曹娴临产了，却显系难产，一声声痛苦的呻吟自内殿帘幕内传出，撩得人们心头一阵阵紧缩。

李世民在殿内急得来回走动着，忽然停下脚步，情绪急躁地质问旁边几位太医："昨日你们不是还在说娘娘一切都还正常么？为何呻唤这么久了还不见生？"

太医们连忙一齐跪倒，却一个也不敢吭声，这种事情，谁敢打包票啊。

李世民眼睛瞪着他们焦躁地一跺脚："尔等，尔等真是无用！"

此刻，不只含风殿内气氛异常紧张，偌大后宫中的人们，亦都竖起耳朵，谛听着这边的哪怕一点点动静。许多人关心的并非曹修仪能不能顺利生产，而是她生下的婴儿究竟是男婴还是女婴。

只有一人无意于此，此人便是太子李承乾。

自那一回李世民突闯东宫，命人打死东宫内监称心等三人，且声色俱厉地对他痛加斥责之后，他就对其父皇心生怨恨，情绪也一落千丈，整天闷闷不乐地枯坐宫中，不像其他皇子和妃嫔那样从知晓曹娴身怀有孕起，就将这孕儿是男还是女整天挂在心上，窃议纷纷，他对此事却是毫无兴趣漠不关心。他心里十分清楚，与他争夺皇储之位的，绝不会是那尚未出生的婴儿，即便那将是个男婴。说不定在那婴儿长到咿呀学语之前，他的储位早已被某个成年皇子夺走了。

这一天是个天气晴好的日子，侍女巧玲和绮云见太子又是无聊枯坐，两人交换一个眼神，就一唱一和地劝他出去走走。

他答应了。在巧玲、绮云等几个侍婢的陪侍下，不知不觉间就漫步到了御花园内。正在园内花树之间有一搭无一搭地走着，忽有一男声破风而入：

"喵，大哥好兴致啊。"

他不用回头看，便知来者是谁。

果然，巧玲等侍女都低身施礼："参见四殿下。"

李承乾这才回身，见李泰已自傲然地站在了近处，那越发肥硕的身量上罩一件绛红色金丝镶边长袍，细长的眉眼间饱含了讽刺的意味。

"这满园金菊开得倒是妖艳，大哥是被它们招来的么？还是……"李泰说到这里就打住，那有意做出的探究的目光中充满了揶揄意味。

李承乾讨厌他这种神情，更讨厌他这个人，就毫无表情地漠然道："只是出来随意走走，难道还有别的什么？"

"那好那好，四弟倒是佩服大哥这份悠闲自在。"李泰说着从李承乾身边走过去，又放慢脚步，稍一回头，"听说曹修仪临产了，我还以为大哥是过这边探望呢，大哥对她不是甚为关心么？"

"你此言何意？"李承乾挑起的眉峰里，已聚起些许恼意。

李泰嘴角撇出一丝嘲讽的冷笑："无甚用意。我只是想，大哥甚是关心曹修仪，数月之前，大哥不是曾赠予曹修仪一身十分华贵的裙衣么？"

李承乾从鼻孔里轻哼一声："这么一桩小事竟传到了你的耳中，且还一直记在心上，倒说明你对大哥是忒关心了，大哥当好好谢谢你才是！"

"那倒不必。我只是随意说说罢了。"李泰说着走了。

李承乾恨恨地望一眼李泰远去的背影："哼！真是以小人之心，度君子之腹！"

含风殿外殿中，李世民正在焦躁地对太医们发脾气："朝廷厚俸养着你们，是要你们做甚的？你们——"

　　此时一声婴儿清亮的啼哭自内殿帘幕内传来，打断了李世民的诘责，打破了殿内紧张凝重的空气。被李世民召来照看曹娴的徐惠从帘幕内疾步走出，向李世民一揖："恭喜陛下，是位小皇子。"

　　李世民眼睛一亮，兴冲冲地奔入内殿，径直来到曹娴床边，殷殷关切地俯身注视着香汗淋漓，面白如纸的曹娴："爱姬，你感觉如何？"

　　曹娴无力地一笑，轻轻颔首："臣妾还好，谢陛下关照。"

　　李世民又问"还疼得厉害么？"

　　曹娴微微摇头："好多了。陛下看看我们的孩子吧。"

　　侍女忙把婴儿抱了过来。

　　李世民将婴儿接过，抱在自己怀里，十分疼爱地端详着婴儿娇嫩的小脸儿，笑吟吟地说道："嗯，好，好，像朕，太像了。"

　　曹娴欣慰地微笑着轻语道："陛下，给孩子取个名吧。"

　　李世民点头，略一思忖："我们这皇儿，将来定有悲天悯人的大智慧大器量，叫李悯吧。"

　　曹娴微微点头："叫悯儿，好，好。"

　　转眼间，忽见一双冷隽的秀目内放射着霜剑般的寒光，触到曹娴的目光，那寒光赶忙收回，低掩下去。

　　那是紫霞的目光。

　　曹娴的心骤然一冷：此人怎会有这样的目光呢？想一想，这紫霞自从跟了自己，该她做的，倒总是能做得妥妥帖帖，可脸上却总是那一副不冷不热宠辱不惊的漠然神情。自己也很少去主动支使她和另外三个侍女，只让红儿和墨菊相伴在身边。

　　从此，曹娴把全部心思都扑在了悯儿身上，由红儿和墨菊照看着，整天都不离自己身边。忙忙碌碌的日子过得快，一晃，孩子就满月了。

　　悯儿满月这一天，李世民在丹霄楼大宴群臣。

　　丹霄楼内，几十张餐桌分左右排开，桌上酒菜琳琅满目，香味扑鼻，百官峨冠博带围桌而坐。

　　李世民满面喜色："众位爱卿，今日是朕的小皇子悯儿满月之日，朕在这丹霄楼上备了些粗肴薄酒，与众卿共享，以为庆贺。众卿尽可放开酒量，开怀畅饮，莫要拘束！"

　　百官齐声道："谢陛下，恭贺陛下喜得贵子，吾皇万岁万岁万万岁！"

酒宴进行中，同来赴宴的孙亮忽感内急，便出殿方便。在回廊拐角处，迎面遇见了从对面走来的紫霞，一时心中发慌，本想低头而过，却听那紫霞道：

"亮哥哥近来可好？"

孙亮浑身一震，却不敢抬头，涨红了脸道："好好，紫霞妹妹可好？"

紫霞颜面飞红若霞，向左右迅捷扫了一眼道："也好。这里不是说话处，明日巳时一到，哥哥在感业寺西偏院门侧等我，我有话与哥哥说。"

孙亮低头答应一声，就赶紧朝前走了过去，紫霞也忙向丹霄楼那边走去。

这一幕，刚好被走到回廊侧边一丛竹后的韦贵妃看在了眼里。她望着紫霞的身影消失在丹霄楼门口，又回头望望拐过回廊那边的孙亮，娇艳的唇角勾出一丝冷笑：原来，这紫霞与那小白脸竟有那缠绵之事！怪不得，召她入宫做事，她的条件是做完便可出宫，原来如此！这紫霞，自己是风闻一些她的来历的，觉得似可一用，便从燕贤妃身边要了过来，配到了曹修仪宫里。看来她是身在曹营心在汉，还惦着外头的情人呢。

感业寺？对呀，遵陛下旨意，明日一早自己要携曹修仪去那感业寺进香，为小皇子李悯禳灾祈福，那紫霞便是欲于陪侍同往时乘机与那孙亮幽会。哼！想得倒美！

一个主意，旋即在她的脑海里形成了……

丹霄楼内，百官频频举杯，恭贺盛世华年皇帝喜得贵子。掌管音乐的太常少卿祖孝孙适时地来到李世民面前："启奏陛下，可否召乐队来为陛下与诸位大人乐舞助兴？"

心情大悦满面红光的李世民朗声道："准奏！"

乐队上来了，奏起舒缓优美的曲子，十数个舞女翩翩起舞，浅吟低唱：

  天上月，遥望似一团银。

  夜久更阑风渐紧，为奴吹散月边云，照见负人心。

  …………

  叵耐灵鹊多漫语，送喜何曾有凭据？

  几度飞来活捉取，锁上金笼休共语。

  比拟好心来送喜，谁知锁我在金笼里。

  欲他征夫早归来，腾身却放我向青云里。

  …………

忽听李世民道："尽是些轻歌曼舞，轻飘飘软绵绵的，朕不喜欢！"说着挥了挥手。

众歌女赶忙知趣地退了下去。

祖孝孙慌慌地奔过来俯身而拜："陛下……"

李世民道："都是些靡靡之音，朕不爱听，朕让你改编的《秦王破阵乐》呢？可改制好了？"

祖孝孙忙答："回奏陛下，已改制好了，这便开奏？"

李世民一挥手："奏！"

《秦王破阵乐》是当年秦王李世民率部打败叛将刘武周时，军中将佐士卒相与而作的系列军歌，气势雄壮，听了能给人以身临沙场战阵之感。为使曲子和舞蹈更具恢弘气势，李世民又命魏征和祖孝孙等臣子对词曲作了改编。

只见祖孝孙站立殿中大袖一挥，手在空中划出一道优美弧线，立即从殿外鱼贯走进一队乐工，一对披坚执锐的舞者。

大殿中立刻鸦雀无声，百官们正襟危坐，恭候这首大曲的开始。

祖孝孙又是举手在空中一挥，乐工手中的五弦琵琶、琵琶、筝、笛、笙箫立刻演奏起来，舞者依着乐曲节奏，齐舞手中画戟，铿锵有声，同时亮开喉咙，边舞边唱。主题曲分为三部：

其一，受律辞元首，相将讨叛臣。咸歌《破阵乐》，共赏太平人。

其二，四海皇风被，千年德水清。戎衣更不著，今日告成功。

其三，主圣开昌历，臣忠奉大猷。君看偃革后，便是太平秋。

乐声雄浑，舞形威武，场面壮阔，震撼人心。及曲终舞罢，群臣端杯在手，向着李世民齐声山呼万岁。

饮宴结束，李世民兴犹未尽，便命诸皇子都带上弓箭，与诸妃嫔一齐聚于皇宫后苑演武场上。

李世民对众人道："今乃皇儿悯儿满月喜庆之日，朕于百官宴上命奏舞《秦王破阵乐》，便是要提醒众卿，今虽四海晏安，却不能忘了武备，所谓居安思危，有备无患是也。今召你等至此，便是要看看诸位皇儿武艺练得怎样了。今日只看弓箭功夫。目标，正前方红心箭靶。各位皇儿听朕口令，依次射箭！"

众皇子一听，纷纷忙乱起来，各从侍从手上接过弓箭，按着李世民的口令，你方射罢我登场，一个个按顺序上前射箭。唯有李承乾面色幽沉地坐在侍从搬来的一把雕花木椅上。

李世民目光炯炯地朝他扫视一眼。

李承乾不说话也不正眼看李世民，只是用手抚了抚那条残腿。

众皇子大多是装模作样歪歪扭扭一通乱射，没有几个能射中靶子的，只有吴王李恪和魏王李泰射中率最高，而尤以李恪姿势最为优美，箭无虚发，箭箭命中靶心，赢得一阵阵喝彩声。

李世民大为高兴，双目微微含笑看着李恪："看来，是恪儿箭法练得最好了。"

众人的目光齐刷刷聚在李恪身上。

李恪向众皇子拱一拱手，然后向李世民低身一礼："谢父皇谬奖，是兄弟们承让了。"

李世民满意地点点头，以炯炯目光扫视众皇子一周，最后目光落定在李泰脸上："青雀呀，这习射，你尚须向恪儿多学一学呀。"

李泰面色一暗，随即化作真诚笑意："谢父皇教诲，三哥文武俱佳，儿臣最是佩服。"接着转向李恪道，"还请三哥不吝赐教。"

李恪忙道："哪里哪里，四弟如此说，真是折煞为兄了。四弟编撰《括地志》，文质俱佳，足以传之后世，为兄自愧弗如。"

李泰道："三哥何必过谦呢？"

李世民抬手拍拍李恪，止住二人对话："好，好，你们兄弟二人各有千秋，青雀文采卓异，堪当造就。"又转向李恪道，"恪儿英果类我，颇有朕当年风采。"

李泰以探究的目光看看李恪，李恪却敛了眉眼，不声不响地退到众人后面。

李世民对众皇子道："各位皇儿，今日习练箭法到此为止，回去以后，除了用功读书，便是要勤于习武。务要居安思危，加强武备，习文练武，二者皆不可偏废，可都听好了？"

众皇子齐声回答："回父皇，听好了！"

李世民一扬手道："好！都回吧。"

众人纷纷往各自宫中府中走去。

李泰经过蹒跚而行的李承乾身边时，有意扭过头，以咄咄逼人的目光看向李承乾。李承乾显然感受到了对方那含有挑衅意味的目光，却并不看对方一眼，而是傲然地把头扭向一边。

李泰却不肯善罢甘休："大哥倒是清闲啊，怎么不肯赏脸，给兄弟们捧捧场呢？"

李承乾气恼地说道："你明知我有腿疾，却还要这么问，是何用意？"

李泰道："腿疾？不至于那么严重吧？我不过随意问问，何必多虑呢？"

李承乾仍往一边扭着脸："哼！"

李恪走在二人后边不远处专注地听着二人对话，此时嘴角撇出一丝冷笑，低声自语道:"鹬蚌相争,渔人……舍我其谁!"顿觉失态,浑身一顿,忙向左右看去,见侧后方一路走着的曹娴一双秀目正注视着他,他眼中立刻闪出一丝惊慌,赶忙回头加快了脚步。

次日一早,曹娴先打发冬雪和如婳去感业寺预作准备,留红儿和墨菊在殿中照看悯儿,自己带上紫霞和香雁前往永仪殿拜见韦贵妃,而后再一同去寺中进香。刚刚绕过一道回廊,能望见永仪殿的大门了,忽见一男子从门内走出,折而向西,过了一道月亮门,消失在了宫墙那边。从那影影绰绰的背影上,可辨认出是吴王李恪。

一大早的,他到贵妃殿中做甚?曹娴眼中不免浮上了一层疑云。

到了永仪殿门外,曹娴正要着人进去通报,却见一女子钗钿簪花,着一袭嫩绿柳丝缎裙,足蹬白锦蝶花秀鞋,步摇袅袅婷婷,自殿内走出,正是韦贵妃。身后,还跟了三名侍女。

曹娴趋步上前见礼:"参见贵妃娘娘。"

韦贵妃说一声"免礼",清丽面庞上无一丝温度,丹凤秀目向曹娴身后两位侍女一扫:"不就是进香么,何须去这许多人?"抬手一指紫霞,"你,紫霞,莫去了,回殿里去!"

紫霞面上一噤,以探寻的目光看向曹娴。

曹娴亦感意外,但贵妃名分比自己高出许多,自己自须服从于她,好在跟去的人多些少些都无关紧要,于是对紫霞点点头道:"你回去吧。"

紫霞秀眉微微一蹙,显然她是不情愿回去的,可却不得不从命,只得低身一礼,之后沿来路往回走去。

感业寺正殿内,香烟绕庭袅袅,气氛肃穆神秘。曹娴神色虔敬地在观音菩萨塑像前上香,跪拜祷告。

殿外耳房里,在座椅上小坐的韦贵妃啜了两口驻寺和尚献上的香茶,就起身出了房门,径直向西偏院门口走去。进了门,果见一身着五品常服的男子在墙边缓缓地来回溜达着,正是昨日在丹宵楼外见着的那孙亮,就故作不知地问道:"你是何人?"

孙亮乍一面前穿金戴银的贵妇人,尽管并不认识,却还是吃了一惊:"你,你们——"

"大胆!见了贵妃娘娘竟敢不下跪,还妄称'你'字!"贵妃身后侍女秋荷厉声喝道。

孙亮一听,赶忙伏地磕头:"微臣孙亮叩见贵妃娘娘,微臣不知是贵妃娘娘前来，恕微臣失礼之罪。"

韦贵妃冷眼盯视着跪伏于地的孙亮："好一个孙亮，你来这寺内做甚？"

孙亮小心斟酌着词句："微臣只是来此处随意走走，不想冲撞了贵妃娘娘，还请娘娘宽恕。"

韦贵妃冷哼一声："好一个随意走走，不是有人约你来此处的么？"

孙亮听了这话浑身一颤，脑子飞快地旋转起来：她指的是紫霞么？她怎会知晓紫霞约了自己？无论如何，自己也不能把紫霞卖出去，于是回答："无人约微臣，是微臣自己要来的。"

韦贵妃眼中利刃般波光一闪，嘴角撇出一丝冷笑："如此说来，你是不知今日何人要来此处了？"

孙亮心内惴惴地揣摩她话中是何含意，一时不知如何作答。

"让你说话呢，你为何不回答贵妃娘娘的问话？"秋荷在一旁责道。

孙亮道："微臣，微臣不知……"

"好啊，那本宫便让你见见是谁来了，起来，随本宫走一趟！"韦贵妃说着就回身向院外走去。

孙亮这才站起身来，尽管心中忐忑，也只得相跟着出了院子。

一行人走到正殿门前时，正巧曹娴进完香从殿门内走了出来。

韦贵妃停下脚步，回头看一眼孙亮："你过来！看看那是谁？"

孙亮早已看到了走出殿门的曹娴，此时只得硬着头皮趋步向前，跪伏于地道："微臣参见修仪娘娘。"

曹娴见状，秀眉立刻蹙起，眼中尽是惊异之色："你，你怎么在这里？"

孙亮回答："微臣于公事之余出来随意走走，不想冲撞了两位娘娘，请娘娘恕罪。"

曹娴眼中光波急速闪动几下："是何人让你来见我的？"

"是……"孙亮稍一迟疑，但还是如实作答，"是贵妃娘娘命微臣来见修仪娘娘的。"

曹娴水目波光立刻化作两柄利剑，直直刺向韦贵妃："贵妃娘娘，如此做法是何用意？"

韦贵妃不理会曹娴，只对孙亮冷冷一笑："大胆孙亮，还不如实招来，即便本宫不命你来，你便不来么？今日曹修仪来寺内进香，你偏偏也在此时来到寺中，不就是想要见上曹修仪一面么？"

孙亮一听这话，马上抬起头来，抗声辩道："修仪娘娘来寺中进香，微臣事前毫无所知，故微臣此行全无要见修仪娘娘之意！"

韦贵妃见他竟敢抗声作答，顿时柳眉倒竖，怒道："大胆佞臣，竟敢强辩，那你说，为何在曹修仪来进香之时，偏偏你也来到了此处？"

孙亮略微一顿道："只是巧合。"

韦贵妃又是声声冷笑："哼哼，好一个'巧合'。好啊，你下去！"

孙亮起身就往寺外走。

秋荷又呵斥一声："大胆！竟敢不谢恩便走？"

孙亮闻言收住脚步，回身一揖："谢贵妃娘娘。"说罢回身，大步走出山门。

曹娴秀眉紧锁，一路无语，乘辇回到含风殿，急奔至内殿，从红儿手上接过悯儿，紧紧搂在怀里，俯首将如玉面颊贴在悯儿白皙稚嫩的小脸儿上，已是秀目盈水，泪如雨倾……

自从有了悯儿，她的一颗心就全系在了悯儿身上。悯儿就是她全部的幸福，悯儿就是她全部的希望，拥有了悯儿，她就拥有了一切，其他的一切都变得无足轻重。悯儿的一声笑，会让她心花怒放，悯儿的一声哭，会让她揪心灼痛。看着悯儿稚嫩俊气的小脸儿，看着悯儿似已善解人意的澄明透澈的眼睛，她恨不能将自己的整个身心都化成水，化成温情脉脉的水，来温暖悯儿，沐浴悯儿……

可是，今日的悯儿却不像往常那样乖，显得烦躁不安，老爱哭闹。该喂奶了，喂他奶，却不像以往那样，一含住奶头就贪婪地一口接一口地吸吮吞咽，而是一让他含上奶头就吐出来，紧跟着就"哇"的一声哭起来。反复多次，总是如此。

曹娴一下子慌了神，问红儿和墨菊，悯儿是不是吃了别的什么了？她俩都摇头说没有。

红儿和墨菊是与曹娴最为贴心的两名侍女，所以曹娴去感业寺进香时，特意把她俩留下来照看悯儿。然而，为什么自己离开悯儿不到半日的时间，悯儿便病了呢？

曹娴急差人去传太医来。

工夫不大，专给宫内少儿诊病的张太医和陈太医就赶来了。给悯儿切了脉，两名太医互看一眼，张太医就问道："请问娘娘，除了奶水，是否还给小皇子喂食过别的东西？"

曹娴看看红儿和墨菊，见红儿和墨菊都怯怯地摇头，于是回答："没有。"

两名太医又互看一眼。

曹娴神色急切地问道："请问两位太医，悯儿患的是何病症？"

陈太医略一沉吟道:"禀娘娘,小皇子如未服食奶水以外的不洁之物,哭闹厌食当为肝气不舒,脾胃不和所致,臣等开上几味药,煎后辅以糖水送服,即当见效的。"

药方开出,曹娴命红儿去太医院将药取来,亲自煎好,兑上糖水喂悯儿,没想到却总是喂不进去。每当汤匙沾上悯儿嘴唇时,悯儿都摇晃脑袋躲避,勉强喂进一口,就立刻吐了出来,仍是号哭不止,哭累了就沉沉睡去,睡醒了又哭。

两天过去了,悯儿仍是一口奶不吃,一口药喂不进,原本白白胖胖的小身子越来越瘦瘪下去,再也哭不出声音。

往日,李世民视朝后回到后宫,总要抱起悯儿看个不够亲个不够,如今,眼看自己倍加疼爱的小皇儿病成这样,曹爱姬亦因此几日水米不进,人已憔悴得像变了个人,他怎能不忧心如焚痛彻骨髓!一时间,极度的焦躁使他的声音都变了腔调:

"快去!命所有太医都到含风殿来!"

他俯下身子,看着已奄奄一息的悯儿,眼中充满哀痛的光晕:"皇儿啊,你可不能离父皇而去呀!"说着大颗大颗的泪珠滴落在小皇子黄瘦的小脸上。

一阵杂沓的脚步声由远而近,太医们个个气喘吁吁地奔进殿内,一声声参差不齐的"参见陛下"出口的同时,已尽跪伏于地。

李世民抬起煞红如血的眼睛扫向跪了一地的太医们,声如浑铁击石:"你们为何治不好皇儿的病?"一时眼内喷火,似要把每一位太医的身体点燃,"速为皇儿诊治,若治不好皇儿的病,你等……尽皆为皇儿殉葬!"

众太医窸窣一颤,一个个抖抖地站起来,轮流为小皇子切脉。切完脉,依次走出内殿,聚于一处商议治疗方案,却是有的噤若寒蝉,有的微微摇头,有的仍为君王的那句话惊悸得面色灰白浑身颤抖不止。

李世民从内殿出来,面沉似冰:"请问诸位,皇儿患的究竟是何病症,当如何诊治?"

众太医慌忙呼喇喇跪倒,低着头你偷眼看看我,我偷眼看看你,都不敢言声。

李世民剑眉一挑,目光似霜刀雪剑:"都聋了哑了?为何不说话?"

一年纪和品级都最高的蔺姓太医起身趋前两步复又跪下:"回奏陛下,我等为小皇子诊了脉,又看了小皇子气色,大都以为……大都以为……"

李世民断喝一声:"莫要吞吐,快讲!"

蔺太医道:"大都以为小皇子是服食了慢性致毒之物。"

"嗯?"李世民剑眉倒竖,目喷烈焰,"此话当真?"眼睛一扫其他太医,

"你们都说说，是这样么？"

太医们声音参差不齐地回答："是。"

正在此时，内殿忽传出一片呜呜呜的哭号声。

李世民浑身一震，眼中火焰顿时湮灭，已凝成两潭死水，身子晃了两晃，似要跌倒，太监钱福赶忙来扶，被李世民一抖胳膊挡开，继之迈着沉重的步子一步一步向内殿走去。

内殿里，悯儿已气绝身亡，曹娴刚刚撕心裂肺地哭出一声，就昏倒在悯儿床边砖地上。红儿和墨菊赶忙把她架到旁边卧榻上，一迭连声呼唤起来："娘娘，你醒醒，娘娘，你醒醒……"

李世民走进内殿，本欲奔向悯儿床边的，一当见到如此情形，急奔至曹娴卧榻边，大声呼唤："爱姬，你是怎么了？"

红儿、墨菊和其他几位侍女赶忙跪下，异口同声道："陛下……"

李世民顾不得理会她们，向殿外高声道："速传太医！"

三名太医慌慌奔进内殿，跪伏着为曹娴切了脉，向李世民奏道："娘娘是因受了强烈刺激，一时急火攻心晕厥过去，待臣等于娘娘人中等穴行过几针，便会醒转来的。"

李世民正看着太医为曹娴扎针，耳边忽响起莺声燕语："陛下，臣妾有话说与陛下听。"

李世民一扭头见是韦贵妃，便道："你说吧。"

韦贵妃眼波闪闪，望一眼旁边众人，轻语道："陛下可否移步说话？"

"嗯？"李世民疑惑地看向她，只见她一双俊俏水目正定定地看着自己，似有当众不能出口的隐秘，就起身向外走去。

来到外殿，李世民道："爱妃有话请讲。"

韦贵妃就附在李世民耳边，小声将那日她与曹娴去感恩寺进香巧遇孙亮之事说了一遍。

李世民眉峰一抖，充满疑惑的目光直直射向对方眼睛："你的意思是……"

韦贵妃赶忙低头一揖："臣妾只是将亲眼所见之事告知于陛下，个中蹊跷，还请陛下圣断。"

李世民略一思忖，摇摇头道："不会的，悯儿这一病殁，曹修仪已悲痛欲绝。"

韦贵妃仍低低而语："难道不会是……欲盖弥彰么？"

"嗯？"李世民如星目光向她一扫，随即黯淡下来，"目下先办悯儿后事，余皆容当后议吧。"

埋葬了悯儿，曹娴已心如死水，整天不说一句话，饭也吃得极少，早已失了血色的清丽容颜愈发憔悴了。

在如此情势之下，李世民本想暂且压下心中的疑虑与不快，不再给她已破碎的心雪上加霜，可韦贵妃的话却随时会响起在耳边，这日晚间将息之时，终于隐忍不住，便似随口问道："爱姬可还记得，悯儿是自何时发病的？"

旁边斜靠在床栏上的曹娴声音微弱地回答："那日臣妾自感业寺进香回来，便发现悯儿病了。"

李世民尽力使自己的表情和口气平淡一些："那日，是谁在看护悯儿？"

曹娴努力打起精神回答："是红儿与墨菊，哦，紫霞也在。"

李世民又问："爱姬可曾问过她们，是否给悯儿喂食过别的东西？"

曹娴道："臣妾曾问过她们，她们都说没有。"

李世民再问："她们都是爱姬可信赖之人么？"

曹娴略顿一顿，回答："红儿与墨菊，平日与臣妾最是贴心，该是可信赖的。"

李世民道："那个紫霞呢？"

曹娴又顿一顿，回答："紫霞性情似简淡了些，不过做事一直是妥妥帖帖的，倒也说不上她哪里不好。"

"哦……"李世民略一沉吟，还是转了话题，"爱姬去那感业寺进香之时，可曾见到了什么人？"

曹娴听了这话一怔，木然的神情稍稍一敛，变得有些专注起来："见到了孙亮。"

李世民仍不动声色："是么？他去感业寺，爱姬事前可曾知晓？"

曹娴听此一问，眉心立刻打结，目光变得肃然："事前他并未告知于臣妾，臣妾怎能知晓？"

李世民仍不急不躁："此事，爱姬可未曾与朕讲起过呀。"

曹娴漠然目光中倏然沁出缕缕复杂光色：惊诧、沉痛、瑟瑟黯然："自那日至今，陛下与臣妾皆为悯儿病患之事忧心如焚，哪里还有心思去讲旁的事。再说，与那孙亮一见，纯属不期邂逅，算得了什么大事，又有何必要向陛下讲起它？"

"是么？"李世民似乎是以并不以为然的口气，掩饰着内心的尴尬。

曹娴强撑着坐正身子，痛苦，失望，噬咬着她的整个身心，已经干涩的娇唇更是没有了一点点鲜丽的血色："陛下如此诘问臣妾，难道以为悯儿亡故与那日臣妾与孙亮见了一面有何关涉？"

李世民眼中掠过秋后朔风般的寒意："这话是你自己说的，倒反过来问朕？"

曹娴本已失神的眼中，已盈满凄楚哀绝的泪光，声音亦凄婉哀怨："陛下，杀了臣妾吧。"

"什么？"李世民双目圆睁，大感震惊。

曹娴和着血泪的话语，字字诛心："一个为了与人偷情而残杀亲生骨肉的女人，不是比虎狼还要残忍，比蛇蝎还要狠毒么？即便杀她一千回，剐她一万遍也不足以惩其深重之罪孽，不杀不剐，天理不容啊。"

"你，你，你怎能如此说话？"李世民握着座椅扶手的手在微微颤抖，嘴唇在微微颤抖，说出的话也在空气中微微颤抖！

曹娴并不看他，声音冷得如寒潭凝冰："陛下乃文治武功、豪气经国的盖世英雄，是万民景仰、万国朝贺的天可汗，却与这样一位坏女人同床共枕，难道不怕遭天下人耻笑么？"

"你，你在讥讽于朕？"李世民冷峻的面庞变得一片灰白，额上已有细密冷汗沁出，自他践嗣大位以来，还没有哪一位后宫妃嫔敢以这种言语和口气与他说话。

"臣妾不敢。"曹娴的声音变得异常平静，平静得如清风拂过，她的一颗心，已荡不起一点点希望的微澜，"陛下可还记得，当初陛下是如何爱上臣妾的？是缘于在红石滩之时臣妾于陛下有过救驾之举么？"

李世民闻言，先是一怔，继之忽一下站起身来："不！不是缘于救驾！朕坚信，诗言志，诗心便是人心，正是那一回红石滩梅林中你我吟诗唱和，朕从你的诗中，见出了一位女子的冰清玉洁，一尘不染，见出了一位女子的卓异才学，绣口锦心，缘于此，朕方钟情于你的！"

"那，如今的臣妾怎就不是彼时的臣妾了？是臣妾入宫以后变了呢，还是当时陛下根本就未曾把臣妾看透呢？"

"你……"一向以博闻善辩著称的帝王此时倒口拙起来。

曹娴看都不看对方一眼，只管顺着自己的思路说下去："臣妾一直以为，陛下乃天纵之英，旷世之杰，胸襟博大无疆，可囊括四海，可气吞山河，万没想到在一个'情'字上却不能免俗，一闻风声鹤唳，便乱了方寸，迷了心智，竟是杯弓蛇影，一叶蔽目，一个能容得下乾坤万象的偌大胸怀，竟容不下一个孙亮！"

这一席话，说得酣畅淋漓，义正词严，字字千钧。说罢，曹娴已是香汗如雨，娇喘吁吁。

李世民久久地呆坐于椅上，不动，无语。

他被强烈地震撼了。

这一番言语，如烈烈罡风摧枯拉朽，似滚滚洪流荡污涤浊，令君王豁然顿悟幡然猛醒：自己这是怎么了？自己不是立志要做一朝明君，一代英主么，不是一直以为自有海纳百川的度量，壁立千仞的气概么？为何到了儿女私情上，却是如此的小肚鸡肠，如此的狭隘多疑？

他知道是自己错怪了她。可是，在臣子面前从谏如流的他，在自己的爱姬面前，却一时放不下架子，抹不下脸面，站起身来，只说一句："何必动那么大肝火呢？朕不是只随意对你提起，并未询问孙亮么？"说罢就走出殿门。

殿外的夜晚，起了薄雾，更显得周围冷寂空茫。凉月也似冻结在了天际，洒下一片浸了寒意的光华，铺染着宫院的凄清忧伤，直让人心里瑟瑟生寒。

第二十九章
诘众妾君王断疑案　　诲宫娥臣子进诤言

不知不觉间，李世民来到了含露殿外。

侍驾在后的太监钱福走上前去尖声宣呼："陛下驾到！"

婕妤徐惠急从殿内奔出叩拜接驾。

李世民说一声"免礼"，从徐惠身旁径直向殿内走去。

徐惠急忙起身跟上。

进入殿内，李世民面沉似水，一言不发。

徐惠以为君王还沉浸于丧子的悲痛之中，遂劝慰道："陛下，人死不能复生，望陛下节哀顺变，保重龙体。"

李世民靠在卧榻上，微微闭上双目，那棱角分明的面颊、那俊挺的鼻梁在明耀烛光映照下，更显冷峻深幽。半晌，方沉吟道："悯儿死得不明不白呀，不查明死因，不缉拿真凶，何以告慰悯儿冤魂于九泉之下？"

徐惠闻言，不禁动容，想一想，欲言，却又止住，如是几次，见君王仍沉浸于缅怀悯儿的苦痛中不能自拔，就鼓起勇气道："陛下，有一事，臣妾不知当讲不当讲。"

李世民微微睁开眼睛："讲。"

徐惠稳一稳心神，说道："此事在臣妾心中已憋了几日了，想告知于陛下，又恐没有确凿证据，无故冤枉了好人，故而几次欲言又止。今闻陛下言，方觉臣妾那日所见之事，极有可能干系重大——"

"快讲！"李世民忽地坐正身子，两眼直直地看着对方道。

徐惠道："曹修仪去感业寺进香那日，臣妾有事从含风殿外路过，见宫墙外门旁有一陌生女子，似是刚自殿内出来，见了臣妾，神色略显慌张，急步往东绕过宫墙，折而向北去了——"

此时，忽从半掩的宫门外飘进缕缕悲切凄迷的琴声，李世民身子一动，微微侧耳，似在凝神聆听，徐惠便止住话语。

那琴声，似有若无，如泣如诉，原本婉转悠扬、缠绵如梦的曲子，此时却满含悲情，凄楚幽怨、悲怆哀绝，听来令人锥心灼胆地痛，沦肌浃髓地寒……

琴音渐渐微弱下去……

李世民的思绪似从那琴音的沉湎中拉回到眼前，发觉徐惠停止了讲述，便道："你接着讲！"

徐惠接着说道："臣妾正疑惑间，又见红儿、墨菊、紫霞三位侍女由外面回来，见了臣妾，那红儿与墨菊只是痴笑，也不见礼，只那紫霞上前见礼，目光却是飘忽不定，似有惶然之色。问她们去做甚了，紫霞回答了'出恭'二字，红儿与墨菊却始终痴笑不语。臣妾越想越觉此事蹊跷可疑——"

琴声又渐渐强起来了，突然，一声尖厉，划空而来，惊得殿中烛光一抖，李世民身子亦是一颤，那令人肝肠寸断的琴声已戛然而止。

"曹爱姬！"李世民一声惊呼，身子已弹射而起，疾步向殿外冲去，身后卷起阵阵狂乱的风旋……

急急推开含风殿宫门，奔向殿内，奔向昏倒在瑶琴旁边的曹娴。

正在曹娴身边呼唤着的红儿和墨菊，慌慌地闪到一边。

李世民俯身一看，只见曹娴双目紧闭，面色惨白，长长的秀睫上悬挂着点点细碎的泪滴，似已凝冻，真如一把把利刃，一齐戳向他的心头。忽然回过头，向跪伏于地的红儿和墨菊厉声道："你们是怎么看护娘娘的，怎么会这样？"

红儿颤抖抖地回答："陛下，娘娘她，她呕血……"

李世民闻言，急回头来看曹娴口唇，见唇角处果然隐有丝丝血迹。

此时，红儿起身来到李世民身侧跪下，将一团手帕展开托起："陛下，请看……"

李世民侧过头看时，见那手帕上洇着一片暗红色血渍，浑身骤然一震，向两个侍女吼一声："还愣着做甚？快去传太医！"

红儿和墨菊抖抖地爬起身，跌跌撞撞地向殿外跑去。

李世民忽又想起什么，朝着她俩的背影再吼："记住，必须命蔺太医来！"然后把昏迷中的曹娴抱起轻轻放到床上，声泪俱下地呼唤起来，"爱姬，你醒醒，爱姬你可莫要离开朕哪……"

一声声泣血的呼唤,苍凉,悲怆,声震殿宇,令随后来到殿中的徐惠悸恸心碎……

蔺太医带着另一名太医急急赶来时,曹娴已稍稍苏醒过来,只是气息弱若游丝,亦不能言语。

为曹娴诊过脉,蔺太医跪奏:"陛下,可否移步外殿说话?"

来到外殿,蔺太医奏道:"娘娘病症,乃产后元气尚未恢复,心神又遭重创,以致气滞血瘀,方咯血晕厥。治则,当先用行气化瘀之药,再用升阳补元之药,还有……还有……"

李世民看他一眼:"讲嘛,莫要有顾虑。"

"还有便是,娘娘的病是心病大于身病,若要治身病必先治心病。身病,臣等可医,这心病臣等却是无能为力。祈陛下恕罪。"

"那你们便医治身病吧,医治心病,非你等所能为,朕不怪罪你们。"李世民说罢,略一转念,问道,"蔺爱卿,前日你为悯儿诊过脉,曾说悯儿是服食了慢性致毒之物,那么,依你之见,那毒物会是什么?"

蔺太医一听这话,赶忙又跪下:"陛下,微臣未见到实物,只能猜测,若猜测有误,还请陛下恕罪。"

"你只管大胆讲来,朕恕你无罪。"

蔺太医小心作答:"臣观药典,有一种毒药名曰金刚砂,其性有二,一为毒性微弱,以象牙、银器等试毒器具均难以试出;二为中毒者不会暴死,服食之后,先是不思饮食,继之胃肠出血而亡,其状颇似病故。"

李世民两边太阳穴上青筋突起,极力压抑着心中恨气道:"你是说,有人将金刚砂掺入了水中或乳汁中喂服给了悯儿?"

蔺太医叩道:"微臣只是猜测,未敢断言。"

李世民一挥手:"你起来去为娘娘开方子吧。"

自此,李世民将朝中诸事都交由几位股肱大臣去料理,自己则日夜寸步不离地守护在曹娴身旁,用自己的爱心温暖着爱姬的一颗破碎的寒透了的心。曹娴心知君王此举,表明他已自知错怪了她,心情自也慢慢好了起来。

这日晚间,李世民端过一旁几上茶盏,对曹娴说道:"爱姬喝口热茶润润喉咙吧。"

曹娴赶忙起身接过:"陛下,这如何使得?有红儿她们呢。臣妾如今已好多了。已经五日了,陛下一直未曾离开过臣妾身边,令臣妾心中甚感不安。陛下乃一国之君，当以国事为重，切莫再陪伴臣妾了。"

看着爱姬渐渐变得红润的艳丽容颜，李世民柔声道："朕要当着爱姬的面审一宗案子，无论案情如何，皆望爱姬一莫动情，二莫动气，爱姬可做得到？"

曹娴点点头，问道："是何案子？"

"马上你便会知道。"李世民说着转向殿口抬高声音道，"备辇，抬修仪娘娘至承庆殿！"

曹娴忙道："不用了，臣妾自己能走。"

"那你慢些走。"李世民说着，转向殿口处侍立着的红儿和墨菊，"去把修仪娘娘的侍女皆召至承庆殿，朕有话要问。"

李世民和曹娴来到承庆殿，在含风殿当值的六名侍女也同时到了，一起跪伏于地，叩拜君王和娘娘。

李世民扶曹娴靠坐在卧榻上，然后自己在一边御座上坐下，对跪在地上的六名侍女道："那日，修仪娘娘前往感业寺进香之时，是谁留在殿中照看悯儿？跪到前边来！"

红儿、墨菊和紫霞应声往前膝行两步，又都伏下头去。

李世民又问："那日，你们是否一起离开过悯儿？离开过含风殿？"

三位侍女的头几乎都触到地上，无人答言，红儿和墨菊似都在颤抖，唯有紫霞一动不动。

"为何不说话？"李世民眉头顿然皱起，霍地起身，踱至红儿面前，"红儿，你以前一直是侍于朕身边的，朕知你老实勤快，方将你留在了修仪娘娘身边，怎么，连你也不对朕说实话了么？"

"奴婢不敢。"红儿声音抖抖地说道，"奴婢这便说实话。那日，娘娘离开殿中不久，紫霞姐姐便从衣衽内取出一只小瓷瓶，说是人家送给她的香料，说着便打开瓶盖，让奴婢与墨菊闻，奴婢伸鼻至瓶口去闻，果然异香扑鼻，可不知怎的，闻过那香，头便飘飘的，整个身子亦似飘了起来，只认识紫霞姐姐一个人，再也不认识他人他物，亦不知自己身在何处，只想跟着紫霞姐姐走，不知过了多久，又醒转来，似睡醒一般，人仍在含风殿悯儿身边。方才的一切，似皆在梦中，可只记得，一直在跟着紫霞姐姐走，旁的事全不记得。"

李世民眉心已凝成道道沟壑，将一直在红儿和紫霞身上游走的目光移到墨菊身上："墨菊，你呢？"

墨菊身子如秋末风中凋零的残叶般簌簌颤抖，牙齿亦不住地打战："奴……奴婢……与……与红儿姐姐一个样,闻了瓷瓶中的香气,亦觉身子飘飘的,不知自己到了何处,只认识一个紫霞,只想随她而行……"

"够了!"李世民厉声打断墨菊的话,"既是如此,你们当时为何不告知于娘娘?为何不告知于朕?难道你们不知,如此怪异之事,你们隐匿不报,犯的是欺君之罪么?"

红儿和墨菊都以头触地,语声颤颤:"奴婢……知罪。"

"讲!为何隐匿不报?"李世民眼中烈焰腾腾。

红儿扭头看一眼身旁的紫霞,见她面若冷霜,毫无表情,便道:"紫霞对奴婢们说,她只与奴婢们做了个小小游戏,却碰巧赶上悯儿病了。闻香如梦之事,若谁都不告知于陛下与娘娘,彼此均无事,若告知了陛下与娘娘,奴婢与墨菊都活不过当日。是奴婢胆小怕死,犯了欺君之罪,奴婢甘愿一死。"

墨菊也因战栗而语不成声:"奴……奴婢……也……也甘愿……一死。"

李世民从鼻腔里冷哼一声:"来人!将这两名贱婢押入大牢!"

话音未落,两名侍卫已从殿外疾步奔入。

"陛下且慢!"

李世民循声回头看时,只见曹娴面色苍白,似强撑身子倚着床栏坐起,忙过去扶稳她道:"怎么?"

曹娴苦苦一笑:"红儿与墨菊,也是遭人蒙骗了,并非故意作恶,祈陛下对她二人网开一面,免于责罚。"

李世民叹一口气:"唉,爱姬呀,你太过善良了,似此等贪生怕死,置忠义于不顾之人,如不予责罚,何以以儆效尤,整肃后宫?"转对两名侍卫,"押下去!"

红儿和墨菊被押走了,跪在前面地上的只剩下了一个紫霞。她却是不惊不战,面上一直保持着冷漠的神情,只是面色已变得惨白如纸。

李世民站起身来,在她面前来回踱着步子,忽地背对着她收住脚步,努力压抑着心中愤怒,声音平静得有些异样:"你讲,一个刚刚满月的婴儿,不会招你,不会惹你,平白无故的,你怎便下得了那种毒手,要将他毒死?"

紫霞身子似一动,面上神情却无丝毫变化,声音亦是硬生生的:"悯儿不是奴婢毒死的!"

李世民倏然转身,刀锋般的目光直直刺向对方:"那是谁毒死的?"

紫霞从牙缝间冷冷挤出四个字来:"奴婢不知。"

"是么?"

"那日，奴婢只是领着红儿与墨菊到殿外去了片刻工夫，余皆一概不知。"

李世民眼风一闪，心细如丝的他已从中嗅出另外的味道："如此说来，你与那下毒之人有一个共同的幕后指使者，你用那迷药迷住红儿与墨菊，携她二人离开殿内，是为那下毒之人提供作案时机。讲！那幕后之人是谁？"

紫霞将脸扭向一边，面目凝冰，嘴唇紧闭，任对方如何逼问，再也不吐露一个字。到后来，竟把头一扬，凛冽如冰刃般的目光直对向李世民："莫再问了，奴婢至死都不会讲的，况且，奴婢要真的讲了，陛下定会后悔，不该逼问奴婢，到那时，陛下会进退维谷，骑虎难下的！"

"你……"李世民惊怔在了当地。

紫霞又把头低下："你杀了奴婢吧，奴婢眼下只求一死！"

曹娴已惊得整个身子瘫在了卧榻之上，一动不能动，脑海中却飞快地闪过一个个曾经亲见的画面：

——魏王李泰那臃肿的身形，倨傲的步态，充满敌意的目光。

——吴王李恪那潇洒飘逸的风度，那顾盼有神的眼眸中隐隐而现的邪魅光色。

——吴王李恪从韦贵妃殿前走过时那形迹可疑的身影。

片刻之后，李世民回过神来，眼中愤怒之色，已融进痛楚的光晕："来人！将这贱婢押入死牢，严加看管！"

怒气填膺而又烦躁不安，使李世民的情绪一时很难稳定下来，他在地上不停地来回踱着步子，连曹娴"陛下""陛下"两次轻声呼唤似都没有听见，忽又停住脚步，对一旁仍跪伏于地的三名侍女道："你们说，那个紫霞是谁派到修仪娘娘身边的？"

三名侍女中的如姗轻声回答："除了红儿，紫霞与奴婢们都是修仪娘娘将入宫之时，由夫人领到含风殿的。"

"夫人？"李世民微微皱起眉头，向殿门口高声道，"速传夫人进殿！"

杨夫人来了。今晚的她，着一袭胭脂色紧身嵌边长裙，款款裙摆，缀着颗颗细密绯红珍珠，愈显身姿纤丽。乌云般秀发上，簪花叠玉，薄绢的含苞牡丹，盈盈绽放。如是装扮，虽似仓促而就，却也令容颜艳色横流。一声"参见陛下"，如莺啭歌喉。眼神流转，落在卧榻上半躺半靠着的曹娴身上，似有失望一瞬即逝："见过曹修仪。"

想她或以为这么晚了召她而来，乃陛下召幸，故而虽时间仓促却还是紧着做了些装扮，一当进入殿内见此情形，长久以来的期盼刹那间落空。

曹娴欲离榻回礼，就听杨夫人道："妹妹玉体病弱，且莫动，免礼罢。"

李世民冷冷而问："曹修仪入宫之时，是你将紫霞领到含风殿的么？"

杨夫人目光一悸，听对方语气，明显含了诘责的意味，便低声回答："是。"

李世民又问："那么，那日曹修仪去寺中进香之时，紫霞用迷药将看护悯儿的两名侍女迷住，带出殿中，此事你可知晓？"

杨夫人心内一噤："回陛下，妾身不知。"

李世民目光炯炯，注视着对方神情的变化，又问："那紫霞，你是从何处领来的？"

杨夫人道："这个，陛下是知道的，自先皇后去了，后宫无后，宫中诸事皆由贵妃做主，紫霞便是妾身按贵妃吩咐自贵妃宫中领到含风殿的。"

李世民眉峰一抖，冲殿门口高声道："钱福，速召贵妃来见朕！"

一侧头，这才注意到如婳等三名侍女尚在一边地上跪着，便道："你们三个，起来退下吧。"

三名侍女刚刚退出不一会儿，韦贵妃就到了。今夜的她，着一袭翡翠绿金丝镶边长裙，流云乌发上九凤长穗玲珑簪灿灿流光，轻施薄粉，绛点樱唇，尤可见出当年天人绝色。想她这么晚了见召，也是以为召幸罢，一见殿内情形，神色亦是一变。

见礼毕，李世民开门见山："那个侍女紫霞，是你派到含风殿曹修仪身边的么？"

韦贵妃闻言，目光一跳，似有惊晕掠过，随即稳住，低身一礼："是。"

"那么，她必是听命于你了？"李世民此问，似有请君入瓮的味道。

韦贵妃显然听出了君王话中的弦外之音，顿一顿，婉转反问："陛下的意思是……"

"朕的意思是，她是你的人哪。"这一回，李世民把话说得更直露。

"不！"韦贵妃口气如珠玉落盘，"那紫霞，原在贤妃宫中，是贤妃荐给臣妾，臣妾即刻将她配到曹修仪身边的。"

"是么？"李世民眉目一扬，陡感意外。

"臣妾所言，句句是实。"

"那么好啊。今晚朕便赏你们个群妃会。"李世民这话似在自我解嘲，"钱福，召贤妃！"

燕贤妃，一身明红锦纱裙，金丝线纹绣飞雪梅花，外罩杏黄丝绸披帛，墨发挽作流仙髻，簪一枝带露桃花，柳眉细目，妆浓粉香，更是别有一番风韵。进入殿中，流眄目光微微一滞，随复如初，莲步上前——见礼。

李世民显然已不耐烦，出言更是没了铺垫："贤妃，朕问你，那紫霞是你荐给贵妃的么？"

燕贤妃听君王这突兀一问，先是一愣，继而疑惑地转向韦贵妃，见韦贵妃眼睛看着别处，面上毫无表情，便转向李世民道："回陛下，紫霞是一年之前贵妃娘娘从臣妾宫中要走的。"

"贤妃妹妹！"韦贵妃突唤一声，眼睛直直盯向燕贤妃，"你何以如此健忘？明明是姐姐我去你宫中之时，你将紫霞荐给姐姐我的，怎么倒说是姐姐我向你讨要的？"

燕贤妃神色诧异地望着韦贵妃，只见韦贵妃盯视自己的目光中，似有无数钢针直向自己射来，心中一虚，顿时低下眉眼。

韦贵妃见状，又追上一句："那事，妹妹如此之快便遗忘了么？"

燕贤妃抬起的目光始则游移，继而又抖抖地低垂下去。

在她二人相互对视的一刹那间，从韦贵妃那咄咄逼人的目光中，从韦贵妃似是一语双关的一问中，从燕贤妃始而诧异继而虚怯的神态中，曹娴分明觉出她二人定然有过某种见不得人的交易，燕贤妃定在韦贵妃手上有了某种短处。偌大后宫，真如深不见底的一潭浑水呀。

李世民已变得十分焦躁："你们二人究竟谁说的是实话，唉？"

韦贵妃"扑通"一声跪下："陛下，臣妾在陛下面前何敢言虚，确是贤妃记忆有误。"

李世民如炬目光盯向燕贤妃："贤妃，是这样么？"

燕贤妃已俯伏于地："是……臣妾一时淡忘了，贵妃娘娘……说的是。"

李世民口气骤然严厉起来："那么，紫霞于曹修仪外出进香之时，用迷药将另两名侍女迷住并带出殿外，你是知道的了？"

燕贤妃浑身一颤，不自禁地望向李世民的目光中充满惊悸之色："不！这……臣妾不知，真的不知……"

李世民道："那紫霞不是你荐给贵妃的么？她之所为不是受你指使，又是受谁指使？"

燕贤妃骇然瘫伏于地，面上神色惊恐万状，发上簪花簌簌乱颤："不……不……臣妾……万，万无此事，万无此事啊……"

李世民怒不可遏，声如山崩海啸："你好大的胆子！做出此等恶事，还敢抵赖！讲！你为何要指使人毒害悯儿，那紫霞是你的什么人？"

燕贤妃面色惨白，冷汗如注，浑身战栗不止，使她几乎语不成声："陛下……明察，臣妾，臣妾……万不会……做出……此等……伤天害理之事。臣妾……与曹修仪母子……无冤无仇，怎会下此毒手？再者……做出此等恶事，既是……害了曹修仪母子，又是将……将紫霞推向了……火坑。论起来，紫霞是臣妾的……甥女，臣妾无论如何也不会……将她往死路上推呀。"

这一席话，似真的发自于肺腑，又入情入理，但李世民深知，历来后宫险恶，几句巧舌之言，断然不可贸然轻信，就又冷哼一声道："巧言令色，你以为朕会轻信么？如你所言，紫霞既是你的甥女，这不正好证明，她要听你这个长辈的话么？"

燕贤妃听了这话浑身猛一哆嗦，自知为了表白自己，却反倒弄巧成拙了，情急之中说道："紫霞亦是到了臣妾宫中才几日，便被贵妃娘娘要……哦不，被贵妃娘娘领走的。"

她自知，她这么一说，极有可能把她的舅父杨师道牵扯进去，但为了保命，她一时顾不了许多了。

"嗯？"李世民眼中火苗一跳，"你说什么？到你宫中才几日？此前她在何处，她究竟是什么人？"

燕贤妃抬起头来，侧头举目，望着杨夫人："她，她是夫人的亲生女儿。"

一句话出口，满殿皆惊，杨夫人更是惊得花容失色，面色倏然变得煞白，话也脱口而出："什么？你说什么？"

唯独韦贵妃不惊不诧，嘴角反倒撇出一丝冷笑。

这一幕，被一直注意着她的曹娴全看在了眼里。

燕贤妃望着杨夫人的眼中，似浮上一抹笑意："妹妹我是说，紫霞是姐姐你的亲生女儿啊。"

杨夫人脑中轰然作响，身子一软，一下子跌坐在地，口中喃喃："紫霞，是霞云么？云儿，我的儿？"

是啊，细细一想，那眉，若远山含黛，那眼，犹碧潭清凌，一点樱唇，艳艳娇红，虽非绝色女子，又怎无自己当年韵致？

十七年前，那个血雨腥风的早晨，又一次浮现在了她的眼前……

齐王府，一场屠戮过后，尸横遍地，血流成河，似唯独剩下了她，齐王妃，一个孤弱的女子……

进入东宫丽政殿，来到新太子李世民身边，虽是备受荣宠，却每每思及自己的小女云儿，几乎痛不欲生。新太子也为当时只命手下将士保护齐王妃，却没有想到她还有一个小女而懊悔不已,只能安慰她:不见孩子尸首,或许已被人救出,还活在世上。此后的几年,她一直设法寻找女儿下落,却始终未能如愿,就以为女儿早已不在人世,没想到女儿还活着,可当自己得知这一消息时,女儿已被打入了死牢!

李世民亦大感震惊,身子往后一仰,跌坐在御座上,伸手一指燕贤妃:"讲!那紫霞怎是夫人之女?在进入你宫中之前,她在何处?当年是谁将她救出的?你向朕备细讲来!"

燕贤妃早已听杨夫人对她说起过,陛下为当时没有命部下将士保护好云儿而痛悔不已,所以此时才敢把云儿还活着,且正是紫霞这一隐情讲了出来。她还想到,在曹修仪入宫之前,杨夫人是与徐婕妤一起被陛下隆宠有加的,眼下讲出来,陛下念及这段情分,也许会对紫霞法外开恩,从轻发落的。故而回答君王的问话,倒也显得不那么张皇:"紫霞到臣妾宫中之前,是在臣妾舅父杨师道大人府上的。当年玄武门之变,杨大人同其他将士一道进入齐王府,见云儿人小可怜,便将她藏匿起来,带入自己府中好生养育。一年之前,杨大人将已长大成人的她托付给臣妾,让臣妾教她习练琴棋诗赋。到臣妾宫中只几日,便又交由贵妃娘娘配给了曹修仪做侍女。"

"陛下!"杨夫人一声高呼,起身趋前几步跪倒在李世民脚前,含泪叩道,"乞陛下恩准妾身前往牢中见云儿一面,规劝云儿从实招供,以求从轻发落。"

众妃目光齐聚李世民脸上。

李世民略一沉吟,即道:"准!"

韦贵妃目光一噤,身子不由一抖,忽见曹修仪一双水目正定定地看着自己,赶忙眉眼一肃,又恢复了常态……

皇城,夜色沉沉,深黑如墨,如钩弦月,似游走在浓浓淡淡的流雾之中,洒落下的点点凉华,尽被浓重的夜色吞没,更给死寂的皇城增添了幽深肃杀的恐怖氛围。

幽暗沉寂的天牢,厚重牢门"吱吱"开启,里面昏黑一片,令进入其中的杨夫人半天都看不清里面是否有人。

她轻轻呼唤:"云儿,你在哪里?"

牢中死寂,没有人回答。

又过了好大一会儿,她才蓦然看见了一双眼睛———一双有着清秀的轮廓,却凝满了冰冷恨意的眼睛。

"云儿,你真的是云儿吗?"杨夫人似还不敢相信,面前的女子就是自己寻访多年终无结果的亲生女儿,此情此景母女相见,她真不知是喜,是悲。

"你是谁?是当今大唐皇帝的杨夫人,还是当年叛夫弃儿追慕荣宠的齐王妃?"对面紫霞眼中尽是令人不寒而栗的炭炭剑气,话语亦凛冽如冰刀一般。

是她,是她!这一言一语,不是出自云儿之口,还能出自谁人之口?泪水便如漫天而降的冷雨,簌簌洒落。早已平静下来的心,仿佛被生生扯开,撕碎……

"云儿,我知你恨我,以为是我抛弃了你,可你不知,这些年来,我一直在设法寻觅你——"

"莫再说了!你寻觅我?你为何要寻觅我?你已做了大唐天子的夫人,你已拥有了享受不尽的荣华富贵,你还找我做甚?你不怕我拖累了你,妨害了你,阻碍了你去争夺皇后宝座么?"

紫霞话语字字摄魄,句句锥心,森森杀气从那泪雨迷蒙的美目当中流泻而出,令人胆寒,使人心碎!

杨夫人骤感头晕目眩,身子一软跌伏于地,珠泪如霰,纷纷飘落,喉咙亦哽咽得说不出话来。许久,方颤声道:"是……我对不住你,我……不配做你的娘,我本无颜来见你,只是……只是……你如今获罪,如不据实招供,怕是……难免一死。我知你并非主谋,乃受人指使,且悯儿又非经你手所害,故此你只要如实供述案情,便可求得从轻发落——"

"你住口!"紫霞仇恨的目光,睹之令人寒透心髓,"你何时管过我的生死,何时顾过我的存亡?如今我犯了事,你倒想起我的生死来了,不过是,引诱我供出供词,你拿到你的陛下那里邀功请赏罢了。你休想!"

杨夫人声声血泪:"云儿啊,我纵不敢认你做女儿,可无论如何,你是我所亲生,你我血脉相连,我不想让你死啊……"

"你算了吧,"紫霞嘴角撇出一丝冷笑,"收起你那份怜悯之心吧,我不需要!我正告于你,不管你如何摇唇鼓舌,我都不会听信于你的,要我招供,休想!回去告知于你的陛下,紫霞死前别无他求,唯求能见救我养我的杨师道大人一面!"

得知紫霞要面见杨师道,李世民稍一思量,就命人将杨师道宣入宫中。

见礼毕,李世民先赐座,然后才问:"杨爱卿,朕问你,那紫霞姑娘,是你在玄武门之变时自齐王府救至你的府上,且由你养大成人的么?"

杨师道一听这话,脸色倏然一变,赶忙离座俯伏于地叩头不止:"回奏陛下,那紫霞确为微臣所救。当年事变之时,微臣自齐王府中见她年幼孤弱,甚为可怜,遂将她救出并由微臣养育成人。此事微臣多年隐匿不报,犯下欺君大罪,伏乞陛下降罪,臣万死不辞。"

李世民忙上前亲手将他扶起："杨爱卿快快请起,你救了紫霞姑娘且将她养育成人,朕非但不怪罪于你,反倒要褒奖你呢。此事当时朕本就考虑不周,事后夫人多方寻女不成,朕亦每每因之自责,爱卿之所为正是解除了朕与夫人一大心病。只是,近日她参与谋害小皇子,已被打入死牢了。"

　　杨师道一听,顿时大惊失色,再一次跪倒,以头触地:"紫霞犯下死罪,皆因微臣引起,是微臣将她救出养大,又教导无方,以致养虎为患,铸成大错,微臣甘愿领罪伏诛。"

　　李世民道:"爱卿请起。紫霞犯科,与爱卿无涉,她是她,你是你,望爱卿切莫过于自责。朕今日宣你进殿,是有一事需你去办,那紫霞在牢中求见你一面,朕已准了,你即可前往牢中见她。"

　　杨师道一听,又是大吃一惊,赶忙再度跪下磕头:"陛下,臣不敢,万万不敢,此时去见她,恐有串供之嫌,微臣万万担当不起呀。"

　　李世民微微一笑:"爱卿切莫过虑若此。朕命你去见她,便是毫不疑你,充分信任于你。你是朕的心腹股肱重臣,耿耿忠心,日月可鉴,朕怎能疑你有串供之嫌呢?那紫霞欲求见你,此举本身便足可说明你并非她的同谋,因而她也不会与你串供。你若与她属同案共谋,她断不会求见你的,你乃她的救命恩人,她岂可恩将仇报将你牵连进去?故而你尽可放胆前往。朕准你去见她,是要你衔命而去的,你要向她申明大义,晓以利害,促她幡然猛醒,如实供述案情,以求从轻发落。杨爱卿,你看呢?"

　　杨师道连连叩首:"谢陛下不疑之恩,臣谨遵圣命。"

　　暗夜如潭,星光惨淡,杨师道在牢头引领下,来到天牢门外。

　　狱卒打开牢门,牢头将一盏西瓜纱灯放置牢内,又让狱卒搬进一把明丝藤花椅,便都退出牢外,说一声:"杨大人请。"

　　杨师道缓步进入牢内,就听里面凄惨惨一声呼唤:

　　"爷爷……"

　　杨师道定睛看时,只见面前一女子已俯伏于地,发丝略显凌乱,衣饰倒还整洁,虽看不见其颜面,却一眼就可认出,此人正是紫霞。

　　杨师道跌坐在藤椅上,心中一阵揪痛,半晌方道:"霞儿啊,你,你真做出了参与谋害小皇子之事?你为何要做此等不仁不义之事啊?"

　　紫霞凄然的声音中透着决绝:"爷爷呀,孙儿至今记忆犹新,当年那场血腥屠戮,当今的陛下,杀我父王,霸我母妃,孙儿若非爷爷相救,亦早已死于他的屠刀之下，故而他与孙儿有不共戴天之仇。为报杀父霸母之仇，孩儿方决意如此行事的。他杀我父王，我便害他子嗣，正所谓一报还一报！"

杨师道闻言大为惊骇："如此说来，那小皇子确是经你手所害的了？"

"不！"紫霞摇摇头，"那小皇子并非孙儿所毒杀，也无人告知过孙儿有人要杀小皇子，但孙儿知道，既是人家让孙儿将另两名看护小皇子的侍婢引出殿内，定是有人要在小皇子身上做文章，如此，也算孙儿报了仇了。"

杨师道叹一口气道："孩儿啊，爷爷从未向你提起过往昔之事，爷爷与你本该以舅爷与甥女互称，可爷爷却与你以爷孙互称，为的便是不让你知晓你的身世，可你还是知道了，不知你是听谁讲起的？"

紫霞抬起头来，眼中尽显凄苦之色："爷爷，孙儿当年五岁，已然记事了。"

"如此说来，你本就知道当年之事，可爷爷却从未听你说起过一句呀。"

"爷爷，孙儿不向您提起那不堪往事，皆因孙儿有自己的顾虑：孙儿一旦向爷爷提起，爷爷若不赞成孙儿所想，会恐孙儿心中不满；爷爷若赞成孙儿所想，又是对当今陛下不忠，故而孙儿不想让爷爷为难。"

杨师道又是一声长叹："没想到，你小小人儿，心中却装了那么多的仇怨纠葛，且多年来从未向人说起，只憋在自己心里，这这这，真是太残酷、太可怕了！不该当啊。今日爷爷要与你说几句心里话，隐太子与你的父王，都已是过世之人了，爷爷不便再对他们多加褒贬，爷爷只想说，当年陛下之所为，乃顺天应变之举，亦是不得已而为之的。爷爷不指望你能接受陛下的做法，可也不希望你深陷仇恨的苦海而不能自拔，这冤冤相报何时能了啊。"

紫霞听了这话似是不解，问道："爷爷，你也这样说？你真是这样以为么？"

杨师道口气不容置疑："爷爷的话，绝无逢迎谄谀陛下之意，确为爷爷肺腑之言！"说到这里又叹一口气，"孩儿啊，你糊涂啊。爷爷当年救你，把你养大成人，是期望你能有个好的前程，虽不求荣华富贵，但求能平平安安度过一生，平安是福啊。可你，却做下如此糊涂之事，断送了自己前程，不值啊。你辜负了爷爷的一片苦心——"

"爷爷！"紫霞跪伏于杨师道面前，泪下如雨："孙儿对不住爷爷，爷爷的养育之恩，今生今世已无从报答，只能期待来世了。"

杨师道起身将紫霞挽起："孩儿啊，陛下准爷爷来面见孩儿，便是让爷爷告知于你，亡羊补牢，犹未为晚，你当据实供述案情，将那幕后指使者供出，以求从轻发落。"

紫霞泣道："爷爷，非孙儿不听爷爷劝告，实是孙儿心有苦衷啊。一者，孙儿所为，罪在不赦，纵然如实招供，亦难赦免；二者，那幕后之人，非比寻常，且非一人两人，其徒党遍布朝野上下，即便孙儿供出，当今陛下为皇家体面计，为骨肉亲情计，也不会将其全部查出一网打尽的，说不定只会杀一两个孙儿这样的替罪羊，或者最后不了了之。若是那样，即使孙儿被陛下饶过了，也不会被那些人放过的。而且，还会连累他人。"

杨师道闻言心生疑惑："孙儿所言他人，指的是谁？是爷爷么？"

紫霞摇头："爷爷树大根深，且为陛下倚重之忠良大臣，他们是难以撼倒的。"

杨师道问道："那么，又是谁呢？"

紫霞苦苦一笑："事已至此，孙儿也无可隐瞒了。孙儿在爷爷府上时，爷爷府上有一位书办名孙亮，孙儿与他，虽未朝夕相处，却是能经常见面的，渐渐地，相互间他有情，我亦有意，已私订了终身。孙儿入宫之时，便想着日后能够出宫，好与他一生相依相伴，谁知，此愿竟被他人窥得，许是孙儿夤夜呓语被人听到了罢？他们便以此要挟孙儿，说，只有依照他们的旨意行事，日后孙儿方得出宫。故而孙儿犯下不赦之罪，半是出于复仇之愿，半是为他人所迫。事后，他们又威胁孙儿，无论事泄与否，孙儿皆不得向人吐露半句实情，不然，不仅孙儿性命不得保全，孙亮亦难保无恙。如今孙儿已将生死置之度外，唯愿孙亮能够平安无事。"

杨师道听到这里感叹不已，说道："孙亮人品才学俱佳，是爷爷颇为赏识的人才，孙儿既是与他有情，为何不尽早告知于爷爷？爷爷会成全你们啊，何至于走到今日这一步呢？"

紫霞含悲垂泪而语："晚了，一切都晚了，孙儿真真是为情所牵，为仇所累呀。"

杨师道说道："虽说悔之已晚，却并非全无回旋余地。我儿当听爷爷最后一劝：珍惜最后时机，如实坦白案情。当今陛下乃一代英主，纵是案情复杂，牵涉重大，亦能明断公处。如此，我儿将会免于一死，孙亮亦可确保无恙。爷爷所言，望我儿三思！"

紫霞道："爷爷肺腑之言，孙儿都用心记下了，只是，目下孙儿心绪甚乱，容孙儿静下心来再想一想。"

杨师道站起身来道："好吧，爷爷盼你能尽早想清楚。"

杨师道从天牢出来，不敢怠慢，急驱承庆殿面见李世民，将在牢中与紫霞见面情形备细奏述一遍。

李世民听后略作沉吟，而后道："看来，此案半是国事，半是家事，且干系重大,明日早朝毕,朕与爱卿同往牢中去见她,如她能据实招供,朕可免她一死。"

次日一早,李世民起床后刚刚洗漱完毕,正要动身前往前殿之际,钱福进来禀报:"陛下,天牢狱丞何启求见陛下,在宫外候着呢。"

李世民先是一怔,随即道:"让他到两仪殿西偏殿外候着。"

坐在步辇之中,李世民已有不祥预感:天牢那边定是出事了,多半会是那侍婢紫霞。

李世民来到两仪殿西偏殿,一声"宣何启进殿",就见那何启神色慌张地奔入殿内,一头跪倒:"参见……陛下。"

李世民眉头紧蹙:"何事?"

何启以头触地:"囚犯紫霞她……她……"

李世民一声断喝:"她怎么了?快讲!"

"她……她死了。"

"什么?"李世民霍地起身,袍袖将案上茶盏一下拂落在地,"呯"一声脆响,青瓷茶盏摔成一地碎片,水花四散溅开,"何时死的?"

何启浑身猛一哆嗦,牙齿打战:"刚……刚发现。"

李世民双目喷火:"怎么死的?"

何启顿一顿,才道:"是……是自杀。"

"自杀?确实么?"李世民目光如剑,似要把对方身心穿透。

何启始终不敢抬头,小心作答:"是……她将裙裾撕成布条自缢而亡。"

李世民双眉紧锁,对站立一旁的钱福道:"宣刑部尚书刘德威!"

刑部奉旨对紫霞命案作了一番按查之后,刘德威来向李世民奏报按查结果,见礼毕,一开口便道:"微臣有负圣望,乞陛下降罪。"

李世民皱起眉头:"刘爱卿何出此言?"

刘德威道:"遵陛下旨意,我刑部对侍婢紫霞命案做了按查,却未能查出真凶,以致该案终成疑案,此系臣等无能,臣愿领罪受罚。"

李世民道:"卿等是如何按查的,讲与朕听!"

刘德威道:"自案发现场看,死者系自缢而亡,却事出蹊跷:由死者裙裾撕成的绸带绳套,一端套于死者颈部,另一端却套在了床腿上,如此缢法绝不会致人死亡。且除了床腿,牢内再无其他自缢的依凭;若系被他人勒死,当有死者与凶手搏斗反抗的痕迹,但却丝毫痕迹皆无。分别按问两名当夜值守的狱卒,他二人供述,当夜并未察觉天牢内有任何异动。虽经反复按问,他二人以上口供却始终不改,至此，案子按查再无新的进展。"

李世民问道："那两名狱卒现在何处？"

刘德威回答："已然系狱，与牢头一并押入大牢。"

此时钱福进殿奏报："陛下，大理寺大理少卿胡演求见。"

李世民对刘德威一摆手："刘爱卿，你退下吧。"

待刘德威退出去，李世民对钱福道："宣胡演！"

第三十章
览囚账建言施德政　查均田纵论治国方

胡演进殿后，把大理寺当年十一月的囚账呈上，请皇上御批。

是夜，承庆殿灯火通明。李世民从午后到掌灯时分一直在伏案审阅这厚厚的一大本囚账。

曹娴端着茶盏走了过来，把茶盏放在御案上："陛下已看了两个时辰了，该歇一歇了。"

李世民从囚账上抬起头，端起茶盏呷了一口茶："嗯，这一大本账册，简直把朕的头都看晕了。"放下茶盏，舒展一下双臂，然后用手一指囚账，"哼！这囚账竟有这么厚，爱姬你来看一看，看过之后不妨说说你的看法。朕是该歇一歇了。"

曹娴接过囚账，坐到一旁的绣墩上认真看了起来。

李世民离座，背着手在殿中央地上边踱步边道："这是大理寺呈上来的今年十一月的囚账，内中含朝廷百官及京师徒刑以上的案子，还有大理寺重审的死刑案与各州狱解送来的要案。"

曹娴道："仅十一月一个月的囚账，系囚就有如此之多？"

李世民道："是啊，自今岁大灾以来，受灾诸州盗贼时有发生，或二三百，或四五百，多者达数千人甚至上万人。这些人或冲闯官府，哄抢仓储，或四处流窜，聚众闹事，或招兵买马，妄图大举，就连京师也不乏盗贼踪迹。现诸州正严加清剿，逮捕支党。囚账所记之大部，即为这些盗贼。"

曹娴边看囚账边道："囹圄人满，实非国福。"

李世民身子一震，停住脚步，扭头着意向曹娴看去。

曹娴眉头微皱，正在专注地看囚账。

李世民又开始踱起步来：“是啊，系囚甚众，朕着实忧虑。如何掌握处置这些囚犯的尺度，也令朕颇费斟酌。方才朕召尚书左右仆射长孙无忌、房玄龄计议此事，长孙无忌以为，如今大灾，奸民蜂起，不严加惩治，杀一儆百，则难以安定天下。房玄龄亦持此议。然朕总觉得，严刑峻法，终归不是安定天下之良策。其中的死刑案，更须慎刑，故此朕曾下旨，凡死刑案必由大理寺、刑部与御史台共同复审，然后奏报给朕，经朕批复后方可执行。”

　　"陛下！"曹娴看着囚账，话语脱口而出。

　　"嗯？"李世民停住脚步，"怎么？"

　　曹娴抬起头道："这死囚账上有一人名，令臣妾简直不敢相信自己的眼睛。"

　　李世民道："哦？此人是谁，其姓名有何特别之处？"说着话已走到曹娴身边。

　　曹娴用手指着死囚账上一个人名："就是这个名字。"

　　李世民："赵云鹏？莫非爱姬认识此人？"

　　曹娴看着囚账："这死囚账上写得清楚：'赵云鹏，平州卢龙县龙河湾人。'"接着抬起头看着李世民道，"此人乃臣妾于家乡村塾就读之时的同窗。与别的同窗相较，其家境贫寒一些。当时平州一带爆发蝗灾，他因食不果腹而辍学，然其性情敦厚，心地良善，怎就入了叛贼团伙，还做了所谓'常胜军'的记室参军呢？"

　　李世民道："或许是因贫困至极，为求活命，便铤而走险？"

　　曹娴道："若是为求活命，偷窃他人食物，这不足为怪，可他却加入叛贼团伙，且做了叛贼团伙的头面人物，这不能不令臣妾着实费解。"

　　李世民道："既然爱姬有如此疑问，朕不妨见见此人，看他叛逆之举是否另有隐情。来人！"

　　钱福进殿："奴才在。"

　　李世民道："传旨，命大理寺大理少卿胡演押上大理狱在押死囚赵云鹏速来见朕！命长孙无忌、房玄龄也过来！"

　　钱福退出后，曹娴对李世民道："臣妾昔日同窗沦落到如此地步，臣妾与之见面定会使其甚为难堪，臣妾似当回避。"

　　李世民道："好吧，爱姬可于内殿暂避，在内殿亦可听到他讲些什么。"

　　长孙无忌和房玄龄前脚刚到，赵云鹏后脚也被胡演和两名狱卒押到了殿内。

　　李世民乍见赵云鹏面目，立刻就一愣。

　　此时的赵云鹏，项戴枷锁，身着囚服，足蹬草鞋，鬓发蓬乱，面色如蜡，一双毫无神采的眼睛无力地开合着，其中蓄满惊慌、恐惧和绝望之色。当狱卒把他摁跪在地之后，他沮丧地低下头去，一声不吭。

李世民问："你就是赵云鹏？"

赵云鹏声音含混而低沉："小民是赵云鹏。"

李世民又问："你为何要背叛朝廷？"

赵云鹏低头不语。

站在侧旁的胡演道："圣上在问你话呢，还不从实招来？"

赵云鹏道："小民走到今日这一步，是小民本人之罪过，可亦属被逼无奈——"

"什么？"长孙无忌打断赵云鹏的话，呵斥道，"你说你叛逆是被他人所逼？谁逼你了？难道你叛逆不是你的错，反倒是他人之错？"

李世民道："让他讲，是谁逼他了？"

赵云鹏出语含悲："讲起此事，小民一言难尽。"

李世民道："那你便慢慢讲，朕有耐心听你把话讲完！"

赵云鹏就戚然讲起被迫走上反叛之路的经过。

这一年开春以来，赵云鹏的家乡平州遭逢大旱，以致其家中三十余亩薄田颗粒无收。因断粮，其老母被活活饿死。为给老母置一口薄棺下葬，赵云鹏向镇上大户崔家借了三十文高利贷。为还债，他正要带着小妹翠儿去卢龙城里做工挣钱，却被崔家来逼债的管家崔升和两名家丁堵在了门里。

崔升进门便道："赵云鹏，你借我们东家的钱，东家三爷让我们来讨了，你还钱吧。"

赵云鹏一愣："崔管家，我借钱刚过三日啊，为何刚过三日就来讨啊？"

崔升道："三日还短？日子长了你还得起吗？"

赵云鹏道："可我此时没钱哪，我正要与我妹妹一同去卢龙城里做工挣钱呢，挣了钱才能还债呀。"

崔升道："你们要去卢龙城里？不成！你们走那么远，要是跑了怎么办？"

赵云鹏道："我们怎么会跑呢？"

崔升口气十分强硬："不成就是不成！"

家丁头目"蒜头鼻"也道："对！不成就是不成！"

崔升道："现下你们便须还钱！"

赵云鹏道："可我家现下没钱哪。要么这样，我们兄妹去给你们崔家做工，以工抵债，可成？"

崔升道："以工抵债？这我们可做不了主，须去问我们东家三爷，那便去见三爷，走吧。"

赵云鹏和翠儿来到崔家，崔老三劈头便问："拿钱来了吗？"

赵云鹏回答："钱我刚借了三日，若现下就还，我家没钱。"

崔老三道："没钱？没钱也得还钱哪，你说怎么办吧。"

赵云鹏道："要么我们兄妹给你家做活，以工抵债，可成？"

"以工抵债？"崔老三拿眼上下打量翠儿，继之道，"也成。这三爷我可是照顾你们，若换成别人我可不应承！你妹妹可留下，我家正缺一个烧火的丫头呢。你嘛，我崔家不缺做活的男丁，便免了。不过，一个女孩子，做的活值不了几个钱，你还得还钱。"

赵云鹏问："我妹妹的工钱如何算？"

崔老三道："做到年底，还有半年，就算五文钱吧，还有二十五文要还。"

赵云鹏道："可我家现下没钱哪。"

崔老三往上一撩上眼皮："没钱，你还有田嘛，那就以田抵债！"

赵云鹏发急地说道："不成啊，那三十亩田，是我家的保命田，不能用来抵债。"

崔老三又往上一撩上眼皮："什么保命田！保命保命，你保得住命吗？人不是已饿死了吗？你还要那田做甚？"

赵云鹏道："那田灾年是不产粮，可正常年景还是能产粮啊。"

崔老三蛮横地说道："爷不管你那么多，要么还钱，要么以田抵债，二者择一，由你定！"

赵云鹏狠一狠心："要么，就用五亩田抵债吧。"

崔老三冷笑一声："五亩？亏你说得出口，你那五亩薄田能值几个钱？"

赵云鹏咬咬牙，咽一口唾沫："要么再加一倍，十亩。"

崔老三口气十分强硬："十亩也不成，最少也得十五亩，少一亩也不成！"

"这……"把十五亩田都给了人，这是在剜他赵云鹏的心头肉啊，他实在难以接受。

"怎么？"崔老三把眼一瞪，"你不愿意？那便还钱！"

"好吧，"赵云鹏被逼无奈，只得同意，"那便说定了，十五亩，我家那田地中间有一道沟，沟西的田正好是十五亩，归你崔家了，自此你我两清。"

崔老三道："好！你我立个字据。"对崔升道，"拿笔墨来！"

崔升拿来了笔墨。

赵云鹏用毛笔蘸墨在一张黄表纸上写下两份字据，又摁下手印。崔老三也在上面签了字，摁下手印。

赵云鹏拉住翠儿的手："小妹，我们走。"

崔老三道："走？你可以走，把你妹妹留下！"

赵云鹏道："我不是已写下字据了吗？你我的债已然两清，我妹妹为何不能走？"

崔老三瞪起眼睛："爷我方才的话你没听清吗？你妹妹可留下做活抵债，你已应承了，难道你要反悔吗？"

赵云鹏道："我不是已用我家十五亩田抵债了吗？还要我妹妹抵什么债？"

崔老三道："爷我说过了，你妹妹做的活值不了几个钱，剩下的债你还得还钱，是你说定以你家十五亩田抵债的，你也写下了字据，白纸黑字，你想抵赖？休想！"

赵云鹏发急地说道："我只说用我家的十五亩田来抵全部债务——"

"你胡说！"崔老三厉声打断赵云鹏的话，"来人！把这个出尔反尔的无赖给爷轰出去！"

"蒜头鼻"和另一名家丁马上进屋，一边一个拽住赵云鹏双臂往外就拖。

翠儿在一边哭叫："哥哥，我不要一个人留在这里，我要跟你在一起。"

赵云鹏边极力挣扎边道："我妹妹她人还小，不愿一个人留在这里。你让我们兄妹一起去城里挣钱，挣了钱我一定来还债。"

崔老三厉声道："不成！你要把她带走可以，但是得拿钱来赎！再来人！把他拖出去！"

立刻又进来两名家丁，四名家丁拽的拽，搡的搡，把赵云鹏拽出门外。

翠儿吓得大哭起来。

崔老三对翠儿恶狠狠地说道："不许哭！再哭便打断你的腿！"

赵云鹏被拖到崔家房前庭院里，使劲往后扭着头以哭腔呼叫："妹妹！妹妹……"

四名家丁把赵云鹏拖拽到大门口后猛力往门外一抡，赵云鹏即被抡到门外摔倒在地，大门随之"咣当"一声被从里面关严了。

赵云鹏从地上爬起来，用手拍门："开门！开门……"

大门紧闭着，任凭赵云鹏怎么拍怎么喊，门就是不开……

为挣钱赎出小妹，赵云鹏连夜赶到卢龙县城打短工，可一连寻了三日，也没寻到雇用短工的人家。到了第三日夜晚，赵云鹏背靠一面高墙，坐在一只破包袱上闭着眼睛打盹。忽听不远处传来大喊声：

"官军追来了，快跑啊！"

接着跑过来十几个汉子。在汉子们的后面,亮起几十支火把,同时传来叫喊声:

"站住!站住!不许跑!"

赵云鹏急忙起身,蒙头蒙脑地跟在那十几名汉子后面跑了起来。跑到一道城墙下,赵云鹏见城墙高过人头数尺,人无法上去,此时忽听有人喊:

"城墙那边有一个豁口,可以过到那边去,快来呀!"

接着便见有人朝城墙右侧跑去,赵云鹏和其他人随后跟着跑过去。跑到城墙豁口处,人们互相帮助攀过豁口,又拼命向城墙外野地里跑去。到天大亮时,赵云鹏跟着汉子们跑到山坳里的一座破庙前。

庙前稍开阔的平地上已聚集着上百人。这些人穿戴各异,年龄不一,但一个个都灰头土脸。

其中一位宽脸膛汉子对跑来的汉子中一位面孔黧黑汉子道:"邱团总,这一趟跑得如何?"

面孔黧黑汉子道:"唉,大王,这一趟跑得真是不顺,我等弟兄刚刚进城便遭遇了官军,非但没招集到人入伙,反倒险些被官军抓住,幸亏我等跑得快,不然弟兄们的小命便没了。"

宽脸膛汉子道:"能脱险回来便好,招集人的事下一回再办。你等弟兄也都饿了,现下便开饭!"

众汉子纷纷朝破庙后面走去。赵云鹏也跟着走过去,见庙后面用石块架起的两口大锅里冒着腾腾热气,锅边架起的一块木板上撂着几摞粗瓷大碗。汉子们分成两队依次到锅边盛粥。每口锅边都站着一名汉子手拿大铁勺给排队的汉子们盛粥。赵云鹏也从锅边木板上捡起一只碗让人盛了一碗粥——谷糠加菜叶熬成的稀粥。他已经饿得前心贴后心了,随即端起碗用嘴含着碗边吐噜吐噜吸吮起来。

喝完粥,宽脸膛汉子招呼众汉子来到破庙前面,开始站队。百余名汉子分成三个队伍,每个队伍都站成三排。

宽脸膛汉子站在三个队伍前面,高声道:"站好队,清点人数!"

赵云鹏站到了面孔黧黑汉子整队的队伍中。

其身边一名汉子扭头看了他一眼,扭回头去以后停了停,又扭过头来仔细打量他,接着问他:"你是谁呀,我怎没见过你?"

赵云鹏红了脸,支支吾吾:"我……我……"

这名汉子一把揪住赵云鹏的衣领:"大胆奸细,胆敢来这里密探军情!"转对面孔黧黑汉子高声道,"报告团总,这里有奸细!"

其他汉子马上纷纷过来围住赵云鹏。

另一名汉子道："把他绑起来！"

其他汉子七嘴八舌喊："对！把他绑起来！"

面孔黧黑汉子一扬手："慢！"走到赵云鹏跟前问道，"你是何人，来自哪里？"

赵云鹏回答："我，我也是穷苦人，去卢龙城里打短工，夜晚正坐在墙根下过夜，忽听有人喊：'官军来了，快跑啊！'接着便见人们跑了过来，我恐官军抓我，便跟着人们跑——"

"喂！邱团总，你们那边怎么了？"站在三个队伍最前面的宽脸膛汉子望着这边喊，打断了赵云鹏的话。

面孔黧黑汉子拉着赵云鹏来到宽脸膛汉子身边，对宽脸膛汉子说起赵云鹏的来历。

宽脸膛汉子把面孔黧黑汉子叫到一边，二人互相小声说了几句什么，之后宽脸膛汉子返回对赵云鹏道："我们都是穷苦人，为不受冻饿之苦方聚在一起。我们只是与那贪赃枉法的官府、为富不仁的世家大户作对，除灭赃官，杀富济贫，并不伤害无辜。你若愿与我等弟兄在一起，便可留下来。"

赵云鹏想了想，说道："赵某已然走投无路，现下只要有个能吃上几口饭的地方存身便可，已顾不得别的了。"

"好！"宽脸膛汉子道，"自今以后，你便是这里的弟兄了。我等弟兄生死与共，有福同享，有难同当，也算人生一大快事！入列吧，开始操练！"

赵云鹏在述说的过程中，端坐在御座上的李世民一直在认真地听。长孙无忌、房玄龄、胡演等人也都在静静地听着。

赵云鹏又道："小民入伙以后得知，这些人中十有八九都是附近各县流亡的灾民，因生计无着而举事。那日夜晚小民在卢龙城内遇见的十几名汉子，便是偷偷入城招集灾民扩充队伍的，不期遭遇巡夜官军，被迫逃回。后因头领得知小民曾读过几年村塾，能识文断字，便封了小民一个记事参军的头衔。其后不久，这支队伍便遭遇官军清剿，头领战死，小民与其他弟兄一同被官军所俘。"

李世民道："听你之言，你是误为叛贼，蒙受冤屈了？"

赵云鹏坦然道："小民无冤，亦非误为叛贼。"

李世民眉目一扬："嗯？是么？"

赵云鹏道："小民先前入伙确是为情势所迫，不得已而为之。可其后一想，为寻条生路，只得如此，如此强过冻死饿死。队伍中的弟兄们都这么说。"

李世民的目光凝固在赵云鹏的脸上。渐渐地，在李世民的眼中，赵云鹏的身形越来越大，最后成为了一个带枷锁的巨人。赵云鹏"为寻条生路，只得如此，如此强过冻死饿死"这句话反复回响在李世民耳边。伴随着声音，赵云鹏巨大的身影在李世民眼中化为一群衣衫褴褛、面现菜色的百姓身影，一张张愤怒的面孔，一双双冒火的眼睛，飘荡的旗子，舞动的棍棒，潮水般直朝李世民的眼前涌来。

是大泽乡的九百戍卒，还是以朱红涂眉的樊崇的队伍，抑或是头裹黄巾的人们？

是，但又不都是。秦末的陈胜吴广、西汉的赤眉绿林、东汉的黄巾起义，毕竟已经十分久远。而这些形象在李世民眼前却是如此熟悉，如此真切，见到他们，仿佛就是在昨天，在刀光剑影的战场上，在反隋斗争的风暴中。

一首雄壮而豪迈的歌曲在李世民耳边响起：

长白山前知世郎，纯着红罗锦背裆。

长稍侵半天，轮刀耀日光。

上山吃獐鹿，下山吃牛羊。

忽闻官军至，提刀向前荡。

譬如辽东死，斩头何所伤！

这是隋大业七年（公元611年）邹平人王薄所作的《无向辽东浪死歌》。这是一首声讨隋王朝的战歌，是在百姓胸中积压已久的反抗之声！在王薄的宣传组织下，衣食不给不堪其苦的农民，啸众而起，聚义于长白山，揭开了推翻隋王朝斗争的序幕。

此后，群雄四起，义旗遍地，十分天下，九为义军。先有益海公起自济阴，孟让起自东郡，继而郭方预起自北海，格谦起自河间，白瑜娑起自灵武……至大业十一年（公元615年）底，全国义军有百数十支，惊得隋炀帝坐卧不安，梦中也时常惊呼有贼。

到了次年，斗争进入高潮，三支力量势如鼎足：齐州人杜伏威活跃于江淮流域，长乐王窦建德据有河北，魏公李密的瓦岗军领有河南。强盛一时的隋王朝日趋瓦解，长安、洛阳、江都等政治、经济、文化中心几成孤岛。

又过了五年，李世民劝父亲起兵于太原。不久，炀帝身边的卫队也发生骚乱，右屯卫将军宇文化及勒死炀帝，隋朝自此灭亡……号称强大的隋王朝仅仅存在了三十七年。李世民一想起这个数字就不免心惊肉跳！

他不敢再往下想了，朝胡演一摆手："胡爱卿，把他押回去吧。"

待胡演和狱卒把赵云鹏押出殿外，李世民对长孙无忌和房玄龄道："二位爱卿，方才这一幕你们都看到了听到了，你们以为，此系囚当如何处置？"

长孙无忌道:"依大唐律,当斩无赦。"

房玄龄也道:"长孙大人所言甚是,不严惩此囚,不足以抑恶扬善。"

李世民略一沉吟:"现天色已晚,二位爱卿且先回府吧,此案容朕再酌量一下。"

长孙无忌和房玄龄退出后,李世民起身走进内殿,见曹娴正在伏案书写着什么,遂问道:"爱姬在写什么?"

曹娴停住书写,说道:"日间陛下在前朝忙于政事,臣妾在后宫无事,便随意翻了几页《周书》,似有所悟,方才又听了那赵云鹏一番言语,又多了一些感慨,就顺便用笔记了下来。"

李世民一下子来了兴致:"来,朕看看,都写的什么?"拿起纸页,念道,"妾观《周书》曰:'明德慎刑','惟刑恤哉'。夫刑,惩恶以扬善也。刑不可无,亦不可滥。无刑,则小人之恶不惩;刑滥,则君子之善难扬。始皇帝严刑酷法,遂有大泽乡戍卒蜂起;隋炀帝荼毒生民,亦成祸乱之源。此皆刑滥所致也。夫鉴形之美恶,必就于止水;鉴国之安危,必取于亡国。前车之覆,当以为鉴。妾今观囚账之用刑,几至滥矣。所谓常胜军者,乃饥寒之民,其所以为盗为虐,皆因偶遭天灾,更兼官吏贪求,门阀豪夺,致其衣食无着,生计艰难,故不暇廉耻耳。若降旨招抚,其军自溃;重法止盗,其盗愈多。故律令当以宽恕为本,恩加于人,勿使百姓含冤,天下嗟怨。妾不避婴鳞[1],妄陈狂瞽,不啻死罪。"

念到这里,李世民从纸页上抬起头来:"好!此乃黄钟大吕之言,振聋发聩之语,爱姬何罪之有?方才在外殿,朕听了那赵云鹏一番言语,你道朕的眼前出现了什么?出现了秦末的陈胜吴广、西汉的赤眉绿林、东汉的黄巾军,出现了隋末群雄并起的图景。号称强大的隋王朝仅仅维系了三十七年。朕每当想起这个数字便不禁心惊肉跳。今年是我大唐建国第二十七年、朕即位第十八年。欲保唐祚万世,传之无穷,谈何容易啊。朕意已决,明日一早便召两位仆射进殿,就系囚处置一事做出决断!"

次日一早,李世民就把长孙无忌、房玄龄召到承庆殿,说道:"朕一早召二位爱卿过来,是要对这囚账处置一事做个了断。二位都说说,对这些系囚该当如何发落?"

长孙无忌道:"臣仍以为,当斩无赦。"

房玄龄也道:"臣以为,长孙大人所言甚是,依律当斩。"

李世民翻了翻囚账,又合上。拿起朱笔,在封面上打了个大大的"×",斩钉

---

[1] 婴鳞,即触犯逆鳞。逆鳞是倒生的鳞片,《韩非子·说难》以龙比喻君主,说龙喉下有逆鳞,所以"婴鳞"就是臣下直谏触犯君主的意思。

截铁地说道:"尽行放出!"

长孙无忌和房玄龄浑身都一震,同时都瞪大惊愕的眼睛。

李世民接着道:"凡八月以来系囚,不问轻重,一律赦免,准其回乡!"

长孙无忌"扑通"一声跪倒:"陛下!这些系囚皆为朝廷要犯,罪莫大焉,尽行放出,岂不是纵虎归山?当今我大唐,正处乱世之后,犹如一病体,尚显虚弱,外有夷敌侵扰,内有刁民作乱,倘不严肃法纪,内乱将胜于外扰,国将不国矣。"

房玄龄也跪下:"老臣微躯将朽,来日无多。可我大唐新建,征途尚远哪。陛下十年征战,血染战袍,大好时光尽抛于战阵沙场。前朝无道,陛下几经生死方得除虐。我大唐江山来之不易呀,祈陛下深思!"

李世民十分动情地说道:"二位爱卿忠心耿耿,令朕甚为感佩。然则秦皇严刑苛法,二世而亡;炀帝荼毒生民,身败名裂。卿等不希望朕做秦二世、隋炀帝那样的暴君吧?"

长孙无忌、房玄龄一时瞠目结舌、缄口难言。

李世民口气不容置疑:"二卿若真心为我大唐着想,即请从速放还系囚!"

长孙无忌、房玄龄一起拱手施礼:"臣遵旨!"

李世民严厉地说道:"发难民财者,乃我大唐之蛀虫,必须严加惩处!速令侵夺难民田产者还田于民,骗取难民子女者还子女于其家!"

长孙无忌、房玄龄又齐声道:"臣遵旨!"

李世民道:"说到世家豪强侵夺民田之事,房卿,朕交给你一项差事,查一查大唐开国以来田地户口情形报给朕。"

房玄龄再拜:"臣遵旨。"

两天以后,李世民带着满脸怒意从前朝回到承庆殿。曹娴从内殿迎出,帮君王更衣,脱下朝服,换上常服。

李世民道:"哼!朕未曾想到,要办成一件事竟是如此之难!"见对方正以疑问的眼神看着自己,遂说道,"朕让房玄龄查了我朝开国以来田地户口情形,没想到竟是如此不如人意。隋大业中,有田五千五百万顷,户八百九十万;我朝如今有田一千八百万顷,户三百万。当今耕田不足隋大业年间三成之一,户只有隋大业年间三成之一稍强。历朝开国之初,男丁打仗,妇孺逃亡,土地荒芜,所谓十室九空,田畴多荒,百里无鸡鸣,此不足为怪。可我朝自开国至今已二十八年了呀。如此情形,足可说明世家大族与地方官相互勾结,乘灾荒之年兼并土地又隐而不报,已到何等地步!"

曹娴道："世家大户兼并土地情形在臣妾家乡亦甚严重。臣妾姐姐家农田因蝗灾暂时撂荒，便被镇上豪强崔家以无主田之名占为己有。似这样被强占田产农户非止一家两家。臣妾姐姐家被占农田幸有他人相助方得返还，其他农户恐怕就没有这么幸运了。"

李世民气愤地说道："本朝《均田令》于武德七年便颁布了，朕即位之后又几番遣使至各州按查均田情形，回报给朕的表章均说均田成效甚著，如今看来皆为不实之词！"

曹娴道："陛下息怒。既然此前按查均田情形多有不实，陛下可再遣得力臣工去按查，总会查出实情的。"

李世民道："方才朕与几位大臣讲了，为确保耕者有其田，当对均田令颁行情形再作一番按查，真正革除兼并土地之积弊，可几位大臣不是缄口不言，便是王顾左右而言他，就连房玄龄也说，按查均田事关重大，当慎之又慎。朕不是没有想到，按查均田，必将触犯世家大族，更将触犯本朝诸多国戚，弄得不好，不单敢于碰硬的臣子会身败名裂，就连朕也将成为孤家寡人。何去何从，竟令朕彷徨不知所措！朕身边重臣中，只有魏征一直主张抑制豪强，还田于民。只可惜，魏卿已身染重疾，不能为朕分忧了。"

曹娴道："臣妾日间闲来无事之时，曾翻阅过几册史籍，从中得知，世家大族兼并土地情形历朝历代皆绵延不绝，乃难以治愈之痼疾，然又非治不可。不治，无以使百姓殷富；不治，无以使国力增强。北魏孝文帝首倡均田，国富民殷；有隋之初，均田制推行至江南，隋初方一度繁荣。可见推行均田，使耕者有其田，实乃富民强国之道。世家大族虽强，但强不过普天之下万千百姓。可畏者民也，而非世族豪强！耕者无田，民不聊生，才是社稷大厦倾覆之源！"

李世民挥拳一击御案："对呀！爱姬一番剀切之言，于朕真如醍醐灌顶，令朕幡然顿悟！水能载舟，亦能覆舟。重当今冠冕，轻老牌世族，乃朕一贯之主张。老牌世族无功于国，徒因世袭特权，横行乡里，兼并民田，致民涂炭，必须严加抑制。朕意已决，按查均田，刻不容缓！"

此时，提着茶壶一直在殿门外谛听殿内二人说话的武媚娘进入殿内，依次为李世民和曹娴的茶盏续水。

李世民站起身来："朕要去清水坊魏征府邸走一趟，一来探望魏征病情，二来与之议一议按查均田事宜。"

京师清水坊魏征府邸大门外的东西向小巷，狭窄得只能容下一辆车通过。皇帝御辇沿小巷行进到魏府大门口停下。侍从掀开辇帘，李世民走下御辇。

钱福对门内高声道："陛下驾到！"

魏征长子魏叔玉领着三个年幼的弟弟出门伏地行接驾之礼。

李世民忙道："免礼，免礼。"转对侍从道，"把小公子们搀起来！"

侍者忙上前把三个小公子搀起。

李世民手指大门内小院，对魏叔玉道："你们一家一直住在这里？"

魏叔玉回答："回陛下，臣一家一直住在这里。陛下请。"

在魏叔玉引领下，李世民走进小院。小院收拾得干干净净。园内有正房三间，东西两边各有厢房三间，西墙根下垛着一垛柴禾。后院不时传来"唠，唠"的猪叫声。

李世民叹道："唉，这哪里像我大唐宰相府邸呀。"说着走进正房堂屋。

堂屋内，魏征夫人裴氏正在与三个婢女一起摆椅子倒茶水，一见皇上驾到，急忙跪下磕头。

"夫人免礼。"李世民说着话四下看看，"魏爱卿呢？"

裴夫人道："陛下请稍候。"转对一名婢女道，"你来。"

裴夫人与这名婢女一起走进西厢房，把一脸病容，走路颤颤巍巍的魏征扶到厢房门外。魏征一屈身子要行跪拜之礼，李世民急忙上前用双手扶住。

李世民道："快把魏爱卿扶回到屋内床上去！"

裴夫人和婢女又把魏征扶进西厢房。李世民随后走进西厢房。裴夫人赶忙让座。

李世民坐在一把椅子上，说道："魏爱卿啊，你一位堂堂宰相，怎住在如此窄小之处，家中只有两三个粗使婢女，且连个正寝也没有？"

魏征咳嗽两声，之后道："臣生于农家，如今吃穿用度已强过老家许多，如此臣已甚为满足了。"

李世民道："朕得闻你把朕的赏赐都分发给了故乡的贫困乡邻，可你怎么也该留下些许银钱为自家建正寝房屋啊。"

魏征叹一口气道："臣故乡的乡邻们苦啊，臣散给他们一些银钱，也只是杯水车薪而已。"

李世民道："朕来爱卿家，一是探望爱卿病体，二么，正是来向爱卿征询富民之策的。朕知道，爱卿一贯主张抑制豪强，还田于民，现下看来此事非横下一条心做到底不可了。朕收到一份奏章，曰《查按均田疏》，笔法酷似爱卿手笔，笔力峻刻，却又酣畅淋漓，若非爱卿重病在身，朕可让爱卿一览。"

魏征又咳嗽几声，才道："奏章署名是谁？"

李世民道:"弘文馆学士孙亮。"

魏征道:"这篇奏章臣已阅过了。"

李世民很是意外:"哦?"

魏征道:"三日之前,孙亮专程携此奏章来臣之寒舍求教于臣,臣阅过奏章之后,只让他改动了几个字,感觉确是一篇力透纸背的好奏章,纵议豪强兼并土地情形,切中要害,建言均田,字字中肯。"

李世民道:"是啊,朕看其中所述平州崔家兼并土地情形,直觉脊背嗖嗖冒凉气。那崔家两兄弟本是东汉权臣崔崟后裔,在平州沿海一带占有土地一千余顷。其中一部为世袭而来,其余大部为巧取豪夺之所得。近两年平州受灾,百姓大多外出逃荒,崔家两兄弟又借机侵占了大片田地,致使不少返乡百姓无地可种,成为无地游民。如此情形再不遏制怎么得了?"

魏征抬高声音道:"抑制豪强,还田于民,朝廷已到背水一战之时了!"说完咳嗽不止。

待魏征停住咳嗽后,李世民道:"朕此番来见爱卿,还有一事,便是让爱卿举荐一位臣子,专责督办均田,爱卿心中可有中意的人选?"

魏征道:"孙亮可当此重任!"

李世民一怔:"孙亮?此人当此重任,是否尚显嫩了些?"

魏征道:"是还嫩了些,但人才都是历练出来的。这个孙亮,识见卓尔不群,秉性中直不阿,经过一番历练,定能成为匡扶社稷的栋梁之才!他来见臣之时,臣曾问过他,若皇上命他到各州专责办理此事,可情愿?他回答,若蒙皇上圣眷,委此重任,他定将不负圣望,竭尽全力办好此事。臣提醒他,豪强势大,若有触犯,难免会招来毁谤,及至大祸加身。他说,他孙亮乃大唐之臣子,皇上之股肱,若为保全自身而抛却臣子的职责,不仅愧对皇上,也辜负了万千百姓。他说,他已将此身许国,纵有刀山火海,万难千艰,他也在所不辞,誓让豪强敛威,百姓扬眉,田归其主!"

李世民击掌而赞:"好一位铮铮铁骨的忠直臣子!好,督办均田之钦命巡访使就是他了!"

魏征又咳嗽起来。

李世民对窗外高声道:"宣太医!"

第三十一章

保地亩云鹏抗村霸　督均田孙亮抑豪门

赵云鹏从大理狱出来后，一路风尘赶回到家乡龙河湾。他径直来到崔家大门外，见大门紧闭，即抬手叩响门环。

大门开了一道缝，门缝里现出"蒜头鼻"的面孔。

"蒜头鼻"一见赵云鹏，马上诧异道："是你？你不是让官府抓起来了么？怎么出来了？是逃出来的吧？"

赵云鹏道："我蒙当今圣上恩典，被宣布无罪释放了。我是到这里来领我妹妹的。"

"蒜头鼻"道："这里没有你妹妹，你走吧。"说着就要关门。

赵云鹏忙用手推门，大声道："我妹妹就在这崔家，怎会没有呢？"

"蒜头鼻"也大声道："没有就是没有，你走开！"

这时"蒜头鼻"身后响起一个声音："谁呀？谁在外面吵嚷？"

"是赵云鹏。""蒜头鼻"说着闪到一边。

紧接着，崔升在门缝里露了面："赵云鹏？你不是投了叛军，被官府抓起来了么？怎出来了？莫非……"

赵云鹏高声道："我是被当今圣上放出来的！我来领我妹妹！"

崔升道："你妹妹她跑了！"

赵云鹏一愣："跑了？我不信！我不信她一个女孩子从这大院里能跑得脱。"

"跑了就是跑了，信不信由你！"崔升说着朝一边一闪，"关门！"

"蒜头鼻"马上从里面使劲一推门，门"哐当"一声被关上了。

赵云鹏一边拍门一边呼喊："开门！开门！我要领我妹妹！我要领我妹妹！开门！开门……"

"云鹏！云鹏！"有人以压低的声音呼唤着赵云鹏的名字。

赵云鹏回头循声望过去，只见曾旺站在他背后不远处正在向他招手。他转身走到曾旺跟前。

曾旺仍压低声音道："云鹏你回来了？"

赵云鹏点点头。

曾旺问："来这崔家寻你妹妹？"

赵云鹏又点头。

曾旺道："你妹妹早已不在崔家了。"

赵云鹏忙问："她去了哪里？"

曾旺道："三个月之前，我亲眼所见，你妹妹让崔家的家丁领出崔家大门，又被揉上一辆马车拉走了。"

赵云鹏大吃一惊："是吗？你可知被拉到何处去了？"

曾旺摇头："不知道。不过我料着大半是被送到卢龙城内宜春楼了。那崔家老二老三做这种事已不是一回两回了。"

赵云鹏惊得瞪大眼睛张大嘴巴："有此等事？"继而由吃惊转为愤怒，"这……这……崔老三欺人太甚，我去朝他要人！"说罢转身就走。

"且慢！"曾旺从他背后叫住他，继之说道，"你两手空空无凭无据朝他要人，他能承认？或许他会倒打一耙，说你把人弄走了呢。"

赵云鹏一时愣住："这……我妹妹被马车拉走，是你亲眼所见哪，你敢为我作证么？"

曾旺道："我敢不敢做证先不说，那崔老三知道你我曾是村塾同窗，若我去为你作证，他定会反诬我是徇私情做假证，如此一来仍是于事无补。"

赵云鹏道："那怎么办？难道我明知妹妹被他崔老三推进了火坑，却要听之任之？"

曾旺摇头道："我不是那个意思，我的意思是，救人最是要紧，你可去卢龙城内宜春楼查访一番，看你妹妹是否在那里面。若在里面，先设法救她出来。"

赵云鹏道："那好吧，我这就去卢龙城宜春楼。"

他没顾得歇一口气就上路了，可还没走到整个路程的一半，天就黑了，后面的路是顶着星星走的。到日上三竿的时候，他一路打听着终于走到了卢龙城内的宜春楼大门外。当他走进宜春楼门厅时，立刻有两个穿得花枝招展举止风骚的妓女迎了上来。

一名高挑身材妓女上前搂住赵云鹏一条胳膊:"公子,来呀,里面请。"

另一名微胖身材妓女上前搂住赵云鹏另一条胳膊:"公子,到我屋里来呀。"

赵云鹏涨红了脸,挣扎着想抽出胳膊:"我是来寻我妹妹的。"

高挑身材妓女嘻嘻一笑道:"本姑娘就是你妹妹呀。"

微胖身材妓女接着道:"这里都是你妹妹呀,任你挑任你选呀,你看本姑娘如何呀?"

赵云鹏一甩胳膊挣脱对方,气恼地说道:"我不是来做那事的,我是来寻我亲妹妹的!"

高挑身材妓女脸色一变:"哟哟哟,这么凶,谁是你妹妹呀?"

微胖身材妓女脸色也一变:"乡巴佬!"

两名妓女都悻悻而去。

赵云鹏接着往楼里走。经过一间屋子门外时,伸手想推门,忽听门内传出女人的浪笑声,他赶紧把手缩回。再往里走,仍可听到从各个房间门口传出的浪笑声。走过四五个门口之后,他不再往里走了,转身往回走。走到楼梯处时,他停住脚步抬头朝楼上看去,似在犹豫是不是上楼。此时忽从楼梯下一间屋子里传出琴声,继之传出一个女人恶狠狠的声音:

"老娘出去以后你再弹二十遍,待老娘回来你再弹不好,看老娘怎么收拾你!"

赵云鹏见那屋子的门开了一道缝,就走过去朝门缝里看去,见一个半老徐娘正从椅子上起身要出门,再看其身旁坐着的正在弹琴的人时,他浑身立马一震——那正是他的小妹翠儿!紧接着他不顾一切地一把推开屋门,高声招呼:"小妹!小妹!"

翠儿停止弹琴,扭过头来高呼一声:"哥哥!"紧接着起身绕过老鸨,朝赵云鹏奔来,一下子扑在赵云鹏身上,以哭腔说道,"哥哥,我跟你走!我跟你走!"

赵云鹏道:"走!走!我们这便走!"用手牵住翠儿的手就朝外走。

"站住!"

老鸨在他俩身后一声吆喝。他俩一下子停住脚步。

老鸨道:"走?你们往哪里走?"

赵云鹏道:"她是我妹妹,我到这里来就是来领她回家的。"

老鸨道:"老娘不管她是你什么人,她是老娘花大价钱买来的,你想领走就领走?美得你!你想把她领走,也成,"说着一伸手,"拿钱来!"

赵云鹏问:"你,你要多少钱?"

老鸨道:"三千钱,一文不能少!"

赵云鹏瞪大眼睛："三千？这么多？"

老鸨冷笑一声："三千，老娘还少要了呢。这孩子老娘是花两千钱买来的，买来以后这几个月，吃穿用都是老娘供着，又教她弹琴唱曲儿，这些，老娘都不能白费了吧？三千钱，给钱走人，少一文也不成。"

赵云鹏道："她是我妹妹，你们背着我把她买来卖去，这是犯法，我还未曾追究你们呢，你倒来朝我要钱，岂非欺人太甚？"

老鸨瞪起眼睛："哦嚛？你来领人，非但不给钱，还跟老娘来横的？老娘岂能吃你这一套！"说着走到门口高喊，"来人！"

立刻过来两个大汉。

老鸨道："把这个不懂规矩的乡巴佬给老娘轰出去！"

两个大汉上前，一人抓住赵云鹏一只臂膀往外就拖。

翠儿在一旁哭唤："哥哥！哥哥！"

老鸨对翠儿恶狠狠地说道："不许哭！再哭，看老娘不打掉你的门牙！"

两名大汉把赵云鹏拖出妓院大门外之后，又一起往前猛然一抡，赵云鹏就被抡出老远摔在地上。

本来他已蹲了数月大狱，出狱后又忍饥挨饿连续奔波赶路，身体已是十分虚弱，因此自知远不是这两名大汉的对手，只得起来离开了妓院门前。此时的他不仅极度疲累，而且又渴又饿，强撑着走到城外一条小河边，俯下身子一口气喝了一肚子河水。他想着下一步该怎么办，看来从妓院直接接出小妹这条路行不通，那就还去崔家要人，他崔老三要是不答应，他就跟他们拼了，于是起身往回返。走到一个村子外边的几个草垛跟前，就想靠坐在草垛下面歇一口气，没想到一坐下就睡着了，而且这一睡就从白天睡到了半夜。他是被夜里的寒气冻醒的。起来后又接着赶路，直到第二天午后才赶到了龙河湾。进村后，他远远望见街中央大槐树下聚了一大群人，便走过去想看看人们在做什么。

大槐树下，一张长条桌上放着一摞地亩册，桌后四只方凳上从左至右依次坐着里正、县衙司田佐和两名差役。在他们对面，聚了一群村民。

此刻，条桌后的四人正在重复做着一件事：里正依次翻开一册一册地亩册，在上面圈点勾画一阵，交给司田佐。司田佐又勾画一阵，交给左边的差役。左边的差役依照从司田佐手里接过的地亩册，填写一册一册的新册子，然后传给右边的差役。右边的差役在新地亩册上用印。重复一阵上述程序之后，司田佐向里正一扬下巴。

里正会意，站起身来对村民们道："诸位乡亲，遵照州衙之命，本里正已对我村镇土地造册完毕,报县衙与州衙核准。今日县衙司田佐冯大人驾临本镇,乃本镇莫大之荣耀。"说着向司田佐哈了哈腰,"现下,已据田地改授情形,重新登记造册,请各位乡亲前来领取。"

右边差役拿起重新填写的地亩册宣读:"户主,赵仕臣,四十岁,中男;赵任氏,赵仕臣妻,三十八岁,重授永业田二十亩,口分田一十一亩,居住园宅一亩,共三十二亩。"

一名中年男子十分吃惊地说道:"老爷,小民原来的田是六十四亩,怎么变成三十二亩了?"

右边差役冷冷地说道:"收归官府了。户主,曾淮山,四十四岁,中男,曾陈氏,曾淮山妻,四十二岁,改授永业田一十八亩,口分田一十六亩,共三十四亩。"

另一名中年男子瞪大眼睛:"什么?小民原来的田是六十五亩,怎么变成三十四亩了?"

右边差役恶狠狠地把地亩册甩到曾淮山的脚下。

人群顿时骚动起来,人们七嘴八舌提出疑问——

一名男子道:"今年这是怎么了,怎么把地都给换了?"

另一名男子道:"原来的土地亩数是官府批下来的,怎么全变了?"

第三名男子指着司田佐等人道:"定是他们在捣鬼?"

司田佐从方凳上站起,大声道:"肃静!肃静!不许吵!不许吵!此乃官府之命,谁敢不从?"

人群吵嚷声渐渐平息下来。司田佐复又坐下。

右边差役又念:"户主,王光明,弃地逃亡,收回其名下永业田、口分田共三十六亩。户主,孙尚有,弃地逃亡,收回其名下永业田、口分田共二十五亩。赵云鹏,弃地逃亡,限满不归,收回其名下口分常田一十八亩——"

"不对!"赵云鹏一声喊打断差役的话,接着从人群中冲出,"我人尚在,户未绝,为什么收走我的田?"

里正冷笑道:"州衙有令,逃亡在外满一年者,其田以无主地收回。你是何时离村,又是几时回来的?"

赵云鹏道:"可我已经回来了呀!我回来了,就须吃饭,没有地,我吃什么喝什么?"

里正蛮横地说道:"我管你吃什么喝什么!我是按规矩办,你若不服,到县衙州衙去告去!"

赵云鹏发急地说道："不成！我还要我那一十八亩田！"说着抢前两步抢他的地亩册。

司田佐忽地站起，凶狠地说道："大胆刁民，胆敢违抗官府，来人！把他绑了！"

两名差役立刻冲过来反剪了赵云鹏的双臂。此时一声断喝当空响起：

"住手！"

话音刚落，孙亮已从人群后走上前来，声音不高却威严地对司田佐道："敢问司田佐大人，均田令明文规定，逃户未归者须证实其确已死亡，方可收回其名下弃地作公田。今逃户已归，为何还要将其田地收公？"

司田佐一时愣住，继之上下打量起孙亮来。

此时的孙亮面目英俊，双目炯炯有神，头戴黑色幞头巾，身着整洁的浅绯色长袍，举止儒雅，谈吐不凡。

村民们看着孙亮，互相交头接耳小声议论起来。里正看着孙亮，一时有些发怔。赵云鹏看着孙亮，眼睛顿时一亮。孙亮目光与赵云鹏目光偶一相遇间，对赵云鹏使个眼色，赵云鹏点点头。

孙亮对司田佐道："大人说话呀。"

司田佐已回过神来："本官是例行公事，阁下若有疑问，去县衙询问好了。"

孙亮道："县衙自然要去，不过，现下我想先向大人请教一下。"

司田佐恼羞成怒："本官奉劝你少管闲事！本官是奉本州刺史大人之命行事，对你无可奉告！"

孙亮冷笑一声："无可奉告？我看你是无法作答！你们这改授土地，重新造册，纯属巧立名目，侵吞百姓土地！"

村民们一下子围上来，七嘴八舌呼喊起来。

一名男子道："说得对！他们就是要花招侵吞小民们的土地！"

另一名男子道："这些当官的，就知道欺负百姓！"

第三名男子道："他娘的，这简直逼得人没活路了！"

在众人吵嚷声中，一名男子对孙亮道："孙家大公子，你当官了，可要为乡亲们做主啊。"

司田佐用手指着孙亮，对差役道："这厮无视官府，妖言惑众，把他绑了！"

司田佐话音一落，马上从旁边冲过来两名差役就要对孙亮动手。

此时里正一扬手，高声道："且慢！"

两名差役停住动作。

里正把嘴凑近司田佐耳边，边看着孙亮边对司田佐嘀咕起来。

司田佐一挺身子："什么？他是……"

里正接着又对司田佐嘀咕了两句。

司田佐马上一改脸色，对孙亮恭敬地问："请问这位先生是……"

孙亮从怀中掏出一个名帖，朝司田佐面前一亮。

司田佐看着名帖念道："钦命巡防使，正四品侍御史孙亮。"接着对要捆绑孙亮的差役喝道，"还不快快退下！"

差役赶忙向一边退去。

司田佐对孙亮拱手施礼："见过孙大人，卑职有眼不识泰山，乞孙大人恕罪。"

孙亮拿起桌上的退田簿翻了翻："这退田簿的退田都与均田令相合么？"

司田佐道："这些皆为朝廷规定的三类田。有绝户田，是户主死亡户绝与户内女子出嫁之后无人承继的；有逃死田，是户主逃亡户主除名的；还有归公田，是未登籍的隐漏田与民户自愿退归官府的——"

"大侄子莫听他乱讲。"一名村民打断司田佐的话，接着道，"我家老爷子虽已故去，还有我与你婶子呢，并未户绝，怎么无人承继？"

另一名村民接着道："我家的田我从未说自愿退出，怎么成了自愿退归官府？"

司田佐道："乡民们，孙大人虽与各位是乡亲，却是朝廷命官，有皇命在身，不便在此过多耽搁，你等人众且先回家吧。各家的田，如有差池，定会改正。"转对孙亮道，"孙大人鞍马劳顿，先到县衙歇息吧。"

孙亮拿起请田簿翻开一看："这崔世龙、崔世虎两兄弟，为何要请授田地四百亩？"

司田佐支吾道："这个……卑职不知。"

孙亮道："你是县衙专管土地的官员，此事焉能不知？"

司田佐一时语塞："这……"

孙亮道："本官再问你，本县何等民户方可申请授田？"

司田佐回答："授田未足的欠田人。"

孙亮再问："欠田多少方可请授？"

司田佐回答："本人占田不足当地农户平均占田数额。"

孙亮又问："本县农户平均占田数额是多少？"

司田佐额上已冒出汗珠："是……三十亩。"

孙亮道："就是说，只有占田不足三十亩者，方为欠田人，也方有资格向官府请授田地，申请授田也不应超过三十亩。那么，这崔世龙、崔世虎已占田地多少亩？"

司田佐语塞："这……"

孙亮道："你不便说出，我替你说吧，崔世龙、崔世虎两兄弟现占田地为一千二百顷，即一十二万亩！他家多占的田地非但不依律退出，却还要请授田地四百亩，这是为何？"

人群中发出一片议论声，有人开始骂骂咧咧。

忽然，人群后面响起一个男声：

"喃！这里好热闹哇。"

话音未落，崔老三已从人群后走上前来："哟，这不是西头老孙家，呃，孙尚业的大公子吗？鸡窝里飞出了金凤凰，你考取了京官，还没在京师待几天呢，便跑到乡下来对乡亲们吆五喝六了？有道是，亲不亲，故乡人，都是乡里乡亲的，凡事须讲个情面吧？可别跟乡亲们掰了脸面啊。"

孙亮涨红了脸："我此行到这里，并非以个人身份而来，乃奉圣上旨意来督办均田，凡事皆须按朝廷律令办理，不能讲私人情面。"

崔老三道："哦？是吗？那我便告知于你，我请授之田，乃无主荒地。朝廷有令，无主荒地可请授！"

此时赵云鹏走上前来："不对！你占我家那田，便不是无主荒地！"

人群中有不少人随声附和。

一名男子道："我家的田也不是无主荒地。"

另一名男子也道："我家的田也不是无主荒地。"

第三名男子紧跟着道："我家的田也不是。"

崔老三瞪着恼怒的眼睛回过头朝人群一扫，人群立刻鸦雀无声了。

崔老三对赵云鹏咬牙切齿地说道："赵云鹏！你欠债不还，我还没找你算账呢，你倒跑来恶人先告状了，你胆子也忒大了！"

赵云鹏气愤已极，发狠地喊道："崔老三！你抢占我家的田，还把我妹妹卖到宜春楼，你欺人太甚，我跟你拼了！"说着狠命地朝崔老三一头撞去。

崔老三猝不及防，一下子被撞倒在地。赵云鹏也跌倒在地，抓住崔老三厮打起来。

此时站在人群边上的"蒜头鼻"对另外三名家丁一招手道："三爷吃亏了，弟兄们上！"

"蒜头鼻"等四名家丁一拥而上把赵云鹏从崔老三身边拽开，接着对赵云鹏拳脚相加。

孙亮高喊："住手！"

"蒜头鼻"等家丁并不住手。"蒜头鼻"手攥半截砖头狠砸赵云鹏头部，赵云鹏头部顿时鲜血流淌。

孙亮厉声喊道："来人！快快制服凶手，把他们抓起来！"

立刻有数名着一色灰布裤褂的精壮汉子扑过去，顷刻之间就制服了"蒜头鼻"等家丁，将其反剪双臂摁住。

此时赵云鹏已晕厥过去。

孙亮奔到赵云鹏身边蹲下身子，把手背凑近其鼻孔处："人还活着。"抬起头对几名围观的乡民道，"快把伤者抬回他的家中。里正！里正何在？"

这时已有人找来一扇门板，几个乡民七手八脚把赵云鹏抬到门板上，接着抬着门板向街道一侧走去。

里正从一旁走过来："我在这里。"

孙亮道："快着人去请郎中来救人！"

"好吧。"里正说罢朝一边走去。

孙亮见手下随从已用绳子把"蒜头鼻"等四名家丁绑了起来，于是说道："先把这四名恶徒押至村内祠堂，待本官对伤者稍作安顿之后，与你等一同将这些恶徒押至县衙！"

崔老三朝孙亮走近两步，说道："我说孙大人，你把我的人绑了起来，可那赵云鹏呢？是他先动手——"

孙亮打断崔老三的话："赵云鹏先动手，只是因气愤而与你厮打而已，而你手下四人，乃持械行凶，已把人打成重伤，现被打之人仍在晕厥之中。此四人已触犯刑律，若不拘押起来，如何得了？我大唐刑律，岂非形同虚设？"

崔老三道："欠债还钱，古来之理，他赵云鹏欠债不还，还动手打人，难道反倒有理了？难道就没有触犯刑律？你孙大人如此断案，我崔某人不服！"

孙亮道："你若以为你有冤屈，可去县衙上告，县衙定会依律公断。"

崔老三道："我当然会去县衙上告！我就不信，我崔某人就告不倒他赵云鹏！"说罢扬长而去。

孙亮凝神望着崔老三远去的背影，忽听身后有人说话：

"儿啊，你闯祸了。"

孙亮回身一看，见自己的父亲已站在近前，忙道："父亲，您，您怎么在这里？"

孙尚业道:"方才的一幕,为父我都看到了,为父心里真为你捏了一把汗哪。"

孙亮道:"父亲,走,有话回家去说,我正想抽空回家看看您与我娘还有弟弟呢。"

此时孙亮的弟弟孙睿从一旁走了过来:"哥,我在这里呢。"

孙亮道:"哟,弟弟又长高了。走,回家!"

父子三人来到家中。走在前面的孙亮刚走进堂屋,正碰上孙母抱着一捆柴禾从后门进来。

孙亮赶忙上前呼唤:"娘!"

孙母一愣,继之道:"哟,亮儿回来了?"

孙亮眼中已涌出泪水:"嗯,我回来了,娘您身体可好?"

"好,好。"孙母说着,眼中也涌出泪水。

这时孙尚业和孙睿一前一后走了进来。

孙尚业抬手朝东面里屋一指,对孙亮道:"你过来。"说着先进了里屋。

孙亮对母亲道:"娘,我去东屋跟我爹说几句话。"

孙母放下柴禾:"嗯,去吧。"

进了东屋,孙亮见父亲已坐在炕沿上,就站在屋地上等着父亲开口。

孙尚业道:"儿啊,你不该惹那崔老三,更不该命人抓他家的家丁啊。"

孙亮道:"那崔家家丁行凶杀人,儿子若不及时阻止,他们就会把赵云鹏打死。儿子怎能见死不救呢?"

孙尚业道:"你救人应该,只是,你阻住他们杀人便罢,不该把他们都抓起来,还要押到县衙去呀。听为父一句话,把他们都放了吧。"

孙亮道:"把他们都放了?那不是放虎归山吗?若那样,那崔家的气焰将更加嚣张!"

"为父求你了,为父给你跪下了。"孙尚业说着起身,一屈身子就要跪下。

孙亮急忙上前把父亲搀起:"父亲,您这是做甚?您这不是要折煞儿子吗?儿子这一回回来,是奉了圣上旨意来督办均田的。那崔老三不但抢占民田,还肆意欺压百姓,不煞一煞他的凶狂之气,恐这均田一事很难推行下去呀。"

孙尚业叹一口气道:"儿啊,你不该接这个得罪人的差事啊。那崔家是几朝几代的世家大户,树大根深,多少年来都无人能撼得动他们。我们孙家是小户人家,纵是你在京师做了官,也是势单力孤,根底浅薄,哪里能斗得过人家?你若去与人家硬碰,恐怕只会碰得头破血流,一败涂地呀。"

孙亮道："那崔家两兄弟依仗权势，一贯横行乡里，无恶不作，趁大灾之年，大肆强占民田，逼得多少人家倾家荡产，妻离子散！当此豪强逞威，百姓涂炭之际，抑强扶弱乃为人臣者义不容辞的职责。儿子身为朝廷命官，若只想着个人安危，瞻前顾后，怕这怕那，您说儿子这个官还有何用？何如解甲归田，终老于户牖之下？"

孙尚业道："理是这么个理，可在理上你只想到了一层，没想到另一层。那崔家，不单自家根基深厚，且与皇家沾亲，势大力强，你单枪匹马，纵是有一腔热血，终难斗得过人家，到头来恐是丝毫奈何不得人家，自身反倒不保，那不是徒劳无益吗？"

孙亮道："父亲，这一层儿子早已想到了。儿子此番来督办均田，乃尊圣上旨意行事。当今圣上堪称明君。明君临朝，乃天下之福。他崔家不是树大根深么？不是与皇家沾亲么？可儿子背后站立的是当今圣上，是万千百姓！儿子深知，一边是皇亲国戚世家大户，另一边是大唐社稷万千百姓，两者孰轻孰重，当今圣上在心中早已掂量得清清楚楚！儿子临行之前，圣上对儿子的一番嘱托，可谓推心置腹，语重心长。儿子深知，在两者当中，圣上定是心向社稷，心向百姓！儿子亦深知，此番督办均田绝不会一帆风顺，甚至会险象环生，但纵有千难万难，儿子也在所不辞，望父亲能体察儿子为社稷出力的一片苦心。"

孙尚业道："唉，我就知道，你是一头犟牛，怎么拽也不会让你回头。罢了，为父不再拦你，只是你须多当心，注意保全自己。"

孙亮道："嗯，儿子记住了。父亲保重，儿子告辞了。"

孙尚业道："你难得回家一趟，这刚进家门便走，急着要去哪里？"

孙亮道："我去关照一下赵云鹏，之后赶往县衙。"

孙亮走了。孙母烧了热水，一家三口洗了脸，烫了脚，就都睡下了。

半夜时分，三个黑影依次从院墙上跳到孙家院内，蹑手蹑脚走到正房堂屋门前。其中一个黑影用什么东西往门缝里一插，随着门轴"吱"一声低响，门被推开了。三个黑影依次进门，接着进入东屋，其中一个黑影打着了火。

躺在炕上的孙尚业被响动惊醒，睁开眼睛朝地上一看，只见地上站着三个黑影，都是黑衣黑裤黑布蒙面，只从蒙面黑布的两个孔洞里露着眼睛，他急忙起身，同时喊道："谁？"

一个黑影一蹿蹿到炕上把一团什么东西塞进孙尚业嘴里，另一个黑影上炕反剪了孙尚业双臂再用绳子捆住。

此时，炕上睡在另一侧的孙母大喊："有贼人！"

第三个黑影迅速上前把孙母摁住，也把一团东西塞进孙母嘴里，接着用绳子把她捆住。

一个黑影跳下炕，在另一个黑影帮助下把孙尚业扛在肩上出了里屋门，再出堂屋门，来到院子里。随后出门的另一个黑影抢前几步开了院门，随即跨出院门。

当后面的第三个黑影正要出院门时，孙睿从正房门内跑出，边往外跑边喊："贼人放下我父亲！贼人——"

他后面的话被第三个黑影返身一拳打断了。黑影只三拳两脚就把孙睿打倒在地，其后急速蹿出院门。

倒地的孙睿艰难地爬起来，跟跟跄跄奔到院门外，向街道东西两边望望，夜幕下的街道迷迷蒙蒙，看不见一个人影。他急忙返回到屋里，见母亲被捆绑着，嘴里被塞满东西，忙为母亲解开绳子，把塞在母亲嘴里的东西抻了出来。

孙母喘息着说道："快！快去告诉你哥，你爹被人绑架了，让他快想办法救你爹。"

孙睿连夜赶到卢龙县衙，把父亲被绑架的消息告诉了孙亮。孙亮急忙让县令葛舜章差遣衙役到各处搜寻其父，特别叮嘱对方要仔细搜寻龙河湾崔家。可五天过去了，葛舜章一直说尚未搜寻到。孙亮已经意识到葛舜章是有意敷衍，但又拿不出证据与其理论。焦急中，孙亮想起临行前去拜访魏征时，魏征曾嘱咐他，此番出行到平州，若遇有为难之事，可至龙河湾菊花粥店求助他的故友姜忠。于是，他在一名随从陪侍下乘马赶到龙河湾菊花粥店拜见姜忠，说明来意：

"晚生家父被绑架已过五日，至今仍不知去向。那卢龙县令葛舜章对晚生只是把好话说在嘴上，实则并不肯真心办案。晚生由此可知，那葛舜章已与崔氏两兄弟结成一党，互相狼狈为奸。他们使出如此卑劣手段，意在迫使晚生放弃督办均田。晚生于京师动身之前向魏征大人辞行之时，魏大人曾叮嘱晚生，此番出行若遇有为难之事，可至菊花粥店求助于老前辈。目下晚生家父吉凶未卜，晚生在督办均田一事上亦已进退两难。为此晚生不得不前来叨扰老前辈。"

姜忠道："孙大人请放心，你这个忙老朽帮定了。解铃还须系铃人，欲治非常之人，须用非常之法，不出明日，老朽定将令尊送归大人府上。"

孙亮拱手施礼："晚生先谢过老前辈了。"

与此同时，在龙河湾崔家，崔老三着一身簇新袍褂，走进陈设豪华的堂房，招呼一声："大哥。"

堂房内，崔老二靠坐在太师椅上，闭着眼睛，正在让一名使女捶腿。听到老三招呼，睁开眼睛"嗯"一声。

崔老三道："大哥，明日一早县令葛大人要升堂，审理小弟状告赵云鹏一案，小弟于今晚之前便须赶往县城，好于明日一早上堂诉讼，家事便全交给大哥了。"

"好！"崔老二一下子直起身来，"想那孙亮，为其父被绑架之事已惶惶然不可终日，小弟你再于公堂之上将那赵云鹏告进牢狱，看他孙亮还能再逞能弄什么督办均田！"

当夜，姜忠和郭霖于夜幕中出现在崔家宅院院墙外，各自施展轻功纵身跃上院墙。院内一黑一灰两条大狗立刻狂吠起来。马上有一名家丁打着灯笼和另一名家丁从一间厢房内走出，管家崔升也打着灯笼从另一间厢房走出，各自用灯笼四下照照。

崔升对家丁道："注意门户，都机灵着点！"

两名家丁齐声说"是"，之后各自回屋。

姜忠和郭霖互相点一点头，各从腰间抽出飞镖，手一抡，只听"啾，啾"两声响，院内两条恶狗只"嗷""嗷"闷叫两声，就再无声息了。两人又互相点一点头，各自用手从头顶往下一抹，脸上就都蒙上了黑布，紧接着施展轻功纵身往墙下一跃，就都毫无声息地落到院内地上。二人悄悄走到崔升所在房间门外，轻轻动作几下，门就被打开了。姜忠进入房间，郭霖则守在门外。

房间内，放在桌案上的灯笼仍亮着。躺在炕上的崔升听到屋内响动，欠身仰头朝炕下看。

姜忠一个箭步上前用匕首逼住其咽喉："不许喊！喊便杀了你！讲！孙尚业被关在哪里？"

崔升浑身哆嗦着："我，我不知……"

姜忠严厉又低声地说道："你不讲？你不讲，我即刻让你去见阎王！"说着用匕首一捅对方咽喉。

崔升猛一哆嗦："别，别，别，我讲，我讲，在，在后院柴房里。"

姜忠问："该处是否有人看守？"

崔升道："有，有两名家丁在，在隔壁房间看守。"

姜忠道："走！带我们去柴房！"

"是，是。"崔升起身，下炕穿鞋。

崔升在前，姜忠在后用匕首抵着崔升后腰出门。

姜忠以匕首抵着崔升后腰，郭霖紧跟在后来到崔家后院柴房外。

崔升低声道："到了。"

郭霖上前推推柴房门，回头对姜忠低声道："门上着锁呢。"

姜忠对崔升低声道："把门锁打开！"

崔升道："钥匙在，在隔壁看门人手里。"

郭霖低声说一声："我来！"过去推隔壁房间的门，门开了，郭霖进门。

房间内传出一个男声："谁？"

又传出郭霖的声音："不许喊！喊便杀了你！走！去把柴房门锁打开！"

崔家家丁四秃子在前，郭霖在后用匕首抵着四秃子的后腰从门内走了出来。

姜忠低声道："里边还有一个呢？"

郭霖低声回答："定住了。"说罢用匕首一顶四秃子后腰，"快开门！"

四秃子"哎，哎"地答应着，从怀里掏出钥匙开了柴房门锁。

郭霖道："进去！"用匕首抵着四秃子后腰进入柴房。

柴房内一片漆黑。

郭霖轻声呼唤："孙先生，孙先生。"

柴房内无人响应。

郭霖用匕首一顶四秃子后腰："走！去拿灯笼！"

郭霖押着四秃子出门，进入隔壁房间，随即由四秃子打着一只点亮的灯笼出门，进入柴房。

门外的姜忠对崔升道："走！进去！"用匕首抵着崔升后腰进入柴房。

柴房内，灯光下，只见孙尚业蜷缩在一堆柴草上，已处于昏迷状态。

姜忠对郭霖道："快！让这个奴才背上孙先生，走！"

郭霖对四秃子道："把孙先生背起来，走！"

四秃子俯身抓住孙尚业双臂把孙尚业提起，郭霖在后相助，把孙尚业背到四秃子后背上，随即姜忠和郭霖用匕首逼着崔升和四秃子从崔家后门走出，消失在夜幕中。

次日一早，一疤癞眼家丁跌跌撞撞地从崔家后院朝堂房门外跑来，一路跑一路喊："二爷！二爷！不好了！不好了！"

崔老二从堂房门内走出："怎的？出什么事了？"

疤癞眼家丁道："孙尚业被人弄走了！还有，还有管家、看守孙尚业的四秃子也不见了！"

崔老二瞪大眼睛："什么？这是真的？"

疤癞眼家丁连连点头："是真的！是真的！"

崔老二道："四秃子不见了，还有与他一同看守孙尚业的古二愣呢？"

疤癞眼家丁道："古二愣被人点了穴，到眼下手脚还动弹不得呢。"

崔老二道："快！你骑上快马，去县城给老三报信，就说家里出大事了，让他赶快赶回来！"

疤癞眼家丁答应一声，返身朝后院跑去……

次日一早，卢龙县县令葛舜章开始升堂审案。县衙大堂上，葛舜章在主审席上就座，孙亮和县丞分别在其左右两侧就座，县丞右侧坐的是负责记录的录事，两排衙役分站在堂下两边。

葛舜章扭头对孙亮道："开始吧？"见孙亮点头，于是对下面道，"升堂！"

堂下一名班头高呼："升堂——"

葛舜章道："传原告人崔世虎到堂！"

班头把葛舜章的话对堂外高声重复一遍。

一名衙役走到大堂门外，对身着簇新的袍褂候在堂外的崔老三道："县令大人有令，传原告人崔世虎到堂！"

崔老三转身正要走进大堂，忽听身后有人喊：

"三爷——"

在崔老三转回身的功夫，家丁疤癞眼已策马来到堂外滚鞍下马，对崔老三道："三爷，三爷，不好了！"

崔老三皱起眉头："出什么事了，快讲！"

疤癞眼家丁走到崔老三跟前，把嘴凑在崔老三耳边小声道："孙尚业被人弄走了，管家与四秃子也不见了，二爷让我来给你报信，让你快快回去！"

崔老三站在原地，一时不知如何是好。

衙役对崔老三道："原告人崔世虎，没听到本衙役的话吗？县令大人有令，传你到堂！"

崔世虎对疤癞眼家丁道："你先回去，对二爷说，我这里完事以后马上回去。"说罢走进大堂门口。

进了大堂的崔老三举止傲慢，不跪不拜，站立一旁。

孙亮对葛舜章道："这原告到了大堂之上，面对县令大人为何不下跪？"

葛舜章尴尬地咧了咧嘴，对崔老三道："大胆原告人，面对本县令，为何不下跪？跪下！"

崔老三不服气地扭了扭脖子，勉强跪下了。

葛舜章道："原告人，你姓甚名谁，报上来！"

崔老三道："小民姓崔，名世虎。"

葛舜章道："崔世虎，本大人问你，你来县衙喊冤，状告何人，是何案由？"

崔老三道："小民状告同村村民赵云鹏。那赵云鹏为其亡故老娘买棺木，借了小民家的银钱，连本带利，至今已达一千钱。此钱他非但拒不偿还，反倒恩将仇报，行凶打伤小民。小民乞县令大人为小民做主，将拒不还债又殴打小民的人犯赵云鹏绳之以法。"

葛舜章问："那赵云鹏借你银钱，可有字据？"

"有！"崔老三从怀里掏出一张纸，"这便是经赵云鹏签字画押的借据，请县令大人过目。"

一名衙役过去从崔老三手上接过借据，呈到葛舜章面前案上。葛舜章看了借据，递给孙亮，孙亮看过后交还葛舜章。

葛舜章把借据递给县丞："交录事辑录在案！"转对崔老三道，"原告人崔世虎，你说被告人赵云鹏打伤你多处，可有人证物证？"

"有！"崔老三来回扭头，用手指着自己的脖颈，"小民脖颈上有被赵云鹏抓伤痕迹。"又扒开前胸处的衣服，"这是被赵云鹏击打所致血瘀瘢痕。还有当时在场的同村人王小五、孙大力可以作证，他们二人正在堂外候着呢。"

葛舜章对堂下班头道："传证人王小五、孙大力到堂！"

班头把葛舜章的话对堂外高声重复一遍。

王小五、孙大力由一名衙役带到堂上，面朝主审席跪下。

葛舜章道："证人把姓名、住址报上来！"

王小五、孙大力分别报上自己的姓名和住址，二人住址都是龙河湾镇龙河湾一村。

葛舜章道："本案被告人赵云鹏殴打原告人崔世虎，可是你等二人亲眼所见？"

王小五、孙大力齐声道："是小人亲眼所见。"

葛舜章道："让证人在证词上签字画押！"

"等等！"孙亮对葛舜章道，"葛大人审理此案，该当原告人与被告人同时到堂吧？尤其是原告人之证人指证被告人犯罪事实，更须有被告人在场吧？"

葛舜章略一迟疑，之后朝孙亮点点头，转对堂下道："传被告人赵云鹏！"

两名衙役押着额上包着厚厚布条的赵云鹏进入大堂。走到崔老三身边后，两名衙役把赵云鹏摁跪在地。

葛舜章道:"被告人姓甚名谁,家住何处,报上来!"

赵云鹏道:"草民姓赵,名云鹏,家住本县龙河湾镇龙河湾二村。"

此时孙亮插话道:"赵云鹏,原告崔世虎告你行凶殴打于他,还举出两名在场证人王小五、孙大力为其作证,你可认识这两名证人?"

赵云鹏扭头看王小五和孙大力:"回大人话,草民认识此二人,他们都是崔家的家丁。"

孙亮对葛舜章道:"葛大人,大唐律明文规定,案件当事人之亲友、属下不得为当事人作证。这原告人的家丁为原告人作证,该是有违于此吧?"

葛舜章额上已冒出汗珠,但仍强撑着问:"王小五,孙大力,你等二人可是崔世虎的家丁?"

两名家丁都有气无力地回答:"是。"

葛舜章道:"将此二人带下去!"

衙役把两名家丁带出大堂。

葛舜章以虚张声势的声音掩盖内心的虚弱:"被告人赵云鹏!原告人告你欠债不还,还行凶殴打原告人,且书证物证俱在!""啪"一声一拍惊堂木,"大胆奸民赵云鹏,你可知罪?"

赵云鹏道:"我不欠他崔世虎的钱,反倒是他崔世虎欠我的!至于究竟是谁打伤了谁,大人一看我额上的创伤便知!"

葛舜章一瞪眼睛:"什么?你不欠崔世虎的钱?来人!将他立下的借据让他过目!"

衙役到录事处取了借据,走到赵云鹏面前向赵云鹏出示。

葛舜章道:"被告人赵云鹏,你亲笔立下的借据,你可看好了?"

赵云鹏道:"不错,这是我亲笔写下的借据,当日借的是三十文钱,驴打滚的利,若我分文未还的话,到数月之后的今日,连本带利确已达到一千钱。可事实是,此债我已如数偿还于他,现下反倒是他欠我的了。"

崔老三朝赵云鹏扭过头高声道:"你胡说!"

葛舜章道:"赵云鹏,你说你已如数偿还于他,现下反倒是他欠你的了,证据何在?"

赵云鹏从怀里掏出一份字据:"此系当时草民与崔世虎共同所立之字据,上面写得清楚,草民小妹赵翠儿给崔世虎家做佣工,时限半年,酬金共是五文,用作归还草民所借崔氏之债。另欠崔氏之债二十五文,以草民户下田地一十五亩抵顶。请县令大人过目。"

衙役过来从赵云鹏手上接过字据，呈到葛舜章面前案上。

葛舜章看过，微微皱起眉头，就要递给县丞。

孙亮道："拿来让本官看看。"

葛舜章只得把字据推给孙亮。孙亮看了，从鼻孔里哼出一声，又把字据推给葛舜章。

葛舜章把字据推给县丞："辑录在案！"接着对崔老三道，"原告人崔世虎，被告人欠你之债务，被告人已如数归还于你，且有你与被告人共同所立字据为证，你为何还要指控被告人欠债不还？个中缘由，你且讲来！"

崔老三道："他赵云鹏以其妹做佣工来抵债不假，可其妹在我家做佣工还不到一个月便逃跑了，如此怎能算还清了债务？"

赵云鹏气愤已极，大声道："一派胡言！"

葛舜章一拍惊堂木："住口！大胆奸民，若再咆哮公堂，本大人定将严惩不贷！被告人，既然你妹妹工期未满便已逃跑，如此怎能算还清了债务？讲！"

赵云鹏道："我妹妹不是逃跑的，是被他崔世虎背着我卖到了这县城宜春楼！"

崔老三又扭头看着赵云鹏高声道："你胡说！"

赵云鹏道："我说的是实情！"

葛舜章道："赵云鹏，你说你妹妹被原告人卖到了宜春楼，何以为凭？"

赵云鹏道："我去宜春楼见到了我妹妹，我要把她领回家，宜春楼老鸨说，我妹妹是她花两千钱自崔世虎手上买下的，让我拿三千钱赎人。我哪里有那么多钱赎人？老鸨便让两名大汉把我赶了出来。"

葛舜章道："你说的这些，可有人证物证？"

赵云鹏道："这是我的亲身经历。"

崔老三对葛舜章道："大人，小民绝无卖人之事，这是姓赵的在编造谎言，诬陷小民。"

葛舜章道："赵云鹏，你空口无凭，本大人岂能轻信于你？"

孙亮扭头看着葛舜章道："葛大人，崔世虎把赵云鹏之妹卖到宜春楼，人证物证俱在！"

葛舜章一愣："这……孙大人何出此言，又何以为凭？"

孙亮道："大人命衙役去堂外传宜春楼鸨母到堂作证便是。"

葛舜章道："这……哪里有什么鸨母？"

孙亮道:"本官再说一遍,大人只管命衙役去堂外传宜春楼鸨母到堂作证便是!"

葛舜章不得已地说道:"传宜春楼鸨母到堂!"

班头高声喧呼:"传宜春楼鸨母到堂!"

果然,一名衙役出去后又很快返回,把宜春楼鸨母带到了堂上。

原来,孙亮在去看望被打伤的赵云鹏时告诉他,那崔老三定然会恶人先告状,把他告上卢龙县衙大堂,嘱咐他届时一定要反诉崔老三倒卖他小妹的罪行。今天一早升堂之前,孙亮即指派皇上配给他的范全等两名侍卫前往宜春楼,传唤鸨母到堂作证。范全等二人到了宜春楼,对鸨母亮明自己的身份,随即说道:"鸨母你听好,皇帝陛下钦差大臣孙大人今日专程来到县衙,督办龙河湾镇崔老三将赵云鹏之妹赵翠儿倒卖给你宜春楼一案,你到了县衙大堂之上,若据实出具证言与书证,孙大人可赦你无罪,若胆敢出具伪证,定将从重责罚!你可听好了?"

跪在地上的鸨母忙不迭地磕头:"妾身听好了,妾身定会据实出具证言与书证。"

于是,范全等两名侍卫早早地就把鸨母带到了县衙大堂外,专候传唤。

葛舜章对鸨母道:"来者姓甚名谁,家住何处,报上来!"

鸨母道:"妾身贱姓杜,名云娘,家住卢龙城宜春楼。"

葛舜章道:"杜云娘,本大人问你话,你须如实作答!本案被告人赵云鹏称,原告人崔世虎将赵云鹏之妹赵翠儿卖给了你的宜春楼,可有其事?"

鸨母回答:"回大人话,确有其事。"

葛舜章问:"卖了多少钱?"

鸨母回答:"两千钱。"

葛舜章道:"你说的可是实话?若以假话蒙骗本大人,本大人定将治你作伪证之罪!"

鸨母道:"妾身说的是实话,有妾身与崔家三爷所立字据为凭。"说罢从怀里取出字据。

葛舜章道:"将字据呈上来!"

一名衙役过去从鸨母手上接过字据,呈给葛舜章,葛舜章看过之后推给孙亮,孙亮看过之后又推给葛舜章。

葛舜章把字据推给县丞:"交录事辑录在案!"接着对崔老三道,"原告人,你将赵翠儿卖到宜春楼,有你所立字据在此,对此,你有何话可说?"

崔老三把头扭向一边,不再吭声。

孙亮朝葛舜章稍稍侧过头,问道:"葛大人你看,此案当如何处置?"

葛舜章道:"可宣告被告人赵云鹏无罪,所欠崔世虎之债务已清偿。责令崔世虎将倒卖赵翠儿所得之银钱退还宜春楼,宜春楼让赵翠儿还家。"

孙亮又问:"崔世虎倒卖人口,逼良为娼,葛大人以为该定何罪?"

葛舜章语塞:"这……"

此时堂外忽然传来击鼓声。

一名衙役进入大堂:"大人,有龙河湾村民孙睿在堂前击鼓喊冤。"

葛舜章问:"可知状告何人?"

衙役回答:"状告同村人崔世虎。"

葛舜章把头扭向孙亮:"孙大人你看这……"

孙亮道:"既然被告人就在大堂之内,大人正可将喊冤之人传上大堂一并审理。"

"这……"葛舜章稍一犹豫,接着道,"好吧,传原告人孙睿到堂!"

衙役返身出堂,随即把孙睿带到堂上。

问明了孙睿姓名和住址,葛舜章接着道:"孙睿,本大人问你,你状告何人,是何案由?讲!"

孙睿道:"草民状告同村人崔世虎。六日之前的夜晚,崔世虎指使其家丁闯进草民家中,将草民家父绑架至崔家柴房关押达五日之久,关押期间对草民家父禁食禁饮,百般折磨。草民家父被解救出来之时,已晕厥不省人事,经郎中全力抢救,方保住一条命。草民求县令大人为草民家父做主,严惩绑架残害草民家父之主犯崔世虎。"

葛舜章道:"既是你父亲被人绑架,为何他本人不到堂上告,却由你来代为上告?"

孙睿道:"草民方才已讲了,草民家父因被崔世虎等人肆意残害,已奄奄一息卧床不起,不能到堂上告,只得托草民代为上告。"

葛舜章道:"崔世虎为何要绑架残害你父亲,你且讲来!"

孙睿道:"草民一家与崔世虎无冤无仇,并未伤害过他与他的家人,故此他为何绑架残害草民家父,草民实在不知。"

葛舜章转向崔老三:"崔世虎,原告人告你绑架残害其父,对此你可认同?"

崔世虎道:"绝无此事!"

葛舜章又转向孙睿:"原告代理人孙睿,你状告崔世虎绑架残害你父亲,何以为凭?"

孙睿道:"有证人可为草民家父作证。"

葛舜章道:"证人姓甚名谁,报上来!"

孙睿道:"一为姜忠,一为郭霖。"

葛舜章抬高声音道:"传原告证人姜忠、郭霖到堂!"

一名衙役把姜忠、郭霖带到堂上。

又是先问了姜忠和郭霖姓名住址,葛舜章接着道:"你们要为原告人作什么证,且道来!"

姜忠道:"原告人孙尚业被崔世虎绑架后关在崔家柴房,乃老朽与郭霖亲眼所见,是老朽与郭霖从崔家将其解救出来的。"

郭霖接着道:"实情确如姜忠所言,草民亦可作证。"

葛舜章道:"你等二人为何要去解救原告人?又是如何得知原告人被关押在崔家柴房的?向本大人一一道来!"

姜忠就把此事前后经过述说一遍。

葛舜章问崔老三:"对这两位证人之证词,你可认同?"

崔老三道:"大人,此二人乃原告人与其代理人的同党,他们方才所作的证词,小人并不认同。"

葛舜章转向孙睿:"孙睿,对于被告人抗辩之词,你有何话说?"

孙睿道:"既然被告人持此一说,大人可命他崔家管家崔升、家丁四秃子到堂作证!"

葛舜章扭头看孙亮,孙亮对他点头。葛舜章即把崔升和四秃子传到了堂上。

葛舜章道:"证人姓甚名谁,报上来!"

崔升道:"小人姓崔名升。"

四秃子道:"小人姓崔名四,因小人秃顶,人们都管小人叫四秃子。"

葛舜章问:"崔升,你可是崔世虎家之管家?"

崔升互答:"是。"

葛舜章问:"崔四,你可是崔世虎家之家丁?"

四秃子回答:"是。"

葛舜章道:"崔升,本大人问你,原告人孙尚业之代理人孙睿状告崔世虎指使其家丁绑架并关押原告人,可有其事?"

崔升回答:"有其事。"

葛舜章问四秃子:"崔四,你呢?"

四秃子回答:"有,有这事。"

崔老三恨恨地回头扫了崔升和四秃子一眼，咬牙切齿地说道："我今方知，你们二人都是喂不熟的白眼狼！"

崔升和四秃子忙都把头低下。

崔升和四秃子能够如实当堂作证，自然有其缘故。当时姜忠和郭霖把孙尚业救出，把崔升和四秃子也押出崔家之后，遵照孙亮的吩咐，又把崔升和四秃子押到了卢龙县城，交给了跟随孙亮出巡的贾成等四名大内侍卫。此次升堂之后，贾成等侍卫把崔升和四秃子押到了县衙大堂门外，专候传唤。

刚才，在崔升和四秃子被传唤之前，贾成对他们说道："我再对你们说一遍，孙大人乃当今圣上钦差，前来此地督办均田。那崔老三为阻挠均田，竟然绑架关押孙大人高堂老父，已犯下不赦之罪。你等二人乃其帮凶，亦是罪孽不浅，若尽早悬崖勒马，尚可得到从轻发落。到大堂之上，当如何说话，我想你们心中应该有数。"

四秃子不住地点头哈腰，崔升也点了点头。

他们两个一看眼下这阵势，如在堂上不说实话，很可能因作伪证而被关进大牢。为求自保，在县令问话时，他们只得实话实说。

孙亮对葛舜章道："问他崔世虎，为何要绑架原告人？"

葛舜章随即道："被告人崔世虎，你为何要绑架原告人？"

崔老三以仇恨的目光看孙亮一眼："他孙亮打着皇上的旗号，不单夺去我请授之田，还要瓜分我崔家既有之田产，散给众奸民。我拘他老子，是提醒他，我崔家不是他想捏便捏的软柿子！"

孙亮道："葛大人，他崔世虎抗旨不遵，阻挠督办均田，该当何罪？"

葛舜章语塞："这……"

孙亮又道："他崔世虎倒卖人口，逼良为娼，该当何罪？他崔世虎为报复皇帝钦差大臣，疯狂绑架关押钦差大臣之父，又该当何罪？以上数罪并罚，当判他崔世虎什么刑？"

葛舜章额上已沁满汗珠："这，这……轻则流放，重则，重则斩决。"

孙亮道："他崔家所占田地达一千二百顷，当如何处置？"

葛舜章道："多余田地，当收为公田，授给无地少地民户。"

"哼！"崔老三口气强硬地说道，"我崔家田地，不过六百顷，另外六百顷，乃我妹夫渤海敬王手下之田，姓孙的，你也敢收么？"

孙亮凛然道："渤海敬王李奉慈，朝廷规定其食邑二百户，以朝廷《均田令》规定的每户应授田一顷计，共应有田二百顷，其实有田地两千顷，多出的一千八百顷，当然要收为公田，授给无地少地民户！"

崔老三冷笑道："我倒要睁大眼睛看看，你姓孙的有没有这个胆！"

孙亮道："葛大人，退堂之后，你即去知会渤海敬王，两日之内，将他食邑以外多余田地收为公田，授给无地少地民户！"

隔日，龙河湾北面田野上遍地都插上了彩旗，到处都有人在丈量土地。

忽然，一队四十余骑人马从斜刺里冲了过来。为首的李奉慈用马鞭朝地里的人们一指，高声道："都给本王冲过去，把那些奸民统统杀了！"

这四十余骑骑手手持刀剑冲向附近丈量土地的人们，立刻有三个人被骑手砍倒。

附近其他丈量土地的人们始而惊住，继而都喊叫起来。其中有人大喊："杀人了！杀人了！"有人大喊："乡亲们，跟他们拼了！杀呀！"

很快有越来越多的人跟着响应，喊杀之声一浪高过一浪。远近各处丈量土地的人们纷纷举着锹镐等农具边喊边向骑手们涌来，涌到骑手们跟前的人们即刻挥舞着锹镐与骑手们厮杀起来，一时间喊杀声、铁器撞击声和惨叫声响成一片。

从他处跑过来的孙亮边跑边喊："都住手！都住手……"

厮杀的人们中没人理会他的喊叫，仍旧厮杀不止。骑手们寡不敌众，渐渐抵挡不住，开始往一侧退却。

李奉慈头上负了伤，流血不止。他用手捂着伤口大喊："撤！"在经过孙亮近处时，气急败坏地朝孙亮喊叫，"姓孙的，本王跟你没完！"

后宫承庆殿，早朝之前，曹娴在为李世民更衣，脱下常服，换上朝服。

此时钱福慌慌张张地进殿，连声呼唤："陛下！陛下！"

李世民皱起眉头道："嗯？何事如此惊慌？"

钱福道："陛下，二十位王爷齐聚两仪殿门前，吵吵嚷嚷要陛下清君侧呢。"

"是吗？"李世民对此似乎早有所料，转对曹娴道，"看来今日的朝会上要热闹了。"又问钱福，"挑头的是谁呀？"

钱福道："渤海敬王李奉慈嚷嚷的最凶，他头上包着厚厚的布条，看来是被人打了。"

"是么？他从千里之外的平州跑来了？"李世民说到这里，转对曹娴道，"看来来者不善哪。"又对钱福道，"你去对他们说，有话到朝会上讲，莫在外面大声喧哗。"

钱福应声去了。

曹娴脱口道："清君侧？"

李世民道："朕已接到了孙亮发来的急报，他在平州查办均田事之时行事过急，发生了械斗事件，那渤海敬王李奉慈受了伤，定是他纠集众亲王向朕告御状来了。朕已命人去向孙亮传朕旨意，让他火速赶来京师见朕，想此时已快到了。看来，这个孙亮在今日的朝会上要成为众矢之的了。"

这一日的朝会，与会百官中本来不包括李奉慈等从外地赶来的亲王们，但李世民临时决断，让他们都参加了。

议完预定议题之后，李世民对下面道："李奉慈！"

李奉慈赶忙出班拱手道："臣在。"

李世民道："你自千里之外的平州赶来京师，且一大早便来宫中聒噪不休，究竟有何要事啊？"

李奉慈道："陛下，那孙亮打着陛下的旗号，不单唆使众奸民抢夺瓜分臣弟的封地，还放纵众奸民持械殴打臣弟与属下，打得臣弟头破血流，若非臣弟跑得快，定已被奸民打死了。臣弟跟随太上皇与陛下东征西讨，没有死在战场上，却险些被一个白面书生纵容奸民打死在自己的封地之上。"说到这里痛哭流涕，"陛下呀，您说这还是我大唐的天下吗？臣弟请求陛下为臣弟做主，严惩肇事奸民！请陛下清君侧，严惩肇事奸民之首孙亮！"

此时众亲王纷纷出班，声音参差不齐地说道："请陛下清君侧，严惩肇事奸民之首孙亮！"

"嗯？"李世民炯炯目光扫视一遍众亲王，"有这么多的亲王请求严惩孙亮？看来孙亮是惹起众怒了。嗯，众亲王此请，朕记下了，还有什么？"

李奉慈道："臣弟得闻，陛下此番遣孙亮至各州查办均田，起自于后宫嫔妃向陛下进谗言，故请陛下整肃后宫，严禁后宫干政！"

众亲王齐声附和："请陛下整肃后宫，严禁后宫干政！"

李世民不动声色地对文武百官道："各位爱卿，方才有二十位亲王奏请朕清君侧，严惩肇事奸民之首孙亮，还奏请朕整肃后宫，严禁后宫干政。你们看朕该不该接受众亲王之奏请啊？"

长孙无忌出班，以双手托举着一叠奏章："启奏陛下，这是三百四十位京官联名给陛下上的参劾孙亮的奏章，请陛下御览。"

李世民道："好啊，呈上来！"

钱福走下台阶，从长孙无忌手上接过奏章，返回后呈到御案上。

李世民翻了翻奏章:"嗯,嗯。孙亮假借朕的旨意,唆使众奸民哄抢众亲王封地,有损朕的仁德;纵容众奸民殴打亲王,犯下聚众闹事悖逆朝廷之重罪。"抬起头看着百官,"嗯,这个孙亮,罪过真是不小啊。"

此时孙亮进殿,跪在众亲王身后叩拜:"微臣叩见陛下。"

李世民道:"孙亮,你来得正好,你看在你前面跪着的是二十位亲王,他们都是来告你的御状的。通事舍人来济!"

来济出班托举着笏板:"臣在。"

李世民道:"你来唱名,看看这告御状的亲王都是谁?"

"臣遵旨。"来济站到众亲王侧前,看着众亲王道,"他们是:淮安王李神通,襄邑王李神符,荆王李元景,汉王李元昌,楚王李灵龟,陈王李元礼,韩王李元嘉,彭王李元则,郑王李元懿,霍王李元轨,虢王李元凤,道王李元庆,邓王李元裕,舒王李元名,鲁王李灵夔,江王李元祥,密王李元晓,滕王李元婴,陇西王李博义,渤海敬王李奉慈,唱名完毕。"

李世民出语不疾不徐:"孙亮,这二十位亲王告你唆使众奸民哄抢瓜分他们的封地,又放纵众奸民持械殴打渤海敬王与其属下,打得渤海敬王头破血流,险些丧命,被你弄得这天下都快不是我大唐的天下了。还有,京师三百四十名官员联名上书参劾于你,说你假借朕的旨意,唆使众奸民哄抢众亲王封地,有损朕的仁德;纵容众奸民殴打亲王,犯下聚众闹事悖逆朝廷之重罪。"说到这里抬高声音,"孙亮,你可知罪?"

孙亮话语掷地有声:"微臣至各州督办均田,乃奉旨行事,故微臣无罪!"

此时众亲王如炸了锅般地喧哗起来。

李奉慈高声道:"大胆孙亮,都死到临头了,还敢嘴硬!"

李元昌道:"真是个死猪不怕开水烫的主!"

一名亲王高声道:"狂徒!"

另一名亲王也高声道:"奸佞!"

其他文武百官也议论纷纷。

李世民向钱福示意制止下面人们的喧哗。

钱福对下面众亲王和百官高声道:"肃静!肃静!"

众亲王停止喧哗,百官也停止了议论。

李世民声如洪钟:"好啊,孙亮,你说你无罪,那就一项一项地讲清楚!先说你唆使众奸民哄抢瓜分众亲王的封地,有这事没有?"

孙亮道:"微臣让那些无地少地的农户均分的,并非各位亲王的封地,而是封地之外多占的田地。即以渤海敬王为例,朝廷定封其食邑二百户,以朝廷《均田令》规定的每户均田一顷计,共二百顷,而其实际占田两千顷,仅在龙河湾镇就占田六百顷,较封地多占一千八百顷。微臣让无地少地农户均分的,正是这多占的一千八百顷。故此,说微臣唆使众奸民哄抢瓜分众亲王封地,纯属凭空捏造之词!"

李世民道:"好!再说你放纵众奸民持械殴打渤海敬王与其属下,把渤海敬王打得头破血流,险些丧命,可有其事?"

孙亮道:"渤海敬王被请田百姓打伤确有其事,然则并非微臣放纵请田百姓所造成,而是渤海敬王咎由自取,自食其果!"

众亲王又一次喧嚷起来。

李奉慈高喊:"一派胡言!"

李元昌也喊:"这厮疯了!疯了!"

一名亲王对李世民道:"陛下,把这个狂徒轰出去!"

另一名亲王高喊:"杀了他!杀了他!"

其他文武百官也义愤填膺,整个大殿内喧闹声响成一片。

李世民剑眉倒竖,忽地站了起来。

钱福扯着公鸭嗓高声道:"肃静!肃静!"

众亲王和百官喧闹声渐渐平息下来。

李世民声如钟磬:"孙亮!你说渤海敬王被打伤是其咎由自取,自食其果,根据何在?你且道来!"说罢复又坐下。

孙亮道:"微臣依照朝廷均田令,将渤海敬王与当地世家大户崔家多占的田地收为公田之后,改授给无地与少地的农户。正当微臣率这些农户丈量田地之时,突遭渤海敬王所率四十余骑人马袭杀,当即有三名农民被砍倒,其中两名农民当场死亡,一名农民被砍成重伤。其他农民只得奋起自卫。微臣当时曾极力阻止这一场械斗,却因局势混乱非常而未能奏效。渤海敬王便是在这一场械斗中负伤的。这一场械斗,全然是渤海敬王所挑起,故此微臣方说,其被打伤乃其咎由自取,自食其果。"

李世民目视着李奉慈,不动声色地说道:"李奉慈,朕问你,实情是否如孙亮所讲,是你率属下先动手杀人,致人两死一伤啊?"

李奉慈道:"哼!那些奸民聚众瓜分臣弟封地,臣弟若不杀一儆百,他们还不闹翻天哪?"

李世民口气变得严厉起来："如此说来，孙亮之言并非为虚了？"随即抬高声音道，"既然如此，那朕也参你孙亮一本！"

众亲王和百官目光齐刷刷落到李世民的脸上。众人流露出的神情各有不同：有的是惊愕，有的是不解，有的是茫然……

李世民道："朕派给你的十名扈从，皆自大内百骑侍卫之内精选而来，个个武功高强，可以一当十，以十当百，只要你一声令下，他们将李奉慈那四十余骑人马尽数斩杀可易如反掌！你当时为何不那么做？你若那么做了，怎会造成那无地农民两死一伤之惨祸？又怎会有那么多无地农民奋起自卫之后果？朕再问你，对那两死一伤的农民，你是如何处置的？"

孙亮道："回陛下，微臣命县衙出资，将两名死者予以厚葬，并对其遗属妥为抚慰，亦由县衙出资，对重伤者予以医治并好生抚慰。"

李世民点点头，口气有所缓和："嗯，你如此处置倒还妥当。你可知道，你若不如此处置，将会导致何等不堪之后果？"说到这里声音变得异常严厉，"将有几万人，几十万人甚至几百万人揭竿而起，冲破潼关，杀进长安，如此燎原大火一起，大唐还会存在吗？你我君臣如此齐聚一堂共议朝政的情形还会存在吗？"说到此断喝一声，"李奉慈！"

李奉慈浑身一哆嗦："臣在。"

李世民道："方才，你不是要朕整肃后宫，严禁后宫嫔妃干政吗？这后宫嫔妃干政，你是如何得知的？"

李奉慈额上冒出一层细汗："臣……是听了他人之言。"

李世民问："听了他人之言？这个他人是谁？"

李奉慈支支吾吾："臣……臣……臣不记得了。"

李世民道："好一个不记得了！那么朕再问你，你说后宫嫔妃干政，这个嫔妃指的是谁？"

李奉慈道："这个，这个陛下该当知道。"

李世民道："朕在问你！"

李奉慈额上已冒出豆大的汗珠："这个，这个，臣许是听人误传。"

李世民："听人误传？那朕便明明白白告知于你，并非误传！朕确曾在后宫与曹修仪议起过世家大族皇亲国戚兼并土地情形。曹修仪曾有言，推行均田制，使耕者有其田，实乃富民强国之道。又说，世家大族虽强，但远远强不过普天之下百万百姓。可畏者民也，而非世族豪强！耕者无田，民不聊生，才是社稷大厦倾覆之源！这是后宫干政之语吗？非也！非但不是干政之语，反倒是醒世治世之言！后宫干政，为的是一己之私，而曹修仪之言，为的是我大唐社稷之永续，为的是天下百姓之福祉，无一丝一毫私愿掺杂其中；后宫干政，必会采用不可告人之卑劣手段，而曹修仪进言，乃对朕当面坦诚相告，率真而陈；后宫干政，必将招致误国害民之恶果，而曹修仪之言，实乃强国富民之良策！朕倒是要问你等众亲王，到这朝堂之上聚众发难，为的是我大唐宗庙社稷吗？为的是普天之下黎民百姓吗？你们以为朕不知道吗？你们于朝廷定封的食邑之外，又多占了多少土地，且对多占的土地隐匿不报，又偷逃了朝廷多少赋税？朕对你们既往不咎，已够迁就宽大了，你们非但不感恩于朕，反倒千方百计阻挠朝廷推行均田，甚而互相串通聚众到朝堂之上逼宫发难，你们以为朕就如此软弱可欺，以为朕不敢治你们挟私搅闹朝堂之罪吗？"

李奉慈磕头不止："臣知罪。"

其他亲王也声音参差不齐地说道："臣知罪。"

李世民肃然道："哼！朕与曹修仪在宫闱之内的私房话，竟被那居心叵测之人窃听了去，传给后宫某些人，又传到你们这些亲王耳中，如此情形倒是提醒了朕，该当查一查，你们这些亲王之内有哪些人与后宫之人结成了同党！"

李世民说到这里打住话头，殿内顿时一片死寂。众亲王全都以头触地，大气不敢出。

李世民又道："还有，这联名上奏章的三百四十名官员，为什么要这么做？是不是也与这些亲王结成了同党？"

殿内顿时响起窸窸窣窣一片响声，几十名官员一齐跪倒，声音参差不齐地说道："陛下，臣等知错，臣等愿收回奏章。"

李世民声震殿宇："朕意：李奉慈，以武力阻挠朝廷推行均田，打死打伤无辜百姓，罪在不赦，着褫去其亲王爵位，交部议处！另，十日之内各位亲王将封地之外多占田地如数交出，改授给无地少地农户，逾期不交或少交者褫去亲王爵位，以抗旨罪论处！孙亮督办均田有功，着即迁升从三品御史中丞！退朝！"

第三十二章
当端砚曹娴遭构陷　造冤情韦氏受褫革

时过数日，李世民把民部尚书杨纂召到承庆殿，说道："今河南河北两道推行均田制已初见成效，只是灾情尚未完全消除，仍需调拨库粮赈灾。朕召你来，即议一议该两道赈灾之事，你们民部于此有何筹划？"

杨纂道："臣正要向陛下奏报呢，因去岁京畿陇右一带大旱，已自国库调粮十之六七用以赈灾，今国库空虚，存粮已远远不能满足河南河北赈灾之需了。"

李世民道："赈灾之事刻不容缓，朕意，若库粮不足，可用库银自民间购粮用以赈灾。"

杨纂道："若用库银购粮，一者库银有限，二者目下因粮米奇缺而致粮价畸高，如现下购粮，则库银靡费过甚，且仍不能满足赈灾之需。"

李世民对殿外高声道："来人！"

钱福进殿："陛下，奴才在。"

李世民道："传旨，百官皆至两仪殿，朕有紧要事与之计议！"

一个时辰之后，李世民重又回到承庆殿，却是面如寒潭，余怒尚存。

曹娴端过一盏热茶，放在李世民面前御案上："陛下……"

"砰"的一声，李世民一拳击在御案上，震得茶盏"当啷"一声响："好一个孙亮，朕以往太小看他了！"一抬头间，见曹娴正蹙眉凝目地看着自己，忙道，"哦，朕失态了。今日朕召百官至两仪殿计议赈灾事，因朝廷库粮库银不能满足赈灾之急需，有大臣提议可自江淮富庶之地加征赋税，以解赈灾之急。百官之中十有八九皆附此议，朕便准了。正待下诏，不想冒出一个因故而迟到的孙亮。此人一进殿便跪地死谏加征赋税一事，说什么如此加征赋税便是朝廷出尔反尔不讲信义，甚至举出秦皇炀帝横征暴敛终致亡国的恶例来教训朕。朕是那秦始皇隋炀帝么？为赈济灾民而加征一次赋税，能与秦皇炀帝横征暴敛等同视之么？他自恃此前至各州督办均田立了一些功劳，便居功自傲，竟敢在朕与百官面前如此口无遮拦信口雌黄，真是太狂妄了！朕看他这个京官是做到头了！"

"陛下息怒。"曹娴低身一礼，"妾有一言，不知当讲不当讲？"

李世民朝她眉目一扬："哦？爱姬有话尽管讲。"

曹娴道："臣妾以为，孙亮谏阻之词虽有过激之处，却不失为中正之言。朝中有这样的臣子，非但不是坏事，反倒是可喜可贺的好事。"

"哦？"李世民眉头顿然皱起，"你如此说话，就不怕朕责你因你是孙亮的旧相知，便替他说好话么？"

曹娴摇头道："不！臣妾不是替他孙亮说话，是替我大唐百姓说话，是替我大唐江山社稷说话，归总是替陛下说话！"

李世民如炬目光注视着对方："哦？你既出此言，其中情由，你且备细讲来！"

曹娴又低身一礼："是。臣妾以为，我大唐有陛下这样从谏如流的圣明皇帝，方有孙亮那样诤言力谏的忠直臣子，此乃我大唐国运昌隆的上吉之兆，故此可喜可贺。"

李世民略一沉吟，之后点点头，抬手一指对方，笑道："爱姬此乃反话正说，用好话来指责朕不该对臣下的诤言力谏而动怒。"说着走到几案前，低头看几案上摊开的一本书，"爱姬在看《始皇本纪》？嗯，对秦始皇这个君主，几百年来世人褒贬不一，不知爱姬如何看他？"

曹娴面色微微一红："臣妾恐有谬言之嫌。"

李世民道："欸，朕让你讲你便讲嘛，怕什么！"

曹娴道："嬴政为秦王之时，确为英才盖世之雄主，文韬武略前无古人，他广纳人才，从谏如流，属下云集了一大批来自于各国的干才，如李斯、尉缭、蒙恬、王翦之辈，十年之内便灭掉了六国，一统河山。然则称帝之后，却再也听不进任何谏言，凡有敢讲真话者便贬斥诛杀之，就连自己的儿子扶苏就焚书坑儒之事向他进了几句忠告之言，也被他赶出朝堂。自此这位纵横域内的大帝便变成了聋子瞎子，一群佞臣宦官围绕左右，暴政行于天下，故秦虽强，焉能不二世而亡？"

李世民脸色一沉："你是不是以为，朕如今也有些像一统天下之后的秦始皇？"

曹娴低身一礼："陛下如此说，令臣妾不胜惶恐，臣妾绝无此意。"

李世民一笑道："朕逗你呢，你便当真了。你评点秦始皇的话甚有道理。所谓鉴古知今，做天子的，功业达到登峰造极之际，往往便是到了最为危险之时，若再朝前走一步便成孤家寡人，越是英明神武超凡卓拔，越易于成为天下之大害。今日之事，给朕敲响了警钟，朕确该反躬自省了！好，好，就适才孙亮进谏的话题，你接着讲。"

曹娴又道："孙亮力谏加征赋税的理由，想他已经讲了，臣妾若再讲，也只是重复而已。一者向江淮之地反复课税，必致该地百姓不堪重负；二者复加课税有违朝廷既定政令，必将失信于民；三者朝廷如此做法为地方官吏开了不守定规不遵政令之先河，某些地方官必将上行而下效，且有过之而无不及，在课税额度上层层加码，乘机大肆搜刮民财而中饱私囊。如此一来，便会重蹈前朝横征暴敛的覆辙。"

李世民点点头："嗯，此言不无道理。"又一想，"不过，我朝此番加征赋税，是为赈济灾民，此乃解民倒悬之善举，毕竟不同于秦皇炀帝横征暴敛之恶行啊。"

曹娴道："秦皇炀帝横征暴敛也皆有他们冠冕堂皇的理由啊，或者修筑长城以御外敌，或者开凿运河以行漕运之便，或者东征高丽以收复失地，这些理由，哪一样不是冠冕堂皇的呢？可有哪一样，又未曾给百姓带来深重灾难呢？"

李世民道："你所讲的只是道理的一面，可另一面呢？不加征赋税，河南河北的灾民怎么办？若置灾民生死于不顾，朕还能是贤明仁善之君么？"

曹娴道："灾民当然该当赈济，而且必须赈济。"

李世民两手一摊："可目下国库空虚，你让朕拿什么去赈济？有道是巧妇难为无米之炊，朕纵为一国之君，也难为这无米之炊呀。"

曹娴道："陛下莫急，现有一法，似可一用。"

李世民眉目一挑："是何办法？爱姬快讲！"

曹娴道："臣妾记得协助陛下整理案牍之时，见有一平抑粮价的奏章上说，如今粮商中的巨商囤积的粮米足可够两道以上的百姓吃上一两年。朝廷赈灾所需的粮米，何不在这些巨商身上做做文章呢？"

李世民听了略一思量，摇摇头："这文章怎么做？自他们那里购粮，库银不够；强征呢？又不合国家法度。且这些人大都与皇亲国戚或朝中大臣有着某种瓜葛，若是强征，恐招致众怨。"

曹娴道："购买不成，强征不得，可否暂借呢？"

李世民目光一跳："暂借？"

曹娴点点头："对，暂借。今岁是灾年，粮价畸高不下，朝廷可不予购粮赈灾，而是向粮商借粮赈灾，待到丰年国库丰盈之时再向粮商以粮还粮，借息可比照当下银钱借息计算，臣妾自文案中得知，如今银钱借息并不甚高。"

李世民问道："你所说的借息，是将所借粮米折合成银两来计算呢，还是按粮米实物来计算？"

曹娴一笑道："当然是按粮米实物来计算，如此便避开了畸高的粮价。"

李世民仍有疑问："若粮商不肯借，又当如何？"

曹娴道："朝廷此番借粮，只为赈济灾民，他们若不肯借，便不单是抗旨不遵，更是囤积居奇见死不救，如此忤逆无道之举，朝廷尽可依律定罪，难道还怕他们不肯借？"

李世民抬手一拍御案道："好！就依爱姬之言！那些不法粮商，惯于乘灾荒之年囤积居奇抬高粮价，大发不义之财，早当治一治了。就朕所知，贵妃的娘舅所开的'永泰号'粮行乃京畿之地最大的粮行，在全国范围也是商中巨擘，就让他来带个头！"顿一顿，又道，"此前朕命孙亮到下面督办均田，收效甚著，看来他对下面政情与民情甚是熟稔，确为干练之臣，这一回朕便擢其为钦命宣慰使，专责赈灾事宜。"

此时已近黄昏，一直擎着火种站在侧门外一侧谛听殿内二人说话的武媚娘此时才迈动莲步进门，一一点亮殿内蜡烛……

回到含风殿，曹娴把范公公和新配来的奚公公叫到跟前，说道："目下国家有难，本宫理当为国分忧，自今日起日用物品与膳食务求俭约，不可糜费。范公公，你去内侍省传本宫的话，自本月起本宫俸银削减五成，削减下来的俸银由内侍省转交户部，用作赈灾之资。你们两位公公与众侍女俸银暂不削减。奚公公，你去光禄寺传本宫的话，自今日晚膳开始，本宫与宫中公公侍女用一样的膳食，菜肴只须一荤两素，摒去山珍海味，只用寻常肉食菜蔬，省下的银两由光禄寺转交户部，亦用作赈灾之资。可都听清楚了？"

范公公与奚公公齐声回答："回娘娘话，听清楚了。"

半个时辰之后，李世民来到殿内，待曹娴见礼毕，李世民说道："今晚朕要在这里与爱姬共进晚膳。"

曹娴稍稍一愣，随即对殿外提高声音道："让奚公公进来！"

待奚公公进殿见礼毕，曹娴对他说道："你去御膳房传谕，陛下要在此殿用晚膳，让他们把御膳传到此殿来。"

奚公公答应一声朝殿外退去。

"慢！"李世民喊住奚公公，"你莫让他们传御膳，朕要与娘娘用一样的膳食，你只让他们在娘娘的饭菜中再加一个人的便可。"

曹娴急道："陛下，这如何使得？"

李世民朝曹娴一点头："就这么办！"转对奚公公道，"你莫对御膳房说朕在此殿用膳，只让他们在娘娘的饭菜里多加一些便可，今晚娘娘用什么饭菜，朕便用什么饭菜，听明白了？"

奚公公赶忙点头施礼："回陛下，奴才听明白了。"

李世民朝他一摆手："去吧。"

奚公公去了。

曹娴十分急切地说道："陛下，这如何使得？臣妾的饭菜极简淡的。"她一时不好把自己减膳的事说出来。

李世民微微一笑道："这如何使不得？再简淡的饭菜，只要爱姬能用，朕便能用。"

时候不大，晚膳就传过来了，素菜是一大盘油焖花菇，一大盘鲜藕粉丝蒸丝瓜，荤菜是香脆糖醋荸荠熘肉片，饭是小米粥加面点。

待送饭的御厨退出殿外，李世民皱起眉头看着桌上的饭菜道："怎么？饭菜简淡至此，莫不是御膳房施虐于爱姬么？"

"不！"曹娴低首一礼道，"不关御膳房的事，是臣妾要他们如此做的，臣妾——"

"爱姬莫再说了！"李世民打断曹娴的话，呵呵一笑道，"朕方才是逗你呢。来来，你我边用膳边说话。"说着拿起筷子夹一箸菜放到嘴里，嚼一嚼咽下，"方才朕来这里之前，光禄卿柴泽已向朕奏报了，说你已给光禄寺递了话，要将膳食减为一荤两素，将省下的银两转交户部，用作赈灾之资。朕亦听内侍省奏报了，说你要将俸银削减五成，将削减下来的银两用作赈灾之资。对你如此厉行俭约为国分忧之举，朕甚为赞赏，只是切莫太过苦了自己。似此等饭菜，是太过简淡了。"

曹娴赶忙道："臣妾本是苦出身，似此等饭菜在臣妾老家是极少能有的，于臣妾而言已是美味佳肴了，故此臣妾并不觉得清苦。"

李世民伸筷点一点菜肴："你吃，你吃，朕还有话呢。朕听柴泽讲，爱姬要与内监侍女用一样的饭菜，如此做法，用心是好的，却是与宫中规矩不甚相宜的。在宫中，尊卑贵贱还是要分清的，不然便失了规矩。朕意，爱姬膳食可定为两荤三素，每样量可少些，这样既不糜费，又与下人有所分别，你看可好？"

曹娴赶忙道："臣妾谨遵圣意。"

李世民咽下一口饭菜，又道："爱姬的做法提醒了朕，目下国家有难，宫中人人皆当为国分忧，须厉行俭约，省下银钱以作赈灾之资。这些年来国泰民安，物阜人丰，国库日益充实，宫中上下以及皇亲国戚俸银日渐优渥，实则花不了那么多钱的。朕意，宫中妃嫔宫女与所有下人，皆要比照爱姬先例，将俸银皆削减五成，膳食亦须相应简化，只要能吃饱吃好便可，务须一扫铺排奢靡之风！"

　　曹娴道："陛下，臣妾尚有一言，不知当讲不当讲？"

　　李世民道："爱姬有话尽管讲。"

　　曹娴道："臣妾出身寒素，自幼时起便过惯了清苦日子，俸银削减之后剩下五成也足够花销的。可宫中其他妃嫔大多出自富贵之家，自幼至今过的皆为锦衣玉食的日子，将其俸银骤然削减五成，她们定会难以承受，故此当少削减一些为宜。还有，宫中下人俸银本就微薄，似也当少削减一些为好。"

　　李世民放下碗筷道："好，那便算你在内，皆削减三成。"

　　曹娴道："臣妾方才说了，臣妾削减五成也足够花销了，故此莫再变了。"

　　李世民笑着抬手一指她："你呀，朕就是拗你不过，好吧，便依你。"

　　君王旨意一经宣布，立刻在后宫激起一片哗然之声。

　　这日一早，除曹娴和徐惠以外的众妃嫔齐聚永仪殿，互相交头接耳愤愤而议，一时间嘤嘤嗡嗡之声响成一片，所议自然都是削俸减膳之事。直到韦贵妃手握佛珠"笃笃"磕两下身旁茶几，众人才安静下来。

　　韦贵妃道："有话莫在私底下喋喋个无尽无休，大声点说，一个一个来！"

　　众嫔都不说话，只用眼睛瞟着几个妃子，在妃子们开口说话之前，她们自知没有抢先说话的资格。

　　还是燕贤妃先开了腔："她曹修仪本就出身穷苦，自小便过惯了糟糠为食的日子，就这两荤三素的膳食于她而言已是从未用过的人间美味了，无怪乎她能怡然享用乐在其中。我们姐妹皆出自富贵钟鼎之家，哪里用过这样的粗鄙膳食？陛下也真是的，怎可将我们这些名门之后与她一个乡野女子等同视之呢？"

　　杨夫人接上话道："可莫小看了她这位乡野女子，自她一进宫，便搅得整个后宫一日也不得安生了。这一回，她又在陛下面前出尽了风头，倒弄得我们姐妹灰头土脸的。她这一削俸减膳，便让我们姐妹一个个皆成了苦行僧！"

　　韦贵妃斜眼觑觑坐在一旁角落里的阴德妃，见其只是低着头一言不发，便知她因在陛下面前失了宠，已无心再在这后宫徒费口舌争衡斗胜了，她此番前来，还是应邀而至的呢。于是不去理会她，只对杨夫人和燕贤妃说道："说来说去，就这档子事了，说说该当如何应对吧。"

燕贤妃道："还能如何应对？你我姐妹削俸减膳皆乃陛下旨意，是违抗不得的。"

杨夫人道："我们姐妹这样倒也罢了，怕是那曹修仪尚嫌风头出得不够呢。"

燕贤妃马上接上话："那好啊，便让她出个够，她不是热衷于过苦日子，热衷于赈灾之义举么？那便让她再多捐些俸银，让她宫中下人也多捐一些，岂不更好？"

韦贵妃点点头："是啊，她曹修仪不是乐善好施么？不是崇尚俭约么？那便随她之所好！你们若是皆无异议，本宫便发话了。"对身边侍女道，"去！传本宫口谕，让曹修仪过这边来！"

时候不大，曹娴就到了，向韦贵妃、阴德妃、杨夫人和燕贤妃一一见礼。除阴德妃说了一声"曹修仪免礼"外，其他各位妃子都沉着个脸一声不吭。曹娴从她们对自己见礼的态度上，从她们与众人对自己侧目而视的神色上，就知道这些人把对此番削俸减膳的怨恨都集中到了自己头上。

这时只听韦贵妃道："曹修仪，本宫知你有一颗乐善好施的菩萨心肠，亦知你能过苦日子，那便将你的俸银再削减一些，你看可好？"

从贵妃话意中，曹娴听出贵妃似是只让自己削俸，若是如此，便是贵妃有意为难自己。那么，贵妃可以这样做么？自己的俸银数额是陛下钦定的，贵妃她有权更改陛下的旨意么？可这些话她无法说出来，于是只得说道："奴婢听凭贵妃娘娘吩咐。"

韦贵妃道："那好，你与你宫中下人的俸银皆再削减三成，减下的俸银皆用作赈灾之资。"

"这……"曹娴对此种削俸之法甚感意外。

"怎么？"韦贵妃刀锋般的目光直直逼向她。

曹娴道："奴婢的俸银可减三成，奴婢宫中公公与侍女俸银可否少减一些？"

韦贵妃抬高声音道："你以为这是在集市上，本宫向你发话是在与你讨价还价么？你只说，本宫的话你是遵呢，还是不遵？"

曹娴只得低身一礼："奴婢遵命。"

韦贵妃峻刻神色稍有缓和："这便对了，你下去吧。"

回到含风殿，曹娴的心情异常沉重。杨夫人与燕贤妃对她那傲慢无礼的神态仍在她眼前晃动；众嫔謽向她的怨恨目光如数根钢针，仍扎在她的心头；韦贵妃那讥讽而又强硬的话语仍回响在她的耳边，使她感到莫名的窒息，莫名的屈辱。想一想，自己不过出于好心做了一件好事而已，便招致了阖宫上下一致的怨恨，招致了贵妃无理的刁难，看来在这深宫之内要做一件好事难而又难，要做一个好人更是难上加难。一时心中沉闷非常，便想到外面透一透气，于是起身向殿外走去，当走到殿门口时，忽听从殿门外一侧传来低低的说话声，就停住脚步谛听起来。只听一个声音道：

"听说此番减俸，只让我们宫中娘娘与我们几个下人减了三成，别的宫中娘娘与下人皆未减呢。"是新配来的侍女安馨儿的声音。

"是我们娘娘先提出来给自己削俸减膳，陛下便命阖宫上下皆依此而行，以致招来众位娘娘怨恨，贵妃娘娘便用再度减俸来惩罚我们娘娘，我们这些跟了娘娘的侍女公公都跟着受挂累了。"是新配来的侍女琪儿的声音。

"该着我们倒霉。若早知如此，还莫如想想办法跟了别的娘娘呢。"是新配来的侍女玉儿的声音。

"也莫只是这么想，我听早些年便跟了娘娘的如婳香雁讲，我们娘娘心地良善，无论身边哪位侍女有了难处，娘娘皆用自己的俸银给予接济，娘娘以往的俸银差不多都接济了身边的侍女公公呢。"安馨儿如是说。

"现下娘娘的俸银也只剩了两成了，哪里还有余钱来接济我们？归总她是不怕的，她的高堂老父是国丈爷，有丰厚的俸银养老，哪里会像我们？如今我爹爹身染重疾，正等着女儿我的俸银医治呢，这可倒好，我等侍女俸银本便不多，两番减俸减得只剩四成，即便尽数用来医我爹爹的病，也已是杯水车薪了，唉。"玉儿如是说。

接下来听琪儿说："可不是么，我家今年遭了灾荒，也正指望靠我的俸银度荒呢，可减剩的这点俸银用来度荒也是远远不够的，莫说我自己还有花销呢。"

这时忽听外面一公鸭桑男声突然响起：

"曹修仪在么？"是贵妃宫里萧公公的声音。

安馨儿回答："在。"

萧公公道："请去通禀曹修仪一声，老奴来传贵妃娘娘口谕。"

曹娴走回殿里坐下，等安馨儿进殿通禀后，让萧公公进入殿内。

萧公公见礼后说道："贵妃娘娘口谕，因大幅削俸，贵妃娘娘宫中各项花销骤见紧缺，命将宫中多余不用或暂时闲置的器物运至宫外坊市上或变卖或典当，以解宫中用度燃眉之急。因人手不够，特召曹修仪宫中奚公公于午前亲往襄助。另，贵妃娘娘还有话，若曹修仪宫中花销不足且有相应器物，亦可让奚公公顺便携至坊市或变卖或典当，由曹修仪自行定夺便可。"

萧公公走后，曹娴把奚公公召进殿内，转达了韦贵妃的口谕，之后取出一方端砚、两支湖笔，又从腕上退下一对玉镯，说道："这些皆为宫中御制物品，你拿

585

去典当行当了,当期一年,将所得银钱与典当行开具的票据带回一并交与本宫,记住,是当而不是卖,到期是要赎回的!"

奚公公答应一声,去了。

夜幕即将降临时分,孙亮、宣慰副使樊胜和一高一矮两名协办押着四十余辆运粮马车行进到京畿道与关内道交界处的一个镇子上。

此时樊胜指着前面一处说:"那里有客栈,去看看可不可投宿?"

本来天色将晚,他们一行刚刚经过了两个客栈,要想入住,却都因院子偏小,容不下运粮车而作罢。此时又见有客栈,孙亮和樊胜便催马上前一看究竟。到了客栈门前,只见客栈大门一侧挂着一块写有"悦来客栈"四字的木牌,再朝门里看去,见里面是一个特别大的院落,足能停放四十余辆马车。

樊胜对孙亮道:"此客栈大院足可容下我四十余辆马车,现下天色已晚,我等正可入住此店。"

孙亮道:"好吧,把运粮车都赶进院内,着人严加看守,不得有误!"

此时从大门内迎出一名伙计,抬手做往里让的手势:"各位客官,里面请!"

樊胜对两名协办道:"命车夫把马车都赶进院内停放。夜晚着四班士卒轮流值守,每班四名士卒值守一个时辰。"

孙亮一扬手道:"不!每班一个时辰时间太久,容易困顿。着八班士卒轮流值守,每班四名士卒值守半个时辰!"

两名协办应声去张罗,很快,四十辆载着满车装满粮食的麻袋的马车依次进入客栈大院,后面一队三十余名士卒随后进院。

一名伙计领着孙亮、樊胜和两名协办进入一间客房内。

伙计道:"各位客官定已饿了,请各位点菜,本店有上等好烧酒,要几壶?"

樊胜道:"赶了整整一日路,都乏了,喝几口酒正可解乏,来两壶!"

孙亮道:"不!夜晚粮车要加强戒备,酒后易于误事,酒便免了。"

樊胜道:"粮车不会有事的。弟兄们跑了一日,又累又渴,喝几口酒聊可解乏,就少喝一点吧。"

"不可!"孙亮口气十分坚决地对高个协办道,"传本官令,为保此行运粮万安无事,上至本官,下至押粮士卒与马夫,一路皆不得饮酒,违者严惩不贷!"

高个协办说一声"是",却扭头看樊胜。

樊胜对其使个眼色,高个协办点头回应。

孙亮本想用过晚饭之后到院里巡视一遍粮车，不想饭后困意突然袭来，竟自支持不住，往后一仰便沉沉睡去了。

在悦来客栈另一间客房内，两名协办和四名士卒围桌而坐，已酒至半酣。

高个协办举起酒杯道："那孙大人不体谅我等辛苦，硬是要我等滴酒不沾，说是恐饮酒误事，各位值夜不过半个时辰，半个时辰能有什么事呢？"

"就是！他不体谅我等，我等便不听他的！"矮个协办说着举起酒杯，"干！"

四名士卒齐声响应："干！"

众人都把杯中酒喝干，四名士卒中有人醉得趴在桌上，有的刚趔趔趄趄起身就摔倒在地，随即呼呼睡去。

此时，在悦来客栈院内，有几十个人来来往往，从马车上卸下麻袋，背到院外装到路边停着的马车上，又把路边马车上的麻袋背到院内的马车上。

在来往人流一侧站着的樊胜不断地催促着："各位快点！快点！干完有赏！"

看看倒运完了，樊胜对一穿长袍的男子道："都装好了吗？"

长袍男子回答："都装好了。"

樊胜道："好！你等快走！"

长袍男子跑到院外对马夫们一挥手："走！"

院外几十辆马车在马夫鞭策下开始向镇子外走去。

到次日日上三竿时分，孙亮仍在呼呼大睡。

樊胜进屋呼唤："孙大人！孙大人！你醒醒，醒醒，天亮了。"

孙亮睁开眼睛，来回扭头看看："哟！日上三竿了！怎么睡了如此之久啊？"说着一骨碌起身。

樊胜一笑道："孙大人是于昨日走累了，方睡过了头。先用饭吧。"

孙亮道："晚了，用饭的事免了。"说着急急地出屋，来到院内。

客栈院内，马夫们已都把马车套好，都是一副准备出发的样子。

樊胜对众马夫高声道："启程！"

"且慢！"孙亮也高喊一声，上前看一辆车上的麻袋，"这粮袋颜色不对！不是昨日的粮袋！"随即吩咐马夫，"把粮袋袋口解开！"

马夫把一个粮袋袋口解开。

孙亮用手从袋口里抓出一把糙粮仔细一看，即高声道："霉粮！有人调换了粮袋！"又急步跨到另一辆马车旁，吩咐马夫，"把粮袋打开！"

马夫把粮袋袋口解开。

孙亮又用手从袋口里抓出一把糙粮仔细看："还是霉粮！"又依次奔到其他几辆车边查看粮袋中的糙粮，然后走到站在院侧的樊胜跟前道，"有人于夜间调换了粮车上的粮袋，以霉粮换走了官粮！"

樊胜道："不会吧？怎么会呢？"

孙亮道："你还不信？那便亲眼去看看！"

樊胜过去查看粮车上的粮食，然后对孙亮道："孙大人说的是，官粮确被调换了。"

孙亮道："本官昨晚用过晚饭，即强忍不住昏昏睡去，到日上三竿方被你唤醒，便觉得有哪里不对，果然如此！是有人在饭菜里做了手脚！——传本官令，所有粮车就地封存，着士卒严加看守！"接着对樊胜道，"你！随本官亲往刑部报案！"

刑部接案后，将孙亮和樊胜就地羁押，同时差遣捕快将两名协办拘捕归案。经审理，樊胜与两名协办的口供众口一词，都是孙亮与他们三人结伙于悦来客栈调包换粮，以霉粮换下官粮，运至他处销赃而中饱私囊，只有孙亮拒不承认。

这日，刘德威亲临刑部公堂审理此案，孙亮仍是拒不招供。刘德威只得命衙役对其动了大刑。当孙亮再度被押上大堂时，其身上衣装已是破烂不堪，每一道破损处都渗出斑斑血迹。

刘德威坐在审判席上，对对面跪伏在地的孙亮威严地说道："人犯孙亮，与你一同押运官粮的宣慰副使樊胜与两名协办早已招供，是你等四人结伙于官粮押运途中之悦来客栈调包换粮，以霉粮换下官粮，运至他处销赃而中饱私囊，你为主谋！你却拒不招供，难道你还未吃够皮肉之苦么？说！你招还是不招？"

几番动刑，孙亮已被折磨得衰颓不堪："下官……冤枉，调包换粮确非……确非下官……所为。"

刘德威厉声道："拖下去，再打！"

两名衙役把孙亮拖出公堂，接着传来孙亮"啊，啊"的惨叫声。

当惨叫声停止后，一名衙役走进公堂，对刘德威一拱手："大人，他招了。"

刘德威道："把他押上来！"

…………

御苑西海池临湖殿水榭上，几十张餐桌临水而设，每张餐桌上都摆着以素菜为主的十余盘菜肴，后宫妃嫔与侍女内监按品级分别围桌而坐。

单独坐在正中一桌的李世民端起酒杯对众人说道："近日以来，朕在后宫下旨削俸减膳，节省银钱用以赈灾，目下此旨已得顺利颁行，朕心甚慰，今日特在这水榭之上备了些粗肴薄酒，与各位爱妃以及阖宫上下共享，略表朕对诸位之谢意。此番在后宫削俸减膳捐资赈灾，不过是朕小试牛刀而已，朕已决定，将在所有皇亲国戚中推行之，以表我皇家与灾区百姓共度时艰的至诚之意。说到此番削俸减膳捐资赈灾之义举，朕不得不说，此举还是曹修仪率先做出的呢，因之此番削俸减膳捐资赈灾，曹修仪当记头功。"

"陛下，臣妾有话，不知当讲不当讲？"随着声音响起，燕贤妃已从桌边站了起来。

"唔？"李世民眉峰一挑，看向燕贤妃，"你有什么话？讲！"

燕贤妃扭头瞥一眼坐在临近席上的曹娴，说道："曹修仪率先做出削俸减膳之举不假，但她还做出了另一个惊人之举呢。"说罢以不无揶揄的眼神看向李世民。

李世民面色一沉："什么惊人之举？讲！"

燕贤妃道："曹修仪在捐资赈灾之际不忘旧情，以信物传恋情，将一方御制端砚送给了旧情人御史中丞孙亮！"

这几句话，说得满场皆惊，就连杨夫人也惊得目光一颤。众人都把惊诧的目光从燕贤妃面上齐刷刷移到曹娴面上，继之又移到李世民面上。只有韦贵妃处变不惊，只以讥刺之中不乏得意之色的目光在曹娴与李世民两人的面上来回游荡。

此时的曹娴已如五雷轰顶，一时之间茫然而不知所措。

李世民沉如寒夜的面目上充斥着肃杀之气，话语字字掷地有声："贤妃，你若在朕与众人面前信口胡言，诬陷他人，你可知是何后果？"

此时满场皆静，静得连谁无意中挪动一下腿脚都听得清清楚楚。众人都把目光集中到燕贤妃面上，等待着她的回应。

此时的燕贤妃竟毫无惧色："臣妾绝非信口胡言，臣妾有证人在！"

李世民声如沉雷："证人何人？现在何处？唤过来！"

"证人乃臣妾宫中的欧公公。"燕贤妃说着朝身后一扭头，"欧公公，你过前边来。"

一位年约半百长着一张冬瓜脸的内监从燕贤妃身后来到她的面前："娘娘，奴才来了。"

燕贤妃用手一指这欧公公，对李世民道："是他亲眼见到曹修仪宫中的御制端砚到了孙亮手上。"说到这里转对欧公公道，"你说，是这样么？"

欧公公点头哈腰道："是这样。"

李世民问他："你叫什么？"

欧公公一屈身子朝李世民跪下："回陛下，奴才贱名欧德全。"

李世民道："端砚并非稀罕之物，何处都会有，即便是宫中御制的，也非只一方两方，你这奴才，怎就知道孙亮手中的端砚是曹修仪宫中的？那端砚究竟有何特别之处？你且据实道来！"

欧公公道："回陛下，当年太上皇在位之时，奴才在内侍省当值，奉太上皇之命，曾赴岭南高要端溪监制一百方专用于宫中的端砚，每一方端砚皆雕有一鸟或一兽，即一砚一鸟，一砚一兽，绝无重样，端砚背面皆阴刻泥金'武德御制'四字。数年之后曹修仪入宫，其时奴才专责往各位娘娘宫中配送器物，在往修仪娘娘宫中配送器物之时，奴才依贵妃娘娘所定清单，将一方雕有孔雀身形的端砚配送到了修仪娘娘宫中。此事当时已登记在册，现仍有据可查。"

李世民又问："那么，你是在何时何地亲眼见到此方端砚到了孙亮手中的？"

欧公公回答："近日奴才被配至贤妃娘娘宫中当值，奴才奉贤妃娘娘之命前往御史台公干，见孙亮案上有此方端砚，其同僚边翻看边艳羡不已，奴才在一旁看得真切，该端砚正是奴才亲手配送到修仪娘娘宫中雕有孔雀身形的御制端砚。"

李世民转向曹娴问道："曹爱姬，你讲，你将此端砚送给了孙亮，可有其事？"

曹娴赶忙离座跪在地上："回陛下，绝无此事。"

李世民又问："那么，是此砚尚在你宫中么？"

曹娴回答："五日之前臣妾宫中确有此砚，其后臣妾命臣妾宫中的奚公公将此砚当给了宫外坊市上的典当行。"

李世民听了一愣："嗯？当给了典当行？为何要当出去？"

曹娴又一叩首："回陛下，臣妾身边侍女玉儿家中高堂老父罹患重病无钱医治，侍女琪儿家中遭遇灾荒无钱度荒，臣妾欲周济她们却有心无力，便——"

"等等！"李世民打断她的话道，"削俸不过是近几日才有的事，此前你当有些积蓄，再说即便削俸，你尚有五成俸银，你身边侍女尚有七成，尚不至于落到靠典当方能应对灾病的地步吧？对此，你作何解？"

曹娴道："一者，臣妾以往所余俸银皆已周济给了臣妾身边侍女与公公，故臣妾无甚积蓄。二者，俸银经再度削减三成，臣妾俸银只剩两成，身边侍女公公只剩四成，要以此医病度荒已是杯水车薪。"

李世民听了大感意外："什么？你与你身边下人俸银又都削减了三成？是谁让你们削减的？"

曹娴如实作答:"是奉贵妃娘娘之命削减的。"

"曹修仪!"那边的韦贵妃坐不住了,"你怎能如此说话?再度削减三成俸银,明明是你自己提出的,怎能说成是奉本宫之命?"

曹娴抗声辩道:"贵妃娘娘,事隔不过三五日,你当不会忘记,当日你让奴婢与奴婢身边下人皆再削减三成俸银,奴婢曾向你求情说,奴婢可再减三成,奴婢身边下人可否少减些?你却说,你不是在集市上与奴婢讨价还价,逼问奴婢对你的话是遵还是不遵,此情之下,奴婢只得遵从。"

韦贵妃怒形于色道:"当日不只你我在,后宫妃嫔尽皆在场,夫人,贤妃,你们为何不说话?你们说,可是本宫逼她?"

"得了!"李世民厉声道:"先不说这些,只说典当一事,曹爱姬,你接着讲!"

曹娴道:"前日,贵妃宫中萧公公至含风殿传贵妃口谕,说宫中因削俸减膳,用度吃紧,要至宫外变卖或典当多余不用或暂时闲置器物,召奴婢宫中奚公公前往襄助。又说奴婢宫中若有多余不用和暂时闲置器物,亦可变卖与典当。当时臣妾亦急需银钱周济身边侍女,便将宫中暂且不用的一方端砚两支湖笔及臣妾腕上一对玉镯交与奚公公,让他顺便携至宫外当给典当行,当期一年,想着一年之后有了积蓄之时再赎回宫内。奚公公将典当所得五十两纹银交给臣妾之后,臣妾已分别周济给了身边侍女与公公。其中端砚当出所得银两为二十两。此事有奚公公为证。"

李世民点点头:"此人在么?让他过来!"

曹娴向隔了两桌的内监席上的奚公公招呼道:"奚公公,陛下命你过这边来!"

奚公公过来朝李世民跪下:"奴才拜见陛下。"

李世民问道:"方才曹修仪的话,你可都听到了?"

奚公公回答:"回陛下,奴才听到了。"

李世民又问:"她所说的,可都是实情?"

"这……"奚公公似乎难以作答。

"怎么?"李世民眉头顿然皱起,"她之所言,难道不实?"

奚公公又迟疑一下,才道:"回陛下,修仪娘娘未曾让奴才把端砚送至宫外典当行典当,是让奴才把端砚送给了御史中丞孙亮。"

"什么?"李世民一愣,继之如炬目光直直扫向曹娴。

曹娴更是如同当头挨了一棒,一下子被打懵了,片刻之后才颤抖着嘴唇道:"你……你怎能如此说话!那端砚明明是本宫让你携至宫外坊市当给典当行的,且你将典当所得银两与典当行所开具的票据一并交给了本宫,你怎能信口胡诌,随意篡改事实？"

奚公公只低着头，又说道："娘娘就是如方才奴才所说的那么做的。"

此时满场哗然，众人皆交头接耳议论纷纷，嗡嗡之声响成一片，唯有韦贵妃不动声色，唇角已撇出一抹得意与幸灾乐祸兼而有之的冷笑。

曹娴此时已是面色惨白如纸，冷汗淋漓而下，愤愤然说道："好你一个奚培贵！本宫待你不薄，你却罔顾事实，故作伪证加害于本宫。难道你忘了么？你交给本宫的典当行所开具的票据尚在本宫宫中呢，那便是本宫命你去典当行当那端砚的铁证，亦是你作伪证诬陷本宫的铁证！你可知你作伪证诬陷后宫嫔妃是何等罪过？"

此时的奚公公却并不答言，也不抬头，就那么干跪着。

李世民肃然道："曹修仪，速着人将那票据取来！"

曹娴对那边内监席上的范公公道："范公公，你过来！"

范公公过来一礼："娘娘，老奴来了。"

曹娴道："你带如婳与香雁速去本宫宫中取那典当行所开具的票据，那票据在外殿书案右边上数第一个抽屉里。"说着从衣衽内取出一把钥匙，递向范公公，"这是钥匙，速去速回！"

范公公答应一声，与如婳、香雁一同往水榭外走去。

李世民道："钱福，你与他们同去，拿到票据，从速送来！"

钱福应声与范公公等人一同去了。

李世民如电目光扫视着跪在地上的欧公公和奚公公，语声震得空气都在颤抖："尔等奴才，若罔顾事实故作伪证加害于后宫嫔妃，一当查实，格杀勿论！"

伏地而跪的两名内监皆以头触地，大气不敢出，奚公公似乎浑身都在微微战栗。

场上人人都屏息静气，不敢出声。

燕贤妃额上已冒出一层细密冷汗。她心里清楚，万一她的举报有误，后果将会有多么严重。

钱福一路气喘吁吁地小跑回来了，有些上气不接下气地向李世民回奏："陛下……奴才们……按修仪娘娘所说的……存放票据之处……反复查找了，并未见到票据踪影。"

接着范公公和两名侍女也到了，都向李世民和曹娴回报未能找到该票据。

场上众人又都交头接耳窃窃私语起来。

奚公公微微抬起了头。

那边燕贤妃则出了一口长气，收紧的身姿也放松了。

韦贵妃面上阴冷的笑纹聚得更弯更深了。

此时的曹娴，眉头紧蹙目光迷离，身子晃了两晃，如婳和香雁赶忙上前扶住。

李世民霍然起身，声如中天雷暴："罢宴！来人！移驾承庆殿！"

回到承庆殿，李世民尚未落座，刚刚退出的钱福又返回殿内："陛下，刑部尚书刘大人紧急求见。"

"哦？"正在殿内来回踱步的李世民停住脚步，"宣！"

刘德威急步进入殿内，行觐见之礼。

李世民落座后朝正在跪叩的刘德威一摆手："起来吧，刘爱卿，这么急着来见朕，有何急事？"

刘德威并不起身："回陛下，我刑部接报，刚刚被迁任为钦命宣慰使的孙亮奉陛下之命专责押运自'永泰号'粮行所借糙粮至河北一地赈灾，晚间于京畿关内道交界地之悦来客栈投宿之时，伙同他人以陈旧霉粮换下赈灾官粮，运至他处销赃而中饱私囊，现已将孙亮及三名同案人犯缉拿归案，微臣特来奏明陛下。"

李世民一时十分震惊："有此等事？孙亮与三名同案人犯可都招供了？"

刘德威道："起初，孙亮拒不招供，但分别按问另外三名已然招供的案犯，其口供皆如出一辙，皆供述孙亮乃作案主犯，此情之下，我刑部对孙亮反复作了按问，最终他对作案情形方供认不讳。"

李世民略一思忖，问道："孙亮的府邸与其所用物品可都查封了？"

刘德威回答："其府邸与其所用物品皆已查封。"

李世民点点头道："那孙亮，尚有另一案情，朕要亲自按问。"说到这里对殿外高声道，"来人！"

钱福趋步进殿："奴才在。"

"你差两名侍卫随刘爱卿去刑部，将人犯孙亮提来见朕！刘爱卿，你差人查看一下孙亮所用物品，其中若有御制端砚，从速呈上来！"

时候不大，孙亮就被两名侍卫架着臂膀来到殿中。两名侍卫欲放开孙亮，孙亮竟如一摊烂泥般瘫伏在了地上，其声音听起来令人锥心灼胆："罪臣……参见陛下，乞陛下……恕罪臣……不能叩拜之……死罪。"

李世民眉头不禁紧紧皱起。看孙亮这副模样，加之见他鬓发散乱，衣履破败，就知道他已被动了大刑，且已伤了筋骨。

这时钱福进来了，用双手托着一方砚台走到李世民面前："陛下，这是刘大人差人呈给陛下的御制端砚。"

李世民接过端砚一看，见砚池一侧果然雕刻有一只开屏的孔雀，再看背面，果然刻有"武德御制"四个泥金篆字。于是对孙亮道："孙亮，你看这一方端砚可是你府上的？"转对钱福道，"拿过去让他过目！"

钱福把端砚拿到孙亮面前："你好好看看吧。"让孙亮看了正面又看背面。

孙亮看过之后说道："回陛下，此方端砚是罪臣寒舍的。"

李世民目光一跳，心想他回答得甚是坦然，可知他在此物上并不心虚，于是说道："孙亮，朕问你话，你若如实作答，朕可对你酌情从轻发落，若是不然，定将严惩不贷！"

孙亮怆然道："罪臣深受陛下知遇隆恩，只恨无以为报，故此绝不会假言欺瞒陛下。只是惩罚轻重，罪臣已毫不在意，目下罪臣只求速死！"

李世民骤然一怔，顿一顿，问道："有道是好死不如赖活，朕问你，你何出此言？"

孙亮凄然道："罪臣自入仕以来，禁受的坎坷实在太多，已然禁受不起了。"

李世民若有所思地点点头："你若确有冤情，朕定会为你洗清。朕问你，此一方端砚你是自何处得来的？"

孙亮道："是罪臣自坊市上一个名曰'盛昌典当'的典当行内购得的。"

"是自典当行购得的？"李世民对这一说法并不感到意外，因为曹娴说过她命内监将端砚当给了典当行，至此两者各自的说法已经对上了。只是，曹娴说过端砚当期为一年，届时是要赎回的，那典当行怎能违约转手卖给他人呢？此中必有隐情。于是道："购得此砚之详情，你且备细讲来！"

孙亮道："那日一早，罪臣前往御史台当值，路经那典当行门前时，店内一名伙计出门喊住了罪臣，说道：'这位大人，小人看你仪容举止儒雅风流，定是一位满腹经纶的文臣，本店现有一方上佳的御制端砚，两只湖笔，还有一对玉镯，现当期已过，当主已声明不再赎回，因本店现银一时周转不开，欲尽快将其售出变现，故此售价极是低廉，大人若有意购买，可至店内看看货色。'罪臣看时辰尚早，便随其进入店内一看究竟，见那端砚质地雕工确属上乘，且售价极是低廉，仅为纹银五两，此砚若出自外面流动商贩之手，罪臣恐其来路不正，是绝不敢购买的，想到这是正经商家，来路该当不会不正，于是便购下了。湖笔非罪臣之所需，玉镯亦非罪臣之所爱，故此未予购买。端砚购得情形，即如罪臣以上所述，此举若有失当之处，罪臣甘愿受罚。"

李世民听了略一沉吟，又道："朕看重你的才具识见，着意擢拔重用于你，迁任你为钦命宣慰使,命你押运官粮至河北赈灾,你本当恪尽职守不负朕望,却为何陡起贪心,于运粮途中做下调包换粮中饱私囊之丑事?"

"陛下!"孙亮撕心裂肺呼唤一声,继之以哭腔说道,"罪臣冤枉……冤枉啊……罪臣并未做下调包换粮中饱私囊之事啊……"

"什么?"李世民剑眉顿然竖起,"此事你不是已然招供,且供词已然画押了么?"

孙亮话语字字泣血:"那是屈打成招啊,重刑之下,罪臣实难禁受……实难禁受啊,目下罪臣双腿已是……已是筋骨皆断了呀……"

看着这一副惨相,半生驰骋疆场杀人无数的李世民竟也不由得闭上了眼睛,忽又睁开,问道:"案发当夜你在何处?调包换粮之事你可有所察觉?当时情形,你备细讲来!"

孙亮道:"当日晚间用饭之时,罪臣的副职樊胜提议饮酒解乏,罪臣恐酒后误事,便未予允诺,可用过饭之后,不知为何罪臣甚是犯困,欲强忍不睡,却于不知不觉间睡着了,且一睡便是一夜,直到次日早晨日上三竿了方被人唤醒,急忙起身去看车上官粮,见各车所载官粮粮袋色泽似皆与以前粮袋相异,急忙让人一一打开袋口查验,见袋中皆是霉粮,方知官粮于一夜之间被人调包换成了霉粮,于是急急向刑部与户部报了案。罪臣深知,罪臣身为运粮主官,在押运官粮一事上犯有渎职之罪,但却并非调包换粮之案犯。将罪臣屈打成招定为调包换粮之主犯,罪臣着实冤枉,乞陛下明察。"

李世民问道:"另外三名案犯,你以往可都熟知?他们在案发当夜都做了些什么,你可知晓?"

孙亮道:"另外三名案犯,一名是罪臣在此番押运官粮中的副职樊胜,此前在户部当值,另外两名协办皆来自于司农寺,罪臣以往与此三人并不熟悉。案发当夜因罪臣睡得过沉,故此对他们当夜都做了些什么实在一无所知。"

李世民又问:"若你方才所讲确为实情,此三名案犯为何一致供述你为此案主犯?其中情由你可知晓?"

孙亮摇摇头道:"罪臣此前与他三人并不熟知,更是无冤无仇,他们为何死咬罪臣为此案主犯,罪臣着实不知,更是着实不解。罪臣想来,或许是他们为减轻自身罪责,便将主要罪责推到了罪臣头上。"

李世民深知事情不会这么简单,端砚传情案与调包换粮案,这两个案子之间表面看并无关联,实则不然,若调包换粮案一经坐实,则孙亮必获重刑,而曹修仪与之旧情不断，便形成了如此局面：一者，近墨者黑，孙亮不是好人，与之交好的曹修仪自然也不是什么好人；二者，调包换粮案一旦坐实，则更有利于端砚传情案坐实，于是曹修仪与他人信物传情便是犯了欺君大罪。看来，两案幕后策划与操控者乃同一伙或同一个人，此人心狠手辣且工于心计。这两个案子，无论哪一个案子先坐实，都有利于另一个案子坐实；同样，无论哪一个案子先告破，都有利于另一个案子告破。想到这里，对孙亮说道："那兜售给你端砚的典当行伙计，你还认识么？"

孙亮回答："只时隔三四日，罪臣定还认识。"

李世民对侍立一旁的钱福道："备辇！命侍卫将孙亮扶上步辇，速往典当行指认那兜售端砚的伙计，将其从速押来殿内，朕要亲自按问！另，宣刘德威来见朕！"

钱福吩咐两名侍卫把孙亮架了出去，继之宣刘德威进入殿内。

李世民道："调包换粮一案定案有误，主犯孙亮系被人诬陷又被屈打成招，必予重新审理！"

刘德威急忙跪到地上："臣……遵旨。"

李世民问他："此案案情，除了你前面讲的，还有什么？如此监守自盗的大案，非仅三人所能为，那当夜值守的人呢？情形又如何？"

刘德威回奏："经查，值夜的四名士卒于案发当晚被押粮协办邀去饮酒，皆喝得酩酊大醉，故此对调包换粮之事毫无所知，我刑部已按擅离职守罪将其羁押在案。"

李世民又问："那被调包换走的官粮目下截获与否？"

刘德威道："回陛下，被运走的官粮尚在搜缴之中。"

李世民再问："那运走官粮的案犯同伙绝非一人两人，彼等都是何人，樊胜等三名案犯是如何供述的？"

刘德威道："樊胜等三人供述，那些运粮人皆为他们临时勾搭上的粮贩，只管以次充好换粮交银，然后携粮走人，至于都是些什么人，他三人皆是不知。"

"哼！鬼才相信！"顿一顿，李世民又问："他们共收了那些所谓的粮贩多少银两？赃银现在何处？"

刘德威回答："共收了白银八千两，皆已收缴归案。"

李世民目光炯炯地注视着对方："依你之见，那官粮极有可能被运到了何处？"

"这……"刘德威顿一顿，说道，"臣已命人在方圆二百里内各主要道路设卡盘查，另差人至各处集市与货栈巡查，一经发现可疑糙粮，即行扣押。"

李世民点点头，又道："你想过没有，如此大批霉粮，且其成色大致如一，若无预谋准备，岂是寻常粮贩一时之间能够凑齐的？"

刘德威若有所悟："陛下之意是，那些霉粮非寻常粮贩所能有，系来自于粮商中的巨商大贾？"

"对呀。"李世民忽地站起来，"朕命你刑部，对京畿关内两道粮商中的巨商粮行严加探查，若发现可疑迹象，无论其有何权势，也无论其有何靠山，皆要一查到底！一经案情有重大进展，即刻奏报于朕！"

刘德威正要拜辞退出，钱福进殿向李世民奏报："陛下，孙亮回来了，在殿外候着呢。"

李世民问道："那典当行伙计押来没有？"

钱福回答："没有，奴才问过孙亮了，他说他未能见到那伙计，问典当行掌柜，掌柜回说那伙计已于前日突然失踪了。"

李世民冷哼一声："失踪了？他们动作倒蛮快！刘爱卿，京师坊市上盛昌典当行一名伙计受人指使，参与陷害后宫嫔妃与朝臣孙亮。"接着把案情简要述说一遍，之后说道，"该犯现已失踪，是畏罪潜逃还是被杀人灭口，尚不得知，你刑部要从速查找此人下落，活要见人，死要见尸！另，对该典当行其他人等也要严加按查，查明是否有其同伙。你可听清楚了？"

刘德威低身一礼："回陛下，臣听清楚了，臣遵旨。"

刘德威走后，李世民在地上烦躁地来回踱起步来，踱了几个来回之后忽然停住脚步，把钱福唤进殿内，说道："着侍卫将曹修仪宫中内侍奚培贵押过来！"

时候不大，奚培贵就被押到了殿内。

李世民以鄙夷的目光看着跪伏在地的奚培贵，说道："大胆恶奴，竟敢受人指使作伪证陷害后宫嫔妃与朝臣，你可知罪？"

奚培贵浑身都在战栗，低声说道："回陛下，奴才并未……并未作伪证陷害他人。"

李世民抬手猛地一拍御案："死到临头了，你还敢抵赖！那盛昌典当行接收你所当端砚等物的伙计已被抓获归案，此人已对接收你所当端砚等物一事供认不讳。目下摆在你面前的有两条路：一条是你如实供述案情，朕可对你从轻发落，免你一死；另一条是你顽抗到底，拒不供述案情，朕马上命人将那伙计押来殿中与你对质，到那时定将对你严加惩处，在阖宫上下面前将你凌迟处死，以儆效尤！愿走哪一条路？你讲！"

此时的奚培贵已面如土色，浑身筛糠，连话也说不利索了："奴才……奴才愿如实供述案情……"

李世民一声断喝："讲！"

奚培贵道："那日，修仪娘娘命奴才去贵妃娘娘宫中协办至宫外变卖与典当器物之事，又命奴才将一方端砚两支湖笔与一对手镯顺便当给当铺，奴才便去了贵妃娘娘宫中，却被萧公公告知贵妃娘娘宫中要变卖与典当的器物尚未归置齐全，暂不去变卖与典当了，又被告知若修仪娘娘有要变卖与典当的器物，可由奴才自行先去办理，并发给了奴才出入宫禁的令牌，奴才便去宫外坊市上的盛昌典当行将端砚等器物当了，回宫之后将典当行伙计付给的五十两银子与典当票据一并呈给了修仪娘娘。"

李世民一时目中喷火："既如此，你为何要在后宫众人面前对朕说是奉修仪娘娘之命将端砚送给了御史中丞孙亮？你如此出具伪证是受何人指使？"

"这……"奚培贵有短暂的停顿。

"讲！"李世民怒喝一声，"若如实讲了，朕可免你一死，若讲半句假话，你必死无疑！"

奚培贵声音颤颤地说道："是，奴才不敢讲半句假话。昨日，修仪娘娘宫中侍女冬雪对奴才说，上头让奴才做一件事，即一旦陛下向奴才问起修仪娘娘命奴才将那御制端砚送给了谁，奴才要说送给了孙亮。奴才若答应照上头说的去做，即刻可得二十两黄金，等到真的做了，可晋为内侍省五品内侍；若奴才不照上头说的去做，则活不过三日，若奴才将此事向陛下或修仪娘娘告发，则她冬雪必死无疑，奴才将死得更快。奴才一来贪生怕死，二来贪图利禄，便照她说的做了，奴才死罪。"说罢磕头如捣蒜。

李世民目喷烈焰："那冬雪所说的上头，指的是谁？"

奚培贵摇摇头："奴才问过冬雪，她始终不肯说，只说那上头可让奴才活，也可让奴才死。"

李世民道："你所讲的，可都是真话？"

奚培贵又磕头："奴才所讲的句句是真，绝无半句假话。"

李世民道："你贪生怕死，见利忘义，作伪证诬陷后宫嫔妃，其罪当死！念你能如实招供，且朕不能食言，便饶你一命。"对侍立一旁的钱福道，"让侍卫进来！"

钱福把两名侍卫召了进来，李世民对侍卫道："将这奴才押至少府监做苦役，永不得出！"

两名侍卫押着奚培贵出去了。

李世民又对钱福道："命侍卫速往曹修仪宫中捉拿侍女冬雪，押来殿中！"

钱福应声出殿，却又马上匆匆返回："陛下，曹修仪求见。"

李世民道："让她进来。"

曹娴急步进殿，正要见礼，李世民一摆手道："爱姬免礼，何事如此惶急？"

曹娴满面焦急之色："臣妾宫中侍女冬雪失踪了。"

"嗯？"李世民忽地站起，"何时失踪的？"

曹娴道："臣妾听侍女如媚说，奚公公前脚刚被陛下传来，她后脚便说要去出恭，去后却总不见返回，臣妾差人去各处寻找，却都不见她踪影，臣妾情知有异，便赶紧来向陛下奏报。"

此时已是夜幕降临时分，李世民声音森冷如冰："钱福，传旨卫尉寺，打起火把，速至宫中各处搜捕侍女冬雪！"

钱福领命出去之后，李世民问曹娴："那冬雪，此前你可见她有何异常之处？"

曹娴略略回忆一下："她与如媚、香雁都是跟了臣妾时日较久的，如媚、香雁已皆与臣妾相处得十分贴心了，只这冬雪在臣妾面前似总是不冷不热、不远不近的样子，不过做事倒也无甚不妥之处。近日听如媚与香雁说，她常说自己肚腹不适，总爱去出恭，有时去的时候还较久。臣妾要传太医来为她诊治，她却总是推托说过会儿便会好。"

李世民道："你宫中奚培贵已然供述，那冬雪与他共同参与制造端砚传情假案，极有可能已被人杀人灭口了。"

曹娴惊得眉睫一颤："有此等事？"

李世民点一点头："现已初步查明，所谓端砚传情事，纯属一桩假案，你是被冤枉的。你尽管放心，朕一定将此案一查到底，还你一身清白！"

曹娴赶忙离座叩拜："谢陛下，陛下圣明，乃臣妾之福。"

李世民柔声道："你且回去安歇吧，朕还要召贤妃来问话。"

曹娴走后不久，燕贤妃就到了，她心知此情此境之下君王是不会召幸于她的，但又不知此时召她过来所为何事，因此心中于隐隐的期待之中又有些许忐忑不安。

李世民直截了当问道："贤妃，朕来问你，那欧德全原在内侍省当值，是何时到了你宫中，又是如何到你宫中的？"

燕贤妃不知君王的问话是何用意，于是小心作答："五日前，贵妃娘娘对臣妾说，臣妾宫中的梁公公年事已高，已不宜在宫中侍奉臣妾了，可即日告老出宫，另给臣妾配一位公公来。当日，欧公公便被配到了臣妾宫中，臣妾于次日将梁公公送到了宫外。"

李世民道："如此说来，欧德全是于削俸减膳之后由贵妃配到你宫中的？"

燕贤妃颔首:"是。"

李世民又问:"你遣欧德全至御史台去做甚?"

燕贤妃回答:"那日,贵妃娘娘宫中的萧公公来臣妾宫中,传贵妃娘娘的话,贵妃娘娘遣萧公公去御史台让鉴画名家侍御史阚羽鉴别一幅晋代顾恺之所画《春山图》的真伪,贵妃娘娘知臣妾宫中也有一幅顾恺之所画的《秋色图》,亦尚不知是真是伪,若臣妾有意,可遣欧公公与萧公公一道携画去御史台让阚羽予以鉴别,臣妾便遣欧公公携画与萧公公一道去了。"

李世民问:"所谓端砚传情一事,欧德全回宫之后是如何对你讲的?你备细讲来!"

燕贤妃略一欠身:"是。欧公公回宫之后对臣妾讲,他随萧公公到了御史台,见孙亮的同僚围住孙亮正在品评孙亮书案上一方端砚,皆艳羡不已,他便也着意多看了那端砚几眼,见那端砚竟是由他亲手配送到曹修仪宫中的雕有孔雀身形的御制端砚。回宫路上欧公公与萧公公议起此事,萧公公便说,他早就听说曹修仪与孙亮乃旧情人,此方御制端砚本是曹修仪宫中之物,如今竟到了孙亮手中,定是他二人旧情不断而以信物传情,此乃欺君大罪,嘱欧公公定要向臣妾告发,不然便是犯了知情不举之罪,陛下一旦追究起来,欧公公将难辞其咎,于是他便向臣妾告发了。今日午宴上,臣妾便将此事奏报给了陛下。"

李世民恨恨地道:"哼!她可真是处心积虑,费尽心机!"

燕贤妃马上随声附和:"就是。自那曹修仪一入宫,臣妾便看她不地道,陛下如此隆宠于她,她却丝毫不感君恩,反倒背叛陛下——"

"得了!"李世民厉声打断她的话,"好了,这里没你的事了,你下去!"

燕贤妃本想迎合圣意以博得君王好感,没想到却落得个自讨没趣,只得讪讪地退了出去。

李世民接着命钱福去传韦贵妃宫中的萧公公,钱福很快就返回奏报:"萧公公突染重疾,已卧床不起了。"

李世民冷哼一声:"他病得可真是时候!命侍卫用担架把他抬过来,朕要问话!"

钱福顿一顿道:"陛下,他,他已口不能言了。"

"嗯?"李世民眉峰一抖,"那便让太医去给他查一查,是真病还是假病,是真不能言还是假不能言?若都是真的,是何故所致,是否用过什么药?"

钱福应声去了。

李世民从御座上忽地站起来:"哼!为逃避罪责,真是无所不用其极!"

次日一早，卫尉寺卫尉卿刘师立赶来承庆殿向李世民急报："今日凌晨我卫尉寺侍卫自西海池打捞上来一具女尸，经辨认，乃曹修仪宫中侍女冬雪的尸体。"

李世民问道："据你们验看，是自杀，还是他杀？"

刘师立回奏："经勘验，尸身各处均无伤痕，当为投水自尽。"

李世民剑眉一挑："投水自尽？能确定么？"

刘师立顿了一顿："当然，也不排除被他人推入水中溺水而亡。"

李世民忽地站起来："再验！若为他杀，即刻追查凶手！"

刘师立应声急急地去了。

李世民刚刚坐下，刑部尚书刘德威又进殿急报："赈灾官粮调包换粮案已告破，乃永泰粮行主汤巩勾结官粮押运官樊胜等三人共同所为，现已对汤巩住所予以监控，将人犯运回永泰粮行的赃粮予以封存。因汤巩乃贵妃娘娘娘舅，故此特向陛下奏明，对此人与赃粮如何处置，恭请陛下圣裁。"

李世民怒道："王子犯法，与民同罪！速将汤巩缉拿归案，由你刑部与大理寺共同审理，依《大唐律》，该定何罪便定何罪，决不姑息！还要严加按问，其背后是否还有指使者，定要一查到底！另，将赃粮尽数没收，朕将命户部速将此粮运抵灾区赈灾！"

刘德威说一声"遵旨"，即抬腿往殿外退去。

"慢！"李世民喊住他，问道，"那参与制造端砚传情假案的典当行伙计，可有搜捕结果？"

刘德威拱手一礼："回陛下，尚无结果。臣已遣我刑部人马分成多路与邻近各州县互相协同加紧搜捕。"

李世民皱着眉头朝他一摆手："去吧。"

随后，李世民把后宫妃嫔都召到承庆殿，当众宣布："现已查明，所谓'端砚传情'一事，乃宫中居心叵测之人蓄意制造的一起假案。那端砚，乃曹修仪宫中内监奚培贵奉曹修仪之命当给了坊市上的盛昌典当行，该典当行一名伙计受人指使，又将端砚兜售给了朝臣孙亮，故此所谓'端砚传情'一事纯属子虚乌有，曹修仪是全然清白无辜的！令朕十分气愤的是，宫中某些人在制造'端砚传情'假案一事上扮演了极不光彩的角色，其用心之狠毒，手段之卑劣令人发指！"说到这里厉厉眼风向众妃嫔脸上一扫，最后落到了韦贵妃面上，说话声音不高，却透出森森寒意，"贵妃，你胆子不小啊，曹修仪与其宫中下人之俸银皆系朕所钦定，你竟敢擅自再度削减，是谁给你的权力，哎？"

韦贵妃急离座一低身子跪伏在地:"臣妾冤枉,曹修仪与其宫中下人俸银再度削减三成,是曹修仪自己提出的,谁都知道,曹修仪有一颗悲天悯人乐善好施的菩萨心肠——"

　　"你住口!"李世民怒喝一声,"时至今日,你还敢抵赖!你这是在夸赞曹修仪?你是在找托辞为自己辩解!你以为朕是那么好欺瞒的么?曹修仪自入宫以来,一直淡泊处事与世无争,且时时为人着想,处处与人为善,她从不招你们不惹你们,而你们却总是把她看成眼中钉肉中刺,对她或投以明枪,或施以暗箭,时时为难于她,处处加害于她,你们以为朕看不出来么?你们以为朕毫无所知么?告诉你们,朕不是聋子,朕也不是瞎子!"说到这里抬手朝韦贵妃一指,口气变得更为严厉,"你!贵妃!置朕的旨意于不顾,擅自削减曹修仪与其宫中下人之俸银,更有你不可告人之险恶用心!你将其俸银削减殆尽,把她逼到山穷水尽之地步,再假意提出到宫外变卖与典当你宫中闲置器物,并传话给曹修仪,也可将其宫中闲置器物拿到宫外或卖或当,迫其就范,引其入彀,当曹修仪宫中内监持着你发给的出入宫禁的令牌至宫外典当端砚等物,典当行一伙计向孙亮兜售端砚得手之后,你先将内侍省熟知该端砚系曹修仪宫中之物的内监欧德全借故配到贤妃宫中,紧接着便差你宫中内监萧公公以让御史台侍御史阚羽鉴别古画的名义,将贤妃宫中的欧德全引至御史台,有意让欧德全见到孙亮手中那一方端砚,并授意萧公公向欧德全点出曹修仪与孙亮端砚传情之要害,且怂恿欧德全就此事向贤妃告发。你深知贤妃胸无城府心直口快,必将此事奏报于朕。如此一来,若构陷事成,便可达到你离间朕与曹修仪君臣夫妇情分之目的,若万一构陷事败,你仍可规避诬陷他人之罪责。"说到这里瞥一眼燕贤妃,"而那贤妃,被你用来当枪使了尚且浑然不觉,真是可悲又可叹!种种迹象表明,在制造端砚传情假案,构陷后宫嫔妃与朝臣一事上,你贵妃有重大嫌疑!贵妃,你可知罪?"

　　跪在地上的韦贵妃稍稍抬起头来,语声软软似有无限委屈:"臣妾冤枉,臣妾并未参与制造端砚传情假案——"

　　"住口!"李世民断喝一声,"你还要朕将证人一个一个传来与你当面对质么?如今曹修仪宫中参与制造此案的侍女冬雪已被杀人灭口,典当行那名伙计已然失踪,此中你亦难脱干系!还有,你宫中深知案情且参与其中的萧公公突然病倒失语,若非与此案发案时日偶然巧合,便也是你一手所造成!你让他失语,无非是让他自此再也不能开口供述案情!朕决心已定,定将此案查个水落石出!到那时,看你还有何话可说!"

韦贵妃头已微微低垂下去，说话声音也远不似初时那样淡定："乞陛下明察，臣妾冤枉——"

"你冤枉？"李世民猝然打断她的话，"朕尚未说完呢，你娘舅汤巩与赈灾官粮押运官内外勾结，乘夜色以霉粮换下官粮，将官粮运至汤巩的永泰粮行，现已人赃俱获，那押运官又受人指使作伪证陷害专责押运官粮的钦命宣慰使孙亮，此案你贵妃亦难脱干系！你罪本当打入冷宫，姑念你侍于朕身边多年，且此两案皆尚未最后结案，故对你暂且从轻责罚。朕意，褫去贵妃韦珪的贵妃封号，暂且戴罪宫中，待案情彻查结案之后，再行议处！还有，贤妃轻信诬蔑不实之词，在大庭广众之下散布虚假案情，致人蒙受不白之冤，实属可恶！朕决定，贤妃罚俸半年，若再恶习不改，定将重处！"

第三十三章
韦氏诡谲又谋假案　曹娴敏慧再解谜团

被褫去贵妃封号的韦珪回到永仪殿，一时忧心忡忡。她心里十分清楚，若君王真将案子查个水落石出，两桩案子中哪一桩她都罪责难逃，到那时她的下场恐怕就不是被打入冷宫了，而是将被处死。虽然她为逃避罪责使出了各种手段，但难免百密一疏，为此还须想个万全之策。她想来想去再也想不出更好的主意，最终把心思定在了曹娴身上。案子皆是因她而起，她又是宫中屹立不倒的君王宠姬，有她在君王面前为自己说几句好话，君王不会不对自己网开一面，于是她决定屈尊去向曹娴求情。

次日，后宫甬路上，曹娴在侍婢安馨儿和玉儿陪侍下正自走着，韦珪忽从一侧闪出，迎到曹娴对面，对曹娴低身一礼，一声凄语，便令人心中一抖："罪身参见修仪娘娘。"

曹娴大感意外，微微皱起眉头道："贵……娘娘这是为何？"

韦珪道："罪身出来随意走走，碰巧遇上了修仪娘娘，可是正好，罪身有几句话想说与娘娘听。"

"这……好吧，你说。"

韦珪瞥一眼安馨儿和玉儿："罪身想单独与娘娘说话。"

曹娴对安馨儿和玉儿朝前面一努嘴："你们且去前面候着。"

安馨儿和玉儿一齐应声，往前面去了。

韦珪一屈身子"扑通"一声跪在曹娴跟前。

曹娴一时大为吃惊："哎呀，你这是做甚？"

韦珪凄然而语："罪身求修仪娘娘救救罪身。"

"这……"曹娴一时有点不知所措。

"罪身知道,现下陛下最听得进修仪娘娘的话,故此罪身求修仪娘娘,在陛下面前为罪身说几句好话,让陛下莫要苛责于罪身。"

曹娴一听这话,随即以鄙夷的目光看着对方道:"臣妾以为,能救你的人只有你自己。"

韦珪微微抬起头:"娘娘此言何意?"

曹娴道:"你当把你做过的事向陛下如实讲清楚,之后痛改前非,只有如此,方能求得陛下原谅于你。"

韦珪面色马上一沉:"如此说来,修仪娘娘是不肯向陛下为罪身说话了?"

曹娴道:"当说的话我都已说了,听与不听在你自己!"说罢绕过仍跪着的韦贵妃,往前走去了。

韦珪站起身来,恨恨地望着曹娴走去的背影,心说:"哼!本宫都给你下跪了,你对本宫的求告竟然一口回绝!你以为,本宫落魄了,这一跪便不值几个钱了么?本宫落到今日这个地步,还不是皆因你所起?难道,本宫就如此善罢甘休么?不!如此罢休,与坐以待毙又有何异!本宫就不信,凭本宫多年所积之世故,便斗不过你一介草野村姑!"

是夜,从辽东一路赶来京师的邢焯和曹婉,出现在宫城北面城墙对过一堵墙边。二人正要穿过街道,忽见一队全副武装的将士从街道一侧雄赳赳地走了过来,他们急忙闪到墙壁的阴影里。待众将士走过去且渐渐走远之后,二人快速穿过街道,来到城墙根下,一齐纵身跃到城墙上,蹲下身子来回扫视一遍墙内动静,互相对视着点一点头,接着都用手从头上往下一拉黑布面罩罩住脸面,之后一齐纵身跃到墙内地上。

在邢焯引领下,二人循着隐蔽路径走过数座宫殿,最后来到承庆殿外。邢焯在一扇窗户上用吐沫洇出一个小孔,通过小孔向殿内看去,见殿内通明的灯火下,李世民正在伏案批阅奏章,曹娴站在御案边在研墨。邢焯轻轻扭动窗扇的栓子,却仍发出细微的响声。这响声显然被殿内的曹娴发觉,她警觉地抬头朝窗户这边看过来。这时的邢焯已顾不了许多了,他朝那窗扇用力一掌击去,只听"哗啦"一声脆响,窗扇便破裂了,紧接着他从窗户破裂处跃入殿内,手持利剑直取李世民。曹娴迅疾抓起砚台照邢焯面门掷去,邢焯急忙躲闪。此时李世民已跃至墙边从墙上掣剑在手,迎住邢焯厮杀起来。此际曹婉也从窗户破裂处跃入殿内,挺剑朝曹娴直刺过来。曹娴抓起案上镇纸照曹婉面门掷去,在曹婉闪头躲过这一掷的刹那间,曹娴跃至墙边从墙上取下另一柄宝剑，与曹婉厮杀起来。在双方激烈厮杀当中，殿门外传来嘈杂的喊声和杂沓的脚步声。

邢焯大喊一声："走！"又从窗户破裂处纵身跃到窗外。

曹婉则朝另一扇窗户纵身一跃撞破窗户跃到窗外。

与此同时刘师立率众宿卫各持兵刃从殿门口冲入殿内。

刘师立急问李世民："陛下，有刺客？"

李世民用剑一指窗洞："刺客已越窗逃脱，速去殿外捉拿！"

刘师立应声举剑朝殿门口一挥，对众宿卫喊道："快走！"

众宿卫纷纷转身向殿外跑去。

跃出承庆殿窗外的邢焯和曹婉一路向北逃窜。当逃到一座巍峨殿宇侧前时，邢焯稍稍放慢脚步，向身后看看各处闪动着的火把，又侧过头看看殿门上方悬挂的匾额，脱口说道："永仪殿？"随即对曹婉道，"走！进去！"

当邢焯和曹婉闯入外殿时，殿内正自枯坐着的秋荷和春月一见这两位黑布蒙面的不速之客，都吓得惊叫一声，赶紧起身朝内殿跑去。

邢焯对曹婉道："你守住殿门口，莫让任何人进出！"说罢朝殿里走去。

当邢焯走到内殿门前时，韦珪出现在内殿门内，看着这黑布蒙面的不速之客，她强忍着内心的惊恐，声音有些颤抖地问道："来者何人，到这殿内做甚？"

邢焯道："我等是何人你莫问，我只告知于你，我等二人要借此殿暂且存身，若大内宿卫来问，你只管说殿内未有生人来过，则我等绝不会伤害你等，倘若不然，便莫怪我等手下无情！"

此时韦珪稍稍镇定了些："你们要在这殿内伫留到何时？"

邢焯道："这个么，时机一到，我等自会离开。"随即冷笑一声，"哼，你切莫心存侥幸，以为我等隐匿起来之后，一当大内宿卫来查，你便可让他们将我等二人一并拿下，你则可保无虞。那只是你一厢情愿罢了。即便我等被拿了，只须我向你的皇上一张口，你轻则将被打入冷宫，重则被下旨处死！"

韦珪也冷冷一笑："笑话！你以为本宫是三岁孩童么？你是何等样人，皇上会听你的？"

邢焯道："我是何等样人并不紧要，紧要的是，从我口中道出的一大秘闻，你的皇上听了绝不会等闲视之！"

韦珪道："我倒想听听，你能道出何等秘闻！"

邢焯道："好吧，我可向你略微透露一二。你的皇上与他那曹氏宫嫔至终南山行猎之时，曾遭遇一班刺客行刺，此事你该当有所耳闻吧？"

韦珏道："确有此事，那又如何？"

邢焯道："不知你想过没有，皇上一行此番出宫行猎，乃隐秘出行，外面刺客又为何能够得知呢？"

韦珏道："你想说什么？"

邢焯道："我想说的是，皇上秘密出宫行猎之讯息，是你贵妃娘娘传递出去的！"

韦珏恼怒地斥道："一派胡言！"

邢焯道："我的话句句是实！是你将此讯亲口告知于你的胞弟韦恒，又是韦恒将此讯亲口告知于刺客的！"

韦珏面上先是掠过一丝惊悸，继之冷笑："你是何人，怎会知道这些？"

邢焯道："你以为奇怪么？那我便告知于你，我乃你胞弟韦恒的挚友，又是那一班刺客的掌门人。皇上只带百骑飞骑秘密出宫行猎，是我亲耳从韦恒口中听到的！此事只须我向你的皇上一讲，你，还有你的胞弟与我等刺客一同密谋弑君的不赦之罪，你还能脱得开么？"

韦珏面色变得煞白，额上沁出一层冷汗："你，你究竟是什么人，为何要行刺皇上？"

邢焯道："这个么，我只能告知于你，我乃江湖中人，与当今皇上有不共戴天之仇。哦，只要你能让我等二人躲过今日之祸，我保你与你之胞弟今后安然无恙。"

此时殿外传来嘈杂的人声。

韦珏对秋荷和春月："快去把殿门关上！"

秋荷和春月应声快步走到殿门口，把殿门关上了。紧接着就从外面传来敲门声，同时响起叫门声：

"开门！开门！快开门！"

韦珏对邢焯道："快与你的人至内殿暂避一时。"

邢焯向曹婉一招手，压低声音道："你快过来！"

曹婉快步走过来，跟在邢焯后面进入内殿。

韦珏走到殿门近前，对秋荷和春月道："把殿门开开！"

秋荷和春月把门一开，刘师立与五名宿卫马上进了门。

刘师立对韦珏一拱手："贵……哦，请问，可有生人进入此殿？"

韦珏冷冷地说道："你们知道的，这殿门方才还关着，生人怎能进入？"

刘师立道："那，末将打扰了。"对宿卫道，"走！"

刘师立与众宿卫刚一出殿，韦珪即吩咐秋荷和春月把殿门关上了。

韦珪走回到内殿门口，对着内殿道："你们可以出来了。"

当邢焯和曹婉从内殿走出之后，韦珪道："现下你们可以走了。"

邢焯道："你急什么？现下我们还不能走，外面众宿卫定然尚未回营呢，我们此时出去，不等于自投罗网么？"

韦珪道："那你们何时才能走？这殿内乃皇上妃嫔居所，如何能让你们两个男人久留？"

邢焯道："我们当然不能在此久留。我有几句话，说完便走。我要说的是，你须设法让那曹氏宫嫔从皇上身边离开，离得愈远愈好。"

韦珪道："你为何要让本宫这么做？"

邢焯道："这个你无须多问，只管照我说的去做便是。"

韦珪道："此事恐甚难做到。那女子现下正受着皇上万般宠爱，让她离开皇上身边几无可能。"

邢焯道："此事你能做到，只须你多动些心思罢了。设法让她在皇上面前失宠，事便成了。此事一旦做成，于你也定是好事一桩。"

韦珪一时低头无语。

邢焯口气不容置疑："此事你必须做到！"转对曹婉道，"我们走！"

韦珪吩咐秋荷和春月开门，邢焯与曹婉即刻出门消失在暗夜中。

当天夜里，邢焯和曹婉就出了城。在城郊一个村子里，他们找了一间空屋子住了进去。

月光透过脱落了窗纸的窗棂照进屋内，可见地上铺着的一片干草上一边邢焯和衣仰面而卧，另一边曹婉背对着邢焯和衣而卧。二人都大睁着眼睛。

邢焯翻身朝向曹婉道："今日你我刺杀李世民与曹氏宫嫔受挫，又好不容易从御苑脱身，以致浑身好不疲惫，幸亏遇上这一间空屋，方可歇一歇脚，以待天将亮之时再动身赶路。唉，你我同为天涯沦落人，该当相与顾怜哪。"说着朝曹婉身边凑了凑，"值此静夜良宵，你我何不行一番肌肤之亲，儿女之乐，也可聊以自慰呀。"

曹婉忽地坐起："你想怎样？本姑奶奶正告于你，你若敢对本姑奶奶有半点非分之举，便莫怪我翻脸无情！"

邢焯往回缩一缩："哎，哪里哪里，怎么会呢？我只是说一句玩笑话罢了，其实呢，我已多年不近女色，在那事上或许已力不从心了。"

曹婉道："你闲话少说，该当把心思用在正事上，想一想你我如何方可不虚此行。"

邢焯道："是啊，是啊，我这里正想着呢。再过几日，便是八月初八，这一日乃李世民登基纪念日。每年一到这一日，李世民便会携众妃嫔与皇子公主乘舟同游西海池，以为庆贺，今年这一日也定有此举。你我可做好准备，届时于水上将李世民与曹氏宫嫔一并斩杀。"

曹婉道："那好，成败在此一举，须妥为筹划。"

在这同一个夜晚，韦珪躺在永仪殿卧榻上，也在大睁着眼睛想心事。

她心想，本宫正想着如何让曹修仪在皇上面前失宠呢，那刺客竟又为此来逼本宫，看来该当有此一举。可要做成此事谈何容易！想着想着，一个念头就冒了上来：有了，那曹修仪宫中侍婢安馨儿与杨夫人之子李明的侍婢紫鹃乃同乡，何不如此……哼！陛下百密一疏，虽褫去了本宫贵妃封号，却未曾将本宫手上出入宫禁的令牌收回，本宫正可用它来做一些事。

这一日，安馨儿和琪儿、玉儿聚在含风殿门口，正在小声闲聊着，一名身着橙色衣裙的女子出现在殿门口附近，轻声呼唤："安馨儿，你过来！"

安馨儿闻声走过去，问道："你是谁，唤我做甚？"

橙衣女子道："你先莫问我是谁，我是受你的同乡姐妹、曹王殿下侍婢紫鹃之托来传话给你，她邀你去见她，说有事相托。"

安馨儿问道："紫鹃现在何处？"

橙衣女子道："方才她去太医院为曹王殿下取汤药，此时该当在返回的路上了。"

安馨儿又问："你是谁？我怎未曾见过你？"

橙衣女子一笑道："我是刚自内侍省被配到夫人身边的，你可不就未曾见过么。哦，对了，"从衣衽内拿出一只香袋，"这是夫人命我送给曹王殿下的，方才遇见紫鹃之时，只顾得交代夫人对她的叮嘱了，倒把这香袋的事忘了，你去了，顺便带给紫鹃吧。"

安馨儿接过香袋放到鼻口闻一闻："好香啊。"

橙衣女子又一笑："夫人送给她爱子的物件，可不就是最好的。快去吧，晚了，就近的路上便遇不见紫鹃了。"

橙衣女子与安馨儿分别之后，疾走着来到芙蓉苑殿门近处矮墙那边，对着殿内喊道："快通禀夫人，紫鹃取药路上，有人欲朝曹王殿下汤药中下毒！"喊罢头便朝矮墙下一缩，不见了人影。

此时从殿门口走出一名侍女,四下张望一遍:"哎?人呢?"

侍女不见外面有人,遂急步奔入内殿,连声呼唤:"夫人,夫人,殿外有人传话,紫鹃取药路上,有人欲朝曹王殿下汤药中下毒!"

杨夫人忽地从卧榻上坐起:"有此等事?那传话者是谁?"

侍女道:"奴婢只听殿外有人声,待奴婢去殿外看时,却不见有人。"

杨夫人急忙站起:"快走,去看看!"

安馨儿走到太医院通往曹王李明府邸甬道附近时,刚好看见紫鹃提着药罐沿甬道走了过来,忙招呼道:"紫鹃姐姐!"

紫鹃闻声停住脚步扭头看过来,有些意外地说道:"安馨儿?你,你怎在这里?"

安馨儿道:"紫鹃姐姐,不是你让人传话要见我么?"

紫鹃听了一愣:"我未曾让人传话给你呀。"

安馨儿也一愣:"未曾让人传话给我?"

紫鹃点头:"是啊。那传话人是谁呀?"

安馨儿道:"她说她是夫人殿中奴婢。我说我从未见过她,她说她是自内侍省新配过来的。"

紫鹃道:"此中有诈!"

安馨儿又一愣:"有诈?"

紫鹃问:"你手上拿的什么?香袋?"

安馨儿道:"是香袋,是那橙衣女子给我的,说是夫人让带给曹王殿下的。"

紫鹃急道:"这香袋来路不正!快快扔掉!"

"啊?"安馨儿大惊,"这……"回身欲找地方去扔。

此时她们侧旁忽然响起一声断喝:

"站住!"

安馨儿停住脚步扭头看去,见杨夫人已站到她面前,于是慌慌地施礼:"参见夫人。"

杨夫人问:"你手里拿的什么?"

安馨儿道:"回夫人话,是香袋。"

杨夫人又问:"香袋?何处来的?"

安馨儿道:"是夫人宫中侍婢交给奴婢,让奴婢带给紫鹃姐姐的,说是夫人让送给曹王殿下的。"

杨夫人斥道:"一派胡言!"转对身边卉儿道,"卉儿,把香袋拿过来!本宫倒要看看，内中是何物件！"

卉儿过去把香袋接了过来。

杨夫人道："打开！"

卉儿把香袋扯开，其中又有两个小包，一包纱布包，一包纸包。

杨夫人对另一侍女道："你，雯儿，把纱布包打开！"

雯儿打开纱布包。

杨夫人凑近纱布包用鼻子闻了闻，然后道："把纸包打开！"

雯儿把纸包打开，其中是略带黄色的白色粉末。

杨夫人看着那粉末目光一抖，再凑近粉末用鼻子闻了闻，随之脱口而出："信石！"对安馨儿怒目而视，厉声道，"大胆贱婢，竟敢在王子汤药中下毒，你真是活够了！"

安馨儿"扑通"一声跪倒在地："奴婢不敢，这香袋是一橙衣女子交给奴婢，说夫人要带给——"

"住口！"杨夫人一声怒喝，打断对方的话，"你还敢狡辩！这当然不只是你一人所为，定是有人指使你这样做的。来人！"

两名内监一起上前："奴才在。"

杨夫人道："将这贱婢押至芙蓉苑内去！"

两名内监扭住安馨儿双臂往前走去。

杨夫人对紫鹃道："紫鹃，你也有毒害王子重大嫌疑。"转对两名内监道，"把她也押到殿中，我要一并按问！"

回到芙蓉苑，杨夫人即对安馨儿严加按问：她欲毒害小王子，是受何人指使？安馨儿仍说，那香袋是一橙衣女子交给她，让她带给紫鹃转交王子殿下的。又说那橙衣女子自称是夫人宫中的侍婢。杨夫人便命人对安馨儿用刑，可受了刑的安馨儿却仍是口供不改。杨夫人无奈，便想去奏明君王，好让君王明察圣断。

在通往承庆殿的甬道上，杨夫人正匆匆往前走着，忽听侧旁有人说话：

"哟，妹妹走的怎急，可有要事？"

杨夫人停住脚步，往侧旁看去，见韦珪走了过来。

杨夫人道："是姐姐呀，我确有要紧事去奏明陛下。"接着又往前走。

韦珪道："哟，见了姐姐我，也不肯多说两句话，是看姐姐被褫去了贵妃封号，便对姐姐另眼相看了么？"

杨夫人又停住脚步："姐姐说的哪里话？妹妹我确有要紧事去奏明陛下。"

"什么事如此紧要，也不肯对姐姐我透露半句？"韦珪说到这里，欲擒故纵道，"罢了，姐姐我毕竟是外人，不该多问，你快去吧。"

杨夫人道："此事说出来气死人，那曹修仪宫中贱婢安馨儿竟欲在明儿汤药中下毒，被妹妹我逮个正着。"

韦珪故作吃惊状："哟，有此等事？她胆子也忒大了！这事也怪，一个侍婢，与小王子近日无仇远日无冤，她为何要毒害小王子呢？"

杨夫人道："哼！这还不是明摆着的事？她定是受人指使。"

韦珪问道："她可招了，是受何人指使？"

杨夫人道："她说那装有信石的香袋是一橙衣女子交给她的，又说那橙衣女子自称是妹妹我宫中的侍婢，真是一派胡言！"

韦珪道："如此看来，那贱婢安馨儿是死心塌地要保那幕后指使者了。不过么，这也不打紧，重刑之下，还怕她不招？"

杨夫人道："已用了刑，她仍是不招，妹妹我这才急着去奏明陛下，好让陛下明察圣断。"

韦珪看看杨夫人身边的卉儿和雯儿，对杨夫人使个眼色。

杨夫人对卉儿和雯儿道："你们先去那边候着。"

卉儿和雯儿一齐应声走到稍远处。

韦珪道："妹妹莫怪姐姐我多嘴，你如此行事甚为不妥。一者，陛下近日前朝诸事繁多，你再为此事去叨扰他，无疑会让他分神；二者，若陛下对那幕后之人抹不开情面，对其不便深究，到那时你再想深究下去，可就难了。莫如你先将那幕后之人自安馨儿的口中掏出来，将证据坐实。到那时，无论是谁便都无话可说了。"

杨夫人道："可那安馨儿宁死也不招啊。"

韦珪道："那是因用刑还不够。不过一弱女子罢了，她能抗得住多重的刑罚？施以重刑，不愁她不招。不过，切莫在她身子明处用刑，不然陛下看见了，倒像是屈打成招了。"

杨夫人低身一礼："多谢姐姐指点。"

韦珪道："今日你我姐妹对话，莫让陛下得知，不然你我皆难脱密谋的嫌疑。"

杨夫人点头道："这个，妹妹我自然明白。"

回到芙蓉苑，杨夫人便命宫中内监对安馨儿用重刑。她在内殿边啜茶边专注地听着外面用刑的动静。

先是安馨儿的惨叫声一声接一声传过来："啊——啊——啊——"

接着传来内监连公公的声音："讲！你欲往曹王殿下汤药中下毒，是否受你主子曹修仪指使？"

下面是安馨儿的声音："是……是……一橙衣女子……啊——啊——啊——"

连公公的声音："讲！是不是受曹修仪指使？"

安馨儿的声音："不……不……"

连公公的声音："给我戳！朝她下身戳！戳！"

安馨儿尖利的惨叫声："啊——啊——啊——"

静默片刻之后，又传来连公公的声音："晕过去了？取凉水来，把她泼醒！"

接下来是"哗——哗——"的泼水声。

连公公的声音："醒了？讲！你是否受曹修仪指使？你若不讲，再戳你下身！"

安馨儿微弱的声音："是……是受曹修仪……指使。"

连公公的声音："好！你终于招了。将供词送到她面前，让她画押！"

片刻之后，连公公走进内殿，对杨夫人道："夫人，她招了。"用双手把一张纸捧送到杨夫人面前，"这是经她画押的供词。"

杨夫人接纸在手，看了一遍："嗯，把她押到西偏厦，严加看管！"

这时候已是掌灯时分，杨夫人走到外殿，对卉儿和雯儿道："打起灯笼，跟我走，去见陛下。"

此时，在承庆殿内，曹娴正在对李世民述说着安馨儿失踪的情形："安馨儿出去这大半日，一直不见回来，臣妾问玉儿与琪儿，她去哪里了？琪儿说她被一橙衣女子唤过去说了几句话，其后便走了，并未说去哪里。臣妾命琪儿和玉儿到各处去寻，皆寻不见她，臣妾便心生不祥之感。当时陛下正在前朝议事，臣妾不便前去打扰。到黄昏之时，琪儿和玉儿返回来对臣妾说，她二人于芙蓉苑外隐约听到里面传出女子哀叫声，极似安馨儿的声音。臣妾听了，更觉不安，为避嫌，又不便去探问究竟，只得过来将此情形告知于陛下。"

李世民正要开口说话，钱福进来奏道："陛下，夫人求见。"

李世民道："让她进来！"

杨夫人进到殿内，一见曹娴在座，脸色马上为之一变，随即向李世民一礼："妾身参见陛下。"

李世民呷一口茶："夫人此时来见朕，有什么事啊？"

杨夫人又瞥一眼曹娴，之后转对李世民道："妾身有重大案情奏明陛下。"

李世民目光一跳，放下茶盏："是何案情？讲！"

杨夫人以满含怒意的目光扫视曹娴一眼。

　　曹娴起身道："陛下，臣妾告退。"

　　李世民看看曹娴，又看看杨夫人，之后对曹娴道："嗯，去吧。"

　　曹娴退出后，李世民对杨夫人道："是何案情？讲！"

　　杨夫人先说了她亲自截获安馨儿携带藏毒香袋的经过，并呈上了安馨儿画押的供词，之后说道："那曹修仪指使其宫中侍婢安馨儿朝明儿汤药中下毒，欲毒死明儿，此案人赃俱获，安馨儿供词亦已呈陛下御览，祈陛下为明儿做主，将那杀人凶犯绳之以法。"

　　此时的李世民面色幽沉，说话口气亦显深沉："朕听下面人讲，今日黄昏之后自你宫中传出阵阵女子惨叫之声，莫不是你对安馨儿动了大刑，屈打成招，"抬手一指御案上的供词，"方有此供词么？"

　　杨夫人道："妾身并未命人对其动用大刑，只是看她拒不招供，着人打了她几下，她便招了。妾身的话，陛下若有怀疑，可亲自查验她身上有无创伤，便可知妾身的话是真是假。"

　　李世民道："此等案情，你本当奏报于朕，由朕按问处置。你为何不告诉朕，却要私设公堂，对人犯擅自拷打按问？你如此行事，究竟是为什么？"

　　杨夫人打了个沉，方道："妾身所以这么做，一者，案发当时陛下正于前朝忙于政事，妾身不便前去打扰，以免搅了朝中大事；二者，妾身恐拖延久了，此案又横生变故，方当即按问了，个中情由，还望陛下明察。"

　　李世民对殿外高声道："来人！"

　　钱福进殿："奴才在。"

　　李世民道："着侍卫将那安馨儿自芙蓉苑西偏厦押过来，朕要亲自按问！"

　　钱福应声出殿，复又返回："陛下，夫人宫中连公公来了，说有紧要事求见夫人。"

　　李世民道："有何紧要事，让他进来讲！"

　　连公公被钱福召进殿内，忙不迭行跪叩之礼。

　　李世民问他："你见夫人有何紧要事？当着朕的面讲！"

　　连公公支支吾吾："是……这……"

　　李世民厉声道："讲！"

　　连公公赶忙叩头："是。就在今晚，奴才与岳公公奉夫人之命，于芙蓉苑西偏厦门外看守人犯安馨儿。忽有黑布蒙面之人闯了过来，将偏厦殿门砸开，救出安馨儿。奴才与岳公公急忙上前阻拦，却只扭住了蒙面人，那安馨儿竟自逃脱了。"

李世民皱紧眉头："那蒙面人是何人？"

连公公道："我等扭住他之后扒下他蒙面黑布一看，此人竟然是曹修仪宫中的范公公。"

李世民忽地站起："有此等事？你所言可是当真？"

连公公连忙叩首："奴才所言，句句是真，不敢讲半句假话。"

杨夫人冷笑道："哼！想那曹修仪，已是图穷匕见了。要杀人灭口？休想！"

李世民问："那范公公现在何处？"

连公公回答："在芙蓉苑西偏厦押着呢，奴才等四人已用绳索将他牢牢捆住，奴才让岳公公等三人看守着他，由奴才一人赶来奏报案情。"

李世民命侍卫速至芙蓉苑西偏厦将范公公押过来，同时让钱福速去传旨，命卫尉卿刘师立亲自率队至后宫各处搜捕侍婢安馨儿。

杨夫人追上一句："命刘师立彻查含风殿，切莫放过任何一个角落！"

钱福一听这话，看看杨夫人又看看李世民。

李世民朝他一摆手道："去吧。"

杨夫人以为君王默认了她刚才的话，又加上一句："哼！想那曹修仪，已是狗急跳——"

李世民朝她猛一扭头，眼中腾腾烈焰直射向她，灼得她浑身一颤，话语戛然而止。

少时，两名侍卫押着被五花大绑的范公公进入殿内，侍卫往下一摁，范公公就"扑通"一声跪在地上。

李世民肃然道："大胆奴才，竟敢于晚间私闯关押杀人疑犯重地，破门而入劫持杀人疑犯，你知罪么？"

范公公以头触地："奴才……知罪。"

李世民道："你为何如此胆大妄为，是受何人指使，如实讲来！"

范公公道："奴才……奴才是受修仪娘娘所遣，前去解救修仪娘娘侍婢安馨儿的。"

李世民忽地站起："什么？你擅劫杀人疑犯，是受曹修仪所遣？你讲的可是实话？若讲半句假话，定斩不赦！"

范公公抬起头道："奴才讲的是实话。"

李世民问："曹修仪要你将安馨儿劫至何处去？"

范公公道:"修仪娘娘命奴才将安馨儿救至含风殿,好留住活口,以备陛下亲自按问。"

杨夫人"扑通"一声朝李世民跪下:"陛下,那安馨儿活得好好的,曹修仪要留住活口的话从何说起?她要留住活口,实则是要杀人灭口!她如此胆大妄为,实属欺人太甚,祈陛下为明儿与妾身做主。"

这时钱福急步进殿:"陛下,卫尉卿刘大人求见。"

李世民道:"宣!"转对押解范公公的两名侍卫道,"把他押下去,严加看管!"

刘师立进殿后行叩拜之礼。

李世民一摆手道:"刘爱卿免礼,人犯安馨儿可搜捕到了?"

刘师立道:"回陛下,安馨儿于西海池溺水而亡,尸体已被我等打捞上来。"

"陛下!"杨夫人突唤:"妾身说那曹修仪是杀人灭口,果真让妾身说着——"

李世民如炬目光朝她一扫,她的话语戛然而止。

李世民问刘师立:"可验明了,是自杀,还是他杀?"

刘师立道:"经验查,死者尸身各处均无致命伤痕,只有背部有几处青紫,当为被击打留下的痕迹,然其并非致命之伤。此外便是……便是……"

李世民道:"便是什么,莫要吞吐,讲!"

刘师立道:"其下身已被器物戳烂。"

李世民怒视杨夫人一眼,杨夫人低下头去。

李世民道:"据你等验看,死者死亡是由此刑所致的么?"

刘师立道:"此刑虽为酷刑,令受刑者疼痛难忍,生不如死,但还不会马上致其死亡,死者当为溺水窒息而死。"

李世民道:"说来说去,你等还是不能确认死者是自杀,还是他杀,是么?"

刘师立道:"这个……尚不能确认,是臣等无能。"

李世民道:"死者究竟是自杀还是他杀,下去再验!"

刘师立应声退出。

李世民对杨夫人道:"你也退下!"

杨夫人话语中似含着无限委屈:"祈陛下为明儿与妾身做主,将加害明儿又杀人灭口的曹修仪依律定罪。"

李世民面无表情:"莫再多言,朕自有主张!退下吧。"

杨夫人退出后,李世民对钱福道:"着侍卫去含风殿,将曹修仪带过来!"

曹娴进殿之后,李世民漠然注视着她行跪拜之礼,之后说道:"你宫中侍婢安馨儿携带内装信石的香袋，于曹王李明侍婢紫鹃为李明取药途中与紫鹃相会，欲向汤药中投放信石毒杀李明，恰被夫人撞上，已人赃俱获。那安馨儿已招供画押，其向李明汤药中下毒乃受你所遣。对此，朕不知你有何说辞？"

曹娴一听这话，眉头顿然皱起，斩钉截铁地说道："臣妾绝无此事！臣妾上一回来见陛下之时便说，臣妾不知安馨儿去何处了，差人到各处寻她却遍寻不着，臣妾怎会给她装有信石的香袋呢？那香袋，定是他人交给她的，至于他人是以何种理由交给她，她又为何接受的，对此臣妾一概不知。臣妾听臣妾宫中侍婢琪儿和玉儿讲，她们二人外出寻觅安馨儿路经芙蓉苑附近之时，曾听到自芙蓉苑殿内传出女子惨叫之声，极似安馨儿的声音，现下可断定，那便是安馨儿的惨叫声，定是夫人着人对其施以重刑，以致屈打成招，方供出了假口供。陛下不是已遣人去各处搜寻安馨儿了吗？卫尉寺已将臣妾所居之含风殿梳篦子一般搜寻一遍，臣妾由此方知安馨儿已经逃跑，但不知是否搜寻到了，如已搜寻到了，陛下亲自按问于她，臣妾料想是能够按问出真实口供的。"

李世民道："按问什么？那安馨儿已于西海池溺水而亡！"

曹娴大感意外："溺水而亡？定是有人杀人灭口，以使她再也不能翻供，如此一来，她生前被屈打成招的口供便成铁案了。"

李世民道："哼！朕正要讲呢，安馨儿逃跑又溺水而亡，与你有极大干系！是你宫中范公公夜闯关押安馨儿的芙蓉苑西偏厦，破门而入将安馨儿劫出，安馨儿方得以逃脱的。范公公当场被看守者扭住，且其已对朕供出，他至芙蓉苑西偏厦劫出安馨儿，乃受你所遣！"

曹娴一时万分震惊，话语斩钉截铁："臣妾绝无此事！"

李世民冷笑一声："可范公公已然招供，且朕未曾让人动他一指头，这该不是屈打成招吧？"

曹娴道："想那范公公乃老成持重之人，他绝不会出具假口供诬陷臣妾。他出具此等口供，定然另有隐情，祈陛下明察。"

李世民道："你既知他不会出具假口供，为何又不认可他的口供呢？此案人证、物证俱在，你能推脱得了么？若是换成别的妃嫔，朕已轻则将其打入冷宫，重则赐死了！"

曹娴出语口气异常镇定："若陛下认定那些人证、物证都是真的，陛下便杀了臣妾好了。"

李世民忽地起身："你……哼！"接着来回走动起来，又骤然停住脚步坐下，说道：“朕相信你的人品，才未曾如对待别的妃嫔那样对待你。朕是要你据实讲明此事缘由，好助朕查明事实真相，你却如此说话，岂不令朕大失所望！”

曹娴道：“该说的话臣妾都已说了，还让臣妾怎么说？臣妾知道，臣妾在宫中一日，某些人便会暗算臣妾一日；臣妾在宫中一年，某些人便会暗算臣妾一年！臣妾在宫中久居下去，将永无宁日！臣妾死了，也就不会有事了，故此臣妾方有方才之言。"

"你……唉。"李世民一时竟不知说什么好了，顿了顿，把两名侍卫召入殿内，说道，"把曹修仪带下，好生看护，一应饮食用度皆不得亏待于她。如无朕的旨意，任何人等皆不得接近她。"

正如李世民自己所说，他相信曹娴的人品，相信她不会说假话，可老成持重的范公公却出具了与她的话相反的口供，二者究竟孰是孰非？李世民一时被搅得心烦意乱，出了殿门，似是无意间信步走到了寒露殿外。

钱福声音骤然响起："陛下驾到！"

徐惠急步出殿行接驾之礼。

李世民说一声"免礼"，径直走进殿内。

徐惠见君王进殿之后并不言语，似是心事重重，遂道："妾身看陛下似有心事，可是为政事所扰？"

李世民说起曹娴侍婢安馨儿毒杀曹王李明案发经过，之后问徐惠对此案持何看法。

徐惠略一思忖，说道："此案疑点颇多。一者，若曹修仪暗中指使安馨儿去下毒，定会隐秘行事，且只有她二人知晓此事，绝不会向他人泄露此事，因她二人知道此事若泄露出去，定是死罪，那么，怎会有第三人知晓此事，并于事前去芙蓉苑告密呢？此人究竟是谁？她不是曹修仪宫中之人，也不是夫人宫中之人，那么，其背后指使者当另有其人。二者，曹修仪宫中侍婢琪儿和玉儿都已证实，是一橙衣女子把安馨儿唤到殿外，安馨儿方去会紫鹃的。既然是曹修仪指使安馨儿去会紫鹃，怎么又会出来一位橙衣女子召唤安馨儿？三者，若范公公是受曹修仪指使去芙蓉苑劫夺安馨儿，并且源自曹修仪欲留住安馨儿这一活口，这倒也说得过去。然则陛下想一想，那安馨儿被囚于禁室，有人严密看守，他范公公一个人怎么就能顺顺当当地把安馨儿救出呢？救出之后方遭看守者拦截，却是范公公被抓，安馨儿竟然得以逃脱！难道范公公一个大男人还跑不过安馨儿一位弱女子？陛下想想，这难道不是另外有人于事前谋划好的吗？"

李世民道："你所讲的前两个疑点，朕亦有同感。但第三个疑点，朕却不敢苟同。曹修仪指使范公公去救安馨儿，是范公公自己供述的，且是对朕供述的，该当不会有错呀。"

徐惠道："此中必有隐情。现下安馨儿已死，只有范公公一个活口了，陛下可命卫尉寺对范公公严加看护，以免范公公成为第二个安馨儿，且要尽早对他再度深加按问。必要之时，可让曹修仪与范公公当面对质。一当对质，若一方持虚假之言，在对方质证之下必将露出破绽。"

李世民点头："嗯，你说得对，朕便依你之言行事。"

徐惠又道："还有，对夫人宫中看管安馨儿的连公公和岳公公也要严加按问，为何两个人把守殿门，却能让范公公一个人那么顺顺当当地闯进殿门？又为何只扭住一个范公公，却让一位弱女子逃脱了？"

李世民又点头："嗯，就照你说的办！"

次日一早，李世民把曹娴召到承庆殿，说道："朕召你过来，是要你亲耳听听那范得利的口供。"

说罢命人把范公公押进殿内。

李世民道："范得利，你再讲一遍，昨日晚间你破门闯入芙蓉苑西偏厦劫夺侍婢安馨儿，是受何人指使？"

范公公道："回陛下，老奴是受修仪娘娘所遣。"

曹娴道："范公公！你为何当着我的面说谎？我素来待你不薄，你为何恩将仇报，无中生有，栽赃诬陷于我？"

"这……这……"范公公一时愣住，少顷才道，"命奴才前去解救安馨儿，是……是娘娘的口谕呀。"

李世民以含有别样意味的眼神瞥一眼范公公，又瞥一眼曹娴，然后慢悠悠地端起茶盏啜一口茶。

曹娴道："你说你去解救安馨儿是我授给你的口谕，那么你说说，我是在何处给你授的口谕，是在殿内，还是在殿外？有无第三者在场？"

"这……"范公公又有些愣怔，咽了口唾沫，才道，"娘娘口谕，不是娘娘当面授给奴才的，是娘娘侍婢玉儿传给奴才的。"

曹娴面呈诧异之色："是玉儿传给你的？我并无让玉儿传口谕给你之事，她怎会传如此口谕给你？"

范公公道："可这……这……这是真的呀，就是玉儿将娘娘口谕传给奴才的呀。"

李世民对钱福道:"着侍卫速至含风殿,将侍婢玉儿押过来!"

钱福应声去了。

曹娴冷笑一声:"范公公,你所居含风殿侧旁之耳房,距含风殿内不过咫尺之遥,我若有如此非同寻常之口谕,必会召你进殿当面口授给你,怎会命侍婢转述给你?你觉得我如此行事合于常理么?"

范公公道:"此中情由容奴才向陛下与娘娘禀明。当玉儿向奴才传娘娘口谕之时,奴才曾对玉儿说奴才要进殿面见娘娘,恭领娘娘面谕,可玉儿说,娘娘有话,不让奴才去面见娘娘,命奴才径直速去救人。奴才说如此非常之举,奴才怎能不亲领娘娘面谕?玉儿说,此事紧急,娘娘已遣人用迷药将看守安馨儿的人迷晕了,此时正是救人良机,若奴才迟到一步,待迷药药力一过,那看守者醒转来,人便救不成了。玉儿说罢此话将一蒙面布套朝奴才头上一套,又将一把用来砸门锁的小锤朝奴才手里一杵,紧接着双手用力一推奴才后腰,说一声:'快去!'奴才便径直去了。"

此时侍婢玉儿被押了进来。

李世民道:"贱婢玉儿,昨日晚间你传曹修仪口谕给范得利,命范得利前往芙蓉苑西偏厦破门而入解救安馨儿,可有此事?"

玉儿眼中充满不解之色:"回……回陛下,修仪娘娘未曾命奴婢给范公公传此口谕,故此奴婢未曾传如此口谕给范公公。"

李世民道:"范得利,你对她讲!"

范公公道:"玉儿姑娘,昨日晚间,你明明对老奴说,娘娘口谕,命老奴前去芙蓉苑西偏厦解救安馨儿,老奴说待老奴进殿面见娘娘,亲领娘娘面谕。你说娘娘有话,不让老奴去面见娘娘,命老奴径直速去救人。老奴说如此非常之举,老奴怎能不进殿亲领娘娘面谕呢?你说,此事紧急,娘娘已遣人用迷药将看守安馨儿的人迷晕了,此时正是救人良机,若老奴迟到一步,待迷药药力一过,那看守者醒转来,人便救不成了。你说罢此话将一蒙面布套朝老奴头上一套,又将一把用来砸门锁的小锤朝老奴手里一杵,紧接着双手用力一推老奴后腰,说一声:'快去!'老奴这才去了。此事只一夜之隔,难道你会忘记么?"

玉儿满面惊诧之色,一时竟忘了回答范公公的问话。

李世民道:"贱婢玉儿,为何不说话?讲!范得利所言之事,你做还是没做?"

玉儿这才回过神来,说道:"陛下,娘娘,范公公方才所讲情形,奴婢一概不知。奴婢实在不知,他这一番言语从何而来。"

范公公朝玉儿扭过头去:"哎呀玉儿姑娘,老奴所讲情形,乃你我亲历亲为,你怎就不承认了呢?"

李世民厉声道:"好一个贱婢!你做下此等事体,竟敢在朕的面前矢口否认,朕看你是不打不招!来人!将这贱婢押下去,打二十板子!"

两名侍卫进入,拽住玉儿双臂把她拖往殿外。

曹娴呼唤一声:"陛下……"

李世民面无表情:"莫再多言!"

此时殿外传来玉儿"啊——啊——啊——"的惨叫声。

一名侍卫进殿:"陛下,她招了。"

李世民道:"把她押进来!"

两名侍卫把玉儿拖进殿内。

李世民道:"讲!你传曹修仪口谕给范得利,命他前往芙蓉苑西偏厦解救侍婢安馨儿,可有其事?"

"是……有。"

"当时情形,你备细讲来!"

"即……即如范公公……所言。"

曹娴道:"玉儿,我待你不薄,你为何出具假口供诬陷于我?"

玉儿以哭腔相告:"娘娘,玉儿对不住娘娘,奴婢实是禁不住拷打,方……方不得不讲了假话。"

李世民道:"好一个贱婢,竟敢在朕的面前翻供。"高声道,"来人!"

刚才退出殿外的两名侍卫又急步进入。

李世民道:"把她拖出去,再打!"

两名侍卫拽住玉儿双臂往殿外拖去。

玉儿用力往后扭着头哀号:"娘娘……娘娘为玉儿做主,奴婢冤枉……"

曹娴眉睫突然一挑,对两名侍卫道:"等等!"

两名侍卫闻声停住脚步。

曹娴起身面朝李世民跪下:"臣妾有话要问玉儿,祈陛下恩准。"

李世民面带冷笑:"好啊,朕准了,你起来问吧。"

"谢陛下。"曹娴起身,对玉儿道,"玉儿,我记得,你有一孪生姐姐在宫中尚服局当值,曾至含风殿外约见于你,当时是我准你与她见面的,我见她相貌体态与你如同一人,我只记不得她的名字了,她叫什么?"

玉儿回答："回娘娘话,她叫花儿。"

曹娴又朝李世民跪下："陛下,臣妾绝无命玉儿传谕范公公前往芙蓉苑解救安馨儿之事,故此玉儿方对范公公所言情形全然不知。而范公公之说辞却又无懈可击,想来也并非虚妄之言。臣妾忽有一想,那玉儿孪生姐姐花儿相貌体态与玉儿毫无二致,极有可能有那居心叵测之人指使花儿冒充玉儿,来向范公公假传臣妾口谕,让范公公去做那行险之事。当案发之时,只把范公公扭住,故意让安馨儿脱逃,其后另遣他人将安馨儿劫持到西海池溺死,再以范公公做人证将劫持溺毙安馨儿之罪责横加到臣妾头上。臣妾祈陛下下旨,着人至尚服局将花儿传来按问究竟。"

李世民道："这只是你一己臆断之言,无凭无据,朕怎可随意抓人?"

曹娴一时目光微凝,忽然荡开："范公公,昨日晚间玉儿对你传我的口谕之时,你见她着的是什么衣裙,何种颜色?"

范公公道："回娘娘话,她着的是宝蓝色绉纱长裙,月白色纹绣团花襦衣。"

曹娴又问玉儿："玉儿,你昨日晚间着的什么衣裙,何种颜色?"

玉儿回答："回娘娘话,奴婢昨日晚间着的是橘红色苏绸百褶裙,青莲色络纱衣。"

曹娴对李世民道："陛下,那向范公公假传臣妾口谕的女子与玉儿所着衣裙与颜色皆不相同,可见那假传臣妾口谕之女子并非玉儿,而是冒充玉儿之人。"

李世民冷哼一声道："玉儿为避此案作案嫌疑,她能实话实说么?恐范得利说甲,她便说乙,范得利说乙,她便说甲,她的口供,朕岂可轻信!"

曹娴道："臣妾祈陛下传臣妾殿中所有侍婢来陛下宫中,由陛下一一按问:玉儿昨晚着的何种式样与颜色衣裙。想来她们不知此种情由与利害,定会据实而言,祈陛下恩准。"

李世民点点头："嗯,你此议倒是不错。"随即对钱福道,"将曹修仪宫中所有侍婢皆召来殿外候着,朕要一一按问!"

待钱福去了,李世民口气温和地对曹娴道:"你起来坐下吧。"

曹娴说一声"谢陛下",起身复又落坐。

时候不大,钱福就回来了,向李世民奏道："陛下,曹修仪宫中侍婢香雁、如婳、琪儿都已在殿外候着了。"

李世民道："让香雁进来!"

钱福对殿外大声道："着侍婢香雁进殿!"

待香雁进殿后叩拜毕,李世民道："朕问你,昨日晚间侍婢玉儿着的什么衣裙，何种颜色？"

香雁道："回陛下，昨日晚间玉儿着的是橘红色苏绸百褶裙，青莲色络纱衣。"

接着，李世民又命钱福把如嬛、琪儿依次宣进殿内，一一按问，如嬛和琪儿的回答与香雁的回答如出一辙。

李世民马上对钱福道："着侍卫速至尚服局捉拿侍婢花儿，将其押来殿内！"

钱福领命去了。香雁、如嬛和琪儿也都遵命退了出去。

李世民对范公公道："范得利，你将昨日夜晚前去解救安馨儿经过情形备细讲来！"

范公公即说起事情经过。

昨天夜晚，范公公按着修仪娘娘"口谕"，急急奔至芙蓉苑西偏厦门外阴影中停住脚步，观察门前动静。只见守门的连公公与岳公公分别靠坐在殿门两侧墙根下，竟然一直耷拉着头一动不动，他乘机急步奔到门前，用小锤砸开门锁，开门进屋。

到了屋内，借着窗户上透进的月光，范公公见安馨儿蓬头散发蜷缩在墙角，忙道："姑娘，老奴奉修仪娘娘之命来解救你，快跟我走！"范公公边说边用双手把蜷缩在墙角的安馨儿拽起冲出门外，出门后刚跑出几步，范公公双腿突然被什么东西绊住，"扑通"一声扑倒在地。

此时忽听连公公和岳公公同时尖叫一声。接着听连公公惊呼："人跑了！快追！"范公公即被扑过来的连公公和岳公公摁住。又听连公公大喊："来人哪！来人哪！快！拿绳索把他捆起来！"

马上又跑过来两名内监，用绳子捆绑范公公。

连公公掀开范公公头上的布套，范公公的脸面立即暴露在门上灯笼光照下，接着就听连公公惊呼："啊？范公公，怎么是你？"

范公公讲完上述经过，李世民命侍卫把他押了出去，又命人把在芙蓉苑西偏厦守门的两名内监连公公和岳公公押到殿中。

李世民对两名内监道："尔等奴才，奉命看守人犯安馨儿，本当忠于职守，恪尽本分，却全把职守当儿戏，竟靠坐于门侧墙下瞌睡，以致人犯逃脱，尔等可知罪？"

连公公和岳公公齐声道："奴才知罪，乞陛下宽恕。"

李世民道："尔等将当时情形据实讲来，若有假话，定将重责！"

连公公赶忙道："是。奴才们不敢讲假话。昨日晚间，奴才等二人奉夫人之命于关押人犯安馨儿之芙蓉苑西偏厦门外值守，忽有异香扑鼻而来，一当闻此异香，奴才便道：'什么烟雾，好香啊。'岳公公也道：'嗯，真香！'继之奴才们都张大嘴巴打哈欠，又都困得睁不开眼睛，身子软得止不住往下出溜，以后便什么都不知道了……忽然奴才肩膀被刺，痛得奴才大叫一声，又听岳公公也是一声大叫，我等二人便都清醒过来。醒来一看门开了，有两个人影从门前朝远处跑去。奴才便大喊：'人跑了！人跑了！快追！'继之奴才见其中一个人影扑倒在地，奴才与岳公公急急起身跑过去把那人影摁住，又喊来两名内侍，把那人捆住。奴才扒开那人蒙面黑布，见其竟然是曹修仪殿中的范公公。当再去追那人犯安馨儿之时，已然不见其踪影。"

李世民问："你二人可知是何人何物把你们刺醒的？"

连公公道："我二人于昏睡之中忽觉肩膀刺痛，一下醒过来，见人犯逃跑，顾不得伤痛，急忙起身去追。当把范公公抓住之时，我等二人仍觉肩膀疼痛不已，到灯下脱下上衣看时，见我等二人肩膀上皆有一破口，仍在流血不止，却不知是被何人用何物刺伤。"

再问岳公公，其口供与连公公口供完全一致。

李世民命侍卫把这两名内监押了出去。此时前去押解侍婢花儿的侍卫回来了，押来的不是花儿，而是尚服局尚服上官云儿。

侍卫向李世民奏报："卑职等二人遵旨前往尚服局押解人犯花儿，尚服局尚服上官云儿引领我等二人前去司衣坊拿人，却不见人犯花儿踪影，只得将上官云儿押来向陛下复命。"

李世民问上官云儿："那人犯花儿现在何处？"

上官云儿以头触地，奏道："回陛下，今日晚间，奴婢命她与另一名侍婢环儿在司衣坊衣库择选礼服，以备明日先皇后诞辰四十三周年仪典之用。半个时辰之后，环儿忽然去对奴婢说，她如厕返回之后不见了花儿踪影，又见后窗大开着。奴婢正要喊人去寻，陛下御前侍卫便到了。奴婢赶忙引领二位侍卫赶往司衣坊探看究竟，果见衣库后窗已然大开，便知花儿已自后窗逃跑了。奴婢不知她负案在身，未予严加看管，以致她逃脱，奴婢死罪。"

李世民问两名侍卫："可查验过，人犯花儿是自行逃脱还是被他人劫走？"

一名侍卫回答："卑职等查看了衣库现场，并无厮打搏斗痕迹，然则人犯是自行逃脱还是被他人劫走，一时尚难断定。"

李世民忽地起身："哼！上官云儿，朕看你做事勤勉可靠，方擢你为正六品尚服，不想你对属下如此疏于管教，以致那贱婢花儿为人鹰犬，犯下死罪，又负案在逃，你深负朕望！姑念你是初犯，且从轻责罚，罚俸三个月，望你今后好自为之！"

上官云儿叩拜道："谢陛下轻责之恩。"

李世民道："你退下！"

上官云儿说一声"是"，起身退去。

李世民道："等等！"

上官云儿停住脚步。

李世民问上官云儿："朕再问你，昨晚那贱婢花儿可曾离开过尚服局？"

上官云儿重又对李世民跪下："回陛下，昨晚花儿对奴婢说，她妹妹托人带信给她，让她去含风殿与她妹妹会面，说有要事相告，且说修仪娘娘已准了。奴婢便准她去了。"

李世民又问："去了多久？"

上官云儿回答："去了约半个时辰便返回了。"

此时曹娴道："陛下，昨晚玉儿并未对臣妾提出约见其姐姐的请求，故此臣妾便也无准她与花儿会面之事。昨晚玉儿自始至终皆未离开臣妾半步，哪里会有她与她姐姐花儿会面之事？此情臣妾宫中所有侍婢皆可作证。"

李世民道："爱姬莫再说了，朕一切都明白了。"朝上官云儿一挥手，"你下去吧！"接着对钱福道，"传旨卫尉寺，打起火把，至宫中各处搜捕人犯花儿！"

钱福应声去了。

李世民对曹娴道："朕审理此案，险些错怪了你，让你受惊了。"

曹娴起身，低身一礼道："陛下圣明，此乃臣妾之大幸。"

李世民道："此案，幸亏你提醒了朕，你身边侍婢玉儿有一孪生姐姐，是她冒充玉儿作下此案，方让朕解开了此案的一个死结。此案幕后操控者作案动机显而易见，便是要嫁祸于你。依你之见，此案幕后操控者究竟是谁？可是夫人？"

曹娴道："依臣妾愚见，夫人只是前台之人，亦为被利用者。"

李世民道："那么，是韦珪？可她已被朕褫去贵妃封号，有谁能死心塌地为她效命呢？"

曹娴道："陛下未曾听说过那句话么？'百足之虫，死而不僵'。"

李世民目光一跳："那么，便是她？"

曹娴道："这只是臣妾猜度。目下尚无足够证据证明幕后之人便是她。故此陛下尚且奈何不了她。但愿那花儿未如紫霞、巧玲般被灭口，若不然，此案又将成为一桩疑案了。"

夜幕中的宫苑内，一队侍卫举着火把沿甬道向前跑着，过了一道月亮门，再往前跑了一段路,来到永仪殿门前就要进门时,被从门内走出的萧公公挡在门外。

萧公公伸手一拦:"各位有何贵干?"

一名校尉上前道:"陛下有旨,着我等于宫中各处搜捕宫内尚服局典衣花儿,请公公行个方便。"

萧公公道:"此事老奴不能做主,容老奴进去禀报娘娘。"

校尉道:"请公公快一点!"

萧公公进殿之后复又出来:"娘娘有话,此殿没有你们要搜捕的人,请到别处去搜吧。"

校尉一怔:"这……"

此时刘师立从后面走上来:"烦公公进去通禀娘娘一声,就说卫尉卿刘师立求见,请娘娘出来说话!"

刘师立话音未落,韦珪出现在殿门口,说道:"怎么,本宫的话刘大人不相信么?还是刘大人看本宫被褫去了贵妃封号,说话便不灵了?"

刘师立拱手一礼:"回娘娘话,都不是。卑职是奉陛下旨意来这里搜人的,若娘娘执意阻拦,卑职就不率人进去了,回去向陛下奏明缘由便是。"转对众侍卫道,"走!"

众侍卫开始返身往回走。

韦珪道:"等等!"

刘师立停住脚步,回过身道:"怎么,娘娘还有事?"

韦珪道:"本宫若不让你等进去搜,反倒像人犯就在此殿之内,本宫因此而心虚。——好吧,本宫允许你等进去搜,看搜到还是搜不到!"

刘师立一拱手:"谢娘娘。"转对众侍卫道,"进去搜!"

众侍卫鱼贯进殿,在殿内分头搜寻。

刘师立在外殿中央肃然而立。

少顷,众侍卫纷纷向刘师立来报:殿内不见人犯。

刘师立对进入外殿的韦珪一拱手:"打扰了!"随之率众侍卫撤出。

又一队侍卫举着火把穿行在御花园内假山之间。

忽然,一名侍卫用火把一指假山那边宫墙下:"那里有人!"

众侍卫闻声一起朝着宫墙边跑去。

宫墙下,一名侍婢正在向已码了两层的石块上码石块,接着扶着宫墙往石块上攀登,当攀上刚码好的第三层石块时,石块突然滑落地下,侍女随之跌倒在地,惊叫一声："哎哟！"见有火把过来，急忙起身趔趔趄趄地朝宫墙一侧跑去。

此时众侍卫一边朝着侍婢奔跑一边高喊："站住！站住！"跑在前面的两名侍卫扑上前把花儿扭住。

刘师立随后赶到，说道："问她姓名！"

一名扭着花儿臂膀的侍卫问道："讲！你姓什么叫什么？"

侍婢吞吞吐吐："奴婢……奴婢……"

刘师立厉声道："讲！你姓甚名谁，在何处当值！"

侍婢道："奴婢贱名花儿，在后宫尚服局当值。"

刘师立道："好！我等要抓的正是你！把她押走！"

花儿当即被押到了承庆殿。

李世民按问单刀直入："大胆贱婢，讲！为何要自宫墙上逃跑？"

花儿瘫跪在地上，浑身战栗不止，嘴唇颤抖得几乎说不出话来："奴婢……奴婢……"

李世民道："讲！为何要逃跑？"

"奴婢……怕……怕……"

"你怕什么？讲！"

"奴婢怕……怕遭人杀害，又怕……又怕陛下治奴婢死罪，方……"

"你为何怕遭人杀害，又为何怕朕治你死罪？你究竟做了什么？如实讲来！"

花儿这时嘴唇颤抖才好些，话也能说成句了："奴婢受人胁迫，冒充奴婢孪生胞妹玉儿去向修仪娘娘宫中范公公假传修仪娘娘口谕，命范公公前往芙蓉苑西偏厦破门而入救出安馨儿。奴婢该死。"

李世民道："你是如何受人胁迫做下此事的，前后经过情形，你备细讲来。如据实招供，朕可免你一死，如有半句假话，定斩不饶！"

花儿道："是，奴婢不敢讲假话。"接着说起事情经过。

昨晚，有一白衣女子来到尚服局对花儿说，花儿胞妹玉儿让花儿去含风殿见她一面，她有紧要事对花儿讲。花儿便向尚服上官云儿告了假，动身赶往含风殿。走到宫内甬道上时，突然从路边树丛中蹿出两个蒙面人，一下扭住花儿双臂。

一个蒙面人声音低沉地说道："丫头，你是想死还是想活？快说！"

花儿浑身颤抖着，声音也颤抖着："我……我想活。"

蒙面人道："好！想活便须去做一件事，你冒充你胞妹玉儿去向曹修仪宫中范公公传曹修仪口谕，命他速去芙蓉苑西偏厦破门而入救出安馨儿。若是范公公要进殿亲领修仪娘娘口谕,你便说修仪娘娘已命人用迷药迷住了看守安馨儿的内侍,待药力一过便不好救人了,故而修仪娘娘让他不必进殿亲领娘娘口谕,须径直去安馨儿被关押处救人。"说到这里塞给花儿一只黑布袋,"给!这是一只黑布袋,你把它套在范公公头上。"又塞给花儿一只小锤,"这是一只小锤,让范公公用它砸开关押安馨儿之处的门锁。可记好了?"

花儿点点头:"嗯。"

蒙面人道:"你听好,我等二人就随在你身后。若你老老实实照我的话去做,不仅可活命,还可得二两黄金;若你不照我的话去做,我等便用飞镖将你杀死。好好看看,这便是飞镖!"

蒙面人把一只飞镖杵到花儿面前。花儿见那飞镖在月光下闪着惨白的寒光。

…………

述说完此事经过,花儿又道:"奴婢不想要那黄金,可奴婢生来胆小怕死,方照他二人说的做了。奴婢已犯下死罪,恐那蒙面人再来杀人灭口,又恐事泄之后陛下治奴婢死罪,便于今晚在尚服局衣库择选礼服之时,乘另一侍婢环儿出去如厕之机,溜出衣库,欲爬上宫墙逃往宫外——"

"够了!你莫再讲了!"李世民厉声打断花儿的话,"你受他人指使,假传后宫嫔妃口谕,已造成无可挽回之恶果。你之罪过本当处死,姑念你之所为乃受他人胁迫,归案后又能据实招供,且从轻责罚,着押至浣衣房做苦力,永不得出!押下去!"

侍卫把花儿押了出去。

这时钱福急步奔入殿内:"陛下,齐州历城王遣使送来急报。"

李世民身子一震,稳一稳心神:"让他进来!"

第三十四章
嫡亲阋萧墙生乱象　夫妇合宫掖稳朝局

信使进入殿内行过叩见之礼，李世民即道："说吧，何事？"

信使双手托起一封急报："回奏陛下，历城王遣卑职送来急报，齐王李佑聚众谋反。"

李世民忽地站起："什么？朕的儿子佑儿谋反？！"

钱福走到信使面前接过急报，呈到御案上。

李世民坐下展读急报，额上青筋突起，双颊肌肉都在颤动，忽然意识到信使还在下面，朝下面一摆手："你下去吧。"

待信使退出殿外，李世民对钱福道："宣兵部尚书李世勣、刑部尚书刘德威！"

钱福应声出殿。

李世民颓然靠在椅背上，微微闭上双目。

曹娴端来一盏甘露桂花香茶递向他："陛下切莫过于忧伤，须珍重龙体才是。"

李世民睁开眼睛，接过茶盏："唉，宫中波澜，一波连着一波，外面佑儿又来发难，这是怎么了？儿子反老子，作孽呀，作孽呀！你道朕宣李世勣、刘德威做甚？是要他们去剿灭自己的儿子啊，这令朕情何以堪，情何以堪哪？"又微微闭上眼睛，滴滴清泪顺颊而下。忽又睁开眼睛，"明日，是先皇后诞辰四十三周年，朕想将后宫诸妃嫔、诸皇子公主召至立政殿小聚以志纪念。"

十一月的天气已经很冷。这天一大早就下起入冬以来的第一场雪，阵阵朔风卷起大片大片的雪花漫天飞扬，瑟瑟生寒。

立政殿内，却是温暖如春。殿内四周，摆着数盆炭火正红的大火盆，当中一张张餐桌上山珍海味琳琅满目，香味扑鼻。诸妃嫔诸皇子公主一个个围桌而坐，先洒酒祭过先皇后，再举杯共敬陛下，之后气氛就明显冷落下来。宫中命案迭起，父子多隙，兄弟阋墙，众人便各揣心思，多有防范，酒宴就少了往昔的喜庆热闹，直到酒至半酣，大家多半面红耳热了，气氛才显得有些活跃起来，互相间言语亦不乏明枪暗箭。

李世民不动声色地看着眼前的一切，酒也喝得很少。

曹娴早已听说，立政殿寝宫，乃先皇后寝宫，这立政殿亦是先皇后日常起居之所，陛下将聚会纪念之所定在这里，想来别有深意。

正当酒宴气氛渐入佳境之际，忽一尖厉的男声穿空而入："陛下，刑部尚书刘大人求见！"

整个热气腾腾的大殿之内立刻变得鸦雀无声。

李世民眉眼一肃："宣！"

刑部尚书刘德威急步趋至李世民近前，叩拜道："启奏陛下，叛臣齐王李佑为王府兵曹杜行敏所擒，已押送至京师，欲求见陛下，臣特来奏明。"

"不见！"李世民一口回绝，"刘爱卿起来稍候，朕要写几句话，由你给他带去。来人，拿笔墨来！"

一名内监急忙奉上笔墨纸砚。

李世民凝眉注目，奋笔疾书，一封书信少顷一挥而就。搁笔用嘴吹吹纸上未干墨迹，对侍立身旁的钱福道："你当众诵读一遍，让他们听听，可有不妥之处？"

钱福应声，捧起信纸高声诵读起来：

"叛逆李佑，汝素乖诚德，重惑邪言，自招伊祸，以取覆灭。痛哉！何愚之甚也！遂乃为枭为獍，忘孝忘忠，扰乱齐郊，诛夷无罪，去维城之固，就积薪之危，坏磐石之亲，为寻戈之衅。且夫背礼违义，天地所不容；弃父逃君，人神所共怒。往是君子，今为国贼！吾闻郑叔、汉戾，并为狂獗，岂期生子，乃自为之。吾所以上惭皇天，下愧后土，叹惋之甚，知复何云！"

"朕写给叛臣李佑的书信，你们都听了一遍，怎样，可有不当之处？"李世民说着，威严的目光在众人脸上一一扫视一遍。

众人面面相觑，无一人答言。

"叛臣李佑，贵为皇子，本应勤勉蹈厉，竭诚报国，却骄纵放诞，多行不法，为诫其悬崖勒马，朕屡次手诏训导，遣良臣任齐府长史，匡佐于左右，奈他怙恶不悛，拒不回头，竟豢养暗士，杀害钦命长史权万纪，私开国家库府，纠众谋反，罪在不赦，纵使朕能容他，天理道义能容他么？国家纲纪能容他么？今朕赐书于他，是要他死得明白。你们说,朕这样做对不对呀?"说到这里,李世民深沉犀利的目光又向众人一一扫过,在与李承乾的目光相遇时,突地一顿。

李承乾的目光一噤,继之将目光移向别处。

面对陛下提问,众人仍是噤若寒蝉。各位皇子,虽不像李承乾那样胆寒,却也都心中瑟瑟,就连平时以处变不惊而自赏的李恪都不敢正视一眼父皇那刀锋般的目光。

曹娴已然明白,陛下在自己心绪郁闷消沉之时,为什么还要举行这样的聚会。

李世民厉声道:"传旨,李佑贬为庶人,赐死!余党尽数斩首。"

李世民话音刚落,一声凄厉的女声突然从殿门口传来:

"陛下——"

众人皆一惊,纷纷循声望去,见李佑的母亲阴德妃已被侍卫拦在了门口。此刻的她面色苍白,目光悽悽,见帝王并无准她进殿之意,便一委身子跪在那里,望着殿内的帝王,语声悲切:"陛下,妾知佑儿忤逆大罪,尽在不赦,但念妾侍候陛下多年,妾只有这一个儿子,乞陛下饶他一命。"

李世民冷哼一声:"王子犯法与庶民同罪,朕岂可因私情而坏了国家法度!"

阴德妃一听,知道自己儿子已无生还之望,遂泣不成声道:"陛下……妾……愿代……佑儿……去死……"

李世民面上毫无表情:"德妃阴氏教子无方,以致今日之祸,着即贬为庶人!"

阴德妃强挣起身,以手掩面,踉跄而去……

一种沉重、肃杀的气氛笼罩了整个殿宇,笼罩在人们的心头。

李世民的声音沉缓凝重:"皇儿们,你们还记得这里是什么地方么?这立政殿的后面,便是你们母后的寝宫,这里,亦是你们母后的起居之所,今日在这里纪念你们母后诞辰,朕是要你们记住你们母后的一句话:'天之道不争而善胜'[1]!"

回到寝宫,身心俱疲的李世民仰靠在卧榻上,微微闭目,久久不说一句话。

曹娴将续上热水的茶盏递到他手边,轻唤一声:"陛下。"

李世民欠身伸手来接茶盏。

曹娴忽觉他握住茶盏的手在微微颤抖!

"爱姬,你是不是也觉得,朕太过无情?"李世民说话间,眼中已有泪光在闪动。

曹娴轻轻摇头:"臣妾知道,做一个有为的帝王太难了,在情与法、家与国之间很难抉择,可又必须抉择。"

李世民轻舒一口气,看着对方的目光中既有深深赏识又有拳拳爱恋:"知我

---

[1] 语出《老子》六十一章,意即不争者反而善于取胜。

者，爱姬也；解我者，亦爱姬也。都道'最是无情帝王家'，可为帝王者方知，帝王之家无家事，桩桩连着国脉，件件系着国运啊。"说到这里目光又变得沉重起来，"佑儿伏诛，自是罪有应得，然朕的亲生儿子，朕怎能忍心杀掉？可不杀，又如何得了？一个儿子公然扯起反旗；一个儿子占着太子之位，却做尽荒唐之事，亦是离谋反仅有一步之遥。太子，乃一国储君哪，似他那样，将来如何担得起经邦治国之大任？再不给他敲敲警钟，他恐就要步佑儿之后尘了。朕杀佑儿，纵是依律行事，更是为了挽救他太子啊。可看他今日那神情，竟是以为朕杀佑儿是在威胁他，却不知朕之用心何其良苦！"

说到这里，李世民复又靠在卧榻上，痛苦地闭上了眼睛。

曹娴宽慰道："陛下切莫过于忧心，想太子他慢慢会理解陛下一片苦心——"

"陛下！"钱福疾步趋入，打断曹娴的话，"刑部尚书刘大人紧急求见。"

李世民脸色一变，忽地坐起："快宣！"

刘德威神色惶急地快步走进殿内，伏地叩拜："陛下，臣有重大案情奏明陛下。"

李世民目光一跳："爱卿平身，快快讲来！"

刘德威并不起身："臣等按查李佑谋反案，有一案犯纥干承基——"

"纥干承基？"李世民截住对方话头，"此人朕曾见过，他不是在太子东宫当值么，怎么牵连到了李佑案子里？"

刘德威道："回陛下，纥干承基确在东宫当值，他与李佑党徒燕弘信、燕弘亮兄弟过从甚密，臣等按查李佑一案，查获他与燕氏兄弟之间往来书信多封，信中文字皆涉及李佑谋反事，故而差缇骑自东宫将其缉捕归案。纥干承基为免一死，不仅将其所知燕氏兄弟参与谋反情形尽皆如实供出，且告发……太子……"

"告发太子什么？"李世民自卧榻上霍地站起，"快讲！"

刘德威额上已冒出一层细密汗珠："告发太子聚众谋反。"

"什么？"李世民腔调大变，高大身躯晃了两晃，曹娴赶忙伸手来扶，被李世民一摆手止住，几步跨到刘德威面前，"太子谋反？当真？"

刘德威赶忙俯首再拜："纥干承基供词，均已记录在案。"

"他是如何供述的，你备细讲来。"

"他说，陛下偏爱魏王，而对太子多有斥责，太子惧陛下易储，为免皇权旁落，与汉王李元昌，还有赵节、杜荷、贺兰楚石等人多次密谋起事。后又联络了左屯卫李安俨、陈国公候君集一同起事。"

一个一个名字，犹如一声声惊雷炸响在李世民的耳旁！

此时的他，眼睛煞红，喘息粗重，心中有如波涛汹涌，倒海翻江！他努力稳一稳心神，迈着沉重的步子回到卧榻旁，跌坐下去，满眼愤怒已化作无边的痛楚。

好啊，承乾，朕总道你优柔消沉过甚，阳刚骁勇不足，看来，朕是错看了你了。汉王李元昌，太上皇之女长广公主之子赵节，左屯卫李安俨，还有已故重臣杜如晦之子、朕的爱女城阳公主之夫杜荷，更有刚刚受封凌烟阁二十四功臣之一的陈国公候君集！开国功臣、朝廷权贵、皇亲国戚！朕对你们，恩宠备至，优渥有加，你们却居心险恶背叛于朕！道义安在，良知安在？想到这里，已是恨入骨髓痛彻心脾，握着雕龙扶手的手，已深深嵌进雕刻纹路之中！

"传旨，京师戒严，速拿太子及一干党羽归案！命长孙无忌、房玄龄、萧禹、李世勣等诸位大臣与大理寺、中书省、门下省共同审理此案！"

京师延康坊魏王府厅堂内，燃着的蜡烛火苗不停地跳动着，映得对坐密谈的李泰和皂衣男子的脸面忽明忽灭。

二人密谈的唯一话题，就是李泰如何才能谋得太子之位。只听皂衣男子道："今太子已然被废，殿下进入东宫之门豁然洞开，下一步便看殿下你如何走进去了。"

李泰一脸诚恳地看着对方："下一步当如何筹划，还望仁兄不吝点拨。"

皂衣男子道："百善孝为先，殿下可于孝字上把文章做足。"

李泰眉头微微蹙起："孝字？请仁兄讲明白些。"

皂衣男子道："殿下可每日进宫侍奉于陛下左右。有道是精诚所至，金石为开，只要殿下不辞辛苦殷勤恭谨，则陛下必为所动，殿下必有所获。"

李泰点头道："这个不难，近日父皇已准我随时出入他平日起居理政之所承庆殿，本王自明日起便依仁兄之言，每日至殿中侍奉父皇。"

皂衣男子又道："还有，须有朝廷重臣为殿下说话，方可万无一失。"

李泰思索起来："朝廷重臣么，那朝中第一重臣长孙无忌虽是本王的亲舅舅，可他也是废太子李承乾与本王九弟稚奴的亲舅舅。不知为何，本王这位亲舅舅一向对本王淡而远之，却与废太子、稚奴十分亲近，指望他为本王说话几无可能。还有那谏议大夫褚遂良，亦是一向对本王敬而远之，那右仆射房玄龄、吏部尚书杨师道等人都是老滑头，他们是不会伸头在本王身上押这个宝的。想来只有中书侍郎岑文本、黄门侍郎刘洎一向看好本王，本王倒是可托他二人在父皇面前为本王说话。"

皂衣男子点点头："嗯。还有，那枕边风亦是不可小觑的。"

李泰又一蹙眉："后宫妃嫔？"

皂衣男子道:"虽说后宫干政乃朝廷大忌,可遍观历朝历代,有哪一朝哪一代没有后宫干政之事?只不过方式方法不同罢了。许多时候,受宠妃嫔似是无意中说的一句话,倒比朝中大臣洋洋万言还管用呢。"

李泰微微摇头:"这个,本王一向不屑与那些后宫女人昵近的。"

皂衣男子道:"在下知道殿下一向自视清高,可若要成就大事,便不可一味地清高孤傲,能屈能伸方为大丈夫嘛,何况殿下无须屈身行事,只须稍稍低下一点高昂的头便可。"

李泰不假思索地说道:"目下后宫之中最受宠的,自然是曹修仪,可本王与之向无往来啊。"

皂衣男子道:"其实,也无需殿下刻意去做什么。人皆怕敬,只要看准时机向其略示恭敬之意便可。一旦她对殿下有了好感,即便她不在陛下面前说殿下的好话,也不至于说殿下的坏话,只此便可。"

"这个,容本王想一想吧。"李泰略一思忖,"嗯,有了……"

翌日一早,曹娴一如既往前来承庆殿协助君王整理文案,当走到殿门外时,钱福迎上来道:"娘娘请,陛下正在殿内等候娘娘呢,哦,四殿下已先一步到了。"

曹娴眉睫一抖,脱口道:"四殿下来了?"心想他来做甚?

走进殿内,见李世民站在御案后与站在其身侧的李泰正在一同欣赏书案上一幅装裱好的书法。她上前见礼。

李世民闻声抬起头来道:"爱姬免礼。来,你快来看,青雀将三年之前朕与你在西海池边所书诗作都亲手装裱好了。青雀不单文采出众,还写得一手好字,朕看这装裱技艺也堪称一流呢。"说到这里转对李泰道,"将这两幅也展开让曹修仪过目。"

李泰边展开书轴边谦恭地说道:"父皇溢美之词,儿臣愧不敢当。"

书轴都被展开了,一轴是李世民写的《赋尚书》,另三轴分别是曹娴写的《奉述陛下书体》《海池鹤影》和《山前早梅》。

曹娴对李泰一礼道:"多谢四殿下如此费心,四殿下辛苦了。"说着转向李世民,"只是,臣妾羞于示人之拙作怎可忝列陛下大作之侧,与陛下大作一同装裱呢?且陛下大作仅只一帧,臣妾拙作却多达三帧,这如何使得?"

李泰微笑道:"修仪娘娘切莫多虑。此四帧字,儿臣只是先裱出来供父皇与娘娘过目,看父皇与娘娘合意与否,如尚属合意,则儿臣便将父皇近年所书手迹一一装裱。至于娘娘'忝列'一词,是娘娘过谦了。虽说父皇飞白书体乃世间一绝,娘娘书体固不能及,但娘娘书体清丽隽永,刚柔相济,亦属世间精品,装裱起来,或入阁典藏,或供人赏玩,亦是十分相宜的。"

李世民点头道:"青雀说得不错,爱姬不必多虑。这几帧字,暂且存放此殿之内,待日后再移至藏书阁。爱姬今日至此,朕正有几句话要说,朕看你于文史学养颇深,近来便让你侍于朕的身侧协理案牍诸事,连日劳心费神,可是苦了你了。现下青雀来了,他于文史也是颇有些造诣的,朕正可让他在朕身边协理案牍之事,爱姬你便可抽身歇息一下了。你如无其他事情,可以下去了。"

曹娴对君王一礼:"臣妾谨遵圣命,这便告退。"

李世民爱抚地看着她:"去吧,回去好生歇息。"

当日晚间,承庆殿灯火通明,李世民一直在伏案批阅奏章。

李泰端着茶盏来到李世民身侧,把茶盏放在御案上:"父皇,歇一歇吧,用一口热茶。"

李世民停住笔,抬起头来:"嗯,这便批完了。青雀,你在这殿里忙前忙后累了一整日了,早点回府歇息吧。"

李泰道:"儿臣不累,父皇忙了一整日了,儿臣去打一盆热水来,为父皇烫脚解乏。"

李世民摆摆手:"欸,打水洗脚之事自有下人们照应,你不必费心。"

李泰向偏殿那边走去,继之吭哧吭哧端来一盆热水:"父皇,儿臣给您洗脚。"

李世民道:"不用,朕自己洗。"

李泰伏地叩首,充满感情地说道:"父皇生我养我,若无父皇,儿臣当能自出生之日起便为王子?宫中侍婢甚多,儿臣想侍奉父皇也难得插手,今日便允儿臣为父皇洗一回脚,以示儿臣对父皇的感激之情吧!"

李世民见他说得动情,只得依了他。

李泰身躯肥胖,难以下蹲,只能猫腰蹶臀给父皇洗脚,未洗几下,已累得气喘吁吁。

李世民看在眼里,心中大为感动,遂道:"青雀呀,你大哥承乾他不争气,朕只寄望于你啦,等过了月底,朕便颁诏,立你为太子。"

侍候父皇一整天,终于换来父皇金口玉言,面许立自己为太子,李泰心中不禁一阵狂喜,面上却不动声色。他给父皇洗完脚又把脚擦干,亲自将洗脚水倒掉,却仍迟迟不肯离去。

李世民催促道:"好了,你也劳累一日了,快回去歇息吧。"

李泰却似有话要说:"父皇……"

李世民一怔："嗯？你还有事？"

李泰一低身子跪伏于地："父皇，有一件事，儿臣不知当讲不当讲。"

李世民面色一变："何事？你且讲来。"

"儿臣小弟悯儿满月那日，父皇在丹霄楼大宴群臣，儿臣也忝列其中。席间儿臣偶一外出，不期然见大哥承乾的侍女巧玲与曹修仪的侍女紫霞在回廊一角正在窃窃私语，见了儿臣，便都慌慌地离去了。儿臣当时颇觉蹊跷，不想其后便出了悯儿被害之事。"

李世民眉头已紧紧锁起："有此等事？此事你为何不早告知于朕呢？"

李泰现出一副很为难的样子："这个……儿臣只看见她二人在一起窃窃私语，却并未听到她二人在说什么。再者，承乾当时正做着太子，儿臣怕牵连上他，到头来儿臣落个与他争储的嫌疑……说来说去，是儿臣心存私念，请父皇治儿臣知情不举之罪。"

李世民始终皱着眉头，朝李泰摆摆手："好了，朕都知道了，朕不怪罪于你，你下去吧。"

待李泰退出殿外，李世民即对钱福道："传旨，速将东宫侍女巧玲拿来殿中！"

时候不大，钱福就返回殿中回奏："陛下，奴才带侍卫们去东宫捉拿侍女巧玲，却得知此女已于数日前死了。"

李世民目光一抖："什么？死了？如何死的？"

"据看守东宫的禁军统领说，该女如厕之时，人进去之后久久不见出来，着人进入厕中查看，见该女已然死了。"

李世民怒道："岂有此理！是何死因，可查清了？"

"禁军军医做了尸检，认定为服毒而死。"

李世民稍一思忖："传旨，摆驾右领军府！"

右领军府，被关在高墙内的李承乾，衣服肮脏褶皱，形容惨淡枯槁，一副可怜巴巴模样。在守兵押解下，他一瘸一拐蹒跚而行，来到父皇跟前。由于足疾，一时难以站稳，打个趔趄，方跪倒在地。面对父皇，不由悲从中来，伏地痛哭道："父皇啊，您来看不孝的儿了……"

从八面威风的太子一下子变成人所不齿的罪人，好好的儿子败落到如此地步，李世民心中忽地一酸，一腔怒气不由已减去大半。命人扶李承乾坐在地上，沉默有顷，方道："想你幼时敏慧好学，很是招人喜爱，朕亦对你寄望甚高，择天下名师教授于你。朕记得你还不到十岁，便纵论天下事，且辞色慷慨，大有不可侵夺之志,为何到了后来,人长大了,反倒愈益颓废了?"

李承乾低头抹泪,一时无言以对。

李世民说到痛心处,已换上责备的口气:"朕每每劝你爱贤好善,你却置若罔闻,私所接引,多为小人,最后竟潜谋引兵入后宫,你……你如此行事对得起谁,对得起你故去的母后么?"

"我……我……"李承乾强作辩解,"我断无谋害父皇之意!"

"那你谋反意欲何为?"

李承乾目光幽幽,语意恨恨地说道:"臣为太子,夫复何求!然而青雀每每相逼,父皇亦时有褒他贬我之语,臣与属下谋自安之计,不逞之人教臣为不轨之事。"

听他一说,李世民脸色已沉暗下来:"听你之言,你意欲谋反全是他人的错,你是没有一点错了?你只道朕宠爱青雀,可青雀并非太子,纵是溺着些也并无大碍,但太子是未来国君,乃国脉所系,岂可放纵不羁?所谓'美成在久,恶成不及改,可不慎与'[1]!你当明白,'玉不琢,不成器'呀。"

李承乾突然怔住,抬起头,目光呆呆地看着父皇,但见父皇已紧紧闭上双目,眉宇间凝出道道痛苦的沟壑……遂幡然猛醒:自己一直以为,父皇偏爱青雀,严苛对待自己,是有易储之意,原来如此,原来如此啊……顿时俯伏于地,泪雨如潮:"父皇,儿子对不起父皇,更对不起母后,儿子该死,儿子该死啊……儿子未能领悟父皇的一片苦心,以致酿成今日之祸,可是,一切都晚了,一切都晚了呀……"

一声声凄然呻唤,令李世民心中大恸,隐忍的泪水,纵横而下,纵是马踏江山、威震海内的君王,面对如此情形,也让其难以承受……忽然心中一动,李泰的话语又回响在耳畔,立时收住泪水,说道:"朕问你一事,你须如实作答。"

李承乾抬起泪眼,怔怔地看着父皇。

李世民道:"悯儿满月那日,朕在丹霄楼大宴群臣,你可曾遣你身边侍女巧玲去见了曹修仪的侍女紫霞?"

李承乾一听这话,顿时怔住,眼中浮上惊忪的光色:"这……没……绝无此事,那日自走出东宫到回宫,巧玲一直在儿子身边,须臾未曾离开儿子一步!"

李世民眉头顿然皱起:"是么?"

李承乾俯伏于地:"儿子的话,无一字是假,父皇如若不信,可去问巧玲本人。"

李世民冷哼一声:"问她本人?她人已死了!"

---

[1] 语出《庄子·人间世》,意即美好的品德需长时间的修养,一件好事的完成需长时间的努力,品德的变坏、事情的办糟往往快得使人来不及改正,对这样的问题能不谨慎不重视吗?

"啊？"李承乾眼中的惊怆之色顿时变得无比骇然，"这……定是有人居心叵测欲利用巧玲加害于儿子，又将巧玲杀人灭口，令儿子有口莫辩。父皇是听谁说起巧玲去见那紫霞的？"

　　李世民忽地起身："你莫再问了，你且好自为之吧。"说罢抬腿朝门口走去。

　　望着走到门口的父皇，李承乾倏然坐起："父皇！父皇或许无易储之心，可青雀却未必无争储之意！他与其手下四处活动，广结朝臣党羽……"

　　李世民一步不停地走出门口，把李承乾的声音甩在了身后……

　　夜幕沉沉，深宫漠漠。

　　承庆殿内，李世民蹙眉凝目，正在伏案而书。

　　曹娴轻轻走到李世民近前，只见纸上墨迹，虽然笔走龙蛇，随处飞白，却是章法不严，神意散漫。字映人心，由此可知，君王此时定然心神无定，意绪不宁，便轻语道："陛下，切莫太苦了自己……"

　　"唉，"李世民慨然顿笔，纸上立刻洇出大片墨花，"太子勾结朝臣意图谋反一案，经与朝臣计议，朕已下旨赐汉王李元昌自尽，候君集、赵节、杜荷、李安俨等人皆伏诛，惟有太子李承乾如何处置，朕心中一直踌躇不决。想朕戎马半生，涉险无数，何曾似如今这样为难过，犹豫过？真真是进退维谷，首鼠两端哪。朕已杀了一个儿子，难道还要再杀第二个么？可不杀，纲常难继，国法不容啊。承乾他已是罪不容赦了。指使杀手行刺张玄素，朕忍了；谋刺于志宁，朕忍了；又刺青雀，朕又忍了。朕忍而又忍，他却毫不悔过，反倒愈走愈远，竟敢冒天下之大不韪，犯下谋逆大罪，叫朕如何能够宽恕于他？还有，悯儿的死，紫霞被灭口，他亦难脱干系，一旦案情大白，若此案主谋依然是他，他将百死不得一恕！"

　　曹娴目光定定地看着对方："陛下以为，悯儿之死，紫霞被灭口，定是太子所为？"

　　李世民放下手中御笔，坐正身子："朕听青雀说，昔悯儿满月之日，朕在丹霄楼大宴群臣，青雀在楼外亲眼看见，承乾侍女巧玲与紫霞在回廊一角窃窃私语，次日便发生了悯儿被害之事。如青雀所言不虚，悯儿之死，承乾他脱得了干系么？"

　　曹娴略一思忖，问道："那巧玲呢，可有口供？"

　　李世民道："该女已死，哪里还有什么口供！"

　　曹娴眉睫一抖："如何死的，可查清了？"

　　李世民咧咧嘴，似是苦笑一下："禁军军医认定为服毒而死，朕又命刑部再做尸检：究竟是他人毒杀，还是服毒自尽？最终却是难下断言。哼，都是一群不中用的废物！"

曹娴眼风一闪："那太子如何说，陛下可问过了？"

李世民眉头已拧成了疙瘩："他自然矢口否认那巧玲与紫霞私下接头之事。"

曹娴道："既然魏王所说的两个当事人巧玲与紫霞都已被灭口，太子与魏王又各执一词，陛下又怎能听信于一人之言呢？"

李世民问道："那依爱姬之见，承乾与悯儿被害案究竟有无关涉？"

曹娴摇摇头道："臣妾以为，悯儿之死，紫霞被灭口，均与太子无涉。"

"哦？"李世民目光一扬，沉沉地看着对方，"爱姬如此说，可有凭据？"

曹娴又摇摇头："凭据，臣妾没有，但有蛛丝马迹，可以推测，作案者另有其人。"

李世民目光专注地看着对方："是何蛛丝马迹？你且道来。哦，你也坐下说。"

曹娴坐在一旁绣墩上："臣妾那日去感业寺进香，本是要带紫霞与臣妾同去的，但到了贵妃宫门前时，不知为何，贵妃却借口人多，单单命紫霞留下了。"

李世民眯起眼来稍一思索，复又睁大眼睛："你是说，贵妃，噢，朕已褫去她贵妃封号，就称她本名韦珪吧，你是说，韦珪是有意将紫霞留下来，让她参与作案？"

曹娴没有回答对方的问话，继续顺着自己的思路往下说："臣妾进香之时，突遇孙亮，此事是韦珪告知于陛下的吧？"

李世民略微一怔，随即点头："是啊。"

曹娴道："臣妾当时并不知孙亮去了寺中，想那孙亮亦不知臣妾去了寺中，是韦珪将孙亮强行带至臣妾面前与臣妾见面的。"

李世民目光变得幽深凝重："你的意思是……"

曹娴道："韦珪将孙亮强行带至臣妾面前，无非是要造成一种既成事实：孙亮到寺中是要与臣妾幽会，臣妾既是与孙亮有染，为以后与他做永久夫妻，便害死了悯儿。如此一来，臣妾便不只是在陛下面前失宠，而是死有余辜了，杀害悯儿的真凶也便可逍遥法外了。"

李世民稍一思索，霍地站起，眼风忽闪似狂风卷过，满眼已是阴霾密布："朕要突审韦珪！来人，传韦珪！"

曹娴急道："陛下且慢！臣妾方才说了，这只是些蛛丝马迹，难成定罪的证据。如今，紫霞已死，线索已断，想那韦珪亦知，若是招了，便是死罪，如无真凭实据摆在她面前，她是不会招供的。她不招供，便无法定罪。到那时，陛下反倒会骑虎难下。再者，韦珪背后指不定还有他人呢，追究起来，偌大后宫将会闹得天翻地覆，我皇家声威随之会一落千丈。莫若暂且不予声张，看她日后有何动作。"

李世民复又坐回到御座上："那巧玲中毒而死又是怎么回事？莫不是青雀假言该女与紫霞私下接头，将悯儿被害之罪责加到承乾头上，再将巧玲灭口，从而使此案死无对证，承乾便将有口难辩？若此，青雀用心也太狠毒了，他是定要置承乾于死地呀。可观青雀平日之所为，朕觉得他怎么也坏不到这个地步啊。"说到这里眼中已盈满痛苦无奈的光色，"想朕马踏江山，英果一世，管得好偌大一个国家，却管不好一个小小后宫，管不好几个儿子，真是可悲呀。"又以激赏的目光看着曹娴，"爱姬不计个人荣辱得失，事事以大局为重，真真令朕不胜感佩呀，可如此一来便委屈你了。"说到这里顿一顿，"好吧，韦珪之事，朕暂且不再追究，待那端砚传情假案与调包换粮案彻底查清之后再作处置。"

曹娴问道："那，太子呢，陛下可否免他一死？"

李世民眉目一挑："你的意思，太子与韦珪并无瓜葛？"

曹娴点头道："宫中有目共睹，太子与韦珪向无来往。"

李世民神情变得幽沉苍凉，眼中有点点泪光闪动："朕何尝忍心杀他呀。他乃朕之长子，又是先皇后所生，当年先皇后弥留之际，拉着朕的手说，她将承乾托付于朕了，望朕好生待他。可朕终究没有带好他，令先皇后在天之灵失望了。朕若杀了他，百年之后朕有何面目去见先皇后啊。可不杀他，道义蒙尘，国法难容啊。"

曹娴想一想，说道："有道是时不同则势易，势易则权变，所谓审时度势，通权达变是也。妾闻陛下治国理政，向以宽严相济，刚柔并用，既严肃纲纪，又杀伐有度而著称，因之陛下既是有为之君，又是仁爱之君，怎么到了太子一案上，便没了主意呢？"

李世民点头，却又沉吟："爱姬所言甚是，只是，他与佑儿犯下的皆为不赦之罪，朕已将佑儿处死，却留他活命，朝中定有臣子心中不服，如有三两个重臣出来说话，朕便好措置此事了。"

曹娴道："有道是'牝鸡司晨，惟家之索'，臣妾身为后宫嫔妃，本不该干政的，只是，人命关天，殊非小事，且太子之事，事关先皇后遗愿，事关陛下一世英名，臣妾这一回也便不怕担这个嫌疑了。臣妾愿助陛下从中斡旋此事，祈陛下恩准臣妾与妾之义父房大人见上一面。"

李世民马上道："这个，朕准了。明日一早朕正要召房爱卿与长孙卿进宫议事，爱姬可于偏殿候着，朕命房爱卿前去与你会面便是。"

次日，在两仪殿朝会上，李世民对百官缓缓而言："东宫事，按问已毕，诸党羽皆已伏法，唯李承乾尚未处置，众爱卿都说说，承乾该治何罪？"

文武百官，面面相觑，一时无人说话。反叛之罪，依律当诛，但太子身份特殊，不得不慎之又慎。

房玄龄出班，双手托举笏板道："回陛下，太子谋反，尚在密谋之中便事泄被拘，未能付诸行动，故与李佑反叛案多有不同，臣以为当从轻议处。"

杨师道马上出班双手一托笏板："房大人所言甚是，愿陛下不失为慈父，太子得尽天年，则善矣。"

李世民环视群臣："其他各位爱卿也都说说，承乾该当如何处置？"

众朝臣齐声道："房大人、杨大人所言甚是！"

李世民长叹一声："传旨，废太子李承乾为庶人，暂仍幽囚于右领军府！"

此时谏议大夫褚遂良出班一举笏板："启奏陛下，国之储君，系于国运，今太子被废，储君虚位，新太子亟宜早有定分。"

李世民点点头，环视一遍群臣："褚爱卿所言甚是，承乾已然被废，宜早立新太子。众卿以为诸皇子中哪个堪为皇嗣啊？"

选定新太子，是朝廷头等大事，众多品级偏低的臣子都不敢言声。

中书侍郎岑文本出班奏道："陛下，微臣以为，魏王文武俱佳，英姿果毅，有帝王之才，当立储君。"

黄门侍郎刘洎也出班奏道："陛下，微臣以为，岑大人所言极是，魏王立储乃众望所归。"

此时尚书右仆射长孙无忌出班奏道："陛下，微臣以为，晋王仁厚宽和，颇识大体，有仁君之风，当立储君。"

谏议大夫褚遂良随之出班奏道："陛下，微臣以为，长孙大人所言甚佳，立晋王为储君，实乃朝廷之福，社稷之福。"

岑文本与刘洎齐声道："魏王当立！"

长孙无忌与褚遂良也齐声道："晋王当立！"

一时间，两派各执一词，争得面红耳赤。

李世民忙道："好了，好了，各位爱卿莫再争了，既然各位所见相左，立太子之事且容当后议吧。"

第三十五章
魏王子投机反受累　杨夫人弄巧却成拙

傍晚，曹娴手提一只提篮沿永巷往承庆殿那边走着。

她眼见君王日渐消瘦，就在含风殿亲手熬好君王最爱用的土鸡银耳莲子羹，盛入白玉瓷罐里，用提篮提着往承庆殿送去。走到半路上，忽见武媚娘着一袭水红长裙，罩一件轻丝绫披帛，从对面飘然而来。

双方离得近了，互相见礼。媚娘流波秀目瞥一眼曹娴手中提篮："娘娘今日又为陛下做的什么好吃的？"

"是陛下最爱吃的土鸡银耳莲子羹。"曹娴料着，对方定是才从陛下宫中出来的，遂问道，"陛下可忙完了？"

"还在批阅奏章呢。"媚娘说了这一句，忽然眼波一荡，又加上一句，"前日晚间，陛下已面许四殿下，立他为太子。"

曹娴一怔，旋即淡淡"哦"一声，便抬脚往前走去。

"娘娘！"背后媚娘突唤一声。

曹娴站住，稍稍回过头："姐姐有事？"

媚娘面上盈盈笑意已然消失："立储大事，娘娘难道毫不上心？"

曹娴又一怔，随即说道："此乃朝廷政事。后宫不得干政，这个规矩，难道姐姐不知么？"

媚娘嘴角浮上一抹冷笑："悯儿是如何死的，难道娘娘竟是毫无所知？"

曹娴目光一顿："你是说……"

媚娘却道："我什么都没说。"随即回身而去。

曹娴望着她那柔美飘逸的身影，嘴角浮上一丝冷笑，心想，她倒要利用别人了。

曹娴知道，媚娘近来与晋王九殿下的关系已非同寻常，虽未见得有那暧昧之事，但从二人互相一颦一笑间便可看出，二人已经十分投缘。在魏王与晋王之间太子之争一事上，她倾向于哪一方，自然不言自明。

杀害悯儿的凶手会是李泰？曹娴摇摇头。虽然李泰每次见到自己，那目光中总似闪烁着令人捉摸不定的光色，但争储有望的他，当是不会做那于他而言有着因小失大危险的蠢事的。

快走到承庆殿门前了，忽见晋王李治从殿角那边走了过来。他神色略显张皇，见了曹娴，连忙拱手道："参见修仪娘娘。"

曹娴道："九殿下不必多礼。殿下这是……"

李治抬眼往殿门口望望："我欲见父皇，可不知父皇此时有无闲暇。"

曹娴道："方才听媚娘说，陛下正在批阅奏章。"

李治略一怔："那，我还是先回去吧。"

曹娴道："殿下莫急着回去，可先去西偏殿候着，我这便去给陛下送羹汤，待陛下批完奏章，便去告知于你。"

李治点头致谢，朝偏殿那边去了。

曹娴进入殿内，李世民刚好批阅完了诸臣的奏章。

见过礼，曹娴递上羹汤。

李世民摇摇头："朕不想吃，先放着吧。"

曹娴关切地问："什么事，又让陛下如此烦心？"

李世民愁云满面，叹一口气道："朕已面许青雀为太子，可长孙无忌、褚遂良却屡屡劝朕立雉奴为太子。昨日青雀投朕怀中，谓父皇若立儿臣为太子，儿臣死时当将独子杀死，传位于晋王，这数语甚属可怜，是以朕不忍另立他人。"

曹娴听了，微微摇头："言之太过，反倒可疑。"

李世民以探究的目光看着对方："爱姬之意是……"见曹娴只微微一笑，不再言语，遂点点头道，"也是啊，细细想来，朕亦觉他的话有悖常理……但青雀有能力有主见，雉奴虽仁孝，却为人软弱，权衡再三，朕还是想立青雀。"

曹娴见君王把话说到了这个份上，自己作为嫔妃，已不便多言，遂道："陛下，九殿下想见陛下，已在偏殿候着呢。"

"雉奴来了？朕正想他了呢，让他进来吧。"

曹娴起身来到偏殿门口，却见殿中李治正在与那武媚娘悄声说话。

见了曹娴，媚娘俏脸微微一红，随即恢复如初，问道："娘娘，陛下可将娘娘熬的羹汤用过了？"

曹娴回答："还没有。陛下已批完奏章，宣九殿下去觐见呢。"

李治随曹娴来到殿中。还没容曹娴通报，李治已"扑通"一声跪伏于地，语声悽悽："父皇……儿臣……拜见父皇。"

李世民见状一愣："雉奴，你这是怎么了？起来说话。"

李治并不起身，往前膝行几步，伸出双臂抱住李世民的腿，两行泪水，已从双目中顺颊而下："儿臣……儿臣……"

李世民伸出双手把他搀起，揽入怀中："儿子你这是怎么了？有事快讲，不要怕，有父皇为你做主呢。"

李治抽抽噎噎："儿臣……只怕……只怕来日无多，再也……见不到父皇了，想来……多看父皇几眼。"

"什么？"李世民瞪大眼睛，大为惊骇，"孩儿你在说什么？什么来日无多？究竟发生了什么事？快说与父皇听！"

李治接过曹娴递过的手帕抹一抹眼泪，这才说起事情原委。

前天，李泰来到李治府上，说要带李治出去游玩，李治跟随他进入魏王府，又进入一间密室。密室内灯火不明，阴森可怖，李治顿觉毛发倒竖。

李泰一脸假笑："小弟呀，四哥我听说你就要大祸临头了。"

李治一听，心就突突跳了起来，声音颤颤地问："四哥，我……我……什么祸事？"

"你与李元昌是否甚为要好？"

李治怯怯地点头："是，元昌叔每自封地回来，都给我带来好吃的吃食。"

李泰龇牙咧嘴道："你与李元昌友善，今李元昌反叛，已赐死家中，四哥我闻言与其友善者皆要连坐，你将有杀头之祸了。"

李治一听，立刻吓得腿都软了。

李泰阴笑着派人把他送回府中。

曹娴一听，马上就明白了是怎么回事。她已听人说起，这雉奴自小柔弱胆小，长到十五六岁了，还常常依偎在父皇怀里，一到天黑就不敢出门，常因受惊吓而卧病不起。为此，自长孙皇后去世后，李世民一直让他在后宫和自己住在一起。近两年他长大些了，才给他另行开府居住。想那李泰，即想用恐吓之法，把他吓病甚至吓死。

曹娴转而又想，这李治胆小仁弱，胸无城府，开头说的那话，不像出自于他的口中，由此，她马上想到了方才在偏殿中媚娘与他窃窃低语的情景……

李世民听着儿子述说，脸上寒意凝霜，眼中已蓄满切切愠怒之色。待儿子说完，眼中已溢出点点泪光，紧紧搂住儿子，柔声道："乖儿，莫怕，不管别人说什么，有父皇在，天下谁人都不敢动你一根毫毛！今晚你不要回府了，就去后面寝宫睡吧。"

李治乖乖地去了。

李世民双眉紧锁，语气分外沉重："朕原以为青雀恭谨孝敬，想不到，他竟如此心地阴狠。如此行事，真是太不仗义了。对待己之弱弟尚且如此，有朝一日做了皇帝，整个天下都不知要被他搅成什么样子呢。看来，他对朕所说的承乾侍女巧玲与紫霞私下接头之事，确为虚假之言，他是要将承乾置之死地而后快呀。唉，朕看错他了，不该面许立他为太子啊。"

曹娴接言道："陛下，面许只是面许，并不同于诏书已下。依现今情势看，立太子之事宜早做决断，如拖延日久，恐再生乱，望陛下莫再犹豫彷徨。"

李世民未再言语，往后一仰倚靠在椅背上，痛苦地闭上了眼睛……

夜晚，延康坊魏王府厅堂内，幽暗的烛光光影下，魏王李泰与皂衣男子相对而坐，已经密谈了一些时候了。

只听皂衣男子问道："就殿下所知，陛下是自何时开始冷落殿下的？"

李泰忧心忡忡地回答："就在这两日。"

皂衣男子不住地摇头："这可怪了。陛下向来对殿下是钟爱有加、特所赏识的，所谓'宠冠诸王'，这不是朝中上下尽人皆知的事么？怎么一夜之间便全变了呢？"

李泰满面愁苦之相："这正是本王百思不得其解之处啊。想想以往，父皇对本王那怜爱激赏之情状尚历历在目，可倏忽之间，便对本王面如冰霜、目若寒潭了，令本王一见，心便一下子如坠冰窟，寒彻骨髓呀，唉。"说着痛苦地埋下了头。

皂衣男子道："定是有人向陛下吹了什么风，莫不是朝廷重臣中有人诋毁殿下么？"

李泰摇摇头："本王想来，那几个父皇倚重的元老重臣，无论褒我拥我者，还是贬我倒我者，他们能在父皇面前说的话当是全说了，不会再有什么新的说辞了。"

皂衣男子眯起眼睛："如此说来这股风便是来自后宫了？殿下不妨想想，此人究竟是谁？"

李泰双眉紧锁，苦苦思索着。

皂衣男子道："能吹进此风者，必为陛下宠信之人，此其一；其二，此人既如此行事，当与殿下结有私怨。"

李泰从牙缝里挤出三个字："曹修仪。"

皂衣男子眼风一闪："哦？是她？"

李泰道："你是知道的，前几日，本王将她的三帧诗作手迹连同父皇的一帧一同妥为装裱，且于父皇面前对其笔墨功夫着意夸赞一番，按常理，她对本王该当心怀感激，可此后她每当见了本王，却总是持着一副不冷不热漠然相对的神态。她为何如此，现下想来，是因本王搅了她的好事了。"

皂衣男子道："殿下是指殿下顶替她侍于陛下身侧协理案牍之事么？"

李泰道："正是。可本王只是于日间顶替她侍于父皇身侧，却并未妨碍她于晚间侍寝啊。"

皂衣男子抬手一拍椅子扶手："症结正在这里。若是她晚间不能侍寝，她便没有机会向陛下吹枕边风进谗言了。"

李泰点头道："此言有理。父皇当时便说，当初命她于父皇身侧协理案牍诸事，是看她精于文史，而命本王顶替她，亦是看本王于文史方面颇有造诣，如此一来，便是本王抢了她的风头了，她焉能不心生嫉恨？"

皂衣男子道："这便是了。既然你我已找出此事症结之所在，接下来便当想一想应对之策了。"

李泰问道："依仁兄之见，本王该当如何应对？"

皂衣男子道："上佳之策，便是让她失宠于陛下。一旦她失宠，她对殿下的谗毁之言自然便在陛下心目中烟消云散了。"

李泰摇头道："这太难了，现下她正受着父皇隆宠，若想让她遽然失宠于父皇几无可能。"

皂衣男子道："她入宫这几年来，难道每一步都走得不偏不倚，就未曾留下一点点行事不周的罅隙吗？望殿下用心想一想。如今情势，殿下已是只能进不能退了。"

李泰思索一阵，眉目一扬："有一事，似可一用。"

皂衣男子急问："何事？请讲！"

李泰道："还是在曹修仪甫入后宫之时，当日的太子李承乾曾赠予曹修仪一套衣裙。"

皂衣男子神情一振："哦？李承乾为何要赠予她衣裙？可有前因？"

李泰道："此前曹修仪与徐婕妤曾至御花园游园，不知是否巧合，李承乾携九弟雉奴、小妹兕子也去游园，与曹修仪、徐婕妤走在了一处。曹修仪裙角被花刺挂破，李承乾见了，回宫后便命侍女给曹修仪送去一套簇新的衣裙。"

皂衣男子想一想道："宫中规矩，诸皇子皆不准与后宫妃嫔过从甚密。不过，那曹修仪甫入后宫，衣裙被花刺挂破，太子送一套衣裙以示关照，虽有不合宫规之嫌，却也算不得什么大事。"

李泰连连摇头："那可不是一套寻常衣裙呀，那是本王母后生前于病中一针一线缝纫刺绣而成，又亲手赠予太子妃苏氏的，乃母后心血之作，是母后的一片心意呀，可李承乾他竟拿来送人！此事难道还小么？"

皂衣男子问："那衣裙既然是先皇后亲手缝纫并赠予苏氏的，李承乾为何会拿来送人呢？苏氏又为何不加阻止呢？这不是对先皇后之大不敬么？"

李泰道："当时李承乾正为本王编撰《括地志》受到父皇嘉赏而心烦意乱狂躁不安呢，侍女说了一句'这套衣裙不宜送人'，李承乾连看都未曾看那衣裙一眼，便训斥道：'什么宜不宜的，让你送你便送，何须废话！'那苏氏其时正卧病在床，送衣裙之事她全然不知，待事后得知，却已晚了，送出的东西哪里再有要回的道理？"

皂衣男子颔首道："此事确可一用。如此贵重之物他李承乾竟然拿来送人，这说明了什么？说明他是在着意笼络后宫妃嫔，而曹修仪竟然收下了，这又说明了什么？说明她接受了李承乾的笼络。这不就是太子与宫嫔勾连结党的铁证么？那么，太子谋反，便与他曹修仪毫不相干么？殿下宜将此事从速奏明陛下。"

李泰面现难色："可父皇已不可能再让本王进宫了，即便本王能够进宫，本王的话也不会再让父皇相信了。"

皂衣男子道："既然如此，殿下可转托他人奏明陛下。"

李泰道："此为后宫之事，外臣自然不便多言，只可转托后宫之人，可本王又能转托谁呢？"

皂衣男子道："当然是能够接近陛下，又受着陛下恩宠之人。"

李泰道："此事于本王而言自是十分紧要，可于他人而言便属闲事，有谁愿出面管这种闲事呢？"

皂衣男子摇头道："殿下此言差矣。此事于殿下而言十分紧要，于他人而言也并非闲事。如今她曹修仪已是宠冠六宫，难道其他妃嫔便不会嫉恨？他曹修仪所生的小皇子虽已夭折，但她还会生第二个、第三个的，只要她再生了小皇子，便极有可能登上皇后之位，然则后宫之内觊觎后位的妃嫔便没有第二个人、第三个人了？"

李泰点点头："这倒是，现下后宫之内嫉恨她曹修仪、觊觎后位的妃嫔大有人在。只是，据本王所知，现下能够接近父皇、又深受父皇恩宠的妃嫔，除了曹修仪，便是徐婕妤、杨夫人。那徐婕妤，自入宫以来便是一副无欲无求、与世无争的模样，且她与曹修仪一向交好，故而让她卷入这是非之争当属全无可能。"

　　皂衣男子问道："那杨夫人呢？"

　　李泰道："杨夫人向来极受父皇恩宠，父皇曾两度欲立其为后，皆因当日在世的魏征极力谏阻而作罢。即便如此，父皇于她也一直是隆宠不衰，直至徐婕妤入宫受宠，父皇对于她的宠爱方稍有所减，再后来便是曹修仪入宫受宠，父皇于她自然又疏远了些，尽管如此，父皇于她一直都是旧情未断的。"

　　皂衣男子又抬手一拍椅子扶手："那便是她了。徐婕妤于她似有夺宠之嫌，却是与世无争的，那么与她争宠夺后的真正劲敌无疑便是曹修仪。此刻她定然做梦都想着将这位劲敌斗败呢，只是无从下手罢了。似赠衣密结这种能给己之劲敌致命一击的物事，说不定她正是欲求而不得呢。"

　　李泰心有所虑："这是朝父皇最最宠爱的女人身上捅刀子，弄得不好便会适得其反，她敢冒这个险么？"

　　皂衣男子口气不容置疑："她敢！因为，她有争宠夺后的强烈欲望！欲壑能使人变得迷狂，欲壑能使人铤而走险！如此人事古今屡见不鲜。何况，那杨夫人乃颇有心计之人，如何达于目的而又可自保无虞，她会妥为筹划的。"

　　李泰点头："仁兄所言极是。"却又摇头，"可如今本王怕是连见上她一面都难了。"

　　皂衣男子略一思索："此事说难便难，说不难便不难。殿下也不一定非要亲自与她会面。这些年来，殿下在宫中布下了不少眼线，殿下尽可择其能者而用之。"

　　李泰点头："好吧，事不宜迟，本王这便着手此事。"

　　次日午前，杨夫人来到含风殿，与曹娴互相见礼毕，说道："姐姐我今日来这里，一来是来看看妹妹，二来么，是来求妹妹一件事。"

　　曹娴不知对方来意，但人家既然登门拜访，便应以礼相待，于是说道："姐姐何须说一个'求'字？如有用得着妹妹我之处，尽管盼咐便是，妹妹我当勉力为之。"

　　杨夫人道："这个姐姐我知道的，这后宫之内，就数妹妹最是热心肠。是这样，你知道的，姐姐我唯一的儿子明儿刚被陛下册为曹王，姐姐我也没什么稀罕物送他以示庆贺，想他也是要娶妻成家的，便想学先皇后的样子为他未来的王妃做一套衣裙，以表我这做母亲的一片心意。哦，你许是不知，先皇后在世之时，皆是在儿子们成家之前，便亲手为未来的儿媳们做好衣裙相赠，宫中一时传为美谈。姐姐我虽不及先皇后尊贵，可做母亲的心都是一样的。"

"不知曹王殿下现下贵庚几何？"曹娴心中不免疑惑，这杨夫人之子尚在蹒跚学步年纪，怎么这么早就要给尚不知在何处的儿媳做衣裙呢？

杨夫人道："哦，妹妹话中之意是明儿年纪尚小吧？是这样，姐姐我现下虽尚未老迈，可这眼力却已见不济了，趁着尚能认出针脚，便想赶着做了，若等到老眼昏花之时再做可就做不成了。做成个什么样才好呢？便想着来求妹妹了。"

曹娴面现为难之色："这……不是妹妹我于姐姐之请有意推脱，不怕姐姐见笑，妹妹我一向拙于女红，于针黹之事实是外行，这……"

杨夫人截住对方话头道："妹妹莫要自谦了。我也不要妹妹亲手为我描图画样，我只要看一看妹妹这里现成的一套衣裙便可。"

曹娴眉睫微蹙："现成的衣裙？姐姐指的是……"

"记得妹妹甫入后宫之时，当年的太子曾赠予妹妹一套衣裙，可是？"杨夫人说罢，眼睛直视着对方。

曹娴眼波一闪，稍显愕然，随即恢复常态："是。"

杨夫人道："那一套衣裙，姐姐我有幸见过，至今犹记得，堪称绝佳之上品，自那以后，姐姐我便未再见过那么好的衣裙，便想着，也依样给姐姐我未来的儿媳做一套，只是，毕竟时日甚久了，记忆已有些模糊，便想来妹妹这里再看上一眼，想来那衣裙该当尚在妹妹身边吧？"

曹娴话中有话道："时隔如此之久，姐姐尚且记得当年废太子赠予我的一套衣裙，姐姐真真好记性！"

杨夫人忙道："妹妹切莫多想，真正的好东西总是让人过目不忘的。妹妹该不会舍不得拿出来示人吧？"

"姐姐说的哪里话，是姐姐多虑了。"曹娴朝殿门口抬高声音道，"如婳！"

如婳进入殿内："奴婢在。"

曹娴吩咐道："去内殿将那套双寔云燕纹绣如意衣裙取来。"

如婳应声进入内殿，旋即双手捧着一个锦包走了出来。

曹娴道："将衣裙取出放在桌上，请夫人过目。"

如婳照曹娴的吩咐做了。

杨夫人马上作惊喜状："正是它！看，浅绿色挑丝双寔云燕襦衣，鹅黄纹绣白玉兰如意长裙，看这质地与款格，这色泽与图案，还有这针黹与绣工，哪一样不堪为绝佳之上品呢。妹妹，你看呢？"边说话边用眼角觑向殿门口。

曹娴道："姐姐是赏衣行家，妹妹我自愧不如。"

杨夫人道："欸，妹妹过谦了……"

这时门外传来李世民的声音："谁在里边说话呀？"

话音未落，人已走了进来。

曹娴与杨夫人同时向李世民见礼。

李世民道："免礼。夫人怎么想着到这里来了？"

杨夫人回答："妾身来看曹修仪殿里这一套衣裙，煞是好看，妾身也想仿着做一身。"

李世民道："哦？什么衣裙如此之好？让朕也来看看。"

杨夫人忙道："陛下，衣裙妾身已看过，这便该走了。"

李世民眉目一扬："哦？朕刚来你便要走？"

杨夫人道："明儿是越来越淘了，整日疯跑，侍婢们都管不住他，妾身须回去看看，可莫磕着碰着了。"

李世民点头道："嗯，你去吧。"

杨夫人莲步款款去了。

李世民低头看衣裙："嗯？这衣裙是哪里来的？"

曹娴从容作答："是臣妾甫入后宫之时，当日的太子赠予臣妾的。"

李世民眉峰一挑："哦？他为何要赠衣裙给你？"

曹娴道："那日徐婕妤邀臣妾至御花园赏花，碰巧太子携九殿下与晋阳公主也至御花园赏花，彼此走在了一处。臣妾裙角不慎被花刺挂破，太子见了，回宫后便遣侍女给臣妾送来了这一套衣裙。"

李世民眉头微微皱起："有道是无功不受禄，他送衣裙给你，你便收下了么？"

曹娴道："其时晋阳公主一见徐婕妤，便自臣妾身旁经过扑向徐婕妤怀中，臣妾于躲闪之中裙角被挂破，太子便以为此乃晋阳公主之过，晋阳公主又是太子领来的，太子便以赠衣裙给臣妾作补偿，臣妾以为这亦属人之常情。其实，臣妾当时是不想接受的，怎奈那送衣侍女说臣妾若是不收，她回去万难向太子复命，臣妾为免她为难，这才收下了。"

李世民眉目肃然："你可知这衣裙的来历？"

曹娴摇头："臣妾不知。"

李世民道："那朕便告知于你，这套衣裙乃先皇后薨逝之前于病中一针一线缝制而成，又亲手赠予当日的太子妃的！"

曹娴大感意外："是先皇后亲手缝制又赠予太子妃的？这……这，臣妾于此毫无所知。"

李世民在殿中烦躁地来回走动起来："如此贵重之物，李承乾他为何要拿来送人？此乃他母后的一片心意呀，他为何如此不予珍重？他为何对她母后大不敬到如此之地步？"

曹娴一低身子跪下："陛下，臣妾有罪。"

李世民忽地收住脚步："你有何罪？"

曹娴道："臣妾不该收下这衣裙，臣妾犯了对先皇后大不敬之罪。"

李世民道："你本不知此衣裙乃先皇后所赠，你何罪之有？你的错不是错在对先皇后不敬之上，你可知道，王子与后宫嫔妃勾连密结，向为宫中之大忌？这废太子赠衣与你虽属事出有因，却也属私相授受，难道你就不怕有人会告发你与废太子勾连密结，朕会定你结党营私之罪么？"

曹娴镇定自若地说道："臣妾心中并无丝毫与废太子勾连密结之私念，更无与之结党营私之祸心，所以臣妾问心无愧，心无所惧！臣妾若是心中有鬼，早便将这衣裙毁弃了，哪里敢留存至今日，又哪里敢轻易拿出来示人？"

李世民目视着对方，口气缓和下来："嗯，此话倒是言之成理，心无私念，方能心无所惧，所谓无私者无畏嘛。不过，你也就是遇上了朕，若是遇上的是昏君，早便定你个勾连结党的罪名了。你起来吧。"

"臣妾能够遇见陛下，是天赐臣妾之福。臣妾谢陛下不责之恩。"曹娴说罢站起身来。

李世民若有所思："朕看你从未穿过这一套衣裙，也从未拿出过呀，怎么今日忽然拿出来示人了？"

曹娴回答："是夫人过来要臣妾拿出来给她看的。"

李世民眉目一挑："哦？她怎么知道你这里有这一套衣裙？"

曹娴回答："听她话语，她早便知道当年的太子赠予了臣妾这一套衣裙，至于她是怎么知道的，臣妾不知，也未曾问她。"

李世民道："方才听她讲，她要仿着这衣裙做一身衣裙，她早不做晚不做，为何此时想起要做这个？"

曹娴道："她说，要学着先皇后为儿媳做衣裙的样子，也为她未来的儿媳做一身衣裙。"

李世民冷哼一声:"先皇后是于病榻之上预感到来日无多了,方赶着为儿媳们做衣裙的,她身子骨还好好的,怎便学起先皇后来了?且明儿才几岁?儿媳连个影子都还没有呢,怎么早早地想起来为尚不知在何处的儿媳做甚衣裙?"

曹娴道:"听她说,她如今眼力已渐不济了,要趁着尚能认出针脚,赶着将衣裙做出来。"

李世民怒道:"哼!巧舌如簧!她是知道的,先皇后生前不单为太子妃做了一身衣裙,还为另两个亲生儿子青雀与雉奴的王妃各做了一身衣裙,而且太子妃的衣裙与王妃的衣裙是不一样的,她为何不去仿两个王妃的衣裙,却来仿太子妃的衣裙?难道她能够预知她的儿子将来会做太子么?若非如此,她便是另有所图!朕据此可知,此前她并不知晓废太子赠你衣裙之事,不然她早便会上演今日这一出戏了,哪里会等到今日!此事定是她新近才得知的,便来上演了方才这一出。她是看准了,朕每日这个时候忙完前殿的政事,便会来你殿中,她便提早来你殿中托言看这衣裙,好让朕来了也能见到。她知朕认得这衣裙。她如此行事,无非是想让朕得知你与太子早有勾连,好让你在朕面前失宠,她便可乘虚而入了。方才朕一来她便走,亦是有意避开的,意在既可挑起事端,又可撇清自己。她以为,她这一走,朕便不能诘问于她了?来人!"

钱福进殿:"奴才在。"

李世民道:"宣夫人!"

钱福应声往外走去。

"等等!"李世民喊住钱福,"算了,你莫去了,下去吧。"

待钱福出殿之后,李世民道:"朕想着,宣她来问,她定不会据实回答。她若据实答了,她与他人互相串通离间你我君臣之罪责便坐实了,她岂肯自投罗网!"说罢略一思忖,又道,"此事看似小事,其实并不简单,夫人离间你我君臣,这不难揣度,无非为着争宠罢了,可那幕后之人呢,为何要加害于你?这里面是否有其他文章?此事不可不问!朕即命人去暗查,这一两日都有哪些人与杨夫人有过接触,再顺藤摸瓜,不愁查不出个所以然来。哼!她自以为聪明,也不想想,朕是三岁孩童么?真是利令智昏!"

暗查很快有了结果,李世民马上把杨夫人召到承庆殿。

李世民端坐御座之上,目光炯炯地盯视着跪在对面地下的杨夫人:"你不是要仿着先皇后所做的衣裙也做一套衣裙么?你仿做的衣裙在哪里?拿来让朕过目。"

杨夫人小心作答:"回陛下,妾身尚未做呢。"

李世民冷笑一声："尚未做么？怕是根本就未曾想做吧？"

杨夫人低声道："妾身是想做的，只是尚未动手做。"

李世民道："那么朕问你，你是如何得知李承乾赠予曹修仪衣裙一事的？"

杨夫人不敢抬头："回陛下，妾身是听他人说起的。"

李世民追问道："此人是谁？"

杨夫人顿一顿："这个，妾身还是三年之前听人说起的，时日久了，妾身已忘记此人是谁了。"

李世民以冷峻目光盯视着对方："是么？既是三年之前便听人说起了，为何时至今日方想起来仿做这一套衣裙？为何早不做，晚不做，偏偏在此时来做？"

"这个，"杨夫人略微一顿，"蒙陛下垂爱，明儿被陛下册为曹王，妾身作为明儿的母亲，想赠一件礼物以为庆贺，想来想去，想不出有什么稀罕物件可赠的，便想给他未来的王妃做一套衣裙相赠。如陛下以为妾身此一想法殊为不妥，则妾身即刻打消便是。"

李世民冷笑一声："你为庆贺明儿册封为王，便要赠予他尚不知在何处的王妃一套衣裙，你不觉得这两者风马牛不相及，硬连在一起太过牵强了？"

杨夫人道："妾身是想学先皇后的样子，先皇后便是在三个儿子尚未迎娶太子妃与王妃之时便为太子妃与王妃各做了一套衣裙相赠的。"

"先皇后是在病势沉重，已知自身来日无多之情势下为儿媳赶做衣裙的。"李世民下面的话充满讥刺意味，"那么，你得了什么重病？朕怎么未曾听你说起过半句？"

"这个……"杨夫人一时语塞，情急之中只得说道，"是妾身未曾想得周全，妾身想学先皇后，只想到了其一，未曾想到其二——"

"够了！"李世民厉声打断她的话，"你还在狡辩！是你想得不周全么？朕看你是想得太多了！你都想些什么，难道还要朕给你指出来么？朕希望你自己讲！"

"这个……恕妾身愚钝。"

"好啊，既然你自己不想说，那便由朕来替你说，后宫尚宫局司闱劳慧儿你可认识？"

杨夫人一听这话神色骤变，呼吸急促起来："妾身……妾身知道这个人。"

李世民紧追一句："那么，近日你可见过此人？"

杨夫人声音打战："妾身好似……好似……"

李世民忽地站起，厉声道："你好似什么？告诉你，那劳慧儿什么都招了，你还想抵赖？"

杨夫人以头触地："妾身死罪。妾身一时糊涂，听信了他人挑拨。"

李世民躁怒地来回走动，忽然停住："你仍在推脱罪责！是你自己心术不正，是你自己利欲熏心，听人传递讯息，方如获至宝！你为做此事，可谓费尽心机！"说到这里又来回走动起来，"你不直接向朕来进言，却又设法让朕能够见到李承乾与曹修仪相互勾连密结的物证，如此既可不担进谗之嫌疑，又可达到离间朕与曹修仪之目的，真乃机关算尽！你不是想让朕得知曹修仪与李承乾勾连密结之事么？可事实又如何？恰恰是你与外面皇子相勾连！何止于此，你还要离间朕与其他妃嫔的关系！"忽地站定，"你说，你该当何罪？"

杨夫人浑身战栗，声音打战："妾身死罪。妾身一时昏了头，求陛下法外开恩……"

李世民恼怒非常："哼！你罪当诛！即便从轻发落，也要关进天牢！"

杨夫人膝行向前，抱住对方双腿，泣不成声："求……求陛下看在妾身多年侍奉陛下情面上，宽恕妾身之罪。"

李世民沉吟半晌："朕看你只是一时心动邪念，姑且宽恕于你，只罚俸半年，今后，你必要好自为之！"

杨夫人连连叩首："妾身谨遵圣命，谢陛下轻责大恩。"

李世民坐回到座位上："朕就是要让诸皇子们看看，太子之位不是靠心术机巧谋取而来的。朕也要让诸妃嫔看看，皇后之位亦非靠心术机巧谋取而来！下去！"

杨夫人应声起身，狼狈地退了出去。

第三十六章

行刺客杀机付流水　　设局人美梦成黄粱

长安曲江池沿岸，天阔云舒，树绿水碧。岸边亭馆台榭鳞次栉比。在这些亭馆台榭中，有一座青云楼，乃京师许多达官显贵、富商大贾经常光顾之所。

这日，吴王李恪乘一匹白色高头大马，沿江边道路朝着青云楼这边一路疾驰而来。到了青云楼门首，他勒住马头，一跨腿下到地上。今日的他头戴一顶皂绢幞头，身穿一袭酱紫色缺骻袍，脚蹬乌皮六合靴，更显精干与潇洒。两名随从各乘灰色快马随后赶到，滚鞍下马。李恪把缰绳扔给随从，跨进厅门。

门房从门内迎上来，一拱手道："殿下请进，敬王爷已在楼上候着殿下了。"

李恪直奔楼内。

一名胡姬迎上来，朝李恪低身一礼："奴婢恭迎殿下，敬王爷已在楼上等候殿下多时了。"

李恪只朝她点一点头。胡姬把他引到楼上的雅间翠涛阁外。

此时渤海敬王李奉慈从阁内迎出，一见李恪的面便道："我说三儿，你老人家真难请啊，叔我这里都等候你大半日了。"

李恪忙拱手施礼："累王叔在此久候，侄儿给王叔赔罪了。"

李奉慈抬手朝里一让："快来入席吧。"

李恪道一声"王叔请"，即进入阁内。

翠涛阁内，案上已摆好各色果蔬。中间一只双鱼纹四曲银碟里摆着六只缕金龙凤蟹。

"又让王叔破费了。"李恪说着入座。

李奉慈也坐下："这算什么？侄子不嫌你叔我寒酸，便给叔我脸上大增光彩了。"

655

李恪道："哪里，哪里，王叔太客气了。就说这篓金龙凤糖蟹，侄儿便知乃自吴中转运而来，厨工以洁布拭净壳面之后，再以金缕龙凤花云贴于其上，在这长安城内实属珍品。王叔啊，昨日您老送给侄儿一套团花纹金杯，已让侄儿受宠若惊，这今日又赐宴给侄儿，更让侄儿不胜惶恐。您是长辈，本该侄儿奉宴给您啊。"

李奉慈道："你我之间谁跟谁呀？我们是一家人嘛，哪里能分得那么清。唉，叔我正要跟你说呢，今后，你莫再称我为王叔了，把这个王字去掉吧。"

李恪诧异道："这是为何？"

李奉慈叹一口气道："你该知道的，就为孙亮唆使众奸民瓜分我的封地，与我属下扈从发生械斗那段公案，你的父皇已下旨褫去了我的亲王爵位。若不是我的三位扈从豁上性命将罪责揽到自己头上，我恐早已入了大狱了，哪里还能跟三儿你在这里饮酒吃蟹呀。"

李恪道："王叔啊，哦，我还是这么称呼您吧，都习惯了。父皇褫去您的亲王爵位，那也是因了一时之怒，其实啊，父皇不是那种无情的皇帝。就说对您吧，父皇只是褫去了您的亲王爵位，却尚未削夺您的封地，这便是给您留了后路，日后总有恢复您王位之时，您只须耐心等待便是。"

"借你吉言，但愿如此。"李奉慈说着举起玛瑙兽首酒杯，"来，三儿，这是酒楼新进的蒲桃酒，你我叔侄满饮此杯。"

李恪也举起酒杯，二人都一饮而尽。

李奉慈问："这酒喝着如何？"

李恪点头："嗯，入口微辛，清凉之中却有如一缕缕温火，片刻之间便觉四体融和，好酒！"

李奉慈夹起一只糖蟹放入李恪盘中："来，吃蟹。"

李恪揭开蟹盖，只见蟹壳内蟹黄灿然，遂感慨而言："秋来蟹肥，一见此蟹，侄儿不由得忆起吴中美景。"吃一口蟹肉，咀嚼几下，咽下去，"王叔，侄儿是个直性子人，王叔今日赐宴给侄儿，定是有话对侄儿讲，请讲吧。"

李奉慈伸手招呼侍者："上飞刀鲙鲤！"

侍者端上来一大盘飞刀鲙鲤。

李奉慈夹起一箸飞刀鲙鲤放入李恪盘中："来，尝一尝这道菜。这鱼，产自洛河，是以硕大木桶盛上水养着，用马车转运而来，到长安之后活鱼只剩十之一二，这道菜便是用活鱼做成的。"

李恪夹起鱼肉细丝观看："这鱼肉切得薄如轻纱，细如丝线，青云楼里的庖厨刀工堪称一绝呀。"

李奉慈点头："这便叫'縠薄如丝,轻可吹起',尝尝口感如何?"

李恪夹起一箸放到嘴里品咂,连连点头："嗯,不错,不错,生鱼如此吃法,真是别有风味。不过,王叔不单是让侄儿来吃糖蟹、飞刀鲙鲤,喝蒲桃酒吧?"

李奉慈道："三儿啊,你是叔看着长大的,不管是论才学,还是论能耐,你都是你们兄弟中的佼佼者呀。如今太子承乾被废,已被徙往黔州。四儿青雀也被徙往均州,看来他与太子之位也是无缘了。现下太子之位还空着呢,难道你就没什么想法吗?"

李恪停顿片刻,才道："此事决定权在父皇身上,非侄儿所能左右,这个话题王叔还是免谈吧。"

李奉慈连连摇头："非也,非也。有道是凡事预则立,不预则废。预与不预,可是大不一样啊。"

李恪疑惑地问道："莫非王叔有什么好主意?"

李奉慈道："如今在此事上,你是万事俱备,只欠东风了呀。"

李恪道："王叔此言何意?"

李奉慈道："方才我已讲了,论才学,论能耐,你都是你们兄弟中的佼佼者,皇兄就曾说过,'恪儿英果类我,颇具朕当年风采',此其一。其二,论出身,你已故母妃乃前隋公主,在京其他皇子中除老九稚奴为先皇后所生外,就数你出身高贵。至于稚奴嘛,其性情柔弱一如女子,皇兄把偌大江山交给他能放心么?因此啊,这皇储,你当是不二人选。所以叔才说,现下你已是万事俱备,只欠东风了。"

李恪问："王叔所谓东风,所指为何?"

李奉慈道："须有人为你说话呀。为此,叔已联络了几位叔这一辈的亲王,他们都愿向皇兄推举你为太子,叔还可再多联络几位亲王为你说话,只是,你最好能办成一件事,叔好在亲王们面前为你说话。"

李恪又问："不知王叔想让我办成什么事?"

李奉慈道："如今令各位亲王最感头痛的,便是朝廷在各州推行什么均田制。前些年也曾推行过几回,但那不过是下了几场毛毛雨,各位亲王并未伤筋动骨,可这一回却把这事弄大发了,各位亲王都被分出去大片田地。像叔我,原有田地两千顷,均田以后只剩下了二百顷,你说让人心疼不心疼!叔我这一辈的亲王们,前些年跟随太上皇与皇兄南征北战,东伐西讨,流血流汗,方打下了大唐江山。打江山为的是什么?为的是坐江山哪。可这田地都给分出去了,又让人拿什么坐江山?所

657

以呀，你几位王叔巴望你能让皇兄对他的弟兄们高抬贵手，别再弄什么均田了。"

李恪面呈难色："这个……恐不好办到。就侄儿所知，父皇这些年除了于马上征战平定四方，用心最多、用力最大的事便是推行均田制。让我在这个时候去劝阻父皇做这件事，无异于逆风行船，非但前进不得，弄得不好反倒会船覆人亡。"

李奉慈道："叔并非让你去劝阻皇兄向全天下推行均田制，对那些皇族以外的豪族大户可照推不误。叔是说，在均田一事上，让皇兄只对他的兄弟们抬抬手，对众亲王别那么太认真。"

李恪道："这个……恐也甚难。"

李奉慈道："有道是强攻不如巧取，你可用巧取之法，以达四两拨千斤之效呀。"

李恪道："如何巧取，请王叔不吝赐教。"

李奉慈道："我耳闻，此番朝廷推行均田制之所以与以往大不相同，缘自后宫嫔妃曹修仪向皇兄吹了枕边风。解铃还需系铃人，你可设法让那曹修仪改变口风，再向皇兄吹吹枕边风，此事便成了。"

李恪微微皱起眉头："让曹修仪改变口风？一者，我与那曹修仪向无来往，与她难以说得上话；二者，我与她虽无来往，却也自侧旁听到过她一些言语，从中可知她乃一极有主见之人，故此若想让她改变口风，几无可能。若王叔在此事上有什么好办法，不妨对侄儿略加点拨。"

李奉慈道："我已把话说到这个份上了，下面的主意就该你自己去拿了。若我什么办法都有的话，那就不用绕这个弯子来找你，我径直去办好了。此事叔我已把话都说到了，办与不办，由你自行酌定。不过叔把话撂在这里，此事只要你能办成，那么十几位亲王向皇兄举荐你为国储之承诺也定能兑现！"

时近午夜，承庆殿内仍是灯火通明，李世民一直在伏案批阅奏章。

钱福轻步入殿，说道："陛下，夜已深了，该歇息了。"

李世民把朱笔放在笔架上，伸展一下双臂："嗯，就快批完了。"略一转念，说道，"明日八月初八，是朕登基十六周年纪念日，每年此日，朕皆与诸妃嫔皇子公主一同游园游湖，以为庆贺。近日宫中风波迭起，朕本无心游玩，但若免了，又恐宫中更是冷寂，还是游吧。着内侍去传朕旨意，明日朕与诸妃嫔皇子公主共游西海池。"

次日，西海池上空一碧如洗，暖阳高悬，湖面上波光粼粼，鸥鸟翩飞。李世民与众妃嫔皇子公主共乘龙舟泛舟湖上,众妃嫔公主在龙舟上朝远近指指点点,欣赏着远山近水。

一条奏响着鼓乐的游船由远而近行驶过来。

李世民对钱福道:"朕未曾命乐师来湖中奏乐呀,此一班乐师不知从何而来?"

钱福道:"奴才也是不知,或许是殿中省自太常寺召来为陛下助兴的。"

说话间,乐船已驶到了龙船旁边。突然,乐船上的鼓乐声戛然而止,那一班十二名乐师均放下鼓乐,从腰间抽出软剑,直逼龙船,其中就有邢焯和着了男装的曹婉。龙船上,众妃嫔公主乱成一团。船上仅有的五名侍卫手持佩剑纷纷簇拥到李世民身边。

双方开始交手。一时间,刀剑撞击声、喊杀声、妃嫔公主的惊叫声响彻湖面。

曹娴在龙船上急急地寻找着什么。正寻找间,船身猛烈晃动起来,此时快速伸过来的一只手照曹娴后腰猛然一推。曹娴猝不及防,从船边一下落入水中。乐船上的曹婉挺剑朝落水的曹娴一剑刺去,刺在曹娴右臂上,曹娴一下隐入水中,水面上即刻漂上一团血花。

李世民惊呼:"曹爱姬!"

此时刺客方已有三名刺客倒在游船上的血泊中,龙船上也有两名侍卫死在刺客软剑之下。在李世民与一名刺客搏斗间,邢焯忽从侧旁朝李世民肋部一剑刺来,眼看就要刺中的一瞬间,李恪一跃过来挥剑一拨,只听"当啷"一声响,邢焯的剑锋就被拨开了。李世民稍一扭头间看到了这一幕。

蓦然间,曹娴从船头边湖水中一跃跃上龙船。她不顾右臂仍在淌着鲜血,跃至一名战死的侍卫近旁,一脚掂起战死侍卫身旁的佩剑,乘李世民、李恪等五人与九名刺客搏杀间,"嗨"地发一声喊,一下从龙船上跃上游船尾部。在刺客猝不及防间,曹娴从其侧后接连刺倒两名刺客。

李恪和三名侍卫也纷纷跃到游船上与刺客搏杀。刺客的气焰一下子被压了下去。接着曹娴又刺倒一名刺客,李恪与三名侍卫也各自刺死一名刺客,游船上没被刺倒的刺客仅剩下了邢焯和曹婉。

李世民在龙船上高呼:"留活口!"

邢焯和曹婉同时挺身朝船下一跃,曹婉跃入水中顿时不见了踪影,邢焯在将要落水时被曹娴抓住袍角一下子拽到船上。两名侍卫扑上去一齐摁住邢焯,另一名侍卫挥剑砍断船上的缆绳,用一节缆绳把邢焯捆住了。

李恪对李世民道:"父皇,一名刺客跃入水中不见了踪影,定是潜入水中向西游去了，请父皇允准儿臣率人驾船去将其擒拿归案！"

李世民道："罢了，想那刺客此时已然游远，你等驾船去追恐也追不上了，由他去吧。"

当把邢焯拽起来时，曹娴看其面目，只见此人方面大耳，豹眼猩唇，左半边脸上有一道竖向伤痕。蓦地，曾经的一幕浮现在她的眼前：君王与她外出行猎夜宿终南山中，遭遇叛贼行刺，那张弓搭箭欲射杀君王继而被她砍断弓箭划破面颊之叛贼，其面目亦是方面大耳，豹眼猩唇……由此她推断这刺客非比寻常，定是君王之宿敌。

回到后宫，李世民正要突审活捉的刺客，忽有在前朝当值的太监来向他奏报："陛下，右仆射长孙大人、左仆射房大人有要事求见，已在朝房等候多时了。"

李世民命人将刺客暂时羁押在后宫闲置的房间内，就匆匆奔前朝去了。

当晚，李恪来到后宫一角羁押刺客邢焯的房间门外，对门前两名侍卫道："二位辛苦。"

两名侍卫一齐道："见过殿下。"

李恪问："人犯在里边没事吧？"

两名侍卫齐声回答："回殿下，人犯在里边没事。"

李恪道："本王遵陛下旨意，要审问人犯，把门打开！"

稍年长侍卫一时迟疑："这……"

李恪道："怎么，不相信本王吗？"

稍年长侍卫："好，小的遵命。"掏出钥匙把门锁打开，又开了门。

李恪走进房间。这是两间堆放洒扫工具等杂物的房间，靠北墙堆放着一些洒扫工具，中间有两根柱子，靠北的柱子周围已清出一片空地，邢焯在此处席地而卧，双脚被铁链锁在柱子上。

李恪蹲到邢焯身旁，却不说话，想先以此给对方造成一定的心理压力。

邢焯本来等着对方说话，却见对方一直沉默着，果然心中有些不安起来，终于忍耐不住，问道："你是谁，来做甚？为何不说话？"

李恪这才说话："我是谁并不紧要，紧要的是，你要回答我，你是想死，还是想活？"

邢焯反问："想死怎样，想活又如何？"

李恪道："想死容易，陛下审问你，无论你招还是不招，都是死路一条；想活么，只要你照我说的去做，我便能让你活着出去。"

邢焯又问:"你让我做甚?"

李恪道:"今日在西海池船上抓住你的那个女人,你还记得吧?"

邢焯道:"我当然记得,她是我的克星。"

李恪道:"我给你机会去报复她。"

邢焯问:"如何报复?"

李恪道:"我让你赚取到她,将她弄到我给你准备好的地方,你可以占有她,如此你既享受了她的美色,又实现了对她的报复,可谓一举两得。但有一宗,你不能要她性命。"

邢焯问:"你为何让我这么做,你与她有何仇怨?"

李恪道:"这你莫多问。你占有她之后,你须让她去向她的夫君,当今的皇上进言,让皇上看在诸位亲王曾跟随太上皇与皇上南征北战打下大唐江山的份上,看在兄弟之间骨肉亲情的份上,在推行均田一事上对诸位亲王酌情照拂,以彰皇恩。如此便无人向皇上提起她失身受辱之事,若不然,定将有人让皇上得知她已失身受辱。那样一来,皇上定会对她弃之若敝屣,让她生不如死!"

邢焯略一沉吟:"你须先将我放出去,我方可按你所说的去做。"

李恪道:"这个当然,只要你答应了我,我立刻将你放出去。"

邢焯道:"你就不怕将我放出去了,我会爽约,立刻跑掉?"

李恪道:"我当然有此顾虑,所以我已命人在你的饭食里下了药。我问你,你现下感觉如何?"

邢焯道:"头有些胀。"

李恪道:"这便对了。你若爽约,旬日之内,你必会头痛欲裂,倒地毙命!"

邢焯问:"我若履约呢,你如何救我?"

李恪道:"你履约之后,我马上给你解药,让你转危为安。"

邢焯道:"可是……可是,占有她,我怕是做不到了。"

李恪问:"为何?"

邢焯道:"实不相瞒,我因受过巨大惊吓,已……已阳衰了,男女之事已是心有余而力不足了。"

李恪嗤道:"原来你是个废人!"顿一顿,又道,"不过,这也不打紧,你就说你已在她昏迷之时占有了她,她将有口难辩!——对了,你要用牙齿咬伤她臂膀,以为她失身受辱之证据,这个也会让她的陛下知晓,在证据面前,看她如何向她的陛下解释!"

661

邢焯道:"今日日间在西海池船上搏杀,我已知那女子武功甚是了得,恐我一人难以赚取到她。再者,我于何处去赚取她呀?"

李恪道:"这个么,我已想到了。"说着从衣衽内取出一个纸包,"此为迷药。她每日晚间必会只身一人自她所居之含风殿前往承庆殿侍奉她的陛下,你于她必经之路的路旁阴影里预先设伏,待她经过之时,你突然一跃而起将此药捂在她口鼻之上,她即刻便会晕厥,接下来你将她扛起,马上会有人为你引路至一暗室,事便成了。"

邢焯道:"好吧,便依你。"

李恪道:"你稍候。"说罢起身出门,对门外两名侍卫道:"你们过来。"两名侍卫走到李恪身边。李恪双手从腰间迅捷拔出两把匕首捅进两名侍卫心窝,两名侍卫一声没吭就倒地而死。李恪从稍年长侍卫身上摸出钥匙复又进门,用钥匙打开锁住邢焯双腿铁链的铁锁,说道:"快跟我来!"

李恪带着邢焯东拐西拐走到一条甬道旁的阴影里,说道:"你就在此候着,不过半个时辰,她便会从此处经过,你即可动手。"

果然,时候不大,曹娴便从甬道那边一路走来,当她经过甬道旁阴影处时,邢焯突然从阴影中蹿出,一掌朝曹娴口鼻处捂去,曹娴停住脚步晃了两晃,邢焯一煞腰就把她扛到了肩上。

李恪突然出现在邢焯近前:"跟我来!"

李恪在前,邢焯肩扛曹娴在后,一起急步往前走去。走到后宫东北角一小栋房前,李恪往一边一让,说一声:"进去!"邢焯见房门已经开着,随即进门。李恪跟进门内,帮着邢焯把处于昏迷之中的曹娴放下,接着递给邢焯一条绳子:"把她绑了。"邢焯马上用绳子把曹娴绑住。李恪说一声"下面照我说的办",即退到门外。

邢焯蹲下身子用嘴在曹娴肩膀上狠狠咬了一口。

剧烈的疼痛使曹娴苏醒过来,她慢慢睁开眼睛,看看捆着自己的绳子,再看周围,当目光碰到蹲在她跟前的邢焯时,浑身猛然一震:"你是谁,想要做甚?"

邢焯咧了咧嘴道:"我是谁并不紧要,紧要的是你已被我占有了。你若还想做你陛下的修仪娘娘,或者还想晋为你陛下的妃子,你便须照我说的去做。我要你做的是,去向你的夫君,当今的皇上进言,让皇上看在诸位亲王曾跟随太上皇与皇上南征北战打下大唐江山的份上,看在兄弟之间骨肉亲情的份上,在推行均田一事上对诸位亲王酌情照拂,以彰皇恩。如此便无人向皇上提起你失身受辱之事,若不然,定将有人让皇上得知你已失身受辱。那样一来结果如何,你定可预知,皇上定将对你弃之若敝屣，你将生不如死！"

曹娴道："是谁指使你来绑架我，又让我向皇上如此进言的？"

邢焯道："这个你莫多问，你只须照我说的去做便是。"

曹娴活动活动身子，吸一口气又屏住，之后"嗨"地发一声喊，那捆绑她的绳子便被她用力崩开，接着一侧身朝对方一脚踹去，邢焯即被踹出门外，撞在正在门外偷听的李恪身上，二人同时倒地。

邢焯爬起来，一看与他同时爬起来的李恪："是你？我已照你说的做了，快快给我解药！"

李恪把嘴附在对方耳边极快地小声道："我那是哄你的，你全然无须解药。你快快离开宫苑，一直向北越过宫墙，那里无人巡守！"

邢焯拔腿正要跑，却被曹娴挡住去路。

曹娴厉声道："想跑？休想！"

此时一个黑影从侧旁飞身而至，同时一道白光一闪，黑影挺剑直朝曹娴刺来。曹娴急闪身躲过这一剑。黑影收剑后又一剑刺向曹娴，却被李恪用剑一搪搪住。

邢焯趁机逃脱，消失在夜幕中。

李恪挺剑直取黑影，黑影只得撇开曹娴迎战李恪。

这黑影正是曹婉。日间在西海池行刺败北，她潜水逃脱途中于水面上露头换气时，曾回头张望了一眼，刚好望见邢焯被俘，遂于夜晚潜入宫中来解救，却不期遇见了曹娴，于是便有了刚才刺出的那一剑。

见李恪迎住黑影厮杀，曹娴退到一旁阴影中观战。

曹婉与李恪杀得难解难分，夜幕中只见两道白光交织飞舞，剑锋撞击声叮当乱响。曹婉于厮杀中闪目四下瞥瞥，见已无曹娴踪影，遂手腕一抖挺剑向李恪刺去，却是虚晃一招，待李恪急忙格挡时向后一跃，紧接着转身箭一般跑得没了踪影。

李恪也不去追赶，只把佩剑插入鞘中，转身便走。此时其身后响起曹娴一声呼唤："三殿下留步！"

李恪停住脚步，转过身来。

曹娴出现在李恪对面，说道："三殿下胆量不小，这一切，原来都是你一手策划的！"

李恪道："是我一手策划的么？方才那刺客挺剑直取你性命，第一剑虽被你躲过，紧接着的第二剑，若非我用剑搪住，怕是你已不能站在此处与我说话了。"

曹娴道："后来的那刺客猝然来袭，确也出乎你意料之外，也确是你出手救了我，然则在此之前，那暗算我的刺客被我一脚踹出门外之后，你与他说的那些话，你以为我未曾听到么？"

李恪道："既然前面的事修仪娘娘都知道了，本王也便无须再隐讳了。讲一讲，以后该当如何吧。"

曹娴一步一步向李恪走过去。

李恪一步一步向后退："你，你，你要做甚？"

曹娴停住脚步："怎么，你心虚了？你不是向以处变不惊而自赏么？看来，做下亏心事，想不心虚也难！"

李恪道："废话少说，你就说，你想怎样吧。"

曹娴："我想怎样？你该想想你自己！你为达到你不可告人之目的，竟敢放出弑君叛贼，唆使叛贼绑架于我，又将叛贼放跑，这是何等罪过？难道你就不怕我将你之所为奏报于皇上？到那时，你必将落得与你兄弟李佑同样的下场！"

李恪冷哼一声："那你就去向皇上奏报好了。我就不信，只凭你一张嘴，皇上就会认定此事是本王所为！还有，若皇上真的相信了你的话，要定本王死罪，本王临死也要拉个垫背的！本王临死之前必将把你受辱失身于叛贼之事向皇上和盘托出，你臂膀上的咬伤便是铁证！到那时，即如叛贼所言，皇上必然将你弃之若敝屣，你将生不如死！我无好下场，你也好不到哪里去！"

曹娴出语义正词严："既然你如此说，我便正告于你，我不会向皇上奏报你之恶行。我所以这么做，绝不是怕你向皇上讲出我所谓受辱之事。我受辱与否，我自己心里最清楚，岂是你凭口舌便可坐实的？我不想向皇上奏报你之恶行，是不想让皇上为有你这样一位卑鄙龌龊的儿子而寒心，更不想让他为再杀一个儿子而长夜难眠，皇上龙体已再也经不住折腾。我还要正告于你，靠施展如此肮脏下作之伎俩是当不上太子的！"

李恪道："方才那叛贼明明是要你去向皇上进言，让皇上在推行均田一事上对诸位亲王酌情照拂，为何到你口中便变成我要当太子了？"

曹娴道："你以为就只你自己聪明？你以为我看不出今夜你此举是为与人达成一桩肮脏的交易？你设法让我向皇上进言，在推行均田一事上对诸亲王网开一面，诸亲王再向皇上举荐你做太子以为回报，如此而已！只可惜，你们这是痴心妄想！请你记住一句话：'无为其所不为，无欲其所不欲'！"

李恪把头往侧上一扬："哼！好一个无为其所不为，无欲其所不欲！"说到这里又一低头直视着曹娴，"难道，本王便没有资格当太子吗？本王已故母妃乃前隋皇帝之女，亦属胄出冠族，比已故先皇后能低多少？还有，连父皇都说过'恪儿英果类我，颇具朕当年风采'这样的话，本王怎么就不配做太子？"

曹娴出语字字诛心："那，我便再奉告你一句：就凭你今夜之所作所为，你便不配当太子！你心术如此不正，心地如此不堪，若有朝一日做了皇帝，我大唐国不定会被你折腾成何等样子！我再送你一句：'圣人之道，为而不争[1]！'"说罢转身快步离去。

李恪立在原地，望着曹娴的背影只是发呆……

曹娴于日间被刺落水，其后又带伤奋力杀敌，晚间再遭这一劫，终于病倒了。

隔日傍晚，李世民忙完前朝政事，便来到含风殿看望她。

正在卧榻上躺着的曹娴一见君王驾临，忙欠身要起来。

李世民急步上前用手摁住她："爱姬莫动，莫动。今日感觉可好些？"

曹娴道："托陛下之福，已好多了。"

李世民在床边椅子上坐下，说道："朕有一事不解，爱姬本自海边长大，驾船技艺甚高，怎么前日于西海池泛舟突遇刺客劫杀之时，他人皆未落水，偏偏是爱姬你落水了呢？"

曹娴道："当时臣妾急于在龙舟上寻找杀敌兵刃，忽于船体摇晃中有人从背后猛然推了臣妾一下，臣妾未加防备，遂落水了。"

李世民皱起了眉头："此人是谁呢？若是此人要置你于死地，他明知你生自海边，谙熟水性，落水之后也不会溺亡，却还要把你推下水，莫不是图谋把你推下水，好让刺客来刺杀于你？"

曹娴道："或许是那人一时站不稳，于惶急中推了臣妾一下，以便他自己站稳呢。"

李世民点点头："嗯，但愿如此。"

这时玉儿进殿奏报："陛下，娘娘，徐婕妤来见。"

李世民道："让她进来吧。"

徐惠进殿见礼毕，即关切地问曹娴："妹妹凤体可好些？"

曹娴回答："劳姐姐挂念，已好多了。"

李世民对徐惠道："朕就说嘛，曹修仪大难不死，必有后福。"

徐惠应道："陛下说的是，好人必有天佑。"

玉儿又进殿奏报："陛下，娘娘，夫人来见。"

---

[1] 语出《老子》六十八章，意即圣人做人的准则是有作为而不与人争夺。

李世民眉目一扬:"哦?她来了?让她进来。"

杨夫人进殿见礼毕,即道:"妾身早要来看看修仪妹妹的,只是俗务缠身,倒比徐婕妤到得晚了。"

曹娴欠身道:"劳烦夫人挂念,妹妹这里失礼了。"

杨夫人忙上前抬手做阻止状:"妹妹伤病未愈,莫动,莫动。今日可好些?"

曹娴回答:"好多了。"

杨夫人道:"妹妹年纪尚轻,便遭逢如此凶险,可要好生调养。姐姐不谙厨艺,只会做一手好汤,便熬了这薏米莲子汤给妹妹补补身子。"接着朝殿外提高声音道,"卉儿,提进来吧。"

侍女卉儿提着白玉瓷罐进殿。

李世民一笑道:"嗯,夫人熬汤技艺确是甚佳,曹修仪可有口福了。"

杨夫人锦袖掩唇,嫣然一笑:"难得陛下谬奖。"回身执起一画着祥云图案的瓷盅,把瓷罐里的汤水倒了大半盅,端到曹娴面前,"妹妹喝了这汤,伤病便全好了。"

曹娴忙道:"多谢夫人照拂。"

曹娴抬手正要接过瓷盅,杨夫人端着瓷盅的玉白手腕突然被徐惠疾速伸过来的一只手握住,与此同时徐惠话语脱口而出:"慢着!"

杨夫人下意识地抬眼向徐惠看去,只见此时徐惠寒冷如冰的目光正直直地盯着她,遂皱起眉头道:"徐婕妤这是为何?"

徐惠话中带刺:"不知夫人这汤中,是否加了重料,修仪妹妹伤病未愈,怕是承受不住。"

杨夫人一时间面色潮红,握着瓷盅的手在微微颤抖,顿了一下,才道:"徐婕妤何以无端妄猜,出口伤人?"转身看着李世民,娇声之中含了些许哽咽,"陛下,不知妾身何处得罪了徐婕妤,她要如此话中带刺刺伤妾身?"

徐惠冷冷而言:"话中之刺,只会刺中心虚之人!"

杨夫人听了一怔,继之气息急促起来,欲要回身,却止住,仍目含清泪看着李世民:"陛下,妾虽愚钝,却也听得出徐婕妤话中之意,分明是说妾身居心不良,妾身真不知是如何开罪了徐婕妤,要这般诬枉妾身。"李世民一时无语,只抬眼看看徐惠。

此时的徐惠目光冰冷决然,只是盯视着杨夫人,并不看李世民。

李世民缓缓起身,拍拍轻泣的杨夫人以示安慰,对徐惠道:"徐婕妤,你……对夫人莫不是有些误会?"

徐惠朝李世民跪下："陛下，前日陛下与诸妃嫔皇子公主乘龙舟同游西海池，突遇刺客行刺，混乱之中夫人趁势将曹修仪推下龙船，致使曹修仪落水后被刺客刺伤右臂，此乃徐惠亲眼所见。"

杨夫人惊得花容失色，覆着丹红胭脂的面色倏然煞白，声音颤抖着道："你……你血口喷人。曹修仪与我往日无仇、近日无冤，我何以要加害于她？再说，当时我本人尚且自顾不暇，哪里顾得上下此毒手？"说着朝李世民跪下，"求陛下明察，还妾身一身清白。"

李世民皱着眉头，一时没有说话，却在心里说："是啊，当时场面混乱，人人皆自顾不暇，夫人又何来那许多心思？可是，徐婕妤一向与人为善，性情贤淑敦厚，不会无端诬陷他人啊。"想到这里对杨夫人道，"当时在你身边的还有何人？何人可证明你的清白？"

杨夫人道："当时贤妃就在妾身身侧，她可证明妾身清白。"

李世民对殿外高声道："钱福，宣贤妃！"

时候不大，燕贤妃莲步款款来到殿中。

李世民对徐惠和杨夫人道："你们二人且去殿外候着。"

徐惠和杨夫人应声朝殿外走去。杨夫人在与燕贤妃照面时，抬眼盯了燕贤妃一眼，燕贤妃迎着她的目光似是而非地点了一下头。

方才，杨夫人在侍婢卉儿陪侍下从芙蓉苑朝含风殿这边走来时，在甬道上碰巧遇上了从对面走来燕贤妃。

"哟，姐姐这是去哪里呀？"燕贤妃说着，瞥一眼卉儿提着的白玉瓷罐，"怎么，这瓷罐是……"

杨夫人道："前日游西海池，曹修仪落水又被刺客刺伤，听说是卧床不起了，姐姐我熬了些薏米莲子汤给她送过去。"

燕贤妃嘴角马上撇出一丝冷笑："姐姐倒是蛮会做人情啊，别是黄鼠狼给鸡拜年——"

"妹妹说的哪里话？"杨夫人有点气恼地打断对方的话，"在这与外面隔绝的深宫里头，姐妹之间互相有个照拂难道不该当么？"

燕贤妃又讥讽地一笑："是该有个照拂，可不是么，前日乘龙舟游西海池，你一照拂便把曹修仪照拂到水里头去了。"

杨夫人面色陡变："妹妹此话从何而来？你这不是栽赃诬陷于姐姐我么？"

燕贤妃眼睛针刺般刺向对方："此乃妹妹我亲眼所见！"

杨夫人面色涨得通红："你这是血口喷人！你我之间并无仇怨，况且我们是表姐妹，你何必加害于我？再说了，你觉得曹修仪在皇上面前独自承宠还不够么？还要在我们姐妹之间互相残杀，单单剩下一个曹修仪在皇上面前风光才好么？"

燕贤妃收敛了逼人的目光："这个……妹妹我当然明白，我只是在你我之间说说而已，在他人面前，在皇上面前，我是不会吐露一个字的！"

杨夫人道："这便对了，这才是姐姐我的好妹妹。"

现在杨夫人那颇具深意的一瞥，便是在提醒燕贤妃，要记住自己的承诺。

待燕贤妃见礼毕，李世民问道："贤妃，朕问你，前日在西海池龙舟上，你曾与谁在一起？"

燕贤妃回答："回陛下，当时臣妾左边挨着夫人，右边挨着临川公主，身后是臣妾的侍女霓儿。"

李世民又问："你可曾见到夫人有何异常举动？你要对朕讲实话！"

燕贤妃道："回陛下，臣妾不敢讲假话。臣妾未曾见到夫人有何异常举动。"

李世民问："曹修仪落水之前，你可曾见到有人朝船下推她？"

燕贤妃回答："臣妾未曾见到有人朝船下推曹修仪。"

李世民问："你对朕讲的可都是实话？"

燕贤妃回答："臣妾所言句句为实，臣妾不敢讲半句假话。"

李世民点点头："嗯，你下去吧。"

待燕贤妃退出后，李世民对曹娴道："想那夫人此前已有欲加害于你之心，徐婕妤又是贤淑良善不会无端诬陷他人之人，故此可知夫人就是推你落水之人。其罪一当认定为实，重则赐死，轻则打入冷宫，故此事非同小可。如无其他证据，徐婕妤一人之言便是孤证，仅凭孤证是无法定罪的，即便定了，也不能让她心服口服。此情真令朕颇费斟酌呀。"

曹娴道："臣妾知陛下难处，莫如将此事暂且压下，看她日后又当如何。"

李世民叹一口气道："只能权且如此了。"

君王于西海池遇刺，三皇子李恪立下救驾之功，此事在李世民心中留下了深深的印记。此前在他的心目中可立为太子的人选有二，一为九皇子李治，二为三皇子李恪，李治被排在首位，而现在李恪则越来越被他所看重，只是尚未做出最后决断，于是把长孙无忌、房玄龄、李世勣、褚遂良四位重臣召到承庆殿商议此事。

李世民先是十分伤心地说道："朕的儿子李佑、李承乾相继谋反，倒也罢了，李泰，朕曾寄厚望于他的，想不到他竟也如此险恶，不仅对己之同胞兄弟必欲置之死地而后快，而且为达其不可告人之目的，竟对朕与妃嫔施以离间之计，堕落至如此地步，令朕何其痛心！"

长孙无忌劝道："陛下切莫如此感伤，此三人不能令陛下满意，陛下还有其他皇子呢。"

李世民问道："那你们说说，朕的其他儿子中，哪个堪当立储？"

几位大臣你看看我，我看看你，一时都没有说话。

李世民目光朝几位大臣来回一扫："嗯？莫要有顾虑，讲嘛。"

长孙无忌率先道："这个……微臣已向陛下奏明过，晋王仁厚，当立。"

其他三位大臣齐声道："长孙大人所言极是，晋王当立。"

李世民摇头道："雉奴性情仁厚不假，只是他太过柔弱，恐难当大任。"

长孙无忌起身，朝李世民跪下："陛下，自古仁君君临天下，则民心向往之，此乃社稷之福啊。"其他大臣也一起跪下："长孙大人所言极是，自古仁君乃民心所向，社稷之福。"

李世民本想提出李恪这个人选，但见各位大臣一致拥戴李治，怕提出以后会遭众臣谏止，于是把到了嘴边的话又咽了回去，说道："好吧，就依各位爱卿之言，立雉奴为储君。"

长孙无忌马上伏地叩首："臣谨奉诏！若有持异议者，臣请斩之！"

房玄龄、李世勣、褚遂良也一齐伏地叩首："臣等自当忠心辅佐太子殿下！"

李世民再问："公等一致推举雉奴，却不知朝中百官议论如何？"

长孙无忌道："晋王仁孝，天下属心已久，祈陛下召问百官，若有不同此议者，即为臣等有负陛下，臣等当万死！"

李世民起身转御太极殿，召驻京六品以上文武百官进殿，朗声说道："立太子事，李承乾悖逆，李泰凶险，皆不可立。朕欲选诸子中可为嗣君者，谁可？众卿可明言之。"

群臣此前已听长孙无忌等大臣透露了口风，都知道立晋王已是大势所趋，便齐声欢呼："晋王仁孝，天下共知，当为储君！"

贞观十七年（公元643年）四月二十二日，李世民亲临承天门，颁诏立晋王李治为皇太子，大赦天下，赐酺[1]三日。

李世民决计要把新太子培养好，亲自选定长孙无忌、房玄龄、萧瑀、李世勣等十余位元老重臣组成一个阵营强大的东宫辅佐班子，每日教授辅佐新太子。

---

[1] 酺，聚会饮酒。

为锻炼李治的军事指挥能力，李世民命他掌管左、右屯卫营兵马，大将军以下人员都要受他节制。这样一来，刚刚十六岁的他要做的事陡然增加了许多，既要上朝视事，又要入宫聆听父皇教诲；既要听师傅讲课，又要去左、右屯卫营主持军务。往常散漫惯了的他颇感吃不消，往往心不在焉。这天他从羽林军部出来，忽然想到已许久未见兕子妹妹了，甚是想念，便径直来到后宫。

　　承庆殿内，十一岁的晋阳公主兕子正在父皇指点下练习写字。兕子聪慧早熟，临摹父皇的飞白书法，苍劲老练，惟妙惟肖，连在世时的魏征都难辨真假。听见熟悉的脚步声，兕子抬头一看，见果然是雉奴哥哥来了，马上抛下笔，飞跑过去拉住哥哥的手，眼泪已经流了下来："多日不见哥哥，不知哥哥去何处了？"

　　"哥哥做太子了，忙啊。"李治抬手替妹妹擦着眼泪道。

　　兕子抱住哥哥恸哭起来，哭了一会儿，回过头望着父皇道："哥哥整日与群臣一同上朝，再也不能在宫内陪伴兕子了。"

　　见妹妹这样，李治也顿觉伤感，当了太子，整天忙于政事，再也无暇在后宫无忧无虑地玩了，就也抱着妹妹大哭起来，边哭边道："哥哥也时时想着能与妹妹在后宫玩啊，可做了太子，身不由己呀。"

　　看着两个没娘的孩子抱在一起痛哭，李世民亦觉伤感，却又觉得，这雉奴年已十六，却仍一身孩子气，别的皇子都费尽心思想做太子，可听雉奴这话，倒是做了太子耽误他玩了。等兄妹二人哭完了，把李治叫到身边问道："近几日你去左、右屯卫营，感觉如何？"

　　"好，好。"李治点头道，"营房看上去均甚齐整，军士们亦是铠明甲亮，李将军等将官所为甚善。"

　　"只是说善不成啊，"李世民耐心开导儿子，"所谓'金石有声，不考不鸣，'[1]，朕让你掌管左、右禁卫营兵马，大将军以下将士皆受你节制，就是要让你练就统领将士的能力，谙熟用兵之道……"

　　李治对领兵打仗的事毫无兴趣，听着父皇的话，唯有点头而已。少顷，小声向父皇请求："妹妹一人独居后宫甚是孤单，明日下朝之后，儿臣可否不再去左、右屯卫营了，径回后宫陪伴妹妹？"

　　"不可！"李世民皱起眉头，口气变得严厉起来，"你今为太子，政事繁忙，怎能还似小孩一般尽想着玩耍！明日下朝，你和别的皇子都去后苑演武场习练骑射功夫。"见李治一声不吭，且面上似有失望之色，就以探究的目光看着他问道，

---

　　[1] 语出《庄子·天地》，意即钟和磬有发出声响的功能，但不敲击就不会响。

"怎么，你不喜欢？"

李治老实作答："骑射之事非我所好。"

"那你喜好什么？"

李治想都没想就回答："儿臣愿每日侍奉尊长，常在父皇左右。"

此时曹娴已悄然来到殿中，李世民与她对望一眼，微微摇了摇头。

李治和兕子见了曹娴，一一与她见礼。

李世民疼爱地看着兕子道："好了兕子，今日便写到这里，近日以来你们兄妹难得一见，一起出去玩吧。"

兄妹二人得令，欢欢喜喜地手拉手跑出了殿堂。

李世民望着李治的背影摇了摇头："雉奴仁孝，朕本当欣慰才是，可就是欣慰不上来，身为储君，太过仁弱，朕百年之后恐受制于人，难当匡扶社稷大任。朕这几日一直在想，诸皇儿中，唯恪儿文武全才，行事果决，与朕颇为相像，若改立恪儿为储君，则社稷便可无忧了。"

曹娴心中不禁一震，稳一稳惊诧的心神，轻声说道："陛下，九殿下性情是柔和了些，可他心地纯真良善，有陛下手下列位良臣辅佐，该是能当大任的，所谓'天下之至柔，驰骋天下之至坚；无有入无间'[1]，仁君贤相，当是社稷之福啊。"

李世民听了她的话，微微点了点头，可皱起的眉头却始终没有完全舒展开。

此情之下，曹娴脑海中不禁又浮现出李恪那顾盼有神的眼眸中隐隐含着的邪祟的光色；那从韦贵妃宫中走出的形迹可疑的身影；那在后苑演武场上望着李承乾和李泰的背影"鹬蚌相争，渔翁……舍我其谁"的自语；更有甚者，为谋得储位，竟利用被俘刺客绑架她，迫她就范……

忽听君王朗声道："兹事体大，明日一早朕要召长孙卿、房爱卿从长计议！"

曹娴心中一惊，略一思忖，说道："陛下，臣妾已许久未与臣妾之义父房大人见面了，明日义父进宫，臣妾可否与之见上一面？"

李世民未假思索便道："好啊，即如上一回，朕令他先来一步，你们父女在西偏殿会面吧。"

次日一早，曹娴在西偏殿一见房玄龄的面，就把君王想改立太子事和她亲见亲历的李恪种种异举和劣迹述说给了房玄龄。

房玄龄听了，既觉意外，又觉疑惑，遂问道："我儿所讲三殿下之事，为何不

---

[1] 语出《老子·四十三章》，意思是，天下最柔弱的东西，却能驾驭天下最坚硬的东西；无形的力量却能进入没有缝隙的东西。

早向陛下直接说起呢？"

曹娴眼池中浮上一缕忧伤之色："女儿不想再因皇子事刺伤陛下的心。数月以来，悯儿被害、七殿下反叛被诛、太子谋反被废、长乐公主病逝，宫中祸事勾连迭起，陛下忧心已碎，整日郁郁寡欢，龙体一日不如一日，若再牵出一个皇子来，恐陛下绝难承受。因之三殿下之事，女儿从未向陛下说起过，亦望义父既劝陛下打消易储之念，又顾及陛下心情。女儿知道后宫不可干政，可亦不愿眼见那不逞之人得志而殃及家国天下，故女儿此举乃不得已而为之。"

房玄龄点头："女儿心意与苦衷义父都知道了。此事义父自可周全。当今朝堂之上，长孙大人乃宰辅之首，他又是国戚，他的话，在陛下眼中该是分量最重，立储大事，亦需他首先出面说话才好。今日他也要来宫中议事，义父这便去殿外路上迎住他，将陛下欲易储之事转告于他，让他做好劝谏的准备。"

房玄龄刚刚走出偏殿，就碰上了从外边走来的长孙无忌，二人在殿外悄悄说了几句话，这才一同进殿面见君王。

两位大臣行过礼，李世民开口便道："今召二位爱卿来宫中，专为储君事与二位爱卿计议。朕这几日一直思量，雉奴性情过于柔弱，恐不能守社稷，吴王恪英果类我，其已故母妃杨氏乃炀帝女，亦属贵胄一族，朕为社稷计，欲改立恪儿为储君，两位爱卿以为如何？"

长孙无忌已有心理准备，当即伏地叩首道："太子自册立以来，有口皆碑，并无过失，臣以为不可更废！"

"爱卿如此说话，因恪儿非你外甥么？"李世民盯着长孙无忌问道。

长孙无忌屏息静气，徐徐而言："太子仁厚，乃守成良主，储君至重，不可数易，且举棋不定则败，愿陛下慎思之。"

李世民素来怕听"败亡"二字，听长孙无忌说出一个"败"字，眉目就一颤，顿一顿，转向房玄龄问道："房爱卿以为如何？"

房玄龄赶忙叩拜："回陛下，臣以为长孙大人所言甚是。太子仁厚，乃我大唐之福，易储之事，切不可行。"

李世民点点头："那好吧，既然二位爱卿皆持此说，朕易储之念自此打消。"

为进一步考察太子在群臣中的威望，李世民召群臣至两仪殿，指着侍立在侧的太子李治向群臣问道："太子品性行为，天下人可皆知晓么？"

长孙无忌首先出班奏道："太子虽不出宫，天下人无不钦仰其圣德。"

群臣纷纷唱和："太子仁厚，天下共知，实乃我大唐守成良主！"

李世民心中仍觉不靠实，说道："朕如太子年庚时，颇不按常规行事。谚云：'生子如狼，犹恐如羊；生女如鼠，犹恐如虎'，太子自幼太过仁弱，朕望他长大些后，能有所改变。"

　　长孙无忌端了端袍带，又上前一步："陛下英武绝伦，乃开国之俊杰，太子仁厚宽恕，乃治世之良材，秉性志趣不同，却正好各应其时，此乃上天降福于我大唐与万民啊。"

　　李世民转忧为喜："好啊，诸位爱卿皆如此说，朕便放心了。"

第三十七章
品书法潜心出妙语　治巨蛇放胆用高招

下了朝，李世民穿着朝服兴冲冲回到承庆殿。曹娴从内殿迎出为其更衣。更完衣，李世民坐到御座上，曹娴献上热茶。

李世民呷一口茶，话语中充满快慰感："立储一事，终归有了结果，朕的心中也便踏实了。嗯，今岁以来，朝廷推行均田收效甚佳，还有，为抗旱防涝，朕命各州量力而行开渠打井，进展亦属顺利，朕心甚慰。爱姬，朕今日有了闲暇，给你看几样稀罕之物。"说罢放下茶盏，起身从殿内一侧橱内取出一轴卷轴，展开来。

曹娴看着卷轴，惊异地说道："王羲之行楷真迹《姨母帖》？"

李世民微笑道："爱姬莫慌，还有呢。"又拿出一轴卷轴，展开。

曹娴瞪大眼睛："王羲之行草真迹《丧乱帖》！"

李世民问道："爱姬可耳闻过这两件稀世珍品？"

曹娴回答："臣妾于寺内跟师父习武之时，曾听师父说起过。师父说，她也只是耳闻，从未见过实物。"

李世民道："此二帖虽同为王羲之一人所书，用笔却有所不同，爱姬品评一下，此二帖孰优孰劣？"

曹娴面色一红："臣妾于书评之事堪为井底之蛙，讲了，恐有妄议之嫌。"

李世民道："欸，各抒己见嘛，爱姬但讲无妨。"

曹娴来回认真端详二帖少顷，之后说道："臣妾看这《姨母帖》，字迹横平竖直，横画长而其势足，笔画之间少有勾连，虽气势雍容恢弘，却少了些开合自如之感。《丧乱帖》结体趋长，点画回环往复，牵丝映带，上下相连，气脉不断。以臣妾愚见，相对而言，《丧乱帖》较《姨母帖》更见神韵与功力。"

李世民点头道："嗯，爱姬之见与朕不谋而合！这《姨母帖》，乃逸少早年之作，受分书与章草影响较大，书艺略嫌粗糙；而《丧乱帖》为其晚年精心之作，此际其周游各地，见李斯、曹喜、蔡邕之作，将之融会贯通，且变法创新，尽去分书与章草痕迹，手法臻于完美，确为不可多得之佳帖。然此帖并非其绝佳之作。爱姬可知朕所指的绝佳之作是什么吗？"

曹娴道："当为书家所推崇之《兰亭序》，可是？"

李世民道："正是！爱姬可想一睹为快？"

曹娴认真地点点头。

李世民在殿侧橱中取出一轴卷轴，摊在案上徐徐展开："爱姬快来看！"

只见此帖用纸为蚕纸，纸色洁白如雪，纸上墨迹如新。

曹娴眼睛立刻一亮："呀，真是妙极，难怪历代书家都称之为'天下第一行书'呢。陛下赏此佳作定有诸多妙悟心得，臣妾惟以敬聆为快。"

李世民道："这《兰亭序》，乃逸少诸帖中尽善尽美之作。《丧乱帖》书艺臻于成熟，终究比不上此帖一派潇洒出尘之气息。观其点曳之工，裁成之妙，烟霏露结，状若断而还连；凤翥龙蟠，势如斜而反直。玩之不觉为倦，览之莫识其端。心慕手追，此人而已。其余区区之类，何足论哉！"

此时钱福进殿奏道："陛下，将作大匠阎立德遣使来见。"

李世民眉目一扬："哦？让他进来。"

信使进殿叩拜之后，从衣衽内取出一封急报，用双手举过头顶："陛下，阎大人遣卑职给陛下送来急报。"

钱福下阶，接过急报呈到御案上。

李世民看过急报，对信使道："你先下去吧，听候旨意。"接着对钱福道，"宣长孙无忌、褚遂良、杨师道、岑文本、刘洎速来见朕。"

曹娴道："臣妾告退。"

李世民道："爱姬先到内殿歇息吧。"

曹娴应声进入内殿。

待长孙无忌、褚遂良、杨师道、岑文本、刘洎进殿见礼毕，李世民道："朕今日与各位爱卿议一议兴修水利之事。朕自登基之日始，便着手此事，工部设水部郎中与员外郎，京师设都水监，掌管京师河渠疏浚与灌溉事宜。为解扬州旱灾之急，修建扬州勾城塘水利工程，自此农田连年丰稔；疏通沧州无棣河、长芦河、漳河及衡河，自此无复水害。开汴州陈留观音陂，溉田千顷，自此再无旱灾。还有虢州修弘农渠，福州修材塘，绵州修折脚塘与云门堰，并州修栅城渠，皆收效甚著。今各州又报来十余项兴修水利事项，这些水利事项其实动土量都不甚大，只是今年以来朕多次诏令不许滥征民力，各州刺史极为慎重，不敢擅专，因报来请朝廷示下。各位爱卿都说说，这些水工事项，朝廷是准，还是不准？"

长孙无忌道："今年天遭大旱，田亩无水，禾苗饥渴。臣看了各州报来的灾情，北方的冀、魏、齐、郑、汴、陈、亳诸州以及关中之地的旱情最轻。究其原因，乃近年以来兴修水工工程，使沿途百姓能够汲水灌溉农田，灾情方得有效缓解。兴修水利工程的确有利于农桑，只是眼下百姓仍需休养生息，似以不征役为佳。"

刘洎则不同意这一说法："兴修水利，乃百年大计千年大计，纵使耗用一些民力，也是值得的。即如隋炀帝，开挖了诸多河渠，虽使当时百姓蒙害，然使后世获益匪浅。"说到这里一笑，"看来炀帝并非一无是处。"

褚遂良反驳道："隋炀帝穷尽民力，其所遗之运河正可为一面镜子，以为鉴戒。岂能因获小利而沾沾自喜？"

刘洎马上予以还击："褚大人之所言皆为圣哲大道，然眼下沿渠百姓皆蒙其利，这可是事实啊！你总不能为了痛说隋炀帝之非，而将他留下的东西统统弃之不用，或者干脆将其开挖的沟渠再填起来吧？"

褚遂良一时哭笑不得："我……我……何时说过要将沟渠填塞了？"

看看两人争得面红耳赤，杨师道劝道："两位大人莫再辩了，皇上在上，还是以议正题为宜。"

岑文本朝李世民欠身拱手道："陛下，兴修水利可以排涝抗旱，又有舟楫之利，是百益无一害之事。只是眼下不能滥征民力，这方显得有些矛盾，须想个两全其美的法子。"

李世民徐徐而言："朕以前多次讲过，治政须顾民心。兴修水利是为百姓谋利，不滥征民力也是体恤百姓，此两者皆须兼顾。其实百姓农忙亦是有时辰的，总有农闲之时，其农闲时日便不宜荒废。此番兴修渠塘要一改以往征役方式，可由当地官府召集所修渠塘能受益之百姓，先问明他们是否自愿出工修筑，若无阻碍，即可利用农闲时日开工。各州只要依此法办理，不是强索民力，今后不用再报朝廷，可便宜行事。众卿若以为无不妥，便可拟诏发下。岑爱卿，渠塘修筑之时，你要让户部派员下去明察暗访，防止州县官吏为出政绩，变着法儿滥征民力。唉，天下之大，不可放任不管啊。往往一道诏令下去，总有人变着法儿想对策。现下吏治之风虽已好转，却也不可掉以轻心。"说到这里起身在堂上来回踱了几步，停住脚步说道,"大力兴修水利是不错的。天下山川纵横,雨水不均。今年天旱已久,有些地方颗粒无收;然将来也有暴雨成灾、大水泛滥之年。现下国力有限,难以筹措大量人力、物力兴修水利。待将来有了积累,此事还是要做好的。可命户部之水部郎中与员外郎主持此事,要让他们立刻重新绘制天下渠梁、堤堰、沟洫、运漕总图,将来在其紧要处逐年修建、疏通。隋炀帝修筑渠沟使我朝借利,然他当时好大喜功,幻想自己驾龙舟纵横天下,滥用了当时的民力、财力。这一点,朕任何时候均不会取之。兴修水利且修筑有度,此为朕之本意。"

几位大臣一起拱手,齐声道:"陛下圣明。"

李世民回到御案后坐下,说道:"朕宣你们来,是有一件紧要事须议一议。夏州朔方郡有良田数千顷,却因十年九旱,庄稼十年九不收,年年朝廷须拨出大批库粮赈灾。朕尚记得十几年前统兵西征途径该地之时,曾涉过一河曰乌水,便命阎立德前去实地踏勘,可否引乌水灌溉那大片良田。阎立德踏勘回来奏报于朕,那数千顷良田与乌水之间只相隔一座山,只要于山腰开出一条渠,便可引乌水灌溉那大片良田。朕即命阎立德前往夏州会同夏州州县衙门,于农闲之际调集民夫开挖山间水渠。今阎立德遣使送来急报云,在水渠开挖次日,山间忽有巨蛇出现,张开血盆大口欲冲上前吞人,众民夫被唬得四散奔逃,再也不敢返回复工。各位爱卿都说说,这渠,是就此停工,还是接着开下去?若接着开下去,巨蛇现身伤人之事当如何应对?"

长孙无忌道:"民夫开渠,竟惹得巨蛇现身示威,此绝非寻常现象,定是上天警示我等君臣,此渠不可开,故开渠之举亟须立即停止。"

褚遂良马上接上话:"臣以为长孙大人所言极是,山川河流,乃自然天成,不可以人力擅加改变。故此开渠之事亟须立即停工。"

刘洎先是连连摇头,继之道:"方才我还在说呢,那李冰父子所修之都江堰,不也是以人力加以改变的吗?那不是至今都还在造福百姓吗?但凡山川河流,怎能不分青红皂白一概不能动呢?陛下,臣以为,凡事不可只凭耳闻便妄议短长。百闻不如一见,我等臣下当亲赴夏州衡山开渠工地,实地察看一番,那巨蛇现身示威情形究竟如何,再做定夺不迟。"

岑文本道:"臣以为,刘大人所言极是,我等臣下不妨亲赴开渠工地,实地察看一番,再作筹划。"

杨师道也道:"臣也以为,刘大人、岑大人所言极是。"

李世民站起身来:"好啊,是该去一趟。不只你们去,朕也去。朕想来,筹划此事,若太史令李淳风随你我君臣同去便好了,观天象测五行,李淳风可算当世一绝。只可惜，他回老家守孝去了，朕不忍扰了他的一片孝心。来人！"

钱福进殿："奴才在。"

李世民道："传朕旨意，自明日起，着房玄龄为京师留守，可便宜行事。"转对跟前几位大臣道，"明日一早，朕与你们一同乘马去夏州！"

几位大臣退出后，李世民又伏案批阅起奏章来。

曹娴端着茶盏走过来，把茶盏放在御案上："陛下，天太晚了，早些歇息吧。"

李世民端起茶盏呷一口茶，之后说道："明日朕要与几位大臣去夏州，今夜须将尚未批阅的几道奏章批阅完。"

曹娴道："陛下明日去夏州，臣妾愿与陛下同去，祈陛下恩准。"

李世民抬起头看着曹娴："爱姬就莫去了。朕与诸臣此番出行并非轻松出游，是前去探明巨蛇于开渠工地现身示威情形，乃涉险之行。"

曹娴道："臣妾不怕涉险。臣妾恳请陪侍陛下同去，一者为照拂陛下起居冷暖，二者，臣妾于家乡平州沿海见过太多的蛇，即便碗口粗细的大蛇，也于湖水中见过，自觉略知蛇的一些脾性。到了夏州，于陛下探明巨蛇现身情形或许能有所助益，故此臣妾方有此请。"

李世民略一思忖："嗯，即如爱姬所言，爱姬谙熟蛇之脾性，此去夏州，或许真能助朕解开巨蛇现身之谜呢。好吧，朕准你与朕同去。"

次日一早，李世民、曹娴和五位大臣在刘师立率领的百余名禁军护卫下，各乘骏马启程直驱夏州。君臣一行一路晓行夜宿，于第三日午前赶到了夏州。早已迎候在驿站前面的将作大匠阎立德和夏州刺史屠升见驾毕，恭请君王至驿站稍事歇息。

李世民道："免了！卿等与朕速去开渠工地！"

于是，君臣一行马不停蹄赶到了横山脚下。

君臣举目望去，只见山腰处刚刚开挖的水渠工地上空无一人，隐约可见在工地上戳着或横七竖八放着的铁锹、铁镐等开渠工具。

李世民问阎立德："阎爱卿，那巨蛇是于何处出现的？"

阎立德抬手一指山腰上方一道豁口："就在那山腰上方两座山头夹峙之豁口处。"

李世民道："走！过去看看！"

阎立德劝阻道："陛下，免了吧。到了那里，万一巨蛇再度出现，定将凶险异常。"

李世民道："怕什么！那巨蛇即便肚腹再大，我等君臣这么多人，难道都会被它吞下去不成？走！"

长孙无忌催马上前道:"陛下且慢!陛下万金之身,焉可行如此涉险之举!陛下与娘娘且在此稍候,我等臣子前去观望一番便是。"

其他大臣齐声附和:"长孙大人所言极是,请陛下留步!"

李世民道:"众卿莫再多言,随朕来!"说罢一抖缰绳,催马向前疾驰而去。

曹娴与其他大臣相继催马跟上。

刘师立向后面的百余名禁军骑手一招手:"快!跟上去!"率众骑手催马向前疾驰过去。

李世民等一行人策马奔驰到两山夹峙的豁口处勒住马头,一齐向北望去。见这是两座山头夹峙的一道峡谷。峡谷中生长着一片一片的杂草,间或生长着一丛一丛的灌木。

李世民道:"此处山谷巨蛇无处可藏身,众卿随朕再往前走!"

阎立德又劝:"陛下,莫再往前走了。在水渠开工之前踏勘渠址之时,臣等便来这山谷之内踏勘过了。这山谷蜿蜒向北十数里便到了尽头,再向北仍是山头。整个山谷之间臣未曾见过有巨蛇可栖身之洞穴。那巨蛇许是来自于山谷之外。故此请陛下沿原路返回。"

李世民道:"好吧,今日此行便到此为止。夏州刺史屠升何在?"

屠升催马来到李世民坐骑跟前,下马而拜:"微臣在。"

李世民道:"朕命你速将开渠民夫招至开渠工地复工,朕要亲眼看看那巨蛇是如何现身的。"

屠升面呈为难之色:"这……"

李世民道:"怎么,你有难处?"

屠升又一拱手:"回陛下,自那巨蛇现身此山口,数万开渠民夫被唬得四散奔逃之后,巨蛇现身显灵一事便于阖州上下传得沸沸扬扬,现下阖州百姓已是谈蛇色变,人心惶惶,若再让彼等民夫前来复工,恐殊非易事。"

李世民道:"哦?此事竟闹到了如此地步?那开渠民夫共是多少人?"

屠升回答:"有八万之众。"

李世民一挥马鞭:"走!回驿站!"

回到驿站,李世民立刻写好一道诏书,命刘师立遣使赶赴京师,将诏书和调兵虎符交京师留守房玄龄。

房玄龄接到诏书和虎符后,即命左领军常何率两万将士从速赶往夏州横山开渠工地。

将士一到位，马上开始了开渠施工。李世民、曹娴与几位大臣则立于山脚，目不转睛地望着山坡上方两山夹峙的豁口处，看巨蛇是否会再度出现。

忽然，有人惊呼："巨蛇出现了！"

山坡上方两山夹峙的豁口处果然出现了巨蛇的身影。那巨蛇身粗两尺有余，爬出豁口之后，骤然张开血盆大口，往外吐着血红的芯子，向着开渠工地蜿蜒爬了过来。

开渠的众将士纷纷惊呼着后撤。

曹娴望着那巨蛇，秀眉微微皱起，眼中尽是疑问的光色。

李世民环顾一下左右大臣，说道："朕命众将士万箭齐发将巨蛇射杀之，如何？"

长孙无忌急切地谏阻："陛下，万万不可！那蛇如此巨大，或许已成神灵，若强命射杀之，恐招致不虞之灾。莫如命众将士暂且退下，再做定夺。"

褚遂良也道："陛下，臣以为长孙大人所言极是，巨蛇现身，或许乃受上天所遣，不可强命射杀之，可命众将士暂且撤下，再作打算。"

李世民道："好吧，刘师立！"

刘师立上前："臣在。"

李世民道："传朕命令，全体将士暂且退回营地！"

刘师立对身后旗语士卒道："快！打后撤旗语！"

旗语士卒打后撤旗语。开渠将士纷纷撤下山坡。巨蛇继之爬回豁口内。

回到驿站，李世民把长孙无忌、褚遂良、杨师道、岑文本、刘洎、阎立德、屠升等诸臣召到一起，就巨蛇现身一事商议对策。

李世民扫视着诸臣道："各位爱卿都说说，这开渠之举，是仍勉力行之呢，还是就此作罢？若仍勉力行之，巨蛇现身之事又当如何应对？"

还是长孙无忌先开口："臣以为，巨蛇现身，必是受上天所遣，来警示我等，山体不可动，水渠不可开。若我等一意逆天而为，恐将招致不虞之灾。故此开渠一事当即停止，以顺天意，以安民心。"

褚遂良紧紧跟上："臣以为长孙大人所言极是，自然山川，乃上天所赐，若以人力遽改之，便有违天意，故此开渠之举当即停止。"

李世民道："杨爱卿、岑爱卿、刘爱卿，你们呢？长孙卿与褚爱卿之所言，你们可都认同？"

刘洎道："回陛下，长孙大人与褚大人之所言，臣不敢苟同。臣以为，那巨蛇不过山中之物，或许众人开渠之举搅扰了它，它便出来向人示威，欲把人吓跑。即如老鼠，人若以手去搅它鼠窝，它也会咬人手指。但凡动物，大都有如此反抗习性，此不足为怪，绝非天意如此云云。故此臣以为，开渠之举乃利国利民之大好事，万万不可半途而废。"

岑文本也道："臣以为刘大人所言甚是在理，开渠之举万不可废。"

长孙无忌一脸肃然："岑刘二位大人如此撺掇陛下继续开渠，若果真招致灾祸，到那时你等二人可担当得起？"

岑文本一时语塞："这……"

刘洎接上话道："若万一有什么灾祸，其并非开渠所招致，却硬要说成是开渠招致的，微臣确是有口难辩。"

长孙无忌朝他一瞪眼睛："你！"

李世民一摆手道："好了好了，莫再争了。朕再问你们，开渠之事一旦复工，那巨蛇若再出来示威，当如何应对？"

屠升趋前一步道："陛下，微臣现有一法，似可一试。众所周知，蛇最怕猫。可多寻体型硕大的猫若干，当巨蛇出现之时，将猫一起放出，那巨蛇若是怕猫，即刻便会退去。"

李世民一笑道："嗯，屠爱卿这是用土办法来破解巨蛇现身难题。好吧，各位爱卿且退下，容朕再想想。"

诸臣出去后，李世民进入内室。此时夜已深了，曹娴正在床榻边铺被褥，见君王进来，忙沏好茶献上。

李世民坐下啜一口茶，说道："好了，爱姬也坐下歇一歇，啜几口热茶吧。"

曹娴过来坐在另一把椅子上，端起茶盏抿一小口茶。

李世民若有所思："朕今有一疑，愿爱姬助朕来解一解。这世间神灵，爱姬是信其有，还是信其无呢？"

曹娴略一思忖，说道："臣妾宁信其有，不信其无。臣妾以为，天地万物皆有灵。"

"哦？"李世民目光专注地看着曹娴，"那么，人当如何对待它？是敬而远之，还是惧而避之，抑或鄙而抗之？"

曹娴道："依臣妾愚见，此三者皆不可取。固然，人须对天地万物常怀敬畏之心，不可亵渎天地，不可荼毒万物，然则不必疏远之，不必回避之，更不可对抗之。凡天地万物之运化，皆行其道，皆成其势，人若循其道顺其势而为，便能人神相谐,物我共处,正所谓'以道莅天下者其鬼不神'[1]。若背其道逆其势而动,便是人神相害,物我相残,人终不得善果。"

李世民点头:"嗯,有道理。那么依爱姬之见,我军民于横山之上开渠引水之举,是循道顺势之所为,还是背道逆势之所动呢?"

曹娴道:"臣妾愚见,一当渠成,水畅其流,乃顺其势,以渠水灌溉良田,福泽百姓,乃循其道,故此举实为循道顺势之善举。"

李世民又问:"那么,巨蛇现身示威当作何解?"

曹娴道:"臣妾以为,正如刘洎刘大人所言,或许我军民开渠之举,搅了山中清幽静寂之境,巨蛇方出来威吓我军民。然则我军民并未加害于它,想来它也不会真的伤人。待渠成之后,山中复又归于幽静,巨蛇仍将安居山中,故此巨蛇现身并不足惧。"

李世民道:"然则巨蛇现身之后大张血盆大口欲冲向我开渠将士,众将士皆甚为惧怕,此事便是一个难题。夏州刺史屠升给出一法,当巨蛇现身之时,我士卒放出数只大猫来吓退它,爱姬以为此法可用否?"

曹娴道:"此法似可一试,不过奏效与否尚不可知。臣妾说过,臣妾生在海边,见惯了太多的蛇,故此臣妾并不怕蛇,倒是蛇见了臣妾会避开,即如碗口粗细的大蛇亦如此。明日我大军开渠之时,臣妾不妨站到那巨蛇现身处,看那巨蛇又当如何?臣妾料着,它亦将退回山中。臣妾此求,望陛下恩准。"

李世民肃然道:"爱姬此举乃涉险之举,朕不准。还是用屠升的土办法试一试吧。"

曹娴再求:"陛下——"

"好了!"李世民打断对方的话,"爱姬莫再多言,就这么定了!"

翌日,横山开渠工地上,两万名将士长蛇阵般排开,一起奋力挥锹掘土开渠。开工不久,即听有人大喊:

"巨蛇又出来了!"

众将士纷纷停止掘土,都把目光朝向两山夹峙的豁口处,只见巨蛇果然又在那豁口处出现了,仍是大张着血盆大口,吐着血红的芯子。众将士顿时骚动起来,已有人开始往山下撤去。此时在那巨蛇前面不远处忽然站起二十名士卒,各把双手抱着的一只大猫抛向巨蛇。巨蛇在短暂的停顿后,仍摇摆着身子向那二十名士卒爬了

---

[1] 语出《老子》五十二章,意为以道的理念作为统辖天下的根本法则,那些妖魔鬼怪也没有神通了。

过来。大猫纷纷四散窜逃,二十名士卒也纷纷拼命逃向山下。

开渠工地上的将士们纷纷后撤……

当晚,李世民又召集各位大臣就巨蛇现身开渠工地一事共同商议对策。议来议去,仍是主张停工的大臣与主张继续施工的大臣各持己见,谁也说服不了谁,最后只得不欢而散。

回到内室,李世民心烦意乱地在地上来回踱起步来。

曹娴端过来一盏热茶,放在案上:"陛下,请用茶。"

李世民坐下,端起茶盏揭开杯盖欲饮,又停住,说道:"今日以大猫吓唬那山中巨蛇已告无效。方才朕与几位大臣计议此事,长孙无忌与褚遂良愈益坚持巨蛇现身乃上天所遣一说,杨师道亦附此说,岑文本与刘洎虽仍持异议,然则如何应对巨蛇现身示威,却皆无良策。看来,横山这条渠是难以开成了。"

曹娴道:"臣妾以为,以大猫吓唬巨蛇无效,并不等于巨蛇现身便是上天所遣。开渠引水灌溉良田,可普惠天下苍生,此正是上合天意之善举,上天怎会阻止呢?臣妾总觉那巨蛇相貌与动作,与臣妾见过的大蛇有相异之处。故此恳请陛下允准臣妾明日到那巨蛇现身之处一看究竟。或许,巨蛇是真是假尚在两可之间呢。"

李世民以疑惑的目光看着曹娴:"你的意思是,那巨蛇或许有假?怎会呢?我等君臣,还有那两万将士都未曾看出其有任何虚假之处啊。再说,如是假蛇,那假蛇又从何而来?"

曹娴道:"究竟是真是假,待臣妾明日于近处看了,方可知晓。如是假蛇,可再设法探究其来历。"

李世民道:"朕还是那句话,如此涉险之行,朕不准你去。"

"若陛下担心臣妾安危,则陛下可自御林军中遴选二十名精壮士卒与臣妾同去。若陛下恩准,祈陛下命那二十名士卒皆听命于臣妾。"曹娴说到这里一屈身子跪下,"祈陛下准臣妾之所求。"

李世民慨叹一声:"罢了,爱姬快快起来,朕准你所求,只是须准备周全,确保万无一失。"

是夜三更时分,皎洁的月光下,驿站大门外一队二十名士卒,每人手持一支挠钩站成两排整装待发。

李世民从大门内走出,对站在队列尾部的曹娴道:"都准备好了?"

曹娴回答:"都准备好了,马上即可出发。"

"好!"李世民正要说出"出发"二字,忽听身后一声呼唤:

"陛下！"

长孙无忌从门内奔出，对李世民一拱手道："开渠之事确为上天所忌，修仪娘娘此举更是逆天之举，恳请陛下收回成命，免了此行。"

随后奔出的褚遂良也对李世民一拱手："陛下，长孙大人所言极是，臣恳请陛下收回成命，免了此行。"

杨师道、岑文本和刘洎也相继从门内走出，静观这一幕。

曹娴道："陛下，当讲的话臣妾都已讲了，请陛下一言九鼎，不改初衷！"

李世民往前一挥手，高声道："出发！"

当这一队奇特的队伍赶到横山两山夹峙的豁口处时，天尚未放亮。队伍很快一分为二，在豁口两侧隐蔽起来。过了约小半个时辰，天亮了，开渠将士们排着整齐的队伍来到开渠工地上，开始挥锹掘土开渠。不一会儿，巨蛇又在两山夹峙的豁口处出现了，且又是大张着血盆大口，吐着血红的芯子。

开渠工地上正在挥锹开渠的众将士纷纷惊呼着开始后撤。

山口处，那巨蛇来回扭动着身子还在往山口外爬行着。此时忽然响起一高亢的女声：

"开钩！"

巨蛇两侧忽然跃起二十名士卒，个个手持挠钩朝着蛇身便钩，随着一声声丝帛的撕裂声，巨蛇的蛇皮已被钩得七零八落，暴露出其中以木棱制成的龙骨和龙骨内的十余条壮汉。那些壮汉见自己已被暴露在天光之下，纷纷钻出龙骨朝着山中拔腿便跑。

曹娴高喊："将这些山寇围了，一个不得脱逃！"

二十名士卒手持挠钩把十五条汉子团团围住。

曹娴再喊："将这些山寇统统拿下！"

众士卒纷纷上前，把十五条汉子反剪了双臂摁住，之后用绳子把他们捆住。

曹娴上前看那木制龙骨，见龙骨分成十几节，每两节衔接处上下各有一轴可左右自由转动，蛇头两腮处也各有一轴，以拉杆推拉可使蛇口自由开合。整条蛇做工十分精巧。

此时李世民与诸臣一行已飞马来到。

曹娴抬手一指巨蛇龙骨又一指那被缚的十五条汉子："陛下，这便是巨蛇真相！"

李世民看看巨蛇龙骨又看那十五条汉子，说道："原来如此，真是奇了！"对被缚的十五人道，"尔等何人，来自哪里？"

十五条汉子都只稍稍抬头看一眼李世民,又都把头低下,并不出声。

长孙无忌厉声道:"皇帝陛下问尔等话呢,还不老实作答!"

一相貌周正的汉子"扑通"一声跪在地上叩道:"皇帝陛下饶命,小人老实作答,小人们乃山那边乌水岸边乌圪村村民。"

李世民道:"既是村民,为何不在村里老老实实耕田养家,却要装成巨蛇来吓唬开渠军民?"

相貌周正汉子回答:"我乌圪村多年以来一直风调雨顺,阖村上下皆过着衣食无忧的日子。据阴阳先生讲,这皆靠乌水有灵,护卫着阖村老幼。如今忽见这许多人来山腰处开渠,要将乌水引到山这边来,我等村民恐乌水灵气随之流走,便想扮成巨蛇将开渠众人唬退。"

李世民道:"军民开渠不过是这几日才有的事,难道在这几日之内,尔等便将这巨蛇龙骨制成如此精巧模样,且尔等扮作巨蛇游走之技艺便也如此娴熟了么?"

相貌周正汉子道:"此技艺非几日之功可得练成。我乌圪村历代以来皆有扮蛇游乐习俗,每逢佳节,村人便会轮流扮蛇游乐以自娱。故此技艺乃日积月累所练就。一当见到众人来开渠,我等即可扮成巨蛇来吓唬开渠之人。我等小人实是不知开渠之举乃皇帝陛下旨意。我等自知犯下死罪,乞皇帝陛下法外开恩,免我等小人一死。"

其他十四条汉子齐声道:"乞皇帝陛下法外开恩,免我等小人一死。"

李世民伸手一指相貌周正汉子:"你!朕听你讲话有条有理,是读过书的人么?"

相貌周正汉子回答:"小人年少之时曾读过几年私塾。"

李世民问:"你姓甚名谁?"

相貌周正汉子回答:"小人贱姓莒,名良。"

李世民道:"好一个莒良!你既是读过书的人,便当知晓礼义廉耻,却为何行此怪异之事?若为游乐自娱倒也罢了,却是用来恐吓开渠引水灌溉农田之人,何其下作!你可知圣人不语怪力乱神之古训?"

莒良把头俯得很低:"小人知道,小人该死。"

李世民厉声道:"哼!你如此行事,给读书人丢尽了脸面!尔等兴如此卑劣之举,延误开渠大事数日之久,致我等军民徒劳往返,靡费甚巨,且搅得阖州上下谣言四起,人心惶惶,此乃死罪!姑念尔等村夫无知,且为初犯,故从轻责罚,每人杖责四十!"伸手一指莒良,"你!身为读书之人,属明知故犯,且朕知尔为其中首犯,当重处,着即斩首示众,押下去!"

曹娴移步上前面朝李世民跪下："陛下！这莒良，身为读书之人，本当知礼明义，却做下如此怪异之事，确属明知故犯。姑念其此举并非只为一己之私，乃为乌圪村阖村百姓着想，故此请陛下对其从轻发落，饶他一命。"

李世民冷哼一声："是娘娘识破尔等之鬼蜮伎俩，方救了尔等一命，不然朕早已命众将士万箭齐发，将尔等射杀于山谷之内了。现下娘娘又为尔莒良求情，尔莒良是遇上贵人了！朕准娘娘之所求，莒良免斩，杖责八十！是死是活，皆为尔之造化！押下去！"

士卒们把莒良和另外十四条汉子押到另一处，继之传来杖责声和嚎叫声。

李世民高声道："屠爱卿何在？"

屠升催马来到李世民马前，下马而拜："微臣在。"

李世民道："朕命你将今日巨蛇现身开渠工地之真相檄告阖州百姓！"

屠升再拜："臣遵旨。"

李世民又道："另，速征此渠开成之后可受益之农夫十万，克日赶赴开渠工地换下开渠将士，即行开渠！"

屠升又拱手道："臣遵旨。"

李世民一扬马鞭："走！回京师！"

回师路上，李世民问曹娴："爱姬可是早便看出了那巨蛇并非真蛇？"

曹娴道："昨日一早那巨蛇现身之时，臣妾见它蜿蜒爬行之状与臣妾见过的大蛇饶有相异之处，只因相距稍远，未敢断定其真伪，遂于今日出发之前，命随行卫士备好了挠钩，以便到时相机行事。待于设伏处近看那巨蛇，方看得真切，那巨蛇蛇皮虽画得甚为逼真，却不如真蛇蛇皮那般饱满，总有微微凹陷之处，便断定其并非真蛇，至此方敢命众卫士以挠钩将那蛇皮钩下，果然露出其假蛇之真面目。"

李世民倾情而赞："爱姬凭自己绝顶聪慧，助朕解开了巨蛇现身唬人之谜，使开渠溉田百年大计得以施行。爱姬不单是为夏州百姓立了一大功，也是为朝廷立了一大功啊。"

第三十八章
云麾将[1] 智劫军马场　左监门[2] 勇闯承安城

东昱国承安城大将军府，梁万年高坐于大将军座椅上，正在对站在其下面两侧的曹婉、四名将军进行作战部署。

梁万年道："我东昱大帅府传来谕令，曰，我东昱邻邦东洛与我东昱交恶而与唐朝友善，乃我心腹大患，为此我东昱将举兵讨伐东洛，一者可除我心腹大患，二者可扩我疆土。此番出兵，为防唐朝出兵救援东洛，须出奇兵速战速决，故此须扩充马军，然现下我东昱马匹奇缺，亟须寻找马源。正巧，近日我探马探知，唐朝自漠北购得千余匹战马，已押运至距我东昱领地不甚远处之营州军马转运场。大帅命我部速遣一支兵马赶往该地，将这千余匹军马截获，供我东昱扩充马军之用。各位都说说，由谁统兵前去担此重任合宜呀？"

下面的李将军趋前一步向梁万年一拱手："报大将军，末将愿领兵前往！"

继之，金将军等另外三名将军也都上前请战。

曹婉最后一个上前请战："报大将军，末将以为，由末将前去截获这些军马最是合宜！"

"哦？"梁万年目视着曹婉道，"那你说说，这是为何？"

曹婉道："与末将相比，各位将军皆能征善战，擅打大仗，而此番截获唐军军马并非与唐军大战，杀鸡焉用牛刀？此其一。其二，此去截获唐军军马之后，尚须押运出营州之境，须熟知营州山川地形。末将既往曾在营州辗转羁留多年，对该地山川地形已了然于心，因之由末将前去担当此任最是合宜。"

---

[1] 曹婉因战功被东昱国王擢为云麾将军。

[2] 公孙武达败突厥后迁左监门将军。

梁万年道:"好!义妹言之有理,就由你率部前往!另,金、李二位将军亦率所部前往襄助于你,皆由你调遣!"

丘陵间的一片开阔地上,设着一个用木栅栏圈成的几百步见方的唐军军马转运场。军马转运场坐东朝西,西面一排木栅栏中部设有两扇用木头做成的栅栏门。门内两侧架设着十几顶军帐,军帐后面圈养着上千匹军马。门外两侧各站着一名手杵长枪的值守士卒。距栅栏门十几步外有一条南北向的土路。

一队由百余人组成的迎亲队伍从北面沿着土路向军马转运场门口这边走来。队伍前面由十几人组成的鼓乐班一路吹吹打打。鼓乐班后面是身着傧相服乘一匹高头大马的道士。道士身后行进着一顶十六抬的大花轿。队伍后面,行进着四十人两人一副杠抬着的二十只大酒坛,再后面是四十人两人一副杠抬着的二十只大木箱。

当队伍行进到栅栏门近前时,从木栅栏内军帐里陆陆续续走出许多唐军军士,聚到栅栏门里向外观看,很快就聚了上百人。聚在后面的军士纷纷争着向栅栏门边挤。

当迎亲队伍中的花轿行进到栅栏门外时,挤在栅栏门内最前面的屈校尉把双手放在嘴边作喇叭筒状喊了起来:"喂!把花轿停下,让我们看看新娘俏不俏啊!"

"对!"挤在其身边的齐副尉也道,"停下停下,让我们看看新娘俏不俏!"

其他军士都七嘴八舌跟着喊起来。

走在花轿前面的道士一勒马缰停住脚步,对众轿夫道:"停轿!"

轿夫们停住脚步,把花轿放下。

道士下了马,走到栅栏门跟前向门内军士们一拱手:"各位大军,请静一静,静一静。"

众军士停止喧哗。

道士道:"各位大军有所不知,按本地乡俗,新娘在进入新郎家洞房之前不能露面,不然将招致不虞之灾,还望各位大军多多体谅。"

屈校尉道:"什么鸟乡俗啊,老子们在前方打仗流血流汗,护卫着你们,这让老子们看看新娘的脸蛋儿都不肯?"

齐副尉马上附和:"就是嘛,屈校尉说得对,老子们在前方为你们打仗卖命,让老子们看看新娘脸蛋儿开开心,你们都不肯?"

继之其他军士七嘴八舌都跟着嚷嚷。

屈校尉回身扬起双手朝下扇乎几下:"弟兄们静一静,静一静!"待吵嚷声停息之后,又对道士道,"再不让老子们看,老子就把你这花轿砸了!"

其他军士又七嘴八舌跟着喊起来。几名军士把栅栏门推开，众军士从门内呼啦啦涌了出来。

道士赶忙举起双手往下扇乎："各位，各位，请听老朽说，这迎亲的队伍里抬着二十坛上等喜酒，是新娘娘家陪送的嫁妆。各位大军为我等百姓打仗甚是辛苦，即请各位品尝这喜酒，以为慰劳，可好？"

一名军士道："好啊好啊，就让我们尝尝鲜吧。"

其他军士纷纷随声附和。

屈校尉一扬手臂："不成！酒要喝，新娘的脸蛋儿也要看！若是不然，这花轿便莫想从这里抬走！"

齐副尉接着道："对！不让看新娘脸蛋儿，这花轿便莫想从这里抬走！"

其他军士又跟着喊叫起来。

道士一扬手臂止住对方喊叫："好好好，既然大军有此雅兴，便让各位一睹为快吧。"转对前面的轿夫道，"把轿帘掀开！"

两名轿夫从两边把对开的轿帘掀开了。

众军士呼啦啦朝花轿前面涌过来，后面的军士纷纷往前挤。

后面一名军士高喊："让新娘下来！"

其他军士也跟着喊："对！让新娘下来！让新娘下来……"

道士一扬手臂："各位请不要喧哗！且请各位后退几步，老朽定让新娘下来！"

站在前面的军士朝后靠了两步。

道士对花轿内道："请新娘下轿！"

头上蒙着盖头身着新娘衣饰的新娘从轿内下到地上。

屈校尉道："让新娘把盖头掀开！"

其他军士纷纷随声附和。

道士又一扬手臂："各位肃静！肃静！"

众军士停住喧哗。

道士对新娘道："请新娘掀开盖头。"

新娘扬起双手把盖头掀开，露出女子的发饰和施了脂粉的脸面，又故作害羞状，向众军士瞥了个媚眼。

众军士中起了一阵骚动。

屈校尉皱眉挤眼道："哇呀！太丑了！"说着朝后退了两步。

齐副尉也皱眉咧嘴道："新娘怎么长成这样啊，太难看了！"说着也朝后退了两步。

原来，这"新娘"竟然是邢焯装扮而成的！

屈校尉连连摆手道："快让新娘回花轿里去，我们不看了！"

齐副尉回身对众军士道："新娘长得太难看，我们不看了，不看了！"

众军士纷纷后退。

只见邢焯把脸一沉，之后回身一扭一扭地进了花轿。

道士故作尴尬状："啊这个……这个……各位大军切莫介意，切莫介意。虽则新娘让各位有些不开心，还有喜酒呢，这新娘陪嫁的喜酒可是上等美酒，众位品一品，定然回味无穷，令你终生难忘！各位可是要喝？"

屈校尉道："喝！人丑，酒美也成啊，正可用美酒冲一冲方才的晦气！"

齐副尉也道："屈校尉说得对，有美酒，正可冲一冲方才的晦气！"回头对众军士道，"弟兄们你们说，这酒喝不喝呀？"

众军士齐声喊："喝！"

道士对队伍后面高声道："把喜酒抬过来！"

队伍后面的四十名汉子把二十只酒坛抬到花轿前面。

道士道："把盖子都揭开，把酒提酒碗都拿过来！"

抬酒坛的汉子们把酒坛盖子揭开了。

众军士纷纷吸着鼻子，七嘴八舌嚷嚷："这酒真香啊，真香啊……"

有人搬过来一筐酒提和一筐黑瓷碗。众军士纷纷上前抢碗。此时一个声音当空响起：

"都住手！"

拥挤着上前抢碗的军士们一下子都停止拥挤，回头向后看去，只见在他们后面数步之外，他们的黑面将军手按腰间佩剑，正脸色阴沉，目光凌厉地盯视着他们。其身后齐刷刷站着手杵长枪的数十名军士。

黑面将军口气严厉地问道："谁让你们出来的，嗯？屈校尉！"

屈校尉朝黑面将军走近两步，拱手道："卑职在。"

黑面将军又高声道："齐副尉！"

齐副尉也朝黑面将军走近两步，拱手道："卑职在。"

黑面将军道："你们便如此带兵？"接着来回急躁地踱起步子来，"你等二人本当率众弟兄在马场前面好生值守，没想到你们趁本将军到后面巡视军马之机到马场外面来胡闹，还要喝外面来路不明的酒水，是谁给了你们这么大的胆子，难道你们便不怕军法处置？"说到这里停住脚步，眼睛狠狠盯视着屈校尉和齐副尉。

屈校尉、齐副尉耷拉着脑袋，不敢吭声。

道士上前两步对黑面将军一拱手："这位将军大人，此事不怪两位校官，怪就怪我等迎亲队伍未能选好路径。虽然此路乃我等迎亲的近路，我等也不该走这条路，该当绕行去走别的路，哪怕多走两日也是该当的。如今走了这条近路，搅扰了大军，老朽对将军与各位大军深表歉意。"说着弯腰深鞠一躬，"还有，老朽请各位大军喝喜酒原在情理之中。依本地乡俗，迎亲队伍在路上所遇的头一拨客官，乃新郎新娘的贵人，须请贵人喝上一杯喜酒，以图吉利。今日我等迎亲队伍遇上的第一拨客官便是诸位大军，诸位大军便是新郎新娘的贵人，故此老朽方有请大军喝喜酒之举，也是图双方都大吉大利，望将军莫以为怪。"

黑面将军以审视的目光看着道士："你这老者，倒是蛮会说道。本将军倒要问一问你，何谓喝了你这喜酒便双方都大吉大利？"

道士道："一者，这喜酒喜字当头，大军将士喝了，便交了喜运，日后便可处处见喜，上阵打仗百战百胜，喜报频传；二者，大军将士个个血气方刚，豪气冲天，赏光喝了新郎新娘的喜酒，便将豪气传递给了新郎新娘，新郎新娘日后的日子便会红红火火，步步高升。将军大人你看，这不是双方都大吉大利吗？"

围观的众军士都互相点头，窃窃私语。

黑面将军冷笑一声："哼！你这老者倒是生就了一副巧言之舌。你如此煞费苦心劝我大军将士饮酒，可知我大唐军队之军规？我大唐军规明文规定，将士在外行军打仗，若无全军统帅特许，所有将士皆不得私自饮酒，违者必受重处！"

道士道："将军如此说话，老朽便不好多言了，赎老朽不懂大军军规。"说罢向黑面将军一拱手，说一声"告辞了"，即转对迎亲队伍高声道，"我们走！"

黑面将军一扬手臂："慢！"

道士回过身来，问道："将军还有事？"

黑面将军道："你如此花言巧语劝我大军将士饮酒，倒让本将军疑你别有用心，焉知你酒中无毒？"

道士做难堪状："这……这这，将军大人这是哪里话，这酒乃新娘娘家陪嫁的喜酒，怎会有毒呢？"

黑面将军道："你说无毒，何以为凭？"

道士对打头抬酒坛的汉子道："把酒坛盖子揭开！"

打头汉子把酒坛盖子揭开了。

道士拿过一只酒提,从酒坛里舀了满满一提酒,倒在碗里,然后端起碗把酒一饮而尽:"将军大人请看,这酒里可是有毒?"

围观的众军士又互相点头,窃窃私语。

黑面将军道:"好啊,无毒便好。看你等一行还算本分,本将军不为难你们,你们快走吧。"

道士对众轿夫高声道:"起轿,接着走!"

轿夫抬起花轿,迎亲队伍继续缓缓前行。在抬着二十只大木箱的四十名汉子走到栅栏门前面时,女扮男装走在前面的曹婉回头对打头抬木箱的汉子使个眼色,这汉子马上做被什么绊倒状一下子跌倒在地,其后面与之搭档的汉子顺势朝前一扑也跌倒在地,大木箱随之落地倾倒,随着"哗啦啦"一阵响,木箱里面的银锭被洒落一地。

黑面将军刚刚转身,听到后面的响声又回身看去,眼睛随之一亮,对众军士道:"着两个人去看看,那撒落的东西是什么?"

两名军士一路小跑跑到银锭洒落处,俯身看银锭。

其中一名军士直起身朝着黑面将军那边高声喊:"报将军,这里撒落在地的全是银锭!"

那边的黑面将军自言自语道:"银锭?"说着抬腿向撒落银锭处快步走来。

此时,道士来到银锭撒落处,与曹婉互递个眼色。

黑面将军走到撒落的银锭跟前,对道士道:"请问,这些银锭是……"

道士道:"回将军大人话,这些银锭是新娘娘家陪嫁的嫁妆。"回头对两名正朝木箱里捡拾银锭的汉子呵斥道,"不中用的东西!若是把新娘的嫁妆摔坏弄脏,你们可赔得起?"

黑面将军抬手指着后面已经放到地上的十九只木箱,问道:"那些木箱里盛的都是银锭么?"

道士有意搪塞道:"啊这个……不都是银锭,还有别的嫁妆。"

黑面将军道:"把木箱都打开!"

道士面现为难之色:"这个……那都是新娘家陪嫁的嫁妆,老朽不敢私自做主开箱,还望将军大人多多见谅。"

黑面将军眼睛一瞪:"本将军让你打开你便打开!"

道士点头道:"好,好,这便打开。"对抬木箱的汉子们道,"把木箱都打开!"

抬木箱的汉子们纷纷打开木箱。

黑面将军走过去逐一查看木箱里的东西，又走回到道士跟前，说道："你不是说木箱里还有别的嫁妆么？本将军看了，全是银锭！我问你，这么多银锭，是从何处运来的？"

道士道："回将军话，这些银锭是新娘的嫁妆，自然是从新娘娘家运来的。"

黑面将军又问："新娘娘家是何等样人家，能有这么多银锭？"

道士道："新娘娘家乃本地大户人家，置着数千顷田产，自然便有万贯家财，望将军大人莫以为怪。"

黑面将军冷笑一声："哼！本将军不管这些银锭是如何来的，既然新娘娘家有这偌大家财，便当多为国家效力。现下这军马场千余匹军马草料与我大军将士军饷皆已告急，本将军决定暂借这二十箱银锭，以解大军燃眉之急，待后本将军定然自府库中申领银锭如数奉还。"

道士故作为难状："这……这这，回将军大人话，老朽只是新郎家的伙计，当不了这个家呀。"

黑面将军道："本将军说了，这二十箱银锭只是暂借，日后定将如数奉还，你怕什么？"

道士道："这……这这，老朽一时心急倒忘了，新郎就在这迎亲队伍当中，待老朽去向新郎告知一声。"说罢抬腿就走。

曹婉操着有意变粗的嗓音对道士道："你莫走，新郎在此！"

道士假装刚刚见到曹婉："噢，公子在这里呀。公子啊，这位将军大人要借这二十箱银锭以作军饷，你看这……"

"将军大人的话方才我已聆听了。"曹婉对道士说罢，转对黑面将军拱手一礼道，"不才见过将军大人。将军要借这些银锭以作军饷，不才理当一口应承，只是，还望将军大人允准剩余少许运至不才寒舍，也好对不才二位高堂有所交代，故不才以为，将军大人统兵打仗为国效力，功劳甚大，不才愿将五箱银锭赠予将军大人，日后不必归还。其他军士，每人一锭银锭，这些银锭算是大军所借，待日后归还寒舍。将军以为如此可好？"

黑面将军一时没有说话，心里却道："这新郎看上去一表人才，其心智却是愚钝不堪。我大军将士有数百人之多，若每人拿一锭银锭，这剩下的十五箱银锭远远不够拿，哪里还有剩余供他运回家？"

曹婉见对方不说话，又一拱手道："若将军大人以为不才方才所言多有不妥，可再议。"

黑面将军道："好啊，就依你方才之所言来办！不过，本将军要说，这五箱赠银不是给本将军的，本将军定然一锭不取，全部用作购买军马草料之资。速命你的脚夫把这五箱赠银抬到马场去。"

曹婉朝黑面将军一拱手道："不才遵命。"转对前面抬木箱的十名汉子道："把前面这五箱银锭抬到马场去。"

十名汉子一齐应声，抬起五只木箱向栅栏门口走去。

黑面将军对站在一边的两名军士道："速去传本将军令，各队列好队伍到这里来！"

两名军士齐声应声，向栅栏门口处跑去。

很快，聚在栅栏门口处的所有将士各以五十人为一队列好队伍，之后迈着整齐的步伐来到指定位置。

黑面将军站在全体将士前面声音洪亮地说道："兹宣布本将军令，一，方才抬进军马场的五箱银锭乃购买军马草料之资，任谁都不准动一分一毫，违令者斩！二，现下开始发放军饷，每人领取一锭银锭，不准多领，要排队依次领取。开始！"

在黑面将军监视下，军士们排着队依次走到木箱边，由抬木箱的汉子从木箱里一锭一锭地取出银锭，发给每一名军士。

当快要发完两箱银锭时，道士走到将士队伍一侧，说道："哟，这么多人哪，一人一锭，银锭远远不够发呀，看来只能发到谁是谁了。"

道士话音一落，将士队伍开始骚动起来。

道士又快步走到队伍的另一侧，把刚才说的话又重说一遍。

人群中出现了更大的骚动。

此时，卸去新娘装束，换上唐军军装的邢焯出现在将士队伍中，高声喊道："银锭快发光了，弟兄们快去抢啊，再不抢便抢不着了！"

将士队伍大乱，后面的军士开始往前涌。

邢焯一边朝人群前面冲一边高喊："弟兄们快去抢啊，再不抢便抢不着了！"

一时间，众军士纷纷争先恐后地朝前跑，跑到木箱跟前的军士互相拥挤着从木箱里抢银锭，有不少人被后面涌上来的人挤趴在地下。

黑面将军厉声喊道："都住手！住手！"

众军士没人再听他的，只管拼命往前挤着抢银锭。

黑面将军怒吼："都住手！住手！谁再抢军法从事！"说着伸手从腰间拔佩剑，佩剑尚未拔出，手腕却被另一只手摁住了。

曹婉站在黑面将军侧后，一只手摁着黑面将军拔佩剑的手，另一只手握着一把匕首，匕首锋刃直抵黑面将军的后腰，严厉地说道："不许出声！再出声，让你即刻毙命！把手松开！"

黑面将军瞪着惊悸的眼睛扭头看曹婉："你，你……"

"把手松开！"曹婉说着把匕首朝对方后腰上一顶。

黑面将军浑身一哆嗦，把握着佩剑的手松开了。

曹婉摘下佩剑，递给站在她侧旁的一位汉子，之后抬手一指一处没人的树丛旁，对黑面将军道："走！去那边！"又对身旁的两名汉子道，"你们二人也过去！"

曹婉用匕首抵着黑面将军的后腰向树丛旁走去，两名汉子在后紧紧跟随。

此时，十五只木箱里的银锭已被疯抢一空。许多没抢到银锭的军士都愤愤不平骂骂咧咧。

其中一高个军士对一矮个军士道："我一锭也没抢到，你却抢到了两锭，你该给我一锭！"

矮个军士道："我凭什么给你？谁让你抢得慢？"

高个军士道："将军有令，每人只许拿一锭，你凭什么拿两锭？你多拿的一锭就该给我！"

矮个军士瞪起眼睛："我就不给，看你能如何？"

高个军士扑过去伸进矮个军士的衣袋里抓挠，矮个军士则拼命掰高个军士的手，继之二人厮打起来。其他各处也有数名军士在互相争抢厮打。

道士朝乱作一团的军士们喊道："各位大军，你们没抢到银锭不要紧，这里还有喜酒呢，喝了喜酒定能交好运，过来喝喜酒呀。"

一名军士骂道："喝！喝你娘个鸟！喝酒能当银子花呀？"

道士道："这位大军有所不知，喝了喜酒交好运，日后定能发大财呀。"

另一名军士高声道："喝！他娘的，有酒为甚不喝？不喝白不喝！"说着向着酒坛奔去。

"喝！喝！喝……"马上有许多军士高喊着向酒坛边涌去。

涌到酒坛边的军士每人抓起一只碗，由抬酒的汉子用酒提快速地朝军士们端着的碗里倒酒。

一名军士把一碗酒一口气喝干，之后用袖子抹着嘴巴大喊："好酒！好酒！真香啊！"冲着尚未跑过来的军士们又喊，"弟兄们，快来喝呀，这酒真香啊！"

其他喝了酒的军士也都七嘴八舌"好酒好酒"地乱喊一气。

尚未喝酒的军士都向酒坛放置处蜂拥而来，争先恐后地拿碗到酒坛边舀酒，大口大口地喝起来。

树丛边，黑面将军已被绑得结结实实。

曹婉命一名汉子端来一碗酒，接着对黑面将军道："将军大人，请把这碗酒喝下去！"

端酒的汉子把酒碗送到黑面将军嘴边："喝！"

黑面将军看着酒碗皱起眉头，把脸扭向一边。

曹婉道："你若喝了这碗酒，仍可活命，我等绝不伤你性命，你若不喝，我等即刻让你毙命！喝！"

端酒的汉子又把酒碗朝黑面将军嘴边凑了凑。

黑面将军梗着脖子道："要杀便杀，要剐便剐，这酒本将军定是不喝！"

曹婉道："看来你是敬酒不吃吃罚酒了。"接着对端酒的汉子道，"把酒碗给我！"

端酒的汉子把酒碗递给了曹婉。

曹婉对两名汉子道："你们二人，一个朝后摁他头颅，一个掰开他的嘴巴！"

两名汉子一人扭住黑面将军头部使劲往后摁，另一人拼命掰黑面将军下巴，把黑面将军的嘴掰开一条缝，曹婉把酒端到其嘴边朝其嘴里灌酒。酒刚灌进去一半，黑面将军便双腿一软瘫倒在地，继之便合上眼睛沉沉睡去了。

曹婉把酒碗一扔，对两名汉子道："你们看住他，不许任何人伤他！"说罢疾步朝栅栏门那边奔去。

此时，军马场栅栏门里里外外地上都躺满了被药酒迷倒的唐军将士。大部分将士已沉沉睡去，有个别军士还扭动着身子强自挣扎。

邢焯"刷"一声抽出腰间佩剑，对那些抬酒坛和抬木箱的汉子高声道："弟兄们，取出兵刃，将这些唐军将士系数杀掉！"

汉子们纷纷从腰间抽出短剑，挺剑正要动手，忽然一个声音当空响起：

"住手！"

汉子们一下子僵在原处，之后循声看去，只见曹婉站在他们身后，正怒目圆睁地盯视着邢焯。

曹婉厉声质问邢焯："邢公子，出发之前本将军是如何向你等交代的，难道你忘了？"

邢焯道："这些唐军将士皆为你我之敌，杀了他们又有何妨？"

曹婉道："他们是你我的敌人不假，若是在战场上与之对阵厮杀，你死我活之际，你杀了他们自是理所当然，可眼下他们均已被药酒迷倒，毫无反抗之力，你还要狠下杀手将其斩尽杀绝，你不觉得此举太过残忍了么？"

邢焯道："他们都是你我仇敌李世民与那曹氏宫嫔的手下人，不杀他们，待其苏醒过来，又会与你我为敌。杀了他们，方可杜绝后患。"

曹婉道："杜绝后患？若要杜绝后患，便须将大唐军队悉数杀光，然大唐军队有数十万以至上百万之众，你杀得光么？今日我等出兵，意在截获唐军军马，不是来杀人的。本将军决计以药酒迷倒唐军将士，便是要既可截获唐军军马，又可避免一场血腥杀戮。"

此时一东昱士卒牵着一匹战马来到曹婉身边。

曹婉跨上战马，对邢焯道："凡事做得太绝，必遭天谴！"转对牵马的士卒道，"传本将军令：这些被迷倒的唐军将士一个都不准杀，有违令者，斩！"

牵马士卒应声向一侧跑去。

此时东昱军金将军、李将军一前一后策马来到曹婉近前。

金将军翻身下马，向曹婉一拱手："报将军，末将率所部人马来到。"

李将军随后翻身下马，向曹婉一拱手："报将军，末将率所部人马来到。"

曹婉道："好！李将军听令，兹命你部人马押运此唐军军马场所有军马从速赶往承安城，不得有误！"

李将军应声上马，策马而去。

曹婉道："邢公子！"

邢焯上前拱手道："不才在。"

曹婉道："兹命你等一行从速赶至峣山峡谷，待李将军部所押运军马通过峡谷之后，你等一行速将山坡上备好的鹿砦运至峡谷内，置三道鹿砦，不得有误！"

邢焯领命而去。

曹婉接着又对金将军道："此去北面二十里处便有唐军大队人马驻守，若其得闻我军截获了此军马场军马，定会挥军前来抢夺，且其追赶军马之时必经峣山峡谷。兹命你部与本将军属下亲兵队一道赶往峣山峡谷东侧山坡杂树丛中，将兵力一分为三，分别对应三道鹿砦设伏。待唐军人马于峡谷中移除鹿砦之时，我设伏将士一齐向下放箭力阻之！"

当曹婉和金将军率部撤离之后，栅栏门内外剩下的是大片横七竖八倒卧着唐军将士。

过了一些时候，一名瘦高士卒手捂腹部脚步蹒跚地从军马场里面向栅栏门这边走来，边走边自语："这，这都怎么了？怎么都死了？"弯腰把手背凑近一名倒卧士卒的鼻孔处试试，接着又自语，"还有气儿，没死。"又用手背依次试探了四名士卒的鼻息，"都还有气儿，都没死。"直起腰来回扫视倒卧的众将士，"这这……这是怎么回事啊？"

忽然，他眉峰一挑，眼睛盯向前面一处，只见倒卧的众将士中间，一个矮个士卒慢慢用手臂支起上半身，缓缓转动着脑袋左右看看，继之坐了起来。

瘦高士卒向矮个士卒走过去，问道："这，这都怎么了，怎么都倒卧在地不省人事了？"

矮个士卒诧异道："你，你不知道？弟兄们争抢着喝了扮成迎亲队伍的东昱军的毒酒，都被毒死了。"

瘦高士卒摇头道："不，我试了好几个弟兄的鼻息，都还有气儿呢，都没死啊。"

"都没死？"矮个士卒先是一愣，继之道，"那，那许是毒酒喝得少，才没被毒死。"

瘦高士卒问："你比他们喝得还少，是么？"

矮个士卒道："我根本没喝。我素来一沾酒便头痛欲裂，今日也没敢喝，方躲过了这一劫。"

瘦高士卒奇怪了："你没喝毒酒，为何方才也倒卧在这里呀？"

矮个士卒道："那东昱军若是看见只我一人还活着，还不把我杀死啊，我只能倒卧在弟兄们中间装死。你呢？你也没喝那毒酒？"

瘦高士卒道："我拉肚子啊，一回接一回地去拉，那会子拉着拉着便晕过去了，好半日方醒了过来。这不，肚子还蛮疼呢。不过幸亏如此，不然我也定被那毒酒毒死了。"

矮个士卒拱手作揖："谢天谢地，该着你我二人命大。"

瘦高士卒叹一口气："唉，我方才从军马场里边过来，军马一匹也没有了，定是都被东昱军抢走了，这可如何是好啊？"

矮个士卒忽地起身："此去北面二十里便有我驻防大军，须从速去那里报信，我驻防大军闻讯定将前来夺回那千余匹军马。你我赶紧跑去报信吧。"

瘦高士卒道："哎呀，我拉肚子拉得浑身无力，跑不动啊。再说，你我靠两条腿跑去报信，即便能把信送到，得用多少时辰？到那时即便我驻防大军去追夺军马，恐也追不上了。"

矮个士卒道:"那又如何?只此一法,别无他策呀?"

瘦高士卒一拍脑袋:"有了!点燃狼粪呀。我等一路从漠北走来,一直备着狼粪,为的便是一遇敌情便可报警,此时正可一用。待狼烟一起,北面我驻防大军便会得知这边有了敌情,定会发兵前来救援。"

矮个士卒道:"好!你我赶紧去点燃狼粪。"

军马转运场以北二十里的地方,有一处大唐边防驻军营地。营地由一座用夯土筑成围墙的偌大院落组成。院落内周围建有数栋土墙草顶的营房,中间一栋青砖瓦顶的大房子,是驻军将军的居所。大院南门外两侧各站着一名手杵长枪的值守士卒。

时近正午,门左值守士卒一抬头间,见南面远远的空中一股柱状灰黑色的烟雾直薄云天,马上抬手向那烟雾一指,说道:"看,南面起狼烟了!"

门右值守士卒随即抬头看去:"哟,真是起狼烟了!"

门左值守士卒道:"你在此值守,我速去禀报将军。"说罢进了大门,一阵风般跑到青砖瓦顶大房子门外高喊:"报——报将军!"

"进来!"一个男声从门内传出。

这名士卒跨过门,进入一间厅堂。厅堂内,站在一张桌子后面的公孙武达此刻正用一只手在桌子上摊开的地图上指指点点。桌子两侧各站着三名校尉,都俯身在看地图。

士卒单腿跪地,朝公孙武达一拱手:"报将军,南边起狼烟了。"

公孙武达抬起头来:"嗯?"对六名校尉道,"走,出去看看!"

公孙武达和六名校尉出了厅门,仰头向南面天空望去,只见南面远远的天空一股柱状狼烟直冲云霄。

公孙武达道:"狼烟起处距这里约二十里,定是我军马转运场出事了!"说着目光一扫左右六名校尉,"各位听令:速去集合本部人马,火速赶往军马场!"

六名校尉齐声答应一声,马上向各处营房跑去。

很快,数千兵马出了营区,一路向南疾驰到军马转运场,得知千余军马确已被东昱军劫走,遂马不停蹄朝峣山方向疾驰而去。过了不到一个时辰,这数千兵马疾驰到两山夹峙的峡谷口内。

此时一名校尉从后面策马赶到策马前行的公孙武达身边,一拱手道:"将军,这峡谷东侧山坡上长满杂树,易于隐蔽,恐有敌军伏兵。"

公孙武达马不停蹄地说道："现下追回军马最是紧要，已顾不得那许多了。传令兵！"

传令兵从后面赶到公孙武达另一侧："小的在。"

公孙武达道："传本将军令：各部人马全速前进，冲过峡谷！"

传令兵应声策马向前疾驰而去。

唐军将士正在峡谷中策马向前疾驰中，第一道鹿砦挡住了他们的去路，将士们纷纷勒马停住脚步。

随后赶到的公孙武达道："各位听令：速将鹿砦搬开！"

唐军将士纷纷下马，上前搬移鹿砦。此时东面山坡上忽有箭矢雨点般朝唐军将士射来，顿时有几名士卒被射中，被射中的士卒有的当即倒地，有的拔出箭矢后疼得龇牙咧嘴。众将士纷纷后撤。

公孙武达高喊："传令兵！"

传令兵策马上前："小的在！"

公孙武达："传令：步军一团跑步过来，持盾牌冲上东面山坡，消灭放箭敌军！"

传令兵应声拨转马头间，公孙武达又道："告诉他们，若敌军逃遁，我军不可穷追，前去夺回军马要紧！"

传令兵应声策马向后疾驰而去。

很快，数百步军从后面冲了过来，紧接着都举着盾牌冲上东面山坡。山坡上面的东昱军将士纷纷朝下放箭，但大都被唐军将士用盾牌挡住。当唐军将士冲到东昱军近处时，东昱军开始后撤，撤到山顶后接着朝另一面山坡下撤退。唐军冲到山顶，许多士卒继续朝山坡下追杀。

率队校尉大喊："停止追杀！停止追杀！"

冲下山坡的士卒停止追杀，陆续返回山顶。

此时峡谷中的唐军将士已经移除第一道鹿砦，又都上马继续向前疾驰。

就这样，在公孙武达指挥下，唐军将士又接连移除了第二道和第三道鹿砦，使人马得以继续前进，但已耗去了许多时间。

公孙武达率三百精锐骑兵一路疾驰，眼见距承安城只有一里之遥了，而距正朝承安城方向行进着的东昱军押运的千余匹军马只有半里远了。公孙武达几乎趴在马背上，不断用马鞭打马，不断地吆喝："驾！驾！驾……"

紧随其后的三百骑兵也都匍匐在马背上，一个劲打马加速。

当唐军人马追到距承安城西门只有半里远，而距东昱军押运的千余匹军马不到一箭之地时，承安城西门放下吊桥，城门大开，东昱军押运着千余匹军马陆续走进城门。而当唐军骑兵追到城下时，千余匹军马已全部进入城内，吊桥随之被吊起。公孙武达勒着马缰在原地急躁地兜起圈子来。

城上垛口处出现梁万年和两名将军的身影。

梁万年望着城下的唐军人马大笑起来："哈哈哈，哈哈哈……"

公孙武达用马鞭一指梁万年大叫道："尔贼首莫要得意太早，待本将军回去请战获准，必将攻入城内，血洗此城！"接着对众将士一挥马鞭，"走！速回营地！"

第三十九章

定征讨君王排众议　明得失宠妾进良言

　　从夏州启程之后，李世民等君臣一行沿驿路向着京师方向一路趱行。走到第三日午前，对面忽有一骑信使飞马而来，疾驰到李世民坐骥近前滚鞍下马，行觐见之礼："卑职拜见陛下，京师留守房大人遣卑职送来急报。"说着双手把急报举过头顶。

　　一名侍卫下马接过急报，以双手呈给李世民。

　　李世民打开急报阅览，对身侧的曹娴道："房玄龄急报上说，鸿胪卿唐俭奏报，我大唐东邻之国东洛遣使来我朝见朕。"转对信使道，"你速回京师，向房玄龄传朕口谕，好生安顿东洛来使于驿馆歇息，朕与随驾诸臣今日晚间即可抵京。明日一早命文武百官皆至两仪殿，与朕一同接受东洛使者觐见。"

　　信使拱手说一声："遵旨"，起身上马策马而去。

　　次日一早，文武百官皆身着朝服齐聚两仪殿。

　　李世民身着朝服进入殿内，端坐御座之上。百官一起跪叩，山呼万岁。

　　李世民道："众卿平身。"待百官起身后，说道，"宣东洛使者！"

　　站在其身侧的钱福高声道："宣东洛使者进殿！"

　　东洛使者趋步进殿，行觐见大礼："东洛使者高昱显觐见大唐天子陛下，万岁万岁万万岁！"

　　李世民道："东洛来使，尔今来我天朝见朕，有何要事啊？"

　　东洛使者从衣衩内取出一个大信封，双手举过头顶："启奏天子陛下，我东洛邻国东昱国陈重兵于我边境之外，将灭我东洛，谨求救于天子。"

　　钱福下阶，来到东洛使者面前接过国书，返回丹墀上将国书呈到御案上。

李世民打开信封，展开国书浏览一遍，抬起头对东洛使者道："你们想如何免除这一场祸乱啊？"

东洛使者苦着脸道："我东洛已无计可施了，惟愿陛下哀怜，出兵相救。"

李世民将目光转向群臣："各位爱卿，你们说，我大唐当如何处置此事？"

李世勣出班奏道："陛下，微臣以为，东洛向与我大唐友善，今遭东昱兵祸，灭国在即，我大唐焉能见死不救？且东昱乃我中华前代叛军所建，近来在我边境不断挑起事端，攻我城池，掠我村寨，我大唐岂能忍而又忍！乞陛下颁旨发兵东征东昱。"

江夏王李道宗、左领军常何、右领军曲智盛等武将出班，齐声奏道："李大人所言甚是，臣愿统兵前往迎敌！"

此时谏议大夫褚遂良出班奏道："陛下，微臣以为李大人等各位大人之所言殊为不妥。臣观有隋一代，四度出师东征东昱，皆丧律而还，却因穷兵黩武横征暴敛而致亡国，前车之鉴，不可不引以为戒。是以兴兵之仪不可取，只可遣使持赐东昱书，妥为安抚，劝其停止用兵东洛。"

张玄素、刘洎等文臣相继出班奏道："褚大人所言极是，前车之鉴，不可不戒。"

李世勣反驳道："臣以为，遣使赐书安抚之议乃书生之见，前者东昱用兵东洛，我大唐几度遣使持诏书前往调停，非但未果，反致东昱气焰更为嚣张。若再度遣使安抚，非但徒劳往返，反倒损我大唐国威。"

褚遂良辩解道："李大人所言差矣，对外用兵，尽耗国力，焉可不慎之又慎？"

李世民道："好了好了，各位爱卿莫再争了，对外用兵，事关重大，宜从长计议。唐爱卿。"

唐俭出班："臣在。"

李世民道："先引来使至驿馆歇息吧。退朝。"

回到承庆殿，李世民一时心情十分烦躁，像是自言自语，又像是对跟在身后的钱福道："哼！一派主战，一派主抚，两派各执一词，互不相让，朕该听谁的，又当如何决断？"

此时殿外传来一名侍卫的声音："陛下，张大人求见。"

李世民对钱福朝殿外一摆手："嗯。"

钱福急步出殿，旋即返回："陛下，营州都督张俭紧急求见。"

李世民一愣，心想这么快辽东就出事了？忙道："宣！"

张俭急步进殿，行觐见之礼。

李世民道:"你不在营州任上好生值守,何故突然返京?"

张俭道:"回陛下,臣有重大军情奏明陛下。"

李世民眉峰一挑:"哦?什么军情?"

张俭道:"东昱统帅盖文举兵诛杀东昱伪国王与诸大臣,拥兵自立,对我大唐虎视眈眈,于近日遣使至漠北,以厚利为诱饵挑唆薛延陀汗国与我大唐为敌,图谋自北面对我朝形成进攻之势。又在辽东以及千山山脉广大地区集结兵力,屡屡对我边境作试探性攻击,企图伺机对我大唐大举入侵。昨日又将我大唐自漠北所购千余匹军马强抢而去。是可忍,孰不可忍。然现下我营州守军兵力不足,抵御东昱入侵确是力不从心,乞陛下增遣兵力至营州,以痛击东昱入侵之敌。"

李世民不禁震怒:"那盖文兴兵欲灭我友邻之邦,且对我大唐图谋不轨,是可忍,孰不可忍!钱福!"

钱福赶忙上前:"奴才在。"

李世民道:"传旨,文武百官皆至两仪殿,朕有话要讲!"

两仪殿内,文武百官很快到齐。李世民端坐御座之上,对下面百官道:"那东昱国乃前代叛军所建,今东昱统帅盖文拥兵自立,不单兴兵欲灭我友邻之邦,且于我边境陈兵数十万,屡屡挑起事端,其狼子野心昭然若揭,是视我朝软弱可欺哉?朕意已决,必巡幸幽蓟,问罪辽碣!"

褚遂良忙出班谏止:"陛下御驾亲征切不可行。今兴兵伐东昱,若指日获胜犹可,若万一蹉跎,则伤威损望,故此请陛下收回成命。"

李世民大为不满:"兵尚未发,爱卿何出此败兴之言?今朕意已决,卿且勿复多言!"

李世勣移步上前,慨然而奏:"臣年已垂垂老矣,尚可上阵一搏,陛下发兵东征,臣愿为前部先锋!"

李世民心情大为振奋:"卿乃帅才,岂可只为先锋?有卿请战,朕信心倍增!将作大匠阎立德听令!"

阎立德出班拱手:"臣在。"

李世民道:"兹命你前往洪、饶、江[1]三州督造运粮船舰四百艘,听候调遣!"

阎立德道:"臣遵旨。"

接下来,李世民命太常卿韦挺、太仆少卿萧锐为督运使,韦挺专责河北诸州粮

---

[1] 这里的"洪、饶、江"分别为今江西南昌、江西鄱阳和江西九江。

草运输，以供陆军之需，萧锐专责运输河南诸州粮饷入海，贮于乌湖岛[1]，以供水军之需；

命刑部尚书、郧国公张亮为河南道行军大总管，左领军常何、泸州都督左难当为副，冉仁德、刘英行、张文干、庞孝泰、程名振为行军总管，率江淮、岭南、长安、洛阳水师四万，乘战舰五百艘，自莱州渡海直趋辽东；

命太子詹事、英国公李世勣为辽东道行军大总管，江夏王李道宗为副，张士贵、张俭、执失思力、姜行本、曲智盛、公孙武达为行军总管，率步骑六万先驱辽东；

命卫尉卿刘师立兼领禁卫营总管一职，总管御营戍卫事。

颁旨毕，李世民问道："众位爱卿，可还有其他奏议？"

李世勣出班奏道："启奏陛下，镇远将军韦恒乃一员冲锋陷阵骁勇之将，眼下赋闲在家，臣请陛下恩准，命其随臣出征。"

李世民略一沉吟，说道："准！"

下了朝，李世民便回到承庆殿，伏案奋笔疾书一道道诏书，见曹娴过来奉茶，便顿住笔道："爱姬且稍候，过一刻朕有事对你讲。朕要亲征东昱，须颁若干诏书。这一道诏书便是拟给房玄龄的，朕命他作京师留守，朕出征期间，命他主持朝政，可便宜行事。"

"陛下……"曹娴欲言，又忽然顿住。

"嗯？"李世民停住笔，抬头望着她，"爱姬可是有事？"

"此一战，陛下必欲御驾亲征么？"

李世民点点头，双目中闪动着坚毅光色："是啊，那东昱占我国土，累累犯边，有隋一代四度讨伐，皆损兵折将无功而返。如今那拥兵自重的盖文更是凶残狡诈，对我大唐已有虎狼之心，朕必将亲征，方可扫平东隅。且新太子雉奴，自幼柔弱，朕当在未老之年为他解除后顾之忧，日后方可免于生乱。再者，朕要为太子做出表率，为君王者必须刚柔相济，当威武时必须威武！"

曹娴点头，稍一犹豫，仍开口道："陛下之意，妾已了然，只是，陛下近来龙体违和，日渐消瘦，不宜长途奔袭劳顿，且辽东乃荒僻苦寒之地——"

"爱姬莫再多言，"李世民打断她的话道，"朕身体并无大恙，且朕戎马半生，历经百战，又何惧此一战耶？爱姬勿忧，只管静候佳音便是。"

"臣妾想——"曹娴话一出口，忽又打住，只以探寻的目光看着面前的君王。

---

[1] 今山东南、北煌城岛

李世民觉察到了她异样的神情，一时诧异，搁下笔，注视着她道："你想说什么？只管道来。"

"臣妾想随军伴驾，东征时随侍陛下身侧。"

李世民一怔，随即摆手："不可！你大病初愈，尚未完全复原，不可鞍马劳顿。再说，军旅远征，风餐露宿；两军交战，险象环生，朕怎能让你去呢？爱姬息了此念罢。"

曹娴忽地伏地叩道："陛下，臣妾自有幸蒙陛下垂爱之日始，便将一颗心交与了陛下，已在心中暗暗发誓，今生今世，凡事皆以陛下为计。自入宫之日起，臣妾便一直陪侍陛下身旁，从未离开，此番东征，臣妾亦当随侍陛下身侧，方得心安，不然，臣妾是一日也不得安生的。况臣妾生自北方，长在海边，风餐露宿，奔波劳顿，早已习以为常，且对于北方气候水土也是习惯的，故臣妾方敢有此请求。还有，此番东征，大军当自臣妾家乡近旁经过，臣妾亦想届时能看上家乡一眼。若陛下以为此乃臣妾挟私以求，则臣妾当即收回便是。"说罢，已是珠泪盈睫。

见此情形，李世民赶忙趋步上前伸出双手把她扶起："爱姬快快请起。是朕忙晕了头，竟忘了，爱姬乃平州人民，此番东征，已初定陆上水上两路人马分行并进，陆上行军路线，正要经过平州地面，爱姬正可顺便回乡省亲。朕准你随军伴驾，亦准你彼时回乡省亲！"

曹娴忙又伏地叩拜："谢陛下体恤隆恩。"

李世民道："爱姬起来吧。朕有一事，想告知于爱姬。今日在朝堂之上，朕下达出征令之时，有大臣奏请朕准予镇远将军韦恒随军出征。朕想着，那韦恒确是战阵上的一员骁将，便准了。为免他出征后顾之忧，朕想复其姐姐韦珪的贵妃封号，爱姬对此可有异议？"

曹娴低身一礼："此乃朝廷军国大事，臣妾岂敢妄议短长。请陛下放心，臣妾对陛下此举毫无怨言。"

李世民道："好！爱姬如此深明大义，令朕十分欣慰。"

出征之日定在贞观十八年（公元644年）十月十四。这一天凌晨，钱福在一名小太监陪同下来到含风殿，传君王口谕：

"着曹修仪至承天门外，随驾启程！"

早有一驾步辇过来停在殿门外。

钱福抬手一指步辇："请娘娘乘辇出宫"。

曹娴看一眼步辇，再环顾一下宫苑，略一思忖："免了，本宫想走一走。"

在钱福、范公公和与钱福同来的那名小太监陪侍下，曹娴轻装简服，淡妆素面，一步步走出后宫，过两仪殿，经两仪门，再过太极殿，出太极门、嘉德门、承天门，来到承天门外朱雀大街上。

朱雀大街上已是人山人海。挨着承天门一侧，站满了留守京师的文武百官；大街正中，则是队列整齐、全副武装的大军将士，队列中间部位停放着天子銮驾。

钱福把曹娴领到由长孙无忌、李世勣、李道宗、杨师道、岑文本等随驾大臣陪侍在侧的李世民身边。

曹娴向李世民见礼，说道："臣妾来迟了，请陛下恕臣妾失仪之罪。"

李世民微微一笑："欸，不迟，不迟，是朕命你于宫中候着听宣的嘛，爱姬快上銮舆吧，出征人马这就要启程了。"

曹娴在钱福引领下，上了銮舆。

李世民高声道："准备启程！"

站在对面送行队伍前面的太子李治向李世民拱手施礼，高声道："儿臣率留守文武百官恭送父皇陛下统军东征！愿我军东征旗开得胜，早日凯旋！"说罢一撩袍角跪在地上。

其身后文武百官纷纷跪下，齐声高呼："愿我军东征旗开得胜，早日凯旋！吾皇万岁万岁万万岁！"

李世民高喊一声："出发！"接着一步跨上銮舆。

随驾大臣也纷纷上马。

礼炮声响起。大军开始缓缓向前行进。

曹娴撩起銮舆帘幕，怅然回首，望着那庄严巍峨富丽堂皇的宫阁，顿有人生百味涌上心头……

望一眼吧，再多望一眼，那巍峨的宫阁，那如梦的繁华，想当初，自己是怀着怎样忐忑迷惘的心思一步步走进这宫阁，踏进了命运的驱使之中的？而今，所有的尊荣繁华，所有的恩怨纠葛，都似过眼烟云般被抛在了身后。再望一眼吧，再多望一眼，她怎么觉得，那巍峨的宫阁，那曾经的繁华，都恍若隔世一般离她远去了，而且一去再不复返……

送走秋阳晚照，迎来冬雪飘零。

贞观十八年十一月初九，天子车驾行至洛阳宫。一路旅途劳顿，至此需作休整，且时至隆冬，北方天寒，不宜行军作战，须待来春再发兵，故而李世民命随驾将士在洛阳城内驻扎下来。一切安顿停当之后，李世民命长孙无忌主持军中诸事，自己则要与爱姬在洛阳宫中各殿信步走走，一来缓解一下旅途劳顿，二来补偿一下积久的夙愿。

李世民和曹娴登上洛阳宫角楼，凭栏北望，整个宫城尽收眼底。

对于洛阳宫，李世民心仪已久。尚在年少时，他就听祖母独孤氏和母亲窦氏经常讲起，洛阳乃有名的古都，远在千年之前，周成王就建都于此。隋朝虽定都长安，但皇帝常居洛阳，称洛阳为东都。东都洛阳地处黄河中游南岸，为辽阔中原的腹地，北依绵延逶迤的邙山，南临巍峨壮观的龙门伊阙，东据虎牢成皋之天险，西拥函谷崤渑之要隘，洛、伊、瀍、涧四水环绕横贯城中，诚为"河山拱戴，形势甲于天下"之地。且这里和京师长安一样，有着金碧辉煌的宫殿和繁华的坊市，风景比京师还要美。

洛阳宫始建于隋文帝开皇元年，名为紫微城，后经三十多年的不断扩建，日臻奢华。紫微城在洛阳西北部，与外城廓以洛水相隔，分为帝妃居住的宫城和设有百官廨署的皇城。宫城内又有太子居住的东宫和诸王、公主居所。大内以乾元殿、武成殿、徽猷殿等大殿居中，宣政殿、仁寿殿、观文殿居左，大仪殿、流杯殿、宏微殿居右。一座座巍峨的宫殿与在苍松翠柏掩映中的亭台水榭优雅协调地组成一体，昭显着这帝王之都的华贵和威严。

望着这巍峨高峻、金碧辉煌的偌大宫城，李世民一时浮想联翩，不由得对身边的曹娴道："朕今日与爱姬同游此宫，尚有一想呢，便是想让爱姬助朕解开几个谜。"

曹娴疑惑道："解谜？"

李世民道："是这样，当年朕为秦王时，曾率军攻打盘踞洛阳的王世充部，城破之日朕曾进过此宫，但当时战事繁忙，朕无暇多作游览，宫中陈设有几处费解之处，朕未及解开便匆匆回师了，今日游赏，正可让爱姬助朕破解之。"

曹娴忙道："臣妾才疏学浅，恐有负圣望。"

"欸，爱姬切莫过谦嘛。"李世民说着朝楼下一挥手，"走，过去看看。"

他们行至仁寿殿。此宫规模不是很大，方方正正，如亭似榭，四壁皆窗。每至暑夏，窗子一开，四面来风，甚是凉爽，是隋文帝杨坚的避暑之所。

"当年，高祖杨坚驾崩，炀帝便即位于此宫。"李世民抬手指指大殿正中的宝座道，"炀帝弑父僭位，大逆不道。而今人去殿空，当属必然。"

曹娴点头，随李世民从殿内的西侧门进入西暖阁。

这里床榻几案齐全，案上陈列着玉器珍玩，笔砚典籍。李世民在壁上挂着的一幅《驭马图》前停住脚步。画面上绘的是一辆六马车驾在飞速奔驰。车上一峨冠高官正襟危坐，形神兼备。驭手扬鞭催马，活灵活现。整幅画面布局精工匀称，笔触细腻老道。

　　李世民道："此画为隋代车马绘画大师展子虔所画。令人费解之处是，车驾至多一乘驷马，专为帝王所乘，此画却是一乘六马，岂不怪哉？这便是朕欲让爱姬助朕解开的第一个谜。"

　　曹娴目视画面有顷，面上红云微现："陛下这哪里是让臣妾相助？明明是在考问臣妾呢。实则谜底早已在陛下心中了。"

　　李世民道："那你说说看，你是否与朕想到一起了？"

　　曹娴道："臣妾记得古书上有一句话，即'予临兆民，懔乎若朽索之驭六马'。"

　　李世民颔首："嗯，不错，此语出自《尚书·五子之歌》。"

　　曹娴双目波光流转："臣妾早说了嘛，陛下是在考问臣妾呢。"

　　李世民忙道："哪里，是爱姬与朕想到一起了。"又回过头去看着绘画，"炀帝不惜民力，聚敛不已，徭役无度，百姓疲敝不堪，这不正如朽索驭六马么？奔车不止，朽索难支，其后果必然是索断车覆！这是展子虔以此画警策炀帝呢，可谓用心良苦啊。这奔车朽索之事，足可为万世之鉴！"

　　曹娴深深点头："陛下所言乃至理之辞，为君之道，必得心存百姓周恤元元，方可万世长存。"

　　李世民亦深有所感："存百姓恤元元之理，历代帝王无不知晓，但多不能付诸行动。隋炀帝即位之初，曾许民以休养生息，可口沫未干，便大兴土木，到处巡幸，最终只能自食恶果。"

　　二人又来到流杯殿。

　　李世民边看边说："这流杯殿迥异于其他各殿之处，便是有这一条弯弯曲曲的细流从殿中汉白玉镶成的九曲渠中流过。渠水由工匠们巧妙设计，从西北面陶光园的渠水中引流而来，流经殿上，再注回到陶光园渠水中。当年，隋炀帝就在这里与妃嫔们曲水传杯，饮酒取乐，流杯殿便由此得名。所谓'九曲流觞'一词，也由此而来。"说到这里略一思忖，"究竟如何，我们何不试它一试！"转身对身后侍卫道，"拿酒来！"

　　侍卫奉上酒壶酒盏。李世民亲手酌了一盏酒，放到那水清见底的曲渠中。果然，酒盏如一叶扁舟，随水流缓缓移动，最终稳稳地停在了一泊船港似的水湾处。

李世民赞道:"妙!妙!"随即顿住,慨然说道,"炀帝在位之年,终日酒宴不断,歌舞不绝,醉生梦死。当年巡幸江都,宫中设百余房,盛饰华帐,每房皆置美姬十余人,炀帝饮宴房中,美姬千人亦皆常醉。当豪杰四起,京师告急之时,仍酒不离口,竟若无其事般宣称:'贵贱苦乐更迭变换本自天意,何必多虑?'据传他在被宇文化及弑前不久,还在此处演了一出流杯之饮呢。如此穷奢极欲,焉有不亡之理!"

曹娴也十分感慨:"而今,九曲水长流,樽中酒已空,可悲呀。"

"前车之覆,后车之鉴!"李世民说着,大步走向武成殿。

武成殿是隋天子经常处理朝政之所,入殿之后,经过一番巡查,李世民在御座下见到一只镶金红漆木匣,打开一看,内有隋时一些诏书制命之类的副本,其外包以黄绢,保存尚好。顺手抽出一册,是隋文帝开皇九年(公元589年)夏四月壬戌诏,上面写道:

朕君临海内,深思治术。欲使生人从化,以德伐刑。求草莱之善,开直言之路。如有文武才用,宜当表荐。朕将铨擢。公卿士庶,见善必进,有才必举,推诚切谏,务启至忠。无或嘿默,退有后言,颁告天下,咸悉此意。

李世民阅毕此诏,心有所感:"世传隋文帝为励精之主,果然不虚。看这诏书上所讲,广开言路,举擢贤才,真是纳谏若渴,求贤若渴呀。朕亦得闻,文帝与群臣论政,常误饭时,令宿卫传膳殿上,群臣站立而食。如此勤于国政,实不多见。"说到这里笑问曹娴,"爱姬观之,隋文帝可称得上英主否?"

曹娴见问,先是一怔,继而一礼道:"臣妾本我朝后宫女子,岂敢妄议古今政事得失?"

"欸,"李世民摇头道,"你我今日并非议定本朝政事,乃随意巡游言谈,且又是朕让你讲的,有什么不敢讲的?你且放胆讲来,无论对错,朕均不介意。"

曹娴方道:"遵陛下圣意,臣妾姑妄言之。人道文帝草创基业,勤勉思政,选任贤良,使有隋之初国泰民安,四海殷富,以为文帝不失为励精之主。此言固有一定道理,但亦有偏颇之处。若将文帝与陛下相较,则高下自见,且判若云泥。陛下不计嫌仇,广纳贤才,不忌婴鳞,从谏如流,故而开创我大唐盛世,此已有口皆碑,无须臣妾赘言。而那隋文帝,妾闻只是说在口上,实则不能博采众论,信任百司,凡事喜好独断,以致言路阻塞,群臣缄口。如此日积月累,便蓄成败亡之势。他也并非如这诏书所称广纳贤良,以杨广为太子便是最大的败笔,乃自播孽种,自食恶果。"

李世民频频点头:"爱姬灼见与朕所见不谋而合,不谋而合呀。"

说着话,李世民又抽出一册。这一册是隋炀帝于仁寿四年(公元604年)即位不久关于营建东都的诏书。其营建宗旨称:

夫宫室之制不可以便生,上栋下宇,足避风露,高台广厦,岂曰适形。

故传云:"俭,德之共;奢,恶之大。"民惟国本,本固邦宁,百姓足,孰与不足!今所营构,务从节俭,无令雕墙峻宇复起于当今,欲使卑宫菲食将贻于后世。有司明为条格,称朕意焉。

看过这一段冠冕堂皇的文字,李世民禁不住拊掌而笑:"好一个'务从节俭,无令雕墙峻宇复起于当今',真是'以子之矛,攻子之盾'啊!暴君炀帝从来都是美其言而恶其行。朕闻,当年他命将作大匠宇文恺营建东都,动用河南诸郡男女百万余人,开凿通济渠,自西苑引谷、洛二水汇于黄河,又从极渚引黄河水入淮河,百姓竟日浸泡水中挖泥运沙,自腰以下皆腐烂生蛆,死者十有三四。洛阳宫诸大殿所用梁柱皆自几百里外之豫章运来,两千人拖拽一根大柱,一昼夜才能艰难行进二三十里,一柱运至洛阳,要耗费十万余工,真是洛阳宫成,百姓疲敝!"

他缓缓步出殿外,来到洛阳宫内最大的宫殿乾元殿中,在这高大宽敞的宫殿内转了一周,深深叹了一口气。此刻的李世民,心情沉重,思绪绵绵,透过这富丽堂皇的宫殿群,他看到了一代王朝的兴亡史。沉默有顷,之后忘情地吟道:"人以君为命,故可爱。君失道,人叛之,故可畏。"忽见曹娴正以十分崇敬的目光注视着自己,遂道,"此语可不是朕的原创。"

曹娴一礼道:"是,此语妾亦略有所知,源出自西汉谏大夫孔安国的笔下。"

李世民赞赏地点点头,又道:"其实,圣人早已有言在先:'君犹舟也,人犹水也,水所以载舟,亦所以覆舟',魏征在时,亦曾以此语提醒于朕,今日想来,言犹在耳啊。"想着说着,就动了感情,对一旁侍者道,"拿笔墨来,朕要写几个字。"

侍者奉上笔墨宣纸。李世民提笔濡墨,立成《古都感赋》一篇:

昔武王之克殷,筑王城而定鼎。自汉魏之以降,历千载而日隆。值隋季之逞嗜,惟宫宇之是崇。驭奔车兮系朽索,乾元毕兮国分崩。林何青而不花,花非故年之秀;水何日而不波,波非昔年之溜。岁月运兮寒复暑,日月流兮夜还昼。兴亡兮代袭,隆替兮相沿。君失道兮黎庶叛,水载舟兮亦覆舟。信造化之常经,执圣贤之可救。惟在德而为固,实弃道而难求。

观世俗之飘忽，览存亡于斯州。聊临窗而静思，怀古今而怅惘！

　　书完此赋，搁下御笔，李世民仍心潮澎湃，不能自已。

　　曹娴赞道："陛下此赋，句句至理，读来令人不胜震撼。"说到这里，忽然话锋一转，"臣妾深知，后宫不得干政乃宫中规矩，但今日游览东都，颇多感慨，敬观陛下大赋，更深受启迪，有几句心里话想说与陛下听，又怕说错了，扰了陛下豪兴。"

　　李世民目光炯炯地注视着她："莫要多虑，讲！"

　　曹娴道："炀帝穷兵黩武，横征暴敛，终致亡国之祸。如此前车之鉴，后世当戒之又戒，故而我朝此番东征，当以不劳民扰民为务才是。"

　　李世民点头："嗯，爱姬又与朕想到一起了，此事关乎我大唐根本，至关紧要。为百姓休养生息计，此番出师辽碣，不可向百姓加征一粟一钱。一路行军转战，皆以节俭为务：饭食只求充饥，不求美味；江河只要能涉水而过，便无须造桥；道路只要可行，便无须修整；将士行军所过州县，不得令百姓迎谒，亦不得令百姓转运粮草，只需驱赶牛羊于军中。[1]"说到这里复又拿起笔来，"朕这便拟诏！"

　　…………

　　贞观十九年（公元645年）二月十二日，李世民亲统六军从洛阳北上，三月十九日抵达定州[2]，与先期到达的太子李治会面。此时兵马浩浩荡荡经定州奔辽东，李世民亲坐城门楼上，向将士们招手致意。有数以千计的丁壮没有报上名，就穿着自家衣服前来，自愿效命疆场，纷纷喊着："不求朝廷勋赏，唯愿效死辽东。"李世民一一亲临抚慰，劝其回家。

　　同年三月二十四日，李世民率部从定州北进，向辽东进发。行前，颁诏太子留驻定州监国，命开府仪同三司高士廉摄太子太傅，侍中刘洎摄太子左庶子，中书令马周摄太子右庶子，同掌国家机务，辅佐太子监国。只命长孙无忌和中书令岑文本、吏部尚书杨师道随驾出征。之后，李世民身佩弓箭，亲结雨衣于马鞍后，曹娴亦是一身戎装，各骑战马驰出定州城。太子李治牵着御马缰绳，一步步将父皇送出城门。

---

　　[1] 炀帝东征，动用大量民夫转运军粮，既加重民众负担，军粮又易于被敌方截获烧毁。为解决这一问题，李世民令军队随军携带大量活牛羊，这样既可使牛羊驼负辎重，又可随时宰杀食用，从而解除了民众转运军粮的负担。

　　[2] 即今河北定州。

定州北郊黄土路上，北风乍起，黄沙漫漫。李治牵着御马缰绳，望望北方浑黄遥远的天际，再回头看看父皇已渐衰老的容颜，不禁悲从中来，忍不住悽悽切切地哭泣起来。

李世民下马："我儿莫哭，莫哭。朕打完仗便回来。"

李治："父皇若非为了江山后世，为了儿子，怎会以将迈之躯御驾远征啊。"

李世民抬手为儿子拭去腮边泪水："朕乃马上皇帝，久不征战，觉得身子骨都如散了架一般呢，此去东征，朕仿佛又回到了当年金戈铁马年代，身子骨一下子硬朗了起来，倒年轻了许多呢。我儿莫要担心。今留我儿镇守定州，辅之以贤臣，正好让天下臣民一睹我儿国储风采。治国之道，重在进贤能退不肖，赏善罚恶，至公无私，我儿当努力行之。"

李治深深点头，以袍袖拭去眼泪："父皇教诲，儿臣已谨记在心，亦当尽力行之。望父皇一路多多保重。"说到这里转向曹娴，"修仪娘娘，有您侍候父皇身侧，儿臣自当放心才是。臣在这里先谢谢娘娘了。"说罢深施一礼。

曹娴赶忙趋前伸出双手将李治扶起："太子切勿多礼。此去辽东，妾身定当尽心侍候陛下，请太子勿忧。"

匆匆作别之后，李世民与曹娴双双纫镫上马，一路绝尘而去……

同年四月初十，李世民统六军在幽州[1]举行誓师大典。

幽州城南门外一片方圆四五里的阅兵场上，站满全副武装、队列整齐的大唐六军将士，一时间旌旗林立，刀枪密布。

长孙无忌站在城门外队列前的高台上，高声宣布："誓师大典开始！奏乐！"

军乐队奏起雄壮的《秦王破阵乐》乐曲。

乐声一停，长孙无忌高声道："恭请大唐皇帝陛下宣诏！"

李世民声如洪钟，震动四野："朕代天宣诏：行师用兵，古之常道，取乱侮亡，先哲所贵。东昱叛臣盖文，拥兵自立，酷害其邻，窃据边隅，肆其蜂虿。朕以君臣之义，情何可忍。若不诛翦遐秽，无以澄肃中华。故今巡幸幽蓟，问罪辽碣。朕缅怀前载，抚躬内省：昔受钺专征，提戈拨乱，师有经年之举，皆所向风靡。前无横阵，荡氛雾于五岳，翦虎狼于九野，定海内，拯苍生。北殄匈奴种落，有若摧枯；西灭吐谷浑、高昌，易于拾芥。包绝漠而为苑，跨流沙而为池，黄帝不服之人，唐尧不臣之域，并皆委质奉贡，归风顺轨。崇威启化之道，此亦天下所共闻也。今略言必胜之道，盖有五焉：一曰以我大而击彼小，二曰以我顺而讨彼逆，三

---

[1] 州治在今北京城西南。

曰以我安而乘彼乱,四曰以我逸而伐彼劳,五曰以我悦而当彼乱。何忧不克,何虑不摧?可布告元元,勿为疑惧耳。钦此。"

众将士齐声山呼万岁。

长孙无忌一声"阅兵开始",偌大阅兵场上,一队队人马在军乐伴奏下开始行动起来:先是骑着高头大马的上千名将军,虎视前方,威风凛凛地绕场一周,最后在最东面站定。继之,头戴兜鍪、身披铠甲的数万虎贲将士各举着赤、橙、黄、蓝、紫五色旗子分成五个方阵顺序绕场一周,在千名将军后面依次站定。

李世民身着玄衣纁裳,头戴十二旒珠冕,坐着金辂御车,自检阅大道上缓缓驰过。龙旗、凤旆、黄钺、朱旎,一一在他眼前闪过。一时间甲胄璀璨辉煌,军器精芒闪烁。

李世民向将士们挥手致意,声如钟磬:"我军威武,战无不胜!"

众将士齐声山呼:"我军威武,战无不胜!万岁万岁万万岁!"气势澎湃,声震寰宇……

第四十章
赋佳句河中夸美景　　发疾言湖畔斩豪强

四日后，大军行至平州境内的大城山南麓。大军将士在山坡下支起军帐，埋锅造饭。

御帐内，曹娴侍候君王脱下战袍，换上常服，又为君王沏上一壶桂花香茶，待君王靠于卧榻上，边啜茶边浏览军报时，才走出御帐，登上山坡上的一片平台。

此时，晚霞染红了半边天际，清风送来阵阵爽意。越过顶顶军帐，透过缕缕炊烟，她举目向南望去，在心中默念着："爹爹，远行的女儿回来了，就要回到您的身边了；杏儿姐姐，小妹回来了，来看望你们了。离开家乡四年，娴儿无一日不在想念你们啊。多少回，娴儿在梦中回到了家乡，回到了你们身边，一旦醒来，方知是梦。娴儿多想永远不要醒来，永远在梦中与你们在一起呀。如今娴儿真的回来了，此时此刻，真想一步跨到你们身边，好好地看看你们，把憋在心中许久的话儿一股脑儿都说给你们听，哪怕说上几日几夜……可眼下娴儿尚不能回去看望你们，陛下御驾东征，娴儿须伴驾随行，只能待大军凯旋之日路经此地之时，娴儿才能前去与你们团聚……"

身后忽然响起君王的声音："爱姬在张望什么，可是想家了？"曹娴忙回头看去，见君王已来到她的身后，赶忙抬起衣袖沾一沾满眼泪水，一时略显窘迫："陛下……"

李世民十分怜爱地注视着她："此地距爱姬家乡有多远？"

曹娴回答："此地距臣妾姐姐家所在的龙河湾仅六七十里，乘快马，不足一个时辰即可到达。家父如尚住在珍珠岛，自龙河码头乘船，顺风扬帆，不足一个时辰便到了。"

李世民点点头道："好啊，我大军须在此地休整几日，朕知爱姬思乡心切，此间爱姬正可回乡省亲，朕要与爱姬一同前往爱姬家乡看望老国丈！"

曹娴赶忙一礼道："陛下厚爱，臣妾心领了。此番大军东征，陛下诸事繁多，不宜为臣妾省亲小事分心劳神。待东征凯旋之日，臣妾再回乡看望家父不迟。"

李世民道："爱姬深明大义，令朕十分感佩。不过，东征方略朕已筹划妥当，由下面将帅依计而行便是了。朕连日来筹划东征诸事，加之一路鞍马劳顿，心内颇觉烦乱，于此大军休整期间，正可忙里偷闲，去爱姬家乡优游一番，也好放松一下紧致心神。"说到这里微微一笑，"有朕与爱姬为伴，爱姬此番省亲定可增色不少呢。"

曹娴跪伏于地道："陛下错爱，臣妾万分感激，臣妾谢陛下错爱隆恩。"

李世民上前伸出双手搀扶她："爱姬快快平身。"

待曹娴起来后，李世民道："朕想着，此番临幸爱姬家乡，为不扰民，亦不令老国丈为繁文缛节所累，以尽享父女团聚天伦之乐，朕与爱姬可微服出行，只扮作寻常游客出游，由禁卫将军刘师立陪侍在侧，再由刘师立自禁卫营中遴选十余名精壮侍卫，亦皆扮作行旅之人，三三两两远远跟随，你看可好？"

曹娴点头道："如此甚好，臣妾谢陛下体谅家父之心。"

李世民又道："既是扮作寻常游客，你我便不可再以君臣称谓互称，只可以庶民夫妻称谓互称，你可要切记呀。"

曹娴道："臣妾谨记在心。"

次日凌晨，李世民身着酱紫色土布夹袍，曹娴身着藏蓝色土布长裙，各骑枣红色和白色战马，从大城山出发，沿乡间土路向东南方向一路疾驰而来。紧随其后的，是身着褐色土布裤褂，骑灰色战马的刘师立。再往后，十二名侍卫都身着各色土布短衣裤，骑各色马匹，分作三两人一拨远远尾随而行。

一行人策马狂奔不到一个时辰，忽有一条大河拦住了去路。只见渡口岸边泊着一溜五只小舟，每只小舟边都有船工在照看。岸上距河道四五十步之外，有一溜五间草房客栈。

李世民勒住马头问道："此河何名？"

曹娴回答："此河名叫双龙河。若我等继续乘马前行，须由此北行七八里，方有一木桥可以过河，过河以后沿河左岸小路南行至河口码头处，再改乘舟船渡海方可到达臣妾家父所居之珍珠岛。亦可由此租乘这些小舟南行至河口码头处，再转乘大些的舟船渡海至珍珠岛。"

李世民举目沿河向南望一望，说道："就依娘子后面所说，租乘这些小舟顺河南行，正可一路饱览两岸风光，尽享乡间野趣。刘师立！"

刘师立忙打马上前："臣……哦，小人在。"

李世民道："你指派两名弟兄于那客栈院内看守马匹，其余人等皆乘这些小舟一路南行。"

刘师立答应一声，忙去张罗。

除了两名侍卫去客栈看守马匹，一行人很快乘上小舟。

双龙河河面上，李世民与曹娴乘坐一只小舟在前缓缓向南行驶，驾船的是一白发苍髯老翁。其后不远处，刘师立和三名侍卫乘坐的小舟缓缓跟进，再其后另两只小舟载着其余七名侍卫远远跟随。

李世民坐在小舟上沿河向前纵目望去，展现在他眼前的，是一幅恬静优美的乡野田园风俗画：此时的双龙河，清风微拂，水面漾起层层涟漪，数只沙鸥在水面上轻飞低掠。一渔翁站在一只小舟上在悠然自如地撒网捕鱼。两岸一排排垂柳下垂的枝条上已长出一串串嫩绿的新叶。

李世民由衷赞道："真美呀。娘子，面对这乡间美景，你我何不赋上几句，一抒胸臆呢？"

曹娴颔首一笑："妾愿洗耳恭聆。"

李世民道："欸，你可切莫只是听，要有唱有和，方可尽兴。听好，我来开篇——"

    汤汤一水耀银花，夹岸新枝吐碧芽。
    振翅沙鸥低掠处，渔翁张网罟鱼虾。

曹娴激赏道："好一幅清新别致的乡野风俗画，尤其后面两句，更是道出了人禽和谐共处的优雅情致。"

此时堤岸渐低，堤外大片新生的芦苇在微风吹拂下抖动着嫩绿的叶子，河面上层层细浪在春日暖阳照耀下泛出万点金辉。沿河向南面眺望，远去的点点征帆渐渐隐入了烟霭之中。

曹娴眼观面前景色，说道："妾身也学赋几句——"

    堤畔春风播绿芹，波间暖日照氤氲。
    征帆渐没烟霞处，瀚海潮接万里云。

李世民拊掌而赞："好！'征帆渐没烟霞处，瀚海潮接万里云'，别有意趣，却暗含义理。"

此时小舟驶到处，前面左岸上所植大片桃林花开正浓，红艳胜火，宛若霞落九天。河面上数只白鹤似是被这一片火红惊着了，纷纷振翅拍打着水面飞向天空。几条货船从对面远远驶来。

李世民边用手指边道："看那桃花，那鹤，那船——"

万朵桃花一岸开，惊飞白鹤去还回。

此情疑是仙人境，却有凡间舟舸来。

曹娴道："那几条漕船，乃北去运送海盐的船只。这双龙河，虽则有时雨季河水暴涨，给两岸百姓带来沥涝之害，却是利大于害，不只给官家百姓带来通航漕运之便，且这河水年复一年浇灌滋润着两岸可耕之田，故而臣妾有句如下——"

灌溉行舟兴益多，时为人害更相和。

绵延万顷桑麻地，遍赐膏腴是此河。

李世民点头赞同："嗯，此地终究是娘子生于斯长于斯之故土，故而娘子对此一方土地河流之情思便格外笃深，方有如此上佳之句。"

曹娴赧然一笑："夫君过奖了，此河乃妾身家乡人的母亲河，妾身见了，自是倍感亲切。"

李世民连连点头："嗯，此言甚是，甚是。"

此时小舟已行至距左岸的卧佛寺不远的河段。

曹娴抬手指着卧佛寺殿宇："那寺院名卧佛寺，过了那寺院，便是龙河湾，此处距双龙河渔港码头已不甚远了。"

李世民眉目一扬："龙河湾？若我记忆无误，我曾听娘子说起过此一地名，可是么？"

曹娴道："是。妾身姐姐一家即居住于此镇，妾身幼时曾寄宿姐姐家，于镇上村塾读书。"

李世民道："好啊，既然令姊一家居于此镇，你我何不携上他们，一同前往岳丈府上，阖家团圆，共享天伦之乐呢？"

曹娴道："多谢夫君成全美意。妾身于此番出行前曾收到家书，得知妾身姐姐恐家父独身一人住在海岛之上孤独无助，已同她一家人一起迁至岛上与家父住在了一起。"

"嗯，如此甚好。"李世民说罢抬手一指卧佛寺，"听你方才说此寺名卧佛寺？"

曹娴点头称是。

李世民略一思忖:"卧佛寺,此名朕亦耳熟,似也曾听娘子说起过。"

曹娴道:"是。妾身年少时,曾入住此寺跟随师父静慈大师习武,一住便是四年。"

李世民道:"娘子既与此寺有如此笃深之缘,故地重游定是娘子数年以来梦寐以求之夙愿,你我何不趁此机会至寺内一游,以慰娘子怀旧之心?"

曹娴忙道:"谢夫君美意。"

李世民对船工道:"船家老哥,请将此舟靠岸候着,我等上岸至寺内去去便回。"

船工答应一声,把小舟靠向岸边。

李世民和曹娴在刘师立陪侍下上了岸,来到卧佛寺山门外。见山门紧闭,刘师立上前叩门。

山门"吱——"一声响,开了一条缝隙。一矮胖汉子从门缝里露出一张脸:"你等何人,是来进香的?"

刘师立道:"我等乃过路游人,来这寺中进香礼佛,请你把门打开。"

矮胖汉子朝门缝外一伸手:"拿钱来!看你等蛮有来头,每人须交五十钱,方可进门。"

刘师立一瞪眼睛:"什么?这是寺院,哪里有进门交钱的道理?即便进香拜佛时捐施银钱,那也是香客自愿之事,哪里有尚未进门便向人强行索要之理?"

矮胖汉子蛮横地说道:"这是我家老爷的祠堂,凡老爷家族以外之人若不交钱,一概不得入内!"

此时一瘦子出现在矮胖汉子身后:"对!不交钱一概不得入内!"

李世民皱起眉头,与同样眉头微蹙的曹娴互相对视一眼。

曹娴道:"这里明明是佛门寺院,怎么竟成了你家主子的祠堂了?你家主子姓甚名谁?"

矮胖汉子一翻眼珠:"提起我家老爷鼎鼎大名,恐将你等吓个半死。"

李世民与曹娴又互看一眼。

刘师立双眼已经瞪圆:"你啰唆什么?讲!你家主子姓什么叫什么?"

瘦子在一边怂恿:"告诉他们,看不吓死他们!"

矮胖汉子道:"我家老爷尊姓崔,大名世龙!怎样,还敢进门么?"

刘师立高声道:"当然敢进,把门打开!"说着拉开要推门的架势。

瘦子发一声喊:"关门!快关门!"

矮胖汉子"咣"一声关上了门,又"哗啦"一声把门闩上了。

曹娴对李世民道:"那崔世龙,乃本地一无恶不作的恶霸,定是此人将这寺院霸占了去,变成他家祠堂了。"

李世民怒形于色:"岂有此理,真是反了天了!在我大唐国土之上,竟有此等胆大包天之蟊贼,真乃我朝莫大之耻辱!"

曹娴劝道:"陛下息怒,我等让他将这寺院归还佛门便是。只是我等现下这身份……"

李世民冷哼一声:"身份有何要紧?朕说朕是什么身份便是什么身份!刘师立!进去把门打开!"

刘师立说一声"遵命",运一下气,"嗨"地发一声喊的同时纵身一跃,跃上山门旁围墙,接着跳到院内。

院内即刻传出那两个汉子的声音——

一个声音:"呀,他跳进来了,打他!打他!"

另一个声音:"打!打!"

紧接着院内传出厮打声,继之传出那两个汉子"哎呀""娘啊"的嚎叫声。

"滚!"是刘师立的声音。

山门开了,那一胖一瘦两个汉子一个用手捂着腮帮子,一个用手捂着胯骨跌跌撞撞出了门,一瘸一拐地狼狈而逃。

刘师立在门内对李世民和曹娴抬手做个往里让的手势:"先生,娘子,请进。"

李世民和曹娴走进门内。

李世民边往里走边说道:"今日娘子故地重游,定有诸多感慨,你我本可于此吟咏唱和,一抒雅兴的,亦可相与谈禅说佛,纵论缘起色空之佛法,只可惜,这份雅兴全被那怙恶不悛之崔姓恶徒给搅了,那恶徒真乃可恶至极!"

曹娴道:"妾身能到这寺内看一看,原是梦寐以求的,如今梦想成真,妾身已然知足了,夫君大可不必为那人所不齿之恶徒愀然动气。"

刘师立很随便地说道:"这有什么?等微臣出去之后一刀把他杀了便结了。"

李世民回头对刘师立道:"佛门清净之地,不可妄言杀字。"

刘师立赶忙一低头:"是。"

一行三人经过天王殿,来到大雄宝殿门外。

"娘子,进去向佛祖叩拜祈福吧,我陪你去。"李世民说罢抬手往门里一让。

曹娴心有疑虑:"夫君,您……"

李世民微微一笑："不妨事，我今日乃一寻常游客，前来礼佛，当然可向佛祖叩拜。我要叩祈佛祖佑我大唐将士此番东征旗开得胜，尽收失地，振我大唐赫赫天威，保我百姓安享太平。"说着向殿中一挥手，"走，进去吧。"

李世民和曹娴一同进入殿内，向佛祖如来佛像叩拜，祈祷。之后起身出殿，走进后面法堂。只见法堂内坐北朝南摆了一溜香案，其上供奉着十数个崔姓人名的牌位，牌位前摆放着各式点心果品，香炉中蓄满香灰。

曹娴道："这些牌位定是那崔世龙先祖们的灵位，果然这寺院成了他聚敛钱财之所与他私家祠堂了。"

李世民道："刘师立！"

刘师立赶忙上前："臣在。"

李世民道："命你属下侍卫，将这些灵牌尽皆扔到山门外，扔得远远的！"

刘师立答应一声，转身刚要往外走，一侍卫突然出现在法堂门口，气喘吁吁地跪下："启奏……秉，秉先生，一群二十余名汉子要闯寺院，被我等侍卫拦在了山门外，那为首的一位矮胖汉子叫喊着要与先生等理论，与我等侍卫刀剑相搏已是一触即发了。"

李世民对曹娴、刘师立一挥手："走！去看看！"

李世民等三人来到山门内，果见山门外九名仗剑侍卫背对山门与对面崔老二等二十余名手持刀剑的汉子均已拉开架势，刀剑相对。

那崔老二声嘶力竭地叫喊着："让开！再不让开，爷我定将你等剁成肉泥！"

李世民一步跨到山门口，厉声道："你敢！你就是崔世龙么？"

崔老二狂傲地说道："正是本人！你们是谁？竟敢打伤我手下家丁，又私闯我崔家祠堂，胆敢到老虎嘴里来拔牙，太岁头上来动土，不想活命了么？"

李世民道："哼！你问我是谁么？那我便告知于你，本官乃卢龙县衙县丞，奉县令之命前来查办你崔某人之累累罪行。你恃强作恶，横行乡里，竟又将佛门寺院强行据为己有，成为你崔姓一族私家祠堂，又借此勒索香客，暴敛钱财，真乃胆大包天，罪不容诛！你不是老虎么？你不是太岁么？今日本官就是要到你老虎嘴里来拔牙，就是要到你太岁头上来动土！本官命你，速将此寺法堂内你家祖宗牌位尽数撤除，将寺院完好无损地归还佛门，之后与你这帮家丁打手随本官至县衙领罪伏法，或可从轻发落。倘若不然，定将从重论处，绝不轻饶！"

崔老二有些心虚了："你……你不是游客么？怎又成县丞了？卢龙县丞我见过的，不，不是你呀？你，你是新来的？看你衣着打扮，也，也不像啊。"

站在他身边的管家崔升把嘴凑到他耳边小声嘀咕了几句什么。

崔老二马上道:"你既然是卢龙县丞,来我这里公干,该有印信文书的,那印信文书呢?出示给我看看。"

李世民冷笑一声:"哼!你要看印信文书么?刘师立!"

刘师立跨前一步:"臣在。"

李世民道:"命你手下侍卫将这十恶不赦之恶徒拿下!押上他去卢龙县衙验看印信文书!"

"遵命。"刘师立指着崔老二对手下侍卫道,"将这恶徒拿下!"

侍卫们一起向前去拿崔老二。

崔老二对家丁们气急败坏地叫喊:"给我杀!杀!"

家丁们和侍卫们马上互相厮杀起来。虽然家丁们在人数上是侍卫们的两倍以上,但却根本不是侍卫们的对手,很快有两名家丁被侍卫刺倒地下,眼看其他家丁也已招架不住,忽听崔老二一声呼哨,那些家丁们往后退却的同时,纷纷把手伸进衣兜掏出什么东西朝侍卫们脸上一抛,一团团白色粉雾就在侍卫们头前铺散开来,呛得侍卫们连连咳嗽,眼睛也被迷得几乎难以睁开。等粉雾消退,侍卫们揉揉眼睛再看时,已不见崔老二等人的踪影。

李世民大喊:"往南跑了,快追!"

刘师立率领侍卫们一路向南追去。

李世民抓起一撮撒落在地上的白色粉末:"这是什么东西?"

曹娴道:"是石灰粉末。看来这伙人与人打斗吃败仗不只一回了,便想出了这一招脱逃之计。"

李世民向南一挥手:"走!跟过去看看。"

二人向南一路疾行,远远望见前面出现一大片水面,只见刘师立和十余名侍卫正呆立在水边岸上茫然四顾。

待走到刘师立等人近前了,李世民问道:"他们人呢?逃到哪里去了?"

刘师立道:"我等远远张望着,明明望见他们逃到了这一带,可等我等追到此处之时,彼等却已踪迹全无了,岂非咄咄怪事?"

李世民皱起眉头:"难道他们能钻天入地吗?"

曹娴左右远近望望,再望向镜湖水面,眉睫一扬,抬手向湖中长着一片稀稀疏疏的芦苇处一指:"奥妙就在那里。"

刘师立伸着脖子朝那地方看了又看:"那里除了芦苇,其他什么都没有啊。"

曹娴道："他们就隐身于那一片水下。"

刘师立大感不解："隐身于水下？人在水下无从呼吸，时候一大，能受得了么？"

曹娴道："他们定是以事先备好的苇秆于水下口含一端，另一端露于水面之上，以苇秆作气孔来呼吸。像崔世龙那样的恶霸，不会没有仇家，这便是他们备好的一旦败给仇家之时的脱逃之术，先以石灰粉雾迷住敌方眼睛，以便能够脱身逃跑，再潜入此一方水下使其仇家不知其所向。"

刘师立一脸茫然之色："那我等又当如何？涉水去与他们厮杀么？"

曹娴道："无须那样，只需在此静候便可，时候一大，他们必以为我等已然离去，自然会在水面上露头，到那时他们即使想藏也藏不住了。"

李世民道："就依娘子之言，我等在此静候，正可以逸待劳，来他个瓮中捉鳖！"

一行人在湖岸上静候起来，个个眼睛都紧盯着长有稀疏芦苇的那一片水面。

过了一会儿，刘师立等得有些着急了，压低声音道："已有些时候了，为何还不见露头啊？"

曹娴也小声道："将军且少安毋躁，就快有动静了。"

又过了一会儿，崔老二从长有芦苇的那片水面上冒出头来，用手抹一下脸上的水，向北岸一望，赶忙又把头没入水中。

曹娴和李世民相视一笑。

曹娴对刘师立道："将军可向那水面上高声喊话，若恶徒再不出水上岸，我等便放箭将其射杀水中！"

刘师立向水面高声道："恶徒听了，尔等若再不出水上岸，我等即刻放箭将尔等尽数射杀水中！"

喊过一会儿，水面上仍毫无动静。

李世民道："刘师立，放箭！"

刘师立答应一声，张弓搭箭向那水面一箭射去，就听一声惨叫传来的同时，一名家丁浮出水面，那一箭已嵌在其肩膀之上。

刘师立高喊："尔等恶徒再不出来，一通乱箭过去，尔等将尽数葬身水底！"

崔老二露出水面，向着北岸上的人们连声喊道："切莫放箭，切莫放箭，我等这便过去。"接着对着水面说道，"都出来吧。"

其他家丁纷纷露出水面。

刘师立厉声道："速速上岸！"

崔老二等人乖乖地游到北岸，上岸。

刘师立又厉声道："放下兵刃，都跪下！"

崔老二等人乖乖地放下刀剑，跪在地上。

李世民道："来人！将恶徒崔世龙揿了！"

马上过来两名侍卫从左右两边一手摁脖子，一手反剪胳膊把崔老二控制住了。

李世民怒道："恶徒崔世龙！你死到临头了，朕要让你死得明白，朕乃我大唐当今皇帝。似尔等小小蟊贼，本用不着朕来处置的，你远远不够资格！可你偏偏又让朕遇上了，这也算是你莫大之荣幸。你泯灭良知，丧失人性，坏事做绝，罪恶累累，今又抢占佛门寺院，创下我大唐独有之劣迹，天下无双之奇闻，你已是死有余辜了。"

崔老二哆哆嗦嗦地说道："小，小人有眼无珠，不识得陛，陛下，陛下饶命，陛下饶命。"

李世民冷笑一声："你还想活命？真是做白日梦！拉下去，斩！"

两名侍卫拖着已瘫软了身子的崔老二往一边走去。

"将他拖得远远的，莫让他肮脏血腥玷污了这湖水！"说到这里，李世民转对众家丁道，"尔等丑类，人渣，只有作孽之劣性，全无做人之操守，不老老实实在家务农过活，却甘做恶霸之鹰犬，跟着那崔世龙做了多少坏事？欺压过多少良善百姓？朕本当将尔等与那崔世龙一并斩了的，只是想着尔等只是首恶崔世龙之胁从，姑且饶尔等一死。兹命尔等速速返回，将那崔世龙祖宗牌位自卧佛寺内尽数撤除，将寺院完好无损地奉还佛门，之后，尔等自行至卢龙县衙自首认罪，由县衙酌情定罪处罚。如若不然，定将从重惩处，绝不轻饶！尔等可听好了？"

家丁们磕头如捣蒜："听好了，小的们谨遵圣命。"

李世民一声吆喝："退下去！"

家丁们仓惶而退。

"杀了这恶徒，朕方出了一口恶气。"李世民呼出一口浊气，向湖面看去，"这是什么湖？"

曹娴道："此湖名叫镜湖。"[1]

"镜湖，嗯，甚好，湖形椭圆，光可鉴人，真是名副其实啊。嗯，这水，清可见底，鱼儿游弋水中，并不避人。"李世民说着举目远眺，"嗯，水光潋滟，烟波浩渺，野鸭戏水，鸥鸟低翔，还有那数只天鹅，也是悠游安然模样，如此静谧祥和

---

[1] 此镜湖即今之曹妃湖。

之美景,若是有陶彭泽在,不知会吟出怎样令人叹绝的田园佳句呢。待谒见老国丈回程之时,朕要与爱姬同游此湖,尽享湖上泛舟戏水之雅趣!"

曹娴向君王低身一礼:"谢陛下。"

此时忽有两名唐军士卒乘快马由北向南疾驰而来,驰到李世民身边滚鞍下马,跪到地上。其中一名士卒以双手托举着一封火漆加封的军报:"卑职叩见陛下。禀陛下,陆路行军大总管李大人遣卑职恭送加急军报叩呈陛下。"

刘师立上前接过军报,转呈给李世民。

李世民展阅军报,忽然眉头紧紧皱起:"这个程名振,竟然贪功冒进,孤军深入,虽则侥幸攻占了卑沙城,却被来援之敌团团围困,敌数倍于我,程名振部危在旦夕,李世勣主力又被辽东之敌所牵制,一时难以分兵前往增援。这个程名振,委实可恨,只一味冒进,打乱朕既定之用兵方略。"说到这里对曹娴道,"爱姬,军情有变,朕须统帅六军即刻进发,前往接敌,不能与你同去看望老国丈了,只能由你独自前往,令朕何其遗憾!朕遣这十名精壮侍卫做你的护卫与你同去,皆听命于你,你正可于此间与令尊多团聚些时日,待我大军凯旋路经此地之时,你再随朕同赴京师,可好?"

曹娴忙跪伏于地道:"陛下,不可!臣妾自京师出行之前已然决定,此番侍驾东征,将自始至终陪侍陛下身侧,以尽臣妾嫔妃之本分,今日怎可半途而废,只耽于儿女情长之中?臣妾恳请侍驾随行,祈陛下恩准。"

李世民叹一口气:"朕总是拗你不过,好吧,朕准你之所请,起来吧。"

"谢陛下。"曹娴站起身来,又转身面南跪下,"爹爹,女儿本欲今日与陛下同往岛上看望您,只因前方军情有变,陛下须即刻统军东去,女儿亦须侍驾同往,不能再去看望您了,女儿不孝,对不住爹爹您,请爹爹宽宥女儿大不孝之罪。"说罢连连叩首,泪如雨下。

李世民忙上前搀扶她:"爱姬起来吧,待我大军班师之日,朕定要与你同去看望老国丈!"

刘师立对来送信的两名士卒道:"把马牵过来!"

两名士卒应声把马牵了过来。

刘师立对李世民和曹娴道:"请陛下与娘娘上马。"

第四十一章

施火弩建言保黎庶　劝允降献策免屠城

贞观十九年五月初十，大军行至辽泽[1]地带，水泽泥淖绵延二百余里，人马无法通行，李世民命将作大匠阎立德率工兵畚土填淖，构筑便桥，大军才得以通过。此时辽泽水面上还浮有很多当年隋军将士的遗骨，李世民命将士将这些遗骨尽数收敛掩埋，才继续前行。

渡过辽水之后，李世民命阎立德"将辽水大桥撤去"，以示不胜东昱，决不收兵之决心。

此前，李世勣所率陆路大军和张亮所率水路大军两路兵马已兵临辽东城下。

辽东城是东昱西南军事重镇，隋炀帝三次东征东昱，均止步于此城之下，因之此城是东征唐军必须越过的一道屏障，攻下此城，对于唐军而言意义非同寻常。

李世民率六军来到马首山[2]之后，命大军就地驻扎，自己则在曹娴和诸随驾大臣陪同下率数百轻骑飞驰辽东城下。

辽东城城高壕深，此时李世勣正在指挥将士负土填壕，李世民马上加入负土填壕队伍，在马上负土递送。曹娴紧紧跟上，也于马上负土传递，李世民急忙阻止，却阻止不住，只得依她。同来的长孙无忌、杨师道等大臣见状，十分震惊，纷纷争相加入负土填壕队伍。士卒们因此深受鼓舞，个个争先负土猛跑，很快就将壕堑全部填平。紧接着，李世勣下令用抛车攻城。抛车体积庞大，可将重达三百余斤的巨石抛出三百步之外，所至皆摧，东昱守军十分惧怕。为防巨石袭击，守军用巨木在城上建起战楼并以粗大的绳索结网以图遮挡拦截，全被抛车所发巨石击毁。随后，

---

[1] 今辽宁北镇与辽中之间一带。

[2] 今辽阳西南。

唐军又用撞车清除主城左近的副楼，副楼无不倾倒。如此攻城半月有余，却是久攻不下。李世民一声令下，李世勣与张俭又率骁锐与契丹等少数民族兵士攻城南，李道宗和张士贵率军攻城西，李宏基率军攻城东，李世民亦亲率所统六军一起来攻，将辽东城包围数百重，鼓噪之声震天动地，城池依然未能攻克。

回到唐军大营御帐内，李世民始终眉头紧锁，在地上来回踱着步子。站立一旁的曹娴关切地看着他。

李世民像在自言自语：“一个辽东城，竟是久攻不下，这是朕万万未曾想到的。看来，那东昱军确实强悍。”

曹娴道：“既然强攻难以奏效，何不暂停攻城，静下心来另谋他策？譬如，强攻不成，可否巧取？”

李世民停住脚步："爱姬可有巧取之策？"

曹娴道："臣妾不谙战事，心中尚无良策。陛下可招文武大臣至城下，察看城中形势，共谋巧取之策。"

李世民略想一想："好吧。"

于是，李世民、曹娴在长孙无忌、杨师道、李世勣等大臣陪同下来到辽东城南门外，瞭望城中形势，计议攻城之策。

李世民道："我军强攻此城日久不下，诸位爱卿都用心想一想，是否有巧取之法？"

李道宗率先建言："陛下，既然我军架云梯攀援攻城难以奏效，臣以为可自城下挖掘地道入城。"

李世民环顾一下众人："嗯，众卿看，江夏王此计可行么？"

长孙无忌道："臣以为此计不妥。一者挖掘地道耗时过久，二者地道掘入城内之时，敌军必集中兵力至出口处猛击我掘地将士，且出口极易被敌军堵死，我军仍难以通过地道攻入城内。"

李世民又问："那么，诸位爱卿还有其他巧取之策么？"

众人你看看我，我看看你，一时无人出声。

此时阵阵西南风吹来，吹得杨师道须发皆乱，他将一将下巴上的胡须："陛下，起风了，风还不小呢。"

李世民若有所悟："嗯，是西南风，杨爱卿一句话提醒了朕，我军何不用火攻之法呢？"

李道宗马上赞同："陛下圣明，此计甚妙。可于上风处之城南城西广设火弩手,只要万弩齐发,风助火势,城内势必各处起火,敌军必不战自乱,城破即在俯仰之间。"

长孙无忌、杨师道、李世勣也都连连称妙。

李世民无意中一扭头间,见曹娴一双水目正看着自己,似有话要说:"爱姬,你有何识见?"

曹娴面上一红:"此乃军国大事,陛下与各位大人皆为百战百胜之将帅,臣妾不过一未经战阵的孱弱女子,岂敢在陛下与各位大人面前不知深浅,妄论短长?"

李世民道:"欸,此乃战前筹划,正须集思广益,择善而行,方可万无一失,爱姬有话尽管讲来,莫要多虑。"

长孙无忌也道:"陛下说的是,娘娘有何高见,但讲无妨。"

杨师道和李世勣也一齐随声附和。

曹娴道:"蒙陛下与各位大人抬举,妾便斗胆妄言几句。此番攻城采用顺风火攻之法,确为破敌上策,但若广设火弩手向城中遍射火弩,则城中必成一片火海,过火之后整座城池将化作一片焦土,敌军被烧且不说他,城中数万百姓亦将尽皆葬身火海,如此一来,我军仁义之师之威名必将蒙尘。故而不如择其一处城池集中放射火弩,则该处守军必乱,同时命城外他处我军加紧攻城,以拖住各处敌军无法抽身来援。放射火弩处我军以闪电之势攻破该处城池,入城之后,一路掩杀过去,则其他各处守军必乱,我军占领全城将势如破竹。如此,既可夺取该城,又可保全城内百姓。臣妾所言,乃妇人谬见,陛下与各位大人不妨一笑嗔之。"

李世民对众大臣道:"曹修仪方才所言,众卿以为如何?"

李道宗连连摇头:"臣以为,此诚如修仪娘娘所言,乃妇人之仁。两军交战,刀兵相见,敌我双方必有一伤,不是敌死便是我亡,如此生死较量之事,怎可对敌生发恻隐之心?臣以为,既是攻城,便当以城破为要,一场火烧将过去,即便烧它个寸草不留,又有何惜!"

李世民眼光一扫其他几位大臣:"你们呢?也皆持此论么?"

杨师道对李世民一礼道:"陛下,臣以为,江夏王此言有失偏颇。方才修仪娘娘所言保全城内百姓,并非不要破城,而正是在城破的同时兼顾保全百姓。我军与敌军交战,是要使敌军尽服于我,而并非要将敌方所有人等一概斩尽杀绝。况城内百姓是无辜的,如能在城破的同时兼顾保全百姓,尽显我军仁义之师之本色,当是最好不过。"

李道宗心有不服:"若我军只于一处放射火弩,城池难破,又当如何?"

杨师道说道:"若果真那样,我军再于各处遍射火弩,也不为迟。"

李世民问长孙无忌和李世勣:"长孙卿,李爱卿,你们看呢?"

长孙无忌道:"臣以为可依修仪娘娘与杨大人之所言,先于一处集中放射火弩,其他各处亦加紧攻城,若既能破城,又能保全城内百姓,当是最好不过。如城池难破,可再于各处遍射火弩破城。"

李世勣也点头表示赞同。

李世民这才说道:"想来城中百姓,大多乃隋之遗民,亦为我华夏子民,不应于此一战中尽皆罹难我手。就以此城南门左右为火攻与破城之处,其他各处亦加紧攻城!"

很快,唐军将士在南门外以火弩齐射点燃城楼,城中顿时火起。唐军将士乘机一举登上城墙,接着以长矛下击,以礌石下砸,东昱守军终于抵挡不住,唐军涌进城内,向城内其他各处掩杀过去,全城很快皆被唐军所攻占。

一仗打完,天也黑了,李世民和曹娴回到御帐。曹娴要侍候李世民更衣歇息。

李世民摆摆手:"你也累了,朕自己来吧。"

曹娴不依,坚持为帝王换好衣服,又奉上热茶,然后才为自己更衣。更完衣,却见帝王一直在大帐中央来回走动,遂劝道:"陛下,累了一日了,早些安歇吧。"

李世民停住脚步道:"朕睡也睡不着啊。此一战我军大捷,共歼敌与俘敌各万余,俘城中民户四万,缴获粮食五十万石,朕心大悦,亟欲乘兴赋诗以抒振奋之情,忽然想到爱姬乃即兴赋诗绝代之才,朕每览爱姬即兴之诗,皆如饮甘露,如沐春风,爱姬今日何不再展才思,令朕一饱眼福呢?"

曹娴被赞得羞赧一笑,面上红晕若霞:"陛下过奖了,臣妾遵命便是。"

说罢握笔在手,饱蘸浓墨,写下《东征》一首:

　　王师出塞誓争雄,万里驰奔气若虹。

　　龙舞旌旗掩烈日,鲸翻巨舰驭长风。

　　烟硝漫漫碛辽外,箭雨纷纷瀚海[1]东。

　　斩隘冲关千百战,悠然万乘[2]笑谈中。

李世民览毕此诗,神情大振,向帐外高声道:"来人!传朕命令,诸军明后两日稍事休整,即向白岩城进发!"

说罢转过身来,揽住女子纤纤素腰,温柔轻吻落在美姬雪颈之上。女子心底热

---

[1] 瀚海,今指沙漠,唐代以前义为大海。

[2] 乘,此处读shèng,古代四匹马拉的车一辆为一乘。万乘,借指帝王。

流翻涌，回身深深吻住君王俊唇，柔情的吻，激荡君王之心……李世民忘情地拥女子入怀，细吻缠绵交结，雪绸衣裙轻舞飞扬，内帐之中，绫绡帐暖，软玉温香，烛火曳曳流情……

此时帐外响起一侍卫的声音："陛下。"

李世民对帐外道："何事？"

帐外侍卫道："白岩城主遣使前来请降。"

李世民与曹娴互看一眼，说道："让他进来！"

白岩来使进帐后跪叩："白岩城使臣奉我家主公之命前来拜见大唐皇帝陛下，敬呈我白岩城阖城将士降表。"说着把降表从衣衽内取出双手托过头顶。

李世民问道："你们白岩城主姓甚名谁呀？这尚未交战，为何就来请降啊？"

白岩来使道："回奏皇帝陛下，我家主公姓孙名代音。我家主公知贵军兵强马壮，百战百胜，自知我白岩城将士难以抵挡，是以遣卑职前来呈表请降。"

李世民道："嗯，这个孙代音，倒有自知之明。把降表呈上来！"

侍卫从来使手上接过降表，呈到李世民面前案上。

李世民览表之后说道："嗯，好。回去告知于孙代音，我大军两日之后驰抵白岩城，届时你等要大开城门，阖城将士皆出城请降！"

转眼过了两日，唐军将士启程向白岩城急速行进。

忽然一骑快马探哨从队伍后面飞驰而来，驰到乘马前行的李世勣身边滚鞍下马，向李世勣急报："东昱统帅盖文遣乌骨城万余守军赶来增援白岩城。"

行进在李世勣身后的公孙武达打马上前，向李世勣请缨："末将愿率本部劲骑八百前去破敌。"

二人一齐策马驰到李世民近前，李世勣对李世民拱手一礼："陛下，探马来报，东昱统帅盖文遣乌骨城万余守军前来增援白岩城。"接着扭头看一眼公孙武达，"公孙将军自请前去迎敌。"

公孙武达也对李世民拱手一礼："陛下，末将愿率本部劲骑八百前去破敌。"

李世民道："好！卿忠勇可嘉，朕准你率军前往破敌。另命御营总管将军刘师立与镇远将军韦恒协同你前去破敌！"

公孙武达领命而去。

李世民亲率唐朝大军抵达白岩城下。

李世勣向城上高声喊道："我大唐铁军已至尔等城下，尔等为何不按降表所言开城请降？"

城上半晌没有回应。

李世勣再喊时,却见城上各垛口处出现众多弓弩手,一起向城下放箭。

李世民大怒,对身边李世勣和李道宗道:"攻下此城,将以城中财物悉赏将士!"

原来,白岩城主孙代音是在听到唐军攻下辽东城的消息后,慑于唐军声威才呈递降表请降的,现在得到乌骨城万余守军赶来增援白岩城的消息,城中其他文武官员都不愿降了,胁迫孙代音反悔,孙代音只得打消降唐的念头,要与其他文武官员死守此城。

李世勣、李道宗率军用抛车、撞车开始攻城,飞石流矢,雨集城中。

与此同时,公孙武达率部往乌骨城来敌方向疾进,涉过一条小河,转过一片树林,只见万余东昱士卒排开阵势,蚁聚而来。公孙武达抖擞精神,大喝一声,抡锤直冲敌阵。公孙武达虽然英勇过人,冲得敌军人仰马翻,但众寡悬殊,东昱兵如潮水般涌来,将他围在垓心。他毫无惧色,力战众敌,一名敌将一槊刺来,正中他腰部,他一个趔趄,险些栽下马来,但仍咬紧牙关,浴血奋战。站在高处准备策应他的刘师立和韦恒见状,都紧催坐骑冲入敌阵,持长枪接连刺倒敌方兵将百余名,于万众之中将公孙武达救出。公孙武达草草包扎一下伤口,拨开众人,昂然上马,重又杀入敌阵,刘师立和韦恒等将士见状,也发一声喊,催动坐骑猛冲敌阵。唐军气势如虹,奋击敌军,以少胜多,大破东昱军。

公孙武达随即遣手下一小将驰往白岩城下唐军大营报捷。

当这名小将疾驰到白岩城下时,唐军将士正在加紧攻城。

小将疾驰到李世勣身边滚鞍下马,高声报道:"报大总管,公孙将军率部大破乌骨城敌之援军,斩首一千,俘敌五千!"

李世勣一听异常兴奋:"好!"即对众将士高声道,"弟兄们,我军已大破乌骨城来援之敌!"

众将士齐声欢呼:"我军大破乌骨城来援之敌!"

少顷,城上就挂出一面白旗。

李世勣对李道宗道:"那孙代音定是闻得我军大破乌骨城敌之援军,已知此城定将不保,便又要请降,王爷以为能答应他么?"

李道宗马上回答:"绝不能答应!陛下已然许诺,攻下此城,将以城中财物悉赏将士。众将士正为此而欢欣鼓舞,皆摩拳擦掌要拿下此城领受财物呢,若此时允敌请降,岂不令众将士心寒!"

"好!王爷与本人想到一起了。"李世勣说罢转对众将士道,"城上挂出白旗请降了。弟兄们，那孙代音出尔反尔，先是请降，继而反悔，此时闻得我军大破乌骨城敌之援军，便又挂出白旗请降，你们说，我等能答应他么？"

众将士齐声回答："决不答应！"

李世勣道："好！今日天色已晚，我等暂且收兵，明日一早继续攻城，定要拿下此城！"

当晚，唐军大营御帐之内，李世民刚洗完脚，曹娴正在为他擦脚时，一侍卫进帐："陛下，白岩城遣使前来请降。"

李世民眼睛一瞪："什么？又来请降？把他轰出去！"

侍卫答应一声，回身正要出帐，曹娴急道："等等！陛下，他人既已来了，不妨让他进来，看他有何说辞。"

李世民略一思忖："好吧，让他进来！"

白岩来使战战兢兢地走进御帐，一屈身子跪下："白岩城使臣叩见皇帝陛下。"

"哼！"李世民冷冷地问道，"你又来做甚？"

白岩来使小心作答："卑使奉我家主公之命，前来向皇帝陛下请降。"

李世民怒道："那孙代音厮易反易复，毫无信义，这一回莫不是又来诈降，以作缓兵之计么？朕岂可轻信于他？"

白岩来使赶忙磕头："此前我家主公亦是真心请降，怎奈其他职官皆不愿降，只得作罢。这一回我家主公见我军败局已定，遂死心塌地愿降，乞陛下恩准。"

李世民怒喝："大胆来使，还敢巧言置喙，来人！将他轰出去！若再来聒噪，定斩不饶！"

来使已吓得浑身哆嗦，惶惶地起身，狼狈而退。

"陛下，"一直站立侧旁的曹娴此时走上前来柔声说道，"请陛下息怒，臣妾闻那来使之言，白岩城主此番请降，不似诈降，许是出自真心。"

李世民抬起双臂舒展一下臂膀："这个，朕心中亦是有数。"

曹娴以纤纤玉指为君王轻轻按摩着肩背："那，陛下为何不允呢？兵法有云：不战而屈人之兵，为上策，今敌方不战而降，正是合此一策呀。"

"朕已许诺我军将士，城破之日，将以城中财物悉赏之，今若允降，岂不令我军将士失望么？"

"恕臣妾斗胆直言，如此做法，定非陛下本意。古人云：'圣人之用兵也，亡国而不失人心。'[1]陛下乃仁义之君，所统大军亦非虎狼之师。若敌方负隅顽抗，可另当别论，然今已请降，若我方允准，则我军不损一兵一卒，城中数万生灵亦得保全，此乃用兵上策，又为仁善之举，而若我方拒绝之，仍一意攻城，则城破之日，大军必于城内恣意焚掠，城中百姓将尸横成山，血流成河。如此，将陷我军于不仁不义之境，亦将毁我天朝大国风仪。故而臣妾方敢断言，如此行事，绝非源自陛下之本意。"

李世民点点头："诚如爱姬所言，此举乃朕不得已而为之，不如此，则朕将有负于众将士。"

曹娴道："有两全之法，可保无虞。陛下一则允准敌方请降，二则许诺我方众将士，我军班师之日，凡有功者，将以府库之资赏赐之，则众将士将无怨于心。"

李世民听到这里，连连点头："爱姬所言，甚合朕意。来人！快去将那白岩来使追回！"

不一刻，白岩来使就被带入御帐内，他定是以为唐朝天子改变了主意，要将他处死，此时已吓得腿如筛糠，面如土色，一入帐内，就俯伏于地，颤颤地说道："陛下饶命……"

李世民呵呵一笑："谁说朕要杀你了？朕不但不杀你，还要你好好带信回去呢。朕恤悯城中百姓，允准城主孙代音的归降请求。"

来使磕头如捣蒜："卑使代我家主公谢陛下准降隆恩。"

李世民命侍卫将唐军旗帜交给来使，说道："回去告知于孙代音，若真要请降，可将此旗竖于城上。"

李道宗听到李世民已允准敌方请降的消息，亲率十余名将军风风火火地赶到大总管李世勣的营帐前，对帐外卫兵道："去！进去通禀一声，我等众将军有要事求见大总管。"

卫兵应声正要回身进帐，李世勣从帐中走了出来："是王爷呀，你率诸位将军到此，可有要事？"

李道宗道："本人刚刚遇见了护送白岩来使的御前侍卫，听那侍卫说，陛下已允准白岩城主孙代音的拜降请求。"

"哦？"李世勣闻言颇感意外，"陛下刚刚向众将士当面许诺，攻下此城，将以城内财物悉赏将士，为何转瞬之间便一改初衷，又允准敌方请降了？如此一来，岂不令众将士空欢喜一场？"

[1] 语出《庄子·大宗师》，意即圣人用兵，虽然消灭了敌国，却不失该国的人心。

李道宗道："本人以为，定然又是修仪娘娘以妇人之仁说转了陛下，方使陛下改变了主意。"

　　李世勣皱起眉头："陛下处事一向颇有主见，且最忌后宫干政，为何到了修仪娘娘面前便一改初衷了呢？"

　　李道宗想了想，说道："陛下向以做仁义之君而自勉，修仪娘娘又言必称仁义，自然最为陛下所愿接受了。"

　　李世勣摇头道："可如此做法，岂不是冷了众将士之心？"

　　李道宗道："我等众将当去向陛下当面进言，请求陛下收回允降成命。"

　　李世勣略一沉吟："陛下既已答应了白岩来使，便是决心已定，恐再难改变了，莫如认了吧。"

　　"公既然有所顾虑，便莫去了。我老李无甚顾虑，这便去向陛下进此一言。"李道宗说到这里，转对众将军道："哪位将军愿往，便随本王走一趟。"

　　众将军齐声回答："末将愿往！"

　　李道宗率这十余名将军急匆匆来到御帐外，正碰上走出帐来要去巡营的李世民和曹娴，李道宗上前抱拳一礼："微臣与各位将军参见陛下。"

　　其他将军也都抱拳施礼："参见陛下。"

　　李世民停住脚步："各位将军有事么？"

　　李道宗道："臣等闻听陛下已允准白岩城守敌请降？"

　　李世民道："是啊，朕已准了。"

　　李道宗道："陛下，那白岩城主不讲信义，出尔反尔，陛下已在众将士面前痛下破城决心，众将士无不摩拳擦掌跃跃欲试，白岩城破就在眼前，当此之际陛下为何又允敌请降？如此岂不令众将士扫兴么？"

　　李世民道："爱卿所言甚是。然则纵兵杀人，虏其妻孥，朕实是于心不忍。"

　　李道宗一屈身子跪下："请陛下收回允降成命！"

　　众将军随后一齐跪下："请陛下收回允降成命。"

　　李世民倒退一步，眉头顿然皱起："嗯？"顿一顿，说道，"好啊，既然你们要朕收回允降成命，那就说说你们的理由！"

　　李道宗道："祈陛下切莫听信妇人之仁。"

　　李世民剑眉一挑："什么？你此言何意？"

　　李道宗叩拜："陛下……"

　　李世民道："你的意思朕知道，你不就是想说朕改变主意，是因朕听信了曹修仪的进言么？那朕现下就明白告知于你，朕确是听了曹修仪一番恳切之言，方改变主意，允准了白岩城主的拜降请求。"

李道宗又叩拜："陛下！陛下一向最忌后宫干政的，望陛下不改初衷。"

李世民语调冷峻地说道："你是说，曹修仪进言是后宫干政？那朕便明确告知于你，非也！朕以前便曾讲过，所谓后宫干政，干的是朝政，而曹修仪之进言，所言乃两军阵前接敌之策；后宫干政为的是一己之私，而曹修仪之进言，全然出于公心，无一丝一毫私愿掺杂其中；后宫干政，往往采用不可告人之卑劣手段，而曹修仪之进言，乃对朕当面坦诚道来。且允敌请降，我军可不损一兵一卒，城内亦可不损一草一木，我军便可收复白岩全城，此乃何等之善举！我军又何乐而不为呢？"停了停，又道，"嗯，你们要朕拒绝敌方请降而力主攻城，无非是寄望城破之时可分享城中财物。对此，曹修仪已然替你们想到了，她提议，在我军班师之日，以府库之资重赏所有有功将士，于此，朕亦准了！难道这还不够吗？"

李道宗和众将军抬起头以意外的眼神看看李世民，又看看曹娴。

李道宗又拜："谢陛下与修仪娘娘关照美意。"

众将军一齐叩拜："谢陛下与修仪娘娘关照美意。"

次日一早，孙代音果然将唐军大旗插上城头。城中兵民都以为唐军已经登城，就依从城主传谕，列队出城归降。李世民命临水设置帐帷受降，赏赐城中百姓食物，八十岁以上者赐以锦帛。他城之兵在白岩城驻扎者，全部分给粮饷器物，予以释放。将白岩城改为岩州，以孙代音为刺史。

李世民命将士在白岩城歇兵三日。三日后，大军拔营，向承安城进发。

忙完这一切，李世民回到御帐内脱下战袍，接过曹娴奉上的茶盏刚要喝时，侍卫进帐奏报："前军探马求见陛下。"

李世民放下茶盏道："宣！"

探马进帐跪奏："东昱统帅盖文得知我大军来攻承安城，已遣东昱北军都督何延寿与南军都督廖惠贞统东昱、靺鞨兵十五万前来救援，现距我大军营地已不足六十里了。"

李世民听了这一消息，眉目微微一震，却不动声色地说道："朕知道了，回去再探！"

此时，在东昱北部通往承安城的道路上，东昱大军正在急速行进。

队伍中间，何延寿和顾问官高正义乘马并辔而行。

高正义正在向何延寿进言："大帅再听下官一言，那唐皇内灭群雄，外服戎狄，乃当世奇才。今率大军汹汹而来，猛将锐卒不可胜数，锋芒锐气势不可当。为今之计，我军莫如就近扎营，屯兵不战，再分遣骑兵，断其粮道，不过旬日，其军粮必尽，求战不得，欲归无路，则我军可不战而胜。"

何延寿却大不以为然："公太过多虑了。我探马已然探知，那唐军虽号称十万，其实包围我承安城之敌不过四五万而已，我军有十五万之众，以我十五万战他五万，焉有不胜之理？"说到这里转对身后的传令兵道，"传本帅命令，大军行至距承安城四十里时安营扎寨，定与唐军决一死战！"

第四十二章
凭孤胆单骑诱敌众　奉爱心一曲慰夫君

唐军大营御帐内，李世民坐在行军椅上，双目微闭，曹娴正在为其捶着肩背。

曹娴见君王久久沉默不语，遂问道："陛下在想什么？"

李世民仍闭着眼睛道："朕在想几个数目字啊。"

"数目字？"

"是啊。那何延寿、廖惠贞此番来援承安城，所统兵力是十五万，而我军呢，此番东征总兵力共十万，相继攻下东昱八座城池之后，每城都分出兵力把守，而张亮的四万水军尚在进攻建安城的途中，如此，朕身边兵力只有五万，而这五万人中，尚须分出一部去押运粮草，另一部继续包围新安城，以防该城之敌出城来援承安城，使我军腹背受敌，如此一来，朕能够调动迎敌的兵力仅剩下三万人。以三万对十五万，敌我兵力对比如此悬殊，你说，朕心中能轻松么？"

"嗯，此战确是一场恶战。"

李世民睁开眼睛："爱姬，依你之见，此一战，我大唐军队可有几成胜算？"

曹娴心中一顿，手上就慢了些，但旋即复如初时："臣妾只是学过一点拳脚功夫，并无实战经历，更未打过大仗，故于战阵之事，实则一窍不通。虽也看过几页兵书，却未读懂只言片语，若硬要謦言妄论，怕是连纸上谈兵都不如的。不过，臣妾还是以为，此一战，陛下已有十成胜算！"

"哦？"李世民稍稍侧过头，"爱姬此言，定是持论有据，何不讲与朕听？"

曹娴略一思忖："遵圣意，臣妾姑妄言之。陛下胜算在握，要言有三：其一，陛下用兵，极擅出奇制胜。太史公曰：'兵以正合，以奇胜。善战者出奇无穷。奇正相生，如环之无端。'[1]妾闻陛下尚在弱冠之年，每临战阵，便屡出奇谋，行奇兵，所向无敌，麾下诸将只是禀圣谋、奉成算而已，此一战定然一如既往。其二，我军英勇，势不可当。兵法云，狭路相逢勇者胜。臣妾方才伴驾巡视诸营，见士卒闻听东昱兵至，皆拔刀结旃，喜形于色，此乃我军士气高涨之状，由此可见我军必胜之端倪。其三，敌将骄矜。骄兵必败，兵骄者灭，古今屡见不鲜。那东昱都督何延寿，无视陛下英睿神武，不探我军虚实，率部长驱直入数百里，直至离承安城四十里方扎下营盘，盖出于自恃人多势众，骄矜轻敌，此乃败亡之兆。有此三者，虽敌众我寡，陛下亦已胜券在握了。"

李世民忽地起身："爱姬灼见，坚我必胜之心！"

曹娴关切地道："明日之战，将是一场恶战，臣妾请随陛下一同出战！"

李世民摆摆手："不！爱姬既已知我军必胜，何须挂心？你只须在此帐之内安坐，观朕如何布阵，不过明日午时，便可见那何延寿辈来此帐外拜降了！"说罢，马上把众将招到御帐内，分析敌情，谋划方略。

李世民胸有成竹地说道："今何延寿可有三策对我师：若引兵直前，连城为垒，据险储粟，纵兵掠我牛马，坐困我军，此为上策；尽拔城内兵马，乘夜一起遁去，此为中策；不自量力，来与我战，此乃下策也，朕料他必出下策。众卿且看着，延寿必为我擒了。"说到此，命公孙武达率一千将士前去诱敌，要大张旗鼓，接近敌营，只许败，不许胜，并特别申明，"朕初观地形，见北山与西岭之间乃聚歼敌军不可多得之所。是以将延寿部引入该地，乘其立足未稳，出其不意而击之，乃此一战决胜之紧要所在。今将此重任交与爱卿，卿当勿负朕望。"

公孙武达即刻率军驰抵敌军大营前面叫阵。

何延寿亲自领兵出营迎敌，举起马鞭朝公孙武达一指："大胆唐将，竟敢至本帅营前聒噪，若此时快快下马请降，本帅尚可饶尔不死！"

公孙武达哈哈一笑："何延寿，你死期将至了，还敢妄自充大，看来本将军须用重锤与你说话了——"

公孙武达话未说完，只听提刀立马于何延寿一旁的何延平大叫一声："哥哥且莫与他多言，待小弟前去取他项上人头！"说着打马上前，与公孙武达交起手来。

刚刚交手几个回合，公孙武达就大叫一声"厉害"，虚晃一锤后拨转马头便走，其手下士卒也急速回身退走。何延平在其后紧追不舍，何延寿随后挥军跟上。

---

[1] "正"，即堂堂的攻守之战，攻则无坚不摧，守则坚如磐石。"奇"，即不依正轨，不行常道，用奇谋智略取胜。善战者屡出奇兵，且正奇并用，变化无穷，如"环之无端"，无懈可击。

追出约十里地时，跟在何延寿马后的高正义在马上大叫："大帅且令三军止步！"

何延寿闻言勒住马头问道："此正歼敌绝佳时机，公何故喊停？"

高正义道："如此长驱直入恐将有不虞之患，请大帅下令鸣金收兵，再听下官细说缘由。"

听高正义这一说，何延寿也意识到胜利来得太过容易，似乎有哪里不对劲，于是下令鸣金收兵。

此时高正义说道："下官观大帅令弟高将军与那敌将厮杀，那敌将武艺并不在高将军之下，却未战几个回合便虚晃一招回马便走，显系佯败，意在诱使我军急追冒进，料他前方必有伏兵。再者，唐军总有数万之众，却为何仅有千人来与我交战？其中必定有诈。故下官方请大帅下令鸣金收兵。"

何延寿听了，点头称是。

那何延平正紧紧跟在公孙武达马后穷追不舍呢，听到后面己方军中鸣金收兵的号令，心中着实不解，可又不得不从，一时性起的他从身后取下弓箭，瞄准公孙武达的后心一箭射去。公孙武达听到身后一声异响，赶忙向着马背上一伏身子，那箭便紧贴着他的后背飞了过去。当何延平张弓搭箭再射时，公孙武达已回转身将射来之箭以锤搪落地下。何延平见射箭难以奏效，又听己方鸣金之声不断，只得拨转马头开始回撤。公孙武达见敌将回撤，敌军大队人马也已停止追击，自忖皇上交给的诱敌重任将无从完成，心中一急，就拨转马头要再去接敌。

正当此时，忽听侧旁有人一声低喊："将军且慢！"与此同时，一团红光自侧旁一闪而出。

公孙武达定睛一看，竟是此番东征随侍皇上身旁的修仪娘娘乘坐雪白骏马、肩披绛红斗篷来到了面前，其身后还紧紧跟着两名骑一色枣红战马的御前侍卫，不由一声惊呼："娘娘！娘娘怎会在此？"

曹娴稍稍侧头，以眼角余光向那边的何延平看去，见其已勒住马头向这边张望谛听，就有意提高声音道："本宫尊皇上之命前往将军营中巡视，见人去营空，经打问方知将军未经皇上允准，便擅自统领人马前来迎敌，你如此目无君上，贪功冒进，难道便不怕皇上治你死罪么？还不从速退兵！"

公孙武达听了这话猛然一愣，正要分辩，又见娘娘朝自己频递眼色，懵懵懂懂中还是悟出娘娘的意思是不让自己分辩，一时却又不知如何回应，只张大嘴巴："这……"

这时候曹娴似不经意间向何延平那边偶一侧头，如猝然发现了他正站在那里谛听这边说话一般浑身一震,就又回过头,像是有意把说话的声音压低,说出的话却是:"将军你既已成败将,敌军又已停止追击,你却还要前去接敌,这不等于明白告知于人家你是想要诱敌深入么?还不率手下将士快快撤回!"

公孙武达也压低声音道:"娘娘先撤,我来断后!"

曹娴朝他眉眼一肃:"本宫是遵皇上旨意巡营的,故此可代行天子令,兹命你等将士从速撤回,快撤!"

公孙武达一时焦急万分:"这……敌军就在眼前,此处凶险非常,娘娘滞留于此,如遭不测,卑职回去无法向皇上交代,故而还是娘娘先撤。"

那边何延平见听不清这边两人在说什么,就勒过马头走前几步问道:"那边女子,你果真是唐朝皇帝的妃子么?"此情此景真让他有些糊涂了,面前这女子果真是唐皇的妃子?哪里会有如此大胆的皇妃,竟敢出现在两军阵前?

这边曹娴先不去理他,只举剑朝公孙武达胸前一指:"你想抗旨不遵么?"厉厉眼风朝左右两名侍卫一扫,"你二人速去将他带下!所有将士一并从速撤回!"

两名侍卫显然已于此前接受过曹娴的安排,此时说一声"遵命",一人催动坐骑从左侧来到公孙武达身边,一伸手将其马缰一把抓过往前便带,另一人催马来到公孙武达马后,抡起马鞭朝马屁股猛抽一鞭,那马昂头"咴儿"地叫一声,就猛然奋蹄向前冲去,其余将士随之迅即撤去。

那边何延平催动坐骑又朝前走了几步,再问:"本将军问你话呢,你果真是唐皇的妃子么?"

这时候曹娴才拨转马头回应:"是又如何,不是又怎样?我只想正告于尔,尔等若不怕前有伏兵,便只管来追好了。"说罢又拨转马头缓缓撤去。

何延平得知面前女子便是唐皇妃子,哪里肯放过她?即刻打马追了上去,却又听后面己方军中响起一阵紧过一阵的鸣金声,只得暂且放弃追赶,拨转马头跑回到己方军前,朝着何延寿埋怨道:"此正杀敌绝好时机,哥哥为何鸣金收兵?"

何延寿道:"恐敌方有诈。方才敌将败得太过突兀,恐乃敌军诱我之计,我军若贸然追击,恐遭敌埋伏。"

何延平连连摇头:"哥哥太过多虑了。哥哥可曾知晓,那边马上女子乃唐朝皇帝的妃子?"

何延寿一听这话大吃一惊:"什么?唐朝皇帝的妃子?你是如何得知的?"

"小弟亲耳听那敌将称那女子作'娘娘',那女子亦自称'本宫',由此可见,她不正是唐皇妃子么?"

何延寿连连摇头:"唐皇妃子敢于来至两军阵前?这……这岂不太过离奇了?"

高正义也连连摇头:"就是啊,太过离奇,有违常理,其中必定有诈,大半是敌军以他女假托皇妃,来引诱我军追击,深入其伏兵之地。"

何延平发急道:"不!不!绝非如此!"接着把他方才所见所闻述说一遍,还特别强调,"那皇妃是在尚未见到小弟时自称'本宫'的,故而她的话并非是有意说给小弟听的。自其话中可知,那唐将此番来攻,并非受唐皇所遣,乃其贪功冒进,擅自行事,哪里会设什么伏兵?故而机不可失,我大军亟当乘胜追击,大破敌军,亦可将唐皇妃子擒来我手。"

高正义摇头道:"此事未可孟浪,那唐皇妃子不是说,唐军于前面设有伏兵么?他知我方必不会听信她的话,她越是说有伏兵,我方便越是认定无伏兵,故而追击之,如此正好中他埋伏。"

何延寿听了这话略一思忖,随即哈哈一笑:"公之言,正可坚我追击决心。如公所言,她料定本帅会那么想,本帅偏不去那么想,本帅料定,敌方必无伏兵。即若有伏兵,又何必惧之!今我军兵力胜过敌军数倍,难道还怕他设伏不成?传本帅令,吹起号角,全军全速前进!"

言毕即一马当先往前猛冲过去。何延平和刚刚率部赶来会合的廖惠贞紧紧随在左右,一齐向前冲去。

此时曹娴已走出一里多地,远远望去如一团火苗在跃动。

何延寿望着那火苗对左右二人道:"今那唐皇妃子必将为我所擒,拿住她,看那唐朝皇帝当作何想!"说罢扬鞭打马,加速前进。

追出约二十里远时,看看离那唐皇妃子只有一箭之遥了,何延寿向后一扭头道:"传令,不许放箭,要抓活的!"说罢,拼力挥鞭打马,那马便四蹄腾空,如离弦之箭般向前飞驰而去,跟在左右的何延平和廖惠贞也频频举鞭打马,与主帅并驾齐驱向前猛冲。

前面的曹娴也频频扬鞭催马,加快了奔驰的速度。又跑出约十余里,看看已进入君王指定的歼敌之地,曹娴忽然一勒马缰放慢速度,一眨眼间那何延寿等人便冲到了近前。此时忽见曹娴回身猛一甩手,便有白光一闪,后面何延寿情知有异,急一闪身,就有一股冷风自耳边刮过。那廖惠贞刚一缩头,就听头顶"嚓"的一声响,头上盔缨已然落地。与此同时,只听另一侧的何延平"啊呀"一声大叫,继之人已滚落马下。何延寿与廖惠贞急勒住马头看时,见一支飞镖已嵌入何延平左膀之下肋部,如再移向右下一点,便是心脏部位,那就要了他的命了。何延寿急命左右将他抬下去救治。

这一番折腾之后,何延寿再举目向前看时,只见那唐皇妃子已拐过山脚不见了踪影,知道再追也是无用,只得作罢。何延寿举目四顾,认出这里是北山南坡,距承安城已经不远,看看并无唐军伏兵出现,就对随后赶到的高正义道:"若敌方设伏,此时早该来攻了,可见公是多虑了。"之后命将士依山布阵,与唐军对峙。

曹娴回到御营,一见君王的面,就伏地叩道:"臣妾死罪!臣妾未奏请陛下允准,便擅离御营前去诱敌,且代行天子令,是臣妾目无君上,贸然行事,请陛下治臣妾犯上僭越之罪。"

李世民从行军椅上站起来,怒道:"哼!你还知你有罪么?你可知道,你如此冒险行事,若万一被敌军掳去,后果将会如何?果真那样,我天朝颜面何在?朕的颜面何在?"

面对君王如此诘责,曹娴并未显得惊慌,反倒淡定如常:"臣妾之罪,任凭陛下处置,臣妾甘愿领受。"

李世民口气有所缓和:"你讲,你怎就预知公孙武达此番前去诱敌将会出纰漏呢?"

曹娴从容作答:"臣妾并无如此先见之明,只是觉得,公孙将军此番诱敌,乃此一战至关紧要之一环,如诱敌不成,将会置我军于十分不利之境地,故此便想前往助他一臂之力。其时陛下正去山上观察地形,臣妾想着若去山上奏请陛下允准臣妾此行,料陛下必然不准,即便准了,一经往返耗时,再去诱敌恐也迟了,故此便擅自径直去了。出行之前,臣妾已做了必死的准备,若万一逃不脱敌军追击,臣妾将自刎而死,绝不会被敌军生擒的。"

"原来如此。"李世民一下跌坐在椅子上,"此事怨朕考虑不周,我军有数万将士,只去一千将士迎敌显有诱敌之嫌。事情经过,公孙武达都对朕讲过了。朕确曾委汝巡视御营,故非常之情势下代朕机动措置,亦无大过。此番决战,爱姬你已立了头功,可将功补过,朕恕你无罪。只是,如此行险之举,只许有此一回,下不为例,再不可有第二回。你起来吧。"

见敌军已被诱至预定区域,李世民率长孙无忌等数百骑出了御营,再度登上高岗,瞭望敌情,观察地形,对可伏兵之处及出入之所,一一指点,巧为筹划。江夏王李道宗见敌军阵营长达四十里,其势浩大,就来到李世民近前奏道:"东昱倾全国之兵以拒我王师,其都城平城防守必弱,愿假臣五千精兵,直驱平城,待平城城破之日,则眼前数十万敌众将不战而降。"李世民正在思考目前遣兵布阵的事,没太在意李道宗的提议，只含糊应了一声就不再提起。李道宗见君王不太重视自己的提议，只得作罢。返回御营，李世民当即部署：命李世勣率步骑一万五千人，列阵西岭，与敌正面交锋；命长孙无忌率精兵一万一千人，从北山出峡谷，冲击敌后；李世民自率步骑四千，携带鼓角，掩卷旗帜，暗登北山。并命诸军以鼓角声为号，一齐出击。布置已毕，李世民命人于御帐之侧设置受降帐帏，胸有成竹地说道："明日午时，将纳降虏于此！"

天色将晚，李世民命诸军饱餐一顿，乘着夜色，悄悄运动到指定位置。第二天天一亮，何延寿见唐军只有李世勣在对面布阵，于是不急不慌，从从容容用完早饭，才前来布阵接战。

李世民立于北山之巅，居高望远，见李世勣部正与敌军对峙，两下里跃跃欲动。又见敌阵后面，隐隐有尘沙飞起，料知长孙无忌部已抄到敌后，当即命手下步骑："鸣鼓吹角，高张旗帜，命诸军鼓噪齐进！"

一时鼓角之声大作，诸军齐声呐喊，李世勣以一万长枪兵戳击敌正面，长孙无忌率奇兵直捣敌阵后。唐军突然出现且两面夹击，何延寿一时大为惊慌，他定了定神，仗着人多势众，连忙分兵抵抗。此时，李世民又率四千骑兵自北山疾驰而下，突击东昱军侧翼。三面合围之下，东昱军大败，被斩首两万级。何延寿惊魂未定，收拾残部靠山扎营。这时诸路唐军按李世民的部署分别向前运动，对敌军形成包围态势。长孙无忌命将士将桥梁尽行拆除，断敌归路。

何延寿、廖惠贞见自己已成瓮中之鳖，无路可逃，只得率余部三万人请降。他们二人垂头丧气地躬身膝行，进入军门，伏地叩拜："败军之将叩见大唐皇帝陛下，败将死罪，乞陛下宽恕。"

李世民端坐行军椅上，扭头与身侧的曹娴对视一眼，然后回过头对二位降将道："你们还自知是败将啊？何延寿，还记得此战之前你曾口出狂言么？"

二人只是伏地叩首，连大气儿都不敢出。

纳降之后，李世民挑选将帅以下至酋长三千五百人，授予军职，迁居内地，其余兵士全部放归平城。这些获释兵士全都举手顿地，欢呼雀跃。此役唐军获马五万匹，牛五万头，明光铠甲万余领，其他军用器械不计其数。李世民敕命改北山为驻跸山，命将作大匠造《破阵图》，命中书侍郎许敬宗撰文刻石以记功。

次日一早，大军一路疾进，兵临承安城下。

李世民率随驾大臣和众将来到承安城北门外，观察城内敌军情势。

李世勣上前一步对李世民奏道："陛下，我探马来报，那东昱国得知何延寿十五万大军被我军全部消灭，举国震骇。其占我黄城、银城之敌尽皆自拔逃遁，我数百里失地已全部收复，现下只有这承安城与其东南面新安城之敌，依然固守不退。"

李世民道："张俭，你讲一讲这承安城内敌军情势。"

张俭趋前一步道："这承安城，地势本便险要，自被东昱国侵占之后，敌方极力经营，以至墙高濠深，易守难攻。城主梁万年骁勇善战，其手下兵马个个精壮。当年盖文篡权作乱，梁万年不服，盖文曾派遣大军来镇压，久攻这承安城却连遭失败，最后只好作罢。此番我军来攻，臣料定梁万年不会出城与我军野战，必将据险死守，我军欲破城池殊非易事。"

李世民点头道："嗯，知己知彼，方能百战不殆。既知敌军如此情形，诸位爱卿可有破城之策？"

几位大臣一时都默然无语。

李世民扭头对李世勣道："李爱卿，你有何高见？"

李世勣拱手一礼："臣尚无良策，只拟分兵布防于承安城至新安城之间必经通道上，以防新安城之敌来援。对这承安城，则先以部分兵力搭云梯登城探察敌军虚实，再做定夺。"

李世民道："好吧，你且勉力为之，朕静候你等佳音。"

李世勣先投入三万兵力搭云梯登城。承安城内早有准备，滚木礌石，滚滚而下，李世勣只好命令将士暂且撤下。此后唐军分成几拨，轮番攻城，昼夜不停。白天抛车飞石，犹如雨下，打坏城堞多处，但敌军连夜抢修，到天亮时又完好如初。

这天夜晚，天空乌云密布，军营四周一片黑暗，攻打了一天的将士们早已酣然入梦。御帐内，明亮的烛光下，李世民坐在行军椅上，正在凝神苦思。

曹娴端过一盏热茶："陛下，夜已深了，该歇息了。"

李世民叹道："承安城久攻不下，朕睡不着啊。"

此时忽然从承安城方向传来阵阵猪狗乱叫的声音，李世民一跃而起，去拿御帐一侧挂着的铠甲。

曹娴一边帮君王披挂一边问："陛下，这么晚了，还要出去么？"

李世民道："围城日久，城中烟火渐稀，晚间忽有猪狗叫声，定是敌军以肉食款待兵士，然后出城袭击我军，我军须严加戒备！"

曹娴也要披挂："臣妾与陛下同去！"

李世民忙道："不可！你只须在帐中好生歇息！"说着话已披挂完毕，快步跨出帐外。

曹娴披挂完毕，悄悄跟出帐外。

李世民率一千禁卫兵冲到承安城下，对随后赶到的刘师立低声道："谨防敌军出城偷营！"

李世民话音刚落，就见前面黑魆魆的城墙上，有许多黑色身影缒城而下，悄悄向唐军阵地运动。

李世民对身边侍卫小声道："低声传朕命令：我军埋伏不动，待敌人走至近前时一举歼灭！"

侍卫应声向一边悄悄走去。

转眼之间条条黑影已来到跟前。

李世民大喊一声："杀！"随即一马当先冲了过去。

曹娴唯恐君王有失，催马紧紧跟随过去。

众禁卫兵见圣上身先士卒往前冲杀，也都拼命前冲，击杀偷袭的敌兵。

李世民马快，已冲入敌兵中间，尚未施展剑法，即一个趔趄，险些栽下马来。曹娴见一支箭镞在君王脊背上颤动，急驱马上前将君王扶稳。

刘师立随后赶到，对旁边禁卫兵道："快将陛下与娘娘护送至御帐内！"

李世民被禁卫兵护送到御帐内，躺到行军床上，随后赶到的蔺太医马上为他治疗背上箭伤，先用净水冲洗过后，又敷上金创药。

刘师立进入帐内，十分关切地询问君王伤情。

李世民疼得皱着眉头："朕无大碍，告诉朕，此一战结果如何？"

刘师立道："此一战几百名偷袭的东昱兵或是被杀，或是被擒，无一漏网。"

此时长孙无忌、李世勣、杨师道、李道宗等大臣相继进帐，询问李世民伤势。

蔺太医已给李世民伤处敷好膏药，说道："陛下，臣已为陛下伤处敷好膏药，陛下须静养数日方可。"

李世民对蔺太医道："朕知道了，你下去吧。"说罢环顾一下诸位大臣，"既然众卿都来了，就议一议攻城之策吧。"

长孙无忌道："臣以为，承安城城坚兵勇，撞车炮石、云梯冲竿均不能奏效，不如暂停攻城，只以重兵将城池围住。臣已得知，敌军粮草皆储于相邻的新安城内，承安城所需粮草皆自新安城运来，我军只对承安城围而不攻，并断其粮道，待城中粮草耗尽，敌军将不攻自乱，那时我军攻城，敌军必将再无抵挡之力。此间我军可密切关注新安城守敌动向，若其胆敢出城来援，我军可于途中聚而歼之。"

杨师道马上表示赞同："长孙大人所言极是，此确为破敌良策。"

李道宗也点头称是。

李世民见李世勣没有出声，问他："李爱卿，你以为呢？"

李世勣道："臣以为，也只有如此了。"

李世民道："那好，就依长孙卿所言行事。"

唐军开始在承安城周围架设军帐，将城内之敌团团围困起来。数日后，承安城内之敌尚无动静，李世民背上的箭伤却又红肿起来，疼得彻夜难眠。随驾太医想尽一切办法予以调治，不但不见好转，反而越发厉害起来，人也忽而发热忽而寒战。曹娴日夜守护在侧，一会儿君王高热，就在其额上敷上冷水浸过的面巾，一会儿君王又冷得打战，就为其加盖毡被，一刻也不得空闲。召来当地名医，与太医共同为君王诊治，仍是不见好转。

这日，蔺太医揭开李世民背上伤处敷着的膏药，只见伤口处已肿起老高，伤口中间出现一铜钱大的脓包，脓包周围已呈紫红色。

蔺太医道："陛下，伤处已然化脓，须将脓液挤出，伤痛方可好转。只是，挤脓之时伤口疼痛甚剧……"

李世民道："你但挤无妨，朕忍得住疼痛。"

蔺太医以双手轻轻按到脓包外围，尝试往外挤脓，手指刚一下按，李世民疼得"嗞"地倒吸一口凉气，额上立刻沁出一层豆大汗珠。蔺太医赶忙把手缩回，无奈地摇了摇头。

曹娴看着君王被伤痛折磨得痛苦不堪的样子，一时心如刀绞，回想着君王平日对自己的千般呵护万般宠爱，遂再难自持，俯下身子以口轻轻触到君王伤口处，一口一口地往外吮脓血，吮一口就吐在碗里，直到吐了大半碗，把伤口脓血吮净为止。

李世民见爱姬为救夫君如此牺牲自己，胸中骤然热血潮涌，声音颤抖地说道："爱姬，真难为你——"话未说完，因感念过甚竟一下子晕了过去……

为能缓解君王伤口疼痛，曹娴想尽了一切办法。这日，见君王又疼得冷汗涔涔，想起君王素喜观人习武骑射，为转移君王注意力以淡化痛感，遂道："陛下闷得慌，待臣妾舞一趟剑，不知陛下愿看与否？"

李世民连连点头："朕愿看愿看，你舞吧。"

曹娴从壁上擎剑在手，拉个架势，随即舞了起来。只见她：出剑，时如银蛇吐芯，时若电闪裂空；舞姿，时犹彩蝶飞旋，时似鹰击长空；徐则行云流水，疾则风掣涛奔，已把君王看得呆了，连呼："好剑，好剑！"伤处疼痛早被抛到了九霄云外……

有诗为证：

> 光生闪电影生风，辗转腾挪别有功。
> 雪锷横劈倾地柱，寒锋纵掣裂苍穹。
> 时犹止水时脱兔，又若飞鸿又骋骢。
> 紧处疾抛星散雨，倏然收式势如虹。

或许是曹娴的真情感动了上天，自此，李世民的伤痛渐渐好转起来。

秋末时节，长夜漫漫，一灯如豆。李世民因创口肿痛尚未全消，又兼承安城久攻不下而心绪不佳，故而彻夜难眠。见曹娴一直坐在床边陪伴自己，娇艳水嫩的容颜已日渐憔悴，遂劝道："爱姬莫要总是伴朕熬夜了，还是早些歇息吧。"

曹娴摇摇头："臣妾不困。长夜难耐，臣妾为陛下抚一首曲子，可好？"

她想，琴声，也许能让君王减少一些病痛与烦忧。

李世民点点头："也好，多日战事吃紧，朕已许久未闻爱姬的琴声了。"

曹娴纤纤玉指搭上清凉琴弦，轻拨慢挑，声声清音，自指尖脉脉流泻而出……

琴声，初时轻盈舒缓，如山水淙淙，蜿蜒流淌，淌过薄薄夜雾，融入幽凉月华；如夜莺低鸣，清越婉转，划过凄迷夜空，浸入淡淡流云。

忽然，琴声激越峻疾起来，如千军呐喊，似万马奔腾；如狂雨溅珠，似水激冰玉。

渐渐地，琴声又变得清幽细婉，浅吟低唱，余音袅袅……

君王，已在这轻柔曼妙的琴声中安然睡去……

第四十三章
两姐妹重逢比武场　　二师徒再会将军宅

这一年气候反常，深秋未尽，便寒潮频至，严霜盈野。这天一早，西北风刮得正紧，曹娴从外面回来，快走到御帐旁时，忽见刘师立正指挥几名士卒将刚刚还在站哨的两名士卒反剪了双臂，摁着脖子，要押往别处，那哨位上已换上了另外两名士卒。

刘师立见了曹娴，忙拱手一礼："末将参见修仪娘娘。"

"刘将军免礼。"曹娴说着话又扭头瞥一眼那被押走的两名士卒，"将军这是……"

"噢，回娘娘话，"刘师立身子一挺，已恢复了将军的威严之态，"末将属下两名站哨士卒违犯军纪，擅自改变哨位，移至避风处站哨，末将要将其押下，各杖责八十，然后迎风罚站！"

曹娴又望一眼那两名被押走士卒的背影，想起方才外出从那两名士卒身旁经过时，见他二人站在迎风处被冻得瑟瑟发抖的样子，就说道："刘将军，本宫有句话，不知当讲不当讲？"

刘师立肃目而立："娘娘有话请讲，末将洗耳恭听！"

"将军治军严明，本宫十分钦佩。只是，方才我从此处路过，见那两名士卒衣着单薄，又迎风而立，都被冻得面色青灰，浑身颤抖，想是被冻得实在耐不住了，方移至避风处站哨的，虽已触犯军纪，却也情有可原，将军可否对其从轻责罚？"

"这……"刘师立眉头倏然皱起，面上已有不悦之色，"不是末将拂娘娘情面，实是军令如山，军法无情，属下有违军纪，末将不敢丝毫疏忽，亦不敢姑息放纵，故娘娘所嘱，末将不能从命！"

"什么事啊？"随着声音传来，李世民从御帐内走出，面带微笑看着刘师立问道，"刘爱卿，方才你在与曹修仪说什么？"

刘师立赶忙向李世民施礼："回陛下，臣属下两名站哨士卒，擅自改变哨位，至军帐避风处避风，有违军纪，臣已令人将其押下，杖责八十，再……再迎风罚站。正巧修仪娘娘自此处路过，为其说情，要臣对其从轻责罚。臣以为，治军必须从严，有违纪者必当严处，不可姑息。"

李世民点点头道："爱卿所言甚是，治军必当从严。正因有爱卿这样一批治军有方的战将严于治军，方造就了我大唐一支战无不胜的军队。凡违反军纪者，必当依律责罚，故爱卿所为并无不妥。"说到这里，又把目光转向曹娴，"爱姬在为那违反军纪者说情么？说的什么情？你也说与朕听听。"

曹娴道："臣妾乃后宫妃嫔，本不当对军中事多言，只是方才臣妾从那两名站哨士卒身旁路过，见他二人衣着单薄，在寒风吹拂下冻得瑟瑟发抖，想是被冻得耐不住了方移至避风处站哨的，虽已违犯军纪，却也情有可原。若他二人被罚杖责，身上有了伤，再迎风罚站，人会被冻坏的，故而向刘将军为其求情。臣妾所言，实为以妇人之仁，道妇人之见，请陛下恕臣妾妄言之罪。"

李世民向曹娴摆摆手："不！爱姬所言甚有道理。今岁早寒，我军不及更换冬衣，难以御寒，哨兵在寒风中久站，更是寒上加寒，极易被冻成伤病，我等统兵之人，理当体恤他们。此事不怨刘爱卿等统兵将帅，当怨朕，是朕将此事疏忽了。朕这便诏命各军统领，凡遇大风天气，哨位均须选定于既不妨害监视敌情，又略可避风之处。至于刘爱卿麾下那两名站哨士卒，对其违反军纪擅移哨位之举，可严加训诫，至于杖责与罚站么，朕看便免了吧，刘爱卿，你看呢？"

刘师立听君王已把话说到这个份上，自己还能说什么呢？遂拱手一礼道："臣谨遵圣命。"说罢，急步退去……

因天气一天冷过一天，众将士却无冬衣御寒，以致伤病人数与日俱增。李世民心中甚是焦虑，这日，又在曹娴陪侍下率长孙无忌、李世勣、杨师道、李道宗、张俭等大臣来到承安城下观察城内敌情，见城垛内每隔数步就有一名敌军士卒值守，并无其他动静。

李世勣朝李世民跟前走近一步，拱手一礼："陛下，我军围困承安城已近两月，城内敌军尚无乱象。今岁早寒，深秋未尽，便寒潮迭至，严霜盈野了，而我军所需冬衣未及提早运抵军中，将士已多有冻伤者，如此迁延下去，恐冻伤者与日俱增。此情之下，我军如何打算，望陛下早做决断。"

749

李世民道:"我军将士冻伤情形,朕何尝不知,朕亦心痛。只是目下两军对垒,是在较量心志与耐力。我方遭遇困境,敌方何尝不是如此?或许较我方更甚呢。朕料他城中粮草将尽,敌军只是在硬撑呢,不过旬日,敌军必将不战自乱,那时我军攻城将易如反掌,卿等且看着吧。此间我军可分出部分兵力去野外刈些柴草来,于营帐旁燃火取暖,但须谨防火灾。诸位爱卿,可都听好了?"

众人都朝李世民一礼:"回陛下,臣等听好了,臣等遵旨。"

此时城垛内出现城主梁万年及其幕僚高见深以及数名随从的身影。梁万年抬手朝李世民这边指指点点,在说着什么,并与高见深一起发出一阵笑声。

长孙无忌冷哼一声道:"彼等已死到临头了,不知为何还要发笑?"

曹娴面上红云微现:"陛下,许是臣妾这水红披风太过惹眼了,臣妾不该披它出来。"

"欸,"李世民大不以为然,"今岁早寒,军中无多余单衣供爱姬保暖,披上这披风聊可遮寒,怎能不披它呢?纵使它惹眼,又怕什么?由他笑去!"

城上的梁万年和高见深的确是在笑唐皇妃子于两军阵前身着艳服太过招摇。

笑过一阵之后,梁万年对高见深道:"我等笑归笑,可心中皆知,这数万唐军,对我城池只是围而不攻,又迟迟不肯退去,其意已甚明了,即要将我军将士困死城中。现我城内粮草消耗殆尽,再挨过六七日,便再无粮米可供将士充饥了,这如何是好?"

高见深道:"主公不必过虑。今岁早寒,较往岁早寒一月有余。在下观那唐军,至今皆身着单衣,定是虽则天气骤变,其御寒冬衣却未及运抵军中。如此寒冷天气之下,其将士尚且身着单衣,料其冻伤者不在少数,如此看来彼等也挨不过几日了。"

梁万年摇头道:"彼之受寒与我之饥馑毕竟不同,彼之受寒尚可多挨些时日,况可刈柴燃火驱寒,我之饥馑日久,将士性命必将难保,且饥馑难耐,必致人心惶惶,不战而自乱,若果真如此,将如何是好?"

高见深道:"主公所虑甚是,然则我方也并非全无出路。彼军强而我军弱,若两军对阵厮杀,我军自是难以取胜,然则我方也并非全无胜过彼方处,我方尚可扬己之长而攻彼之短,为我方开出一条生路。"

梁万年不解其意:"先生此言何意?何谓己之长,何谓彼之短?"

高见深道:"主公方才还在讥笑城下那唐皇妃子,身着艳服现身两军阵前太过招摇。想那唐皇妃子还是有些胆量的,竟能单枪匹马引诱我方叛将何延寿部十五万人马进入唐军设伏之地，且其身怀飞镖伤人绝技，料她身上是有些功夫的，而若论女子武功，主公义妹当为天下第一，主公何不向那唐皇提出让唐皇妃子与主公义妹于军前比武，以比武胜负打赌，迫使唐军后撤还朝？"

梁万年道："如何以比武胜负打赌，迫敌后撤？愿闻其详。"

高见深道："主公可向唐皇提出，若唐皇妃子胜而主公义妹败，我军便俯首请降，献出此城；若主公义妹胜而唐皇妃子败，则唐军便须后撤还朝。比试结果当然是主公义妹胜，则唐军只能后撤。"

梁万年点头认同，却仍有疑虑："此计好是好，只是，我方提出此议，若唐皇不予首肯，又当如何？"

高见深微微一笑："这个么，有句名言，曰'请将不如激将'，那唐朝，在我等小邦面前，向以老大自居，将其威风颜面看得比泰山还重。主公正可利用这一点，以激将之法激他，不怕他不入我彀中。主公可如此激他……"凑近对方耳边低声说了几句什么，又恢复原声，"只是主公须切记，莫要称其为唐皇妃子，只称其为唐朝女子，不然，其在我等面前以皇帝妃子身份与主公义妹比武，自是有失身份，敌方断不会答应。"

梁万年心中仍不靠实："即便我方不点明其唐皇妃子身份，而敌方自己却讲了出来，且以此为由拒绝与我方比武，那又如何？"

高见深道："若是那样，主公便对敌方讲，是唐朝女子不敢应战，便寻出这个借口来拒绝，此言亦是煞了其大国威风，看他又能如何？"

梁万年点头："嗯，此计甚佳，只是，尚不知某之义妹是否情愿出战比武呢。"

"这个么……"高见深略一沉吟间，忽听身后响起曹婉的声音：

"我情愿！"

梁万年和高见深一齐回头看去，见曹婉已来到二人身后。

曹婉道："我情愿在阵前与唐皇妃子比武较量，我就切盼能有这一日呢。请义兄放心，小妹定能将那唐皇妃子斩杀于小妹利剑之下！"

梁万年道："好！义妹豪气干云，义兄我甚为钦佩！"说到这里转对城下李世民等人大声说道，"那边唐将听了，临阵厮杀，乃男人本分，本大将军怎么见尔等当中有一红衣女子？那女子，莫不是两月之前诱我东昱叛将何延寿部入尔等伏兵之处的女子？纵使该女子胆气过人且武功在身，终究乃女流之辈，尔唐朝男人都去做甚了，竟让一红妆女子来效命军前？"

李世民对李世勣道："对他讲，杀鸡焉用牛刀！我大唐仅一女子出马，便让尔东昱十五万人马烟消云散，何须我大唐男人出手？"

李世勣把李世民的话对城上梁万年大声复述一遍。

城上，梁万年与高见深会意地相视一眼，高见深点头。

梁万年遂对城下道："既然尔唐朝此女如此神勇善战，可敢与我东昱一女子于军前比武较量，一决高下么？"

城下，李世民以探寻的目光看看长孙无忌等大臣，大臣们都摇头。

此时曹娴上前对李世民一礼道："陛下，臣妾愿迎战，与东昱女子一决胜负。"

李世民断然道："不可！爱姬乃朕之嫔妃，怎能与他东昱一寻常女子去比武呢？那岂不太失爱姬身份了？"

曹娴道："敌将只称臣妾为唐朝女子，可见其并不知晓臣妾真实身份，臣妾正可以我朝一寻常女子身份前往迎战，如此在敌方眼中，臣妾并未失了身份。"

李世民道："纵使你在敌方眼中未失身份，此番出征之前你曾于宫中大病一场，至今尚未完全复原，而那东昱女子为何等样人，我等尚且一无所知，比武较量刀枪相见，凶险非常，若爱姬万一有失，令朕何以自处？"

长孙无忌马上应和："陛下所言甚是，那东昱女子定是狡诈凶残，娘娘与之比武实属行险之举，故此举殊不可行。"

其他大臣也都随声附和。

城上，梁万年对城下道："本大将军提出我东昱女子与尔唐朝女子比武较量，一决高下，那唐朝女子为何迟迟不予作答？定是自知毫无胜算，恐比败了白白丢了性命，便怯于应战吧？看尔唐朝妄自尊大，实则不过尔尔，哈哈哈，哈哈哈……"

城下，曹娴在李世民面前一屈身子跪下："陛下！看那敌将何等嚣张无礼！他如此张狂挑衅，若臣妾不予迎战，我大唐国威何在？陛下颜面何在？"

李世民道："朕可向其宣示爱姬皇家妃嫔身份，告知于那梁万年，他东昱女子全无资格与我大唐皇妃比武。"

曹娴急道："陛下切莫如此行事，如此一来，敌将定然会说，是臣妾技不如人，胆小怯战，便寻出此等借口来推搪，如此岂不更令我方颜面无光？陛下且听臣妾一言，臣妾贱躯虽曾偶染小恙，如今已然大好，况臣妾武功如何，陛下是了然于心的，臣妾战胜那东昱女子，当属毫无疑问。陛下，臣妾此番侍驾东征，早便抱定了为社稷出力，为陛下分忧之决心，故此恳请陛下恩准臣妾去与那东昱女子阵前比武，一决雌雄！"

"这……"李世民看看身边各位大臣，似是一时没了主见。

各位大臣都把眼睛低下去，无人说话。

城上，梁万年又"哈哈哈"一阵狂笑："唐朝女子胆小如鼠，惧死怯战，所谓泱泱大国，不过如此，不过如此啊，哈哈哈！"

城下，曹娴仍跪着："陛下！现下情势，臣妾迎战与否，已无须再争，而已是箭在弦上，不得不发了！请陛下命人向那城上敌将回话，我大唐女子定然应战！再问他，比武双方，胜又如何，败又如何？该当有个说法！"

李世民终于同意了："那好吧，你起来，朕答应你。"

"谢陛下准战之恩。"曹娴说罢起身。

李世民对李世勣道："李爱卿，向那梁万年喊话，我大唐女子愿与他东昱女子一决雌雄，再问他，比武双方，胜又如何，败又如何？"

李世勣对城上道："城内敌将听了，我大唐女子愿与尔东昱女子一决雌雄，只是，你我须约定，比武双方胜又如何，败又如何？"

城上，梁万年对城下道："好！算尔唐朝女子有胆量。此番比武，若尔唐朝女子败于我东昱女子手下，则尔唐朝军队须后撤还朝。"

城下，李世勣对城上道："若尔东昱女子败于我大唐女子手下，又当如何？"

城上，梁万年对城下道："若是如此，我城内将士将俯首请降，向尔唐朝献出此城。"

城下，李世勣对城上道："尔信守此诺，可指天盟誓么？"

城上，梁万年对城下道："本大将军对天盟誓，若不守此诺，将不得善终！尔何如？"

城下，李世勣对城上道："本帅亦然，不守此诺，死亦不得全尸！"

城上，梁万年对城下道："好！在我方打开城门放行我方女子出城比武之时，尔等不得乘机攻占我城。为避此嫌，尔唐军须后撤两箭之地，尔等可情愿么？"

城下，李世民对李世勣道："告诉他，我军这便后撤。"

李世勣把李世民的话向城上大声复述一遍。

很快，城下唐军纷纷后撤。

唐军这边，曹娴身着水红披风，从军中仗剑策马飞驰而出，直奔城外空场而来。

敌军那边，城门开处，曹婉身着月白披风，仗剑策马从城门口冲出，亦直奔城外空场而来。

城内东昱将士纷纷涌上城墙观战。

曹娴与曹婉相距两丈远时各自勒住马头。

曹婉挺剑朝曹娴一指："请问唐朝女子，我东昱并未招惹尔唐朝一分一毫，尔等为何无故对我滥施攻伐，陷我军民于兵灾战祸之中？"

曹娴冷笑一声："此话你来问我？该当我来问你！此辽东之地，自古乃我中华国土，被前代叛军割据出去，自立伪东昱之国，今不仅侵凌我友邻之邦，且陈重兵于我边境，屡屡犯我城池村寨，于此，你又当作何解？难道，我大唐兴兵御敌，收复失地，不是天经地义之举么？"

曹婉道："本姑娘不听你饶舌聒噪，看剑！"说着打马向前，挺剑来刺。

曹娴也仗剑催马，二人立刻战在一处。

交手十余回合之后，曹娴心中疑惑："怪了，看她剑法，怎与自己剑法如出一辙？自己剑法系出我中华武林神风一门。她一东昱之人，怎会有如此剑法？莫非，她原本来自于我中华，或她习武之师来自于我中华？"想到这里她虚晃一剑，一勒马缰退后一大步，说道，"来将且住手，我有话要讲！"

双方都住手。

曹婉道："你有何话？快讲！"

曹娴道："请问来将，你之剑法习自何处，你所拜之师是谁？"

"本姑娘剑法学自何处，与你何干？你我只管对阵厮杀，莫要多言！"曹婉说罢又举剑要刺。

曹娴把剑往面前一横："且慢！容我把话讲完再动手不迟。你我剑法，十分相像，此剑法乃武林中神风一门独有之剑法，神风一门又是我中华武林中独有之武术门派，是以我料你之剑法系出我中华武林中神风一门，莫非你原系我中华儿女？抑或传授此剑法与你之人乃我中华人士？"

曹婉闻言一怔，若有所思，旋即掩去："本姑娘不知你在讲些什么！既是比武，只管凭刀剑讲话，何须多费口舌！看剑！"说着又挺剑来刺。

双方又战了二十余回合，仍不分胜负。

交战中，曹娴边与对方厮杀，脑子边飞快地旋转着：她之剑法乃神风剑法已确定无疑，问她是否我中华儿女，她却避而不答，看她年纪与自己相仿，莫非……她是婉儿妹妹？婉儿妹妹当年避难营州，随自己师父静慈大师之师叔习武，自然所习为神风功夫。莫非，她为避权奸纠集官府追杀，于走投无路之际便投了东昱？无论如何，且再对她把话挑明些，看她作何回应。想到这里，曹娴又虚晃一剑，勒马倒退两步："来将住手，我再问你一句，你习武的师祖，可是姓董名绍臣？"

曹婉冷哼一声："比武场上，要杀便杀，要砍便砍，你何必聒噪不休？"说罢又挺剑来刺。

曹娴闪身躲过对方这一剑："慢！容我再讲一句，你我比剑，已战了几十回合，不分胜负，莫如各自下马，再比拳法，你敢应战么？"

曹婉道："何须言一个'敢'字？你我只须下马比试便是！"

二人都下了马，各自拉开架势对打起来。

少顷，曹娴往后跳出一大步，惊呼："神风拳？"

"何必多言，看拳！"曹婉冲出一步来攻。

二人又是一阵苦斗。

曹娴卖个破绽，待对方一拳打来时闪身一躲，同时一只手抓住对方手腕往后一带，在对方身体前冲之时，另一只手疾出手抓住对方领口往下一扯，对方脖颈下的一颗豌豆粒大小的胎记便裸露出来，豁然跃入曹娴眼中。对方急忙用手来掩。

曹娴急收手纵身往后一跳，在对方冲过来之前急道："你是婉儿妹妹？"

曹婉目含怒意："谁是你妹妹？这里没有你妹妹，只有被你的皇家搜捕追杀的苦命女子！"

曹娴道："如此说来，你真是婉儿妹妹。我是你的娴儿姐姐呀，幼时你我姐妹朝夕相处情形，你不记得了么？"

曹婉切齿而言："姐姐？你是我姐姐？不！你不是我姐姐！你是怂恿你的皇帝陛下遣兵马追杀于我的幕后真凶！你是以你的大义灭亲之举，表对你的皇帝陛下不贰之忠心的贱人！"

曹娴道："妹妹说的哪里话？你我乃同胞姐妹，我怎会怂恿皇上遣兵马追杀于你？妹妹呀，你我姐妹分别一十八载，这十八年来姐姐我无时无刻不在挂念着你，你让姐姐我想得好苦啊。"说着眼中涌出大颗大颗的泪珠。

曹婉冷冷而言："收起你假惺惺的怜悯之心吧，你以为我能相信你的巧舌之言？你休想！"

曹娴道："妹妹呀，我深知，这些年来你备受朝中权奸追杀之苦，可实情并非如你所想。追杀你的只是前太上皇的岳丈尹阿鼠一伙，并非当今皇上啊。恰恰相反，当今皇上曾几度遣兵马前往平州与营州救护于你。如此实情，或许并不为你所知啊。"

曹婉道："你以为，对我道及此事的就只你一张嘴？我为何要只信你一人之言？"

曹娴道："如此说来，定是有那居心叵测之人对你进了蛊惑之言。妹妹呀，可莫轻信某些人的一面之词啊。"

曹婉冷笑道："那么，我是只能相信你的话了？为何？"

曹娴动情地说道："就为你我乃一奶同胞的姐妹，姐姐我绝不会以假言蒙骗于你，绝不会以蛊惑之言引你走向歧途啊。"

曹婉出言坚冷若冰："你口口声声说你我乃一奶同胞的姐妹，可我眼见的只是，你乃大唐皇帝的嫔妃，位极人臣，尽享尊荣，而我，不过一亡命天涯寄人篱下的漂泊过客，位卑人微，状不过草芥。况如今两国交兵，你我各为其主，效命军前，哪里还有什么儿女私情，只有刀兵相见，一决高下的份了！"

曹娴十分伤情地说道："妹妹呀，儿女亲情，源自天然，怎能不讲？况追根溯源，你本大唐国之子民——"

"你住口！"曹婉十分恼怒地打断对方的话，"莫对我提你的大唐国！正是那大唐国，害得我家破人亡！那皇家官府狼狈为奸，杀死我父祖，逼死我娘亲，又欲对我斩草除根，赶尽杀绝！偌大一片土地之上，竟无我曹婉立锥之地，活命之所，那还是我的大唐国吗？那是我的仇敌之国！今日阵前，我正是要报我父祖之仇，报我曹婉横遭追杀之仇！故此你我今日比武，莫怪我曹婉不讲情面，若不血战到底，我曹婉誓不罢休！来吧，出手吧。"

"不！不！"曹娴泪流满面，悲戚地说道，"你我同胞姐妹，不该仇雠相向，骨肉相残，不该如此，不该如此啊，且听姐姐我对你讲——"

"住嘴！"曹婉厉声道，"我劝你免开尊口！你以为我不知么？以你现下身份，你怎不会对你的大唐国、你的皇帝陛下镶金贴银，百般辩解？纵使你巧舌如簧，我岂能轻信？动手吧，今日不是你死，便是我亡，二者之中必有一伤，已是在所难免了！"说罢拉个架势就要动手。

曹娴一扬手臂道："慢！容姐姐我把话讲完，我讲完了，信不信由你，交起手来拼死拼活也全由你！事情是这样的……"

此时城上的梁万年望着城下的曹氏姐妹皱起眉头："怪了，她二人为何时战时停，在讲些什么？敌我之间刀兵相见，哪里有许多话要讲？"

高见深道："看那情形，她二人似曾相识。"

梁万年道："待义妹返回城内时，本大将军要细细问询于她。"

与此同时，在唐军阵营中，长孙无忌望着曹氏姐妹也道："她二人时战时止，似在交谈什么。"

李世勣道："陛下，臣斗胆猜测，她二人似是旧曾相识，不然不会有那许多话要讲。"

李世民也有同感:"是啊,是有些非同寻常。个中情由,待曹修仪返回营中时,朕一问便知。"

比武场上,曹娴仍在述说:"事情就是如此,太上皇驾崩之后,新皇陛下便将你我仇家尹氏父女贬为庶人,继之将尹阿鼠下狱赐死,将尹德妃打入冷宫。"

曹婉激愤之情已有所缓和,只是对曹娴的话仍心存疑虑:"你适才所言凭的只是你一张嘴,让我如何能够确信?"

曹娴道:"姐姐我的话,句句是实,并无只字虚言。我并不指望你现下便确信无疑,嗣后你可细细想一想,我的话与他人的话究竟孰真孰假。"

曹婉道:"你的话真又如何,假又如何?今日你我阵前比武较量,乃各自衔命而来,终归要分出个胜负。来吧!"说罢上马,举剑在手。

曹娴只得上马。

"看剑!"曹婉挺剑刺向对方。

曹娴急忙举剑来搪:"妹妹呀,姐姐我的话你要三思,要三思啊。"

曹婉道:"要战便战,休得多言!"

二人又开始挥剑往来拼杀。

此时唐军阵中长孙无忌仰头看看天色:"陛下,修仪娘娘与东昱女子战了这许多时候,仍不分高下,看这天色已晚,再战下去,恐有不虞。"

李世民道:"嗯,曹修仪病体尚未全然复原,朕也恐她苦战过久体力不支,不宜再战了,传令鸣金!"

唐军阵中响起阵阵鸣金声。

比武场上曹娴于拼杀中听到己方的鸣金声,遂对曹婉道:"我军鸣金,你我且休战吧。"说罢策马后撤。

曹婉也停住厮杀,说道:"你可敢明日再来接战?"

曹娴道:"好吧,你我一言为定。你回营之后再想一想,若以为姐姐我的话尚属可信,且你欲迷途知返,姐姐我可从中斡旋。"

曹婉哈哈大笑:"我欲迷途知返?笑话!我也送你一句话:明日之战,本姑娘定要与你拼个你死我活!你若惧死怯战,可尽早退出,不然定将追悔莫及!"说罢拨转马头扬长而去。

曹娴也策马回营。

当晚,承安城内大将军府中烛火通明。梁万年在书案后靠背椅上正襟危坐,正在向站在其对面的曹婉询问白天与唐皇妃子比武情形。

只听梁万年问道:"义妹是否觉得,那唐皇妃子之武功与你的武功不相上下?"

曹婉点头说是:"我原以为战胜她不在话下,岂料她身上功夫与我相较竟是毫不逊色。"

梁万年让在场的四名副将和高见深都退下,然后又问:"我在城上看着,义妹与那唐皇妃子比武,为何时战时停?是在与她讲话么?"

曹婉又点头道:"是在讲话。"

梁万年似随意而问:"哦?都讲些什么?"

曹婉道:"她让我回城劝谏城内主将,为城内数万生灵计,宜尽早打开城门,献城请降,若是不然,他唐军再围城数日,城内粮草殆尽,守军将不战自乱,人肉相食,到那时唐军一举攻占此城,城内将士百姓将尸横成山,血流成河。"

梁万年冷笑道:"哼!危言耸听!你呢?你如何讲?"

曹婉道:"我讲,她是大话唬人。我城内兵精粮足,士气高涨,他唐军久攻不下便是明证。此后他唐军攻占此城,亦为痴心妄想。倒是他唐军,该当想想自己的后路。今岁早寒,已然草枯水冻,他唐军将士皆还身着单衣,不敌严寒,再挨下去,只会落得不死即伤的下场。不如早作打算,即刻撤军,尚有生还之望。"

梁万年一拍书案道:"讲得好!那后来呢?"

曹婉道:"双方越讲越僵,便各自上马再战。怎奈唐军阵中鸣金收兵,唐皇妃子打马回营,义妹我也只得拨转马头回城了。不过我与她已然约定,明日一早各自出马再战,义妹我不与她拼个你死我活胜败高下决不收兵!"

梁万年道:"好!义妹下去早早歇息,养精蓄锐,以利再战!"

同一个晚上,唐军营地御帐内,摇曳的烛光下,李世民和曹娴各自坐在行军椅上,也在叙谈。

曹娴已将当日比武交战情形述说了一遍,之后说道:"臣妾万万未曾料到,与臣妾比武交战的东昱女子,竟然是代臣妾遭受权奸追杀、避难营州而后失踪的臣妾养父母的亲生女儿。臣妾与之离别一十八载,今日终得一见,却是在敌我交兵的战场之上,各为其主的比武厮杀之中,如此相见,真不知是喜是悲……"说着泪水顺颊而下。

"真是难为爱姬了。"李世民掏出手帕递向对方。

"臣妾失仪了。"曹娴接过手帕拭泪。

李世民问道:"朕看你们二人时而相互厮杀,时而住手说话,她与你可是相认了?"

曹娴道："认倒是认了，只是，她定是听信了某些不逞之徒的蛊惑之言，竟将她既往遭受追杀的罪责记到了朝廷头上。臣妾对她备细讲了她遭受尹国丈等一干人追杀的实情，她却不肯相信。到了明日，她若仍是执迷不悟，比武场上臣妾与她定有一场恶战。到那时，臣妾为我大唐社稷计，只能抛却儿女私情，与她决出个高下了。"说到这里眼中又涌出泪水。

李世民眼中尽是忧虑之色："你与她如此殊死厮杀，朕恐你有失啊，朕心中甚觉不安。"

曹娴道："陛下请放心，明日之战臣妾必胜无疑。臣妾想着，到明日她若信了臣妾的话，且愿弃暗投明重返故土，陛下可否念及她沦落东昱之地，乃为避权奸追杀而不得已之举，宽恕于她？"

李世民道："朕亦知她沦落东昱之举情有可原，若她此前对我大唐并无深重之罪孽，且真心实意愿回归故土，朕可宽恕于她，准其所求。"

曹娴起身面朝李世民跪拜："臣妾代小妹谢陛下宽恕之恩。"

也是在这同一个夜晚，唐军大营一军帐外一站哨士卒侧旁不远处，姜忠、郭霖、董文义聚在一处，正在等待进入军帐打探敌我交战情形的董绍臣。他们师徒四人是得到唐军攻打承安城的消息后，专程赶来解救寄居承安城内的曹婉的。

郭霖对解救曹婉心有所虑："据自承安城内逃出的被俘隋军士卒讲，那曹婉在承安城中颇受城主器重，已被擢为云麾将军，此间正值当红之际，我等劝她回归我朝，她会首肯么？"

姜忠道："当年她沦落东昱异邦，本是为躲避权奸搜捕追杀的不得已之举，只要我等对她讲明，那权奸尹国丈已然伏法，今我大唐国已是四海承平，德行天下，想她不会不复萌思乡之情，心生回归之念的。"

董文义马上接上话："师伯所言甚是。我与她师徒相处多年，深知她是一位心地良善、重情明义的刚直女子，只要我等对她动之以情晓之以理，料她定会脱离异邦，重返故国。"说着一望军帐那边，"家父出来了。"

只见董绍臣从军帐内走了出来，一将军装束的汉子随后走出。二人互相揖别之后，那汉子回身走向军帐，董绍臣则向姜忠等三人这边走来。

董绍臣来到三人跟前道："我从故友鲍将军处得知，今日午后，我方侍驾军中的曹修仪与一东昱女子于阵前比武赌胜负。双方约定，若东昱女子胜而曹修仪败，则我军须后撤还朝；若曹修仪胜而东昱女子败，则承安城内守敌须向我军献城请降。"

姜忠诧异道："有此等事？双方比武情形如何？"

董绍臣道:"听鲍将军讲,比武双方武功势均力敌,难分伯仲,且其身形功法如出一辙。"

姜忠略一沉吟,说道:"既如此,那东昱女子莫不是曹婉么?曹修仪曾随出家之后的月华习武,习得的自是我神风功法。神风功法乃我中华武林中独有之功法,当不会传到东昱之地去。那东昱女子既也持此功法,不是曹婉又能是谁?"

董绍臣点头道:"我也这样想,曹婉早些年曾随我们父子习武多年,所习正是我神风功法。还有,据鲍将军讲,她二人比武情形甚异,双方且战且停,边打边谈,不知都在讲些什么,看起来二人似曾相识。"

姜忠道:"那便对了,那东昱女子定是曹婉无疑。她二人本是一奶同胞姐妹,虽于幼年离别又多年不见,但凭双方武功功法相同这一点,便可于比武场上当场相认。二人比武既是边打边谈,双方或已互诉别后情形,曹婉若从中得知其仇家尹国丈已获罪伏法,当会心生回归之念。但不知双方比武结果如何?"

董绍臣道:"听鲍将军讲,双方交战多时不分胜负。因天色已晚,我方鸣金收兵,双方各自打马回营,明日双方还将出马再战。"

姜忠听了若有所思:"曹婉如已有回归之意,她即可趁比武之机随曹修仪投奔我大军营垒,她未曾这样做,而是折返承安城内,便是尚无回归之念。明日她与曹修仪再战,二人终有一伤,无论伤者是谁,都绝非好事。再说,今我大唐将士与承安城守敌浴血一战已是在所难免,无论如何,我等绝不能眼睁睁看着她为东昱效命军前,更不能眼睁睁看着她死于我大唐将士之手。"

董绍臣点头道:"师兄所言甚是,须想个万全之策,让她免遭如此劫难。"

董文义道:"可否于明日二人比武之时,由我上前对她晓以利害,劝她重返我大唐国?"

姜忠连连摇头:"此举不妥。双方交战之时,在观战敌军众目睽睽之下,贤侄如何能公然出面上前与她说话?"

董文义急道:"那我等又当如何?总不能眼睁睁看着她白白送掉一条性命啊。"

董绍臣白他一眼:"你急什么?听你师伯把话讲完。"

姜忠想一想,说道:"今晚我等可乘夜色施展轻功攀上承安城头,潜入城内,由贤侄设法入她府邸,对其申明大义,劝其弃暗投明,乘比武之机,重返我大唐。"

董绍臣立刻赞同:"如此甚妥。"

郭霖、董文义也一起点头。

夜色中,姜忠等四人悄悄来到承安城城墙脚下,以轻功攀上城墙。两名守城士卒听到轻微响声走过来察看，均被姜忠等人悄无声息地杀死，之后姜忠等四人悄悄潜入城内。

他们四人在夜幕掩护下，摸到门上悬挂"云麾将军府"匾额的一座府邸斜对过的阴影里，由董文义过去见曹婉。

当董文义走到府邸大门近前时，门外两侧两名值守军士把手中长枪枪头朝门口一斜，挡住了董文义的去路。

左侧军士喝道："站住！来者何人，来此做甚？"

董文义向两名军士一拱手："二位，在下乃城中曹将军友人，前来求见曹将军，烦请进去通禀一声。"

左侧军士道："你是将军友人？可有名刺？"

董文义道："因在下来得匆忙，忘带名刺了，还望二位行个方便。"

"不行！"左侧军士口气十分强硬，"没有名刺，不得进入，来者快快请回！"

董文义又一拱手："有劳二位进去向曹将军通禀一声，就说有一位名叫董文义的友人前来求见于她，有要事相告，她定会允准在下进入相见。"

"不行！"左侧军士仍不松口，"将军有令，若无名刺，又未经将军相约，任何人皆不得入内！"

"那，二位若定要不准在下进入，误了将军大事，想二位未必担待得起呀。在下告退。"董文义说着回身，做出要走的样子。

左侧军士与右侧军士互看一眼，又互相点一点头，之后左侧军士道："且慢！来者暂在外面候着，待我进去通禀。"说着把长枪交给右侧军士，之后进门。

很快，曹婉就从大门内走了出来，一见董文义的面，话语便脱口而出："师父，真是您？"

董文义微笑着点点头："是我。"

曹婉移步往门里一让："师父快请进！"

师徒二人进入府邸落座之后，少不得互叙别后情形。当曹婉听师父述说完她遭尹府人等搜杀以及当今皇上几番差遣人马至营州等地营救她的经过之后，曹婉面朝董文义跪下，一时悔恨交加，泣不成声。

董文义起身伸出双手搀扶她："徒儿快快起来，快快起来。"

曹婉并不起身，哭得肝肠寸断："师父啊，徒儿听了您一席话，方知自己已误入歧途，犯下了不赦之罪呀。当初徒儿投了东昱之地，已然铸成大错，后竟越陷越深，率军攻打大唐城池，及至听信他人蛊惑之言，将权奸追杀徒儿之举错记到徒儿一奶同胞的娴儿姐姐与当今皇上头上,与那不逞之徒一道前去行刺皇上与娴儿姐姐,如此大逆不道之举,真是罪不容诛,罪不容诛啊……"

董文义听到这里身子往后一仰,一下子跌坐在椅子上:"为师未曾想到,徒儿竟然走到了这一步。唉,都怪为师我呀。当日你失踪之后,为师虽也曾到各处寻觅过你,但一时寻觅不着,便罢了,若是多寻觅几遍,直到把你寻到,你断不会走到如今这一步啊。"

曹婉泣道:"徒儿犯下此等罪过,与师父绝无半点干系,只怪徒儿自己,为求活命,竟不辨路径,甘与虎狼为伍,全然忘了,人间大义不可弃,天理伦常不可违,如今已是悔之晚矣,悔之晚矣呀。"

董文义慨叹一声,说道:"事情或尚可转圜。自今往后你悬崖勒马,弃暗投明,乘明日与你姐姐比武之机,与你姐姐同返大唐阵营,之后效命军前,将功折罪,仍不失为可行之路。"

曹婉道:"就这般回去,即便皇上能赦免徒儿罪过,徒儿也无颜再见娴儿姐姐,无颜见全军上下,无颜见故乡父老,故徒儿决心已定,明日与娴儿姐姐比武,徒儿定要败北,为大唐赚得一座承安城,以赎我背叛亲人、背叛故国之罪孽!"

董文义道:"你比武败北,若梁万年信守诺言倒还罢了,若其背信毁约,你之良苦用心岂不会落空?"

曹婉道:"他若背信毁约,徒儿自有应对之策。"

董文义道:"为师已得闻那梁万年毫无信义且心狠手黑,他一旦背信毁约,你若与他硬抗,定将遭他毒手,莫如你先回唐军大营,再从长计议。"

曹婉决然道:"请师父放心,徒儿不怕他翻脸。今徒儿决心已无更改,望师父莫再相劝。"

董文义道:"那好吧,既然你如此决绝,为师不再多言,望你好自为之。为师告辞。"说罢起身。

曹婉也从地上站起来:"师父保重。"

第四十四章
义勇女捐躯演兵场　　忠良男浴血黄土坡

次日一早，承安城下两箭地之外，唐军阵中响起阵阵鼓声。

曹娴仗剑策马出阵，直向城下比武场上飞驰而去。

与此同时，承安城内也响起阵阵鼓声。城门随之打开，曹婉也是仗剑策马冲出城门，驰向比武场。

二人冲到一处即交起手来，只见白光闪闪，砰然声急。

厮杀中，曹婉道："小妹我已知昨日姐姐的话句句是实，亦知我已犯下认贼作父、与亲为敌不赦之罪。今于比武场上，众目睽睽之下，小妹难以自述其详。我已将我既往遭际情形与悔罪心迹书于绢帛之上。即请姐姐与我一同下马比试拳脚，好让姐姐接我手中帛书。"

曹娴道："好，你我各自退后两步，一起下马。"

二人一齐策马跳出圈外，双双下马收剑入鞘，又各自拉开架势比起拳脚来。

"请姐姐接我以血泪书就帛书。"曹婉在对打中，将一折叠成小方块的帛书递到曹娴手中。

此后姐妹二人边打边对话。

曹娴道："既然如此，妹妹何不乘此比武之机，与我一同重返大唐阵营？"

曹婉泪水夺眶而出："小妹我自知罪孽深重，已不能重返大唐国了。于今我仅存一念，此番比武，我定将败北，为大唐国赚得一座承安城，以赎我不赦之罪！请姐姐以神风掌击我。"

曹娴道："神风掌一掌下去即可致命，姐姐我怎忍对你下此毒手？"

曹婉道："只请姐姐下手稍轻些，击得我口吐鲜血，却还可活命，我要活着看看，在我比武败北之后，我那义兄，这承安城城主是否信守诺言，向大唐国献城请降。"

曹娴道："姐姐我已有耳闻，那承安城城主梁万年乃视信义为无物之小人，纵使妹妹比武败北，他也未见能兑现承诺，到那时妹妹岂不是枉自伤了身体？不如你我就此罢手，趁此机会一同至我大军营中，为我大军收复失地献计出力。当今皇上宽仁圣明，定能体察你的苦衷，宽恕于你。"

曹婉道："即便皇上能宽恕于我，我也无颜再见皇上，无颜再见故国父老。况皇上有替我复父祖深仇之大恩，我当以忠义之举来报答。我既已被我那义兄当作了交战双方比武赌博的赌注，我便当对这一场赌博有一个了断。他若能信守诺言自是最好，他若背信弃义，小妹我也自有主张，我不会白白输掉这一场赌博的。小妹决心已定，再无更改！姐姐请出手吧。"

曹娴道："妹妹既出此言，姐姐我只好勉为其难了。"说罢以神风掌照对方胸部一掌击去。

曹婉被击出四五步远后颓然倒地，一口鲜血喷涌而出。

曹娴急切地上前："妹妹，你……"

曹婉手捂胸口，强忍疼痛道："莫来扶我！"之后声音断断续续地说道，"姐姐定还……记得，去年……八月八日，你与皇上……乘龙舟游御苑……西海池，突遇扮作乐师的……十数名刺客……乘船行刺，你……落水被刺……血染湖水，那……刺出的……一剑，便出自于……我手。我犯下的……罪过，今日……终得一报。"

"妹妹……"曹娴一时间痛心不已。

"你快回营，莫让城上……看出破绽……"

曹娴只得忍痛上马，往唐军阵营中驰去。

唐军阵中众将士发出一片欢呼声。

这边比武场上，曹婉咬牙忍着疼痛，艰难地起身上马，趴在马背上向城门口驰去。快到城门口时，曹婉从马背上一头栽下，摔到地上。

城门很快被打开，一名将官率抬着担架的四名士卒从门里跑出，跑到曹婉跟前，四名士卒把曹婉抬到担架上，那将官骑上曹婉所乘战马，一同跑进城门。城门随之被关上。

这时李世民率随驾大臣和众将士来到城下。

李世民对李世勣道："向城上喊话！"

李世勣对城上高声道："城上敌将听了，今日比武，尔东昱女子已然败北，尔须即刻履约，打开城门，向我大唐国献城请降！"

城上值守的士卒毫无反应，此外并无其他将官出现。

城下，李世勣对城上高声道："如城上敌将毁约背诺，出尔反尔，我大唐铁军将即刻攻城，城破之时，必将血洗此城，鸡犬不留！"

城上，一名将官出现在垛口内："城下唐将听了，我家主公正在照拂比武受伤女子，无暇来与尔等对话，特命本将来告知尔等，今日比武，我方败北，实属事发偶然，献城请降之事我方尚未及准备，需假以时日，待我方准备停当，即可献城请降。"

城下，李世民恼怒地对身边诸大臣道："梁万年这个视信义为无物的卑鄙小人，真乃可恨至极！"接着对李世勣道，"告诉他，我军只可等他半日，明日一早即须献城请降，不然我军即大举攻城！城破之时，所有人等尽行杀戮，不留一个活口！"

李世勣把李世民的话向城上大声重复一遍。

李世民一扬马鞭："走！回营！"

曹婉已被抬进承安城内。当路过演兵场时，城内众将士百姓闻讯纷纷赶来看望。姜忠等四人也混在百姓人群中。

迎在演兵场上的梁万年急忙吩咐："快将曹将军抬进大将军府，命军医好生医治！"

"慢！"曹婉从担架上微微欠起身道，"义兄，众将士百姓都赶来看望我，我怎能躲进府邸避而不见，让众将士百姓兀自为我担忧？我就停在此处，让众将士百姓亲眼看看，我虽比武受伤，却并无性命之虞，好让众将士心安。"

"这……"梁万年略一迟疑，旋即道，"好吧。"吩咐一旁卫兵，"快传军医到此为曹将军医伤！"

卫兵应声而去。

梁万年对曹婉关切地问："义妹伤势如何，可甚是疼痛？"见曹婉强挣着要起身，忙道，"莫动莫动，快躺好。"

曹婉对抬担架的士卒道："扶我起来。"

士卒以征询的目光看向梁万年。

曹婉对士卒动气道："怎么，我比武败北，说话便不管用了？扶我起来！"

梁万年以手势向士卒示意扶曹婉起身。

两名士卒一边一个抓住曹婉臂膀扶她坐起，又把她扶下担架站立起来。

曹婉连同剑鞘解下腰间佩剑,用作拐杖拄在地上,对扶着自己的两名士卒道:"放开手!"

两名士卒放开手。

曹婉对梁万年道:"义兄,义妹我与唐朝女子比武败北,令义兄,令全城将士百姓失望了。"

梁万年一摆手道:"义妹不必感伤,胜败乃兵家常事,义妹只管好生将养,待伤愈之后仍可重返阵前,同我城中将士一道与唐军一决高下。"

曹婉摇头道:"义兄不必以虚言慰我,今后哪里还有我重返阵前,同城中将士一道与唐军决战一说?"

梁万年眉目一扬:"义妹此言何意,怎么无此一说呢?"

曹婉道:"义兄已将我城中数万将士百姓之命运押在了义妹我一人身上,命我去与那唐朝女子比武赌输赢,今日我已比输了,义兄便须履行与唐军所立之约,率我城中将士向唐军献城请降,如此一来,哪里还有我等与唐军再战一说?"

梁万年呵呵一笑:"义妹真是太天真了,义兄我与唐军立约,不过是为拖住他们而虚与委蛇罢了。两军交战兵不厌诈,义兄我若对敌军老老实实守信履约,那不是笑话么?"

曹婉认真地说道:"可义兄为守信履约,已于两军阵前指天盟誓了呀。"

梁万年又笑:"那不过是逢场作戏罢了,何须当真呢?"

曹婉秀眉顿然蹙起:"如此说来,义兄命我去阵前于那唐朝女子搏命而战,原来是逢场作戏?"

梁万年道:"此事不可一概而论,若是义妹战胜了,便不是逢场作戏,他唐军须履约践诺;而于今是义妹败了,便可以逢场作戏待之了。"

曹婉道:"义兄且听义妹我一句肺腑之言:义兄如此逢场作戏,便等同于视我城中数万将士百姓之性命为儿戏。"

梁万年马上面现不悦之色:"义妹此言何意,我怎就视城中数万将士百姓之性命为儿戏了?"

曹婉道:"义兄失信毁约,出尔反尔,必将激怒唐军将士,他们必将愤而戮力攻城,一旦城破,必将血洗此城,城中数万生灵将尸积成山,血流成河。如此看来,义兄不正是视城中数万将士百姓之性命为儿戏么?"

梁万年面上已有怒色:"够了!你如此言语,岂非长敌人志气灭自己威风?已有扰乱军心之嫌!敌军戮力攻城,难道我军便不能戮力守城吗?两月以来敌军久攻此城不下，难道不正是我军戮力守城之战果吗？"

曹婉仍镇定自若："此一时彼一时，中国有一句名言，'得道多助，失道寡助'，义兄失信毁约，乃失道之举，况城中粮草将尽，已是人心惶惶，城中将士能够一如既往齐心用命么？"

梁万年恼怒地说道："你住口！何谓得道，何谓失道？他唐朝对我大军压境，夺我城池占我国土，难道便是得道之举吗？你讲！"

曹婉义正词严："这城池，这土地，原本便为中国所有，是我东昱前朝乘中国内乱之机强行攻占而来——"

"你闭嘴！"梁万年暴怒地一跺脚，"你身为我东昱女将，是在替谁讲话？"

曹婉一脸泰然之色，语声铿锵："我是在替城中数万将士百姓讲话！"

梁万年以阴鸷凶狠的目光盯视着对方："你？你是在替城中数万将士百姓讲话？笑话！你早有反心！你早有投敌之意！你与那唐朝女子比武之时战战停停，你言我语，便是在向她表白投靠之意！"

曹婉冷笑一声："我若有反心，我若有投敌之意，我若不是为城中数万将士百姓着想，早在比武场上便投敌了，何至于受那敌方女子致命一击，又何必带伤返回城中？"

梁万年也冷笑一声："你以为只你一人绝顶聪明，我等人众皆愚不可及么？你以为我看不出么？你与那唐朝女子用的这是苦肉计，你带伤返回城中，不过是要以花言巧语赚得此城，作为见面之礼去向那唐朝皇帝邀功请赏！"

曹婉面上毫无惧色："任你怎么讲，我心系城中将士百姓，耿耿此心，皇天最知，日月可鉴！"

梁万年咬着牙从牙缝里挤出八个字："巧言令色，强词夺理！"

曹婉面对众将士百姓慷慨陈词："列位将士，列位百姓，他梁万年向唐军要约我与唐朝女子比武，且指天盟誓：我若败北，将打开城门，献城请降。今我比武已败，他却出尔反尔，拒不守信履约，如此背信弃义，必将招致此城血洗之灾，屠城之祸。列位将士，列位百姓，曹婉在此向各位谨建一言：只有信守要约，开城请降，方为君子之德，方为磊落之举，方为我城中数万将士百姓生还之正道！"

梁万年暴跳如雷："反了！反了！你竟敢于军前妖言惑众，乱我军心！来人！将她押下去，立斩军前！"

两名卫兵应声过来要对曹婉动手。

四周顿时人声哗然。站在姜忠两侧的郭霖、董文义都把手伸进袍衽内，抬脚要往前闯,姜忠忙伸手把他俩拦住。

曹婉对两名卫兵高声道:"慢!"

两名卫兵猛然停住脚步。

曹婉对梁万年凛然道:"何须你等动手?我今要以我一腔热血,剖白我对城中将士百姓赤诚之心!我要以我青春生命,唤醒城中数万生灵,若跟你梁万年走下去,只有死路一条!唯有信守盟约,献城请降,方为唯一生路!"说罢"刷"一声抽出佩剑,照脖颈一抹,顿时鲜血喷涌,倒地而死。

"这……"梁万年面对如此情形,一时愣住,少顷才对卫兵道,"把她拖下去!"

众将士百姓呼啦啦涌了过来,高声呼喊:"曹将军!曹将军!"

其中一高挑身材小将大步逼向梁万年:"请大将军依照曹将军生前遗言,打开城门,献城请降!"

其身后数名下级军官齐声道:"打开城门,献城请降!"

众将士百姓随之高喊:"打开城门,献城请降!"

一时间喊声此起彼伏,边喊边向梁万年逼近。

梁万年惊恐地说道:"你们,你们意欲何为?"

其手下四名心腹将军和二十余名亲兵均拔出刀剑,护住梁万年。

众将士百姓仍在呼喊:"打开城门,献城请降……"

梁万年转转眼珠,对众将士抬起双手一个劲往下扇呼:"好好好,便依诸位之请,向唐军献城请降。只是事发突然,我军上下尚无准备,请诸位容本大将军与手下几位将军回府妥为计议,待准备停当,明日一早便向唐军开城请降。诸位将士诸位百姓且先散去吧。"

高挑身材小将道:"我等均在此静候大将军回音!"

"那好,请便。"梁万年转对四名心腹将军道,"走!"

梁万年在四名将军和众亲兵护卫下走出人群,向大将军府走去。

此时姜忠等四人来到承安城内一个角落里紧急商议对策。

郭霖道:"曹婉是被那梁万年威逼而死的,我等定要为死者复仇!那梁万年此时正在回府途中,我等正可趁此机会突袭过去,将其一举灭掉!"

董绍臣也道:"此时确为斩杀他的绝佳时机。"

董文义一脸焦急之相:"赶紧动手吧,再不动手便来不及了。"

姜忠却道:"此事尚需斟酌。方才我等都见到了,这城内数万将士百姓皆愿献城请降,他梁万年亦知民意难违,若他能迫于民意而率众献城请降,不啻好事一桩,此情之下我等若横插一刀,能将其一举灭掉倒还算好,若斩杀不成,反将生乱。不如我等再忍一忍,看他下一步如何动作,他若一意孤行,拒不献城请降,到那时我等再相机行事也不为迟。"

董绍臣想想道:"师兄说的是,我等不妨再等一等。"

当天夜晚,唐军大营御帐内,李世民靠坐在行军椅上,双目微闭,正在静听曹娴念曹婉所写自述文字。

曹娴双手托展着一张发黄的写有密密麻麻行楷小字的白绢,款款而读:"小妹我于沿海小村龙王庙安度四载,虽年尚幼小,养父母与两位姐姐百般宠溺千般呵护情形,仍依稀在心,脉脉此情,永志不忘。后为避权奸仇家追杀,蒙好心人相助,亡命营州,于神风武馆随董氏师祖师父习文练武,度过一段安稳日月。岂料平静之中又起波澜,那尹氏仇家闻得小妹营州行踪,遂命其爪牙纠集营州官军对小妹大行搜捕追杀。为求活命,小妹只得东躲西藏,惶惶度日。为不连累师祖人等,不得不遁入深山老林,终日以野果为食,以山泉为饮,与野兽为伍,与饥寒相伴。世间之最苦,莫如我之苦;世间之最难,莫如我之难。其情其状,惨不忍言……"

接着,帛书述说起曹婉于山林中射杀猛虎,救下猎者梁兴,受梁兴之邀入住承安城的经过,之后曹娴念道:"此后小妹方知,老者府邸所在之承安城乃东昱领地。老者姓梁名兴,领大将军衔,为承安城与相邻之新安城两城城主。还得知梁兴原是隋朝人士,为隋朝柱国杨玄感之旧部。杨玄感谋反被杀,梁兴虽未参与谋反,却也受到牵连,被隋炀帝下旨缉拿灭族。时在营州边境领兵镇守的梁兴得报,即率家眷与部下将士连夜投奔了东昱之地。"

此时李世民插言道:"炀帝荒唐残暴,嗜杀成性,不分忠奸良莠一味赶尽杀绝,方有此患。——哦,爱姬,你念,念下去。"

曹娴念道:"得知此情,小妹方知我已沦落是非之地,此虽殊非我之所愿,但想到故国已无我立锥之地,也只得如此了。义父梁兴与义兄梁万年皆待我甚厚,遂使我抱定士为知己者用之决心,每有战事皆身先士卒,因屡立战功,被擢为云麾将军。为此我自以为得意,殊不知实则于罪孽之渊薮中愈陷愈深。更有甚者,竟自听信不逞之徒蛊惑之言,误将姐姐与当今圣上视作既往追杀我之仇家,与那不逞之徒潜入京师行谋弑之举。今日比武场上姐姐将我被权奸搜杀真相据实告我,怎奈言者谆谆,听者藐藐,我竟充耳不闻,直至晚间听了师父董文义一席剀切之言,方幡然猛醒,知我已铸成弥天之大错,犯下不赦之死罪。斯错斯罪,为天地所不容,为人神所共愤！今悔之晚矣，徒悔奈何，徒悔奈何呀。姐姐呀，我亦确知，既往搜杀我之仇家已然伏法，父祖在天之灵已可瞑目。今之故国已是德行天下，海晏河清，如此，怎能不令小妹陡生羁鸟池鱼[1]之想，叶落归根之念？然如此回归故土，我有何颜面谒见故乡父老，又焉能以罪愆之身苟且于世？况当今陛下有为我复父祖冤仇之大恩，此恩不报，我岂非枉自为人？故明日比武，小妹必败，待败回城中，我倒要看看那梁万年意欲何为。他若履约践诺，献城请降，自是最好不过；他若背信弃义，毁约背诺，小妹我只能以一死力拒之。好在这些年来我在城中协理军政诸事，皆属意爱抚百姓，体恤将士，是以深得城中将士百姓之拥戴。故此，我的一腔热血绝不会白白流淌，我的生命之花绝不会枉自凋谢。我要以我的鲜血与生命，唤醒城中将士与百姓，只有践诺履约，献城请降，方为大义之举，方为浩然正途！因之以上所书，或成绝笔……"曹娴念到这里，已泪流满面，再也念不下去了。

李世民劝道："爱姬莫要过于悲伤。明日你们姐妹若能再度相见，你可告知于她，她虽确有叛逆之罪过，但能迷途知返，且决计为国献身，将功补过，仍不失为忠义子民。嗣她回归之后，朕可特赦于她。若她能为我大唐收复一座承安城，朕还将重重嘉勉于她。"

曹娴跪地叩拜，哽咽而言："臣妾……代小妹……谢陛下特赦隆恩。"

同一个夜晚，承安城内大将军府中，梁万年与其手下四名心腹将军正在商议对策。

一名将军道："真是怪事，那曹婉虽为大将军您的义妹，可终究大不过大将军您哪，今日怎么那众多将士百姓尽皆愿听命于她呢？"

梁万年道："这都怪我，怪我平素太过宠着她了，她便利用协理军政诸事之权，着意笼络收买军心民心，方有今日之大患。"

另一名将军问道："那我等目下该当如何应对此事？"

梁万年道："如何应对？如今唐朝大军兵临城下，此城眼看不保，那众多将士百姓皆想活命，遂愿献城请降，看今日那阵势是铁了心要降，且众怒难犯，我等恐已无力回天了。"

第三位将军又问："大将军之意，是我等皆须请降么？"

梁万年一翻眼珠："降？降了他唐朝，我等能活命么？即便能活命，我还能做这个大将军么？你等还能保住你等的将军之位么？况且降了，你我如何对得起国王陛下对你我的恩典？"

---

[1] 语出东晋陶渊明《归园田居》"羁鸟恋旧林，池鱼思故渊"之句。

第四位将军道:"如此说来,我等降也不是,不降也不是,究竟该当如何应对?总不能如此坐以待毙吧?"

梁万年冷笑道:"当然不能坐以待毙!有句老话:'三十六计走为上',事不宜迟,目下夜色降临,我等该走了。"

众人不约而同脱口而出:"走?"

一名将军问道:"怎么走?今唐军已将此城围得水泄不通,能走得出去?"

梁万年道:"出其不意,攻其不备,方可制胜。可自亲兵中遴选数名武功高强体魄健壮者随我等一起行动。乘夜色掩护,我等皆着唐军将士衣装甲胄以绳索坠城而下,扮作唐军巡营将士混出唐军重围,若万一被唐军识破,我等皆拼死厮杀,于夜色掩护下趁乱杀出重围,遣一名脚快善行者速至新安城内报信,令城内派出人马接应我等入城,再与新安城内将士一起固守该城。这是一着险棋,可目下只有这一招棋可走了,你等愿往么?"

四名将军一齐对梁万年拱手,齐声道:"属下愿往!"

梁万年忽地起身:"好!我等这便走!"

夜幕中,梁万年与四名将军、九名士卒都身着唐军将士衣装甲胄悄悄来到承安城一处城墙上。

该处两名守城士卒迎了上来。

一名将军对这两名士卒悄声道:"你等听好,大将军要率队夜袭唐营,你等不得声张!"

梁万年等悄悄坠城而下,悄然行至唐军大营近前。

"站住!"一站哨士卒突然从暗处走出喊道,"来者何人?"

梁万年回答:"自己人,奉命夤夜巡营。"

哨兵往前走了两步,借着朦胧月光觑着眼朝来者看了看:"哦,自己人。"

梁万年问:"可有敌情?"

哨兵一挺身子:"回将军话,没有。"

梁万年率队从哨兵身边走过,走到唐军营帐间。

一哨兵挺枪向前喝道:"站住!来者何人?"

梁万年不慌不忙回答:"自己人,奉命巡营。"

哨兵向前伸着脖子来回打量梁万年等人。

梁万年对哨兵道:"好生值守,谨防敌情!"

哨兵一挺身子:"是!"

梁万年率队从营帐间穿行而过，沿荒野土路疾速向前行进。

走了不到半个时辰，下了一片土坡，梁万年刚想放慢脚步喘一口气，忽从路旁蹿出四个人影，为首的姜忠大喝一声：

"贼将哪里走，看剑！"

姜忠说着挺剑向梁万年一剑刺来，梁万年急闪身躲过了这一剑。

双方立刻混战在一起。

尽管姜忠等四人在人数上比对方少许多，但因个个武功高强，所以在与对方厮杀中并不显弱，战不多时就有两名亲兵被董绍臣和郭霖刺倒在地。因姜忠一直死死咬住梁万年不放，故而另三名亲兵一起过来护住梁万年，与姜忠拼死厮杀，梁万年乘机沿土路向前跑去。姜忠赶忙撇下三名亲兵朝梁万年追去。一名亲兵从身上摘下弓箭瞄准姜忠一箭射去，姜忠只顾追赶前面的梁万年，不提防被一箭射中后心，踉跄跑出两步后一下扑倒在地。

郭霖见状，大喊一声："师父！"纵身跃至姜忠身边，伸手去抱姜忠。

姜忠喘息着说道："快……快去追杀梁万年……快……"

那射箭的亲兵又张弓搭箭向郭霖瞄准，被董文义一跃跃到其身边一剑刺中其肋部，登时倒地而死。

郭霖朝着梁万年跑去的方向一跃向前，举剑向梁万年掷去，正中梁万年后心，梁万年趔趔趄趄走出两步后向前扑倒在地。

此时新安城中接应梁万年一行的百余号人马已经赶到。

一敌将对扑倒在地的梁万年惊呼："大将军！"一抬头间见那边的郭霖已从姜忠手里拿过佩剑准备向前厮杀，马上高声喊道，"弟兄们，为大将军报仇，杀！"

敌军将士齐声喊杀，冲向郭霖、董绍臣和董文义等三人，将三人团团围在垓心。郭霖等三人左冲右突，接连杀死杀伤数名敌军将士，在身负重伤的情况下仍都奋力冲杀不止，其后董绍臣父子相继被砍倒在地。郭霖已浑身是血，却仍在奋力拼杀。一敌将一剑刺中郭霖腹部，郭霖一剑刺中敌将心窝。在双方僵持的一瞬间，郭霖背后三名敌军将士的三把刀剑同时刺进和砍中他的后心和脖颈，郭霖挺立片刻之后倒地。

此时敌军外围突然杀声四起，千余唐军将士举着"唐"字大旗将被郭霖等人杀剩的七八十名敌军重重围住，只片刻工夫就把敌军斩杀殆尽。

次日一早，承安城城门大开，唐军排成四路纵队进入城内。

城内阖城将士百姓跪在大道两旁，迎接唐军入城。

大道中央，停放着一口红漆棺木，棺前供着果品，燃着香烛。唐军队伍至棺木前分开，各以两路纵队分别从棺木左右通过。

李世民在曹娴和长孙无忌等大臣随侍下走到棺木前。

李世民停住脚步目视棺木："这是……"

李世勣趋前两步来到李世民身侧："陛下，这便是那舍命力谏承安城城主献城请降的义勇女子曹婉之灵柩。"

李世民目光微凝，若有所思："哦。"

曹娴几步跨过去，伏在棺木上戚然道："婉儿妹妹，你命好苦啊……"忽然双眼一闭，身子一软晕倒在地。

李世民一声惊呼："爱姬！"急跨到曹娴身旁蹲下，将其揽到自己怀中，连声呼唤，"爱姬，爱姬，你醒醒，你醒醒……"

曹娴仍旧昏迷不醒。

李世民对跟随在后的侍卫道："快传太医！"

侍卫应声转身向后飞奔而去。

很快，蔺太医气喘吁吁一溜小跑过来了，马上给曹娴扎针施救。

李世民一遍遍地呼唤："爱姬，你醒醒，你醒醒……"

少顷，曹娴慢慢睁开了眼睛，看看李世民再看看周围的人，挣扎着要起身。

李世民忙道："爱姬莫动，莫动。"转对站立一旁的侍卫道，"传步辇！"

"陛下，步辇已备好。"侍卫抬手指向停在一旁的步辇。

李世民怀抱曹娴起身，在侍卫帮助下把曹娴扶进步辇，对侍卫道："快将娘娘送至大营御帐之内好生将养。蔺太医，你随辇同往，要为娘娘悉心医治，朕随后便到。"

蔺太医应声跟在步辇后面去了。

李世民高声道："李世勣！"

李世勣趋前一步："臣在。"

李世民肃然道："义女曹婉忠勇刚烈，为国殉难，朕意，追授其为正四品忠武将军，按我大唐礼制厚葬之。朕命你妥为操办！"

李世勣抱拳一礼："臣遵旨。"

李世民又道："宣谕我全军将士，对城中请降将士不得伤及一兵一卒，对城中百姓不得动其一草一木，若有违抗者，定将严惩不贷！另，取我军大营军食广赐城中将士百姓，不得使其一人忍饥挨饿！"

李世勣又一礼："臣谨遵圣命。"

东昱众将士百姓一起跪叩，山呼万岁。

忙完接收城池诸事，李世民即返回唐军大营御帐内，亲自服侍曹娴用药将养。此时，曹娴正头枕垫高的睡枕躺在行军床上，李世民坐在床边行军椅上，一手端药碗，一手拿汤匙在喂曹娴汤药。

曹娴喝下一匙，欠身欲起："陛下，臣妾自己来服。"

李世民急忙劝阻："爱姬莫动，莫动，朕来喂你。"

曹娴起身道："谢陛下照拂，臣妾自己能服。"说着接过药碗服药。

李世民十分关切地提醒："慢些，慢些，莫呛着了。"

曹娴服完药，李世民扶她躺下。

李世民柔声道："太医说，爱姬于宫中所患重疾尚未复原，今又于军前比武苦战，已然力竭伤身，其后为令妹死节事，又悲伤过甚，以致气血阻滞，阴阳两亏，已是心力交瘁了。须用几剂方子调理，再辅之以静息将养，方可康复，再不可身心过劳，情志过伤。"

"臣妾只是想，婉儿妹妹此生灾难无数，颠沛流离，最终却又落得如此死法，真是太苦……太……难……"曹娴说着泪如泉涌，语不成声。

"爱姬务要节哀，身体最是紧要。"

"臣妾本想待小妹回归我大唐之后，再将她身世实情慢慢告知于她，不承想尚未告知她一言半语，她便遽然而去了。想小妹终其一生，竟未曾知晓自己真实身世。于此，臣妾真是痛彻心脾，痛彻心脾呀。"曹娴说着又哀哭不止。

李世民劝道："爱姬切莫情伤过甚。令妹于两军阵前为我大唐慷慨死节，其生前又已表明回归心迹，朕已据此追授其为正四品忠武将军，且已传旨，将按此品级之丧仪，由万名将士送葬，将其葬于我大唐国土之上。如此，她已是死得其所。令妹有此归宿，爱姬当可心安了。"

曹娴动情地说道："臣妾代小妹谢陛下厚葬隆恩。日前臣妾乍见小妹灵柩，一时情伤过甚，在陛下与万军面前竟至晕厥委地，臣妾于陛下有失仪之罪。陛下非但不降罪于臣妾，反倒对臣妾照拂有加，令臣妾甚是于心不安。"

李世民道："人非草木，孰能无情？亲人罹难，哪里会不伤情呢？爱姬非但无罪，反倒是立了大功呢。经你与令妹一番力争，我军未损一兵一卒，便收复了承安城这一偌大城池，这不是天大的功劳么？朕加恩赏你犹恐不及呢，哪里还有降罪一说呢？"

曹娴忙道:"承安城复归我大唐,乃臣妾小妹以自己生命鲜血换得的,非臣妾之功,臣妾岂敢妄自贪功?"

李世民道:"此言差矣。若无爱姬于比武场上凭剑法拳法与令妹相认,若无爱姬对令妹动之以情晓之以理千般劝说万般开导,令妹怎能幡然醒悟,为力劝敌酋献城请降而慷慨死节?又何谈城中将士百姓心甘情愿献城请降?故此爱姬与令妹一样功不可没,且功莫大焉。"

此时帐外传来侍卫呼唤声:"陛下!"

李世民走出内帐:"何事?"

侍卫回奏:"英国公李大人求见。"

"让他进来吧。"李世民说着坐在外帐行军椅上。

李世勣进帐行过觐见之礼,说道:"微臣此来,为有一事须奏明陛下。昨夜承安、新安两城城主梁万年率十余名随从自承安城坠城而下,向新安方向逃窜,途中被我大唐国四名义士截住厮杀,梁万年当场被斩杀毙命。其后新安城内出城接应之敌百余人将我方义士团团围住,双方展开殊死拼杀,我方义士奋勇斩杀敌军将士十余人,义士中亦有三人以身殉国,另一人身负重伤。继之我驻防新安城外千余将士又将所剩残敌七八十人围而歼之,无一漏网。"

李世民急问:"那重伤义士现在何处?"

李世勣回答:"已经军医包扎救治,欲抬往北面微臣军中帐内将养,路经陛下御帐之侧,特来奏明陛下。"

李世民忙道:"受伤义士就在此帐之外?快快抬进帐内,朕要亲为抚慰!"

额上缠着素缣布条卧在担架上的董文义被抬进帐内。

李世民在担架旁朝着董文义俯下身子,关切地问道:"你何处受伤,疼痛可是甚剧?"

董文义眼中泪光闪闪,翕动两下嘴唇:"陛下……"一时哽咽得说不出话来。

李世勣在一旁说道:"他身上受伤十余处,因失血过多,被将士们发现之时已处昏迷之中,只有微弱的鼻息可知他还活着,后经军医紧急施救,又给他喂了些水与军食,神志方清醒了些,现下看来已无性命之虞了。"

董文义又翕动两下嘴唇:"谢……陛下,谢大军施救之恩。小人身负重伤,不能行觐见之礼,祈陛下恕罪。"

李世民朝董文义摆摆手:"你身负重伤,哪里还须讲那些个礼数!朕只问你,你等前来杀敌的四人是何方人氏,都姓甚名谁?"

董文义回答:"我等四人皆为四海漂泊武林中人,小人贱姓董,名文义,另三人分别是小人家父董绍臣,小人师伯姜忠与师兄郭霖。"

此时忽从内帐传出"哗啦"一声脆响。

李世民向内帐一扭头的同时浑身一震,对董文义道:"你且稍候。"说罢快步走进内帐,蓦见曹娴歪倒在行军床上,已昏迷过去,药碗摔落在地,已成一地碎片,赶忙奔到床边,以双手抚住对方面庞,"爱姬,你怎么了?爱姬,爱姬……"

曹娴慢慢睁开眼睛:"陛下……"

李世民急问:"爱姬,你哪里不适?"

"陛下,方才外帐受伤义士所说斩杀敌酋梁万年的义士姜忠与郭霖乃臣妾之师祖与师叔,又皆为臣妾的救命恩人;董绍臣与董文义乃臣妾小妹曹婉之师祖与师父,又皆为曹婉的救命恩人。"曹娴说着眼中已有泪水涌出。

李世民瞪大眼睛:"是么?"

曹娴点头:"他们师徒父子四人定是为解救臣妾小妹曹婉而来,得知曹婉已被敌酋逼死,便赶往路上斩杀弃城逃跑的敌酋,为曹婉复仇,不想师祖等三人竟血染沙场,再也不得生还。"

李世民直起身道:"此四人堪为忠勇之士。三位死难的义士不单是为忠义女子曹婉复仇而死,亦是为我天朝大国慷慨捐躯,朕将颁旨厚葬他们。"

曹娴道:"臣妾代师祖与师叔谢陛下厚葬隆恩。臣妾恳请陛下恩准,在师祖与师叔下葬之日,臣妾前往为其送行。"

"不可!"李世民口气十分坚决,"爱姬莫怨朕无情,此前爱姬为令妹死节事,本已情志过伤,元气大亏,若去为爱姬师祖师叔送葬,必将再度悲切伤情,爱姬病体已再难承受了。"

曹娴双目垂泪:"陛下……"

李世民道:"莫再说了,朕不准你去!只准你就地遥相祭奠。"

"谢陛下。"曹娴说罢泪下如雨。

李世民对曹娴好言抚慰几句,又回到外帐,对仍站在外帐的李世勣道:"此四位义士不顾生死,奋勇斩杀敌酋梁万年,立下旷世殊勋,为此,朕特旨追授阵亡的三位义士为正五品定远将军,并按此品级之葬仪厚葬之,朕命你专责此事。"

李世勣拱手一礼:"臣遵旨。"

李世民伸手一指卧在担架上的董文义:"对这位阵前负伤义士,朕将命太医亲为医治,另赏黄金五十两!"

董文义眼含热泪:"谢陛下重赏隆恩。"

李世民命人把董文义抬出去后,对李世勣道:"传令各军,歇兵三日,三日后大军拔营,挺进新安城!"

第四十五章

破圈套城边斗敌寇　防火攻海上战贼船

大军到达新安城外后，李世民与李世勣、李道宗、杨师道、张俭、张士贵、刘师立等登上城外一道高坡，瞭望城中形势。

李世民把张俭召到跟前道："张卿，你讲讲这新安城之敌防备情形。"

张俭道："这新安城，城高壕深，易守难攻，且城内兵精粮足，非承安城可比，故不宜使用围城久困之法，虽不能速战速决，却也不可拖延日久，须加紧攻城。"

君臣正在城外高坡上商议攻城之策，城上的城主梁万春抬手一指城外李世民头顶上的黄罗伞盖，对身边一位副将道："看那唐军头目中有一人头上置黄罗伞盖，那定是唐朝皇帝。命将士喊话气一气他，就喊：'唐朝皇帝胆怯，不敢攻打此城！'"

副将忙去召集众将士。很快，众将士齐聚城头，齐声高喊："唐朝皇帝胆小怯战，不敢攻打此城！"

站在城外高坡上的李世民听了城上将士的喊话，顿时勃然大怒，将手中御鞭一折两段，恨恨地说道："东昱跳梁小贼，胆敢对朕无礼，彼等小贼不是说朕胆怯不敢攻城么，朕便攻给彼等看看！"

李世勣对李世民躬身一礼道："陛下息怒，彼等斗大孤城，还愁攻不下来？"继之对城上高喊，"尔等莫要张狂，待攻下此城，我大军定将城内所有兵将悉数杀光！"

城上的梁万春对众将士道："列位都听到了吧？那唐朝皇帝说了，待彼等攻克此城，将我等将士悉数杀光，故此我等将士当同仇敌忾，誓死捍卫此城！"

众将士齐喊："我等将士同仇敌忾，誓死捍卫此城！"

城外高坡上，李世民对李世勣道："传朕命令，着诸军速将此城团团围住，戮力攻城！"

君王一声令下，唐军将士即将城池团团围住，先用抛车飞石攻打城墙，城堞多处被飞石击毁，继之众将士架云梯往城上攀爬。城上滚木擂石雨点般抛下，爬上云梯的唐军将士纷纷被砸中，摔落地下。如此反复多次，唐军将士伤亡很大，却始终没能登上城头。

李世勣策马奔到李世民面前奏道："陛下，新安城城坚兵勇，人自为战，我军久攻不下，伤亡甚重，臣请陛下下旨，暂停攻城，只将城池团团围住，另谋攻城良策。"

李世民道："好吧，朕准你所请。"

一时间，敌我双方形成了互相僵持的局面。

承安城阖城军民降唐之后，邢焯与其手下杀手们在城内待不下去了，只好混在出城百姓中出了城，隐匿在东征唐军大营外围，伺机刺杀李世民。

这日，在承安城十数里外路边一家客栈的一间屋内，邢焯和道士隔着炕桌相对而坐，炕桌上摆着两荤一素三只菜盘和一壶烧酒，二人正在边酌边密议。

邢焯咽下一口酒，说道："我等尾随东征大军已达旬日，却始终未得接近李世民的机会，如此拖延下去，看来本公子杀父之仇绝难得报了。"

道士道："公子勿忧，机会总会有的。贫道还是那句话，要杀李世民，只能智取，不可强攻。"

邢焯显然有些不耐烦了："智取，智取，究竟如何方能智取？怕是说起来容易，做起来难！"

道士道："公子且耐心听贫道把话说完。此前东昱承安城城主梁万年邀李世民曹姓嫔妾与东昱女子比武赌胜负，竟不知那东昱女子、梁万年之义妹曹婉乃曹姓嫔妾之胞妹，以致比武场上姊妹相认。经那曹姓嫔妾一番劝说，曹婉陡生反水之心，遂于比武场上假意败北，又于承安城内巧言惑众，动摇将士军心，终致阖城将士不战自降，那梁万年也白白送了一条性命。想那曹姓嫔妾已于此番比武中出尽了风头，此时若让她再作冯妇，当是她求之不得之事。公子可乘夜色前往新安城内面见城主梁万春，再邀唐朝女子与东昱女子比武，我等便可于比武场上做一篇大文章。"

邢焯伸箸欲夹菜，又停住："做甚文章？愿闻其详。"说罢夹一箸菜放进嘴里嚼起来。

道士举起酒杯："来，你我满饮此杯，再听贫道慢慢讲来。"

…………

在夜幕掩护下，邢焯悄悄来到新安城城墙下，把手放到嘴边，发出三声布谷鸟的叫声。城上很快有人用绳子系下来一只吊篮，邢焯坐到吊篮里，城上的人即把吊篮提到城墙上。

原来，邢焯尚在曹婉属下谋事时，就曾与新安城守军统领梁万春见过面，承安城归唐之后，邢焯又设法与新安城新任城主梁万春勾搭上了，并约定了联络暗号。

进了城，邢焯直奔大将军府，见了梁万春，马上把再邀唐朝女子与东昱女子比武，乘机射杀唐皇的计谋述说一遍。

梁万春道："上一回比武，便以我东昱女子败北而告终，此番再邀唐皇妃子与我东昱女子比武，那唐朝皇帝能首肯么？"

邢焯道："大将军可对唐朝皇帝说，上一回尔唐朝女子与我东昱女子比武赌胜负，我东昱女子乃尔唐朝隐入我军之奸细，在与尔唐朝女子比武之时假意败北，为尔唐朝赚得一座承安城，故而不能算尔唐朝女子取胜。现下有我真正的东昱女子愿与尔唐朝女子于城下比武交战，一决胜负，尔唐朝女子还敢应战么？若唐朝皇帝不予首肯，大将军可以嘲笑之语来激他，直到他答应应战为止。比武前夕，不才将扮作唐军士卒混入唐军营帐之内，与不才一位好友镇远将军会面，约其将延时生效之药拌入唐皇嫔妾坐骑草料之内。那坐骑吃了此药，次日在比武场上奔跑跳跃之时药力便会发作，使那战马失蹄倒卧地下，唐皇嫔妾随之将跌落在地。其时我等扮作唐军将士一拥而上将其捆住，却不杀她，只将她作为人质，迫使唐皇只身前来救。待唐皇接近我等之时，我等便拼力将其射杀之。那唐朝军队失去统军皇帝，必将不战自乱，届时大将军率阖城将士一路掩杀过去，唐军必将溃不成军！"

梁万春道："此事说起来容易，然则贵公子在唐军中之好友，肯为贵公子做那于唐皇嫔妾坐骑草料之内下药之事么？一旦事泄，那可是死罪呀。"

邢焯说话口气不容置疑："他定然肯做此事！大将军有所不知，不才那位好友的姐姐原本乃后宫贵妃，正是因了唐皇嫔妾的缘故而被唐皇褫去贵妃封号，故此那唐皇嫔妾乃不才好友姐弟之仇敌，除掉那唐皇嫔妾，乃不才好友姐弟欲求而不得之事，他能不欣然允诺么？"

梁万春道："贵公子此计确是不错，不过据说那唐皇嫔妾武功非比寻常，我军将士中并无能与之相搏杀之女子啊。"

邢焯诡谲一笑："这个嘛，大将军可于贵军之内择一武功高强之男子扮成女子，去与唐皇嫔妾比武，不就成了么。"

梁万春连连摇头："不成，不成，如此做法若被敌方察觉，岂不会遭敌方耻笑，说我东昱国竟无一会武功之女子，还要弄虚作假以一男人来冒充，此举甚是有损我东昱国威军威。"

邢焯道："自古兵不厌诈，无论采用何种手段，只要能将那唐皇杀死，将唐军击溃便可。如此非但不会有损贵国国威军威，反倒能大振贵国国威军威。"

梁万春道："贵公子只想到了成功的一面，可若万一不成功呢，岂不会给人留下笑柄？本大将军倒是想到了，我新安城毗邻敌国，城内无论男女，皆有习武尚勇之风，不愁寻不到会武功的女子，本大将军这就命人去坊间遴选！"

邢焯连连点头："如此甚佳，甚佳。不才这就出城，前往唐军营中妥为安顿。"

当夜，邢焯着上唐军军曹衣冠，混进唐军大营，来到镇远将军韦恒军帐外，向军帐外站哨卫兵说明来意："卑职乃韦将军好友，前来拜访将军。"

卫兵进帐禀报："报将军，外面来了我大军中一位军曹，要见将军。"

韦恒正在烛光下边啜茶边阅览军报，随口道："军曹？唔，让他进来。"

正说话间，邢焯已经走进帐内。

韦恒一见邢焯面目，倏然瞪大充满惊诧之色的眼睛："怎么，是你？你怎么在这里？"

邢焯诡谲地一笑："想不到吧？本公子是专程来拜会贵将军的，怎的，不欢迎？"

韦恒道："你该当知道，若被人发觉你我私下会面，本将军定是死罪！你就不怕本将军拿下你，押送到皇上那里去？"

邢焯又狡诈地一笑："这个，本公子知道贵将军并非那不仁之辈，本公子也并非那不义之徒，你我彼此彼此——"

"你来见我，所为何事？"韦恒打断对方的话，问道。

"我来，是来帮贵将军剪除仇家的，确切地讲，是来帮贵将军的姐姐，哦，前贵妃娘娘剪除仇家的。"说罢竟自大摇大摆走到另一只行军椅边坐下。

"此话怎讲？请直言！"

"本公子已闻得东昱新安城城主梁万春又要邀李世民，哦，又要邀皇上曹姓嫔妾与东昱女子比武，此乃剪除贵将军姐姐贵妃娘娘仇家曹姓嫔妾之绝佳时机，若你我能联手行事，则曹姓女子必死无疑！"

"如何联手行事？"

"你听我讲。若任由曹姓女子与东昱女子去战，则那东昱女子大半不会取胜。若你我联手助那东昱女子一臂之力，则曹姓女子将活不过明日。"

"如何助东昱女子一臂之力？你讲！"

"只需贵将军做一件事。"邢焯说着从衣衽内取出一个纸包，"此为本公子属下一位道长所配之药，只要贵将军遣人将其拌入曹姓女子坐骑草料之内，事便成了大半。那战马吃下此药之后，明日于比武场上奔跑跳跃之时药力便会发作。一当药力发作，那战马必会失蹄倒卧于地，曹姓女子随之会跌落地下。那时我等死士皆扮作唐军将士假意去救曹姓女子，曹姓女子必将不加防备，即刻便会死于我等刀剑之下。待那唐军将士醒悟过来冲上来之时，我等早已退入新安城内了。"

韦恒问道："你为何要置那曹姓女子于死地？"

邢焯道："这个么，那曹姓女子既是贵将军姐姐之仇敌，也是我邢某之仇敌。"

韦恒又问："你与她究竟有何仇怨？"

邢焯道："这个，一句两句讲不清楚，索性不讲了吧，你只须知道她是我之仇敌便是了。"

韦恒道："既然此事你等已然筹划好了，为何你等不径直去往曹修仪坐骑草料之内下药，却要绕弯子来要本将军去做此事呢？"

邢焯道："此事非贵将军差人去做不成！那御营必定层层设卡，戒备森严，我等即使插翅也难以飞进去，况不知那御马马厩设于何处，要寻到马厩亦非易事。而贵将军军营与御营比邻而居，本公子已知将军军营与御营比邻处站哨士卒皆为将军麾下士卒，将军遣心腹之人进入御马马厩并非难事。再者，还有这个呢。"说着从衣衽内取出一只瓷瓶，"必要之时，以此药迷住马厩看守士卒，再进入马厩下药，当可万无一失。"

韦恒正色道："你让本将军去做此等行险之事，万一事泄，那便是灭门之罪！如此铤而走险之事，本将军决不能做！本将军命你从速离开此帐，不然，本将军要拿人了！"

邢焯不怀好意地一笑道："现下你拿下我易如反掌，不过，你就不怕你的陛下自本公子口中掏出什么？四年之前本公子助你剪除你姐姐争宠对手而升上贵妃宝座之事……"

韦恒道："本将军将你立斩军前，再去奏报皇上，到那时你还能逞口舌之快吗？还不快快退下！"

邢焯却并不惊慌："你听我说，你若将本公子杀人灭口，立马就会有本公子之死士慷慨赴死去向你的皇帝陛下投案告发于你，到那时你便只有死路一条了！"

韦恒道："即便本将军不杀你，助你去做那行险之事，若万一事败，你手下人被抓,也会供出你我之事,到那时,本将军仍会罹患灭门之祸!"

邢焯道:"这个,贵将军即请放心,本公子手下人等,皆为本公子以重金为酬收买豢养之死士,无人不誓死效忠本公子,在与敌交锋之中会死力拼杀,即若其中有人被捉,也会即刻服毒而死,绝不会给敌方留下活口!四年之前李世民在终南山行猎之时曾遭遇多人行刺,想必贵将军曾有耳闻吧?——哦,李世民隐秘出宫行猎之事,还是拜将军你告知于本公子的呢。那行刺之举便是本公子率手下死士之所为!那一回拼杀,本公子几乎要了他李世民性命!我手下死士战死二十人,重伤被捉后服毒自尽一人,可曾给他李世民留下一个活口?"

听了邢焯这一席话,韦恒一时目瞪口呆,努力稳了稳心神,才道:"你……你,你究竟是什么人?为何要谋弑皇上?"

"这你莫多问,归总这谋弑之事也有你一份功劳。"邢焯说着这话阴险地一笑,接着把药包和药瓶朝行军书案上一放,"此事做与不做,由你自行斟酌!"说罢大步走出帐外。

次日一早,李世民与诸位大臣又登上新安城外高坡瞭望敌城,计议攻城之策。

李世民对诸位大臣道:"各位爱卿都说说,以何种攻城之法可攻克此城?"

江夏王李道宗道:"此城强攻难以奏效,围城久困又不可取,臣以为,可于城墙外构筑土山,待土山与城墙接近等高之时,我军再行攻城将会容易得多。"

李世民道:"构筑土山?这是个土办法,又是个笨办法,各位爱卿都说说,此法可取与否?"

君臣正在计议间,梁万春与一名副将出现在城墙上。

梁万春望着城外高坡上的李世民等人,对副将道:"本将军要以激将之法,邀唐朝女子再与我东昱女子比武。这激将之法,只有对那唐皇妃子当面施用方可奏效。可那唐皇妃子并未在城下露面哪。"

副将朝城外左右望望:"不知那唐皇妃子现在何处?"

梁万春抬手一指对面唐军营帐:"敌军营帐中那一座金顶大帐,定是唐朝皇帝之御帐,那唐皇妃子现下定在那御帐之内。——有了,取一只喇叭筒来,本将军用喇叭筒朝那御帐大声喊话,想那唐皇妃子定可听到。"

副将点头:"大将军此法不错。"转对身后几名士卒道,"速取一只喇叭筒来!"

一名士卒应声跑下城墙,转瞬就拿着一只喇叭筒气喘吁吁地跑到梁万春跟前,以双手托举着喇叭筒恭送给梁万春。

梁万春把喇叭筒放到嘴边,对着唐军大营金顶大帐那边大声喊道:"唐军将士且听着,尔唐朝真真是阴盛阳衰了,男人们个个懦弱无能,一座承安城,竟然久攻不下,最后靠两名女子于城下比武赌胜负,这才赚得偌大一座城池,唐朝女子功莫大焉。唐朝女子真巾帼英雄也!现下我新安城一女子愿与尔唐朝女子再度比武,尔唐朝女子还敢应战么?"说到这里停顿少顷,又喊,"怎么不回答?看来是不敢应战了。本将军原以为,尔唐朝女子武功高强骁勇善战,现下方知是假的!原来那两名女子早便定下了苦肉计,以一名女子施展手段混进承安城,取得城主信任,再以另一名女子来与她比武赌胜负,那城内女子假意败北,由此便赚得一座承安城。故此,这一场比武乃假比武,不能算数!要想算数,便须来真的!可叹啊,这一回本将军提出我真正的东昱女子与尔唐朝女子真比武,尔唐朝女子果然便不敢应战了。哈哈哈,哈哈哈,尔唐朝男人个个无能,而唐朝女子个个作假,原来如此,原来如此啊,哈哈哈,哈哈哈……"

城外高坡上,李世民怒气冲冲地来回走动着:"这个梁万春,真乃嚣张至极,竟敢如此辱骂我天朝军民,是可忍,孰不可忍!"

长孙无忌道:"待我军攻下此城,看他还敢如此嚣张!"

李世民一扬马鞭道:"回营!"

李世民带着满脸怒气回到大营御帐内,曹娴忙迎过去为其更衣。

李世民气恼地说道:"哼!东昱跳梁小贼,真乃欺人太甚!"

曹娴忽然面朝李世民跪下:"陛下,请陛下恩准臣妾去与东昱女子一决雌雄!"

李世民一愣:"怎么?"心想那梁万春挑衅之语她怎么会知道?遂问道:"爱姬何出此言?"

曹娴道:"方才那新安城主于城上对我方挑衅之语,臣妾皆已听到了。臣妾恳请陛下允准臣妾应战,与东昱女子一决高下!"

李世民道:"爱姬怎会陡生此念呢?你病体尚未痊愈,仍甚虚弱,朕怎能允准你再去比武场上拼死厮杀呢?爱姬赶紧绝了此念!"

曹娴道:"臣妾经数日将养,身体已然恢复,上阵比武已全然无碍,故此请陛下准此一战。"

李世民道:"即便你身体已有所恢复,那敌方从你上一回比武之中已知你武功根底,现下仍提出以东昱女子与你比武,想来敌方必已做好取胜准备,或许已备好暗算你之手段,故此番比武定将凶险非常,朕绝不准你应战!"

曹娴决然道:"即便敌方已备好暗算手段,臣妾也绝不怕她。无非兵来将挡,水来土掩,以臣妾身上武功,战胜东昱女子绝非难事,故此请陛下准予臣妾应战。"

李世民叹一口气道："敌方不过故意以比武一事气气我方而已，爱姬何必顺应敌方之意，去做如此行险之事呢？"

曹娴愤然而语："臣妾此请绝非顺应敌方之意，而是以眼还眼以牙还牙。看那敌方气焰何等嚣张！臣妾还是那句话，我方在其挑衅面前若无以应对噤若寒蝉，则我天朝大国之国威何在？陛下之威仪何在？况上一回臣妾与臣妾小妹比武，臣妾小妹于东昱军中反戈一击，确已给敌方提供了诋毁我朝女子的口实，此一回若任由其挑衅而无以应对，我天朝大国将颜面尽失，陛下亦将颜面尽失，面对如此情形臣妾怎能无动于衷？"

李世民道："敌我交战，要看最终胜者为谁，最终胜利者方为真英雄，爱姬何必要逞一时之快呢？"

曹娴道："臣妾绝非要逞一时之快。听那敌方贬损诋毁我朝我军之语何其恶毒，何其不堪！那污言秽语臣妾于御帐之内听得清清楚楚，想来我大营之内所有将士也都听到了，若我方不迎头痛击之，则必将挫伤我大军将士之士气，动摇我大军将士之军心。将士军心士气如何，将决定战事成败之大势。故此臣妾应战与否，并无选择余地，已是势在必行了！"

李世民叹道："唉，爱姬此一番言语，确为肺腑之言，且句句中肯，让朕不由不听啊。好吧，朕准你所请。起来吧。"

翌日，李世民与诸位大臣齐聚新安城外高坡上，观望城中形势。

很快，梁万春就在城上露面了，且马上对城外的李世民等君臣喊道："本将军提出我东昱女子与尔唐朝女子比武较量，一决高下，尔唐朝人等为何迟迟不予作答？定是自知与我东昱真女子比武，只会败不会胜，便不敢应战吧？看尔唐朝貌似强大，实则外强中干，男人女人一样不中用，哈哈哈！哈哈哈……"

城下，李世民对李世勣道："李爱卿，向那梁万春喊话，我大唐女子愿与他东昱女子一决高下，问他，比武双方，胜又如何，败又如何？"

李世勣把李世民的话对城上大声重复一遍。

城上，梁万春对城下道："好！本将军终于逼得尔唐朝女子应战了。此番比武，若尔唐朝女子败于我东昱女子手下，则尔唐朝军队须后撤还朝。"

城下，李世勣对城上道："若尔东昱女子败于我大唐女子手下，又当如何？"

城上，梁万春对城下道："若是如此，我城内将士甘愿投降，向尔唐朝拱手献出此城。"

城下，李世勣对城上道："尔信守此诺，可指天盟誓么？"

城上，梁万春对城下道："本将军对天盟誓，若不守此诺，将遭天谴！尔等如何？"

城下，李世勣对城上道："本帅亦然，不守此诺，必遭老天报应！"

城上，梁万春对城下道："好！在我方打开城门放行我方女子出城之时，尔等不得乘机攻占我城。为避此嫌，尔唐军须后撤两箭之地，尔等可情愿么？"

城下，李世民对李世勣道："哼！与他哥哥一个德行！告诉他，我军这便后撤。"

李世勣把李世民的话对城上大声重复一遍。

很快，城下唐军将士纷纷后撤，继之唐军阵中响起一阵战鼓声。曹娴身披绛红披风，手持双剑，骑雪白战马从军中冲出，直奔城外比武场。

城上也响起战鼓声。城门开处，一东昱女子身披月白披风，手持双刀，骑枣红战马从城内冲出，直奔比武场。

二人会面以后也不搭言，即刻交起手来。交战数个回合之后，曹娴一剑刺中对方臂膀，正待再刺时，其坐骑突然失蹄倒卧，曹娴被摔到地上。她一骨碌起身，以双剑抵挡东昱女子攻击。与此同时忽从比武场一侧传出一声高喊：

"快救修仪娘娘！"

喊声未落，喊叫者邢焊即率三十余名扮成唐军士卒的杀手从比武场边冲向曹娴。此时的曹娴只顾与东昱女子较量，对邢焊一伙的到来未加防备，邢焊一伙一拥上前用绳子把曹娴捆住，继之把她拖在马后，向城墙下跑去。东昱女子也催马随之跑过去。跑到城墙近处，邢焊等一伙停住了脚步。

邢焊朝着唐军阵营高喊："若要唐皇嫔妾活命，便请唐朝皇帝来领，其他人等不得靠前，不然唐朝女子便不得活！"

唐军阵营中，骑在马上的李世民对身边的李世勣道："传朕命令，各军皆不得上前，由朕一人前去解救曹修仪！"

李世勣赶忙劝阻："陛下不可！"

长孙无忌、李道宗、杨师道、张俭等大臣也齐声劝阻："陛下不可！"

长孙无忌又道："陛下乃六军统帅，岂可只身一人前去冒险？"

李世民厉声道："众卿莫再多言！服从朕的命令！朕去了！"说着策马向前冲了过去。

当李世民冲到距劫持曹娴的邢焊等一伙一箭地之内时，邢焊高喊："弟兄们，李世民来了，快放箭射死他！"

邢焊话音未落，其手下三十余名杀手已纷纷取下所佩弓箭，张弓搭箭向李世民瞄准。此际曹娴"嗨！"地发一声喊，施展硬功崩开捆她的绳子，旋即以绳作鞭把一杀手甩下马，又把杀手脱手利剑一脚踮在手中，骑上战马勇杀杀手，转瞬之间已接连刺倒三名杀手。那边李世民策马挥剑拨开射向他的乱箭，已冲到杀手近前，挺剑刺倒一名杀手。

此时唐朝大军也已冲了过来。邢焯与其手下杀手纷纷夺路而逃。

李世民在数十名侍卫簇拥下来到城门下，对城上观战的梁万春道："梁万春！尔贼喊捉贼，使用阴谋手段赚取我朝比武女子，真乃卑鄙至极！"

城上，梁万春对城下道："是尔唐朝女子战马失蹄倒卧，方致尔唐朝女子摔于马下，与我东昱何干？"

城下，李世民对城上道："此中定然有诈！还有，尔军卒扮作我军将士上前绑缚我朝比武女子，于此尔又有何话可说？"

城上，梁万春对城下道："那绑缚尔唐朝女子之人并非我东昱人士，或许便是尔唐朝人，是尔唐朝人自己窝里斗，与我等何干？"

城下，李世民对城上道："尔此言倒提醒了我方，尔梁万春与我朝叛贼相互勾结，玩弄这暗算人的鬼把戏，还冠冕堂皇地说尔东昱女子要与我唐朝女子真比武，尔真比武真在哪里？且尔竟还煞有介事地指责我方上一回比武是假比武，尔贼喊捉贼的丑恶嘴脸已暴露无遗！"

城上，已不见梁万春踪影，也不见有他人回应。

城下，李世民对几位随驾大臣道："他梁万春还算知趣，不再厚着脸皮与朕打嘴仗了。也罢，我军须用真刀真枪与他对话！回营，朕与众爱卿共议破城之策！"

回到御帐，李世民把诸位大臣召集到帐内共商攻城之策。

李世民问江夏王李道宗："在新安城下之时，朕听你说过以筑土山之法来破城，你再说说，怎么个做法？"

李道宗道："臣弟看那新安城城坚壁厚，抛石车、撞车一时难以攻破，想来想去，觉得莫如在城外开始筑土，逐步将土埂延伸到城墙上去，如此成为坦途，便可越过城墙攻入城内。"

李世民摇摇头："如此筑土，费时费工，实在是一个笨法子。"见众人一时无言，只好道，"好吧，道宗，你这个笨法子不妨一试，此事就由你负责，愿你早日筑土成山。"

此后几天，李道宗一直指挥将士往新安城西南门外运土筑山，已经筑得高达丈余。

李世民来到筑土山处，看着运土士卒往来穿梭，土山在不断加高，遂道："道宗，当初朕说你堆筑土山为笨法子，现下来看，也许此笨法子乃唯一能攻破此城的妙法子。"

李道宗道："陛下近日累累为臣加派人手，使得筑土进度日益加快。依臣预计，不出十日，此土山便可垒得与城墙等高。"

"十日？"李世民摇摇头道，"眼见这天气愈益寒冷，但愿你早日筑成此山，可一击破城。"

此时城上各垛口处忽然冒出数百名张弓搭箭的东昱将士。

李世民仰观城上道："敌军要放箭了，注意防卫！"

李道宗却不以为意："不打紧，敌军箭弩射程甚短，射不到此处。"

君臣正说话间，城上敌军乱箭射下，顿时射倒数十名抬土的士卒。忽有一支长箭从斜刺里飞来，射入李道宗的靴面。李道宗"哎哟"一声，人已跌倒在地。

李世民对抬土士卒道："快！把王爷与受伤卫士抬下去！着弓弩手向城上放箭！"

唐军众士卒急忙把李道宗和其他受伤士卒抬了下去，众弓弩手一起张弓搭箭向城墙上发出如雨般的弩箭，城上敌军纷纷逃离垛口。唐军将士又开始抬土堆筑土山。

此后城上敌军也纷纷出动，开始砌砖加高城墙。

两天后，李道宗被卫士用担架抬着来到筑土处巡视，只见土山有的地方已高出了对方城墙。这时果毅将军傅伏爱从一旁跑了过来，说道："王爷脚伤着，怎么还来了？"

李道宗道："我因脚伤不能在此指挥构筑土山，由你全权负责此事，你要不辱使命，尽力把事做好，命众将士戮力同心，尽快将土山各处加高，超过城墙，再将土山与城墙之间沟壑填平。"

傅伏爱一拱手："末将听命。只是，城上敌军近日也有异动，我等这里垒高数寸，他那里便加高一尺，欲与我等比高低。"

李道宗听了这话朝城上望去，见对方城墙果然升高了不少，遂道："城上毕竟腾挪不开，且其升高城墙，不如土山基础厚实，难道能将城墙升到天上去？你自今日始，督着众将士挑灯夜战，争取大后日即可攻城。"

傅伏爱又一拱手："末将遵命。"

到了夜晚，城下堆筑土山工地周围遍插火把，抬土将士川流不息，一车车、一兜兜往土山上运土。土山已高出对方城墙一丈，离城墙最近处仅有数丈。土山顶上站有数十名唐兵在监视城中动静。城墙上出现数百名弓弩手，开始朝土山上的唐兵射箭，妄图阻止唐兵垒土。唐军弓弩手在土山上插上盾牌，然后凭高视下，不断地向城上敌军弓弩手射箭,顿时迫使敌军弓弩手纷纷撤离。

忽然,土山朝城墙那边崩塌下去,顿时压塌了城墙。山顶上的唐兵被摔得七扭八歪。此时,土山与城墙已浑然一体,城里城外成为通途。那些摔倒的唐兵和正在运土的唐兵看着倒塌的土山一时目瞪口呆。

城内敌军在短暂的惊愕之后,一名军官高喊:"弟兄们,冲上去,占领土山!"

数百名东昱将士很快从城墙缺口处冲出,快速登上土山,并且筑堑而守。后面,又有近千名东昱将士陆续上来,牢牢地控制了土山。

唐军这边,几名士卒猛然醒悟,拔腿拼命朝大军营地跑去。其中一名士卒跑到御帐近处时,扯着嗓门高喊:"陛下!陛下……"

李世民即刻出帐,问道:"何事如此张皇?"

这名士卒上气不接下气地说道:"报……陛下,土山……崩塌,压倒城墙,城内敌军已占领土山!"

李世民和同时得到这一军情的李世勣一同迅速赶到倒塌的土山下。

李世民扫视一遍眼前情景,大声问道:"道宗呢?"

李道宗被担架抬到李世民近前,从担架上坐起来道:"臣弟在。"

李世民问他:"何人在此主持?"

李道宗回答:"是果毅将军傅伏爱。"

李世民又问:"他人呢?"

这时傅伏爱喷着满嘴酒气,睡眼惺忪地来到李世民面前单腿跪地拱手道:"卑职在。"

李世民厉声问道:"山崩之时,你在何处?"

傅伏爱回答:"卑职……卑职因数日劳累,方才在帐中睡过去了。"

李世民盛怒地说道:"哼!如此天赐良机,却断送在你的手里。来人!将他拉下去斩了!"

立刻跑过来两名侍卫把傅伏爱押了下去。

李世民对李世勣道:"命众将士即刻将土山夺过来!"

李世勣马上指挥众将士向土山上冲锋。土山上箭如雨下,滚石檑木同时抛下,唐军将士被迫退下。敌军利用唐军进攻间隙,在土山上迅速构筑木栅。此后唐军数次冲锋,都被敌军打退。

李世勣只得对身边卫士道:"传令各军,暂停进攻!"

当晚,李道宗以双手拄着一根木棍一瘸一拐地来到御帐向君王请罪。进帐之后,向端坐在行军椅上的李世民趔趔趄趄地跪下:"臣弟参见陛下。"

李世民怒视他一眼:"哼!李道宗,你还有脸来见朕?"

李道宗以头触地:"臣弟该死,愧对陛下重用。"

李世民眯起眼睛瞅着他:"你还知道愧对朕?朕命你做东征陆路行军副大总管,是副帅呀,是多高的职位呀,可你呢?朕命你统军围攻新安城,筑土山以作攻城通道,可你却用错了人,命那果毅傅伏爱驻守土山,以致其擅离职守,当土山崩塌压倒城墙之时,我守军无人统军拒敌,敌乘机抢占土山,致我功亏一篑!那傅伏爱已被斩首阵前,你呢?你该当何罪?"

李道宗伏地而叩:"臣罪当死。"

李世民道:"尔罪确是当死!不过,朕以为汉武杀王恢[1],不如秦穆公用孟明[2],且你有破盖牟、胜辽东之功,故特赦于你。"

李道宗连连叩首:"臣弟谢陛下不杀之恩。"

李世民换上温和的口气:"你崴伤的脚怎样了,还疼得厉害吗?"

李道宗道:"回陛下,臣的伤脚经陛下亲为行针医治,本已好了许多,却因寒潮骤至,伤脚无冬鞋保暖,又被冻得红肿起来,以致行路有些艰难。"

李世民对帐外道:"来人!"

一侍卫应声进帐。

李世民道:"打一盆热水来,为李副帅烫脚!"

侍卫应声去了。

李道宗一时感动得热泪横流:"陛下,使不得,使不得……"

李世民道:"朕说使得便使得,你候着吧。"

侍卫端着一大木盆热气腾腾的热水进帐,又拿过一只行军椅,扶李道宗坐下,为其脱鞋、烫脚。

李世民问道:"李道宗,你说,那新安城,我军何时可以攻克?"

李道宗把脚伸出水盆,又要跪下回话。

李世民一摆手:"你无须多礼,一边烫脚,一边说话。"

---

[1] 王恢,西汉将军。元兴二年,汉武帝在马邑城〈今山西朔县〉伏兵三十万,诱围来攻的匈奴单于十万兵马,被单于察觉,急退兵。王恢率军三万追赶,本可攻击匈奴辎重,却因畏敌不再追赶。武帝以临阵脱逃将其下狱,要治死罪。王恢畏罪自杀。

[2] 孟明,春秋时秦将,奉秦穆公之命率兵攻郑国,回师途中受到晋国袭击,兵败被俘又被释放回国,仍受到秦穆公重用,后来终于率兵战胜晋军,又辅助秦穆公称霸西戎。

李道宗道："谢陛下。那新安城不比承安城，不仅城高壕深，易守难攻，且城中兵精粮足，故不宜使用围城久困之法。攻城么，自然可以攻克，只是恐难速克，须假以时日。"

李世民道："可今岁早寒，军需冬衣未及运抵军中，我军不宜在此久留啊。"

李道宗点头道："是，此为实情。"

李世民若有所思地说道："你等将帅之中，就数李靖最擅攻城，只因他尚在镇守碛北，朕未能命他参与此番东征，岂不可惜。"

李道宗低下头："是，都怪臣等无能。"

李道宗烫完脚，由侍卫帮他穿上鞋，谢过恩去了。

李世民回到内帐，问卧在行军床上的曹娴："方才朕与江夏王的交谈，你都听见了吧？"

曹娴点头："嗯。今岁寒暑背盟，辽左早寒，刚进初冬，便已寒潮迭至，草枯水冻了。将士们帐薄衾寒，甲冷衣单，不只江夏王脚被冻伤，还有许多将士都被冻伤了。"

李世民叹道："是啊，天气突变，令人猝不及防，军中所需粮草冬衣一时难以运抵，将士们可都受苦了。"

曹娴道："臣妾早先在寺中习武时，曾蒙师父传授医治冻伤秘方，饶有奇效，可此地没有药铺，纵是秘方再好，也成无米之炊了。"

李世民点头："看来，此处并非久留之地。如今辽东我军仓储无几，粮饷垂尽，新安城却又急切难下，真令朕心急如焚哪。"

"陛下……"曹娴开口欲言，忽又止住。

"嗯？"正在低头思索的李世民抬起头来，"爱姬想说什么？"

曹娴终于下了决心："恕臣妾多言，依眼下情势，陛下莫如暂且收起雄心，班师回朝，待来年春暖时再行征讨。"

李世民听了，半晌无语，最后摇摇头："如此班师，朕实不甘心。想我巍巍大唐，竟拿不下一小小新安城，岂不怪哉？"曹娴想想道："陛下，有些时候，退一步，反倒抵得上进两步。古人云：知足不辱，知止不殆[1]。又云：将欲弱之，必固强

---

[1] 注：语出《老子·四十四章》，意为知道满足就不会遇到羞辱，知道适可而止就不会遇到危险。

之；将欲废之，必固兴之；将欲夺之，必固与之。是谓微明，柔弱胜刚强[1]。如此看来，今日退兵，又何尝不是幸事呢？"

"爱姬言之有理。好吧，朕这便召众卿来共议此事。"

李世民说罢，连夜召集长孙无忌、李世勣等大臣商议退兵一事，众臣一致赞同。

李世民道："既然众卿皆赞同班师回朝，那就这么定了。"说罢问李世勣，"李爱卿，你说一说，我大军此番东征东昱，总体战绩如何？"

李世勣回答："我大军此番东征，共计攻拔玄菟、盖牟、磨米、辽东、白岩、卑沙、麦谷、黄城、银城、横山、承安等十一座城池，迁徙辽、盖、岩、承四城共十万人至临渝关内。共歼敌四万余人。受降敌方将帅三千五百名、兵士十万名，均发给程粮放还本土。又缴获牛马各五万及大批粮食。我军自身损兵近两千，战马死者十之七八。"

李世民点头："嗯，好！我大军此番东征虽未最后攻克新安城，亦属大胜，班师亦为凯旋而归。"

李世勣道："此番班师，陛下所统六军有两条路径可供选择，一为先走水路，再转陆路抵达京师，二为沿来路直走陆路抵京。走哪条路径为宜，请陛下定夺。"

李世民略一沉吟道："先走水路吧，一者众将士可于船上略作歇息，二者可于船舱内暂避风寒。好，明日一早先于新安城下耀兵扬武，之后班师！"

李道宗道："我军既要班师，便不可大事声张，否则万一敌军尾随追击，于我军委实不利。"

李世民慨然而言："朕明日明明白白告诉新安城主，我军即日便班师，他若有胆，尽可来追。我军班师之际，所有将士须绕城一周，而后大大方方离去。"

次日一早，数百名战将簇拥着李世民来到新安城城门下，所率数万唐军刀枪如林，甲光炫日。

李世民在马上向着城上朗声道："城内东昱将士听了，朕因天寒思归，这便班师回朝，待来春再行亲征！尔等欲出兵追赶，此时正是良机，尔等有此胆量么？"

城墙上匿迹屏声，不见人影。少顷，梁万春出现在城墙上，向李世民拱手致意。

"尔梁万春贼喊捉贼之卑鄙小人，朕本不欲理会尔的，只看尔能固守此城，也算是骁勇战将。特赐良缣百匹，尔等可领受！"

---

[1] 注：语出《老子·三十六章》，意思是，想要削弱它，一定先应加强它；想要废弃它，一定先应振兴它；想要夺取它，一定先应给予它。这就是难以为人察觉的聪明，也是柔弱一定能战胜刚强的道理。

李世民说罢，命左右将士把预先备好的百匹素缣放置城下，又命李世勣率大军将士绕城一周。而后一声号炮，传令全军启程。李世民在曹娴随侍下率禁卫军先行，诸军随后陆续跟进，李世勣、李道宗率步骑兵四万断后，徐徐退去。

城中守军，匿迹不出，直到唐军远去了，才敢出城收取素缣。

五日后，李世民所统六军登上停泊在辽东沿海港湾的水军舰船，一时间，渤海海面上数百艘战舰张满风帆，浩浩荡荡一路西进。舰队前头领航的旗舰上方，一面绣着一个大大的"唐"字的大旗随风飘扬。唐军水路行军统帅张亮手按宝剑，威风凛凛地站在船头甲板上目视着前方。船两侧甲板上各站有数十名手按腰刀的军士。

旗舰后面行进着一艘巨大的龙船，龙船船头上雕着一只硕大的龙头，船舱两侧各竖着九面绣有黄色龙形的旗帜。船头甲板上，刘师立亦是按剑而立，目光炯炯地注视着前方。

龙船座舱内，右侧舱壁旁放着一张小桌，桌上置围棋，李世民和曹娴隔桌相对而坐，正在对弈。长孙无忌和杨师道并排站在小桌一侧在观棋。

曹娴凝眉思索少顷之后，执黑落下一子。

李世民从棋盘上抬起眼睛看了曹娴一眼，而后仰起头对长孙无忌和杨师道说道："看看，此局修仪娘娘执黑先行，一、三、五连占三个小目，其后便似顺水推舟，落子并不见奇，却于风平浪静之间让朕渐感无力招架了。她却又落下这一子，让朕可反守为攻，这明明是有意让着朕嘛。"说到这里转对曹娴道，"爱姬，你可不能顾忌朕若负于你，便失了朕的脸面。朕可不想做那种虚假的胜者，朕要的是真胜真负，你尽管放手一搏！"

曹娴领首道："是。"

长孙无忌和杨师道互看一眼，又互相点点头。

李世民和曹娴又交替落下几子。

李世民拿起一枚白子略一停顿，又放进棋盒："这一局便到此为止吧。"

曹娴抬起头道："陛下，棋尚未下完呢。"

李世民道："棋虽未下完，然胜负不是已成定局了么？朕已知朕无力回天了。"接着对长孙无忌和杨师道说道，"这一局棋二位爱卿都看到了。朕的棋艺你们二位早已了然于心，现下你们说说，修仪娘娘的棋艺如何？"

长孙无忌和杨师道互看一眼，都不说话。

李世民催促道："哎，都莫有顾忌，直说嘛。"

长孙无忌道："杨大人说吧。"

李世民道:"好,杨爱卿请讲。"

杨师道朝李世民一拱手:"臣于棋艺并不甚通,要说,也是妄陈愚见而已。娘娘执黑,便称黑方吧。臣观黑方棋风,甚为平和,每每落子,并无咄咄逼人之势,然细细品味,却是暗藏机锋。初时让人觉得其布局并无特别之处,然于不经意间落下的一子,竟使其棋势满盘皆活,且胜局已定,是以娘娘棋艺堪称上佳。不过,陛下与之对弈或有礼让之意,也未可知。"

李世民连连摆手:"欸,不然不然,朕绝无礼让之意。长孙卿,你以为杨爱卿评棋之语如何呀?"

长孙无忌朝李世民一拱手:"这个……臣以为杨大人所言甚为中肯。"

曹娴已羞红了脸,忙道:"二位大人谬赞,妾实不敢当。方才陛下于臣妾确是承让了。"

李世民摇摇头:"爱姬不必过谦。"接着对长孙无忌和杨师道微微一笑,"今日朕召二位爱卿来观棋,是有朕的用意的。朕知道,论棋艺,长孙卿在满朝文武之中堪称翘楚,今日棋逢对手,卿正可与修仪娘娘弈上一局,可好?"

长孙无忌一愣:"这……臣与娘娘对弈,这,这于礼不合吧?"

李世民道:"欸,此际你我君臣是在行军途中,又是同船而渡,乃非常之时。非常之时可不拘寻常之礼。况久坐舟船,甚觉枯燥难挨,弈上几局,也好打发时光。爱卿就莫再推辞了,来吧。"说罢起身,"请坐。朕来观战。"

长孙无忌为难道:"这……臣坐着,让陛下站着,这违礼之举,臣如何敢呢?"

李世民道:"朕方才讲了,此时可不拘寻常之礼。再说朕坐久了,正想站起来活动活动筋骨呢,你便坐吧。"

长孙无忌道:"那,臣于陛下、于娘娘只能不揣冒昧了。"说罢坐下,心里却想,"哼!凭我长孙无忌锤炼多年之棋艺,难道还会败于一女子手下么?"遂对曹娴道,"娘娘执黑,请先。"

曹娴说一声"妾在大人面前献丑了",伸出玉指夹起一枚黑子在棋盘一角落下。

长孙无忌看看那枚黑子,取一枚白子直接挂角。

曹娴看着那枚白子一愣,心说:"看来,这位大人一上来便要杀棋了。"

长孙无忌挺一下身子,脸上微露得意之色。

二人你来我往,渐渐地棋盘上已落下大半棋子。

曹娴玉指夹起一枚黑子,却未马上落下,眼观棋盘凝神思索起来。

长孙无忌挺直身子,不无得意地一翘嘴角。

李世民对杨师道小声道:"杨爱卿,你看这棋局如何?"

杨师道也小声作答:"臣看黑方四个角的棋子每一处皆被白方攻着,每一处皆不活,这……恐怕……"

杨师道话没说完,曹娴已经不温不火地把黑子落在左角上。长孙无忌夹起一枚白子刚要落下,却又一下停在了半空,微微皱起了眉头。

这时李世民微笑着对杨师道说道:"杨爱卿,你再看这棋局,究竟如何?"

杨师道微微皱起眉头:"这……这,这白方刚刚还攻势凌厉,大有锐不可当之势,可黑方只一枚棋子自左角上打入,白方便一角不存了,这一局恐怕……"说到这里就不往下说了。

长孙无忌把停在半空的棋子送入棋盘:"娘娘胜了,臣认负。"

曹娴面上微微一红:"是大人承让了。"

长孙无忌站起身来对李世民道:"娘娘棋艺非比寻常,臣由衷佩服。"

渤海沿岸土路上,一队三十余名骑各色战马的骑手缓缓向西行进着。队伍中间并排行进着邢焞和道士,二人边走边聊着。

只听邢焞道:"日前我等于新安城下本可将李世民射杀军前的,只因那被缚的曹姓嫔妾突施魔法挣开绳索又突袭我等,使我等腹背受敌,以致我复仇之举功败垂成。现下李世民率军乘战船走水路班师回京,徒令我等望洋兴叹。唉,此真乃天不助我呀。"

道士道:"公子切勿悲观。依贫道看来,李世民走水路回师,不啻天赐公子复仇之良机。"

邢焞问道:"道长此话怎讲?"

道士道:"公子饱读诗书,自然熟知三国时期赤壁之战之掌故。"

邢焞道:"道长是说,他李世民走水路回师,我等可采用火攻之法灭掉他?"

道士道:"正是。"

邢焞道:"在海上以火攻之法灭他,我方须有战船,可你看我等弟兄现下只有这几十匹战马,并无战船哪。"

道士道:"现下公子手下确无战船,但可借船一用。"

"借船?"邢焞扭头看着道士,"这一时之间我等能去哪里借船?再说,他李世民此时做着皇帝,有谁敢借船给我等去灭他?"

道士扬起马鞭往前一指:"此去前面不甚远,不单海上渔业兴旺,且南北往来商船众多，相应地，打劫船家之海匪也甚众。那些海匪为图钱财，不只打劫民船，也敢打劫官船，皆因彼等神出鬼没行无定踪，连官府也奈何他们不得，由此可见，只要有利可图，彼等便不怕冒犯官家。故此，公子只要对他们许以重金，他们不但肯借船给公子一用，就连他们自身也可为公子效命。"

邢焯道："若彼等肯为本公子效命，本公子绝不会吝惜钱财，只要灭掉了李世民，本公子即赠万两黄金！"说到这里略微一顿，"只是，此时我等去何处寻那些海匪呀？"

道士道："公子莫愁，贫道自然有办法寻到他们。"

邢焯想一想，又道："当年赤壁之战，孙吴周瑜用计使曹魏战船以铁锁相连，方使火攻之法得以奏效，而我等当下已无从施用此计了呀？"

道士道："我等确是不能再施用此计，然我等也并非要烧掉对方所有战船，只要能火烧对方龙船，让李世民葬身火海，公子便可了却复仇夙愿了。"

"道长言之有理。"邢焯说罢，转念又道，"不过，李世民的龙船是行驶在船队前面的，要对其施以火攻，我船须于其对面与之相向而行，且须有西风助我方可奏效，可连日以来刮的都是东北风啊。"

道士微微一笑："公子尽管放心，贫道已然算出，此后不出两个时辰，这东北风便会一变而为西北风。"

邢焯目光一跳："果真如此？"

道士点头："贫道此言，必然应验，望公子勿疑。"

道士靠着以前到营州沿海一带游方时结识的江湖中人牵线，很快联络上了一个海匪团伙，又由这个团伙的头目独眼匪首联络了另两个海匪团伙，讲好由邢焯出资万两黄金作为佣金，一同乘船到海上截击并火烧大唐皇帝的龙船。

双方一当谈妥，便有二十条匪船从海边各处聚拢起来，驶到大唐水军舰船必经的海面上，再由西向东朝着唐军舰船驶来的方向行驶。而此时正刮着东北风，各条匪船只能降下船帆，各由十几名海匪划桨缓缓行进。

在打头的匪船上，站在船头甲板上的独眼匪首对站在其身旁的邢焯道："那道长说一个时辰之后东北风将转为西北风，这一个时辰都快过去了，风向为何还不见变？这样下去，弟兄们顶风划船吃苦受累倒还罢了，那火烧龙船之事如何能做？你与道长可不能耍我等弟兄啊。"

邢焯道："大当家的莫急，一个时辰尚未到呢。道长道行高深，以往每算必准，今日也不会差的。"

这时一名海匪过来道:"大当家的,风向有变,现下刮的已是北风了。"

邢焯对独眼匪首点头一笑:"大当家的你看,在下说得不错吧?西北风说来就要来了。"

少顷,这名海匪又道:"大当家的,北风已偏西,船帆可以升起了!"

独眼匪首看着海浪道:"嗯,好,升船帆!"

船帆开始缓缓升起。

邢焯抬手往前一指,对匪首道:"大当家的,能看见前面官军的船队了!"

独眼匪首目视前方:"嗯,船还不少呢。"把目光转向邢焯,"弟兄们这一回为你效力,可是把脑袋都掖在裤腰带上了,事成之后,你须如数兑现黄金!"

邢焯道:"放心吧大当家的,万两黄金,一两也不会少。"

"好!"独眼匪首对划桨的众海匪高声道,"弟兄们,无须划桨了,都进船舱猫着,没有我的话,谁都不许出舱!"

划桨的众海匪停止划桨,纷纷进入船舱。

匪船对面的海面上,唐军舰队都已降下船帆,由水手划桨迎风破浪缓缓行进着。

行驶在舰队前面的旗舰的船头上,张亮仍旧按剑挺身站立,目视着前方。

旗舰前方,那一队二十条匪船张满船帆向旗舰这边驶来,驶到距旗舰约两箭之地时,分成两队,每队十条船朝着旗舰左右两侧驶来。

张亮高声道:"来人!"

一名军校跑到张亮身边,朝张亮一拱手道:"卑职在。"

张亮道:"用喇叭筒向对面驶过来的那些帆船喊话,问彼等是什么人!"

军校把喇叭筒箍在嘴上向已驶到旗舰右侧前方的一队匪船喊:"喂!请问那边船上的人,尔等是什么人?"

匪船上无人答话。

张亮道:"再喊话,问他们是什么人。对他们说,若再不回话,我舰便开始放箭!"

军校又把喇叭筒箍到嘴上,把张亮的话向匪船那边高喊一遍。

匪船船队仍无人作答,从旗舰侧旁绕过旗舰,向着龙船驶去。

张亮对军校道:"命舵手向右掉转船头,驶向北侧贼船,命众将士做好准备,待接近贼船后一齐向贼船放箭!"

军校应声向旗舰后面跑去。

此时,海面上那两队各十条匪船已从唐军旗舰两侧绕过旗舰,又合而为一,驶向龙船。

龙船上，刘师立从船头处奔到主舱门口，朝舱内高声道："陛下！"

李世民从舱门内走出："爱卿何事？"

刘师立道："有二十条不明身份的帆船自西向东驶来，于我军旗舰前面分成左右两队绕过旗舰之后向我龙船迎面而来。"

李世民眉目一扬："哦？朕过去看看。"

李世民大步向船头处走去，刘师立紧跟在后，随后走出舱门的曹娴也跟过去。

此时那二十条匪船已驶到距龙船一箭之地，面对龙船成一字形排列，开始向龙船放射火弩，数十支火弩划过天空飞向龙船这边。

刘师立说一声"陛下当心"，接着吩咐后面的传令兵："传令：全体弓弩手速至龙船前部向贼船放箭，射杀贼人！"

传令兵应声向龙船后部跑去。

此时匪船上放出的火弩大部落入龙船前面和两侧海中，有几支火弩落在龙船甲板上和船舷上。这些火弩事先都浸了麻油，落到船上后火苗即弥漫开来。

曹娴急道："陛下！快命船上将士将被褥浸上海水，覆于弩火之上灭火！"

李世民对刘师立道："速命众水手照娘娘的话去做！"

刘师立忙让另一名传令兵去向众水手传令。众水手得令，纷纷抱着浸湿的被褥来到龙船前部，把被褥盖到弩火上。这一招果然十分奏效，浸湿的被褥一盖到火上，火即被覆灭。另有数十名弓弩手手持弓箭纷纷来到龙船前部船舷处，开始向匪船上放箭。

刘师立对李世民道："陛下，外面太危险，快快进舱避一避吧。"

李世民一瞪眼睛："这都到什么时候了，朕能进舱躲清静？命人速将朕的弓箭取来！"

刘师立急命身边卫士进舱取来了君王的弓箭。李世民接箭在手，张弓搭箭一箭射出，带着羽毛的箭"嗖"一声飞向一条匪船，当即射中一名海匪胸部，海匪惨叫一声，立刻倒地毙命。李世民的弓箭素以弓大箭长而闻名军中。其弓较别的弓大一倍，箭也长一倍，箭上扎羽毛，称大羽箭，射得既远又准。他又连续射出数箭，每发必中，中箭海匪不死即伤。

曹娴、长孙无忌、杨师道也都张弓搭箭向匪船上放箭。

不时有对方火弩落到龙船上，马上有士卒用浸湿的被褥盖到弩火上把火扑灭。

忽然，一支火弩向李世民面前飞来，被护持在李世民一侧的刘师立挥剑一剑拨开。

这时位于最西面海面上的旗舰已按张亮的命令调转船头，驶向北侧匪船船队，舰上的数十名弓弩手齐聚旗舰前部向匪船放箭，但因射程较远，射出的箭纷纷落入海中。

张亮盼咐旗语兵："速向我军后面舰队发令：各舰快速前进，自贼船两侧包围贼船，射杀贼人，救护皇上！"又对身边一名军校道，"传令：升起船帆，众水手奋力划桨，冲向贼船！"

各条匪船上的海匪受到龙船和旗舰上射出的箭矢的两面夹击，不断有海匪被射中，其惨叫声此起彼伏。此时后面的唐军舰队已分成两队驶向匪船两侧，对匪船渐成包围之势。

独眼匪首一见情况不妙，赶忙盼咐众海匪划桨撤退。

邢焯道："大当家的，李世民尚未被烧死，不能撤呀。"

独眼匪首一瞪充血的独眼："不撤？再在这里待下去，待官军船队把我等船队围住，我等弟兄便插翅难飞了，全都得葬身海底！"说罢把大拇指和食指杵进嘴里，打出一声尖厉的唿哨，向其他匪船大声喊道，"弟兄们，向东南方向调转船头，卯上劲划桨，撤！"

由独眼匪首所在的匪船打头，其他匪船纷纷跟上，从唐军左翼舰队的前面向东南方向深海中驶去。

这边龙船上的刘师立见状，忙对李世民道："陛下，贼船逃跑了，要不要命旗舰下令，遣数艘舰船前往追击？"

李世民道："不必了。贼船船小调头快，航速也快，追恐也追不上。莫让几个贼人误了我大军行程。给张亮发旗语，我大军舰队继续前进。"

匪船船队逃出唐军舰队包围圈后，很快靠了岸。独眼匪首把另两个海匪团伙的头目——一名长瘦脸汉子和一名矮胖汉子召到一起，让邢焯带路去取黄金。

邢焯道："事前你我双方已讲好，待烧死李世民之后我邢某方向好汉们兑现万两黄金，可李世民未被烧死啊。"

独眼匪首一瞪眼睛："什么？你说什么？万两黄金你不想如数兑现？他娘的，老子不管那李世民是死是活，老子就知道，为给你做活儿，老子手下弟兄们已死伤大半，这个账老子不跟你算去跟谁算？为给你把活儿做得漂亮些，老子不光带手下弟兄们去与官军拼杀，还去求了友邻山头这二位大当家的，他们手下的弟兄们也死伤大半，这个账他们二位不跟你算又去跟谁算？"

长瘦脸汉子忽地起身，从腰间刀鞘里"刷"一声抽出腰刀，咬牙切齿地说道：

"你娘的！老子现下便把你碎尸万段！"

"万兄无须你动手，我来！"矮胖汉子说着也抽出腰间佩剑。

邢焯往后一闪身："别，别，现下你们若把我杀了，你们可就一两黄金也得不到了。万两黄金，我给，我给，我定然给，一两也不会少。"

…………

时至冬日，天气越来越冷，海面上已结出一层浮冰，加之刮着西北风，舰船行进愈显困难。站在旗舰前部的张亮命旗语兵向后面舰队发出旗语：大军舰队驶往西北方向河口处登陆。

龙船上，刘师立把旗舰上发出的旗语奏报给从船舱内走出的李世民。

李世民看着海面上飘着浮冰道："连日来海面上浮冰日益增多，西北风又越刮越紧，张亮是预料到今后一两日内海面便会封冻，到那时，我大军舰队将会被困海上，前进不得后退不能了。好，就依令而行，跟上旗舰，准备登陆！"

第四十六章
修仪施方逐营疗创　丐众燃火为军驱寒

　　大军登上陆地以后，改走陆路行军。正在行进当中，突然天气骤变，狂风吹卷着暴雪铺天盖地汹涌而来，大片大片的雪花打在将士身上脸上，初时化解成水，继而冻结成冰，许多将士因腿脚被冻伤，走起路来一瘸一拐，不时有士卒跌倒在路上。

　　大军快入关时，曹娴终于带人从沿途一些药铺中购齐了配制治疗冻伤秘方所需的药材。每当宿营时，她就依次到诸军中亲手向军医们教授配制药剂煎药疗伤之法，往往一忙就是一个通宵。李世民见她因过度劳累而日益消瘦憔悴，命她停下来好好歇息，她总是款款而言她不能停下来的理由，直说得君王再无话说，只得一次又一次地依了她。经她与诸军军医们的通力救治，许多被冻成伤病的将士开始好转起来。却也有不好的消息传来，有几支队伍中的伤病员，用曹娴教授的秘方施治并未见效，伤病人数居高不下。

　　这日，在大军顶风冒雪行进之中，刘师立策马赶到乘马前行的李道宗身边，问道："王爷近来可好？"

　　李道宗闻言扭过头："噢，是刘大人哪。好？好什么？这鬼天气，几欲将人冻死！"

　　刘师立一脸关切之情："王爷脚伤可好些？"

　　李道宗叹一口气："哪里会好？这天气愈来愈冷，本王脚伤非但未见好转，反倒愈益沉重，已疼得不能走路了。"

　　刘师立试探着问道："王爷脚伤可曾用曹修仪所授秘方施治？"

　　李道宗支应道："用倒是用了。"

刘师立似不经意地问道："疗效如何？"

李道宗摇头："未见有甚疗效。"

刘师立又问："那，王爷军中将士冻伤者，可皆用同一秘方施治？"

李道宗随口应道："是啊。"

刘师立再问："疗效如何呀？"

李道宗又摇头："实不相瞒，皆无甚疗效。"

刘师立道："既是皆无疗效，为何还要用该方施治，而不改用他法施治呢？"

李道宗道："用曹修仪秘方施治，乃陛下旨意，若是不用，岂不是抗旨不遵么？"

刘师立作恍然大悟状："噢——"

李道宗反问："刘大人军中将士冻伤者，也皆以曹修仪所授秘方施治么？"

"这个……"刘师立似有难言之隐。

李道宗扭头看他一眼："既然刘大人不便明言，便免开尊口吧。"

刘师立默然有顷，似终于下了决心："实言相告，末将军中冻伤将士尚未用曹修仪所授秘方施治，只以寻常之法施治，冻毙冻伤者倒较其他诸军要少得多。"

李道宗伸出大拇指："本王佩服刘大人的胆量，本王自愧弗如。"

刘师立忙道："哪里，哪里，末将只是为属下将士性命着想罢了。"

李道宗诧异道："这倒奇了，刘大人竟有先见之明，能预知曹修仪所授秘方无效？"

"末将哪里有先见之明？只是有些怀疑，曹修仪乃后宫嫔妃，并非医家出身，能医治冻伤这种难治之症么？正自心中犹疑呢，今蒙王爷据实相告，心中便有底了。多谢王爷！"说着一拱手，"王爷保重！"

李道宗还礼："刘大人也保重。"

刘师立拨转马头往回走去……

到了大军露营地，曹娴在御帐内为君王安顿好寝具，接着说道："天色已晚，陛下早些安歇吧，臣妾尚须去诸军中巡查军医为冻伤将士煎药疗伤情形。"

李世民劝道："爱姬今夜莫再外出了，你已数日未得歇息，朕看你已累得连路都走不稳了，长此以往会累垮的，故此今夜你哪里都莫去，就在帐中歇息！"

曹娴甜甜一笑，看上去却有几分滞涩，苍白憔悴的容颜，少了些往日的娇嫩水艳，甜润轻柔的嗓音也有了些许暗哑："陛下，臣妾闻言江夏王营中将士冻伤冻毙人数有增无减，将士们已怨声载道了。臣妾窃想，许是军医应用疗伤秘方施治不得法所致，故此臣妾亟须前往探看究竟。臣妾此去一趟，便有可能使许多将士免于一死，祈陛下恩准。"

李世民叹一口气："朕总是拗你不过。好吧，朕准你去。朕亦闻得江夏王脚伤经久不愈，令朕十分牵挂，正好，朕与你一同前往江夏王营中去探望他。"

二人在数名侍卫的护卫下，迎风踏雪，来到江夏王李道宗的军营内。大帐之内，正躺靠在行军床上的李道宗见君王和娘娘双双前来看望自己，急欲下床行礼，惶急中碰着了伤脚，骤起的剧痛使他咧嘴倒吸一口凉气。李世民忙上前将他摁住："爱卿脚疾沉重，勿要多礼，你的脚疾近日可有好转？"

李道宗摇摇头："非但未见好转，反倒加重了。"

曹娴见他那伤脚上缠着厚厚的绢带，就走到他近前道："王爷受苦了，请王爷允我解开绢带查看伤情。"

李道宗一愣："这……"看一眼曹娴，又看李世民，"免了吧，一只伤脚而已，有什么好看的？"

李世民微笑道："现今她可是医生，你是病人，病人须遵医嘱，就让她解开看一看吧。"

李道宗苦笑着说一句"这可折煞微臣了"，算是答应了。

曹娴小心翼翼将李道宗伤脚上的绢带一层一层揭开，露出肿得老高的脚面，见有两处已经溃烂，渗着脓血，又见脚面上没有新敷膏药的痕迹，遂问道："请问王爷，这伤脚一直在敷用军医煎制的膏药么？"

李道宗摇摇头："敷过几回，毫不见效，便不敷了。"

曹娴又将绢带轻轻缠到伤脚上，说道："请王爷命军医将配制疗伤秘方的药材取来，我要为王爷煎药用药！"

"这……不必了吧？微臣怎敢劳娘娘大驾呢？再说……再说那药也无甚疗效。"

"有无疗效，须待用过之后方见分晓。"曹娴说话的口气十分坚决，"请王爷莫再推辞，若再不及时施治，王爷的伤脚便怕保不住了。"

"陛下，您看这……"李道宗把求助的目光投向李世民。

"朕方才说了，病人须遵医嘱，你就莫再固执了。"李世民笑意吟吟地看着李道宗劝道。

"那好吧，臣遵命便是。"李道宗又苦笑一下，向着帐外抬高声音道："来人！去命吴军医将疗伤的药材取来！"

少顷，吴军医提着大包小包的药材来到帐内，乍一见君王和娘娘都在这里，一下子慌了手脚，忙不迭地伏地磕头。

这吴军医，曹娴在下来教授配制疗伤秘方时已经见过，人长得白白胖胖，见人三分笑，一副老于世故的模样。曹娴让他把药材提到帐外，选个避风处架起药锅，开始生火煎药。

　　大帐内，李世民与李道宗君臣二人亲切地交谈起来。谈到此番东征诸事，李世民慨然叹道："朕一直在想，朕囊括四海，以我天朝之众，怎就不能攻克一座小小的新安城？"

　　作为一家人，李道宗也不讳言："彼时，延寿、惠贞以十五万之众倾国救新安，东昱都城平城自然空虚，臣弟在驻跸山时请陛下假臣五千精兵袭取平城，惜陛下没有答应。设若臣弟率军攻下平城，那新安城便不攻自乱了。"

　　李世民一听，怅然击掌道："其时匆匆，正谋大战，朕未曾在意你的话，如今想来，岂不可惜！"

　　君臣二人一边交谈一边等候曹娴与军医煎药，足足等了一个时辰，药才煎好。曹娴亲眼看着李道宗将内服汤药喝了下去，然后亲手将外用膏药敷在李道宗的伤脚上，又就如何养伤叮嘱对方数语，这才伴着君王返回御营。

　　此时，已是夜半时分。

　　次日晚间大军宿营，快到半夜时分了，到下面队伍中督导军医们为伤病员疗伤的曹娴才在几名侍卫的护卫下回到了御营。

　　御帐内，李世民也还没有休息，正在一页一页地翻阅军情文书，见曹娴进帐，说道："爱姬怎又回来得如此之晚？已累坏了吧？快躺下歇息！"

　　曹娴边脱斗篷边问道："这么晚了，陛下怎也还未睡？"

　　李世民扬一扬手中文书："朕正在琢磨各军报上来的将士伤病变化情势呢。自爱姬以秘方为诸军冻伤将士疗伤以来，诸军将士冻伤减员势头已得到遏制，只有江夏王部与刘师立的禁卫营伤亡势头未减，尤其禁卫营，以前伤亡最少，这不足为奇，因那禁卫营系由诸军中遴选出的身体最精壮者所组成，自然抗寒能力最强，可近几日以来，怎么用了爱姬所授疗伤秘方施治，冻伤冻毙的人数反倒增多了呢？"

　　曹娴道："臣妾方才去了禁卫营，听那里的军医说，他们未曾用过臣妾所授秘方施治，只以寻常疗伤药物为冻伤将士施治。"

　　李世民眉目一扬："为何？他们为何不用爱姬所授秘方施治？"

　　"臣妾也曾就此问那军医，起初他支支吾吾似不敢言，经臣妾一再追问，他方回答，是禁军将军刘师立不让用臣妾所授秘方施治。"

　　"混账！"李世民眉头紧紧皱起，"那刘师立为何如此行事？"

"那军医说刘将军初时要看一看其他诸军应用秘方施治的疗效再做定夺，后来听江夏王说用秘方施治毫不见效，于是便决计不用了。"

"岂有此理！"李世民气得在帐中来回踱步，忽然停下脚步，"不知江夏王脚伤经爱姬煎药施治一日来，是否已然见效？"

曹娴道："据臣妾以往经验，治疗一日，虽不可能痊愈，但定有好转！"

李世民朝帐外高声道："来人！"

帐外一值夜侍卫立刻进入帐内。

李世民道："乘快马速往江夏王营中探问，江夏王脚伤可有好转？问过速来报朕！"

那侍卫答应一声，迅速退出帐外。

仅一刻工夫，侍卫就返回御帐内，气喘吁吁回奏说，江夏王的脚伤已有明显好转。

李世民命侍卫："备马！朕要前往江夏王营中！去禁卫营传朕旨意，命禁军将军刘师立随朕同往！"

曹娴道："臣妾也随陛下同往。"

李世民劝阻道："爱姬疲惫已极，就莫再去了，快于帐中好生安歇！"

曹娴道："臣妾不累，臣妾必须去，江夏王脚伤，臣妾与军医分别施治，疗效迥异，臣妾必须探明究竟。"

李世民只得答应了她，二人一同乘马前行，走出不远，见刘师立正在前面迎着，欲行参见之礼，李世民道："行什么礼！你只在朕与娘娘后面跟进便是。"

来到李道宗大帐内，李世民一摆手让李道宗免去一切礼节，就与曹娴一同上前查看其脚伤。曹娴轻轻揭开脚上层层绢带，见脚伤确有明显好转，脚面肿胀已消退不少，溃烂之处也已干缩结痂。李道宗自感疼痛也减轻了许多，接着连连称奇："同样的药方同样的药材，为何吴军医施治毫不见效，而娘娘只施治一回便立见好转？莫非娘娘手上有仙气么？"

李世民也以探询的目光看着曹娴，等待她的答案。

曹娴已然心中有数，为能得到进一步的证实，遂道："请王爷将那吴军医唤来，我有话问他。"

李道宗命人将吴军医传到了大帐之内。

曹娴问道："请问吴军医，你以往煎药，都是按本宫发给的药方准斤准两称药配制的么？"

吴军医点头说是。

"那么，煎药，内服汤药与外敷膏药，用时各是多少？"曹娴说着，明净而专注的双眸直视向吴军医。

吴军医的目光，在曹娴直视的目光下躲躲闪闪："卑职遵娘娘之命，煎煮内服汤药用时半个时辰，膏药用时一个时辰。"

"是么？你说的可是实话？"曹娴的目光始终直视着对方。

"哦……是。"吴军医额上已沁出一层细密的汗珠。

曹娴摇摇头："你说的不是实话！"

"大胆奴才！"李道宗扬手一拍床面，"竟敢在圣上与娘娘面前说谎！与你一同为本王煎药的还有本王的两名卫兵，煎药用时究竟多少，待本王将他二人招来一问便知，本王倒要看看，你还敢说谎么？"

吴军医已吓得面如土色，身子一软，瘫倒般跪伏于地："奴……奴才说实话，奴才以为……煎那膏药，无须……无须用一个时辰，只……只半个时辰便可，故此……便只用半个时辰。"

"那，煎煮汤药你用时多少？"曹娴追问道。

"比煎煮膏药用时还少一些。"

曹娴把目光转向李道宗："王爷脚伤，还有王爷属下那些将士的冻伤，此前以秘方施治无效，其缘由就在于此了。"

一直稳坐椅上不动声色冷眼旁观这一幕的李世民，此时从鼻腔中冷哼一声。

李道宗已怒不可遏："来人，将这渎职害命的庸医拉出去斩了！"

两名卫兵进帐来拖吴军医。

"王爷……饶命……"吴军医绝望地呼号着。

"王爷且慢！"曹娴急急劝阻，"吴军医犯下渎职大罪，理当重处，只是，他煎药用时不够，出自他尚不知其中利害，故施治无效延误人命非故意而为，且本宫亦有督察不力之责，因之请王爷且饶他一命，令他戴罪立功，尽心竭力为将士医病疗伤，可好？"

李道宗目光温和地看着曹娴道："娘娘仁慈，有口皆碑，臣钦佩之至，只是，"说到这里转向吴军医，脸色骤变，怒目圆睁道，"他吴某人，吃着朝廷俸禄，却将救死扶伤全当儿戏，因他渎职，白白葬送掉我军多少将士的生命！不杀他，何以彰显我军凛然军纪，何以告慰冻毙将士之亡灵？不杀他，天怒人怨，国法不容！把他推出去，斩！"

那吴军医再无声息，整个身子如一摊烂泥般被两名卫兵拖出了军帐。

此时，靠坐在简易行军椅上的李世民稍稍坐正身子，向一直肃立在大帐一角的刘师立问道："刘爱卿，你们禁卫营以修仪娘娘所授秘方医治将士冻伤情形如何呀？"

刘师立夤夜被带到这里，又看了刚才的一幕，心中似已明白了什么，此刻听君王问询，心中一慌，一下子跪伏于地，却不知如何作答："陛下……"

"嗯？怎么？"李世民剑眉已经竖起。

刘师立已无退路，只得如实作答："微臣死罪，臣禁卫营中，尚未应用修仪娘娘的秘方，只用军医惯常医治冻伤之法医治将士冻伤。"

"那么，效果如何？"

刘师立顿一顿，才回答："效果不甚如意。"

"既然如此，为何不用修仪娘娘所授秘方？"

刘师立嗫嗫嚅嚅正要作答，忽然李道宗慌慌地抬着那只伤脚从行军床上往地下一出溜，一下子卧在地上，接着又以双手支地，倒抬着那只伤脚起身跪下，奏道："此事不怪刘大人，是臣弟昏聩无能，未能明察军中庸医用娘娘秘方煎药敷衍应付，致药无效，罪臣又将秘方无效的不实之词讲给了刘大人，方致刘大人拒用娘娘秘方，是以罪在臣弟，请陛下治臣弟死罪。"

李世民朝帐外朗声道："来人！"

两名侍卫应声进帐。

李世民用手一指跪伏于地的李道宗："把江夏王扶上床，注意切莫碰着他的伤脚！"

两名侍卫小心翼翼地把李道宗搀到了行军床上。

李世民转向刘师立："刘师立，朕问你，在江夏王告知你秘方无效之前，你为何不准军医应用秘方医治将士冻伤？难道，秘方尚未使用，你便知其无效么？"

刘师立连忙叩首道："回陛下，臣该死，其时臣以为……以为修仪娘娘乃后宫妃嫔，并非医家出身，怎会医治将士冻伤？如娘娘秘方无效，又弃用军医常规医治之法，恐延误将士伤情，故而想先看看其他诸军施用秘方疗伤情形，再做定夺。后来果然闻得江夏王部施用秘方无效，便决计不再施用。"

李世民冷笑一声："你倒是饶有说辞啊。朕倒要问你，诸军施用修仪娘娘所授秘方治疗将士冻伤，皆有显效，只江夏王一军施用无效，为何诸军疗伤佳音你都充耳不闻，偏只听信江夏王一家之言？"

807

刘师立以头触地:"臣死罪……"

"哼!你不说,朕替你说!你属下禁卫营将士,皆自诸军中精选而来,个个体魄强健,耐寒能力强,因而初时,较其他诸军冻伤冻死者少,你便心存侥幸,将娘娘秘方拒之门外,这是说得出口的缘由。那说不出口的缘由么,便是恩怨计较。在承安城下时,你欲重责为避风寒而擅移哨位的士卒,娘娘劝你从轻责罚,被你一口回绝。后朕出面,对你严明军纪之举着意褒奖,又好言开解,命你采纳娘娘之言。你虽遵行了朕的旨意,却对娘娘心有怨言,你以为朕不知道么?"说到这里,李世民打住话头,目光炯炯地注视着俯伏于地的刘师立,看他作何反应。

刘师立额头几乎触地,身子一动不动,连大气儿都不敢出。

李世民继续说道:"如今,你为泄一己之私怨,竟不顾属下将士之死活,你自己说,你该当何罪?"

"臣罪当死"。刘师立连连磕头,额头上已磕出一团血污。

李世民面上毫无表情,冷冷说道:"那好吧,朕便依你之言。来人!将这不顾将士死活的刘师立拉出去,斩!"

两名侍卫应声进帐将刘师立从地上拖起。

忽听"咕咚"一声响,众人循声看时,只见李道宗从床上跌到地下,继而向着李世民跪下,说道:"陛下且慢!且听臣弟一言。刘将军挟怨行事,延误将士疗伤,获罪当罚。只是,刘将军多年跟随陛下南征北讨,英勇善战,屡立战功,此番大过,乃一时失足,故此乞陛下念他战功卓著,饶他一死,命他戴罪立功,敢不誓死效命。"

曹娴也跪下为刘师立求情:"陛下,臣妾也进一言。人非圣贤,孰能无过?刘将军之过,不过一念之差而已。将军对冻伤将士,虽未以臣妾所授秘方施治,却一直严督军医以常法施治。臣妾在禁卫营中时,闻言刘将军甚是体恤士卒,将军左脚也被冻伤,却总是以带伤之躯至士卒帐中看望冻伤者,亲自为其拢火取暖。且刘将军属下将士,冻伤冻毙者为数尚少,并未酿成严重后果。故而乞陛下收回成命,赦免对刘将军的责罚。"

听了二人一番言语,李世民面上的愠怒之色已渐渐褪去,似是无可奈何地说道:"好啊,朕要杀他,你们二人倒来为他评功摆好了。你们以为朕就忍心斩杀朕的有功之臣么?只是,要看他是否能知过改过了。"

李道宗赶忙扭头对刘师立道:"刘将军,还不赶快向陛下表明心迹,谢陛下不杀之恩!"

刘师立连忙叩首："臣谢陛下不杀之恩。"

李世民摆手道："谢朕做甚？要谢便当谢修仪娘娘与江夏王，是他们二人一番恳切之言，让朕免除了对你的责罚。"

刘师立忙转向曹娴拱手行礼："谢娘娘大人大量以德报怨，娘娘大恩臣定将铭记终生！"

又转向李道宗："谢王爷美言大恩！"

最后又转向李世民："臣谨遵陛下圣训，定当改过自新，誓死效忠陛下！"

李世民微笑道："都起来吧，天已甚晚，都各自回营歇息吧。"说罢起身，走向帐外。

地上跪着的三人继之起身。

忽然，刚刚起身的曹娴身子晃了两晃，向一边倒去。正巧走到她身边的李世民急忙伸手把她架住，揽到怀抱之中，只见她面色雪白，双目紧闭，已不省人事。

李世民连声呼唤："爱姬，醒醒！爱姬，醒醒……"

曹娴却毫无反应。

李世民忙向帐外喊道："快传太医！"接着把曹娴抱到行军床上，一边呼叫，一边用手指掐她的人中穴。

片刻之后，太医尚未传到，曹娴自己醒了过来。

李世民忙问："爱姬，你是怎么了，感觉哪里不适？"

曹娴以失神的目光看着君王，声音微弱地说道："臣妾无恙，只是有些困，回营睡一觉便好了。"

李道宗道："娘娘玉体违和，不能再动，请与陛下在此帐安歇，臣可至别帐过夜。"

曹娴摇摇头："谢王爷关照，不用了，我能走。"

李世民命帐外侍卫："快传步辇来！"

此时，随驾的蔺太医赶到了，为曹娴切过脉，说道："娘娘因过度劳累，而致脉沉气微，玉体已十分衰弱了，因之除须服补气养血之药外，须好生安歇，万万不可再度奔波劳累。"

这时候步辇已到，曹娴在李世民搀扶下乘上步辇返回御营。

从此，李世民再不准曹娴去诸军中为冻伤将士疗伤。不过，此前在曹娴悉心教授下，诸军军医均已掌握了用秘方治疗冻伤的医术。

大军入关之后，天气越发寒冷起来。因大雪阻路，军需冬衣仍迟迟未能运到，诸军中虽有秘方治疗将士冻伤，却哪里当得了冬衣抵御严寒侵害？故军中不断有将士因冻而亡。曹娴亦因衣单体弱过劳伤身而不敌风寒，终日高热不退，幸有蔺太医尽心调治，才得好转。

这天天刚破晓，李世民一如既往早早起来出去遛马。若在以往，曹娴也一定会陪伴君王同去，如今她病体尚未康复，李世民命她留在帐中歇息。她哪里睡得着？李世民刚一出帐，她就穿衣起床，开始料理行装，为一早启程做准备。正自忙着，忽听帐外不远处有吵嚷声，就停止忙碌，走出帐外想看个究竟。

刚一出帐，凛冽的寒风便扑面而来，她赶忙裹紧衣服。晨曦中，她望见那边两名士卒正与一个大男孩扭扯在一起，那大男孩被两名士卒反剪了双臂摁着脖子，在不停地挣扎。曹娴走过去问那两名士卒："这男孩是谁，你们为何拿他？"

一名士卒回答："回禀娘娘，这小贼盗窃我军伙房军食，被我等二人捉住，我等二人要将他扭送至将军处听凭将军发落。"

"我不是贼，也没盗窃军食！"大男孩一扬脑袋大声抗辩。

就在大男孩扬起脑袋的一瞬间，曹娴看到了他的眼睛，心中便是一震：怎么是他，他怎么会在这里？——虽然大男孩满脸脏污，人也长高了许多，但只一见他那双明澈纯净的大眼睛，曹娴就已认出，这男孩是五年前自己在卧佛寺习武时救助过的小乞丐铁蛋，遂问道："你是铁蛋？"

铁蛋侧过头，满面惊愕地看向曹娴："你是谁，怎么知道我的名字？"说罢，又把脸扭向一边。

曹娴对两名士卒道："你们放开他，把他交给我吧。"

两名士卒说一声"遵命"，就把铁蛋放开了。

曹娴朝铁蛋招招手："你来，随我进帐说话。"

铁蛋以疑惑的目光看着她，似在犹豫。

曹娴见他原地不动，又微笑着招呼一声："来呀。"

铁蛋这才迈动脚步，跟在曹娴后面向着御帐走去。

进了御帐，曹娴指一指帐内一侧的行军椅："你坐。"

铁蛋看一眼那行军椅，仍站立原地一动不动。

曹娴在另一把行军椅上坐下："铁蛋，你真不认识我了？"

铁蛋仍以疑惑的目光看着曹娴，摇了摇头。

曹娴再问："曹娴这个名字，你还记得么？"

铁蛋一双大眼睛扑闪扑闪地注视着曹娴："曹闲？你说的是那救过我们叫花子

的大恩人、大救星曹闲？"

曹娴点点头："是啊，不过，她可不是什么大救星。"

铁蛋一听这话，马上面现不悦之色："怎不是呢？他就是我们叫花子的大恩人、大救星嘛。直到如今，我们叫花子还时常念起他，我们一辈子都不会忘记他的。"

曹娴一直在微笑："那么，你看我像她吗？"

"你？"铁蛋微微皱起眉头端详着曹娴，"像是有些像，只是，你比我们的大恩人瘦得多，我们的大恩人、大救星是男的，你却是女的，方才那两个大军还叫你娘娘呢。"

曹娴道："身在军旅之中，数月风餐露宿，人还能不瘦些么？还有，当年在寺中时，我也是女的呀，只不过是女扮男装罢了，你看，如今我这不还是一身戎装么？"

铁蛋一下子瞪大了眼睛："你真是我们叫花子的大恩人？"

曹娴微笑着点点头。

铁蛋双腿一屈，"咕咚"一声就跪在了地上："大恩人，大救星，我可又见到您了。"

曹娴忙起身上前搀扶他："快起来快起来！"

铁蛋不起："大恩人，您怎会在这大军中，方才那扭我的大军怎称您为娘娘呢？"

曹娴边搀他边说道："你起来，我来告诉你。"

铁蛋这才起身，按着曹娴的吩咐坐在行军椅上。

曹娴口气淡淡地说道："我离开寺院之后，在海上打鱼时与当今皇上偶然相遇，自那以后便入了宫，侍候在皇上身边，此时在此，乃侍驾东征回来路经此地。"

铁蛋听了，大瞪起双眼看着曹娴，显得又惊奇又兴奋，说道："怪不得我们那些叫花子们都说，大恩人您积德行善，将来定有好报，定会大富大贵，今日看来，果真如此。我回去把大恩人已在皇宫里当了娘娘的事对众人一说，他们定会欢喜不尽。"

曹娴苦笑着摇摇头："你不必去张扬，我不过是身不由己走到了这一步，说心里话，我还是愿过平常人的日子。"

听了这话，铁蛋的眼中充满疑惑之色："为什么呢？做了娘娘，大富大贵，别人连想都不敢想呢。"

曹娴岔开话题道："好了，莫再说我了，快说说你，你怎会在这里？"

铁蛋回答："我等叫花子们闻听东征大军返回时要路经此地，便都早早地赶来这里候着了，皆为捡食大军吃剩扔弃的饭食。今日一早我饿得实在受不住了，便绕过岗哨来到附近军帐边找大军吃剩扔弃的东西，果真于一座军帐边见着了两根啃过的肉骨头。我刚把那肉骨头捡起，那两名大军便跑来把我扭住了，硬说那肉骨头是我从大军伙房中盗来又啃过的，要把我押去将军那里，幸亏巧遇恩人相救，不然我可活不过今日了。"

"唉，真是可怜。"曹娴叹一口气，"你且在此稍候，我出去片刻。"说罢走出御帐，旋即返回，"我已吩咐侍卫去伙房先取些饭食来，你吃过再走。"

铁蛋点点头，他真的已经饿极了。见曹娴双手抱腰束紧衣服，又见她衣着单薄面有寒意，就关切地问道："您穿的衣服甚为单薄，定是很冷吧？"

曹娴苦笑一下："确有些冷，不过蒙皇上关照，我比大军将士们还多着了一层衣服呢，将士们更冷啊。"

铁蛋马上接上话头："是啊，连我等叫花子都说，大军身上的衣服又薄又破，还不如我们叫花子穿得厚呢。我们每日都会见到大军们掩埋被冻死的大军尸体，我们都奇怪，天这么冷，大军为何还不穿冬衣呢？"

曹娴又叹一口气："今岁天气反常，北方早寒，军需冬衣不及调运，前几日又突降大雪，道路阻塞，冬衣更是难以运抵军中，将士们没有冬衣可穿啊。"

铁蛋忽地站起身来："我这冬衣太脏太破，不过好歹还可遮寒，恩人若不嫌弃，我把它脱给您，我不冷，只穿内衣便可。"说着就以双手解带。

曹娴急忙摆手："快快住手，你整日在外流浪，不穿冬衣怎么能成？我衣服尽管单薄了些，还有军帐车驾御寒呢。你要再脱，我可生气了。"

见曹娴坚辞不受，铁蛋只得作罢，想想又道："大军既是衣服单薄难以御寒，何不在行军路旁堆起柴草，燃火取暖呢？我们叫花子遇有太冷的天气，就常常燃起火堆取暖呢。"

曹娴一听就笑了："你这主意倒是不错，只是，大军匆匆行军赶路，无暇刈柴生火呀。"

二人正说着话，侍卫送来了饭食：一只木托盘里盛着的一只热气腾腾的羊大腿。

曹娴对铁蛋道："快吃吧，定要吃饱。"

铁蛋看看羊大腿再看看曹娴："您也吃吧。"

曹娴起身端起托盘递向铁蛋："这是给你的，快吃吧，我稍后待皇上回来再吃。"

铁蛋不再推让,抓起羊腿即大啃大嚼起来。只一会儿工夫,就狼吞虎咽地把一只羊大腿啃光了。

曹娴关切地问:"可吃饱了?若未吃饱,我再让侍卫去拿,定要吃饱。"

铁蛋点点头又摇摇头:"吃饱了,都撑得慌了,再也吃不下了。"

曹娴站起身来:"那好,大军将士马上就要启程,我也不留你了,你走吧,多多保重。"

铁蛋抬起破烂衣袖抹抹油腻的嘴巴,起身向着曹娴深鞠一躬,直起腰时,双目中已淌下两行热泪,喉头哽咽得说不出话来,只默然转身走出了御帐……

铁蛋前脚刚走,李世民后脚就回到了御帐内。匆匆用过早膳,君王一声令下,大军继续启程赶路。行至午后,天空云层越积越厚,很快就阴得如深潭般沉黑。冬季昼短夜长,加之天阴,未时刚过,四周就一片黑沉沉的了,天气也越发寒冷起来。大军将士在这沉黑寒冷的旷野中艰难跋涉着。

忽然,前方道路两旁亮起了火堆,而且火堆越来越多,每隔十余步就是一堆,在不断地向前延伸。不多一会儿,路的两旁就展现出两条长长的火龙。熊熊燃烧的火龙,为正在行进的大军将士们带来了温暖,带来了光明。

此时,骑马行进中的李世民自然也看到了这胜景奇观,也感受到了温暖与光明,急命御前侍卫前去察看,那为大军将士燃火驱寒的都是什么人。

侍卫领命去了,很快就返回向李世民回奏:"那些抱柴燃火之人皆为乞丐。"

"乞丐?"李世民的目光在火焰映照下闪闪烁烁,"共有多少人?"

侍卫回答:"卑职问过其中二人,回说有一千余人。"

"一千余人?"李世民的目光中更多了一层疑惑,"此地怎会有如此众多的乞丐?"

侍卫略一愣神:"这个……卑职不知。"

李世民转向身边的曹娴:"今岁畎亩丰稔,此地乞丐却如此众多,说明朕还是未能治理好这个国家呀。那众多乞丐不但不怨朕,反倒甘冒严寒为朕的将士刈柴燃火御寒,令朕何其赧颜!"

曹娴忙劝解:"陛下不必过于自责,此地乞丐众多,其中必有他故,待大军晚间扎营之时,陛下可向其问明原委,再做定夺。此时众丐定已腹中空空,可于晚间大军扎营造饭之时,赏赐他们一些军食,以为抚慰。"

李世民点头道:"爱姬所言甚是。"马上回过头命令侍卫,"传朕旨意,命诸军晚间扎营造饭之时,由各军将军亲赐军食与众丐享用!各军要架好备用军帐,供众丐过夜！"

　　侍卫领命而去，刚走出两步，李世民又道："等等！命诸军将军询问一下，那众丐缘何为我大军燃火驱寒？"

第四十七章
数劣迹游民谴豪富　说善行阮氏赞国戚

转眼已是晚间，大军扎下营盘，各军伙夫开始埋锅造饭，众乞丐则分别被安置于锅灶近旁等候发给军食。时候不大，军食已熟，各军将军遵君王之命分别亲向众乞丐分赐军食，发给每人一份热气腾腾的羊肉，并特意申明：此军食乃皇上特旨赏赐。

众乞丐纷纷双手托举羊肉，高声谢恩，山呼万岁。

御帐内，李世民与曹娴刚刚用过晚膳。李世民放下碗筷道："那千余乞丐，自身正在遭受冻馁之苦，却来为我大军燃火驱寒，此情甚异，朕虽命各军将军询问其中缘由，但朕仍欲亲往探问究竟，爱姬可与朕同往么？"

曹娴略一犹豫，才道："晚间天寒，陛下衣着单薄，外出久了极易感受风寒，倒不如宣几名乞丐来帐中问话。"

其实，曹娴何尝不想去军中看望众乞丐，但想到自己一旦与君王在众乞丐面前露了面，那些乞丐定会对自己同声称颂，出现那样的场面实在非她所愿，所以才对君王婉言相劝，免了此行。

李世民点头，遂把侍卫召进帐内吩咐道："速去传旨，命那众乞丐推举三名乞丐来见朕，朕要问话。"

少顷，就有三名乞丐被侍卫带入御帐内。

曹娴一眼就认出，那走在前面的乞丐，是五年前自己在卧佛寺习武时曾经救助过的丐帮帮主马大年，跟在他身后的，一个是铁蛋，另一个是身着破旧长袍的陌生中年男子。

马大年和陌生男子进入帐内，慌慌地看一眼李世民和曹娴，就赶紧低下头跪伏在地。铁蛋倒显得不那么惊慌,扑闪着一双大眼睛看看这个又看看那个,学着两个大人的样子最后一个跪到地上。三个人参差不齐地叩拜:"小人们拜见陛下,吾皇万岁万岁万万岁!拜见曹妃娘娘,娘娘千岁千岁千千岁!"

曹娴听了,面色陡然一变,急起身要说话,却见君王连连朝她摆手,只好把话咽了回去,复又坐下。

李世民对三名乞丐口气温和地问道:"你们都叫什么名字啊?"

马大年回答:"小人贱姓马,名大年。"说罢向左后扭扭头,"他叫铁蛋。"又向右后扭扭头,"他叫龚书翰。"

李世民微笑着点点头:"好,好,名字都不赖,亦雅亦俗,甚好。你们乃行乞之人,自身尚在饥寒之中,却来为我朝大军刈柴燃火御寒照明,忠心可嘉呀。你们能说说,你们为何兴此义举吗?"

马大年一时没听懂君王文绉绉的话语,所以不说话,只向右后扭头去瞅龚书翰。

龚书翰似已会意,就磕一下头道:"回奏陛下,小人们知道,陛下率大军东征东昱,皆为收复我大唐国土,保我等百姓平安。如今天气寒冷,大军身无冬衣,我等百姓为大军燃火驱寒,理所应当。"

李世民听了这话,感到十分满意,连连点头道:"甚好甚好,你们虽是行乞之人,但却如此深明大义,令朕甚感欣慰,好,好。"

这时候马大年似乎才明白了君王刚才问话的意思,遂道:"回奏陛下,小人对陛下不敢有丝毫隐瞒,其实,小人们为大军燃火取暖,除了方才老龚说的,还另有缘故呢。"

李世民眉峰一抖:"哦?还另有缘故?那你说与朕听!"

马大年虽是一名乞丐,胸无点墨,但作为丐帮帮主,显然见多识广,且口齿伶俐。此时的他侃侃而言,将五年前曹娴在镇街上捐资舍粥飨乞者,与师父雪夜奔忙救丐众的事一一道出,然后说道:"娘娘相救大恩,小人们一直无从报答。今日一早,小人们听说娘娘在军中同大军将士一样衣着单薄,难抵风寒,皆十分挂念,可又无冬衣相送,只能捡些柴草燃起火堆,为娘娘取暖。主意一定,众人一呼百应,去四周野地捡来树枝茅草,堆在大军将要经过的道路两旁,待大军到了,便燃起火来。"

李世民不动声色,有意说道:"可你们不单是为娘娘一人燃火取暖,是在为数万大军将士燃火驱寒哪。"

马大年回答："陛下是我等百姓的陛下，更是曹妃娘娘的亲人，大军又是陛下的军队，都是一家人哩。我等为陛下与大军燃火取暖，是在为曹妃娘娘做事哩。"

"嗯，说得好！"李世民拊掌称赞，顿一顿，以赞赏的目光向曹娴看去，见她盈盈水目中含着急切之色，苍白憔悴的面庞上已泛出一片红晕，且又要起身说话，就又朝她摆摆手，然后转向马大年问道，"那么，你们是如何知道你们的恩人就在大军之中的，又如何知道她是曹妃娘娘？"

马大年朝左后扭过头，对铁蛋道："铁蛋，你来回奏陛下的问话。"

铁蛋点一下头，说道："今日一大早，我到大军帐房边捡大军吃剩的饭食，捡到一根大军吃过扔弃的肉骨头，尚未吃呢，便被两名大军扭住了，他们硬说我是小贼，要把我扭去将军处，幸好遇上恩人救了我。我听那两名大军称恩人为娘娘，又听恩人说她已侍候在皇上身边，我回去对众人一说，众人便都说，恩人做了皇上的娘娘，便是皇妃了，恩人姓曹，便是曹妃，故此大家便都称恩人为曹妃娘娘。"

铁蛋话音刚落，曹娴忽然起身朝李世民跪下："臣妾死罪！臣妾只是修仪，并非皇妃，怪臣妾未向铁蛋讲明详情，以致众人妄自猜测，误称臣妾为皇妃，乞陛下治臣妾僭越之罪！"

三名乞丐见此情形，一齐瞪大惊诧的眼睛望望曹娴又望望李世民。

李世民急忙上前以双手搀起曹娴："爱妃快快请起。爱妃何罪之有？朕早便该晋你为妃了，只因战事紧急，军旅匆匆，一时未暇顾及罢了，朕这便口诏晋你为妃。"

曹娴复又跪下："陛下万万不可如此，臣妾何德何能，妄享皇妃之位？故恳乞陛下打消这个念头。"

"欸，"李世民大不以为然，"怎么不可如此呢？宫中之事且不说它，只说自东征以来，你微言大义，助朕做出了多少正确的决策？与高延寿部一战，若非你豁上身家性命诱敌深入，怎能将十五万敌众一举歼灭？我军不损一兵一卒拿下承安城，更是全赖你一人之功。班师途中，你夜以继日奔波军中以秘方为将士治疗冻伤，挽救了多少将士的生命？如今又是以你扶危救困大善大爱之心，换来千余行乞之人为我大军刈柴燃火驱寒照明，这又是何等震撼人心之壮举？你不当享皇妃之位，谁又当享？故此再勿推辞！爱妃快快起来，朕还有话要问三位行乞之人呢。"

曹娴这才说一声"谢陛下错爱之恩"，而后起身。

李世民对三名乞丐道："近年各地畎亩连年丰稔，家给人足，为何此地行乞之人如此之众？即如今日，怎么一忽之间便聚起上千人众？"

马大年回答:"小人们走到乞讨这一步,可不都是因为懒惰,是因无田可种。"

"无田可种?"李世民的目光中充满了疑惑,"朝廷早便颁布了均田令,难道官府未曾按照均田令分给你们田地么?"

"早些年分了,可后来又都收回去了。"

"哦?此话怎讲?"李世民目光中的疑惑更为浓重了。

马大年定一定神,说道:"就说小人自己吧。早些年官府分给了小人家三十亩薄田,小人靠这三十亩薄田供养老父老母,尚可勉强度日。六年之前小人为人打抱不平,吃了官司,那三十亩薄田全被官府没收了。"

"你为谁打抱不平,如何吃的官司,对朕备细讲来。"

"是这样,小人家的田紧挨着本村村人梁昌顺家的田,梁昌顺家的田又紧挨着本村富户高占魁家的田。那高占魁依仗自家财大势大,年年都侵占梁昌顺家的田。六年前春耕时,一下子便占去了七八亩。梁昌顺忍无可忍,便与高占魁争了起来,高占魁不由分说,抬手便给了梁昌顺几个大嘴巴,还不解恨,又指使家丁把梁昌顺打倒在地。小人在自家田地这边实在看不下去,便跑过去劝阻。那高占魁又指使家丁对小人拳脚相加。小人仗着年轻气盛,与他们打斗起来,终因寡不敌众,我等二人被他们打得遍体鳞伤动弹不得,又被他们捆送到县衙。那高占魁恶人先告状,反向县令大人诬陷我等二人合伙侵占他家田亩。县令大人听信高占魁一面之词,把我等二人押入大牢。三个月之后小人被放了出来,回家一看,老父老母早因小人被抓连气带吓双双病倒,相继离开了人世。那三十亩薄田与梁昌顺的二十几亩田,早被官府按无主田收回,转授给了高占魁。自此,小人便做了乞丐。"

李世民忽地站起:"若果真如此,那高占魁为富不仁,实属可恨!那县令枉法断狱,更为可恶!"说到这里复又坐下,转向龚书翰,"龚书翰,你呢?你虽为乞丐,但朕看你衣着言谈,颇似读书人嘛,是如何沦为乞丐的?"

龚书翰又一叩首:"陛下圣明。早年小人家境尚属殷实,曾供小人读过几年私塾,其后一直过着半耕半读的日子。五年之前,平州大旱,小人家田亩地势偏高,旱情更甚,至秋后所收无几。为活命,不得不外出逃荒。至来年春返乡之时,小人被村人告知,小人家的四十余亩田地,均已被官府按无主地收回,改授给了本村世家大户卢文轩。小人听了大吃一惊,忙去找本村里正。里正说:'州衙有令,户主逃亡,限满不归,其田以无主地论处。你长期逃亡在外,故而官府已将你家田地收回。'小人与他分辩:'先前我看到过朝廷颁布的均田令,其中规定逃亡在外满一年,且须证实逃户确已死亡者,方可收回弃地作公田,我外出逃荒不过半年,且人尚健在,为何要将我的田收回?'里正蛮横地说:'你逃亡在外,有谁能知道你何时回乡,又有谁能知道你是死是活?'我说:'你这不是蛮不讲理么?'里正说:'此事是州县衙门审定的,你要讲理,到县衙、到州衙去讲好了。'小人便去了县衙,刚一说明来由,那县令便说小人是闹事刁民,命衙役将小人赶了出来。小人又去了州衙,还未见到刺史大人,便被轰了出来。从此,小人一家只得以乞讨为生。"

"你之所言可是当真?"李世民剑眉竖起,双目如电,紧紧盯着龚书翰。

龚书翰以头触地:"小人所言,句句是实,乞陛下明察。"

李世民转向铁蛋:"铁蛋,你小小年纪,是如何当上乞丐的?"

铁蛋毫不惊慌,从容作答:"小人家的情形与龚大伯家情形一模一样,小人家原有三十余亩田,也是在大旱之年外出逃荒之时被官府收回了,便只好做了乞丐。"

李世民又问马大年:"马大年,你讲,在那千余乞丐之中,似你等这样被官府与世家大族侵夺土地之后沦落为丐的,能有多少?"

马大年回答:"十有八九都是。"

李世民震怒地从行军椅上霍地站起:"原来如此!"说罢在御帐中央焦躁地来回踱起步子来。

曹娴一时找不出合宜的话语来劝慰君王,她也被州县官府恣意妄为欺压百姓的行径惊呆了。

三名乞丐更是俯伏于地,连大气都不敢出。

李世民自登基以来,在政事上用心最多的就数均田一事。大唐均田令是于武德七年时颁布的,其中规定:丁男一人给田一顷,其中二十亩为永业田,可由继承人继承,八十亩为口分田,权归官府。其时,一些世家大族与官府相互勾结,隐匿户口,兼并土地,以开垦无主田为名肆意侵占民田,大量失地农民沦为佃户和无业游民。而这些豪族大姓又是数百年以来形成的强大社会势力,作为贵族后裔,他们利用宗族关系,烟火相接,比屋而居,互结姻亲,盘根错节,以致历代君王对他们都无可奈何,因而大唐均田令颁布以后收效甚微。李世民登基以后,曾数次向各地派出巡访史按查均田,收效显著。以后每年都由州县两级官府对均田情形进行清查,于秋收后收回一部分无主耕地,改授给缺地民户。他没有想到,世家大户与官府相互勾结隐匿户口兼并土地的现象,又在平州这个地方死灰复燃,且正是以施行均田令之名而行兼并土地之实。

在御帐中踱了一阵步子,李世民胸中怒气渐渐消退了些,就又坐下来,叹一口气道:"均田令已颁布多年,世家大族兼并土地情形却仍如此严重,以致大量平民沦落为丐，是朕这个皇帝没有当好啊。"说到这里双目中已蓄满凝重之色，"朕问你们三位，那些世家大户与官府串通一气，侵夺你等田产，逼得你等沦落为丐，你等可曾想过要造反？"

马大年和龚书翰一听皇上这话，都吓得浑身一抖，赶忙以头触地，一起颤声道："小人们不敢。"

李世民眉峰一挑："不是不想，而是不敢，是么？"

马大年和龚书翰仍以头触地，一动不敢动，一声不敢吭。倒是铁蛋似乎并不害怕，只稍稍侧过头，以好奇的目光斜睨着马大年和龚书翰。

李世民以十分平和的口气说道："人被逼至了无生路之际，想造反亦属人之常情，故此即使想过要造反，朕也决不怪罪你们，朕只恨那些侵夺民田的酷吏与世家大户。朕只望你们能说实话，可曾想过要造反？"

马大年使劲咽了一口唾沫，像是下了很大的决心，开口道："陛下话已说到这个份上，小人便也不怕什么了。说实话，小人还真想过，好歹是个死，不如反了算了，反了，也许能闯出一条生路呢。"

李世民高大的身躯微微一颤，幽深如潭的目光转向曹娴，见她本就苍白的面容似更加苍白，秋波盈盈的目光中已多了几许惊悚，就点点头以示安慰，再转向马大年，口气依然平淡温和："那，为何未反呢？"

马大年向右后扭头瞥一眼龚书翰："是老龚一番话，让小人打消了恶念。老龚，你把你对我说过的话再向陛下说一遍吧。"

龚书翰道："回奏陛下，小人说，造反万万不可，那定是死路一条。当今皇上乃治世明君，素以从善如流、爱民如子蜚声海内。正是皇上数度派遣钦命巡访史到平州按查均田，才使平州万千无地民户分到了田地。如今官府与世家大户串通一气侵夺民田，乃欺下瞒上之举，皇上定不知情。若皇上知晓他们如此行事，定会遣忠臣来整饬吏治解民倒悬，为我等谋一条生路的。只要耐心等待，总会等到那一日的。"

马大年点点头："对，老龚就是这么说的。经他一说，小人方如梦初醒，竟吓出了一身冷汗。从那一日起，小人便天天盼着陛下能遣忠臣来解救小人们。这两日陛下率大军路经此地，我等便想能面见陛下诉说冤情，又怕陛下不见，没想到陛下倒先召见我等，这真是我等小人之福。"

李世民又与曹娴对视一眼。曹娴发现，君王额上已沁出一层细密的汗珠。

目前最紧迫的政事，莫过于整饬吏治，还田于民！李世民想到这里，对三名乞丐道："你等三人回去之后，要向众乞讨之人讲明，朕将命平州州县衙门对所有无地游民妥为安置，明年开春耕种之前，定将按本朝均田令授予所有失地游民足够的田地，且由官府发给种子。你等可听好了？"

马大年和龚书翰赶忙叩头作答："听好了，谢陛下隆恩！"

铁蛋也鹦鹉学舌般跟在二人后面学说一遍。

李世民与曹娴相互对视一笑，却都看出对方的笑意中含了丝丝苦涩。

李世民转向三名乞丐道："你们下去吧。"

三名乞丐忙谢恩退去。

接着，李世民命御前侍卫召各位随驾大臣和总管以上将军速至御帐内议事，曹娴则进入内帐回避。

待诸位大臣和将军都到齐了，李世民目光炯炯地在众人面上扫视一遍，说道："诸位爱卿，朕曾命卿等在赐军食与众乞丐之时，顺便问一问，彼等缘何为我大军刈柴燃火驱寒照路，众卿可都问过了？"

众将军齐声回答："回陛下，已问过了。"

"那么，众卿且说说，那众乞丐是如何回答的？"

李世勣第一个出班奏道："陛下，臣问过受赐军食的百余乞丐，缘何为大军刈柴燃火取暖照路？彼等皆答曰，为大军燃火取暖照路，是为报答曹妃娘娘以往舍资相救之大恩。"

李道宗第二个出班奏道："臣问那受赐军食的众乞丐之时，彼等也说，为大军燃火取暖照路，是为报曹妃娘娘过往舍资相救之大恩。"

接下来，张士贵、张俭、执失思力、契苾何力、阿史那社尔、姜德本、曲智盛、吴黑闼……一个接一个出班回奏，且众口一词，所言与李世勣、李道宗的奏报如出一辙。

"好！"李世民十分激动地从行军椅上站起，"朕当顺应民意，晋封曹修仪为曹妃！"

众臣乍一听这话尽都一怔，就见长孙无忌从班中站出，拱手一礼道："陛下，臣以为此事尚须斟酌。"

李世民眉目一扬："怎么？莫非爱卿以为，曹修仪不当晋封为妃么？"

长孙无忌忙一屈身子跪下："臣并无此意。修仪娘娘蕙质兰心，性淑品高，此乃众所周知。此番东征，修仪娘娘屡建殊勋，大军班师途中，又夜以继日以秘方为大军医治冻伤，此皆臣等亲历亲见，又以拯救窘厄生灵的大善之心，赢来千余乞丐为我大军燃火驱寒之惊天壮举，令臣等震撼不已。故修仪娘娘晋封为妃，乃实至名归。且册妃之举乃陛下后宫之事，我等外臣不应妄加置喙。只是我朝后宫定制，皇妃有四：曰贵、淑、德、贤四妃，并无以姓氏命名册封先例，故请陛下慎为斟酌。"

李世民道："爱卿平身吧。爱卿所言虽不无道理，然并不周全。成法定制，固当遵行，然又不可一味拘泥，而当因时因势有所变通。除贵妃外，如今后宫淑、德、贤三妃皆无虚位，而曹修仪又理当晋封为妃，便命名为曹妃，有何不可？曹者，偶之谓也，此正朕之配偶之意，因之就晋曹修仪为曹妃！"

众大臣和将军互相交头接耳，均点头称是。

李世民复又坐下，抬起朗朗星目向众人扫视一遍："诸位爱卿，朕再问你们，你们可知此地乞丐为何如此之众，转眼之间便可聚起千人？"

诸大臣和将军你看看我，我看看你，都不知该如何作答。乞丐如此众多，绝非朝廷之福，这可是个十分敏感的话题，若贸然作答，弄不好就会惹出麻烦，因此一时无人出声。

李世民以征寻的目光向众人扫视两遍，见仍无人作答，遂说道："卿等无人回答朕的问话，许是皆不知其中情由，也许有知之者，却心存疑虑，以为乞丐如此众多，绝非社稷之福，那好吧，便由朕来自问自答好了。卿等当还记得，我大唐建国之初，全国各地世家大族兼并土地情形十分严重，大批失地农户沦为佃户或游民乞丐。朕自登基之日起，曾数度差遣巡访史驰往各地，专责按查均田一事，遂使我大唐均田令得以实行。岂料在这山高皇帝远的平州一地，世家大族兼并土地情形又死灰复燃，彼等与州县衙门狼狈为奸，隐匿户口，侵夺民田，已到了令人发指的地步！眼下那为我大军燃火驱寒的千余乞丐，十之八九便皆为被那些世家大族侵夺土地之后沦落为丐的农户。而在此前，朕对如此情形竟然毫无所知！卿等说说，如此情形，朝廷当如何处置？"说罢，又以征询的目光来回扫视着眼前一班文臣武将。

这班文臣武将中，就只长孙无忌品级最高，又是国戚，众人当然都等着他先说话。

果然，长孙无忌趋前一步，奏道："臣以为，陛下可先诏命平州州县衙门尽速将失地游民乞丐妥为安置，使之有饭吃、有衣穿，再遣钦命巡访史至平州，办理按查均田一事，将世家大族所侵占之民田悉数收回，改授给无地或少地的农户。至于州县官吏，可视其弄权贪墨情形，依律分别论处。"

李世民点点头，对其他文臣武将道，"诸位爱卿，你们看呢？"

众人都回答："长孙大人所言甚妥。"

"好！就依长孙卿之所言来办，朕这便草诏！"李世民说着援笔在手，只一会工夫，就写好两道诏书，然后高声道："来人！"

两名御前侍卫应声入帐。

李世民拿起一道诏书道："你们二人乘快马，速将此诏送至平州署衙，命平州刺史陈秉焕偕各县衙，于十日之内将失地游民乞丐妥为安置，若逾期不办，以抗旨罪论处！"

两名侍卫接过诏书，急步走出帐外。

李世民又道："禁军总管将军刘师立！"

刘师立急忙出班拱手："臣在。"

李世民拿起另一道诏书："速遣四名飞骑，将此诏送京师留守房玄龄处，着御史中丞孙亮为钦命巡访史，速来平州专办按查均田事，不得有误！"

刘师立接过诏书，急步出帐。

李世民又对众大臣道："世家大族兼并土地情形绝非平州一地所独有，其他各州定也或多或少存在，待大军班师回朝之后，朕将差遣若干巡访史至各州，将均田令施行情形备细按查一遍，决不容许世家大族兼并土地情形死灰复燃！"

众大臣都拱手称颂："陛下圣明！"

在众大臣离去后，李世民正要进内帐安歇，忽听帐外传来侍卫声音："陛下，太子遣使觐见！"

李世民急回身道："宣！"

太子信使进帐后行觐见之礼。

李世民急不可待地问道："太子现在何处？"

信使回奏："太子自定州赶来恭迎圣驾，距此地只有百余里了。"

李世民心情大好，对信使道："明日一早，由你带路，朕前往迎接太子！"

次日清晨，阴得灰蒙蒙的天空稍稍清亮了些，又纷纷扬扬下起了大雪。大片大片的雪花被强劲的东北风裹卷着飞旋而下，霎时间，整个空阔寂寥的原野就成了飞雪的世界。李世民与曹娴早早起来，命刘师立点起三千飞骑，一同启程前往迎接太子。李世民一马当先，曹娴紧随其后，穿云破雾般冲入雪霰之中，刘师立率领的三千飞骑在后一路向前飞驰。

劲风中飞旋着的雪花不断拍打着他们的脸颊，拍打着他们单薄而破敝的衣袍，又随着身子的上下跃动被抖落到地下。他们都全然不顾，只管一路向西纵马狂奔……

这三千余飞骑越过广袤的平原，跨过滦水长桥，又行不多远，就见对面由远而近驰过来一队人马，当先马上一面目清隽、身材俊挺的少年，正是皇太子李治。转眼之间，两队人马就碰了头。李世民急急勒住马头。李治已滚鞍下马，向着父皇行见驾大礼。

　　李治朝李世民叩首而拜："儿臣叩迎父皇！"

　　李世民忙下马来搀拜伏于地的儿子："我儿快快起来。"

　　李治先不起身，抬起头看向父皇，见此时的父皇又黑又瘦，两鬓已平添了丝丝白发，竟比半年前自定州出发时老了许多，身上的袍褂既单薄又破敝，禁不住抱住父皇大哭起来，哽咽道："父皇为了江山社稷，为了儿子，不顾风霜劳苦，御驾亲征，儿心何忍？"

　　李世民亦觉心酸，努力克制着没让眼中泪水流下来，把儿子拉起来，再给儿子擦拭眼泪："我儿莫要伤怀，父皇这不好好地回来了么。"

　　李治起身，抬眼间，蓦见曹娴站立一旁，也在悄悄拭泪，忙见礼："臣拜见修仪娘娘，娘娘数月侍候父皇，多有劳累，臣在此多谢了。"

　　曹娴还礼道："太子莫要客气，免礼罢。"

　　李世民微笑着看曹娴一眼，转对李治道："我儿尚且不知，朕已晋封曹修仪为皇妃了。"

　　李治赶忙向曹娴深施一礼："臣恭贺娘娘晋封之喜。"

　　此时左右已架起御帐。

　　李治抬手朝御帐内一让："请父皇与娘娘进帐安歇。"

　　李世民、曹娴走进帐内。

　　李治从跟随在后的侍卫手上接过一套袍褂："父皇自定州出发之时，曾对儿臣说：'今方三月，身着此袍直驱辽左，待到班师再见皇儿时，再以新衣更换此袍。'今父皇已与儿臣再度相见，即请父皇更换新衣。"

　　"好吧。"李世民脱下已破敝不堪的褐袍，换上了簇新的袍褂。

　　李治又以双手捧过一套新衣，对曹娴道："臣也为娘娘备了一套新衣，不知娘娘合意否？"说罢，以征询的目光看看曹娴，又看看李世民。

　　李世民与曹娴互看一眼，双方脸上都露出了会心的微笑。

　　曹娴以双手接过太子手上新衣，感激之情溢于言表："难为太子想得如此周全。"

　　曹娴说罢走进内帐更衣，脱下破旧的戎装，穿上簇新的缎面隐花丝棉冬衣，再在外面套上水红流霞的裙衣，再罩上乳白绉纱披帛。又从妆盒中取出一只雕花木梳，挽起一头乌云。拿一枝含露玉芙蓉，却又放下，心想，将士们都还穿着破旧单衣，自己服饰不宜太过奢华。顿一顿，又拿起来，斜插在流云柔丝之上，想着此乃太子一片心意，自己怎能拂了呢？太子可真是心细，竟知道自己最喜这出淤泥而不染的芙蕖……

外帐中，李世民问李治："大军所需冬衣，何时可运抵军中？"

李治回答："军需冬衣，本当在此之前运抵军中的，只因大雪封路，转运困难，故而迟了，料着再过五六日方可到达。"

此时曹娴自内帐款款走出。

李世民抬眼望去，但见她一袭裙衣水红流霓，如火似霞，一层乳白薄纱，飘逸轻盈，衬得略显苍白的面庞更是清丽绝艳，看得他心情大悦，连连说道："好！好！"

曹娴略为羞赧地一笑："是太子所赠新衣好。"

李治真诚地说道："是娘娘人好。"

李世民欣慰地微笑着。忽然想起什么，对曹娴道："朕想来，我等已过滦水，此地距爱妃家乡当已不甚远了吧？"

曹娴道："回陛下，臣妾在家乡之时，未曾到过此地，不过臣妾知道，既已过了滦水，前面当为黄洛古城遗址，距臣妾家乡当是不远了。"

李世民点头，略一沉吟："如今天降大雪，大军将士衣着单薄，不宜在风雪中行军，大军到达此地后须就地扎营，以便众将士于军帐之内暂避风雪，待军需冬衣运抵后换上冬衣再行开拔，故此，朕决定，大军于此地休整四至五日。朕意，此间朕要与爱妃一同前往爱妃家乡看望老国丈。"

"谢陛下体恤之恩。"曹娴说罢就要叩拜。

李世民赶忙以双手扶住："爱妃切莫多礼。"

曹娴道："眼下大雪封路，行旅艰难，陛下又军务在身，安可为家父之事颠簸劳顿，耗费时日？故而恳请陛下免此行，只臣妾一人前往便可。"

李世民道："欸，朕想着春日进军途经爱妃家乡之时，朕与爱妃前去看望老国丈，距老国丈府上仅有一步之遥了，却因军情有变而未能如愿，令朕抱憾不已。朕当时有言，待大军班师之时，定与爱妃同去谒见老国丈，朕岂可食言？眼下大雪蔽野，道路难辨，须寻一当地人打问清楚可行路径，朕与爱妃再动身前往，方稳妥些。"

825

李治抬手向西一指:"前面约五里处,有一驿站,待儿臣命人将那驿丞宣来,一问便知。"

很快,驿丞由一名侍卫领进御帐内。此人是一位干干瘦瘦的小老头儿。显然,他从未见到过皇上和娘娘,进帐后连头都不敢抬,更不敢正视皇上和娘娘一眼,只一屈身子跪到地上不停地磕头。

李世民口气温和地说道:"好了,你莫要总是叩拜,也不要怕,朕问你,你叫什么名字啊?"

驿丞回答:"回奏陛下,微臣贱姓阮,名彝良。"

李世民问道:"此处是何地,可有地名?"

阮彝良回答:"由此西去五里处,即微臣承值的驿站所在,为黄洛古城遗址,古城城池今已不存,只遗一些残垣断壁在。"

"阮彝良,下面娘娘要问你话,娘娘问你什么,你只如实作答便是。"李世民说到这里转向曹娴,"爱妃,你想知道什么,尽管问他。"

曹娴点头,对阮彝良道:"此地西南方近海中有一小岛,名珍珠岛,你可知道?"

阮彝良连连点头:"回娘娘话,微臣知道。早年间微臣迎送自水路往返官差,曾有幸登临该岛。"

曹娴顿一顿,想平复一下骤然加快的心跳,继之又问:"你可曾见过岛上有人居住?"

阮彝良又忙不迭地点头:"近年来微臣再未登临该岛,却常听人说起,那岛上住着当朝一位国丈大人。"

曹娴澄明水目突起涟漪,身子亦微微一颤:"你可知国丈大人近况如何?"

经过几轮问答,阮彝良一直提着的一颗心已渐渐放了下来,答词也流利了许多:"微臣听说,那国丈大人原是渔家出身,一直住在珍珠岛上,当上国丈之后,朝廷曾遣使来接老人家赴京师居住,老人家却坚辞不往。朝廷又遣人来为老人家建造府邸,老人家只将建造之资留下,却将工匠尽皆打发了。工匠走后,老人家将建府之资悉数分赠给了沿海一带穷苦渔家。还有,朝廷给付老人家的年俸,老人家只留少许自用,其余大部亦皆分赠给了穷苦渔家,那些受惠的渔家每年年节都为老人家烧香祈福。"

李世民朗朗星目瞪得老大:"实情果真如你所言?"

阮彝良忙又磕头:"此事在沿海一带已传得沸沸扬扬。"

李世民扭头看曹娴，见她澄明眼池已水雾濛濛，遂劝道："爱妃切莫过于感伤，老国丈有如此大慈大悲之心，不只是爱妃一己之荣耀，亦是我皇家之荣耀，你我皆当欣慰才是。"

曹娴向着君王低首一礼："是，陛下。"又转向阮彝良，声音颤颤地问道，"现下老国丈是与其大女儿同住岛上么？"

阮彝良回答："是，微臣听人讲，近两年来国丈大人一直与其大女儿一家同住岛上。"

听了这话，曹娴一直悬着的一颗心才放下了些，却仍不免黯然神伤。

李世民问阮彝良："自此地前往珍珠岛，可有路好走？"

阮彝良想一想："若在往日，可走陆路至南部海边，再改乘舟船渡海上岛。只是，自此地至沿海，只有乡间窄小土路，近日连降大雪，沿途道路皆被大雪淹埋，难以通行，不如改走水路。今虽天寒，滦水却尚未结冰，可乘船沿滦水顺流而下，出滦水河口，再渡海上岛。"

李世民又问："此地可寻得到舟船？"

阮彝良回答："寻得到。今河南盐铁转运副史蔡骧蔡大人所辖二十余条漕船，正泊于由此向南五里处的滦水右岸船坞中，待检修之后自沿海盐场装载海盐南运，陛下正可命蔡大人调那漕船侍驾南渡。"

李世民问："那蔡骧现在何处？"

阮彝良答："蔡大人现今正于那船坞内小住。"

蔡骧很快被宣到了御帐内。

这蔡骧，大个头，黑面皮，肉眼泡，蒜头鼻，许是长年浪迹江海风涛中形成了的独特气质，让人觉得其浑身上下都透着一股子霸道之气。

待蔡骧行过觐见之礼，李世民道："蔡骧，今朕与娘娘要乘船前去南面珍珠岛，为此要借你辖下漕船一用，望你妥为安顿。"

蔡骧叩首道："微臣遵旨，请陛下与娘娘乘坐微臣所乘主船前往，主船船体较大，行驶于海上可平稳些。"

李世民问道："朕闻那些漕船正泊于船坞内等待检修，那主船可已检修过了？"

蔡骧回答："尚未检修。不过主船船体尚属完好，臣可命工匠随船前往，以备不虞之需。"

李世民又问："你那主船，可乘坐多少人？"

蔡骧回答："除船上漕丁外，尚可乘坐二十余人。"

李世民道:"好!你先去略作准备,稍后朕与娘娘便去乘船。"

待蔡骧退出后,李世民又对阮彝良说道:"阮彝良,你熟知此地水旱路径,朕命你随船同往,随时听候召唤。"

第四十八章
御风浪沙洲避海难　斫叛贼神庙破杀机

距黄洛古城遗址不远的驿路北侧，有一个用树枝夹成的大院，院门一侧木桩上挂着一块写有"客栈"字样的木牌，院内坐北朝南建有一排泥屋草顶的客房。

一间客房内，邢焯与道士相对而坐，正在谋划着又一场阴谋。

邢焯道："我等一路尾随东征大军，几番欲除掉李世民，却始终未能如愿。今日终于等来了良机。本公子方才前往船坞拜访故知蔡骧，碰巧从其口中得知，那李世民要偕其曹姓妃子乘蔡骧的主船至珍珠岛看望妃子之父，此乃本公子报杀父之仇之天赐良机。我等正可随后赶往珍珠岛，将李世民及其妃子一并杀掉！"

道士问他："公子可曾得知那李世民要带多少兵丁护卫前往？"

邢焯道："据蔡骧说，李世民曾问到那漕船可乘多少人，蔡骧回答除船上十几名漕丁外，尚可容纳二十余人。据此可知他李世民所带兵丁不会超出此数。"

道士以手捻须略一沉吟："此一战，只可胜，不可败，须出其不意，速战速决，方可成功。贫道以为，那珍珠岛方圆四五里，岛上一马平川，无遮无拦，且敌方必有哨兵值守，我方不易突袭得手，此其一。其二，李世民所带二十余名护卫兵丁，必然个个武功高强，我方虽有弟兄四十余人，人数较对方为众，但武力却未见强过对方，一旦我方突袭不成，双方形成对垒之势，则我方未必能占上风。且偌大海岛之上敌我双方均有足够回旋空间，一旦周旋过久，恐于我方不利。"

邢焯微微皱起眉头："听道长此一番言语，本公子这仇岂不是绝难得报了？"

道士又抬手一捻胡须："不然。贫道已然预知，今日海上将有特大风浪，且为南来之风，那漕船经滦水入海口泛海驶往珍珠岛，属侧风行船，为免倾覆之危，必将泊于中途一小小沙岛边避险，且其必将不加设防。贫道亦已算出，今日日落之后海上风浪必然止息，我等正可于其间乘船驶往该岛，出其不意突袭之，则公子之仇必将得报。"

"本公子深知，道长道行非同一般，能预知天象风雨，是以道长此计确为好计。"邢焯说到这里略微一顿，"只是，我等弟兄皆不擅使船，这夜间行船，恐非我等所能为。"

道士道："无论昼间夜晚，我等要渡海上岛，不皆须借船前往么？公子可用重金去雇用民船与舵手啊。贫道还是那句话，重赏之下，必有勇夫，不愁无人愿往。"

邢焯点头道："道长所言甚是，本公子这便命人去海边渔港雇船。"

大雪纷飞中，漕运船队中最大的主船驶出船坞，驶入滦水主航道。因是顺水行船，又兼北风助力，漕船张满风帆，一路向南疾驶。船上除了掌舵和划桨的十几名漕丁，还有二十名侍卫分别站在船两边的船舷内，都是腰挎绿鞘腰刀，容色凛然。刘师立则以手按剑站立船头，纵目远眺，更显威风八面。

主船设有主舱、客舱和货仓。主舱是船上主官休憩之所，现在自然由李世民和曹娴乘坐；客舱实为船上众漕丁休憩之所；货舱是空着的，现在成了众侍卫休憩之所。

主舱内，桌椅器具齐全，还有卧榻可供休息。此时曹娴坐在一只绣墩上，正在神情专注地抚琴轻拨慢挑，弹奏着《霓裳羽衣曲》。李世民靠坐在一把太师椅上，双目微闭，已完全沉浸在了优美曼妙的琴声中……

漕船驶出滦河口，行进到了海上。起初，在微风吹拂下，海面只泛起层层微波细浪，可时候不大，便刮起强劲的南风。风推浪涌，在阵阵南风劲吹下，一个接一个一人多高的海浪拍打着漕船左侧船舷，船体在左右摇晃中缓缓行进。从主舱中传出的《秦王破阵乐》的琴声，在哗哗的水声中愈显高亢激越，峻疾铿锵。

海上风浪越来越大，船身开始剧烈地左右摇晃起来，琴声戛然而止。

主舱内，李世民开始晕船了，由于强忍呕吐，面色一时憋得由灰白而青紫。

曹娴边给他按摩内关等止晕穴位，边关切地说道："陛下吐吧，莫要强忍着。"

李世民喘息着说道："方才经爱妃按摩，朕感觉头晕已好些，可这船愈晃愈烈，头反倒愈发晕了。"

曹娴道："臣妾再为陛下按一按其他止晕经穴，看是否会好些？"

船舱外甲板上，侍卫们大都晕船了，有的手捂额头坐在甲板上，有的双膝跪地双手拄着甲板，一个个东倒西歪。

刘师立靠在舱壁上，一只手捂着额头，另一只手抓着舱壁，对侍卫们道："弟兄们，凡是晕船的，皆入船舱内歇息！"

众侍卫起身跌跌撞撞进入后面的货舱。

蔡骥和阮彝良在船身摇晃中步履不稳地从船尾处走了过来。

蔡骥走到刘师立身后道："刘大人，海上风浪愈来愈大，此船在风浪中侧风行船，船身摇晃愈见强烈，如此下去，恐有不虞之险。"

刘师立强忍呕吐回过头问道："若沿原路返航，如何？"

蔡骥摇头道："风浪如此之大，下官亦不敢确保万无一失。"

刘师立铁青着脸道："如此说来，此船前进不得，后退不能，便是无计可施了？蔡大人，你可知陛下与娘娘倘若万一有失，你将犯下灭族之罪？故此本将军命你必须好生操纵此船，确保万无一失！"

"为保陛下与娘娘万安无恙，下官自会竭尽全力。下官须去照管舵手掌舵之事，失陪了。"蔡骥说罢抬腿走向船尾。

刘师立厉声道："阮彝良！"

阮彝良赶忙一低身子："卑职在。"

刘师立道："今日之事，皆是因你而起！是你为陛下与娘娘指的这海上路径，方致陛下与娘娘陷入如此险恶之境！你真乃罪该万死！"

阮彝良一下子跪伏在地，连连磕头，因惊吓而语不成句："卑，卑职死，死罪。卑职愚，愚蠢，实，实在不知海上会……会有如……如此大风大浪。"

刘师立怒道："大胆！你竟敢狡辩，实属可恨！"说罢"刷"一声抽出宝剑，"我斩了你！"

"将军且慢！"随着声音，曹娴出现在舱门口。

刘师立一愣："娘娘你……"

"陛下宣你二人皆进舱回话。"曹娴说罢回身进入舱内。

刘师立一手捂着额头，一手扶着舱壁，趔趔趄趄地走进舱门。阮彝良战战兢兢地随后跟了进去。

进入舱内的刘师立和阮彝良向李世民跪叩见礼。

李世民微微睁开眼睛："刘爱卿，你们在外面吵嚷什么？"

刘师立道："回陛下，眼下这海上风浪愈来愈大，方才臣问过那蔡骥，得知此船属侧风行船，前进则险象环生，后退亦难保无虞。如此险情皆由这驿丞阮彝良所致，若非此人为陛下与娘娘所指这海上路径，陛下与娘娘怎会陷入如此险境？故此人罪不容诛！"

阮彝良吓得话不成句："陛下，微臣死……死，死罪。"

李世民瞥一眼刘师立："欸，刘爱卿，你此言差矣。此船刚刚驶到海上之时，海面上尚且风平浪静嘛。目下海上风浪乃嗣后所起，他阮彝良怎能预知呢？"

刘师立扭头看一眼阮彝良："他久已值守此地，对海上天气当已十分熟悉，如此险风恶浪他该当有所预知。"

曹娴接过话头道："刘将军有所不知，这海上天气有如小孩儿的脸，说变就变，全无定数，即使常年出海之人亦是常常无法预知的。"

刘师立面上略显尴尬："那，是微臣错怪他了？"

李世民道："就是嘛。嗯，刘爱卿此前从未到过海上，对海上天气情形自然了无所知，朕不怪罪于你，起来吧。"

"谢陛下不责之恩。"刘师立说罢起身。

李世民又对阮彝良道："现下海上险情，你事先无从知晓，故此你为朕指路并无过错，朕不怪罪于你，起来吧。"

此时只听蔡骧在舱外道："陛下！微臣有要事奏报。"

李世民道："进来讲吧。"

蔡骧进舱跪下："微臣望见前面海上有一沙岛，我船正可靠向岛边停泊，以便暂避风浪，祈陛下恩准。"

李世民起身道："走！出去看看。"

曹娴关切地说道："陛下，陛下尚在晕船——"

"不妨，"李世民一摆手道，"朕晕船本不甚剧，经爱妃方才按摩经穴，已好多了。"

一行人跟着李世民出舱。

蔡骧抬手往船行前方一指："陛下请看，那不是一片沙岛么？"

众人顺着蔡骧所指方向看去，果见有一沙岛豁然入目。

李世民道："蔡骧！朕准你所奏，靠过去！"

蔡骧应声向后面舵位走去。

漕船很快靠向沙岛边，漕丁朝水中抛下铁锚。

李世民朝前一挥手："上去看看。"

在蔡骧指挥下，四名漕丁在船舷与沙岛之间铺好跳板，其中两名漕丁在跳板上跺着脚来回走了两趟，见跳板安稳无晃动了，才闪到一边。之后，蔡骥在前，其后李世民、曹娴、刘师立、阮彝良依次通过跳板走上沙岛。

李世民举目向沙岛望去，只见整个沙岛呈东北西南走向，长四里有余，宽则不足一里，其状蜿蜒迂回，有如龙形，龙头伸向东北方，龙尾摆向西南，龙脊高处距水面有六七尺高。遂问道："蔡骥，此岛可有岛名？"

蔡骥趋前一步一礼道："回陛下，此处原无此岛，今日微臣见此处陡然出现这偌大一片沙岛，心中甚觉惊诧。"

曹娴插话道："蔡大人细想一想，此岛原本毫无点点踪迹么？"

蔡骥想了想道："回娘娘话，经娘娘这一问，倒真让微臣忆起了，此处原本确是有一小小沙丘，涨潮时大小如倒扣的锅底一般，仅可容一两人站立。一月之前臣自此处经过时尚且如此。"

李世民与曹娴互看一眼，曹娴点一点头。

蔡骥一撩袍襟跪到地上："陛下，此处一小小沙丘，今日竟变成这偌大一片沙岛，此分明系上天所为，意在险风恶浪之中救护陛下圣驾，微臣贺陛下天赐万福金安！"

李世民略一沉吟："嗯，阮彝良，蔡骥此言，你以为如何呀？"

阮彝良赶忙跪到地上："回陛下，蔡大人所言甚是，臣数年前曾乘船自此处经过，此岛当时还是一小小沙丘，如今竟变成偌大一片沙岛，诚如蔡大人所言，此分明乃上天所为，意在风浪之中救护圣驾，微臣恭贺陛下天赐洪福大安。"

李世民心情大悦："都起来吧。"说罢又放眼向岛上看去。

刘师立趋前一步道："陛下，臣是否命侍卫于岛上架设军帐，以便陛下与娘娘进帐安歇？"

李世民转向蔡骥："蔡骥，你看今日我船还能否抵达珍珠岛？"

蔡骥道："回陛下，现下海上风浪仍不见小，且天色将晚，微臣料想我船今日已不能够驶抵珍珠岛了。"

李世民又转向曹娴："爱妃你看呢？"

曹娴道："蔡大人所言甚是，海上风浪仍不见小，今日日落以前我船恐难以驶抵珍珠岛了。"

李世民点头道："既是如此，朕与曹修仪便驻跸此岛，待明日风浪小些了再行起程！"

蔡骥往旁边一让："请陛下与娘娘至漕船主舱过夜安歇。"

李世民对蔡骥道:"你与众漕丁在海上漂泊惯了,你们在船上过夜歇息吧。还有阮彝良,也去船上歇息。"说到这里转向刘师立,"命侍卫于岛上高处架设军帐,埋锅造饭,朕与娘娘及你等将士皆于帐内过夜避寒!"

众侍卫很快在岛上最高处架起一字排开的三顶帐篷,中间是一顶供李世民和曹娴住宿的金顶御帐,其两侧各是一顶供刘师立和众侍卫住宿的军帐。

夜幕很快降临。海面上,白天的狂风巨浪已经变成了微风细浪。军帐周围一片静寂,只有海浪周而复始地拍打沙岸的哗哗水声伴着军帐内将士们此起彼伏的鼾声……

御帐内,烛架上的三支蜡烛已熄灭两只,只有一只在燃着。烛光下可见御帐里面并排摆放着两架行军床,各卧在一架床上的李世民和曹娴均已入睡。少顷,烛花爆裂声响起,曹娴睁开眼睛,眉睫一扬,似发觉了什么,抬起头看身上的毡被,接着伸出一只手一层一层地往上撩毡被,共撩起三层。再侧过身,伸手轻轻去撩李世民所盖毡被的被角,见只有一层,随即坐起身来,用双手把自己身上盖着的两条毡被托起,轻轻盖到李世民身上。

李世民醒来,睁开眼睛:"哎呀,爱妃你这是……"

曹娴含泪道:"陛下,臣妾睡着时,陛下将您的一条毡被盖到了臣妾身上,臣妾所盖毡被多至三层,陛下您却只剩了一层,这如何使得?陛下垂爱,臣妾万分感激,可这海岛天气如此寒冷,若将陛下龙体冻出伤病来,岂非臣妾万死之罪?"

"欸,爱妃言重了。爱妃身为一女子,身子骨毕竟是娇嫩的,且你大病初愈便随朕东征,一直未得将养复原,怎抵得住这海上严寒?朕是男人,身子骨要强健得多,御寒能力较爱妃自是强过许多,故而给你盖这毡被你莫要推辞。"李世民说着又以双手托起那两条毡被要盖到曹娴身上。

曹娴忙伸手阻拦:"陛下,万万不可!陛下乃一国之君,龙体康健与否,关乎社稷命脉,关乎百姓福祉,怎是臣妾贱躯可比?望陛下莫再难为臣妾了。"

"唉,朕说不过你,罢罢罢,朕听你的。不过,你这一条,可要物归原主。"李世民说着,以双手托起一条毡被盖到了曹娴身上。

"陛下!陛下!"是刘师立在帐外呼唤。

李世民朝帐外道:"刘爱卿,何事?"

刘师立在帐外回答:"海岛天气甚寒,我等将士给陛下与娘娘送毡被来了,请陛下与娘娘接纳。"

李世民与曹娴互看一眼:"你等稍候,朕这便出去。"穿衣下床,走出帐外。

曹娴也穿上外衣，随后下床跟出帐外。

帐外微弱的月光下，刘师立身后齐齐整整横向站着两排侍卫，包括刘师立在内每人都用双手托着一条叠成方块形的毡被。

刘师立跪下道："请陛下与娘娘接受我等毡被。"

侍卫们也一齐跪下齐声道："请陛下与娘娘接受我等毡被。"

李世民高声道："不成！你等将士每人只有一条毡被，都给了朕与娘娘，你们盖什么？这海上天气如此寒冷，你们无被可盖如何能成？"

刘师立道："弟兄们说，我等可挤在一起互相取暖。"

李世民口气不容置疑："不可！互相挤在一起，无被可盖也是不成的。再说，你等每人只有一条毡被，朕与娘娘都各有两条，与你等相较已是厚遇了，怎可还要你们的呢？况且，若你等都将毡被给了朕与娘娘，盖上那将是何等厚重啊，你们想将朕与娘娘压死啊？"说罢与曹娴相视一笑。

"这个……"刘师立略一顿道，"回陛下，臣开始对弟兄们说，要为陛下与娘娘各加铺两条加盖两条，如此共送与陛下与娘娘八条毡被即可，而后众人挤在一起，剩下的十数条毡被也够盖的。可弟兄们都争着要将自己的毡被送与陛下与娘娘，臣实在拗他们不过，便由着他们送来了。"

李世民道："朕感谢你们对朕与娘娘如此忠心，只是，你们的毡被朕与娘娘一条也不要，赶快都拿回军帐去歇息吧。"

刘师立还想坚持："陛下——"

"刘师立！"李世民高声道。

"臣在。"刘师立赶忙答应。

李世民佯怒道："你想带头抗旨么？"

"这……"刘师立一时无从回应。

李世民道："朕命你赶快率你的部下带上毡被回帐歇息！"

刘师立只得应声起身，回头对侍卫们道："除去站哨的，其余人等皆回帐歇息！"

侍卫们也只得起身，手托毡被向各自军帐走去。

李世民与曹娴目送将士们走回军帐，然后才走回御帐。

小岛复又回归平静，海上细浪拍岸发出的舒缓水声仍周而复始地回响着。朦胧的月光下，岛边一名站哨的侍卫在来回走动中于无意间向海面上一瞥，似发现了什么，忙停住脚步探头向海面上认真看去，却未再见到什么，便又随意来回走动起来。

此时，沙岛附近的海面上，确有一条载有二十余人的大船和四条各载有五人的渔船向沙岛缓缓驶来。

仗剑站在大船船头的邢焯，朝停在岛边的漕船和岛上的帐篷翘首瞭望少顷之后，对后面船上的人们说道："弟兄们，那李世民此时定在岛上中间金顶御帐之内歇息。养兵千日，用兵一时，我邢焯，不！我李承焯使用弟兄们的时候到了！"对紧随其后的渔船上的某人，"二弟，你带人去看住漕船，莫让岛上人等上船逃跑。其余各船上的弟兄随我冲上岛去，将岛上所有人等一概杀光！凡斩获一人头颅者，赏白银二十两，斩获李世民与其妃子者，各赏黄金百两！速速将船散开靠岸！上！"

大船上的舵手听了邢焯的话，即扳动舵杆调转船头，大船航向渐渐偏离开沙岛。

邢焯几步跨到舵手身边，以剑锋逼住舵手咽喉，厉声道："将船头对准沙岛后靠岸，倘若不然，本公子立刻让你人头落地！"

舵手只得扳动舵杆又将船头对准了沙岛，大船渐渐靠向沙岛岸边。

其他渔船除一条渔船驶向漕船外，也都在杀手的逼迫下渐渐靠向沙岛岸边。

此时漕船上一名漕丁从舱内出来方便，无意中一抬头望见岛外海面上散开驶来的数条大小船只，浑身就一哆嗦，再仔细看去，见那数条船上人影幢幢，手中刀剑在月光反射下寒光闪闪，尿了一半的尿立刻憋了回去，疾步跑到主舱口"咚咚咚"地敲起舱门来："大人！大人！不好了，海上有贼人来了！大人！大人！有贼人……"

舱门开了，蔡骧和阮彝良先后走出舱口。

蔡骧问道："贼人在何处？"

漕丁抬手朝海面上一指："大人请看！"

蔡骧和阮彝良挺直身子向海面上看去，果见海面上一条大船和四条渔船向沙岛驶了过来，其中一条渔船径直朝漕船驶来，各条船上都站满了人，其手中兵刃在月光下闪着道道惨白的光影。

蔡骧急急地对那名漕丁道："快！快去向陛下奏报，海上有强人前来劫营！"在漕丁应声拔腿跨上跳板时，忽然海上狂风巨浪骤起，一个个山头般的巨浪滚滚而来。蔡骧等人看得真切，顷刻之间，那四条渔船或被巨浪吞噬，或被巨浪打翻，船上所有的人都已没了踪影。

那大船被巨浪推出数十丈远，已远离了沙岛……

此时的沙岛上，刘师立所在的军帐内，将士们的鼾声此起彼伏地轰响着。忽然，帐口布帘被掀开，哨兵身影出现在帐口，急急地呼唤：

"将军大人！将军大人！"

睡在军帐内侧的刘师立忽地坐起："何事？可有敌情？"

一部分侍卫也醒了，纷纷坐起。

哨兵道："未见有敌情，却见海上风浪骤起，波浪有一丈多高，恐将此岛淹没。"

刘师立纵身跃起，对侍卫们高声道："都起来！快快出帐！"说罢疾步奔出帐外。侍卫们纷纷跃起，跟出帐外。众将士来到岛边，只见海上一波又一波滔天巨浪汹汹涌向岸边。当一个更大的巨浪兜头盖顶打来时，刘师立和侍卫们急忙拔腿后撤。但那巨浪却并未上岸，涌到岸边却又退了回去。又见漕船被高高托起，却并不向处于低处的岛上倾覆。

刘师立诧异道："怪事，这一个个巨浪皆高出此岛地面一丈有余，却并不上岸，再看那漕船，被巨浪托起恁高，却未向这岛上倾覆过来，岂非太过神异？"

侍卫们也都连连称奇。

刘师立一挥手："走！去他处看看。"

一行人沿岛边走过去，见除背风面没有涌浪外，其他各处情形都一样，都是高过小岛地面一丈多的巨浪涌到岛边时又退了回去。

刘师立连说："怪哉，怪哉，各处海浪明明皆高过地面丈余，却都并未涌上岸来，此真乃旷古未闻之奇迹。这分明是此岛神灵施威，在护卫陛下与娘娘啊。"

侍卫们纷纷随声附和。

"弟兄们，都跪下，谢此岛神灵护佑陛下与娘娘，护佑我等将士！"刘师立说着跪下连连磕头。

侍卫们一齐跪下，齐声道："谢此岛神灵护佑陛下与娘娘，护佑我等将士！"说罢连连磕头。

邢焊所在的大船侥幸脱险，此时正在风浪中颠簸飘摇。眼看着一次复仇的机会就这样被风浪夺去了，着实让邢焊心有不甘。他来到船尾舵位边，对舵手说道："船家老大，你快快将此船驶向那小沙岛，事成之后，本公子将重重赏你！"

舵手却道："不成啊，客官，不是我不愿往那小岛上行驶，是这南来的风浪太大，若驶向那小岛属侧风行船，船会被大浪打翻啊。方才客官也见到了，那四条渔船都被风浪打翻了，我船靠着船体大些，才侥幸躲过了这一劫，若是再去，十有八九会出事的。"

道士也在一旁道："公子，有道是留得青山在，不怕没柴烧，只要我等能避过这一场风浪，复仇的机会还多着呢。"说到这里转对舵手道，"船家老大，你说，若保此船平安无事，该当驶向何处？"

舵手回答："只可顺风向北行驶，驶至蚕沙口渔港暂避风浪，方可确保一船人平安无事。"

道士回头看邢焯，邢焯则把脸扭向了他处。

道士对舵手道："那好吧，便依你所言。你若能确保船上我等弟兄安然抵达该渔港，我家公子定将重重赏你。"

此时邢焯对道士道："走，回舱内去，我有话对你讲。"

二人走进船舱，舱内坐着的杀手们纷纷让座。二人在舱内一角坐下。

此时的邢焯，沮丧的神情中含着恼怒："道长，你说你占算天象风雨每算必准，为何今日算得如此不准？"

一旁杀手们都对道士怒目而视。

道士面有赧色："这许多年来，贫道确是每算必准的，只此一回……唉，贫道算的明明是日落以后海上风浪必停，直至我等乘船抵达那小岛岸边之时，海上不确是风平浪静么？可却不知为何风浪陡起，贫道对此甚觉怪异。"

旁边一名杀手愤然道："哼！再不说是你算得不准，竟至白白丢掉了我等二十名弟兄的性命！"

另一名杀手恨恨地哼了一声。

邢焯痛心而言："如此情形，令本公子如何去面对那二十名弟兄的家人？"

道士低下头去："贫道愧对公子，愧对死难的弟兄们。"

邢焯扫视一遍身旁的二十余名杀手："如今只剩下这二十二名弟兄了，道长，你说，本公子还能报家父之仇么？"

道士点头道："能报，一定能报！"

邢焯问道："如何报啊？"

道士答道："贫道料定，那李世民与其妃子见过妃子生父，回程之时，不会再沿原路绕经滦水入海口，必然经由蚕沙口沿溯河溯流北上，再经滦水去与班师大军会合。我等可于蚕沙口设伏，守株待兔。"

邢焯有些不解："于蚕沙口设伏，守株待兔？"

道士点头："对，那李世民一向礼敬神祇……"

道士对设伏之策如此这般讲述一番。

邢焊听了点点头，对杀手们道："我等就依道长之言，于蚕沙口设伏，作最后一搏，事成之后，本公子定当论功行赏，重赏各位弟兄！"

天将拂晓时，蔡骧、阮彝良见敌船并没有再在海上出现，就走下漕船，来到沙岛上，与一直在岛上巡视水情，此时正从沙岛另一端走来的刘师立以及众侍卫相遇了。

蔡骧对刘师立说起夜间海上贼人来袭情形，最后说道："此确为下官与阮兄亲眼所见。"

阮彝良也在一旁说道："是啊，此确为蔡大人与卑职亲眼所见。"

一行人说着话不知不觉间已走到御帐近处。

刘师立压低声音道："好好好，二位即请缄口，莫扰了陛下与娘娘安寝。"

刘师立话音刚落，李世民的声音就从御帐内传了出来："外面谁在说话？有事么？"

话音未落，人已走出帐外。曹娴随后跟了出来。

刘师立等人一齐跪下见礼，之后刘师立说道："臣等目无君上，妄自聒噪，扰了陛下与娘娘安寝，祈陛下降罪。"

蔡骧与阮彝良齐声道："祈陛下降罪。"

"欸，"李世民并不以为意，"天色已明，朕与娘娘该起来了嘛，卿等何罪之有？卿等早早起来聚到此处，可是有事？"

蔡骧往前膝行一步："回陛下，臣等确有要事相奏。"

李世民道："是何要事？讲！"

蔡骧道："昨日夜间，微臣于睡梦中被属下喊醒，报说海上有贼人来袭，微臣便与阮驿丞一同出舱察看，果见海上有数条大小舟船向此岛围拢过来，每条船上皆有多名手持刀剑者。正当那些舟船将要靠岸之时，忽见海上风浪陡起，那数条舟船转瞬之间便被风浪打翻吞噬，只有一条稍大些的船未被打翻，却被风浪推涌得远离了此岛，之后便不知去向。"

李世民已瞪大了眼睛："你所言可是当真？"

"千真万确！此情不只微臣一人亲眼所见，"蔡骧说着看一眼身边的阮彝良，"还有阮驿丞与微臣属下一水手也都亲眼目睹了。"

阮彝良也向前膝行一步："微臣启奏陛下，方才蔡大人所言海上贼人来袭情形，确为微臣亲眼所见。"

李世民问道:"你们可都看清了,来者都是何等样人?"

蔡骥道:"当时月色朦胧,相距又稍远,臣未曾看清来者面目衣着,但见其手持刀剑欲登此岛,微臣据此判断当为贼人前来劫营。"

李世民转向阮彝良:"阮彝良,你以为呢?"

阮彝良忙道:"微臣也未曾看清来者面目衣着,只见其手中刀剑在月光下寒光闪烁,故而微臣以为蔡大人说的是,当为贼人前来劫营。"

李世民又转向刘师立:"刘爱卿,你一直未曾言语,他二人方才所言海上贼人情形,你也亲眼见到了?"

刘师立道:"陛下,他二人所见海上情形臣未曾得见,臣与手下士卒却亲见了另一番景象。"

李世民与曹娴互看一眼,之后说道:"另一番景象?你且讲来。"

刘师立道:"昨日夜间,臣听站哨士卒报称海上突起特大风浪,便率众弟兄出帐察看,果见海上风浪甚剧,那无数巨浪皆高出此岛地面一丈有余,却是一到岸边便退了回去,就连那漕船被巨浪托起甚高,令我等皆须仰面而视,却不见漕船向岛上倾覆。臣率众人再至他处察看,情形皆如上述。臣其时心中甚异,以为此乃旷古未闻之奇观。其后稍一思量,便觉释然,此乃此岛神祇施威护卫陛下与娘娘。"

李世民又与曹娴互看一眼,转对众侍卫道,"你们都说一说,刘将军方才所讲情形,皆你等亲眼所见么?"

众侍卫齐声回答:"是。将军大人所讲情形,皆我等亲眼所见。"

阮彝良又向前膝行一步:"陛下,微臣有话欲奏明陛下,祈陛下恩准。"

李世民道:"讲!"

阮彝良道:"陛下,微臣家父生前系堪舆先生,终其一生以堪舆为业。微臣早年曾侍奉家父身侧,耳濡目染,于堪舆之术便也略知一二。微臣观这小小沙岛,酷似龙形,有头有尾,有身有脚,且其桡卓枝脚有挺拔之势,起伏跌宕若飞腾之态。观龙之物形须辨形势,百尺为形,千尺为势,观形易,识势惟难。臣以形观势,可见此岛乃龙脉所系,而陛下乃真龙天子,今驻跸此岛,便如鱼得水,如虎归山,其气其势锐不可当,观气则气冲斗牛,观势则势薄云天,昨夜海上突起之风浪,便是专为拱卫陛下而来,由此观之,那谋弑逆贼瞬间便被风浪卷入海底,而那风浪涌至此岛岸边之时却又顿然止步,便都不足为奇了。"

李世民心情大好:"好啊,想不到你品级不高,识见却是不低,待返回驻跸大营,朕将重赏于你!"

阮彝良连连磕头:"微臣谢陛下谬赏隆恩。"

李世民道:"都起来吧。"

众人都起来了,唯有阮彝良并不起身:"陛下,微臣尚有一请,祈陛下恩准。"

李世民剑眉一扬:"哦?什么请求,你讲!"

阮彝良道:"此沙岛尚无岛名,祈陛下御赐其名。"

"嗯,成啊,"李世民略一沉吟,"朕观此岛亦呈龙形,其又有护驾之功,更有爱卿堪舆高见,朕便赐此岛之名曰龙岛,你看如何?"

阮彝良马上说道:"陛下圣明,此岛名确是实至名归,甚佳。"

李世民道:"你回去之后,要将朕御赐岛名事知会平州与卢龙县衙门,命其记录在案!"

此时一阵劲风吹过,李世民身上袍角被掀起老高,不禁举目向海上望去,见海面上仍是波涛汹涌,遂道:"天色已明,海上风浪仍不见小,蔡爱卿,你说,我等是于风浪中启程前行呢,还是继续留驻此岛,待风浪小些时再行启程?"

蔡骧低身一礼道:"回陛下,今日风浪一如昨日,我船若启程前行,仍为侧风行船,属行险之举,故此微臣以为我船不宜此时启程径驶珍珠岛。"

李世民道:"那么,依你之见,我等是要继续留驻此岛了?"

蔡骧忙道:"微臣并无此意。凭微臣以往经验,今日海上风浪只会愈来愈大,且天黑之前不会止息。但若在此岛继续留驻下去亦有难处。目下船上食用淡水已所剩无几,本想待至珍珠岛再行补给的,目下此想已成泡影,而于此岛再耽搁一日,便无淡水可供饮用了。"

李世民面上已有不悦之色:"听你的话,我等走也不是,留也不是,竟是无计可施,只能坐以待毙了?"

蔡骧一屈身子跪在地上:"回陛下,微臣绝无此意,微臣是想说,现下情势,只有走一条路可保万无一失。"

李世民道:"哪一条路?你且讲来!"

蔡骧道:"由此北去三十余里,便是海湾北岸之蚕沙口渔港码头,该处乃海湾湾中之湾,浪缓滩平,为海运避风之地与河海转运码头。我船由此岛径驶该处,属顺风行船,无行险之虞,抵达该处之后可泊船暂避风浪,待风浪减弱或顺风时再由该处驶往珍珠岛,如此可保万无一失。"

李世民转向阮彝良:"阮彝良,方才蔡骧所言,你以为如何?"

阮彝良忙又跪下:"回陛下,微臣以为蔡大人所言确为万全之策。"

841

李世民又转向曹娴，见曹娴点头，遂道："那好吧，就依你二人之言，转道蚕沙口，再赴珍珠岛。"

一行人用过早饭，都随李世民上了漕船。漕船张满风帆，一路顺风向北驶去。李世民把刘师立、蔡骧和阮彝良都召到主舱内议事。

李世民道："阮彝良，朕问你，那蚕沙口可有朕与娘娘驻跸之所？朕的意思是，我等上岸之后，不得扰民挤占民房。"

阮彝良拱手一礼："回陛下，蚕沙口溯河左岸有一座海神庙，亭台楼阁蔚为壮观，山门内左右各有耳房数间，陛下与娘娘可于其内驻跸安歇。"

李世民又问："那海神庙平素香客多么？"

阮彝良回答："该地远近船家百姓人人皆知，那海神功德无量神力无边，但凡船家百姓进庙祈求海神护佑其海上陆上平安禳灾，无不应验，因之除庙会之日香客甚众之外，平素香客亦是络绎不绝。"

李世民道："既如此，那海港码头已是往来船家云集之地，入庙香客又川流不息，朕与娘娘此番进港入庙，为不张扬扰民，皆扮作商家夫妇。刘师立！"

刘师立拱手一礼："臣在。"

李世民道："你可扮作管家模样，其余侍卫皆扮作仆从或香客入庙。"

船到蚕沙口港口处，李世民等人果见已有数十条渔船与商船停泊于港内，仍有商船从海上陆续驶入其中。蔡骧站立漕船舵位旁，指挥舵手将漕船驶入港口，靠向码头边。一行人上了岸，往东走不多远，就来到了海神庙牌坊前。

李世民驻足观看牌坊，见牌坊以汉白玉石为柱基，上饰琉璃瓦顶，斗拱重叠，装饰精巧，前额书"安澜"，后额书"伏波"，不禁点头赞道："嗯，好！"

一行人经过牌坊，到了山门外。山门门楣上书"海神庙"三个大字，古朴典雅。山门内有两尊神像，左天应右天佑。

此时正有三三两两的香客从山门内走出。

走过山门，就进入了正殿前的庭院。

庭院两边各有耳房三间。正殿左边建有钟楼，右边建有鼓楼。殿门外左右各有一尊怪神，左为乘黄，右为龙马。[1]

一行人走到正殿门前。

李世民对曹娴道："娘子稍候，我要进殿向海神进香祈祷，祈海神护佑我大军一路顺风，平平安安班师回朝。"

---

[1] 乘黄之状如狐，背上有角；龙马即神马。

曹娴道:"妾身与夫君一同进殿祈祷。"

一名侍卫过来以双手奉上香火,曹娴抬手接过,跟随李世民进入殿内。殿内海神端坐宝座之上,身着黄袍,气宇不凡;侍者安立两旁。两厢各站班神象四尊:左为赶海夜叉、顺风耳、风神、雨神;右为巡海夜叉、千里眼、电公、雷母。曹娴点燃三炷香,插入海神塑像前的香炉内。二人跪在跪垫上,双手合十默默祈祷,然后三叩首。

叩首刚刚完毕,忽听海神塑像后有窸窣异响。曹娴急抬头看时,只见海神塑像后闪出一个人,手握利剑向左面的李世民胸前一剑刺来。曹娴疾出手抓起面前香案上的香炉照刺客面门掷去。刺客急忙用空着的左手臂遮挡,香炉砰一声砸在了刺客手臂上。此时李世民已纵身跃起,飞起一脚照刺客握剑的手腕踢去,刺客手腕被踢中,"啊"一声惨叫的同时,手中利剑"当啷"一声掉落在地。李世民将利剑一脚踹起握在手中,举剑要刺时,刺客已跳下宝座从后门蹿出了殿堂。

此时刘师立手握佩剑从前门奔进殿内,急问道:"陛下与娘娘可伤着了?"

李世民道:"没有,快去后院追刺客,要留活口!"

刘师立答应一声,疾步从后门追了出去。

李世民和曹娴随后奔出后门。

此时在前院,二十名侍卫正与二十余名刺客混战在一起,喊杀声、刀剑磕碰声、惨叫声响成一片。混战中不断有刺客被刺伤刺死,侍卫们也小有伤亡。

进入后院的李世民、曹娴和刘师立四下张望,见后院大门紧锁,不见刺客踪影。

李世民道:"刺客已跳墙逃跑。"

刘师立忙道:"臣也跳墙去追他!"

李世民摆摆手:"莫去追了,料他早已看好退路,追也追不上了,你速去前院,率众卫士奋力杀敌,莫让刺客逃掉,要留活口!"

刘师立应声跑进正殿后门。李世民和曹娴随后也走了进去,通过正殿走进前院。

前院厮杀已经结束,二十余具刺客尸体躺倒一地。

刘师立奔到李世民面前拱手一礼:"陛下,前院二十二名刺客均已倒毙。"

李世民眉目一扬道:"朕不是命你留活口么?为何都杀死了?"

刘师立回答:"这些刺客,皆为亡命之徒,未死之前皆拼命厮杀,直至战死,凡被刺伤未死的,均吞服预先备好的毒药中毒而死。"

李世民皱起眉头："都是些什么人，竟然以死相搏？"

刘师立道："只有一重伤者被我士卒拧住双臂无法服毒即死，临死之前回答了微臣几句话。他说他们这些刺客皆系其主子厚遇豢养的死士，皆抱定必死之心报效其主子，因之凡战败未逃脱者，便皆服毒而死，绝不给对方留下活口。"

李世民问道："他可说了，其主子是何人？"

刘师立回答："他至死都不肯说出其主子姓名。他说，即使他说出其主子姓名，他也必死无疑，且其家中妻儿老小性命皆在其主子掌握之中，他若如实招了，其妻儿老小皆不得活。"

李世民又问："他可说了，他们为何要行刺于朕？"

刘师立道："他说，他们是奉其主子之命行事，主子让杀谁，他们便杀谁。"

李世民再问："他们怎会预知朕要来这蚕沙口海神庙，从而预先设伏于此？"

刘师立回答："臣再问时，他已气绝身亡。"

"哼！又是气绝身亡！"李世民说着转对曹娴道，"爱妃可还记得？四年之前朕与你去终南山行猎，突遭数十名歹人行刺，那些刺客亦是拼死厮杀，直至战死，只有一名重伤者说出几句话，尚未说出那谋弑指使者，便气绝身亡。"

曹娴点点头："臣妾记得。臣妾还记得，当日于暗中张弓搭箭欲射杀陛下，被臣妾一剑砍断其弓箭后脱逃者，生得方面大耳，豹眼猩唇；一年之前，臣妾随侍皇上于御苑西海池游湖之时，突遭一伙扮作乐师的刺客行刺，那些刺客大部被陛下与御前卫士所斩杀，其中一名刺客欲跳水逃遁，被臣妾拿住，该刺客又是生得方面大耳，豹眼猩唇；在新安城下，臣妾与东昱女子比武之时，臣妾战马突然失蹄倒卧，将臣妾摔于马下，那扮成唐军上前绑缚臣妾的人中，亦有一人生得方面大耳，豹眼猩唇；今日藏匿于海神塑像背后行刺陛下者，亦是生得方面大耳，豹眼猩唇，虽于情急之中看得不甚真切，臣妾也可认出，此四者乃同一个人。"

李世民恍然道："原来如此，由此可断言，此四度行刺作乱者为同一伙人，乃朕之宿敌无疑。只是可惜，未曾留下一个活口，无从确知那贼首是何人。"

刘师立赶忙跪下道："微臣有罪，是微臣无能，未能留住活口，微臣甘愿受罚。"

李世民道："此乃一伙亡命之徒，要想留住活口殊非易事，朕不怨你，起来吧。"

"谢陛下不责之恩。"刘师立说罢起身。

李世民看看一地的死尸，吩咐刘师立："命人将这些刺客尸身抬至杳无人迹处掩埋，再将这庭院内血污清洗洁净，莫让这污物玷污了这神圣之所！"

此时，在海神庙以北半里之外的荒僻小路上，那道士急慌慌一路向北拼命逃窜，边跑边回头张望……

第四十九章

见难船救险归宁路　闻噩耗泣血慈父碑

海神庙耳房内，地当央炭火盆里的炭火闪着暗红的光。李世民坐在八仙桌边太师椅上，不时发出几声咳喘。曹娴站在其身边为其轻抚着后背。

蔡骧被宣进耳房，跪地见礼。

李世民止住咳喘，问蔡骧："外面风已小些了，海上风浪情形如何？"

蔡骧道："回陛下，经了这一夜，海上风浪已渐平息。"

李世民道："如此说来，我等可启程前往珍珠岛了？"

蔡骧回答："就目下海上情形，依微臣看来，陛下与娘娘可启程前往。"

此时刘师立奔进耳房奏报："陛下，太子来了。"

李世民神情一振："哦？快宣！"

李治疾步奔入耳房，一屈身子俯伏在地："儿臣拜见父皇。"

李世民问道："你怎么来了？"

李治回奏："儿臣于大军驻地闻讯，父皇与娘娘乘船前往珍珠岛途中，为海上风浪所阻，转道这海港码头暂避风浪，又于这海神庙内突遭贼人行刺，儿臣心中万分挂念父皇安危，故此急急赶来看望。"说到这里，抬起头十分关切地看着君王，"父皇可被刺客伤着了？"

李世民道："朕无事，你起来吧。"

待李治站起身，李世民开口正要说话，却突然剧烈地咳嗽起来。曹娴急忙又为君王轻抚起后背来。

李治重又慌慌地跪下，抬起头十分焦急地看着父皇的脸色："父皇，父皇，您这是怎么了？"

李世民抬起手来晃了两晃，意思是不要紧，却仍咳喘不止。

　　曹娴为君王捶着背，对李治说道："今秋北方早寒，陛下衣着单薄，日前便因受寒犯了气疾，昨日又于海上经受风寒侵袭，气疾之症便愈发沉重了。"

　　"儿臣带来了太医。"李治回过头朝耳房外高声道，"快！快宣太医来！"

　　李世民摆摆手，喘息着说道："罢了，不顶事的……烤了炭火，朕已暖些了，慢慢会好些的。"

　　这时，两名侍卫将另一盆炭火抬进耳房。

　　李世民烤了一会儿炭火，咳喘才渐渐平息下来。少顷，对曹娴道："现下海上风浪已息，朕本当与爱妃一同前往珍珠岛看望老国丈，只恨朕这身体……太不争气，恐难以成行了。"

　　曹娴双目泪光闪闪："陛下龙体最是紧要，臣妾海岛老家万万去不得了。"

　　李世民又咳喘一阵："爱妃距家中慈父仅有一步之遥，如此父女团聚良机岂可错过？朕意，爱妃可即刻乘船渡海回乡省亲！"

　　曹娴忙道："陛下龙体违和，身边不能无人照应，臣妾此时怎能离开陛下呢？"

　　李世民道："朕身边有太子侍候，爱妃尽可放心，朕倒是担心爱妃你呢。朕到了这海上，方知海上天气殊为寒冷。此前于军旅之中你连日过劳，又大病初愈，身体尚甚虚弱，朕恐你去了禁受不住这海上严寒。"

　　曹娴动容地说道："臣妾何劳陛下如此挂心？妾身并无大恙，且臣妾本自海边长大，早已习惯了海上气候，纵然冷些，也无大碍。"

　　李世民一听这话，这才说道："既是如此，爱妃可成此行，朕将命禁军将军刘师立亲率二十名侍卫与爱妃同往，略表朕对老国丈虔敬之意。"

　　曹娴洒泪叩拜："臣妾谢陛下厚爱。"

　　李世民对门外道："宣蔡骧！"

　　蔡骧进门跪下："微臣在。"

　　李世民口气严厉地说道："朕命你统带漕丁驾船恭送娘娘至珍珠岛，你须确保娘娘安然往返，如有差池，朕将拿你是问！"

　　蔡骧赶忙以头触地叩拜："微臣遵旨。微臣誓死效命陛下，定保娘娘此行一路平安！"

　　李世民道："你速去做好准备！"

　　待蔡骧起身退出耳房，李世民对曹娴道："爱妃此行，只由数十将士护卫在侧，恐多有不便，须有一侍女侍候在侧才好。"说到这里对门外道，"宣阮彝良！"

阮彝良进门跪下见礼。

李世民道："娘娘要自行至珍珠岛省亲，这附近可寻得到一相宜女子与娘娘相伴同往？"

阮彝良忙道："回陛下，微臣膝下有一小女，名芳儿，年已二八，人还算伶俐，现正住在蚕沙口，可随船侍候娘娘。"

李世民道："你速去唤来，请娘娘过目。"

芳儿很快被领到了曹娴面前。曹娴见她苗条身材，蛋形脸儿，衣着不甚华丽，却整洁合体，尤其生就了一双天然含笑的大眼睛，很是招人怜爱，当即点头同意让她随侍身旁。

漕船主船驶出蚕沙口渔港，驶到海面上。

主舱内，坐在太师椅上的曹娴见站在自己身边的芳儿显得有些拘谨，就抬手指一指旁边一把靠背木椅道："你也坐呀。"

芳儿脸一红："我，我不累。"

曹娴劝道："船行驶起来会摇晃，你会站立不稳的，坐吧。"

芳儿低身一礼："是。"这才在木椅上坐下。

曹娴道："你尚不知，我原本出身穷苦人家，比你出身还要低微许多呢，故此你莫要拘束。"

芳儿说一声"是"，心里却想，面前这高贵女人是至尊的皇妃呀，怎会出身于比自家还要低微的穷苦人家呢？正自想着，又听对方问道：

"芳儿，令尊在黄洛古城遗址驿站当值，你却住在蚕沙口，你们父女为何未曾住在一起呢？"

芳儿道："回娘娘话，家父原在蚕沙口官家栈房当值，其时家父家母与小女是住在一起的，前些时家父被调至黄洛古城遗址驿站当值，便与我们母女暂时分开了。家父说，待他那边安顿停当，便将我们母女接过去一同居住。"

曹娴又问："你常去看望令尊么？"

芳儿点头："小女想念家父之时，便乘船经滦水前去看望家父。"

曹娴感慨地说道："真羡慕你呀！还是你这样好，我自叹不如。"

芳儿一脸疑惑不解之色："娘娘说的哪里话？娘娘乃至尊无比的皇妃，小女我不过一寻常女子，娘娘怎会不如我呢？"

曹娴感慨而言："你可围绕父母膝下尽享儿女亲情天伦之乐，而我呢，与家父关山阻隔天各一方，四年多了，至今竟未能与家父见上一面。"

芳儿感到奇怪："为何不能见面？你可来看望令尊啊。"

曹娴叹一口气道："宫中规矩，后宫嫔妃不得随意外出啊。"

芳儿问道："那，你一定十分想念令尊吧？"

"是啊，即便在睡梦中都在想啊。"曹娴说到这里忘情地说道，"有多少回，睡梦中与家父相见，醒来方知是梦……"说着眼中已是泪光闪闪。

芳儿宽慰道："娘娘切莫忧伤，娘娘今日便可与令尊相见了。"

船开始摇晃起来。芳儿眉头微蹙，以手抚额。

曹娴十分关切地问道："怎么，你是否哪里不适？"

芳儿回答："我有些头晕。"

曹娴道："是晕船了，过去于卧榻上躺下歇息吧。"

芳儿轻轻摇头："谢娘娘关照，我在椅上靠一靠便可。"说罢靠在椅背上闭上了眼睛。

曹娴默然枯坐片刻之后，又想起三天前的夜间做的那个怪梦：她回到家中看望爹爹，却见爹爹飞了起来，通过屋顶飞向了天空。她喊爹爹，却喊不出声，就急忙跟着飞上了天空，竟怎么也追不上爹爹，心中一急，忽地醒来，方知是梦。她觉得这个梦做得甚是怪异，不由得心中生出隐隐的不安，可又想起那驿丞说得真真切切，爹爹仍在珍珠岛上，便又释然了。

她微微闭上双目，慢慢地，眼前出现了这样的一幕：

珍珠岛上，曹家草泥小屋前。

曹娴快步跨进家门，一见爹爹的面，便急急呼唤："爹爹！"

爹爹一见她的面，马上面现惊喜之色："娴儿！你回来了？"

此时杏儿姐姐从一旁过来，拉住她的手，半是惊喜半是嗔怪地说道："呀，小妹终于回来了！小妹到了皇上身边，便把姐姐忘了，这么久了也不来看姐姐一眼，也不怕姐姐想死你。"

爹爹则道："娴儿已是皇上的人了，便应多在皇上身边侍候，哪里能常回家呢？"

"起大风了！"一个男声忽从舱外传来。

曹娴闻声睁开眼睛，眼中泪水已莹莹而下。

漕船剧烈摇晃起来。

海面上，强劲的东北风一阵强过一阵狂呼而至，强风涌起一丈多高的巨浪，一浪接一浪地猛烈撞向船舷，漕船在狂风巨浪的冲击下剧烈地震颤摇晃着。漕船甲板上，侍卫中开始有人晕船了，翻肠倒胃地呕吐起来。风浪越来越大，晕船的侍卫越来越多，已在甲板上躺倒一片，就连刘师立也扑倒在地，一声接一声地呕吐起来。

曹娴走出舱门，对刘师立道："刘将军，快命众侍卫至舱内歇息。请刘将军至主舱内安歇。"

刘师立不肯，只和众侍卫一道跌跌撞撞地进了货舱。

曹娴站在甲板上，面对着汹涌呼啸的惊涛骇浪，不但毫无惧色，反而感到久违了的亲切，仿佛一下子又回到了几年前海上的风涛生涯中……

芳儿摇摇晃晃地来到曹娴身后："娘娘，外面太冷，请回舱内歇息吧。"

曹娴道："我不冷，想在外面站一会儿，你进去歇息吧。"

芳儿也不进舱，侍立在曹娴身旁。

曹娴久久伫立于甲板上，尽情呼吸着大海的气息，极目远眺海上万顷波涛。当目光于不经意间移到东南方向时，透过迷迷蒙蒙的水雾，忽见一条渔船在巨浪中时隐时现，一会儿被托上浪峰，一会儿被抛进浪谷，船上隐约可见三个晃动着的身影。显然因风浪太大，那船上的人已不能控制船的航向，只能任凭风浪摆布，若无他人施救，随时可能船覆人亡。此时身侧忽然传来一声呼唤：

"娘娘！"

曹娴扭头看去，见是蔡骧走了过来。

"外面风浪太大，娘娘衣服会被打湿的，请娘娘至舱内歇息。"蔡骧说这话时，微微前倾着身子，一副恭敬模样。

"蔡大人，你看！"曹娴抬手朝东南方向一指，"那渔船抗不住这险风恶浪，随时可能船覆人亡，我船应尽快前往施救，大人快去下令吧。"

"这……恕臣不能从命！"蔡骧肉眼泡往下一抹搭，面上再无任何表情，"那里风浪太大，我船若去施救，恐施救不成，反倒自身难保。为娘娘万安计，我船仍须径驶珍珠岛。"

曹娴望着那渔船又险些被一个大浪打翻，不禁十分焦急地说道："蔡大人，你我不能见死不救！"

蔡骧仍抹搭着肉眼泡冷冷而言："恕臣无能为力。"

"蔡大人，你好大胆！"刘师立匐匐着身子从货舱门口探出头来，强忍着呕吐道，"你竟敢违抗娘娘之命，你可知你犯的是抗命犯上之罪？"

蔡骧只扭过头稍稍撩起肉眼泡瞥了刘师立一眼，又把头扭过来，说道："刘大人，你当知道，下官乃此船主官，此船何往，当由下官做主！"

刘师立大怒，因晕船而变得灰白的脸色已涨得青紫："你狂妄！你如此恣意妄为，难道便不怕皇上治你忤逆之罪吗？"

蔡骥似是有恃无恐："下官所为，正是奉旨行事。临行之前，皇上曾诏命下官，定要确保娘娘安然往返，下官岂敢擅违圣命！"

此时，曹娴忽然发现那渔船在一道大浪排空而起的瞬间不见了踪影，心猛地一沉，再看时，见那渔船又浮出了水面，这才松了一口气，心想这蔡骥不仅见死不救，而且口中振振有词，不禁愤然道："蔡大人倒会抬出皇上诏命来做挡箭牌！可是你该知道，皇上并未授予你见死不救之权！你嘴上说此船径驶珍珠岛是为保本宫平安，实则是你自己贪生怕死罢！"

蔡骥听了这话身子微微一震，扭过头来正要说话，却听那边刘师立道："娘娘莫要与他多费口舌。"回过头去向着舱内道，"范全、贾成，你二人未曾晕船，本将军命你二人速去将那忤逆犯上的蔡骥拿下！"

舱内的范全和贾成说一声"遵命"，几步冲出舱门直奔蔡骥而去，不提防蔡骥"刷"一声抽出腰间佩剑，横在面前道："看你们谁敢动手！"

范全和贾成一下子停住脚步，也抽出各自的腰刀，与蔡骥对峙起来。

"反了！反了！"暴怒之中的刘师立想从地上站起身来，却一阵头晕，又扑倒在地，"大胆狗官，竟敢在娘娘面前挥舞兵刃，想造反么？"

蔡骥双眼肉眼泡急速地跳动着："下官乃朝廷命官，并不受你刘大人节制，你有何权拿我？若下官犯下对娘娘不敬之罪，待遵旨护送娘娘安然往返之后，下官自会向皇上请罪赴死！"

双方各持兵刃，在当地僵持起来。

芳儿被吓得紧紧依偎在曹娴身旁，不由自主抓着曹娴衣袂的手在不停地微微颤抖。

眼看着那边渔船岌岌可危的险情，却不能赶去施救，曹娴心中焦急万分，她的脑子在飞快地转动着：若想驾船赶去施救，就必须排除蔡骥这个障碍。那么，以武力将他制伏么？看他那身量举止，可知他定是武将出身，眼下刘师立及其手下卫士大都晕船，真要动起武来怕都占不了便宜。自己虽身怀绝技，但身体已十分虚弱，与他对阵怕也难占上风，何况船上还有他手下二十余名漕丁，大料会听命于他，一旦激起哗变，局面反将不可收拾。看他言语举动，只是要遵旨行事，并无反叛之意，这样也就还有回旋余地，因此，不如以静制动，以柔克刚，结果反倒可能好些，于是对那与蔡骥对峙着的范全和贾成道："你二人且退下！"

范全和贾成复将腰刀插入刀鞘，退回到了舱内。

蔡骧随后也将佩剑入鞘。

曹娴换上温和的口气对蔡骧道:"蔡大人,本宫以为,我们的漕船船体庞大,抗御风浪能力甚强,只要驾驭得当,驶向那边求助渔船,是不会有任何危险的。"

蔡骧显然已经意识到刚才自己在娘娘面前做出的举动有些过分了,此时见娘娘对自己的态度已缓和下来,也和缓了口气道:"娘娘久居深宫,哪里知道这海上风浪的凶险?那渔船漂流处,乃海中潜流所经之地,遇有这般天气,不仅水上风急浪高,且水下暗流汹涌,漩涡遍布,我船船体再大,驶向那里也难保无虞。再者,我船由此向东南方向行驶,属侧风行船,极易为风浪打翻,故臣宁获抗命不遵之罪,也不愿去做那行险之事。"

曹娴唇角撇出一丝冷笑:"蔡大人不要以为本宫不懂海事,本宫自小在这海边长大,亦曾有过于海上风浪中驾船之经历,凭本宫亲身体验可知,如此大船,只要操纵得法,即便驶至那风急浪高的海流汹涌处,也不会出事的。"

蔡骧听了这话,双眼肉眼泡突地向上一撩,就裸露出双眼中那坚硬如石的目光:"娘娘贵为皇妃,竟是在这海边长大的,又有过海上驾船经历?这……这……这不太过离奇了?恕微臣愚钝,倒听不懂娘娘的话了。"

曹娴正色道:"你以为离奇么?可这却是实情,你可知本宫此去珍珠岛所为何事?"

蔡骧摇摇头:"微臣不知。"

"本宫此去珍珠岛,是为看望家父,家父就住在珍珠岛上。"

蔡骧肉眼泡又往上一撩:"娘娘令尊大人住在珍珠岛上?微臣所率船队数日前自莱州驶来此地,曾为暂避风雪在那珍珠岛上逗留,见那岛上仅有一户人家,长者乃一渔夫,名曹富荣。"

"大胆!"一直匍匐于舱门口,因晕船而显得十分痛苦的刘师立听到蔡骧的话,强忍头晕喝道,"你竟敢直呼国丈大人名讳,真乃胆大包天!"

蔡骧一时怔住,投向曹娴的目光中满是惊愕之色:"那……那曹……那便是国丈大人?"

曹娴肃然点头。

蔡骧双腿一屈跪在甲板上:"微臣实是不知那于岛上居住的老人家便是国丈大人,当时国丈大人也未曾向微臣提起自己尊贵身份,故乞娘娘宽恕微臣因无知而冒渎娘娘与国丈大人之罪。"

"不知者无罪,你起来吧。"曹娴淡然说道,"好了,眼下那边遇险渔船情势万分危急，不容你我多说赘话，方才本宫提起岛上家父，只想让你明白，以本宫海上驾船经历，足可断定，我船前去搭救遇险渔船全然可行，故此请你速命舵手改变航向，向那边渔船靠拢！"

"这……"蔡骥拱手一礼道，"禀娘娘，方才微臣为避海上忌讳，未敢禀明我船曾于海上遇险实情，此时只好实话实说了。几日前臣率船队驶经此处海面，突遇与今日一样的险风恶浪，因初来乍到，航路不明，船队驶入那海流湍急处，其中一船被恶浪打翻，船上十一名漕丁全部落水，经别船全力施救，只救起七人，其余四人皆葬身海底。事后经询问当地渔家方知，凡遇东北暴风天气，那片海域便成航海禁区，若船舶误入其中，皆凶多吉少。至今我船队漕丁舵手一提起那日遭遇，仍为之变色，皆称那片海域为死亡之海，故而我船万不可驶向该处，望娘娘收回成命。"

曹娴耳听蔡骥述说，目光却一直未离开那边遇险渔船。随着漕船向西南推移，她忽然发现，那遇险渔船的南面，又出现两条渔船，正时隐时现于惊涛骇浪之中。此时天色将晚，如不尽早前往施救，一旦夜幕降临，再去救援将会难上加难。

"同胞已然危在旦夕，你我岂能见死不救！那片海域水情本宫再谙熟不过，待本宫亲自掌舵前去施救！"曹娴说着毅然转身向着船尾奔去。

蔡骥一时怔住，忽而醒悟："娘娘，这……这……不可……"

刘师立也忙睁开因晕船而紧闭的双眼，朝曹娴的背影喊："娘娘，不可！"

曹娴仿佛全然没有听到他俩的话，仍一步不停地向前走去。

正当此时，忽有一声大喊破空而至：

"慢着！"

随着喊声，一条汉子已从曹娴背后扑到曹娴近前，一伸手从船舱夹层中"刷"一声抽出一柄佩剑，将剑身一摆直指曹娴胸前，语声嘶哑而低沉："你若再走前一步，这利剑便要饮血了！"

曹娴一见此人面目，目光不由一跳："你？"

那边被这突如其来的一幕惊呆了的蔡骥迅即反应过来，冲着来人一声怒喝："邢焊，你好大胆！竟敢对娘娘以兵刃相胁，你是要让本官落个谋弑造反的死罪么？还不快快退下请罪受死！"

那邢焊却毫无退意，反倒对蔡骥道："大人，我是为大人您与船上众弟兄着想，若由着她将此船驶向那凶险海域，我等必将葬身海底。与其去送死，不如落个抗命不遵的罪名，倒还有生还之望！"

"住口！你给我退下！退下！"蔡骥本想抽出佩剑上前格挡邢焊，却因怕伤着娘娘，又将已抽出半截的剑身插回到剑鞘内。

那邢焯不仅一步未退，而且一双豹眼中已射出灼人的凶光。

此时身处险境的曹娴显得异常镇定，她目光定定地打量着邢焯面目："叛贼，是你？"

邢焯听了这话浑身一震，寒森森的话语便从齿缝间流泻而出："既然你还认识我，那便莫怪我手下无情了！"话音未落，一抖手腕朝着曹娴心窝一剑刺来。

此时的曹娴身体虽已十分虚弱，却仍有武功在身，在对方一剑刺来的一刹那猛一闪身，刚好躲过了对方这一剑。

邢焯一剑刺空，身子往前一冲，其一条腿却被强忍头晕咬牙拼力爬过来的刘师立死死抱住，他整个身子便一下子扑倒在地。

蔡骧急步上前一脚踏在邢焯后背上，怒道："你这狂徒，竟敢行刺娘娘，已是罪不容诛！你虽有恩于本官，本官岂可因私废公，本官这便亲手杀了你！"说着"唰"一声抽出佩剑向上一举，忽听曹娴一声高喊：

"慢！"

蔡骧举起的佩剑一下子停在半空："怎么？娘娘……"

曹娴道："大人你若杀了他，灭了口，你谋弑的罪名便永远也洗刷不掉了。"

蔡骧一愣，旋即道："娘娘说的是，要留他活口。来人！取绳子来，把他绑了！"

马上有漕丁拿来了绳子，范全和贾成也已过来，三下两下就把邢焯双臂捆了个结结实实。

蔡骧满脸肌肉都在颤动："邢焯，本官好心留你在船上，你却行刺娘娘，置我于大逆不道之绝境，你为何如此行事？"

邢焯从鼻腔里冷哼一声，抬起豹眼恨恨地看曹娴一眼："四年之前于终南山中，她坏我复仇大事；一年之前于御苑西海池中，她又坏我复仇夙愿，且她将我拿住，致我险些丢了性命；在辽东，我本欲于赚取她之后以之为饵杀死仇人，却被她轻易破解；昨日在蚕沙口海神庙内，我本可将仇人一剑封喉，又是她横插一手，令我功亏一篑。今日相见，我岂能放过她！只可惜，我未能如愿，此乃天不助我，天不助我呀。"说到这里痛苦地闭上了眼睛。

蔡骧一时大骇，看看邢焯，又看看曹娴："原来……原来娘娘与他早便认识，还……还……这究竟是怎么回事啊？"

曹娴冷眼看看邢焯："果然是你！"转对蔡骧道，"如此人所言，四年之前，皇上携本宫至终南山中秋狝，突遇一伙叛贼谋弑，一叛贼暗中张弓搭箭欲射杀皇上，被本宫一剑将其弓箭砍断，他人却于本宫剑下脱逃，那叛贼便是此人；一年之前，本宫随侍皇上于御苑西海池游湖之时，突遭一伙扮作乐师的刺客行刺，那些刺客大部被皇上与御前卫士所斩杀，其中一名刺客欲跳水逃遁，被本宫拿住，该刺客又是此人；在辽东新安城下，本宫与东昱女子比武之时，此人暗结我军中内鬼在本宫战马上做手脚，以致战马失蹄倒卧，此人与其同伙扮作唐军将士上前将本宫用绳索捆住，图谋于皇上上前解救本宫之时射杀皇上，被本宫以硬功崩断绳索反手杀他个措手不及，迫其狼狈而逃；昨日本宫随皇上至蚕沙口海神庙进香祈祷，一刺客自海神塑像后闪身出来挺剑行刺皇上，被本宫以香炉还击，破了他这一剑，那刺客亦是此人。其左半边脸上的疤痕，正是本宫以剑挑他蒙面黑布之时挑伤他面皮后落下的痕迹。"

蔡骧听了曹娴的话，一低身子"扑通"一声跪到甲板上："原来邢焯他早便是谋弑叛贼，微臣对此却是毫无所知，私自允他上了此船，以致招来谋弑大祸，请娘娘治微臣死罪。"

曹娴莹莹目光冷若冰水："蔡大人，本宫问你，这叛贼是如何潜入此船的？"

蔡骧额上已冒出一层冷汗，连连磕头不止："微臣罪不容赦！这邢焯，曾对微臣有过救妻之恩。微臣长年漂流海上，无暇照管莱州家中妻儿。两年前莱州庙会之日，贱妻任氏去寺中进香，突遭一伙强人劫持，幸遇至庙会上游玩的邢焯一行将强人击退，救下微臣贱妻，自此微臣便与之结为至交，对他叛贼底细微臣却是毫无所知。前日辰时他突至滦水船坞内造访微臣，说是赶来此地采买一批货物。今日一早又来蚕沙口码头上拜访微臣，得知微臣要恭送娘娘至珍珠岛，他便要随船观赏海上风光，微臣不知他潜谋行刺娘娘，便私自应允了，又未察觉他将兵刃暗藏于船舱夹层内，以致酿成他谋弑之举。微臣犯下如此滔天大罪，甘愿领罪伏诛。"说罢，一个劲磕头不止，额上已磕得一片血污。

此时的曹娴，面色苍白，满目惊晕，强压住心中巨大的不安，语声平静地对邢焯道："叛贼，你究竟是何人，为何要屡屡谋弑皇上与本宫？"

邢焯冷笑一声："事已至此，我知我将必死无疑，也无任何可隐瞒的了，便对你等实言相告吧。我便是本朝隐太子的亲生儿子，姓李名承焯。当年玄武门之变，我因未在京师，得以幸免于难。那一场血腥屠戮，当今皇上杀我全家，夺我父位，与我结下不共戴天之血海深仇。多年来我隐姓埋名，广交天下豪杰，誓报杀父之仇。此前几番行刺几欲得手，却要么天不作美，要么为你所阻。今日原本指望你与你的皇上同乘此船前往那珍珠岛上省亲，若此，不啻天赐我复仇之绝佳时机，却不料他未曾成行，岂非憾事！如此一来，我只能退而求其次，先杀了你，迫使蔡大人一起反了，再图行刺你那皇上，却不料仍是未能如愿，此乃天不助我，苍天无眼，苍天不公啊。"说到这里，已是泪如雨下……

这一句句话语，如一声声晴天霹雳，轰然炸响在曹娴耳畔，令她心中莫名惊骇，却又自始至终无一时一刻不在想着那边海上遇险渔民，时间已不容许她再有一丝一毫的耽搁，她对站立一旁的范全和贾成说一句"你二人好生看住此贼"，便拔腿快步向着船尾走去。

"娘娘，娘娘不可。"蔡骥急忙跟过去，"待罪臣命那——"他话没说完，忽听身后"扑通"一声响，急回头看时，已不见了邢焯身影，急问愣在那里的范全和贾成，"那叛贼哪里去了？"

范全和贾成一起慌慌地回答："他跳海了。"

蔡骥大怒："尔等该死！还不快快打捞！"又朝前面不远处的众漕丁喊道，"快将跳海的叛贼打捞上来！"说着话一步跨到船舷边向海面上望去。

众漕丁也一起聚到船舷边向海面上张望，只见海面上波涛翻卷，哪里还能见到那邢焯的一点点影子。蔡骥无奈，又急忙返身向着船尾奔去。

此时，曹娴已走到船尾手握舵杆的舵手身边："这位船家老大，请把舵杆给我！"

舵手是一位四十开外的汉子，闻声扭头一见曹娴，忽然愣住。

"请把舵杆给我！"曹娴又重复一句，双手一伸已握住舵杆。

舵手仍没放手，只把目光移向随后跟过来的蔡骥。

蔡骥肉眼泡急速抖动两下："娘娘，这，这如何使得……"

曹娴面目凝霜："怎么，蔡大人，你想抗命到底么？"

蔡骥面上一噤，只得对舵手道："你且放手，让娘娘掌舵吧。"

舵手这才松开了握着舵杆的手。

蔡骥又道："禀娘娘，那叛贼李承焯趁人不备跳海了。臣急命众漕丁快快打捞，海面上却已不见他踪影。如此大风大浪，他又被缚着双臂，料他已被淹死了。"

曹娴心知此事已无可挽回，想来李承焯这样，也许是他最好的结局，不如此，他的下场也只会是刀下一死，因此没再言语。

见曹娴不再说话，只是紧张操舵，又见舵手还在旁边呆站着，蔡骥忽然想起什么，遂对舵手道："你莫走，暂莫离开此处。"

曹娴知道蔡骥这是对自己不放心。心想，这样也好。自己做出亲掌船舵的决定，只是为情势所迫，实则心中并无十成把握。在做出这个决定之前，她并非全无一点犹豫，以前她毕竟只掌过渔船船舵，像这么大的漕船船舵，她还从未掌控过，不过她想，自己有熟练掌控渔船船舵的功夫，只要用心体会，这大船船舵自己定然也能掌控得好。果然，没用多长时间，她就体会出了操纵舵杆调控漕船航向所需的幅度和力道，手感越来越好。为防漕船向东南方向行驶时风浪从侧方直冲船身，她操纵舵杆适时变换航向，让漕船以"之"字形航线快速向着渔船靠近。

站立一旁的蔡骥和舵手一时看得呆了。

曹娴目视漕船前方肃然道："你们二人何须久站于此？蔡大人，你当过去率手下众人做好营救遇险渔民的准备！"

蔡骥这才如梦初醒，说一声"遵命"，又向那舵手递个眼色，二人一前一后往前面去了。

一直站在附近目视着这一切的芳儿这才来到曹娴身边，说道："娘娘，奴婢想帮您摇，可奴婢不会。"

曹娴微微一笑道："你去舱内歇着吧，这里不用你。"

漕船距渔船越来越近，风浪也越来越大。在风浪冲击下，漕船剧烈颠簸摇摆着艰难行进。

芳儿晕船又加重了。曹娴命她速去舱内歇息，她只得迈着跟跟跄跄的步子回到了舱中。

曹娴紧握舵杆，不断调控变换着漕船航向，向着渔船靠近。一个接一个的大浪，像有意与一大一小两条船为难一般，每当两船将要靠拢时便轰然而至，将两船远远抛开。经过一次又一次的努力，当两船又渐渐靠拢时，渔船上的渔民终于抓住了漕丁从漕船上递下来的船篙，使两船靠拢在一起，众漕丁纷纷伸出援手，将三位渔民拽上了漕船。

又一个大浪轰然而至，将渔船掀翻，继而沉入水中，那被渔民拖上漕船的渔船缆绳随之从渔民手中脱出，随渔船隐入水中……

曹娴又紧握舵杆，调控漕船航向，向着已被风浪挟至南面一里之外的另一条渔船驶去。

此时的她，已是香汗涔涔，娇喘吁吁，原本苍白的双颊浮上两朵红晕，身体本已十分虚弱的她，为在风浪中掌好舵杆，已透支了过多的体力。

但，她仍在坚持。

面对着异常凶猛的风浪，又经过一番惊心动魄的较量，漕船终于又与渔船靠拢在一起，渔船上的两名渔民一起被救上了漕船，渔船也被拖在了漕船尾部。

漕船又一次调正航向，向着漂流得更远的第三条渔船艰难驶去。此时的曹娴，已是气喘急促，冷汗淋漓，颊上红晕已经褪去，面色变得犹如冷月般煞白。极度的疲惫，使她几难自持。

但，她依然咬紧牙关在坚持。

漕船终于又靠近渔船了。

突然，又一个滔天巨浪排山倒海般涌来，将漕船高高托起，又倏然退去，将漕船摔入浪谷，船身某处发出"咯吱咯吱"的响声，再看那渔船，已被巨浪打翻，船上三人均已落水。

"娘娘！"蔡骧跟跟跄跄奔到船尾，神色惊惶地说道，"海上风浪太大，我船颠簸甚剧，舱底两块船板松动，舱内已经进水，工匠正在抢修。若再于此处耽搁下去，这船恐……恐……"

"莫再……多言！救人……要紧……快去！"曹娴于气喘吁吁中，几乎用自己整个生命喊出了这几个字。

望着曹娴冷如玄冰的目光，蔡骧心中一寒，赶忙答应一声，急急转身去了。

终年漂流在海上的渔民，个个都练就了一身好水性。三名落水渔民就是凭着这样的好水性，在狂风巨浪中拼命向着漕船游来，最后一个一个地被救上了漕船。

直到漕船驶出海流湍急处，曹娴才被漕船舵手从舵位上换了下来。疲惫已极的她，几乎难以站立，更难以移步，但面对着众漕丁，她在心中一遍又一遍地提醒自己："稳住，定要稳住！"她扶着船舱外壁，竭尽全力迈动沉重如山的双腿，一步一步地走进了主舱，靠坐在太师椅上。

"娘娘……"因晕船而趴卧榻上的芳儿强挣起身子唤道。

"哦……我……乏了，想……歇息片刻。"曹娴勉强从齿缝间说出这几个字。

"娘娘，请到榻上歇息吧。"芳儿摇晃着身子过来道。

曹娴再无回应，已昏然睡去，实则进入了半昏迷的状态……

一个时辰之后，海上风浪渐小，天色渐晚。

漕船缓缓驶抵珍珠岛岸边。蔡骧从船尾处往前面走来，迎面遇见了从对面走来的刘师立。刘师立回头对跟在身后的范全、贾成等四名侍卫使个眼色，四名侍卫飞步上前把毫无防备的蔡骧一下子摁倒在地。

蔡骧极力挣扎："放开我！放开我！"

刘师立厉声道："把这抗命不遵的罪臣绑了！"

蔡骧挣扎着说道："姓刘的，我乃朝廷命官，你有何权拿我？"

四名侍卫已用事先备好的绳索把蔡骧绑了个结结实实。

刘师立怒道："你违抗娘娘口谕，拒不前往营救遇险渔船，迫使娘娘亲掌船舵前往营救，已犯下抗命不遵之死罪！"转对侍卫道，"把他押到岸上严加看管，待回航之后交与皇上发落！"

四名侍卫拖拽着蔡骧经过跳板，向岸上走去。

漕船主舱内，桌上已点亮蜡烛。烛光下，靠在太师椅上的曹娴，身上盖着一床毡被，仍在昏睡。船身一颠，曹娴慢慢睁开眼睛，烛光下，见自己身上盖着一床毡被，一时竟不知此时自己身处何处，稍稍侧头，见了斜倚在卧榻上的芳儿，这才忆起此前的一切。

芳儿急起身道："娘娘醒了？"

曹娴感觉船身在微微晃动，知道船已停了，问道："此刻是什么时候，船到了何处？"

她说这话用了很大的力气，发出的声音却仍十分微弱。

芳儿道："此刻已是夜晚，船已到了珍珠岛岸边了。"

曹娴胸中顿起波澜：到家了，到家了，终于到家了！就要见到爹爹了！她欠一下身子，想站起来，身子却纹丝未动，才觉出浑身酸软得没有了一丝力气，心中不免一阵惶急：自己这个样子，怎么去见爹爹呢？她稳定一下心神，想着，再歇息一会儿，也许能恢复一些体力，到那时再去见爹爹也不为迟，忽又想到了那被救的渔民，就以微弱的声音对芳儿道："你大声问，外面有人吗？"

芳儿遂对着舱门外高声道："娘娘问，外面有人吗？"

随着舱门被打开，刘师立走进了船舱，只见他面色微暗，步态尚有些不稳，显然还没有从眩晕的状态中完全恢复过来。他走近两步拱手道："娘娘一路劳顿，此时感觉可好？"

曹娴轻轻点头："刘将军免礼。"

刘师立又道："禀娘娘，此时船已到珍珠岛岸边，侍卫们正在岸上架设军帐，埋锅造饭，娘娘乘坐的步辇也已备好，娘娘这便要上岛去看望国丈大人么？"

曹娴道："不急，你去唤两位落水获救的渔民来舱内，本宫要问话。"

刘师立出去之后，曹娴让芳儿把自己身上的毡被取了下来。

两名渔民很快被传到了舱中，显然他们已被刘师立告知，他们将要见的娘娘就

859

是他们的救命恩人,所以一进舱就双双跪在地上,齐声道:"小人参见娘娘,谢娘娘救命大恩!"

曹娴道:"你们都起来吧。"

两名渔民起身,低头站立一旁,不敢正视面前的娘娘一眼。

曹娴见他们两人年纪轻轻,自己以前在海上打鱼时均未曾见到过,遂问道:"请问二位尊姓大名,都是哪里人?"

年纪稍长的一位渔民回答:"我叫常贵,他叫常发,我们都是左近沿海一带的渔家子弟。"

曹娴又问:"你们在海上遇险之时,已近傍晚时分,按常规,那时早已返航回港了,可你们为何仍逗留在海上呢?"

又是那年纪稍长的渔民回答:"娘娘说的是,若在以往,那时我等早已回港了。只因近几日东面下庄镇一姜姓豪富人家为老夫人禳灾祈福建鱼骨庙,以高于市价的价钱大量收购海鱼,我等打完鱼又去那里送鱼,返航便比往常晚了近一个时辰,偏今日又遇上了偌大风浪,船被刮到那海流湍急处,幸蒙娘娘施救,方捡回数条性命,故而娘娘救命大恩,我等永志不忘!"

"你们共去了几条船?"

"共是八条。"

"另外那五条船现在何处?"

"那五条船去得比我们的船还晚些,又为风浪所阻,如无意外,恐此时还在海上呢。"

"外面天可放晴了?"

"还没有。"

曹娴眉睫一抖,本已有些失神的目光更显深幽:"此时海上风浪虽已见小,但天仍阴着,不见星月,海上无以辨别方向,那些滞留海上的渔船会迷航啊。"

两位渔民几乎同声道:"是啊,我等正在为此担忧呢。"

曹娴想想道:"你们去吧,让方才唤你们的那位将军到这舱内来。"

两位渔民应声出去后,刘师立很快进来了。

曹娴道:"刘将军,军帐架好以后,让遇险渔民皆入帐歇息。"

刘师立拱手说是。

曹娴又道:"眼下仍有五条渔船被风浪阻于海上,你去命随船工匠,从速打制一只能容下四五只大蜡烛的灯笼龙骨,周遭覆以白缣,点燃蜡烛后以船篙悬于岛上最高处，为海上迷航渔船导航。如有渔船讯息，速来告我。"

刘师立应声出舱操办去了。

此时曹娴忽觉自己一阵阵发冷，浑身颤抖，牙齿打战，口渴难耐。

芳儿发觉她有些异样，关切地问道："娘娘怎么了，身体可是不适？"

曹娴声音颤颤地说道："我身上……有些冷，你再把那毡被……给我盖上，再去大军造饭处……取些开水来。"

芳儿急忙拿过毡被盖在曹娴身上，又四下找能盛水的器物，见舱壁上挂着一只水葫芦，赶忙取下去岸上灶头灌来了开水。

曹娴喝了几小口开水，觉得身上好受了些，只是仍一阵阵发冷。

此时忽听外面传来嘈杂的人声：

一个声音道："亏得有岛上那灯笼导航，不然我等不知会漂到什么地方去呢。"

另一个声音道："可不是么，是何人积德行善，在岛上高高挂起了灯笼？"

"各位船家都听我说，"是刘师立的声音，"我等将士乃当今圣上亲率的东征大军，皇妃娘娘也侍驾军中，岛上为你们导航的那特大灯笼，便是皇妃娘娘命工匠打制并挂上去的，是皇妃娘娘救了你们！"

"皇妃娘娘真是我们的大救星活菩萨呀。看你像个当官的，就请你代我等向皇妃娘娘致谢，就说我等一辈子也忘不了娘娘的大恩大德！"

曹娴听了这话心中一震：这声音听来好耳熟！想想，这不是小时常与自己在一起玩耍的大虎哥的声音么？

正自想着，刘师立进舱来报："禀娘娘，有岛上挂上去的特大灯笼导航，海上那五条渔船皆已驶来岛边靠岸了。他们托微臣代他们向娘娘致谢呢。"

曹娴尽力忍住牙齿打战，说道："烦将军去问一声，他们当中……可有叫王大虎的？若有，请他进来。"

刘师立出去不一会儿，就又听他在舱外道："这里便是。"

舱门开处，进来一位年轻汉子，进门就屈身跪下："小人拜见皇妃娘娘，谢娘娘相救大恩。"

曹娴心中涌起一阵热流，原本微弱的声音已变了音色："快起来，大虎哥，你……不认识我了？"

王大虎闻言，下意识地把头抬起看向曹娴，又忙把头低下："你……不，小人原不认识娘娘。"

曹娴的心倏然一阵紧缩："我是……娴儿啊。"

861

王大虎猛然抬头，双眸中充满惊异神色："你……你是娴儿妹妹？"

"是啊。"曹娴在脸上努力做出一个微笑。

王大虎一时语无伦次："这……你……不，娘娘……"

曹娴脸上笑容顿消，却有丝丝苦痛浮上眼角："大虎哥，你莫要……叫我娘娘，就叫娴儿。"

"这……"

"就叫娴儿，大虎哥，你快快……起来。"

王大虎这才站起身来。

曹娴费力地扭头朝放在一旁的木椅看看："大虎哥，你坐。"

一直站立于木椅边看着这一切的芳儿赶忙离开木椅，对王大虎道："请坐。"

王大虎下意识地看芳儿一眼，慌慌地推辞："不，我不坐，我不累。"

曹娴不再勉强让座，脸上浮上一丝苦笑："大虎哥，你怎就……不认识我了，我……变了么？"

王大虎这才认真端详曹娴："几年不见，你瘦了，也……气色也……你是不是病了？"

曹娴自知自己眼下这副模样，已无法再加掩饰，只得说道："连日奔波，受了一点……风寒，无大碍的。"接着岔开话题，"想不到，我们……在这里见了面。"

"是啊，早便听说你进了皇宫，做了娘娘，方才又听那军官说，皇妃娘娘侍驾东征来到这里，为我们点起导航的灯笼，想不到竟然是你。"

"你……还好么？你家叔叔婶婶也都好么？"曹娴自觉身上越来越冷，强忍着浑身颤抖，说出每一个字，都要付出极大努力。

"都好，都好。"王大虎连连点头。他虽已觉察出曹娴神情言语有些异样，但因猝然与她相遇，心神还处在懵懵懂懂之中，且一时还不知她的底细，所以还顾不得往深里去想，倒是想起了另一件事，于是问道："你们怎么此时到这岛上来？是来……"他把后半截话咽了回去。

曹娴则因病痛折磨，没能顾到对方神情的微妙变化，只说道："你大伯他……住在这岛上，你能……常见到他么？他……还好么？"

王大虎目光一噤，吞吞吐吐道："大伯他……他……你……"

"他……怎么了？"

"他……"

"他怎么了？你说呀！"曹娴眉睫急速地抖动起来，浑身一阵一阵紧缩，一种不祥之感已袭上心头。

"大伯他……已不在人世了。"王大虎不得不实话实说。

"什么？你说……什么？"曹娴倏然瞪大眼睛，厉厉惊颤的光色瞬间盈满眼池。

"大伯他三日前突患重病，请来郎中医治，却不管用……"

"爹爹——"曹娴突然呻唤一声，紧闭了双目，莹莹泪水簌簌而下……

王大虎一时慌了神，急劝道："娴儿，娴儿……你可要挺住啊……"

"娘娘，娘娘……"芳儿也跟着哭出了声。

少顷，曹娴收住眼泪，微微睁开水雾迷蒙的双眼，看着王大虎道："杏儿姐姐一家……还在岛上么？"

王大虎回答："她一家已搬回龙河湾老家去住了。"

曹娴眼泪又簌簌而下："爹爹他……葬在……何处？"

王大虎道："葬在了这海岛上。"

曹娴泪眼微凝："葬在了……岛上？"

"大伯于弥留之际，说……说你是自海上往南去了皇宫的，总有一日你会回来，婉儿妹妹是往北去了营州的，总有一日也会回来，他要在这岛上等你们姐妹二人回来，待你们姐妹回来之后，他再移柩至老家那边与伯母并穴而葬。故此伯父故去后，便葬在了这岛的最高处。"

曹娴泪如泉涌，泣不成声："我……要……去看……爹爹。"说着就要起身，却无力站起。

芳儿见状，赶忙过来搀扶，却仍搀不起来。

王大虎在一旁一时慌得手足无措。

曹娴稍稍止住喘息："大虎……哥，扶我起来。"

王大虎这才伸出双手来搀曹娴，与芳儿一边一个把曹娴搀了起来，慢慢搀出船舱，又慢慢搀过跳板。

正在岛上安顿获救渔民进帐休息的刘师立闻讯赶来，急急说道："快！快扶娘娘乘辇而行！"

四名侍卫抬着步辇，由王大虎在前引领，行进到海岛最高处曹富荣墓前停下。

曹娴由王大虎和芳儿搀下步辇，瘫倒般跪伏在父亲墓碑前，语声凄楚哀绝："爹爹……您……不孝的……女儿……看您……来了，女儿……来得……迟了……来得……迟——"语声突断，人已晕厥过去……

"娘娘！娘娘……"芳儿一声声哭唤着，把曹娴抱在自己怀里。

"娴儿，你醒醒！你醒醒……"王大虎也在一声接一声地呼唤着。

"快！快传军医！"刘师立大声命令手下侍卫。

军医来了，在灯笼光照下，用银针扎着曹娴的人中穴。

过了好一阵，曹娴才苏醒过来，还没容在场的人们松一口气，竟又一口一口呕起了鲜血。

在场众人顿时惊作一团。

刘师立厉声喝令军医："方军医！快快抢救娘娘，若抢救不力，我斩了你！"

那方军医一时吓得面如土色，面对着呕血的曹娴，却束手无策。

少顷，曹娴停住呕血，却又晕厥过去。

刘师立声嘶力竭地吼叫："快！将娘娘抬上步辇，速送军帐之内！"

王大虎和芳儿把曹娴抬上步辇，四名侍卫抬起步辇疾步向着军帐走去。

紧随其后的刘师立朝着方军医咆哮："方军医！娘娘若有不测，你将被立斩此岛！"

曹娴被抬入军帐内的行军床上。

方军医使尽浑身解数紧急施救，曹娴却仍双目紧闭，人事不省……

刘师立急步出帐，亲自挑选十名心腹侍卫，命令："如今娘娘危在旦夕，兹命你等尽心押解漕船，连夜尽速返回大军驻扎营地，向陛下奏报娘娘病危讯息，不得有误！"

情急万分的他，却没忽略一个细节：让那些获救渔民上船，替下同样数量的漕丁，一者那些渔民个个都是驾船高手，二者他们谙熟海路，更重要的是防备蔡骥麾下那些漕丁中途生变。

说来也怪，海上白天刮的是东北风，到了夜晚风向突变，竟刮起了南风。

沉沉夜色下，漕船张满风帆驶离珍珠岛，向着蚕沙口河口方向疾驶而去……

第五十章
循天意香魂归故里　顺民心圣主筑殿堂

次日午前，一溜二十余条漕船鱼贯驰出蚕沙口河口，浩浩荡荡向着珍珠岛驶来。

为首的主船最先驶到岛边，船上舱门开处，走出一高大俊挺的身影，正是当朝天子李世民。只见他目光沉峻，面颊凝霜，几步跨到岛上，匆匆脚步荡起阵阵沙尘。长孙无忌、李世勣、杨师道、李道宗等一班重臣和蔺太医个个脚步匆匆，紧随其后走上沙岛。

岛上士卒纷纷闪到两侧跪伏于地。

闻声出帐接驾的刘师立急趋步跪拜："微臣拜见陛下。"

李世民稍稍放慢脚步，目光凌厉地看他一眼："娘娘现在何处？"

刘师立目光一噤，急抬手朝身后军帐一指："娘娘在这军帐之内。"

李世民疾步进帐，长孙无忌等几位重臣和蔺太医则在军帐外停住脚步。

军帐内，正捧着鎏金雕花梳妆盒站在行军床边的芳儿，乍一见到一步跨进帐内的君王，慌慌地闪到一边跪下。

李世民几步奔到床边俯下身子，异常沉峻的目光已化作春水般的温暖爱怜，只见心爱的人儿已然醒来，却是面色雪白，唇无血色，曾经玉致流波的剪水双瞳再无往日润华，不禁垂泪道："爱妃行前虽有些虚弱，却并无大碍，怎么只过了一日，便变成了这般模样？"

"陛下……"一声轻唤，恋恋目光投向君王，唇角弯出浅浅微笑。

李世民向帐外高声道："蔺太医，速来为娘娘诊脉！"

蔺太医急步进帐，跪到床边，为曹娴诊脉。俄尔，缓缓起身，神色惶然地看李世民一眼，又赶忙把头低下，嘴唇嚅动两下，却说不出话来。

李世民见状,脸色一沉,却也不说话,只拨腿快步走出军帐。

帐外几位重臣,一见走出帐外的君王阴着脸色,尽都低下头去,不敢言声。

李世民目光利刃般刺向跟出帐外的蔺太医,压低声音问道:"娘娘病情如何?"

蔺太医惶惶地一低身子跪下:"回陛下,微臣回天乏术,娘娘恐……恐挨不过今日了。"

"什么?你说什么?"李世民声音虽低,但却厉厉震心。

蔺太医把头俯得更低:"娘娘心力交瘁,元气尽耗,已……已……"

"胡说!"李世民断然低吼,"娘娘虽面色欠华,但神志尚可,怎便是元气耗尽了呢?"

蔺太医声音颤颤地说道:"是娘娘见了陛下,心中甚慰,神气方好些,实则……实则……"

他不敢说出"回光返照"这几个字。

"哼!"李世民冷哼一声,不再理他,又急步奔入帐内,见芳儿还捧着梳妆盒站在一边,就温和地说道:"你下去吧。"见芳儿捧着梳妆盒往外走,又道,"把梳妆盒留下。"

芳儿回身过来,小心翼翼地把梳妆盒放在床前案几上,然后退了出去。

李世民俯身握住曹娴微凉的玉手,眼中已有泪光闪闪:"爱妃此时感觉如何?"

曹娴眼中亦有泪花绽出,声音轻得如飘缈淡云:"陛下,臣妾再不能侍候陛下——"

"不!朕不要你这样说!"李世民断然截住她的话头。

曹娴却仍缓缓说下去:"陛下待臣妾恩深似海,臣妾本该陪侍陛下于千秋的,怎奈臣妾命薄,已熬不过今日了。臣妾不得报陛下深恩于万一,但求来世再报了。"

李世民听了这话,心中不由一阵酸涩:"爱妃何出此言?爱妃所患不过小恙,略作将养,即可痊愈的。朕尚待爱妃愈后一同班师,再偕伉俪呢,朕不可一日没有爱妃,望爱妃勿再谬想。"

曹娴惨然一笑:"臣妾亦不愿别陛下而去,但臣妾命该如此,已非人力所能挽了。臣妾此一去,本当先以狗马侍于园寝,却不料殁于此岛,岂非天意?乞陛下于臣妾殁后,将臣妾骸骨就地掩埋……"

李世民目光一颤:"爱妃说的哪里话?即若爱妃不测于万一,亦当移柩昭陵[1],岂可葬于这僻远海岛之上?"

---

[1] 昭陵系李世民的陵墓。

"陛下且听臣妾一言。臣妾所求,不只是臣妾一己之愿,乃天意如此。臣妾生于与这海岛隔海相望的海边,幼时随家父出海打鱼,突遇特大风浪,几无生还之望,却被一巨浪抛至此岛之上,方得生还,故此岛乃臣妾重生之地,其后臣妾与家父又于此岛居住,臣妾生于此岛,长于此岛,今又殁于此岛,是以臣妾生是此岛人,死亦此岛魂,臣妾与此岛已结下不解之缘。"说到这里,曹娴已是娇喘吁吁。

"这……"李世民虽然听曹娴说得有理,但仍觉事情来得甚是突然。

待喘息平稳了些,曹娴轻声诵道:"'鸟飞反故乡兮,狐死必首丘'[1]……"

"'鸟飞反故乡兮,狐死必首丘'",李世民复诵一遍,之后说道,"如朕未记错的话,前面还有两句是:'羌灵魂之欲归兮,何须臾而忘反!'爱妃是说,叶落归根,鸟兽尚且如此,何况是人呢?"

曹娴点点头。

李世民沉思有顷,然后说道:"好吧,朕尊重爱妃心愿,便依你。"

曹娴清丽面庞立刻绽放出灿烂的微笑:"谢陛下厚爱。"

李世民却笑不上来,胸腔中一股酸热之气直冲喉间,两行清泪,已自双颊潸然而下。

"陛下切莫过于伤怀,臣妾此生能随侍陛下身旁,自知福分匪浅,已是死而无憾了。"曹娴说着,想抬手为君王擦去脸上的泪水,手却被君王紧紧握着不能动,遂说道,"陛下,请扶臣妾起来小坐片刻。"

李世民把她轻轻扶起,又顺势揽在自己怀中。曹娴努力抬起手来为君王擦拭着双颊上的泪水,李世民抬手把她的手按在自己唇上,深深地吻着。

此时此刻,曹娴本来苍白的容颜竟变得无比靓丽:那盈盈秀睫,含烟笼翠;那剪水秋瞳,脉脉流波;那娇艳欲滴的面庞,犹如含露润雨的牡丹,更似风华流淌的夜莲……

见君王默然凝视着自己,曹娴赧然一笑:"臣妾此时甚是难看,是么?"

李世民含泪摇头:"不!爱妃之美,倾国倾城,普天之下无人能敌!"想想,又道,"先皇后在时,朕曾向她学过描妆,方才朕命芳儿将妆盒留下,便是要为爱妃描妆的,此时想来,那些脂粉铅华,怎配得上爱妃天然清纯模样?恐还将玷污了爱妃的洁玉之颜呢。"

曹娴又是嫣然一笑,将面颊紧贴在君王宽厚的胸膛上,心中盈满幸福之感……

---

[1] 语出屈原《哀郢》。反,同"返"。首丘,头向山丘。相传狐在死时还头向山丘,以示不忘出生之地。

少顷，曹娴轻声道："陛下，臣妾此生别无他求，只有两件事托于陛下。"

"爱妃请讲。"

"臣妾家父已于四日前故去，暂葬于此岛之上。今臣妾遵从家父遗愿，托陛下命人将家父遗骨移至老家龙王庙安葬。"

李世民点头道："老国丈辞世之事，朕已听人讲了，朕便依你之言，命人将老国丈遗骨移葬故里。还有呢？"

曹娴又喃喃道："此去北面百步之外有一石碑，臣妾殁后，请将臣妾遗骨葬于……那石碑之下。"

李世民听了这话，目光一跳，诧异道："石碑？什么石碑？"

曹娴从枕边拿过一只玲珑金锁，说道："臣妾项上所佩金锁，臣妾今已打开，其中白绢上之文字与石碑碑文毫无二致，陛下可验看。"

李世民接过金锁，打开，取出其中一小块白绢，念上面的两行小字："颛顼后世媛，大野宗门妇。"念完转对曹娴道，"爱姬，爱姬……"

对方再无回应。

李世民低头看时，只见怀中女子双目已闭，颜面笑容依旧，娇艳如常……

李世民轻轻动作，让女子安卧榻上，然后在榻旁久久地，久久地默然而立……

红石滩海上邂逅、山旁梅林唱和、黑风口拒盗、碧水潭泛舟倩影……一幕幕往事奔来君王眼底，皆如发生在昨天一般，却又都已那么遥远，而且，一切都一去不再复返……心已空，泪已干，唯有默然祷念："一路走好，朕之最爱……"

不知过了多久，守候在帐外的几位大臣见君王面色幽沉步履缓重地走出军帐，忙都低身跪下，只跪在最前面的长孙无忌抬头问道："陛下，娘娘贵恙可好些？"

李世民并不回答，却道："长孙卿，朕命你统领众臣备办娘娘葬仪诸事。"

长孙无忌脸色立刻一变，惊愕地说道："这……娘娘她……"

"娘娘已然宾天了。"李世民声音低沉地说过这句话，马上拔腿绕过军帐，步履沉重地向北走去。

"陛下！"长孙无忌急忙起身紧走几步追上君王，"陛下方才命臣等备办娘娘葬仪之事，这……"

"怎么？"李世民停下脚步，眉头微微皱起，"可有什么难处？"

"娘娘不幸宾天，应扶柩至京师举行葬仪，怎么……怎么能在这海岛之上举行葬仪呢？"

李世民仍幽沉着脸色道："娘娘遗骨要葬于此岛。"

长孙无忌一听，不禁大为惊诧："这……娘娘生前乃皇家妃嫔，其遗骨怎能葬在这远离京师的荒僻孤岛之上呢？"

李世民面无表情："此乃娘娘生前遗愿，朕已准了。"

长孙无忌一低身子跪下："陛下，即便是娘娘生前遗愿，也万万不可遵行。我朝定制，凡皇帝爱妃宾天之后，其遗骨均须陪葬皇陵。因之娘娘遗骨，万万不可葬于这海岛之上，乞陛下收回成命。臣等愿扶持娘娘灵柩至京师，再举行葬仪。"

已经跟过来的另外几位大臣也纷纷跪下，齐声道："臣等愿扶娘娘灵柩至京师！"

李世民见状，长叹一声："曹妃娘娘乃朕之最爱，今娘娘别朕而去，令朕五内俱焚。娘娘健在之时，与朕朝夕相处，无一日分离，今先于朕而去，朕百年之后亦愿于九泉之下与之永相厮守。怎奈娘娘于弥留之际向朕苦苦相求，要朕将她遗骨葬于此岛之上，且所言字字入情，句句在理，不由朕不答应啊。"

几位大臣听了君王的话，你看看我，我看看你，一时都不知该说什么好了。

李世民转动身子，举目眺望岛外大海一周，之后目光扫向刘师立："刘爱卿，你先来此岛一步，有关此岛与这片海域，你所知都有哪些？"

刘师立赶忙拜道："回陛下，臣听当地渔民讲，此岛南去不过十数步，便是一深水航道，南来商船皆经此航道转道溯河、滦水北上幽燕，卸下南方所产茶叶、丝绸、瓷器等物，再采买北方货物沿此航道南下。遇有雨雪风浪天气，船家皆至此岛暂避一时。另，岛上有一水井，其味甘甜无比，过往船家经常登岛自井中汲水，以供饮用。"

李世民点点头："嗯，看来，此岛，南为我大唐南北海运必经之要道，北则与大陆一衣带水，岛上又天赐供人饮用之玉液甘霖，堪称一方风水宝地呀，曹爱妃生于斯长于斯，又长眠于斯，是适得其所了。"

几位大臣听了李世民的话，尽都低首敛声。

李世民沉吟有顷，又道："这海，这岛，便是朕与曹爱妃两情相契心心相印永久之见证啊。"说完扫视几位大臣一眼，"都起来吧，随朕去看一样东西。"

几位大臣都站起身来，拍拍身上的沙土，跟随李世民向北走去。

北面不远处，一座卓然矗立的石碑已经映入君臣的眼帘。待走近了，只见那石碑高过八尺，宽约三尺，石碑阳面上半，赫然刻着两行隶书大字：

颛顼后世媛[1]

---

[1] 《新唐书》卷七十五下，表第十五下，宰相世系下："曹姓出自颛顼。"

大野宗门妇[1]

石碑下半平整如镜，空无一言。

李世民看得目光惊颤，整个身子一时僵住，双唇紧闭，半晌无言。

几位大臣看着碑文也都惊诧得瞪大了眼睛，继而你看看我，我看看你，谁都说不出话来。

过了好一阵，李世民才如梦初醒般注视着碑文道："这碑文与当年袁天罡为曹妃娘娘所书金锁内谶语一字不差。此碑专为曹妃娘娘所立，已是确定无疑了。"说罢举目四顾，"看此海岛，四面环水，无路可通，这偌大石碑又绝非人力所能负载，立碑之举，若非上天所为，又能有谁？无怪乎娘娘生前曾讲，她殁于此岛，葬于此岛，乃天意如此呢。"说到这里手指石碑下半道，"这下半空白处，是特为朕预留的。"回身命随从的侍卫，"速取笔墨来！"

侍卫飞跑着取来了笔墨。

李世民接过御笔，饱濡墨汁，在石碑下半御题：

大唐贞观朝御封曹妃讳娴之墓

然后走到石碑阴面，凝思有顷，提笔御书碑铭：

大唐贞观朝曹妃字娴，平州卢龙人，惟大唐武德五年二月十六日生，贞观十五年三月二日册封修仪，贞观十九年十月二十四日迁封曹妃。幼读诗书，性理明慧，天情简素，禀质矜庄，戒盈忌满，柔顺温恭。尽绵薄扶困济危，情何悲悯；倾余力泽被元元，德何泱泱。侍驾有则，堪为良佐，屡建韩非说难[2]之言，常告东方不易[3]之诚。蕙质兰心，皎若夜月之照琼林；嘉言懿行，灿若晨霞之映珠浦。诗以妍心，艳压巫岫之莲[4]；文自婉袖，丽掩蜀江之锦[5]。

呜呼，秋风未发，悲兰蕙之早谢；寒霜靡零，嗟桃李之先凋。贞观十九年十月二十八日薨于平州西南之珍珠岛。春秋二十有三。

书毕掷笔于地，吩咐侍卫："传工匠速来雕刻！"

---

[1] 据《新唐书》载，李世民曾祖父名虎，西魏时赐姓"大野"，官至太尉。周闵帝受魏禅后，追封已故的大野虎为唐国公，成为以后李家王朝国号"唐"的渊源。

[2] 韩非所著《说难》一文，专讲向君主进谏的困难。"说"字音shuì。

[3] 东方朔所作《非有先生论》，借古讽今，讲向君主进谏的不易，篇中几个"谈何容易"，感慨万端，意味深长。

[4] 巫岫之莲，即巫山石洞中盛开的莲花，其花色之美素负盛名。

[5] 蜀江之锦，即蜀锦，因产于四川，故名，以质地坚韧、色彩鲜艳而名世。

长孙无忌经了这一幕，心知若再劝谏便属多余，于是与其他诸臣传递个眼色，然后向着李世民一拱手道："臣等谨遵圣命，这便前去备办娘娘葬仪。"

在整个葬仪的筹办事项中，李世民十分重视灵棚的布置。当灵棚搭建好以后，他亲自驾临检视。只见偌大灵棚由松木杆为骨芦席为帷搭建而成。灵棚大门上方，悬挂三朵白绸团花。一幅玄色挽幛横挂门楣上方，两端各扎成一朵团花，挽幛两头飘然下垂。挽幛上书：

大唐贞观朝御封曹妃永垂不朽。

大门两侧贴着李世民御书挽联：

梦断沙洲 沧海涌流千古恨
魂归海渚 雪花飘落一天愁

看到这里，李世民点点头，再往里走。

门内，敞开的门洞两旁各置雪松、雪柏、雪花、雪柳。上方高悬九盏西瓜灯，灯笼外面皆蒙白纱，白纱上写有大黑"奠"字。再往里，两班僧道在低声吟唱，坐在首位的是静慈大师。

看到这里，李世民又点头首肯。

再往里走，只见白色绡帐银钩倒挂，旌罗伞旗分立两旁。一方白毡铺地，上置扎制的各类纸马，有金童扛黄幡、玉女擎宝盖，有金山银库、奇珍异宝。

看到这些，李世民不禁皱起眉头："娘娘生前雅好俭约，不近奢靡，这些金山银库、奇珍异宝有悖娘娘性情，须一概撤去！"

再里面，正中停放一口柏木花棺，棺前置供桌，供桌上置灵牌，上写曹娴姓字名号，生卒年月，灵牌前摆有香炉供果。其上高悬一盏长明灯，迎风摇曳，忽明忽暗。

李世民目视柏木花棺，眉心又起沟壑："这棺木如此花哨，非娘娘所好，娘娘生前最喜水红颜色，故须重新漆成水红之色。另，娘娘乃凤凰转世，棺上可覆凤凰彩绘绢单。"说到这里，回头问随行的长孙无忌："葬仪备办得怎样了？"

长孙无忌拱手回奏："此事臣交由杨大人备办。"说到这里扭头看杨师道一眼，"亦已办妥。"

杨师道对李世民拱手一礼："臣命平州州县署衙调集的三十余艘官船与二十余艘漕船，已于蚕沙口码头集结待命，届时将往来于海上与滦水之间，将赶来为娘娘送葬的大军将士运抵珍珠岛。由沿海各地招来的百名裁缝正以军中所带白缣加紧赶制素服，届时分发给每一位前来送葬者。"

李世民点头首肯。

杨师道又道:"另有附近沿海一带渔民纷纷请求驾船来岛上为娘娘送行。还有那受到过娘娘救助的千余乞丐,闻讯之后已齐聚蚕沙口码头,要来为娘娘送行,不知圣意如何?"

李世民道:"准!对那千余乞丐渡海上岛之事,务要妥为安顿。"

送葬这日,三十余艘官船、二十余艘漕船和数百条渔船千帆竞发,将赶来为曹娴送葬的大军将士、渔民和上千乞丐运抵岛上。

小小沙岛一时人山人海。

杏儿一家也闻讯赶来了。杏儿在曹娴灵前伏地而泣,声声凄切,哀痛欲绝……

葬仪进行中,天空下起纷纷扬扬的雪花,为海岛着上一层素装。送葬队伍人人身着素服,浩浩荡荡环岛而行。李世民在前,诸文武大臣紧紧跟随,其后是旌罗伞旒,幡帜纸马,再其后是由四十八名士卒抬着的内置棺椁的红绒棺罩。棺罩之后,由数十人组成的鼓乐班一路吹吹打打,其声如泣如诉,声声催人断肠。再往后是通身缟素的大军将士、黎民百姓,王大虎、王大海、马大年、龚书翰、铁蛋、常贵、常发等人都在其中。

送葬队伍一路缓缓行进,人人悽容惨淡,个个泪洒黄沙……

棺椁下葬伊始,数万将士和百姓环绕墓穴呼啦啦跪倒一片,一时哀哭之声如山崩海啸,震彻环宇……

葬仪举行完毕,大军将士奉命撤离了墓地,而那千余百姓却仍跪伏于地,久久不肯离去。

奉旨劝告百姓离去的御前侍卫回到御帐,向在帐中小憩的李世民奏报:"那送葬的百姓请求陛下恩准他们在此岛为娘娘建造庙宇。"

李世民一怔:"有此等事?"想一想,命道,"去宣诸位随驾大臣,与朕一同去劝慰百姓离去。"

李世民在长孙无忌等随驾大臣的陪同下,来到仍跪伏在曹妃墓地周围的百姓跟前。众百姓一见皇帝来了,一齐伏地磕头,山呼万岁。

李世民高声说道:"各位乡亲,今曹妃娘娘已安葬入土,现下天色已晚,请各位尽快回家吧。有船者自行驾船返回,无船者,朕命官船送你等回家。"

跪伏一地的百姓一时鸦雀无声。忽见其中一人膝行上前,说道:"小人们谢陛下关照。小人们在这里长跪不起,是斗胆想请陛下恩准我等百姓为曹妃娘娘建庙于此——"

"荒唐!"站在李世民侧后的长孙无忌一语打断此人的话,"历朝历代皆无为妃嫔建庙先例，我朝定制亦无此一说，怎能打破朝廷规制单为曹妃娘娘建庙呢？你等人众皆朝廷子民，理当遵守朝廷法度，岂可妄生谬念，还不快快起身尽早回家！"

"这……是……"那人稍一犹豫，就要转身退回去。

"且慢！"李世民连忙阻止，回头对长孙无忌道，"长孙卿，他话尚未讲完嘛，百姓要为曹妃娘娘建庙，定有百姓的道理，你我何不听他讲完再作理论？"说到这里转对那人道，"你叫什么名字，可曾见过曹妃娘娘？"

那人回答："小人姓常名贵，前日驾船出海突遇特大风浪，船被风浪打翻，船上我等三人皆落水遇险，幸遇曹妃娘娘驾驶大船相救，方得脱险，因之娘娘是我等渔家的救命恩人。娘娘是为救我等百姓过劳而亡的，我等对不住娘娘啊……"说到这里已泣不成声。

那跪伏于地的百姓之中也发出一片哀哭抽泣声。

李世民问常贵："就为此，你等要为娘娘建庙么？"

"是。"常贵强忍住抽泣道，"娘娘生前做过太多的善事，救助过太多的人。"说到这里回头用手向跪伏一地的众人一指，"我们这些人，都受过娘娘救助，众人都说，娘娘是我等的大恩人、大救星。"

众人一齐高声道："娘娘是我等的大恩人、大救星！"

常贵又接着说道："众人都说，娘娘大恩，我等无以报答，今娘娘过世，我等应有钱出钱，有力出力，为娘娘建造庙宇，以便常来庙中上香祭拜。众人还说，娘娘在世是救助我等百姓的人，过世是护佑我等百姓的神，若能为娘娘建庙，我等常来庙中祭拜祷告，娘娘在天之灵定会护佑我等渔家出海平安。故此，求陛下恩准我等为娘娘建庙。"

众人又一齐山呼："求陛下恩准我等为娘娘建庙！"

李世民微微点头，眼中似有泪光闪动，扭头对诸位大臣道："方才百姓之所求，卿等以为如何？"

诸位大臣你看看我，我看看你，一时无人回应，又是长孙无忌趋前一步道："回陛下，百姓对曹妃娘娘的一片感恩之心，固是可钦可敬，只是我朝定制——"

"长孙卿莫再说了。"李世民打断长孙无忌的话，"我朝定制固然没有妃嫔故去之后建庙一说，然则又有哪一朝哪一代皇家妃嫔，能有曹妃娘娘这样的大爱之心、大善之举？又有哪一位妃嫔受到过百姓如此由衷的拥戴？朕早说过，朝廷定制亦需应时应势而有所变通。朕以为，天意不可违，民心不可违！朕决定，准百姓之所求，就在曹妃娘娘墓前建造庙宇，岂止建庙，理当建一大殿，以彰显娘娘功德，以抚慰百姓之心!"

跪地百姓听了皇帝的话,齐声山呼:"谢陛下恩典!"

几位大臣也纷纷跪下,齐声高呼:"陛下圣明!吾皇万岁万岁万万岁!"

李世民又道:"建殿所需资费,无须百姓捐纳,皆由朝廷府库拨付。传朕旨意,命阎立德率工匠留驻此岛,专责筹办建殿诸事!地方州县亦应协同办理!一当大殿建成,朕将亲临巡幸!"

众百姓和诸位大臣又是跪拜谢恩,山呼万岁。

百姓们陆续离开了曹妃墓地,离开了珍珠岛。

李世民却仍在曹妃墓前默然肃立,毫无离去之意。

长孙无忌上前说道:"陛下,船已备好,该上船启程了。"

李世民缓缓回头,幽深目光向其他几位大臣脸上一扫:"你们呢?也要朕走么?"

李世勣上前一步拱手道:"岛上风大天寒,陛下保重龙体要紧,还是早些上船,到那边陆上设帐歇息才好。"

李世民顿时眉心紧锁:"朕的爱妃刚刚过世,尸骨未寒,卿等便要朕离她而去,难道你们要朕做那绝情寡义之人么?朕今日哪里都不去,就驻跸此岛!"

几位大臣互相对视一眼,哪里还敢再多说。

当天夜晚,李世民和几位随驾大臣以及数千禁卫军都住在了岛上。

偌大御帐之内,君王独卧榻上,回想着与爱妃恩爱相处的日日夜夜,不禁潸然泪下;帐外传来的声声大海涛声,更勾起他对爱妃绵绵无尽的思念之情,直到后半夜,仍久久难以成眠……

忽然西风骤起,吹落窗前霜叶纷纷,零落残红遍地,令人不禁睹物伤情,意绪怆然。君王倾身欲掬起那落红瓣瓣,却发现,那竟是爱妃花娇柳媚的面颊,盈盈丽目正流波千顷地注视着自己!

"爱妃,怎么是你?"君王一时大喜过望,忙伸手去掬那娇颜,却又倏忽不见,心中一惊,骤然醒来,方知是梦……

一时惆怅难耐,索性起身,援笔在手,和泪草成小诗两首:

    西风昨夜送轻寒,落叶萧萧花亦残。
    犹是娇颜旋不见,何堪泪洒达夜阑。

    又见芳菲何怅惘,芙蕖不再著风流。
    呼卿卿遽无形影,唯剩秋风载楚愁。

书毕，披上斗篷步出帐外。

帐外，天空寒星闪烁，冷月西沉，岛外大海浓黑如墨，更给这冬日小岛平添了几许萧索孤寒之意。

他缓缓迈动脚步，来到爱妃墓前，面对墓碑驻足而立，久久地凝视着夜幕笼罩下模糊不清的碑文……

不知过了多久，长孙无忌、李世勣、杨师道、李道宗、张俭等随驾大臣相继来到李世民身后，一个个陪着君王默然而立。

此时，东方已微现晨曦。

见君王仍定定地默立碑前，毫无离去之意，长孙无忌轻声道："陛下，天色已明，陛下该回帐中用膳，以便早些启程。"

李世民并不回头，说道："要走你们走吧，朕还要留在岛上多陪娘娘几日。"

几位大臣又是你看看我，我看看你，心中都想劝说君王尽早启程，可谁也不敢说话。

长孙无忌自知自己是首辅大臣，又是皇亲，规劝君王的话还须自己先说，于是说道："陛下，曹妃娘娘已入土为安，陛下尽可放心了。陛下乃全军统帅，亟当亲统大军尽早班师回京。如今朝中诸多政事皆有待陛下总理，故陛下当尽早启程才是。"

李世民仍站立原地一动不动，也不说话。

其他诸位大臣中数李世勣脑子最活泛，此时他趋前两步道："臣等深知，陛下与曹妃娘娘感情最是笃深，今娘娘仙逝，陛下情难割舍，不忍别去，此尽在情理之中。臣等亦知，娘娘一生贤淑仁惠，深明大义，故而娘娘在天之灵，定会愿陛下以国事为重，唯陛下能节哀顺变，早统大军班师回京，以便能早日视朝理政，方可告慰娘娘在天之灵。"

李世民听了这话，紧锁的眉心才舒展开了些："卿等莫再说了，朕即启程便是。"

次日傍晚，李世民统军到达大城山，与北路率人马先期到达此地的太子李治会师。

落日余晖下，李世民在李治陪侍下登上大城山南坡，只见山路两边各矗立一块巨石，巨石阳面平整如镜，上书一副联：

陡水南流 山左嵌天河 赋峦岳钟灵之气
驿衢西去 坡前走龙脉 通幽燕形胜之都

李治看着这副对联，由衷赞道："嗯，好联。"

李世民微微点头。

二人登上山顶，极目远眺。

李治道："父皇，这大城山虽不甚巍峨高峻，却是景色古朴宜人。时值冬季，北方遍地草木凋零，萧瑟荒凉，唯此山松柏苍翠，蓊蓊郁郁，别有一番气象，父皇何不往山上各处走走？"

李世民微微点头："此山景色确是甚佳，只是朕今日乏了，回吧。"说罢转身往山下走去。

山河秀美怡情，却唤不起君王半点游兴。眉间沟壑，从未舒展；眼中哀云，久不散去。

李治见父皇一直郁郁寡欢，人比前几天又瘦了许多，且听御前侍卫讲父皇每餐用膳极少，便命伙房多做了两道菜，命人费了很大周折找来配料，熬好曹妃娘娘生前常熬的父皇最喜喝的土鸡银耳莲子羹，又备了一壶好酒，要为父皇洗尘解忧。

酒菜布好，李治侍候父皇在餐桌旁坐下，自己正要落座，却听父皇道："我儿下去吧，朕要一个人静一静。"

李治一怔，见父皇面沉若水，毫无回旋余地，只得说一声"是"，转身要退出去，又听父皇在背后道：

"命人将肉菜都端去你用，朕只要这一罐羹汤即可。"

李治忙道："不不不，还是留下父皇用吧，儿臣再去伙房取些自用便是。"

李世民也不坚持，任由儿子退出御帐，然后坐正身子，神情肃穆地斟满一杯酒，站起身来，向着东南方向将杯中美酒酹于地下。再斟满一杯，自己一口喝了下去。如是三巡。停一停，拿起汤匙从罐内舀了一点点羹汤喝到嘴里咂一咂，摇摇头，就把汤匙放下了，接着向帐外道："来人！将酒菜撤下！"

侍卫刚把酒菜端出御帐，李治就慌慌地走了进来："父皇，那饭菜父皇均未动筷，这……这如何能成？父皇，父皇保重龙体要紧啊……"

"朕吃不下，朕不饿，你去歇息吧，朕也乏了。"

"父皇……"李治一声唤，带出了哭声。

"去吧，朕要睡了。"

李治深知父皇脾气，怕是劝也无用，只好含泪退了出去。

李世民和衣卧于榻上，一股巨大的悲凉之感已袭满整个心间……

"陛下！"

一声极熟悉极亲切的呼唤，将他唤醒，急抬头看时，竟是日思夜想的人儿来到了近前！再细端详，却不似往日风貌，玉致的面颊白如凉月，清秀的眼池中晕满了凄然之色。

"爱妃，你可来了，你让朕想得好苦啊。"李世民欲起身，却手脚无力，丝毫动弹不得。

"臣妾也想陛下呀。"

"那爱妃就莫再走了，千万莫再走了，就与朕在一起，永不分离！"

女子凄然一笑："陛下，臣妾已再难从命了。今臣妾已成阴界之魂，已不可做阳界之人了。臣妾本不该来搅扰陛下的，只是对陛下实在放心不下，不得已方来与陛下一见。陛下且听臣妾一言，臣妾谢世，乃命该如此，故此陛下不该为此伤怀不已，茶饭不思，此绝非臣妾所愿，亦绝非国家百姓之福，故此惟望陛下能节哀顺变，善自珍摄，以江山社稷为重！臣妾万念皆无，唯此一愿，切望陛下能够听取。"

李世民垂泪道："爱妃猝然别朕而去，令朕不胜伤悲，每每思及爱妃葬于海隅小岛，备受孤寂之苦，朕便悲从中来，食不甘味，寝不安席——"

"陛下！"女子一声呼唤，打断君王话语，"陛下所言差矣。臣妾葬于珍珠岛，上合天意，下顺妾心，何苦之有？再说，陛下已命工匠为臣妾建造殿宇，待殿成之日，那海上行船之人，若于夜晚经过此岛，皆可至殿中过夜歇息，遇有风浪雨雪天气，亦可至殿中暂避一时，因之过往人等往来不断，川流不息，臣妾怎会感到孤寂呢？故而陛下切莫再为臣妾伤情，须放宽心怀，当食则食，当寝则寝，珍摄龙体，最是紧要，切切此心，万望体察。"

李世民听了女子一席话，脸上一直收紧的纹路才一一舒展开来："好好，朕听爱妃的，全听爱妃的！"

女子莞尔一笑，转身欲走。

李世民急急劝阻："爱妃切莫走，切莫走……"

女子身影已倏然不见。

李世民心中一惊，忽然醒来。

帐外万籁俱寂，帐内孤寒落寞，唯有烛光摇曳，烛泪流淌……

默默回味梦中情形，不禁含泪脱口吟道：

几分相似几分非，可是香魂月下归？

底事相逢凭一梦，何堪猝醒泪歔欷。

一杯重奠向泉流，落寞幽思无尽头。
　　唯有春风知此意，子规啼血诉千愁。

　吟毕，心绪久久难平，更难入眠，于是起身，缓缓步出帐外。

　天空寒星点点迷离，似也在含悲垂泪，西方天际一钩残月游走在淡云之间，愈显清冷孤寂。

　"陛下。"一声轻唤，是那承值的侍卫。

　"嗯，此刻是什么时辰？"李世民随口问道。

　"回陛下，卑职方才看过更漏，刚到卯时。"

　"父皇。"侧旁又传来一声呼唤。

　李世民循声望去，是儿子李治走了过来。

　"父皇怎这么早就起来了？"尽管光线微弱，也可见出李治的一脸关切之情。

　"哦，朕已睡醒了，你怎也起得如此之早？"

　"儿臣……儿臣也睡醒了。"

　"唔，进帐说话吧。"

　今天李世民主动让儿子进帐说话，这令李治颇感意外。听几位随驾大臣讲，自曹妃娘娘辞世起，每到一地，除非有重大军情约见臣子，李世民一直独处帐中，谁也不见。昨天与李世民刚一会面，他便感觉到了这一点，今早倒是个例外。

　进入帐中，李世民问李治："我儿这么早过来，可有事？"

　李治略一犹豫，说道："儿臣……儿臣有事须向父皇禀明。"

　"哦？何事？你讲。"

　"今夜儿臣刚刚入睡，便做了个梦，梦见曹妃娘娘来到儿臣近前，神貌迥异于以往，极是凄清憔悴，对儿臣说，父皇为她辞世情伤过甚，茶饭不思，夜难成寐，人已瘦了许多，她为此极是担忧，托儿臣好生照顾父皇饮食起居，且嘱儿臣好生劝劝父皇，务要节哀顺变，珍摄龙体，以江山社稷为重……"

　"有此等事？"李世民截住话头问道。他一时甚觉诧异，怎么父子梦境如此相合？难道真是爱妃托梦于自己和儿子么？

　李治极其认真地点点头："儿臣以为，尽管是在梦中，娘娘的话也甚是有理，望父皇能够听取。"

　"嗯，这个，朕已记下了。朕正想着，要拟两道诏书，一道下给将作大匠阎立德，命他将娘娘殿宇由一层改为三层，一为佛家提供诵经修行之所，以遂娘娘之愿，保海上过往舟船平安无事；二为海上过往船家人等提供足够的过夜休憩与暂避风雨之所。朕要为大殿亲笔御书'曹妃殿'三个大字，命工匠制成匾额，悬于殿门之上。另一道诏书下给宫廷画师阎立本。为彰显娘娘生前功德，让后人永世铭记娘娘风采，命阎立本速去平州遍访受到过娘娘救助的贫弱百姓，将娘娘功德事迹绘成《曹妃救难图》，悬挂大殿壁上，供后人瞻仰。"

李治频频点头："如此甚好。"

李世民执笔在手，蘸好墨汁，先拟好两道诏书，又换成大号狼毫书成"曹妃殿"三个古朴苍劲的大字，再小心翼翼地将墨迹吹干，说道："命人从速送出！"

李治接过诏书墨宝，快步走出御帐。

从此，李世民的饮食起居有了明显改善，但对爱妃的思念之情却丝毫未减，这情思，伴他走过幽州，走过定州，走过并州[1]，直到回到长安，进入大内，仍是哀思不绝……

一年之后，大殿宣告落成。

曹妃殿，金碧辉煌，庄严雄伟。殿内中央，曹妃神像仙姿飘逸，光彩照人。两边壁上曹妃救助众乞、救助难船、救助乡亲的一幅幅《救难图》栩栩如生，感人至深。

自大殿建成之日始，曹妃殿就成了远近百姓心目中最为神圣的殿堂，曹妃则成为人们心目中救苦救难保佑海上平安的最受景仰的海神娘娘。每天从早到晚，前来曹妃殿瞻仰曹娴神像、上香祭拜的人们摩肩接踵，络绎不绝；殿内香烟缭绕，绵延不息……

李世民得报，心中方觉宽慰，总想亲往巡幸，寄托哀思，却因国事缠身，又兼龙体每况愈下，竟一直未能成行。到三年之后的贞观二十三年（公元649年），眼见病体愈发沉重，时而昏迷，时而清醒……

这一日又从昏迷中醒来，口中喃喃："雉奴，太子……"

一直陪侍在侧的太子李治赶忙俯身上前："父皇，感觉可好些？"

李世民微微点头："朕有几句话，我儿且听了。朕今日虽觉神志好些，却也自知已来日无多。今朕将江山社稷托付与我儿，又有长孙无忌、房玄龄、褚遂良等几位忠良之臣辅佐于你，朕当放心了——"

"父皇！"李治赶忙伏地垂泪道，"父皇何出此言？父皇不过一时龙体违和，只要再将养几日，便会痊愈的，儿臣不要父皇想得太多。"

李世民费力地摇摇头："我儿不要再说了，朕的身体朕自己知道，你且听朕

---

[1] 今山西太原。

把话说完。有一事，朕一直念念不忘，便是欲往平州巡幸曹妃殿，祭奠曹爱妃在天之灵，却因力不从心，终未成行，如今看来，已成永世之憾了，却又于心不甘，欲遣人前往代为祭扫。想来我儿当为最佳人选，然国事不可一日无太子，朕之股肱之臣长孙卿、房爱卿、褚爱卿等亦可代朕前往，亦因须辅政在朝，不可须臾离开。朕意，可命御史中丞孙亮代朕前往平州祭奠，我儿代朕拟诏吧。"

李治答应一声，就退到外殿拟诏，心中却犯起了嘀咕：除了长孙无忌、房玄龄和褚遂良等几位大臣，朝中大臣还有不少，父皇为什么单单选中一个孙亮呢？

他哪里能理解父皇的用意！怕也只有曹娴的在天之灵，才能洞见君王的一片深心……

一晃半个月过去了，这一天午前，含风殿内，一度处于昏迷状态的李世民忽然醒来，说出的第一句话竟是："孙亮可回来了？"

话音刚落，钱福进殿向李治禀报："御史中丞孙亮求见陛下。"

李治马上命道："快宣！"

此时的孙亮，刚刚从平州风尘仆仆赶回京师，又一刻不敢耽搁地进入大内，来向君王复命。

孙亮被召到李世民卧榻旁，行过叩拜大礼，就把赴平州曹妃殿岛祭奠曹妃娘娘的经过向君王奏报一遍，最后说道："微臣祭奠曹妃娘娘之时，正值当地众多渔家兄弟也去上香祭拜，微臣听他们众口一词说起一桩奇异之事：自大殿建成之日始，他们出海打鱼，若遇上大风大浪，便皆在船上朝着曹妃殿方向向曹妃娘娘跪拜祈祷，此时天空便会出现一片五彩云霞，那云霞呈人面凤身之状，虽是隐隐约约一闪即逝，人们也能辨认出，那面庞分明与曹妃殿曹妃娘娘神像面貌毫无二致。此时人们便知，那定是曹妃娘娘显灵，前来护佑他们了。实情确是如此，自曹妃殿建成至今，渔家出海打鱼，在海上不管遇有多大风浪，再未有过一起船覆人亡之事发生。"

听到这里，已病势沉危气息微弱的李世民忽然朗声道："曹爱妃佑我苍生百姓，真乃社稷之福也！"喘息一阵之后，又说道，"朕与曹爱妃相见，就在日间了！"

李治闻言大惊，慌慌伏地泣涕："父皇……"

在场的众妃嫔宫女也纷纷跪伏于地，泣涕有声。

当晚，开创大唐治世的一代圣主李世民在含风殿与世长辞，走完了他轰轰烈烈的一生。

同一个晚上，曹妃殿沙岛海域，乌云蔽天，暴雨如注。

人们都说，那雨水是曹妃娘娘为夫君逝去而流下的悲情的眼泪……

千百年来，历经时光磨蚀，一任风吹雨打，雄伟壮丽的曹妃殿宇一直巍然矗立于曹妃甸沙岛之上，殿内香火常年长燃不灭。

到了今天，曹妃殿虽已荡然无存[1]，但曹妃的传奇故事却代代相传，历久弥新。一朵绚丽的生命之花早已谢去，一个救苦救难、护佑众生的女神形象却永久矗立在人们的心中。广泛流传于沿海民间的"南有妈祖，北有曹妃"一说，便是最好的诠释。

"曹妃"这一名字，如大海涛声，千年不息，似日月光华，万载不灭，已成世间永恒……

---

[1] 清光绪二十一年（公元1896年）、二十六年（公元1901年）以及公元1936年，三场特大风暴潮袭击曹妃殿，致整个殿宇倾圮无存。

曹妃画像

(刘美辰 插画)